『일본 속의 일본인』 해제집 1950~1951

패전국 일본이 바라본 포스트 제국

『**일본급일본인**』 **해제집 1950~1951** 패전국 일본이 바라본 포스트제국

초판인쇄 2022년 4월 15일 **초판발행** 2022년 4월 30일
엮은이 한림대학교 일본학연구소
펴낸이 박성모 **펴낸곳** 소명출판 **출판등록** 제13-522호
주소 서울시 서초구 사임당로14길 15 서광빌딩 2층
전화 02-585-7840 **팩스** 02-585-7848 **전자우편** somyungbooks@daum.net **홈페이지** www.somyong.co.kr

값 62,000원
ⓒ 한림대학교 일본학연구소, 2022
ISBN 979-11-5905-716-8 93830

이 책은 2017년도 정부(교육부)의 재원으로 한국연구재단의 지원을 받아 한림대학교 일본학연구소가 수행하는 인문한국플러스
지원사업의 일환으로 이루어진 연구임(2017S1A6A3A01079517)

『일본그리고일본인』 해제집 1950~1951

패전국 일본이 바라본 포스트 제국

한림대학교 일본학연구소 엮음

복간판 『일본급일본인』 해제집을 내면서

서정완(한림대학교 일본학연구소 소장)

1. 들어가며

본 연구소는 9년에 걸친 '제국일본의 문화권력 : 학지學知와 문화매체' 연구사업을 완수하고, 뒤이어서 7년 계획으로 '포스트제국의 문화권력과 동아시아'라는 연구 아젠다를 수행하고 있다. 양자 모두 '문화권력'이라는 공통된 키워드를 중심에 두나, 전자는 1945년까지를 대상으로 한다면 후자는 1945년의 제국의 해체를 기점으로 구·제국이 존재했던 공간에 건설된 각 국민국가를 대상으로 한다. 즉 '문화권력'이라는 칼로 칼집을 내어 그 단면에 나타나는 연속성과 비연속성을 포함한 동태를 '포스트제국의 문화권력과 동아시아' 연구의 일환으로서 탐구하자는 것이다.

구체적으로는 주지하는 바와 같이

이러한 문제에 접근하기 위해서 본 연구소는 다음 두 자료에 주목하였다.

ㄱ. 1888년에 국수주의·일본주의를 주창하며 간행된 잡지 『일본인日本人』[1]

ㄴ. 1907년부터 1945년 2월까지 간행된 잡지 『일본급일본인日本及日本人』

　이들 방대한 두 자료에 대한 장기적인 작업과는 별개로 이 책에서는 1950년에 복간된 『일본급일본인』을 대상으로 삼았다. 자세하게는 1950년 9월호부터 1951년 12월호에 게재된 논설 기사를 대상으로 해제 작업을 수행하였다. 여기에는 패전을 앞두고 사라진 『일본급일본인』이 어떠한 의도와 목표를 가지고 패전으로부터 정확하게 5년이 되는 1950년 9월에 복간되었는가? 그러한 목표와 취지는 1950년대, 1960년대라는 세계적인 격동기를 거치면서 어떻게 실천되고 좌절하고, 또한 변용되었는가? 이러한 문제에 접근하기 위한 기초작업을 수행하려는 것이다.

　민주주의를 표방하는 국가로 거듭나려는 일본은 내부적으로 정비해야 하는 과제도 많았지만, 국제무대에 주권국가로 복귀하는 것이 가장 시급한 목표였다. 그러나 당시 국제정세를 간단하게 살펴보면, 동서 냉전체제가 시작되는 경직된 분위기 속에서 1950년 한국전쟁 발발과 유엔군 참전, 그 틈을 타서 감행된 중국의 티베트 침공과 병합, 1951년 샌프란시스코강화조약과 1952년 일본의 주권 회복, 1955년 바르샤바조약과 동유럽공산권 군사동맹 체결, 1956년 제2차 중동전쟁, 1960년 베트남전쟁 발발, 1961년 베를린 장벽 설치, 바르샤바조약기구의 체코슬로바키아 침공프라하의봄 등 말 그대로 격동과 혼란의 시대였다. 그 후, 소비에트연방의 와해와 독일의 통일로 상징되는 냉전체제의 종식은 새로운 역사의 시작을 알리는 희망으로 받아들여졌으나, 남북한 휴전 체제와 대치는 그대로이며, 역사수정주의와 제국으로 복귀하려는 욕망과 패권주의가 꿈틀거리는 동아시아, 러

---

[1]　1889년 2월 11일 구가 가쓰난(陸羯南)이 창간해서 1914년 12월 31일까지 이어진 신문 『일본(日本)』과 이를 승계한 잡지 『일본인』이라는 관계, 그리고 중의원 의원을 역임한 오가와 헤이키치(小川平吉)가 1925년에 『일본신문(日本新聞)』이라는 이름으로 재창간해서 1935년까지 10년 동안 일본주의를 주장하는 신문이 존재했다는 데까지 시야를 넓힐 수 있다.

시아의 우크라이나 침공으로 군비 강화가 시작된 유럽 등, '포스트제국'은 새 밀레니엄을 넘어서 혼돈 속에 있다.

이러한 혼돈 속에서 일본의 지식인들이 어떠한 일본관, 세계관으로 자국의 재건설에 임했는가를 살펴보는 것은 일본을 넘어서 한국은 물론이고 동아시아의 근현대사를 살펴보는 작업이 될 것이며, 이는 포스트제국의 문화권력을 탐구하기 위한 기초작업이 될 것이다.

2. 잡지 『일본인日本人』 발행의 시대적 배경

도쿠가와 막부 마지막 장군인 제15대 도쿠가와 요시노부德川慶喜가 정권을 반납한 대정봉환大政奉還, 1867이 있은 지 22년이 지난 1889년에 메이지 신정부는 대일본제국헌법을 공포해서 근대국가로의 탈바꿈에 박차를 가하려 했다. 언뜻 보기에 22년 만에 근대국가로서의 체제를 갖춘 순풍에 닻을 단 것처럼 보이나, 여기까지 이르는 과정에는 격랑에 휩싸이고 흔들리는 혼돈과 충돌도 적지 않았다.

1873년, 미국에서 귀국한 모리 아리노리森有礼[2]를 비롯한 이른바 서양의 사상과 학문에 영향을 받은 연구자가 중심이 되어 일본 최초의 학술 결사結社라 할 수 있

---

2 1865년에 영국으로 밀항해서 유학했으며, 미국을 거쳐서 메이지 원년인 1868년 6월에 귀국했다. 한달 후인 7월에 외국관권판사(外國官權判事)를 거쳐서 1870년 소변무사(少辯務使, 오늘날의 공사에 해당하며, 대·중·소 세 등급으로 나뉘었다)로 명받아서 미국에 부임, 1873년 귀국해서 메이로쿠샤 결성에 참여한다. 귀국 전인 1872년 11월 25일 워싱턴에서 *Religious Freedom in Japan*을 발표했으며, 1873년에는 미국에서 일본 교육에 대한 자문을 구해서 *Education in Japan*을 간행한 경력을 가진다. 1885년에는 제1차 이토내각 초대 문부대신으로 등용되어 도쿄고등사범학교(도쿄교육대학)를 거쳐서 지금의 쓰쿠바대학(筑波大學)을 '교육의 총본산'으로 지정하고 교육개혁을 단행하였다. 그 외에도 '양처현모교육(良妻賢母敎育)'을 국시로 정하는 등 일본의 근대교육 확립에 공을 세운 인물이다. 대일본제국헌법 발포기념 식전에 참석을 위해 관저를 출발할 때 국수주의자 니시노 분타로(西野文太郎)의 습격을 받고 사망했다. 당시 신문에 이세신궁(伊勢神宮)에서 불경(不敬) 사건이 있었다는 보도가 났는데, 모리가 급진적인 서구화를 선도하는 인물이었기에 니시노가 이 불경사건의 당사자를 모리로 잘못 지목해서 습격한 사건이다.

는 메이로쿠샤明六社를 결성하게 된다. 여기에는 니시무라 시게키西村茂樹, 니시 아마네西周, 후쿠자와 유키치福沢諭吉 등 당시를 대표하는 학자가 참여했으며, "의견을 교환해서 지知를 널리 확산시키고 식識을 밝힌다"는 메이로쿠샤 규정에 따라 잡지 『메이로쿠잡지明六雜誌』와 함께 수많은 토론회와 강연회를 개최해서 계몽운동을 전개했다.[3] 이들의 계몽은 상당히 광범위한 영역을 대상으로 전개되었으며, 정치, 경제, 외교는 물론이고 종교, 언어, 교육, 과학에 이르기까지 다양한 영역에서 서구 문명 섭취를 통한 문명개화를 선도하였다. 오늘날 우리가 익숙한 학문영역의 분화가 확립되지 않았다는 사정도 있겠으나, 이 모든 영역에 대해서 '근대' 즉 '개화'로 인식했다고 보아도 될 것이다. 그러나 이들 메이로쿠샤 그룹은 이른바 관학자官學者라 해도 과언이 아닌 관료 학자가 대부분이었기에 메이지 신정부의 개화 정책에 동참하고 선도할 수밖에 없는 한계가 있었다.

이듬해 1874년에는 이타가키 타이스케板垣退助,[4] 에토 신페이江藤新平, 소에지마 타네오미副島種臣, 고토 쇼지로後藤象二郎 등이 애국공당愛國公黨을 결성해서 민찬의원설립건백서民撰議院設立建白書를 좌원左院에 제출한 사건이 계기가 되어, 각 지방에서 자유·민권을 요구하는 정치결사, 출판사가 연이어 탄생하는 이른바 '자유민권운동'이라는 격랑이 이는 시기가 도래하였다. 애국공당은 그 강령에 천부인권天賦人権, 애군애국愛君愛国, 군민융회君民融和, 국위발양国威発揚을 내걸고 자유민권운동의 중심에 있었으나, 이와쿠라岩倉 암살미수 사건1874, 에토 신페이가 메이지 신정부에 대해 반란을 일으킨 '사가의 난佐賀の乱, 1874'을 계기로 애국공당은 더 이상 정치활동을

---

3 일본에서 연설이 시작된 역사에서 후쿠자와의 역할은 컸으며, 후쿠자와를 중심으로 하는 게이오(慶應) 그룹이 영어 'speech'를 '연설'이라 번역하고, 'debate'를 '토론'으로 옮겼는데 이는 일본의 언론사를 생각할 때 기억될 만한 사건이라 할 수 있다. 당시 미타연설회(三田演說會)와 메이로쿠샤연설회(明六社演說會)가 중심에 있었다.(稲田雅洋, 『自由民権の文化史 新しい政治文化の誕生』, 筑摩書房, 2000, pp.226~245)
4 1873년인 메이지 6년에 일어난 '메이지 6년정변(明治六年政変)' 또는 '정한론정변(征韓論政変)'이라고 불리는 사건으로 정한론(征韓論)을 두고 대립한 결과, 메이지 신정부의 참의(參議) 중 반이, 군인과 관료를 합쳐서 약 600명이 사직을 한 사건인데, 이타가키, 에토, 소에지마, 고토 모두 이때 사직한 자들이다.

이어가지 못하고 활동을 멈추게 된다.

　이듬해 1875년에 "저작문서 또는 화도초상畵圖肖像을 사용해서"라고 명시하고 있듯이 출판을 통제하고 탄압하기 위한 '참방률讒謗律'이 공포되었고, 이에 『메이로쿠잡지』는 스스로 폐간을 결정하고 만다. 1887년 12월 25일에는 자유민권운동을 탄압하기 위한 칙령 보안조례保安條例를 제정－발포－시행까지 모든 과정을 단 하루 만에 강행하는 등 정치적으로 어두운 그림자가 드리우고 있었다. 이 보안조례는 1880년에 공포된 집합조례集合條例와 마찬가지로 비밀집회와 결사를 금지했으며, 음모 · 교사 등 치안에 위협이 된다고 판단되는 인물, 구체적으로는 자유민권운동 관련 인사는 황거皇居에서 3리11.8km 밖으로 퇴거해야 하며, 위반할 시 앞으로 3년 동안 해당 구역에 출입할 수 없게 되는데, 시행 다음 날인 12월 26일부터 28일 3일 동안에 570명이나 퇴거 조치를 당한 사실을 볼 때 처음부터 분명한 목적과 의도가 개입된 계획적인 정치적 탄압이었다고 볼 수 있다.

　이러한 사회적, 역사적, 정치적 배경을 두고, 대일본제국헌법 공포 1년 전인 1888년 4월에 언론단체 세이쿄사政敎社가 결성되었으며, 이들은 정치평론 잡지 『일본인』을 간행한다.[5] 여기에는 시가 시게타카志賀重昂, 다나하시 이치로棚橋一郎, 이노우에 엔료井上圓了, 미야케 세쓰레이三宅雪嶺, 스기에 스케토杉江輔人, 기쿠치 구마타로菊池熊太郎, 다쓰미 고지로辰巳小次郎, 마쓰시타 죠키치松下丈吉, 시마지 모쿠라이島地黙雷, 곤 소토사부로今外三郎, 가가 히데카즈加賀秀一 등 11명의 동인이 참여했다. 이들 면면을 보면, 이노우에, 가가, 시마지, 다쓰미, 다나하시, 미야케는 도요대학東洋大學 전신인 철학관哲學館 인맥이며, 시가, 마쓰시타, 기쿠치, 곤, 스기에는 일본학원중학

―――――――――
5　메이지 22년(1889) 2월 11일은 일본이 근대문명을 앞세운 서구열강과 동등한 지위에 올라서려는 일본이 헌법을 만들고 공포식전과 축하 행사가 전국에 진행되는 상황이고, 일본신문사에게는 창간일이라는 의미 있는 날이다. 거리에는 양장(洋裝)을 하고 리본을 다는 등 화려하게 꾸민 부인들이 보이는 등 서구화의 모습도 있었으나, 이는 중류계급 이상에 해당이 되는 일이며, 일반서민은 빈곤이 뿌리 깊게 자리잡고 있었던 것이 현실이었다.

교·고등학교 전신인 도쿄영어학교東京英語學校 인맥이다.

이들이 내걸었던 '국수주의', '일본주의'는 당시 서구열강의 사상과 문물, 제도를 적극적으로 도입하는 과정에서 서구 숭배에 가까운 풍조가 만연하자, 이에 대한 경종을 울리고 일본 고유의 것을 지키려는 데에 방점이 있었다. "철두철미하게 일본 고유의 구식 분자까지 보존해서 구식 원소를 유지해야 한다는 뜻이 아니라, 서양의 '개화=문명'를 수입할 때 일본국수日本國粹인 위장으로 잘 씹어서 소화해서 일본이라는 신체에 동화할 수 있게 하자는 뜻이다"[6]라는 내용에서 알 수 있는 것처럼, 시가는 일종의 신체론을 전개해서 몸통과 부속 장기를 '일본 고유의 것' 즉 본체로 보고, 서구열강에서 수입하는 개화, 문명은 섭취하는 선택적인 영양소로 비유하고 있다. 그러면서 섭취한 것들을 잘 소화해야 한다는 것이 일본과 일본 국민에게 주어진 책무이고 일본의 국수를 보존하기 위한 일본과 서양문물의 관계라는 것이다. 일본의 것과 서양의 것을 적절하게 절충한다는 의미의 '화양절충和洋折衷'이라는 말과 비슷해 보이나, 확연한 차이는 시가는 화和=일본의 것=국수는 몸통이고 양洋=서구의 것은 영양소이자 선택이라는 우선순위가 존재한다는 점이다. 이들이 국수주의, 일본주의를 주장한 것은 양洋이 본체가 되고 화和가 장식품이 된 현실을 비판하고 경고를 한 것이었다고 볼 수 있다.

한편 '國粹'라는 말을 『일본국어대사전日本國語大辭典』小學館에서 찾아보면 "그 나라 고유의 정신적 또는 물질적인 장점이나 아름다운 점"이라는 설명과 함께 기타무라 토코구北村透谷의 「『일본의 언어』를 읽다『日本の言語』を読む」에 나오는 "나 또한 국수를 좋아한다余も亦国粋を好めり"를 예로 들고 있다. 이 토코구의 평론은 일본어와 영어를 비교하면서 일본어가 영어보다 우월하다는 '국수가國粹家' 사또佐藤라는 인물이 내놓은 주장에 대한 반박 글이다.

---

6 [원문] 徹頭徹尾日本固有の旧分子を保存し旧原素を維持せんと欲するものに非ず, 只泰西の開化を輸入し来るも, 日本国粋なる胃官を以て之を咀嚼し之を消化し, 日本なる身体に同化せしめんとする者也.

언어 즉 국어는 말로서 성립하는 것이며, 담화를 위해서 또는 문장을 위해서 사용되는 것이다. 고로 국어에 완전, 불완전을 찾으려면 회화 및 문학을 통해서 그 실제를 봐야 한다. 즉 프랑스인은 세계에서 회화를 잘하는 사람들로 역사가들도 프랑스인의 진보는 회화를 통해서 이룩하였고, 영국인의 개화는 신앙에서 온 것이라고 논할 정도이다. (…중략…) 무엇을 근거로 영어가 불완전하다는 것인가? 절충어折衷語라서 그렇다고 한다. (그러나) 영어는 각국의 말을 절충하였기에 오늘날 완전한 모습을 보이는 것이다. 유럽의 모든 나라는 그리스와 로마라는 두 옛날 유산을 나누어 자국어를 형성하였는 바, 영어는 기회를 살려서 이런 형제어보다도 영어를 보완하는 이익을 더 많이 취한 것이다. (…중략…) 나는 일본의 언어에 많은 불완전함이 있음을 본다. (…중략…) 학우라는 말과 배움의 벗이라는 두 말이 함께 사용되면 어떤 점이 좋지 않다는 것인가? 영국인이 불어를 한둘 섞어서 담화하면 안 되는가? 요는 사또 씨는 이른바 국수가國粹家의 한 사람이다. 대중이 이를 개량을 하거나 또는 진보시키기 위해서 노력할 때 국수가들은 오만하게 유아唯我만 바라본다. 나 또한 국수를 좋아한다. 그러나 경작하지 않는 땅을 두고 이미 충분히 경작되었다고 거짓을 말하면서 괭이와 가래를 내려놓는 것을 좋아하지 않는다.[7]

토코구는 자신도 '국수=일본적인 것'을 좋아하지만, 일본어가 영어보다 우수하다는 식의 폐쇄적이고 배타적인 그리고 유아적인 발상에는 결코 동의할 수 없음을 분명히 밝히고 있다.

7　言語則ち国語は言葉より成立ちて談話の為め及文章の為めに用ひらるゝ者なる可し. 故に国語に完, 不完を見んと要せば, 会話及文学に於て其実際を見るを得べし. 則ち仏人は世界に於ける会話の得意者にして, 史家も曾て仏人の進歩は会話より, 英人の開花は信仰より来れりと論ぜし程なり. (…중략…) 何か故に英語は不完全なる. 曰く, 折衷語なればなりと. 英語は真に各国の語を折衷したるが故に今日の完全を致せしなり, 欧州各国共に希, 羅二旧国の遺産を配ちて自語を形成せしを, 英語は機会を得て其兄弟語より自家を補ふの利益を持ちたりしなり. (…중략…) 余は日本の言語の多くの不完全なる所を見るなり. (…중략…) 学友とまびのともの二語並び立ちては不都合なるや. 英人が一二の仏語を交へて談話するは不都合なるや. 要するに佐藤氏は所謂国粋家の一人なる可し. 衆人が是を改良し, 或は進歩せしめん事に苦しめるに, 国粋家は傲然として唯我を観ずる事常なり. 余も赤国粋を好めり. 然れども耕やさざる可からざるの地を充分耕やされたりとして, 鍬と鋤とを用ひざらんとするを好まず.

여기서 기타무라 토코구에 관해서 잠깐 언급하자면, 그는 메이지유신 이래로 급격하게 진행되는 문명개화는 주로 외부세계의 물질적 개화를 중심으로 서둘러 진행된 결과, 정신이나 도덕이 내부內部에서 혁명을 이루지 못하고, 서양문명이 단순히 '이동'하고 그것을 '모방'하려는 격랑에 휘둘려서 스스로 살아남을 근거를 상실한 시대라는 비판을 『만바漫罵』1891에서 가하고 있다. 후쿠자와 유키치 등을 중심으로 하는 서구열강을 바라보며 근대화, 개화를 달성해서 근대적인 국민국가 건설을 지향하는 주장이 주류가 된 시대이다. 그러나 그 실상은 에도시대 이래 가난함에서 벗어나지 못하는 대다수 서민이 존재하는 모순과 가식으로 가득 찬 사회에 대해서 "그것은 혁명이 아니다. 이동에 불과하다"라고 강한 비판을 가한 것이다. 경박한 현실 세계의 혼란스러움 앞에서 토코구는 한 사람으로서 스스로 내면세계를 확립하려는 고민과 시도를 이어갔다고 볼 수 있다. 그리고 그의 이러한 번뇌는 1893년 5월 동인지 『문학계文學界』에 발표한 「내부생명론內部生命論」으로 결실을 맺는다.

어쨌든 『일본국어대사전』이 가장 빠른 용례를 제시한다는 점, 『『일본의 언어』를 읽다』가 1889년 글이라는 점을 볼 때, '국수'라는 말과 개념은 세이쿄샤와 『일본인』에 대표되는 시가 시게타카 등이 주도한 그룹에 의해 시작되고 확산한 것이라고 볼 수 있는데, 그 시발점은 『일본인』 제1호1888.4.3에 있는 시가의 '국수보존지의國粹保存旨義'일 가능성이 높다.

『일본인』 제1호는 따로 발간사라는 제목을 단 글을 배치하지 않았으나, 표지 뒷면 하단에 목차가 있고 상단에는 따로 제목은 없으나 '발간사'로 볼 수 있는 성격의 글이 다음과 같이 게시되어 있다.

당대의 일본은 새롭게 창업(=건국)하는 일본이다. 그렇다면 국가경영에 있어서 심하게 착종錯綜과 주합湊合을 반복하더라도 지금 눈앞에서 절박하게 전개되는 가장 무겁고 중대한 문제는 생각건대 일본 인민의 의장意匠=특성과 일본 국토에 존재하는 모든 외래의 문물에 적합한 종교, 교육, 미술, 정치, 생산제도를 선택해서 일본 인민이 현재와 미래의 향배를 결정하는 데에 있는 것이 아니한가? 오오, 이런 천재일우의 기회를 맞이하여 냉정한 눈으로 세상을 냉시하는 것은 바로 일본 남아의 본색이 아니한가.[8]

위에 제시한 인용에서 알 수 있듯이, 세이쿄샤를 설립한 동지 11명이 연명으로 "予輩同志ハ「日本人」ノ隆替ト進退去就ヲ倶ニシ始終全力ヲ極尽シテ之ニ関繁スル万般ノ事業ヲ幹旋シ平生懷抱スル処ノ精神ヲ姓名ト共ニ定時刊行雑誌上ニ告白センコトヲ誓約スル者也" 즉 "우리 동지는 잡지 『일본인』의 성쇠와 진퇴에 관한 거취를 걸고 처음부터 끝까지 모든 힘을 다해서 이 잡지에 관한 모든 일을 제대로 (함께) 수행해서 평소에 회포懷抱하는 바 정신을 (각자의 양심을 걸고) 실명으로 정시 간행하는 잡지에서 고백할 것임을 서약한다"는 다짐을 밝힌 글이다. 이른바 '서양의 충격'에 의한 일본의 내상이 매우 심각하다는 인식이 바로 "지금 눈앞에서 절박하게 전개되는 가장 무겁고 중대한 문제眼前ニ切迫スル最重最大ノ問題"라는 표현으로 발현되어 있다고 본다. 시가의 이름이 11명 중 맨 뒤에 있다는 점, 각주 8에서 밝혔듯이 제1권 모두의 글인 시가의 글 「「일본인」 출발에 남기다「日本人」ノ上途ヲ残す」에서 약간의 이동異同은 존재하나 거의 동일 문구를 인용하는 점으로 보아, 이 글은 시가가 작성해서 동지 11명의 확인을 거친 글일 가능성이 높아 보인다.

---

8 [원문] 当代ノ日本ハ創業ノ日本ナリ. 然レバ其経営スル処, 転タ錯綜湊合セリト雖モ今ヤ眼前ニ切迫スル最重最大ノ問題ハ, 蓋シ日本人民ノ意匠ト日本国土ニ存在スル万般ノ圍外物トニ恰好スル宗教, 教育, 美術, 政治, 生産ノ制度ヲ選択シ, 以テ日本人民ガ現在未来ノ嚮背ヲ裁断スルニ在ル哉, 吁嗟斯ノ千載一遇ノ時機ニ際シ白眼以テ世上ヲ冷視スルハ, 是レ豈日ニ日本男児ノ本色ナランヤ.
그런데 『일본인(日本人)』 제1호 첫 번째 글인 시가의 「「日本人」ノ上途ヲ残す」 중에 인용되는 글 사이는 다음과 같은 이동(異同)이 존재한다.
- 其経営スル処, 転タ錯綜湊合セリト雖モ → 其経営スル処, 錯綜湊合, 一ニシテ足ラズト雖モ
- 圍外物トニ恰好スル → 圍外物トニ順適恰好スル
- 宗教, 教育 → 宗教, 徳教, 教育

시가는 『일본인』 제2호에서는 「'일본인'이 품은 (정신의) 취지를 고백한다「日本人が懷抱する処の旨義を告白す」를 발표했는데 여기에서 '國粹=Nationality'라 정의하고, "국수라는 것은 (…중략…) 야마토민족 사이에는 천고만고를 거쳐서 유전되어 내려오며 진보하고 발달해 왔다大和民族の間に千古万古より遺伝し来り化醇し来たり"라고 단언하기에 이른다. 생물학적이고 운명론적인 일본인의 특성을 '우리 일본인'은 가지고 있다는 이야기이며, 이러한 타민족과의 혈통적, 태생적 차별화와 배타성이 '國粹=Nationality'를 존재케 하는 배경이 되며, 이러한 차별화를 통해서 내부의 통합과 '일본인'으로서의 일체감을 강조하는 방편으로 사용하고 있음을 알 수 있다. '혼합물이 없는 순수한 것'이라는 의미를 가진 한자 '수粹'를 '나라 國'에 적용해서 이 나라의 순수함이라는 뜻으로 '國粹'라는 조어가 형성된 것이며, 여기서 이 '나라'는 '일본인'이라는 주체적 인식과 자아를 강화한 혈통적 순수성으로 이어진다.

이처럼 생물학적이고 운명론적인 '일본'과 '일본인'이라는 민족아民族我를 통해서 존엄성을 지키려 했던 국수주의는 청일전쟁, 러일전쟁을 거치면서 전쟁을 수행하고 승리하기 위한 국민통합을 위한 문화장치로서의 효용성을 인정받아서 이른바 문화권력으로서 작동하는 변용을 보인다. 이 변용의 종착점은 중일전쟁을 종식하지 못한 채로 태평양전쟁에 돌입하게 되어 국체보존에 대한 위기에 몰린 이른바 총력전체제, 익찬체제하에서 절정을 보인다. 파쇼 권력 밑에서 선전宣傳戰에 동원된 '일본정신', '일본정신의 국수'라는 이데올로기는 제국일본이 만들어낸 기만적인 '국민'과 '신민臣民' 상위에 군림하는 혈통 순혈주의에 충성할 것을 요구하고 당시의 광기를 정당화하는 장치로 이용되었다. 일시동인一視同仁과 팔굉일우八紘一宇에 대표되는 기만적인 국민·신민으로서의 평등성 뒤에는 야마토민족이라는 우월한 지배민족과 조선인과 중국인이라는 열등한 피지배민족이라는 구도가 있고, 그 정점에는 천황이 자리하고 있었기에 결국 '국수'라는 것은 천황이라는 '국체'를 뜻하게 된다. 그런 의미에서는 패전 후에 천황에게 전쟁책임을 묻지 않고 천황제마저 유지한 일본은 결국은 국체를 지켜냈다고 할 수 있다. 일본이 '패전'이 아니라 '종전'이라는 제3자적인 시점에서 역사를 서술하면서 그들은 전쟁에 패하지 않았다는 억지논리를 펼칠 수 있는 여지를 확보한 것이다. 도쿄재판을 인정하지 않으려 하고, 아시아에 막대한 피해와 상처를 남긴 그들 스스로의 과오를 부정하거나 덮으려 하는 역사수정주의가 포스트제국의 동아시아의 현안의 출발점이 되고 있는 것이다. 원자폭탄 투하에 의한 대량살상을 인간의 존엄과 인류애에서 찾으면서 그들이 저지른 폭력에 의한 수많은 피해와 상처에 대해서는 은폐하려는 행동에는 결국 제국주의적 욕망이 꿈틀거리고 있음을 읽어낼 수 있다.

한편 『일본인』 제3호에서는 「일본의 전도를 밝힐 국시는 '국수보존주의'가 되어야 한다日本前途の国是は「国粋保存旨義」に撰定せざるべからず」를 통해서 이러한 '國粹=Nationality'를 보존하는 것이 일본이라는 국가가 앞으로 존속하고 발전하는 데에 가장 중요한 근본이 된다는 주장을 전개한다.

천년만년 이어온 습관, 견문하며 보고 들은 것, 경력(축적된 삶의 영위)이라는 것은 이곳에 살고, 이곳에 왕래하며 여기서 많은 것을 보고들은 야마토민족으로 하여금 어느샌가 모르는 사이에 특수한 국수Nationality라는 것을 생성하고 발전시키게 된다. 생각하건대 이러한 국수라는 것은 일본 국토에 존재하는 모든 외래의 것들과의 감화와 화학적 반응에 적응하고 순종하여 배태되어 성장하고 발달하는 것으로서 이는 야마토민족 사이에 천고만고千古萬古 유구한 시간을 거치면서 유전되고 발전해온 것이다.[9]

'천년만년', '천고만고'라는 유구한 시간과 '국토' 그리고 '민족'이 결합해서

---

9 [원문] 千年万年の習慣, 視聽, 経歴とは, 蓋し這裡に生息し這際に来往し這般を覲聞せる大和民族をして, 冥々隠約の間に一種特殊なる国粋(Nationality)を飯成発達せしめたることならん. 蓋し這般の所謂国粋なる者は, 日本国土に存在する万般なる圏外物の感化と, 化学的反応とに適応順従し, 以て胚胎し成長し発達したるものにして, 且つや大和民族の間に千古万古より遺伝し来り化醇し来たり.

'국수=Nationality=특수함'을 만들어낸다는 주장인데, 흥미로운 것은 시가의 이 주장은 '일본문학개론' 등에서 '일본문학과 자연'이라는 주제에서 흔히 볼 수 있는 내용과 매우 흡사하다는 점이다. 일본인이라는 국가의 문학, 일본인－야마토 민족의 얼을 나타내는 문학이 형성되고 성립된 주요 요인으로 자연, 기후, 풍토를 지목하는 것은 크게는 다음 두 가지 목적이자 방법론이라고 필자는 본다. 첫째는 '국토'라는 신성성神聖性을 통해서 거역할 수 없는 숙명론적인 복종성을 국민에게 요구하고, 거기에 부여된 만들어진 우생학적 우수성을 같은 국민/민족으로서 함께 공유할 수 있는 권리를 누릴 수 있는 이른바 국민통합을 이끌어내는 것이다. 둘째는 혈통에 의한 배타적 순혈주의는 신성함을 획득하기 위한 것인데, 여기에는 당연히 천황이라는 존재가 정점에 있으며, '만세일계萬世一系' 등이 품고 있는 비과학성을 국토와 자연, 기후 등의 거역하기 어려운 신성성을 동원해서 합리화하는 기능을 수행하게 된다. 더욱이 국가의 정점 즉 이른바 가부장 자리에 만세일계의 천황을 두며 예하 가족 구성원인 신민臣民을 두는 천황제에서는 이러한 논리는 정통성을 확립하고 동시에 비과학성을 종교적－신앙적인 교화와 믿음으로 희석하여 국체의 기반을 확고히 하는 방편이었다고 필자는 본다. 근대에 성립한 문학사, 문학개론이 지니는 담론은 국민국가 체제 앞에 자유로울 수 없으며, 고로 근대 국가체제 확립과 전통, 고전 만들기의 관계성과 '유구하고 우수한 전통문화/문학을 가진 근대국가'라는 위관偉觀을 담보하려는 '근대의 의도'를 우리는 인문학 연구의 하나의 과제로 설정할 수 있을 것이다.[10]

'국수보존주의' 대두의 시대적 배경에는 세이쿄샤 결성에 5년 앞선 1883년에 당시 외상 이노우에 가오루井上馨가 주도해서 건설한 로쿠메이칸鹿鳴館을 중심으로 화려한 외교와 사교 모임이 연이어 열린 이른바 '로쿠메이칸시대'에 대한 강한

---

10 이를 규명하기 위한 작업을 본 연구소에서는 소장이 직접 주재하는 동아시아문화권력연구 학술포럼 '전통과 정통성, 그 창조와 통제·은멸'을 통해서 수행하고 있다.

비판이 있었다. 앞에서 언급한 "서구 숭배에 가까운 풍조"에 대한 반발이며, 국수보존주의자 눈에는 '타락'이라고 해도 과언이 아닐 정도로 반발의 강도가 높았는데, 로쿠메이칸에서 벌어진 일련의 외교 모임의 배경에는 당시 일본이 국제무대에서 주권국가로서의 위상을 얻기 위한 최우선 현안인 '불평등조약' 개정을 달성하려는 목적이 있었다는 점에 주목할 필요가 있다. 바꾸어 말하면, 서구의 문물을 적극적으로 받아들여서 문명화–개화를 달성하는 것이 국가건설의 기본방향이었고, 궁극적으로는 탈아입구脫亞入歐가 말해주듯이 서구열강이 되겠다는 것이었다. 그런데, 실제로는 일본이 추종하는 서구와 맺은 불평등조약으로 일본이 국제무대에서 국권을 제대로 행사할 수 없는 아이러니에서 탈출하기 위해서 조약개정에 공을 들였고, 그 과정에서 로쿠메이칸을 무대로 서구식 문물에 물든 방식이 진행되었던 것이다. 이런 상황이 국수보존주의자 눈에는 일본의 영혼까지 팔아먹었다는 타락으로 보였던 것이다.

주지하는 바와 같이 불평등조약이라는 것은 페리의 내항에서 시작해서 1855년부터 1858년 사이에 체결된 조약인데, 이를 개정하기 위한 재협상은 결코 쉽지 않았으며, 장기간에 걸쳐서 집요하게 진행되었다. 1872년에 이와쿠라 도모미岩倉具視 일행이 유럽과 미국을 순방했을 때도 조약개정을 위한 교섭을 시도했으나 일축당하고 만다. 그 결과, 문물과 문화, 제도 시찰에 전념했던 것이며, 이때 '문화의 힘'에 착안한 이와쿠라가 당시 태정관太政官 수사국修史局 · 수사관修史館에서 수사사업修史事業을 담당하던 역사학자 시게노 야스쓰구重野安繹와 구미 시찰에 동행한 측근 구메 구니타케久米邦武에게 '사루가쿠猿楽'의 '연혁沿革'을 조사할 것을 명했고, 그 명에 따라 이들이 펴낸 것이 『풍속가무원류고風俗歌舞源流考』1881~1883였다. 이 『풍속가무원류고』가 노가쿠시能樂史에서는 거의 언급되지 않고 있다. 그러나 이 『풍속가무원류고』에는 오늘날에는 부정되어 채택할 수 없는 학문적 오류도 있으나, 사루가쿠의 연혁을 처음 정리한 최초의 예능사藝能史이자 노가쿠시能樂史 서술이었다는 점은 평가되어야 할 것이다. 종래 사용되던 '사루가쿠猿樂'라는 명칭은 위대한 대일본제국을 대표하는 문화예술 명칭으로는 적합하지 않다는 판단에서 '노가쿠能樂'라는 새로운 명칭이 채택된 것도 이러한 일련의 움직임의 연속이었다. 결과적으로 '문화의 힘'은 선진문물로서 적극 수용하던 서구의 문화가 아니라 '일본'이라는 이 땅 위에 고유의 문화가 존재했고 그것이 사루가쿠-노가쿠였다는 점에서 시가 시게타카가 주장한 '국수'와 상통하며, 실제로 잡지『노가쿠能楽』 창간호 1903 발간사에는 다음과 같은 내용이 있다.

> 노가쿠는 일본 고유의 음악이며, 존왕상무尊王尚武의 정신을 기본으로 하며, 충효인의忠孝仁義의 길을 씨로 한다. 인과응보의 이치를 품으며, 그러한 색채를 띠는 고상우미高尚優美한 문학적 취미를 가지는 것이기에 귀족·신사貴紳가 즐기기에 둘도 없는 적합한 무악舞樂이다. 그러나 메이지유신으로 옛것을 모두 파괴하는 시대를 맞이하자 노가쿠는 커다란 좌절을 맛보기에 이르렀다. 이 국수적인 무악舞樂도 거의 사라지기 직전까지 내몰렸으나, 고 이와쿠라 공을 비롯하여 뜻이 있는 다수의 귀현貴顯이 진력한 결과, 메이지 14년1881 시바芝공원에 노가쿠 무대能楽堂을 건설한 이래[11] (이하 생략, 강조 인용자, 이하 동)

여기서 주목해야 할 대목은 '일본 고유', '존왕상무', '귀신貴紳', '국수적인 무악', '귀현貴顯'이다. 인용문에 대한 자세한 내용설명은 생략하겠으나, 첫째는 서구문물을 수용해서 개화, 문명화를 촉진하는 시류 속에 '일본 고유'로 회귀하고 있다는 점, 둘째는 천황을 중심으로 하는 무武에 대한 상尚이라는 정신 아래에 문화, 예술을 대표하는 노能를 설정하고 있다는 점, 셋째는 국민통합을 지향하면서 15년 전쟁 이후

---

11 [원문] 能楽は我国固有の音楽にして, 尊王尚武の精神を経とし, 忠孝仁義の道を緯とし, 因果応報の理を之に寓して, 彩るに高尚優美の文学的趣味を以てしたるものなれば, 貴紳を慰るには他に比類なき適当の舞楽なり. 然るに明治維新舊物破壊の期に遭遇して, 忽ち一大頓挫を来し, この国粋的舞楽も殆ど廃絶の不幸を見んとしたりしが, 故岩倉公を始め心ある貴顕数多の尽力により, 明治十四年芝山内に能楽堂の建設せられし以来.

도 마찬가지 실은 귀족貴와 신사紳을 주 대상으로 삼고 있어서 자기모순을 보이는 점이다.

　이 내용을 놓고 그저 민간의 일개 잡지에서 벌어진 주장으로 보면 안 되는데, 그 이유는 시바 공원에 노能 무대를 설치하고 노가쿠샤能樂社를 결성해서 노의 육성과 보호책을 전개한 핵심 그룹이 위 '귀신'에 속하는 권력층과 지도층이었다는 점, 가장 중요한 관객에 에이쇼 황태후英照皇太后가 있었다는 점 등으로 보아, 국가 규모의 국책사업이었다고 해도 과언이 아니기 때문이다. 이러한 노를 '국수적인 무악舞樂'이라고 칭하는 예에서 볼 수 있듯이 이른바 '일본/일본인'이라는 '국가아國家我', '민족아民族我'라는 것이 아주 구체적으로 형성되는 모습의 한 단면을 확인할 수 있다.

　다시 조약개정 이야기로 돌아가면, 1873~1879년에는 데라시마 무네노리寺島宗則, 外務卿가 조약개정을 위해 움직였으며, 미국과 '미일관세개정협약日米関税改定約書'을 일단 맺게 되나, 영국과 독일이 반대해서 무효화되고 만다. 1879~1887년에는 이노우에 가오루가 영사재판권領事裁判權 철폐와 관세에 대한 자주권의 일부를 회복하려 했으나, 재판소에 외국인 판사를 임용하는 건으로 민권파의 반대, 정부 내에서도 반대 목소리가 강하다는 이유로 국민 여론의 뭇매를 맞고 교섭을 중지하고 외상직에서 물러나고 만다. 1888~1889년에는 오쿠마 시게노부大隈重信도 영사재판권 철폐를 위해 미국과 조약 체결까지 갔으나, 대법원에 해당하는 대심원大審院에 외국인 판사 임용 문제와 관련해서 국내에서 위헌논쟁이 벌어져서 조약개정을 위한 교섭을 중지할 수밖에 없었다. 1891년 아오키 슈조青木周蔵 외상 때에는 제정러시아를 견제하기 위해서 영국이 일본에 호의적인 태도를 보이는 등, 유리한 환경을 등에 업고 조약 체결이 가시권 안에 들어왔으나, 당시 제정러시아 황태자 니콜라이 로마노프후에 황제 니콜라이 2세가 일본을 방문했을 때, 경비를 맡은 경찰관이 일으킨 암살미수 사건으로 새 조약 체결을 위한 교섭은 중단되고 만다. 결국 청일전쟁이 일어나는 1894년에 아오키가 주영국대사관 공사로 파견되어 영국과 통상항해조약을 조인하기에 이르렀고, 그 후, 러일전쟁과 한국병합을 거치면서 미국과도 새 통상항해조약을 체결하기에 이른다. 결국 청일/러일 두 전쟁에서 얻은 승리로 불평등조약을 해소하게 되고 국제무대에 식민지 경영국으로 등장하게 된 것인데, 바꾸어 말하면 전쟁을 통해서 국민국가로서의 결속과 국민통합이 촉진되었고, 그 촉매로서 '국수', '민족' 등의 이데올로기가 동원된 것이다. 시가의 '국수'가 그 출발점이었던 것이다. 이렇듯 잡지『일본인』은 메이지유신을 거쳐서 근대국가로서의 기본 틀을 확립해가는 국가건설의 시기에 일본이라는 국가, 일본인이라는 민족을 지키자는 그룹에 의해서 발간된 것이다.

이상과 같은 시대적 배경을 업고 간행된『일본인』은 창간 이후, 크게는 다음과 같은 전개를 보인다.

잡지명 등	간행 기간
『일본인』(제1차)	1888년 4월~1891년 6월
『아세아(亜細亜)』	1891년 6월~1894년 10월
『일본인』(제2차)	1893년 10월~1895년 2월
『일본인』(제3차)	1895년 7월~1906년 12월

『아세아亜細亜』는『일본인』이 발행정지 처분을 받아서 더 이상 간행을 할 수 없게 되자,『일본인』을 대신해서 정론政論을 펼치기 위해서 임시로 간행한 잡지이다. 1891년 6월에 제1호가 간행되었으며, 현재 확인 가능한 범위에서 말하면, 1894년 10월 21일자 제3권 제3호가 마지막 호이며, 이 호에는 청일전쟁을 다룬「정청의 이해征清の利害」, 「제국의 확대帝国の拡大」 등의 기사가 실려 있다.

참고로 제2차『일본인』은 시가와 미야케 두 사람이 중심이 되어 잡지를 유지했으며, 나이토 코난内藤湖南도 중간에 참여하였다. 다만 청일전쟁 중에는 1년의 반 이상을 휴간해야만 했다는 점, 제3차는 미야케 세쓰레이가 혼자 주도하는 형태로 바뀐 점, 1902년부터는 구가 가쓰난陸羯南이 사설을 담당했으며, 1904년부터는 미야케가 사설을 담당했다. 필진으로는 후쿠모토 니치난福本日南, 마사오카 시키正岡子

規, 쓰보우치 쇼요坪內逍遙, 오자키 유키오尾崎行雄, 다카하마 쿄시高浜虚子, 이치시마 켄키치市島謙吉, 도쿠토미 소호德富蘇峰, 시마다 사부로島田三郞, 이누카이 쓰요시犬養毅, 우치무라 칸조內村鑑三, 다우치 우키치田口卯吉, 구로이와 루이코黑岩淚香, 다카타 사나에高田早苗, 고토쿠 슈수이幸德秋水, 하세가와 뇨제칸長谷川如是閑 등 저널리스트, 정치가는 물론이고 소설가, 연구자까지 상당히 광범위한 진용이다. 량치차오梁啓超의 이름이 보이는 점도 흥미롭다.

3. 『일본급일본인』에 이르는 과정과 시대적 배경

1888년 구가 가쓰난은 근무하던 내각관보국內閣官報局을 사직하였다. 당시 제1차 이토伊藤 내각이 추진한 서구화 정책과 관련한 조약개정에 대한 강한 반대운동이 일본 국내에서 전개되고 있었는데, 이러한 상황에서 구가 가쓰난은 신문『도교전보東京電報』 창간을 통해서 언론계에 진출하였다. 그러나 폭넓은 독자층을 확보하지 못하고 판매 부수가 하루 평균 약 4,000부에 그치자,[12] 1889년 2월 11일 신문 이름을『일본』으로 바꾸어 재기를 꾀하였다. 『일본』에서 구가는 사장 겸 주필로 활동했고, 고지마 가즈오古島一雄가 편집장을 맡았다. 신문사 체제를 재정비하는 과정에서 주변의 도움을 얻었는데, 고지마의 회상에 의하면, 아사노 나가코토浅野長勲·다니 다테키谷干城·미우라 고로三浦梧楼 등이 출자자出資者로 참여했고, 여기에 '학자 대표'로 스기우라 쥬고杉浦重剛 외에 겐콘사乾坤社 관계자 이름이 올라 있었다고 한다.[13]

가쓰난이 활동한 주 무대는 이『일본』이라는 신문이었다. 그의 정론은 대부분『일본』에 실린 기사나 사설이며, 그런 점에서 가쓰난은 철저하게 저널리스트로서

---

12 『陸羯南―自由に公論を代表すー』, ミネルヴァ書房, 2008, p.65.
13 Ibid., p.67.

활동했음을 짐작할 수 있다. 물론 가쓰난도 정부나 정계에 인맥을 가동하고 있었으며, 가쓰난의 입장을 '일본 정부의 서구화정책 vs 국수 – 일본주의'라는 단순한 구도로 설명할 수만은 없다는 점도 분명히 존재한다. 그러함에도 불구하고, 가쓰난의 국수주의·일본주의는 당시 일본을 지배한 시대의 풍향에 역행하는 반정부적인 인상을 준 것도 사실이며, 실제로 신문『일본』이 발행정지 조치를 당하고 그에 대응하기 위한『아세아』발간 등은 강경노선을 취하는 것처럼 보였다. 그러나 가쓰난의 글을 접해보면 상당히 이지적이며 논리적이다. 이러한 양면성을 보이는 가쓰난과『일본』에 대해서 마쓰다 고이치로松田宏一郎는 다음과 같이 설명하고 있다.[14]

그러나 사설이라는 특성상 때때로 신문『일본』에 대해서 날카로운 정부 비판과 애국심이 넘치는 비분강개적悲憤慷慨的인 이미지를 갖는 경우가 많은데 반드시 그렇지만은 않다. 도리어 그런 이미지와는 달리, 구가의 글 대부분은 서양의 학술서적에서 인용하고 있어서 당시 학술지에 실린 논문과 그다지 스타일이 다르지 않다. 게다가 구가가 주장하는 메시지도 신중한 것이었다.『일본』이 발행정지 처분을 받은 사실 때문에『일본』의 논설이 정치적으로 격렬한 비판 정신으로 가득했을 것으로 생각하는 사람도 있다. 그러나 실제로는 구가가 쓴 사설의 대부분은 정치적 주장의 고취보다는 정치 세계에서 일어나는 일에 대한 냉정한 분석을 시도한 경우가 많다. 그런 점에서 메이지 10년대에 자유민권운동 시기에 나타나서는 사라진 '번벌정부 타파藩閥政府打破'를 주목적으로 한 정당 관련 기관지機關紙와는 다르다.

마쓰다도 언급하고 있는 것처럼, 구가는 단순히 반서구주의를 외친 인물이 아니라, 서양의 사상과 제도에 대한 이해가 깊었으며, 그러한 이해를 바탕으로 일본이 나아가야 할 길을 제시하려 했다. 일본에 대비되는 서양에 대한 이해가 깊었기

---

14 Ibid., 서문 pp.iv~v.

때문에 역설적으로 '일본', '일본인'이라는 자의식과 이를 보존하려는 의지가 싹튼 것으로 보아야 할 것이다. 그런 의미에서는 서구문물을 배척하는 데에 방점을 두는 배외주의나 서구반대주의와는 구별되어야 할 것이고, 아나키스트 등의 반정부활동과도 확연하게 다르다.[15] 또한 중국 동북지방滿洲에 대한 침략전쟁인 만주사변 그리고 뒤이은 중일전쟁, 태평양전쟁으로 이어지는 이른바 '15년 전쟁'을 통해서 구축된 파쇼군국주의하 '일본정신'이나 '일본정신의 국수國粹'하고도 정치한 대조와 분석을 통해서 일본주의, 국수주의의 변질과 전위轉位의 과정과 국가주의를 위한 장치로 동원되는 역사적 역할에 대한 고찰이 이루어져야 할 것으로 생각된다. 다시 말해서 우호적으로 바라본다면 구가는 근대 국민국가라는 개념에 대한 이해를 바탕으로 서양의 문물과 '일본정신'의 조화를 이룬 국가건설에 참여한 것으로 볼 수 있을 것이다.

그런데 이러한 기존의 구가 가쓰난에 대한 평가에 대해서 마쓰다는 한 발 더 들어가서 다음과 같은 지적을 하고 있다. 약간 길어지지만, 일본의 국수주의·일본주의를 생각하는 데 흥미로운 시각이라는 점에서 다음을 인용하겠다.

이러한 해석을 한 대표적 주자는 일본 패전 후 바로 발표된 마루야마 마사오丸山眞男의 「구가 가쓰난—사람과 사상陸羯南—人と思想」이라는 논문이다. 마루야마는 가쓰난이 주장하는 국민주의 주장 안에 메이지 전기의 사상계에서 근대적 국민국가 건설을 위한 정치적 통합과 정치참여 확대가 상호보완되는 국민상을 발견하고 여기에 메이지 초기의 건강한 내셔널리즘 이론이 있다고 이를 찬양하였다. 가쓰난이 주장한 '국민주의'에는 정치에 책임감을 갖는 주체로서의 의식과 '우리 일본인'이라는 통합의식이 '국민'이라는 개념으로 하나가 되어 표현되고 있으며, 이에 의해서 배외적 의식이나 전통에

---

15 이는 구가에만 한정되는 문제가 아니라, 앞에서 글을 직접 인용하고 언급한 것처럼 시가 시게타카 등에 대해서도 마찬가지이다.

의한 구속과는 별도로 이성적으로 통합된 국민국가를 만들려는 사상이 나타나 있다는 설명이다.

마루야마가 제시한 이러한 가쓰난상은 전후戰後 내셔널리즘에 대한 부정적으로 흐르는 전반적 풍조에 대해서 오히려 민주주의 정착을 위해서는 건강한 내셔널리즘을 상기할 필요가 있다는 의도가 깔려 있었다. 이러한 가쓰난상은 뜻밖에 매력을 지니고 있었기에 그 후『구가 가쓰난 전집陸羯南全集』 출판으로 이어지고, 가쓰난에 관한 전문적인 연구논문이 계속 배출되는 계기가 되었다. 즉 전후 민주주의에 대한 기대 속에서 메이지시대 내셔널리즘에 사상적으로 평가할 만한 내용을 제시하고, 서양에만 진정한 민주주의가 나타난다는 식의 서양 중심주의에 대항하고, 경박한 서양 추종에 흐르는 진보주의를 비판하고, 정부가 주도해서 '위에서' 강요하는 근대화에 대항하기 위한 사상적 기반을 찾으려는 관심을 역사가와 정치사상 연구자에게 환기하는 대상으로서 가쓰난을 다루고 있다.

그러나, 전후의 정치적 분위기가 투영된 이러한 기대감은 심정적으로는 가치가 없다고는 할 수 없으나, 역사 속에 실재한 가쓰난이 언론이나 정치 세계에서 이룬 역할을 어떻게 평가할 것인가라는 점에서는 안타깝게도 거의 의미가 없다.서문, pp.i~iii

이 마쓰다의 지적은 단순히 구가 가쓰난이라는 인물에 대한 평가의 문제를 넘어서서 본 연구소의 연구아젠다 '포스트제국의 문화권력과 동아시아' 수행에 많은 시사점을 제공해준다. "전후 정치적 분위기가 투영된" 해석이 구가 가쓰난 연구의 중심에 자리한 시기가 있었다는 지적이며, 이는 역사적 사실을 추적한 해석에 국가나 사회 또는 그 시대적 요망에 의한 특정 바이어스가 가해졌다는 것을 의미한다. 특히 이 책에서 다루는 1950년 9월부터 1951년 12월이라는 시기는 대일본제국이 패망하고 일본이 GHQ 점령하에서 샌프란시스코 강화를 앞두고 국제무대 복귀를 통한 국가 재건을 꾀하는 시기였으며, 국제정세도 한국전쟁에 상징되는 것처럼 동서 양 진영으로 나뉘어 냉전체제로 접어드는 매우 암울하고 민감한 시기였다는 점을 고려할 때, 바이어스가 걸린 왜곡되거나 과장된 오염을 얼마나 분리해서 순도를 높일 수 있을 것인가가 요구된다는 점을 마쓰다의 지적은 일깨워준다.

한편, 신문『일본』의 성격을 이해하기 위해서는『일본』에 출자한 후원자 아사노 나가코토, 다니 다테키, 미우라 고로에도 주목할 필요가 있다.

먼저 아사노는 히로시마번広島藩 마지막 번주藩主이며, 당시 전적으로 수입에 의존하던 양지洋紙를 국산화한 제지製紙회사 유코샤有恒社[16]를 1872년에 설립했으며, 1878년에는 폐쇄되었던 히로시마 번교藩校 수도관修道館에 사재를 투입해서 아사노학교浅野學校로 다시 문을 열어 연고지의 후학 교육에 일조하였다. 메이지정부하에서는 1881년에 원로원 의원, 1882년 이탈리아 공사를 역임한 인물인데 이탈리아로 부임하면서 홍콩, 싱가포르를 거쳐서 나폴리에 도착한 아사노는 그 과정에서 서구에 의해 식민지가 된 아시아 각국의 상황을 직접 눈으로 보고 있다. 또한 메이지 천황의 칙명으로 어린 쇼와 천황 양육을 담당하기도 한 아사노는 '화족華族 은행'이라 불리던 주고+五은행[17]의 대주주라는 재력을 배경으로 신문『일본』에 출자한 것이다. 이렇듯 화족 출신이면서 실업가로서의 경력을 가진 아사노에 비해서 다니 다테키와 미우라 고로는 군인 출신 정치가였다. 다니는 도사번土佐藩 무사출신 육군 중장이었으며, 미우라 또한 육군 중장 출신이다. '조선국특명전권공사'를 역임한 미우라는 을미사변을 주도한 인물로 국내에 이미 널리 알려진 인물이고, 다니는 미우라를 조선 공사로 추천한 인물이다.[18] 이러한 인물이 후원자로 출

---

16 1924년 초대 오지제지(王子製紙)에 흡수 합병됨.
17 1877년 이와쿠라 도모미(岩倉具視)가 주도해서 오와리 도쿠가와(尾張德川) 14대, 17대 당주인 도쿠가와 요시가쓰(德川慶勝), 도사번(土砂藩) 16대 마지막 번주 야나노우치 도요노리(山内豊範) 등의 이른바 귀족(華族)이 중심이 되어 설립한 은행. 1944년 제국(帝國)은행에 흡수됨. 1895년에 아사노가 행장(頭取)으로 취임.
18 "이토(伊藤) 수상에 조선공사로 미우라를 추천한 장본인인 다니는 이 건에 대해서 결론적으로는 가쓰난

자한 사실도 신문『일본』의 성격을 이해하는 데 도움이 되리라 본다. 실제로 가쓰난은 당시 제국일본의 조선 정책에 대해서 조선에 대한 내정간섭은 일본의 권리라는 인식을 분명하게 보였으며, 그 근거로 일본은 조선의 독립과 동양 평화를 위해서 청나라와 싸워 이겼다는, 일본 정부의 논리를 그대로 수용하고 주장하고 있다. 일본 국내에서는 구가 가쓰난이라는 인물은 메이지라는 한 시대를 이끈 저널리스트, 논객으로 보는 시각이 있다. 그러나 대일본제국이 주변국을 침략하고 전쟁까지 불사하면서 치달은 팽창주의에 대해서는 어떠한 입장이며, 이러한 폭력적 팽창주의 또한 일본이라는 나라가 근대국가로 성공하기 위한 정당한 과정으로 보는지에 대한 평가까지 더해서 입체적으로 판단해야 할 것이다.

한편 신문『일본』은 문학 관련 기사도 연재했다. 특히 주목할 부분은 마사오카 시키正岡子規가『일본』에 연재한『노래 읊는 자에게 주는 글歌よみに与ふる書』[19]이라는 가론歌論이다. 신문『일본』과 1897년에 창간된 잡지『호토토기스ホトトギス』를 주요 무대로 삼으며 하이쿠를 근대화하는 작업에 전념했던 마쓰오카 시키가 와카和歌 개혁에 대한 의지를 밝혔다는 데 큰 의미가 있다. 상대적으로 대중적인 하이쿠에서 귀족 중심의 문학이었던 와카로 개혁의 대상을 확대했다는 점은 근대일본문학사에서 간과할 수 없는 사건이라 할 수 있다. 여기서 흥미로운 점은『일본』이 단순히 마사오카 시키의 와카短歌 개혁에 동참하고 협력했다는 데에 그치지 않고, 당시 일본문학계의 '살롱'과 같은 네트워크에 연결되어 있었다는 점이다.『호토토기스』는 일본 최초의 하이쿠 잡지인데, 창간 이듬해인 1898년에는 발행지를 도쿄로 옮겨서 다카하마 교시高浜虛子가 편집과 발행 업무를 담당했으며, 신문『일본』이 연

과 마찬가지로 선후책으로서 대원군 정권의 승인, 왕비를 살해한 범인의 처벌, 미우라 공사의 인책처분을 제시하고 있었다." 朴羊信,『陸羯南政治認識と対外論』, 岩波書店, 2008, p.102.

19 1898년 2월부터 10번에 걸쳐 신문『일본』에 연재한 가론(歌論). 하이쿠에 대한 개혁이 주력했던 시키가 단가(와카)의 개혁에도 관여하기 시작한 글이라는 점에서 평가된다. 헤이안(平安)시대부터 이어온 가풍(歌風)을 부정하고『만요슈(萬葉集, 만엽집)』로의 회귀와 사생주의 노래를 강조했다.

재한 마사오카 시키가 하이쿠를 선정하는 코너인 '시키선 하이쿠란子規選俳句欄'과 함께 당시 하이쿠 문학 부흥을 주도하였다. 한편 다카하마 쿄시는 1900년 전후해서 소설 쪽으로 경도하는데, 메이지유신 이후에 새롭게 제작된 이른바 '신작노新作能' 제작에 참여하고 있다. 현재까지 대략 확인이 된 곡은 〈데쓰몬鐵門〉1916, 〈사네토모實朝〉1919, 〈아오니요시靑丹吉〉1939, 〈도키무네時宗〉1940, 〈젠코지모데善光寺詣〉1941, 〈요시쓰네義經〉1942, 〈오쿠노호소미치奧の細道〉1943 등이다. 일본 역사와 문학을 아는 사람이라면 곡명만 보아도 문학이라는 영역에서 소재를 구하고 있음을 알 수 있다. 가령 〈데쓰몬〉은 모리스 마테를링크Maurice Maeterlinck의 〈텡타질의 죽음The Death of Tintagiles/La Mort de Tintagiles〉1894이라는 제목의 인형극이다. 은하의 성에 사는 공주와 그 공주를 지키는 충복인 노인의 이야기인데 이를 번안한 것이다.[20] 반면에 1940년에 제작한 〈도키무네〉는 가마쿠라鎌倉 막부 제8대 집권執權인 호조 도키무네北条時宗를 주인공으로 일본이 말하는 '몽고습래蒙古襲來'를 물리치는 이야기를 전개한다. 중일전쟁이 한창인 시기에 노 신작 제작을 통해서 이른바 문학보국文學報國을 한 셈이다. 〈요시쓰네〉는 가마쿠라 초대 장군 미나모토 요리토모源頼朝의 이복동생이자 당시 장수인 요시쓰네를 소재로 전쟁 중인 국가에 익찬翼贊하기 위해서 대륙으로 건너간 요시쓰네가 칭기즈칸이 되어 대륙을 정복하는 이야기로 만들고 있다. 이처럼 다카하마 쿄시라는 인물을 통해서 문학이 시대와 전쟁에 어떻게 관여하게 되는지를 엿볼 수 있는데, 일본에서 '메이지의 문호文豪'라 불리는 나쓰메 소세키夏目漱石 문하에 있는 아베 요시시게安倍能成, 데라다 도라히코寺田寅彦, 노가미 토요이치로野上豊一郎, 그의 처 노가미 야에코野上弥生子, 마사오카 시키는 호쇼류宝生流 우타이謠曲 애

---

20 이 부분에 대해서는 다음과 선행연구를 참고하기 바란다. 「高浜虚子の新作能とメーテルリンク」(『比較文學研究 : Studies of comparative literature』57, 東大比較文學會, 1990), 「『タンタジールの死』から『鐵門』へ:虚子によるメーテルランク翻案能」(『慶応義塾大学日吉紀要』64, 2017). 또한 제14회 국제일본학심포지엄 '문자·표현·교류의 국제일본학' 제2세션 '서양에 영향일 미친 노-이행·번역·해석'(お茶の水女子大学, 2012.7.8)에서 니시노 하루오(西野春雄)는 '能になった西洋の詩·戯曲'라는 제목으로 『텡타질의 죽음』에 대해 언급하고 있다.

호가였으며, 마사오카 시키의 영향을 크게 받으며 시키를 따른 다카하마 쿄시도 마찬가지였다는 점에 주목할 필요가 있다. 주지하는 바와 같이 아베 요시시게는 경성제대 교수를 역임했으며, 물리학자이며 수필가이기도 한 데라다는 나쓰메 소세키가 주재한 하이쿠 결사 시메이긴사紫溟吟社를 1898년에 함께 일으키는 등, 나쓰메 소세키와 교류가 깊다. 노가미 토요이치로는 노 연구자이며 오늘날 노 연구의 중심인 호세이대학法政大學 노가쿠연구소能樂研究所는 노가미 사망 후, 그가 보유하고 있던 방대한 귀중자료를 바탕으로 설립되었으며, 정식 명칭을 '노가미기념野上記念 노가쿠연구소'라 하는데 여기서 '노가미'는 '노가미 토요이치로'를 말한다. 노가미 야에코 또한 나쓰메 소세키 소개로 『엔緣』을 발표한 소설가이며, 소설가로서 80여 년을 활동한 문화훈장 수여자이다. 한편 다카하마 쿄시의 형인 이케노우치 노부요시池内信嘉는 노카구 잡지 『노가쿠能樂』를 창간하고 에도시대의 노와 메이지유신 직후의 노에 대한 대작 『노가쿠세이수이기能樂盛衰記』를 남기는 등, 이 인적 네트워크를 움직이는 동력의 하나에 노能, 우타이謠, 謠曲라는 써클이 있었다는 점도 주목할 만하며, 이는 근대에 역사 – 사상 – 문학이 매우 입체적으로 엮여 있으며, 오늘날 우리가 채용한 학문분류가 오히려 학문 간에 벽을 만들어 시대를 입체적으로 꿰뚫어보는 데 유효하지 않을 뿐 아니라 장애가 되기도 한다는 점을 일깨워 준다.

어쨌든 이러한 움직임은 결국 1908년에 간행된 잡지 『아라라기ｱﾗﾗｷﾞ』[21]로 이어진다. 국수주의, 일본주의를 표방하는 『일본』이 하이쿠뿐 아니라 와카 개혁에도 적극 동참했다는 점은 '일본'과 '일본인'을 중심으로 두는 당시 국수주의, 일본주의를 생각하는 데 있어서 주목해야 할 부분이다. 결코 부록처럼 가벼운 읽을거리로 하이쿠 등이 지면을 차지하고 있었던 것이 아니다.

마사오카 시키는 1884년 9월에 도쿄대학 예비문豫備門, 후에 제일고등중학교에 입학하

---

21 5년 전인 1903년에 마사오카 시키 문하의 가인들이 모여서 『아시비(馬醉木)』라는 단가 잡지를 간행했는데 이것이 『아라라기』의 전신이다.

는데, 이때 동급생에 이미 언급한 나쓰메 소세키夏目漱石 외에도, 하가 야이치芳賀矢一, 미나카타 구마구스南方熊楠, 야마다 비묘山田美妙 등이 있었다. 시키는 1889년 2월 11일 대일본제국헌법이 발포된 날 창간된 신문 『일본』을 직접 보고 있는데, 1892년에는 가쓰난의 도움을 받아서 가쓰난 집 근처에 이사하게 되었으며, 같은 해 12월에는 일본신문사에 입사하였다.[22] 마사오카 시키가 일본신문사에 입사하게 된 경위에는 가쓰난의 추천이 크게 작용했는데, 국수주의·일본주의를 주장하던 신문 『일본』은 하이쿠가 들어간 문장으로 '국문國文'을 진흥하려는 의도가 있었다. 주필인 고지마古島一雄는 「일본신문에서의 마사오카 시키군」이라는 글에서 "일본신문은 서구화주의에 반대해서 일어난 여세를 몰아서 일본주의를 더 고취하기 위해서 '국문'을 진흥하려는 생각으로 고나카무라小中村, 오치아이落合 두 사람을 중심으로 와카和歌가 들어간 기행문을 싣고 있다. 따라서 하이쿠俳句가 들어간 글이나 하이쿠체俳句體라 할 수 있는 것도 일본주의 고취에 도움이 될 뿐 아니라, (국문 부흥을 위한) 선택지가 넓어진다는, 이른바 일본주의의 발양을 위해서 혹은 신문 노선정책이라는 점에서 자네 입사에 찬성한 것이다"라고 적고 있다.

여기서 말하는 '고나카무라'는 고나카무라 기요노리小中村清矩의 양자 고나카무라 요시카타小中村義象[23]이다. 고나카무라 기요노리는 앞에서 언급한 시게노 야스쓰구와 구메 구니타케가 펴낸 『풍속가무원류고風俗歌舞源流考』에 이어서 1888년에 간행된 『가무음악략사歌舞音楽略史』[24]의 저자이다. 일본의 음악과 예능을 장르별로 서술한 통사通史이며, 오늘날 문학사의 시작으로 볼 수 있다는 점에서 선구적이라 할

---

22 1895년에는 가쓰난이 긍정적으로 옹호하는 청일전쟁 종군기자로 중국 랴오둥(遼東)반도로 건너간 경력이 있다.

23 이케베 요시카타(池辺義象)가 본래 성명. 도쿄제국대학 문과대학 고전강습과(古典講習科)를 1기생으로 졸업했는데, 도쿄제국대학의 은사인 고나카무라 기요노리의 양자가 되었으나, 후에 다시 이케베 성으로 복귀하였다.

24 고나카무라 기요노리, 서정완 역, 『(한국연구재단 학술명저번역 동양편 191)가무음악략사』, 소명출판, 2011.

수 있다. 시게노 야스쓰구는 『가무음악략사』에서 한문서漢文序를 썼으며, 일본이 동양 악부樂府의 중심이라고 호언하고 있다.

한편 '오치아이'는 오치아이 나오부미落合直文이다. 원래 이름은 아유카이 모리미쓰鮎貝盛光이며, 1894년 조선으로 건너온 조선어 언어학자 아유카이 후사노신鮎貝房之進의 친동생이다. 아유카이 후사노신은 경성에 있는 을미의숙乙未義塾에서 일본어 교사로 있었는데, 이때 동료에 가인歌人인 요사노 텟칸与謝野鉄幹이 있었고, 요사노 텟칸은 1892년 11월경에 오치아이 나오부미 문하에 입문한다. 오치아이 나오부미는 1893년 단가短歌 결사인 아사카샤浅香社를 결성해서 고어古語로 된 와카를 일반인이 쉬운 말로 만들 수 있도록 노력하였고, 노인의 전유물인 와카를 젊은 세대로 확대하는 데도 노력하였다. 마쓰오카 시키와 마찬가지로 단가 개혁에 임했는데, 요사노 텟칸의 아내이자 가인인 요사노 아키코与謝野晶子, 이시카와 타쿠보쿠石川啄木, 기타하라 하쿠슈北原白秋 등이 아사카샤에서 배출되었다.

이렇게 보면, 서양문명과 문물을 적극적으로 수입해서 근대화에 박차를 가하려는 주류와, 이에 반대하며 '일본'과 '일본인'으로서의 정신을 보존하면서 서양의 것을 응용해야 한다는 국수주의·일본주의를 주장하는 비주류의 길항拮抗 사이에 문학, 단가, 노를 포함한 예능이라는 것들이 문화장치cultural apparatus로서 동원되고 있음을 알 수 있다. 신문『일본』은 물론이고 잡지『일본급일본인』을 바라볼 때 문학 관련 기사를 단순히 취미를 제공하기 위한 지면으로 봐서는 안 되며, 국민국가 체제를 강화하기 위해 동일한 역사와 전통과 문화문학를 공유해야 하며, 이들 문화와 전통은 역사적으로 유구하며 국민국가 또는 민족의 정통성과 위관偉觀을 보장하는 것이야 한다는 기저가 깊게 깔려 있고, 그러한 목적을 달성하기 위해서 즉 국민통합을 위한 수단이자 기술로서 문학·문화·예능의 담당자를 사회를 구성하는 피라미드 상층부에서 중간과 그 아래로 확대하려는 의도가 작동하고 있다는 인식하에 이들 기사를 살펴야 할 것이다.

1874년 노能를 비롯한 공연문화를 바라보는 메이지라는 새 시대를 장악한 권력·권력자의 시선은 한 마디로 관제官制 미풍양속을 지키기 위한 '경계'와 '통제'였다. "노能와 교겐狂言을 비롯한 음악과 가무의 부류는 인심人心과 풍속에 관여하는 바가 적지 않기에 좌에서 적은 대로 관내에서 영업하는 모든 자에게 이 내용을 통지할 것能狂言ヲ始メ音曲歌舞ノ類ハ人心風俗ニ関係スル処不少候に付左之通各管内営業ノ者共へ可相達事"敎部省에서 알 수 있듯이, 사람의 마음과 풍속에 적지 않는 영향을 미치는 노, 교겐을 비롯한 음악과 가무는 통제되어야 한다는 것이다. 노와 교겐은 역대 천황을 감히 연기하는 등으로 모독하는 일이 없어야 하며, 연극은 권선징악을 주된 내용으로 삼아서 음풍추태淫風醜態를 보이는 일이 없도록 하라는 것이다. 에도시대의 사농공상士農工商이란 신분제도하에서 피라미드 꼭지에 속하는 무사들은 노 이외의 '조닌町人'들이 즐기는 '유게이遊藝'나 일반 서민들이 즐기는 '후조쿠風俗'라 불리는 하급문화에 대해서는 일절 관심을 보이지 않았다. 이유는 무사로서 지켜야 할 규율을 위해서 자칫하면 풍기문란風紀紊亂으로 이어질 수 있는 싹을 미연에 방지하고 없애기 위한 금기인 것이다. 실제로 1872년 도쿄부청東京府廳이 당시의 나카무라좌中村座, 무라야마좌村山座, 모리타좌守田座라는 시바이芝居, 일단 '극' 또는 '극단'이라 옮겨둔다에 대해서 "요즘 귀인과 외국인들도 이들 극을 관람하는데 음분淫奔을 전하게 되기에 부자가 함께 보기 민망한 것들은 모두 금지해서"[25] 근대국가로서의 체면을 지켜야 한다는 주장을 펼친다. 이러한 관계를 보였던 당시의 권력과 문화예술이 국민국가 체제를 발전시키면서 이들 역학관계에 어떠한 변화가 일어났으며, 이른바 '문화의 힘'이 권력에 어떻게 인정되고 이용·동원되었으며, 또는 권력에 대해서 협력하였는가? 여기에 씨실과 날실처럼 문화와 권력이 엮어내는 '문화권력'이라는 자장磁場이 형성되는 것이다. 청일전쟁 이하 태평양전쟁까지 이후에 대일본제국이 벌이

---

25 "コノゴロ貴人及ビ外国人モ追々見物ニ相成候ニ付テハ、淫ポンノ媒トナリ、親子相対シテ見ルニ忍ビザルト
ノ事ヲ禁ジ"(『東京日日新聞』, 1872.2.22)

는 전쟁은 국민통합을 강하게 요구하였고, 그때 기능했던 여러 문화장치가 오늘날 국민국가나 민족을 대표하는 훌륭한 문화, 전통, 고전 등으로 되어있는 구조를 '포스트제국'이라는 시점으로 냉철히 음미할 필요가 있다. 즉 일본의 '전통' 또는 고유의 것이라고 할 수 있었던 일본 서민들 고유의 문화를 근대라는 시대 앞에서 음분, 음풍추태 등을 이유로 소멸시키거나 공연을 금지하는 한편으로, 인구 대비 극소수 상층부가 즐겼던 노 등을 '일본의 전통예술'로 만들어내는 인지認知 과정을 거쳤다는 사실이 확인되는데도, 오늘날 노가 일본을 대표하는 가면극, 전통예술, 고전 등의 위상을 지니는 사실과 그 모순에 대해서 생각해보는 것은 국민국가, 권력, 문화, 예술의 본질과 관계성을 이해하는 데 도움이 될 것으로 믿는다. 이처럼 근대에 전통, 고전이 만들어지는 과정에서 『일본』과 『일본인』 그리고 이들 문화매체를 무대로 활동한 국수주의, 일본주의를 어떻게 자리매김하고 평가할 것인가를 살펴보는 것이 이번 해제 작업의 목적이라 할 수 있다.

여기서 『일본』과 『일본인』 이야기로 화제를 돌리면, 1906년, 구가가 건강이 악화되어 신문사를 실업가 이토 킨스케伊藤欽亮에게 넘겼더니, 『일본』이 입헌정우회立憲政友會의 지원을 받는 보수 신문이 되어버렸다. 이 급변에 반기를 품은 신문사 직원 13명은 회사를 떠나서 세이쿄샤政敎社로 옮겼고, 당시 잡지 『일본인』을 주재하던 미야케 세쓰레이가 중심이 되어 신문 『일본』과 잡지 『일본인』을 통합한 결과, 『일본급일본인』으로 거듭난 것이다.[26] 이러한 복잡한 경과를 거쳐서 『일본급일본인』은 1907년부터 간행되는데, 1923년 관동대지진으로 발행이 중단된 이후 재기하는 과정에서 의견이 갈리어 미야케 세쓰레이가 세이쿄샤를 떠나게 된다. 『일본급일본인』은 1924년에 다시 간행이 시작되나, 그 전후에 어떠한 내용적 변화가 있었는지에 대해서는 앞으로 기사를 하나씩 살펴보면서 확인할 필요가 있다.

1937년 이후에는 중일전쟁 발발이라는 시대적 상황에 휩쓸린 결과 『일본급일

---

26 이 과정에 대해서는 『일본급일본인』 9월호(복간 제1호)에 그 경위에 관한 짧은 글이 있다.

본인』또한 총동원체제하에서 전쟁에 협력했으며, 1945년 2월호440호를 끝으로 자취를 감추었다. 구가 가쓰난, 시가 시게타카가 주도한 시기의 국수주의, 일본주의와, 파쇼군국주의하에서 선동되고 동원되는 '국수', '일본정신', 그리고 양자 사이에 존재하는 이동異同에 대해서도 실증적인 확인 작업이 필요하리라 생각된다.

이상에서 간략하게 본 것처럼, 이러한 문화매체로서의 경과와 시대적·문학적·사상적 배경을 가지고, 실증적인 작업을 통해서 풀어야 할 과제를 가진『일본급일본인』인데, 이 잡지는 모두에서 언급한 것처럼 대일본제국 패망으로부터 5년이 지난 1950년 9월에 복간되었다. 1950년 9월호, 10~11월호 합본, 12월호까지 총 4개월에 걸친 3호가 1950년 간행분이다. 여기에 1951년 12개월을 대상으로 해제작업을 한 결과가 이 책이다.

『일본』,『일본인』이 메이지시대의 근대국민국가 건설 과정에서 도출된 서양문물과 일본·일본인과의 관계성 확보를 위한 논쟁과 주장을 이들 문화매체에 담고 있다면, 이 책에서 대상으로 한『일본급일본인』(1950~1951)은 일본이 파쇼군국주의에서 민주국가로 변환하는 과정에서 정리해야 하는 국내외적인 문제, 국제무대 복귀를 위한 국익을 위한 계산과 전략, 이를 뒷받침할 국내 정치와 경제, 사회의 재건, 15년전쟁 시기에 국체를 보존하고 전쟁에서 승리를 거두기 위해서 필요했던 국민통합과는 또 다른 의미와 목적으로서의 국민통합이 필요한 매우 혼란스러운 국가재건의 시기를 담고 있다. 1945년까지는 부국강병을 앞세워 팽창주의를 일관해서 침략을 감행하고 전쟁을 일으켰으나, 무조건항복에 의해 군대는 무장 해제되고, GHQ 점령하에서 민주주의 국가로의 탈바꿈을 요구받는 상황에서 한국전쟁 발발은 또다시 전화戰禍 속으로 휘말리지 않을까 하는 공포심 또한 작동케 했을 것이다. 그리고 여기서 '전화'라는 말이 중요한데, 도쿄공습 등으로 수도 도쿄가 폐허가 되고, 나가사키와 히로시마에 투하된 원자폭탄으로 인한 공포 등을 느꼈을 일본 거주자(굳이 일본인이라고 표현하지 않는 이유는 당시 조선인을 비롯한 다양한 사람들이 피해자로 실재했기 때문이다)를 대상으로 전쟁의 아픈 기억을 치유해야 하는데, 이 과정에서 전쟁에 대한 해석, 역사 인식, 책임의 회피와 민족차별, 침략과 식민통치를 통해서 씻어낼 수 없는 아픈 고통을 준 이웃국가나 지역에 대한 진실된 사죄 등 '부負의 기억'은 은폐하고 축소하는 과정을 우리는 동시에 살펴볼 필요가 있다. 여기서 말하는 '부의 기억'에 대한 은폐라는 것은 본 연구소 HK+사업 아젠다 '포스트제국의 문화권력과 동아시아'의 출발점이 된 '제국적 욕망의 은폐'로 바로 이어지기 때문이다. 이러한 조그마한 작업의 축적이 이 아젠다가 추구하는 '동아시아의 화해와 공존'을 위한 기초 작업이 되리라 확신한다.

4. 해제작업

이 해제작업은 한림대학교 일본학연구소 HK+사업의 연구아젠다 '포스트제국의 문화권력과 동아시아'를 수행하기 위한 구체적 실행의 하나로서 수행되었다. 정확하게 패전 5년 후인 1950년 9월에 복간된 『일본급일본인』을 통해서 대일본제국 패전 후에 GHQ 점령하에서 국가재건에 임하는 실상을 구체적으로 접근하고자 했다. 여기에는 대일본제국이 자행한 파쇼군국주의 침략 전쟁으로 아시아에 치유하기 어려운 아픈 상흔을 수도 없이 남긴 아시아태평양전쟁을 어떻게 바라보고 있는지, 아시아를 어떻게 바라보고 세계를 어떻게 바라보는지, 강화조약을 앞두고 그들이 열망하는 '독립'이라는 것을 어떻게 생각하며 동시에 그들이 식민 지배한 나라와 지역에서 일어난 독립운동과 그 독립의 의지에 대해서 연관해서 생각할 정도로 과거사를 직시하는 자세가 있는지, 그리고 한국전쟁으로 상징되는 동서 양 진영으로 갈리는 냉전체제를 앞두고 어떤 태도를 보이는지 등등 궁금증을 탐구하기 위한 작업이었다. 이 모든 문제들이 오늘날까지 해결을 보지 못한 채로 '과거사'라는 말로 '현재·현대'의 사事로서 사史를 이어가고 있기 때문이다. 이 아젠다가 최종적으로 지향하는 '동아시아의 화해와 공존'을 고민하는 첫걸음임과 동시에 중요한 연결고리인 셈이다.

구체적으로는 매 호에 게재된 논설을 중심으로 한 글을 해제자가 분담해서 작업했으며, 기타 주제의 글에 대해서는 해제를 희망하는 해제자가 담당하였다. 이 과정에서 해제자의 성향이나 전공영역 또는 연구 방법 등에 따라서 해제자의 시점 등이 약간 다를 수가 있으나, 이 또한 다양한 시각에서 바라볼 수 있는 기회로 삼고자 한다.

그리고 매 호 모두에 머리글과 같은 성격이자 신문 사설과 같은 성격을 띠는 '주장'이라는 글이 있다. 이 '주장'은 모두 소장·사업단장 서정완이 담당했으며, 이 '주장'에 대해서는 **내용요지**와 **해제내용**이 아니라 전문全文을 해석하였다. 이유는 이 글만으로 복간판 『일본급일본인』이 바라보는 '관觀'이 선명하게 드러나기 때문에 요지와 해제가 아닌 직접 전체 글을 제시해야 독자가 복간판 『일본급일본인』의 성격과 각 집필자의 사상적 배경이나 입장에 직접적으로 접근할 수 있다고 판단했기 때문이다.

마지막으로 저본底本은 한림대학교 일본학연구소가 운영하는 일본학도서관 소장본을 사용했음을 밝힌다.

차례

서문_복간판『일본급일본인』해제집을 내면서 —————————— 3

1950년 9월 —————————————————————— 41
주장_1950.9   43
아시아인의 아시아ア ジ ア人のア ジ ア   46
일본의 경제와 무역日本の経済と貿易   54
일본안전보장문제 사언日本安全保障問題私言   57
구가 가쓰난의 정치론陸羯南の政治論   64
조선 문제와 노동운동朝鮮問題と労働運動   70
일본급일본인의 유래日本及日本人の由来   74
일본 본래의 신은 무엇인가日本本来の神とは何ぞ   78

1950년 10~11월 ————————————————————— 83
주장_1950.10~11   85
마키아벨리와 현대マキアヴェリと現代   88
정치와 종교政治と宗教   93
공산주의와 아나키즘共産主義とアナーキズム   98
노동정책의 위기労働政策の危機—자주성의 결여自主性の欠如   103
우리들이 취해야 할 자유주의我等の取るべき自由主義   109
죽림칠현 이야기竹林七賢の話   112
에도의 풍속江戸の風俗—조야와 초닌의 재치状屋と町人の才覚   115

1950년 12월 —————————————————————— 117
주장_1950.12   119
정치와 정치사상政治と政治思想   121
서유럽 재무장과 일본西欧再武装と日本   126
5・4운동에서 일본 혁명으로五四運動から日本革命へ   131
자주성의 문제自主性の問題
—일본 노동조합의 약점과 그 극복에 대하여わが国労働組合の弱点とその克服について   138
우리가 취해야 할 평등주의我等の取るべき平等主義   144
소케이센 이야기早慶戦の話   147
패전 후 농업정책敗戦後の農業政策   150

1951년 1월————————————————————— 155

주장_1951.1　　　　　　　　　　　　　　　　　　　157

인간들이여 당신은 자유인인가人々よ汝は自由人であるか　159

전쟁포기와 자위권戦争放棄と自衛権　　　　　　　　163

나의 평화선언私の平和宣言　　　　　　　　　　　　167

스탈린 제국주의スターリン帝国主義論　　　　　　　173

문화훈장文化勲章　　　　　　　　　　　　　　　　178

민족에 대한 자각民族の自覚　　　　　　　　　　　184

역사의 눈歴史の眼　　　　　　　　　　　　　　　　189

미국의 노동조합アメリカの労働組合　　　　　　　　193

3인의 선각자3人の先覚者—무토・후지와라・쇼다武藤・藤原・正田　195

금융기구의 정비 대해金融機構の整備について　　　198

독립으로 가는 길独立への歩み　　　　　　　　　　203

우리가 취해야 할 평화주의我等の取るべき平和主義　206

에도의 풍속江戸の風俗—말씨에 관하여言葉について　210

편집후기編輯後記　　　　　　　　　　　　　　　　214

1951년 2월————————————————————— 217

주장_1951.2　　　　　　　　　　　　　　　　　　　219

목적의 국가目的の国　　　　　　　　　　　　　　　222

'온건한 사상'에 대해「穏健な思想」について　　　　225

회고록 유행에 붙여回顧録の流行に寄せて　　　　　230

평화론자가 잊은 것平和論者の忘れもの　　　　　　235

일본재무장론日本再武装論　　　　　　　　　　　　240

'두 세계'의 대립에 대해「二つの世界」の対立について　246

어두운 골짜기에 있는 여학생의 마음暗い谷間にいる女學生の心　251

치국이민은 부처의 본지治国利民は佛の本旨　　　　254

결핵의 선례結核の先禮　　　　　　　　　　　　　　258

새의 결혼鳥の結婚　　　　　　　　　　　　　　　　261

일본 황실의 성립과 민족의 신념日本皇室の成立と民族の信念　264

1951년 3월─────────────────────────────── 269

주장_1951.3   271

사상 · 학술 등의 자유思想 · 学術等の自由   274

전쟁을 불가피하게 하는 자는 누구인가?戦争を不可避ならしめる者は誰か?   279

결단으로서 비무장決断としての非武装   283

제2차 세계전쟁 회고와 성격 분석第二次世界戦争の回顧と性格分析   286

휴머니즘의 철학ヒューマニズムの哲学   291

일본의 부흥日本の復興   295

미국의 준전시 경제와 일본米国の準戦経済と日本   299

오가와 헤이키치 옹의 회고小川平吉翁の回顧   303

추억 수첩 (1)思い出帳 その一   308

신일본급 신일본인新日本及新日本人―基督信者の見たる―기독교 신자의 견해   311

청년단의 전망青年団の展望   316

1951년 4월─────────────────────────────── 321

주장_1951.4   323

일본의 독립日本の独立
―체결해야 할 강화조약에 대해서締結されるべき講和条約について   326

조약개정과 사법권 독립条約改正と司法権の独立   331

전쟁선전과 평화옹호戦争宣伝と平和擁護   342

현대 사회문제와 양심現代の社会問題と良心   347

재군비 반대론을 논박함再軍備反対論を駁す
―공산 세력의 침략에 대비해야共産勢力の侵略に備えあれ   359

변모하는 전후 일본의 사회의식変貌する戦後日本の社会意識   363

자위대 문제 노트自衛問題是非ノート   368

안전보장의 형태安全保障の形態   373

추방만담追放漫談   380

두 개의 바다ふたつの海   387

추억 수첩 (2)思い出帳 その二   390

일본인의 사대주의日本人の事大主義   393

재군비론자의 책임再軍備論者の責任   396

시암의 일본인가シャムの日本人町   405

1951년 5월 ——————————————————— 409

주장_1951.5　411

공산주의의 정치적 세계관共産主義の政治的世界観　414

좀바르트와 자본주의의 장래ゾンバルトと資本主義の将来　422

사회당과 공산당社会党と共産党　428

일본열도와 적군日本列島と赤軍　431

크렘린의 태도クレムリンの出方　435

붉은 아시아 혁명赤色アジア革命
—오자키 호쓰미와 알쟈 히스尾崎秀実とアルジャー・ヒス　439

애국심愛國心　446

하버드대학 시절ハーバード大學時代　455

독립을 위한 강화조약独立のための講話条約　460

일본의 빈곤가족의 한 양상日本における貧困家族の一様相　465

20세기 후반의 사명廿世紀後半の使命
—민주주의와 공산주의의 투쟁民主主義と共産主義との闘争　472

추억 수첩 (3)思い出帳 その三　478

1951년 6월 ——————————————————— 481

주장_1951.6　483

레닌 전쟁론レーニン戦争論　486

선거와 정치의 합리화選挙と政治の合理化　490

헌법의 운명憲法の運命　496

중공의 대일정책中共の對日方針—중소동맹조약의 의도中ソ同盟條約の意圖　500

사령관 경질과 강화문제司令官更迭と講和問題　504

학생론學生論—애국적 학생에게 호소한다愛国的学生に訴う　510

모략적 평화옹호론을 배격한다謀略的平和擁護論を排す　514

인구문제와 가족생활人口問題と家族生活　518

전환기의 절조転換期における節操
—카이슈・오구리・가와지를 기연으로海舟・小栗・川路を機縁に　526

전시의회戦時議会—만주사변과 국제연맹탈퇴 (1)滿州事変と國際連盟脱退—其の一　534

일본 운명의 계시日本運命の啓示　539

추억 수첩 (4)思い出帳 その四　542

1951년 7월 ─────────────────────────────── 545

주장_1951.7 547

일본의 안전보장日本の安全保障
―미국의 강화조약안에 의거하여アメリカの講話條約にそくして 550

헌법 개정과 강화憲法改正と講和 561

강화와 노동문제講和と勞働問題 564

마오쩌둥의 전쟁론憲法改正と講和 568

정계 회고 20년政界回顧二十年
―만주사변과 국제연맹탈퇴 (2)滿州事変と國際連盟脱退─其の二 571

1951년 8월 ─────────────────────────────── 579

주장_1951.8 581

우리 의회제도의 성격わが議会制度の性格 584

사회보장을 결의社会保障への決意 588

스탈린 전쟁론スターリンの戦争論 593

민주사회주의와 공산주의民主社会主義と共産主義 599

신중국의 동향新中国の動向 603

정계 회고 20년 (3)政界回顧二十年(3)―2·26 사건 전후(1)二·二六事件前後─其の一 606

차타레사건의 핵심チヤタレ事件の核心 615

1951년 9월 ─────────────────────────────── 619

주장_1951.9 621

우리 애국의 신조我が愛国の信條 624

교우냐 복수냐交友か復讐か 628

전체주의의 새로운 희생全体主義の新犠牲 635

위험한 일본민주주의危ない日本民主主義 640

노포는 사랑 받는다 등老舗は愛せられる等々 644

마르크시즘과 인간성マルクシズムと人間性 647

일본 해양방위의 이념日本海洋防衛の理念 650

결핵의 선례 3結核の先禮 654

가라코からこ 658

추억 여행思い出の旅 661

정계 회고 20년(4)政界回顧二十年(4)―2·26 사건 전후(2)二·二六事件前後─其の二 664

1951년 10월 ———————————————————— 673

주장_1951.10 675

전후 헌법론 비판戦後憲法論の批判 678

자본주의의 운명資本主義の運命 684

아시아의 내셔널리즘アジアのナショナリズム 690

국제정세와 일본의 나아갈 길国際情勢と日本の針路 693

정계 회고 20년 (5)政界回顧二十年(5)—2・26 사건 전후 (3)二・二六事件前後一其の三 701

1951년 11월 ———————————————————— 709

주장_1951.11 711

동양에의 회귀東洋への回帰 714

일본재무장과 헌법과 간련日本再武装と憲法との干聯
—미노베 설명의 해명美濃部説の解明 719

재군비를 위해 헌법 개정이 필요再軍備に憲法改正の要あり
—전후 헌법론의 비판戦後憲法論の批判 722

미일안전보장조약의 의의日米安全保障条約の意義 727

마르크스주의에 결별マルクス主義の訣別 730

일본 사회주의의 여러 전제日本社会主義の諸前提 735

아름다움을 되찾자美を取り戻そう 740

인도 외교의 근저에 있는 것インド外交の底にあるもの
—대일강화문제를 둘러싸고対日講和問題をめぐって 746

일본 및 세계의 장래日本及世界の将来 749

30년 전의 일기三十年前の日記 754

정계 회고 20년 (6)政界回顧二十年(6)—2・26 사건 전후 (4)二・二六事件前後一其の四 759

1951년 12월 ———————————————————— 765

주장_1951.12 767

현대의 위기—계약적 (가족, 정부, 경제조직, 자유, 국제관계) 위기 770

민주사회주의와 시국民主社会主義と時局 775

회교 제민족의 반발回教諸民族の反発 785

철학과 이데올로기哲学とイデオロギー 789

일본 사회주의의 기본 성격日本社会主義の基本性格
—집산적인 민주적 사회주의集産的な民主的社会主義 794

재군비와 통수권 문제再軍備と統帥権の問題 802

재군비의 현단계再軍備論の現段階 809

훌륭한 세 분의 선생님三人のえらい先生 815

필자 소개 ──────────────────────────── 819

해제자 소개 ────────────────────────── 839

1950년 9월

　잠시 세계지도를 펼쳐서 2대 사조思潮의 대립에 의한 세계의 분쟁과 그 화禍에 농락당해서 거취를 정하지 못하는 조국의 현재 상황과 국제적 지위를 직시해서 일본인에게 부과된 사명과 책임을 각성하여라.

　우리는 무엇을 해야 하는가? 그것은 바로 대결하는 세계관을 종합한 조화를 기초로 세계의 대립을 극복하고 평화로운 이상사회를 건설하는 것, 그것이 당면한 긴급한 책무임과 동시에 금세기 가장 무거운 인류적 명제이다. 세계 모든 국가의 바람도, 천년왕국의 이상도 이 문제에 대한 해결을 등한시한다면 허무한 환상으로 인류의 한 애시哀詩로 머물고 말 것이다.

　이미 안일한 타협이나 방책으로는 근본적인 해결을 기대할 수 없다. 하늘을 우러러보고 대지에 엎드려 우주의 섭리에 귀 기울이고 인류애를 각성하고 동포의 미래를 생각할 때 비로소 인류를 바로잡을 수 있고 구할 수 있는 길이 보인다. 그 길은 한 사람 한 사람이 인간 정신의 존엄 즉 숭고한 인격의 의의를 자각하고 인륜을 관철하는 것이다. 윤리의 실천이란 인간 정신을 충실하게 완성하는 일이며, 고귀한 인격을 충족하는 데서 시작된다. 이상理想 실현을 희구하는 아름다운 정신의 발양이야말로 투쟁, 살육, 배제 등 모든 사심邪心을 무찌르고 이 지상에 태평함을 가져다줄 것이다. 진정한 평화는 무력을 배경으로는 바랄 수 없으며, 이상을 추구하려는 노력을 배경으로 가질 때만 달성할 수 있다.

　이른바 서구민주주의와 공산주의는 영원히 어울릴 수 없는 것인가? 하나는 인간의 자유를, 다른 하나는 인류의 해방을 위하는데, 함께 인간의 복지를 위하면서도 그 가운데서 이렇게 서로 다투어야만 하는가? 평안平安을 위해서 세계전쟁의 위협과 싸우는 인류의 불행을 제거할 방법은 없는 것인가?

　"인간의 모든 것은 존재에 의해서 현정現定된다"고 유물주의자는 말한다. 우리는 이러한 한 면을 진리로 받아들일 것인지에 대해서는 주저하나, 정신이 환경을 넘어서서 자신을 발전시키는 고귀성을 무시할 수는 없으며, 오히려 다양한 조건 이나 존재를 규정하는 것은 정신이라는 사실, 자연과학적 필연론 그대로 역사가 전개된다면 그냥 방임하면 될 것이며, 공산주의자가 말하는 혁명 의욕과 희생적 정신을 고양할 필요는 전혀 없는 것이다.

자연현상과 정신현상을 혼동하고, 정신의 다양성과 고귀성을 무시하고, '국가 를 계급착취의 도구'로 치부해버리는 독단에는 찬동할 수 없다. 물론 계급은 역사 형성의 능동 요인 중 중요한 하나이나, 생활을 형성하고 역사를 진전시키는 요소 는 이외에 혈족, 예술, 풍토, 애욕 등 후천적, 선천적 여러 요소가 존재하며, 이들 이 혼합된 것이 역사의 흔적이라는 점을 생각하면, 계급 지상주의의 오류는 분명 하다.

전체의 충실은 개個의 충실에서 시작된다. 좋은 일본인으로서의 충실함을 갖추 는 것이 좋은 세계인이 되는 길이다. 인간의 존엄은 본분을 다해서 천지의 은혜에 응답해서 사회에 기여하는 데에 있으며, 생활의 충실에 도움이 되는 창조생산에 임하는 일이다. 도위도식徒爲徒食, 기생충적인 존재나 자포자기는 인간으로의 자격 이 없는 행위이다. 원심과 구심이라는 두 힘의 조화가 만상萬象을 안정되게 만들 듯 이 자유평등의 조화야말로 우주의 섭리이다. 일본 및 일본인에게 주어진 책무는 역사 형성의 요소인 자유와 평등, 민족과 계급의 제원諸元을 통일해서 세계질서 확 립에 기여하는 일이며, 이것이야말로 명제 해결의 근본책이라고 믿는다.

메이지 22년1889에 구가 가쓰난陸羯南은 "일본은 그 이름만 존재할 뿐, 그 특질特 質은 잃어버리고 표류하고 있으며 갈 곳을 알지 못하고 있다"고 갈파하였다. 일본 의 현재 상황은 패전으로 혼슈, 시코쿠, 규슈, 홋카이도만 남아서 1889년 당시 일 본이 그랬던 것처럼 재출발을 앞두고 있다. 게다가 비록 초토화되기는 했으나, 그 래도 국토는 남았다. 그러나 일본 고유의 일본인의 특질과 잃어버린 자신감은 어떻게 할 것인가? 우리는 그저 국토가 좁아진 것만을 슬퍼하는 것도 아니고, 판도를 상실한 것만을 한탄하는 것도 아니다. 간섭에 좌우되지 않고 스스로 믿는 대로 행동할 수 있는 일본인의 자주독왕自主獨往의 정신과 특질의 상실을 두려워하는 것이다. 비록 국토를 잃었더라도 세계를 집으로 삼고 세계평화에 기여하고자 하는 기개야말로 소중한 것이다.

강화의 날이 다가오고는 있으나, 형식만 갖춘 것이며 진정한 자립정신의 결여는 숨길 수 없다. 우리는 이름만 독립국이 되는 것을 바라지 않는다. 스스로 자긍심을 가질 수 있는 정신없이 부질없이 우고좌면右顧左眄하면서 세계평화 확립에 일익을 담당하겠다는 말은 가소롭기만 하다. 모든 것은 먼저 자기 혁명에서 시작된다. 부족한 것을 보충하고 특질을 신장시켜서 인격을 완성해라. 일본 및 일본인은 국민 원기의 발양에 의해서만 다시 부흥의 길로 접어들 수 있다.

(1950년 9월 1일)

아시아인의 아시아アジア人のアジア

사노 마나부(佐野学)
해제 : 석주희

내용요약

1.

‘아시아인의 아시아’ — 이 말은 적어도 이후 1, 2세기 사이에 우리 일본인에게 가장 중요한 슬로건이 된다. 우리는 편협한 파벌주의로 그러한 것을 말하는 것은 아니다. 우리는 무엇보다 단일單一한 세계협동체의 성립을 염원한다. 그러나 진정한 민주적인 세계협동체를 성립시키는 요인은 각 민족이 독자성을 확보하고 우애로 연결되어 만나는 것이다. 현재 세계사에서 아시아는 아직 서양의 아래에 놓여 있다. 아시아는 아직 자유가 아니다. 자유로운 아시아와 자유로운 서양의 민주적인 통합이 세계사의 진보의 가장 중요한 조건이다. 따라서 우리는 우선 아시아의 자유를 위해 투쟁을 해야 한다. 이것은 아시아의 이기주의를 위해서가 아닌 세계 진보를 위한 것이다.

지금으로부터 50년 전에 쓰인 홉슨J.A.Hobson의 『제국주의론Imperialism』1902에는 각 민족의 자주성에 대한 상호존경이야말로 세계협동체를 구축하는 방법이라는 이론이 있다. 전후에 출간된 미국의 노장학자인 존 드웨이John Deway의 소책자 『단일세계사회로의 길』에는 "여러 국민의 자발적인 협동만이 세계사회를 가져올 수 있다"고 쓰여 있다. 훌륭한 사회사상가나 철학자는 민족의 바른 의미를 이해하고 있다. 아시아와 서양과의 사이에 민주적인 균형 없이는 세계협동체를 성립할 수 없다.

2.

서양인은 '아시아인의 아시아'라는 말을 그다지 좋아하지 않는다. 우선 그 이유를 생각해 볼 필요가 있다. 첫째 서양문명은 아시아의 부와 노동력을 착취하지 않고 성립할 수 없었다. 서양문명은 서양인의 자발성에 기인하고 있는 것은 물론이지만 그것을 성립시키는 물질적인 조건은 아시아로부터 부의 대량적인 착취였다. 자본을 원시 축적하는 과정이나 제국주의적 식민지 지배를 통해 서양인은 과거 3~4백 년간 아시아인을 매우 비도덕적으로 착취했다. 서양인이 '아시아인의 아시아'라는 언어를 기피한 이유에는 아시아에 대하여 이전과 같은 이점이 없어졌다는 유감의 감정이나 과거의 착취에 대하여 복수를 당할 것이라고 경계하는 마음이 있을 것이다.

둘째로 아시아는 서양과 비교할 때 사회의 발달단계가 훨씬 뒤처졌다. 따라서 아시아의 근대화는 어떤 식으로든지 외부의 힘인 서양 문명의 원조나 지도를 받을 수밖에 없었다. 그러나 지금은 인도나 중국을 시작으로 자립하는 태세가 있다. 따라서 서양인에게는 아시아인이 근대적 서구문명의 지혜를 잃어버리고 아시아인의 아시아라는 슬로건에 흥분하는 것은 은혜를 저버리는 것은 아닌가하는 심리도 있을 것이다.

셋째로 아시아의 수십억 민족은 생활수준이 낮지만 그들만이 축척한 잠재적인 무한한 에너지가 있다. 서구는 지정학적으로 협소하고 문화는 감각의 말단을 달리고 있으며 그 한계성이 보인다. 만약 아시아 민족이 소련에 편승하여 서양에 대하여 일제히 반역 운동을 한다면 서구의 문화도 생활도 위기에 처할 수 있다는 공포심리를 가질 것이다. 아시아인들 사이에 서양인에 대한 열등감이 차츰 사라지는 것은 아시아인에게 우월감을 가졌던 서양인에게 초조한 심리를 불러일으킬 것이다.

아시아인이 본질적으로 서양인에게 뒤처져 있다고는 할 수 없다. 아시아의 사회구조가 서양과 비교할 때 열등한 것은 사실이다. 그러나 이는 발전 속도에 차이가 있었다는 것으로 정신적인 본질까지 열등하다는 것을 의미하지 않는다. 서양의 아시아에 대한 착취는 좀처럼 잊어버리기 어려우나 아시아 사회의 근대화가 서양에 의한 것이라는 점은 감사할 따름이다. 서양과 아시아가 민주적인 균형을 성립하기 위해서는 우선 아시아인이 자주성을 확립할 수 있어야한다. 이를 위해서는 '아시아인의 아시아'라는 슬로건이 향후 1~2세기 사이에 우리 일본인의 주요한 목표가 되어야 한다.

3.

아시아인의 아시아라는 말은 단순히 서양을 향한 것만은 아니다. 이는 아시아인 자신을 향한 것이다. 아시아인의 사회구조는 서양과 비교하여 중세적인 요소가 상당히 많이 남아 있으며 고대적인 것도 남아 있다. 토지제도에서는 지주의 소유나 영세경영, 상업자본이나 고리대금과 같은 전기적 자본형태에서의 우월성, 정치에서는 보수적인 권위주의, 생산력의 미성숙, 여성의 낮은 사회적 지위 등 여러 가지이다. 장기간 식민지와 반식민지라는 종속적인 생활을 한 국가들의 사회개혁은 서구의 주인들에 의해 고의적으로 늦춰졌다. 전후가 되어서야 자본가적인 민주주의를 곧바로 도입한 국가들에서 민주주의가 단 하나도 성공하지 못한 것은 아시아의 사회가 서양의 사회와 같은 이익주의로 구성되지 못하고 협동사회로 성립되었기 때문이나 무엇보다 가장 큰 원인은 사회의 발달 단계가 늦었다는 것이다.

서양 문명은 16세기 이후 세계사를 주도했다. 그 성과는 단순히 서구에 한정한 것이 아니라 세계의 공동재산이 되었다. 아시아는 그 성과를 흡수하여 몸에 배도록 해야 한다. 그러나 아시아는 근대화를 위해 서양 사회의 뒤를 따르며 지금까지와는 다른 새로운 자본주의 원칙을 가질 필요는 없다. 아시아 근대화의 핵심은 경

제적으로는 공업화이지만 이는 자본주의 생산 방식을 그저 가나다순으로 배워서
달성하는 것이 아니다. 자본주의 그 자체는 황혼기에 접어들었다. 아시아의 근대
화는 아시아의 독자적인 사회주의 방식으로 성취된다. 다른 측면에서 볼 때 아시
아의 사회주의는 공업화의 과제를 해결해야 한다. 사회주의의 사상은 서양에서
발달했다. 그러나 서양의 사회주의는 유물론적인 세계관이나 이익주의 세계관으
로 동양인의 단순한 계급주의 등 심리나 사회, 생활의 전통과 맞지 않는다.

독일, 중국, 버마, 인도차이나, 인도네시아도 독자적으로 사회주의의 길을 추
진하고 있다. 아시아의 민중은 소련의 계획 경제에 매력을 느낀다. 그러나 소련의
공산주의가 진정한 사회주의가 아닌 지역 또는 세력 간 확장 욕구로부터 새로운
아시아 착취자에 지나지 않는 것이 머지않아 아시아인들도 깨달았다. 오늘날 중
공은 소련과 가장 밀접하게 협력하고 있으나 중국인은 세계에서 가장 개성이 강
한 민족으로 실제로 협력하기에는 어수선하고 여유가 없다. 중공은 지난 십 년 사
이에 소련에서 벗어나 새롭게 중국식 사회주의를 창조하기에 이르렀다. 중화민
족의 최대 염원인 공업화는 소련이 희망하는 것은 아니다. 중공은 소련의 원조 없
이 혁명을 달성하고 공업화도 스스로의 힘으로 할 수밖에 없을 것이다. 소련은 정
책적으로 농산물이나 원료의 착취지로서 또는 세계 지배를 위한 전략적인 지점
으로서 중국을 이용하는 것이 필요하다. 중국의 입장에서는 중공이 중국 민중의
대표자로 남아있는 한 가까운 미래에 소련의 이기주의와 대립할 것이라고 상상
할 수 있다. 그 기점이 되는 것은 만주이다. 정리하면, 아시아인은 스스로의 혁명
으로 사회구조를 바꾸거나 서양에게 대등한 권리를 주장할 수 없다. 아시아인의
아시아라는 슬로건은 단순히 대외적인 것이 아니라 필연적으로 대내외적인 사회
혁명을 포함한다.

4.

아시아인의 아시아라는 슬로건은 아시아 여러 민족을 정치적·경제적 연합으로 통합하는 것을 강령에 포함해야 한다. 아시아 제국은 유럽 제국과 같이 지리적으로 인접하거나 동일한 문화체계를 가지고 있지 않다. 아시아는 지리적으로 떨어져 있으며 이른바 근동, 중동, 극동에는 서로 다른 문화계통을 가지기 때문에 상호 간 일치하는 것은 어렵다. 그러나 이를 깨뜨리고 상호 통합하여 연방과 같이 정치형태를 만들어내는 것은 아시아의 급격한 진보라는 조건이 따른다. 서구에는 서구 연합의 사태나 운동이 있다. 서구 제국에서는 이해대립에 민감하여 영국은 한쪽은 영국연방, 한쪽은 서구에 있으면서 서구 연합과 같은 진보적인 운동에도 주저 없이 참여하여 성공한다. 프랑스와 독일 사이의 숙명적인 대립 가운데 프랑스 외상인 슈만의 프랑스·독일의 '중요 산업 통합안'과 같은 진보적인 제의도 쉽게 해결하기 어려운 정세이다. 그러나 서양인은 서구 연합으로 조정하기 쉽고 가능하다. 이는 세계의 진보에 크게 공헌했다. 아시아인은 아시아 연합을 실현한 이후 구체적인 목표를 두어야 한다. 서구 연합은 가능한 때 아시아를 향한 새로운 착취 경제의 모체가 될지도 모른다. 서양인은 지리적 협소라는 숙명을 가지며 이는 아시아의 희생으로 생활을 지속하려는 유혹을 느끼기 쉽다. 아시아인은 서양에 의한 새로운 착취가 발생하는 것을 방지하기 위하여 스스로 혁명을 실시하여 근대화를 이루도록 해야 한다. 자신을 개혁을 하지 않으면 아시아 전체도 변하지 않는다.

일본은 우선 자신을 다시 일으켜 세워야 한다. 일본은 민주주의를 철저히 세우고 그 기초 위에서 사회주의를 구축해야 한다. 서양의 적인 사회주의를 흉내내는 것을 끝내는 것뿐만 아니라 새로운 아시아 사회주의를 건설하고 아시아의 동포 민족과 공생하여 자주적인 아시아 재건에 노력해야 한다, 따라서 '아시아인의 아시아'라는 슬로건은 일본인에게 매우 중요하다.

해제내용

사노 마나부는 이 글에서 '아시아인의 아시아'라는 슬로건을 전면에 두고 "자유로운 아시아와 자유로운 서양과의 민주적인 통합"을 이루어야 하며 이를 위해서 우선 '아시아의 자유'를 위해 투쟁을 해야 한다고 주장한다. 사노 마나부는 우선 서양 중심적 시각에서 전개되어 온 제국주의와 아시아에 대한 인식을 정리하고 다음으로 아시아에 대한 서구에서의 고찰, 아시아가 나아가야 할 방향으로서 아시아주의에 대하여 논의를 전개한다.

사노 마나부는 미국 학자인 존 드웨이John Deway의 『단일세계사회로의 길』을 인용하면서 서양과 아시아 사이의 민주협동체의 구상'안'에 대하여 제시한다. 민주협동체는 사노 마나부가 궁극적으로 추구하고자 하는 이상적인 방향을 제시하고 있으나 이는 매우 급진적인 논의로 보인다. 필자가 인용으로 제시한 드웨이의 사상은 민주주의를 옹호하면서 학교와 시민사회의 두 요소를 통해 실험적인 지성과 다원성이 재구축되어야 한다고 보았다. 듀이는 완전한 민주주의는 선거권의 확대에 의해서만 실현되는 것이 아니라 시민, 전문가, 정치가들이 긴밀한 커뮤니케이션을 통해 형성하는 여론이 필수적이라고 보았다. 전쟁 직후 일본의 시점에서 또는 아시아에서 정치가와 지식인에 대해서는 어느 정도 역할이 구분되어 있으나 시민, 또는 여론이 등장했는가에 대해서는 회의적이다.

이 글에서 더욱 중요한 것은 기존의 서양인의 아시아인에 대한 관점에 관한 서술이다. 이는 제국주의와 아시아주의를 어떤 맥락에서 바라보아야 하는가 하는 관점을 가져온다. 다시 말해 사노 마나부가 제시한 아시아주의는 근대 일본에서 유럽 제국주의에서 아시아를 해방하고자 했던 '탈아입구'론의 아시아주의와 어떻게 다른가 하는 것이다. 이러한 질문은 구미 제국주의를 모방한 일본 제국주의가 아시아를 침략하면서 동시에 서구 열강에 대항했던 것인가에 대한 근본적인 문제를 제기한다.

사노 마나부는 이 글 전체에서 아시아는 '일본의 아시아'라는 관점에서 서술하고 있는 것으로 보인다. '아시아인의 아시아'는 아시아인이 자주성을 확립하기 위한 목표이자 슬로건이라고 강조한다. 사노 마나부는 서양인에 대하여 아시아인이 사회구조는 열등하나 자주성을 획득하면 충분히 가능성이 있는 것으로 보았다. 그는 유럽이 미국을 통해 아시아의 생산 시장 무역에서 이익을 본 것에 대한 의문을 제기하였다. 분명 1800년 이전까지 세계 경제의 중심이었던 아시아와 상대적으로 주변적 지위에 머물렀던 유럽이 새로운 관계 수립을 통해 절대적 지위를 확보했다. 그러나 사노 마나부는 중국의 중화중심주의와 조공체제, 식민지에 대한 부분을 거의 다루고 있지 않다. 중국은 일본과 함께 동아시아 항구에 진출하여 상거래 네트워크를 구축하였으며 중국은 아시아 각국과 유럽 각국을 이어주는 중계무역의 거점으로 활동했다. 18세기 아시아가 지닌 생산력과 경제력, 무역의 거대한 흐름은 논의에서 제외하고 있다. 제국주의와 식민지배, 메이지유신 이후 일본에서 등장한 아시아주의의 맥락을 간과하고 있다.

또는 사노 마나부가 제국주의보다는 사회주의를 옹호한다고 볼 때 아시아 관점에서의 해석이 필요하다. 그는 서구식 경제모델을 일방적으로 따르는 것이 아닌 아시아의 독자적인 형태를 모색해야 한다고 보았다. 그러는 한편 구소련이나 중국식 사회주의 경제모델에 대하여 경계한다. 사노 마나부는 유럽식 사회주의가 아닌 아시아의 경제모델과 사회구조를 향한 사회민주주의에 대한 논의를 이어간다. 그는 대안으로서 사회주의의 중요성을 역설하고 후기 산업자본주의의 발달과 사회주의의 필연적인 대두를 가정한다. 사노 마나부가 제시하는 아시아주의는 민주주의와 사회주의가 결합된 가운데 어느 정도 사회가 성숙한 단계에 이르렀을 때 아시아를 통합한 공동체를 상정하는 것으로 보인다. 그러나 사노 마나부는 이 글에서 일본의 제국주의로 유발된 아시아 식민지와 그로 인한 착취 구조에 대하여 거의 언급하고 있지 않다. 이는 사노 마나부가 추구하는 아시아주의란 제국주의 시기의 착취 구조와 아시아인의 경험을 외면한 자기기만적 혁명 또는 초현실적 혁명이라는 점에서 논의의 여지를 가진다.

수록 지면 : 3~5면
키워드 : 아시아, 아시아인, 사회주의, 제국주의, 서구연합, 아시아연합

일본의 경제와 무역 日本の経済と貿易

진노 마사오(神野正雄)

해제 : 엄태봉

내용요약

무역은 메이지시대, 다이쇼시대, 그리고 패전 이후의 일본 경제에 있어서 쌀밥과 같이 일본과 일본인들에게는 필수불가결한 요소이다. 패전 이후 일본인들에게 무역의 자유가 허락되지 않았지만, 무역 금지가 점차 완화되어 왔다. 그러나 이러한 무역은 무역 상사의 욕구나 채산에 기반한 것이라기보다 정부가 상매商賣를 한다는 이른바 정부 간의 무역이 패전 후 일본 무역의 중심이 되어 왔다. 하지만 정부 무역은 무역상의 좋은 기회를 잡기 어렵다는 점, 어떤 것이 상매로서 수급이 될지 알기 어렵다는 점, 거래인과 직접 이해관계가 없기 때문에 손실이 크다는 결함이 있으며, 이것은 시간이 흐르면서 점차 부각되어 왔다.

일본은 현재 자급이 불가능한 상태이며 경제적인 자립을 확립해야 한다. 이를 위해서는 무역을 확충하는 길밖에 없다. 무역의 중심에 생산을 위치시키고 그 생산물을 수출하여 외화 자금을 확보한 후 이 외화 자금으로 국민생활과 생산물 재생산에 필요한 물자를 수입한다. 일본의 번영과 국민생활 수준이 유지되는 여부는 이러한 방식이 잘 진행되는지에 달려 있다.

현재 일본은 무역에 있어서 다음과 같은 문제가 있다. 첫째, 무역생산의 구성 문제인데, 이것은 이전과 같이 생사生絲를 중심으로 한 산업 무역 구조가 정말 괜찮은가 하는 문제이다. 무역 수요의 변화 및 각 국민의 유행 변화 등으로 세계의 무역 정세는 변화하고 있기 때문에 일본도 생산의 입지 조건을 비롯한 기초 요건과 세계 무역의 귀추를 생각하여 어느 정도 다각적인 무역 생산 구조를 만들어야 한다. 한국전쟁으로 이른바 '특수'가 부각되고 있지만, 이에 따라 일부 대기업만 돈을 벌고 그 산업만 불균등하게 발전할 경우에 '특수'가 끝남과 동시에 생산계나 무역계에 이변을 가져와, 이것이 도화선이 되어 공황을 발생시킬 수도 있다. 눈앞의 경기에 아무런 계획 없이 뛰어드는 것은 위험한 일이며, 산업 무역 구성에 대한 진지한 계획이 필요할 때이다.

둘째, 무역과 자금 문제이며, 여기에는 두 가지 문제가 있다. 먼저 정부가 조성하는 외환은행이 국가를 대행하는 업무도 함께 할 필요가 있다. 무역을 할 때 자금을 기반으로 수출과 수입이 순환하고, 그 자금은 국내 자금엔화과 외화 자금을 통해 원활한 유통이 이루어지며 이것이 제대로 작동하지 않을 경우 무역 전체가 정체된다. 예전에는 정부가 저리의 자금을 대부貸付하여 조성했고, 외환은행이 필요한 외자 자금을 조달하기 위해서는 국내 자금으로 이를 매수해야 했었는데, 이제는 외환은행이 이를 처리하는 것이 바람직하다. 특히 일본과 같이 효율적으로 자금을 사용해야 하는 국가는 금융기관이 그 특수성을 발휘할 수 있게 해야 한다.

다음으로 외환금융의 정상화 문제이다. 지금과 같이 변칙적인 방법으로는 본격적인 외환 금융을 기대할 수는 없다. 수입어음이 일람불一覽拂이라는 것은 당연한 일인데, 가능한 한 지불을 늦춘다고 해도 물건이 도착해서 지불하는 것으로는 수입업자의 부담이 크기 때문에 재할再割제도와 같은 것을 운영해야 한다.

해제내용

필자는 패전 이후 일본이 경제적인 자립을 달성하기 위해서는 무역을 더욱 활성화시켜야 한다고 논하고 있다. 일본의 무역은 패전 이후 1950년대 초까지 미국의 관리하에 있었다. 무역청과 GHQ의 중개를 통해 무역을 실시했고, 무역 품목은 GHQ의 지시에 따라 정부 간 무역에 한정되었다. 이후 1947년 8월부터 약 2

년간 기간 한정으로 민간 수출이 실시되었고, 1949년부터 약 1년 6개월간 닷지라인을 통해 단일외환비율이 설정되었다. 그리고 1950년 1월부터 민간 수입이 재개되었다.

필자는 이러한 당시의 일본 무역 상황에 있어서 무역 생산의 구성, 무역과 자금의 문제를 지적하면서 이를 해결해야 한다고 논했다. 이 시기 일본 무역의 대부분은 면직물을 중심으로 한 섬유제품이었는데, 이를 중심으로 한 무역 구조에서 탈피하여 보다 다각적인 무역 생산 구조를 만들어야 한다고 지적한다. 두 번째 문제에 대해서는 외환은행의 외자 자금 조달 기능을 강화하는 것, 그리고 수입업자의 부담을 줄이기 위한 재할 제도 운영 등을 통해 일본의 무역을 활성화시켜야 한다고 논했다.

수록 지면 : 7~9면
키워드 : 일본 경제, 무역 구조, 외환, 금융

일본안전보장문제 사언 日本安全保障問題私言

모리시마 고로(守島伍郎)
해제 : 권연이

내용요약

전면강화론은 무산되었다

근 1년 동안 세상을 떠들썩하게 한 전면강화, 영세중립론은 완전히 유행에 뒤처지게 되었다. 특히 한국전쟁의 발발로 거의 종지부를 찍은 형태이다. 유행이 지났다고 하면 실례일지 모르나, 원래 전면강화, 영세중립론은 ─ 코민포름의 음모의 공범자인 공산주의자 내지 그 심파를 제외하고는 ─ 국제적, 국내적 현실에 어두운 학자, 인텔리층의 공상적 취미에서 나온 것이기 때문에 국민 대중이 점점 현실에 눈을 뜨게 된다면 유행이 철 지난 것이 되는 것은 당연하다. 그런 의미에 있어서 한국전쟁은 국민 일반의 각성에는 매우 효과적이었다.

민주당이 7월 15일 중의원에서 행해진 가와사키川崎군의 질의 연설을 통해서 민주당이 유행이 지난 촌스러운 옷을 벗어버렸다고 생각했는데, 아시다芦田均는 『문예춘추』 8월호의 '영세중립 불가능론'에서 당당히 정론을 토하고 있다. 과연 선배 아시다 씨라고 생각한다. 그리고 사회당은 소네曾禰 군이 7월 17일 참의원에서 행한 질문 연설에서처럼, 그리고 같은 달 29일 요미우리 신문에 게재한 동당의 회답에서처럼, 동당이 강화와 관련된 입장을 밝히는 데 고심하고 있음을 알 수 있다.

한국전쟁의 발발로 조기 강화는 무산되어 버렸다고 생각한 경솔한 자도 있는 것 같은데, 이론적으로 생각하면 강화문제는 한국전쟁 때문에 무산되거나 연기

되는 일 없이, 오히려 촉진된다고 보아야 할 것이다. 즉 한국전쟁의 발발은 미국 등에게 대일 강화의 기운을 한층 자극했다고 보는 것이 맞다.

단, 미국 등이 이미 대체로 결심했다고 상정되는 강화조약의 내용과 그 결정을 한 번 더 심사숙고하는 일이 있을 수 있기에, 그런 의미에서 사무적으로 다소 늦어지는 것은 있다고 해도, 그것은 결국 시간의 문제이고, 근본적으로 무산되는 일도 없거니와 연기되는 일도 없다고 생각한다. 나는 마음속 한구석에서 진작부터 강화의 시기는 대체로 올해 말부터 내년의 늦봄쯤이 아닐까 하고 대략적으로 생각하고 있으나, 그 생각은 지금도 변함이 없다. 이리하여 전면강화 영세중립론은 사실상 무산되어 버렸고, 이제 문제는 현실성 있는 안전보장 여부이다. 정말로 있어야 하는 것이고 주로 한국전쟁의 발발을 계기로 해서 국민 전반적으로 정당 관련자들도 늦었지만 겨우 진정한 출발선에 선 것이다.

안전 강화講和의 형태

그러면 어떠한 형태의 안전보장이 바람직한가 하면, 이상으로서는 평상시 일본에는 어떠한 군대도 존재하지 않고, 국내적 치안은 일본의 육해경찰대경찰예비대, 1950년 8월 10일 설립가 임하지만, 일단 긴급한 경우에는 일본의 요청에 근거해서 국제연합이 그것에 응한다고 하는 방식이 가장 적당하다고 생각한다.

그러나 강화의 시기는 전술한 대로 다가오고 있다. 강화조약이 성립되면 동시에 군대가 전면 철수한다고 하는 것은, 국내적 내지는 국제적 실정 특히 한국전쟁의 경험에 비추어 도저히 허용되지 않는다. 결국 국내적 치안 유지의 이유에서 그리고 외부로부터의 무력 침략에서 지키기 위한 군사적 세력의 존치가 현재 및 가까운 장래의 일본에 있어서 절대적으로 필요하다는 것은 상식이 있는 자에게는 누구라도 알 수 있는 것이다.

나는 각지를 다니며 강화문제에 대해서 소위 전부야인田夫野人까지 여러 의견을 교환했지만 안전보장문제에 관한 대다수 사람의 요구는 바로 이러하다. 대부분은 미래 영구적으로 진주군이 일본에 주둔해서 내외의 안전을 지켜줬으면 한다고 하는 지나친 — 어느 의미에서는 모욕적인 희망을 말하는 자도 있다. 공산주의자는 앞에서도 말한 대로 코민포름의 음모와 연결되어 있으므로 논외이지만, 공산주의와 일선을 긋고 있을 인텔리겐차 속에도 강화 직후에 완전 무방비를 주장하는 자가 적지 않았으나, 그들로서도 한국전쟁 발발 후의 오늘날에는 어리석은 일을 굳이 말하는 자는 없을 것이다.

강화조약의 성립과 동시에 미·영군이 전부 일본에서 떠나버린다는 일은 설마 미국도 연합국 측도 생각하지 않을 것이고, 또 일본 국민의 절대 대다수도 그것을 희망하고 있지 않다. 따라서 그와 같은 일은 절대 있을 수 없다고 생각한다.

문제는 이러한 군대가 어떠한 형식으로 그리고 언제까지 일본에 머무를 것인가 하는 것이다. 앞에서도 말했듯이 평시에 일본에는 어떠한 군대도 존재하지 않으나, 일단 군대의 보호를 필요로 하는 사태가 발생한 경우에는 국제연합이 국제연합군을 보내줄 것이라고 말하는 것이 이상적이지만, 현재 이 이상을 실현할 수 있는 국제적 그리고 국내적 정세가 아닌 것은 누구의 눈에도 명백할 것이다. 그래서 강화조약 체결과 동시에 실시해야 하는 실제적 방법은 무엇인가 하는 것이다. 그것은 주의상 국제연합이 강화 성립 후 일본의 군사적 보안에 해당한다고 하는 전제로, 미국 혹은 미·영 등의 군대로 구성되는 국제경찰군을 일본에 둔다고 하는 것을 강화 체결 시 일본의 합의하에 체약하는 것이 가장 바람직하다. 단 현행 국제연합헌장에 비추어, 특히 일본이 연합에 가입을 허락받지 않고 있다고 한다면 전례에 비추어 소련은 거부권을 가지고 일본의 국제연합 가입을 방해할 것이다. 법규상 위에서 바란 대로 바로 실행되는 것은 곤란할지 모른다. 그리고 충분히 고찰할 필요가 있으나, 만약 연구 결과, 위의 실현이 곤란하다고 한다면 그 경우에는 국제연합 헌장의 취지 정신에 입각해서, 미국 혹은 미·영군 등을 국제경찰군으로서 일본에 두는 것을 강화조약의 성립과 동시에 일본과 관계국과의 사이에 체약해야 한다고 생각한다.

국제경찰군으로서 일본에 주둔하는 군대로서는 비교적 문화 수준이 높은 군대가 바람직하고, 그런 의미에서 미·영 등의 서양의 군대가 가장 바람직하다. 그리고 일본을 포함한 극동 민주주의 국가 간의 안전보장 체제를 제창하는 것이 요구되나, 그것은 현실 문제로서 비교적 가까운 장래로 예상되는 강화조약 체결과 동시에 실현하는 것은 곤란할 것이다.

이리하여 일본에 주둔하게 된 국제경찰군은 장래 국제 및 국내 정세가 호전될 경우, 그에 동반하여 점차 감소시켜야 한다. 이 점은 아마도 미·영 측도 같은 생각일 것이고, 국제경찰군의 일본 주둔의 조약 또는 협정이 체결될 경우에는 당연히 적절한 조항이 마련되어야 할 것이다.

일본재군비론 불가

미국인의 극히 소수분자 속에는 일본재군비를 주장하는 자가 있는 것은 사실이지만, 대세는 결코 그러하지는 않다. 일본의 재군비는 당치도 않다는 것이 미국의 상식이다. 그리고 일본인 사이에도 미국인 극소 분자의 극론에 낚여서 재군비를 꿈꾸는 경솔한 자가 근소하지만 없다고 할 수 없다. 그것이야말로 말도 안 되는 일이다. 평화적이면서 또한 선의적이기는 하나 지혜가 없는 어느 일본인이 크렘린의 책동에 의해서 한국전쟁과 유사한 사태가 이후에도 세계 각지에서 발생한다고 할 것이다. 그렇다면 아무리 부강한 미국이라도 주체못할 것이기 때문에, 미국은 일본에게 재군비를 요청하고, 일본 자국의 안보뿐만 아니라, 조선의 안보를 맡길 공산이 크다. 그저 웃어넘길 일이 아니라, 이러한 구상이 나왔을 때 일격을 가하여 둘 필요가 있다.

내가 믿는 바에 의하면 첫째로 소련은 한국전쟁과 유사한 무력 침략 사건을 지속적으로 일으킬 만큼의 여력은 없을 것이고, 만약 미국이 이러한 종류의 사건을 지속적으로 일으킨다고 한다면, 그것은 당연히 미·소의 정면충돌이 되고 세계 전쟁이 된다. 미국은 세계 전쟁을 바라지 않으나, 그 이상으로 소련은 미국과의 정면충돌, 나아가 제3차 세계 전쟁의 발발을 있는 힘을 다하여 피하기를 염원하고 있다. 소련은 적어도 여기에 상당히 장기간 미국과 정면충돌 내지 세계 전쟁을 일부러 자처할 만큼의 준비는 할 수 없을 것이다. 이것은 세계의 사정에 정통한 자의 상식이다.

둘째로 미국이 일본에 재군비를 요청하는 것은(먼 장래에는 별도의 문제로 하더라도) 있을 수 있는 것이라고 생각한다. 따라서 만의 하나라도 미국이 주체 못 할 정도로 한국전쟁과 유사한 사건이 일어난다고 한다면, 그 경우 미국은 반드시 연합 국가들의 협력을 요청할 것이고, 거기에는 이들 각국의 군비 확충의 원조도 있을 것이다. 무엇이 좋다고 태평양전쟁 이래 대의명분을 어지럽히고, 호주, 필리핀 등 연합국가들의 신뢰를 깨고 일본의 재군비를 요청하겠는가. 그리고 이것을 일본의 입장에서 보아도, 재군비라고 하는 것은 그것 또한 예상을 벗어나는 일이다. 신헌법은 재군비를 엄중히 금지하고 있지만, 그 점은 잠시 거론하지 않는다고 하더라도 만일 일본이 가까운 장래에 어쩔 수 없이 재군비를 하였다고 한다면, 그것은 일본 경제의 재몰락과 다름없는 것이다. 우리는 8천만의 인구를 안고 있으면서 패전으로 인해 국토의 2분의 1과 국부의 4분의 1을 잃었다. 그러나 우리는 미국의 호의적인 원조와 국민의 악전고투 끝에 당당히 경제적 자립과 생활 수준의 회복이라는 목적을 향해서 나아가고 있는 중이다. 이것은 실로 지난한 사업이지만, 반드시 달성하지 않으면 안 되며 우리는 반드시 달성할 수 있다고 믿고 싶다. 그리하여 우리로 하여금 그 목적 달성의 가능성을 믿게 하는 하나의 큰 이유는 전후 일본이 막대한 군비의 낭비를 아예 하지 않아도 된다고 하는 감사해야 할 위치에 있다고 하는 것이다. 따라서 만일 일본이 가까운 장래에 재군비는 어쩔 수 없다고 하는 상황이 발생한다면 그로 인해 일본인은 경제적 어려움에 처하게 되는 것이다.

이외에도 일본의 사상 문제와 관련해서 그리고 남방 근린 국가들에게 미치는 영향과 관련해서도 적어도 가까운 장래에 있어서 일본의 재군비는 절대적으로 피해야 할 일이다.

이러한 이유로 만일 가까운 장래에 미국 등으로부터 일본에 대해 재군비를 요청하는 경우가 있다고 해도(관련 요청이 있어서는 안 된다는 것은 앞에서 언급한 대로이고, 따라서 완전히 가정이지만) 이러한 요청에 대해서 일본은 예를 갖춰서 재군비가 불가능한 이유를 말하고 양해를 얻지 않으면 안 된다.

해제내용

저자는 미국의 대일 강화 일정이 한국전쟁의 발발에 영향을 받아 늦어질 것이라는 항간의 우려에 대해서 오히려 강화를 앞당기게 될 것이라는 견해를 밝히고 있다. 그러면서 6·25전쟁의 발발로 전면강화론과 영세중립론은 이미 불가능한 일이고, 이제는 다수 국가들과 강화를 하되 현실성 있는 일본의 안전보장을 어떻게 할 것인가를 본격적으로 논의해야 할 사안이라고 말한다. 미소 대립이 심각해지는 국제정세를 생각할 때 강화에 의해서 미군이 철수할 경우 일본의 안보에 공백이 생기기 때문에 군사적 세력의 존치가 필요하다는 입장이다. 기본적으로 안보 문제가 발생할 경우 국제연합의 국제연합군에 의지할 수 있지만, 국제정세 및 국내 상황이 안정적이지 않기 때문에 강화조약의 체결과 동시에 일본을 군사적으로 보호하기 위해서 미·영국군을 국제경찰군으로서 일본에 둘 필요가 있다고 말한다.

그리고 소련의 책동에 의해서 일본에도 조선과 유사한 사건이 일어날 수 있으니 미국이 일본도 재군비를 해야 한다는 요청이 들어올지도 모른다고 가정한다.

그러나 소련은 조선 사건과 유사한 무력 침략 사건을 곳곳에 일으킬 만큼의 여력이 없기 때문에 일본이 재군비해야 할 필요성은 없을 것이라고 말한다. 또한 미국이 재군비를 요청하더라도 미국에 양해를 구해서라도 재군비는 피해야 한다고 역설하고 있다. 일본이 재군비를 하게 된다면 경제적으로 다시 몰락하는 길을 가게 되므로 일본의 경제 재건을 위해서는 군비의 낭비를 하지 않아야 한다고 말한다. 공산주의자나 학자, 인텔리 계층 등이 주장하는 강화 이후의 완전 무방비와는 다른 입장에서의 재군비 불가론이다.

저자는 자유당민주자유당의 중의원 의원이며, 중의원 외무위원장이었다. 1951년 샌프란시스코 강화조약 시에는 시라스 지로와 함께 강화 회의에 전권단 고문으로서 참가하는 등 당시 수상인 요시다 시게루의 측근이었다. 이 글을 통해 나타난 일본 안전보장문제에 관한 그의 견해는 경제 재건 우선, 군비 최소화를 주장했던 요시다 시게루의 입장과 거의 동일한 것으로 보인다.

수록 지면 : 10~12면
키워드 : 한국전쟁(6·25전쟁), 전면강화, 재군비론, 국제연합, 국제경찰군

구가 가쓰난의 정치론陸羯南の政治論

로야마 마사미치(蝋山政道)
해제 : 송석원

내용요약

　메이지 20년대는 새로운 사상 단계로 접어든 것 같은 변화가 생겼다. 메이지 10년대는 선진 국가들의 사상으로 문명개화가 불꽃을 피웠으나 대부분이 소개론, 개혁론, 비판론에 머물러 있었다. 그러나 메이지 20년대에 헌법도 제정되고 의회도 개설됨으로써 정치는 일정한 궤도에 오르게 되었다. 이로써 헌법에 대한 이의나 반대가 있더라도, 일단 성립한 이상 이전과는 다른 논조, 예컨대 헌법 정치를 어떠한 원리로, 어떻게 운영할 것인지에 초점을 맞춰야 한다.

　메이지 20년대의 중요한 변화의 다른 하나는 헌법이 성립하기까지는 국내의 정치 제 세력의 형성과 그 사이의 항쟁이 주요 문제였다. 즉, 메이지정부의 지주인 번벌藩閥 공경의 정치세력과 정당 및 민간 정치세력이 헌법이라는 공통의 토대 위에서 경쟁하게 되었다. 그렇게 됨으로써 서로 양립하지 않는 대립 항쟁이 있더라도 헌법적 토대를 무시하고 그 밖에서 다투는 혁명적 운동이 발생하기 전까지는 일정한 한계 내에 공통점을 갖게 되며, 그 결과 일본의 국가적 독립이라는 국제적 또는 대외관계가 정치 일정에 오르게 되었다. 메이지 18년 톈진天津 담판처럼 조선에서의 변란을 계기로 한 청일 양국 국교는 잠재적 위험 상태에 있고, 메이지정부 수립 이후 다년의 과제였던 불평등조약 개정 문제는 의회 개설과 함께 국론적 배경을 갖게 됨으로써 일본의 정치론은 새로운 방향을 갖지 않을 수 없게 되었다.

서양사상의 번역적 계몽사상과 달리 일본 자체의 실제 문제 해명에 도움이 되는 일본 자체의 방향을 조명하는 힘이 있는 것이어야 했다. 유교와 국학 사상적 교양과 막부 말기 이래의 피상적인 양학 번역 사상의 훈련밖에 없는 일본인이 입헌정치 아래 국가적 독립 목적을 달성하고자 하고 있다. 편승적 구화주의와 반동적 수구주의를 배제하고, 입헌정치와 국민적 독립을 완수하려 하는 것은 결코 쉬운 일이 아니다. 그러나 그것이 아무리 어려운 일이라 하더라도 그것을 타파하고 해결해가는 것이 아시아에서 국민의 문명적 어긋남에서 오는 숙명이다

메이지 20년대의 정치사상이 일본에서 중요성을 갖는 것은 20년대 그것의 과제 때문이다. 메이지 20년대의 과제는 일본이 자기를 반성하고, 국가적 독립과 민족적 완벽을 도모하기 시작할 때, 어떠한 사상적 구조를 가져야 하는지에 대한 최초의 경험이었다. 이 경험의 중요성은 다이쇼시대 외래사상에 의한 진보주의 개화가 마치 메이지 10년대를 생각하게 하는 바가 있었음에도 불구하고, 쇼와시대에 반동적 일본주의의 초래로 전적으로 무효를 증명한 우리 세대의 경험을 상기할 때, 좀 더 명확해질 것이다. 쇼와 연대는 메이지 20년대 경험의 의미를 충분히 이해하지 못했기 때문에 실패했다.

메이지 20년대 정치사상의 대표자는 미야케 세쓰레이三宅雪嶺와 구가 가쓰난陸羯南을 들 수 있다. 특히, 구가는 헌법이 발포된 메이지 22년『일본』신문 창간 이래 메이지 45년 51세로 사망할 때까지 약 20년간 사설 발표만 약 3,750편이라고 한다. 구가는 하라 다카시原敬, 후쿠모토 니치난福本日南의 동급생으로 사법성 법학교에서 수학했다. 그가 몽테스키외, 루소를 비롯해서 나폴레옹 몰락 후의 19세기 전반기 정치사상가인 루와이예 꼴라르Pierre Paul Royer-Collard, 콩스탕Jean-Joseph Benjamin-Constant, 토크빌A. de Tocqueville 등을 자주 언급하는 등 프랑스 정치사상에 조예가 깊은 것은 이 법학교에서 수학했기 때문이다. 이러한 프랑스 정치사상은 대혁명과 나폴레옹 제정이라는 대변혁을 경험한 후 루이 18세의 복고 헌장 아래 의회제

민주주의에의 안정을 추구했으나 결국 이루지 못하고 다시 7월 혁명 및 2월 혁명을 맞이하게 된 중간기의 사상이었다. 사상적으로는 계몽사상과 같은 보편성이나 사람을 매료시키는 독창적인 견인력을 결여하고 있었지만, 인간성에의 경험적 통찰과 정치제도 운영상의 체험적 관찰에서는 매우 심원한 바가 있었다.

일본의 외래 정치사상 연구가 루소는 알지만 루와이예 꼴라르를 돌아보지 않는 천박함이 특징인데, 구가가 프랑스어가 가능했기 때문이기는 했지만, 다른 일본인이 돌아보지 않는 이들 왕정복고 시기의 사상가를 연구한 것은 착안의 비범함을 말해준다. 그러나 우연한 연구 결과는 헌법 발포 후의 일본의 정치론으로서 시대의 요구에 적합한 것이었다. 메이지헌법이 프로이센헌법의 영향을 받았지만, 프로이센헌법 자체가 크게 영향을 받은 것이 루이 18세의 복고주의였기 때문이다. 루와이예 꼴라르는 대혁명의 실험과 나폴레옹 제정의 경험을 겪은 프랑스 정치의 근저에 무엇이 있었는지를 확인하고, 그 위에 복고왕정이 존속할 수 있는 조건을 탐구하려 했다. 그의 정치사상의 핵심은 절대주의든, 인민주권이든 모든 주권 개념의 억제 방법을 탐구하는 것이었다. 자코뱅주의와 보나파르티즘을 배제하고, 입헌왕정에 의한 균형 억제의 정치가 루이헌장의 근본 원리였다.

구가가 탐구한 것도 일본 국정의 요의要義였다. 그가 『근시정론고近時政論考』에서 메이지 초기부터의 정론 발전을 4기로 나누어, 4기에서의 최후의 논파論派로 자신의 입장인 「국민론파国民論派」를 들며, 국민 관념 주지에 대해 "국민적 정치란 외부에 대해 국민의 독립을 의미하고 내부에서는 국민의 통일을 의미한다"고 논하고 있는 것은 그야말로 그의 탐구 결과이다.

국민 개념에서 정치적 통일의 원리적 기초를 발견하고 입헌왕정에 그 최선의 정치의식을 적절히 정체政體적 표현을 인정한 것은 당시 국민 일반이 갖는 정치의식을 적절히 개념적으로 파악한 것으로, 당연한 일 같지만 구가의 서양정치사상사 연구에 의해 시사되고 이론화된 것이었기 때문이다. 구가의 특징은 국민적 정신 또는 국민적 정치인 사상의 입장이 헌법 발포 후의 일본정치의 지도원리로서 중요하다고 인정하고 그것에 의해 실제 정치상의 제 문제를 종횡으로 비판하고 논평한 정치적 센스에 있다.

　구가 국민론파 입장의 장점은 '국민'이라는 함의가 많은 근대적 정치 개념을 파악하여 이것을 주장의 원리로 했다는 점이다. 실제, 그 후의 일본이 걸어간 길은 청일, 러일전쟁을 거쳐 점차 '국민적'인 것이 되어갔다. 구가의 일본적 국민주의의 단점은 오히려 그것이 후세에 수용되었을 때 그것이 함의하고 있었던 사상적 의미가 잊혀짐으로써 그가 노력해서 받아들인 사상적 내용이 상실된다는 점에 있다. 즉, 국민이라는 근대적 정치개념이 일견 자명한 개념이고 메이지헌법의 정치적 원리로서 지극히 적절한 것처럼 보임에도 불구하고, 그 자신으로서는 동적인 다기多岐적 내용을 가진 하나의 콤플렉스일 수밖에 없다는 점을 알아차리지 못했다. 구가는 근대 프랑스의 명징明澄한 논리적 소산인 왕정복고기의 정치적 문서에 의해 저도 모르는 사이에 자유와 평등 위에 기초된 입헌정체의 구조적 원리, 즉 균형 억제의 제도적 의의를 자명한 것으로 이해했다. 그러나 국민주의는 반드시 입헌정체와 내면적으로 관계를 갖는 것은 아니다. 오히려 그것은 입헌적 민주주의에 의해 광명을 받지 못한다면, 여하한 것과도 결합되는 맹목적인 정감과 이욕의 실체이다. 국민주의와 입헌주의의 내면적 결합에 더욱 많은 해명을 위한 노력이 있어야 했다. 그러한 주의를 하지 못했기 때문에 구가의 사상은 그러한 내용을 어느 정도까지는 갖고 있었음에도 불구하고, 후세 그 아류에서 국민주의가 반동적 국수주의자나 군국적 초국가주의에 이용되어 버린 소인素因이 있다. 더욱이 그가 많은 영향을 받은 왕정복고기의 국민적 보수주의가 한때의 정치적 원리에 그쳐 마침내 재차 자코뱅주의와 보나파르티즘의 태풍을 맞아 붕괴된 역사에 주의했어야 했다. 국민주의와 민주주의 및 사회주의의 내면적 상호관계는 보나파르티즘과 공산주의의 관계도 더해져 해결이 매우 어려운 문제라는 것을 알아야 했다. 메이지 20년대의 일본은 이미 이러한 19세기 중엽의 프랑스가 경험한 사상적 혼란 상황을 알 수 있는 시대였다. 초기初期는 알고 종기終期는 몰랐던 복고왕정기의 정치사상 연구는 매우 불완전했다고 할 수 있다. 그것은 선인에 대해서가 아니라 오늘날의 우리 자신을 향해 요구해야 하는데, 메이지 20년대의 경험을 깊이 음미할 때 비로소 말할 수 있는 것이다. 구가에 대해서는 이러한 일본의 사상적 문제의 운명적 과제를 제기하고 그 해결에 노력한 탁월한 선례를 보여준 것은 감사한 일이다. 20세기 중엽의 오늘날, 세 번째 국민적 시험을 맞는 우리로서는 이 선례를 궁극적으로 실패하게 한 깊은 원인을 거듭거듭 생각三思해야 한다.

해제내용

저자는 구가 가쓰난의 국민주의 정치사상의 근원이 사법성 법학교에서 수학할 당시 익힌 프랑스 정치사상, 특히 왕정복고 시기의 국민적 보수주의에 있음을 밝히고 있다. 구가 정치사상이 메이지 20년대부터 약 20년에 걸치는 사이에 집필한 다수의 논설에 집약되어 나타나고 있는데, 이는 일본에서의 메이지 20년대가 갖는 특징과 전기한 구가 가쓰난 자신의 학문 수양의 결과가 결합된 것이라고 할 수 있다. 대내적으로는 헌법 발포와 의회 개설로 정치론이 입헌주의의 틀 안에서 전개되는 동시에 대외적으로는 불평등조약 개정을 중심으로 한 외교전략이 본격적으로 강구되기 시작하면서 메이지 20년대는 10년대에 활발하게 전개되어온 구화주의에 대한 반작용으로서의 국가주의의 특징을 현저히 띠게 되었다. 이러한 시기에 일본인에게 덜 알려진 루와이예 꼴라르1763~1845, 콩스탕1845~1902, 토크빌1805~1859 등 프랑스 왕정복고기의 정치사상을 바탕으로 한 국민주의의 논조를 펼침으로써 일본의 당대 현안에 길을 열고자 한 데에 구가 가쓰난의 공적이 있다고 할 수 있는데, 사실 바로 그 점은 또한 구가 사상의 한계이기도 했다. 저자도 밝히고 있는 바와 같이, 왕정복고기의 국민적 보수주의가 보편적 정치사상이 되지 못한 채 한때의 정치론에 머물렀다는 점, 국민주의와 민주주의 및 사회주의의 내면적 상호관계에 대한 면밀한 검토가 부족했다는 점 등에서 구가 사상의 한계는 불가피한 것이었는지도 모른다. 그럼에도 불구하고, 당대 일본의 사상적 문제의 운명적 과제를 제기하고 그 해결에 노력한 탁월한 한 선례를 보여준 것은 그의 공헌이라고 할만하다. 저자는 구가 가쓰난의 선례에 대한 깊이 있는 고찰이 필요하다고 주장하는데, 그것은 글을 쓴 20세기 중엽 세 번째 국민적 시험을 일본이 맞이하고 있기 때문이라고 말한다. 20세기 중엽은 물론 21세기의 오늘날에도 구가 가쓰난의 정치사상은 일본정치의 현상을 이해하고 분석하는 데 여전히 중요한 시사점을 준다고 하겠다.

수록 지면 : 13~17면
키워드 : 구가 가쓰난, 반동적 수구주의, 편승적 구화(歐化)주의, 일본적 국민주의

조선 문제와 노동운동 朝鮮問題と労働運動

다테야마 도시타다(堅山利忠)
해제 : 엄태봉

내용요약

일본의 노동운동은 한국전쟁에 따른 급변한 국제정세 속에서 크게 조직화했지만 미성숙함과 결함을 가진 심각한 위기에 처해져 있다. 하지만 노동조합운동은 실제로 위기감조차 가지고 있지 않거나, 혹은 이를 외적인 것으로 생각하고 있기 때문에 이는 더욱 심각한 위기 상태라고 생각된다. 노동조합운동이 미점령군의 힘에 의해 일정한 평화와 질서 속에서 성장해 왔기 때문에 그 조직도 평시기구 측면에서만 발달해 왔다. 민주주의의 평화와 근본에서부터 대립하는 조건을 가진 현실, 즉 한국전쟁으로 인한 국제정세의 변화도 출현을 하는데, 평화적으로 성장한 노동조합운동의 조직과 지도指導가 이러한 비정상적인 사태에 대해 곧바로 적응할 수 없는 것은 당연한 일이다.

이러한 새로운 상황에서 본래의 조합운동은 어떻게 될 것인가. 현재 경제 조건에 한해서 물가 상승, 생활비 인상, 사업의 활황, 이윤의 증가 등이 현실적으로 발생하고 있는 한 인플레이션 상황에서의 노동운동의 형태는 일종의 노동 공세적인 조건도 마련해야 한다.

한국전쟁이라는 국제정세 속에서 일본의 노동조합운동은 중립 정책이 있다고 해도 사실상 중립일 수 없게 된 상태가 된 것 같다. 군수생산의 증강이나 그 수송에 있어서 임금 등의 노동 조건을 저하시키는 등의 노동운동은 공산당 취급을 당하거나, 혹은 점령 목적이라는 것으로 제압당할 위험이 있다. 이러한 가운데 정상적인 조합운동의 선을 지키면서 비상상태 속에서 한계에 다다른 선에서 추진되고 있는 조합운동의 하나가 일본전기산업노동조합의 활동이다. 그들은 행동방침은 평화와 번영을 지향해야 한다는 점, 조합의 파괴자인 일본공산당의 지도를 맹종하는 좌익분자 등을 배제할 필요가 있다는 점 등을 중심으로 조직을 운영할 것을 천명했고, 조합 스스로 공산당을 몰아내는 조치를 취했다.

전국산업별노동조합연합全国産業別労働組合連合이 기관지를 통해서, 일본노동조합총동맹日本労働組合総同盟이 미국은 침략적 제국주의의 침략성을 가지고 있지 않다는 것에 대해 군이 지적을 한다면, 자본주의 미국과 공산주의 소련 모두가 침략적 성격을 세우고 있으며 힘의 균형점이 하나의 안정점을 만들어내고 있는 것이 현재라고 생각한다. 그 때문에 경솔하게 한쪽이 침략이고 다른 쪽이 민주주의라고 판단한다면, 우리의 중립주의도 근거가 없어지고, 문제의 본질적 해결을 간파하는 것도 할 수 없게 되지 않는가라고 답하고 있다. 이것은 상당히 중대한 생각이다.

일본의 노동조합운동은 현실적으로 국제문제에 대처할 준비를 가지고 있지 않다. 일본의 노동운동의 위기는 외적 조건 이상으로 내적으로도 기본 인식이나 실행 정책에 대해서 철저하게 검토하고, 민주적 조직의 지도자를 가지지 않은 것이다. 또한 실행 측면에서 조합운동은 중핵이 되는 정치세력을 결집하고 있지 않으며, 정당이나 사상적 그룹의 파벌이 그대로 들어와 있는 것도 문제이다. 따라서 솔직하고 빠르게 배워서 평론이 아닌 필사적으로 실행할 수 있는 정책과 식견을 확립해야 한다. 그리고 지금이야말로 새로운 정치세력이 무엇보다도 노조 안에서 재형성되어야 하고, 그것만이 진정한 정치적 성격이라고 말할 수 있을 것이며, 사태를 강력하게 해결할 수 있는 힘이 될 것이다.

해제내용

이 글은 당시 한국전쟁이라는 국제정세 속에서 일본의 노동조합운동이 처한 현실, 그리고 노동조합운동이 나아가야 할 길에 대해서 논하고 있는 글이다. 일본의 노동조합운동은 전시기에 큰 탄압을 받았다. 1931년 9월에 발생한 만주사변을 계기로 일본은 전쟁을 추진하기 위한 군국주의로 발을 내딛었고 이는 노동조합운동을 근간을 뒤흔들게 되었다. 전쟁 수행에 협력하는 노동조합운동조차도 자주적인 조직을 갖지 못한 채 산업보국운동産業報国運動 산하로 들어가게 되었고 이후 산업보국운동은 노동조합 해체를 요구했으며, 결국 1945년에 모든 노동조합이 해산되었다.

일본의 패전 이후 GHQ가 일본을 점령하면서 일본의 민주화, 비군사화 정책이 추진되었는데 민주화 정책의 하나로 노동조합을 장려하기로 했다. 1945년에 노동조합법이 제정되었고 노동자들에게 단결권, 단체교섭권 등이 보장되었으며, 이후 노동관계조정법 제정1946, 노동기본법 제정1947 등을 통해 사회주의자, 공산주의자 등을 중심으로 한 노동자들이 적극적으로 노동조합을 결성하면서 일본의 노동조합운동은 큰 전기를 맞이하게 되었다.

필자는 이와 같이 GHQ의 점령 정책을 통해서 일본의 노동조합운동이 보장되고 발전해 왔지만 평상시의 상황에서만 대응할 뿐 한국전쟁이라는 급격한 국제정세에 대처할 수 없다고 지적하고 있다. 당시의 상황 속에서 노동조합운동이 군수 등 전쟁과 관련한 노동을 거부한다면 공산당이라고 비난을 당하는 등 어려운 처지에 몰릴 수 있다고 지적하고 있으며, 일본전기산업노동조합과 같이 평화와 번영을 지향하고 공산당 추종자를 배제하는 등의 활동이 적절한 노동조합운동이라고 설명하고 있다. 한편 일본의 노동조합운동이 나아가야 할 길에 대해서 논하고 있는데, 노동조합이 관련 인식이나 정책을 검토하고 노조 내의 지도자 및 새로운 정치세력을 다시 만들어내야 국제정세에 대응할 수 있다고

설명한다. 이와 같은 필자의 노동조합운동에 관한 견해는 패전 이후 새롭게 전
개되어 온 일본의 노동조합운동과 당시의 국제정세의 변화라는 관점 속에서 파
악할 필요가 있다.

수록 지면 : 17~21면
키워드 : 한국전쟁, 노동조합, 노동조합운동

일본급일본인의 유래 日本及日本人の由来

사무카와 소코쓰(寒川鼠骨)

해제 : 석주희

내용요약

『일본』은 구가 가쓰난陸羯南 선생 만년에 아카이시 테이조赤石定蔵의 책모로 이토 킨스케伊藤欽亮에게 팔렸다. 조건은 편집은 현재 멤버에게 일임하고 간섭하지 않는 다는 것이었다. 그러나 경제 관련 논설기사를 게재할 것을 요구하기 시작했고, 처음에는 거절했으나 이런 요구가 거듭되자 결국에는 거부하고 싶었지만 게재하지 않을 수 없었다. 이런 식으로 하면 『일본』의 가치는 떨어지고 만다. 이럴 바에는 차라리 회사를 그만두고 동지들과 함께 지조를 지키는 것이 낫지 않나 하고 주장한 것이 편집장 고지마 카즈오古島一雄였다. 편집국에서 고지마古一念[1]가 이런 생각을 밝혔을 때의 그의 표정은 비통했다. 고지마의 의견에 반대하는 자는 없었다. 겉으로는 찬성하면서 뒤에서 이토에 붙은 미우라 가쓰타로三浦勝太郎, 오소우치 다이로쿠大小内大六 두 명만 제외하면 그 외는 모두 함께 사직했다.

'皇御國' 즉 천황이 통치하는 이 일본은 정신 차리지 않으면 어디로 표류할지 모른다. 우리는 우리 의사를 발표할 수 있는 기관을 가져야만 한다. 신문『일본』과 잡지『일본인』을 『일본급일본인』으로 합치고 이를 기관으로 삼아서 우리 뜻을 발신하기로 했다. 『일본』의 사원에 대해서는 여기저기서 데려가겠다고 손을 들었다. 안도 마사즈미安藤正純는 『도쿄아사히』로, 하세가와 뇨제칸長谷川如是閑과

---

1 '古一念', '一念'은 고지마의 호.

마루야마 칸도丸山侃堂는 『오사카아사히』로, 치바 타케오는 『도쿄아사히』로, 오노 시즈카타大野静方하고 나카지마 마키요시中島気崢는 국민신문사로 옮겼다. 이들 중에서 오노 시즈카타大野静方는 도쿠토미 소호德富蘇峰의 인격이 불쾌하다는 이유로 다시 『일본급일본인』으로 돌아왔으나, 그 외의 나머지 사람들은 모두 중용되어 잘 지내고 있는 것은 주지하는 바이다. 고지마 군은 구로이와 루이코黒岩涙香의 『만조보万朝報』로 옮겼으나 『일본급일본인』에 '雲間寸観' '政界消息' 등을 집필하여 답답한 마음을 발산했다.

이상은 주로 『일본급일본인』이라는 제호의 유래를 설명한 것이다. 참고로 연대 사직은 편집원에게 그치지 않고 사무회계원도 행동을 함께했다. 후카야마 이치로深山一郎, 사노 에키노스케佐野易之助 등은 물론이고 사환 고타니 야스타로小谷保太郎, 급사 스즈키 시게토鈴木重遠까지 모두 연대한 것은 당시로서는 이상한 일로 보였다.

해제내용

『일본인』과 『일본급일본인』은 정부의 정책과 구미 추종 자세를 비판하고 근대국가 일본을 스스로 설립해야 한다는 주체적인 인식을 가졌다. 이들이 주장하는 국수주의는 구미문화가 급격하게 유입하는 시대적 상황에 대하여 일본 고유의 문화와 전통에 대한 사상을 보존해야 한다는 것이다.[2] 세이쿄샤의 이름은 일반적으로 메이지기 이노우에 가오루井上馨 등이 비준한 구화정책에 대항하여 국수주의를 제창하고 이른바 '구화欧化와 국수国粋'를 둘러싼 논쟁을 이끈 결사로 알려져 있다. 미야케 세쓰레이가 중심이 되어 발행한 잡지 『일본인』은 저널리즘사뿐 아니라 근대일본의 사상사에서 매우 중요한 자료로 제시된다.[3] 발행 초기 『일본인』은 평균 약 7천 부로 당시 『국민지우国民之友』가 1만 2천 부, 대표적인 신문인 『도쿄마

---

2 佐藤能丸, 『明治ナショナリズムの研究 政教社の成立とその周辺』, 芙蓉書房出版, 1998, p.12.
3 石川徳幸, 「政教社のロンドン海軍条約反対運動に関する一考察」, 『政経研究』第51巻 第2号, 2014, p.144.

이니치 신문東京日日新聞』이 1일 1만 부로 적지 않은 독자 수를 가지고 있었다. 주요 독자층은 학생, 관사, 지식청년층으로 지식인들과 청년들에게 사상적인 영향력을 갖는다고 볼 수 있다.[4]

세이쿄샤가 내세운 국수주의는 당시 활동한 사상가와 참여자, 시대적 배경에 따라 다른 의미를 가진다. 세이쿄샤의 국수주의는 쇼와 전반기에 전개된 열광적이고 독선적이고 배타적이고 편협한 초국가주의적 국수주의와 다른 역사적 사명을 가진 메이지 중기 발전기의 내셔널리즘이라고 볼 수 있다.[5] 1888년 4월 3일 결사하여 창간한 세이쿄샤 기관지 『일본인』과 이듬해 2월 11일 설립 창간된 일본신문사의 『일본』에서 국수주의를 주장했다. 국수주의는 다이쇼기에 정치단체명에 '국수'라는 용어를 사용하여 쇼와 전전기부터 배타적인 우익운동 사상이나 보수적인 반공주의를 내세우는 사상 또는 천황주의를 내세우는 수구주의 사상 등으로 불리는 경우가 많다.[6] 세이쿄샤에 참여한 사람들은 그 외에도 다른 신문이나 잡지에서도 활동하였으며 정치활동을 하는 사람들의 다양한 활동을 결집한다는 의미에서 사상단체로서 조직을 결성했다. 이들은 일정한 시간을 정해서 세이쿄샤에 모여서 정보를 교환하거나 논의하였다.

세이쿄샤는 미야케 세쓰레이가 퇴사한 이후 잡지 발행 이외에 다양한 정치활동에 관여하였다. 특히 1929년 이오키 료조五百木良三가 사장으로 취임하고 정치적으로 실천적인 측면이 부각되었다. 이 같은 정치활동과 달리 미야케 세쓰레이가 이탈한 이후에는 세이쿄샤에 대한 학문적인 평가가 거의 이루어져 있지 않다. 기존 연구에서는 "미야케 세쓰레이가 이탈한 이후는 우익화 경향이 강하여 정신적인 국체론이나 전쟁협력 울트라 내셔널리즘으로 향하였다. 1907년 『일본급일본인』이 창간되고 다음 달 동지의 후신으로서 세쓰레이에 의해 개인 잡지인 『아관我

---

4 中野目徹, 『政教社の研究』, 思文閣出版, 1999, p.11.
5 佐藤能丸, 『明治ナショナリズムの研究 政教社の成立とその周辺』, 芙蓉書房出版, 1998, p.5.
6 Ibid., p.5.

觀』을 창간했다.[7] 세이쿄샤가 1924년부터 발행한 제2차『일본급일본인』는 지금까지의『일본급일본인』후속지로서 보아서는 안 된다는 인식도 있다. 이는 미야케 세쓰레이의 이탈에 의해 초기『일본인』으로부터 이어진 사상적 연속성이 단절되었기 때문으로 볼 수 있다. 그러나 다른 한편으로『일본급일본인』은 우익 또는 우익이라는 레토릭을 사용하여 언론활동, 출판뿐 아니라 실천적인 사회운동을 했다는 점에도 주목할 필요가 있다. 이는 세이쿄샤가 국수주의와 새로운 '국민'상을 천황제국가의 측면에서 제시한다는 점에서도 드러난다.[8]

수록 지면 : 22면
키워드 :『일본』,『일본인』,『일본급일본인』

---

7 石川德幸, 「政教社のロンドン海軍条約反対運動に関する一考察」, 『政経研究』第51巻 第2号, 2014, p.145.
8 中野目徹, 『政教社の研究』, 思文閣出版, 1999, p.3

일본 본래의 신은 무엇인가 日本本来の神とは何ぞ

이카리 로시(猪狩老史, 미상)

해제 : 김현아

내용요약

　패전 이후 벌써 6년이 지나가고 있다. 그동안 국정의 변화는 대변혁이고 급개조였다. 이처럼 급변한 경우에 자칫하면 '나我'를 잃게 된다. 나를 잃고서는 훌륭한 독립 국가는 불가능하다. 2차 대전 후 독일의 석학 빌헬름 분트Wilhelm Wundt는 다음과 같은 말을 했다. "그리스 신들의 '너 자신을 알라'라는 요구는 단지 개개인에 대해서만 한 말이 아니다. 이것은 국민에게도 타당한 말이다. 개인의 경우와 마찬가지로 국민에게도 국민 고유의 본질을 망각하는 것은 때때로 있을 수 있다"『민족발전의 논리(民族発展の論理)』, 다카쿠와 스미오(高桑純夫). 이것을 보면 분트는 특히 우리 일본인에게 절실한 충언을 주고 있는 것이 아닌지 의심이 들 정도이다.

　현재 봉건적, 관료적인 것을 버리고 민주적으로 되면서 압제를 버리고 자유를 얻은 것은 일대 진보로서 기뻐해야 한다. 우리는 어떠한 경우라도 자기, 혹은 자국민의 본질을 잃어서는 안 된다고 주장한다. 흉내는 아무리 교묘해도 결국은 흉내에 불과하다. 이러한 관점에서 일본 국민의 본질이라는 것을 각 방면에서 연구하고 이것과 신시대를 어떻게 융합하고 조화를 이루어야 할지를 생각하고자 한다. 먼저 우리 민족의 사상의 근저가 되어야 할 것은 역시 신이란 무엇인가라는 것이다.

　신神이라는 문자는 중국 것이지만 가미カミ라는 말은 일본 것이다. 말로만 있었던 일본의 가미를 신이라는 한자로 표현하게 되면서 제일 먼저 의미의 변화를 일

으켰다고 생각한다. 특히 현재 신이라는 것은 영어의 신god의 의미도 충분히 포함되어 사용되고 있다. 그래서 현재 통용되는 신의 사상으로 고대의 가미를 해석하게 되면 큰 오류를 일으키는 것은 말할 필요도 없다. 일본 본래의 신을 그리스도교의 신god 같은 의미로 해석하게 되면 그것은 물론 맞지 않는다. 그리고 신이라는 한자로 가미라는 말을 해석해도 역시 정확히 적용되지 않는다.

현대 일반사회에서 사용되는 신이라는 말의 내용에는 여러 의미가 포함되어 있다. 예를 들어 그리스도교의 God도 신으로 번역할 수 있는데 이것은 본래 유일신이고, 조물자이고, 주재자이고, 또한 전지전능한 자이다. 일본 본래의 신의 관념과는 크게 서로 다르다. 첫째 일본의 가미는 다신多神이다. 인간을 가미로 하는 것은 물론 민속 간에는 산천초목까지도 신으로 숭경하는 것이 있는데 즉 수많은 신들야오요로즈가미=八百万神이 있다. 그리고 일본의 신은 결코 조물주가 아니다. 아메노미나카누시노카미天之御中主神, 다카미무스비노카미高御産巣日神, 가미무스비カミムスビ의 신에게는 무스비ムスビ 즉 생산의 의미가 있다. 이자나기伊邪那岐=남신, 이자나미伊邪那美=여신 두 신은 오야시마大八洲=일본의 옛 명칭를 만들어냈다고 하는데 그것은 오야시마만을 만든 것으로 그리스도교의 창세기처럼 천지 만물을 창조할 정도로 대규모적이며 상세한 이야기로 되어 있지 않다. 특히 야오요로즈가미八百万神가 모두 제각기 창조하는 능력을 지닌 것은 아니다.

그리고 신은 우주의 주재자主宰者라는 것도 일본 태고의 사상이 아니다. 예를 들어 고사기에 등장하는 구니쓰카미国津神라고 일컫는 신은 아마 한 지방의 장長임에 불과하다. 최상의 신으로 숭상되는 아마테라스오미카미天照大神도 오야시마 경영 당초에 이즈모노쿠니出雲国로 사자使者를 보내 천손의 통치권을 명시했을 때 이즈모 일족은 쉽사리 승복하지 않아서 결국은 무력으로 겨우 천손강림天孫降臨을 행할 수 있었다. 이런 점에서 보더라도 우주 간의 주재자라고는 해석할 수 없다. 하물며 전지전능의 신이라고 할 수 없을 것이다.

특히 그리스도교의 신은 때로 그 모습을 시현하는 일도 있지만, 진실한 무형의 영靈이다. 그러나 우리 민족의 신은 무형이라고 단언할 수 없다. 이뿐만 아니라 유형구체有形具體가 진의真意라고 생각한다. 그 이유는 다카미무스비노카미는 천손강림 때까지 다카마노하라高天原에서 활약하고 있었기 때문이다. 『고고슈이古語拾遺』에 의하면 아메노미나카누시노카미의 자식이 다카미무스비노카미이고, 다카미무스비노카미에게도 또한 자손이 있다고 한다. 형체를 구현한 신으로 보는 것이 자연스럽다. 이처럼 그리스도교에서 말하는 신과 일본 본래의 신과는 근본 관념에 있어 서로 다른 점이 명료함에도 불구하고 현대인은 이것을 혼용하여 신이라는 말을 사용하고 있다.

그리스도교는 천지창조 전에 신 외에 아무것도 없었는데 우리에게는 이미 아메노미나카누시노카미의 신 이하 다수의 신이 존재하고 있다. 그리스도교는 아담과 이브라는 인간을 만들었다. 우리의 신은 아마테라스오미카미 이하 30여 주의 신들을 만들었다. 특히 주목할 점은 중요한 인간을 만들었다는 것이 이야기되지 않고 있다. 이것은 다카마노하라 시대에서는 신이 즉 인간이므로 특별히 인간 창조를 말할 필요가 없었다. 우리 민족 본래의 신은 인간이었고 그 인간은 모두 자손을 갖는 조신祖神인 것은 명백하다.

해제내용

저자는 일본 가미의 본래의 뜻에 관련하여 이렇게 설명한다. 일본에서는 모토오리 노리나가本居宣長와 히라타 아쓰타네平田篤胤 등 두 국학자를 비롯하여 여러 국학자에 의해 꽤 자세하게 가미라는 단어의 본래의 뜻이 해명되었다. 그러나 결국은 가미上, 가미頭 등과 같은 어원을 가지며 수령秀靈함을 의미하는 것으로 귀착되었다고 말한다. 저자는 고사기古事記의 본문 내용을 통해서 다음과 같이 서술한다.

고사기 첫 페이지에는 천지초발지시天地初發之時라고 쓰여 있는데 이것은 마치 감은 눈을 갑자기 뜬 순간 천지와 함께 아메노미나카누시노카미가 출현했다는 것으로 천지창조의 신화로서는 매우 변칙적인 것이다. 아메노미나카누시노카미는 모든 신의 선두에 출연하고 이어서 다카미무스비노카미와 가미무스비노카미가 출현하여 삼신연립三神聯立의 형태를 이루었다. 이것을 삼위일체라고 해도 좋을 것이라고 하며 이 신들은 독신獨神으로 은신隱身했다고 고사기에 쓰여있다고 한다. 신의 이름으로 그 의의를 생각해 볼 때 하늘天의 한 중앙의 중심으로 보아야 하는 것은 무엇인가. 물론 태양 외에는 아무것도 없다는 것은 누구라도 수긍할 것이다. 그리고 나중애는 '태양신의 자손=히노미코日の御子'라는 말도 사용되었다. 아메노미나카누시노카미도 바로 조상이다. 원래 태양에도 물건을 만들어내는 능력이 있는데 특히 무스비의 두 신이 함께하여 물건을 만들어내는 힘이 현저하게 되었다. 저자는 일본의 신은 즉, 자손을 만들어내는 신들을 의미한다고 말한다.

따라서 저자는 아메노미나카누시노카미 다음에 출현한 모든 신 요컨대 고토아마쓰카미別天神라고 일컫는 다섯 신과 가미노요나나오神世七代라고 일컫는 신들은 어떠한 경로에 의해 출현했는지 이 점에 대해서는 분명히 기록되어 있지 않지만, 이 신들을 모두 아메노미나카누시노카미의 자손이라고 해석하는 것은 결코 도리에 어긋나지 않는다고 서술하고 있다.

수록 지면 : 33~40면
키워드 : 신과 가미의 차이점, 신=인간, 조신(祖神), 아메노미나카누시노카미

1950년 10~11월

전통의 정신을 망각하지 마라伝統の精神を忘却する勿れ

패전 이후, 우리 일본에서는 급격하게 민주주의 정치를 실행하여 모든 백성이 자유와 평등의 지위를 얻게 되어, 정치도 사회도 일대 약진을 이룩한 점은 우리가 직접 보고 느끼며 매우 기쁘게 생각하는 바이다. 그러나 이 대개혁은 고작 2~3년 동안 미군 사령관 감독 아래에 추진된 것이며, 1년 사이에 벌어진 변화는 100년 의 세월이 흘렀다고 해도 과언이 아닐 정도로 눈부신 것이었다.

우리 일본은 아무리 망각의 시간에 있더라도, 조용히 반성하는 마음가짐을 잊 어서는 안 된다. 패전 직후 한때 허탈했던 우리 일본인은 도덕적으로는 매우 타락 해 있었다. 이 또한 패전이라는 결과로 어쩔 수 없는 부분이었다고 생각한다. 그 러나 이제는 만 5년이 넘는 시간이 흘렀다. 언제까지 허탈한 상태로 있어야 하는 가? 일반사회인도 다시 일어서기 시작했다는 점은 기쁜 일이다.

그런데 다시 일어서려는 사람들의 태도는 어떠한가? 아마도 오늘날 모두가 그 렇다고 해도 좋을 정도로 서양 문화에 심취하고, 우리 자신의 것을 소외시키고, 매사를 서양을 흉내 내려는 모습을 보이는데, 이러한 풍조는 이미 만천하를 뒤덮 을 지경에 이르렀다.

돌아보건대 메이지유신은 우리 일본인이 처음으로 공식적으로 서양의 문명을 접한 때였다. 그래서 매사에서 그들 문화를 숭배했고, 일본어를 폐하고 영어를 국 어로 하자는 자, 혹은 백인과 결혼해서 피부색을 바꾸려는 자 등, 정말로 극단적인 외존내비外尊內卑의 담론이 판을 치는 시기였다. 이때 우리 선배인 구가 가쓰난, 미야 케 세쓰레이, 시가 시게타카 등은 잡지『일본인』에 또는 신문『일본』에 당당하게 국수보존國粹保存의 깃발을 들고 세상에 이른바 '일본주의'를 크게 주창한 것이다.

오늘날 정세를 메이지유신 후하고 비교하면, 외존내비의 풍조는 심히 비슷한 지경이다. 새 헌법의 제정, 이에 수반되는 여러 법률의 개정에 대해서 본인이 지금 비판을 가하려는 것은 아니다. 오히려 이들이 내포하는 장점에 대해서는 개량과 진보를 기쁘게 환영한다. 다만 가장 크게 유감스러운 것은 자기소외自己疎外의 풍조가 너무 지나치다는 점이다.

물어보겠다. "이대로 괜찮은가?" 그렇다고 답하는 사람은 대부분 새로운 세대의 신인新人들일 것이고 아니라고 대답하는 사람은 우리 동지일 것이다. 『일본급일본인』의 사명은 바로 이 문제에 관한 '정의'를 밝히려는 데에 있다.

모름지기 세계열강은 그들의 민족정신을 바탕으로 국가를 형성하고 있다. 민족마다 각각 장단점이 있는 법이다. 우리 야마토민족에게도 장점도 있고 단점도 있다. 그 장점을 신장시키고 단점을 보완하면서 발전하는 것이 진정한 문화를 찾는 길이라 할 수 있다.

우리 일본인이 갖는 민족성의 장단점과 득실에 대해 세세하게 논하는 것은 잠시 생략하고 사례를 두세 개 들고자 한다.

새 헌법에 따라서 천황은 정권에 거리를 두고, 오로지 국가의 상징으로 남게 되어 주권재민이 확립되었다. 나는 이 커다란 변화를 직시한다. 이때 천황의 마음은 어떠했을까를 헤아려본 결과, 천황가(황실)에 대한 경애심이 더욱 크게 느낄 수 있었다. 이것은 논리로 따져 설명할 수 있는 것이 아니다. 우리 일본인의 혈관에는 2,000년 이상 이어온 민족 상전相傳의 혈맥이 지금까지 붉게 흐르고 있기 때문이다. 이를 굳이 충忠이라고는 말하지 않겠다. 그저 이 맑고 고귀한 감정을 이어가야 한다는 생각을 들게 한다.

다음으로 민법상으로 '이에家' 및 가족에 관해서 여러 문제가 있다. 요즘 '이에'를 가볍게 여기게 된 것은 유감이며, 부자간의 관계, 부부간의 관계에서도 논의해야 할 문제가 많다고 생각한다. 법률이 아무리 변하더라도 부자간의 진정한 정을 잃어서는 안 된다고 생각한다. 이것은 동양에서 그리고 일본에서는 도덕의 근본이기 때문이다.

부부 사이도 남녀동권이 된 것은 진일보라 할 수 있다. 그러나 결혼도 마음대로, 이혼도 마음대로 할 수 있게 되어, 우리 일본 고래의 부인미덕婦人美德의 으뜸으로 삼아온 정조貞操도 헌 신짝 버리듯이 버릴 수 있게 된 점은 슬퍼해야 한다. 역시 정조 관념은 남녀 모두 지켜야 한다고 믿는다.

이상의 문제에 관해서 이 자리에서 세세하게 논의할 여유는 없다. 요는 정치적으로, 사회적으로 앞으로도 새로운 법이 계속 만들어지겠지만, 우리는 감정적으로 그리고 도덕적으로 전통적 정신을 망각해서는 안 된다고 생각한다. 그래야만 같은 민주주의라고 하더라도 일본에는 일본의 특색이 있는 법이고, 향기 있는 민주주의가 만들어질 것으로 믿는다. 우리는 진심으로 이 점을 기원한다.

마키아벨리와 현대 マキアヴェリと現代

야베 테이지(矢部貞治)
해제 : 석주희

내용요약

"기도서만으로 국가 통치는 할 수 없다"고 말한 것은 마키아벨리이다. 마키아벨리는 목적을 위해 수단을 가리지 않는 것으로 악명이 높은 '마키아벨리즘'의 교조로서 후세 종교가나 도덕가들로부터는 비판을 받았다. 중세의 영구한 암흑시대에 종교로부터 정치를 완전히 분리하고 정치적 가치를 고유한 기초로 성립시켰다. 또한 정치의 기본 목적과 이를 위한 정책수단의 본말서열을 밝혔다. 또한 15세기 말 이후 열강의 권력 투쟁의 무대가 된 이탈리아에서 확고하게 독립과 통일을 논의했다. 이는 마키아벨리가 근대정치학의 시조로 정치사상사에서 불후의 지위를 자리매김하도록 하였다.

권력의 법칙은 냉엄하다. 숭고한 이념이나 감미로운 언어만으로는 정치를 파악할 수 없다. 정치에서는 의식적, 무의식적으로 같은 언어가 다른 의미를 가지며 사실을 왜곡하고 은폐하고 계획적인 기만으로 말하며 실현 가능도 장애도 없는 신화나 아름다운 언어로 주창된다. 종교조차 정치에서는 하나의 모략 수단으로 이용된다. 정치에서는 언어상에서 표면상에 아무리 숭고한 이상이 있더라도 뒷면의 진실은 당파적, 계급적 또는 개인적인 편견이나 야심, 복수심, 희망, 감정의 표현에 지나지 않는 경우가 많다.

비스마르크도 말했듯 정치는 '가능성의 문제'이다. 얼마든지 아름다운 이상을 말해도 실현 불가능한 것은 단순히 공상에 지나지 않는다. 정치는 다만 바른 것을 갖도록 하는 것에 지나지 않으며 무엇을 가지고 싶어 하는 것이 옳은지 알 수 없다. 정치학은 정치지배나 정치권력으로 엄폐할 수 없는 진실의 법칙을 말한다는 점에서 이른바 '디지털 사이언스Dismal Science'의 하나이다. 정치학을 종교나 도덕의 학과 동일시하는 것은 근본적으로 틀린 것이다. 마키아벨리는 그것을 말하고 있다. 그가 불평한 것은 인간이 자기의 진실을 아는 것을 바라지 않고 특히 정치권력자가 정치행동의 진실을 아는 것을 좋아하지 않기 때문이다. 마키아벨리가 발견한 권력의 법칙을 악용하는 자가 있다. 그러나 그것 때문에 마키아벨리는 비난하는 것은 옳지 않다.

마키아벨리는 전시의 혼란기에 조국의 통일과 독립을 추구했다. 그가 이론적으로는 오히려 공화정을 최선이라고 생각하면서 국가의 통일과 독립의 완성은 당시의 조건 가운데 군주에 의존할 수밖에 없게 되었기 때문이다. 그가 '독립'이라고 말한 것은 문맥상 '자유'이다. 법은 힘의 위에서 입각하지 않으면 안 되지만 힘을 제약하는 힘이 없으면 법은 파괴되며 힘을 제약하는 것은 반대의 힘이다. 유토피아의 자유가 아닌 현실의 자유는 이러한 힘의 균형에 의해 확보된다고 그는 말했다. 마키아벨리는 이와 같이 폭정에 반대한다. 다만 그것을 단순히 아름다운 언어에 의한 것이 아닌 현실의 논리를 통해 말하는 것이다.

마키아벨리는 국가의 독립과 보존을 절대 목적으로 하고 그 목적을 위해서는 수단을 가리지 않는다. 이른바 '국가술수'를 위해서 '절대기술성'을 존중한다. 그는 "군주를 해서 국가를 유지하는 데 전념해야 한다. 이를 위한 수단은 항상 명예로운 것으로 보이며 일반적으로 칭찬을 독차지한다". 그러한 국가의 안전이 위태로울 때에는 정과 부정, 인자와 참혹, 영광과 치욕 등을 생각할 여지가 없다. 반대로 국가의 생존을 구하여 그 독립을 보존하는 것 외에는 기만도 위선도 존재하지 않는다고 하며 악명 높은 체사레 보르지아Cesare Borgia의 폭로조차 칭찬했다. 이는 마키아벨리의 가장 비난받는 부분이다.

그러나 마키아벨리는 본질적으로는 목적과 수단의 서열을 말하고 있다. 목적을 위해서 수단을 가리지 않는 다는 것은 비난할 일이지만, 그러나 수단을 위해서 목적을 잃는 것은 그 이상으로 어리석은 일이다. 국가의 독립과 안전이 목적이라면 이를 위해서 정책과 수단은 시간과 장소를 가리지 않으면서 이를 위해 정책과 수단은 때와 장소의 조건에 따라 상대적으로 생각해야 한다. 그것이 정치의 원칙이다. 이런 의미에서 이해하는 한 마키아벨리의 교의가 근본적으로 옳다는 것은 부정할 수 없다.

마키아벨리는 정치에서 인간성을 잔혹한 정도는 있으나 그대로 척결한다. 그리고 지배자와 피지배자와의 분화라는 부동의 정치법칙을 상세하게 논의한다. 그는 '운'을 중시한다. 그러나 운을 잡는 것은 결국 비르츠 지주이다. 정치가가 유화, 인애, 예양, 경신, 진지함 등 '보여지는' 것은 필요하지만 사실 경우에 따라서 반대 행동을 하기도 한다. 정치가로서 가장 피해야 하는 것은 인민으로부터 싫어하고 경멸을 당하고 인민에게 불평불만을 받는 것이다. 정치가는 그 주위에 우수한 인물을 가져야 하지만 아부하는 자는 물리쳐야 한다. 정치가는 사려 있는 사람을 선택하고 충언을 들어야 한다. 그러나 훌륭한 충언은 정치가 자신이 현명해야 나오는 것으로 결코 훌륭한 충언으로부터 정치가가 현명해지는 것은 아니다.

마키아벨리의 교의는 결코 감미롭지는 않다. 그러나 그것이 진실이라면 우리는 그것을 들어야 한다. 현대는 자연과학이나 기술의 영역으로 원자력시대로 불리지만 정치나 사회운동의 영역에서는 당연하게 터부, 신화, 미신, 주술이 횡행하고 있다. 현대에 비단 깃은 평화, 민주, 자유, 진보, 학과, 계급, 혁명 등의 언어로 표현되지만 그 실체를 적나라하게 드러내서 보면 미개시대의 터부나 신화, 미신과 큰 차이가 없는 것이 많다.

우리들의 사회에는 인간이 마치 기독교나 불교의 사종인 것 같은 망상을 전제로 평화와 전쟁을 이야기하는 자가 있다. '저 세상'의 천국이나 극락을 말하고,

'이 세상'의 문제를 말한다. 그리고 이들은 결국에는 침략에 봉사한다. 정치의 정책이 진공 가운데 부동의 도그마로 망상하여 객관적인 정세를 무시하고 하나의 도그마를 고집하는 자가 있다. 그리고 그사이에 기본 목적을 상실한다. 전란의 세상에서 조국의 독립과 안전을 어떻게 유지하는가 하는 마키아벨리의 과제는 규모나 형태는 달라도 현대의 과제이다. 마키아벨리의 교의를 최대한 악용하는 것이 현대의 공산세력이다. 우리는 이것을 진정한 독립과 자유를 위해 최대한 선하게 사용해야 한다. 진정한 독립과 자유는 망상이나 공상 위에 있는 것이 아니라 냉엄한 진실의 인식 위에서 보장되기 때문이다.

해제내용

이 글에서 야베는 일본의 리더십과 국가에 대한 정치적 관념을 모색하였다. 야베 테이지는 마키아벨리를 통해 일본의 전후 리더십에 관한 의문을 제기한다. 과연 일본은 조국의 독립과 안전을 위해 어떤 정책을 선택해야 하는가라는 기본적인 문제를 두고 야베 테이지는 냉엄한 현실에 대한 자각이 중요하다고 말한다. 이를 위해 우선 마키아벨리의 정치를 통해 달성해야 할 목표로서 독립과 안전을 제시하고 수단으로서 정책을 제시한다. 『군주론』은 힘을 추구하는 목적으로서 비지배를 위한 역량을 말한다. 『군주론』은 크게 건국과 치국으로 나누어져 있으며 건국과정에서는 처세술과 냉혹한 현실정치가 필요한 반면, 치국의 과정에서는 지도자가 시민에게 권력을 이양하는 '공존의 정치'가 필요한 것으로 서술한다. 따라서 마키아벨리의 공화주의는 폭압적 리더십을 지양하고 자유와 법치를 강조하는 것으로 해석된다.

필자는 마키아벨리가 지향하고자 하는 리더십을 통해 일본의 리더십을 모색한다. 필자도 언급한 바와 같이 우리는 마키아벨리를 '정치에서 도덕을 분리한 리얼리즘 정치학의 시조'로 부른다. 그러나 냉혹한 통치와 무자비한 리더십을 정당화한 측면에서 비판을 피할 수 없었다. 마키아벨리에 관한 일반적인 해석은 '결과론자'이다. 그는 목적이 수단을 정당화한다는 명제를 내세운 것으로 알려져 있다. 그러나 이에 대해 필자는 반드시 그러한 비판이 타당한 것은 아니라고 보았다. 이에 대한 구체적인 언급은 제시되어 있지 않으나 '군주가 단호한 조치를 통해 무질서한 상황에서 국가가 붕괴되는 것을 막는다'는 마키아벨리에 대한 이해를 제시할 수 있을 것이다. 분명 마키아벨리는 "군주가 사악한 수단을 계속 동원하는 경우 시민들의 두려움은 증오로 변하고 나라가 망한다"고 보았다. 따라서 군주는 사악한 행동을 단기간에 효율적으로 행하고 그 뒤 호혜를 베풀어야 시민들이 존경한다고 보았다. 다만 마키아벨리가 강조한 것은 군주가 도덕에 얽매인 결과 국가를 지키지 못하는 것에 대한 우려이다. 이는 마키아벨리가 도덕과 정치를 동일시하는 위험성에 대하여 지적한 바로 이해할 수 있다.

이 글을 통해 야베는 진정한 독립과 자유를 위해 국가의 목적과 수단, 리더십 측면에서 필요한 조건을 논의하였다. 그는 정치적 현실을 자각하고 국가의 안전과 독립을 보장하기 위한 강력한 통제로서 리더십을 주장한다. 강력한 통제는 억압이나 독단, 일방적인 권위에 의한 것이 아니라 때로는 자율적이고 민주적이며, 지혜로운 리더로서의 통치로서 이루어진다고 보았다. 다만, 이 글에서는 다른 저작들과 마찬가지로 어떤 '군주'에 관한 것인지 혹은 어떤 '정치상'을 모색하는지 상당히 모호하며 현실의 정치세계를 오히려 외면하고 있는 것으로 보인다. 부국강병의 이론적 지침서로도 읽혀진 군주론은 전후 일본에서 어떤 맥락으로 현실 정치와 맞닿아있는지 비판적인 고찰이 필요하다.

수록 지면 : 3~5면
키워드 : 마키아벨리, 정치, 정치학, 국가 통치, 권력, 목적과 수단

정치와 종교政治と宗教

고바야시 요시오(小林珍雄)
해제 : 김현아, 임성숙

내용요약

교회와 국가의 관계 여하의 문제는 사회에 대한 개인의 관계 문제와 같이 서양 정치사에 있어 큰 문제로 20세기에 2차 대전을 거쳐 새로운 전개를 보였다. 제1차 대전의 결과로 비롯된 파시즘과 나치즘의 전체주의 국가에 있어 교회는 정부 당국과 소위 정교조약Konkordat을 체결하고 국가와 교회의 양쪽에 걸친 정교혼합 문제결혼, 학교 교육, 교회재산관리 등를 조절해 왔었다. 그런데 이 두 주의ism의 몰락과 함께 세계는 두 이데올로기 대립으로 이분화되고 교회와 국가와의 관계 또한 새로운 전개를 보였다. 두 개의 세계를 구분하는 철의 장막의 정체는 무엇일까. 장막의 저편에는 아편과 같은 강렬한 작용을 민심에 천년이나 걸쳐 미쳐온 그리스도교의 영향을 일소하고 반그리스도교적인 새로운 문화의 형태를 창조하려고 하는 소련과 그 위성국이 있다. 장막의 이쪽에는 많든 적든 그리스도교문화의 전통을 이끄는 구미 문화의 형태가 있다. 말하자면 그리스도교를 분수령으로 세계는 양분화되어 있다고 할 수 있다. 그만큼 서유럽 제국에 전후 조국의 재건을 떠맡으며 나타난 것은 공산당과 그리스도교 정당으로 한 나라에서도 이 분수령이 판단되는 이유이다.

장막의 저편 위성 제국의 인구는 1억 2천만 명이고 그 반수의 6천만 명이 가톨릭교도이다. 이들 6천만 명 가톨릭교도의 운명은 전 세계의 3억 5천만 명의 가톨릭교도의 주목을 모으고 있는데 그 실상은 장막에 가리어 아무튼 분명치 않다. 가끔 헝가리의 민젠티Mindszenty Josepf 대주교가 투옥되었다는 보도를 접하고 세계적 파문을 던졌다고 생각했는데 그 후 다시 잠잠해졌다. 최근 정보에 의하면 투옥 후 1년 반이 지나서 마침내 헝가리 대주교는 적색 정부와 일종의 '지방적 양해'를 하였다. 이 '양해' 내용은 교회 측은 ① 적색 헌법을 승인하고 지지할 것, ② 소위 합법적 질서에 반대하는 신도의 활동을 단속할 것, ③ 적색 헝가리 재건 '위대한 사업'에 신도의 참가를 권장할 것, ④ 공산주의자가 전 세계에서 실시하고 있는 평화운동을 지지하는 것을 인정하고 그 대신에 국가 측은 ① 이후 18년간 교회에 재정적 원조를 제공할 것, ② 완전한 신교의 자유를 보장할 것, ③ 폐쇄한 가톨릭 학교 8개교를 교회에 반환할 것 등이다.

가톨릭교회의 총본산인 로마 교황청은 이 보도에 대해 "헝가리 주교단이 지금도 구제할 수 있는 것을 구제하기 위해서 정부와 일종의 양해를 하는 것은 있을 수 없는 일이 아니다. 그러나 이러한 지방적 양해를 과대시하고, 교회와 국가 간의 정식적인 협정처럼 생각하는 것은 과장도 이만저만이 아니다"고 하며 교황청은 이 사실에 대해 아무런 정식적인 통지를 받지 않았다고 말했다.

헝가리와 비슷한 지방적 양해가 폴란드와 체코슬로바키아에서도 이루어졌다고 한다. 그러나 결국은 그 지역의 교회는 성직자 체포, 처형 같은 크나큰 희생을 견디면서 압도적인 크렘린과의 대항에서 퇴각하고 있다는 인상은 피할 수 없을 것이다. 헝가리의 양해사항에 이끌려 평화운동 속에서 파급이 가장 컸던 것은 이번 3월 스톡홀름에서 있었던 평화선언이다. 이 평화선언은 앞으로 원자무기를 사용하면 전 인류의 적으로 간주할 것을 결정하고 원자무기 사용을 금지하려고 했던 선언이다. 이에 대해 세계에서도 가장 강력한 공산당을 갖고 주민의 대다수는 가톨릭교도라는 미묘한 위치에 놓여있는 프랑스에서의 반향은 어떠했는가. 이에 대한 신도의 태도에는 3가지가 판단되었다.

신도의 일반 대중 사이에는 이 선언문 그 자체는 아무런 반그리스도교적인 내용을 포함하지 않고 있고, 반대하는 그리스도교도가 볼 때도 확실히 말하고 싶은 것을 말해주고 있어 적극 찬성을 한 자도 적지 않았다. 신도 가운데 일부 지식계급도 이 선언문에 거듭 "그리스도교도 선언"을 추가해도 찬성하는 서명을 했다. 그러나 교도 대부분은 교회 당국의 뜻을 헤아려 서명을 거명했다.

서명을 거부한 이유는 이 스톡홀름 평화선언이 코민테른의 주장에 근거하여 각국 공산당 세력의 확대 선언에 이용되고 있기 때문이다. 따라서 가톨릭교도는 서명을 거부함과 함께 그리스도교 독자적 입장에서 하는 평화운동을 별도로 일으켜야 한다고 주장하고 있다. 세계가 둘로 나누어진 현재로서는 평화를 바라는 누구라도 이해할 수 있는 운동조차도 무심코 참여할 수 없게 되고 있다.

이번 제2차 대전 전까지는 정치는 아무튼 더러운 것으로 신앙이 깊은 사람일수록 정치에서 멀어지는 경향이 있었다. 그러나 이번 전쟁은 정치가 종교와 도덕의 구속을 벗어난 결과라고 자각되기 시작하여 신도도 충분한 정치적 책임을 느끼기 시작했다. 실제로 여러 국가에서 그리스도교적 정당이 승리를 차지한 것은 주로 농민이라든가 부인들로 지금까지 아무튼 정치에서 멀리 물러나 있던 신도가 큰 도움이 되었다.

우리 국가[일본]에서는 정치가들 가운데 기독교인이 있어도 '미신앙不信仰을 기반으로 하는 정치'를 의식하고 이에 대항하여 '신앙을 기반으로 하는 정치'를 하려는 용기와 노력이 부족하다. 사회주의자는 있어도 기독교 사회주의자는 없다.

그러나 현재 우리 국가의 상태를 보면, 여러 폐해는 결국 국민들이 밝은 희망을 가지지 못한 점에서 기인한다. 희망이 없으므로 '사는 힘'을 잃거나 자살하고, 혹은 술을 마시고 마약을 하고 현실을 피하게 된다. 희박한 희망을 좇고 도박을 하고 사악한 미신에 휘말린다. 활력 있는 자들은 이와 같은 무기력에 지쳐 공산당의 폭력혁명에 뛰어들게 된다. 자살, 도박, 마약, 폭력사태, 사교邪教 등을 포함한 전후에 유행한 것은 모두 그 저변에서 하나로 연결되어 있는데, 결국 절망의 구령에서 피어난 악의 꽃이라고 말할 수 있다.

국민은 희망을 찾으려고 한다. 목숨을 걸 수 있는 인생의 의의를 찾고 있다. 무의미한 인생에서 의미 있는 생활을 누리고자 하는 노력이 허무함을 통감해 왔다. 이 노력에 지쳐 결국 인생은 의미 없는 것이라고 인정하는 사람은 '사는 힘'조차 잃어버린다. 혹은 그 의미가 있을 법한 희망을 가질 수 있는 것에 곧장 뛰어들게 된다. 도박 심리와 자살, 폭력사태, 사교邪敎에 빠지는 심리는 동일하다. 우리 국가도 세기말 질병에 걸린 상태에 있다. 진정한 인생의 의의를 알고 고난의 의미를 느끼게 하고 약해져 있기 때문에 국민이 강력한 진정한 희망과 용기를 회복시킬 수 있는 것은 종교일 뿐이다. 영국 노동당에 국민의 희망이 있는 배경에는 영국민의 깊은 기독교 신앙심이 있는 점을 잊지 말아야 한다.

해제내용

필자는 제2차 세계대전 후 유럽이 냉전으로 분단되면서, 특히 동유럽(폴란드, 헝가리, 체코슬로바키아) 지역에 분포된 가톨릭(사제)이 새로 수립된 사회주의 정권과 '손을 잡은' 상황을 우려한다. 국가의 허락과 지원 아래 활동하게 되면 성직자들의 체포와 처형과 같은 희생은 피할 수 없으며 크렘린과 대립할 수밖에 없다고 한다. 더불어 1950년에 유럽 사회주의자가 중심이 되어 핵무기 사용을 금지하는 '스톡홀름 어필'을 선언하였는데, 이에 공산당이 존재하는 프랑스의 가톨릭 신자들이 반대하였다. 필자는 사회주의자를 중심으로 하는 반핵 평화운동을 지지하면 공산당의 세력 확대에 기여하기 때문에 가톨릭은 따로 독자적인 평화운동을 진행해야 한다고 반대하였다고 추정한다. 필자는 동유럽이나 제3세계에서 탈식민 운동과 공산주의 진영이 결탁하는 현실에 위기감을 느끼며 사회주의 진영이 주도하는 평화운동을 경계하는 입장에서 기독교 정신을 기반으로 한 정치가 이루어져야 국민의 생활과 국가를 제대로 재건할 수 있다고 주장한다.

필자는 동유럽의 냉전과 종교 상황을 참조하여 패전 후 일본의 도덕적 환경에 대하여 비판한다. 일본의 현 상황에 있어 모든 폐해는 국민에게 밝은 희망이 없어서 발생한 것이며, 희망이 없으니 '살아가는 힘'을 잃고 혹은 자살하고, 술을 먹고 마약이나 도박에 빠져 사교邪敎 미신에 현혹되기도 한다. 이들 무기력에 지친 사람들은 공산당의 폭력혁명에 빠지게 된다. 그리하여 필자는 이와 같은 문제를 극복하는 방법을 제시한다. 인생의 의의를 깨닫게 하고 고난의 의미를 맛보게 하여 무기력함 때문에 오히려 강해지게 하는 진정한 희망과 용기를 국민에게 회복시킬 수 있는 것은 종교밖에 없다는 것이다.

이러한 주장에는 일본의 침략과 전쟁에서 일부 기독교가 지닌 역할에 대해서 살펴볼 필요가 있다. 메이지정부는 한편으로 종교의 자유를 인정하였으나 또 한편으로는 기독교를 '외부'의 신앙으로 배척하기도 하였다. 아울러 국내 불교와 마찰, 갈등이 생기지 않도록 감시하고 통제하였다. 이러한 상황에서 군부와 정부는 전시체제에 들어설 때 '종교'의 이용가치를 찾아내고 '정신교육'을 위한 수단으로 사용하게 된다. 기독교는 신자들이 취업이나 일상에서 불이익을 입어 신도 수가 감소하는 상황에서 신도를 늘리고 국가의 인정을 받기 위해 제국 일본의 진출에 따른 해외 일본어 교육이나 사회사업에 참여하여 결국 전쟁에 협력하게 된다. 이와 같은 맥락에서 일본의 패전 후 종교의 전쟁협력에 대하여 반성하면서 종교는 '정치'와 분리하는 움직임이 나타났다. 따라서 필자는 '정치'와 거리두기를 했던 종교와 신앙을 기반으로 하는 정치가 이루어져야 국민의 도덕 생활을 바로잡을 수 있다는 주장을 하였다고 추정할 수 있다.

수록 지면 : 6~8면
키워드 : 정치, 종교, 공산당, 그리스도교, 사회주의자, 신앙

공산주의와 아나키즘共産主義とアナーキズム

사노 마나부(佐野学)

해제 : 전성곤

내용요약

공산주의의 신조 중 하나가 폭력혁명이다. 이것은 단순한 폭력행위를 논하거나 선량한 시민의 생명과 재산을 위협하고, 일본 재건에 반드시 필요한 생산설비를 파괴하거나 하는 행위를 말하는 것이 아니다. 정권을 탈취할 때 의회적 방법을 취하지 않고 내란이나 총파업 혹은 구데타같은 혁명방식을 취하는 폭력혁명을 가리키는 것이다. 그런데 일본에서는 전후 데모크라시의 관용으로서 공산주의자들의 폭력 사건이 많다. 공산당의 폭력 사건들은 너무 기계적인 민주화 공작 속에서 잉태된 것이다. 혁명의 수단에 폭력을 사용하는 것은 아나키즘이 '행위 선전'이라고 명명하여 공인하고 있다. 그러나 아나키스트가 아닌 테러리즘을 새롭게 부활시키고 있는 것이 현대의 코뮤니스트라고 생각된다. 전후 일본의 공산당원의 폭력 사건도 반드시 패전국 일본만의 특유한 것이 아니다. 공산주의자의 산업 파괴행위는 동독에 대립한 서독에서도 벌어졌다. 과연 공산주의는 아나키즘과 친밀한 것일까.

마르크스는 아나키스트 바쿠닌과 크게 대립했다. 마르크스는 집산集産주의적인 국가 조직이 사회주의 실현을 위해 필요하다고 했는데, 바쿠닌은 국가의 즉각적 파괴를 주장했다. 그렇기 때문에 이론적 입장에는 근본적으로 차이가 있었다. 그러나 마르크스도 폭력에 뭔가 신비적인 의미를 느끼고 있었던 사람 중 한 사람이다. 마르크스는가 말한 '강한 힘은 혁명의 조산부'라는 유명한 말을『자본론』속에 기술하고 있다. 그는 프랑스혁명의 대중봉기 양식을 혁명의 근본양식이라고 생각하고 있었던 듯하다. 또한 프랑스의 용맹 과감한 혁명가 블랑키Louis Auguste Blanqui의 잇키一揆주의와 그 열정에는 감탄조차 갖고 있는 듯하다. 그렇기 때문에 베른슈타인Eduard Bernstein은 마르크스를 일종의 블랑키스트라고 말한다. 요컨대 마르크스주의 창설자는 아나키스트와는 다르지만 폭력을 혁명의 구성분으로 생각하고 있었다. 그러나 마르크스는 서유럽인이며, 서구적 민주주의의 철저한 즉 혁명적 주장자였고 서구색 내지 민주주의적 감각이 결여되어 있을 뿐만 아니라 오히려 그 기초에 서서 폭력혁명이나 독재정치의 긍정주의자였다. 즉 민주주의의 일시적 형태로서의 독재정치, 민주주의를 세우기 위한 단기적 수단으로서 폭력 혁명을 시인했지만, 아나키스트처럼 파괴를 목적으로 하는 것을 긍정했던 것이 아니다. 그렇기 때문에 현대의 코뮤니스트의 폭력적 원천을 마르크스까지 귀속시킬 수는 없다.

그런데 현대 공산주의는 자칭하듯이 순수한 마르크스주의의 후계자가 아니라 러시아적 전통이 농후하게 남은 것으로 러시아적 마르크스주의이다. 그 폭력은 마르크스적이라기보다는 오히려 러시아적인 것이다. 레닌은 '미래적 의미의 국가란 인민으로부터 유리流離한 무장인간 단체를 통해 대중에게 폭력을 행사하는 것'이라고 간주하고 '지금 성립하고 있는 신국가소비에트 국가로, 또 하나의 국가이므로 무장인간 단체를 사용하는 것이기는 하지만, 그것은 반혁명을 위한 모든 기획에 가차 없는 폭력적 탄압을 가하기 위한 것'이라고 1917년에 기술했다. 종래의 국가도 소비에트 국가도 폭력을 본질로 하는 것은 변함이 없다는 입장이다. 이 철저한 국가 폭력설은 아나키스트의 이론과 본질적으로 통하는 부분이 있다.

레닌은 아나키스트가 이상理想으로 하는 미래 사회관에 결코 근본부터 반대하고 있지 않다. 레닌의 선배 플레하노프Georgij Plekhanov가 아나키스트를 강도 혹은 범죄자라고 매도한 것에 대해 레닌은 오히려 플레하노프를 비난하고 아나키즘의 사상적 가치를 인정했다. 그리고 종래에는 국가가 사멸하고 아나키스트적 사회가 도래한다고 예상했다. 무국가 공산주의사회가 레닌의 이상사회 타입이다. 그러나 근본적으로 공산주의와 아나키즘과는 친연성이 존재했다. 이것이 발전하여 공산주의자가 폭력행위를 시인하는 것도 러시아적 기원이다. 이전의 전제 군주제차리즘.tsarizm로는 근대적 민주적 법률도 자유도 존재하지 않았기 때문에 혁명가는 폭동을 혁명의 근본수단으로 하지 않을 수 없었다. 서구적인 사회민주주의를 주창하는 멘셰비키Mensheviki는 레닌이 지도하는 볼셰비키Bolsheviki의 폭력혁명주의에 압도되지 않을 수 없었다. 이러한 전제정치의 환경의 소산이었던 혁명방식을 근대적 자유의 존재하는 여러 가지 국가 혁명방식으로 일률화하는 것이 처음부터 무리였다. 또한 레닌의 혁명방식은 대중의 이니셔티브를 무엇보다도 중요한 조건으로 하는 것인데, 이것에 반해서 스탈린시대가 된 이후 대중의 혁명 창의성에 관계없이 군력軍力 즉 최대폭력으로 타국에 혁명을 강요하는 수단을 취했는데 이것이 그와 레닌의 커다란 차이이다. 이러한 러시아적인 것을 통째로 받아들여 자국의 혁명도 이 방식으로 실행하려고 하기 때문에 각국의 공산주의자는 소련의 조직적인 무력집단으로 간주될 우려가 있다.

해제내용

이 글은 일본 공산주의 신조였던 폭력혁명이 전후 일본에서 발생하는 것에 대해 의문을 제시하며, 공산주의와 아나키즘 그리고 코뮤니즘의 등장을 설명하고 전후 민주주의의 문제점을 지적한다. 일본에서 전후 일본국유철도日本国有鉄道 해고 사건으로 나타난 공산파共産派와 민동파民同派의 대립 그리고 미타카三鷹 사건[1] (각주)을 통해 본 민주주의의 잘못된 해석이 갖는 문제점을 제시한다. 전후 일본에서 일

---

1 1949년 7월 15일 일본국유철도 중앙본선 미타카역(三鷹駅)에서 일어난 무인열차 폭주사건이다. 열차 탈선 전복으로 사상자를 냈는데, 사건 경위는 미스테리였다. 공산주의화를 경계하던 GHQ에 의해 공산주의자 공직파직이 이루어지던 시기였고, 당시 공산당 지지자인 국철 근무자들이 체포된 사건이다.

어나는 공산주의자의 폭력 사건은 근원적으로 공산주의의 폭력혁명에 대한 이해가 잘못된 점 그리고 미국 민주주의가 일본 내에서 삼권분립 원칙만을 대입하는 방식으로 전개되는 것을 동렬에 두고 사상의 기계적 해석을 비판하고 있다.

전후 '일본 민주주의'라는 이름하에 이루어진 공산당의 폭력 사건 등은 비민주적인 것으로, 미국 본국과도 다른 것으로 기계적인 민주화 공작이라고 주장했다. 이러한 공산주의 세력 속에서 잉태된 폭력혁명의 근원을 검토한다. 즉 공산주의를 내건 세력들은 폭력혁명을 정당화하는데, 이 부분에서 아나키즘과 연결되는 측면이 있었다. 즉 혁명 수단에 폭력을 사용하는 것은 아나키즘이 공인하고 있었기 때문이다. 아나키스트라면 폭력행위도 이론상 합리성을 갖는다는 논리가 가진 문제점이다.

이처럼 공산주의와 아나키즘과의 친밀성에 대해 질문하면서 마르크스와 아나키스트의 대표격인 바쿠닌과 의견이 대립하는 비친밀성을 검토했다. 물론 마르크스와 바쿠닌은 폭력을 부정하지 않았다. 마르크스가 서구적 지식에 근거한 폭력혁명이나 독재정치의의 긍정자이기도 하지만, 현대 공산주의는 자칭하듯이 순수한 마르크스주의의 후계자가 아니라 러시아적 전통이 농후하게 남은 것으로 러시아적 마르크스주의가 주장하는 것이 아나키즘의 국가 및 자본의 강제적 폐기와는 다르다고 보았다. 지배가 없는 상황=anarchy를 이루는 이상은 코뮤니즘으로 변형된 것이라고 보았다.

또한 개념의 변용에 대해 주목한다. 그러나 공산주의 역사 속의 폭력행위는 아나키즘의 이상적 기획과 접속되면서 불가피적으로 실패의 요소를 내장하게 되었다고 논한다. 타국에 폭력혁명을 긍정하고 강요하는 스탈린의 방식과 레닌은 차이가 있었다. 그 역사적 경위의 커다란 차이를 인지하지 못하고, 일본에서 전개되는 공산주의자의 폭력혁명 행위들은 소련의 조직적인 무력집단으로밖에 간주되지 않는다고 비판한 것이다. 사노 마나부는 바로 이러한 점에서 러시아적 마르크스주의의 문제로서 공산주의가 비민주주의라는 점과 미국 민주주의의 기계적 도입으로 생기는 절대군주적 폭력을 보면서 일국사회주의 이론 구축에 대한 위치 찾기를 고민하고 있음이 드러난다.

단적인 예로 레닌과 플레하노프의 대립으로 이어지고 볼셰비키 주도의 폭력혁명주의가 발전하는 경위를 재검토해야 혁명방식의 논리가 잉태된 이유를 알게 되고 동시에 폭력혁명을 통해 일률적으로 사회가 변혁된다는 인식이 문제점을 드러냈다. 그리고 러시아적 혁명이론을 기계적 수용하는 것과 미국식 민주주의의 오용이 동시에 극복되어야 할 대상이라는 점을 강조했다. 소련중심주의적 공산주의의 문제점과 미국 민주주의의가 제국주의의 연속선상에 있으며, 전후 자본주의의 내부에서 새로운 일본적인 것을 '국가와 개인' 이론에서 찾고자 했다. 사노 마노부의 피지배자 입장에서 보는 논리들에 관한 사회제도의 연구나 일본 사회사론 등도 함께 고찰되어야 할 듯하다. 『사노마나부저작집佐野学著作集』제1~5권, 1957~1958이 있으며, 나베야마 사다치키鍋山貞親와의 전전·전후의 일국사회주의나 민주사회주의의 논리를 '전향'의 시각에서 재고하는 시도도 함께 진행할 필요가 있다. 『일본 마르크스주의 철학사 서설』1971 등에 나타난 일본적 마르크스주의의 변용사와 함께 역사학의 입장, 인간기계론 등은 매우 시사적이며 현재도 지속되는 철학을 띠고 있다고 여겨진다.

수록 지면 : 11~13면
키워드 : 폭력혁명, 마르크스, 바쿠닌, 데모크라시, 레닌, 아나키스트, 스탈린

노동정책의 위기 労働政策の危機

자주성의 결여 自主性の欠如

나카가와 슌이치로(中川 俊一郎)

해제 : 석주희

내용요약

패전 후 일본의 수많은 고뇌와 혼미를 가장 단적으로 집약하여 새겨서 반영한 것은 노동조합운동의 발자취이다. 이 자체가 하나의 새로운 역사를 전하기 때문이다. 우리들의 상식에는 어떤 사회적인 동란기나 역사의 전환기에 따라 국가와 사회의 다수를 점하는 계층이 전체로서 무대 위의 주인공이 된 것은 비교적 근대에 속한다. 우리 국가의 경우 메이지유신 전후 변혁기에 역사를 추진하는 원천은 국민 대중을 없애고 어느 특정한 소수 권위자의 교체에 지나지 않는 실체로서 보아야 한다. 이것은 일부의 고정화된 공식론인지 모르나 도쿠가와 전제정부의 권력에 대한 주로 하급무사를 중심으로 하는 하급 무사단의 정권투쟁이 끝나고 일반 농민이나 마을 사람들 계급의 대중운동에는 맞지 않는다. 그 후 일본의 근대사의 움직임에 따라 노동자나 농민의 집단적인 조직적인 운동이 주역을 차지한 것은 모두 평등했다. 특별한 때와 장소의 역사의 각광을 받아 출현해도 산발적인 것이었다. 따라서 어느 의미에서는 중일전쟁, 태평양전쟁과 같이 파국의 길로 이어진 것도 볼 수 있었다.

전후 일본에서 노동조합이 결성되어 그 운동이 조직화되어 전진했다. 일본의 정치계도 경제계, 학계도 노동대중의 조직적인 동향과 세력에 결부되어 좌우 없이 미증유의 새로운 역사의 한 페이지가 되었다. 한편으로 일본의 근대적인 대진보와 조기에 합치된 것이다. 역사관의 여하를 막론하고 인간의 역사가 모두 인간의 가치와 권위를 평균적으로 높이고 물심양면으로 자유의 신전을 기대하는 한 일부 어두운 강압이나 전제, 배제된 권위나 주체가 민주화되어 사회화된 것은 바라는 바이기 때문이다.

그런데 민주화나 사회화는 이른바 전술적인 주력인 것을 자각하여 또는 공인된 노동조합은 과연 그 역사적인 명예와 임무를 담당하는데 충분한 소질이나 능력을 현실적으로 갖는 것인가. 이는 한마디로 말하면 외국의 어른 사이즈 옷을 입은 아동에 지나지 않은 모습이다. 그 본뜻과 실체는 이전의 가난한 수준을 벗어나지 못하였다. 그렇다고 해도 노동조합의 생성과 발전이나 노동운동의 세력이 이른바 혼란을 야기한다고 하더라도 노동조합이나 노동자만이 담당해야 할 것인가. 또는 단순히 일본 전체의 숙명이나 원죄로서 '총참회'한다면 충분한 것인가. 엄격한 반성이나 자책을 요하는 점은 수없이 많다. 노동자나 노동조합운동을 대상으로 하는 국가의 총체적인 노동정책, 또는 각각의 기업 경영체의 노무관리의 방식과 같이 유기적인 작용을 야기하고 직접적으로 반영하는 것은 고찰해야 할 문제이다.

일본에서 민주화나 개인의 자유의 신장은 역사적인 단계가 적었다. 국가의 노동정책에 따라 좌우되는 것은 심각했던 과거의 흐름으로 볼 때 노동운동의 모습을 이해하기 위해서는 노동정책을 병행하여 보아야 한다.

일본의 노동운동이 메이지, .다이쇼, 쇼와를 거쳐 단절을 반복하며 긴 시간 암흑시대, 공백시대를 겪어야만 했던 것은 주지하는 바이다. 그것은 노동운동의 모체인 자본주의 기구가 일본에서 발족하여 무리한 성장을 모색했기 때문이며 노동운동의 자연 성장을 허용하고 적어도 고려하여 전략을 한 것으로 볼 수 있다. 언론, 집회, 단결의 자유를 원칙으로 도살하고 집단적 반항에는 즉시 경찰과 군대의 압력을 통해 대처하였다.

전전戰前의 일본의 노동정책이 강권적인 억제를 주체로 반영한 노동운동을 정상적이고 자연스러운 성장이라고 볼 수 없다. 노동운동은 극단적으로 위축되어 형성되어 자폭과 자승적인 급진형이 될 수밖에 없었다. 일반적으로 정치적 자유가 없던 시대는 노동운동은 정치운동과 같았다. 정치권력의 진정한 면에서 공격을 받은 경우에는 정치적 권력을 빼앗기 위해 돌진한다. 메이지, 다이쇼, 쇼와 초기 노동운동이 상당히 정치적이고 혁명적인 운동이 된 것은 사실 이에 대응하여 노동정책의 빈곤함을 보여준다. 단순한 강권 제압의 정책이 스스로 초래한 것이라고 할 수 있다. 다시 말해서 단순히 힘에는 힘, 움직임에는 반동이라는 악순환이다.

전후의 노동운동의 맹렬함은 경제적 현상에 대한 작용도 있으나 한편 긴 시간 압제와 강권에 반향으로서 폭발한 것이다. 그리고 이에 대결한 노동정책은 과거 여러 대代에 걸치면서 지은 죄업을 두려워 하는 참회의 모습이며, 극도로 위축되고 숨을 쉬지 못하고 질식하기 직전의 상태였다. 게다가 전후 노동정책은 단결권의 승인과 노동 조건을 세계적인 수준으로 향상시킨다는 것을 목표로 노동자 보호를 위한 조직 육성을 적극 추진했다. 이는 일본의 노동정책이 말 그대로 크게 비약해서 대전환을 맞이했다는 뜻이기도 하다.

국가 당국도 경영 자본도 전전의 강압적인 길을 버리고 당면한 현상에 대한 반작용으로 소극적인 행보를 할 수밖에 없다. 이는 과거 노동자에 대한 보호나 조직을 강화한 경험이나 이해가 없기 때문이다. 심각한 생활 불안과 생활고를 겪고 있는 노동자에게 정책도 없이 나아가는 것은 공격받아 마땅하다.

인플레 정체로서 노동환경이 변화하여 이른바 제2단계가 되어 간다. 물론 쇼와 22년 2·1파업금지나 같은 해 9월 국가공무원법 개정, 경제안정 9원칙 발표 등 노동운동으로 정책이 수정된 부분이 있다. 이는 점령정책의 일환으로 채택되어 위기를 피했다. 쇼와 24년 4월 이후 닷지플랜이 구체적인 교화로 경제와 산업에 침투하기 시작하면서 노동조합에서도 정책면에서 결정적인 전환이 나타났다. 그 변화는 진전이나 향상을 향한 것인가. 문제는 경제가 기초적이라는 점을 배려

한 제1기 노동공세 단계와 제2기 자본공세의 단계에서 노동정책에 대한 기본적인 이해가 부족한 공무적인 원칙론을 내세워 전면으로 억제한다는 점이다. 노동운동이나 노동조합이 권력과 시조에 편승하여 좌우하는 것은 다시금 비참한 역사를 되풀이한다는 것을 의미한다.

전후 일본의 모든 정책은 무언가 난관에 봉착하면 바로 점령정책이나 점령 아래 특수한 사정이라는 불가침성으로 도피하는 경향이 있다. 여기에는 자기 책임 여하에 상관없이 최선을 다해 노력하거나 공부하지 않고 비판하거나 반성하지 않는 참혹함만이 눈에 띈다. 물론 이는 점령군의 노동정책이 일본에서 미증유의 높은 수준과 풍성한 성과를 야기하고 획기적인 신국면으로 전개하도록 하였다. 전후 일본 정부 당국이나 각 기관 또는 위원회 등의 생존 방식은 어느 정도 일본의 진정한 특수성을 올바르게 반영하는 것인가. 또는 노동법규의 실시나 운영면에서 어느 정도 일본의 현실의 조건이나 수준을 오해하고 있는 것은 아닌가. 자본이나 경영체에서도 각각 성립하여 존속하기 위한 조건 등이 일본 내에서 다양화 다변화하였다. 기본적으로 하나의 노동협약 이론이나 자금 정책을 스스로 적용할 수 없는 경우가 많다. 국가로서 기업체로서 자주 자율성을 결여하고 있기 때문에 노동 공세는 막연히 수수방관한다. 따라서 그 여파로 자본 공세를 하여 조합말살론이나 무용화가 나타나게 될 것이다.

일본의 강화문제도 해결할 날이 멀지 않은 오늘날, 노동문제의 귀착은 국운의 동향을 형성하고 있다. 우리는 과오를 되풀이해서는 안 된다. 스스로 서 있는 지점에서 역사적인 조건을 파악하고 정당하게 전진해야 한다. 민주화와 사회화의 일환으로서 노동운동에 대응하여 정당하고 자주적인 자율적인 노동정책을 확립하는 것이야말로 오늘날 긴급과제의 하나이다. 지금 노동정책의 빈곤과 위기는 일본의 빈곤과 위기 문제의 기저이다.

해제내용

나카가와는 전후 시기 일본의 노동정책과 노동조합에 대하여 추구해야 할 방향에 대하여 논문의 형식으로 제언하고 있다. 1950년대 일본의 노동운동은 '총평'이 출범하면서 제2의 노조운동으로 향하였다. 일본 총평은 미군정기 시기 '전쟁협조자'로 지목된 정재계 사회인사가 공직추방되고 재벌이 해제되는 가운데 사회적으로 강력한 세력을 가진 집단으로 나타났다. 이들은 1970년 초반 오일쇼크 이전까지 직장투쟁과 반전반핵, 평화투쟁, 사회당과 노동운동을 이끌어왔다. 그런데 이러한 좌파노선으로 불리는 총평의 노동운동은 1950년 당시에는 등장하지 않았다. 다른 맥락은 나카가와가 지적하듯 1920년대 다이쇼시기의 노동운동과 농민운동에 따른 노동정책의 맥락이다. 1920년대 노동자와 농민을 중심으로 좌파 대중정당들이 등장했고 전후 혁신정당으로 흐름으로 결집하여 사회당이 출범했다. 사회당과 공산당을 중심축으로 1950년대 좌파 운동은 노동자와 청년들을 중심으로 투쟁전선이 형성되었다. 나카가와의 글에서 일본 노동운동의 역사적 맥락과 전후의 자본주의 도입, 점령정책에 대한 관점은 이 같은 시점을 반영하는 것으로 보인다.

1950년 시점에서 나카가와는 일본의 노동운동에 대하여 메이지, 다이쇼, 쇼와 등 과거로부터의 연속성에서 바라보고 전후 점령정책 가운데 일방적이고 강압적이며 권위적인 환경에서 노동정책이 형성된다고 보았다. 또한 자본이나 경영의 급격한 도입은 이 같은 혼란한 상황을 더욱 가중시키며 노동자의 자주성을 결여시킨다고 보았다. 이 같은 문제의식은 그러나 점령기 정책결정 과정에서 불가피하게 노동자의 투쟁이 배재될 수밖에 없는 환경적인 한계를 다소 축소시키고 있다. 그러나 다른 시점에서 일본의 노동운동과 정책을 볼 때 근로자 혹은 노동자의 자율성은 이후 직장투쟁을 통해 획득한 측면이 있다. 1950~1960년대 좌파노선과 노동전선의 형성과 노사관계의 확립은 패전과 민주화 가운데 정립되었다. 한편, 전후의 맥락에서 일본의 노동운동은 또 다른 의미를 가진다. 1951년 총평은 노동단체이면서 정치투쟁을 주도했으며 대미종속 탈피를 주장했다. 1950년대 총평의 아젠다는 단독강화 반대, 강화조약 비준반대, 미일안보조약 반대, 미군비행장 확장 반대, 미군사기지 반대, 원수폭 금지운동 등 노동 이외에도 반미 투쟁에 조직을 동원했다. 1955년 이후에는 일본 생산성 본부의 전후 부흥을 향한 생산성 향상운동에 대하여 생산성·합리화 반대투쟁으로 일본 정부에 맞섰다. 이처럼 1950년대 일본의 노동운동은 자본주의와 노사관계의 거시적인 시스템 안에서 변화된 측면이 있다. 이에 대해서는 일본 경제의 고도성장 가운데 일본 정부와 기업, 노사관계로부터의 맥락을 고려해야 할 것이다.

수록 지면 : 11~19면
키워드 : 노동조합운동, 전후일본, 노동정책, 점령정책, 자주성

우리들이 취해야 할 자유주의 我等の取るべき自由主義

이카리 로시(猪狩老史)

해제 : 권연이

내용요약

패전으로 인해 미국의 점령하에서 일본인의 자유는 미국에 의해서 주어진 자유이기는 하나 일본에도 메이지시기 자유를 얻기 위해 피 흘리며 투쟁한 선배들의 역사가 있다. 메이지시기 자유를 얻기 위해 이타가키 타이스케板垣退助는 구미의 자유 운동에 깊게 감격하여 메이지 2년부터 도사번土佐藩에서 자유주의를 선전하고 이것이 점차 세력을 이루어 애국사愛国社를 만들고 이후에 이것은 자유당이 된다. 자유당은 메이지 14년에 성립되어 일본 최초의 공당이 된다.

헌법이 발포되고 국회가 개설되어 의회정치가 시작되었고, 번벌 정치에서 정당 정치가 시작되었다. 그러나 곧이어 정당도 부패하게 되고 이를 대신하여 군인 시대가 시작되어 젊은 군인들의 혈기에 의해 2·26 사건, 5·15 사건 등이 발생하였다. 규율 엄정해야 할 군대에 하극상이 일어나 결국 영미를 상대로 하여 개전으로까지 발전하였다. 그리고 그 싸움에서 일본이 진 것이다.

미국군은 일본을 민주주의 국가로 개조하는 것에 진력하여 정치, 사회 등 만반의 것에 일대 개혁을 실시하였다. 스스로 쟁취한 자유가 아니라 일본의 인민은 이 자유의 진위도 귀함도 모르고 어설픈 행동만 한다. 자기 의지대로만 행동하고 생각하는 것이 자유가 아니고, 사회적 동물로서 사회 속에서 타인과의 관계에서 자기 이익만을 도모하지 않고, 일종의 제한을 받아야 한다는 것을 알아야 한다. 독일 철학자 칸트가 설파했듯이 절제가 있는 자유가 자유의 의의이다. 중국의 맹자

는 '의義'라는 것을 통해서 사리를 바르게 하여 해야 할 것과 해서는 안 될 것을 적정하게 운용하려면 반드시 '의'에 의해야 한다고 말했다. 또한 불교에서는 번뇌를 통해 깨달음을 얻는 길로 들어가는 것을 설파했다. 후쿠자와 유키치는 '학문을 장려함学問のすゝめ'에서 학문을 하려면 분수를 아는 것이 중요하다고 했다. 분수를 모르면 방탕함에 빠지게 된다고 하였다. 분수란 하늘의 도리에 입각하여 사람의 정에 따라서 타인을 방해하지 않고 일신의 자유에 이르게 되는 것이다. 자유와 방탕의 경계는 타인을 방해하는 것과 방해하지 않는 것 사이에 있다. 또한 공자가 '널리 글을 익히고 지식을 예로서 대한다'라고 논어에서 말했듯이, 절제가 있는 자유를 구하는 것이 진리인 것이다.

오늘날 남녀 간에는 교제의 자유가 있고, 연애, 결혼 그리고 이혼, 재혼, 삼혼 등 불건전한 현상이 일어나고 있다. 성경「마태복음」제19장에서도 하늘이 짝지어준 자를 사람이 떨어뜨리지 못한다고 되어 있다. 오늘날 자유가 주어진 것이기는 하나, 메이지시대 피 흘린 선배들을 생각한다면 절제하는 자유가 요구된다. 올바르게 받아들여 올바르게 행동해야 한다.

해제내용

저자는 패전 이후 미군 점령하에서 주어진 민주주의 속에서 일본이 얻은 자유가 비록 스스로 쟁취한 자유는 아니지만, 메이지시대 자유를 얻기 위해 피 흘리며 싸운 선배들의 역사가 있음을 알고 자유를 대할 때 의식을 갖고 대해야 한다고 논하고 있다. 특히 그는 자유는 인간 본성 그대로 하고 싶은 대로의 자유가 아니라 절제를 통해 올바르게 적절하게 운용하는 것이 필요하다고 주장한다. 그리고 이러한 자신의 논지를 뒷받침하기 위해 영국의 석학 '밀'의 자유론, 중국 맹자의 '의', 불교의 번뇌와 깨달음, 후쿠자와 유키치의 '학문을 장려함', 공자의 논어, 성경의 마태복음 제19장 등을 인용하고 있다. 자유의 의의와 관련된 선현들의 글귀를 통해 당시 일본 사회에서 '주어진 자유'의 가치를 소중히 여기지 않고 가볍게 여기는 일탈 현상에 대해 훈계하고 있다.

수록 지면 : 29~32면
키워드 : 자유, 자유민권운동, 자유당, 방탕, 절제

죽림칠현 이야기 竹林七賢の話

미상(樂木莊)

해제 : 조정래

내용요약

　중국 위진시대 노장老莊의 무위자연無爲自然과 유약겸허柔弱謙虛 사상을 숭상하며 죽림에 모여 술을 마시며 청담淸談으로 세월을 보낸 일곱 명의 문인인 산도山濤, 완적阮籍, 혜강嵇康, 왕융王戎, 완함阮咸, 유영劉伶, 상수尚秀를 소개하였다. 청담을 통해 나타난 이들의 행동은 지배 세력에 대한 소극적인 저항이었으며, 술을 마시고 시를 짓고 음악을 즐기는 것 또한 현실사회에 대한 저항으로 이해된다. 이는 정치와 도덕을 동일시한 유가사상의 세태적 위험성에 반대하고 자연과 더불어 은일隱逸하며 생활하는 것이 자신을 지키는 일이라 생각했다.

　대표적 인물로 완적과 혜강을 언급하였는데, 완적은 당시의 유가적 사회현실과 예와 법을 소란스럽게 외치며 군자인 척하는 문인들의 삶에 대한 불만을 술을 마시고 기이한 행동으로 조롱하며 풍자하였는데 심지어 실성한 듯 웃다가 갑자기 울기도 하였다. 다들 미친 사람으로 취급하였으나 이는 일종의 생활적 은일이었다. 혜강은 용모가 단아하고 언어가 비범하며 성격도 관대하였다. 시와 음악을 즐겼으며, 노장사상에 해박하였다. 비록 중산대부의 관직을 받았으나 대장장이 일을 즐겨하였다. 후일 정치적 반대 세력이던 종회鐘會에게 모함을 받아 40세의 나이에 여안呂安과 함께 처형을 당했다.

　왕융은 사도司徒의 관직에 올랐으며, 사리私利에 밝았다. 산도도 사마司馬의 벼슬까지 올랐으며, 정치권력과 가까이 있었기에 다소 죽림칠현의 기품과 거리가 있었다. 완적의 조카인 완함은 완적처럼 방달하며 예법에 구속됨이 없었다. 술을 마심에 잔이 아니라 쟁반에 담아 돼지와 함께 입을 대고 태연하게 마신 이야기는 유명하다. 향수는 노장의 학문에 능통하였으며, 장자莊子와 문사文辭의 주해를 달고 그 의미를 나누었다. 유영은 외모가 추했으나 생각은 자유분방하였다. 천지를 지붕과 자리 삼아 술잔을 기울이고 마음 가는 대로 살았으며, 대자연의 도大道를 얻은 사람으로 칭송받았다.

선과 악이 모호한 세상의 혼탁함 속에서 자신의 주장을 펼치기란 쉽지 않으며, 이러한 시대의 처세 중 하나는 세상과 나라를 다스리고 백성을 구제하기 위해 정정당당하게 전진하는 것이지만 일신상의 안위를 버려야 한다. 다른 하나는 세상을 멀리하고 혼자 술을 마시며 취해 버리는 것인데, 죽림칠현이 택한 길이며, 이는 결코 미친놈이라고 비웃을 것만은 아니다.

해제내용

제2차 세계대전 참전과 패전을 계기로 일본사회는 많은 격렬한 변화를 가져왔다. 패전에 따른 국가적 이념이 사라지고 사회적 질서는 무력화되었으나, 전쟁의 폐허와 빈곤 속에서 일본 점령군사령부에 의해 시작된 산업화·도시화의 개혁은 신헌법 제정, 덴노의 신격성 부정, 농지개혁, 지방자치의 확충, 시장경제로의 전환 등 이러한 직접 일본 사회적 구조변화와 영향으로 일상생활 속에서 대중들의 삶의 가치 인식 또한 혼동과 변화를 맞이하였으리라 본다.

예컨대, 글의 주제인 죽림칠현의 배경은 위·촉·오의 삼국에서 위진시대로 이어져 사마 씨 일족이 국정을 장악하고 전횡을 일삼으며, 배신과 부패가 만연한 정권이 교체되는 혼란한 시기였다. 당시 죽림칠현을 비롯한 많은 문사文士들은 도가 사상을 신봉하며 혼탁한 시국의 부조리와 새로운 왕조에 대한 반감으로 죽림으로 들어가 은둔생활을 하며, 시를 짓고, 거문고를 뜯으며, 술을 마시고 자유를 노래하는 청담淸談을 펼쳤다. 본문에서 왕융과 산도는 죽림칠현의 부류와는 다소 거리가 있다고 말하고 있으나, 후일 세상의 어지러움을 깨닫고 속세를 멀리하며 검소하게 산수와 자연을 즐기며 살았다.

저자는 글을 통해 전쟁으로 인해 참혹했던 위진시대의 문인들의 삶의 방식과 가치관을 살펴보며, 당시 일본사회의 현실에서 지식인들의 삶의 방향성을 찾아보려 하지 않았을까 생각해본다. 즉, 고전에서 배운 바는 새로운 시대의 흐름에 참여하여 정정당당하게 맞서 싸워야 하지만 사회적 위험과 더불어 개인의 삶의 안위를 포기해야만 한다. 그렇지 않으면 현실과 멀리 거리를 두고 자신의 삶에 충실할 뿐이다. 사회적 현실이라는 벽을 뚫고 나간다는 것이 두려운 것은 분명하지만, 세상의 흐름에 자신을 맡긴다는 것 또한 전후 변화된 일본의 사회현실에서는 녹록치 않은 일임이 분명한 사실이다.

죽림칠현의 선택은 어쩌면 현실사회의 압력에 맞선 소극적인 저항이었다. 본문의 내용처럼 그들 일부는 세속된 가치와 권력에 가까이 있었다. 물론 올바른 가치를 추구하기 위해 노력하였지만, 인간이기에 실패하고 상심하여 다시금 속세로 헤매기도 하였는데 이는 당연한지도 모른다. 중요한 것은 스스로 깨닫고 세속을 넘어서기 위해 노력하였다는 사실이다.

노장의 가르침처럼 삶의 길道은 영원한 변화에 따라 흘러가는 것이며, 그 길道에서는 좋은 것, 나쁜 것, 선한 것, 악한 것이 없다. 세상의 흐름을 따라 저절로 흘러가도록 내버려두어야 하며, 이 길이 저 길보다 낫다는 가치판단을 해서는 안 된다. 이는 글의 마지막 부분에서 그러한 죽림칠현의 행동이 비웃을 일만은 아니라고 하며 저자 또한 동감을 나타내고 있다.

수록 지면 : 37~43면
키워드 : 죽림칠현, 청담, 노장

에도의 풍속 江戸の風俗

조야와 초닌의 재치 状屋と町人の才覚

엔교(鳶魚)

해제 : 김웅기

내용요약

옛 오사카 도지마堂島에는 미곡 거래에 관한 통신사 성격을 지닌 조야状屋라는 것이 있었다. 이 조야에 관해서는 시세時世를 생각해봐야 하는데, 가장 알기 쉬운 것은 치카마쓰 몬자에몬近松門左衛門의 조루리浄瑠璃, 즉 극중 인물의 대사나 동작, 연기 등을 함께 담아 부르는 극중음악일 것이다.

치카마쓰의 조루리는 주지된 바와 같이 역사를 다루는 것지다이모노, 時代物과 시사를 다루는 것세와모노, 世話物로 나눠진다. 지다이모노에 주로 등장하는 것은 무사들이다. 한편, 세와모노에는 초닌町民 즉 도시민이 등장한다. 이 구분에 대해 살펴 보기로 한다.

마침 겐나元和 원1615년에 오사카성 낙성이 끝으로 전쟁이 끝났다. 그때부터 치카마쓰의 시대까지 약 100년이 흘렀다. 불이 나지 않으면 소방수가 한가해지는 것과 마찬가지로 무사의 일자리가 사라지고 말았다. 쓸모가 없어진 것이다. 과거의 유물이 되는 것은 당연한 일이다. 태평의 세상에서 일할 수 있는 것은 초닌이며 가장 쓸모가 있고 많이 일하기도 한다. 돈의 힘을 누리는 데 있어 상당한 지혜가 필요하다는 것은 말할 것도 없다. 치카마쓰의 시대에서 세상의 지혜란 무사의 지혜가 아니었다. 모략이나 군의軍議와 같은 전쟁에 관한 지혜가 아니라 장사꾼이 생존해 나가기 위한 것이었다.

그런 시세가 되다 보니 인재는 초닌 쪽으로 몰리게 되었다. 연극에서는 무사와 초닌이 함께 나오기도 하는데 시대가 내려갈수록 시대적인 내용이 사라지고 현대적인 것이 많아진다.

해제내용

에도시대가 되어 전난에서 태평의 시대로 옮겨가자 무사계급은 몰락하고 초닌 상인, 공인의 위상이 상대적으로 높아졌다. 전투나 전략으로 평가받는 것이 아니라 어떻게 부를 증식하느냐가 중요해진 것이다. 「조야와 초닌의 재치」 서두에 등장하는 오사카 도지마의 조야^{朱屋}는 쌀의 현물 및 선물 거래를 보도하는 통신사와 같은 것으로 에도시대 일본의 상거래 발달 수준을 알 수 있다. 조야는 이 업무 외에도 오늘날 우편취급소와 같은 역할을 담당하기도 했다.

치카마쓰 몬자에몬近松門左衛門은 이 같은 에도시대 도시민의 일상을 소재로 인형조루리浄瑠璃의 쓴 각본가이다. 치카마쓰는 인형조루리 극단에 들어가 각본을 쓰는 훈련을 쌓아갔고, 33세 때 시대적 내용을 다루는 작품「出世景清」으로 두각을 나타내기 시작했다. 겐지源氏로 인해 패망한 헤이케平家 측 무사라는 실제 인물을 소재로 이들의 일화에다가 인간 모양을 각색한 이 작품은 크게 흥행에 성공했다. 이후, 치카마쓰의 작품에는 '작자作者 치카마쓰 몬자에몬'이라고 각본가 이름을 최초로 새기기 시작했다. 이 글에서 집필자 미타무라 엔교는 에도시대의 작품 세계에서도 점차 시사적인 내용을 다루는 경우가 늘어나기 시작했고, 역사적 주제는 자극이나 악센트를 주기 위해 창작되었다는 점을 논의하고 있는데, 이 같은 현상은 시대를 불문하고 공통된 일이라고 평했다.

수록 지면 : 46~49면
키워드 : 도지마(堂島), 치카마쓰 몬자에몬(近松門左衛門), 조루리(浄瑠璃), 초닌(町人)

1950년 12월

애국심

패전에서 벌써 6년이 되는데, 그동안 우리는 '애국'이라는 말을 거의 들을 일이 없었다. 여기에는 많은 이유가 있다고 생각한다. 첫째 우리는 전시기戰時期에 너무나도 많은 애국을 강요받다가 패전을 맞이했기 때문에 이 말에 신물이 나 있었다는 것도 있을 것이다. 둘째로는 패전 후에 추방처분에 처할 사람들을 논의하는 기준으로 '극단적인 국가주의자'라는 항목이 있는데, 여기에 해당하는 사람은 공직에서 추방되었다. '극단적인'이라는 형용사를 생략하면 애초에 '국가주의자'하고 '애국자'란 일맥상통한다는 점에 대해서는 다시 말할 필요가 없을 것이다. 셋째, 민주주의 국가가 된 점이다. 이 점은 '애국'과는 관계가 없어 보이지만 실은 '애국' 운운하며 떠들어대는 것보다는 민주화가 우선 해결해야 할 급무이다. 넷째, 패전 후 일본은 패전국으로서 봉쇄되어 열국 간의 교류도 할 수 없었기 때문에 모든 사람의 이목이 '국제적'이라는 것에 쏠려서 '국가주의'나 '애국' 등의 말을 내뱉으면 바로 '봉건적', '반동적'이라는 호된 비판을 받기 때문에 사람들은 이 말을 굳이 하려 하지 않았다.

이상은 근자에 느끼는 사항인데, 사람들 마음속에 애국의 불씨가 사라진 것은 절대 아니라고 믿는다. 그러나 아무도 이 말을 내뱉지 않는 시간이 오래 간다는 것은 '국가주의', '애국'이라는 것은 '싫은 것', '쓸데없는 것', '낡아빠진 것'으로 배척당하게 된다는 것을 말한다.

만약에 '애국'이라는 말에 '싫증'이 난다면 국가의 장래는 어떻게 되는가? 외국을 숭배하고 동경하면서 자기 나라를 소외시키고 경멸하고 열등하게 생각하게 된다면 도대체 이 나라는 어떻게 되는 것일까? 결국에는 독립을 잃고 다른 나라

식민지가 되는 길 외에는 방법이 없을 것이다. 비록 표면적으로는 독립을 외치고 있더라도, 독립을 위한 심적 요소가 사라지고 마는 것이다.

이러한 상황에서, 즉 10월 2일, 우리 요시다吉田 수상은 신문협회가 주최한 연회 석상에서 현재 가장 중요한 현안에 대한 의견을 발표하면서 세인의 주목을 받았다. 그의 발표 내용은 모두 정치, 경제에 걸친 중요한 문제였으나, 그중에서도 문교文敎 방면에 관해서 다음과 같이 발언했는데, 우리에게 가장 큰 흥미를 느끼게 했다. "차제에 국민의 지성적, 도덕적 교양의 수준을 높이고, 경제생활의 복원과 함께 물심양면에서 과격한 사상, 행동이 만연하는 것을 방지하는 일이 급하다. 국가의 우환은 나라 밖에도 많이 있으나, 안에 더 많이 잠재한다고 생각한다. 하나의 현저한 현상으로서 독립정신과 애국심의 결여를 지적할 수 있다. 어느 국가, 어느 민족이든 독립정신과 애국에 대한 열정은 그 존립의 정신적 동력이다. 우리는 순수하고 올바르고 강한 애국심의 재흥을 문교정책의 필두에 두고자 한다. 운운."『아사히신문』

나이가 들더라도 새로운 것을 좇고 또 좇아서 속인사회俗人社會의 호평을 얻고자 하는 것은 오늘날 어느 정치가든 모두 마찬가지이다. 그러함에도 요시다 수상은 과감하게 다른 사람이 말하기를 꺼리는 '애국심'을 강조했는데 이는 본인에게 강한 믿음을 갖게 했다. 이렇게 된 이상, 문교의 실제 정책에 일본 고래의 도념道念을 고취하도록 적절한 규정을 만들어주기를 노老 수상에게 감히 갈망하는 바이다.

정치와 정치사상政治と政治思想

스즈키 야스조(鈴木安蔵)

해제 : 권연이

내용요약

정치 현상에 있어 정치사상, 정치 이데올로기는 어떤 지위를 차지하고 어떤 역할을 하는가. 광의의 정치사상, 정치 이데올로기는 정치의식, 정치사상, 정치이론, 정치원리 등으로 세분된다. 정치의식이 체계적인 지식으로 정서된 것이 정치사상이고, 이것이 다시 체계화된 것이 정치이론이다. 그리고 이것을 예측에 유효할 때까지 정서한 것이 정치학설이다. 그리고 현실 정치의 지침, 예견과 지도의 기능에 있어서 파악된 정치이론·정치학설이 정치의 지도원리가 된다.

정치사상, 정치 이데올로기, 정치의식의 특질은 권력 현상, 권력 구조, 지배·통치 현상과 그 기구에 대한 인식이다. 사회생활의 형성·발전에는 통일·조정 내지 강제의 작용이 필요하고 이를 위한 기관, 기구가 필요로 된다. 그리고 정치의식, 정치 이데올로기는 권력 현상, 국가 구조에 대한 인식이며 그에 대한 가치판단, 비판, 개혁 내지 변혁의 요구를 필연적으로 내포하고 있다. 정치사상이 초월적 비판의 입장에서 객관적으로 고안해내는 것이라고 해도, 현실의 정치과정에서 다투는 어느 쪽인가의 입장에 이해를 초래하게 되는 것이 사상, 이론의 특질이다. 그러나 정치학설, 정치원리가 당파적, 정책적 성격을 모면할 수 없다고 해도 그것이 진리인가 아닌가의 객관적인 기준은 존재한다. 정치의 진행, 정책의 실현에 있어서 사회 성원의 생활의 현실 자체에 있어서의 검증에 의해 하나의 정치원리의 과학적 진실이 입증된다.

정치 행동이나 인간 행동은 정치의식, 정치이론에 동기부여 되기도 한다. 그러나 사실이 이론을 이끄는 것이다. 정치사상, 이론, 원리가 정치 행동의 나침반은 아닌 것이다.

　과학자는 자연현상을 통해 법칙을 발견해서 그 법칙에 근거해 모든 현상을 예견, 예측, 생산한다. 마르크스주의는 이와 마찬가지로 사회 변혁의 방법을 구한다. 마르크스주의의 모든 운동은 객관 정세의 정밀한 조사, 판단, 정치 행동 주체로서 계급 당파의 이해의 형태, 동향 가능성의 측정, 일정 방침, 정책, 전략 전술을 정립한다. 그러나 파시즘-나치즘은 충동적 행동에서 발생한 현실을 나중에 설명하여 합리화, 신성화하기 위해 발명된 교의이다. 정치이론에 기초한 지침, 발견이 결여되어 있다. 서구민주주의의 정치이론에 있어서의 지위는 마르크스주의와 파시즘과의 중간에 있다. 근대 민주주의의 혁명의 지도 이론은 인민주권론, 사회계약설, 자연권론을 본질로 한다. 그러나 민주주의 정치이론도 과학적 이론의 근거를 결한다. 도덕적 이념이나 철학적 카테고리에 가깝고 이로서 혁명 진영의 사람들을 고무한 것이다. 자유나 평등은 자명한 진리가 아니고 이전에는 결코 인정된 적이 없었고 종종 부정되어 왔다. 유럽의 상류 계급과 미국의 부유한 상류 계급들은 데모크라시를 좋아하지 않았다. 미국에 있어 민주주의 혁명 그 이후의 사태에서 자유, 평등은 봉건적 관료의 통제로부터 부르주아의 해방을 요구하는 것의 표현에 지나지 않았다. 부르주아의 자유와 권리였지 추상적 일반적 인간의 자유, 권리라는 가장을 통해 피치자 대중을 동원한 것에 지나지 않았다.

　부르주아는 대중이 해방운동을 일으키자 자신들의 자유와 권리의 유지를 위해 이들을 억압했다. 종종 부분적인 양보로 대처하기도 했다. 19세기 민주주의 혁명에서 부르주아는 계급적 한계가 있고, 전 인민층의 요구의 이론적 표현인 실질을 갖는 것이 불가능했고 그 정치 원리가 과학적 진리로서 미숙했다. 20세기 프롤레타리아는 피치자 대중을 자본주의적 모순에서 해방하고, 부르주아 민주주의의 한계를 지양하며, 대중민주주의, 사회-경제적 민주주의의 실현을 과제로 하였다. 사회주의-사회민주주의는 자유, 민주주의적 신조를 완성하는 것을 제언하고 있다. 이것은 서구 민주주의의 대표적 유파로서 마르크스 계급 투쟁이론을 현실정치에서 배격하고 자본주의 생산 양식의 유지를 본질로 한다.

서구 민주주의 국가들에서도 정치사상, 정치이론은 매우 실천적 역할을 하고 있다. 정치사상, 정치이론에서 국가의 적극적 역할 증대는 당연한 동향이 되고 있다. 생활 체험에 입각한 정치이론이 있어야 유효한 통치를 할 수 있다. 정치이론에서 서구민주주의, 사회주의, 마르크스주의의 진리적 가치의 심판은 현대에 부과된 역사적 과제이다.

현대 대중 선전의 모든 방법을 교육하는 기관에 대한 내면적, 공권적 통제가 철저하다는 것을 고려하면 권력이 강한 곳에 이론이 뒤따라서 권력에 이용되어 왜곡되는 사태는 부정할 수 없을 것이다. 대중의 정치의식 형성에 대해 일정 견해, 감정 심리, 의식을 제조하고 여론을 만들어내는 계급에 의한 교묘한 지배 방법이다. 선전된 견해, 사상이 인민대중의 이익, 권리 보장에 유효하지 않을 때 사회발전을 위한 객관 조건에 적합하지 않을 때, 정치 주체가 인민에 적대적인 특권 소수일 때 이들의 선전 사상은 파멸적 해악을 초래할 것이다. 권력을 뒷받침하고 그 권력에 의해 자기의 사회경제적 이익을 확보하는 계급에 대한 근본 이해야말로 권력의 성격을 규명하게 된다.

정치이론이 현실정치에 대해 판단하고 취사하는 것 자체가 하나의 정치이론이었다. 과학적이라기보다 현실정치의 요구 달성을 위한 편의적 정책적 정치사상에 지나지 않았다. 여기서 진리는 권력의 유효한 발동, 피치자에 대한 자기의 성화聖化에 도움이 되므로 이용되는 것에 지나지 않는다. 그러나 피치자의 기본권을 무시하는 권력은 인정될 수 없다. 과학적 정치 원리에 근거하지 않는 정치는 영속할 수 없다.

민주주의 이론도 하나의 변혁 이론이었다. 부르주아의 역사적 요구는 현실에 보편적 사상, 실천적 원리, 지배 이론이 될 수 있었다. 봉건적 절대주의적 권력은 민주주의 이론 및 운동에 불관용적 태도를 취해왔다. 민주주의 이론은 쉽게 받아들여지지 않았다. 많은 희생을 지불해야 했다.

일본의 현재에 타당한 정치 원리는 기본적 인권의 실현으로 이끄는 원리여야 한다. 현대 일본에 있어 민주주의의 기본 이념이 실현되는 것을 방해하는 근본 조건은 무엇인가. 개인의 기본권 존중, 민족의 독립, 자치, 예종 아시아의 해방인가. 이에 대한 답은 쉽지 않으나 오늘날 일본에 있어서 언론의 자유가 필요하다. 대립적 주장, 당파적 정치이론, 현실 정책을 제시하고 상호 간 토의, 비판을 통해 상대적 진리를 포함하는 것이다. 사상, 언론의 권력 통제의 필연성이 클수록 파멸적 해악을 방지하는 길은 언론의 자유 외에는 없다.

해제내용

저자는 본문에서 정치 현상과 정치사상, 정치 이데올로기의 관계가 어떠한 것인지에 대해 설명하고 그것이 일방의 관계가 아닌 상호 규정성이 있음을 설명하고 있다. 즉, 정치 현상이 정리되어 체계화된 것이 정치사상, 정치 이데올로기가 되며 이것이 더욱 정련되고 체계화되면 정치이론, 나아가 정치 학설이 됨을 설명하고 있다. 이와 동시에 정치이론을 정치 현상이 추구해야 할 목표로서 제시하고 있다.

저자는 대표적인 정치이론으로서 마르크스주의, 서구민주주의, 사회(민주)주의를 들고 있다. 그리고 충동적 행동에서 발생한 현실을 나중에 합리화하기 위해 발명된 것이 파시즘, 나치즘이라고 설명한다. 이들은 정치이론으로서 지위를 획득하지 못하고 있다. 저자는 정치이론으로서 과학적이며 현실정치에 적용하여 객관 정세를 정밀하게 조사, 판단하는 데 도움이 되는 것이 마르크스주의라고 설명한다. 그리고 서구민주주의는 마르크스주의와 파시즘의 중간 지점에 있다고 판단한다. 과학적 이론으로서 근거를 가지고 있지 못하다는 것이다. 봉건적 질서로부터 부르주아의 자유와 평등, 해방을 요구했던 운동이 사실은 그 운동의 성공을 위해 인민 대중을 동원한 것에 지나지 않았고 자신들의 이익·이해의 유지에 방해가 될 경우에는 대중을 억압한 역사가 있음을 지적한다.

　중요한 것은 소수의 권력자가 정치이론을 이용·취사 선택하여 교육 기관을 통해 공권적 통제를 실시하는 등 계급 지배를 교묘하게 지속하고 있다는 점을 간파해야 한다는 것이다. 결론적으로 일본의 현실에 타당한 정치 원리란 어떠한 것이어야 하는가를 묻고 있다. 현대 일본의 민주주의의 실현을 방해하는 근본 조건으로서 개인의 기본권 존중, 민족의 독립, 자치, 아시아의 해방을 열거하면서 무엇보다 언론의 자유가 필요함을 주장하고 있다. 불평등한 당시 일본 사회에 있어서 사상, 언론에 대한 권력적 통제는 전시 중 일본이 경험했던 파멸적 해악을 가져옴을 상기해야 한다고 당부하고 있다.

수록 지면 : 5~11면
키워드 : 정치현상, 정치의식, 정치사상, 마르크스주의, 서구민주주의, 사회(민주)주의

서유럽 재무장과 일본西欧再武装と日本

사노 마나부(佐野學)

해제 : 송석원

내용요약

한국전쟁 발발은 서유럽인에게 심각한 충격을 주었다. 170개 사단의 압도적 군사력을 갖춘 소련이 언제 쇄도해올지 모르는 위협에 대해 불과 10개 사단 정도의 지상 병력밖에 없는 서유럽 국가들은 전전긍긍할 수밖에 없기 때문이다. 서유럽 재군비가 불가피하다고 할 수 있겠다. 서유럽 국가들의 국방비가 국민소득에서 차지하는 비중1949~1950은 제각각이어서 영국 7.4%, 프랑스 5.0%, 네덜란드 6.1%, 이탈리아 3.8%, 스웨덴 3.6%, 벨기에 2.5%이다. 한국전쟁 후에 미국이 116억 5천만 달러의 군사비 추가예산 이외에 40억 달러의 대유럽 군사비로 서유럽 방위 공약을 실제 이행할 결의를 보이자, 서유럽 국가들도 이에 대응해 영국은 7억 8천만 파운드 예산에 34억 파운드를 추가해 3년간 국방을 충실히 하겠다는 계획을 세웠으며, 프랑스는 5천억 프랑 예산에 2조 프랑 추가, 이탈리아는 3,080억 리라 예산에 5백억 리라 추가 등 각국이 군사비를 대폭 증가했다. 이로써 3년간 서유럽에 정예의 35개 사단을 형성하려고 한다. 이처럼 긴박한 국제정세 속에 서유럽 재군비는 시시각각 진전되고 있다.

국적 차별을 두지 않는 초국가적 기초 위에 서유럽방위통합군을 창설하려는 구상이 점차 구체화하고 있는 점은 흥미롭다. 일찍이 처칠은 소련과의 타협은 서유럽의 실력 위에 구축되어야 한다고 역설한 바 있다. 1950년 7월 25일 런던에서 개최된 북대서양조약 대리 이사회에서 제2차 대전 후의 서유럽 경제재건정책을 군사 방위체제로 전환할 방침을 검토하고, 1952년이나 1953년까지 서유럽 병력을 36개 사단으로 증강할 것을 결의했다. 슈만 프랑스 외상은 8월 7일 미국 정부에 서유럽 방위는 집단적 성격을 갖고 군사령부를 통일하여 각국의 방위 자원을 모아두는 재정체제 설립을 제안했다. 8월 11일 유럽 심의회에서 처칠은 서유럽 방위통합군 설치를 제창해 89대5로 승인되었다. 미국과 캐나다와 밀접히 협력한다는 점이 조건이었다.

서유럽에는 벨기에 22만 명, 서독 150만 명, 이탈리아 190만 명 등 약 400만 명의 실업자와 서독, 프랑스, 벨기에, 룩셈부르크 등을 합해 8백만 톤 이상의 유휴遊休 철강생산 능력이 있다. 9월 12일부터 뉴욕에서 개최된 미국·프랑스·영국의 3국 외상外相 회의에서 서독에 대한 경제적 제한을 큰 폭으로 완화하고, 특히 현재 연간 1,110만 톤으로 한정된 강철 생산 제한을 완화할 방침을 결정한 것은 서유럽 군사력 강화를 위한 것이었다고 할 수 있다. 여기서 서독 재무장이 문제로 등장했다. 이에 미국이 가장 강력히 주장하여 애치슨 장관은 9월의 3국 외상外相 회의에서 서유럽 방위는 서독의 참가 없이 성립할 수 없다고 역설하고, 새로운 독일군은 서유럽방위군의 일부로 그 지휘 아래 들어가고 동시에 서유럽 국가들과 함께 재군비再軍備되어야 한다고 주장했는데, 프랑스는 이에 반대했다. 프랑스는 전통적으로 독일의 위협을 느껴 그 재무장을 두려워하지만, 독일보다 훨씬 두려운 소련의 위협 앞에 딜레마에 빠졌다. 프랑스 여론은 정부와는 달리 독일 재무장 긍정으로 기울었고, 『피가로Le Figaro』나 『르 몽드Le Monde』도 찬성하고 드골은 적극적으로 그 필요를 주장하고 있다. 지금까지 프랑스 의회는 완강히 반대 태도를 보여왔지만 굴복하여, 결국 10월 22일 각의에서는 독일 재군비를 서유럽방위통합군 일부로 인정한다는 데 일치했다. 동독에서는 소련의 지도하에 약 25만 명 정도의 인민경찰군이 있고, 이들은 언제든 장교士官가 될 수 있도록 훈련되고 있다. 여기서 소련의 군국적 태도를 엿볼 수 있다. 10월 중순 프라하에서 열린 동유럽 국가 외상外相 회의에서는 소련의 뜻에 따라 서독 재군비 반대를 결의했다. 동독을 무장시키면서 서독 재군비에는 반대한다는 소련의 태도는 내로남불이라 하겠다. 다수의 독일인은 두 차례의 대전에 질려서 군국주의 복귀에 찬성하지 않지만, 방위를 위해 재군비는 불가피하다고 여기게 되었다. 영국과 프랑스는 서유럽 재군비를 완료한 뒤에 서독 재군비를 허용해야 한다고 주장했지만, 결국 미국 주장대로 서유럽 재군비와 동시에 10개 사단을 창설하게 될 것이다.

서유럽 재무장, 서독 재군비는 강 건너 불구경이 아니다. 아시아 여러 나라 중 일본 군국주의 부활을 두려워하는 나라도 적지 않지만, 그 이상으로 소련의 위협을 느끼고 있다. 다수의 일본인은 일본의 안전을 유엔의 집단안전보장으로 이룰 수 있다고 생각하지만 대규모 전쟁이 발발했을 때, 유엔군은 불충분할 수밖에 없으므로 서독처럼 일본을 재무장시키자고 미국은 생각하고 있다. 일본의 비무장론자는 미국이 실제로 그것을 재의해왔을 때 죽음을 각오하고 거부할 예정일까. 완전한 무無무장은 국가 생활의 원리에서 보아 이상한 일이다. 자위권이 없는 국가는 국제법상으로도 국가로 인정받지 못한다. 엄밀한 자위력은 일본에도 필요하다. 서독과 같은 일이 일본에서도 일어날 것이다. 지금부터 문제를 생각해둘 필요가 있다.

해제내용

저자는 한국전쟁이 서유럽 국가들의 소련에 대한 안보 위협을 자극하여 군비 재무장에 나설 수밖에 없는 상황이 되었음을 지적하면서 이러한 환경 변화가 일본에도 예외일 수 없다는 전망을 제시한다. 한국전쟁이 소련의 군국주의적 성격과 연동되어 있다는 판단 아래, 소련 야심의 서유럽 확산이 예상되는 상황에서 서유럽 각국은 국민소득에서 차지하는 국방비 예산 규모를 경쟁적으로 늘리고 있는 바, 이는 서유럽 방위 공약에 대한 미국의 결의를 의미하는 40억 달러 규모의 대對서유럽 국방비 책정에 대한 대응이라고 할 수 있다. 이러한 미국의 서유럽 방위 공약에 대한 결의를 말뿐 아니라 실제 예산 편성으로 구체화하는 가운데, 7월 이후 긴박한 서유럽 방위 관련 국제회의가 연이어 개최되었다. 이러한 일련의 국제회의의 핵심은 서유럽통합방위군 창설과 서유럽 방위를 위한 서독 재무장 문제였다. 특히 서독 재무장과 관련해서는 미국이 강력히 주장한 데 대해 프랑스는 반대했으나, 결국 독일보다는 소련이 훨씬 위협적이라는 판단에 기초해 수용하게 되었다. 특히 영국과 프랑스는 서유럽 재무장이 이루어진 후에 서독을 재무장시켜야 한다는 입장이었으나, 미국의 주장이 받아들여져 서유럽 재무장과 서독 재무장을 동시에 추진하는 것으로 귀결된 점은 특기할만하다.

서유럽 재무장과 관련해 저자가 1950년 당시 서유럽의 약 4백만 명의 실업자와 철강 유휴설비 활용에 주목한 점은 흥미롭다. 지상 병력 규모가 소련이 170개 사단인 데 반해 서유럽은 10개 사단 정도에 지나지 않기 때문인데, 부족한 지상 병력 규모를 실업자로 활용할 수 있다는 발상은 당시의 전쟁이 지상 병력을 중심으로 했다는 점에서 창의적인 접근이라고 할 수 있다. 그러나 흐지부지하게 재군비하면 용병인지 실업 수용자인지 모를 군대가 될 수도 있다는 점에서 이에 대해서도 치밀하게 고려된 언급이 필요하다고 하겠다. 또한 서독의 재무장에 대한 주변국의 견해 차이를 조율하는 과정을 면밀하게 분석하지 않고 다소 지나치게 표면적인 측면에만 역점을 두어 분석하고 있는 느낌이 강하게 남는다. 서유럽 재무장, 서독 재군비는 강 건너 불구경일 수 없다고 지적하고 있지만, 서독 재무장 사정을 곧바로 일본 재무장으로 연결하는 것은 무리가 따를 수밖에 없다. 오늘날 폭넓게 지적되는 바와 같은 안보 이익과 경제협력 이익 간의 괴리를 주요 내용으로 하는 동아시아 패러독스를 여하히 불식시킬 것인가에 대한 고민이 빠졌기 때문이다. 저자는 엄밀한 의미의 자위력은 일본에도 필요하다고 역설하고 있는데, 이 점은 그로부터 70년이 지난 오늘날까지도 개헌 문제와 연동되는 형태로 여전히 논쟁이 전개되고 있다. 그런 점에서 저자의 일본 재무장 불가피론 주장은 일견 시대를 앞선 주장으로 보이기도 하지만, 현실화하기 어려운 치명적인 약점도 노정하고 있다. 서독 재무장이라는 표면만을 중시했을 뿐, 과거 전쟁에 대한 책임을 총괄한 서독과는 달리 일본은 여전히 전쟁 책임을 회피할 뿐 아니라 오히려 미화하기조차 하기 때문이다. 서유럽통합방위군과 같은 아시아 통합방위군이 형성되기 위해서는 안보 문제와 관련한 주변 국가 간의 신뢰 형성이 무엇보다도 중요하지만, 이를 위해 일본이 건설적이고 창의적인 노력을 했다고 보기 어렵다. 서독 재무장이 강 건너 불구경이 아니라고 저자는 주장하고 있지만, 향후의 전개 과정을 보면 일본은 과거를 총괄하고 안보 신뢰를 쌓아가야 할 상황에서 이들 문제에 대해 손 놓고 불구경만 한 격이 되었다고 하겠다.

수록 지면 : 12~13면
키워드 : 한국전쟁, 재무장, 서유럽방위통합군, 서독 재군비

5·4운동에서 일본 혁명으로 五四運動から日本革命へ

다치바나 요시모리(橘 善守)

해제 : 양태근

내용요약

1919년 일본이 제시한 21개조의 요구에 대한 반대라는 항의시위에서 시작한 5·4운동은 정치적 계몽보다는 중국의 르네상스라는 특색을 가지고 있었다. 당시의 학생들은, 조직이라든지, 단체라든지, 사회라든지 하는 것보다, 한결같이 진선미의 탐구에 익숙해져 있었다. 그러나 북벌의 시대가 되어, 뜻하지 않게 개인의 자유보다도 단체 조직 및 사회 등등의 중요성이 전면에 내세워지며 인도주의적 진선미보다 구체적인 정치행동, — 권력과 결부된 실천으로 기울어져 갔다.

5·4운동의 피를 잇는 르네상스 정신을 잊어버린 중국 혁명은 당연하게도 정체되고 부패하고 그 주체였던 국민당은 이윽고 당연한 귀결로 무너졌다. 중국 공산당의 일방적 승리는 국민당의 자멸에 의한 것이고 국민당의 자멸은 민심의 이반 때문에 촉진되었다. 중국인들이 중국공산당을 받아들인 것은, 하나는 국민당의 조악한 정치虐政에 참을 수 없었기 때문이지만 두 번째로는 기나긴 엄동설한 후의 백화난만爛漫한 봄을 기대했기 때문이었다. 그리고 이 기대는 얼마 지나지 않아 무자비하게 배반당하게 된다.

이 사건은 현재와 미래의 일본에 있어서도 중요한 교훈일 것이다. 일본 역시 다소 차이를 제외하면 비슷한 위험을 겪고 있기 때문이다.

일본인 여러분! 여러분의 이번 패전은 원자폭탄에 의한 것이다. 그러나 그렇다 치더라도, 실은 원자폭탄은 마지막 정곡을 찌른 것에 불과하다. 패전은 필연으로

1950년 12월　131

불가피했다. 일본이 이번의 전쟁 과정에 있어서 혁명 전쟁으로 발전시키지 못하고, 끝까지 제국주의적 전쟁의 껍질을 벗어낼 수 없었던 것이, 일본 패전의 근본 원인이다.

"향후 일본이 노력을 기울여야하는 목표는 세계 정세의 진보적 경향을 파악하여 그 모든 세력과 결합하는 것" 외에 다른 것이 있을 수 없다. 일본인 여러분! 신의 뜻은 혁명에 의한 자기 해방으로서 전 세계의 해방에 공헌하는 것이다. 태평양 전쟁에서 여러분은 실패했다. 여러분의 패인은 태평양 전쟁의 제국주의적 성격을 청산할 수 없었던 점에 있다.

그러나 일본인 여러분! 이번 패전에도 여러분들은 의연히 견조하게 질서를 유지하고 있다. 이 점에 있어서는 어떤 국민이라도 찬탄하는 바일 것이다. 여러분의 이런 단체정신은 미국과 같은 공민의 계약이나 독일의 파쇼적 규율이나 혹은 소비에트의 집단주의적 교주가 만든 것이나 더 나아가 여러분들이 받은 군국주의 훈련의 결과물과도 다른 것이다.

여러분들의 단체정신은 사람과 사람 간의 경애와 신의가 낳은, 정숙한 감정이자 사람과 거리를 두는 규정이 아니라 곧바로 이웃들의 생활 분위기에 녹아들 수 있는 것이다. 그것은 따뜻한 인간적 감정을 갈고 닦은陶冶 것으로 공자孔夫子가 말한 '인자는 적이 없다仁者無敵'[1]는 조화로운 모습諧調이다.

현대의 세계에서 일본인처럼 사물에 대해 경건한 감정을 가진 민족은 없다. 그리고 일본은 탐욕과는 다른 절제된 욕망을 가진 고도의 생산력을 가진 국가이면서 국민 스스로 검소하지만 빈곤하지 않고 부유하지만 사치스럽지 않음을 드러내고 있다.

나는 여러분들의 가정에서 자주 이런 사실을 보곤 했다. 여러분들의 이런 단체

---

1 원문에는 '仁者無討'라고 되어 있으나 문맥상으로도 맹자「梁惠王」에서 사용된 '仁者無敵', 즉 전쟁을 통해 세상의 패자가 되려고 하지 말고, 형벌과 세금을 줄여 백성의 삶을 존중하면 세상에 적이 없을 것이라는 의미가 적절하기에 바로잡았다.

정신이 보여주는 사람과 사람 사이, 사람과 사물 간의 감정, 이것이야말로 실로 신시대의 세계문명의 재창조의 기초가 아닐까.

동방문명과 서방문명을 통일하여 더욱이 보다 밝고 건강한 고도의 인류문명을 건설하는 것은 여러분들에게 하늘이 부여한 임무일 것이다. "자본주의 혁명에 있어서는, 15세기에 시작된 문예 부흥르네상스이 그 선구를 이뤘다. 그렇기에 더욱 자본주의제도에는 이에 걸맞은 찬란함光輝이 있었던 것이다.

그러나 레닌의 러시아 사회주의 혁명에는 이에 선구적인 문예부흥이 없었다. 따라서 그 사회제도는 인류의 감정상 받아들이기 어려운忍受 것이 되었다.

일본이 세계 문명의 재창조를 기반으로 자본주의를 버리고揚棄 이를 대체할 새로운 사회제도를 이루어 낸다면 그것은 프랑스 혁명보다 한층 위대하며 러시아 혁명보다 한층 더 위대한 시대의 창조일 것이다. 혁명이라고 하면 여러분들은 곧 메이지유신을 끌어낸다. 역사의 어느 일정한 단계로부터 보면 '혁명'이지, 한 민족 내지는 인류사의 전 과정에서 볼 때는 '유신'인 것이다.

혁명은 특정한 시대의 제도와 생활양식生活氣象을 부정하지만 결코 전통적 문명을 부정하는 것은 아니다. 혁명은 전통적 문명을 거의 단절中斷시키는 것처럼 보이지만 실은 문명의 전통을 더욱 잘 발현하게 한다. 그리고 문명의 전통에 새로운 무언가를 더해 문명이 보다 심후深厚하고 보다 건강하게 하는 것이다.

(부기)附記

이 편지의 '발신인'은 일찍이 국민당과 결별했으나 중국 공산당에도 귀의하지 않은 채 현재 홍콩에 은거하고 있다. 편지의 형식을 갖춘 것은 필자의 단순한 착상에 따른 것이지만 내용은 일관되게 '발신인'의 의도이며, 특히 일본인에게 촉구하는 부분은 그의 수기로부터 충실하게 직역한 것이다. 오늘날 여전히 5·4운동의 정신에 중국 혁명의 정도本道를 추구하여 굽히지 않던 그가, 5년 전의 그 비참한 구렁텅이에 빠져 있던 일본인에게 건넨, 넘치는 동정과 친절한 충고, 그리고 투철한 예언의 일단을 소개하고자 했다.

해제내용

다치바나 요시모리는 1956년 마이니치 신문사每日新聞社 소속으로 일본 신문 통신 조사회Japan Press Research Institute 기자상과 본 우에다 기념 국제 기자상ボーン・上田記念国際記者賞을 수상하는 등 상당한 영향력을 가진 기자로 활동하였다. 그는 특히 중국 국민당, 공산당 등 중국 관련 중요한 기사들을 통해 국제적 시각을 갖춘 기자로 인식되었으며, 당시 대만으로 패퇴한 국민당도 그에게 호감을 가지고 있었던 것으로 보인다. 1952년 9월 9일 타이완에서 발행된 『연합보聯合報』에서는 다치바나 요시모리의 「일본천황제 제도와 관련하여 장지에스 총통이 천황제 보존에 큰 힘을 보탰다 — 다치바나 요시모리는 카이로 회의에서 장총통이 위대한 구원자였다고 보도했다日本天皇制度蔣總統曾力主保持橘善守報導開羅會議稱譽總統為大救星」가 대서특필된다. 다치바나 요시모리의 마이니치 신문 석간 제2면 전면으로 게재된 기사를 재인용 소개한 것이었다.

다치바나 요시모리는 타이베이에 머물면서 중국 국민당 고위 간부들과의 긴밀한 탐방을 통해 장총통이 일본 천황제 폐지 문제를 제기하던 국민당 내부 의견을 설득하여 결국 "일본의 군벌이 전쟁에 책임을 져야 하며 천황의 존폐문제는 마땅히 일본 인민이 스스로 결정해야 한다"라는 결정을 이끌어 내는 데 중요한 역할을 했을 뿐만 아니라 루즈벨트 대통령에게도 이러한 의견을 전해 결국 천황 제도가 보존되는 데 가장 커다란 공헌을 하였음을 보도하였다. 또한, 2차 세계 대전이 끝난 뒤에 장총통이 "덕으로서 원한을 갚는다以德報怨"라는 기본 방침으로 대일 배상 문제를 해소한 것은 비록 많은 일본인이 알고 있지만 천황제 유지에 장총통이 도움을 준 것과 관련한 일은 처음 일본에 소개하게 되었음을 전하고 있다.戴維動,『中

國近代最具影響力之三大人物 : 孫中山, 蔣介石, 毛澤東」, 台北市 : 秀威資訊科技, 2009.12, pp.145~147 이러한 일화를 통해서 우리는 다치바나 요시모리와 국민당 관계가 밀접했음을 알 수 있는데, 비록 국민당 독재 통치자였던 장지에스를 적극 옹호하는 기사일뿐만 아니라 일본 천황제를 보존케 한 그의 업적을 기린 기사였기에 상당히 친국민당, 친일본의 관변 언론적 시각이었음을 어렵지 않게 파악할 수 있으나 그와 중국국민당 고위 관료들과의 관계를 유추해볼 수 있는 기사임을 알 수 있다.

다치바나 요시모리의 이 기사 「5·4운동에서 일본 혁명으로 – 어느 중국인의 편지」역시 비록 실명은 공개되지 않았지만, 5·4운동의 체험적 반성에 기반하여 일본인이 제국주의 선동에서 깨어나 새로운 문명을 열어가는 진정한 혁명의 길로 나아가자는 의견을 제시한 것에서 편지의 저자는 젊은 시절 5·4운동에 참여했던 비중 있는 지식인으로 보이고 다치바나 요시모리는 그의 관점을 소개한 것으로 보인다.

기사에서 편지의 저자는 5·4운동이 가지는 기본 방향성, 즉 애국주의 운동에서 시작하여 계몽운동으로 확대 승화되어 신문화운동과 함께하면서 새로운 문명창조 운동으로 발전하고 이에 참여했던 젊은 지식인들이 결국 국민당과 공산당 등의 정치운동에 합류했던 시대상을 잘 분석해내고 있다. 또한, 당시 중국의 젊은 지식인들이 이러한 운동의 성장과 부침 과정 중 세태에 물들어 변화해가고 일그러졌던 그들 자신의 안타까운 자화상의 모습도 정확히 포착해내고 있다. 그리고 이러한 중국에서 5·4운동이 가지고 있던 애국주의 운동 성격과 신문화운동의 성과가 국민당과 공산당 같은 정치 세력들에 의해 오염되고 타락해 간 것을 지적하며 일본의 미래 발전 상황에 대해서도 다음의 우려를 전하고 있다. 발신자는 결국, 자신이 직접 겪은 역사의 굴곡을 회고하면서 아무리 좋은 의도라도 정치적으로 오염되고 이용되면 결국 그 이상성을 상실하게 됨을 5·4운동의 실례를 들어 설명하고 있다.

즉 제국주의적 침략 노선을 견지했던 일본은 실패할 수밖에 없었으니 이에 대해 철저히 반성하면서 이제는 정치적 선전과 선동에 동원되어 제국주의 침략 전쟁에 나섰던 일본인이 새로운 마음가짐으로 각성하여 원래 일본인이 가지고 있던 중국 유가 사상이 추구하던 세련된 동양의 아름다운 조화와 질서의 미덕을 바탕으로 동서양 문명의 통합을 넘어 새로운 문명의 창조를 위해 노력해주기를 희망하고 있다. 그는 자본주의 발전에는 르네상스라는 새로운 문예 부흥의 사상과 문화혁명이 존재했음을 상기시키며 볼셰비키 혁명의 성공 전에 진행되었어야 할 혁명적 사상 개혁의 목소리가 존재하지 않았음을 통해 공산주의 혁명의 불완전성을 지적한다. 즉 일본이 제국주의적 야욕을 버리고 무력으로의 혁명과 전쟁의 참화에서 이제는 제국주의와 공산주의를 넘어서는 새로운 문화의 창조라는 전 지구적 요구에 순응하기를 바란 것이다.

국민당과 공산당이 5·4운동의 기본 정신을 제대로 이어받지 못한 것을 발신자가 비판한 것에서 100년이 이미 지나간 현재, 5·4 운동과 신문화운동이 내걸었던 기본 가치 민주와 과학이 여전히 중국 공산당이 통치하고 있는 중국에서는 전혀 다른 의미로서 소비되고 이용되고 있는 현실을 바라볼 때, 우리는 그의 비판적 논의가 여전히 시대적으로 유효함을 발견하게 된다. 또한, 2차 세계대전 패전 후 일본이 마주해야 할 고난한 복구 과정과 공산주의의 도전에 대한 다치바나 요시모리의 개인적 우려 역시 잘 드러나고 있음을 알 수 있다. 5·4 운동 참여자의 시각에서 중국 국민당과 중국 공산당의 투쟁과 정치적 이념의 대립과정을 경험한 편지의 저자는 아마도 전후 일본의 재건 과정에서 이러한 제한을 뛰어넘어 전 인류의 평화와 세계 번영을 향한 새로운 이상향으로서 문명의 재창조를 희망하였을 것이다. 지금 일본과 중국 그리고 대만의 현재를 바라본다면 그는 과연 어떤 감회를 가지게 될까? 동아시아의 번영, 화해, 평화보다 오히려 개별 국가 이익을 위해 첨예하게 대립하는 현실이 과연 5·4운동의 이상에 동의했으나 좌절했던 그래서 더 나은 동아시아의 미래를 그려보려던 그래서 전후 제국주의의 야욕을 버리고 선의의 일본인들이 세계와 함께하는 더 나은 문명 창조를 위해 노력할 것을 바랐던 그들이 희망했던 것이었을까? 대답은 아마도 그렇지 않을 것이다. 그렇다면 그러한 이상향을 향해 지금 우리도 더욱 노력해야 할 것이며 그것이 고난한 현실에서 과거를 더욱 깊이 성찰하고 멀리 내다보고 미래를 그려내기 위해 노력하는 지식인들의 숙명일 것이다.

수록 지면 : 14~16면
키워드 : 5·4운동, 혁명, 제국주의, 문명 재창조

자주성의 문제自主性の問題

일본 노동조합의 약점과 그 극복에 대하여わが国労働組合の弱点とその克服について

호소야 마쓰타(細谷松太)
해제 : 석주희

내용요약

놀라울 정도로 정세추종주의가 만연하고 있다. 거기에는 자주성의 그림자조차 보이지 않는다. 아니, 자주성이라는 언어가 점차 자주성을 부정하는 행동의 예방책으로 나타나고 있다. 일부는 자유로운 노동조합이라고 한다. 또 민주적 노동조합이라고 한다. 공산파에 대립하는 세력은 그러한 명칭을 마음대로 내세우고 있다.

그러나 엄밀히 말해서 자유로운 노동조합, 민주적 노동조합이란 어떤 것인가. 어떤 지도정신, 기본행동, 즉 조합의 방식을 나타내고 있는 것인가. 일본인은 엉거주춤한 논의로 시종일관하고 있으나 어떤 정의가 나오면 그것에 안주해버리고 의심하지 않는다. 값싼 정의 그대로 권위에 만족하고 추종을 해버리며 자력을 발휘하여 성장하지 않는 데 원인이 있다.

이러한 것은 하나의 노동운동에 그치지 않는다. 또 오른쪽이든 왼쪽이든 본질적으로 같은 결점을 가지고 있다. 인구와 토지의 크기나 무대의 차이는 있으나 중국 공산당의 발전에는 독자적인 것이 있다. 일본공산당의 역사는 국제적인 종속성을 제외하고 다른 것은 생각할 수 없다. 전제주의적인 천황제를 아시아적인 규모에서 몽상한 국수주의자와는 별개로 노동운동의 개량주의, 사회 파쇼fascio 등 오른쪽도 현저하게 편승적 추종주의자로 계급이라든지 민족이라든지 고정된 자주성을 확실히 가지고 있지 않다.

현재 보이는 노동조합의 역사적인 기초는 전전 그리고 이어지는 표면만의 현상만으로는 전후에 기반한다. 전쟁 직후 세계적인 사태 가운데 공산당을 추종했으나 일본이 점령되어 국면이 전환되었을 때에는 줏대 없이 민주화운동을 따랐다.

물론 노동조합의 민주화운동은 노동자 대중의 자각, 즉 자기발견이라는 측면을 가져가지 못했다. 적어도 초기에는 이러한 자주성이 차고 넘쳤다. 그러나 곧 자본가나 정부의 입김이 일반 조합에 들어와 '민동'은 대중의 유행병이 아니며 이른바 권력이나 자본가에 편승하는 객관적 정세가 되었다. 공산당의 지도로 계급적인 자각이 맹아가 된 대중의 초기 상태가 머지않아 당의 전략의 도구화되어 대부분 변하지 않았다. 대중이 조합에 있어서 자기 자신의 입장을 가지지 못한다는 또는 자기 자신의 입장을 주장할 수 없다는 결과는 대중은 상시적으로 타율적으로 지배되는 객체라는 자각을 일으켰다. 어느 때에는 정부로부터 자본가로부터 그리고 공산당으로부터 여러 가지 형태로 지배되어 영향을 받고 있다. 당연하게도 자주적인만큼, 민주적인 만큼 노동조합은 그 반대의 성격으로 이행한다.

오늘날 일본의 노동조합이 당면한 근본적인 문제는 이러한 점이다. 조합이 조합으로서 근본적인 성격을 유지할 수 있는가 즉 비자주성을 극복할 수 있는가이다. 조합은 국내적으로는 노동계급으로서 국제적으로는 일본 민족으로서의 자주성이 희박하다. 그러나 노동조합의 이러한 약점은 일본인 그 자체의 약점이 될 정도로 치명적인 역사적인 사회조건인 것은 지금까지 거의 이견이 없다.

이와 관련한 것으로 일본의 노동조합에는 일종의 곤란한 버릇이 있다. 형식주의이다. 형식만을 문제로 하여 형식만을 발달시키도록 노력과 활동은 어떻게 해도 일방적이 된다. 그리고 조합원을 위한 것이 아닌 부분에 힘을 낭비한다. 일본에는 적합하게 발달한 것이 있음에도 불구하고 외국조합, 이 또한 모든 사회경제적 조건이 다른 국가의 노동조합을 본보기로 삼아서 그렇게 하려는 나쁜 습관이 있다. 그것도 비자주성 문제에 마주한다.

일본의 산업구조에 맞는 산업별 조직이라는 것이 총동맹의 좌파에 의해 이루어져 이를 기본 방향으로 노동이 재편성되어야 한다고 제창되었다. 그리고 이러한 방침은 누구에게나 일시적으로 환상을 부여하여 금과옥조가 된다.

여기에서 나는 이러한 조직론이 지방에 많은 영향을 미치고 있는가를 검토했다. 대부분은 일본의 산업구조에 대하여 형식적인 도식으로 안이한 관념을 생각하고 있을 뿐 산별조직을 하는 날에는 관료 기구를 괴롭히기 보다는 일시적으로 행하게 되었다.

일본의 산업구조에 맞는 산별조직도 좋다. 지금 필요한 노력은 일본의 노동조합의 발달 정도, 즉 조합원 대중의 성장의 정도에 맞는 산업별조직의 추진, 조합의 재편성이 되어야 한다. 조합의 조직은 자본주의 아래 산업조직으로 도해적으로 병행하여 대항해야 한다. 특히 오늘날과 같은 자주성을 싸워서 얻을 수밖에 없는 경우에는 좋은 조직론조차 이를 단숨에 하는 것은 조합이 한층 더 타율성을 야기할 우려가 있다.

총평 문제만큼 일본의 노동운동의 약점을 완전히 지키고 있는 문제는 없을 것이다. 한마디로 말하면 권력자나 자본가가 있더라도 전선통일이라고 생각하는 것은 무슨 일인가. 그리고 정부나 자본가도 자신들이 기대할 수 있는 프로그램에 노동조합의 움직임이 있다면 커다란 전선 통일을 부추기는 것은 알려지지 않은 사실이다. 이러한 식으로 전전에는 대 우익결성인 일본노동조합회의가 발생하였고 전후에는 총평이 성립되었다. 지금에야 좋거나 나쁘거나 과제를 전진시킬 수는 없다. 다만 다음과 같이 전망하고자 한다.

(1) 총평은 지금 이대로 눈코에 붙은 반공조직이 되지는 않을 것이다. 그 자체의 주체적인 세력이 되는 것은 어려우며 정세에 정세에 좌우될 것이다. 이러한 점은 신산별新産別이나 다른 조합이 가맹하여 극복되지 않는다.

(2) 과연, 머리만으로 통일해도 대중의 통일로 발전할 길이 없는 것은 아니다.

그러나 총평의 경우는 그대로 통일의 역사를 발전시킬 조건이 어렵다. '유엔군협력문제'를 둘러싸고 분열이 있으며 총동맹의 좌우 항쟁이 총평으로 연장된다면 노동조합이 노동자 자신의 입장계급적 입장에 서기 어려운 약점이 있다.

(3) 중립연합적인 지표, 전노회의의 강화, 막연한 통일 목표 등이 떠돌아다니며 국제자유노 동연합과 연결하려는 해외로부터의 작용의 흐름 가운데 총평이 성립되었다. 공산당에 자주성을 요구하여 성립한 민주화운동을 여기서 완전히 제거해 버렸다.

우리는 일본의 노동자의 입장에 서서 정세를 검토하여 판단하고 자신의 목표를 설정하는 입장정신과 조직을 형성하고 다른 관계를 만들어야 한다. 특히 현재와 같이 변동하는 세계 정세 가운데에는 더욱 그러하다. 그렇지 않으면 극히 관념적인 정세 추종주의가 되어버린다. 패전의 결과 걸핏하면 구차해지는 우리들의 생활 심리를 채찍질하여 자주성을 빼앗기지 않고 비판 정신을 열심히 주장해야 한다. 그러기 위해서는 다음과 같은 태도에서 출발을 해야 한다. 두 개의 세계 가운데 중립은 있을 수 없다는 정치적 협박에는 굴하지 않는다. 타국의 방위밖에 되지 않는 일본의 재군비에는 반대한다. 그리고 노동조합의 어용화·산보화[1] 정책은 머지않아 실패라고 판단을 해야 한다. 일본의 노동조합은 자본주의의 구조 내에서 이루어진 미국의 것과 개량주의적인 점진으로 이루어진 영국과는 역사적 조건이나 사회적·경제적 조건도 다르다. 일본의 독자적인 행방을 만들어서 세계 가운데 조화를 이루어야 한다.

---

1 일본 전시체제 아래 전쟁 협력을 위한 노동단체 조직. 1938년 산업보국연맹(産業報国連盟)가 발족하여 1940년 각종 노동 단체를 통합하여 대일본산업보국회를 설립하였다. 전후와 동시에 해산하였다.

해제내용

호소야 마쓰타는 전전에는 전협의 지도자로서 전후에는 산별 민주화운동의 핵심 인물로 알려져 있다. 그는 신산별 자문으로서 노동운동사를 연구하고 『日本労働運動史』와 『労働戦線の分裂と統一』를 출판하였다. 이 글에서 호소야 마쓰타는 일본식 노동조합에 대하여 논하고 있다. 그는 일본의 노동조합이 반드시 가져야 할 요소로 '자주성'을 강조한다. 호소야는 현재의 노동조합에 대하여 편승적·종속주의적이라고 비판하고 중국의 공산당이나 미국, 영국식 노동조합과는 다른 일본의 경제적 사회적 맥락에서 형성되어야 한다고 보았다. 필자가 말하는 노동조합의 '자주성'은 두 가지 측면에서 고려할 수 있다. 우선 노동자의 자각이라는 측면이다. 당시 필자의 시각에서 일본의 노동조합은 노동자의 자각을 상실하였으며 정부와 자본가로부터 타율적으로 지배된 상태로 보았다. 다음으로 형식주의에 관한 부분이다. 형식주의는 근본적인 문제의식이 부재한 상태로 외국의 노동조합의 형태만 받아들이는 것을 말한다. 필자는 다른 국가의 노동조합을 그대로 받아들이는 것에 대하여 '비자주성' 문제로 보았다. 일본의 산업구조에 의한 것이 아닌 다른 국가의 맥락에 의해 형성된 노동조합은 일시적인 해결은 될 수 있으나 근본적인 대안은 될 수 없다는 것이 필자의 시각이다.

그렇다면 필자가 말하는 노동조합의 '비자주성'은 어떻게 극복할 수 있는가. 이 글에서 필자는 우선 일본의 산업구조에 맞는 산별조직과 같은 노동조합을 제시한다. 1945년 이후 일본에서는 생산관리 투쟁·10월 투쟁과 같은 노동운동이 공세적으로 전개되었으며 1947년 2·1파업으로 노동운동이 고조되었다. 그러나 점령군의 명령으로 좌절되었으며 공산당에 대한 내부의 불만이 분출되는 등 혼란을 겪었다. 필자는 1946년 산별회의를 조직하고 사무국 차장으로서 주도적인 역할을 하였으나 2·1파업 이후 당의 조합에 대한 개입에 반대하여 공산당을 탈당했다. 이후 1948년 산별 민주화 동맹을 조직하고 조합 민주화운동을 주도하였다. 필자가 제안하는 현실적이고 민주적인 노동조합은 일본의 전후 노동운동사의 전체상을 통해서 이해되어야 할 것이다.

수록 지면 : 17~19면
키워드 : 일본 노동조합, 노동운동사, 산별노조, 공산당, 자주성

우리가 취해야 할 평등주의我等の取るべき平等主義

이카리 로시(猪狩老史)

해제 : 석주희

내용요약

자유의 뒷면에는 평등이 없으면 안 된다. 예를 들어 우리가 구 사회와 같이 화
족華族·토족士族·평민이라는 계급으로 나누어 자연적으로 일반인으로 압력이 더
해지기 때문이다. 전후에는 사회적 계급은 모두 폐지되었다. 소위 상층의 사람에
게는 안된 일이지만 일반인은 이것으로 모두 평등하게 되었다.

실제 사회를 보면 평등이라고 하더라도 부유하거나 가난하거나 차별은 면하지
못한다. 차별은 어디에서 나오는 것인가에 대하여 후쿠자와福沢 선생은 지之를 해
석하여 다음과 같이 말하고 있다. "실어교実語教[1]에 사람은 배우지 않으면 슬기가
없다. 지혜가 없는 자는 어리석은 자가 된다. 그렇다면 현인과 우인의 구별은 배
움과 배움으로써 비롯되는 것이다. 기본적인 것을 물으면 단지 그 사람에게 학문
의 힘이 있든 없든 상관없이 그 차이를 알 수 있을 뿐 하늘에서 정한 약속은 아니
다."『学問のすすめ』

불교에서는 평등을 말하고 도시에서는 차별을 말한다. 평등은 본래 이상적인
것이다. 차별은 속세의 현실이다. 예를 들어 물은 평온한 것이 천성이지만 상시
파도가 서 있는 것이 현실이다. 왼쪽으로 꺾으면 우리는 평등을 인정함과 동시에
차별도 인정해야 한다. 평등이 없는 차별도 없으며 차별이 없는 평등도 없다. 인

---

1   헤이안 시대의 교훈서로 경서 가운데 격어를 수록하고 서당 등에서 아동용 교과서로 사용함.

간의 인식은 대체적으로 상관관계인 것이므로 슬기로움과 어리석음을 아는 것이 가능한 것으로 고저상하 모두 그 사례에 빠질 수 없다. 그렇게 본다면 평등은 곧 차별, 차별은 곧 평등이라는 이치도 충분히 성립할 수 있다고 생각한다. 남과 여의 경우 천성으로 볼 때 서로 차이가 있다. 남자는 아이를 낳을 수 없다. 이와 같이 세상 일에는 남자에게 적합한 것과 여자에게 적합한 것이 있다. 근대 시기 자유의 의미에 있어서도 평등의 의미에 있어서 어중간하게 해석하여 몸을 그르치는 경우가 적지 않다.

소학·중학·고등학교 등에서 선생의 태도도 표면적으로 지도하여 기교를 없애고 진정한 아래로부터 교육자의 사랑을 보이는 중요한 일이 무엇보다 가볍게 보이는 것은 그릇된 시각인 것인가. 예를 들어 교육자의 좌담회 등의 이야기를 듣고 있더라도 단편적인 연구 등에 매진하는 것으로 보인다. 가끔은 자유주의, 평등주의 등이라는 것을 오해하지 않도록 신중히 이해시킬 수 있는 이야기가 나오면 듣겠지만 아직 그러한 이야기는 없다.

전쟁 이후 도쿄에 있는 수많은 동상은 철거되었다. 이것은 군국주의자라든지 전제 정치가들로 오늘날 민주주의 일본의 동상으로 세워둘 수 있는 인물은 아니다. 인물이라는 것은 시대에 의해 그 공로를 인정받아야 하며 인격도 인정받아야 한다. 오늘날 평화주의의 일본을 유지한다면 무엇이든 존경하는 것은 당연하다.

평등주의 세계에서도 무엇보다 그 차별이라는 현실에 생각이 미치는 시기는 현대에 있어서도 과거에 있어서도 존경해야 하는 것은 존경해야 하며 친하게 지내는 것은 친하게 지낸다. 우리들은 차별관과 상반되는 평등관을 가지고 싶다. 좌로는 가족적으로 부모형제자매 사이에도 사회적으로는 선후배 사이에도, 정치적인 면에서는 공사 사이에도 가지런하고 바른길을 갈 수 있다고 믿는다.

1950년 12월　145

해제내용

이 글에서 필자는 평등에 대하여 종교, 젠더, 교육 등의 측면에서 서술하였다. 필자는 평등에도 불구하고 사회적 차별은 불가피하다고 보았다. 그러나 차별에 대해서는 배움으로써 극복할 수 있는 것으로 보았다. 평등은 차별과 불가분의 관계이나 앎으로 차이와 차별을 구분할 수 있다고 말한다. 필자는 학교에서 평등주의와 자유주의에 관한 연구가 부족한 것에 대해 지적하고 군국주의와 제국주의 정치가들의 동상을 제거해야 한다고 보았다. 이 글에서는 평등주의에 대한 명확한 개념적 이해나 이론적 논의는 다루지 않았으나 당시 일본의 시대상을 반영하고 있다는 점에서 주목할 만하다.

수록 지면 : 25~29면
키워드 : 평등, 차별

소케이센 이야기 早慶戰の話

사토 하치로(サトウハチロー)
해제 : 김웅기

내용요약

가을과 봄에 소케이센早慶戰[1]이 가까워질 때마다 떠오르는 것은 작년에 돌아가신 코로쿠紅綠…(아버지시다. 아버지께서는 와세다광이셨다. 당연하기도 하다. 30세 무렵부터 14, 5년 동안 줄곧 와세다 근처에만 사셨으니까).

우시고메 기쿠이쵸牛込喜久井町에서 같은 우시고메의 야쿠오지마에薬王寺前(여기서 내가 태어났다. 아버지가 31세 때 일이다) 그리고 고이시카와 오토와 9가小石川音羽9丁目를 거쳐 묘가다니茗荷谷로 이사를 다니셨다.

묘가다니 집에서 4, 5쵸町, 1쵸는약 109m 떨어진 곳에 모험소설 작가 오시카와 슌로押川春浪, 1876~1914의 집이 있었고 덴구클럽天狗クラブ의 아지트였다.

신문기자이자 수필가인 유미다테 쇼가쿠弓館小鰐, 1883~1958이나 학생야구의 아버지로 널리 알려진 도비타 수이슈飛田穂洲, 1886~1965, 와세다대학 응원단장 요시오카 아지쇼균吉岡弥次将軍, 본명 吉岡信敬, 1885~1940 등등 이름을 날린 와세다 출신들이 덴구클럽에 모여들었다.

아버지께서도 그렇고 덴구클럽의 면면도 자주 드나들었다. 게다가 오시카와 슌로의 남동생이 메이지시대 소케이센의 거물 오시카와 기요시押川清, 1881~1944다.

그래서 억지로라도 와세다광이 될 수밖에 없었다. 나를 와세다중학교로 보낸

---

1 와세대대학과 게이오대학 간의 야구 경기. 도쿄 내 여섯 개 대학이 참여하는 도쿄육대학(東京六大學) 야구 리그의 마지막을 장식.

것도 아버지께서 와세다광이셨기 때문이다. 다이쇼 14년¹⁹²⁵ 가을에 소케이센이 부활했을 당시, 아버지는 이미 효고현 나루오 니시하타^{鳴尾西畑}로 떠난 후였는데, 그곳에서도 하시도와 니시오라는 소케이센의 대선수들이 우연히 근처에 살고 있었다. 하시도 신橋戸信, 1879~1936은 간테쓰顔鐵라는 필명으로 왕성한 집필활동을 펼쳤고, 또한 중등학교^{오늘날 고등학교}야구대회와 도시대항실업단야구대회를 창설한 인물이기도 하다. 이런 센 할아버지가 찾아와서는 술에 취하며 야구 이야기에 꽃을 피웠다. 누구든 자기 모교를 폄하는 사람은 없다. 이 할아버지께서도 당연히 와세다 정신을 입에 거품을 물도록 찬양하셨다. 때로는 욕할 때도 있지만 그럴 때일수록 눈가에 눈물이 가득 고여 '기필코 이 위기를 구해낼 것이다. 구해내고 말고'라며 테이블을 두드리곤 했다. 감정이 격해진 아버지께서도 '그렇죠. 간테쓰씨, 잘하라'며 같이 울음 소기를 짖었다.

이 정도가 되다보니 새우갈색² 깃발을 사랑하며, '미야코노 세이호쿠都の西北'³를 불러대는 사람이 아니고서는 집 가까이 오지 말라는 게 되고 만다.

봄과 가을의 소케이센 때만 되면 라디오를 붙들고 떨어지지 않는다. 그런 시기에 우연히 간사이 지방에 일이 생겨 아버지 집에 묵기라도 하면 큰일이 난다.

어떤가? 오늘 소케이센은 와세다가 이길 테지만 점수는 어떻게 될 것 같소? 라며 아버지께서 먼저 말을 건다. 와세다가 이길 것이라고 확신하시니 할 말이 없다.

공정하게 말하면 게이오 측이 더 유리할 것 같은데요.

라고 했더니

뭐라고!

하며 째려본다.

아버지 심기를 거슬러 돌아가는 차비를 못 받게 되면 손해이기 때문에 되도록

---

2   와세다대학의 스쿨칼러.
3   와세다대학 교가.

무난하게 대꾸한다. 하지만 와세다가 약세일 때는 아버지께서 목에 힘을 주고 계시니 아무리 내가 기분을 맞추어 봐야 소용없다.

해제내용

'소케이센'은 사토 하치로가 『일본급일본인』에 최초로 기고한 수필이다. 사토는 이 수필에 이어 1951년 3월호부터 6월호까지 총 4회에 걸쳐 「추억 수첩思い出帖」이라는 연재 수필을 『일본급일본인』에 기고했다. 내용으로 볼 때, '소케이센'과 「추억 수첩」은 서로 연계성이 확인된다.

이 수필에 등장하는 오시카와 슌로가 주최한 덴구클럽에는 문화계 인사들과 야구선수 등 다양한 계층의 인사들이 모여들여 교류를 쌓았다. 사토 하치로의 아버지 사토 코로쿠도 자주 드나든 문화계 인사 중 한 사람이다.

특징적인 것은 이 수필에 등장하는 야구선수들이 오로지 운동만을 하는 것이 아니라 문필가나 신문기자 등 일본 문화계와 언론계를 형성하는 데 한몫을 담당했던 점이다. 일본 아마츄어 스포츠가 층이 두터운 배경을 엿볼 수 있는 대목이다. 또한, 문화계 인사들도 야구에 지대한 관심을 보여 야구의 대중화에 크게 이바지했다. 일본의 유명 하이쿠俳句 작가 마사오카 시키正岡子規, 1867~1902는 그중 대표적 인물이며 일본 야구의 전당에 이름을 올리기도 했다. 문화 동아리에 선수들이 참가하는 등 양자 간의 교류는 매우 끈끈했다. '소케이센'은 그런 교류의 일상을 엿볼 수 있는 내용을 담고 있다.

수록 지면 : 20~21면
키워드 : 사토 고로쿠(佐藤紅緑), 묘가다니(茗荷谷), 덴구클럽(天狗クラブ), 오시카와 슌로(押川春浪), 도비타 수이슈(飛田穂洲),

패전 후 농업정책敗戰後の農業政策

가타야나기 신기치(片柳真吉)

해제 : 엄태봉

내용요약

패전 이후의 농촌 문제는 전전과는 달리 본질적으로 그 성격을 변화시켰다. 농촌 문제는 어떤 점에서 전전과 전후의 성격을 바꾼 것일까.

첫째, 경작을 하는 농민들의 문제로 변화했다는 점이다. 전전의 농촌 문제는 경작을 하는 농민이 아니라 대부분이 지주를 위한 문제였다. 당시의 관료들이나 정부의 노력을 통해 자작농 창설을 제도화했지만, 쌀 가격 문제나 토지 개량 문제에 대해서도 정치적인 초점은 지주들의 목소리에 상응하는 것이었다. 하지만 농촌 문제는 전후가 되어서 혁신적인 농지개혁 실시 및 직접 농업을 영위하는 사람들의 증가로 인하여 경작을 하는 농민을 위한 문제가 되었다. 농민조합의 움직임을 통해서 이를 확인할 수 있다. 농민조합의 목표는 지주층의 소멸이었지만, 지금은 공미供米나 세금 등 정부를 향한 것으로 바뀌었던 것이며, 이와 같은 정세의 변화를 인식할 필요가 있다.

둘째, 일본 농업을 국제 경제의 일환으로 봐야한다는 것이다. 일본의 식량 사정은 전전에는 조선, 대만에서 생산된 쌀을 포함하여 자급이 가능했다. 당시 외국에서 쌀을 어느 정도 수입한 적은 있지만, 이는 지금과 같은 절대적인 식량부족을 보충한다는 입장은 아니었으며, 오히려 쌀의 과잉, 쌀 가격의 하락을 우려했었다. 즉 전전 시기의 농업 문제는 국내적인 문제에 국한되었으며 국제적인 문제가 되지는 않았던 것이다. 하지만 패전 이후 식민지를 잃어버리고 해외에서 귀환하는 사람들이 급속하게 증가함에 따라 전전의 자급 체제는 붕괴할 수밖에 없었다. 일본이 전전의 생활수준에 가까워질 수 있기 위해서는 약 300만 톤 내외의 식량이 필요한데, 앞으로 매년 상당한 양으로 수입되는 외국 식량의 영향을 받기에 이르렀다. 식량을 자급할 수 있을 때는 외국 식량의 영향을 고려할 필요가 없었고, 농촌 정책은 주로 국내적 문제로 처리하면 되었지만, 앞으로 그럴 수는 없다.

한편 외국 식량 가격이 국내 식량 가격보다 높았기 때문에 지금까지 농촌에 대한 직접적인 영향은 없었지만, 이러한 상황이 지속되지는 않는다. 일본과 직접적인 관계를 갖는 수입처는 주로 미국, 캐나다 등의 북미대륙과 미얀마, 태국, 인도네시아 등의 동남아시아 국가들인데, 이러한 국가들의 농업 사정, 생산비는 일본의 농업과는 근본적인 차이가 있으며, 이들과 절대 경쟁할 수 없다. 외국 식량이 값싸게 수입될 경우, 농촌 문제는 국내외에서 중대한 위기에 직면하게 된다. 종래의 농촌 문제는 공출 과중, 세금 부담 과중 등 주로 국내적인 사유에 기인한 것이었지만, 이와 함께 저렴한 외국 농업의 영향을 조절하는 일이 큰 문제가 되고 있는 것이다.

이와 같이 패전 이후 일본의 농촌 문제는 그 성격이 변화했다. 농무대신은 농업 관련 행정에 있어서 국내 생산량 증가, 가격, 금융 등의 국내적 문제뿐만이 아니라, 외국 식량의 생산액, 가격 상황 등 국제적인 측면을 확인하고, 이것이 일본의 영세한 농업과 어떠한 관계를 가지는가를 파악하면서 적절한 농업정책을 펼쳐야 한다. 앞으로는 일본의 농촌 문제를 국민경제로서뿐만이 아니라 국제경제의 시야로도 보아야 하며, 농촌 정책은 다각적이고 신중하게 검토해야 할 필요가 있다.

해제내용

필자는 전전부터 농림성에서 근무하는 등 일본의 농업 및 농촌 관련 실무가이며, 이 글은 일본의 패전 이후 달라진 농촌 문제에 대해 논하고 있는 글이다. 전전 시기의 일본의 농촌 문제는 지주제地主制에 초점이 맞춰져 있었다. 1900년대 전후에는 지주제가 확립이 되었고, 제1차 세계대전기 이후에 정점에 달했는데, 높은 소작료 등으로 인한 지주제의 폐해로 인해 소작농들의 쟁의가 빈발하기도 했다. 당시 농림성은 자작농창설유지보조규칙1926 등을 공포하는 등 소작농들을 자작 농으로 만들기 위한 정책을 실시했지만, 지주층의 강한 반발이 있었다. 일본의 패전 이후 GHQ가 점령 정책의 일환으로 농지 개혁을 단행하게 되면서 자작농창설 특별설치법1946 등을 통해 소작제도를 폐지하고 소작농들은 농지를 싼값으로 매입할 수 있게 되었다. 필자는 이와 같은 전전의 농촌 문제와 패전 이후의 농촌 문제의 성격이 변화했음을 지적하고, 앞으로 일본의 농촌 문제는 국제 경제의 일환으로 파악해야 할 것을 논한다.

패전 이후 일본의 식량 문제는 '1,000만 명 기아설'이 나돌 정도로 상당히 심각했다. 당시 일본 정부는 식량긴급조치령1946, 식량위기돌파대책요령1946 등을 통해 식량을 확보하기 위해 노력하는 한편 GHQ에게 300~400만 톤에 달하는 식량 원조를 요청하기도 했다. 쌀 수입량은 1946년의 1만 6,000톤, 1947년의 3,000톤, 1948년의 4만 2,000톤, 1949년의 13만 6,000톤, 1950년의 67만 2,000톤으로 급격하게 증가하고 있었고, 쌀값은 일본 국내에서 생산하는 쌀값이 수입하는 외국 쌀값보다 싼 상황이었다. 필자는 이러한 상황을 직시하면서 현재는 국내 쌀값이 외국 쌀값보다 싸지만, 그 상황이 역전이 될 경우 일본의 농촌이 위기에 직면할 것이기 때문에 이러한 영향을 조절할 것을 피력한다. 필자는 이와 같은 당시의 식량 상황을 직시하여 일본의 농촌 문제에 대해 보다 시야를 넓혀 국제 경제로서 파악할 것을 주문했던 것이다.

마지막으로 필자는 위와 같은 농촌 문제의 변화에 대응하기 위해서 일본 정부는 농촌 문제를 국내문제 및 국제문제의 측면에서 파악해야 하고, 이와 관련한 적절한 농업정책을 실시할 필요가 있다고 제언한다.

수록 지면 : 22~23면
키워드 : 농촌 문제, 농업 정책

1951년 1월

쇼와 26년(1951년)을 맞이하면서

쇼와 26년을 맞이하였다. 경축할 새해이기는 하나, 아무래도 패전 전처럼 편안하고 밝은 마음으로 만리동풍萬里同風을 경축하기는 어렵다. 패전으로부터 벌써 7년째에 접어드니, 이대로는 안 되며, 용감한 마음으로 부흥의 길을 직진해야만 한다.

연두年頭에 뒤를 되돌아보고, 전도前途를 생각해본다. 일이 이루어지는 것은 일이 이루어지는 그날 하루에 이루어지는 것이 아니듯이, 일이 깨지는 것 또한 깨지는 그날 하루에 깨지는 것이 아닐 것이다. 시간은 이어지는 것이다. 작년 일을 올해로 가지고 넘어오면 어떻게 되는가? 정치, 경제, 사회, 많은 문제가 산적해 있다. 그러나 무엇보다 주목해야 하는 것은 강화 문제와 조선 문제일 것이다.

첫째, 강화에 대해서는 국민이 모두 학수고대하고 있는 문제이다. 작년 가을 이래로 그 가능성이 엿보이기 시작했으며, 현재까지 대체로 진행하는 데 장애도 없어 보인다. 물론 많은 우여곡절은 있을 것이다. 국내에서도 사회당이 주장하는 전면강화론, 자유당이 주장하는 단독강화설 등 많은 논의가 이어지고 있다. 물론 우리는 전면강화를 희망한다. 그것이 부득이하다면 단독강화도 좋다. 우리 일본인의 의지도 충분히 발표해두어야 하며, 그런 우리 생각이 강화회의에 반영되기를 희망한다. 그러나 결국 우리는 도마 위에 오른 잉어가 아닌가. 어느 정도 마음을 비워두지 않으면 기뻐하지도 못할 것이다.

두 번째 큰 문제는 '조선' 사건이다. 공산화한 북조선군이 남조선을 침략한 점, 유엔이 이에 대해서 단호한 태도를 보였다는 점, 게다가 공산군이 전멸할 직전에 중공이 참전해서 문제를 더욱 복잡하게 만든 점. 이러한 사태 속에서 어떻게 세계 평화를 지켜야 하는가? 열국 사이에 벌어지는 외교적인 절충이 백이 될지, 흑이 될지. 흑이 된다면 포연砲煙과 탄우彈雨로 범벅이 되는 전투는 피할 수 없을 것이다.

생각건대, 공산국가의 언론은 전혀 믿을 수 없다. 그들에게 유리한 논의만 떼어내서 궤변으로 시종일관하기 때문이다. 예를 들면 유엔은 만주에 대해서는 관여하지 않는다고 분명히 밝히고 있는데도 불구하고 미국이 만주를 침략한다는 거짓을 퍼뜨린다거나, 근본은 국제주의를 거론하면서(그것도 자기중심적인), 남아시아 쪽에서는 민족주의를 주창한다든지, 언제나 백마비마白馬非馬, 견백이동堅白異同의 억지 논리로 민심을 장악하려는 등 조용한 평지에 파도를 일으키는 데 급급한 모습을 보인다. 이런 식이면 아무리 문화의 진보를 선전하더라도 세상은 신사협정을 맺을 리가 없다.

이렇게 생각하면, 평화를 유지한다는 것은 어려운가, 라는 탄성을 내지 않을 수 없다. 먼저 올해 일어날 추이를 생각해보자. 올해는 중대한 사건이 속출할 것 같다는 생각이 든다. 가령 지하에 잠입한 일본공산당 간부는 어떤 일을 획책하고 있을까? 게릴라전을 시작할 정도의 준비는 한 것일까?

따지기만 해서는 모처럼 마시는 새해 축하주도 맛이 안 날 것이다. 참의원 의원들의 배려 아닌 배려로 우리는 작년 섣달그믐날에 한 살 나이를 먹지 않았다. 그 유명한 당나라 시인 고적高適이 '서리 내린 것처럼 보이는 백발인 이 몸은 내일 아침에는 또 한 살 먹는구나'라고 "霜鬢明朝又一年"라 읊은 유명한 노래도 와닿지 않을 정도로 정신없이 한 해를 넘겼다. 올해에는 참의원 여러분에게 무엇을 부탁할까? 부탁인데 연호年號 폐지하는 따위의 경솔한 일을 함부로 정하는 일이 없도록 해주기 바랍니다.

인간들이여 당신은 자유인인가人々よ汝は自由人であるか

가네모리 도쿠지로(金森德次郎)

해제 : 전성곤

내용요약

가네모리가 접근하는 것은 현재 일본 사람들이 입버릇처럼 말하는 '자유와 평등'의 내용을 과연 알고 있는가 의심하는 것에서 출발한다. 실제로 그 내용에 대해서 이야기해보라고 하면 전혀 다르게 인식하고 있음을 알게 된다. 입을 모아 모두 거짓을 말하고 있는 것이 아닌가라는 생각조차 든다. 구시대적 사고방식이기는 하지만 58개국 대표자들에게 이 문제가 다루어져 국제연합이 정하는 세계인권선언이 생겨났다. 이는 꿈이 아니라 현실이었다. 그러나 인권선언이 이루어진 것처럼 현실에서 인권이 존중되고 있는가 하면 그것은 현실이 아닌 꿈이다. 그렇다고 우리들은 낙담만 해서는 안 되며 건설적으로 노력해야 한다. 여기에는 두 가지 방도가 있다. 하나는 정신적인 무장이며 다른 하나는 일상에서의 실천이다.

인간은 신이 아니기 때문에 언행불일치言行不一致는 피할 수 없다. 아니 인간이라는 것은 매우 고도로 발달한 자들이기 때문에 한 마디 혹은 국부적局部的인 이론으로 움직이지 않는다. 거짓말하지 말라고 교과서에는 적혀 있지만, 거짓말을 하지 않으면 안 되는 경우도 있을 수 있다. 하루하루 조금씩이지만 인간들은 자유로워진다는 것을 알지 못한다고 생각한다. 아니 자유로워지지 않으면 안 된다고 생각한다. 그런데 그것과 관련하여 우리들에게는 여러 의문을 불식시킬 수 없는 부분이 있다.

인간은 천천히 변한다는 논설이 있다. 사람들과 이야기를 나누어보면 과거의 사상과 절연하지 않으면 안 된다고 하거나 과거의 제도와 단절했다고 한다. 그렇지 않으면 인간세계에 민주적인 자유는 출현하지 않았다고 말한다. 이러한 사고는 일부분의 젊은이들에게 불어 넣어졌고 젖어 들어갔다. 곧잘 혁명이라는 말을 사용하고 싶어하는 사람에게는 자칫 그런 경향이 강하다.

나는 그렇게는 생각하지 않는다. 인간은 과거도 현재도 마찬가지이며, 진면목적인 사상들이 심화되는 것은 가능하지만 본질적으로 전동轉動 변화하는 것은 아니라고 생각한다. 오소메ㅎ染ㆍ히사마쓰久松 사정도 오늘날의 아프레게르전후파, après-guerre 사정과 연관성이 있다고 생각한다. 닌토쿠 천황仁德天皇의 인정仁政도 링컨이 인민을 위해 시행했던 정치도 서로 연결되는 점이 있다고 생각한다. 우리들의 사회생활 전반은 과거와 일관성을 갖고 있다. 그렇지만 사람들과 이야기를 해보면 자유라던가 인권이라는 것이 일본인에게는 없었던 것으로, 그것은 서구에서 수입된 것이라고 한다. 그렇기 때문에 농민봉기와 오늘날의 인권선언은 관련성이 없다고 한다. 의견 차이가 나타난다. 이 사고방식의 차이가 인간 행동에 영향을 주는 것은 지대한데 '과거에 대한 과감한 단절을 요구하지 않으면 안 된다'는 논법은 좋지 않다고 본다. 나는 인간성이 시대와 함께 아름다운 본질을 발휘하는 것으로 외장이 벗겨져 간다고 본다.

근래에 모리오카盛岡에 갔더니 이곳 사람들이 최근 그곳에서 일어난 집단폭행 사건에 대해 상세하게 이야기를 들려주었다. 농촌의 젊은 사람들이 집단으로 유부녀를 폭행했는데, 많은 젊은이들이 이에 연루되었다고 한다. 이상한 것은 그 현지 장년층들이 이에 대해 분노하지 않는다는 것이다. 젊은이들도 그 부도덕함에 대해 심각하게 반성도 없는 듯하고 젊은 여성들조차도 아픔을 느끼지 못하는 듯했다. 이런 세태를 보면 장래도 걱정인데 '왜 이것이 나쁜짓인가'라는 말에 대해 이해하지 못하는 듯했다. 문제는 대담하게 그것은 용서할 수 없는 커다란 죄악이라고 논증해 줄 사람이 없고, 앞세대의 생각을 말하기 때문에 이단자들을 설파할수 있는 힘이 없다는 점이다. 이것을 설복시키는 논거는 인간성의 정당한 인식 이

외에는 없다. 인식을 갖지 못하는 자에 대해서는 소용이 없다. 돌에게 충고를 하는 것과 같다. 깊은 인간성 발견 이것이 만사의 근원이다. 학교나 가정교육도 사회교육 전반도 지식 교육에 앞서서 인간성 발견에 노력하지 않으면 안 된다. 수신修身이 아니라 수심修心이어야 한다.

해제내용

사람들이 전후에 자유와 평등을 입에 달고 입버릇처럼 말하고 있는 세태를 보고 가네모리 도쿠지로는 세계적 변화와 일본의 현실을 비교하여 논한다. 국제연합이 정한 것처럼 세계인권선언이 발양되었지만, 현실에서 인권존중은 잘 이루어지지 않고 있음을 한탄하면서 건설적인 방향으로 이를 고쳐나갈 길을 모색한다. 여기서 가네모리 도쿠지로는 두 가지 방법을 제시하는데, 그것은 정신적인 것과 일상에서의 실천을 거론한다. 거짓말하지 말라고 교과서에서 가르치고 있지만, 인간사회는 그 교과서적으로만 움직이는 것이 아니라는 점을 상기시키면서 그러한 상황들도 감안하면서 하루하루의 변화를 꾀해야만 한다고 논한다.

가네모리 도쿠지로는 특히 인간의 혁명에 대한 자신의 생각을 피력한다. 즉 일반 사람들이 혁명이란 과거 사상과 단절해야 하며 제도와도 단절할 것을 주장하는 의견에 대한 비판적 입장을 취한다. 과거와의 단절에 의해서만이 민주주의적인 자유가 생겨난다고 하는 입장에 대해서도 마찬가지다. 가네모리는 혁명에 대해 자신만만하게 논하는 사람들이 사용하는 이러한 주장에 대해 반대의 의견을 제시한다. 즉 가네모리 도쿠지로는 '인간의 보편성'이라는 측면에서 과거와 현재에 공통적으로 저류하는 본질적인 것에서 그 답을 찾고자 한다.

링컨이나 닌토쿠 천황의 '인민 치세 논리'에는 공통된 것이 있으며 이를 통해서도 이해할 수 있듯이 인간의 사회 전반에 과거와 연속선상에 있다는 점이다. 서구에도 일본에도 공통적인 보편 사상이 존재한다는 점을 강조한다.

결국 자유라던가 인권이라는 것이 서구에서 유입된 것이 아니라 일본 내부에서도 동일한 것들이 존재했다고 주장한다. 이를 보는 시각은 단순한 의견 차이일 수 있는데, 과거와의 단절만이 새로운 혁명이라고 보는 논법에 대한 비판적 입장을 제시하고 있다. 그중에서 가장 중심이 되는 것은 인간성인데, 이것이 시대의 변천과 함께 변하는 것이 아니라 그 본질을 발휘하는 것이라고 설명한다. 가네모리 도쿠지로는 전후 일본에 이러한 인간성을 잃어가는 현실을 보고 신체를 다스리는 일도 중요하지만, 마음을 다스릴 수 있는 사회를 만들어가야 한다는 점을 주장한다.

이처럼 가네모리 도쿠지로가 주장하는 서구사상과 일본의 사상에 공통점이 존재한다는 논리가 갖는 의도가 무엇이며, 전전의 '사고 방식'과 무엇이 차이성을 갖는가라는 점은 논쟁의 여지를 남기고 있다. 가네모리 도쿠지로가 '과거'와의 단절이 제도나 사상의 혁명이라고 주장하는 일부 혁명론자들에 대해 비판적으로 다루었는데, 특히 서구와 동양 그리고 일본에 공통적인 인간성의 문제를 혁명과 연결하고자 하는 가네모리의 논리는 현재의 일본 사회에 '국수주의를 불러 일으키는' 마음 혁명론으로도 연결될 우려가 있다.

가네모리 도쿠지로의 이러한 내용과 연결되는 논고로는 「목소리 없는 목소리를 들어라」 1949, 「나는 사회에서 교육을 받았다」 1950, 「「예비대予備隊」 이후의 애국심」 1950, 「문화에 대하여」 대담, 1950, 「강화講和를 동경하는 한 시민의 마음」 1950 등이 있다. 그리고 헌법학자로서 인간의 보편 처세를 상정한 「진정한 자유와 평등을」 1952, 「인권의 재확인」 1952은 참고할 만하다.

수록 지면 : 8~9면
키워드 : 자유, 평등, 세계인권선언, 혁명, 본질, 인간성

전쟁포기와 자위권戦争放棄と自衛権

스즈키 야스조(鈴木安蔵)
해제 : 석주희

내용요약

대일강화문제가 연합국 간에 다시 부상하여 드디어 강화조약 체결을 실현하게 될 것으로 보인다. 미소 간 양국이 주도하는 국제정치권의 대립은 최근 한층 더 심화되어 낙관하기 어렵다. 이제 일본은 양국 사이의 정치적 세력 관계에 영향을 받을 수밖에 없으나 일본 자체로서 이들의 동향과는 별도로 준비하여 해결하거나 명확히 해야 할 문제가 있다. 그 가운데 하나가 헌법 제9조 규정으로 이를 중심으로 나의 견해를 서술하고자 한다.

우리들은 우선 첫째로 헌법 제9조의 정확한 의미를 확정해야 한다. 당장 눈앞에 발생할 강화 문제와 관련되면, 헌법 자체의 필연적인 결론으로부터 어떤 요청이 발생할지 명확히 해야 한다. 이는 정치적 입장과는 무관한 헌법 해석 자체의 법 논리상의 문제이다. 헌법은 헌법을 가지는 국가, 헌법을 최고법규로서 국정을 운용하려는 국민에게 가장 기본적인 문제이다. 그러나 그 중요성에도 불구하고 부주의한 채 포기된 것은 아닌가. 물론 이 문제에 관해서 정치평론은 적지 않다.

그러나 문제는 여기서부터이다. "국제분쟁을 해결하는 수단"으로서 전쟁 내지는 무력행사는 일부 학자가 설명하듯 침략전쟁, 침략적 무력행위를 의미하는 것인가. 즉 제재를 위해 전쟁 내지는 무력행위라고 하더라도 "국제분쟁을 해결하는 수단"으로 말하기 어려운 것인가. 자위전쟁이라고 하더라도 그렇게 말하는 경우가 있는가. 제9조의 제1항은 "침략의 수단으로서는"이라는 규정이 아니기 때문이다. 따라서 "국제분쟁을 해결하는 수단"으로 보는 것은 이른바 자위전쟁과 제재전쟁도 1항에 따라 포기된다고 해석할 수밖에 없다.

불법침략에 대한 공격을 위한 자위권으로서 전쟁 그 외에는 포기하지 않는다고 해석한다면 이를 위한 전력보유는 인정된다는 해석이 당연히 성립된다. 즉, 국제분쟁을 해결하는 수단으로서는 영구히 전쟁 그 외를 포기한다는 목적을 달성하기 위한 의미가 있는 것은 명백하다. 따라서 침략, 불법공격에 대한 자위를 위한 전력을 가진다는 해석이 발생한 것이다. 이러한 점에 대해 다른 문헌에서는 설명하고 있지 않다. 헌법은 제9조 서두에서 "정의와 질서를 기조로 하는 국제평화" 및 전문에서 말하는 "평화를 사랑하는 모든 국민의 공정과 신의의 신뢰하는 것을 표기하고 국제평화, 국제정의에 자위권의 보장을 추구하는 것으로 한다"고 명시하였다. 헌법의 논리는 그런 것이다. 자위권의 실질적인 보장으로 일부 전력을 보유하지 않을 때 국가의 독립이 과연 완전한 것인가. 우리들은 일본국 헌법이 전제로 구상하는 국제평화, 국제정의의 확립과 타국민에 대한 평화와 애호의 염원에 대하여 뜻을 가지고 확신하며 신뢰하는가.

헌법 개정은 국민 자신의 문제가 되어야 한다. 전 국민이 충분한 자료를 가지도록 관계 당국은 진상을 공표하고 특히 언론과 논쟁의 자유에 대해 고려해야 한다. 헌법 개정이 일본의 민족 부흥에 유익한지 아닌지 심도 깊은 논의를 해야 한다. 일본 민족의 부활과 발전은 영구 중립에 의존할 수밖에 없으며 이외에 인류의 길은 있을 수 없음을 통감한다. 오늘날 우리들은 우리 동포가 군비를 확장하여 민족의 발전을 추구한 비참한 경험을 반성하길 바란다.

해제내용

스즈키 야스조鈴木安蔵는 법학자로 전후 헌법연구회를 창설하여 헌법 초안 요강을 작성했다. 헌법연구회는 1945년 10월 29일, 일본문화인연맹 창립준비회에서 다카노 이와사부로高野岩三郎, 도쿄대 교수, 초대 NHK 회장가 스즈키에게 제안하여 민간에서 헌법제정을 위한 준비와 연구를 목적으로 결성되었다. 헌법연구회는 스기모리 고지로杉森孝次郎와 모리토 다쓰오森戸辰男, 전 도쿄대 조교수, 가타야마 아시다 내각 문부대신, 이와부치 다쓰오岩淵辰雄, 정치평론가, 전 『요미우리신문』 정치기자 등 당시 일본을 대표하는 언론인들이 참여한 민간헌법제정 연구단체이다. 이 글에서 스즈키는 헌법 9조의 의미와 중요성을 강조하였다. 이 시기는 미소 양국 간 이데올로기를 둘러싼 대립이 심화되는 가운데 대일강화문제를 앞두고 있었다. 스즈키는 "우리들이 직면한 문제 가운데 우선하는 것은 헌법 제9조의 의미를 정확히 이해해야 한다"고 말하였다. 헌법 제9조는 전쟁 또는 무력행사에 관한 것으로 스즈키는 본 글에서 일본의 전쟁 참여에 대한 법적 권한과 해석을 제시하였다. 스즈키는 "국제분쟁을 해결하는 수단으로서 전쟁 또는 무력행사는 자위전쟁인 경우에도 포기해야 한다"며 무력행사에 대하여 비판적인 시각을 가진다. 스즈키는 일본이 무력행사를 포기해야 할 뿐 아니라 이를 통해 일본국가의 평화를 이룰 수 있도록 해야 한다고 강조한다. 그는 일본이 이루어야 할 평화에 대해 "정의와 질서를 기조로 하는 국제평화를 실현하고 이는 국민의 공정과 신의, 국제평화와 정의를 향한다"고 밝혔다.

필자가 밝힌 바와 같이 일본에서는 헌법 9조를 통해 무력행사에 대해서 법적으로 완전한 포기를 선언했다. 그러나 필자는 진정한 독립이라는 맥락에서 의문을 가졌다. 스즈키는 "자위권의 실질적인 보장의 일부 전력을 보유하지 않을 때 국가의 독립은 과연 완전한 것인가"라고 질문한다. 이 같은 문제 제기는 전쟁포기, 국가교전권 불인정, 전력 불보유라는 민주주의 국가에서 전례가 없는 일본의 특수한 상황을 반영한다. 현대 일본에서 지속적으로 논의되고 있는 보통국가론과 아베 내각에서 적극적으로 추진한 헌법 개정은 이러한 논의의 연장선으로 볼 수 있다.

현대 일본에서는 보수우파를 중심으로 헌법 9조를 수정하려는 움직임이 강화되고 있으며 이에 대하여 일본의 전쟁 가능성에 대한 주변국의 우려가 높아지고 있다. 일본의 헌법 9조는 단순한 법제도를 넘어 평화를 상징하는 국가적 상징으로 자리매김하고 있다. 그러나 현대 일본에서는 평화헌법 개정을 통해 '전쟁이 가능한 일본'을 만들자고 주장하는 세력이 등장하였으며 호헌론과 개헌론이 대립하고 있다. 이러한 논의는 1950년대 초반과 크게 다르지 않은 양상을 보인다.

필자는 평화헌법에 대하여 국민주권의 원칙을 중시하고 일본의 평화를 위하여 반드시 헌법 제9조를 지켜야 한다고 보았다. 그는 "일본 민족의 부활과 발전은 영구 중립에 의존할 수밖에 없다"고 강조한다. 이 같은 시각은 당시 헌법학자로서 일본의 군비확장에 대한 부정적인 인식을 보여준다. 필자는 글의 마지막 부분에서 "우리 동포가 군비확장에 의해 민족의 발전을 기약한 우리 자신의 비참한 체험을 오늘날 반성해야 한다"고 하였다. 이에 따르면 평화는 제도적인 것뿐 아니라 반성하고 성찰하는 시각에서 비롯된다는 당시 지식인의 시각을 알 수 있다. 그러나 여전히 우리에게 남는 의문은 일본의 전쟁에 대한 책임과 반성, 비판적 시각에 대한 결여가 현대까지 이어지고 있다는 점이다. 필자가 말한 민족 번영은 자국뿐 아니라 주변국과의 공생과 협력 가운데 가능하다. 평화는 자국민의 비참함에 대하여 스스로를 연민하는 시각을 넘어 타민족이 겪은 고통과 전쟁의 피해를 정면으로 직시하는 데서 그 길을 모색할 수 있을 것이다.

수록 지면 : 6~7면
키워드 : 대일강화문제, 헌법 9조, 헌법개정, 자위권

나의 평화선언私の平和宣言

단 도쿠사부로(淡德三郎)
해제 : 송석원

내용요약

오늘날의 세계정세는 위기 상황이라고 할 수 있는데, 그러한 위기는 자본주의 체제와 사회주의 체제 사이의 냉전에서 유래하는 것이다. 한편에는 사회주의를 국시로 하는 국가가 있고, 다른 한편에는 자본주의를 국시로 하는 국가가 있다는 것은 엄연한 사실로 누구도 이를 부정할 수는 없지만, 그렇다고 해서 오늘날의 인류가 사회주의와 자본주의 중 양자택일하지 않으면 안 된다고 결론짓는 것은 큰 잘못이다.

각국이 사회주의와 자본주의 중 선택해야 하는 것은 이미 20세기 초 이래 국민의 운명에 결정적인 문제가 돼왔다. 과거 100년 동안 이 문제를 둘러싸고 격렬한 논쟁과 정쟁이 거듭돼왔고, 러시아에서는 1917년 11월혁명 이래 사회주의를 국민생활 건설의 기본방침으로 할 것이 확실히 결정됐다. 이어 제2차 대전 이후 동유럽 국가체코슬로바키아, 폴란드, 헝가리, 루마니아, 불가리아, 알바니아가 침로를 사회주의의 방향으로 향하게 되었다. 1949년 10월에는 같은 사회주의를 궁극의 목표로 하는 신정부가 중국에 성립했다.

그 밖의 국가의 사회체제는 자본주의적이지만, 국론이 자본주의 하나로 통일된 것은 결코 아니어서 어떤 국가에서든 사회주의를 이상으로 하는 사회당이나 공산당에 대한 국민의 지지는 상당히 강하고 영국에서는 사회주의를 표방하는 노동당이 정권을 잡고, 프랑스와 이탈리아에서도 공산당과 사회당에 대한 투표는 전체 투표의 과반수를 점하는 상황이며, 일본에서도 1949년 1월 총선거를 보면 사회당·노농당勞農黨·공산당, 기타 사회주의적 세력에 모인 투표는 8백여만 표로 전체 투표수의 30%에 가깝다. 이들 국가에서 사회주의냐, 자본주의냐 하는 것은 국민에게 일차적인 문제로, 그것이 해결되지 않기 때문에 쓸데없이 혼란이 일어나고 국민의 에너지를 꽤 쓸모없이 낭비하게 됨으로써 그만큼 국력 성장을 방해하고 있다. 그렇지만, 이 문제는 결국 각국의 국민 자신이 자유로운 논쟁이나 정쟁으로 해결해야 할 문제이지, 외국의 힘을 빌려 해결해서는 안 된다.

사회주의 국가를 보면, 다른 나라도 하루라도 빨리 사회주의냐, 자본주의냐 하는 문제를 해결해서 사회주의 체제를 채용하는 것이 바람직하기는 하지만, 무력으로 사회주의를 강제하지 않으면 자신들의 나라가 유지되지 않는 것은 아니다. 러시아는 과거 30년에 걸쳐 곤란하기는 했지만, 혼자의 힘으로 사회주의 건설을 해왔다. 동맹국이 된 동유럽 국가와 중국과 러시아의 오늘날에서는 자력에 의한 건설은 종래와는 비교할 수 없을 정도로 손쉬워졌다. 전쟁의 위협을 무릅쓰면서까지 타국에 사회주의체제를 강제할 필요가 조금도 없다.

자본주의 국가를 보면, 내부에 사회주의를 희구하는 세력과 이에 반대하는 세력, 어느 쪽도 아닌 애매하게 어중간한 사람들이 섞여 격렬한 논쟁과 정쟁을 벌이고 있다. 사회주의를 희구하는 사람들이 사회주의 국가와의 전쟁을 바라지 않는 것은 당연한 일일 것이고, 사회주의에 반대하는 사람이나 애매한 입장의 사람들도 그 대다수는 역시 사회주의 국가와의 전쟁을 희망하지 않음은 의심할 여지가 없는 사실이다. 전쟁이 일어나면 승패와 무관하게 그들 역시 멸망할 것이라는 점을 제2차 대전의 경험을 통해 학습했기 때문이다.

다만, 이들 나라의 소수 사람만이 전쟁 준비나 수행에 상당한 흥미를 가지고 있다. 이들은 전쟁이 인류문명의 멸망이 될 것이라는 점을 잊은 듯한데, 전쟁 준비나 수행이 초래할 막대한 이익에 눈이 멀었기 때문이다. '철의 장막' 등은 정쟁을 바라는 사람들의 머리 속에나 있는 전적으로 가공의 것이다. 지구상의 인류를 여기까지 적赤, 여기까지는 백白이라고 구분할 수는 없다.

국내적으로는 자본주의 세력과 사회주의 세력이 대립하여 양자 사이에 격렬한 투쟁이 진행되고 있지만, 국제적으로 일차적인 중요성을 갖는 것은 소수의 전쟁 애호자와 대다수의 평화 애호자 사이의 대립과 항쟁이다. 이 대립·항쟁에서 후자가 승리해서 전쟁이 방지될 때 비로소 각국에서의 자본주의 세력과 사회주의 세력의 항쟁이 평화적으로 전개될 가능성을 얻게 된다. 그런 의미에서 국제적 평화 옹호운동은 국내에서의 민주주의적 자유 확보와 불가분의 관계를 갖게 된다.

오늘날의 국제정세 속에서 일본의 입장을 결정할 때도 이상의 사고가 기초가 되어야 한다. 일본의 국책으로서는 미국에 몸을 맡기는 것, 소련에 몸을 맡기는 것, 중립으로 가는 것 등이 있을 수 있는데, 어느 것이든 오늘날의 국제정세를 사회주의 국가와 자본주의 국가의 피할 수 없는 대립이라는 관점에 입각하고 있다는 점에서 공통된다.

오늘날 미소관계가 상당히 악화하는 것은 사실인데, 양자 사이에 전쟁의 필연성이 없다는 점은 곧 세계 여론의 힘으로 이것을 방지할 수 있다는 것을 의미한다. 따라서 일본 국민에게 부여된 사명은 향미일변도도, 향소일변도도, 또는 애매한 도피적 중립도 아닌, 전쟁 방지를 위해 세계의 평화적 여론에 협력하는 것이어야 한다.

세계의 평화적 여론이 요구하는 것은 첫째, 모든 대국이 원폭 불사용을 선언하는 것이다. 이 선언으로 상호 간에 신뢰의 공기를 만들어낼 수도 있고, 그렇게 되면 교섭에 의한 화해 성립의 길을 열 수도 있고 일반적 군비축소와 나아가 그 철폐까지도 비로소 가능해질 수 있다. 둘째, 각국에서의 전쟁 찬미와 도발 선전을 금지하는 것이다. 만주사변 이래의 일본의 경험에도 명백한 것처럼 이러한 선전이 점차 사람들의 마음을 전쟁의 위험에 대해 둔감해지게 하여 전쟁 발발을 쉽게 한다. 예방전쟁 이론 등은 이러한 위험한 선전의 하나로 이런 종류의 견해 발표에 대해서는 엄중한 감시가 필요하다. 음탕 문학에 언론의 자유가 있어서는 안 되는 것과 마찬가지로 전쟁 선전에 대해서도 자유는 거부되어야만 한다. 셋째, 평화와 안전보장 기관으로서의 유엔 강화이다. 유엔은 원래 평화와 안전보장에 대해 책임질 수 있는 5대국의 협조를 근본 정신으로 하고 있다. 따라서 유엔이 본래의 기능을 하기 위해서는 중국의 참가가 필요하고, 소련과 중국 같은 사회주의 국가와 미국, 영국, 프랑스(원문은 소련으로 표기됨) 같은 자본주의 국가 사이에 의견 차이가 생겼을 때는 무리하게 일방의 의지를 타방에 강제하는 것이 아니라 상호의 양보와 접근이 필요하다.

일본 국민의 대외적 임무는 전쟁의 위험 방지를 위한 평화 옹호 운동에 전심하는 길뿐이다. 그러나 만약 미소가 전쟁상태에 돌입하는 일이 일어난다면 일본 국민은 어떻게 대처해야 하는가?

우리는 이와 같은 만약의 경우의 국책을 지금부터 결정해놓을 필요는 없다. 지금부터 준비해둘 것이 있다면, 그러한 경우의 국책결정을 누구로부터도 간섭받지 않고 일본 국민 독자의 의지로 결정할 수 있는 조건을 준비하는 것이다.

그러한 경우에 일본 국민이 국책을 결정하는 표준이 되는 것은 일본 국민 자신의 이익, 세계평화의 입장이다. 그러기 위해서는 일본이 어떤 나라의 속국도 되지 않고, 주권의 완전한 독립이 보장되어야만 한다.

대일강화를 앞둔 지금 우리는 모든 점에서 강화조약의 내용이 일본 주권의 독립성을 보장하는 것이기를 희망하며, 그것이 포츠담선언 정신과도 일치하는 것이기 때문에 전면강화는 충분히 가능하다. 5대국 중 어느 나라가 일본을 그 속국으로 취급하려는 경우에만 전면강화는 곤란해져 우리에게 불리한 단독강화가 강요되는 일도 있을 수 있다. 이러한 경우에 일본에 이를 수락할 의무가 있는지 없는지는 국제법상의 큰 문제이겠지만, 예컨대 수락할 수밖에 없게 되더라도 우리에게는 끊임없이 개정을 요구할 권리가 있을 터이다.

세계평화 옹호 운동에의 적극적인 참가와 일본 국민 주권의 완전한 독립 요망. 이것이 일본 국민에게 부과된 당면한 가장 중대한 2대 임무이다.

해제내용

사회주의 사상가, 운동가로서의 삶을 산 저자의 샌프란시스코 강화회의에 관한 입장이 잘 드러난 글이라고 할 수 있다. 특히, 글의 전체적인 맥락이 전후 평화 옹호 일본위원회 이사로서의 활동과 관련된 것으로 판단된다. 글이 게재된 1951년 1월 시점은 대일강화가 일본 정치와 외교의 주요 현안 가운데 하나로 논의되는 시기이다. 저자는 단독강화가 될 가능성을 인정하면서도 일본은 개정을 요구할 권리가 있다고 주장함으로써 전면강화의 입장을 분명히 하고 있음을 알 수 있다. 물론, 글에서는 전면강화는 '충분히 가능하다'는 정도의 언급만 있을 뿐이고, '전면강화가 아니면 안 된다'는 따위의 언급은 보이지 않는다. 그러나 글의 마무리 부분에서 세계평화 옹호 운동에의 적극적인 참가와 함께 일본 국민 주권의 완전한 독립 요망을 일본 국민에게 부과된 당면한 가장 중대한 2대 임무로 제시하고 있는 점에서 저자의 강화와 관련한 입장이 전면강화에 있음을 알 수 있다. 글이 게재된 시기의 일본은 미국에 의한 단독점령정책이 시행되는 상황이었음을 고려하면(실제로도 그렇게 되었지만), 단독강화는 결국 미국 및 자본주의 국가와의 강화일 수밖에 없다는 점에서 소련 및 사회주의 국가까지도 포함한 전면강화 옹호 입장은 저자의 사회주의 운동가로서의 삶의 이력을 재확인하는 것이기도 하다.

글에서는 한 사회주의자의 1951년 현재의 국제정세 인식과 그에 대한 일본의 대처와 관련한 구상을 확인할 수 있다. 저자의 국제정세 인식은 대체로 사회주의적 이상주의에 치우쳐 있는 것으로 보인다. 전쟁 애호가가 자본주의 국가에만 있는 것처럼 묘사하거나 전쟁 방지를 위한 방책으로 세계평화 여론에 협력하는 것만을 제시하고 있기 때문이다. 물론, 아직은 점령 상태라는 것이 갖는 한계는 있겠지만, 세계평화 여론에 협력하는 것만으로 전쟁이 방지될 수 있다고 믿는 것은 권력정치power politics를 기반으로 한 현실주의적 인식과는 매우 동떨어진 인식이라고 하지 않을 수 없기 때문이다.

더욱이 세계평화 여론이 요구하는 내용, 즉 모든 대국의 원폭 불사용 선언, 전쟁 찬미와 도발 선전 금지, 유엔 강화 등의 세 가지 역시 불충분하기는 마찬가지이다. 지면의 제약을 고려하더라도, 각각의 내용에 대한 설명이 구체적인 분석 결과를 담고 있지 못할 뿐만 아니라 선언, 금지, 강화 등과 같이 상대적으로 소극적인 내용으로 구성됨으로써 적극적인 여론 형성 내용을 담지 못하고 있다고 볼 수 있다. 아무리 평화가 단지 전쟁이 없는 상태만을 가리키는 것일지라도, 그러한 평화를 구축하고 지속시키는 일이 결코 쉽지 않다는 점은 인류 역사가 증명하고 있는 바와 같다. 일례로, 이 글의 10여 년 후 케네스 볼딩Kenneth Ewart Boulding은 지구상의 인류 한 사람 한 사람을 점으로 묘사하는 지도를 생각하고 거기에 시간 축을 더한 입체도형을 고안하여 살인·파괴 등 폭력적 행위에 가담하고 있는 사람은 빨간색, 군사력·군수산업·갱·범죄자·경찰처럼 잠재적으로 폭력행위를 준비하고 있는 사람은 핑크색, 조직가·운동가·법조인처럼 비폭력적 투쟁에 가담하고 있는 사람은 오렌지색, 비분쟁적 일에 종사하고 있는 사람은 파란색으로 각각 표시한 뒤에 3차원 지도에서 임의로 한 지역을 끄집어내 4가지 패턴, 즉 빨간색 혹은 빨간색이 돼가는 보라색 시대끊임없는 전쟁의 시대, 빨간 보라 혹은 푸른 보라의 줄무늬 시대전쟁과 평화가 교착한 시대로 평화가 표준이 된 시기와 전쟁이 표준이 된 시기, 농밀한 파란색 시대항구적 평화로 구분하면서 어느 지역을 봐도 인간이 살지 않는 투명한 시대는 있어도 마지막의 농밀한 파란 시대는 경험한 적이 없다고 결론짓고 있다Kenneth Ewart Boulding, "Conflict and Defence : a general theory", 1962. 그런 점에서, 이 글은 국제적인 평화 옹호 연대 활동의 연장선상에서의 저자의 평화에 대한 의지를 밝힌 것으로 사회주의적 이상주의자의 입장과 한계를 동시에 보여주고 있다고 할 수 있다.

수록 지면 : 24~29면

키워드 : 냉전, 평화, 강화조약, 전면강화, 단독강화, 세계평화옹호운동, 사회주의, 자본주의

스탈린 제국주의론 スターリン帝国主義論

사노 마나부(佐野學)
해제 : 송석원

내용요약

중공中國의 한국전쟁 개입은 세계사적인 대파괴 전쟁의 전조가 될 것이다. 중국 배후에 소련이 있으며, 한국전쟁은 국지 현상이 아니라 소련의 세계정책의 일환이라고 할 수 있다. 중국과 소련은 대규모 병력을 보유하고 있다는 공통점이 있다. 원래 중국은 수천 년 동안 사방의 국가들에 대해 우월감을 가지고 약소국을 억압해왔기 때문에 그 전통이 중국 4백만 대병력을 배경으로 부활하면 소련형의 제국주의가 될 위험이 있다.

제국주의의 특징은 첫째, 강국이 자국 이외에 영토나 세력권을 확대하고 자국을 중심으로 하나의 세계제국을 구축하고자 하는 영토확장 욕망이 강하다는 점, 둘째 전쟁을 근본 수단으로 삼는다는 점, 셋째 국내에서 자유보다 권력이 최고원칙이 되어 반민주적인 독재정치가 이루어지고 개인이 전체 앞에 무력함과 동시에 타민족에게는 우애보다는 적대감으로 대립하고 특히 약소민족에 대해 양 앞의 맹수처럼 철저히 무자비하게 대한다는 점 등이다.

제국주의의 피해를 가장 크게 입은 것은 아시아 여러 민족이다. 그러나 제국주의의 피해에 대한 감성에는 차이가 있는데, 완전 식민지였던 인도가 반식민지였던 중국보다 제국주의에 대한 이해와 증오가 한 층 강렬하다. 중국은 제2차 대전의 전쟁에서 반식민지적 지위를 벗어날 수 있었으나, 중국이 소련의 스탈린 제국주의가 그리는 마법의 원에서 벗어나지 못하고, 오히려 옛 중국의 꿈―사방의 약소국에 군림하려고 하는— 을 부활해서 신형의 제국주의가 되면, 그것은 중국을 위해서도 세계를 위해서도 큰 불행이다.

스탈린은 역사상 드문 대독재자이다. 그가 지배하는 오늘날의 소련은 레닌이 지도한 혁명시대 및 1924년경에 이르기까지의 소련과는 본질적으로 다르다. 적어도 소련이 영토확장이라는 제국주의의 주요 특징에서는 미국보다 강하다. 오늘날 전쟁을 세계적 규모로 할 수 있는 능력을 갖춘 나라는 미국과 소련뿐인데, 적어도 소련이 더 적극적인 것은 분명하다.

스탈린 아래 새로운 제국주의가 성립하고 있다. 스탈린은 레닌과 같은 이상주의자도 아니고 세계정치에 통한 국제주의자도 아니다. 스탈린은 철저한 현실주의자로 러시아에서만 생활한 서구를 싫어하는 토착인이며, 그의 의지는 아시아 유목민족의 수령 등처럼 강렬하고 무자비하며 이해타산에 본능적으로 민감하고 과감한 실행력과 조직적 수완이 있다. 스탈린이 지도하는 오늘날의 소련은 레닌에게 아직 남아 있었던 서구색채가 소멸하고, 정책은 서구의 산물인 마르크스주의보다 러시아적 특색이 강하다. 스탈린이 주창하는 일국사회주의는 사회주의, 국가, 국민의 세 요소의 화합물인데, 중심을 이루는 것은 국가로, 요컨대 자국중심적인 편협한 국가주의이고, 사회주의는 목적이라기보다는 수단이다.

스탈린 제국주의를 구성하는 요소는 구 러시아적 영토확장 정책, 관료적 집산주의, 일대 군영으로서의 강권정치, 사회적 계층의 성장 등이다. 특히, 생산수단의 공유로 계급은 이미 소멸했다고 믿는 소련이지만, 사유재산에 의하지 않는 다른 사회적 구별이 급속히 생겨났는데, 권력적 지위의 차이, 국가 기관 내에서 차지하는 지위의 차이, 생산에서의 기술적 차이 등에 의해 그러한 사회적 구별이 성립했다. 이에 따른 소련의 사회적 계층의 계열은 소련공산당 정치국 멤버 14명, 소련 정부 각 성 장관 약 40명, 공산당 고위 간부당원 5백만 명도 일반민중보다 높은 지위 차지, 국가의 고위 관리비밀경찰 지도자 및 적군 장교는 특히 우대, 과학자·기술자·예술가 등 전문가층, 능률이 높은 이른바 스타하노프Stakhanov. 구 소련의 노동 생산력 증대 운동적 숙련노동자, 일반대중노동자는 전 인구의 1/5, 농민은 전 인구의 약 절반, 강제노동에 복역하는 사람1천만 명 등이다. 소련에서는 강제노동이라고 하지 않고 교정노동이라고 말하는데, 정치범이나 경미해도 절도범 등이 집단적으로 노동 캠프에 보내진다.

제3차 세계대전이 시작되어 원폭이나 기타 과학병기가 무차별적으로 사용되면 인류가 입는 물질적 파괴와 인명 손실은 상상을 초월할 것이다. 이 전쟁을 막을 수 있는 가장 간단한 방법은 한편으로 미국이 자본주의를 수정해서 사회주의 방식을 취하고, 다른 한편으로 소련이 독재정치와 영토확장정책을 적어도 완화하는 데 있다. 그러나 좀처럼 실현될 것 같지는 않다.

오늘날의 세계정치에서는 평화 요인보다 전쟁 요인이 더 많다. 세계인들은 평화 요인을 가능한 한 크게 하고 전쟁 요인을 억제해가야 한다. 대중의 평화욕구감정은 어느 때보다 크다. 따라서 대중의 평화감정을 조직화해가는 것이 가장 중요하다.

소련이 서구 정복전쟁에 곧바로 착수할 수 없는 이유의 하나는 동유럽 국가들을 충분히 믿을 수 없기 때문이다. 서구문화는 황혼기에 들었다고는 해도 서구인의 정력은 아직 마멸되지 않았다. 아시아인은 문화 정도가 낮지만, 자주성 요구는 강렬하고 전성기의 서구 식민지정책 시대에도 마음으로부터 이에 굴종한 적은 없었다. 소련의 제국주의 정책이 세계 도처에서 장벽에 직면하는 것은 당연한 일일 것이다. 스탈린적 제국주의의 전도는 결코 밝지 않다. 자본주의의 장래도 역사적으로는 정해져 있다. 다음의 새로운 사회, 즉 사회주의 사회 출현은 필연성을 갖는다. 사회주의는 하늘에서 떨어지지 않는다. 세계 자본주의나 스탈린 제국주의 극복은 곤란한 과제이기는 해도 세계의 근로자가 힘을 합쳐 향해가야 할 인류적 일이다.

해제내용

이 글은 일본공산당 중앙위원장을 역임한 일본의 대표적 사회주의자 중의 한 사람으로 1933년 전향 성명을 발표한 저자의 종전 이후 사회주의에 관한 입장을 엿볼 수 있는 글이라고 할 수 있다. 전향 이후 반소, 반공산주의적 입장을 적극적으로 피력해온 저자가 여전히 그러한 입장에 변함이 없음을 보여주는 내용이다. 그러나 그렇다고 해서 그가 완전한 국체 이데올로그로 변신했다고 보기는 어렵다. 실제로, 이 글에서 저자는 여전히 사회주의 사회 건설의 가능성에 상당한 희망을 걸고 있음을 드러내고 있다. 저자는 사회주의는 결코 하늘에서 떨어지는 것이 아니라고 말하면서, 세계 자본주의와 스탈린 제국주의 극복을 통한 사회주의 사회 건설을 인류의 대사로 규정하고 있다. 더욱이 그러한 사회주의 사회가 실현될 것이라는 낙관적인 전망을 제시하고 있다는 점, 러시아를 사회주의와는 거리가 먼, 오히려 진정한 사회주의 사회 건설로 극복되어야 마땅한 제국주의로 규정하고 있다는 점, 스탈린 제국주의가 지극히 퇴영적이라는 점 등의 지적에 중점을 두고 있다. 이러한 사실은 저자가 사회주의 사회 건설을 위해서는 세계적 자본주의 극복도 중요하지만, 무엇보다도 스탈린 제국주의 극복이 필요하다는 점을 강조하고 있는 것으로 이해할 수 있다.

저자는 스탈린 제국주의를 떠받치고 있는 요소 가운데 영토확장정책은 구 러시아 시대부터의 전통이라고 지적—이 점은 중국도 마찬가지—한다. 반면, 나머지 3요소, 즉 관료적 집산주의, 일대 군영과도 같은 강권정치, 사회적 계층의 성장 등은 그야말로 스탈린 시대의 특징으로 구 러시아는 물론 레닌 시대와는 크게 다른 특징이라는 점을 지적하고 있다. 레닌에 의해 사회주의 국가를 목표했던 소비에트가 스탈린 시대에 이르러 일찌감치 사회주의 노선에서 일탈하여 제국주의적 모습으로 퇴화했음을, 그리하여 진정한 의미의 사회주의 사회 건설을 위해서는 스탈린 제국주의의 극복이 중요한 과제 가운데 하나임을 저자는 일관되게 지적하고 있다.

수록 지면 : 30~36면
키워드 : 스탈린, 제국주의, 일국사회주의, 영토확장정책, 관료적 집산주의

문화훈장文化勳章

오카자키 아야노리(岡崎文規)

해제 : 서정완

내용요약

'문화의 날文化の日'에 뛰어난 업적을 인정받은 사람이 기쁜 마음으로 문화훈장을 수상하는 것은 좋은 일이며, 문화훈장을 가슴에 달고 기념사진을 찍는 모습을 보면 마치 황량한 고목에 화려한 꽃이 피어난 것 같아서 참으로 훈훈하다. 그런데 내 착각이 아니라면 문화훈장 수상을 사퇴한 사람도 있었던 걸로 안다. 세상은 이런 사람을 이상한 사람으로 보는데, 예전에 나쓰메 소세키夏目漱石가 문학박사 학위 수여를 거부한 것도 그러하다. 물론 세상에서는 이상한 사람으로 보겠지만, 나는 그런 선택도 좋지 않나 생각한다. 개인적으로 매우 존경하는 선생님인 교토대학의 F 교수는 학자로서 최고의 영예인 사은상賜恩賞을 수상하셨는데, 선생님께서는 사퇴하는 것도 괜히 세상의 이목을 끌게 되니 일단 받으신 것 같다. 문화훈장을 사퇴한 분하고 통하는 부분이 있는 것 같다. 그런데 나는 선생님이 가슴에 그 훈장을 달고 계신 모습을 본 적이 없다. 선생님이 돌아가시고 장례식 출관 전에 장례위원인 어떤 분이 "선생님께서 받으신 훈장을 관 위에 올려놓으시죠"라고 권했는데, 사모님께서는 "아니요, 괜찮습니다"라고 한마디로 거절하셨다. 고인이 되신 선생님의 생각을 사모님께서 잘 이해하고 계신 것 같아서 나는 마음이 편안했다.

해제내용

과학기술이나 예술·문화의 발전과 향상에 뛰어난 공적을 남긴 자文化ノ發達ニ関シ

勳績卓絶ナル者에게 수여되는 일본의 문화훈장 제도가 시작된 것은 1937년 문화훈장령 1937년 2월 11일 칙령 제9호에 의해서이다. 2·26 사건으로 오카다岡田啓介 내각이 총사퇴한 후 우여곡절 끝에 총리에 취임한 히로타 고키廣田弘毅가 천황에 대한 상신을 통해서 제정하였다. 2·26 사건 후이며 중일전쟁이 발발한 1937년이라는 시기라는 점, 이전에는 문화나 과학계에 대한 훈장 수여에 의한 육성장려책이 없었다는 점을 볼 때, 일본 고유의 문화에 대한 자부심을 고취하고 국민통합을 통해서 전쟁을 승리로 이끌기 위한 시책으로 진행되었음을 짐작할 수 있다. 국가가 공을 세운 국민이나 군인에 훈장으로 수여함으로써 충성심과 애국심을 강조하는 기본구도가 1937년이라는 어려운 난국을 극복하기 위한 하나의 방책으로 문화훈장제도가 제정된 것이다. 참고로 서양에서 시작된 훈장이 일본에서 처음으로 시행된 예로서 1867년 파리에서 개최된 만국박람회 개회식 당일, 사쓰마번薩摩藩이 나폴레옹 3세를 비롯한 문무관에게 프랑스 훈장인 레이옹도뇌르 훈장L'ordre national de la légion d'honneur를 모방해서 만든 사쓰마류큐국薩摩琉球国 훈장을 들 수 있다. 레이옹도뇌르 훈장이 프랑스 최고의 훈장이며, 군사적으로 또는 문화적으로 공적이 큰 자에게 수여하는 훈장이라는 점을 볼 때, 일본의 문화훈장이 이를 참조했을 가능성이 크다.

수상자 면면을 살펴보면 문학계, (과)학계, 문화계를 중심으로 수여하고 있다. 1937년에는 만엽집萬葉集을 체계화하고 와카和歌의 위상을 확고하게 정립한 사사키 노부쓰나佐佐木信綱, 『오중탑五重塔』 등으로 유명한 소설가 고다 로한幸田露伴을 비롯한 8명이 수상하였고, 철학자 니시다 이쿠타로西田幾多郎는 제2회1940에, 일본인으로는 처음으로 노벨상1949을 수상한 물리학자 유카와 히데키湯河秀樹, 소호蘇峰라는 호로 알려진 저널리스트 도쿠토미 이이치로德富猪一郎 등은 제3회1943에, 이질 연구자이자 경성제국대학 교수와 총장을 역임한 시가 키요시志賀潔 등은 제4회1944에 수상하였다. 제5회는 일본제국 해체 후인 1946년인데 노의 배우이며 우메와카류梅若流를 이끈 노가쿠시能樂師 우메와카 만자부로梅若万三郎와 이와나미서점岩波書店 창업장인 이와

나미 시게오岩波茂雄 등이 수상했다. 『일본급일본인』 복간호가 간행되는 1년 전인 1949년에는 쓰다 소키치津田左右吉, 스즈키 다이세쓰鈴木大拙로 더 알려진 불교학자 스즈키 사다타로鈴木貞太郎, 소설가 다니자키 준이치로谷崎潤一郎와 시가 나오야志賀直哉 등이 수상했고, 1950년에는 마사무네 하쿠쵸正宗白鳥로 알려진 소설가 마사무네 타다오正宗忠夫 등이, 1951년에는 소설가 무샤노코지 사네아쓰武者小路実篤 등이 수상하였다.

한편, 나쓰메 소세키는 사전에 본인의 의향도 확인하지 않고 일방적으로 문학박사학위 수여를 결정한 문부성에 분노해서 학위를 거부한다는 의사를 문부성 전문학무국장 앞으로 서신으로 단호하게 전했다. 이하, 해당 서신을 발췌하면 다음과 같다.

> 학위를 수여한다는 이야기를 2~3일 전에 신문을 통해서 알게 되었으며, 박사회博士會에서 추천하여 소인에게 학위를 수여하게 된 걸로 압니다. 그러나 소인은 오늘날까지 그저 나쓰메 아무개로 살아왔으며, 앞으로도 나쓰메 아무개로 지내고 싶습니다. 따라서 저는 박사학위를 받고 싶지 않습니다. 관련해서 이 건으로 번거롭게 하는 등의 일은 저의 뜻이 아니라, 이런 이유로 학위 수여 건은 사퇴하고자 합니다.

나쓰메 소세키가 문학박사 학위를 사퇴한 건과 관련해서 소세키의 '반권력주의', '반권위주의' 등으로 평가되고 있는데, 오카자키 아야노리 또한 이 짧은 글에서 훈장 등의 수상을 거부하는 것도 괜찮은 생각이라고 하면서, F 교수는 발인 때 사모님이 훈장을 관 위에 올려놓는 것에 대해서 한마디로 거부한 것에 대해서 마음이 편안했다고 발언하는 등, 반권위주의적인 태도에 동조하는 모습을 보인다. 오랫동안 후생성에 충직하게 봉직한 오카자키 아야노리의 경력을 볼 때 의외라고 느껴지는데, 이런 진보적이라고 할 수 있는 생각을 담은 글이 1951년『일본급일본인』에 실려 있는 이유, 의도는 어디에 있을까?

조사한 바에 의하면 문화훈장 수장을 거부한 인물은 4명이다. 첫 번째는 1955년 도예가 가와이 칸지로河井寬次郎였는데, 가와이는 자기 작품에도 절대로 이름을 새기지 않을 정도로 명리名利나 공명功名을 멀리하는 인물이어서 수상을 거부했다. 두 번째는 1968년인데, 서양화가 구마가이 모리카즈熊谷守一인데 구마가이는 손님을 맞이하는 것을 극도로 싫어하고 혼자 고고하게 지내기를 원하는데, 문화훈장을 받으면 그 결과 더 많은 사람이 찾아오는 것을 꺼려해서 거부하였다. 그리고 널리 알려진 사건으로는 노벨문학상을 수상한 소설가 오에 켄자부로大江健三郎가 1994년에 수상을 거부하였다. 오에는 노벨문학상 수상이 확정되자 문화훈장 수여도 결정되었으나, "민주주의보다 더 뛰어난 권위와 가치관을 인정하지 않는다"고 말하며 문화훈장이라는 것 자체를 부정하면서 수상을 거부했다. 이듬해 1995년에는 연극배우인 스미무라 하루코杉村春子는 "나는 앞으로도 계속 무대에 오르고 싶은데 이 훈장은 가장 큰 훈장이라 이 훈장을 받으면 더 이상 무대에 오를 수 없게 될 것 같아서"라는 이유로 수상을 거부하였다.

　　이처럼 1951년 또는 그 이전에 문화훈장 수상을 거부한 사람은 확인되지 않는데, 1946년에 창간된 잡지『세카이世界』제1호에 앞에서 언급한 무샤노코지 사네아쓰武者小路実篤는「패전과 본인이 바라는 세계」라는 글을 싣고 있다. 몇 군데만 간단하게 발췌하면 다음과 같다.

　　전쟁에 패했다는 사실이 실체로 아프게 와닿게 되는 것은 시간이 더 지난 나중의 일이겠지만, 지금까지를 놓고 보면 전쟁에 패했다는 것이 전에 생각했던 것처럼 나쁘지는 않다.

　　국민 전체의 생명이 아름답게 살기 위해서는 어떻게 해야 하는가? 이에 대해서 정말로 깨닫게 되고, 이를 국민 전체가 협력해서 실행할 수 있으면 일본은 아름다운 평화로운 나라가 되어 온 세계가 일본을 사랑하지 않을 수 없게 된다.

이 짧은 인용을 통해서 두 가지 정도 생각을 하게 된다. 전자는 무샤노코지의 경력을 생각할 때, 천황이 패전을 받아들이고 인정하는 방송을 했을 때, 무샤노코지가 얼마나 분개하고 슬퍼하고 겁을 먹었는지가 상상이 된다. 무샤노코지는 1937년경부터 전쟁 옹호론자로 변모해서 제국예술원帝國藝術院에 새로 만들어진 문예 부문 회원으로 선출되었으며, 1941년에 태평양전쟁 개전 후에는 전쟁에 찬성하고 찬양했으며, 일본문학보국회日本文學報國會 극문학부 회장을 역임하는 등 전쟁에 적극적으로 협력하고 가담한 경력이 있는 인물이기 때문이다. 그런데 이러했던 인물이 1951년에 문화훈장을 받았으며, 『세카이』에서 일본 국민 전체가 아름다게 살기 위해서 모두가 노력하고 협력해야 한다는 취지의 그야말로 '아름다운' 이야기를 하고 있는 것이다. 여기에는 아시아에 그토록 막대한 피해와 아픔을 남긴 일본제국이 패전과 해체로부터 단 6년 만에 전쟁에 적극적으로 가담하고 협력한 자에 문화훈장을 수영했다는 사실은 오늘날 일본이 사용하는 '역사전쟁'이라는 용어에 상징이 되듯이 역사적 사실을 직시하지 않고 도리어 부정하고 정당화하고 미화하는 행태의 시작을 이때 이미 시작한 하나의 징표로 볼 수 있을 것이다. 오카자기 아야노리가 이 짧은 글을 쓴 것은 무샤노코지 사네아쓰가 문화훈장을 받는 모습 또는 일본정부가 이런 경력이 있는 자에게 문화훈장을 수여하는 사실에 대해서 간접적으로 비판하기 위함이 아니었나 생각한다.

마지막으로 위 무샤노코지 발췌에서 "아름답게"라는 말은 가와바타 야스나리川端康成가 1968년 노벨문학상 수상 기념 강연 〈아름다운 일본의 나美しき日本の私〉을 강하게 연상시키며, 동시에 1994년에 노벨문학상을 수상한 오에 켄자부로의 기념 강연 〈애매한 일본의 나あいまいな日本の私〉를 강하게 연상시킨다. 오에의 〈애매한 일본의 나〉는 가와바타의 〈아름다운 일본의 나〉를 단순히 의식한 것이 아니라 정면으

로 비판한 것이기 때문이다. 즉 가와바타의 〈아름다운 일본의 나〉는 내용은 아름다운 문장으로 구성되어 있지만, 그 실체는 '애매vague'하며, '일본적'이라는 것은 결국 신비주의다고 지적하면서 일본은 서구적인 근대화를 진행하면서 한편으로는 전통적인 문화를 지켜왔다, 즉 서구 문명을 수용하는 근대화를 통해서 만성질환처럼 '애매함ambiguity'을 가중시켜 왔다, 다시 말해서 이 애매함ambiguity의 진척의 결과, 아시아 침략을 초래했다는 것이 오에의 주장이다. 오에는 이를 극복하기 위해서 전후 일본의 민주주의는 '보편적 인간성'에 의거해서 인류에 대한 힐링과 화해를 찾아나서야 한다고 주장한다.

그런데 현실은 2020년 10월 17일에 거행된 나카소네 야스히로 전 일본 수상 장례식에 놓인 수많은 훈장이 눈에 들어온다. 한 나라의 수상이자 국가에 공적이 뛰어난 고인을 이 많은 훈장으로 기린다는 뜻이겠지만, 국민이 아닌 국가가 수여하는 훈장이고, 국민이 아닌 국가가 수여하기에 부여되는 '권위'가 결국은 국민 위에 국가가 군림하는 구도로 보이는 것이 훈장이라는 것의 성격이며 문화훈장 또한 크게는 여기서 벗어나지 않는다. 국민국가와 현창顯彰이라는 하나의 문제의식과 시선을 우리는 가져야 할 필요가 있다고 본다.

수록 지면 : 37면
키워드 : 훈장, 수상 사퇴, 문화훈장, 나쓰메 소세키

1951년 1월   183

민족에 대한 자각民族の自覚

쓰루미 유스케(鶴見祐輔)

해제 : 서정완

내용요약

    일본이 패전 후 가장 강하게 느끼는 것은 국민 특히 청년층이 인생의 목표를 상실했다는 점이다. 8월 15일 이전에는 개인적으로나 민족적으로나 모두가 분명한 목표를 지니고 있었다. 특히 우리가 성장한 러일전쟁부터 제1차 세계대전 전후까지는 젊은이는 흥국興國의 기운을 가슴 속에 강하게 품고 살았기에 노력해야 할 목표라는 것을 누구나 가지고 있었다고 생각한다. 그런데 '종전'패전'이 아니라 종전이라는 용어를 사용함 이후에는 지금까지 지녀온 민족적 목표도 개인의 도덕적 기본도 근본적으로 바뀌었을 뿐 아니라, 이를 대신할 새 목표가 명확하게 제시되지 않고 있어서 국민 특히 청년이 이것을 위해서 목숨을 바친다는 식으로 목숨 걸고 열심히 하는 마음을 가지지 못하고 있는 것처럼 보인다. 반면에 일본 민족이 발흥하던 시대에 청년기를 보낸 필자 세대는 어떤 목표를 설정해서 생활하고 있었기에 작금의 청년보다는 그 점에서 더 행복했다고 생각한다. 물론 이러한 주장에 대해서 작금의 신문이나 잡지를 보면 문화국가, 평화국가 건설 또는 민주주의 정치를 실현 등의 훌륭한 목표와 이상이 제시되고 있다는 반박이 있을 수 있다. 그런데 민족이 어떤 목표를 위해서 목숨을 걸고 매진하려면, 그 목표를 이루기 위해 많은 피를 흘리고 박해를 겪은 후이어야 한다. 예수가 십자가에 달리고 많은 신자가 죽어간 비참한 사실이 있었기 때문에 그만한 열정을 품을 수 있었다.

    문화, 평화, 민주주의라는 것은 매우 숭고한 이상이지만, 이를 얻기 위해서는 피를 흘리고 재산을 포기하고 목숨을 버린다는 생생한 역사가 선행되지 않으면 불타오르는 불씨처럼 사람 마음을 불사를 수 없다. 나는 앞으로의 일본은 이러한 고귀한 수난의 역사를 거쳐서 이런 사상이 일본 민족의 살아 있는 이상이 될 것으로 믿는다. 다만 그날이 올 때까지는 이들 고귀한 말이 종래 일본이 가졌던 이상을 대체할 만큼의 힘을 가지고 일본인을 이끌어갈 것으로는 생각하지 않는다.

그렇지만 오늘날과 같은 정신이 공백인 상태가 오래가지는 않을 것이다. 나는 지금의 일본 국민이 첫 번째로 가지기를 바라는 생각이 하나 있다. 그것은 일본은 아직도 세계에서 일등 국민이라는 자각이다. 이것은 패전 전의 의미로서의 일등 국민이 아니다. 중국이나 러시아가 수도 없이 전쟁에서 패하더라도 세계에서 우수한 민족임을 잊지 않는 것처럼, 프랑스가 비록 전쟁에서 여러 번 패했어도 프랑스야말로 세계 최고의 문화국가라는 자긍심을 잃지 않았던 것처럼, 일본 민족이 한두 번 전쟁에 패했더라도 일본 민족의 우수성에 대한 자각을 잃지 않는다는 뜻이다. 우리 스스로가 자긍심을 가지고 자랑스럽게 생각할 때 다른 민족이 우리를 존경하는 것이지, 일본인 스스로가 열등한 민족이라는 위축된 관념에 빠져서 자포자기 상태가 되면 결국은 노력도 하지 않고 안일한 하루살이처럼 향락에 빠지고 만다. 우리 스스로 냉정하고 객관적으로 우리의 장단점을 세계의 우수한 민족의 국민성과 비교해서 발전한다면 우리 일본은 새로운 민족적 자각을 가지게 될 것으로 믿는다.

움직일 수 없는 사실은 일본 민족이 8,300~8,400만 명이나 있다는 점이다. 같은 국어를 말하고 같은 문화와 생활 습관을 지닌 8,300만 명의 집단은 세계 전체를 보아도 그리 많지 않다. 인구를 본다면 중화, 인도, 러시아, 미국 다음이 일본이다. 대국과 소국의 기준은 영토의 넓이가 아니라 인구의 많고 적음이다. 고로 일본은 아직도 세계에서 대국이다. 문제는 이 대국 일본이 경제생활, 정치생활을 어떻게 영위하고 어떻게 해서 훌륭한 문화를 만들어낼 것이냐다. 외국인이 인정하는 일본인의 근면성이 커다란 보배이다. 지금의 일본은 매우 가난한 나라이지만 이 가난에서 벗어나는 길은 주야 노력해서 '생산산업'을 발견해서 축적하는 데 있다. 일본의 재생과 부흥은 일본인이 지닌 국민적 장점인 근면함에 있다. 그 다음으로 일본인이 뛰어난 점은 환경에 대한 순응력이다. 나는 일본 민족이 작금의 혼란과 가난과 온갖 불이익에 찬 상황에 내몰려도 머지않아 다시 훌륭한 일본을 만들어내리라 믿는다.

이처럼 일본인에게는 수도 없이 많은 우수성이 있으나, 서로 교정하면서 발전해야 하는 점도 있다. 바로 진정한 의미의 개인의 자유라는 것을 경험한 적이 없기에 강한 인격을 만드는 데 구미의 자유주의 국가와 비교해서 뒤떨어진다는 점이다. 그래서 외국인은 일본인이 사상적 윤리 관념이 결여되어 있다고 지적하는데, 우리 일본인에게는 종교적, 철학적 교양이 부족하다. 지금처럼 일방적으로 얻어맞은 일본이기에 더더욱 우리 일본인은 겸손하고 담백한 마음가짐으로 새로운 신념을 확보해서 일어나야 한다. 그 첫걸음은 일본 민족은 아직도 세계에서 우수한 민족이라는 자각을 가지는 것이어야 한다.

해제내용

이 글은 필자가 1940년 대정익찬회에 참여하고, 1944년에는 익찬정치회 총무를 역임하는 등, 적극적으로 전쟁에 협력한 건으로 1946년 1월 공직에서 추방되었다가 『일본급일본인』이 복간된 다음 달인 1950년 10월에 공직 추방에서 해제되어 복권된 인물임을 여실히 드러내고 있다. 무엇보다도 '민족', '일본 민족', '일본인'으로서의 우생학적 우월주의에 뒷받침된 그의 인식은 "대일본제국 만세!"에 상징되는 제국주의적 세계관을 패전 후에도 그대로 이어가고 있음을 말해준다. 쓰루미 유스케에게 러일전쟁에서 제1차 세계대전으로 이어지는 어두운 세계사의 시간은 '흥국興國의 기운'을 가슴속에 품으며 매진하던 희망찬 청년의 시간이었다.

그러나 패전으로 인해서 이 구도가 와해된 지금, 작금의 청년은 민족의 목표를 위해서 목숨을 바치려는 기개를 잃었다고 말하는 부분이 바로 그렇다. 당시 회자되던 '문화', '평화', '민주주의'와 같은 새로운 이상도 결국은 청년, 국민이 스스로 목숨과 재산을 모두 포기할 정도로 국가를 위해서 수난을 이겨내려는 각오가 없으면 이룰 수 없다는 인식, 이런 이상으로는 '종래=전전戰前'에 청년과 국민들이 그러했던 것처럼, 우리 일본인을 지도할 이상이 되지는 못하며, 오히려 국가를 위한 희생이야 말로 일본 민족의 살아있는 이상이 될 것이다, 라는 그의 논리는 1951년 현재 일본제국의 부활을 꿈꾸는 욕망이 꿈틀거리고 있음을 느끼게 한다. 일본 민족의 우수성, 국민성이라는 주장의 이면에는 보이든 안 보이든 그들이 통치한 식민지 출신 민족/국가에 대한 우월감과 함께 차별이 작동하고 있는 것이다. 그러면서 쓰루미는 인구론을 전개하면서 일본은 중국, 인도, 러시아, 미국에 이어 인구가 많은 민족-국가이기에 일본은 대국大國이다, 라고 하는 논리는 청일전쟁 전후에 전개된 전쟁을 옹호하고 합리화하는 당위론을 연상시킨다.

일본은 청나라를 두려워하면서도 동시에 멸시하면서 청일전쟁에 돌입하였고, 그리고 승리하였다. 당시 도쿠토미 소호德富蘇峰의 『대일본팽창론』1894을 보면, 일본이라는 좁은 국토에서 늘어나는 인구문제를 해결하기 위해서, 이만한 인구가 먹고살기에는 부족한 자원을 확보하기 위해서 이 전쟁은 감행해 하며, 반드시 승리해야 하고 또 승리할 수 있다고 주장하며 전쟁을 정당화하고 있다. 이는 궁극적으로는 모든 국민은 전쟁을 할 수 있고 또한 승리할 수 있는 국민이 되어야 한다는 선동이다. "국민은 전쟁을 하는 국민이 되어야만 했다. 전쟁을 하는 국민이란, 근대국가가 요구한, 국가를 위해 존재하는 인간이었다고 할 수 있다"[1]는 선동이 러일전쟁, 만주사변, 중일전쟁, 태평양전쟁으로 반복되고 확대되어 아시아에 커다

---

1 송석원, 「도쿠토미 소호(德富蘇峰)와 '전쟁'−'대일본팽창론'을 중심으로」, 『日本文化學報』50, 2011, pp.197~214. 일문 요지문을 인용자가 국문으로 옮김.

란 비극과 고통을 안기고 만다. 그리고 아베정권이 강하게 추진하였고 지금도 포기하지 않고 있는 것이 '전쟁을 할 수 있는 국가'이고, 그러기 위한 헌법 개정이다.

본 연구소 HK+아젠다 〈포스트제국의 문화권력과 동아시아〉는 동아시아에 이른바 '중화'를 누르고 새로이 등장한 일본제국은 아시아에 많은 고통과 아픔을 남긴 채 1945년에 해체되었지만, 그 후에도 제국주의적인 욕망은 결코 사라진 것이 아니라 '패전'이라는 현실 앞에서 은폐되어 안에서 꿈틀거리며 힘을 비축하며 때를 기다리고 있을 뿐이라는 인식에 기초하고 있다. 이러한 제국주의적 욕망이 21세기에 들어서면서 서서히 부상하기 시작하고 민주주의가 후퇴하고 새로운 대립과 경계가 강화되는 속에 동아시아의 화해와 공존을 모색하려는 목적인 아젠다이다. 필자는 본인의 '청년시대=흥국의 기운'으로 표현되는 지난 영광스러운 시간을 단순히 그리워하고 추억하는 것을 넘어선 민족과 국가가 일체화된 우생학적 우월주의에 물든 세계관으로 일본과 일본 민족은 반드시 부흥한다는 의지를 천명하고 있다. 그 부흥이 표면적으로는 경제적인 발전이나 문화적인 성장에 집중할 수는 있었는지는 모르나, 결국에는 '전쟁을 할 수 있는 국가'를 주장하는 단계에 이르고 있다는 사실에 주목해야 할 것이다.

잡지 『일본인』이 급속한 개화 속에 일본의 것을 지키기 위한 국수주의자들에 의해 간행되었다. 그렇다면 1950년 9월에 복간된 『일본급일본인』은 패전 후에 다시 나라를 세워야 하는 시점에서 어떤 목소리를 내려는 것일까? 1951년 1월호라는 시점에서는 전체적인 경향을 파악하기는 어려우나, 적어도 쓰루미 유스케라는 필자의 세계관, 일본관, 민족관은 확인되었다고 할 수 있다.

수록 지면 : 38~40면
키워드 : 민족, 일본 민족의 우수성, 문화국가. 평화국가, 민주주의, 경제
　　　　생활

역사의 눈 歴史の眼

가메이 가쓰이치로(亀井勝一郎)

해제 : 전성곤

내용요약

독서 중에서 가장 재미있는 일은 역사책을 읽을 때이다. 젊은 시절에는 역사의 재미를 알지 못했지만 나이가 들어감에 따라 흥미가 깊어져 가는데, 이는 역시 인생에 대한 경험을 쌓기 때문이다. 역사는 인생의 방대한 누적이며 우리들은 인간 생사의 모든 모습을 그곳에서 들여다볼 수 있고 희비喜悲의 양상에 무한한 흥미를 갖게 된다. 동시대에 살고 있을 때는 선인이다 혹은 악인이다라며 서로 비방하고 혹은 당파가 나누어져 정쟁을 벌이기도 하는데, 시간이 지나고 이를 되돌아보면 모두가 인간성의 실체를 보여준다는 의미에서 미워할 수 없다.

애독서 중 하나로『헤이케 모노가타리平家物語』가 있는데, 이 저서의 작가는 일본 유수의 역사가라고 해도 좋을 듯하다. 역사의 재미를 알고 싶다면『헤이케 모노가타리』를 읽는 것보다 나은 것이 없다고 생각하고 있다. 사실을 사실로서 그대로 가차 없이 그려내고 있다. 다만 어느 곳에서는 전문伝聞으로 느껴지는 것도 있지만 편견은 조금도 없다. 그리고 승자나 패자 어느 쪽을 따지지 않고 최종적으로는 이해심으로 그려내고 있는데 거기에서 사리에 밝고 명철한 자비가 느껴지는 것은 매우 고마운 일이다.

『헤이케 모노가타리』의 저자는 특별한 역사관을 갖고 있지는 않지만 무상관無常観이 결국 이 이야기를 훌륭하게 성립시킨 '첫 번째 근거가 아니었을까'하고 생각했다. 무상관은 일본인의 마음속에 깊게 파고 들어가 있는 관념이며 감각인데, 이는 감상적으로 빠질 수도 있기는 하지만 원래 이것은 일본 독자의 냉혹한 리얼리즘의 모태이다. 생자필멸生者必滅이라는 말은 곰곰이 생각해보면 매우 무서운 말이다. 어떤 인간이라 하더라도 생사生死 유전流転으로 다루어진다는 내용은 냉혹한 마음이 만들어냈다. 그러나 이 냉혹함은 동시에 배려의 깊이와 표리일체적이다. 생자필멸이기 때문에 인간에 대한 애정은 더욱 깊어질 수 있다고 말할 수 있다. 그 사랑을 달콤한 감상적인 것으로만 다루지 않는 것은 역으로 무상이 갖는 엄숙함이라고 말할 수 있다고 생각한다. 일본의 역사가들은 오늘날에도 이 무상관을 더 깊이 있게 할 필요가 있다. 우리들이 잊고 있는 소중한 것은 사상문제가 아닐까 싶다. 사상문제라고 하면 오늘날 대부분 서양의 그것에 한정하는데 그것은 한쪽만의 판단으로 동양고유의 사상을 역사에 비추어 재음미해 보는 점이 중요하다.

역사서를 읽으면서 내가 통감한 또 하나의 문제는 시간에 대한 관념이다. 자신 스스로는 진보해왔다고 생각하고 있어도 몇백 년 아니 몇천 년 역사에서 본다면 인류는 언제나 같은 곳을 돌고 있는 것인지도 모른다. 적어도 천년을 단위로 인류사를 생각해보면 실상을 잘 알 수 있다. 일본사를 보면 세 개의 민족 변모기가 있었다고 생각된다. 응신조応神朝에서 나라奈良조정, 즉 대륙문명을 수용하면서 대변모에 내몰렸던 시기이다. 그 다음은 헤이안平安시대에서 에도江戸시대 말기까지로 대륙문명을 소화하면서 독자의 문명형태를 성립시킨 시대이다. 다음은 메이지유신明治維新에서 오늘날까지로 서양 근대문명에 의해 변모에 내몰린 시기이다.

일본은 특이한 나라이다. 지리상 위치로 보아도 아시아를 통해 대륙 문명을 받아들이고 태평양을 통해 근대 유럽의 문명을 받아들였는데 말하자면 동서문명의 교차점이었다. 이것이 일본의 운명이다. 모든 혼란도 비극도 희극도 근본적으로는 여기서 발생하고 있다고 말해도 좋다. 어떤 고통이 있어도 이를 견디지 않으면 안 된다. 여기에 일본민족의 지적 에너지가 실증적으로 나타난다. 혼란을 견딜 수 있는 것도 일본인의 지적 호기심이 왕성하기 때문이라고 나는 생각한다.

해제내용

이 글은 가메이 가쓰이치로가 『헤이케 모노가타리』를 하나의 역사서라고 보면서 이 저자가 가진 원천적 사상을 '무상관'으로 표현하고 이를 해독하고 설명하는 글이다. 시대 내부에서 벌어지는 정쟁이나 상호 비방을 언급하는데 이는 시간이 지난 후에 그것을 조망해 보면, 모두가 인간성의 실체적 단면을 알게 해준다고 논한다. 그러한 의미에서 역사에는 승자도 패자도, 악인도 선인도 존재하지 않는다는 시각에서 역사를 보는 입장이다. 그렇기 때문에 기존에 과연 『헤이케 모노가타리』는 역사서인가 허구의 문학집인가라는 논쟁을 벗어나는 시점을 제시해 준다. 실은 메이지기明治期간 근대 사학의 출발은 실증주의와 과학성을 중시하면서 도쿄東京대학을 중심으로 고증사학이 '역사학의 중심'으로 자리를 잡아간다.

그 과정에서 『헤이케 모노가타리』나 『다케토리 모노가타리竹取物語』, 『겐지모노가타리』는 역사서가 아닌 야사집으로 간주되어 버렸다. 실증주의라는 서구학문의 패러다임을 그대로 수용하면서 고증사학을 중시하는 관점에 선 일본 역사학계는 관학적 국가 역사를 구축했다. 역사를 고문서古文書 재해석이나 과학적 기록으로만 해석한다는 과학실증 만능주의가 형성되었다. 그리하여 문서 위주의 실증과 과학적 증명만이 역사로 간주되는 사상이 확정되고, 모노가타리는 역사서의 대상으로부터 배제되었다. 이를 고착화하는 데 중요한 역할을 한 인물들은 『대일본편년사大日本編年史』 편수에 종사한 구메 구니타케久米邦武, 시게노 야스쓰구重野安繹 등이다. 이로부터 일본 근대 사학이 발전하게 된다. 그러나 이에 대한 반발로 인간의 생활 부분을 보여주는 야사집이나 모노가타리 그리고 그러한 기록들이 더 역사적인 진실을 담고 있다고 보는 견해들이 등장하게 된다. 역사서를 보는 인식의 범위가 확대되고 시대에 따라 재편되었던 것이다. 이러한 관점은 역사와 진실의 맥락을 재고하는데 새로운 시각을 마련해 주었다.

가메이 가쓰이치로의 글도 이러한 맥락과 맞닿은 부분이 있다. 가메이 가쓰이치의 논리는 메이지기 야마지 아이잔山路愛山의 시각과 공통된 부분이 존재한다. 야마지 아이잔은 정사나 정전의 입장보다는 평민주의 혹은 인민을 중시하는 관점에서 기존의 역사론을 뒤집고 새로운 관점을 제시했던 인물이다. 역사서로서『아시카가 다카우지足利尊氏』등은 일본 인민의 생활 변용과 연결시킨 대표적 글로서 이러한 시각은 일본 민속학자인 야나기타 구니오柳田国男에게 계승되어 나타나기도 한다. 고서만이 역사가 아니라 인간 생활사 속에서 찾아내는 인간의 역사라는 관점이 새로운 자리를 차지하고 있었다.

특히 쓰다 소키치津田左右吉는『헤이케 모노가타리』에서 무사의 문제를 다루었는데, 무사들 사이의 연결성에 주목하여 일본적 정情의 양상을 그려내는 점에 독창성을 갖고 있었다. 쓰다는『헤이케모노가타리』나『태평기』등을 단지 사료 비판으로 끝낼 것이 아니라 역사를 재구성하는 데 근거로 사용해야 한다고 보는 입장이었다.

전후 가메이 가쓰이치로는 일본의 지리적 특수성을 제시하며 동서 문명의 교차점을 강조함으로써 일본민족의 보편적 특수성도 제시한다. 사실 이러한 논리는 메이지기 미술사가美術史家 혹은 사상가로 알려진 오카쿠라 덴신岡倉天心이 주장한 바 있었다. 주요 저서인『동양의 이상』1903이나『일본의 각성』1904은 동서문명의 교착점인 일본을 세계적 문명국가임을 주장하는 글들이었다. 이는 일본의 전후에 다시 메이지기의 역사인식과 교통의 혼합지역으로서 일본을 재구성하는 것이 갖는 의미를 재고할 수 있는 글이다.

수록 지면 : 41~42면
키워드 :『헤이케 모노가타리』, 무상관(無常観), 역사서, 진보, 동서문명

미국의 노동조합 アメリカの労働組合

다케무라 다쓰오(竹村辰男)

해제 : 석주희

내용요약

최근 미국을 건너갈 기회에 미국의 노동조합의 운영에 시찰할 기회를 얻었다. 그 가운데 관심을 가진 것은 미국의 노동조합은 자금이 풍부하다는 것이다. 미국의 노조는 긴 역사를 가지고 있다. 예를 들어 위원장은 높은 급여를 받았으며 다른 조합도 그러했다. 조합간부는 무엇보다 영구히 공장에서 근무를 해 온 사람들로 실제 회사 일에 깊은 지식을 가지고 있는 사람들이다. 미국의 노동협약은 대체로 5년을 기간으로 하고 있으나 이 계약 중 1년에 1회는 교섭을 하는 것이 보통이다. 그 중 일정기간 동안에는 파업은 하지 않는다. 새로운 계약 협의를 위하여 노동조합의 조사부는 업계의 상황을 보고 미국의 경제와 세계 경제를 연구하여 자료 준비에 만전을 기한다. 교섭은 산업 가운데 가장 큰 회사가 실시하며 다른 회사는 그 결과를 보고 이후에 행하는 경우가 많다. 철 업계에서는 미국 최대의 유에스틸사가 우선 실시한다. 담당부사장과 국제조합장이 교섭을 실시하고 다른 회사는 이를 보는 형태이다. 이러한 과정을 거쳐 파업에 들어가지만 이 경우에도 산업 분야에 미치는 영향을 고려하여 대통령이 비상사태를 선언할 수 있다. 대통령과 국회의 의지는 여론을 따르지 않으면 안 되는 것이 조합 측의 이야기이다. 나는 석탄 업계의 존 루이스나 미국 노동운동계에서 가장 전도유망한 워터 루터 등을 만나서 미국의 현 산업의 업계의 형태에 대하여 물었으나 모두 현재 제도를 가리켰다. 모든 산업에서 국가관리, 국영 또는 기업주의적인 방법은 불가하므로 현재의 제도로 좋다고 말했다. 정당에서도 민주당이든 공화당도 상관없다, 우리를 지지하는 의원에 대해 우리가 현실적인 태도를 가진다면 노동자의 정당을 만드는 일은 없을 것 같다.

해제내용

필자는 미국에 직접 방문하여 노동조합을 시찰한 경험을 바탕으로 이 글을 작성하였다. 미국 방문의 경험을 바탕으로 노동조합과 파업문제에 대하여 고찰하고 일본의 노동정당의 출현 가능성에 대해 제시하였다. 또한 노사관계와 업계, 기업과 정부의 관계에 대해서도 미국의 노동조합을 모델로서 제시하고 있다. 이러한 맥락에서 일본에서 총평의 보수화나 노동자를 대변하는 정당으로서 사회당의 몰락에 대하여 시사점을 제시한다. 일본에서는 사회당의 붕괴와 노동운동의 보수화가 노동운동의 실패로부터 기인한 것인가에 대하여 의문을 제기할 수 있다. 또한 일본에서 왜 노동정당이 지속될 수 없었는가 하는 문제로부터 노동조합과 기업, 관료의 관계, 일본의 산업구조의 변화를 바라볼 필요가 있다.

수록 지면 : 43~44면
키워드 : 미국, 노동조합, 산별노조, 정당

3인의 선각자3人の先覚者

무토 · 후지와라 · 쇼다武藤 · 藤原 · 正田

이시야마 켄키치(石山賢吉)
해제 : 송석원

내용요약

메이지부터 다이쇼 초기에 걸쳐 일본 경제계에 걸출한 인물 3인이 있는데, 무토 산지武藤山治, 후지와라 긴지로藤原銀次郎, 쇼다 테이이치로正田貞一郎 등이다.

무토 산지는 공업회사에서 상업적 위험성을 제거하고 공업 이익만을 거둔 점에서 새로운 기축을 형성했다. 원료인 면화의 가격변동이 제품인 면사의 가격변동을 초래하기 때문에 방적회사 초기에는 판매에 중점을 두었다. 면화의 가격이 오르거나 내리거나 해서 이익을 얻기도 손해를 입기도 해서 이에 관한 수완가가 훌륭한 경영자였지만, 무토는 이러한 방적회사의 위험성을 피해 착실히 공업이익을 올리는 데 전념했다. 무토는 원료를 사면 선물로 제품을 파는 방법을 취했다. 그렇게 함으로써 방적회사를 시세의 영향에서 해방해 착실한 공업회사로 만든 점에 그의 공적이 있다.

후지와라 긴지로의 회사는 제지회사여서 무토의 경우처럼 시세 영향을 덜 받았다. 후지와라가 노력한 것은 생산을 합리화하여 능률을 올리는 데 있었다. 동시대에 오가와 헤이자부로大川平三郎라는 위대한 제지製紙 기사가 있었는데, 그는 뛰어난 제지 기술자였으나, 후지와라는 사무를 중심으로 한 경영자였다. 따라서 제지 기술자로서의 두 사람은 경쟁 대상이 안 되었는데, 그럼에도 후지와라가 오가와에 이겨 회사를 합병한 것은 사람을 다루는 것이 뛰어났기 때문이다. 자신은 오가

1951년 1월   195

와에 미치지 못하지만, 사람을 쓰면 몇 명의 오가와를 만들 수 있다고 하며 자신의 회사의 기사를 빈번하게 외국에 파견하거나 외국인 기사를 고용했다.

쇼다 테이이치로는 앞의 두 사람 정도로 유명하지는 않지만 역시 위인이다. 그는 닛신日淸제분 회장을 했는데, 그가 회사를 경영한 실적은 대단한 것이었다. 제분회사는 공임工賃 분량이 방적보다도 적다. 방적은 제품 가격 2할 전후가 공임인데, 제분은 5% 정도이다. 원료비가 대부분인데다 원료인 소맥분小麥粉이 세계적인 변동을 한다. 따라서 제분회사 경영자는 장사 흥정에 신경을 쓰기 마련이다. 원료 가격 변동을 피할 수 없기 때문에 회사에 연구부를 두어 가능한 한 영업상의 위험을 피해 공업상의 이익을 거두는 데에 집중했다. 그 결과 쓰루미鶴見의 안벽岸壁에 세계 제2의 대공장을 만들었다. 종래의 제분공장은 미국식 능률 본위였는데, 그는 능률보다 원료에 대한 제품 비율에 신경을 썼다. 독일식 공장으로 공정은 복잡한 대신 원료에 대한 제품 비율이 적었다. 지금보다도 나쁜 밀小麥, 3등품 원료를 수입해서 상등 소맥분을 만들어 동양시장에 팔아 미국, 캐나다의 소맥분과 경쟁해서 승리했다.

해제내용

메이지부터 다이쇼 초기에 걸쳐 일본 경제계에 걸출한 인물 3인, 무토 산지1867~1934, 후지와라 긴지로1869~1960, 쇼다 테이이치로1870~1961 등에 대해 간단히 촌평한 글이다. 각각 방적회사, 제지회사, 제분회사를 경영한 인물이다. 무토는 오늘날의 가네보鐘紡를 일으켜 '가네보의 무토'로 불렸다. 후지와라는 오늘날의 오지王子제지 초대 사장을 지내 '제지왕製紙王'으로 일컬어졌다. 후지와라와 비교된 오가와 헤이자부로1860~1936 역시 '제지왕'이라 불리며 오가와 재벌大川財閥을 구축한 사람이다. 에도시대 검객 오가와 헤이베이大川平兵衛. 1801~1871는 조부이며, 시부자와 에이이치渋沢栄一. 1840~1931는 이모부이자 장인으로 오가와는 명문가 출신이다. 이러한 오가와와는 대조적으로, 후지와라는 평민 출신으로 전전 미쓰이三井재벌의 중심인물이 된 사람이다. 쇼다는 쌀도매상으로 시작해서 제분회사를 일으킨 사람으로 헤이세이平成 아키히토明仁 일왕의 왕비 미치코美智子의 조부이기도 하다.

세 명의 경영자는 모두 독창적인 경영기법으로 일가를 이룬 사람들이다. 후에 정치인이 되거나 왕실과 혼맥을 형성하기도 했지만, 모두 평민 출신으로 실업계에 이름을 남긴 사람들이다. 전전에 재벌이 형성되기도 했지만, 실업계의 세 명의 선각자로 재벌을 형성한 사람이 아닌 사람들을 선택한 점도 주목할만하다. 물론, 미쓰이재벌과 연결되는 사람도 있지만, 경영인으로서의 연계일뿐 친인척 관계로 연결되지 않은 사람들로 자신의 능력만으로 자신이 경영하는 업종에서 대표적인 경영자로서의 위치를 확고히 했다는 공통점이 있다. 이 세 명이 선택된 것은 전전과 전후를 잇는 대기업, 특히 중화학공업 경영자가 아니라 경공업, 즉 의식주를 중심으로 한 방적, 제지, 제분 회사를 각각 경영한 인물이라는 점, 패전 이후 새로운 경제건설과 부흥을 도모하는 시기에 독창성과 역동성을 갖춰 하나의 모델이 될 수 있을 것이라는 점 등이 고려된 것으로 보인다.

수록 지면 : 45~46면
키워드 : 무토 산지, 후지와라 긴지로, 쇼다 테이이치로, 방적회사, 제지 회사, 닛신(日清)제분

금융기구의 정비 대해 金融機構の整備について

진노 마사오(神野正雄)

해제 : 송석원

내용요약

어떤 도시든 가장 땅값이 비싼 곳에 은행이 입점해 있다. 일본 전국의 보통은행 본점 수는 65개이며, 이들의 지점 수는 4,062개이다. 이들 지점이 도처에서 예금 쟁탈전을 펼친다. 은행 건물은 신용과 지반과 경쟁의 표상이다. 수백 개의 은행 지점이 생겨도 거의 비슷하고 특수성이 없다. 여기에 금융기구의 결함이 드러난다.

전국 보통은행의 총예금은 금년도 9월 말 현재, 8,527억 엔으로 1년 전에 비해 1,982억 엔 증가했다. 1개 점포당 약 2억 엔이다. 예금 총액 증가세는 당시 정부 지출 여하에 따라 거의 직접적인 영향을 받아 정부의 돈 지출이 많을 때는 예금도 늘고, 지출보다 회수가 많으면 예금 감소로 나타난다. 그리하여 예금 증가가 반드시 국민의 저축심 증가를 나타내는 것도 아니고, 기업의 자본축적 증감을 반영하는 것도 아니다.

더욱이 금년 상반기 기업의 자금 수요 2,380억 엔 중 금융기관으로부터의 차입금으로 조달한 것이 73%, 1,740억 엔 가까이에 달하고, 다른 한편 금융기관이 이 수용에 부응하기 위해 자금을 조달하는 방법은 예금에 의존하는 것이 50%를 약간 넘고, 일본은행 차입금이나 기타 정부 및 일본은행 자금에 의한 것이 40% 정도이다. 이 사실은 일본 기업의 자기자본이 얼마나 빈약한가를 보여줌과 동시에 자본공급자로서의 금융기관이 얼마나 국가 자금에 의존하여 국가의 자금 조작의 영향을 강하게 받고 있는지를 말해준다. 게다가 기업의 자금 수요 중에는 전중戰中과 전후 설비의 손모損耗 노후화를 부흥하는 데 필요한 장기 설비자금이 거액 포함되어 있다는 점을 간과해서는 안 된다.

현재 은행 금리는 통제되어 있기 때문에 오히려 이상異常으로 낮아 융자 대상 기업별 혹은 융자 그 자체의 성질에서 오는 위험료적 금리요구 개입을 방해하고 있다. 자금 수요가 왕성한 지금 만약 금리통제를 풀면 금리는 특수한 것을 제외하고는 훨씬 상승할 것이다.

금융기관에서 일어나고 있는 일상의 현상을 보면서 느끼는 바는 일본에는 역시 특수임무를 띤 특수은행이 필요하다는 점이다. 상업은행이 너무 많은 반면 특수임무의 은행은 너무 적다. 금융기관 각각의 기능과 성격을 갖는 일종의 직능적 색채를 강하게 띠는 것이 훨씬 일본의 국정國情에 적합할 것이라는 점이다. 민간의 자본 축적은 손損의 형태로 이것을 국가에 흡수해서 국가 그 자체의 자본 축적에 의한 재정과 생산의 운용과 배분에 과감히 나아가면서 이들 자금을 방출할 창구가 될 금융기관으로부터는 그 특수성을 빼앗아 어느 것이나 큰 차이 없이 단기상업금융기관만을 쓸데없이 증가시켜 이들에게 일찍이 특수은행이 띤 역할을 어느 정도 원하든 원하지 않든 할당 배급하는 따위는 아무리 생각해도 수미일관한 정책이라고 하기는 어렵다. 대출초과overloan는 역시 특수임무를 띤 금융기관이 결여되어 있다는 점, 방출해야 할 정부자금이 허무하게 퇴장해 있는 점에 큰 원인이 있다.

특수은행 폐지의 방향은 전시 중의 잔재를 씻어내 전범戰犯색 일소라는 점에서는 일단의 이유는 긍정할 수 있다. 그러나 특수은행을 폐지했을 뿐, 이를 대신한 새로운 특수금융기관 설립을 생각하지 않았을 뿐만 아니라 '부금復金'처럼 부흥금융상 불가결한 것까지도 기능을 정지하여 부흥자금 자체의 결함을 비난하는 데 급급해 부흥자금이 담당할 부흥장기금융 공급의 중요성에 눈을 감아버린 것은 결코 타당한 해결책이라고는 할 수 없다.

또 하나 생기는 의문은 일본경제의 존재 양태, 즉 자유경제냐, 계획경제냐 하는 점이다. 자유당이 주창하는 자유경제는 어느 정도까지 타당할까. 전시 중의 말단 통제에 의해 일본 국민 전체가 얼마나 피해를 입었는지, 일부가 얼마나 사리를 채웠는지는 잊을 수 없다. 그러나 그렇다 하더라도 여하한 형태의 통제도 부정하는 것은 자라 보고 놀란 가슴 솥뚜껑 보고 놀라는 것이다. 더구나 국가로서 일단의 계획성 있는 경제 운영을 뜻하고 대강을 계획해서 큰 틀을 만들어 그 계획 내지 큰 틀 안에서 개개의 거래에 대해서는 국민의 자유에 맡기는 것은 누구도 부정할 수 없는 것으로 자본주의 자유경제 신봉자인 자유당이라 하더라도 이의가 없을 것이다.

일본 금융제도의 결함은 첫째, 장기자금과 단기자금의 공급 루트가 혼란되어 시중 상업은행 융자의 3, 4할이 상업은행으로서는 부적당한 장기예금이라는 점, 둘째 동일 성격의 시중 보통은행이 너무 많아서 자금의 무익한 쟁탈전을 벌여 은행 기업 건전화를 방해하고 있다는 점, 셋째 무역외환 금융제도가 제각각으로 통일돼있지 않은 점, 넷째 금융기관의 분업화 경향에 역행하고 있어서 특수 필요 자금이 원활히 공급되지 않는 점, 다섯째 종전 후의 은행 인사가 젊어져 이른바 뱅커banker가 적고 뱅커가 생존할 수 있을 것 같은 사회적 분위기가 결여된 점, 여섯째 대장大藏성과 일본은행의 은행 감사 혹은 통제가 이원적이어서 의도가 반드시 일치하지 않고 더욱이 최근에는 금융정책위원회policy board가 이러한 폐해를 오히려 조장하고 있는 점 등이다.

일본 금융제도 결함을 해결하기 위한 해답은 첫째, 민간자본 축적이 빈약한 점이 이러한 문제를 일으킨 근본 원인의 하나이지만, 그렇다고 급속히 충실을 기대할 수 없으므로 이것을 보완하는 것으로서 국가 자금에 의한 원조가 불가결하고, 둘째 일본경제의 특질의 관점에서 보면 일시적, 잠정적인 것이 아니라 항구적 성격을 갖는 것으로 인정할 수 있지 않을까 하는 점을 생각하면 이미 금융에 한정된 문제가 아니라, 더 큰 근본 문제이고, 셋째 국가 자금 방출을 위해서는 특수한 금융기관인 정부적 기관 설립이 바람직한데, 농촌금융, 장기산업설비금융, 단기무역외환금융, 중소기업조성금융 등이 특히 바람직하며, 넷째 동시에 시중 일반은행을 정비해서 경영을 재검토해야 하고, 다섯째 외환금융은 예금자금으로 조달한다는 생각을 바꿔 정부자금으로 조달하는 것을 주류로 해야 하며, 여섯째 금융정책은 일원화되고 일관성이 있어야 한다.

해제내용

전후 은행의 수 증가가 현저하지만, 대부분이 보통은행이다. 전후의 경제 부흥을 위해 필요한 자금을 금융기관에서 조달해야 하지만, 실제 금융기관이 감당하는 수준은 경제 부흥자금의 절반 정도 수준에 머물러 있다. 거의 비슷한 규모의 은행이 점포 수만 늘리며 은행 간, 점포 간 경쟁에만 몰두하면서 은행의 특색은 거의 찾을 수 없다. 전전의 통제경제에 대한 반성으로 경제민주화라는 목표 아래 은행의 자유 경쟁을 보장한 결과이기는 하지만, 전후 금융기관의 양상은 금융기관의 건전성을 해치는 모습을 노정하고 있다. 이에 대해 저자는 부흥자금의 원활한 조달을 위해서는 어느 정도 정부의 계획 내지 큰 틀의 설정이 필요하고 이러한 계획 내지 큰 틀 속에서 필요한 영역에 필요한 자금을 조달할 수 있는 특수임무를 띤 은행, 예컨대 농촌금융, 장기산업설비금융, 단기무역외환금융, 중소기업조성금융 등을 설립하는 것이 필요하다는 점을 강조한다. 이러한 특수임무를 띤 금융기관을 정부가 주도해서 만드는 것 자체가 자유경제에 반하는 것일 수 있다는 점을 저자도 인정한다. 그러면서도 저자는 말단에 이르기까지 경제적 통제를 철저히 하면 국가 경제가 망가진다는 점을 전시 중에 실시했던 통제경제의 예를 들어 설명하면서, 그렇다 하더라도 국가가 그 나라 경제정책의 계획 내지 큰 틀을 정하는 것은 불가피하고 그러한 계획 내지 큰 틀 속에서 개개의 거래에 대해서는 국민의 자유에 맡겨야 한다는 점을 강조한다. 결국 순수한 형태의 자유경제와 계획경제라는 이분법을 넘어 계획경제와 자유경제가 조화된 경제 운영을 모색하는 입장을 취하며, 그것을 금융기관 정비 문제를 들어 설명하고 있다. 그만그만한 은행 지점들이 치열한 예금 유치 쟁탈전을 벌이면서도 기업이 필요로 하는 융자를 은행이 온전히 조달하지 못하는 현상을 타파하기 위해 금융기관 정비는 필수 불가결하며, 이러한 정비에 즈음한 정부의 일정한 관여 필요성을 강조하고 있다.

수록 지면 : 47~52면
키워드 : 금융기구, 자유경제, 계획경제

독립으로 가는 길独立への歩み

아베 켄이치(阿部賢一)

해제 : 석주희

내용요약

패전으로부터 6년에 걸쳐 '우리'는 변해왔다. 꿈과 같이 지난 과거의 전시와 전후를 회상하면 그것은 우리 민족에게 가장 귀중한 시련의 세월이었다. 우리 민족이 선천적으로 또 후천적으로 몸에 지녀온 장점과 단점이 가장 노골적으로 발휘되거나 또는 폭로된 기록이 연속한 세월이었다고 해도 좋다. 전시에서 노동자와 농민이, 전선에서 선 청년이 개인을 잊어버리고 국가와 사회에 봉사한 정신은 국체, 정체가 어떻든 인간으로서 가장 훌륭한 행동이었다고 전한다. 군관 지도군의 전부는 아니나 부분적으로나마 권세욕이나 사욕, 무지의 행동이 아시아 봉건사상에 가장 앞장서서 폭로되었다고 본다. 조선반도가 38도선을 중심으로 두 개의 세계가 냉전으로 불안한 정세를 보이는 가운데 가만히 있을 수 없는 분위기가 도시 농민을 통해 대중에게 전해진 것은 매우 당연하다. 여기에 심오한 반성의 자각이 생겨나 '나'의 정신이 자주독립을 인식하는 것은 자연스럽다.

여론에는 일본의 독립을 부정하는 자가 없지 않다. 소련의 일부로서 신국이 되고자하는 공산주의 운동도 있으나 이것과는 정반대로 미국의 한 주로 있고 싶다고 논하는 자도 있다. 이것은 가난한 국가였던 시절의 이야기이다. 옛날 일본도 성조기의 별의 하나로서 있었을지 모르나 대서양 헌법으로 영토를 획득하는 제국주의 시대는 지났기 때문이다. 전승국인 미국이 오늘날 일본을 대상으로 원조를 하며 이를 신뢰할 수밖에 없다. 미국이 평화애호국으로서 일본의 자립과 발달을 희망한다는 점은 우리가 감사해야 한다.

그러나 미국의 호의에 기대서는 안 된다. 미국과 소련, 두 개의 세계 사이에서 헤매서는 안 된다. 헌법상에서 군비를 버렸기 때문에 무사로 일어선 국가는 무사로 망한다. 인민의 자유를 획득하고 인간의 인격을 압제하는 무력을 끌어모아서 권력을 사방으로 확장하려는 행동은 일시적으로 세력을 확장할 수 있으나 스스로 붕괴한다. 공산주의가 강한 것은 사상을 통해 인간의 폐부를 침투하기 때문이다. 일본 경제의 독립 방침은 모두 세워져 있다. 이것을 준비하는 것은 전 국민의 자각과 자신에 대한 확고한 의지이다. 무력 공백의 시대를 지나 지금은 스스로 일어서 반성의 시대에 들어섰다. 우리들은 올해 새로운 발전의 시대를 맞이했다고 생각한다.

해제내용

아베 켄이치는 경제학자로 미국에서 유학한 경험을 지녔으며 와세다대학과 도시샤대학 등에서 경제학을 연구했다. 필자는 전후 공직추방이 되었다가 추방해제 이후 와세다대학에 복귀한 인물로 1966년 와세다대학 총장을 역임하는 등 전중과 전후를 관통하는 주요 경제학자로 볼 수 있다. 필자는 이 글에서 공산주의에 대한 경계와 경제적 자립을 말하고 있다. 그는 일본인 스스로를 자각하고 반성하면서 민주주의를 향할 것, 무기를 버리고 평화를 지향해야 한다고 제언하였다. 필자는 일본에게 가장 중요한 것은 의존하지 않고 일본 스스로 자립하여 발전하는 것이라고 말한다. 이 글의 제목인 독립을 향한 발걸음은 이 같은 인식을 반영한다. 필자가 말하는 독립의 길은 정치적인 면에서 공산주의와 민주주의의 대립 가운데 무력을 지양하며 민주주의 길로 향하는 것을 말한다. 특히 경제적인 측면에서 미국으로부터 의존할 수밖에 없는 상황을 인식하면서도 일본 스스로 자립 발전을 이루어야 한다고 보았다. 아베 켄이치는 '자립'과 '독립'을 강조하고 있는데 이는 전쟁이 패한 후 연합군의 지배를 받고 있는 상황에서 일본인이 자각해야 할 중요한 과제로 나타난다. 독립의 개념은 미국으로부터의 자립을 상정하며 이는 경제적인 측면에서 이루어져야 한다는 점을 강조한다. 이러한 시각은 아베 켄이치의 글뿐 아니라 1950년과 1951년에 『일본급일본인』에 실린 글에서 종종 등장한다. 1951년 전후 시기는 샌프란시스코 강화조약과 한국전쟁, 미국과 소련의 갈등 등 혼란한 국제정세 속에서 일본이 국가의 진로와 방향에 대하여 치열한 지식인의 논쟁과 모색이 있었다는 점을 알 수 있다.

수록 지면 : 53~57면
키워드 : 한국전쟁, 패전, 독립, 경제

우리가 취해야 할 평화주의 我等の取るべき平和主義

이카리 로시(猪狩老史)
해제 : 김현아

내용요약

일본은 최근 태평양전쟁으로 구미 국가들 사이에서 침략국으로 인정되었다. 이것도 어쩔 수 없는 일이다. 그리고 팔굉일우와 같은 평화적이고 장식적인 어구가 침략의 모토가 되어 버렸다. 물론 우리가 남용한 것이 잘못은 있으니까 당연히 외국에서 그와 같이 해석되고 있다. 그러나 일본 역사를 보면 일본 국민은 용맹은 하지만 결코 침략주의는 아니라는 것을 분명히 하고 앞으로 강력한 평화주의를 만들어 나가야 한다.

일본의 침략적 대외전쟁이라면 도요토미 히데요시의 조선 침략뿐이다. 십수만 명의 병사를 일으켜 7년에 걸쳐 싸웠지만 아무런 성과를 얻지 못했다. 임진왜란이 2천 년 역사의 유일한 대외전쟁일 것이다. 그리고 메이지 27년1894에 조선 문제로 청나라와 충돌하여 청일전쟁이 일어나 승리하여 대만을 양도받았다. 일본은 청나라를 침략했다고 생각하지 않는다. 조선의 독립을 보호하는 데 있어 어쩔 수 없는 전쟁이었다. 메이지 37년1904에 일어난 러일전쟁은 만주에서 러시아가 침략적 행동을 취했기 때문에 자위적으로 어쩔 수 없이 전쟁한 것이다. 일본이 침략적으로 진출한 것은 결코 아니다. 당시 일본 국민은 이렇게 믿고 있었다.

우리가 유감스럽게 생각하는 것은 1931년의 만주사변과 1937년의 중일전쟁이었다. 두 전쟁은 일본 국민이 이유를 알 수 없는 전쟁이었다. 우리는 이 두 전쟁을 '명분 없는 전쟁'이라고 생각한다. 명분 없는 전쟁은 성과가 없다고 이전부터 훈계가 있었고, 반드시 실패한다는 전례가 많았다. 일본이 패배한들 이상하지 않았다. 중일전쟁이 원인이 되어 태평양전쟁을 해야만 하는 궁지에 빠지게 되었다. 태평양전쟁은 우리에게도 이유는 있었다. 구미 열강의 아시아 진출에 대한 동양인의 반항이었다. 그러나 5년 동안의 중일전쟁으로 국력은 이미 소모되었다. 태평양전쟁에서 철저하게 패배했다. 그리고 국제군사재판이 열리고 모든 것을 결정했다.

전후의 일본 정부는 민주주의를 받아들여 신헌법을 제정하며 군비를 전폐하고 철저하게 평화주의를 세계에 표명했다. 그러나 이제부터 새로운 문제가 생겨났다. 일본이 아무리 평화를 염원하고 군비를 철폐하여도 이웃 나라로부터 침략을 받았을 때 어떻게 국가를 지켜야 하는가. 실제로 소비에트는 거대한 침략자이다. 그들은 자국 혹은 위성 국가를 병합하여 공산주의 정치를 하게 되면 그것으로 만족하지 않는다. 세계혁명을 꾀하고는 주변 국가에서 먼 동양 국가까지 치안을 교란하여 틈타 침략하는 계략을 자행하고 있다. 이런 위험한 국가들이 횡행하고 있는 한 세계평화의 앞날은 불투명하다. 그 사이에서 일본만이 평화주의를 지키려하는 것은 과연 가능성이 있는 것인지.

국가의 운명은 중대사이다. 무기를 버린 이상 안전보장이 되어야 한다. 이것은 이미 평화 제한의 제일보이다. 어느 국가에 보호를 요구할 것인가인데 보호를 떠맡은 국가 또는 국가들 단체는 경우에 따라선 무력을 사용해야 한다. 일본만 평화주의로 다른 국가가 무기를 갖는 것이다. 이러한 태도는 확실히 취해서는 안 된다. 지금 세계는 판연하게 둘로 나누어져 있는데 일본은 국제연합에 보장을 요구하는 것 이외에 방법이 없다. 이번 한국전쟁에 일본 정부는 국제연합에 가능한 한 원조를 보낸다고 해 그것을 실행하였다. 이것은 평화주의 제2의 제한이다. 일본은 군대를 파견할 수 없지만, 물건의 생산과 수송 등의 방면에서 원조하는 것이다. 그러나 엄밀히 말하면 전쟁에 참여하는 것이다. 이 정도의 원조도 하지 않으면 일본은 보호를 받으면서 상대방에게 원조하지 않는 것이 되어 불합리하고 의리 없음을 면하지 못한다.

해제내용

일본은 신헌법에 평화주의를 선언했다. 하지만 국내외적으로 일본에 촉구하는 것은 군비 있는 평화라고 말한다. 그 주된 이유는 세계평화를 위협하고 있는 소비에트 공산세력의 무력화에 대비해 자국 방위를 위한 목적에서 재군비가 필요하다는 것이다. 그래서 미국 부근이라도 일본을 재군비하자는 논의가 나오고 있다. 훗날 세계전쟁이 일어나면 도저히 일본 방위까지 할 수 없으므로 적어도 자국 방위할 정도의 군비를 일본에 보유하게 해야 한다고 말한다. 그리고 다음과 같은 일례를 들어 설명한다. 제1차 세계대전 때 벨기에는 중립을 선언하여 병비兵備도 거의 없었다. 그래서 독일군은 설마 벨기에 국내를 침범하지 않겠지 했는데 독일 장군은 아무렇지 않게 통과했다. 이러한 이유에서 총사령부의 허가가 있어 경찰예비대가 창설되었는데 경찰이라는 이름을 사용하는 이상 어느 정도의 장비가 가능할지 알 수 없다.

군비철폐의 평화주의인가, 군비를 보유한 평화주의인가. 이 문제는 진지하게 연구해야 한다. 소비에트는 전 세계를 혁명하는 데 약진하면서 공산주의의 확대만을 획책하고 세계의 균형도 평화파괴도 염려하지 않는다. 문명의 세계에서 야수처럼 행동하고 있다. 그 점에서 일본의 평화주의는 앞날을 위태롭게 한다. 장래에 공산주의자의 침략은 불가피하다. 일본은 평화주의자라고 해서 결코 그냥 넘길 일이 아니다.

유럽에서도 영세永世평화 운동이 없었던 것은 아니다. 있었지만 효력이 없었다. 일찍이 러시아 황제 니콜라스 2세의 주장으로 1899년에 네덜란드 헤이그에서 세계평화회의가 열렸고 1907년에도 제2회 회의가 열린 적이 있었다. 그곳에서 대다수 유럽제국은 서로 그리스도의 가르침에 따라 평화를 지키기로 협의했는데 이것도 오래가지 못하고 깨져버렸다. 이러한 사실에서 세계의 평화라는 것에 희망을 걸 수가 없을 것 같다고 말한다.

누구든 황금시대라 할 수 있는 평화롭고 안락한 세상이 오기를 기대하는 것이다. 그러나 과학이 진보했다고 해도 결코 평화 시대를 만드는 데에 도움이 되지 않는다. 오히려 어떻게 일시에 쉽게 다수의 적을 죽이지 하는 생각으로 원자폭탄 같은 것이 만들어지고 있다. 아마 앞으로의 과학도 평화를 위해서 보다는 오히려 전쟁의 방향으로 가장 날카롭게 연구되는 것이 틀림없을 것이다. 그리고 그 결과는 인류가 서로 죽이고, 서로 쇠미衰微해져 소위 숨이 끊어질 듯이 되지 않으면 끝나지 않을 것이다. 그래서 일본의 평화를 위해서는 재군비가 필요하다고 다음과 같이 설명한다.

헌법에 철저하게 평화를 선언한 것에 대해 우리는 감히 이의를 제기하려고 하는 것이 아니다. 이상적으로는 정말로 선하고 아름다운 것이다. 그러나 정치는 하나에만 교착해서는 안 된다. 시국에 따라 적절하게 조절하는 것이 필요하다. 지금 내외적으로 무엇인가를 우리에게 촉구하고 있다. 역시 군비 있는 평화라는 것에 귀착한다고 생각한다. 물론 소비에트와 중공은 일본이 재군비를 허용받는 것을 반대할 것이다. 일본이 아무런 병력도 없고 경찰력도 약한 것은 그들이 바라는 일이다. 설령 우리에게 재군비가 허용되더라도 물론 제한이 따를 것이고 제한을 두지 않더라도 규모를 자국 방위의 범위로 한정하는 것은 물론이다. 절대로 평화주의를 포기하는 것이 아니고 오히려 평화주의를 관철하기 위해 필요조건을 갖추는 것이다.

수록 지면 : 58~64면
키워드 : 신헌법, 평화주의, 재군비, 자국 방위

에도의 풍속江戸の風俗

말씨에 관하여言葉について

해제 : 김웅기

내용요약

합숙合熟하며 이루어지는 토지의 말

다다 난레이多田南嶺는

> 헤이안성平安城은 간무 천황桓武天皇 이후 약 천년의 수도인만큼 여러 지역의 음성이 합숙合熟했습니다. 적어도 300년 이상 되지 않고서는 이처럼 될 수 없다

라고 말한 적이 있습니다. 여기서 주의를 기울여야 할 것은 '합숙'이라는 말이며, 합숙하지 않고서는 그곳의 말이 완성되지 않는다는 것입니다. 에도 300년이라고 말하곤 하지만, 실상은 덴쇼天正 18[1582]년의 입부入府부터 게이오慶應 4년[1868]의 막부 와해까지 300년밖에 되지 않았기에 에도 말씨라는 것은 끝내 완성되지 못했던 것입니다.

토어土語는 대동소이

교호享保, 1716~1736 이래 사람의 신분과 생활 수준은 곧 일치하지 않는 경우가 많았습니다. 신분상 백성, 초닌町人보다 위에 있는 무사라고 해도 중류의 삶을 살 수 있는 것이 아니었습니다. 법제적 측면에서 말하면 백성, 초닌은 비록 신분이

낮기는 하지만 생활 수준은 무사보다 나은 편이었습니다. 생활 수준은 신분에 국한되는 것이 아니라 경제 상황에 따라 변했기 때문에 일상적인 생활 수준으로 상중하를 나누다 보면 상에 속하는 사람들은 상당한 교양을 얻을 수 있었습니다. 따라서 백성, 초닌이 미천하고 바르지 않은 말을 안 쓸 수도 있었습니다. 「츄료만로쿠中陵漫録」는 이에 대해 천하는 한결같고 변화 없다고 말했었는데, 과연 그럴 수도 있습니다.

「츄료만로쿠」는 이어서

> 에도에는 여러 지방의 언어가 모두 모여 있기는 하지만 에도에서 태어난 사람들에게는 에도의 토어土語가 있기 때문에 다른 좋은 말을 배우는 기회가 없었습니다. 관동 8주洲의 토어란 관동보다 서쪽에는 없고 관동보다 서쪽의 언어는 관동 8주에 없었습니다.

라고 말하고 있습니다. 에도에는 사람들의 쓰레기장이라고 일컬어질 만큼 곳곳에서 사람들이 모여들었습니다. 그곳 언어는 잡다하지만 에도 태생 사람들은 에도 토어를 사용하기 때문에 좋은 기초가 깔려 있어 다른 지역에서 온 사람들이 자신의 출신 지방 언어를 쓴다고 해서 그것을 따라 하려고 하지도 않았습니다. 그렇기에 관동8주의 토어는 관동보다 서쪽에는 없고 관동보다 서쪽의 토어는 관동8주에 없다는 것입니다.

3종합숙의 에도 말

이 에도 태생의 토어가 과연 어떤 것이냐 하면 잘 알려진 바와 같이 관동평關東平이라는 것입니다. 에도 토박이들이 모두 관동평을 쓰느냐 하면 꼭 그렇지도 않습니다. 관동평이라는 것은 사투리이기는 하지만 그 땅에 뿌리 내린 언어가 곧바로 에도 말씨가 된 것도 아닙니다.

에도의 토어라는 것이 과연 어떠한 종류의 사람들의 언어냐 하면 이에야스가 800만 석의 대제후諸侯로서 에도성으로 입성했을 시점 혹은 그 이전부터 그곳에 살던 치요다촌千代田村 농민들의 언어입니다. 한편, 이에야스가 데리고 온 사람들도 모두 미카와三河[1] 말씨를 썼습니다. 미카와에도 동참東參, 서참西參이라는 지역적 구별이 있는데 이에야스의 신하들은 동참이었습니다. 지도를 보면 바로 알 수 있듯이 미카와국 중에서도 서쪽이 서참인데, 이곳은 나고야에 가까운 쪽입니다. 미카와국을 보름 정도 걸어서 나고야 쪽으로 나가다 보면 서참 말씨가 관동 측과 비슷하게 들릴 만큼 같은 미카와라 해도 말씨의 차이가 있습니다.

그리고 가미가타어上方語는 에도에서 게이한우치코미京坂打込라고 불립니다. 교토와 오사카의 언어는 서로가 매우 다르지만 에도에서는 이들이 섞여버립니다. 확실히 에도 말씨에 비하면 교토와 오사카의 말씨는 틀림없이 거리가 가깝지만 미카와 말씨에 비하면 당연히 차이가 큽니다. 따라서 에도에서 말하는 가미가타어라는 것은 미카와에서는 전혀 구별이 없게 되는 것입니다.

그렇다면 에도 말씨가 완성된 이후 상황을 살펴보면 방금 말한 세 가지 언어들이 합숙하여 에도 말씨가 되었다는 것인데, 이 에도 말씨는 대략 두 가지로 나눌 수 있습니다.

이들은 야마노테山ノ手와 시타마치下町로 조금 더 상세히 세분화됩니다. 예를 들어 시바芝라는 곳에서도 시골과 아주 시골奧田舍이라는 구별이 있으며, 에도 쪽이 시골이라면, 아주 시골은 도카이도 쪽에서 오는 무리를 가리킵니다. 이 중에서 시바는 다카나와高輪, 시나가와品川로 이어진 곳에 있기 때문에 시골 말씨가 아니라 아주 시골 말씨가 유입되고 있습니다. 그리고 간다神田, 소토간다外神田, 혼고本鄕, 아사쿠사淺草 등은 서로 다른 말씨입니다.

---

1 오늘날 아이치(愛知)현 동부지역. 도요하시(豊橋)시, 도요카와(豊川)시 등이 이 지역의 대표적인 도시다.

해제내용

도쿠가와 이에야스德川家康는 도요토미 히데요시豊臣秀吉에 의해 미카와三河에서 에도로 영토를 옮길 것을 명 받아 관동지방을 개척했다. 이 글은 천하통일을 이루고 에도막부를 세운 300년이라는 긴 시간 동안에도 에도 말씨는 결국 정립되지 않았다는 내용이다. 에도가 정치의 중심이 됨에 따라 참근교대参勤交代로 자신의 영토와 그곳을 오가는 다이묘大名와 그 신하들을 중심으로 하는 다수의 무사 계급과 경제활동이 활성화됨에 따른 상인, 공인 계급으로 이루어지는 초닌이 동시에 증가하여 17세기에 인구가 100만 명을 넘을 정도의 도시가 되었다.

이들이 사용했던 언어는 당연히 각 지방마다의 방언들이었고 이것이 에도 토박이들이 사용했던 토착어와 섞여 만들어진 것이 에도 말씨라고 저자 미타무라 엔교는 설명한다. 도쿠가와의 원래 영토인 미카와는 오늘날 시즈오카 서부에서 아이치 동부에 걸쳐 있어 동서로 구분된다. 이에야스를 따르던 신하들은 대부분 동쪽 지방 출신자며 이들의 말씨가 에도 말씨에 섞이게 되었다. 또한, 여기에 상업의 중심 오사카나 수도 교토에서 들어온 사람들이 쓰는 언어도 에도 말씨에 영향을 미쳤다고 한다.

일본에서 표준어가 정해진 것은 근대화가 시작된 메이지 중반의 일이다. 도쿄제국대학 언어학과의 우에다 만넨上田万年 교수가 표준어의 필요성을 주장하기 시작한 것은 메이지明治 28 1895년의 일이며 국어교육이 통합된 것은 1900년이다. 문부성 안에 국어조사위원회가 설치된 것은 1902년의 일이다. 결국 1906년에 나온 일본 전국의 방언 조사 결과에 따라 탑다운방식을 통해 표준어가 도쿄 야마노테 말씨로 선정된 것이다.

수록 지면 : 91~102면
키워드 : 에도말, 마카와(三河) , 가미가타(上方), 야마노테(山 ノ 手), 시타마치(下町)

편집후기編輯後記

내용요약

1951년 신년호 간행을 기쁘게 생각하며, 언론에 종사하는 사람으로서 세상에 무언가를 물을 있다는 것만큼 큰 기쁨은 없으며, 폭풍이 부는 이 어려운 시대에 일본을 생각하고, 일본인을 생각하는 사람들의 마음, 이야기, 가르침을 통해서 모색하는 노력이 이 지면에 결집한 것으로 생각한다.

일본이 직면한 가장 중요한 과제는 '평화'와 '독립'이며, 이번 호는 의도한 것은 아니었으나, 이 문제에 집중할 수 있었다고 생각한다. "전쟁포기와 자위권戰争放棄と自衛権"을 집필한 스즈키鈴木 씨는 아는 사람은 다 아는 진보적인 헌법학자이며, 이 시급한 현안에 대해서 스즈키 씨의 투철한 학식은 이 문제를 제대로 파헤치고 있어서 독자 여러분과 함께 새로운 생각에 잠기게 한다. 권말에 배치한 "속 인간 바쇼기續人間芭蕉記"는 "인간 그리스도人間キリスト", "아쿠타가와 류노스케芥川竜之介" 등의 평론으로 전전戰前에 이미 유명해진 야마기시山岸 씨의 노작이다. 전쟁 발발과 함께 도호쿠 지방의 벽지에 칩거해서 7년여 동안 사색을 한 씨가 구상을 해서 써내려가는 장편이고 당분간 연재할 예정이다. 하이쿠의 성인인 '俳聖'이라는 칭호를 받는 바쇼芭蕉를 한 사람의 사람으로서 어디까지 파헤칠 수 있을지 기대가 되며, 이는 바쇼와 같은 피를 가진 우리 '일본인'의 삶의 방식에 대한 하나의 발견이기도 하다.

해제내용

1950년 9월에 복간된 『일본급일본인』이 무사히 새해를 맞이하고 1월호를 간행한 기쁨을 모두에 인사말로 대신하면서, 언론인으로서의 의미와 기쁨에 대해서 모두에 적고 있다. 그러나 중요한 것은 1951년을 맞이하면서 일본이 직면한 최우선 과제는 '평화'와 '독립'이라고 지적하고 있다. '평화'는 시기적으로는 1950년 6월 25일에 발발한 이웃나라이자 얼마 전까지 일본이 식민지로 경영하고 점령한 곳에 냉전체제의 대리전쟁이 발발했다는 데에 대한 위기의식, 즉 이 전쟁의 불꽃이 다시 일본으로 튀지 않을까 하는 두려움일 것이다. 그러나 그 이면에는 아시아태평양전쟁이라 불리는 중일전쟁과 태평양전쟁 때 일본이 침략을 거듭한 일에 대한 반작용이 일본으로 돌아오지 않을까 하는 두려움이었을 것이다. 미군의 공습으로 폐허가 된 국토와 파괴된 삶을 GHQ 점령하에서 여기까지 복구할 수 있었는데 다시 수포로 돌아가고 전쟁 속에 시달리는 것에 대한 두려움은 어떻게 보면 자연스러운 사람의 감정일 수 있으나, 반대로 말하면 스스로의 전쟁 책임에 대한 깊이 있는 반성을 굳이 하지 않아도 되는 이유를 조성한 면도 있었을 것이다. 우리는 한국전쟁과 뒤이은 군사독재로 일제강점기에 대한 청산과 정리를 제대로 하지 못했는데, 일본은 미국이 천황에게 전쟁 책임을 묻지 않을 뿐 아니라, 천황제까지 허용하면서 면죄부를 주었으며, 한국전쟁으로 인한 이른바 전쟁특수戰爭特需로 경제를 부흥시킨 결과 우리와는 반대 입장에서 전쟁에 대한 책임보다는 원자폭탄 피해국으로서의 이미지 만들기의 길을 가게 한 면이 있다.

한편 '독립'이라는 것은 서구열강에 의한 불평등조약으로 일본은 근대화의 길을 걸을 수 있었으나, 역설적으로 그 불평등조약을 개정하기 위해서 결국 전쟁을 거듭했으며, 청일전쟁과 러일전쟁에서 승리하였기에 불평등조약을 개정하고 이른바 국제무대에서 주권을 행사할 수 있었다. 그러나 계속되는 군국주의에 기초한 팽창주의를 거듭한 결과 아시아에 씻을 수 없는 깊은 상처를 남긴 전쟁을 반복하였고, 그 결과로서 패전과 일본제국의 해체에 이르렀는데, 지금 다시 샌프란시스코강화조약을 앞둔 새로운 건국, 새로운 독립, 새로운 주권회복을 이루고자 하는 것이다. 역사는 반복되고 있으며, 제국을 향한 욕망은 결코 사라지지 않았다고 볼 수 있는 대목이다. 더욱이 "바쇼芭蕉를 한 사람의 사람으로서 어디까지 파헤칠 수 있을지 기대가 되며, 이는 바쇼와 같은 피를 가진 우리 '일본인'의 삶의 방식에 대한 하나의 발견이기도 하다"는 대목은 1940년을 전후해서 국체＝천황 보존을 위해서 문학보국文學報國, 예능보국藝能報國으로 전쟁에 협력하고 국가에 봉사하라는 것과 기본 구도에는 변함이 없음을 알 수 있다. 국가가 자랑할 수 있는 위대한 예술가나 문학은 바로 국가의 위관偉觀이며, 이는 같은 피를 나눈 일본인의 자랑이며 위관이라는 데서 만세일계萬世一系의 천황을 정점으로 국가를 하나의 집宇으로 보는 세계관이 그대로 계승되고 있다고 보이는 대목이다. 이러한 움직임은 해제자가 주관하는 동아시아문화권력연구 학술포럼이 근대 이후에 또는 패전 후에 새로운 국민국가로 거듭나면서 전통, 고전을 어떻게 만들고 가치부여를 하며 국민국가로서 또는 민족으로서의 긍지와 위관을 어떻게 갖추어 갔는가, 또한 이러한 기본 구도는 전시기의 익찬翼贊과 무엇이 다른가를 실증적으로 접근하려는 연구의 목적을 보다 선명하게 해준다.

수록 지면 : 128면

키워드 : 편집후기, 평화, 독립, 일본의 과제, 일본인, 민족, 피(혈연),
　　　　　바쇼(芭蕉)

1951년 2월

평화와 지식과 도덕

　세계의 문화가 아무리 진보하더라도 평화를 얻지 못하는 것이 현실이다. 이것은 유사 이래 사실이며 결코 열국이 평화에 무관심해서 그런 것은 아니다. 실제로 19세기 말년1899, 네덜란드 헤이그에서 만국평화회의가 개최되었으며, 20세기 초1907에는 제2차 회의도 열렸다. 이는 기독교 가르침에 따라서 상호평화를 지키려는 것이었는데, 슬프게도 그 효과는 거의 없었다. 그 이유는 20세기에 들어서 아직 50년밖에 지나지 않았는데 세계대전이 두 번이나 일어났고, 게다가 세 번째 세계대전이 일어날지도 모르는 위기에 봉착하지 않았는가!

　각국의 정치가도 일반 국민도 모두 평화를 열망하는 목소리를 내고 있으나, 평화가 다가올 것 같은 전망은 없다. 더욱이 작금의 경우는 소비에트가 중심이 되어 세계혁명을 획책하고 있기에 전란이 멈출 새도 없는 것이다. 그러나 한 발 뒤로 물러서서 생각해보면, 만약에 소비에트와 같은 평화 파괴자가 없다고 가정하더라도 과거의 역사를 되돌아보면 역시 평화는 얻지 못할 것 같다는 생각이 든다.

　왜 평화를 얻지 못하는가? 왜 비참한 전쟁이 일어나야만 하는가? 여기에는 물론 셀 수도, 분석할 수도 없을 정도로 다양하고 많은 원인이 있을 것이다. 그런데 그 원인을 파헤쳐보면, 결국 지식과 도덕의 조정이 되지 않고 있는 데에 있지 않을까?

　상고上古에서 중고中古에 걸쳐서 지식도 도덕도 함께 진보했다.[1] 여기에 대해서는 전혀 의심할 여지가 없다. 그런데 근대에 이르러, 과학이 발전함에 따라서 지

1　'상고'는 주로 나라(奈良) 시대를 말하며 『만요슈(萬葉集)』 시대, 중고는 헤이안(平安) 시대를 말하며 『겐지모노가타리(源氏物語)』 시대를 말한다. 오늘날에는 잘 사용되지 않는 시대구분이다.

식은 비약적으로 전진했다. 그 결과, 도덕이 뒤처지는 모양새가 되었다.

물론 사회, 정치에서 혹은 개인으로서 도덕도 개량과 진보는 하고 있다. 그러나 도덕은 이론과 함께 실행이 수반되어야 한다. 예를 들면 '나쁜 길'이라는 것을 알면서도 욕심을 이기지 못해서 옳지 못한 비도非道를 걷는 것과 같다. 그래서 언제나 이 세상에 악인惡人이 널려있는 것이다.

예수는 지금으로부터 1,900여 년 전, 인도의 석가와 중국의 공자는 모두 2,300~2,400년 전의 사람이다. 그러나 이들 성인聖人, 철인哲人의 가르침은 오늘날에 이르러서도 아직도 엄연한 권위를 지니지 않는가? 윤리적인 학설은 근대에 이르기까지 수없이 등장했다. 그중에는 공리설도 있었고, 인도주의도 있었다. 각파마다 다양한 이론을 전개했지만 안타깝게도 이들 논의에는 많은 사람을 지도할 수 있는 권위가 없었다. 즉 사람의 성정性情을 달굴 수 있는 대장장이의 힘이 없기에 결국은 예수나 석가에 돌아올 수밖에 없는 것이다.

소크라테스처럼 지知는 덕德이라고 말할 수 있다면 지와 덕은 파행跛行을 보이지 않아서 좋지만, 이 세상에는 반대로 지는 악惡이라고 해야 할 경우도 왕왕 있으니, 일반적으로는 지식과 도덕은 나누어서 보고, 각각의 발전이 서로 균형이 잡혀있는가를 보는 것은 틀리지 않다고 생각한다.

한편, 과학은 어디까지 발전할지 알 수 없다. 과학의 발전이 우리 삶에 커다란 행복을 현저하게 가져다준 것도 사실이다. 예를 들자면 일상생활에서, 교통에서, 생산에서 셀 수 없는 진보를 가져왔다. 그러나 과학은 사람과 사람 사이, 사회와 사회 사이, 나라와 나라 사이에 평화를 장려하는 힘을 가지고 있을까? 작금의 상황을 보건대 그렇지 못한 것 같다. 원자폭탄이나 수소폭탄의 발명은 무엇을 의미하는가? 역시 우리는 이 물음에 대해서 어떻게 해서 한 번에 최대 다수의 적을 살상할 수 있는가에 대한 대답이 이들 폭탄을 발명한 의미라고 해야 할 것이다.

다시 말해서 과학의 발전에 촉발되어 지식은 아무리 정밀하고 아무리 넓게 발달하더라도, 세계에 평화를 가져다줄 수는 없을 것이다. 인간의 도덕이 지식과 보조를 맞추어 발달하지 못했기 때문이다. 그렇다면 결론은 자명하다. 즉 인간의 도덕이 발전하도록 노력하는 것 말고는 평화의 길은 없는 것이다. 우리 일본 헌법이 절대적인 평화주의를 선언했지만, 이를 관철하고 지키기 위해서는 먼저 도념道念의 함양을 필수로 해야 하는 이유가 여기에 있다.

그렇다면 어떠한 길을 취하고 도념을 개선해서 대성시킬 것인가? 먼저 전통적인 정신이 갖는 선미善美를 지키고, 추악한 것을 떼어내고 우리 일본 고유의 것을 더욱 순화해서 외국 문화에서 취할 것은 취하고, 부족한 부분을 보충하는 것이 중요하다. 이렇게 해서 국제적으로는 친화親和의 정으로 정의正義를 수행할 때 그 길이 열릴 것이다.

목적의 국가 目的の国

가네코 타케조(金子武蔵)
해제 : 석주희

내용요약

최근 신문에서 코민포름cominform과 일본공산당 비판을 하며 유엔군의 홍남철수 작전으로 쇼와 25년이 막을 내리고 있다는 기사를 보았다. 실제로 세계는 미소 양대 진영으로 나뉘어 제3차 세계대전이 발생할 위험성이 높아지고 있다. 이러한 대립은 동아시아에서도 나타나며 일본 민족의 내부에서도 발생하고 있다. 나 역시 실제생활과 그다지 관련이 없음에도 불구하고 이러한 논의가 나의 일상생활의 구석구석까지 깊게 침투하고 있는 것에 대해 놀라움을 금치 못한다. 물론 서구의 민주주의와 소련의 공산주의가 사상적으로 양자 간 전혀 모순되는 것은 아니나 실제로 양자는 적대적인 관계로 보인다. 이러한 대립이 일본 민족의 내부에 침투하여 적대와 불신이 일상생활 가운데 널리 깊게 침투하고 있다.

일본 민족의 현재는 솔로몬 이후의 쇠퇴기에 있는 유대 민족과 닮았다. 당시 그들의 사이에 종교적 도덕적 부패와 같이 심각했던 것은 예언자들이 보는 그대로이다. 이러한 정세에 따라 그들 내부에서도 북방의 세력과 결별하고 이집트로부터 원조를 얻으며 두 개의 당파로 나뉘어 상호 투쟁하여 분열한 것이다. 외교나 방위는 차치하더라도 인류의 도덕적 실천에 전념하는 예언자들의 태도에는 분명 존중할 것이 있다. 세계 역사상 명확한 의미를 가지고 인격신이 처음 형성된 것은 유대 민족으로부터이다. 이는 도덕과 종교에 대해서 인간이 자각해야 하는 문제이다. 유대민족이 가나안 지방에 정주하여 국가를 형성하기까지는 문화와 문명을 따라 이민족과의 잔혹한 생존투쟁을 겪었기 때문이다.

　당연하게도 현실에서는 인간이 신의 자녀로서 신인神人이라는 자각으로부터 근대가 개시되었다. 이러한 자각에 기반하여 인간은 다양한 방면에서 문화의 변화를 이루었다. 18세기 계몽 운동이 발생하기 전까지는 아직 종교가 그 권위를 유지하고 있었다. 이는 절대 군주정치와 종교의 관습을 배경으로 행정과 재판, 전쟁에서 아직 중세와 분리되지 않았으며 모든 것이 신의 이름으로 이루어졌다. 인간 생활에서 나타나는 문제의 가장 극단에는 종교가 있었던 것이다. 자연히 계몽운동은 종교가 가진 권위를 타파하고 신을 인간의 위치로 끌어내리고 인간을 신의 지위로 끌어올렸다. 이러한 정치적 혁명은 인간이 자신을 섭리자로 자각하게 했다. 같은 의미에서 산업혁명도 인간을 제1의 창조자로서 인간의 지위를 갖도록 했다.

　인간이 지상 최고라는 것은 자연 또는 세계와의 관계에 놓인 것이다. 인간은 자유를 목적으로 하며 그 외에는 목적 달성을 위한 수단으로 이용할 수 있다. 그러나 인간 자신은 가장 먼저 수단이 되어서는 안 된다. 이러한 의미에서 인간은 목적 자체이며 이것이 인간의 존엄이다. 따라서 인간은 자연의 주인으로 세계의 소유자이다. 이러한 점에서 볼 때 인간은 신보다 창조자의 지위에 이르렀다고 말해도 과언이 아니다. 그런데 자연과 인간의 관계에 따라 인간의 목적 자체인 존엄을 실현하기 위해서는 개인뿐 아니라 사회의 입장, 궁극적으로는 인류의 입장을 가져야 한다. 이를 실현하기 위해서는 산업이나 기술, 과학이 있어야 하지만 이는 결코 개인만의 것은 아니다. 사회적 관계는 목적 자체일 뿐 아니라 상호 목적 자체가 된다는 것을 인정한다는 의미에서 인간을 존경해야 한다. 다른 사람의 목적을 위한 수단이 되거나 존재를 유지하고 성장하는데 역할을 하기 위한 의미로서 서로 간에 사랑을 해야 한다. 다시 말해 상호 수단이 되거나 목적이 되는 '목적의 국가'를 형성하여 도덕적인 존재가 되어야 한다. 현대에서 목적의 국가는 신의 국가를 대신하는 절대 지상의 것으로 세계사의 목표이다.

해제내용

가네코는 헤겔 연구자로 알려져 있으며 독일 관념론, 사르트르 등 서양 근대정신사적 관점에서 실존주의를 연구했다. 그의 학문적 배경은 종교와 철학, 문학을 기반에 두고 있으며 당대 지식인으로서 높은 평가를 받았다. 이 글에서는 일본 민족에 대하여 유다민족에 대한 이해와 종교, 도덕의 관점에서 고찰하였다. 또한 미소 양대 국가의 대립 가운데 일본에 미치는 영향과 우려를 제시하였다. 국가의 목적이 아닌 '목적의 국가'라는 제목에서 드러나듯 국가에 대한 정체성을 제시한다. 필자가 제시하는 국가상이란 도덕적 덕목을 중시하며 일본 민족에 대한 고유한 권한과 권리가 자각되어야 한다는 것을 암시한다. 인간과 자연, 세계로 연결로부터 국가를 바라보고 있으나 인간에 대한 존엄을 중시한다. 이 같은 관점은 "인간은 목적 자체이며 이것이 인간의 존엄이다. 따라서 인간은 자연의 주인으로 세계의 소유자이다"라는 글에서 명확히 드러난다. 궁극적으로 저자가 제시하는 '목적의 국가'란 도덕적 존재로서 인간에 대한 존중을 기반으로 하는 국가를 말한다.

가네코는 전후 일본이라는 맥락에서 철저히 종교와 정치의 분리, 천황을 제외한 개인과 민족, 국가의 관계를 새롭게 상정하는 것으로 보인다. 물론 상징천황제에 대한 직접적인 언급은 회피하고 있으나 서양철학의 관점에서 일본의 민족과 개인, 국가를 자리매김하려는 것은 1950년 일본의 국가정체성을 모색하는 데 중요한 관점을 제공한다. 반면 일본을 목적의 국가로서 윤리적 측면에서 도덕을 강조하고자 하나 전쟁에 대한 책임의 소재는 여전히 모호하고 불분명하다. 이 글에서 전쟁은 전후 일본을 투영하는데 중요한 기제로 작동하나 거의 언급하지 않고 있다는 점에서 전쟁 또는 패전에 대한 당대 지식인들의 분위기와 흐름을 살펴볼 수 있다.

수록 지면 : 8~15면
키워드 : 일본민족, 종교, 문화, 도덕

'온건한 사상'에 대해 「穩健な思想」について

단 도쿠사부로(淡徳三郎)

해제 : 전성곤

내용요약

최근 '사상 온건'이라는 말이 유행하고 있다. 그것은 졸업생의 가장 중요한 취직 조건 중 하나라고까지 한다. 대체 온건한 사상이란 어떤 사상일까. 보통 온건한 사상이란 어떤 입장에도 편중되지 않는 중정中正, 지나치게 모자람이 없으며 치우침이 없이 곧고 올바름적인 사고를 가리키는 듯하다. 그렇지만 어떤 입장에도 편중되지 않는다는 것이 과연 가능할까. 예를 들면 대일강화對日講和에 대해 전면강화를 주장하는 사람과 단독강화를 주장하는 사람이 있다. 군사기지나 일본 재군비에 대해 찬성하는 사람과 반대하는 사람이 있다. 이럴 경우 어느 입장에도 편중되지 않는다는 입장이란 대체 어떤 입장을 말하는 것인가. 온건 사상이 이런 것이라면 일본국민의 장래는 매우 위험한 것이라는 점은 매우 자명하다. 왜냐하면 견식見識과 정견을 갖지 못한 국민은 자신의 판단에 의해 행동하는 것이 불가능하고, 항상 외부의 지시와 명령에 의해 행동하는 습관에 길들여져 버리게 되고, 그 결과 다시 전전처럼 파시즘적 독재가 재현되며 국민들은 저항이라는 것을 모르는 이른바 유순柔順한 도구가 될지도 모른다. 우리들은 '사상 온건온건 사상'이라는 이름하에 국민에게 '무사상, 무견식, 무정견'을 장려하는 풍조를 단호하게 배격하지 않으면 안 된다. 반대로 우리들에게 지금 필요한 것은 국민의 장래 운명을 결정하는 중대한 문제에 대해 각각 자신의 판단에 따라 자신의 의견을 갖는 습관을 갖는 것이다. 일본의 신헌법 제19조가 국민의 사상 및 양심의 불가침을 선언하고는 것은 이를 위해서이다. 무사상, 무견식, 무정견을 장려하는 것은 헌법정신에 위반된다고 해도 좋다.

예를 들면 사회주의와 자본주의는 사상적으로 절대 서로 받아들일 수 없는 입장인데, 평화를 갈망하고 국민 독립을 지지한다는 점에서 양자 사이에 공통의 이해와 공통적 입장이 존재한다. 원자폭탄 문제에 대해서도 마찬가지다. 인류문명의 멸망을 의미하는 원폭 전쟁에 대해서는 사상, 정치적 견해, 신앙 여하를 따지지 않고 이에 공포를 느끼며 이를 피하고 싶다고 생각할 것이다. 이 경우에는 근본 신조에 차이가 있다 하더라도 공통이해에 대한 상호간의 제휴에는 방해가 되지 않는다. 오히려 다른 견해를 가진 사람들이 협력하여 당면한 긴급 공동 위험을 배제하는 것이야말로 평화와 자유의 공기 속에서 정정당당하게 대진對陣하고 대결할 수 있는 것이다. 일본을 오늘날 비경悲境에 빠지게 한 자들이 이러한 맹신자들이었다는 것을 상기하지 않으면 안 된다. 제1차 세계대전 이후 일본에서도 관용 정신이 횡행하여 종래에 압박을 받은 많은 사상에 자신을 주장하고 전개하는 자유가 부여되었다. 언론출판 활동이 매우 활발해지고 일본국민의 정신 내용이 현저하게 풍부해졌다. 그런데 이러한 상황은 천황 신권神權을 맹신하는 일부 사람들에게는 허용할 수 없게 되었다. 그들은 그들과 동일한 사고방식을 갖지 않은 사람들을 모두 국적國賊이라고 했다. 그들은 그 권력적 지위를 이용하여 공산당을 박멸한 후 관용을 갖고 진보의 어머니라고 간주되는 사람들그들은 이를 자유주의자라 불렀다을 박해하고 모든 비판정신을 압살壓殺한 후, 아시아 여러나라에 대한 범죄적 침략 전쟁을 개시한 것이었다.

오늘날 일본국민 모두에게 가장 적실한 문제인 전쟁 방지와 민족독립에 관련된 사상이나 입장의 차이를 이유로 공동 행동을 거부하려는 경향이 또한 현저해졌다. 전쟁 방지나 민족독립 방식에 대한 의견 차이가 있는 사람들 사이에 일치된 행동을 취할 수 없는 것은 당연하지만, 방식에 대해서는 같은 의견임에도 불구하고 행동 통일이 실현되지 않는 것은 역시 맹신과 독선의 결과이다. 예를 들면 전쟁 방지에 대해서는 재군비가 옳은가 그른가, 민족독립에 대해서는 전면강화인가 단독강화인가라는 문제가 있다. 일본은 지금 전장戰場이 되는가 그렇지 않은가라는 절대절명의 위기에 놓여있다. 이 대국난으로부터 일본을 구하기 위해서는 자유당, 민주당, 사회당, 공산당에 이르기까지 흉금을 열고 이야기를 하고 공동의 방향을 도출하기 위해 노력해야만 한다.

해제내용

이 글을 집필하던 시점에서 일본은 전쟁 방지와 민족독립이 가장 절실한 사상의 하나였다. 그러나 이에 대해서는 입장차이가 넓어 일본이 나아가야 할 방향에 대해서는 공동 행동이 어려운 상황이었다. 단 도쿠사부로의 입장에서 보면, 전쟁 방지나 민족독립에 대해 '방식'의 차이는 존재할 수 있다는 점, 그리고 이 사람들과는 행동을 함께 하기 어렵다는 점을 인정하면서도 같은 방식을 공유하고 있는데도 불구하고 행동 통일이 이루어지지 않는 것에 대해 고민했다. 그에 대한 해답은 맹신과 독선의 인식이라고 보았다. 전후 일본에서 젊은이들 사이에 퍼진 온건 사상을 예로 들고 있다.

'사상 온건, 온건 사상'이 시대적 유행어로 등장했는데, 이 '온건한 사상'이란 '어떤 입장에도 편중되지 않는 사고'를 가리키는데 이것이 문제라고 논한다. 예를 들면 대일강화對日講和에 대해 전면강화와 단독강화가 대립하고 있는 상황에서 어느 입장에도 속하지 않으면 '온건'하다고 보는 논리가 가진 문제를 논한다. 결과적으로 단 도쿠사부로가 보는 '온건사상주의자'는 '어떤 문제에 대해서도 자신의 정견定見이나 주의 주장을 갖지 않는 자'로, 이것이 유행하면 일본의 장래가 매우 불안하다는 점을 제시한다. 견식과 정견을 갖지 못한 국민은 자신의 판단에 따라 행동하는 것이 불가능하고, 항상 외부의 지시와 명령에 의해 행동하는 습관에 길들여져 버리게 되고, 그 결과 다시 전전처럼 파시즘적 독재가 재현되며 국민들은 저항이라는 것을 모르는 이른바 도구로 사용될 것이라고 보았기 때문이다.

단 도쿠사부로는 일본사회에 '온건 사상'이 국민들에게는 '무사상, 무견식, 무정견'이 장려되는 논리를 내포하고 있어 이러한 풍조를 배격해야 한다고 주장한다. 일본 국민들에게 필요한 것은 국민들이 자신의 판단에 따라 자신의 의견을 갖는 습관이라고 논한다. 그리고 일본 신헌법 제19조에 '국민의 사상 및 양심의 불가침을 선언'하는 것도 이러한 이유에서이다. 특히 당시 일본은 전장戰場이 되는가 그렇지 않은가라는 절대절명의 위기에 놓여있었고 미래의 일본을 구하기 위해서는 자유당, 민주당, 사회당, 공산당에 이르기까지 흉금을 열고 이야기를 나누어 공동의 방향을 도출해야만 한다고 주장했다. 이런 상황에서 '사상 온건'이라는 이름 아래 정치적 무관심, 무사상, 무정견이 장려되거나 맹신 배격을 이유로 회의와 도피를 예찬하는 논리로 비춰진다. 저자인 단 도쿠지로는 전제 정치적인 파시즘 성립에 대해서는 반대의견을 제시했고 특히 하나의 '사상'에만 맹신하는 것에 대해 경계해야 한다고 주장했다.

이러한 시점에서 단 도쿠지로는 천황 신권을 주장하고 맹신하던 전전의 사례를 제시하고 일본이 침략 전쟁을 감행한 행위는 비판적이었다. 그 반동으로 전후 '자신의 사상'을 주장할 수 있는 자유를 주장하게 되는데, 그 대신에 평화전쟁 방지와 일본의 독립에 대해서는 여전히 공동 행동이 이루어지지 못하는 현실에 대해서도 비판했다. 단 도쿠지로는 아나키즘 사상가인 피터 크로포트킨Peter Kropotkin 의 『프랑스 혁명사』1952를 번역했다. 또한 홀로코스트의 부정론자인 로제 가로디 Roger Garaudy의 저서 『자유自由』1956를 번역했다. 이러한 작업들은 제국주의에 대해 반대 입장을 보여주면서도 일본의 미국에 대한 독립이나 저항, 그리고 자유를 찾아야 한다는 의미와 애국, 민족을 연결시키고 있다. 『애국자의 길』은 사회학자의 관점에서 일본의 애국심 문제를 청년들의 심리와 연결하여 집필했다는 점에서 단 도쿠지로의 사상적 특징을 잘 보여주고 있어, 이에 대한 분석도 진행되어야 할 듯하다.

수록 지면 : 16~20면
키워드 : 온건사상, 무당무파(無黨無派), 맹신, 파시즘, 전쟁위기

회고록 유행에 붙여 回顧録の流行に寄せて

쓰치야 다카오(土屋喬雄)

해제 : 송석원

내용요약

패전 후 다종다양한 유행이 일어났다. 상당수가 천박·속악俗惡·저열·방종放縱한 것, 불법적이거나 부도덕한 것인데, 이러한 것들은 오랫동안의 군벌 지배와 전쟁 및 악성 인플레에 의한 물질적, 정신적 황폐의 결과로 생겨난 것이거나 전후 민주화의 급속한 진행 과정에서 발생한 정신적 혼란 혹은 민주주의에 관한 오해에서 비롯된 것이다.

이러한 가운데 일부 계층에서 정신적, 행동적으로 다소 안정을 찾으면서 동시에 냉정한 반성이 표출되고 있다. 각 방면 중요 인물의 회고록이 그것이다. 재계인으로서는 고 이케다 시게아키池田成彬, 후지와라 긴지로藤原銀次郎, 나카지마 구마키치中島久万吉, 미야지마 세이지로宮島清次郎 등이 있고, 정치인으로서는 고 마키노 노부아키牧野伸顕, 고 와카쓰키 레이지로若槻礼次郎, 시데하라 키주로幣原喜重郎, 오카다 게이스케岡田啓介 등이 있으며, 정치인의 회고록에 준하는 것으로 하라 다카시原敬일기, 하라다原田일기사이온지 킨모치와 정국[西園寺公と政局] 등이 있다.

회고록 유행은 패전 후 유행한 것 가운데 건전하고 건설적인 국민의 의욕 내지 요청에 부응해서 일어난 것이다. 패전 후 다방면에서 민주화 개혁이 일어났으나, 이들 개혁이 총사령부의 지령에 의한 것이었기 때문에 자주성의 결여가 느껴지는 점이 없지는 않았다. 훌륭하기는 하지만 뭔가 자기 몸에 맞지 않는 타인의 옷을 입은 느낌이 없지 않다. 예컨대, 링컨에 대해 알면서 링컨을 배출한 미국의 장점과 미점美點을 발견하고 존경하게 된다. 그러나 우리는 일본인이지 미국인이 아니기 때문에 미국을 조국이라고는 생각할 수 없는 것과 마찬가지로 링컨을 우리의 조부나 증조부 가운데 출현한 위인이라고 생각할 수는 없다. 그렇지만 20세기에 사는 우리는 편협한 국수주의자가 아닌 이상 국제성을 가지고 있고 따라서 우리는 우리 선배나 조상 가운데 출현한 위인뿐만 아니라, 즉 타국민의 위인이라 할지라도 이를 정당하게 평가할 수 있다. 즉 우리는 모든 타국민의 위인에 대해서도 정당하게 객관적으로 그 위대함을 평가할 수 있다.

뿐만 아니라, 나라奈良시대의 숭불崇佛 및 중국문물 모방이 일어난 이래 도쿠가와德川시대까지 중국문화 숭배 경향이 있었고, 유신 이후에는 서구문물 숭배 경향이 강했기 때문에 메이지明治, 다이쇼大正시대에는 외존자비外尊自卑의 마음을 가진 사람들이 많았다. 이들은 일본문화에 변변한 것은 없고 일본의 인물도 변변한 사람은 없다고 생각하기 일쑤였다. 이는 일본문화와 인물을 지나치게 저평가하는 것이지만, 반대로 일본주의나 국수주의처럼 지나치게 고평가하는 경향도 있다. 편협한 국수주의도 무비판적인 외국숭배도 모두 배척돼야 할 것이다. 패전 후 일본국민의 지도자였던 사람들의 회고록이 연이어 간행되고 더욱이 이들이 많은 독자를 갖게 된 사실은 일본국민 사이에 올바른 의미의 국민적 자주정신이 힘차게 일어나고 있는 하나의 증거라고 할 수 있을 것이다.

국민적 자주정신은 일본의 올바른 재건에 적극적으로 도움이 될 것이라고 생각하는바, 그 이유는 다음과 같다.

첫째, 일본의 인텔리층이 과거 지도자의 회고록을 찾는 것은 자기 수양의 한 기반으로 삼기 위해서이다. 국민의 자기 수양이나 인격도야를 위해서는 자국의 지도자나 위인의 전기 혹은 회고록은 중요한 의미를 갖는다.

둘째, 일본의 최근대사 혹은 현대사를 올바로 알고자 하는 욕구가 있기 때문이다. 일본사 연구는 중세부터 도쿠가와시대, 즉 무가武家시대·봉건시대에 관해서는 거의 자유였지만, 천황이 큰 역할을 갖고 있던 고대나 유신 이후에 대해서는 극도로 연구의 자유가 통제돼있었다. 특히 천황에 관한 연구는 터부시되었다. 패전 후 천황제에 개혁이 더해져 천황제에 대한 논의, 일본사의 재검토가 활발해졌다. 일본사의 재검토에서 중점은 고대와 유신 이후에 놓여졌는데, 고대에 관해서는 사료史料에 한계가 있어 재검토도 일단락되었다고 할 수 있다. 그러나 유신 후의 현대사에 관해서는 사료가 아직 미발표인 것이 많아 재검토 자체가 쉽게 진행되지 않았다. 메이지, 다이쇼, 쇼와昭和에 걸친 지도적 인물 혹은 중요 인물의 회고록이나 일기가 강하게 요청되는 것은 이 때문이다.

올바른 현대사 해명은 어째서 한 국민의 올바른 전진을 위해 불가결한가? 이 물음에 답하는 것은 곧 역사학의 사명에 관해 설명하는 것이다. 사벽史癖 내지 회고 취미를 만족시키기 위한 역사연구는 진정한 의미의 역사연구가 아니다. 올바른 역사과학의 사명은 현대를 바르게 인식하고 장래의 지침을 발견하기 위한 수단을 제공하는 데 있다.

일본의 재건을 완수하기 위해서는 재건 계획을 수립해야만 하는데, 계획 수립을 위해서는 미래에 대한 전망을 세워야 하고, 미래에 대한 올바른 전망을 세우기 위해서는 일본의 현정세를 바르게 파악해야만 하며, 일본의 현정세를 바르게 파악하기 위해서는 현재에 이르기까지의 과거의 경로를 추적해야만 한다. 이와 같이 생각하면, 우리에게 일본의 현대사를 바르게 해명하는 것은 매우 중요한 적극적이고 건설적인 의의를 갖는 것이라고 할 수 있다. 회고록과 일기가 일본 현대사를 해명하는 열쇠를 우리에게 제공하는 것이라면, 그것들이 다수의 독자에게 환영받고 유행한다는 사실은 일본 재건을 위해 적극적 의의가 있다고 할 수 있다.

해제내용

패전은 오로지 '국민'의 영역에서만 존재해야 했던 일본인이 '생활자'의 모습을 되찾는 계기를 부여했다. '국민'과 '생활자' 사이의 간극이 너무도 컸기 때문에 전후 일본인은 허탈감, 상실감 속에 '타락'하는 자신의 모습에 정신적 공황에 빠지기도 했지만, 사카구치 안고坂口安吾의 타락 옹호로 생활자 본연의 모습을 안정적으로 찾아갈 수 있었다고 할 수 있다. 일본은 패전 후 점령 상태 속에서도 요시다 시게루吉田茂의 리더십 아래 '신'일본'new' Japan 건설을 추진했다. 인간의 생활과 사상에 대한 통제를 축으로 했던 전시체제의 종언은 다양한 방면에서의 자유화, 민주화를 결과했다. 자유가 억눌림에서 풀리며 비록 '허탈' 상태에서이기는 하지만 참여 폭발 현상이 발생했고, 다양한 잡지나 서적이 출판되었음은 존 다워John Dower가 『패배를 껴안고Embracing Defeat – Japan in the Wake of World War II』에서 지적하고 있는 그대로이다. 저자는 '신'일본 건설이라는 점령하 일본의 국가 목표 달성을 위해 메이지부터 쇼와시대에 걸친 과거 지도자였던 인물들의 회고록이나 일기 등의 출판이 일본 재건에 대단히 중요한 의의가 있다는 점을 강조한다. 이러한 회고록이나 일기가 일본 현대사의 한 부분이라는 점에서 당연한 평가라고 할 수 있을 것이다.

그러나 저자의 의도와는 달리 본 글은 논리적으로 모순된 부분이 있는 것으로 보인다. 과거 지도자의 회고록이나 일기가 일본 현대사 해명 ― 미래의 바른 전망을 위한 필요조건 ― 에서 한계를 갖는 것도 사실이기 때문이다. 그것은 저자가 지적하고 있는 바와 같이, 현대사의 올바른 해명에 불가결한 다수의 사료가 미발표인 상태라는 점에서 오히려 저자가 비판하고 있는 사벽史癖에 머무를 가능성이 크다고 할 수 있다. 더욱이 '일본 재건 → 미래 전망 → 현재 정세 이해 → 현대에 이르는 과거 경로 추적'이라는 논리를 내세워 현대사 해명이 대단히 중요한 적극적이고 건설적인 의의가 있다는 것을 주장하면서도, 미발표된 사료의 발표 없이 회고록이나 일기만으로 충분히 현대사를 바르게 해명할 수 있는 듯이 언급하고 있는 것은 논리적 모순이라고 할 수 있다. 회고록이나 일기는 사료의 보완재이지

대체재가 아니기 때문이다.

수록 지면 : 21~27면

키워드 : 회고록, 민주화, 일본문화, 사벽(史癖), 일본 재건

평화론자가 잊은 것平和論者の忘れもの

사노 마나부(佐野学)

해제 : 송석원

내용요약

전쟁과 평화는 실로 일본에게 이론 문제가 현실 문제가 되었다. 지금까지 평화운동은 종교가나 윤리학자의 일이었지만, 다시 전쟁이 나면 큰 일이라는 위기감이 일반화하면서 평화운동도 종래의 좁은 서클을 벗어나 지식계급이나 노동자농민대중의 의식에 오르게 되어 혹은 유엔계의 유네스코운동, 혹은 세계연방운동, 혹은 공산주의계의 세계평화옹호회의, 혹은 서구 사회학자 8인의 평화선언과 일본의 일부 학자의 아류亞流 동종 선언의 형태로 나타나고 있다. 이러한 이성적 운동도 좋지만, 그것보다도 각국 대중 사이에 강한 평화 욕구 감정이 더 중요하다고 생각한다.

평화론자에는 신구 두 형태가 있다. 과거 유형의 평화론자는 종교가와 윤리학자 등으로 휴머니즘이나 코스모폴리탄이즘 입장이며, 제2차 세계대전까지 평화문제는 이들이 전문적으로 다뤘다. 대체로 선의의 사람들이었지만 운동 자체는 큰 효과가 없었다. 퀘이커파 사람들이 감옥에 가는 것을 각오하고 징병에 응하지 않은 태도를 견지한 점은 신념과 용기를 감탄할만했지만, 광범한 사회적 영향을 갖는 것은 아니었다. 새로운 유형의 평화론자는 제3차 대전이 예상됨에 따라 주로 일반 지식인 사이에서 나왔으며 대중의 평화 감정이 그것에 이어져 있다. 새로운 유형의 평화론자의 특징은 그때까지 다루지 않았던 정치경제적 고찰이 다소 나타난 점이다. 세계연방운동이 표본적인 것이다. 그들에게도 전쟁 방지의 최후의 열쇠는 인간의 양심이라는 점은 항상 따라다니고 있었지만, 양심만으로 정리할 수 있을 정도로 전쟁 문제는 간단하지 않다. 그들의 정치경제적 고찰이라 해도 자본주의에 대한 역사적 비판과 사회주의에 의한 전쟁 문제 해결과 같은 원칙적 입장이 빠져 있다.

이에 반해 오늘날 일본에는 가축家畜적 평화론자라고 할만한 거짓 평화론자가 있다. 국가의 기본권인 자위력까지를 부정하여 완전 비무장을 주장하거나 국제사회가 승인할 것인지의 여부와 무관하게 나 홀로 승인으로 영구중립을 주장하는 비참하고 우스꽝스러운 환상으로 자기 만족하는 무리가 그것이다. 그러한 환상에 빠져 있는 국민은 강국의 먹이가 되기 쉽다. 스스로 민족의 자유와 자주성을 팔면서까지 가축의 평화를 바라는 국민은 가장 쉽게 타국의 노예가 된다.

신구 평화론자의 성의는 존경할 만하지만 부족한 면도 여럿 있다. 사회과학적인 구명究明과 현실 정치적 관찰이 부족하고 인성에 대한 통찰이 너무 이성적이며 어느 정도 너무 자기 만족적인 휴머니스트들이다. 따라서 그들은 선의에도 불구하고 다음과 같은 중대한 문제를 잊고 있다. 첫째, 임박한 제3차 세계전쟁의 구체적 원인이 무엇인지에 대해 충분히 분석하고 있지 않다. 원인 규명 없이 위험을 제거할 수단을 강구할 수 없다. 단지 전쟁의 피해만을 역설해서는 현실 정치가 되지 않는다. 독일 분단, 모스크바와 유고의 불화, 수소폭탄 제조 착수, 한국전쟁 배후에서 작동하는 힘, 중공의 움직임, 동남아시아 민족주의와 공산주의, 대일강화를 둘러싼 미국과 소련의 흥정 등 현실적으로 보면 대전쟁을 유발하는 요인은 많다. 이들의 근저에 있는 것은 전후 세계 자본주의의 새로운 모순과 공산주의의 이름으로 위장한 새로운 군국주의의 발흥 등인데 평화론자는 이러한 현실을 노골적으로 해부할 용기와 노력이 부족하다. 둘째, 누가 전쟁의 능동자인가, 혹은 능동자일 수 있을 것인가를 솔직히 분석하는 것을 피하고 있다. 셋째, 인류가 직전에 경험한 제2차 세계전쟁의 역사적 성격을 일단 진지하게 분석해보지 않으면 안

되지만 그러한 노력이 부족하다. 넷째, 평화를 가져오는 주체적 세력은 누군인가의 문제에도 구체적으로 답하지 않고 있다. 다섯째, 평화와 사회주의의 필연적 연관을 간과하고 있는 것도 평화론자가 잊고 있는 것이다. 여섯째, 전쟁에서의 인성적 근원의 문제를 보다 깊게 다룰 필요가 있다. 즉, 평화론자는 인간 심리나 사회심리를 이해하는 사람이어야 한다.

사회주의의 역사를 보면 마르크스나 기타 중요한 대표적 사상가들은 평화보다는 전쟁 문제를 오히려 더 많이 논했다. 계급투쟁에 대한 긍정이 자연스럽게 그러한 방향으로 이끌었다고 할 수 있다. 저명한 사회주의자 가운데 존경할만한 태도로 평화주의를 주장한 것은 장 조레스Auguste Marie Joseph Jean Léon Jaurès 정도이다. 깊은 휴머니즘이 그에게는 있다. 그는 톨스토이 이후의 대평화주의자로 일컬어졌다. 그는 자본주의가 만인 대 만인의 투쟁, 국가 대 국가의 전쟁을 이끌었다는 점, 자유와 정의가 전쟁에서 생길 수 없다는 점을 지적하고 당시의 큰 문제였던 영국과 독일 사이의 분쟁을 평화적 수단으로 해결해야 한다는 점을 주장했다. 그는 의회주의자였기 때문에 정부 간 타협에 의한 평화라는 다소 불철저한 구상을 하고 있었지만, 지천으로 널려 있는 평화론자처럼 국가나 민족의 의의를 무시 또는 경시하지 않고, 마치 헤브라이 예언자가 헤브라이를 사랑한 것처럼 자국 프랑스를 사랑하고 조국과 프롤레타리아트를 연계해 자국 방위를 위한 국민적 군대의 필요를 역설했다. 민주주의와 평화의 보장자는 사회주의 이외에 없다. 불행하게도 오늘날의 사회주의는 소련 공산주의처럼 음모, 증오, 악한 정열, 계급적 이기주의, 타민족의 억압을 긍정하거나 영국의 사회주의처럼 전통적 내셔널리즘에서 벗어나지 못하는 등의 결함이 있다. 사회주의 역시 평화론자가 갖는 휴머니즘을 흡수해야 한다. 평화론자가 전쟁 문제의 마지막 열쇠를 인간의 양심에서 찾는 것은 결코 틀린 일이 아니다. 사회구조에서의 사회주의와 정신구조에서의 양심이 결합될 때 전쟁 위험을 회피할 수 있다. 평화를 위한 노력의 주요 목표가 여기에 있다.

해제내용

저자는 평화론자를 신구의 두 유형으로 나눠 유형 간 차이를 설명한 후, 일본의 평화론자는 거짓 평화론자로 마치 가축家畜적 평화론자라 할만하다고 논단한다. 일본의 평화론자에 대한 설명은 당시 사회당을 중심으로 전개된 논의인데, 저자는 이러한 논의가 현실 정치를 전혀 고려하지 않았을 뿐만 아니라 국가와 민족에 대한 무시 내지 경시의 태도로 일관하고 있다는 점을 중심으로 신랄한 비판을 전개한다. 평화론자들은 선의를 갖고 있음에도 불구하고 다수의 중대한 오류를 범하고 있다고 하면서 평화론자가 잊고 있는 여섯 가지를 설명하고 있다. 이 여섯 가지 사항은 곧바로 사회당 중심의 거짓 평화론자에 대해서도 말할 수 있는 것이기도 하다. 그 정도로 저자의 사회당 중심의 평화론에 대해 회의적인데, 가장 기본적인 것은 현실 정치에 대한 고려가 전혀 없는 공상적인 내용이라는 점이다. 따라서 저자는 한국전쟁이 벌어짐으로써 사회당 중심의 섣부른 평화론에 대한 환상이 일본 국민의 지지를 급속히 상실하고 있는 점을 다행이라고 말하고 있다.

저자는 평화를 가져오는 주체적 세력은 각국의 근로대중을 형성하는 노동계급과 근로 농민과 중산계급과 양심적 인텔리라고 말한다. 불가항력처럼 임박해오는 전쟁의 위험을 막을 수 있는 것은 말의 홍수가 아니라 대중행동인데, 이러한 행동의 주체는 노동계급이라는 입장을 취한다. 전쟁을 방지하고 평화를 유지하는 데 있어서의 사회주의에 대한 강한 희망을 드러내는 것이라고 할 수 있겠다. 저자는 소련 공산주의나 영국 사회주의의 결함을 지적하면서도 프랑스 사회주의자 장 조레스1859~1914의 사례를 언급하면서, 궁극적으로 "현대 전쟁의 근본 원인인 제국주의를 극복하는 사회적 경제적 체제는 사회주의밖에 없다"고 단언한다. 장 조레스는 프랑스 사회주의자로 교조주의를 비판하며 수정주의를 주장한 인물로 제1차 세계대전에 반대한 것으로 유명하다. 저자는 그가 사회주의자로서 교조적으로 계급 중심의 사고를 하기보다는 조국 프랑스와 프랑스 민족의 입장을 무시하거나 경시하지 않았음을 높이 평가하고 있다. 그러한 장 조레스의 입장이 현실 정치를 반영한 것이며, 그런 속에서만 진정한 의미의 평화론이 주장될 수 있다고 생각하기 때문인 것으로 보인다. 저자는 그동안 다수 평화론자가 전쟁 문제의 마지막 열쇠를 인간의 양심에서 찾았는데, 이는 결코 틀린 일이 아니라고 하면서, 전쟁 위험 회피를 위한 '사회주의'와 '양심'의 결합 필요성을 강조하며 글을 맺고 있다.

수록 지면 : 28~31면
키워드 : 평화론, 가축(家畜)적 평화론, 장 조레스, 사회주의, 양심

일본재무장론 日本再武裝論

오노 신조(大野信三)
해제 : 김현아

내용요약

중국공산당이 중국의 대륙 전부를 제압함으로써 극동 및 동남아시아의 자유로운 세계와 공산주의 세계 사이의 정치적 특히 군사적인 세력균형은 극동과 동남아시아에 근본적으로 불리하게 전환되었다. 특히 현재 보유하고 있는 민주주의 국가의 병력의 열세는 지금 한국의 존립을 중대한 위험에 처하게 하고 있다. 병력의 불균형은 일본의 평화적인 존속에도 위협이 되고 있다.

중국공산당은 정치혁명에는 성공했지만, 일상생활에 대한 간섭행위와 준엄한 강제수단, 빈번한 공약의 파기로 점점 중국 민중의 비난을 사고 있다. 그 결과 중국공산당의 간부는 민심을 장악할 수 없는 초조감에 사로잡혀 자신들의 정치적 지위에 대한 불안으로 고민하고 있다. 그들은 이 시점에서 잠시 전쟁을 멈추고 국내의 경제부흥에 전념할 필요성을 느끼고 있다. 하지만 그들은 소련의 빈약한 경제적인 원조로는 도저히 이 사업이 5년이나 7년으로 성공하지 못한다는 것을 알고 있다. 그만큼 그들은 한편으로 더욱 소련에 의존함으로써 자신들의 권력을 강화하여 인민을 지배하는 생각을 하고, 다른 한편으로는 국외로 군사행동을 일으켜서 민심의 이해와 관심을 부추기어 자신들의 생각으로 통일하는 것을 획책해야 하는 운명에 놓여 있다.

그래서 중국공산당은 아시아 여러 민족의 독립을 원조하고 제국주의적 지배로부터 해방이라는 구실을 마련하여 급속하게 침략 행동을 추진하고 있다. 그와 같은 세계 정책적인 지향에서 본다면 한국전쟁의 발생과 경과는 중국 공산당에게 동방을 지향하는 무력침략의 절호의 찬스를 제공한 것이다. 그들은 조선에 대한 개입을 기회로 대외적으로는 태평양전쟁 직전의 일본 군부의 태도를 방불케 하는 교만함을 발휘하여 미국의 군사적인 능력을 부당하게 경멸하는 도전적인 선전을 개시함과 동시에 대내적으로는 제3차 대전의 조기 발발을 전제로 한 준비 행동에 광분하고 있다.

앞으로 문제가 되는 것은 '열전熱戰'＝전면 전쟁이 아니라 '난전暖戰'＝국지 전쟁이다. 국지 전쟁은 육·해·공군의 균형 잡힌 병력을 사용하고 폭격을 위해서는 공격과 방어를 하는 전방 근처에 위치하는 보급기지와 전선 기지를 사용해야 한다. 국지전략에 관한 한 일본은 미국이 태평양지역을 방위하는 최전선의 섬 전초 기지로서 영국과 마찬가지로 필요 불가결한 장소이다. 그 점에서 미국이 소련권의 주요한 공간이 되는 유럽과 아시아에 대한 양방향 작전구상을 하게 되면 일본의 지리적인 위치와 산업적인 능력은 전략적으로 중요해질 것이다.

일본의 전략적 위치는 미국보다도 소련 측에게 중요하다는 사실이다. 만일 가까운 장래에 미국과 소련이 전쟁하게 된다면 아시아대륙의 공산주의 국가 특히 동아시아의 주요한 공산주의 국가인 중국이 일본을 공격할 공산이 커질 것이다. 이때 일본 국민은 중국과 조선의 공산군은 물론 소련 공산군과 분쟁할 의지는 조금도 없는데도 이들 국가로부터 공격당하는 사태가 발생할 것이다.

일본에 계속 미군이 주둔하는 경우에 공산군의 공격은 필연적인 사실로 나타날 것이다. 가령 일본에 외국 군대가 주둔하지 않아도 공산주의를 따르는 국가라면 일본이 계속 무방비로 있는 한 언제라도 부근의 섬 기지에 주둔하는 미군 공·해군에 점령되어 공산주의 국가를 공격할 목적에 이용될 수 있다는 구실을 만들어 일본을 공격할 수 있다. 그러한 경우 미소 양국이 전면 전쟁을 하는 상황이 되면 일본 또는 부근 해상의 섬 기지에 배치되었던 공군과 해군의 미국 병력만으로는 국제공산주의의 공격으로부터 일본 국토를 효과적으로 방위하는 것은 실제로 불가능하다. 그리고 전면 전쟁이 되면 미국은 일시적으로 일본을 포기한다 해도 전혀 지장이 없다.

소련은 아시아에서 모습을 드러내지 않고 자신의 진영에 속하는 위성국과 동맹국이 보유하고 있는 병력을 동원해서 '난전'의 범위 안에서 군사적인 행동을 하면서 전면 전쟁이 일어났을 때 전략적 요충 지역을 점거 또는 관제시키는 것에 노력하고 있다. 이러한 전략은 미국의 동아시아 전선의 결성을 불가능하게 하고 소련 자체의 병력을 일정 순간까지 서유럽 진격을 위해 그대로 유지한다는 목적에도 부합된다. 이에 대해 미국 정부가 계획하고 있는 군비 확장은 즉시 본격적인 전쟁을 개시하기 위한 완전 동원 체제는 아니다. 하지만 이미 국지 전쟁에 대한 한정된 동원 체제에서 급속히 전면 전쟁에 대한 완전한 동원 체제 방향으로 이행하고 있다. 이러한 미국과 소련의 강대국 사이의 대립이 결국은 평화적인 공존으로 끝나지 않고 조만간 본격적인 전쟁을 하게 될 것이라는 공산이 증대 일로를 걷고 있는 것은 누구도 부정할 수 없다.

일본이 이해해야 할 것은 민주주의 국가가 아시아에서 사용할 수 있는 직접 병력뿐만 아니라 미국에서 일본에 이르기까지의 장대하고 위험한 해상보급에 일본 국민이 처음부터 '도피주의'의 입장에서만 생각하는 경우이다. 그렇게 되면 전쟁이 일어났을 때 미국 또는 국제연합의 다수국은 일본이 가까운 아시아대륙의 강대한 국가로부터 본격적인 공격을 당해도 일본을 방어하려 하지 않고 책임을 느끼지 않는 것은 자명한 사실이다.

일본이 자위력을 강화하게 되면 지금의 세계정세에서 볼 때 민주주의 국가에 직접적이지 않아도 간접적으로 국제공산주의 침략적인 세력과 대항을 하는 데에 큰 도움이 될 것이다. 지금 일본이 자위할 만큼 충분한 군비가 가능하면 설령 일본이 중립적인 자세를 취한다 하더라도 민주주의 진영의 지도국은 그만큼 아시아에 유지해야 할 병력을 절감해서 다른 곳에 전용할 수가 있다. 그 이유는 민주주의 진영은 일본에 대한 조치를 잘못하지 않는 한 일본 국민이 스스로 자진해서 공산주의 진영에 투합하는 일은 없을 것이라고 확신하기 때문이다.

해제내용

저자는 지금의 세계정세 특히 아시아에서의 사태와 전망이 일본의 급속한 재무장의 필요성을 지시하고 있다고 말한다. 그리고 지금까지 일본 국민의 대부분이 미국 외 특정 외국 정부에 일본 국내의 군사기지를 제공하기를 주저해 온 것은 타국으로부터 공격받는 구실과 계기를 줄이고 미소 간의 '전면 전쟁'에 연루되는 위험을 피하고 싶다는 진정한 염원이 있었기 때문이었다. 그러나 아시아에서의 공산주의 진영의 전략태세와 그에 대항하는 미국 측의 기본전략 및 직접 병력의 두 측면에서 판단하면 일본 스스로가 조속히 자위의 태세를 갖추지 않는 한 일본은 전면 전쟁이 시작됨과 동시에 국제공산주의 진영의 본격적인 공격을 받게 될 것이라고 한다. 이러한 예상이 정확하다면 우리는 진지하게 일본 자체의 안정보장을 생각하고 이것과 합치시킬 수 있으면 자유로운 세계의 안정보장에 대한 요구도 요청되어야 할 것이다. 이때 우리가 확실히 알고 있어야 할 것은 다음의 세 가지 내용이다.

첫째, 민주주의 제국이 아시아에서 사용할 수 있는 직접 병력과 미국에서 일본에 이르기까지 장대하고 위험한 해상보급이다. 일본 국민 자신이 처음부터 '도피주의'의 입장에서만 생각하고 있으면 열전의 경우에 미국 또는 국제연합의 다수국은 일본에서 매우 가까운 거리에 있는 아시아대륙의 강대한 국가로부터의 본격적인 공격에 대해 일본을 방위해 줄 수 있는 자신을 갖거나 책임을 느끼지 않을 것은 명백한 사실이다.

둘째, 일본인 중에는 여전히 만일 공격을 받았을 경우 국제연합에 의한 안정보장에 의지하면 된다고 생각하는 사람이 적지 않다고 생각한다. 하지만 사실은 국제연합 중 다수국의 지지에 의한 안전보장이라고 해도 안전보장 혜택을 받을 국가가 먼저 그 능력에 따라 부담해야 할 방위 의무를 당연히 다해야 한다. 그 후에 비로소 추가적인 원조를 보장한다는 의미로 해석하는 것이 건전한 상식이다. 설명하자면 우리는 자신의 가재家財에 평상시 자가보험에 가입한 후에 적당한 보험료를 부담하고 국제연합 또는 그중 여러 국가에 재보험을 들어야지만 안심할 수 있다는 것이다.

셋째, 일본이 그 자위력을 강화하는 것은 현재의 세계정세에서 볼 때 그것만으로 민주주의 제국에게 간접적으로나마 국제공산주의 침략적인 세력과의 대항에 있어 큰 도움이 될 것이다. 지금 일본에 자위할 만큼의 충분한 군비가 없으면 설령 일본이 중립적인 태도를 유지하더라도 민주주의 진영의 지도국指導國은 그만큼 아시아에 유지해야 할 병력을 절감하여 이것을 다른 곳으로 전용할 수가 있게 된다. 그 이유는 민주주의 진영은 일본에 대한 조치를 잘못하지 않는 한 일본 국민이 자진해서 공산주의 진영에 투합하는 일은 없다고 확신하고 있기 때문이다.

그렇지만 우리는 평화라는 것이 자연스럽게 생겨나는 것이 아니고 진지한 노력 끝에 만들어지는 것이라고 인식하고 있다. 그래서 세계 평화를 조금이라도 길게 유지하려면 최소한 두 가지가 필요하다고 저자는 설명한다. 우선은 세계의 민주주의 제국이 가능한 한 조속히 군비를 확장하여 종합적인 직접 전력의 점에서 소련권과 거의 호각을 이룰 정도로 회복하고 여전히 남아 있는 경제력과 기술력으로 우세를 과시하여 소련과 중공의 새로운 한층 악성 제국주의적인 야망을 실력으로 억누를 수 있게 된 후에 필요하면 미소 양국 사이에 적당한 완충적인 중립지대를 마련하는 것이 매우 중요하다.

또 하나는 일찍부터 자유로운 인도와 완전히 독립한 일본이 민주주의 제국의 구성원으로 각각 영연방과 미국에 당연히 호의적인 태도를 보이는 것이다. 그리고 중국과 소련에 호의적인 입장이어도 괜찮으니까 대외정책상 상당히 자주적인 지위를 유지하고 아시아의 평화 유지와 주체성의 확보라는 공통의 큰 목적을 향해 서로 협력하는 것이 꼭 필요하다.

수록 지면 : 32~41면
키워드 : 재무장론, 중국공산당, 소련, 미국, 국지 전쟁, 전면 전쟁

'두 세계'의 대립에 대해「二つの世界」の対立について

호리 마코토(堀真琴)
해제 : 전성곤

내용요약

　'두 세계'의 대립이 외쳐진지 수년이 지났는데 아직 해소되지 못했을 뿐만 아니라 오히려 해를 거듭할수록 더욱 심해지고 있다. 모든 국제문제가 해결되지 못하는 것도 이 두 세계의 대립이 그 장애로 가로놓여 있기 때문이다. 요컨대 조선문제 해결을 곤란하게 하는 것도 아니 우리들에게 가장 초미의 문제인 강화문제가 지연되고 있는 것도 이 두 세계의 대립이 쉽게 해소되지 않고 있기 때문이다. 오늘날 모든 국제문제 해결에 장애가 되는 두 세계의 대립은 도저히 조정할 수 없을 정도로 심각한 것일까. 전쟁의 정전은 전혀 불가능한 것일까. 만약 조정이 불가능하다고 한다면 대립의 극치로 결국 전쟁이 벌어져 세계평화를 위한 모든 노력이 결국은 헛일이라는 것도 예측하지 못할 것도 아니다.

　이것은 세계 인류에게 최대의 불행이라고 말하지 않을 수 없다. 그런데 우리들은 이러한 세계 인류의 불행을 불가피한 것이라고 보고만 있는 것은 아닌가. 우리들은 오히려 세계 역사는 인류가 만들어온 것이라는 점을 굳게 믿고, 세계 인류의 노력이 하나로 결집됨으로써 하나의 방향을 만들어낼 수 있는 것을 기대하지 않을 수 없다. 이 관점에서 보아 나는 이 두 세계의 대립에 대해 조정 불가능한가 어떤가의 문제를 고찰해 보고 싶다. 우선 이 두 세계의 대립이란 어떤 의미를 갖는 것인가에 대해서부터 생각해 보자. 두 세계의 대립이라고 한다면 그것은 말할 것도 없이 하나는 자본주의 체제이고, 다른 하나는 사회주의 체제로서 이는 이데올

246　　『일본급일본인』 해제집

로기상으로 또한 현실 제도 상으로도 나타나는 대립을 의미하고 있는 것은 잘 알려진 바이다. 그렇지만 그 때문에 두 세계가 서로 싸우지 않으면 안 된다는 결론을 그곳에서 도출하는 것은 성급한 결론이라고 말하지 않을 수 없다. 왜냐하면 자본주의 혹은 자유주의라 하고, 사회주의 혹은 공산주의라 해도 각각의 이데올로기에 서서 현실 제도라고 하더라도 그것은 어디까지나 국내 문제로서 결코 국제적으로 서로 뒤엉킬 문제가 아니라고 본다. 이렇게 말하면 일부 사람들은 공산주의의 국제성을 무시해서는 안 된다고 말할 것이다. 그러나 공산주의 혁명이 일어나기 위해서는 일정한 주체적 및 객관적 조건이 필요하며 그것에 상관없이 외부에서 혹은 위로부터 자의적으로 혁명을 일으킬 수 없는 것은 마르크스주의의 기본원칙이며 그것을 지금 새삼 말할 필요는 없을 것이다.

종전 후 미소 관계를 보면 오해와 의심의 연속이었다고 말해도 과언이 아닐 것이다. 미국 측에서 보면 소련은 이란으로부터의 철병에 대해 전혀 신뢰를 보여주지 못했고 루마니아, 헝가리, 폴란드, 체크슬로바키아 여러나라에서는 강압적인 쿠데타를 후원했으며 이들 나라들을 정치적으로 경제적으로 소련의 위성국가로 만들었다. 코민포름Cominform 신설도 사실상 이전의 코민테른 부활과 하등 다를 바 없고, 이 코민포름을 통해 전개하는 모든 선전은 자본주의 나라들의 기초를 근본부터 흔들고 이것을 혁명으로 인도하는 소련의 대외정책의 일환이라고 생각하지 않을 수 없었다. 더 나아가 동독에서의 점령정책은 더욱 논쟁을 준비하기 위한 공세를 주안점에 두어 베를린 봉쇄를 일부러 단행하게 된 진정한 의도는 의식적으로 전쟁의 위험조차도 감수하려는 것이었다고 생각되는 것은 모든 것을 일방적으로 보려는 자의 입장에서는 당연한 것이었는지도 모른다.

평화운동 그 자체가 실은 앞서 언급한 것처럼 두 세계 사이의 의심에서 이것을 다른 목적이 수단이라고 해석하여 그것을 인정하지 않으려는 태도를 취하고 있는 것이 현실이다. 세계평화대회가 영국에서 개최를 거부한 것이 그것을 여실히 보여주고 있다. 또한 스톡홀름 어필Stockholmappeal에 대한 서명운동이 미국이나 기타 국가에서 부당한 억압을 받고 있는 것도 그 한 예를 보여주는 것이다. 우리들은 세계인류의 불행을 가져오는 전쟁을 저지하기위해 모든 노력을 지속해가지 않으면 안 된다. 그러한 의미에서 스톡홀름 어필이 그 배후에 정치적 의도를 포함하고 있다는 이유로 그것을 억압하는 부당성을 지적하지 않으면 안 된다. 지금 그런 것을 문제로 할 시기가 아니라고 생각한다. 우리들로서는 스톡홀름 어필이 어떻든 간에 블랙 어필black appeal이 그것에 구애를 받지 말고 인류의 최대불행을 피하기 위한 평화운동에 매진해야 한다. 이를 위해서는 정치적 신념이나 종교적 신조를 달리하는 사람들이라 하더라도 인간적인 입장에서 모두 함께 일어나 평화운동을 전세계적인 규모로 전개하는 것, 이것만이 두 세계의 대립을 완화시키고 전쟁 발발을 저지하는 것이 가능하다. 가장 유력한 방법이라고 말하지 않을 수 없다.

해제내용

호리 마코토는 일본에서의 평화운동 그 자체가 실은 앞서 언급한 것처럼 두 세계 사이의 의심에서 이것을 다른 목적이 수단이라고 해석하여 그것을 인정하지 않으려는 태도를 취한다. 그렇지만 본래 이데올로기나 현실 제도가 다르다고 해서 대립하지 않으면 안 된다는 이유는 없는 것이다. 현실적으로 제2차 세계대전에서 두 나라는 공동의 적을 쓰러뜨리기 위해 공동의 전쟁을 싸웠다. 그때도 물론 두 나라의 체제는 서로 달랐지만 파시즘을 물리치기 위해 두 나라는 서로 협력하였고 그 사이에는 약간의 대립도 인정하는 것이 불가능했다. 그렇기 때문에 종전 후 두 나라의 대립이 나타났는데, 양식 있는 정치가 중에는 이를 걱정하는 우려의 목소리가 있었다. 두 세계의 대립은 본질적으로 어떤 타협도 허용하지 않는다는 대립이 아니라는 점을 지적한다. 따라서 두 세계의 대립이 반드시 체제의 차이에서 오는 것이 아니라, 오히려 그것에 동반되어 나타나는 상호 간의 오해, 의심들이 축적된 결과라고 보았다. 두 세계의 대립이 상호체제의 대립에서 온 것이라기보다는 오히려 상호 오해와 의심의 결과라고 본다면 우리들은 상호 이해를 통해 이 문제를 충분히 완화하고 해소할 수 있을 것, 미·소관계는 오해가 오해를 낳고 의심은 의심을 낳아 현실 이해관계는 점점 더 대립하지 않을 수 없게 되었다.

호리 마코토는 두 세계의 대립을 완화하고 더 나아가 그것을 해소하는 방법으로서 제3세력의 대두도 생각해 볼 수 있다고 논한다. 영국이 제3국으로서 주도권을 쥐는 것을 인정하고 있으니 그러한 의미에서 동일범주에 들어간다고 볼 수 있을 것이다. 그러나 현실 상황에서는 영국이 이미 제3세력으로서의 입장을 버리고 미국의 산하에 들어갔다. 따라서 영국을 매개로 한 협정 체결은 오늘날 실제로는 상당히 곤란함이 많다는 것을 예상할 수 있다. 호리 마코토가 말하는 제3세력이란 오늘날 국제연합에서 활약하고 있는 인도를 가리킨다. 특히 조선전쟁에 즈음하여 인도는 시종일관 제3세력으로서 미소 간의 중재 알선 역할을 담당하고 있는데, 이 인도의 지위를 확대 강화하는 것이 두 세계의 대립을 해소하는 하나의 방법이라는 것이다.

그것은 미국 세력권에도 소련 세력권에도 속하지 않는 나라들, 즉 아시아의 나라들이 일어나 인도와 함께 제3세력으로서 결집하는 방법이라고 논한다. 이렇게 제3세력이 결집하면 그것이 두 세계의 대립을 체크check하는 하나의 세력이 될 수 있는 것은 유력한 구체적 안이라고 하고, 충돌 위험을 멈추게 할 방법은 평화 운동 이외에는 없다는 것을 인정하지 않을 수 없다고 주장한다. 호리 마코토는 전전에 『국가론』1930, 『파시즘이란 무엇인가』1933 등을 집필했다. 그리고 호리 마코토는 평화운동의 실천을 위해서는 자본주의 체제와 사회주의 체체의 대립은 '양 체제가 자신의 입장에서' 해석한 타 진영의 논리라고 보았고, 이에 대한 해결책으로 제3세력인 아시아의 역할을 강조한다. 이는 전전 메이지기 서구의 자본주의와 사회주의를 수용하는 과정에서 등장한 '국가사회주의'와 비교하면 전후 일본 내에서 전개되는 '제3세력'의 입장의 연속성과 변화성을 규명해낼 수 있을 듯하다.

수록 지면 : 42~48면
키워드 : 대립, 세계평화, 자본주의, 사회주의, 미소 관계, 제3차 세계대전

어두운 골짜기에 있는 여학생의 마음 暗い谷間にいる女學生の心

다마키 하지메 (玉城肇)
해제 : 임성숙

내용요약

1. 평화를 살아 이기고 싶다

MH는 서두에 다음과 같은 격렬한 말을 써 늘어놓았다.

개인주의, 무력의 국가, 부르주아지들의 권력 아래에서 아무 죄도 없는 국민을 지배하는 국가, 지배에 반하면 폭력을 휘두르는 국가……라고. 이 소녀는 이 말을 전제로 하여 '국가'에 대한 저주의 말을 써 내렸다. 그녀는 또한 다른 작문에서도 다음과 같이 말한다. 현재 거리를 다니면 디플레이션의 시대가 온 것 같다. 중국에서는 공산군과 정부군의 내란, 조선에서도 북선北鮮과 남선南鮮의 전쟁, 지구상은 한시도 전쟁이 없을 때가 없는, 어딘가에서 전쟁이 일어나는 공포의 세계다. 일본에서도 현재 예비대를 모집하여 군비와 같은 것을 준비하고 있다. 국방을 위한 것은 좋지만 다시 침략 등을 일으키지 않기 위해 유의했으면 한다. 평화평화, 과연 어떤 상태가 평화일까. 나는 잘 알지 못한다. 일본에서는 왠지 사상의 자유, 언론의 자유가 벌률 상에서만 자유로운 생각이 된다. 다시 속박을 받는 듯한 사회다!고.

2. 왜 싸워야 하는가

SH는 태평양전쟁을 어떻게 받아들이고 패전 후 그 전쟁에 대한 생각, 그리고 일본 국가에 대한 생각을 어떻게 바꾸어야만 했는지를 구체적으로 서술했다.

여학교에 입학하고 몸과 마음도 성장하고 여러 가지 알게 되었다. 일본이 완전

히 잘 못했던 것, 전쟁은 전적으로 군부와 관료의 독재로 인해 일어났다는 것, 일본은 신의 나라도 아니고 천황은 신도 아니었다는 것을 알게 되었다. 그러나 군부와 관료의 일방적인 힘으로는 결코 역사를 움직일 수 없다. 군부독재의 기초에는 그것에 동조하고 지지했던 대중의 의지가 잠재적으로 있었다고 생각한다. 따라서 '우리 일본 국민이 모두 잘 못한 방향으로 나가고 있었다'는 강한 반성을 하지 않을 수 없었다. 그런데 패전 후의 양상은 어떤가. "평화를 무시한 폭력행위는 끊이지 않는다. 그리고 다시 전쟁을 위해 무일푼이 되어 인양引揚げ된 사람들, 그보다 더 불쌍한 전쟁고아들, 전쟁으로 희생이 된 여러 사람들, 남편을 잃은 가난한 부인 등 사회에 어두운 그늘이 지고 있다." 민주주의가 확립되어 여성은 해방되고 참정권도 주어지고 교육도 자유로워졌지만 "공산세력과 민주주의세력, 북조선과 남조선, 소련과 미국, 왜 세계는 크게 두 개로 갈라지고 싸워야 하는가! 우리는 그 무서운 과거를 다시 되풀이해야 하는가. 세계 사람들이 서로 도와 손을 잡고 즐겁게 사는 것은 불가능한가. 아인슈타인의 세계국가는 있을 수 없는 것일까!"라는 의문이 들지 않을 수 없다.

3. 분열하는 청춘

또 다른 여학생은 자신의 과거가 얼마나 어두웠는지에 대하여 호소한다.

그녀가 "태어나서 17년, 어릴 때부터 전쟁만을 배웠다. 아름다워야 할 청춘도 짓밟히고 그 어떤 것에 희망을 이을 수 없었던 생활"이었다. 그러나 그녀는 희망 없는 생활을 그대로 받아들이지 못했다. 어딘가 잘못이 있다고 생각하면서 그 잘못의 근원을 찾지 못한 불만이 있었다. 그래서 불만의 배출구는 작은 연속적 반항으로 나타났다. "어릴 때부터 한 마디씩이라고 하면 과장일 수 있지만 무슨 일이 있을 때마다 자주 말대꾸를 했다. 그렇게밖에 방법이 없었다. 개인이 의사를 가진다고 존중받고 싶었다. 자신을 죽여 부모의 의견에 휘말리는 것이 싫었기 때문이다. 자신을 통일하고 싶었다"는 것이다. 희망이 없었던 청춘에 불만을 가진 그녀는 불만의 원인을 부모한테서 찾아냈다. 더 구체적인 모양으로 나타난 불만의 원인은 부모의 '의견'에 있었던 것이다. 그 '의견'이 항상 자신을 휘말려 아름다워야 했던 청춘을 짓밟고 자신의 통일을 깨부수는 것처럼 생각한 것이다.

16~17세, 18세의 아이들이 얼마나 작은 마음에 상처를 입고 발버둥 치고 있는지도 모르는 어른들에게 나는 그녀들의 말을 통해 그 마음을 알리고 싶었다. 특히 문교文教 관청과 같은 기관에 있는 사람들에게는 꼭 그녀들의 말을 이해할 것을 원한다. 그리고 그녀들의 의문과 불안을 올바르게 해결하고 아름다운 청춘을 즐길 수 있는 교육을 베풀어 줄 것을 바란다.

해제내용

이 글에서 필자는 1951년 전후를 맞이한 여자고등학교 학생들의 작문을 통해 그들의 심정을 읽어낸다. 여학생들은 전쟁 시기 10세 즈음이었는데, 그들은 16~17세였던 시기 (전후) 일본사회에 대한 불안과 국가 및 민주주의에 대한 회의감을 표출한다. 필자는 또한 여학생들의 글로부터 패전 후 아시아 태평양전쟁과 국가에 대한 인식의 변화를 읽어내면서 어른들이야 말로 아이들의 질문과 고민에 답할 의무와 책임이 있고 그러한 교육을 실시해야 한다고 주장한다.

수록 지면 : 49~55면
키워드 : 여학생, 전후, 국가, 전쟁, 민주주의, 심리

치국이민은 부처의 본지治国利民は佛の本旨

쓰지 젠노스케(辻善之助)
해제 : 김현아

내용요약

치국이민=불교의 본지란 하나조노花園 천황이 불교 신앙의 표지標識로 높이 내세운 것이었다. 역대 천황 중 불교 신앙에 입적하신 분이 많은데 그중 하나조노 천황이 그 첫째이시다. 천황의 불교 신앙에 관해 서술하기에 앞서 먼저 그 일반적인 성격에 대해 조금 말하고자 한다.

천황은 특히 한학에 깊은 조예를 가지고 계시다. 그 학문도 그저 주석훈고註釋訓詁의 학구學究가 아닌 오로지 성격의 도야에 힘쓰셨다. 그래서 상식이 원만하게 발달하셨다.

그것은 하나조노 천황이 작성한 일기의 원본이 지금 궁내청宮內廳에 보관되어 있는데 그것을 보면 대강 짐작할 수 있다. 겐코元亨 2년1322 4월 26일 일기에는 다음과 같은 내용이 있다.

그때 변소에 있는데 뻐꾸기 소리가 들렸다. 그 당시의 미신인데 뻐꾸기 소리를 몹시 꺼리는 풍습이 있었다. 그러므로 이것은 불길한 일이니 기도를 드리라고 궁녀들이 권했다. 천황은 이에 대해 그것은 확실한 근거가 없다. 본설本說이 없으므로 신용할 수 없다. 대체로 근래 속인俗人들은 이와 같은 것을 꺼리지만 이것은 어리석어 미혹된 것이다. 이런 터무니없는 설을 믿는 것은 성인의 뜻이 아니니 내가 취할 바가 아니다. 그래서 기도하는 것을 허락하지 않는다. 천변지요天變地妖와 같은 것은 서적에도 각각 쓰여 있어 조심해야 할 일도 있다. 그래도 성인은 그렇게 하지 않는다. 더군다나 이처럼 사소한 일은 거의 말할 것이 못 된다. 그것이 가령 실제로 있다고 해도 요사스러움은 덕을 이기지 못한다. 자기가 덕이 있으면 그것을 무섭게 여기지 않는다고 적으셨다. 600여 년 전 먼 옛날에 이와 같은 미신을 물리치게 되는 사상은 실로 놀라운 식견이라고 말할 수 있다.

겐코 3년[1323] 6월 26일 일기에 기록되어 있는 왕법불법상관론王法佛法相關論이라 할 수 있는 한 구절은 사실 왕자王者의 불법신앙에 대한 규범을 보인 것이라고 할 수 있다. 그 대의大意는 에이후쿠몬인永福門院 ― 후시미伏見 천황의 황후로 즉 하나조노 천황에게는 아버지의 정실에 해당하는 분 ― 이 여법경如法經 즉 불경이 주장하는 설교 그대로 정식으로 법화경法華經을 베껴 쓰고 싶다는 희망이 있어 이미 그것을 위해 부교인奉行人 등도 정해져 있었다. 그러나 그 일은 결국 사람이 고민해야 하는 것이라서 생략할 수 있는 것은 생략하는 것이 좋을 것이라는 소문이 있었다. 그리고 올해는 법화경을 필사筆寫하는 것을 중지하자는 제안도 있지만 미정이다. 이에 대해 하나조노 천황의 생각은 법화경 필사를 중지하자는 제안에 찬성하시며 이미 날짜도 정해졌고 부교인 임명도 끝났는데 지금에 와서 못하게 하는 것은 경솔하다는 평評도 있다. 하지만 사람의 번뇌를 줄이기 위해서 정지하는 것은 선정善政이므로 주저할 필요가 없다. 애당초 이일은 처음부터 정지하라는 명령이 있어야 했을 것이다. "무릇 선근善根에서는 인민의 번뇌를 만들어 내지 않는다, 그것이 최상의 것이다, 불교의 도리道理를 전혀 다른 곳에서 구해서는 안 된다", 치국양민治國養民 외에 불사佛事는 없다. 그런데도 많은 사람이 대의大義를 모르고 "왕법 외에 불사를 수양한다, 이것 또한 근대의 폐습이다, 나는 원래 마음 외에 불법을 구하지 않으므로 굳이 여법경을 기다리지 않는다" 불성佛性을 터득하는 것이 불법의 장엄莊嚴이다, "결국 백성이 지출하지 않고 수행하는 것이 제일이다, 속세의 법世法이며 불교의 가르침佛法이며 이 두 가지는 있을 수 없는 일이다, 법화경에 말하길 치세治世의 언어 모두 정법正法을 따르라고 한다, 이 뜻은 특히 왕자王者가 생각해야 할 일이다, 양무제梁武帝가 절을 짓고 달마에게 묻는다, 공덕이 있는지, 달마대사 대답하길, 공덕이 없다고 말한다, 이 말은 지금 논할 바가 아니다, 매우 깊은 뜻이 있다, 이 뜻을 깨달을 수 있어야 비로소 불사를 수행하는 것을 허락해야 한다"라고 기록하셨다. 왕법불법 무이론無二論처럼 정말로 불교의 정수를 체득하셨던 하나조노 천황이었기 때문에 존경받는다.

천황이 쓴 책 중에 법화품석法華品釋이라는 한 권의 책이 있다. 법화 28작품의 강령을 해석하신 것이다. 이것은 보통의 해석과는 달리 그 깊은 뜻을 살피고 유연한 취지를 파악하신 것으로 각각 작품마다 7언 4구의 게송偈頌, 부처의 덕과 가르침을 칭송하는 시이 첨부되어 있다. 그 다라니陀羅尼의 해석에서 두 보살菩薩은 즉 약왕藥王보살과 용시勇施보살이고, 이천二天이란 비사문毘沙門천왕과 지국持國천왕이다. 이 두 천왕은 법화경의 지경자持經者를 옹호하는 것을 맹세하고 다라니를 설명한 자이다. 그들은 모두 치국이민을 목적으로 하는 자라고 하나조노 천황은 해석한다. 여기에 소위 치국이민은 즉 에이후쿠몬인이 여법경을 베껴 쓰는 사례에서 보이는 치국양민이다. 이들을 조합해서 생각한 화나조노 천황의 신앙의 취지가 어디에 있는지 짐작할 수 있다.

해제내용

하나조노 천황은 천하의 형세가 매우 위태롭다는 것을 헤아리고 이에 대처해야 할 덕을 설명하기를 학문에 힘써 덕을 쌓는 것이 필요하다고 말한다. 스스로 덕을 쌓고 백성을 다스리는 방법을 터득하고 있으면 좋은데 그 도덕을 갖추지 않고 중요한 직위에 오르는 것은 곤란하다. 그런네 황실에 아첨하는 자가 있는데 우리 황실은 만세일계萬世一系라고 강조한다. 외국처럼 힘으로 지위를 빼앗는 것과는 사정이 다르다. 그러므로 이웃 나라에서 엿볼 수 있는 위태로운 일도 없거니와 정치가 혼란해도 다른 사람에게 지위를 빼앗길 염려는 없다.

지금 시대는 난세에 접어들었으므로 지혜가 만물에 두루 미쳐 세상의 달콤하고 쓴맛을 알지 못하면 세상을 살아갈 수 있다. 시대가 태평하면 가령 평범한 군주라 할지라도 통치할 수 있다. 지금 세상은 아직 큰 난리는 아닌데 난리의 세력이 움튼 지 이미 오래되었다. 따라서 성군의 지위에 있으면 나라는 잘 다스리지만, 만약 군주가 현명하지 못하면 난리는 몇 년 후에 일어난다. 만약 난리가 나면 설령 어질고 사리에 밝은 훌륭한 군주일지라도 수개월 후에 통치할 수가 없다. 하물며 평범한 군주가 지위에 오르면 나라가 어지러워지고 붕괴하여 전혀 통치할 수 없게 된다. 내면에 현명한 지혜를 쌓아 밖으로는 사방에 통하는 방책을 갖지 않으면 난국에 존립할 수 없다. 그래서 하나조노 천황은 학문을 권장하는 이유라고 말한다

수록 지면 : 56~61면
키워드 : 치국이민, 치국양민, 부처, 하나조노 천황, 왕법불법무이론

결핵의 선례結核の先禮

사무카와 소코쓰(寒川鼠骨)
해제 : 임성숙

내용요약

결핵은 법령상 전염병으로 취급되지 않는다. 환자수가 많고 증상이 다양한 것도 제대로 다루지 못한 이유겠지만 제대로 다루지 못한 것은 지당하다고 생각한다. 지금은 정부의 보호 장려가 있음에도 불구하고 민간단체가 멸종예방에 힘을 쓰고 있을 뿐이지만 많은 노력과 자금이 투입되고 있다. 노력과 자금을 아끼지 않음에도 불구하고 결핵은 아무렇지도 않게 사람들을 침범하고 환자 수도 감소되지 않는다. 나는 결핵 예방에 애를 쓰고 돈을 들이는 것보다 오히려 결핵의 세례를 받게 하는 것이 좋지 않을까 라고도 생각한다. 의학자도 아닌 내가 이렇게 생각하게 된 이유는 나와 결핵이 너무나 연緣이 깊고 평생終生이라고 말할 수 있을 정도 고희를 넘은 오늘날까지 결핵과 절연하지 못한 경우에 놓였기 때문이다.

첫째, 나는 태어나서 1년 반이 지나 어머니와 사별했다. 어머니는 나를 출산하고 병에 걸려 오랜 병상생활 끝에 죽었다. 철이 들자 무슨 병으로 죽었는지 형한테 물었으나 모른다고 했다. 아버지에게 물어봤으나 열병이라고 했다.

세월이 흘러 내가 중학교를 졸업하고 고등학교로 유학遊学할 때 어머니가 병에 걸렸던 당시 나를 돌보았던 고모를 만날 수 있었다. 마침 잘 되어 어머니의 병에 대하여 물었더니 자르코니ザルコニイ라는 난병이었다. 병이 심각해지고는 옆에서 기어가는 나를 시끄럽게 여겨 밖으로 데려가곤 했다. 나는 어머니에 대하여 자주 물었는데, 어머니의 이름은 스미ㅈﾐ라고 했고 피부가 하얘서 모두 유키雪라고 불렀

고, 번藩에서 미인으로 알려져 있었고, 성격이 까다로웠던 점 등 이야기를 들었다. 그 이후 잘 생각하다가 30세에 이르기 전에 죽었던 어머니는 결핵이었기에 나를 출산한 부담으로 인해 체력이 쇠약해져 병이 악화되고 결국 죽었다고 단정해버렸다. 이 결론은 절대 틀리지 않았다고 생각한다.

그 이유는 아버지도 결핵에 걸렸기 때문이다. 아버지는 청년시기 에도江都로 유학할 때 각혈했다. 말을 듣지 않는 성격이어서 증상이 일시 좋아진 후에는 요코하마에서 영어를 배우기도 했다. 그때 추운 겨울 조끼를 나에게 입혀주었다. 할아버지가 노병에 걸렸기 때문에 유학에서 돌아온 후 아버지는 가리에스에 걸렸다. 그러자 다시 각혈하고 친척을 놀라게 했던 일을 고모가 알려주었다. 내가 청년 시절 아버지는 기침을 하고 가끔 배가 아파서 누워버린 모습을 보았을 뿐, 오래 동안 누워 있기를 거절하였다. 하지만 친척들조차 아버지의 성격이 급하고 엄격하면서도 의리 있는 점謹言律儀을 무서워했고 친구들도 기피하고 하고 있었다. 그것은 모두 결핵 때문이었을 것이다. 물론 어깨가 넓고 몸은 말랐지만 58세까지는 근면한 사람으로 인정받았다. 결핵으로 가래가 막혀 질식사로 사망하였다.

부모뿐만 아니라 내가 사부師父로 모신 사람들 인원 수 만큼의 교우들도 전부 결핵에 걸렸던 것도 희한한 연이라고 말해야 한다. 교토에 갔을 때 종종 신세를 지고 나를 돌보아주신 구가 가쓰난陸羯南선생님을 소개하고 나를 도쿄로 보내주신 스님 天田鉄眼愚庵和尚이 결핵 병자였다. 동쪽으로 자리를 옮겨 제휴한 신문 『일본』 사장이었던 구가 가쓰난陸羯南 선생님이 결핵 환자였다. 나를 시인하고 죄를 죄로 취급하지 않고 나를 올바른 사람이라고 지지해주신 시키 거사子規居士 또한 결핵 환자였다. 교토에서 오사카아사히 지국원으로서 일할 때 지국장이었던 내 동향의 선배이자 시키 거사의 친구이며 함께 생활한 니노미 히후新海非風 또한 결핵환자였다.

나는 이 세상에 생을 받았을 때부터 결핵에 둘러 싸여 오늘까지 생활해왔다. 결핵에 대하여 생각하고 오히려 세례를 받는 것이 낫다고 생각하는 것도 어쩔 수 없는 일이 아니라 당연한 인연이라고 생각한다.

해제내용

이 글에서 필자는 결핵이라는 질병을 고치는 일은 어렵고 결핵환자들이 줄지 않는 현실을 한탄하면서 자신의 삶과 결핵이 떼려야 뗄 수 없는 관계임을 토로한다. 자신이 1살 때 사망한 모친이 결핵이었을 것이라고 고등학교 때 확신하게 되었고, 부친 역시 결핵으로 죽었던 사실로부터 자신이 결핵인 부모로부터 태어났다고 믿는다. 어릴 때 모친 없는 가정환경에서, 그리고 충분한 식량과 영양을 섭취하지 못해 연약하고 자주 앓았던 과거를 되새겨 결핵과의 인연이 시작했다. 그후 고등학교 시절에는 건강하게 지냈으나 10년이 지나지 않아 결핵진단을 받게된다. 이 글의 마지막에는 부모뿐 만 아니라 결핵에 걸렸던 수많은 지인들을 나열하고, 결핵과 자신은 당연한 인연因緣이라는 생각을 표현했다.

수록 지면 : 62~64면
키워드 : 결핵, 부모, 어린 시절, 질병

새의 결혼鳥の結婚

다케노 야스타치(竹野安立?)

해제 : 임성숙

내용요약

대략 새들이 성장하면 인간처럼 결혼식을 올리고 새로운 가정을 만든다고 생각하면 그 진상을 잘못 이해하게 된다. 그들은 둥지에 있을 때, 보금자리를 떠나기 전부터 이미 장래 부부가 될 인연因緣으로 연결되어 있다. 보금자리를 떠나 부모의 포육哺育에서 완전히 독립하고 생활할 때 진정한 부부로서 쌍이 되어 자유로운 천지에서 생활을 지속한다.

야생의 새는 엄격하게 일부일처 생활을 한다. 호도애는 알일 때 벌써 2개. 부화하고 암컷수컷. 성조가 되어 부부생활을 지속한다. 이를 계사에서 사양하면 번식은 용이하게 가능해진다. 즉 한 마리가 죽었을 때 이를 보충하려고 해도, 예를 들어 수컷을 들여다 넣거나 암컷을 넣어도, 격한 투쟁을 한 결과 약한 자가 죽어버린다.

몇 마리 혹은 수십 마리 야생 비둘기를 동일 계사에서 수용한다. 점차 날이 지나면서 그들은 싸운다. 날개를 치고 쿡쿡 찌르고 차고 쫓고 그 소란스러움은 언어로 표현하지 못한다. 그러자 무리 가운데 가장 체력이 강한 자가 다른 새를 압도하고 왕자가 된다. 해가 지면 각 장소에 돌아가는데, 잘 관찰하면 두 마리가 한 곳을 점유하고 있다. 그것을 발견하면 그 중 한 마리를 잡아 다른 계사로 옮겨 수용한다. 이렇게 처음으로 사이좋은 부부 두 마리를 확보할 수 있다. 이와 같은 부부생활에는 절대 다른 비둘기가 들어갈 수 없다. 다른 수컷, 암컷을 넣어도 부부가 함께 물리친다. 암컷이 왔다고 수컷이 묵인할 일은 없다. 수컷이 왔다고 그중 암컷이 방관하지 않는다.

특히 번식기의 물새의 부부관계는 아주 부럽기만 하다. 여러분은 오리의 교미 상황을 잘 알고 있겠지만 원앙도 기러기도 동일하다. 발정하고 교미할 직전에 서로가 다가가고 고개를 끄덕이고 잠시 후 암컷이 물 위에 엎드려 누우면 수컷이 그 위에 올라간다. 수컷의 체중으로는 암컷이 수중에 가라 앉아버리는데, 수컷은 상황이 어떻든 교미가 끝나면 목을 길게 뻗어 수면을 선회하고 즐거워하는 모습은 기뻐하는 것처럼 보인다. 육지에서 교미할 때는 일이 끝나면 목을 뻗어 질주하면서 그 체격에 걸맞지 않는 새끼 손가락 크기 만큼의 나선형의 살덩어리를 달고 띄어 다닌다. 이 살덩어리는 물새에만 있다. 그들이 수면에서 교미하면 파도 때문에 유정輸精의 방해가 된다. 따라서 이 유정관을 필요로 한다. 유정관을 암컷의 생식공/배출공尾口에 삽입하고 교미의 의미를 다한다.

이 기괴한 사실에 대하여 그들이 성교를 유희적으로 한다고 오해하지 마시라. 성교를 유희적으로 하는 것은 인간일 뿐이다. 여기에 그들 사이에는 하나의 순수한 애정의 모양이 존재하는 것이다.

들새는 일부일처의 생활하기 때문에 몰론 그들의 생활에 그 한쪽이 있어야 한다. 그들의 생존의의는 그 자웅雌雄이 함께 말할 나위도 없이 처음으로 완전한 것이다. 즉 자손번식의 사실을 다할 수 있는 것이다. 남편을 잃은 부인이 다른 남자를, 처를 잃은 남편이 다른 여자를 찾는 것은 인간이 하는 짓이며, 자연의 규칙으로서 그들은 생애를 통해 독신생활로 끝난다.

그러나 아무래도 일부일처의 철칙을 지킬 수 없는 들새가 있다. 호사도요라는 새는 무리 중에 여왕이 한 마리 있고 나머지는 다 수컷들이다. 오월이 오고 번식기가 지나면 여왕은 자신이 원하는 수컷을 선택하여 남편으로 삼는다. 선택된 남편은 스스로 쓰라린 고생을 하고 둥지를 만든다. 둥지가 완성하자 여왕은 거기에 들어가 알을 낳는다. 1,2,3,4개의 알을 낳고 나면 나중에 어떻게 되든지 신경을 쓰지 않고 알도 둥지도 버리고 남편도 그날을 마지막으로 따로 남편을 착지 위해 어딘가에 사라진다. 이러한 자웅이 전도顚倒되는 조류는 일본조류 600여 종류 중 오직 이 한 종류인 것도 기억해주시면 좋겠다.

해제내용

다케노 야스타치는 조류연구가다. 필자는 이 글에서 비둘기, 호랑지빠귀, 꿩, 흰눈썹뜸부기, 쇠물닭, 원왕 등의 다양한 들새의 짝짓기와 부부관계, 결혼의 방식을 비교한다. 특히 교미/성교 행위에 주목하고 일부일처 성관계를 '순수한 것'으로 바라보고 부러워하기도 한다. 그리고 필자는 이를 인간과 대조하고 인간의 성교행위가 유희적이고, 또한 배우자를 잃은 자가 또 다른 남자 혹은 여자를 다시 찾는 일은 '자연의 규칙'과 다름을 강조한다.

수록 지면 : 64~67면
키워드 : 조류, 부부, 교미, 일부일처, 인간, 자연

일본 황실의 성립과 민족의 신념 日本皇室の成立と民族の信念

이카리 로시(猪狩老史)

해제 : 김현아

내용요약

우리 민족에게 조상숭배의 풍습이 강했던 것은 틀림없는 사실이다. 종교적으로 생각해도 조상 이외에는 신이 없어서 조상의 제사를 지내는 것이 오직 하나의 교의敎儀였다. 그러므로 족장으로 인정받은 자가 일족을 대표해서 제사祭司로서 조상의 제사를 지내는 것은 당연했다. 그래서 우리 민족의 경우 족장이 제사가 되고 제사가 족장이 되었다.

고전에 의하면 아마테라스 오미카미天照大神는 다카마노하라高天原를 부모 신에게 나눠 받고 제사祭司로서 제사를 지내게 되었다. 아마테라스오미카미 제사를 지낼 때 보좌하는 신관이 아메노코야네노미코토와 후토타마노미코토이며 가구라神楽를 연주하는 무녀가 우스메노미코토였다고사기 참조.

고전에서 말하는 천손강림天孫降臨은 아마 민족대이전民族大移轉의 이야기일 것이다. 천손강림 때 황손皇孫인 니니기노미코토를 보좌하는 신하로서 아메노코야네노미코토와 후토타마노미코토, 우스메노미코토 외에 이시코리도메노미코토거울을 제작한 조상, 타마노야노미코토구슬을 제작한 조상 등 5명의 신이 함께 왔다. 5명의 신하는 모두 제사를 보좌하는 사람들로 정치적 색채를 띠지 않았다.

민족의 이동은 세계적으로 널리 행해졌으므로 물론 일본에도 당연히 있었을 것이다. 이동이 이루어진 이유를 해든Alfred Cort Haddon 씨는 「민족이동사民族移動史」에 다음과 같이 기술하고 있다.

가장 간단하게 표현한다면 이동은 궁박窮迫과 유인誘引에 원인이 있다. 궁박은 항상 음식물의 결핍 또는 실제적으로는…… 인구과잉의 결과에 의한 것이다.小山栄三 訳,「民族移動史」 서론

음식물 결핍으로 발생하는 것이 가장 보편적이라 볼 수 있으므로 야마토大和 민족의 이동도 아마 음식물 결핍 때문이라고 짐작된다. 그리고 이때 가장 중요하게 유지되는 것은 종교적 관습 즉 신앙이며 정치적 의미는 없었다. 휴가[日向 : 미야기현(宮崎縣)]에서 이즈모[出雲 : 시나네현(島根縣)]로 이동 한 야마토 민족은 먼저 거주한 이즈모족과 세력 충돌이 있었는데 그것은 주로 종교적 의미에서였다.

오나무치노카미大己貴神는 스쿠나비코나노카미少彦名神와 함께 힘을 합쳐 하나의 마음으로 천하를 경영하고 창생축산蒼生畜産을 위해 병을 치료하는 방법을 정하며 조수곤충鳥獸昆蟲의 재앙을 물리치기 위해 주술법을 정한다. 백성은 지금까지 모두 은혜를 입었다고 한다.「고고슈이(古語拾遺)」 인용

이즈모족의 오쿠니누시노미코토大国主命는 특수한 제사와 주술을 행한 것이 명백하다. 야마토 민족과는 상호 신앙과 풍습을 달리하여 대립이 있었다. 그러나 조화가 가능해져서 야마토 민족은 야마토奈良 방면으로 진출하였다. 야마토 시대가 역사적으로 인정되기까지 상당한 세월이 지났을 것이다. 그리고 민족적 세력이 확대되면서 자연스럽게 정치의식에 눈뜨게 된 것도 야마토 지방에 진출한 4세기 이후라고 생각할 수 있다. 그 이유는 이 무렵부터 이민족과 교섭을 한 일이 많아졌기 때문이다. 이처럼 일본 황실의 원류가 제사祭司로서 족장으로서 오랜 기간 동족 간의 존경과 신앙을 축적해왔다. 그리고 이것이 연대를 거쳐 정치적으로도 왕자의 권위를 갖게 된 것이다.

왕의 칭호와 제사 임무의 결합은 고대 이탈리아와 그리스에서는 일반적이었다. 역사 시대에 왕국의 형태를 유지했던 거의 유일한 순수 그리스국가인 스파르타를 예로 확인할 수 있다. 스파르타에서는 모든 국가적 구기供犧 : 신에게 제물을 바치는 일는 신의 후예인 왕에 의해서 거행되었다. 제사적 기능과 왕적 권위의 결합은 각자가 잘 아는 바이다.永橋卓介,「金枝編」상권, 제2장

고전에 진무천황神武天皇이 야마토를 건국할 때도 신전과 궁전은 구별이 없었고 천황이 제사祭司로서 조상신과 동거하였다. 역시 제관인 아메노코야네노미코토, 후토타마노미코토의 자손이 좌우 대신大臣의 신분으로 보좌하는 임무를 맡았다. 진무천황 이후 제9대 가이카천황開化天皇 무렵까지 소위 궐사闕史 시대로 아무것도 알 수 없지만 스진천황崇天皇에 이르러서 비로소 정치적으로도 종교적으로도 주목할 만한 것이 전해지고 있다.

첫째, 종교적으로는 스진천황 5년에 직접 간아사지하라神淺茅原에 가서 후토마니太占 : 수사슴의 어깨뼈를 태워서 그 갈라진 금을 보고 길흉을 판단함를 행하고 신에게 제사를 지냈으며 신궁과 황거皇居를 분리하였다. 둘째, 정치적으로는 시도쇼군四道将軍 : 일본열도의 요충지에 파견되어 야마토 조정의 기반을 구축한 4명의 황족 장군을 일컬음을 파견하여 국내를 평정하고 처음으로 세금을 징수해서 일국 체제를 갖추었다. 셋째, 천황은 건국 천황이라 칭하게 되고, 태고 이래 정치적 권위를 가지고 백성을 대하게 된 것은 스진천황을 초대로 간주해야 하는 하나의 이유이다.

해제내용

오늘날 문명인이 미신이라고 하는 것은 무엇에 기인하고 있는지 각 민족을 비교하면 공통적인 것도 있지만 각각 다른 풍속습관과 다른 사상 신념을 갖는 것도 분명하다. 그리고 미신이라는 것은 이들 여러 민족의 사상 신념 중에 오늘날의 지

식으로 합리적으로 설명할 수 없는 것을 총괄하여 부르는 말이다. 각 민족 간에 존재하는 소위 여러 가지 미신은 그 민족의 민족성에 기인하고 있다고 생각하는 것은 틀린 말이 아니다. 따라서 풍속습관이니 사상 신념이니 하는 것을 확인하여 그 민족의 특성을 해명하는 것은 지당한 일이다. 이러한 견지에서 우리 야마토 민족이 태고부터 천황을 아라히토가미現人神로 믿었다는 것은 여러 민족의 전례를 보더라도 조금도 불가사의한 일이 아니다.

예로부터 우리일본 민족은 천황을 아키쓰미카미現神 또는 아라히토가미로 모셨다. 우리 민족의 신은 조상이며 조상은 인간이다. 따로 전지전능의 주재신유일신은 없다. 즉 조상도 태양의 자손이다. 천황도 태양의 자손이다. 조상도 민족의 족장이며 제사이다. 천황도 태양의 자손으로 정통한 족장이며 제사이다. 이러한 점에서 천황은 조신祖神 : 신으로 모시는 조상과 동질이고 같은 자격을 갖는다. 옛 조상의 신의 神意는 천황에게 통하여 신인합일神人合一하는 것이다. 즉 모시는 조상도 신이고 제사를 지내는 천황도 신이다. 이것이 천황을 아라히토가미現神로 하는 까닭이며 우리 민족 고대의 신앙이다.

황실의 성립은 신화시대에 이루어졌다. 그 이유는 4세기 후반에는 크게 한반도까지 세력을 확장하여 그곳의 문화를 수입하여 점점 야마토 조정의 정치와 문화를 진전시킬 수 있는 상태가 되었기 때문이다. 그리고 그 무렵은 소위 씨족 정치도 어엿하게 실시되었고 천황제도 확립되었다. 천황제는 우리일본 민족의 민족성에 의해 자연스럽게 성립된 것이고 게다가 한 혈통으로 2천 수백 년, 오늘날 세계 여러 나라에 확실하게 하나의 특색을 보여주고 있다. 따라서 세계가 어떻게 바뀌더라도 황실에 대한 우리 국민의 경애와 진정은 변하지 않는다고 믿는다.

수록 지면 : 106~112면
키워드 : 황실, 조상숭배, 천손강림, 민족, 아라히토가미

1951년 3월

강화講和에 대한 3당의 태도

올해에는 드디어 강화를 할 수 있을 것으로 모두가 기대하고 있는데, 맥아더 원수의 신년 메시지도 있고, 미국 대통령 특사로서 덜레스John Foster Dulles 대사 방일도 있고, 또한 주변 상황을 볼 때 아마 올해는 틀림이 없을 것으로 예상된다. 패전 후 실로 7년째이다.

강화는 어떠한 형식으로 실현되는 것일까? 아마도 전면강화는 어려울 것으로 생각되지만, 그 내용에서도 어떤 조건이고 어떤 성격인가에 대해서는 전혀 알 수 없다. 그런데 이 문제에 대해서 수동적인 위치에 있는 우리 일본의 국론이라고 할 수 있는 것은 어떠한가? 국론을 조정하고 통일해야만 한다는 논의도 있지만, 시험 삼아서 세 정당의 주장은 어떠한지 이를 음미해보고자 한다.

첫째는 민주당의 현실적 주장이다. 이 당에서는 전부터 초당파 외교를 주장하며, 전 총재 아시다 히토시芦田均 씨는 의견서를 맥아더 원수에게 제출하였다. 그 의견서에서 "극동의 정세는 중대한 위기를 내포하고 있다. 일본을 노리는 공산주의국가의 의도는 더 이상 숨길 수도 없기 때문이다. 운운. 정부는 마땅히 국민을 향해서 일본이 위험한 상황에 서 있다는 점, 일본인은 자력으로 나라를 지킬 각오를 할 필요가 있다는 점을 설명하고, 정부가 직접 선두에 서서 깃발을 흔들어 선도하는 일이 급하다"라고 말하고, 이와는 별도의 담화 형식으로 "스스로 지키지 않는 민족을 다른 국민의 피의 희생으로 지켜준 사례는 극히 드물다. 운운"이라고 설명하고 있다. 결국 이것이 재군비론으로 귀착한다는 것은 말할 필요도 없다. 이 의견은 아시다 씨 개인의 생각이겠지만, 민주당은 대체로 이 의견에 따르는 것으로 생각된다. 따라서 여기서는 일단 이 의견을 '현실파'라고 부르겠다.

둘째, 민주당과 정반대 입장을 보이는 것은 사회당이다. 사회당은 변함없이 전면강화, 영세중립, 군사기지 반대라는 세 강목綱目에서 교착하고 있다. 이상으로서는 좋지만, 현실과 괴리가 있다. 그리고 결국 재군비 반대 입장이다. 따라서 이 의견을 '이상파'라고 부르겠다.

셋째, 자유당은 민주, 사회 두 당 중간에 서는 것 같다. 요시다 수상은 작년 12월 28일 기자회견 자리에서 군비 문제에 대해서 "재군비는 쉽게 입 밖으로 낼 문제가 아니며, 헌법 정신에서 보아도 규정에 어긋나는 문제에 대해 거론하는 것은 적절하지 못하다"라고 지적하면서 "그러나 재군비는 하지 않으나, 그렇다고 일본이 독립은 했으나 자위권을 포기하고 다른 나라에 안보를 맡긴다는 것은 바람직하지 않으며, 자국의 방위는 자국민 손으로 해야만 한다"라고 말하고 있다. 아마도 자유당은 정치적 융통성을 내세우면서 한편으로는 정부 당국자로서 신중함을 보이려는 것일 것이다. 이 의견을 '융통파'라고 부르겠다.

작금의 상황을 보면 이미 화마는 가까이 오고 있다. 순식간에 우리 집 지붕을 태우려 하고 있다. 아시다 씨의 현실적인 이론은 그 논리에서도 명확하다. 그러나 요시다 수상이 쉽게 이에 동조하지 않는 이유는 무엇일까? 추측해보면, 요시다 수상은 의회의 거대 정당을 배경으로 현 정국을 담당하고 있기에 헌법에 반하는 내용을 언급할 수 없다는 것이 하나 있을 것이다. 강화조약이 성립한 다음에 대등한 입장에서 군비 문제를 다루려는 것도 있을 것이다. 속내를 드러내고 솔직하게 말하자면, 재군비가 필요하지만, 이 문제를 강화를 협상할 때 하나의 카드로 활용하는 경우를 생각하는 선택도 있을 것이다.

완전한 자주국가로서 독립을 요망한다는 점에서는 모두 같지만, 그 외의 부분에서는 3당이 서로 다른 것이 현재 상황이다. 게다가 결국에는 재군비문제를 어떻게 할 것이냐에 귀착한다고 본다. 만약에 이 재군비문제를 강화 성립 후에 거론한다면 매우 곤란한 상황을 예상해야 할 것이며, 만약에 강화를 위한 하나의 조건으로 이를 강요받는다면 그때는 어찌할 수 없다. 이 두 경우 사이에 미묘한 문제가 있음을 우리는 인식해야 한다.

강화를 받아들이는 태도로 국론이 통일된다면 이는 매우 행복한 것이다. 자유당과 민주당 두 당의 협조는 가능한가? 조금은 이론異論이 있더라도 커다란 지장이 되지는 않을 것이다. 사회당이 혼자 이상적인 목표를 들고 어리석게도 이를 끝까지 지키며 하나도 변화와 융통성 없이 완전한 고착상태에 머무는 것은 아무래도 현실에서 유리한 것처럼 보이는데 이런 태도도 무조건 비판할 것만은 아니라고 본다. 그러나 공산당을 암암리에 원조하는 식이 되어서는 곤란하다.

사상·학술 등의 자유 思想·学術等の自由

스즈키 야스조(鈴木安蔵)
해제 : 전성곤

내용요약

일본의 헌법에 명시된 '자유에 대한 조문條文 규정'을 소개한다. 그런데 그 조문 규정과는 달리 교과서적인 조문 설명만으로는 이해할 수 없는 현상들이 일어나고 있어, 이를 재고할 필요성을 나타났다. 즉, 단체 등 정규령에 의한 결사의 해산, 행정권에 의한 집회금지, 조례에 의한 집회, 시위행진의 허가제, 공산주의자 및 공산주의에 의한 '동조'자에 대한 면직 등등이 가장 두드러지게 나타나는 현상들이다. 헌법 관련 조규條規 및 근본정신이 의미하는 것에 대해 논의할 것을 통감하게 된다. 이 글에서는 주로 사상, 언론, 결사, 학술의 자유에 대해 고찰한다. 조문은 제19조의 사상 및 양심의 자유는 이를 침범당해서는 안 된다. 제21조의 집회, 결사 및 언론, 출판 기타 모든 표현의 자유 이를 보장한다. 검열은 안 되는 것이다. 통신의 비밀은 이를 침범해서는 안 된다. 제23조의 학문의 자유는 이것을 보장한다. 제24조의 모든 국민은 법 아래 평등하며 인종, 신조, 성별, 사회적 신분 혹은 문벌지에 의한 정치적, 경제적 또는 사회적 관계에 있어서 차별을 받지 않는다는 부분을 다루고 있다.

헌법의 이들 제諸 조규는 헌법 성질상 말할 것도 없이 국가에 대한 국민의 관계에서 국민이 갖는 제권리의 보장이다. 즉 헌법은 국가권력에 의해 이들 국민의 제 자유를 침범해서는 안 된다고 규정하고 있다. 헌법이 국민에 대해 앞의 제 조규의 자유를 침범해서는 안 된다고 헌법이 규정하고 있는 것은 모든 기본적 자유권 그 자체의 존중, 보장이 국민 각자의 인간적 존재, 발전을 위한 불가결한 근본 조건이라는 것을 인정하고 있기 때문이다. 헌법은 국민의 기본적 자유권에 대한 최대의 침해가능자로서 국가 권력에 대해 그 침해하지 않을 수 없는 부분, 침해해서는 안 되는 부분을 규정하고 있다.

사상 및 양심의 자유란, 어떤 것을 말하는 것일까. 말할 것도 없이 내심內心상 어떠한 세계관, 신념, 사상, 주의를 신봉한다 해도 자유롭게 그것을 어떤 국가권력에 의해 금지, 제한, 처벌 등을 받지 않는 것을 말한다. 자유를 보장한다는 것은 말할 것도 없이 인간의 완성에 어떤 것에도 방해를 받지 않는 사상 및 양심의 자유가 불가결한 기본 조건이고, 그리하여 인간은 자주독립의 판단력을 갖고 모든 사상의 장단점을 섭취, 비판하여 진정으로 자기가 확신하는 인생관, 세계관을 가질 수 있는 경지에 도달하게 된다. 인간의 존엄이란 모든 자주 독립의 정신을 갖는 인간의 존엄인 것이다. 또한 모든 자유 아래에서 과학적 진리는 이루어질 수 있는 것이다. 문화적 창조가 가능해지는 것이다. 따라서 헌법도 제21조에 언론, 출판 기타 모든 표현의 자유를 보장하고 있다. 당연한 일인 것이다. 어떠한 사상을 생각하고 믿는 것도 자유인데, 그 어떤 대상에 대해 다른 사람과 이야기를 나누고, 토론하고 연구하는 것을 허락하지 않는다는 점도 자유의 보장 그것이 완전하다고 말할 수 없다.

제23조에 학문의 자유를 보장하고 있다고 하는 것도 모두 이 근본정신에서 나온 것이다. 학문의 본질은 진리의 탐구, 발견에 있다. 앞서 언급한 것처럼 그를 위해서는 어떠한 사상 학설이라 하더라도 자유롭게 연구하고 검토될 필요가 있다. 헌법은 국가가 금지 혹은 제한하는 것을 금하고 있다. 금지나 제한을 가하는 것을 허락하지 않을 뿐만 아니라 학자 연구 및 강의의 자유를 방해하는 정신적 압박, 혹은 경제적 불안감이 존재하지 않도록 배제하기 위해 국가가 노력하는 것을 필요로 한다고 하는 것이 헌법 정신이라고 믿는다. 학문적 가치를 갖는 학설에 대해

앞서 언급한 자유를 보장하지 않는다고 한다면 제23조는 의미를 잃게 된다.

국가가 충군애국이나 국체 등에 대해 도그마를 국정적國定的으로 정립하고 이것을 절대불가침이라고 하여 관리가 그것을 기준으로 국민사상과 신조를 판단하여 통제하는 능력을 가질 수 있다고 하여 그 권한을 법적으로 부여한 구일본의 반민주주의적 제도는 시대착오적인 것이다. 그런데 이 봉건적 전통이 아직도 뿌리 깊게 남아 있고, 오늘날의 헌법하에서도 이러한 제도, 관습이 당연하다고 여기고, 이것이 없으면 국가 생활 질서가 이루어지지 못하여 공공의 안녕은 유지될 수 없다고 생각하는 사람이 있다. 일본인은 오랫동안 화를 불러왔던 이 사고 방식 자체를 충분히 청산하지 않으면 헌법에서 자유 보장의 의의를 이해하지 못하는 것이 된다.

해제내용

일본정치학회 이사를 역임한 스즈키 야스조는 전후에도 헌법해석에 대한 논고를 발표했다. 그중의 하나가 이 『일본급일본인』에 게재한 원고인데, 스즈키 야스조는 이 원고를 통해 자신의 생각을 정리한 것이라고 소개하면서 시작했다. 즉 연구의 기초 자료로서 활용되기를 바란다고 한 것처럼, 이 글은 전후 헌법 해석을 둘러싼 기초적인 자료의 하나이며, 그 출발이라는 점에 의의가 있다. 스즈키 야스조는 일본 국민들의 헌법에 대해 무관심을 보이거나 이 헌법을 경시한 태도는 1931년 이후 1938년을 거쳐 1941년 파멸로 나아간 국민적 과오가 생긴 원인이라고 보았다. 따라서 주권자인 국민들이 적극적으로 이 헌법에 관심을 가져야 하는 이유를 설명했다. 그리하여 스즈키 야스조는 헌법 전체 중에서도 가장 중요하다고 생각한 사상, 언론, 결사, 학술의 자유에 대해 소개했다. 특히 이들 항목을 관통하는 '자유'의 의의에 대해 초점을 맞추어 기술했다. 이와 관련된 조문으로 제19조, 제21조, 제23조, 제24조를 예로 들면서 상세하게 설명하고 동시에 그 조문을 조목조목 해설했다.

본문에 나타난 스즈키 야스조의 입장은 '어떠한 사상도 완전무결할 수는 없고' 그와 동시에 또한 '어떤 사상에도 반드시 진리의 일부가 존재'한다는 부분적 진실과 사물에 대한 복안적 시각의 필요성이었다. 그렇기 때문에 이 둘을 보완하고 더 풍부하게 할 수 있는 것이 자유스러운 사상의 교환, 토의, 대결을 보장하는 것으로 가능하다고 논한다. 이를 보장해 주는 것이 바로 헌법이었다. 이는 앞서 언급한 것처럼 일본이 1941년 이후 파국으로 치달은 것이 바로 이러한 자유의 보장이 없었기때문으로 보았고, 이를 반복하지 않기 위해서 헌법은 모든 자유를 무조건적으로 보장해야 한다고 주장한 것은 이 때문이었다. 과거에 경험했듯이 검열을 통해 언론을 제지한 것 등은 언론의 자유 보장 정신에 어긋나는 행위이며 또한 사상, 언론의 표현을 곧바로 금지하고 제한하는 것이 아니라고 검열행위 그 자체가 이미 사상, 언론의 자유에 대해 악영향을 주는 것이라고 지적했다. 동시에 일정한 학설을 신봉하고 그 학설을 발표하는 것에 대해 금지 혹은 제한을 가하는 것도 학문의 자유 정신에 위배되는 것으로 보았다. 그렇기때문에 헌법에서 '국가가 나서서 자유를 금지 혹은 제한하는 것을 금지하는 것'이라고 헌법의 우위성을 강조했다. 바로 이것이 헌법 정신이라고 스즈키 야스조는 믿었다.

그렇지만 사상과 신조의 자유 보장을 강조하면서 언론과 출판 그리고 기타 모든 표현의 자유의 보장이 중요한데 다른 한편에서는 사상, 신조, 언론 표현에 있어서 국법國法에 의해 처벌받는 것도 인정했다. 집회, 결사의 기능, 활동에 대해 처벌받는 경우도 인정해야 한다고 논한다. 예를 들면 언론도 결사도 형법규정 조항 적용을 피할 수는 없는데, 그것은 국가 사회가 일정한 근본적 질서를 유지하기 위함이라고 기술한다. 이를 위한 근본 규범으로서 법령을 갖는 사회인 이상 당연한 일이라는 점이다. 여기서 스즈키 야스조는 사상, 신조, 학술, 집회, 결사 등의 결과로서 생겨난 사건이 법령에 따라 재판을 받는 것은 앞서 강조한 사상, 신조, 학술, 집회, 결사 등에 대해 제한하거나 금지한다고 하는 내용과는 별개의 사안이라고 구분했다.

스즈키 야스조의 입장에서 자유를 금지하거나 자유에 제한을 가하는 것은 금지하지만, 그 결과로 의해 생긴 사회 질서 파괴에 대해서는 판결과 검찰의 기능이 필요하다는 것을 인정했다. 스즈키 야스조의 헌법정신이란 결국 일본이 전전 1941년 이후 파국으로 달려간 것이 대중들이 헌법에서 자유 자체를 보장받지 못했기 때문이었다는 점을 반성하면서 전후 사회에서는 헌법에 의해 자유를 보장받아 자유의 의의를 발현해 가야 함을 강조했다. 그렇지만 그것은 일본 사회 질서를 유지하기 위한 방편으로서의 헌법정신이었음을 알 수 있다.

스즈키 야스조의 헌법 이념을 잘 보여주는 글이었지만, 이러한 스즈키 야스조의 사상적 기반은 무엇이었나를 재고할 필요가 있다. 왜냐하면 전후 일본의 헌법학자 스즈키 야스조의 주장이 전전 파시즘을 극복하기 위한 방법으로서 대중의 자유보장을 주장하는 점에서 신일본의 방향성을 제시한 점은 그 의의가 작지 않다. 하지만 이러한 헌법정신에는 해럴드 라스키Harold Laski의 영향이 컸고 라스키의 『근대국가에서의 자유』1951, 『유럽 자유주의의 발달』1951 등을 기반으로 하고 있었다는 점을 상기하여 이 저서들도 함께 분석하여 스즈키 야스조의 헌법 사상을 고찰해 보아야 할 것이다.

수록 지면 : 8~16면
키워드 : 헌법, 사상, 언론, 결사, 학술의 자유, 기본정신, 공산주의

전쟁을 불가피하게 하는 자는 누구인가?戰争を不可避ならしめる者は誰か?

단 도쿠사부로(淡德三郎)

해제 : 김현아

내용요약

오늘날 세계의 많은 사람이 불안과 공포에 떨고 있는 이유는 전쟁은 지진과 폭풍처럼 방지할 수 없다고 느끼고 있기 때문이다. 제1차 대전의 비참한 경험에도 불구하고 그 후 20년도 지나지 않아 세계는 제2차 대전으로 돌입하게 되었다. 이것을 방지하려는 일체의 평화운동은 태풍을 맞은 나뭇잎처럼 날아가 버린 것은 아닌지. 전쟁에 대한 이와 같은 숙명 사상이 곳곳의 인심을 지배하고 있다. 불행한 것은 이와 같은 숙명 사상이 억제되는 것이 아니라 의식적 혹은 무의식적으로 조장되고 있다는 점이다.

지금의 세계 위기의 원인을 공산주의 세계의 침략 위협에 있다고 보는 견해에서 보든 반대로 자본주의 체제에서 전쟁의 필연성을 찾으려는 입장에서든 어차피 전쟁이 불가피하다는 것에는 변함이 없다. 이와 같은 사상이 도도히 흐르고 있을 때 국민은 회의적, 절망적이 되고 공허한 불안과 공포 속에 소개疏開와 사재기를 생각하는 것은 지극히 자연스러운 과정이다. 그러나 이 경우 제1차 대전 전, 제2차 대전 전 그리고 제2차 대전 후의 현대라는 세 시기가 평화운동에 크게 양적 및 질적인 전환이 있었던 것을 상기할 필요가 있다.

제1차 대전의 경험으로 전쟁이 혁명의 모태가 되는 것을 인지한 독일·이탈리아·일본의 지배세력은 한층 주도적으로 다음 전쟁을 준비하기 시작했다. 이들 나라에서는 일체의 반정부적인 세력은 모조리 탄압되고 내부붕괴의 위험은 완전히 해소된 것처럼 보였다. 제2차 세계대전은 그렇게 시작되었다. 그러나 히틀러나 무솔리니 그리고 도조東條처럼 주도적으로 준비한 그들의 자멸도 막을 수가 없었다. 히틀러는 자살하고, 무솔리니는 총살당하고, 도조는 교수형에 처해졌다. 독일과 이탈리아의 지배를 받았던 동유럽 제국은 잇따라 자본주의의 세계에서 이탈하였다. 독일도 동쪽의 절반은 자본주의 세계와는 독자적인 길을 걷고 프랑스 및 이탈리아에서는 사회주의 세력이 강대해졌다. 일본이 지배했던 아시아 제국에서는 먼저 중국이 완전히 독립하였고 조선과 베트남도 그 예를 따르려고 하며 미얀마와 필리핀, 인도네시아 사람들도 이제는 이전과 같은 유순한 식민지 노예가 아니다.

　제1차 대전의 평화운동도 제2차 대전의 평화운동도 전쟁을 방지할 수가 없었다. 그러나 집요한 평화운동이 있기는커녕 전쟁은 혁명의 모태가 되었다. 게다가 제1차 대전은 1억 6천만의 러시아에서 혁명이 일어난 것에 불과했지만 제2차 대전은 인구 4억 7천5백만의 중국에서 혁명의 불길이 타올라 다른 제국에서도 혁명 세력이 전에 없는 성장을 이루었다. 제2차 대전 후, 오늘날의 평화운동은 그 이전의 2번의 평화운동과 비교하면 양적, 질적으로 더한층 발전을 이루었다. 그리고 오늘날의 평화운동에 참가하고 있는 자는 사회주의 세력만이 아니다. 거기에는 사회주의를 지향하는 자 및 사회주의에 호의를 갖지 않는 자, 무신론자 및 크리스천과 불교도도 정치적 견해와 종교적 신앙을 초월하여 전쟁방지와 평화옹호에 적극적으로 참가하고 있다.

해제내용

　저자는 오늘날의 세계 위기를 사회주의국가特히 소련 및 중국의 세계침략 야망에 유래한 것이라는 생각이 각국에서 강하게 선전되고 있으며, 이 '적색 제국주의'에 대해서는 무력으로 '자위'하는 것 이외에 방법이 없다는 점에서 전쟁은 불가피하다는 사상이 생겨나고 있다고 말한다.

일본의 경우 1950년 8월 20일에 발표된 '외교백서'에 의하면 "한국전쟁은 '두 개의 세계'가 일치하여 희망하는 일본의 태도도 없거니와 양자가 공동으로 일본의 안전을 보장하는 기초도 없다는 것을 분명히 가르쳐 주었다. 일본이 평화적인 민주주의 국가로 머무르는 한 아무리 교태를 부려도 공산주의 세계의 만족을 쟁취할 수 없다"라는 일본의 입장이 담겨있다. 이 점에서 공산주의 세계에 대해 일본이 '평화적인 민주주의 국가'로 머무르는 것에 대한 위험이 지적되고 있다. 즉 평화를 지키기 위해서 전쟁을 준비하고 민주주의를 옹호하기 위해서 파시즘으로 기우는 것이 '외교백서'에서 도출되는 결론이다.

최근 전 수상인 아시다 히토시芦田均의 소위 아시다 구상이 발표되었는데 그 내용도 '외교백서'와 같은 입장에 입각하고 '국가 자위'라는 이름으로 공산주의 세계의 침략에 대항해야 할 재군비를 위한 거국적 운동을 제창하고 있다. 결국은 '공산주의 세계의 침략'이라는 것이 이런 사람들의 이론의 대전제가 되고 있으며 거기서 재군비와 국내체제의 강화파시즘화에 의한 전쟁에 대한 준비가 주장되고 준비의 절박과 불가피함이 선동되고 있다.

그런데 다른 한편에서 이것과는 완전 다른 입장에서 전쟁의 불가피함을 논하는 자도 있다. 그들은 먼저 오늘날의 세계 위기를 공산주의의 침략의 야망에 의해 설명하는 것과는 반대로 오로지 자본주의 기구의 모순과 정체 상태로 설명하려고 한다. 그렇지만 어떠한 시대에도 옛 기구 속에서 특권을 누려온 사람들이 스스로 자기의 무능을 승인하고 한층 합리적인 기구에 자발적으로 자리를 양보하는 것은 거의 없다. 자본주의 제국의 지배자들은 열광적인 군비 확장과 전쟁준비 속에 공포로부터 탈출구를 찾으려고 한다. 그것은 확실히 일부 자본가를 터무니없이 부유하게 하고 수천만의 실업자를 흡수하는 데 도움이 된다. 공포는 은폐된다. 그러나 대다수 국민의 생활의 질의 끝없는 저하와 전쟁 위기를 벗어나기 위해 희생이 강요된다. 그것은 또한 생활과 평화의 옹호를 바라는 사람에 대한 가혹한 탄압을 수반하지 않을 수 없다. 제2차 대전 전의 독일과 이탈리아, 일본에서 그와 같은 과정이 가장 전형적으로 진행되었는데 그 외의 제국에서도 정도의 차이는 있으나 똑같은 사태가 성립했다.

제2차 대전 종료 후에도 사태의 본질에는 변함이 없다. 상대적 과잉생산은 여전히 계속되고 공포는 만성적이다. 자본주의는 군비 확장과 전쟁준비의 수단에 호소하지 않고는 이제는 공포에서 탈출할 수가 없고 각국의 자본주의 체제는 내부적 모순으로 스스로 붕괴하지 않을 수 없다. 그런데 전쟁불가피론자들은 이러한 관점에서 출발하여 다음과 같은 결론을 내린다. 자본주의 제국에서 특권을 누리는 사람들에게 군비 확장과 전쟁준비는 소위 지상명령이어서 이 방법에 호소하지 않고 세계평화의 강화에 공헌하는 것은 자살행위나 마찬가지이다. 따라서 자본주의 제국이 존속하는 한 전쟁은 불가피하고 숙명적이어서 이것에 반항해본들 도저히 되지 않는다는 것이다. 종래의 모든 평화운동이 효과가 없었다는 사실과 실패가 그것을 증명하고 있다.

오늘날 만약 전쟁이야말로 혁명의 기회라고 생각하고 마음속으로 전쟁을 환영하는 사회주의자가 있다면 그 사람은 자본주의 유지를 위해 전쟁을 준비하고 있는 일부 독점자본가와 마찬가지로 인민의 적이라고 해야 한다. 그러나 전쟁은 결코 불가피한 것이 아니다. 전쟁을 환영하는 일부 사회주의자와 전쟁으로 이익을 얻으려는 일부 독점자본가만이 전쟁을 불가피하게 하려고 노력하고 있다. 그들의 노력이 다시 성공하기에는 세계의 평화 애호 세력이 양적으로 질적으로 너무나 강대해졌다. 지금 전쟁을 불가피하게 하는 노력을 고립시키는 것은 완전히 가능하다.

수록 지면 : 17~22면

키워드 : 전쟁, 공산주의, 자본주의, 사회주의, 평화운동

결단으로서 비무장決斷としての非武装

우에하라 센로쿠(上原專禄)

해제 : 석주희

내용요약

일본 헌법 전문에서 "일본 국민은 항구적인 평화를 염원하고 인간 상호 관계를 지배하는 숭고한 이상을 깊게 자각하여 평화를 사랑하는 모든 국민에게 공정과 신의를 신뢰하여 우리들의 안전과 생존을 보장하도록 결의했다"고 명기하였다. 이로서 일본은 평화주의를 선언하고 제9조 제1항에서 군비 및 교전권에 대한 부정 등 선언과 단언, 확언이 이어진 지 4년이 경과하는 가운데 일본의 재군비 문제가 국내외에서 논의되고 있다.

일본의 재군비는 단순히 오늘날에만 문제가 되는 것은 아니다. 일본 국내외 일부에서도 요구했으며 이는 헌법에 대한 불협화음으로 나타나고 있다. 예를 들어 일본에서도 다수의 독자를 갖는 『뉴스위크』지 1950년 12월 4월호에서는 일본의 재무장을 주제로 특별 기사가 게재되었다. 이 기사는 일본의 재무장에 관한 논의를 총 5단계로 구분하고 있다. 1단계에서 "우리들은 일본을 필요로 하는 것인가?"라고 질문하며 2단계와 3단계에서는 "일본은 신뢰할 수 있는가" 또 "일본은 가까운 장래에 우리들에게 위협이 되지는 않을까" 하는 문제를 검토하고 4단계에서는 "우리들은 일본을 재무장시켜야 하는 것인가" 하고 질문하며 마지막 5단계에서 "우리들은 어떻게 일본을 재무장 시켜야 하는 것인가" 하는 방법을 모색하고 있다. 결국 이 기사는 일본의 재무장을 희망하였다.

이 기사를 바탕으로 레이몬드는 "일본은 신뢰할 수 있는가"라는 1단계 질문을 인용하여 『뉴스위크지*Newsweek*』 12월 18일호 사설에서 일본의 재무장을 열정적으로 주장했다. 그는 1945년부터 1948년까지 제8군 사령관으로서 일본에 체류한 경력이 있으며 자신의 경험을 통해 일본과 일본인에 대해 알고 있었다. 그는 일본의 부분적인 재무장을 요구하는 것은 한반도 및 태평양에서 미국과 우방의 병력의 부족에 대한 사실을 인식하고 있었다.

　미국에서 일본의 재군비 문제에 관한 논의는 일본인 스스로 검토하고 숙고하여 결정하기 위해 필요한 프로세스임은 분명하다. 일본 재군비 문제는 일본의 문제이며 일본 자신이 결정해야 한다. 이것은 미국에서도 지적하고 있다. 이 문제는 일본인 자신이 자율적인 방식으로 검토하여 숙고하고 결정해야 한다. 이 과정에서 자율성을 지키는 것은 실질적인 의미로서 일본 민족의 독립을 실현하는 것을 의미한다. 이 같은 비무장 판결은 일본 민족에 관한 것으로 이른바 민족과 국가가 스스로 판단하는 것은 다시 말해 세계평화의 날을 이룬다는 것과 다름없다.

해제내용

　1951년에는 샌프란시스코 강화를 둘러싸고 전면 강화, 단독 강화 등 재군비분제를 포함하여 일본 지식인들 간 논쟁이 이어졌다. 특히 지식인들 가운데에는 평화주의와 군비문제를 분리하여 접근한다. 우에하라 센로쿠도 헌법을 통해 재군비 문제에 접근하였으며 일본 스스로 이를 해결해야 한다고 보았다. 우에하라는 이 글에서 일본의 재군비 문제에 대한 미국 내 인식을 소개한다. 그는 본문에서 『뉴스위크』지를 인용하여 1단계에서 "우리들은 일본을 필요로 하는 것인가?"라고 질문하며, 2단계와 3단계에서는 "일본은 신뢰할 수 있는가" 또 "일본은 가까운 장래 우리들의 위험이 되지는 않을까"를 검토하여 제4단계에서 "우리들은 일본을 재무장시켜야 하는 것인가"하고 질문하며 마지막 5단계에서 "우리들은 어떻게 일본을 재무장 시켜야 하는 것인가" 하는 질문을 미국이 바라보는 일본의 재무장 문제를 제시하였다.

　당시 미일관계는 대등한 입장에서 바라보기 어려운 측면이 있다. 그러나 샌프란시스코 강화조약을 통해 정상국가로서 일본과 미국의 관계를 모색하는 단계에서 일본을 미국의 중요한 전략적 지역으로 인식한다는 점은 명백해 보인다. 이 지점에서 가장 문제가 되는 것은 일본의 재무장 문제이다. 우에하라가 언급하듯 "일본의 부분적인 재무장을 요구하는 것은 조선 및 태평양의 미국과 우방의 병력의 부족"이기 때문이다. 미국의 관점에서 일본의 재군비 문제는 중요한 문제이나 필자는 일본 민족의 판단에 의해 이루어져야 함을 명시하고 있다. 동아시아에서 평화는 일본의 재무장 반대와 평화헌법 수호를 통해 이루어진다는 점은 당시 누구나 공유하는 인식으로 볼 수 있다. 일본의 평화주의는 헌법 9조 '재무장 금지'와 '전쟁 포기', '국가 교전권 불인정'으로 구체적인 조항을 명시하고 있다. 이로서 일본은 민주주의 국가 가운데 유일하게 자국 군대를 갖지 못하는 국가가 되었으며 군대를 통한 직접적인 전쟁 개입이 불가한 상태이다. 일본 내에서도 평화헌법에 의해 평화주의를 유지하는 것은 일본의 민주화를 촉진하고 정착시키는데 매우 중요한 것으로 평가받았다. 따라서 일본이 지역 안보질서의 안정과 평화에 기여하기 위해서는 국제사회 질서에 '평화국가'로서 일본을 자리매김하는 것이 중요해 보인다.

수록 지면 : 23~30면
키워드 : 헌법, 재군비, 무장, 일본국민

제2차 세계전쟁 회고와 성격 분석第二次世界戰爭の回顧と性格分析

사노 마나부(佐野學)
해제 : 송석원

내용요약

인류는 6년 전에 사상死傷 6천만 명에 이르는 대전쟁을 치르고도 원자병기 등을 사용해서 미증유의 대파괴전쟁을 하려고 하고 있어서 말문이 막힐 지경이다. 현재의 세계에서 전쟁 요인은 도처에서 넘쳐나지만, 평화 요인은 그에 비해 훨씬 적다. 전쟁 원인은 인간의 의지를 초월한 객관적인 정치경제적인 것이 많은데, 평화 요인은 주관적인 의지적인 것이 많다. 객관적인 형세에 맡기는 것이 아니라 주관의 힘으로 평화를 만들어내지 않으면 안 된다. 제2차 세계전쟁을 회고하고 그 성격을 분석하여 거기서 교훈을 이해하는 것도 제3차 세계전쟁을 회피하기 위한 하나의 사상 수단으로서의 가치가 있다.

제2차 세계전쟁은 제국주의전쟁이었다고 할 수 있다. 전쟁에는 공격전쟁과 방어전쟁, 제국주의과 민족전쟁의 구분이 있다. 대체로 현대에서는 공격전쟁과 제국주의전쟁이 일치하고, 방어전쟁과 민족전쟁이 일치한다. 제2차 세계전쟁에서 방어전쟁의 입장에 섰던 것은 중국뿐이었지 않았을까. 제국주의의 주요한 원인과 형태는 두 가지인데, 하나는 시장 및 원료지 쟁탈이고, 다른 하나는 영토확장투쟁이다. 추축국은 영토확장욕에, 연합국측은 시장확장욕에 빠져있었다고 할 수 있다.

제2차 세계전쟁에서의 소련의 입장은 무엇인가. 히틀러의 습격을 받고 참전했으니 방어전쟁이었을까. 그렇지 않다. 소련이 일본, 독일, 이탈리아와 비밀교섭해서 세계분할 계획을 세웠다는 문서가 수년 전 미국정부에 의해 폭로되었다. 이전에도 소련은 히틀러와 공모하여 폴란드를 분할하고 발트3국을 병합한 바 있다. 전후 소련의 영토확장정책은 강력한 적군을 배경으로 동유럽 국가를 위성국으로 만들었고, 동쪽으로는 만주와 북한을 먹어, 공산당을 앞잡이로 삼아 세계 도처에 세력확장을 도모하고 있다. 이러한 점에서 소련의 제2차 세계전쟁에서의 입장은 영토확장을 내적 목적으로 한 제국주의전쟁이었다고 할 수 있다. 이 전쟁을 계기로 소련의 사회주의로부터 레닌 시대의 서구적 색채가 소멸되고 마르크스 대신에 피터대제의 원칙이 지배하기에 이르렀다.

제2차 세계전쟁의 성격은 그 결과로 판단할 수 있다. 연합국 측은 민주주의라는 이름으로 이 전쟁을 싸웠다. 자주성을 결여한 민주화는 진정한 민주주의와는 상당히 다른 것을 만들어낸다. 세계정치를 보면 본래의 민주주의 이념에서 볼 때 납득하기 어려운 현상이 꽤 많다. 첫째, 국제연합에서의 대국의 거부권은 종래의 민주주의의 다수결원리와 매우 다르다. 둘째, 민족적 독립은 민주주의의 제1조건이기도 한데 독일은 둘로 분단되고, 한반도도 그리스도 마찬가지이며, 대국과 소국의 상하관계는 이전보다도 더 심해졌다. 20세기의 국제정치에서 배타적 주권을 갖는 국가들이 병립하고 있는 상태를 중세의 봉건사회에서의 지방적 권력분립상태와 유사하다고 형용한 사람이 있는데, 전후의 국제정치의 지도에서 보면 주인과 종자라는 중세적 형상이 도처에서 엿보인다. 셋째, 강화회의 형식이 이탈리아의 예에서 볼 수 있는 바와 같이 승리자 측에서 일방적으로 결정하고 패자의 말참견을 허용하지 않게 된 것은 제2차 세계전쟁이 만들어낸 새로운 사례로 종래의 국제법 관례에 반하며 민주주의의 실행이라고 말하기 어렵다. 넷째, 제국의 국내관계에서 종래의 민주적 원칙, 예컨대 파업권, 단체교섭권 등이 제한되기에 이른 사실도 있다. 다섯째, 전후 세계가 미소 양대진영으로 나뉜 것은 하나의 세계 실현이라는 아름다운 이상을 내세운 제2차 세계전쟁의 현실적 결말로서는 가장 비극적이다.

제2차 세계전쟁이 진보적 의의가 없었던 것은 아니다. 고전적인 자유방임적 자본주의가 모습을 감출 수밖에 없게 된 것은 이 전쟁이 만든 하나의 공적이다. 전시의 필요를 위한 통제경제가 제2차 세계전쟁에서 대규모가 되었는데, 전후 여러 나라에 계획경제로 발전하여 영국 노동당의 사회주의정책, 미국의 페어딜정책 등이 등장했다. 이러한 정책이 여전히 생산수단의 사적소유에 기초하고 대중의 창의성에 근거한 것이 아니기 때문에 참된 사회화경제라기보다 관료적 집산주의의 특색을 띤 것이기는 하지만, 기업가의 무제한적인 이윤경쟁이 국가의 관리하에 놓이게 되었다. 둘째, 제2차 세계전쟁 중에 서구 여러 나라의 아시아에 대한 압력이 저하하여 아시아 여러 나라의 식민지적 지위로부터의 이탈이 초래되었다는 점도 긍정면의 하나이다. 이와 같이 제2차 세계전쟁에 의해서도 본질적으로 왜곡되지 않은 근대적인 것, 즉 민족의 자주력과 저항력, 노동계급의 사회주의 투쟁, 일반민중의 민주주의에의 욕구와 투쟁은 여전히 건전하고, 따라서 제3차 세계전쟁의 위기를 극복하는 힘이 되고 있어서 결코 비관할 일은 아니다.

해제내용

제2차 세계전쟁을 돌이켜보면, 제국주의전쟁공격전쟁과 민족해방전쟁방어전쟁의 성격을 모두 갖추고 있으며, 추축국이 영토확장욕에 의해, 연합국 측은 시장확장욕에 의해 각각 전쟁을 했다고 할 수 있다. 저자는 먼저 제2차 세계전쟁의 결과를 통해 동 전쟁의 성격을 앞의 내용 요약에서 밝힌 바와 같이 다섯 가지로 정리한다. 그것은 한마디로 전쟁의 결과가 민주주의 이념에서 벗어나 있다는 점을 강조하는 것이다. 국제연합의 의사결정에서 강대국의 거부권을 인정하고 있다는 점, 대국과 소국의 상하관계가 마치 중세적 형상에 가깝다는 점, 패전국을 대상으로 한 전범재판이 열렸다는 점 등이다. 그러나 국제연합의 의사결정과 관련해서는 보면, 기본적으로 다수결원리를 바탕으로 하고 있으며, 안전보장이사회에서만

상임이사국 5개국에 대해 거부권을 부여하고 있다. 이것은 전적으로 국제연합의 전신인 국제연맹이 다수결원리에 입각한 의사결정 방식을 취해 강대국의 관심에서 멀어져 실질적인 기능을 하기 어려웠다는 점을 고려한 결과라고 할 수 있다. 전후 국제질서가 중세적 형상에 가깝다는 점과 관련해서는 거꾸로 다나카 아키히코田中明彦가 『새로운 중세新しい中世』에서 언급하고 있는 바와 같이, 20세기 후반기, 즉 냉전체제 시기의 국제정세가 그야말로 근대적 국제정치를 대표하고 있고, 오히려 냉전체제가 붕괴한 20세기 말기, 곧 포스트 냉전 시기부터의 21세기 세계 시스템이 오히려 중세적 국제질서와 유사하다고 할 수 있다. 저자가 지적하는 바와 같이 패전국을 대상으로 한 전범재판은 제2차 세계전쟁에서 처음 발생한 것이라는 점은 사실이다. 종래의 국제법 관례를 벗어난 것도 사실이다. 그러나 전후처리 방식으로 전범재판을 한 것은 승전국 일원인 미국의 의사와 깊은 관련이 있다는 고사카 마사타카高坂正堯의 견해를 음미할 필요가 있을 것이다. 이와 같은 논의를 정리하면, 다나카, 고사카 등의 현실주의에 대해 저자 사노 마나부의 다소 이상주의적인 입장이 대립하는 듯한 인상을 받게 된다.

저자는 고전적인 자유방임적 자본주의가 모습을 감추게 된 점과 서구의 아시아에 대한 압력이 저하하여 아시아 여러 나라가 식민지 상태에서 벗어나게 된 점을 제2차 세계전쟁의 진보적 의의로 든다. 특히, 전자와 관련해서 저자는 번햄James Burnham, 1905~1987 교수의 『경영자혁명론The managerial revolution』1941. 일본어번역서는 미쓰이본사조사부(三井本社調査部)에 의해 1944년 출간을 인용하면서, 생산수단의 공유 속에 기술자층이 사회의 주인이 될 것이라는 주장이 올바르다고는 할 수 없지만, 제2차 세계전쟁을 계기로 강해졌다는 점은 인정한다.

더욱이 글의 마지막 부분에서 "제2차 세계전쟁에 의해서도 본질적으로 왜곡되지 않은 근대적인 것, 즉 민족의 자주력과 저항력, 노동계급의 사회주의투쟁, 일반민중의 민주주의에의 욕구와 투쟁은 여전히 건전"하다고 하면서, "제3차 세계

전쟁의 위기를 극복할 수 있으며 결코 비관할 일은 아니다"라고 강조한다. 크고 작은 국지전이나 글로벌 테러리즘에 의한 분쟁이 지속되고 있기는 하지만, 저자가 말하는 바와 같은 제3차 세계전쟁은 아직 일어나지 않았다는 점에서 저자의 주장은 일견 타당해보이기도 한다. 그러나 제3차 세계전쟁의 위기 극복이 제2차 세계전쟁에도 불구하고 본질적으로 왜곡되지 않은 근대적인 것, 즉 민족의 자주력과 저항력, 노동계급의 사회주의투쟁, 일반민중의 민주주의에의 욕구와 투쟁의 결과인지에 대해서는 보다 깊은 논의가 필요하다고 생각된다. 민족의 자주성이 언제나 동일한 기준으로 강조되었다고 보기 어려운 점은 코소보나 크림반도의 사례가 여실히 입증하고 있다. 뿐만 아니라 노동계급의 사회주의투쟁과 일반민중의 민주주의에의 욕구와 투쟁이 반드시 동일한 목표를 지향한 것도 아니다. 또한, 저자가 지적하는 바와 같이, 제2차 세계전쟁 이후 영국, 프랑스, 독일, 미국 등에서 광범위한 사회보장정책이 확실히 취해지기도 했다. 그러나 블레어의 영국 노동당이 제3의 길을 내세우는 등 사회보장 문제에서의 정부와 개인의 공동책임을 강조하는 사례 역시 출현했다는 점에서 저자의 사회주의에 대한 기대와 예측의 한계가 드러나기도 한다.

수록 지면 : 31~35면
키워드 : 제2차 세계전쟁, 제국주의, 평화운동

휴머니즘의 철학 ヒューマニズムの哲学

사토 게이지(佐藤慶二)
해제 : 김웅기

내용요약

우리는 실존주의를 현대의 새로운 휴머니즘이라고 생각하지만 그렇다면 현대적 새로운 휴머니즘의 중핵을 이루는 것은 무엇일까. 모든 기존의 휴머니즘과 마찬가지로 이는 인간의 자주성에 관한 주장으로 나타내고 있는 것으로 여겨진다. 인간을 어디까지나 실질적인 존재자로 보아 그 자주성을 높이 평가한다는 것이다. 게다가 이때 우위성이란 사실상의 우위성이 아니라, 오히려 이론상 그리고 실천 상의 우위성임을 잊어서는 안 된 것이다.

인간의 존재 방식은 현존재現存在, 즉 '거기에 있다'로 규정될 것이다. 그리고 인간이 '거기에 있다'라고 할 때, 세계 또는 환경과 일정한 관계에서 '거기에 있다'라는 것이다. 더구나 그 세계 또는 환경을 자연적, 물질적인 것으로 볼 때, 인간의 토대를 이루는 것이 자연이며, 그 기반을 이루는 것이 물질이라는 자연주의 혹은 자연적 유물론을 우리는 승인하지 않을 수 없음에 대해서는 두말할 필요가 없을 것이다. 존재적 그리고 기술적으로 인간은 자연의 일정한 발전 단계에서 처음으로 나타난 자연의 산물이며, 따라서 시간과 공간 측면에서 광대한 자연 속에 존재하는 하나의 물질적 존재자이다. 그 한에서 인간은 다른 자연적 존재자 속에 이들과 함께 존재하는 하나의 자연적 존재자가 된다.

그러나 이처럼 인간을 하나의 자연적 존재자로만 간주하는 것만으로는 아직 인간적 특징을 구체적으로 파악했다고 할 수는 없다. 이는 인간을 다른 동식물이나 무기물과의 공통성에 대해 파악하여, 인간을 그것들의 서열까지 끌어내림으로써 인간을 자연화하는 이해방식이다. 인간이란 과연 라디오의 20개 문이 아니지만, 동물이며, 더욱이 확실히 자연적 존재자로서의 측면을 지니고 있다. 우리는 이 점을 잊어서는 안 될 것이다. 그러나 이와 동시에 그 이상의 측면, 바로 인간다운 면을 가지고 있기도 하다. 이 점 또한 우리가 무시해서는 안 된다.

그렇다면 인간으로 하여금 인간답게 해주는 측면이란 과연 어떤 것일까. 그것은 같이 인간이 존재하는 방식인 현재, 즉 '거기에 있다'와 연관되며, 그 해석 여하에 달려 있다. 바꾸어 말하면 세계내존재世界内存在이다. 인간이 존재한다고 말할 때, 그는 늘 그리고 이미 세상 안에 있는 것이다. 그러나 이때 세상 안에 있겠다고 해도 옷이 옷장 안에 있고 옷장이 방 안에 있다고 하듯이 인간이 세상에 공간적으로 있다는 점을 의미하는 것이 아니다. 만일 그런 의미로 본다면 인간을 오로지 자연적 생존자로만 보는 것이다. 그것이 아니라 인간이 존재한다는 것은 항상 세상과의 일정한 교섭 관계에 있다는 것을 의미하는 것이다. 더군다나 그 협상관계란 물리에 의한 협상이라는 의미가 아니라, 오히려 비물리적 관심이라는 의미다.

인간이 존재한다고 할 때, 비물리적으로 세상과 협상하여 관심을 가지며, 그와 일정한 비물리적인 제약 관계를 갖게 된다. 그가 존재할 때, 직감이나 이성을 통해 인식적으로, 이론적으로 교섭하거나 행위 그리고 제작을 통해 실천적 행동 안에서 교섭하게 된다. 세계내존재란 이처럼 이론적이고 실천적인 교섭 관계라는 것이지, 단순히 물리적인 자연적, 공간적 관계만을 의미하는 것이 아니다. 따라서 이 경우에도 단순한 물리적, 자연적 세계, 이른바 사물세계로서의 의미가 아니라 인간 교섭의 대상계對象界로서의 세계, 즉 도구세계를 의미한다.

그리고 이러한 협상의 대상계로서의 세계를 떠나서 인간은 존재할 수 없다. 세상은 환경적으로 인간을 규정하며 생산과 동시에 인간에 의해 규정되며 생산되는 것이기도 하다. 세상을 이처럼 자연적 세계가 아닌 인간적 세계의 의미에서 환경으로 보는 것이 휴머니즘의 입장이다. 인간은 물리적 세계에 의해 만들어지고, 나아가 환경적인 세계에 의해 만들어진 것이지만 동시에 그러한 세계에 역으로 작용해 그것을 바꾸며 재구성해 나간다.

세계는 기술적 물리적으로는 우위성을 갖고 있지만, 이론적 실천적으로 우위성을 갖는 것은 인간이다. 이런 의미에서 인간은 세계 환경의 중심을 이루는 것이다. 그리고 이와 같은 입장에 근거해서 인간을 세상의 중심을 이루는 것으로 보고 인간을 모든 인식과 평가와 행동의 기준을 이루는 것으로 본다는 데 휴머니즘의 기본적 특징이 존재한다. 인간을 만물의 척도라고 주장한 고대 그리스의 프로타고라스가 제시한 인간 척도의 명제야말로 휴머니즘의 기본적 진리를 표현하는 것이다.

인간의 이론적 실천적 우위성이란 관한 주장은 건강이 좋지 못한 것과 다름없고 또 인간의 주체성에 관한 주장과 다름없다. 인간을 어디까지나 인식과 실천의 주체로서 보는 것이 그 주축이다.

해제내용

패전국 일본의 새로운 정체성을 확립해 나가는 데 있어 철학적 접근은 매우 중요하다. 와세다대학 철학과 교수인 필자는 대중을 대상으로도 몇 권의 철학 입문서를 펴낸 경력이 있어 시사적 내용에 관한 논고도 남아 있다. 이 논고도 그중 하나다. 인간의 자주성, 인간성 존중, 인강성에 대한 신뢰, 해방, 재생, 인간의 전인적 형성 순으로 구성된 이 논고는 마치 인간 존엄성 회복이 가장 먼저 들어서야 새로운 출발이 가능하다는 점을 적시하여 논의하는 듯하다.

왜 휴머니즘이 폐허가 된 1946년 초 일본에서 필요한지에 대한 물음은 제국 체제에 대한 자성에 비롯된 것이 아닐까 하는 추측이 가능할 것이다. 인간의 존재 이유 즉 오로지 생명체로 무기질적으로 연명하는 존재가 아니라는 점을 강조하는 배경에는 스스로 생각하는 힘을 길러야 민주화된 일본이 제 구실을 할 수 있다는 문제의식이 깔려 있는 듯하다.

지금까지의 논의가 오로지 철학적 논의로만 전개되며, 실은 일본 상황에 대해서는 한 자도 언급이 없다는 점이 본 논고의 큰 특징이다. 그럴수록 이 논고가 독자들로 하여금 다양하게 생각해 볼 수 있는 길을 열어주는 듯하며 한층 설득력있게 해준다.

수록 지면 : 36~43면
키워드 : 휴머니즘, 철학, 대상계(対象界)

일본의 부흥日本の復興

다나베 타다오(田辺忠男)

해제 : 석주희

내용요약

1. 민주주의 국가군의 일원으로서 일본의 부흥

전쟁이 끝난 후 4년이 지나 일본은 부흥하게 되었다. 소위 민주주의 국가군, 그 일원으로서 일본의 부흥이 필요하며 일본이 민주주의 국가군의 일원이 될 수밖에 없는 상황 때문이다. 이러한 사실을 제외하고 일본의 부흥을 이해하는 것은 비현실적이며 망상이다. 일본이 극동에서 무장하여 강국이 되어야 공산주의 국가군의 침입을 방지할 뿐 아니라 일본이 민주주의 국가의 적이 되는 오해가 없어지기 때문이다.

일본은 왜 민주주의 국가군의 요구에 응할 수밖에 없는가. 일본은 영미, 특히 미국의 적극적인 원조가 끊이지 않는 한 국민의 생존을 보증하고 공산주의 국가군의 침략의 위험을 방지할 수 있다. 패전 이후 일본은 '동양의 낙원'으로서 스위스나 스웨덴과 같은 태평하게 세상을 등지고 살면서 세월을 보내기로 선언했다. 흡사 '무장해제'가 '세계에 대한 가장 이상적인 행동으로서의 전쟁포기 헌법 제정'이었던 것 같이 이제 재무장은 '세계를 위한 민주주의의 방위' 또는 '자위권의 행사'로서 '자발적으로' 선언되었다.

우리들은 민주주의 국가군과 공산주의 국가군의 대립이 낳은 민주주의 국가의 일원이다. 민주주의 국가군이 너무나 태평하게 숙면을 탐하고 있으므로 낙후된 정세를 볼 때 민주주의 국가군의 일원으로 부흥한 일본이 추구해야 할 역할, 아마도 무력 협력을 거부할 수 없을 것이다. 패전으로 인한 국력의 손실이 크기 때문에 우리들은 최선을 다해 부흥해야 한다.

2. 일본의 부흥과 아메리카

일본의 부흥을 위해서는 단순히 경제적인 관점에서도 연합국이 일본의 가장 우수한 산업설비의 약 3분의 1을 배상하도록 한 것을 단념한 것, 군수산업 능력의 제한과 각종 명목으로 중요한 산업 능력의 제한을 모두 폐지한 것, 외국과의 무역을 촉진하기 위해 사적 독점금지, 자본의 과도한 집중배재 등 시설의 완화를 모색하는 것, 외국 무역을 위한 시장 개척, 외국항로 참가를 전면적으로 허가하는 것이 아닌 적극적으로 주도해 나가는 것, 양질의 물품을 생산하기 위해 수출 산업, 관련 산업의 기술 및 시설을 협동경영의 형태로 원조하는 등의 조치를 해야 한다.

일본의 경우에는 당연하게도 미국의 적극적인 원조 없이는 부흥할 수 없다. 이러한 일본의 부흥은 미국의 적극적인 원조로부터 이루어지기 때문이다. 우리들은 소련의 정치, 사회 상태를 혐오하는 것 공산주의 국가군, 소련 및 중공에는 우리들의 단순한 생활을 보장하는 능력조차 가지고 있지 않다. 우리들에게는 '중립'조차 현실적으로는 기회가 없다. 일본의 부흥은 민주주의국가군의 필요에 의해 결정되어 그 필요를 충족시키도록 해야 하지만 일본이 용병 국가가 된다는 것은 아니다. 일본이 과거에 창조한 문화의 가운데 세계문화에 공헌하며 민족의 특색 있는 문화를 의식하며 그 능력이 장래에 나아가 발전하고 전수할 수 있는 자신을 가져야 한다. 그러나 우리들이 의식과 자신과 동시에 현실을 압박하는 정신적, 물질적인 결함에도 관심을 가져야하며 그 경우 부흥하는 일본이 민주주의 국가군의 요구에 따라야함과 동시에 그 위험에 노출 될 가능성도 있을 것이다.

해제내용

일본에서 '부흥'은 국가를 재건하고자 할 때 종종 등장하는 수사적인 표현이다. 2011년 3·11 대지진 이후 일본 정부는 지난 십 년간 '부흥'을 목표로 캠페인을 실시해왔으며 도쿄 올림픽을 '부흥' 올림픽이라고 지칭하였다. 일본의 맥락에서 '부흥'은 전쟁이나 자연재해로 무너진 국가를 재건하는 데 필수적인 언설과 다름없다. 다나베는 본 글에서 두 가지 맥락에서 전후 일본의 부흥을 제시한다. 첫째는 "민주주의 국가군의 일원으로서 일본의 부흥이다". 일본은 민주주의 국가군과 공산주의 국가군의 대립 가운데 민주주의 체제를 적극 지지하며 제도적인 환경을 갖추었다. 또한 미국과 아시아 지역 내 민주주의 국가군의 일원으로서 무력을 제외한 협력을 시사했다. 동남아이사에 대한 공산주의의 침입에 대한 우려와 방지, 이에 대한 일본의 적극적인 개입도 이 같은 맥락을 같이 한다. 민주주의 국가군과의 협력, 동아시아의 평화를 위한 미일관계의 구축은 민주주의 국가군의 일원이 되고자 하는 일본에서 불가피한 선택이다.

다음으로 경제적 관점에서 일본의 부흥은 미국과의 관계가 매우 중요하다는 점을 지적한다. 필자는 외국과의 무역을 촉진시키고 자본의 과도한 집중을 배재하며 수출 중심의 산업을 발전시켜야 한다고 보았다. 이 같은 노력으로 1960년대 고도 경제성장기 이후 일본의 경제성장은 관료와 기업, 정치가를 중심으로 전개되었으며 대미 무역이 증대하였다. 반면 경제 주체로서 일본국민의 참여와 중요성이 간과된다는 지적을 받았다Wolferen 1990. 1951년 시점에서 일본은 필자가 지적하듯 "미국의 적극적인 원조 없이는 부흥할 수 없는" 상태이다. 더 나아가 일본의 경제적 부흥은 미국과의 경제적 협력과 미일안보조약이라는 안보협력을 통해 견고하게 구축되었음을 알 수 있다. 『일본급일본인』에서 중요하게 다루는 미국과 일본의 관계, 일본 민족의 독립, 자주국방 문제는 일본의 부흥을 무엇으로 정의하는가에 따라 달라질 수 있다. 이 글에서 제시하는 일본의 부흥은 미국과 일본의 관계 속에서 불가피한 전략적 선택으로 보인다. 경제적 자립을 이룬 현대 일본 국가에서 진정한 민주주의 국가를 이루기 위해서 필요한 것은 무엇인지 이 글을 통해 다시금 조명할 수 있다.

수록 지면 : 44~47면
키워드 : 부흥, 민주주의, 미일관계

미국의 준전시 경제와 일본 米国の準戦経済と日本

진노 마사오(神野正雄)

해제 : 석주희

내용요약

어떤 사건이 발생하면 갑자기 사람과 사람이 친밀해지는 경우가 있다. 일본과 미국도 한반도 전쟁으로 급격하게 친밀하게 되었다. 그렇게 보면 같은 혈관을 통해서 피가 흐르고 있는 것은 아닌가하는 생각도 든다. 한반도 전쟁 이후 미국은 균등한 예산을 요구하는 희망을 버릴 수밖에 없다. 생활비가 쌓이며 물가가 상승하고 세금이 증가하며 적자 공채가 증가한다. 미국 경제는 인프라 요소를 폭발시킬 수 있는 것이 충분히 있으며 동시에 다른 지역 통제를 전면적으로 강화하는 단계에 이르렀다.

이 같은 미국의 태도는 일본에 어떤 영향을 미칠 것인가. 우선 일본이 미국의 군수 생산력의 일부에 편입할 가능성이 있다. 일본의 자립경제를 일시에 정지시키더라도 경제 협력을 요청할 경우 불가분의 관계에서 무엇인가 할 수밖에 없다. 현재 일본에서는 금전적인 면에서 간접적인 통제가 이루어지고 있으므로 문제는 이러한 간접 통제도 올해는 물질적인 면에서 직접 통제로 들어갈 것이라는 예측이 있다. 일본은 서서히 정부가 통제하는 상황으로 들어가고 있다. 이러한 통제의 형식은 대체적으로 미국의 통제를 모방하는 것으로 구체적인 논의가 필요하다.

다른 문제는 미국 경제의 변화가 일본 무역에 미치는 영향이다. 미국이 무역을 통제하는 것이 틀림없다. 수출통제가 점차 엄격해지고 있다. 이것은 일본에 어떤 결과를 가져올 것이다. 우선 미국으로부터 수입이 상당히 어려워지고 있다. 일본의 총수입액 가운데 미국이 점하는 비율은 1950년 1월부터 8월 사이에 62%라는 고도의 의존도를 보인다. 식량수입은 정치적의미보다도 우선 괜찮다는 방향이 많으나 미국의 농업수확은 과거 10년간 이상하게 호조를 계속 보였으나 이후에는 기대할 수 없으며 객관적인 정체를 보더라도 스스로 식량비축을 할 필요성이 강조되고 있다. 철광석도 일본이 사용하는 것은 미국의 수출여력으로부터 큰 비중을 차지하는 것은 아니나 실제 적출하여 허가를 하는지, 상황에 따라 보이지 않는다고도 말할 수 있다.

일본의 대미수입의존이 높아지면서 동시에 미국의 군비 확대는 일본에게 타 지역보다 수입 장벽을 야기한다. 일반적으로 일본의 높은 무역의존도와 미국의 세계적인 군비 확대는 미국과 일본이 원재료 자원 매입을 경합하게 한다. 일본에게 필수불가결한 중요한 물자, 고무, 황마, 양모, 주석 등의 대량매입은 미국을 시작으로 각국의 매입 경쟁을 야기할 것이다. 전후 미국은 아시아 근동으로 확대하여 시장을 확보하고 있다. 미국의 군 확대는 그러한 수출여력을 상승시키고 시장을 유지할 가능성이 높다. 일본에게는 실지회복을 위한 기회이다. 그러나 다른 한편 수입이 부진하면 수출도 수출도 따라서 축소되며 수출과 수입 양방의 확대에 의한 생산력 회복은 낙관하기 어렵다. 이러한 절호의 기회를 무역 축소로 뻔히 알면서도 볼 수밖에 없는 것은 유감이다. 지금까지 외자 도입은 비관적일 수밖에 없다. 우선 미국의 국내 고리는 군수 품목 발주가 급격하게 증가함에 따라 발생한 것으로 다수의 위험을 적시하고 모든 리스크를 가지고 일본에 투자하는 의욕은 극히 적을 것이다. 그 외에 정치적 투자는 국제정세의 상황에 따라 미국의 대일처리방침에 의해 결정되는 것으로 현 단계에서는 예측하기 쉽지 않다.

이상에 본 바와 같이 대체적으로 비관적인 요소가 많다. 미국의 군비 확충은 일본 경제에 유리하지 않을 것이라고 해도 결국 중요한 것은 미국의 대일원조방식이 어떻게 되는가이다. 이것이 가장 중요함에도 일본은 승자를 보더라도 조치가 없으며 불명확한 단계이므로 일본의 경제를 견지할 필요가 있다.

이처럼 미국이 통제경제에도 불구하고 대일 수출을 지속하며 일본을 필요물자 수입처에서 전환할 경우 일본의 자립은 물론 경제협력체제도 불안하다. 일본의 생산품을 공출(供出)하는 가운데 협력체제로서 효과는 극히 희박하므로 어떻게든 생산력을 높이는 방식을 모색하지 않으면 안 된다. 이를 위해서 우선 고려할 것은 일본 자체에서 수입을 확보하고 긴급한 수입을 수배해야 한다. 중공에서는 올 여름 일억 수천만 달러의 외자투자를 가지고 긴급 지축 수입을 하여 지금은 외화는 거의 없으나 물자수입은 전달되고 있다. 차기 총리대신이 긴급 수입에 대한 방법을 모색하도록 명령했다는 보도를 읽고 당황스러울 따름이다.

해제내용

진노 마사오는 경제분야에서 미국이 태도와 협력이 일본에 미치는 영향에 대하여 분석하였다. 그는 일본이 한국전쟁을 계기로 미국과 친밀한 관계를 갖게 되었으며 전후 일본의 혼란한 경제적 상황을 타개해 나갈 수 있을 가능성을 제시하였다. 이는 한국전쟁과 관련하여 안보 경제적 측면에서 다음과 같이 제시하였다. "우선 일본이 미국의 군수 생산력의 일부에 편입할 가능성이 있는 것과 일본의 자립경제의 진행을 일시에 정지시키고 일본은 미국이 주도하는 경제적 통제 상황에 이르렀다"는 것이다. 진노 마사오는 미국 경제의 변화는 일본의 무역과 경제에 지대한 영향을 미칠 것으로 예상하였으며 이는 틀림없는 한국전쟁을 제외하더라도 부인할 수 없는 사실이 되었다. 따라서 일본은 미국과의 경제적 관계를 정밀하게 구축해야 하는 한편 자립을 위한 모색도 이루어져야 한다는 것이 필자의 논지이다.

일본의 대미수입의존도 일본의 자립경제를 구축하는 데 저해 요소가 된다. 필자는 "일본의 대미수입의존은 고도성과 더불어 미국의 군 확대는 일본의 다른 지역보다 수입의 장벽이 된다. 일본이 가진 일반적인 높은 무역의존도는 세계적인 군 확대를 위한 원재료 자원의 매입에 의해 일본의 매입과 경합한다"며 우려의 시각을 보였다. 반면 일본에게 필요한 물자인 고무, 양모, 주석 등은 미국뿐 아니라 세계 각국으로부터 시장을 확대해 나갈 수 있었다. 따라서 1951년 현재 일본의 경제는 부흥을 모색하며 미국이 주요 수출과 수입의 대상이나 이는 경계할 필요가 있다고 보았다. 1951년 미국의 경제는 전쟁과 관련하여 군 확충을 위한 것으로 일본의 경제에 어떠한 이익을 야기하는지 냉철한 시각이 필요하다는 것이다. 필자는 미일관계의 정치적 맥락을 상기시키며 경제적 협력관계를 구축하기 위해서 긴밀하고 안정적인 군사안보협력이 중요하다는 점을 제시한다.

수록 지면 : 48~54면
키워드 : 미일관계, 조선사건, 재군비, 준전시, 경제

오가와 헤이키치 옹의 회고 小川平吉翁の回顧

기타 레이키치(北昤吉)

해제 : 김현아

내용요약

나는 1918년 여름이 끝날 무렵 쌀 소동이 일어났을 때 구미로 유학을 갔고 1922년 연말에 귀국했다. 가족이 지바현千葉縣 이치노미야一の宮에서 생활하고 있어 귀국 후 이치노미야에서 지냈다. 4년 반을 일본을 떠나 있어서인지 신문기자와 잡지기자가 자주 찾아와 기고를 부탁했다. 『일일신문日々新聞』에는 '베르그송과의 대화ベルグソンとの対話' 『요미우리신문読売新聞』에는 '크로오체를 방문하다クロオチエを訪ふ'를 썼다. 1923년 개조改造 4월호의 권두 논문에는 '왕도와 패도王道と覇道'라는 제목으로 정치철학의 장편 논문을 썼고, 5월호에는 '독일혁명의 회고独逸革命の回顧'를 발표했다. 이 논문들은 '철학 행각哲学行脚' 외 23편을 실은 논문집으로 간행되었다. 나는 1937년 여름까지 지바현 이치노미야에서 은거 생활을 하였다. 8월 중에 신슈 키자키호반信州木崎湖畔의 하기夏期대학과 가루이자와軽井沢의 하기대학에 3일간 강습이 있어 출장을 갔다. 그 당시에 '부인공론婦人公論'의 기자였던 하타노 아키코渡多野秋子의 요청으로 도쿄 지식층 부인들의 집회에서 강연하기도 하였다. 그리고 오가와 옹의 고향 마을 스와諏訪 부근의 후지미富士見에서 3일간 하기대학에 참석하였다. 나는 그때 오가와 옹의 후지미 별장에 머물렀다. 오가와 옹은 여러 명의 막료를 이끌고 나의 '독일서남학파의 철학ドイツ西南学派の哲学' 강연에 3일간이나 참석했다. 밤에는 유쾌한 술자리가 열렸다. 여기서 오가와 옹은 나를 시험해보기도 했는데 원래 형과 친교가 있어 나를 신뢰하고 있었다.

1923년에 '대동문화협회大東文化協會'가 설립되고 협회를 경영하는 대동문화학원의 총장은 히라누마 기이치로平沼騏一郎가 맡았다. 얼마 후에 이노우에 데쓰지로井上哲次郎로 바뀌었다. 오가와 옹은 나를 기노시타 시게타로木下成太郎 이사와 오오키 엔키치大木遠吉 백작에게 소개해 주었다. 나는 대동문화학원의 교수가 되어 서양철학을 담당하였고 동서문화비교연구소의 주임도 겸하였다. 내가 40세를 넘어 일류 정계 인사와 일류 철학자를 알게 된 것은 오가와 옹의 주선이 있었기 때문이다. 후시미의 강연으로 알게 되어 장래 나의 이력을 규정하는 데 큰 힘이 되었다.

오가와 옹이 일본신문의 창간을 결심한 것은 자기의 이름을 알리거나 상업의식이 있어서가 결코 아니다. 오가와 옹은 신문 창립 이전에 이미 천하의 명사名士이며 철도원 총재도 맡고 있었다. 그리고 신문이 창간된 해인 1925년 2월에는 이미 호헌 3파 내각의 사법부 장관에 임명되었기 때문에 이름을 알릴 필요는 전혀 없었다. 그렇다면 상업의식이 있었는가 하면 그렇지 않다. 오가와 옹은 신문은 저속한 지류에 아첨하지 않으면 존속할 수 없다는 것을 충분히 알고 있었다. 일찍이 하라 다케시原敬가 매일 저녁 신문사 사장에 취임하기를 간절히 부탁했는데 거절한 것에서도 알 수 있다. 그렇다면 무엇이 오가와 옹에게 어려운 신문경영을 결심하게 하였을까. 한마디로 말하면 시대의 추세에 있다.

제1차 세계대전은 1918년 11월에 종결되었지만 같은 해 러시아의 볼셰비키 혁명은 일본에 심각한 영향을 끼쳤다. 1918년의 패전에 의한 독일 사회당 중심의 혁명도 일본으로서는 남의 일이 아니었다. 보수적인 영국에서도 1차 세계대전 후 맥도널드 내각이 탄생했다. 러시아의 로마노프가家, 독일 호엔촐레른가, 오스트리아 합스부르크가가 잇따라 무너지고 세계에서 군주국다운 대국은 일본과 영국뿐이었다. 일본도 제1차 대전 후 반동으로 경제불황에 빠지고 도쿄대학의 신인회新人會를 중심으로 하는 학생운동은 요원의 불길처럼 불타오르고 일반 민중 사이에서도 보통선거운동과 얽혀 노동운동, 농민운동이 왕성하게 일어났다. 특히 오가와 옹을 움직이게 한 것은 1922년 12월 27일의 난바 다이스케難破大助의 대역사건大逆事件이다. 일본신문의 창간과 대동문화협회의 활동 및 치안유지법의 제정도 이 대역사건으로 촉진되었다는 것을 간과해서는 안 된다. 패전 후부터 회고해서 여러 가지를 비평해볼 때, 모두 일어나야만 했기에 일어난 역사적 사명이 있다.

오가와 옹이 난바의 대역사건에 얼마나 큰 충격을 받았는지는 와카스키 레이지로若槻礼次郎의 '회고록'를 보면 오가와가 의회의 단상에서 정치가인 자신을 꾸짖는 엄숙한 태도에 대해 칭찬하면서 대웅변이었다고 후술하고 있는 것을 보면 알수 있다. 오가와 옹은 대역사건 다음날 사상단체 청천회靑天會를 스스로 발기하고 성립시켰다.

1939년 4월 나는 대만, 홍콩, 광둥을 거쳐 하이난 섬으로 건너갔다. 홍콩에서 중일화평운동을 하고 있었던 가야노 나가토모管野長知 옹을 만났다. 오가와 옹은 가야노와 연락하여 홍콩에 왔다. 물론 화평을 위해서이다. 내가 광둥을 거쳐 귀국하기 전날 오가와 옹은 광둥에 도착했다. 헌병사령관 하야시 기요시林清 중좌는 만주사변이 일어나고 나와 타오난洮南의 허난河南 공관에서 밤새워 술을 마신 적이 있고, 1937년 내가 형의 일로 혐의를 받고 구단九段의 헌병대본부에 이틀간 유치되었을 때 특고特高 과장으로 재직하고 있어 알고 있는 사이였다. 광둥에서도 두 번이나 술을 마신 일이 있어 오가와 옹과의 만남을 주선해 주었다. 개인적으로는 꽤 친절했는데 오가와 옹의 화평공작은 군부의 간섭으로 아무런 성과가 없었다. 오가와, 가야노의 화평공작의 실패에 대해서는 미타무라 다케오田村武夫의 '전쟁과 공산주의戦争と共産主義'에 서술되어 있다.

이런 근거에서 보면 국수파는 군국주의자라고 오해하는 사람들도 있는데 오가와 옹 등은 만주사변은 물론 대동아전쟁도 반대했다. 토착 일본주의자와는 그 선택을 달리한다. 오타케 간이치大竹貫一 옹이 만년에 나와 만났을 때 "오가와 옹은 영미전쟁은 해서는 안 된다고 말했지만 나는 하라는 쪽이었다. 지금 일본군의 전세가 불리하다. 나는 권력자가 아니므로 직접적인 책임은 없지만, 전쟁하라고 말했으니 할복이라도 해서 국민에게 사죄해야 한다"고 술회했다.

해제내용

오가와 헤이키치小川平吉는 1869년 출생하여 1942년에 사망했다. 나가노長野 출신이며 변호사, 정치가이다. 1892년 도쿄제국대학 법과를 졸업한 후 변호사가 되었는데 정치 운동에도 가담하고 동아동문회東亜同文会 간사로서 활약했다. 입헌정우회立憲政友会에 입당하여 1903년에 나가노현에서 입후보하여 중의원 의원에 당선되었다. 러일전쟁 전에 입헌정우회를 탈당하고 개전론자의 급선봉이 되었다. 러일전쟁 후 포츠담조약을 반대하는 국민운동을 지도하고 히비야야키우치사건日比谷焼打ち事件을 일으키고 기소되었는데 무죄판결을 받았다. 그 후도 당선되어 정우회에 복귀하여 수장으로서 지위를 굳히고 1920년 국세원国勢院 총재, 1925년 사법부장관, 1927년에는 철도부 장관이 되었다. 그런데 그 재임 중에 문제가 된 사철의옥사건私鉄疑獄事件에 연좌되어 1936년의 선거에서 낙선하고 유죄가 확정되어 하옥되었다. 다음 해 1937년에 가석방되고 정계에서 은퇴했다. 그러나 중일전쟁 발발 후 중국 문제의 해결에 깊게 관여하여 1939년에는 홍콩을 방문한다. 오가와의 일기, 서류 등을 모은 『오가와 헤이키치 관계문서小川平吉関係文書』 2권1973이 있다.

대역사건大逆事件은 1910년 5월 각지에서 다수의 사회주의자, 무정부주의자가 메이지 천황明治天皇 암살을 계획했다는 이유로 검거되어 다음 해 1월에 26명의 피고가 사형 또는 처벌을 받은 사건이다. 재판은 1910년 12월 10일부터 비공개로 대심원 형사특별법정에서 열렸다. 다음 해 1911년 1월 18일에는 24명이 대역죄로 사형을 받았고, 2명은 폭발물단속 벌칙위반죄로 유기징역형이 내려졌다. 같은 날 사형선고를 받은 자 중의 절반은 메이지 천황의 '인자仁慈'에 의해 감형되었는데 고토쿠 슈스이幸徳秋水, 미야시다 다키치宮下太吉, 간노 스가管野スガ 등 12명은 1월

24일과 25일에 거쳐 처형되었다. 전 세계에 충격을 주었던 재판은 1명의 증인도 법정에 세우지 않았고 재판기록도 변호사에게도 남기지 않아 사건의 진상은 제2차 세계대전 패전에 이를 때까지 은폐되었다고 한다.

그러나 미야시다 다키치 등 무정부주의자 일부가 메이지 천황의 암살을 모의했다는 구실을 마련하여 무정부주의와 사회주의의 근절을 목적으로 전국에 걸쳐 대대적으로 음모를 날조했다는 것이 사건의 진상이다. 미야시다 다키치, 니이무라 다다오新村忠雄, 후루카와 니키사쿠古河力作, 간노 스가 등 4명이 메이지 천황을 폭탄으로 암살하려 했다는 것은 추정할 수 있어도 고토쿠 슈스이가 이 음모에 어느 정도 관여했는지 확실하지 않고 다른 21명도 전혀 관계하지 않은 것으로 여겨지고 있다.

1963년 9월 13일, 50년간 무죄를 계속 호소해온 사카모토 세이마坂本清馬는 최고재판소에 재심을 청구하지만 1965년 12월에 기각되었다. 결정 불복에 의한 특별항고도 1967년 7월 30일에 기각되었다. 이 사건은 정부의 교묘한 캠페인으로 일반사회에 사회주의의 무서움을 심어줌과 동시에 문학자에게도 큰 충격을 안겨주었다. 도쿠미 미소카徳冨蘆花는 '모반謀叛'을 강연하며 고토쿠 슈스이 등을 순교자라고 호소하였고, 이시카와 다쿠보쿠石川啄木는 사건의 본질을 예리하게 간파하고 사회주의의 연구를 진행하였다. 모리 오가이森鷗外와 나가이 가후永井荷風는 사건을 풍자하는 작품을 썼다. 구미의 사회주의자도 일본 정부에 다수의 항의 전보 등을 보내고 항의 운동을 전개했다고 한다.

수록 지면 : 55~66면
키워드 : 오가와 헤이키치, 대동문화협회, 일본신문, 대역사건

추억 수첩 (1)思い出帳 その一

사토 하치로(サトウハチロー)

해제 : 김웅기

내용요약

"이번에 이사 오신 뒷집 분들께 장난치거나 험하게 대하면 안 된다."

소학교 2학년 때 어머니께서 이렇게 말씀하셨다.

"뒷집 주인 분께서는 일본의 중요한 분이란 말이야."

어머니께서 이런 식으로 말씀하시는 일은 매우 드물다. 몸이 왜소하고 부드럽고 양의 수염을 뽑아버린 듯한 얼굴의 어머니셨다.

"울타리에 구멍을 뚫어 이번에 이사를 오신 뒷집 정원으로 들어가면 안 된다."

아버지까지 저녁 식사 때 말씀하셨다. 대단한 분이 오시기 때문에 오늘만큼은 얌전히 있으라고 자꾸 말씀하신다.

"네"라고 맞받아칠 수밖에 없었다.

아무리 오래 있겠다고 해도 손님에는 끝이 있다. 길어야 5, 6시간이다. 반나절만 참으면 된다. 하지만 이번에는 다르다. 이사를 와서 아예 이웃에 눌려 살게 되었기 때문이다.

"터무니없는 놈이 이사를 왔다"며 나는 몹시 당황스러웠다. 아버지와 어머니께서 입을 모아 대단한 분이라고는 말씀하시지만, 얼마나 큰 인물인지, 얼마나 위대한 분인지, 나에게는 나는 알 수 없다. 하지만 조용히 있는 게 좋겠다고 생각해서 2, 3일 동안은 얌전히 지냈다. 그렇다고 해서 방에 틀어박혀서 책이나 봤던 것은 아니다. 되도록 집에 있지 않도록 애를 썼다.

요즘 도쿄 아이들은 놀고 싶어도 근처에 공터가 전혀 없다. 불쌍하다. 내 소학교 시절에는 시타마치下町에도 공터가 많이 있었다. 야마노테山ノ手는 더욱 그랬다. 내가 살던 고이시카와小石川 묘가다니茗荷谷에서는 조금만 나가면 구제야마久世山라는, 야구로 따지면 서너 개 경기를 동시에 치를 만한 공터가 있었다. 아이들의 야구 정도면 근처에도 놀 수 있는 공간이 두세 개 있었다. 그 중 하나가 데쓰도가하라鐵道が原다. 이게 문제가 되는 뒷집 앞에 있던 공터다. 아버지와 어머니께서는 뒷집이라고 말씀하셨지만 실은 뒷집이야말로 큰 길에 인접했기 때문에 그분 집이 앞집이고 우리 집이 뒷집이었다.

이런 일은 별 중요한 일도 아니다. 이야기를 이어나가자.

집에서 큰 목소리를 내면 눈총을 받으니 매일 데쓰도가하라에서 야구를 했다. 그러던 어느 날 "나도 같이 하자"며 낯선 소년이 나타났다.

마침 6 대 6인 내야만으로 홍백전을 하려던 참이었는데, 한 명 모자라서 고민하던 찰나였기에 "같이 하자, 지금이면 OK"였다. 소년은 홍군의 유격수를 맡았다. 홍군은 내가 주장이자 포수였다. 포수와 유격수는 시합 때혹은교체시 서로 공을 주고받는다. 그래서 나는 그 친구와 가장 먼저 친해졌다. 나 다음으로 친해진 건 내 동생 세쓰다. 세쓰는 이루수다. 역시 금방 친해졌다. 소년의 이름은 스기우라 시게오였으며, 나이는 나보다 한 살 아래. 다케하야쵸竹早町의 여자사범(학교)을 다니는 1학년이라는 것을 금세 알게 되었다.

해제내용

「추억 수첩」은 『일본급일본인』 1951년 4월호부터 6월호까지 총 4회에 걸쳐 연재된 사토 하치로에 의한 수필이다. 그 무대가 된 것이 사토의 어린 시절 그가 살던 도쿄 묘가다니茗荷谷 주변이며, 어린 시절 사토가 만난 저명한 어른들과 또래 아이들에 관한 회상을 담고 있다. 묘가다니는 오차노미즈여자대학이나 도쿄사범학교오늘날 쓰쿠바대학, 다쿠쇼쿠대학 등 대학가이며, 근처 혼고本鄉에는 도쿄제국대학도 있는 영향으로 지식인들이 모여 살았다.

이 수필에 등장하는 '중요한 분'이란 스기우라 주고杉浦重剛, 1855~1924를 가리킨다. 사토가 아들 시게오와 동네야구를 통해 알게 된 스기우라는 오늘날 도쿄대학 법학부, 문학부 그리고 이학부의 모체였던 도학남교大學南校를 졸업하고 영국 유학을 거쳐 문부성과 도쿄제국대학에서 근무했다. 요미우리 및 아사히신문의 논설을 담당하면서 국수주의자로서 미야케 세쓰레이三宅雪嶺, 1860~1945 등과 함께『일본급일본인』간행에 힘을 썼던 인물이기도 하다. 사토가 이 연재 수필에서 여러 보수 인사들 중 스기우라를 가장 먼저 그리고 1, 2화에 걸쳐 비중 있게 언급한 것도 『일본급일본인』과 깊숙이 연관되는 인물이기 때문일 것이다.

사토의 회상에 따르면 스기우라는 사토의 뒷집정확하게 따지면 앞집에 살았다. 스기우라는 메이지・다이쇼시대의 국수주의 사상가이자 교육자로 신망이 높은 인물로 알려지고 있었으며, 쇼코숙稱好塾이라는 사숙을 열어 제자들을 키우기도 했다. 제자 중에 모험소설가 에미 수이인江見水蔭, 1869~1934이나 동화작가 이와야 사자나미巖谷小波, 1870~1933 등 당시 아이들 사이에서 절대적인 인기를 누렸던 이들이 있었기 때문에 소년 사토 하치로의 동경심은 자연스럽게 이들의 스승인 스기우라를 향한 것이라고 할 수 있다. 에미와 이와야는 시인 오마치 게이게쓰大町桂月, 1869~1925와 더불어 쇼코숙의 '문사삼인방文士三羽鳥'이라고 불리기도 했다.

수록 지면 : 67~69면

키워드 : 스기우라 주고(杉浦重剛), 유학자, 쇼코주쿠(称好塾), 묘가다니(茗荷谷)

신일본급 신일본인 新日本及新日本人ー基督信者の見たる
기독교 신자의 견해

히야곤 안테이(比屋根安定)

해제 : 석주희

내용요약

본지『일본급일본인』은 제2권을 창간하기 시작했다. 그러나 그 이전으로 거슬러 올라가면 약 65년 전 메이지 21년, 세이쿄샤政敎社를 조직하여 기관 잡지로서『일본인』을 창간하여 "일본 인민의 생각과 일본 국토에 존재하는 만선의 바깥 문물로서 종교, 교육, 미술, 정치, 생산 제도를 선택" 하는 내용을 논의하기 시작했다. 동지의 창간 목적은 당시 전해지는 국수보존론을 위한 것으로 당대 최고라고 평가할 수 있다. 그 후 잡지『일본인』은『일본신문日本新聞』과 합병하여『일본급일본인』이라고 부르고 메이지 말기부터 다이쇼 초기에 출판되었다. 나는 거의 대부분을 애독했다.

내가 약 40년 전『일본급일본인』을 애독했을 때『일본급일본인』과 이 새로운『일본급일본인』을 대조하면 대부분 '외국과 외국인' 사이에 존재하는 것과 같은 느낌을 금할 수 없다. 판매율을 높이려면『일본급일본인』이라고 부르기보다 '미국과 미국인' 또는 '소련과 소련인'으로 칭하는 것이 나을지도 모른다. 약 60년 전 메이지 21년『일본』이라는 의미에서 오늘날의 일본에서 등장하도록 할리가 없다. 이번에 창간한 신新『일본급일본인』은 새로운 모습으로 세상에 나타나려는 것일 수 있다.

40년이 지난 지금 나는 기독교인에 불과하다. 나는 기독교 신앙을 갖고 있다.

그리고 신『일본급일본인』는 기독교 이외의 길은 없다는 것이 나의 결론이다. 「쇄국－일본의 비극鎖国－日本の悲劇」의 저자인 와쓰지 테쓰로和辻哲郎는 가톨릭 기독교의 금지가 쇄국정책을 이끌어냈고 이것이 근대 일본의 비극이라는 결론을 내렸다. 그러나 나로서는 일본의 가장 큰 비극은 메이지 초기 이래 프로테스탄트 기독교에 대하여 힘을 다해 압박한 것이 원인이라고 생각한다. 가톨릭교는 근세 일본과 교섭을 했으나 메이지 초기 이후 현대 일본과 실제로 교섭한 것은 프로테스탄트교이다. 이는 과거 80년간 일본의 기독교는 물론, 넓게 일본사로부터 보더라도 명확한 사실이다. 일본은 메이지 초기 이래 서양문화를 습득하는 데 진취적이었으나 기독교에 대해서만은 소극적으로 받아들이기는커녕 힘을 다해 기독교를 압박했다. 일순간 기독교 전도가 순조로웠던 시기도 있었으나 그 이전에도 이후에도 기독교는 악전고투를 했다. 메이지 22년에 발효한 구 헌법은 제28조에서 신앙의 자유를 보장했으나 그것은 신헌법과 달리 조건부로 이 시기부터 기독교는 부진한 상태에 빠졌다.

기독교신앙의 근본은 천지의 창조자인 유일신의 실재를 믿고 사람들이 피고로서 그 신에게 봉사하는 것을 믿는 것이다. 『일본급일본인』은 이것을 믿지 않았을 뿐 아니라 나아가 다양한 논조를 들어 이것을 거부했다. 일본의 신 관념은 처음 극동지방에서 나타난 샤먼교의 일종에 지나지 않았으나 국가가 이것을 보호하여 강력해지면서 지속될 수 있었다. 일본 정부는 메이지 원년 제정일치의 방침으로 돌아갔다. 국가는 종교와 관련되어서는 안 되며 일본과 같은 모든 종교가 나타나는 국가에서는 정교가 명확히 분리되어야 한다. 전쟁 후 신도지령이 내려진 가운데 신사가 종교가 되었다. 국민이 이것을 믿거나 믿지 않는 자유를 가지게 된 것은 당연한 조치이다.

일본 국민 사이에는 재군비에 강력히 반대하는 소리가 높아지고 있다. 인류 최후의 이상은 전쟁이 없는 세상을 실현하는 것으로 각국이 경쟁하여 군비를 전면 폐지해야 하며 이 경우 일본은 군비를 폐지하는 최초의 국가가 된다. 일본이 인류의 커다란 이상을 향하여 전진했음에도 불구하고 지금 다시 역행하여 군비를 가지려는 것은 실로 유감이다. 오늘날 우리들은 무거운 세금에 고통을 받으며 다시금 재군비를 위해 세금을 걷고 있다. 그 이후의 군비가 도움이 된다면 국민은 죽음에 이르고 있을 것이다. 일본의 재군비는 일본의 자살이다.

동쪽의 일본에 비교할 수 있는 것은 서쪽의 독일이다. 일본과 독일은 정신적으로 무엇을 우선 재생하고 있는 것일까. 바로 대답하는 것은 어렵다. 그러나 독일은 기독교가 있으나 일본은 정신적 기초가 없기 때문에 독일이 우선 부흥했다는 관찰을 들은 적이 있다. 독일의 기독교는 종교개혁을 실천한 루터파가 제창한 프로테스탄트교, 또는 복음주의 기독교이다. 일본은 국가가 없고 가족이 함께 부르는 노래도 없이 사람들이 모여서 노래할 노래가 없다. 이러한 일본을 빈사 상태로부터 재생시킬 노래가 없다면 일본의 부흥을 기대하기 어렵다. 독일에서는 프로테스탄트 기독교가 있으며 루터의 '신은 우리들의 성루, 우리의 강한 방패'라는 가사도 악보도 그들이 창작한 것이다.

오늘날 다양한 사상이 밀려들어오고 있으나 그 근저에는 우선 결정할 것은 무엇인지 모두 논쟁하고 있다. 오늘날 일본이 놓친 것, 싫어하는 것, 증오하는 것, 줄이려는 것 등 억측을 더하지 말고 꺼내서 다시금 보아야 한다. 와쓰지는 가톨릭 기독교를 금지하고 세계를 향해 국가를 폐쇄한 것이 '일본의 비극'이라고 말했지만 현대 일본에서 가장 심각한 비극은 메이지 초기 이래 프로테스탄트 기독교를 강력하게 금지한 것이다. 나는 『일본급일본인』부터 원고를 모아서 신 『일본급일본인』에 원고를 실었으나 그 논지가 『일본급일본인』의 구舊독자에게 향하는 것을 기대하지 않는다. 그러나 타산지석, 어느 정도라도 주목을 받는다면 필자는 기쁠 것이다.

해제내용

히야곤 안테이가 언급한 바와 같이 『일본급일본인』은 1888년 국수주의를 주창하는 사상단체가 설립되어 1907년 창간한 잡지 또는 평론지이다. 『일본급일본인』은 세이쿄샤에서 발행한 정치평론지이다. 발행처인 세이쿄샤는 1888년에 결성된 정치평론단체로 국수주의, 민족주의를 내세웠다. 일본에 대해 종교, 도덕, 미술, 정치 제도는 일본인을 지키기 위해 필요하나 서구문명과 대립할 필요는 없다는 것이 기본적 입장이다. 초기에는 일본신문의 전통을 이어 『일본인』이라는 지명을 가졌으나 1907년부터 『일본급일본인』로 변경했다. 1945년까지 1월호까지 발행했다가 전쟁 이후 1950년 9월 재발간 되었다. 이후 2004년 1월호通권 제1650호까지 발행되었다. 세이쿄샤는 미야케 세쓰레이가 퇴사한 이후 잡지 발행 이외에 다양한 정치활동에 관여하였다. 특히 1929년 이오키 료조五百木良三가 사장으로 취임하고 정치적으로 실천적인 측면이 부각되었다. 이 같은 정치활동과 달리 미야케 세쓰레이가 이탈한 이후에는 세이쿄샤에 대한 학문적인 평가가 거의 이루어져있지 않다. 『일본급일본인』은 우익 또는 우익이라는 레토릭을 사용하여 언론활동, 출판뿐 아니라 실천적인 사회운동을 실시한 것으로 볼 수 있다. 이는 세이쿄샤가 국수주의와 새로운 '국민'상을 천황제국가의 측면에서 제시한다는 점에서도 드러난다.[1] 히야곤 안테이는 이 글에서 『일본급일본인』의 정신을 언급하며 정교의 분리의 원칙을 조명하였다. 그는 "국가는 종교에 관계되어서는 안될 뿐 아니라 일본과 같은 모든 종교가 나타나는 국가에서는 정교는 명확히 분리되어야 한다"고 보았다. 나아가 일본 국민의 재군비 반대에 대하여 적극적으로 지지한다. 그는 "일본의 재군비는 일본의 자살이다"라고 명시하며 독일의 사례를 들어 일본의 부흥을 제시한다. 전후 일본은 공산주의와 민주주의의 대립 가운데 치열한 사상적 논쟁이 이루어지고 있으며 메이지 초기에 금지한 프로테스탄트의

---

1 中野目徹, 『政教社の硏究』, 思文閣出版, 1999, p.3.

부활을 주창한다. 이 글에서 제시하는 오늘날 '일본'은 종교적, 사상적, 정치적 혼란 가운데 메이지유신으로 거슬러 올라가 인식적 차원에서 재구성해야하는 문화적 총체로 보인다.

수록 지면 : 77~82면
키워드 : 기독교, 일본, 일본인, 부흥

청년단의 전망靑年團の展望

오다카 도시로(小高熹郎)

해제 : 송석원

내용요약

청년은 어떤 시대에서든 항상 새로운 시대로의 선구자이다. 종전 이래 일본의 민주화라는 큰 사명을 가장 강력하게 추진해온 것은 청년이다.

자연발생의 청년단

청년단운동의 발상은 메이지 중기부터 다이쇼 초기에 걸친 청년회로 그 전신은 와카슈렌若衆連, 와카렌추若連中, 와카모노쿠미若者組合 같은 부락청년단 모임에서 비롯되었다고 생각된다. 와카렌추의 기원이 언제쯤이었는지 확실하지는 않지만, 진무神武천황 때부터라는 연구도 있고 주로 가마쿠라鎌倉시대라는 것이 다수설인 듯하다. 당시의 지배계급, 특권계급인 사족士族에 대한 평민농민의 사회생활 단체였다고 할 수 있다. 즉, 그 지방의 씨신氏神을 중심으로 한 지역공동사회의 청년이 제사, 오락, 사교라는 면에서 결합하여 현재의 집회소와 같은 장소를 '야도宿' 혹은 '네베야寝部屋'라고 불러 거기서 합숙하거나 집회하거나 하며 단결했다. 이것이 점차 마을의 야경, 근로봉사 등 사회사업적 색채를 띠게 됨과 동시에 청년 상호의 교양이라는 방향에서도 활동하여 그 힘을 증대시킴과 함께 의미도 광범위해져 마을의 유력 단체의 하나로까지 발전했다.

단체는 비교적 장유유서를 지켰지만, 반면에 제재는 평등하게 했다. 인간 최대의 불행인 화재와 사망의 두 가지는 협력하지만 다른 나머지는 절교한다는 하치

부八分＝ハチブ가 대표적인데, 이렇게 해서 젊은 사람들이 자숙 속에 단결을 공고히
하여 마을의 치안유지나 풍기유지 등의 질서 확립에 나섰다.

수양단체의 청년단

와카슈렌을 청년회로 선도하여 전국적으로 사회적 존재의의를 갖게 한 것은
히로시마현 누마쿠마沼隈군 센넨무라千年村 소학교 훈도 야마모토 다키노스케山本滝之
助이다. 그는 1896년『시골청년田舍青年』을 출판하여 청년회의 전국적 제휴의 필요
를 논했다. 그 후 청년회는 각지에서 현저한 업적을 내왔는데, 1905년 내무장관
요시카와 아키마사芳川顯正가 지방을 순시하고 정리한『시국의 지방경영과 내상 순
시時局の地方経営と内相の巡視』라는 팸플릿에서 청년회 활약도 서술하게 되었다. 이후 내
무, 문부 양 성에서 청년회에 큰 관심을 보임과 동시에 지도에 나서 부현, 군초손
에 통첩通牒하거나 학교 교원에게 지시하여 청년회 육성을 도모했다. 당시 청년운
동의 주류는 야학, 농사개량 등에 집중했다.

1916년 1월에 중앙보덕회 '청년부'가 독립하여 청년단 중앙부가 탄생되고 기
관지『제국청년帝国青年』을 발행하고 1918년에 동 부가 주최한 전국청년단연합대
회가 도쿄에서 개최되었다.

이와 같이 지도자층이 청년단 지도에 착목함과 동시에 정부는 1920년에 각 부
현에 사회교육 주사를 두고 내무성에 사회국을 신설해서 청년운동에 힘써왔다.
1920년 11월 22일 당시의 황태자는 청년대표를 다카나와궁高輪御所으로 초대하여
영지令旨를 내렸다. 이날이 '청년 데이'기념일로 영지에 의해 청년단은 수양단체
라는 성격이 명확해졌다. 1924년 10월 대일본연합청년단이 결성되고 11월에 제
1회 메이지신궁明治神宮 경기대회 청년단 경기회가 개최되어 전국적으로 청년단 스
포츠 전성시대를 열었다.

쇼와가 되어 수양단체의 의미가 재음미되었다. 수양이란 무엇인가 하는 청년

자신의 자문자답이었다. 청년 대부분이 근로 청년이어서 근로 청년의 수양은 단지 야학에서 배우고 강연회, 강습회에 출석하는 것만이 아니라 현실 생활을 개선하고 실사회에 공헌하는 것이 곧 자기수양이라는, 즉 청년 자체의 행위, 활동을 통해 배운다는 자각에 이르렀다. 이러한 자각에 의해 일어난 운동이 1인 1연구로 증산 운동, 문서교육, 각종 품평회, 웅변대회, 체육대회 및 협동조합 등의 사회사업 참가가 되어 1928년, 1929년경부터는 현저히 자주적, 행동적으로 발전해왔다.

이처럼 청년단 운동은 점차 발달하여 지방산업문화의 큰 추진력이 되었을 때 국정國情은 일변해서 1941년에는 당시의 단체 통제의 희생으로 청년단은 해소되어 대일본청소년단으로 변모해 군부 관료의 독재에 맡겨졌다.

민주적 신생 청년단

신생 청년단은 민주주의 원칙에 입각해서 새로운 감각으로 산뜻해지기를 바란다. 신생 청년단이 지금까지 논한 일본청년운동의 장점을 살려 일대 비약하기를 바라면서 청년단이 지향해야 할 이념으로 다음과 같은 것을 생각한다.

첫째, 청년단은 애인愛人운동이어야 한다.

둘째, 청년단은 애향愛鄕운동이어야 한다.

셋째, 청년단은 이상적이어야 한다.

넷째, 청년단은 진보적이어야 한다.

다섯째, 청년단은 생산적이어야 한다.

여섯째, 청년단은 세계적이어야 한다.

해제내용

와카슈렌若衆連, 와카렌추若連中, 와카모노쿠미若者組合 같은 부락청년단 모임에서 비롯된 청년단 운동의 발상이 메이지 중기부터 다이쇼 초기에 걸쳐 청년회로 발전한다. 이와 같이 초기에 자연발생 조직인 청년단이 히로시마현 누마쿠마沼隈군 센넨무라千年村(1955년에 군센넨무라千年村와 야마미나미무라山南村가 합병해서 누마쿠마초沼隈町가 되었다가, 2005년에 후쿠야마福山시와 합병하여 후쿠야마시 누마쿠마초福山市沼隈町가 되었다) 소학교 훈도 야마모토 다키노스케山本滝之助, 1873~1931. 메이지~쇼와 시기의 사회교육가로 청년단운동 선구자의 『시골청년田舎青年』출판1896과 내무장관 요시카와 아키마사芳川顯正, 1842~1920. 원문에는 吉川顯正로 되어 있으나 芳川顯正가 올바른 표기임가 지방을 순시하고 정리한 『시국의 지방경영과 내상 순시時局の地方経営と内相の巡視』라는 팸플릿1905 등을 계기로 해서 점차 전국적 조직으로 발전하며 수양단체로 발전해갔다. 제국 일본 시기, 수양단체로서의 청년단은 국가의 동원조직 중 하나였으며, 총동원체제 시기의 단체통제의 희생으로 자발적 청년단 조직은 해체되고 군부 관료의 독재에 의한 동원조직으로서의 대일본청소년단으로의 변모를 겪기도 했다. 패전 후 새로운 일본 건설이라는 국가정책에 따라 청년단 조직도 민주적 조직으로 재탄생하기에 이르렀고, 이에 당시의 자유당 의원 신분인 저자가 청년단에 거는 기대와 격려를 담아 작성된 선언적, 당위적 내용의 문장으로 보인다.

글이 게재된 1951년 시점의 일본 인구는 약 8,400만 명 정도로 세계 5, 6위권을 차지하고 있다. 전쟁으로 다수의 청년이 희생되었으나, 전후 직후에 일어난 단카이団塊세대1947~1949년 사이에 태어난 베이비붐 세대로 인구회복이 뚜렷해지면서 인구수 증가가 곧바로 새로운 희망으로 부각될 수 있는 시기라는 점을 고려할 때, 장차 그 사회의 미래 주역이 될 청년에 대해 거는 기대감의 정도는 충분히 공감될 수 있는 부분이라고 할 수 있다. 청년단이 애인, 애향운동이어야 할 뿐만 아니라 이상적이고 진보적이며, 생산적이고 세계적이어야 한다는 점을 특정해서 강조하고 있는 점이 주목된다. 일본 사회 내부에 고립된 운동이 아니라 세계에 열려 있는 생산적이고 진보적인 조직이어야 한다는 점은 청년단 초기의 전근대적 모습과 쇼와 파시즘기의 수양단체라는 명목하에 군부 관료의 독재에 내맡겨진 타율적 동원조직으로서의 청년단 모습에서의 탈피를 염두에 둔 것이라고 할 수 있다.

청년단 전망에 대해 새로운 정치사회 분위기 속에서의 청년단이 취해야 할 원칙으로 제시한 내용이 모두 타당하다 할지라도, 본 논설 역시 한계를 노정하고 있다고 할 수 있다. 그것은 무엇보다도 제국 일본 시기의 청년단의 위상을 반면교사로 청년단이 진정한 의미의 자발적 수양단체가 될 수 있도록 사회 여러 세력들이 청년단을 육성할지언정 관여, 간섭하지 않아야 하는데, 본 논설에서는 이와 관련하여 기성세대의 청년단에 대한 기대를 표명하면서도 과거 청년단 활동에서의 기성세대의 과오에 대한 반성 혹은 자기 규율의 내용이 전무하기 때문이다.

수록 지면 : 114~117면
키워드 : 청년, 청년단, 『제국청년(帝国青年)』, 대일본연합청년단

1951년 4월

생활과 정신

　인간사회의 일은 만사 개개의 생활을 기조로 생각하는 것이 맞다. 그러나 여기서 신중하게 생각해야 하는 것은 생활이라는 말에는 두 가지 측면이 있다는 점이다. 즉 하나는 물질적인 측면이고, 나머지 하나는 정신적인 측면이다. 생활이라고 하면 단순히 물질적인 것으로 보는 것이 점점 당연한 것처럼 되어가는 요즘이다. 바로 마르크스, 엥겔스식의 유물론에 합류하는 자가 많은 이유이다.

　패전 직후 일본 사회는 물자 결핍이 극에 달했다. 이러한 상태에서 사람들은 무엇보다도 하루 끼니를 때워 먹고 살기 위해서 발버둥 쳤다. 이것이야말로 마르크스 문하에 있는 공산당에게는 천재일우라 할 수 있는 호기好機이다. 여기에 미국 점령군에 의해서 지난 정치범들은 모두 석방되었으며, 언론의 자유도 허용되었다. 순풍만범順風滿帆의 속도로 공산당의 당세가 확장되었다. 패전 직후의 1~2년 동안은 일본의 온 국민이 공산당원이 되어버렸다고 생각될 지경이었다. 『중앙공론中央公論』, 『개조改造』, 『세카이世界』 등 근래에 유행하는 잡지, 혹은 각 대형 신문부터 방송국까지 서로 경쟁하듯이 좌익적인 언론을 게재하고 방송하는 것을 영광으로 삼을 정도였다.

　그러나 세월은 이러한 상태를 조금씩 되돌렸다. 마침 공산당 간부가 작년에 총사령부의 명령으로 추방처분을 받게 되어 극단적으로 좌경으로 흐르는 풍조는 변했다. 패전 후 실로 6년째의 일이었다. 이와 때를 같이 해서 사회의 일반인도 조금씩 진정되어 갔으며, 다시 생각해볼 수 있는 분위기가 되었다.

　그래서 다시 생활이란 무엇인가라는 문제에 되돌아오는 것은 당연한 귀결이다. 단순히 이 생활이라는 것을 유물론적으로 바라본다면 음식, 의복, 주거이다.

그러나 다른 면, 즉 정신적 생활이라는 점을 생각하게 되면 우리는 그저 먹고 입고 죽어가면 되는가? 이것만으로는 모두가 부족함을 느낄 것이다. 역시 사람으로 태어난 이상은 사회를 위해서, 국가를 위해서, 문화를 위해서 혹은 인도人道를 위해서 무언가 한 꼭지 역할을 다하고 싶다는 생각이 드는 것은 오히려 자연스럽다고 해야 할 것이다. 어떻게 하면 이렇게 할 수 있는가? 예로부터 성현들 말씀은 모두 이 문제에서 출발하고 있다. 바꾸어 말하면, 정신적 생활이라는 면에 가르침을 주신 것이다.

기독교의 경우는 가장 단적으로 이를 도파道破해서 사람은 빵만으로는 살 수 없다고 하고, 하느님은 하늘을 나는 새, 들을 달리는 짐승에게까지 먹이를 내주고 보살피지 않는가, 하물며 사람인데 안 그렇겠는가? 라며, 정신적인 길로 인도하셨다.

공자는 제자 자공子貢과 정치에 대해 논할 때 모름지기 국가에는 '식食'과 '병兵'과 '신信'이 있어야만 한다고 가르쳤다. 자공이 질문하기를 만약에 부득이한 사정으로 이들 세 가지 중 하나를 버려야 한다면 어느 것을 버리시겠습니까, 라고 물었다. 이에 공자는 답하기를 '병'을 버리라고 하셨다. 자공은 계속해서 남은 두 가지 중 하나 더 버려야 한다면 어떻게 할까요, 라고 물었다. 공자가 답하기를 '식'을 버리라고 하고, 그러시면서 백성은 '신'이라는 것이 없으면 애초에 살아갈 수 없다고 하셨다. 이 또한 생활의 정신적인 면을 어떻게 중요시했는가를 알 수 있는 이야기 아닌가?

그러나 예수도, 공자도, 석가도 2,000년 이상이 지난 옛날 사람들이다. 세계는 진보했다. 오늘날에는 민주주의냐 공산주의냐의 시대가 되었으며, 우리는 자유를 가지고 있다. 문화인이라고 자부하는 것은 현대 사회인의 일반적인 경향이 아닐까? 그리고 그중에서도 극단적인 청년이 아프레게에르après-guerre라 불리는 사람들이라 생각한다.

이들 아프레게에르 청년들은 보통 사람으로서는 생각지도 못하는 잔인무도한 일을 아무렇지도 않게 한다. 그들의 근본 관념은 인간의 생활을 유물론적으로 해석한다. 그래서 미의미식美衣美食을 찾는 일시적인 감정을 있는 그대로 실행하다 보니, 타인을 해하는 일이 나쁜 일이라는 생각조차 할 여유가 없는 것이다.

작금과 같은 상황을 바라보고 있으면, 현대는 문화, 문명라는 말을 아름답게 내걸고 있지만, 우리에게는 어떤 행복도 가져다주지 않는다고 스스로 회의적인 생각에 빠지곤 한다. 회의적인 생각이 들면 찬라적인 생각으로 이어진다. 그렇게 되면 더 이상 아무런 이상도 없게 되며, 금수와 마찬가지 감각으로 행동할 뿐인 상태가 된다.

문화주의라는 것이 크게 주목받고 있지만 진선미의 이상도 그림자도 없는 문화인이 있을 리는 없다. 우리는 오늘날의 급무로서 인간 생활의 정신적인 면에 깊은 주의를 기울여야 함을 요구한다.

일본의 독립 日本の独立

체결해야 할 강화조약에 대해서 締結されるべき講和条約について

스즈키 야스조(鈴木安蔵)
해제 : 엄태봉

내용요약

존 포스터 덜레스John Foster Dulles가 강화조약에 관한 일본의 의견을 듣기 위해 일본을 방문했으며 이를 계기로 일본인 스스로가 강화조약에 대한 태도를 결정해야 할 문제가 되었다. 강화조약은 승전국이 일본에게 가하는 것이지만, 이는 일방적인 것이 아니라 패전국 국민들의 동향, 각계 대표자들의 의견, 국내 정세 조사 등을 통해 패전국을 기쁘게 수락하고 협력할 수 있게 하는 것이 현명하다. 덜레스의 방문도 이를 위함이다.

강화조약과 관련해서 첫째, 패전국민이라는 사실과 지위, 이를 만들어낸 일본의 책임, 그 원인을 다시 반성해야 한다는 점, 둘째, 강화조약이 일본 재건의 출발점이며 이를 위한 조건을 결정하는 것이기 때문에 그 중요성을 인식해야 한다는 점을 일본은 인식해야 한다.

덜레스는 귀국 전 일본이 원할 경우 일본 내 미군기지 주둔 유지 그리고 미일 양국이 잠정적 안전보장 협정에 대해 토의했다는 성명을 발표했고, 요시다 시게루吉田茂 수상은 이에 대해 정부와 국민 대다수가 환영한다고 말했다.

그러나 덜레스의 구상에는 다음과 같은 의문점이 있다. 첫째, 국제법상의 문제이다. 일본에 연합군이 주둔한 것은 포츠담 선언과 항복문서에 따른 것인데, 포츠담 선언 제2조는 점령목적이 달성되면 점령군은 즉시 일본에서 철수한다고 되어 있다. 일본이 모든 연합국과의 강화조약을 통해 주권을 회복하고 포츠담선언과 항복문서의 법적구속을 면한 후 타국의 군대 주둔 관련 조약을 맺는 것은 국제법상 가능하다. 하지만 중국과 소련을 제외하고 강화조약이 체결하게 될 경우 양국과의 항복문서는 여전히 유효하기 때문에, 양국을 가상 적국으로 대하는 군사협정을 체결하는 것은 국제법상 위반이 된다. 또한 포츠담 선언 제7항은 국내의 전력을 보유하지 못하게 한다고 규정하고 있는데, 몇몇 국가가 모든 연합국의 동의를 얻지 않고 일본에 전력을 보유하는 것은 국제법상 인정할 수 있을 것인가라는 문제도 있다.

둘째, 상기와 같은 국제법상의 문제를 무시한 일이 생긴다면 관련 조약이나 조치는 필시 일본국 헌법에 위반한다는 문제가 있다. 일본국 헌법과 관련하여 자위권을 위한 전쟁 및 무력행사, 무력 위협은 포기하지 않으며 자위를 위한 전력을 보유할 수 있다는 해석이 있다. 그러나 일본국 헌법의 전쟁 포기 규정이 "일본국의 전쟁수행능력을 파괴시킨다는 것을 확증"한다는 것을 바탕으로 입안되었기 때문에, 어떠한 목적에서라도 일본이 전력을 가져서는 안 된다는 것은 의심할 여지가 없으며, 전력을 가질 경우, 자위 이외의 것을 행사할 가능성이 생긴다. 일본국 헌법에 전력을 보유하지 않는다고 규정한 것은 인류 헌법사상 획기적인 것이며, 헌법 제정 자체가 연합국의 대일 정책의 결과였기 때문에 일본은 이를 감수할 뿐만 아니라, 적극적으로 지지하고 실현할 노력을 기울여야 한다는 것을 확신했던 것이다. 자위권을 위해서 전력을 보유하거나 국내에 외국의 전력을 보유하는 것은 법적인 측면에서 의문을 남기지 않을 수 없으며, 헌법을 개정하여 재군비를 합법화하는 것은 일본 국민에게 참을 수 없는 비극을 가져오는 것이다.

셋째, 요시다 수상 등의 구상과 같이 미일상호협정 내지 지역적 집단안보조약을 체결할 경우, 일본의 독립을 유지할 수 있는지에 대한 여부가 문제가 된다. 미국-필리핀의 '군사기지에 관한 협정'과 같이 치외 법권이나 군대의 자유로운 이동 등을 인정하게 될 경우, 형식적으로는 대등한 협정이라고 하더라도 실질적으로는 일국의 주권을 현저하게 제한한다는 문제가 있다. 한편 미국의 원조에 의존하면서 일본의 경제부흥을 도모한다면, 형식적으로 독립국이 되더라도 재정 · 경제 · 외교 · 내정 등에 대해서 간섭받을 수가 있다.

지역적 집단보장과 관련하여 일본의 재군비, 기지 제공을 주장하는 이들은 그 전제로서 일본이 군사적인 진공 상태가 되면 중국과 소련이 즉시 침략할 수 있다는 점, 지역적 집단보장을 통해 일본이 안전할 수 있다는 점을 들고 있다. 그러나 평상시에 아무런 이유 없이 중국과 소련이 일본을 침략한다는 일은 있을 수 없으며, 오히려 그들을 가상적국으로 삼는 것이 침략을 유도하거나 또는 그 구실을 주는 것이다. 또한 만약 중국 및 소련과 교전상태가 된다고 한다면 일본의 군사기지에 대한 원자폭탄 투하만으로도 일본은 큰 피해를 입게 된다는 것은 명백하다. 이와 달리 중국, 소련을 포함한 모든 연합국과의 전면강화를 통해 중국, 소련, 미국, 영국, 프랑스가 일본을 영구중립국으로 인정한다면, 중국과 소련이 일본을 침략할 가능성은 감소하며 무방비 · 비무장한 일본에게 원자폭탄을 투하하는 일은 절대 있을 수 없다.

중국과 소련을 포함한 전면 강화야 말로 비교적 안전하고 또한 일본의 독립을 보다 유지할 수 있는 유일한 길이라고 한다면, 일본인들은 이를 달성하기 위해 모두가 노력을 해야 할 필요가 있다.

해제내용

제2차 세계대전 이후 미국과 소련의 대립이 격화되면서 냉전 시대가 도래하게 되었다. 중국에서는 1946년부터 국민당과 공산당 간의 내전이 발발하여 공산당이 승리하게 되었고, 1950년부터 한국전쟁이 발발하여 남한, 미국 등의 자유진영과 북한, 소련, 중국 등의 공산 진영이 대립하게 되었다. 이와 같이 냉전이 격화되면서 미국과 소련 간의 관계가 악화되었고, 이는 일본에 대한 강화조약 체결에도 악영향을 끼치게 된다. 일본 국내에서는 이러한 상황을 둘러싸고 미국과 단독으로 강화하자는 여론과 소련, 중국과도 전면적으로 강화를 해야 한다는 여론이 대립을 하게 된다.

이러한 상황 속에서 필자는 앞으로 일본의 독립을 위해 체결하게 될 대일강화조약과 관련하여, 일본이 체결해야 할 바람직한 대일강화조약에 대해 논하고 있다. 필자는 덜레스의 방일을 계기기로 일본인들이 강화 문제에 대한 태도를 정해야 할 시기가 되었으며, 일본은 패전국으로서의 책임과 강화조약의 중요성을 인식해야 한다고 논한다.

덜레스는 1950년 6월, 1951년 1월, 3월에 일본을 방문하여 요시다 수상과 강화와 관련한 회담을 진행했다. 2월 11일에 덜레스는 미군 기지의 유지, 미일 양국의 잠정적 안전보장 협정 논의에 관해 성명을 발표했는데, 이에 대해 필자는 중국과 소련을 제외한 강화조약은 그들을 가상 적국으로 삼는 군사협정 체결이 된다는 국제법상의 문제, 이를 무시할 경우, 전쟁수행능력을 보유하지 않는다는 일본국 헌법의 취지를 위반한다는 문제, 일본이 미국과 미일상호협정과 같은 조약을 체결할 독립국으로서의 주권을 제한될 수 있다는 문제 등을 지적한다. 또한 중국과 소련이 일본을 침략할 수 있는 구실을 주는 재군비와 기지 제공에 대한 주장을 비판하면서 중소 양국을 포함한 전면적인 강화가 일본의 평화와 독립을 위해 가장 중요한 것이라고 주장한다. 필자뿐만이 아니라 당시 전면 강화를 주장한 논자들은 자유진영과 공산진영의 대립으로 인해 일본이 전쟁에 휘말릴 수 있기 때문에 일본을 중립화시켜야 한다고 주장하기도 했으며, 마루야마 마사오丸山眞男 등이 평화문제간담회를 결성하여 전면강화론을 적극적으로 주장했다. 필자가 주장하는 전면 강화론과 일본국 헌법의 유지는 당시의 강화조약 및 일본국 헌법 해석을 둘러싼 문제 속에서 파악하는 것은 당시의 해당 문제들을 둘러싼 일본 사회를 이해하는 데에 또 다른 단초가 될 것이다.

수록 지면 : 8~19면
키워드 : 대일강화조약, 독립, 헌법 개정, 안보조약

조약개정과 사법권 독립条約改正と司法権の独立

히라노 요시타로(平野義太郎)
해제 : 송석원

내용요약

1. 국가 독립과 조약개정 요구

현재의 수상은 국가의 경제자립이란 여하히 외국에 의존할 것인가 하는 것이라고 국회에서 언급한 데 대해 메이지의 정치인은 외국의 종속으로부터 어떻게 일본을 완전한 독립국가로 할 것인가를 중대한 문제로 삼았다. 현재의 자유당의 외교정책은 '독립주의'를 배척하고 '의뢰주의'를 취하고 있으나, '조약개정' 시대의 재흥자유당은 '외교는 의뢰주의를 배척하고 독립주의를 취한다'는 것을 당의 党議로 굳게 갖고 있었다1890. 메이지시대 일본과 외국 사이에 체결된 안세이安政조약은 불평등하고 편무적인 조약이었다. 이로써 페리의 강요로부터 40년 동안 일본은 외국에 종속하게 되었다. 관세 자주권이 없고, 치외법권, 영사재판권이 일본의 사법권을 제한하여 주권을 비독립상태로 두었기 때문이다.

이노우에 가오루井上馨・오쿠마 시게노부大隈重信의 조약개정안은 대심원최고재판소에 외국 법관을 임용하고 12년 후가 아니면 세권稅權과 법권法權의 자유를 획득할 수 없다는 내용을 골자로 하고 있으며 더욱이 비밀리에 외교교섭을 진행하여 의회와 논의하지 않았다. 그럼에도 오쿠마는 "조약이 없는 것보다는 있는 것이 좋다"는 편의주의로 일관하며 국가 독립에 관심을 보이지 않았다. 따라서 국민 여론은 이노우에의 조약개정을 중지하게 하고1887년 7월, 마침내 오쿠마 안에도 반대 운동을 일으켜 외국 법관을 최고재판소에 임용하는 것은 헌법을 유린蹂躪하는 것이라는 헌법론이 떠들썩해졌다. 이와 같은 굴욕적인 조약개정에 대해 '교제 각국과 수교 및 통상에서의 대등한 조약을 실천함으로써 우리나라의 독립권을 확고히 할 것을 기한다' 대등조약회동맹규약 제2조. 다루이 토키치[樽井藤吉], 이노우에 가쿠고로[井上角五郎]는 '대동구락부大同俱樂部' 오이 겐타로[大井憲太郎], 입헌자유당立憲自由党, 이타가키 다이스케板垣退助의 '애국공당愛國公党' 등 어떠한 정파든 자유민권파인 한 똑같이 일관된 전 국민의 요구였다.

재홍자유당의 1890년 당의党議는 '외교는 의뢰주의를 배척하고 독립주의를 취한다'고 하였고, 대동구락부 당의도 '외교조약의 국민의무에 관계를 미치는 것은 미리 제국의회의 의견을 자문諮問할 것을 기한다'고 하여 비밀외교를 지탄하며 '외교조약 개정은 완전한 대등조약을 체결하는 것을 기한다'고 하였다. 이타가키 등의 애국공당도 민족의 평등과 국가의 독립을 방해하는 매판 관료의 사대주의를 비난하며 국가가 완전한 자주독립국가가 되어 완전한 주권을 가질 수 있도록 설파하고 있다.

특히 자유당의 선배로 요시다 내각의 요시다, 하야시 장관의 향당鄕党의 선사先師인 이타가키의 문장은 요시다 내각 자유당을 향해 반성을 촉구하고 있는 듯하다.

'외교는 각국과 대등의 권의權義를 보전하는 것으로, 외교는 우리나라의 자주독립을 제외하고 이를 닦을 수 없다. 혹은 강국에 아첨하고 약국을 업신여기거나, 혹은 대국에 이롭게 하고 소국에 해가 되거나, 혹은 일국의 환심을 사기 위해 타국의 감정을 상하게 신의를 깨거나, 편파偏頗에 빠져 엄연히 스스로를 지킬 수 없는 것은 우리 당이 취하는 바가 아니며, 조약통상에서와 같이 그들이 우리에 대해 의무를 다하면 우리 역시 그들에게 권리를 인정하고, 이로써 상호 대등한 권의權義를 보전하는 것은 곧 우리 당의 본지本旨이다.' 애국공당 선언서, 1890년 5월 5일

입헌자유당의 당칙党則도 '내치는 간섭의 정략을 빼고, 외교는 대등조약을 기한다'고 하여 오이 겐타로, 나카에 조민中江兆民, 우에키 에모리植木枝盛 등 자유민권 좌

파가 평등조약 체결의 급선봉이 되었다. 철저히 평민주의의 자유민권론 위에서만 철저히 국가와 민족을 위해 완전히 평등한 상태를 만드는 요구가 나올 수 있다. 요시다 수상이 노동자를 악마나 적으로 생각하듯이 '일본국민 중 참된 애국심, 야마토 정신大和魂을 갖는 것은 평민이 아닌 사족士族뿐'『일본인』, 1889이라는 봉건적 국수주의에서는 전 국민을 참된 애국심으로 진작시켜도 국가의 독립을 획득할 수 있는 것이 아니며, 평민주의, 즉 일하는 근로대중의 이해에 철저해야만 민족의 독립을 쟁취할 수 있게 된다.

우에키 에모리가 쓴 '조약개정여하條約改正如何'는 오쿠마안에 반대해서 당시 조약개정반대운동에 큰 영향을 미쳤다. 잡지『일본인』도 이때1888 발간되었다. 오쿠마안에 반대하여 '일국의 주권은 불패 독립으로 타국을 위해 내치의 작용을 견제하게 해서는 안 된다'『일본인』 29호, 1889고 해서 국권론의 입장에서 세권 회복보다 법권 수립을 강조했다. 구가 가쓰난陸羯南, 미야케 유지로三宅雄二郎, 후쿠모토 니치난福本日南, 스기우라 주코杉浦重剛, 시가 시게다카志賀重昻가 『일본인』, 『일본신문日本新聞』에 논진을 펴며 국가의 독립을 위해 매국정부를 규탄하기 위해서는 입헌민주당의 오이 겐타로도 이노우에 가쿠고로도 좌우 양익이 공동전선을 형성했다.

2. 종속국가 상태에서 독립에로의 노력

미국의 강요를 뿌리치고 도쿄-요코하마 간 철도를 부설한 오쿠마 시게노부는 조약개정에서는 외국과 공모하여 연약 외교를 공격받았지만, 그의 안은 순수 관료인 이노우에 가오루 안보다 다소는 진보된 것이었다. 그러나 오쿠마 시게노부가 메이지 초년부터 조약개정메이지 22년에 이르기까지 일본이 처해 있던 종속상태 제거에 전력을 다해왔다. 그 최초의 일은 도쿄-요코하마 간 철도부설에 관한 미국의 요구를 거절한 것이다.

1867년 12월, 미국공사관 서기관 아르세 볼트먼은 붕괴 직전의 도쿠가와 막부

와 계약하여 에도-요코하마 간의 철도부설 및 사용의 면허장을 획득했다. 도쿠가와 막부에서는 오가사와라 이키노가미小笠原壱岐守가 이 면허장을 부여한 것이다. 1869년 볼트먼은 신정부에 해당 면허장을 신정부의 면허장으로 바꿔줄 것을 요구하자, 오쿠마 등은 철도는 일본인이 경영하게 하는 것이 본래 취지이고 이를 외국인에게 위탁하는 것은 민심에 등 돌리는 것이라며 이 요구를 거절했으나, 볼트먼은 권리 주장을 멈추지 않았다. 한 나라에 혁명이 일어나 정부가 바뀌면 신정부는 구정부의 의무를 이어받아야 하는가 하는 문제 이외에 대정봉환大政奉還 후 오가사와라 이키노가미가 독단으로 면허장을 미국에 준 것이 문제였다. 메이지 2년 12월 20일 미국공사 C. E. 데롱은 엄중한 항의서를 제출하며 면허조약 이행을 촉구했다. 이 항의서는 외무경에게서 오쿠마에게 전달되어 현재 오쿠마 문서에 있다. 와타나베 이쿠지로渡辺幾治郎의 '문서로 본 오쿠마 시게노부 후작文書より観たる大隈重信候'1932, 와세다대 출판부 속에 이 항의서도 들어 있다. '위협하거나 달래면서 면허장을 갱신시키려 했지만,' 오쿠마 등의 의논으로 정부에서는 이미 철도부설의 논의가 결정된 터라 완고하게 이를 거절했다. 면허장이 막부정부의 봉환 후에 오가사와라 이키노가미가 독단으로 결정한 것이므로 신정부가 이를 계승할 의무가 없다는 것이다. 공사는 화가 나서 1870년 4월 12일에 "일본 정부가 미국인의 정당한 권리를 거부하는 것은 부당하다. 따라서 권리를 침해당한 미국인은 보상금을 요구할 수 있다"고 통고하고 6월 22일에 경고를 했지만, 오쿠마 등은 굴복하지 않았다.

이로써 일본 최초의 철도인 도쿄-요코하마 간 철도부설은 일본인의 발의로 계획되게 되었다. 그 사이에 내켜하지 않아 머뭇거리는 因循 자본가와 군인과 탄죠다이彈正台의 반대가 강하고 영국에 기채起債 300만 파운드에서도 분요紛擾가 일어나기도 했지만, 오쿠마, 이토 히로부미伊藤博文 콤비는 1872년 5월 시나가와品川-요코하마 간 공사를 완성하여 9월 12일 전선全線 개업식을 거행했다.

"철도 창건을 시작할 때, 물의와 분요에 구애받지 않고 정견定見을 굳게 지켜確守 마침내 오늘의 성공에 이르게 된 것은 예려叡慮가 얕지 않았다"메이지 5년 10월 25일 御沙汰書와 같이 물의와 분요에 구애받지 않았던 '정견'은 지금의 예스맨 정치인이 무엇이건 예스, 예스로 외국 권력에 편승하여 물의와 분요를 피하기 위해 국가의 독립을 잃게 해가는 것과 취지를 달리하고 있다.

3. 무역자주권 회복

페리가 일본에 강요한 불평등조약은 그때부터 발족하려고 한 일본 경제에 파괴적인 영향을 미쳤다. 안세이安政조약에서 미국이 정한 저율의 수입 관세는 일본 시장에 외국 상품을 범람시켜 지방공업과 도시 수공업, 농촌 가내공업을 붕괴시켰을 뿐만 아니라, 일본의 민족 산업의 흥륭興隆을 방해하고 오로지 외국 상인과 결탁한 무역상만 번영하여 거액의 재산을 축적하게 했다. 또한 미국과 영국 및 기타 여러 외국은 당시 일본에서 은에 대한 금의 시세가 세계시장에서 3분의 1이었다는 사정을 이용해서 일본에서 대량의 금을 유출했다.

저간의 사정은 대장경 오쿠마 시게노부가 산조 사네토미三条実美 태정대신에게 보낸 건의서에 보인다1868년 1월 4일. "외화 남입濫入이 하루가 다르게 늘어나고, 일체의 수출고는 항상 수입에 미치지 못하여 이를 상환償却할 때는 끝내 현재의 화폐現貨로 할 수밖에 없어서 해관세 발태發兌의 표에 의하면 1869년 이래 금은동화의 해외 수출 1개년 평균고 747만 4천 엔 정도, 통계 3,737만 엔 정도의 액수에 이르렀다. 가령 산을 주조하고 바다를 끓이고, 무수한 순금純金과 현행 화폐를 제조해도 수년이 지나면 현화는 해외에 산처럼 쌓이고 통보通寶는 국내에 재처럼 흩어져 환해患害가 곧바로 미쳐 금방 일반 유통을 막아 자본 유동의 원천이 마르고 인민이 생산하는 길이 끊기니 무엇으로 윤년閏歲의 경비를 뒷받침하고 전국의 유지를 도모할 것인가."

따라서 '조약개정에 종사해 해관을 세권을 회수해 우리에게 돌아오게 해서' 자주무역의 다테마에로 수입품에 과세하고 별도로 영업세를 도입해 수입 외래 물품을 매매해서 큰 이익을 남기는 자에게 중세重税를 부과해야 한다.

관세 자주권뿐만 아니라 무역자주권을 상실한 지금의 일본에 비하면, 당시는 무역자주권을 가지고 있었던 것인데, 그래도 관세 자주권을 회복하지 않으면 일본경제는 파멸하기 때문에 오쿠마는 이러한 건의建議를 하여 조약개정에 이른 것이다.

다만, 오쿠마 등 당시의 개진당 정치인은 자본가를 조장하고 육성하여 미쓰이三井, 미쓰비시三菱 재벌을 부흥시키려 했다. 이 건의서에서도 오쿠마는 "오노구미大野組, 시마다구미島田組의 도산顛覆을 만나際會 미쓰이 역시 누란의 위기에 처했다. 이러한 때에 미쓰이의 보호, 안전을 꾀하는 것이 무엇보다도 방금方今의 급무急着"라고 말하고 있다.

따라서 이러한 거대자본만을 치우치게 보호하는偏護 개진당의 조약개정은 자연히 관료, 이노우에 가오루의 조약개정안의 골자를 답습하면서 다소 부르주아적 요소를 더하는 데 그치기 때문에 진정으로 중소 상공업을 보호하고 일본 민족의 독립이라는 관점에 설 수 없었다. 개진당 정치인에게는 역시 외자 도입에 의한 거대자본을 치우치게 보호하는 것이 조약개정에서의 하나의 목적이 되어 있기 때문이다.

4. 평민주의에 선 조약개정

관료 이노우에 가오루의 조약개정에 대한 태도는 단지 외국과 타협함으로써 이루려 했기 때문에 국가의 독립, 무역자주권은 도저히 회복할 수도 없었다. 이어 등장한 오쿠마도 골자에서는 이노우에를 답습했다 해도 거대자본을 육성하고자 하는 개진당 정치인으로서는 구미, 특히 영국 자본주의의 지배층과 결탁하는 틀에서 조약개정을 진행했기 때문에 다소 부르주아적 색채를 농후하게 띠었지만 외자 도입을 도모함으로써 오히려 국가의 중소 상공업을 희생하는 것을 감수하여 적어도 민족자본의 입장을 안중에 두지 않았다.

이에 대해 평민주의에 선 오이 겐타로, 우에키 에모리, 나카에 조민, 구로이와 루이코우黒岩涙香 등은 절대주의 관료와 부르주아 개진당이 구미 특히 영국 자본주의의 지배층과 결탁하는 조약개정안에 대해 근본적으로 반대하며 민족산업 흥륭과 모든 일하는 대중의 이해를 지킬 수 있는 국가의 독립을 목표로 했다.

오이 겐타로의 조약개정론은 다음과 같이 논하고 있다.

"일본은 원래 당당한 하나의 독립국인 이상 관세 자주권, 법권 자주권을 당장 완전히 갖지 않으면 안 된다. 이것이 또한 뒤처진 후진 상공업을 진작하여 이를 구미 강국과 대등할 때까지 높일 수 있다. 원래 상공업 진작은 거대자본만을 치우치게 보호하는 것으로 도달할 수 있는 것이 아니고 동포와 함께 신고辛苦 경영을 함으로써만 외국과 대등한 진정한 부강국이 될 수 있는 것이다. 따라서 외자에 의존하지 않고 대외무역에만 의존하지 않고, 국내시장을 확대하기 위한 상공업의 자립, 자주적 발전을 기획해야 한다."

이러한 견지에 선 이상, 외자를 의지하여 외국무역에만 의존하려고 하는 '내지 잡거의 허용', '세권 불평등 용인'은 "무엇인가, 이 말의 불륜함은."오이의 신 조약에 대한 비난(大井の新条約にたいする非難), 아즈마신문(あづま新聞) 제8호, 1891년 4월 12일, 히라노(平野),「民権運動の発展」1948

5. 국가 독립과 사법권 독립

한편에서는 나라의 독립을 저해하는 불평등조약이 관료와 부르주아 개진당이 포합抱合한 정부에 의해 추진되고 있어 이에 반대하는 대등조약동맹이 자유당 좌파로부터 강력히 주장되고 있는 바로 그때, 다른 한편에서는 사법권의 외국으로부터의 독립을 위협하는 대사건오츠(大津)사건이 발발했다1891년 5월 11일.

이 사건은 사법권의 독립을 위협한 대사건으로, 보통 사법권 독립이란 행정권으로부터의 독립을 가리키지만, 참된 사법권 독립은 외국의 영향으로부터의 독립이 아니면 안 되고, 사법권이야말로 주권의 중추이며 당시처럼 사법권이 외국에 의해 좌우되는 것은 주권이 전적으로 종속돼버린 결과이다.

오츠사건은 헌법 시행 직후의 일로, 더욱이 조약개정에 따른 법전 단행, 연기 논쟁이 한창일 때 벌어진 일이었다. 다름 아닌 조약개정과 동시에 외국 법관을 대심원에 넣을지 말지 오쿠마 안을 다투고 있을 때의 일이었다. 더욱이 행정부의 내각은 종종 자유민권운동 억압을 위해 재판소에 간섭하고 있었다.

"내유來遊 중인 러시아 황태자가 한 순사에게 상처를 입게 되었다. 행정의 대신은 제멋대로 죄안罪案을 예단하고 왜곡해서 범인을 사형에 처해 러시아의 분노를 풀려고 했다. 실로 헌정 초기의 일대 위기였다." 이것은 당시의 대심원장 고지마 고레가타児島惟謙의 탄생지 기념비에 대한 호즈미 시게토穂積重遠 박사 찬문撰文의 서두이다.

여론이 비등하고 확산해가는 큰 파문 속에 의연하게 정치권력의 재판소에 대한 간섭을 배제하고 나라의 독립과 사법권의 독립을 지킨 고지마 고레가타는 조약개정에서의 법권의 독립으로 받아들여 나라의 독립을 완료하는 데 결정적 역할을 했다.

판결은 내각의 간섭을 배제하고 범인인 순사 쓰다 산조津田三蔵를 무기징역에 처했는데, 호즈미의 찬문은 개략을 이렇게 지적하고 있다.

"당시 헌법 시행 후 불과 반년, 국가의 중신도 삼권분립의 대의명분이 철저하지 못하고 더욱이 국력에 자신이 없어 강국 러시아의 보복을 두려워했다. 여기서 행정의 대신은 제멋대로 죄안罪案을 예단하고 왜곡해서 범인을 사형에 처해 러시아의 분노를 풀려고 했다. 실로 헌정 초기의 일대 위기였다. 마침 그때로다, 대심원에 이 사람이 있어 충성 강직忠誠剛通하기가 부귀에도 현혹하지 않고, 위무威武에도 굴하지 않고 정부 탄압에 반발하여 담당 일곱 판사를 고무 격려해서 단호하게 공명정대한 판결을 내리게 했다. 사법권 독립의 위기일발을 구해 태풍이 지나가고 암운이 거치듯이 만국 정리正理에 따라 천지는 청명天地清明하고 아침 해는 밝았네旭日昭昭."

내각이 재판소에 간섭하는 것은 지금도 교토지방재판소 판결에 요시다 내각의 간섭이 세인의 눈살을 찌푸리게 하고 있고, 당시에도 세인의 분노를 사고 있었다. 더욱이 일곱 판사 중 다섯 명이 "내각의 위무에 질려 사정私情에 얽혔纏綿"음은 고지마 고레가타 일기에도 나온다. 이에 대해 이노우에 쇼이치井上正一, 야스이 슈조安居修蔵의 두 판사만은 "강직하게 그 주의를 품고 있어서抱持 걱정 없다"고 일기에 쓴 것처럼 고지마 고레가타 대심원장은 이 두 강직한 판사에게 기대를 걸고 다른 판사를 격려했다.

재판소가 때에 따른 편의주의, 정치에 대한 사대주의에 편승할 때, 재판소의 권위는 땅에 떨어진다. 외국과의 외교, 내정, 내외정책에 영향을 받아서는 사법권 독립은 전적으로 붕괴된다. 종전 후의 일본의 재판소 판사는 이러한 고지마 고레가타의 위엄綾綾있는 '법골法骨'을 손톱 때라도 달여 마셨으면 좋겠다.

법골은 나카에 조민이 고지마 고레가타를 평한 말이다.

"그의 오골傲骨, 아니 법골은 위엄이 있다. 그의 눈에는 오로지 법률이 있을 뿐. 경우, 사정, 형편, 정책, 내외정책, 외교와 내정, 사대주의 등 고루한 모습景象은 일체 그의 법률 눈에는 비치지 않았다." 법률을 지켜 헌법을 수호한 것이다. 법률을 쓰레기통에 처넣는 것은 나라를 파는 것이며 헌법을 지키는 자는 인권을 지키는 것이라는 점을 지금의 일본에게 고지마 고레가타는 무엇인가 가르침이 있다.

해제내용

글의 전체적인 내용은 메이지시기의 조약개정에 맞춰져 있다. 국가의 독립은 외국과의 조약체결에서 대등조약이어야 한다는 점, 그럼에도 불구하고 메이지시기 통상조약이 불평등조약이 되어 국가적 독립에 큰 손상을 가져와 이의 개정을 위해 많은 국력을 소진하게 되었다는 점, 국력을 소진하면서도 조약개정에 전력을 다할 수밖에 없는 것은 불평등조약을 대등조약으로 개정해야 비로소 국가적 독립을 달성할 수 있기 때문이라는 점, 무역자주권 회복이 필요한 이유와 조약개정은 무엇보다도 평민주의 입장에서 이루어져야 한다는 점, 조약개정을 통해 궁극적으로 국가의 독립과 그것의 실질적인 표현으로서의 사법권 독립을 달성해야 한다는 점을 당시의 시대상황 및 주요 정치세력의 입장을 들면서 설명하고 있다.

동시에 글은 샌프란시스코강화조약을 통해 점령에 마침표를 찍고 독립국가로서 거듭나는 중대한 기로에 선 당대 일본의 요시다 자유당 정부를 향한 비판이자 제언의 성격을 갖는다. 강화조약이 무엇보다도 국가적 독립을 회복하는 데에 초점이 맞춰져야 함을 역설함으로써 요시다 자유당의 강화조약 방침이 독립주의보다는 의뢰주의, 즉 미국에 대한 의존을 명문화하는 것이라는 점을 강하게 비판하고자 하는 취지가 엿보인다. 외국과의 조약이 불평등한 내용을 담고 있다는 것은 국가의 독립을 위협하는 것인 동시에 국민적 자존감을 저하시키는 것이기 때문에 메이지시기의 모든 정파가 목소리를 하나로 해서 조약개정에 분주한 점을 상기시키면서, 특히 오츠사건 당시의 대심원장 고지마 고레가타児島惟謙가 정치권력의 재판소에 대한 간섭을 배제하고 나라의 독립과 사법권의 독립을 지켜낸 점을 강조한다. 이러한 위엄 있는 '법골法骨'이 궁극적으로 법률과 헌법, 나아가 국가의 독립을 지켜냈다는 점의 강조는 메이지시기 이노우에 가오루·오쿠마 시게노부의 조약개정안은 국가 독립을 침해하는 내용을 담고 있으면서도 "조약이 없는 것보다는 있는 것이 좋다"는 편의주의로 일관하며 국가 독립에 관심을 보이지 않아 국민적 비판의 대상이 된 바 있는데, 강화조약 체결 국면에서의 요시다 자유당 정부의 강화 방침이 국가적 독립을 회복하는 듯이 보이지만 실제로는 상당히 의존주의적 내용을 담고 있고, 더욱이 자유당의 선배격인 메이지시기 재흥자유당의 '외교는 의뢰주의를 배척하고 독립주의를 취해야 한다'는 당의黨議와는 달리 독립주의를 배척하고 의뢰주의를 취하고 있다고 비판한다. 저자는 조약개정에서 가장 우선해서 고려돼야 하는 점은 국가적 독립이라고 강조한다.

수록 지면 : 20~27면
키워드 : 조약개정, 사법권 독립, 평민주의

전쟁선전과 평화옹호戦争宣伝と平和擁護

단 도쿠사부로(淡徳三郎)
해제 : 석주희

내용요약

전쟁이든 평화든 위기에 당면하여 평화보다도 전쟁을 희망한다고 생각하는 자는 거의 없다. 이는 전쟁을 위한 정책을 수행하는 사람조차 '국토방위'나 '침략방지' 등 평화의 이름으로 전쟁 준비를 선전하고 있는 것을 보더라도 명백하다. 사람들은 지질학자를 통해 수년 후 대지진을 예언하는 것처럼, 늦거나 이르거나 전쟁은 반드시 있다고 생각한다. 이들은 전쟁을 어떻게 방지할 수 있는가 하는 것보다도 전쟁이 발생한 경우 소개령이나 사재기에 대해 마음 아파한다. 이는 전쟁을 선전하는 자가 성공했기 때문이다. 외국 군사기지 설치나 외국 군대의 주둔 등 일본에서 재군비와 전쟁준비가 공연히 이루어지는 분위기이다.

국민은 결코 이러한 전쟁 준비를 기뻐하는 것은 아니지만 방법이 없다는 식으로 포기해왔다. 이렇게 포기하는 감정이야말로 국민을 전쟁에 동원하기 위해 정신적 준비의 제1단계로 하는 것이다. 전쟁이 지진과 같은 천재지변이라고 생각하든 아니든 전쟁의 원인에 대한 냉철한 분석이나 '국토방위'나 '침략방지' 등의 언어에 숨겨진 의미를 규명해야 한다. 평화의 이름으로 행해지고는 있으나 침략자조차 스스로 침략전쟁이라고 말하며 전쟁하는 자는 없다.

이러한 점에서 언어라고 하는 것은 실제 무서운 매력을 가지고 있다. 언어는 인간을 영웅으로 만들거나 훌륭한 행동을 이끌어내고 마음에 사랑의 불씨를 세울 수 있다. 그러나 언어는 또한 인간을 낮추고 의식을 잠식한다. 예를 들어 평화의 이름을 가지고 하더라도 전쟁 선전만큼은 언론의 자유를 허락하지 않는다. 소련의 일국일당주의나 중국의 인민주의가 마음에 들지 않았다면 얼마든지 비판을 해도 된다. 그러나 증거도 없으면서 소련이나 중국의 침략을 준비하기 위한 구실로서 '국토방위', '침략방지'를 위해 재군비나 군비강화를 하는 것은 히틀러나 도조 히데키와 같이 전쟁을 일으키는 의도를 가진 것이라고 생각해도 방법이 없다.

이를테면 조선 문제라면 남한 정부뿐 아니라 북조선에서도 국경을 접하고 있는 중국 정부와도 이야기하여 진실로 평화적인 해결 방법을 만들어낼 수 있다. 남한 정부나 북한 정부나 이것을 응원한 중국 정부를 침략자로 취급하고 그러한 이유로 재군비다, 군비강화라고 하면 사태는 점차 악화할 뿐이다. 그러나 오늘날 일본에서 보이는 것처럼 이른바 국가들의 평화적 공존의 가능성을 말하는 사람들이 사라지고 위험한 인물이 나타나는 것은 도대체 어떻게 해야 좋을 것인가? 이를 위해서는 세계에서 평화를 옹호하는 굳건한 결심을 갖는 사람들이 신문이나 라디오를 통해서 공공연히 나타나는 전쟁 선전에 대항하여 평화 선전을 실시할 필요가 있다. 물론 선전하는 기관의 대부분이 전쟁주의자의 수중에 놓여있으므로 평화 선전이 위험한 사상으로 취급되는 현 상황에서는 이러한 일은 상당히 곤란하다. 그러나 곤란하다고 해서 그만둘 수는 없다. 이른바 어려운 각오를 하고 국민에게 평화의 소리를 전달해야 한다.

일부 사회주의자들 사이에는 전쟁은 사회주의 혁명으로 자본주의의 붕괴를 촉진하지만 오히려 환영해야 한다고 하는 자가 있다. 분명 과거의 역사를 보면 러시아혁명은 제1차 세계대전 말기에 발발했고 제2차 세계대전 이후 동구 제국이나 중국이 선진 자본주의 제국의 축으로부터 해방되었다. 이러한 것을 보면 전쟁은 혁명의 산물로 보인다.

혁명을 위해서 전쟁이 필요하다고 사회주의자가 오해하고 있는 것처럼 혁명을 방지하기 위해서 전쟁이 필요하다는 자본주의자도 옳지 않다. 물론 전쟁은 자본가 일부를 부유하게 했다. 맹렬한 전쟁 선전과 경찰제도 강화는 자국의 자본주의에 대한 국민의 불만이 외국에 있는 적으로 향하게 했다. 그러나 이것은 전쟁 준비 기간이거나 전쟁 중일 때뿐이다. 자본주의 제도는 전쟁 전보다도 한층 내부적인 모순으로 고민하게 되었다. 전쟁은 결코 사회주의혁명에 도움이 되지 않지만 자본주의를 원하는 것도 아니다. 경제적 궁핍과 어려움이 이어지는 가운데 자본주의에서 사회주의로의 전환이 진행되고 있다. 혁명을 촉진하기 위한 전쟁을 희망하는 사회주의자와 자본주의 붕괴를 방지하기 위해 전쟁을 준비하는 자본주의자 이 양자는 누구든 인류의 적이다.

자본주의의 모순을 느끼고 사회주의로 인해 인류의 진정한 해방을 실현하는 것을 생각했을 때 이것은 하나의 공상적인 학설에 지나지 않았다. 그러나 마르크스가 풍부한 자산에 의해 자본주의 내재적인 법칙을 명확히 하고 사회주의로의 발전을 논증했을 때 사회주의학설은 과학적 진리가 되었다. 그리고 그 진리는 마르크스 사후 70년간 사실에 의해 점차 확증되고 있다. 사회주의의 입장이든 자본주의 입장은 어디든 진리로 양방향과 함께 진리로 있을 수는 없다. 동시에 이것은 오늘날 우리들이 당면하고 있는 평화 수호의 문제이다. 인류가 살아가든 죽든 큰 문제에 관해서는 평화와 전쟁과의 사이에 중립의 입장은 있을 수 없다. 물론 평화 수호 방법에 대해서 의견이 다를 수도 있다. 전면강화론과 단독강화론, 재군비 반대론과 찬성론 등 중간의 길은 있을 수 없다. 그러나 전쟁준비를 위장하기 위해서는 평화수호를 주창하는 것이 아니라 마음 깊이 평화를 바란다면 방법에 대해서 의견이 다른 자들 사이에도 격의 없는 토론을 실시할 수 있다. 과학적인 진리에 대해서 확신을 가지고 확신에 기반을 두고 행동하는 곳에 인류역사의 진보가 있다. 다만 우리들이 직관적으로 확신만으로 살아갈 수 없으므로 개인의 안심과 입명은 있을 수 있으나 행동의 지침은 만들어지지 않았다. 모든 것을 먼저 의심하는 것은 좋다. 그러나 객관적인 진리를 탐구하는 노력을 의심하고, 진리에 대한 확신

으로 입각하는 것을 경멸하며, 바람과 같은 자유로운 경지야말로 현인의 이상이
라는 회의주의야말로 평화가 위협을 받는 오늘날 우리가 단호하게 배격해야 할
것이다.

해제내용

단 도쿠사부로는 이 글에서 일본의 평화에 대한 논의와 재군비에 관한 논쟁을
제시하였다. 역사적으로 평화와 전쟁이 반복되거나 혹은 동시에 공존한다고 할
때 영구한 평화는 도달할 수 없는 목표임에 분명하다. 이 글에서 전후 일본의 평
화는 전쟁의 종식에 따른 평화로 헌법을 통해 이루어야 하는 기존의 『일본급일본
인』의 논의와 관점과 유사하다. 재군비와 외국 군대의 주둔이 이루어질 가능성이
있는 가운데 일본의 평화는 어떻게 유지할 수 있는가. 이 같은 질문을 두고 필자
는 '국토방위'와 '침략방지'를 통해 전쟁에 대한 의식으로 향하는 것을 경계한다.
공산주의 세력에 대하여 "증거도 없으면서 소련이나 중국의 침략준비를 구실로
서 '국토방위', '침략방지'를 위해 재군비나 군비강화를 하는 것은 히틀러나 도조
히데키와 같이 전쟁을 일으키는 마음을 가진 선전이라고 생각해도 방법이 없다"
라고 강하게 비판하는 것은 이 같은 시각을 반영한다.

그렇다면 한국전쟁의 위기로부터 전후 일본의 평화는 어떻게 도달할 수 있는
가. 이에 대하여 필자는 우선 실천적인 방안으로 전쟁선전에 대항하는 평화 선전
을 강조하였다. 그는 "세계에서 평화를 옹호하는 군건한 결심을 갖는 사람들이
신문이나 라디오를 통해서 공공연히 나타나는 전쟁선전에 대항하여 평화 선전을
실시할 필요가 있다"고 보았다. 국민에게 평화를 전달하기 위해서는 언어와 미디
어를 통해 확산되어야 한다는 것이다.

다음으로 사회주의자들의 전쟁을 통해 혁명을 성취할 수 있다는 그릇된 오해
에 관한 것이다. 필자가 말한 "과거의 역사를 보면 러시아혁명은 제1차 대전 말기

1951년 4월   345

에 발발했고 제2차 세계대전 이후 동구 제국이나 중국이 선진자본주의 제국의 축으로부터 해방되었다. 이러한 것을 보면 전쟁은 혁명의 산물인 것처럼 보인다"는 지적은 공산주의와 사회주의 혁명을 지나치게 단순화하는 것으로 보인다. 동아시아에서 계급혁명은 계속해서 실패해왔으며 한국전쟁은 당사국 간 이해관계를 넘어 미소 강대국 간 이데올로기의 치열한 투쟁의 장으로 확장된 것은 부인할 수 없는 사실이다. 필자는 사회주의자뿐 아니라 자본주의자도 내부적인 모순으로 붕괴될 수 있다는 우려를 보인다. 결국 전쟁은 어떤 경우에도 발생할 수 있으며 일본에서는 이러한 충돌을 줄이는 것이 평화를 위한 것이라고 제시한다.

이 같은 논의를 통해 저자는 평화수호에 대하여 이데올로기 문제가 아닌 인류 보편적으로 도달해야 하는 진리로서 제시한다. 필자는 "전쟁 준비를 위장하기 위해서는 평화수호를 주창하는 것이 아니라 마음 깊이 평화를 바란다면 방법에 대해서 의견이 다른 자들 사이에도 격의없는 토론을 실시할 수 있다"고 말하며 평화를 사회적 책임, 개인의 인식 차원으로 되돌린다. 그러나 전후 일본에서 또는 『일본급일본인』에서 직전에 발생한 전쟁이나 식민지 피해에 대한 책임을 거의 언급하고 있지 않다는 점에서 평화를 대하는 지식인의 모순성을 볼 수 있다.

수록 지면 : 28~35면
키워드 : 전쟁, 평화, 국토방위, 조선문제, 사회주의

현대 사회문제와 양심現代の社会問題と良心

이시가미 료헤이(石上良平)
해제 : 송석원

내용요약

1.

일본 국민이 온통 강화, 평화, 재군비 논의에 몰두하고 있는 현재 '원리적인', 즉 사회구조의 원리에 관한 문제가 등한시되기 일쑤이다. 일례로, 대학 졸업생이 회사에 취업하고자 할 때, 교단적 학문으로는 도저히 패스할 수 없는 실제적이고 시사적인 시험문제가 부과되어 학생들이 시사용어사전이나 신문용어사전 등을 별도로 공부해야만 한다. 나아가 정평 있는 대회사에서 학생의 사상 경향에 매우 신경질적인 관심을 쏟게 되어 '사상 온건'이 가장 중요한 요건이 되고 있다.

이리하여 사회(라기보다는 회사이지만)는 사상 온건한 학생을 요구하고 대학이 자기 존립 근거로 사상 온건한 학생을 생산하지 않으면 안 되고 더욱이 학생 자신도 이 기본선에 따르기 위해 노력하게 된다면 삼자의 목표는 일치하고 질서는 유지되어 세상은 조용하고 평화로운靜平 길을 계속 걷게 될 것이다.

그러나 우리는 이에 신중한 고려를 더해야만 하는 문제를 발견한다. 첫째, 사상 온건이라는 말의 의미인데, 이것은 궁극적으로 공산주의적, 사회주의적이지 않은 것, 보다 명시적으로 말하면 자본주의를 긍정하는 것이다. 혹은 자본주의를 기초로 하는 사회질서를 긍정하고 이에 반대하는 사상을 거부하는 것이다. 혹은 아무런 정치적 의견을 갖지 않는 것이라고 할 수 있을 지도 모른다. 실업實業의 범위 안에서 사는 사람들이 '사상 온건'한 사람이다.

둘째, 이러한 인간이 되는 것이 현대 대학생에게 부과된 임무라는 점에 학생 자신의 고민이 있고, 더욱이 일반적인 문제가 있다. 학생은 반드시 관련된 의미에서의 사상 온건함을 갖지 못하기 때문이다. 아니, 대부분의 학생은 현재의 사회질서에 대해 비판적이다. 학생들은 현재의 사회질서의 중대한 근본적 결함을 깨닫고 있다. 학생이 비판적인 것은 현실사회 자체가 명백히 결함을 노정하고 있고, 그들이 강의를 듣고 시험을 평가받는 교사들이 그것을 논리적으로 가르치기 때문이다. 이렇게 비판적인 학생이 취직시험에 임하면 이들은 그러한 것은 알지도 듣지도 못한 듯한 얼굴을 해야만 한다.

더욱이 그들이 준비해야 하는 가면은 단 하나가 아니라는 점이다. 그들 가운데 사회적 정치적 관심이 강한 자는 가능한 한 실업계를 피하려 하고, 저널리즘 같은 곳을 지망한다. 그곳이라면 다소라도 양심의 자유를 유지할 수 있을 것이라고 생각하기 때문이다. 진보적이라고 평가되는 신문사 채용시험에 지망자가 운집하는 이유이다. 신문사 채용시험에 응하는 학생들은 상당히 진보적인 사상을 갖고 있음을 드러내도 된다고 생각하게 된다. 그러나 신문사와 은행에 동시에 응시하는 경우, 그들은 동시에 두 개의 가면을 준비해야만 한다.

2.

'사람을 보고 불법佛法을 펴라'는 말이 있다. 그러나 상대에 따라 불법을 펴는 방식이 있다고는 해도, 일정한 근본적인 '불법'이 있음은 고어古語에도 전제되고 있다. 그런데 현대인(학생뿐만 아니라)이 과연 의거할만한 '불법'을 움켜쥐고把持 있는지는 의문이다.

대학은 확실히 사회에 유용한 인물을 양성하기 위한 교육기관이지 결코 자본가 계급의 기호 상품을 생산하기 위한 공장이 아니다. 학생은 진리를 배우고 이를 솔직히 표명하는 것을 배워야 하며, 교사는 이 요구에 부응하도록 노력해야 할 의

무가 있다. 그러나 취직이라는 통로를 통해 전적으로 대학의 사명이 자본가 계급의 의견에 좌우되게 되면 진리는 이 세계에서 소멸한다.

'어떤 시대의 지배적 사상은 지배계급의 사상이다'라는 말이 있고, 이러한 테제를 납득할만한 것도 사실이다. 그러나 세계의 사회사는 지배계급의 사상에 대한 일부 소수자의 근본적 비판이 인간 생활을 진보시켜왔음을 말해준다. 봉건사회를 붕괴시킨 사상은 봉건시대 속에 살고 있던 사람들 가운데 어떤 사람들의 두뇌 속에서 싹텄다. 그것이 사회질서의 근본에 저촉되는 사상이었기 때문에 지배계급은 이에 잔혹한 박해를 가했다. 그러나 박해는 이러한 사상을 절멸시킬 수는 없었다. 동시에 현대 청년이 그들의 생활을 위해 지배계급의 사상에 견인돼가는 강한 경향이 있다 하더라도, 그들 가운데 일부 소수는 여전히 현존 질서에 대한 비판을 계속해서 유지할 것이다. 물론 그들은 생활을 위해 가면을 쓰고 자신의 본심을 속이지 않으면 안 되는 일이 많겠지만, 눈앞의 사실이 그들에게 가르치는 것은 다수 사람들의 눈에서 없어질 수는 없기 때문이다. 사람이 생활을 위해 자기의 양심을 속여야만 하는 사회는 혐오할만한 사회임에 틀림이 없다. 서구 사상사를 회고하면, '양심의 자유'를 위해 얼마나 많은 사람들이 고통을 당했는지 명백하다. 그것은 주로 종교의 문제이다. 예컨대, 17세기 영국 역사는 '양심의 자유'를 위해 죽은 많은 사람들의 기록으로 가득차 있다. 방종하다는 평판이 높았던 제임스 2세조차도 죽음을 앞두고 자신이 가톨릭이라는 점을 속이지 않았다. 이 시대의 비극은 종교문제가 정치문제와 분리되지 않은 채 밀접히 결합돼 있었다는 점에 있다. 내란에 휩싸인 사람들은 정치와 종교에 대해 일정한 태도를 취하는 것이 항상 양심의 문제에 관계하는 것을 피함으로써 고통에서 벗어나는 방법을 생각했다. 물론 이 노력에 사회의 물질적 기초의 발전이 큰 힘이 되었다. 위대한 사상가들이 그들의 지능智能의 한계를 다 짜내 종교적인 것을 분리하여 종교를 일종의 사삿일私事로 해버렸다. 시민적인 일에 대해 일정한 태도를 취하는 것은 직접적으로는 인간의 가장 내면적인 양심의 문제가 아니게 되었다. 그렇게 되면 시비, 선악의 판단은 어떤 행위의 결과가 얼마나 행위자나 사회의 행복을 증가시키느냐에 의해 판단되어 결정된다는 생각, 즉 공리주의적 윤리가 일반에 받아들여지게 되었다. 이것은 실로 사회질서의 근본문제에 대해 일반 사람들의 의견이 대립하지 않게 된 사회가 만들어졌다는 것을 의미했다. 환언하면, 자본주의제도가 지배적인 제도가 되고, 더욱 자기를 팽창시켜가는 과정에 있었다는 것을 의미했다.

이러한 상태에서 '자유'는 '양심의 자유'라기보다는 '언론의 자유'였다. 17세기 프로테스탄트의 자유가 양심의 자유였다면, 19세기 밀의『자유론』이 주로 '언론의 자유'를 중심 과제로 한 것은 여러 이유 때문이었다. 로크의『관용론』에서 가톨릭과 회교도에게는 종교적 관용을 인정하지 않은 데 대해『자유론』에서는 무신론자에 대해서조차 관용을 인정해야 한다고 주장되고 있다.

일본에서는 근대사회가 건설되기 시작한 메이지 이래에서는 종교적인 의미에서의 '양심의 자유'는 진지하게 문제되지 않았다. 다만, 쇼와 초기에 제정된 치안유지법이 국체와 사유재산제도의 두 가지를 들어 신성한 것이라고 했는데, 후자는 학문적으로 부정하는 것이 위법이 되지는 않았다. 사회주의자는 정부로부터 잔혹한 박해를 받았지만 아직 자본주의의 기초를 위협할 정도의 세력이 되지는 않았기 때문에 자본가가 사회주의사상 자체를 크게 문제시하지는 않았다. 오히려 일본의 지배계급은 노동운동 속에 포함돼있는 민주주의 정신에 정부로서도 자본가 계급으로서도 두려워할 만한 것을 발견했다. 그것은 가난한 사람이 온정 있는 주인에 대한 반항, 자子의 부모親에 대한 반항으로 일반적으로 말하면 불충의 행위로 여겨졌기 때문이다. 민주주의는 일본의 수동적 윤리의 근본을 파괴한다고 그들은 생각했다.

문제는 오히려 패전 후 민주화가 진행돼가는 과정에서 심각해졌다. 즉, 먼저 국체의 항목은 의의를 상실했기 때문에 천황의 권위와 사유재산제도를 결합할 수 없게 되어 세속적인 이론의 범위 안에서만 자본주의는 옹호되게 되었다. 민주주의를 사회의 기본원리로 인정함으로써 지금까지 자본가 계급이 유지해온 가족주의적 권위의 근거가 붕괴되고, 온정주의적 정책은 시행될 수 없게 되었다. 민주주의 속의 개인주의는 주권국가의 기초도 붕괴시킬지 모른다. 이와 같은 정황에서 비로소 현존 질서의 근본, 즉 생산관계의 원리가 진지하게 논의의 대상이 된다. 따라서 현대 일본의 지배계급은 사회주의적 비판의 소존자所存者에 대해 신경 과민이 될 수밖에 없다.

이것은 일본만의 현상이 아님은 말할 필요도 없다. 이른바 선진자본주의국가 모두의 고민이다. 거기서 자본가 계급은 자본주의라는 명칭을 피하고 '민주주의'라 호칭하며 이것과 '비민주주의' 사이에 무언가 세계관적 대립을 만들지 않으면 안 된다. 원래 현대 자본가 계급은 발생 당시에 종교로부터 자신을 분리해서 논의를 시민적 범위로 제한하려고 노력해서 효과를 거두었는데, 다시금 그들은 최근에 문제를 보다 근본적인 평면에까지 끌어내리려 노력하기 시작했다. 봉건주의가 붕괴하기 전야에 지배계급이 자기 질서를 유지하기 위해 가톨릭교의 권위에 매달린 것과 닮았다.

이것에는 방패楯의 반면反面이 있다. 1917년부터 이미 30수 년, 소비에트 공산주의가 자본주의 세계에 필적하는 실력을 쌓아 올린 것이다. 마르크스의 공산주의는 비판에 있어서 자본주의와 가장 첨예하게 대립하는 것이다. 그러나 그것이 단순히 사상으로 멈춰 있는 한 큰 문제는 아니다. 스탈린의 소비에트 공산주의는 레닌의 마르크스주의를 더욱 러시아화하고, 그 위에 이것을 일면의 현실의 힘으로 전화시켰다. 더욱이 소비에트 공산주의는 형식에서 마르크스주의를 변용하여 하나의 교의敎義체계—현저히 종교적인 교의를 확립했다.

여기서 주목해야 하는 것은 일반적으로 이상으로서 공산주의 사상을 품는 자는 인간해방의 의미에서의 소박한 휴머니즘을 마음속에 갖고 있다는 점이다. 그러나 공산주의 사상이 일정한 (예컨대) 소비에트 러시아라는 정치 권력에 응고凝固하면, 이번에는 정치 권력 자체의 운동이 사상을 거꾸로 규정한다. 이는 현대일본의 구체적인 공산주의운동을 관찰하면 명백하다. 공산주의에 이끌린 노동자나 인텔리 자신은 이상주의에 살고 있다. 그런데 공산당 지도자들 사이에는 이러한 이상주의는 점차 옅어지고, 권력의 정신인 마키아벨리즘만이 농후하다. 마치 신흥종교에서 신자信者는 열광적인 신앙을 갖고 있으나, 종교 경영자는 어떻게 다수의 신자를 획득할지의 방법에 전념하고 있는 것과 비슷하다.

그러나 아무리 지도자에게서 본래의 정신이 죽었다고 해도, 그 세력 전체는 기성의 사회질서를 위협하는 법이다. 이러한 때에는 기성 질서 옹호자는 자신의 쪽에서 실력으로 이에 대항함과 동시에 사상의 면에서도 이에 대처하지 않으면 안 된다. 더욱이 적 세력이 하나의 교의로 단단히 결속하면, 이쪽 또한 이른바 종교적 도그마로 무장하지 않으면 안 된다. 그러나 공산주의에 대항해서 '자본주의'를 그럴듯하게 주장하는 것은 이미 불가능해졌다. 현재의 자본가 계급도 이 명칭에 따르는 죄악감을 마음속에 의식하고 있다. '자유주의'라는 말조차도 힘이 없어졌다. 그리하여 '민주주의'를 그럴듯한 주장으로 선택한 것인데, 이것도 곤란한 것이 민주주의는 사회주의로까지 논리상 발전해 갈 것 같아서 최근에는 일본 정치인들도 '자유민주주의'나 '민주자유주의'라고 말을 더듬으며 말하게 되었다. 일전의 요시다 수상의 연설에서는 '민주자유주의'라는 말이 사용되었음에 깨달은 사람들도 있을 것이다.

그다지 논리에 능하지 않은 일본 정치인조차도 그들의 사상에 일정한 인생관人生觀의 기초를 만들어 자신들이 지키려 하는 기성 질서의 재확립을 도모하고자 노력하는 경향이 있으니, 구미 지배계급이 2천 년래의 문화의 전통을 일거一擧를 위해 동원하는 것은 당연하다. 특히 서구적 정신의 지주로 여겨진 기독교 신학이 이를 위해 사용된 것도 그다지 이상한 일도 아니다. 즉 '자유'가 이 사상운동의 최후의 마지막 근거이자 모토이다. '자유'는 일본처럼 동양인의 나라에서는 곧바로 물질적인 자유를 상기시키지만, 서구인에게는 먼저 무엇보다도 정신의 문제이며 인생관의 문제이다. 따라서 이것은 공산주의를 대하는 경우(그것이 특히 현대에서는 다분히 동양적 색채를 띠기 때문에 더욱 그렇지만)에는 특별한 효과를 갖는다. 즉 현대세계의 대립이 일차적으로는 인간의 인생관의 대립인 것처럼 되고, 넓게는 '양심'의 문제인 것 같은 양상을 띠게 된다.

사회주의적 경향을 띤 러셀조차 다음과 같이 두 가지의 인생관을 특징 지었다.

인간의 생활에 대한 두 개의 매우 다른 생각이 세계의 제패를 지금 경쟁하고 있다. 서구에서 우리는 개인 생활 속에 인간의 위대함을 인정하고 있다. 우리에게 위대한 사회는 인간에게 가능한 한 행복하고 자유롭고 창조적인 개인들로 이루어진 사회이다.

러시아 정부는 인생의 목적에 대해 다른 생각을 갖고 있다. 개인이라는 것은 아무런 중요성도 갖고 있지 않다고 생각한다. 그것은 소비해도 괜찮은 것이다. 중요한 것은 국가이며, 국가는 거의 신성에 가까운 어떤 것으로 간주되어 시민의 복지를 내용으로 하지 않고 그 자신의 복지를 갖고 있는 것처럼 보인다.

우리는 세계 사상의 두 주류가 이와 같은 특색이 있다는 점을 부정할 수 없다. 그러나 그것은 두 경향을 매우 두드러지게 보인 것으로 양자에 공통된 면도 있다는 점을 잊어서는 안 된다. 또한 사상에서는 여하튼, 현실에서는 한쪽의 사상을 취하는 국가가 다른 한쪽의 국가의 사상의 최대 결점의 몇 가지를 실현하고 있는 것도 있다. 결국, 우리는 두 가지를 비교할 때는 양자가 현실에 가장 잘 실현된 때를 가정해서 논해야만 하고 한쪽의 최악의 부면과 다른 한쪽의 최량最良의 부면을 비교해서는 안 된다.

여하튼, 이와 같은 현대의 세계적 대립이 근본적인 인생관의 대립, 그것도 선악의 대립으로 서술되려고 하는 것이 현대사상의 특색인 점은 명백한 사실이다. 그래서 진지하게 만사를 사색하는 사람들은 어떤 정치적 입장을 취하는 때조차도 무언가 '양심'의 문제로 해결되지 않으면 안 되는 것과 같은 절박한 심경에 서게 된다.

이 점에 대해 우리가 생각해야 할 것이 두 가지 있다. 하나는 모든 일을 자기 자신의 가장 깊숙한 '양심' 문제로까지 파고 들어가는 것은 존중할만한 행위라고 간주해야 한다는 점이다. 그러나 이 경우 다시 한번 생각해야 하는 것은 과연 이 문제가 '양심'의 문제로서 사활적인, 피할 수 없는 문제인지 아닌지를 냉철하게 재고하지 않으면 안 된다는 점이다. 이 관찰에 오류가 있어서는 안 된다. 16세기 유럽에서의 종교전쟁은 확실히 이에 참가한 전사의 어떤 자에게는 자기의 '양심'을 지키기 위한 싸움이었을 것이다. 그러나 우리는 오늘날에는 역사의 과학에 의해 그것이 실로 물질적인 사정에 규정된 싸움이었음을 알고 있다.

현대 일본의 사회문제건, 동아시아 국가들의 동란 문제건, 러셀의 두 구별을 방패로 삼아서는 어떤 해결도 나오지 않는다. 안남인安南人에 대해 '자유냐 강제냐'라고 말하면, 그들은 그것을 식민지적 착취로부터의 '자유'와 식민지적 지배자로부터의 '강제' 중 어느 하나의 선택을 해석할 것이어서 이 물음을 던진 사람의 의도와 다른 해답을 내게 될 것이다. 이러한 문제는 '양심' 문제에 다다르기까지 매우 광범위한 세속적이고 물질적인 해답을 수용할 여지가 있다.

따라서 나는 현대세계의 문제는 곧바로 '양심'문제로까지 귀착시켜서는 안 되며, 먼저 정치적, 시민적, 물질적 문제, 기술적인 문제로 보고 그에 합당한 방법으로 해결해야 한다고 생각한다. 처음에 든 비근한 예로서의 학생 취직 문제도 이러한 문맥 속에서 생각해보지 않으면 안 된다. 양심적인 청년은 현존 사회질서에 비판적이므로 그는 '이것이냐 저것이냐'의 기로岐路에 몰려 한쪽을 버리고 다른 한쪽의 종교적 도그마에 헌신해야 하는 것과 같은 심경에 몰리게 되지만, 이러한 것은 피해야 한다.

3.

필자는 앞에서 실제 사회적인 문제가 인간의 가장 구석의 '양심'의 문제로 환원되는 경향에 대해 지적하고 그에는 이유가 있다는 점도 지적했다. 동시에 필자는 이 경향에 포함된 일반의 주의를 환기하고자 한다. 필자는 사회적 문제는 그것에 관련된 모든 사람이 사회적인 문제로 해결해야 한다고 생각한다. 대략 현실사회의 문제를 인생관의 근본적인 대립, 종교적인 의미에서의 양심의 문제로 환원하면, 피할 수 없는 사활적인 투쟁 이외에 해결 방법이 없어지고 거기에는 열광만 있고 이성이 작동할 여지는 없어지기 때문이다. 이성이 작용할 여지를 잃게 되면, 관용의 기풍은 상실되고 폭력만이 권위를 갖게 되기 때문이다.

학생의 취직에 대해 현존 질서에 대한 반대 의견을 갖는 자가 채용되지 않는 실정은 용서할 수 없는 일이다. 일본국헌법 제19조의 '사상 및 양심의 자유는 이를 침범해서는 안 된다'는 조문은 이와 같은 불합리에 대한 부정의 의미를 포함하고 있는 것으로 해석할 수 있다. 필자는 이러한 법률적인 문제로 이 문제를 강하게 논하지 않았다. 그것을 경시해서가 아니다. 오히려 그것은 당연한 것으로 보고 그 위에 논의를 진행했다.

현대사회에서는 '사상 및 양심의 자유'가 지켜지지 않는다는 점이야말로 현대사회 개혁의 필요가 있는 것이다. 그로 인해 현대 혁명의 목표가 규정된다. 그러나 일거에 폭력혁명을 일으켜도 역시 그 사회는 현존 질서와 마찬가지로 이와 같은 자유를 충분히 보장하지 않을 것이다. 더욱이 변혁과정에서 사회의 사람들은 항상 생활하지 않으면 안 된다. 생활과 사회개혁을 양립시키지 않으면 안 된다. 뿐만 아니라 현실에 생활하고 있는 대중 가운데서야말로 개혁의 원동력이 있고,

개혁의 축복은 결국 그들의 것이 되어야만 한다.

필자는 취직시험에 자기를 속여야 하는 것에 고민하는 학생에게 "여러분이 '양심'에 충실한 것은 존중받아 마땅하지만, 현실사회가 '양심'만으로 살 수 없다는 점도 이해해야 한다. 여러분은 살지 않으면 안 되는데, 살기 위해서는 지성知性과 신려愼慮, 용기勇氣가 필요하다. 그리고 이것들에 의해 해결돼야 할 여지는 매우 넓다"고 말하고 싶다.

그러나 이것도 실은 매우 곤란한 일이라는 것은 명백하다. 취직할 때 '양심'의 자유로 고민한 청년도 마침내 사무와 생활에 찌들어 평범한 샐러리맨 근성으로 추락하는 것이 보통이다. 사회 풍조에 견뎌 발랄한 사회개혁의 정신을 계속 갖는 것이 극히 곤란하지만 가장 필요한 일이다. 일본의 자본가 계급은 놀랄 정도로 반동적 정신을 가진 사람들이다. 그들은 헌법에 명기된 노동조합에 권리조차도 부정하려고 항상 주의하고 있다. 그들은 노동조합을 '싫어한다.' 싫어하는 것은 당연하다 해도 그들이 싫어한다고 해서 노동조합의 세력이 부정되어야 하는 것은 아니라는 것조차 그들은 깨닫지 못하고 있다. 그들은 강화가 성립하면, 현대의 이상한(그들에게) 일본을 빛나는 정상적인 전전 일본으로 되돌리려고 기다리고 있다. 한때의 방심이 일본을 파시즘으로 향하게 할 것이다. 이러한 형세에 대해 최대의 저항을 나타내는 것은 노동계급일 것이다.

수에히로 겐타로末広厳太郎는 "1949년 1월 중의원의원 총선거에서 공산당이 일약 35명의 의석을 획득한 것은 현저히 내외 사람들의 주목을 받았지만, 선거 후의 조사에 의하면, 평소 빨갱이라고 일컬어진 조합원 다수가 공산당은 물론 사회당에도 투표하지 않고 오히려 극우로 여겨지고 있는 민주자유당에 투표한 예조차 적지 않다는 점이 발견됐다"라고 지적하고 있다. 이런 상태이니 인텔리 샐러리맨의 의식상태는 가히 짐작할 수 있다. 그렇다 치더라도 노동계급은 그들의 육체적 경험의 근본으로부터 항쟁의 힘을 얻을 것이다. 인텔리 샐러리맨 계급이 어느 정도까지 그들의 동맹자일 수 있을지에 반동에 대한 투쟁의 승패가 걸려 있다.

무릇 현대의 인텔리 샐러리맨 계급만큼 생활의 희망을 잃고 있는 자는 없다. 노동자 계급이 그들보다도 희망을 가진 점에서 행복하다. 지성을 가진 위대한 계급에 희망을 주어 나아가야 할 방향과 조직을 부여하는 것이 일본 사회의 파시즘화의 길을 막고 민주화의 길을 한걸음 전진시키는 데 지극히 필요한 일이다.

해제내용

현대사회에서의 양심 문제를 대학생이 취업 시기 면접에서 사상이 온건함을 입증하기 위해 자신을 속일 수밖에 없는 문제부터 시작해서, 이러한 문제의 근원에 있는 양심의 문제를 자본주의, 민주주의, 자유민주주의의 전개 과정을 되짚으면서 정리한 글이다. 문장은 평이하게 작성되었지만, 함축하고 있는 의미는 깊다고 할 수 있다. 글의 모두를 장식하는 대학생의 취업 시기의 고민은 현재진행형으로 오늘날의 우리 사회에 적용해도 아무런 손색이 없는 생명력이 넘치는 글이다. 무엇보다도 글의 후반에 인텔리 샐러리맨의 깨어있는 정신, 곧 양심에 따른 행동을 강조하면서, 만약 그렇지 못한다면 훗날 자본가 계급이 지배하는 일본이 파시즘화할 가능성이 있음을 경고하는 부분은 발표일로부터 70여 년이 지난 오늘날 그대로 일본의 모습이 되어버렸다. 따라서 글은 오늘날의 일본 사회의 문제를 다시 묻는 힘을 갖는다. 인텔리 샐러리맨으로 대표되는 일본 시민사회의 성숙이 일본 사회의 파시즘화=우경화를 방지하는 가장 유력한 수단이며, 그것은 결국 자신의 양심에 충실한 사람의 성장에 의해서만 가능하다는 것을 보여준다. 저자는 "양심에 충실한 것은 존중받아 마땅하지만, 현실사회가 양심만으로 살 수 없다는 점도 이해해야 한다"고 하면서, "살기 위해서는 지성知性과 신려愼慮, 용기勇氣가 필요하다"고 말하면서 양심의 문제를 숙의熟議민주주의deliberative democracy로 녹여내고 있다. 숙의민주주의란 말 그대로 공동체의 현재와 미래에 대한 공동체 구성원들의 끊임없는 숙고, 숙의, 심의가 민주주의를 강화하면서 특정 계급의 독주=독재를 방지할 수 있다는 믿음에 근거한 것이기 때문이다. 자기 일신만의 행복=안일을 쫓는 것의 정당성을 인정하면서도, 동시에 양심의 복원이 공동체의 민주화를 강화하고 그것이 결국 자신의 행복도 증가시킬 수 있다는 점에서 양심에 따른 행동의 중요성, 그러한 것이 가능한 사회를 만들어가는 것의 중요성을 강조한다. 동시에 현실사회가 양심만으로 살기 어렵다는 점을 인정하면서도 살기 위해 지성, 신려, 용기가 필요하다며 양심의 문제를 생활과 밀접하게 관련시켜 파악하고 있는 점에서 글은 생활민주주의의 맥락에서 파악하면 충분히 의미를 갖는다고 하겠다.

한편, 대학 교육이 사회, 구체적으로는 기업특히 대기업의 요구에 부응할 수밖에 없는 현실에 대한 진단 역시 오늘날의 일본이나 우리 사회에도 그대로 적용될 수 있다. 대학 본연의 사명야스퍼스,『대학의 사명』을 되물으며 이 부분에서도 경종을 울리는 바가 있다고 판단된다.

수록 지면 : 36~47면
키워드 : 강화, 평화, 재군비, 양심

재군비 반대론을 논박함 再軍備反対論を駁す

공산 세력의 침략에 대비해야 共産勢力の侵略に備えあれ

가자마 죠키치(風間丈吉)
해제 : 송석원

내용요약

일본 재군비에 대한 논의는 일본 국내뿐만 아니라 국제적으로 일어나고 있다. 크게 보아 미국 및 민주주의 국가에서는 일본의 재군비가 필요하다고 하고, 소련을 비롯한 공산 세력이 지배하는 곳에서는 재군비 불가를 주장하고 있다. 문제는 국제적 관련에 있다고 할 수 있다. 일본 재군비에 관한 문제에 대해 미국의 정식 성명은 '일본 자신의 문제'라는 입장을 표명하고 있다. 강화조약 가운데 재군비에 대해 제한조항이 포함되지 않을 것이라는 발언이 소극적으로 재군비를 인정하는 것처럼 생각되는 데 지나지 않는다. 반면에 독재주의 국가에서는 정면으로 일본의 재무장을 비난하고 반대하고 있다.

일본 국내에 국한해서 살펴보면, 국민의 최대 관심은 재군비 시비의 문제이다. 다시 말해 재군비 문제가 강화 후의 일본의 안전보장의 구체적인 양태와 관련되기 때문이라고도 할 수 있다. 대전쟁 종료 후 5년 이상이 지나도록 강화조약이 체결되지 않은 사례는 일찍이 역사에 없었다. 이제야 강화조약이 현실 문제가 되고 있는데, 강화 후 일본의 안전보장 문제가 우려된다. 유엔에 의한 집단안전보장이라고 해도 강화조약이 전면강화가 아닌 다수국 강화가 될 가능성이 큰 현상에서 말 그대로 유엔에 의한 집단안전보장은 바라기 어렵지 않을까 싶다. 강화와 안전보장은 두 문제가 아니라 한 문제의 표리表裏이다. 안전보장 없는 강화조약 체결은 의미가 없다.

재군비 반대론자는 첫째, 종교적, 윤리적 입장에서 재군비에 반대하는 사람들은 전쟁에 반대하고 따라서 전쟁을 위한 군비 일반에 반대한다. 나라가 초토가 되든 민족이 멸망하든, 여하튼 전쟁과 군비에 반대한다. 둘째, 일본국민은 신헌법에 의해 일체의 군비, 무력을 포기했는데 새삼스럽게 재군비론은 당치도 않다는 것이다. 즉 위헌론이다. 본지 3월호에 게재된 우에하라 센로쿠上原專祿의 '결단으로서의 비무장決斷としての非武裝'은 그러한 반대론의 하나이다.

우에하라는 일본 재군비론은 일본인 자신이 자율적으로 검토, 숙려, 결정해야 한다고 말한다. 필자도 이에는 동의한다. 그러나 우에하라의 오류는 일본국헌법이 여하한 국제적, 국내적 조건 아래 제정되었는지를 전혀 고려하지 않는 점에 있다. 일본이 점령하에, 더욱이 전쟁 직후의 점령하에 제정되었다는 사정을 충분히 고려해야만 할 것이다. 헌법은 일국의 국민 안전과 행복을 확보하고 향상하기 위해 존재하는 것으로 헌법을 위해 국민이 존재하는 것은 아니다. 필자는 헌법개정이 필요하다고 주장하고자 하는데, 야베 테이지矢部貞治가 세계민주연구소가 1951년 2월 1일호에 게재된 '주장과 해설'에서 "헌법개정이 필요하다고 한 가장 근본적인 이유는 헌법제정 당시에 예상된 국제관계가 완전히 변해버렸다는 데 있다. 연합국의 일부는 전쟁이 끝나면 세계는 하나가 될 것이다, 단결한 유엔이 세계평화를 보장할 것이라는 하나의 꿈이 있었다. 이것은 꿈은 꿈이어도 아름다운 꿈이었다고 할 수 있다. 그러나 연합국의 다른 일부는 자신의 세계지배 야심으로 일본과 독일이 무기를 전혀 갖지 않게 되는 것을 바라는 무서운 계략이 있었다는 점은 부정할 수 없다. 즉 아름다운 꿈과 무서운 계략을 배경으로 일본 민족의 참회 마음과 평화 국가에 대한 비원悲願이 결합한 것이 헌법이다. (…중략…) 하나의 세계나 강력한 유엔 따위는 실제 성립하지 않았다"는 언급에 동의한다.

재군비 반대론의 셋째는 일본의 재군비는 전쟁 개시를 앞당기기 때문이라는 것

이다. 사회당 좌파가 이 입장을 대표한다. 전면강화, 군사기지 반대, 영세중립의 이른바 강화 3원칙이 재군비 반대로 이어진다. '평화옹호투쟁'을 말하는 사람들이 많다. 그러나 공산주의자의 평화운동은 실제로는 소련 옹호를 위한 것일 뿐이다. 본지 3월호에 게재된 단 도쿠사부로淡德三郎의 '전쟁을 불가피하게 하는 자는 누구인가戰爭を不可避ならしめる者は誰か'와 같은 글은 명백하게 공산당을 드러내지는 않으면서 중립적 내지 제3자적 가면 아래 이 운동에 힘을 쏟는 경우에 해당한다.

일본 재군비는 평화 확보를 위해 필요하고, 병력 장비는 어디까지나 조국 방위에 필요한 최소한의 것이어야 한다. 평화를 위한 노력은 희망이나 염원만으로 결실을 맺기 어렵다. 조국과 세계의 평화를 확보하기 위해서는 그에 필요한 구체적 조건을 만들어내야 한다. 선의에 의해서든 무지에 의해서든, 공산주의자에 힘을 보태는 오류를 범해서는 안 된다. 그들의 감언의 배후에 있는 폭력적 침공에서 조국을 지키기 위해 만전萬全의 방책을 강구講究해야 하며, 재군비는 그 하나이다.

해제내용

강화조약을 앞둔 일본에서는 무엇보다도 안전보장 논의가 치열하게 전개된다. 이미 헌법에서 군비 불보유, 전쟁 방기를 밝히고 있는데, 일본국헌법 발포 이후에도 여전히 미국의 점령 상태가 지속되었기 때문에 국가의 안전보장 문제가 크게 주목되지 않았다. 따라서 강화조약을 체결하여 미국의 일본 점령이 끝나게 되면, 당연히 군비 불보유와 전쟁 방기를 주요 내용으로 한 헌법 체계에서 여하히 일본의 안전보장을 달성할 수 있을 것인가는 비단 정치인이나 지식인뿐만 아니라 일반인들에게도 초미의 관심사가 될 수밖에 없었다. 따라서 저자도 지적하는 바와 같이, 강화와 안전보장은 두 문제가 아니라 한 문제의 표리表裏이고, 안전보장 없는 강화조약 체결은 의미가 없는 것으로 여겨지기도 했다. 당시의 논단에서 강화조약과 안전보장 문제를 논하는 기사가 많은 것은 당연하다고 할만하다.

저자는 특히 공산주의자의 재군비 반대론을 들어 그 허점을 찌르는 형태로 재군비 필요성, 나아가 헌법개정의 필요성까지를 주장한다. 저자가 자기 입장을 드러내기 위해 논쟁 대상으로 삼은 공산주의자의 글은 공교롭게도『일본급일본인』3월호에 게재된 우에하라 센로쿠와 단 도쿠사부로의 글이다. 두 사람 모두 사회당 혹은 공산주의를 대표하는 입장이다. 저자는 두 사람 주장의 해당 부분을 구체적으로 상세히 재록하며 문제점을 지적하는데, 결국 이들 주장이 안전보장 문제를 너무 안일하게 보는 맹목적인 평화론에 지나지 않는다는 것이다. 저자는 자신이 주재하는 세계민주연구소에 실린 야베 테이지矢部貞治의 글을 원용하면서 자신의 주장, 곧 안전보장 확보의 중요성과 이를 위한 헌법개정의 불가피성을 강조한다. 헌법이 제정된 1946년 당시의 상황과 글을 게재한 1951년의 상황이 급변하였다는 점, 점령하에 헌법개정이 이루어졌기 때문에 개헌이 필요하다는 점을 강조하고 있다. 저자의 안전보장과 개헌 필요성의 논리는 오늘날 일본 사회에서의 개헌론자의 그것과 큰 차이가 없다고 할 수 있다. 일본국헌법이 점령 시기에 성립되었다는 주장은 자주헌법이 아니므로 개헌해야 한다는 논리로 연결되는 것이지만, 개헌 당시 일왕의 칙령에 따른다는 제국헌법의 개헌 절차를 충실히 따랐다는 점, 현재 개헌을 주장하는 사람들의 선배, 특히 세습의원이 많은 일본정치의 특성상 그들의 조부 혹은 부모가 일본국헌법에 찬성했다는 역사적 사실을 애써 무시하고 있는 측면도 있다고 할 수 있다. 강화조약 체결 당시의 사회당과 공산당 계열의 평화론자의 주장이 현실을 반영하지 못하고 있는 측면이 있는 것은 명백한 사실이지만, 이들의 허점을 찌르며 안전보장과 개헌의 필요성을 역설하는 사람들의 논리도 현실을 충분히 반영한 것이라고 말하기는 어려운 것이 사실이다.

수록 지면 : 48~58면
키워드 : 재군비, 강화, 안전보장

변모하는 전후 일본의 사회의식変貌する戦後日本の社会意識

다카시마 젠야(高島善哉)

해제 : 전성곤

내용요약

이 글은 다카시마 젠야가 1945년 8월 15일이 일본 전후 역사와 사회의식과 관련하여 새로운 상황을 인식하게 되었음을 제시하면서 시작된다. 패전이나 종전이라는 표현을 그대로 사용하지 않고 '새로운 일본'의 사회의식을 고찰하는 사람에게 결정적인 날이었다고 논하며 그 의미에 대해 기술한다. 왜냐하면 일본의 무조건 항복이라는 냉엄한 사실에 의해 일본인은 전체주의에서 민주주의로 대전환이 이루어졌기 때문이다. 이 전환이 대다수의 일본인에게는 단순한 방향전환이 아니라 말그대로 목숨을 건 비약이었다. 그리고 이 목숨을 건 비약은 외부에서 일본인의 의식 속에 도입된 것이라기보다는 오히려 어쩔 수 없이 받아들인 강요된 것이었다. 일본의 민중과 일본사회를 잘 모르는 국외 관찰자들의 눈에는 그것이 신생 일본을 위해 보내준 선물이라고 생각할지도 모른다. 그러나 문제의 핵심은 이 복음福音이 대부분의 일본인에게는 너무나 갑작스러운 예기치 못한 것에서 이루어졌다는 점이다.

군벌 지배로부터의 해방과 그들의 사회의식을 허탈 상태에서 각성하기 위해서는 한꺼번에 너무 많은 선물이 전해졌다. 그들은 분명히 자유를 주었다. 그렇지만 자유는 본래 '부여받는 것이 아니라' 투쟁하여 쟁취하는 것이다. 대부분의 일본인은 이러한 자유에 대한 주체적 의욕이 거의 없는 상태였다. 그것은 물론 일본인이 과거 수 세기 동안에 걸쳐 익숙해진 봉건적 노예 종속의 결과인데, 자유에 대한 노예 종속은 독재에 대한 종속과 마찬가지로 민주화의 적敵임은 말할 것도 없다. 대부분의 일본인에게 맥아더MacArthur는 자유의 사도였다. 그렇지만 이 경우 자유의 사도는 동시에 자유의 권위이기도 했다.

전후 일본의 사회의식을 사상 태도의 관점에서 나누어본다면 아마 다섯 가지 종류로 구분할 수 있을 것이다. ① 자유주의, ② 수정자본주의, ③ 협동주의, ④ 사회주의, ⑤ 공산주의가 그것이다. 다음은 이들 사상 태도가 전후 일본인의 의식 속에서 어떻게 다루어지고 또한 어떤 현실적 의의를 가졌는가를 고찰해보도록 하자. 첫째 자유주의는 광협廣狹 두 개의 의의에서 이해할 수 있다. 광의의 자유주의는 인간의 사상, 언론, 행위의 자유로운 발현 아래에서만 인간 공동 사회의 발전을 기대할 수 있다고 생각하는 것으로, 이 사고방식은 당연히 그 전제로 모든 인간을 인간으로서, 즉 일개의 인격 및 개성으로서 존중한다는 휴머니즘 사상을 예상하는 것이다. 한마디로 말하면 그것은 근대사회의 기초를 이루는 시민적 세계관과 동일한데, 예를 들면 흠정欽定헌법을 대신한 일본 신헌법의 가장 기본적인 정신을 이룬다는 점은 두 번 다시 말할 필요가 없다. 그러나 패전 후 일본사회를 재건하는 일에 직접적으로 최대의 효과를 미친 것은 협의의 자유주의였다. 그것은 주로 경제 세계에서 성립되었다. 그리고 전후 사회의식 혼란에서 하나의 지도적 역할을 취해온 것은 이 경제적 자유주의였다.

일본의 민주화를 조금이라도 실질적으로 추진하기 위해서는 실정에 정통한 훌륭한 지도자를 필요로 한다. 이 지도자는 무엇보다도 민주주의 일본적 형태를 만들어내야 할 일을 그 첫 번째 임무로 삼아야 된다. 그것은 자본주의인가 사회주의인가, 혹은 자유주의인가 공산주의인가라는 슬로건에 의해 해결되는 것이 아니다. 또한 단순하게 이데올로기의 보급이나 선전에 의해 성취될 사안도 아니다. 지금의 일본은 다른 어떤 시대보다도 더욱 진정하고 위대한 지도자의 출현을 기다리고 있다. 사회의식의 형태로 일본의 민주화와 일본의 독립을 염두에 둔 자는 다음의 세 가지 문제점을 보여주고 있다고 생각한다. 이것은 사견이지만 체제, 민족과 계급의 문제이다. 체제의 문제는 자본주의 체제인가 사회주의 체제인가인데, 민족의 문제란 일본민족의 독립에 대한 문제이다. 마지막으로 계급의 문제란 원리적으로는 자본가와 근로자의 문제이다. 체제의 문제는 계급의 문제와 표리일체의 관계에 있는 듯이 보이는 것에 비해 민족의 문제는 일단 체제나 계급으로부터 독립한 매우 델리케이트delicate한 심리와 의식에 관련한 문제인 듯이 보인다. 자유주의에서 공산주의에 이르기까지 5개의 대표적인 사회의식은 두 체제와 두 계급의 관계 변화에 따라 여러 가지로 변모하는 것을 피할 수 없다. 그러나 체제와 민족과 계급을 구체적으로 묶어 파악하는 것을 생각하는 지도자만이 일본민주화의 사명을 이루어낼 수 있을 것이다. 이는 전후 일본의 사회의식을 문제로 하지 않으면 안 되는 궁극적인 이유로 볼 수 있을 것이다.

해제내용

주지하다시피 1945년 8월 15일은 일본이 전체주의에서 민주주의로 대전환을 이루게 되었다. 이 상황은 새로운 질서를 가져왔고 자유와 민주주의의 수용이라는 변화 속에서 의식의 변용을 일으켰다는 점에서 주목할 만하다고 다카시마 젠야는 논한다. 문제의 핵심은 '부여받은 자유'를 어떻게 주체적으로 재구성해 낼 것인가에 초점을 맞추고 그에 대한 대응 방안을 기술해간다. 내부적인 상황과 함께 일본인의 사회의식을 복잡하게 한 원인으로 국제정세의 변화를 언급한다. 현재 국제정세의 원인은 파시즘에 대한 데모크라시의 전쟁, 전체주의에 대한 국제민주전선의 전쟁에 있었는데, 이러한 전쟁 자체가 전후 역사를 형성했고, 때문에 자본주의 체제가 내적 분열 위기를 맞이하는 상황이 전개되었다고 논한다. 이러한 국제적 사회 변용 속에서 전후 일본의 사회의식이 두 개의 체제 사이에 끊임없이 동요하고 혼란적인 상황이 전개되는데, 패전 일본이 세계적 흐름의 축소판이라고 논한다. 자본주의와 사회주의 체제 사이에 벌어지는 상황들이 그대로 일본 국내에 반영되고 있다는 점을 먼저 인식해야 한다고 주장한다.

즉 이는 일본 사회의식상에 반영되고 있다는 의미이다. 그렇기때문에 이로부터 해방되는 출구를 만들어야 하는데, 그 입구는 사회주의 혹은 공산주의 사상이라고 논한다. 다카시마 젠야는 시민혁명과 사회혁명이 손을 잡고 전체주의 국가를 극복했듯이 임시 민주주의 형식으로부터 탈출하는 방법을 강구해야만 한다고 주장한다. 다카시마 젠야는 바로 이점이 전후 일본인의 사회의식에 생긴 커다란 문제점이라고 지적한다. 이처럼 일본이 패전을 경험하면서 가진 사회의식의 변용은 자유적 사상에서 출발한 것이 아니라, 외부로부터 부여받은 '자유'에서 시작되었음을 지적하고 있는 점에서 매우 시사적이다. 그리고 일본인의 사회의식이 세계적 흐름인 자본주의와 사회주의의 길항 속에서 직·간접적인 자장 속에 있다는 점을 상기시켜 준다. 이러한 사상들을 달리 표현하자면, 이데올로기로부터 자유로운 '사회의식'을 검토하기 위해서는 메이지기에 서구 추종과 反서구의 사상적 대결 속에서 전개된 일본적 아이덴티티 모색이라는 점을 다시 생각하게 만든다.

특히 이 글을 집필한 다카시마 젠야의 연구가 영국의 철학자인 아담 스미스 Adam Smith와 관련이 있다는 점은 매우 주목할 만하다. 아담 스미스의『도덕감정론』과『국부론』은 잘 알려진 것처럼 서로 연결되어 있다. 법의 질서 속에 사회가 안정된다는 논리와 그것을 유지하고 지탱하는 인간의 본성이라는 측면에 주시한 것이 특징이다. 도메 타쿠오堂目卓生의『아담 스미스-『도덕감정론』과『국부론』의 세계』2008(우경봉 역, 2010)가 참고가 된다. 메이지기 아담 스미스를 수용하여 새로운 사상을 제시한 것이 오니시 하지메大西祝였는데, 오니시 하지메는『서양철학사』를 집필하고 아담 스미스의 양심의 형성과정을 논했다. 그것은 아담 스미스의 '공평한 방관자'라는 개념을 통해 '객관'의 세계를 열어보고자 하는 시도였다. 그리고 그것은 오니시 하지메와 도덕철학 논쟁을 벌인 이노우에 데쓰지로井上哲次郎의 비교를 통해 교육칙어와 제도적으로 마련된 '충량한 신민' 교육의 '입장'이 드러날 것이다. 특히 이는 메이지기 일본에서 수용된 아담 스미스의 철학과 일본 내의 '도덕철학' 형성과 전후 1950년대 아담 스미스의 수용은 전후 일본에서 '애국심과 자유의 문제'를 어떻게 새로 재정립하고자 했는가를 고찰하는데 도움이 될 것이다.

그리고 본문에서 나온 자유의 의미로서 "자유가 본래 '부여받는 것이 아니라' 투쟁하여 쟁취하는 것이다. 자유는 단순하게 'freedom from etc' '-으로부터의 자유'가 아니라 '-에의 자유freedom to etc'이지 않으면 안 된다"고 논한 부분은 괄목할 만하다. 이는 한나 아렌트Hannah Arendt가 『혁명론On Revolution』1990에서도 사용한 것인데, 아렌트는 전쟁과 혁명을 정당화하는 이데올로기가 모두 없어진 후에도 '전쟁과 혁명 그 자체'는 살아남는다고 논했는데, 이것으로부터 인류를 해방시키는 것은 은유로서 '자유'에 기대고자 했다. 자유란 해방과도 다르며, 전쟁과 혁명이 20세기의 '양상'을 만든 것으로 다룬 점은 매우 시사적이다. 여기서 자유는 리버티liberty와 프리덤으로 구분되었고 전자가 사적이고 시민적 자유를 의미하는데 비해 후자는 공적이며 정치적인 자유를 의미한다고 했다.

그리고 자유는 해방과도 다른데, 해방의 결과이기도 하지만 자유는 공적영역에 대한 가입이라고 보았다. 억압으로부터의 자유와 정치적 생활양식으로서의 자유인데 이는 새로운 것이 아니라 재발견되는 것이라고 간주했다. 그것은 경험을 기반으로 하면서 대표적으로 미국혁명과 프랑스혁명에서 볼 수 있는 '파토스pathos'로서 이 파토스는 '인류사에 없었으나 반복되는' 것으로 감정이나 격정이기도 하면서 다시 이성과 정서가 공존하는 '곳'으로 이것이 바로 자유의 관념과도 연결된다고 논했는데, 바로 이 지점을 전후 일본의 사회의식과 연결시켜 보는 것도 유익하다고 생각된다.

수록 지면 : 59~71면
키워드 : 새로운 일본, 자본주의, 자유, 자유주의, 사회주의, 공산주의, 체제, 민족, 계급

1951년 4월　367

자위대 문제 노트 自衛問題是非ノート

사노 마나부(佐野学)
해제 : 송석원

내용요약

패전 후 수년이 지나면서 일본 거리에 사치품과 식료품이 범람하게 되면서 전후 계속된 정치 불안으로 혼란한 아시아 각지를 보고 온 일본인은 평화롭다고 느끼는 것 같지만, 일본의 평화는 참된 평화라고 하기 어렵다. 평화에는 경제적 번영과 외적 방지의 두 조건이 필요하다. 일본은 경제적 번영이라고 할 수는 없으나 꽤 부흥했고, 중국과 소련 대군도 바다를 건너 침략해올 것 같지는 않지만, 이러한 것이 일본인 힘으로 이루어진 것이 아니라 미국 덕분이다. 미국이 일본 경제 부흥을 위해 쏟아부은 자금이 15억 달러 이상이고 4개 사단 주둔이 외적 침입을 방어하고 있다. 국민의 정당한 감사 감정 이상으로 정치인이나 자본가가 첩의 근성이 되거나 민중도 미국 문화 가운데 가장 열등한 알몸연극조차 뭔가 예술적이라고 생각해 모방하거나 하게 된다.

국가와 민족의 일이 아니더라도 인간 개인 사이의 일을 생각해도 중요한 것은 자기 신뢰와 용기인 것은 상식이다. 현재의 화려한 평화 속에는 팔팔한 민족적 활기보다 뭔가 쓸쓸한 공허함이 있다. 가련한 타인 의존주의와 쾌락주의와 무無용기로 구성된 평화는 참된 평화일 수 없다. 전후 민주화도 일본의 자발성을 기초로 한 것이기보다 뭔가 선물 같은 것이어서 그에 수반한 혼란이 적지 않았지만 혼란 속의 유일한 수확은 세계평화라는 이념이다. 평화에 가장 중요한 것은 자주성이다. 전쟁을 부정하고 평화를 지키기 위해 일정한 자위력을 갖춰야 한다는 점은 모순인 듯하지만, 자위력을 부정해서 폭력에 무저항이라면 그것은 스스로 자기의 자유를 방기放棄하는 것을 의미한다. 자유가 없는 곳에 평화가 있을 리 없다.

　내 주위에 모인 와세다대 학생 10여 명에게 재군비에 대해 물으면, 누구든 전쟁은 싫다고 답했고, 전장터에서 돌아온 학생은 외적이 일본 국토에 침입해오면 싸우겠다고 말했다. 대부분 재군비에는 반대라고 했다. 그런데 한 학생이 "혁명전쟁이라면 기꺼이 가겠다"고 말했다. 혁명전쟁이라면 가겠다는 심리를 분석하면, 첫째 현재 주어진 잔잔한 저녁의 무풍 같은 평화가 빚어내는 권태를 참기 어렵다는 기분이 있고, 둘째 이전과 같은 편협한 국가주의는 필요없지만 진보적인 것, 정당한 것, 지성적으로 만족할 수 있는 것에는 기꺼이 몸을 던질 수 있다는 정열이 있다고 하겠다. 일본 국내의 사회혁명이나 아시아 자립이라는 진보적 목적을 위해서라면 싸우고 싶다는 용기와 정열이 청년 학생 사이에 흐르고 있다. 그러나 청년은 번민하고 있다. 민주주의가 가르치는 개인 존중 이론은 훌륭하고 그래야 한다고 생각하며 봉건적인 권위 맹종주의는 생각만 해도 끔찍하지만, 개인 우선의 19세기 민주주의의 가르침이 딱 들어맞는 만족감을 주지 못한다. 일본 청년도 사회적 민주주의가 국내뿐만 아니라 국제적으로도 실현되는 것을 본능적으로 바란다. 따라서 일본 재군비는 청년의 이러한 정열과 결합되어야 한다. 단순히 침략을 당하는 공포심이나 배외주의는 전혀 재군비의 심리적 기초가 될 수 없다. 청년 사이에는 목하 재군비를 주창하는 것은 노인들이지만, 전쟁에 가는 것은 자신들로 노인은 어떤 군무軍務도 하지 않으니까 너무 쉽게 재군비론을 말한다고 말하기도 한다. 그러나 이러한 생각은 다소 비뚤어져 있다. 점령 상태에서 세상 물정 모르고 국제관계에 둔감하거나 노예적 평화에 익숙해져 국가생활에 대한 신뢰를 잃었기 때문이다. 재군비론을 주창하는 사람은 자신도 군인兵隊이 될 각오를 해야 한다. 일본의 재군비는 민주적 민병民兵적 성격이어야 한다.

　사회당의 평화론은 공산당의 그것처럼 외제는 아니고 전후 일본인이 획득한 세계평화의 이념과 패전으로 탄탄한 전쟁 혐오 감정을 대표하므로 일본제 평화론이라 할 수 있다. 그러나 사회당은 사상단체가 아니라 정당이며, 정당은 현실에 적합한 강령이나 정책이나 행동의 주체가 되어 국민의 이익을 위해 싸우는 존재이다. 그런 점에서 사회당의 평화론에는 그러한 정당다운 면모가 없다. 스즈키 모사부로鈴木茂三郎가 덜레스와 면회했을 때 자신이 전혀 자신을 방어할 수 없이 타국에 자신의 안전을 지키게 하는 것은 너무 자기중심적이지 않냐고 힐문을 당했다는 소문이 있다. 자기가 문단속을 제대로 하지도 않으면서 경찰에게 도둑과 강도를 막게 하면 경찰이 아무리 많아도 부족할 것이다. 유엔의 집단안전보장에 의뢰한다는 논의도 장해가 있는데, 유엔에 가입하는 국가는 일정한 자위력을 갖고 그 자위력을 서로 내서 지역적 집단안전보장을 한다는 규약인데, 이러한 유엔 규약을 멋대로 무시하고 일본을 지키는 것은 유엔의 의무라고 주문하는 것은 비상식이다. 사회당이 남사할린南樺太의 반환을 요구하는 태도는 국민의 희망을 대표하는 것이지만, 남사할린과 치시마千島를 소련에 넘긴 것은 얄타협정이었다. 따라서 남사할린 반환 요구는 얄타협정 폐기를 요구하는 것이기도 하다. 소련이 이에 응하지 않을 것은 명백하다. 이와 같이 사회당은 한편에서는 전면강화를 주장하면서 다른 한편에서는 전면강화를 불가능하게 하는 얄타협정 폐기를 요구하는 것이 되는데, 남사할린 반환 요구와 전면강화 요구가 서로 모순된다는 점을 모르는 것 같다.

공산당의 재군비 반대론은 사회당의 그것과는 크게 다르다. 원래 공산주의는 전쟁에 반대하지 않는다. 제국주의전쟁을 내란으로 이끌라는 레닌 테제는 그들에게는 성서와도 같은 것이다. 즉 전쟁을 혁명의 호기로 보기 때문에 오히려 전쟁이 있는 것이 좋다. 다만, 일본공산당 당원이 전력을 다해 일본 재무장에 반대하는 것은 소련의 의지를 충실히 떠받들기 때문이다. 중국과 소련이 일본 재군비를 반대하는 것은 일본을 완전 비무장으로 해두면 장래 쉽게 침략할 수 있고, 일본이

군국으로 부활하는 것을 섬뜩하게 여기기 때문이다. 공산당의 비합법 기관지 '평화의 목소리平和のこえ'의 배포망이 습격당했을 때 다이너마이트와 탄약이 발견되었다고 신문이 보도했다. 소규모이기는 하지만 무장봉기를 준비하고 있는 것이다. 중립의 부정과 게릴라전 준비에서 볼 때, 공산당이 평화주의자가 아니라 전쟁주의자라는 것을 알 수 있다.

전쟁은 정말이지 싫다. 따라서 법의法衣를 입고 그 안에 갑옷을 입은 타이라노 키요모리平淸盛 같은 공산주의자의 표면 평화, 내면 전쟁이라는 이중인격이나 흥정은 혐오한다. 그러나 이러한 전쟁주의와 가족이나 국토를 지키는 자위주의는 전적으로 별개의 문제이다.

해제내용

점령 시기에 미국의 경제원조와 안보 제공으로 평화를 누려온 일본은 전쟁의 참화를 경험한 세대를 중심으로 강화 이후의 평화와 이를 지키기 위한 자위력 유지 문제를 두고 대대적인 논의를 전개하게 된다. 저자는 강화 이후 일본의 평화를 위해서는 자위력 유지가 필요불가결하다고 주장하며, 사회당과 공산당에서 제기되는 일본 재군비 반대론의 맹점을 지적한다. 자신이 근무하는 와세다대학 학생들의 의견을 제시하며 일본 국민 대부분이 재군비에 반대한다는 점을 인정하면서도, 이러한 청년의 정열과 결합된 재군비여야 한다는 점을 강조한다. 침략에 대한 공포심이나 배외주의가 재군비의 심리적 기초가 될 수는 없기 때문이다. 일본 재군비가 민주적 민병民兵 성격이어야 하는 이유이기도 하다.

저자의 재군비 불가피론은 사회당이나 공산당의 재군비 내지 평화론과의 대비속에 더욱 명확히 주장된다. 저자는 사회당의 평화론이 일본적 입장에서의 주장인 것과는 대조적으로 공산당의 평화론은 소련의 입장을 충실히 반영한 외래적인 것에 지나지 않는다는 점을 먼저 지적한다. 이어서 사회당 평화론 및 재군비론이 전면강화와 남사할린 반환 요구를 동시에 하는 모순된 주장처럼 전혀 현실에 입각한 것이 아니라는 점을 지적하고 있으며, 공산당의 그것은 모스크바의 지령에 따른 것 이상도 이하도 아니라는 점을 강조한다. 동시에 공산당의 무장투쟁 준비 상황을 들어 공산당이 말로는 평화를 운운하지만, 실제로는 전쟁 세력이라는 점을 드러낸다. 따라서 사회당이나 공산당이 말하는 평화는 참된 평화를 가져올 수 없고, 평화를 소중히 여기는 만큼 그러한 평화를 자력으로 지킬 수 있는 자위력을 갖추어야 하는 것은 당연한 귀결이라는 것이 저자의 주장이다.

저자는 사회당의 남사할린 반환 주장을 언급하는 과정에서 참의원 의원 호리 마코토堀実琴가 남사할린과 치시마는 소련에 헌상해야 한다는 발언을 소개하고 있다. 호리는 1947년의 제1회 참의원 의원선거에 일본사회당 소속으로 출마해 당선되었지만, 다음 해에 탈당해서 노동자농민당을 결성한 사람으로 문맥상 호리의 위와 같은 발언은 사회당을 탈당한 후에 이루어진 것으로 보인다. 흥미로운 점은 본 글의 바로 뒤에 호리의 글 「안전보장의 형태安全保障の形態」가 이어지고 있다는 점이다.

수록 지면 : 72~79면
키워드 : 20세기 후반

안전보장의 형태安全保障の形態

호리 마코토(堀眞琴)

해제 : 석주희

내용요약

대일강화 문제는 오늘날 이른바 국민 최대의 관심사가 되었다. 그 가운데 가장 주목을 받는 것은 강화 방식에 관한 문제와 안전보장에 대한 것이다. 전자는 이른바 전면강화완전강화일지, 독립 또는 다수강화불완전강화인지에 관한 것이며 후자는 군비를 포기한 일본의 안전을 어떻게 보장하는가에 관한 문제이다. 둘 다 긴밀하게 연결된 문제로서 강화의 방식이 결정됨에 따라 안전 보장의 형태도 정해지지만 여기에서는 후자의 문제에 대해서 고찰하고자 한다.

일반적으로 안전보장의 형태로서 여러 가지를 생각할 수 있다. 주로 생각하는 것은 자국의 군비에 의한 안전보장, 특정국가 도는 근접제국에 의한 안전보장, 유엔가입, 중립 등의 안전보장이 있다. 어떤 군비를 포기하고 일본의 안전을 보장할지 여기서 문제가 되는 것은 너무나 당연하다. 오늘날 안전보장의 문제가 요란스럽게 논의되어 이른바 사람들의 관심을 불러일으키고 있는 것도 여기에 의미가 있기 때문이다. 문제가 되는 것은 자국의 군비에 의한 안전보장이 아닌 그 외의 안전보장이 군비를 포기한 일본의 독립과 안전을 보장하는가이다. 왜냐하면 일본의 재군비는 포츠담 선언이나 1947년 7월 11일에 결정된 극동위원회의 대일본 기본 정책에서 분명히 금지할 뿐 아니라 헌법 제9조의 군비 포기 규정에도 저촉되기 때문이다.

특정국가의 안전보장이란 세 가지 형태를 고려할 수 있다. 첫째는 일본이 특정

국가와 보호조약을 체결하여 특정국가의 보호국이 되는 것이다. 예를 들어 1906~1910년까지 한일 관계, 프랑스와 베트남, 캄보디아, 튀니지 등의 관계에서 볼 수 있는 것처럼 보호국이 보호를 부여하여 특정국에 종속되어 외교상 다른 특정 국가의 지도와 감독을 받는 것이다. 그러나 보호국은 사실상은 완전한 독립국가가 아닌 특정국가의 종속국가가 되는 것을 의미한다. 이러한 관계를 강화 이후 일본에게 설정하는 것은 옳지 않으며 이는 말할 것도 없다. 문제는 독립국으로서의 일본의 안전을 일본으로 안전을 보장받는다면 독립을 희생해서까지 특정국가의 종속국가가 되는 것은 무의미하다.

둘째는 일본이 특정국가와 동맹조약을 체결하여 상호 간 공수를 약속하는 것이다. 이는 예를 들어 1902년 영일동맹이나 제1차 세계대전의 중구3국 동맹이나 제2차 세계대전의 추축동맹의 경우에 보이는 바와 같이 반드시 일국이 타국의 독립을 침해하는 것이 아닌 상호 간 공수 협동을 약속하는 것이다. 그러나 이러한 종류의 동맹은 특정한 제3국을 가장한 적국으로서 체결하는 것이 일반적으로 형태의 무게, 전쟁은 하지 않지만 지금까지 역사에서 충분히 시사하는 바가 있다. 따라서 일본으로서 이러한 종류의 동맹에 의한 안전보장을 해야 하는 것은 아니다. 그것도 일본은 헌법 제 9조에 의해 군비를 가지지 못하면서 특정국가와 동맹을 하더라도 이러한 경우 일본의 동맹국가에 대하여 제공하는 반대급부는 군사기지의 제공, 군대의 주둔 및 통과 승인 등이다. 만약 이러한 반대급부를 제공하면 제3국의 침략의 명목을 제공하는 결과가 되는 것은 불 보듯 뻔하다.

세 번째로 생각할 것은 일본이 특정한 국가와 쌍무적인 안전보장을 약속하는 상호원조 조약이다. 이것은 제1차 세계 대전 이후의 프랑스와 소련을 시작으로 유럽에서 볼 수 있는 안전보장 형태이지만 체결한 국가는 상호 간 침략하지 않는다고 약속함과 동시에 만약 제3국이 침략한 경우에는 상호 간 군사적으로 다른 방법으로 원조할 수 있다. 이것은 동맹과 달리 가장한 적국을 예방하지 못한다.

따라서 국제연맹의 정신에 반하지 않으므로 제1차 세계대전 이후에는 안전보장의 형태로서 많은 국가들이 취하고 있으나 대립하는 국제관계 가운데에는 가장假裝 적국을 특정하지 않으면 언제든지 이것은 일시적인 방책에 지나지 않는다. 결국은 가상假裝 적국을 만들어서 이에 대항하도록 하는 것은 주지한 그대로이다. 따라서 일본의 안전보장으로 생각해서는 안 되며 이 경우에도 군비를 갖지 못하는 일본에게는 군사동맹과 같다.

지역집단보장이란 근접한 다수 국가 간 불침략과 상호원조를 약속하는 안전보장의 형태로서 특정국가와의 상호원조조약으로 다수의 국가를 확충할 수 있다. 이러한 형태에 대해서도 상호원조조약의 경우 대체적으로 같은 형태이다. 특히 지역 내 특정 국가를 제외하고 집단보장조약을 체결하면 그 국가를 가상假想 적국으로 보는 것이 되어 집단적인 동맹의 경우와 그다지 다를 것이 없게 되는 것은 당연하다. 가장 적국으로 보이는 국가도 그것에 대항하기 위해서는 역시 같은 집단보장조약을 다른 국가 간 체결하게 되기 때문에 보장이 오히려 국제 간 대립을 격화할 수 있는 것도 자명한 사실이다.

지역집단보장은 이상의 결함을 가짐에도 불구하고 오늘날 많은 국가들에 의해 행해지고 있다. 최근에 주목을 받는 것은 무엇보다 북대서양조약이다. 이것은 1949년 1월 영국과 프랑스, 베네룩스 3국의 서구연합으로 북구 3국, 남구 2국, 미국, 캐나다를 더하여 소련에 대항하는 북대서양 상호원조를 목적으로 하여 같은 해 4월에 조인되었으나 미소대립이 격화되었다. 이러한 정세 가운데 지역집단보장조약을 체결하면 대립이 더욱 첨예해지며 전쟁 위험이 있다는 점을 들어 스웨덴 등은 참가를 거부했다.

일본의 안전보장을 위해 이러한 지역집단보장에 참가하는 것은 이미 말한 바와 같이 현명한 방책은 아님에도 불구하고 최근 최근 태평양 조약설이 강화로 추진되고 있다. 특히 달래스 특사도 이 문제에 대해서 일본 정부 당국에 시사했다는 점이 달래스 특사의 방일 시 성명에도 나타나고 있다. 이에 따르면 미일 간 잠정적으로 안전보장 협정에 대해 논의했다. 특정한 지역 또는 집단적 안전보장협정을 고찰한 바와 같이 협정 참가국 전원이 '지속적 또는 효과적인 지위 및 상호원조'를 실시하도록 규정해야 한다.

유엔에 가입하는 것은 무엇보다 지역적인 집단보장으로서 전 세계적으로 확충한 것으로 보인다. 유엔의 목적은 유엔 헌장에 명문으로 나타낸 것과 같이 국가가 있는 경우에는 집단적 조치를 실시하는 것, 동시에 국제분쟁을 평화적으로 해결하는 것, 각 인민 동포 및 자결의 원칙에 각국 간 우호관계를 발전시키는 것, 기본적인 자유의 존중을 조장하여 국제적인 협력을 달성하는 것제1조으로 공동조치를 실시하기 위한 공동행동의 의무를 짊어지고 있다. 유엔이 세계평화의 기구로서 의의는 크지만 운영의 근본 방침은 5대국의 협조로 이루어진다는 현실적인 의의를 가진다.

일본의 안전보장과 불가분의 관계를 갖는 5대국이 무엇보다 유엔에 참가하여 그 협조 위에 운영되기 때문에 일본이 유엔에 참가하는 것은 일본의 안전보장으로서 확실히 선호할 수밖에 없다. 그러나 일본의 유엔 참가는 두 가지 문제가 있다. 첫 번째는 일본이 용이하게 유인에 참여할 수 있는가이다. 오늘날 유엔에 참가하는 국가는 59개국 및 그 외에도 참가를 희망하면서 참가하지 못하는 약간의 국가가 있다. 이탈리아, 스페인, 포르투갈, 루마니아 등 주로 상임이사국의 거부권에 의해 참가를 인정받지 못한다. 일본이 이른바 전면강화로 안전하게 독립을 하더라도 유엔에 참가하는 것은 쉽지 않다. 일본이 군사 재판에 참가하여 의무를 이행해야하는 것이 두 번째 문제이다. 이 문제는 다른 면에서는 재군비를 위한 하나의 구실일 수 있다. 그러나 검토해보면 군비를 가지지 못하면 참가할 수 있는 희망이 없는 것은 아니다. 일본이 가맹국이 된다고 하더라도 군비를 가지지 못하는 일본의 특수한 지위를 충분히 고려하는 것은 상상하기 어렵지 않다. 이상과 같이 본다면 전 세계적인 집단보장체제로 말할 수 있는 유엔에 참가하는 것은 일본의 안전을 보장하기 위해 적절하다고 볼 수 있다.

이상과 같이 영구 중립국으로서 유엔에 참가하는 것이 일본의 안전보장이 원하는 것이나 이것도 다른 의견이 있다. 중립국의 지위와 군사적 또는 비군사적 제제와의 관계를 어떻게 하는 문제가 발생한다. 단순히 군비를 가지지 못한다면 일정한 양해를 바탕으로 유엔에 참가는 할 수 있으나 영구중립국의 지위를 유엔 내에서 유지하는 것은 어려울 것으로 보인다. 그러나 우리들이 영구중립국인 스위스가 유엔에 참가한 사실을 사례로서 상기해야 한다. 일본도 유보하는 조건을 붙여서 유엔에 참가하여 군사적 제재는 물론 경제적 제재에 대해서도 참가하지 않는다는 것이 인정된다면 이보다 더 나은 일본의 안전보장은 없을 것이다.

해제내용

호리 마코토는 『현대現代』지에 실린 「권력과 권위」1951.11라는 글에서 "일본체의 객관적 인식은 만세일계 천황을 중심으로 국가를 형성하고 발전시켜 온 것이다. 즉 천황은 국민을 적자로 생각하고 국민은 천황을 현인 신으로 높게 받드는 소위 일군만민, 군민 일체의 국가생활을 영위해 온 것 이것이 일본체의 구체적인 표현이다"라고 하는 등 국체를 찬미하는 입장을 가지고 있다. 이러한 시각에서 호리 마코토는 대일강화 문제에 대한 우려와 일본의 안전보장 문제를 다루었다. 1951년 4월 시점에서 전면강화 또는 독립, 불완전 강화문제는 신년부터 지속적으로 논의되어 온 문제이다. 한정보장은 60년 미일안전보장 개정에 대한 대국민 시위까지 약 10년간 일본 내에서 치열한 논쟁이 이어졌다. 안보를 둘러싼 제 문제는 패전 직후부터 이어진 국가적으로 중대한 문제였음에 분명하다.

호리 마코토는 안전보장에 대하여 몇 가지 제안을 고려했다. 그는 "주로 생각하는 것은 자국의 군비에 의한 안전보장, 특정국가 도는 근접제국에 의한 안전보장, 유엔가입, 중립 등의 안전보장이 있다"고 말하며 여러 가능성을 검토했다. 안전보장을 둘러싸 논쟁의 핵심은 군비를 포기한다면 그럼에도 불구하고 일본의 평화를 보장받을 수 있는가 하는 것이다. 이는 미국에 대한 절대적 안보의 의존과 유엔 가입, 국제사회에서 정상국가로서의 지위 회복이라는 중요한 전제를 요한다. 이 같은 맥락에서 필자가 문제를 삼는 것은 "자국의 군비에 의한 안전보장이 아닌 그 외의 안전보장이 군비를 포기한 일본의 독립과 안전을 보장하는가"에 관한 것이다. 타국의 보호를 받더라도 이는 "보호국은 사실상은 완전한 독립국가가 아닌 특정국가의 종속국가가 되는 것을 의미"하기 때문에 적극적으로 수용하기 어려운 측면이 있다. 이러한 논조는 이어지는 『일본급일본인』에서 지속적으로 제기된다.

『일본급일본인』에서 '독립', '자주국방', '안전보장'을 중요한 개념으로 1950년 이후 실린 글에서 자주 등장한다. 전쟁 직후부터 1951년 샌프란시스코강화조약에 이르기까지 일본은 연합군 또는 미국으로부터 완전한 독립을 이룬 것은 아니라는 점을 상기할 때 이 같은 표현은 매우 타당하고 자연스럽게 여겨진다. 그러나 1950년대뿐 아니라 현대 일본에 이르기까지 '독립'이라는 표현이 나타난다. 심지어 일부 전통 우익은 일본의 '독립'과 '자주국방'은 도달해야 할 국가적 목표로 제시한다. 이들이 상정하는 '독립'이란 미일안보조약의 폐지와 헌법 개정을 통해 이른바 '보통국가'를 이루는 것이다. '보통국가'는 헌법 제9조를 전면 개정하여 자국의 군대를 보유하는 것을 말한다. 나카소네 총리이후 일본에서 지속적으로 주장하고 있는 보통국가론은 보수 우익세력의 정치슬로건으로 명맥을 이어가고 있다.

나카소네 내각에서는 헌법 9조를 포함하는 헌법 개정을 적극적으로 추진했다. 나카소네 내각은 '전후 총결산'을 내세우며 방위비 총량제인 GNP 1%를 증가시켰다. 이어 유사법제 정비, 국가비밀법안 추진, 이란이라크 전쟁 지뢰제거를 위한 자위대 파견을 실시하고 야스쿠니 신사에 참배, 교과서 검정 강화를 추진했다. 나카소네, 이시하라, 오자와, 아베에 이르기까지 일본은 자국의 군대를 보유하기 위한 정치적 논의가 이루어졌으며 '적극적 평화주의'를 제시하기도 한다.

그러나 1951년 시점에서 미일안보조약은 일본이 택할 수 있는 최선의 전략으로 일본은 특정한 국가와 안전보장을 약속받음으로서 군비를 갖지 못하나 안전을 보장받도록 하였다. 이에 대하여 필자는 "일본이 특정한 국가와 쌍무적인 안전보장을 약속하는 상호원조조약"에 관한 논의를 통해 이루어 진다고 보았다. 군비를 갖지 못하는 일본이 군사동맹을 구축하는 것은 지역집단안전보장을 통해 보다 명확한 평화를 보장받을 수 있다. 필자도 이에 대하여 "지역집단보장이란 근접한 다수 국가 간 불침략과 상호원조를 약속하는 안전보장의 형태로서 특정 국가와의 상호원조조약을 다수의 국가로 확충할 수 있다"고 보았다. 또한 지역집단보장에 대하여 영국과 프랑스, 베네룩스 등 북대서양의 사례를 제시하였다. 그러나 필자는 지역집단보장에 대하여 지지하는 것은 아니다. 다만 국제분쟁을 평화적으로 해결하고 각국 간 우호관계를 구축하기 위해 불가결한 것으로 제시하였다. 결국 일본의 안전보장은 미국에 대한 전적인 의존보다는 유엔을 비롯하여 국제관계 가운데 구축해야 한다고 제시한다. 그러나 유엔참가에 대해서 "유엔참가가 용이하게 실현될 수 있을까" 하는 우려를 제기하였다. "전 세계적인 집단보장체제"를 위해 일본은 유엔이라는 새로운 국제질서 환경에 순응해야 한다는 것이다. 지금까지의 논의를 볼 때 일본은 영구 중립국을 추구하지만 군사적, 경제적 문제 등 현실적 한계를 가진다. 따라서 미국을 비롯하여 유엔에 참가하는 것은 지극히 현실적인 시각을 반영한다.

수록 지면 : 80~87면
키워드 : 안전보장, 대일강화, 전면강화, 군비, 유엔

추방만담追放漫談

기타 레이키치(北昤吉)

해제 : 김현아

내용요약

나는 원래 서재 생활에 익숙해져 있다. 추방 중의 생활은 답답함을 느끼기도 하지만 독서기회도 많다. 실업자이지만 각 방면에서 방문하는 손님들이 많아 만담의 기회도 많다. 랠프 월도 에머슨Ralph Waldo Emerson 논문 중에 "Society and solitude", '사교와 고독'이라는 논문이 있는데 나의 현재 생활은 이 두 가지를 교대로 하고 있다.

나는 24살 때 와세다대학을 졸업하고 5년간 시골과 도쿄에서 중학교 교사를 하였고 29살 때 모교인 와세다에서 교편을 잡았다. 교수를 하면서 덴마크의『근세철학사近世哲学史, Geschi der neueren Philosophie』 2권을 독일어에서 일본어로 번역하기 위해 4년의 세월을 소비했다. 이 번역이 끝나고 1917년에 처음으로 나가이 류타로永井柳太郎, 오야마 이쿠오大山郁夫 두 선배의 권유로 '일본사회학원日本社会学院'이 주최하는 공개강연에 출연하였다. 1918년 9월에 유학을 갈 때까지 1년 동안 왕성하게 평론을 써서『철학에서 정치로哲学より政治へ』와『빛은 동쪽에서光は東方より』라는 두 권의 단행본을 공개하였다. 이 두 책은 1917년 공개강의가 계기가 되었던 것으로 평론과 연설 모두 계획적으로 기획되었던 것이 아니다. 따라서 독서가 최고의 취미이다. 1936년에 처음 의회로 진출했지만, 이것도 내가 평론에서 주장했던 것을 일부분 실현해보고 싶었을 뿐이다. 말하자면 의회 생활은 평론 생활의 연장에 불과했다.

1947년 6월에 추방되고 다시 독서와 만담의 생활로 돌아갔다. 점령하에서 특히 추방된 신분으로는 사상의 자유는 있어도 표현의 자유는 없다. 표현의 자유가 없지만, 오히려 독서와 공상空想의 자유가 있어 마음이 매우 풍요해진 기분이 든다. 가끔『일본급일본인』기자가 와서 무언가 쓰라고 한다. 추방된 신분으로는 현대와 미래를 논할 수 없다. 그러나 과거는 자유롭게 논평할 수 있다. 이제부터 기억과 과거의 기록을 더듬어 전시 중의 의회에 관해서 또한 전시戰時에 활동한 마쓰오카 요스케松岡洋石와 이시와라 간지石原完爾 등에 관해 쓸 생각이다. 나의 글은 기탄없는 편이라 시국時局 편승자들은 신랄하게 대응할지도 모르겠지만, 시국의 진상을 전하려면 어쩔 수 없는 일이다. 목적은『일본급일본인』이 식견이 있는 사람에게 중히 여겨지면 좋겠다는 것이지 천하 국가를 위해서가 아니다. 일본을 이렇게 영락시킨 것은 머리 나쁜 놈이 천하 국가 운운하면서 너무 요란을 떨었기 때문이다. 선남선녀의 수가 줄고 지사志士인 체하는 자가 늘어나는 것은 국가의 난조이다.

원래 추방이 언제쯤부터 시작되었는가 하면 크롬웰 시대Oliver Cromwell, 1599.4.25~1658.9.3에 시작되어 미국 남북전쟁 후에도 실시되었고, 나치 정권 후는 유대인의 공직추방이 있었다. 좋은 일도 나쁜 일도 역사적으로 유전遺傳하고 지리적으로 보급되는 것이다. 소련과 그 위성국에서는 숙청이라고 하지만 이것은 추방과 다르게 저 세상으로 추방하는 것이다. 일본에서 추방이라는 말이 사용되었던 것은 언제인지 알 수 없으나 이것은 '오도코로바라이おところ払い : 거주지 밖으로 추방'의 의미이다.

나는 1947년 6월 28일에 추방되었다. 게다가 소위 각서memorandum라는 엄중한 사건이었다. 이유는 내가 주재하고 있는 잡지『조국祖國』이 중일전쟁 발생 때부터 대동아전쟁 발생 때까지 많은 군국주의적, 극단 국가주의적 논문을 게재하고 있어 주재자는 이에 책임을 물어야 하므로 공직에서 추방할 뿐만 아니라 장래에도 공직 생활을 하는 것을 금한다는 것이다.

가타야마 테쓰片山哲 내각 총리로부터 받은 통고에 대해 매우 불만을 느꼈다. 일본의 잡지는 읽으면 글자처럼 잡다하다. 잡다한 이상, 좌도 우도 백도 적도 실린다. 이러한 이유에서 보면 납득하기 어려웠다. 나는 이렇게도 생각했다. 잡지 소유주는 아파트 소유주와 같다. 셋방 든 사람 중에 소매치기나 강도가 있어 이들이 처벌받았다고 해서 아파트 소유주에게 죄가 미치는 것은 아니다. 나는 내가 쓴 논문과 나의 편집 방법에 대해서만 책임을 져야한다고 생각했다. 또한 군국주의라든가 극단국가주의라고 하지만 정부도 당국도 이들의 정의조차 내리지 않고 있다. 정의도 없이 인간을 벌하는 것은 형법 조문에서 악인은 처벌한다는 일개 조문을 갖고 단죄하는 것과 같다. 근대의 죄형법정주의를 위반한다고도 생각했다.

그런데 나는 우연히 연말에 쓰쓰미 쿠라지堤倉次의 가방 팸플릿을 읽다가 「항복 후 미국의 초기 대일방침」이라는 글을 읽고 모든 의심이 풀렸다. 그렇다면 「항복 후 미국의 초기 대일방침」은 무엇일까. 이것은 항복 후 일본의 전반적 정책에 관해 국무성과 육군성 및 해군성에 의해 공동으로 작성되어 1945년 9월 6일에 대통령의 승인을 얻은 성명이다. 본 문서의 개요는 8월 29일 '맥아더 원수'에게 서신으로 통지되고 9월 6일 대통령의 승인을 거친 후 맥아더 원수에게 송부되었다. 그중에서 추방에 관한 부분을 인용한다.

제1부 '궁극의 목적' B항 '군국주의자의 권력과 군국주의의 영향력은 일본의 정치, 경제 및 사회에서 일소되어야 한다'

제3부 '정치' (1) '군국주의 및 호전적 국가주의의 적극적 대표 인물인 자는 공공 직무 및 공적 또는 중요한 사적 책임 있는 어떠한 지위에서도 배제되어야 한다' '군국주의 및 극단적인 국가주의 대표적 인물인 자는 모두 감독 및 교육적 지위에서 배제되어야 한다'

이상 인용하는 제1부 B항, 제3부 (1)항 규정에는 '포츠담선언'에 있는 '일본국민을 기만하여 그들로 하여금 세계 정복에 나서는 과오를 범하게 한 자'의 추방과는 달리 범위가 매우 넓어서 전시 중 주요 일본인은 대부분 추방할 수 있다. 점령 정책에 있어 군국주의란 무엇인지, 극단국가주의란 무엇인지 정의는 없지만, 대동아전쟁 그 자체가 일본 측의 군국주의적, 국가지상주의적, 배타적, 독선적, 국가주의적 침략 의도에서 발생했다고 인정하면 이 침략전쟁에 협력한 일본인은 비행기 헌금을 해도, 공채를 매입해도, 저금에 힘써도, 증산에 정진해도 침략전쟁 협력자로서 공직추방을 할 수 있다.

20만이나 추방되었는데, 이 20만 명이 일본국민을 속이고 전쟁을 했다면 미국이 진주만에서 기습공격을 당할 리가 없다. 그러나 전쟁이 일어난 후에 호전주의적으로 되어 즉 패배주의적이 아니라 오로지 승리하기를 바라는 자는 20만은커녕 수천만 명에 달할 것이다. 따라서 추방은 「포츠담선언」에서 보면 지나치지만, 점령정책의 입장에서는 그렇지 않을 것이다. 옛적에 전쟁에서 승리한 자는 패한 자를 살벌하게 학살했기 때문에 20만의 추방 정도는 매우 관대하다고 할 수 있다. 나는 이 기본적 점령정책을 읽고 나서 나의 추방을 분개하지 않게 되었다.

나는 공직추방이 되어도 개인으로서의 사권은 끝까지 옹호하지 않으면 안 된다고 믿는다. 물론 추방이 당국의 각서에 따른 것인 이상 속으로는 어떻게 생각할지라도 그 추방의 시비와 선악을 문제 삼아서는 안 된다고 생각한다. 그러나 추방의 결과를 초래한 것에 대해 일본 측이 공무원을 취급하는 절차에 있어 부당하거나 부정한 점이 있었다면 결코 그것을 간과할 수는 없다. 패전 후 시국 편승자가 당국의 위광威光을 배경으로 양민에게 무모한 짓을 한 자는 강화성립 후 일본이 자주권을 획득한 후에 신랄한 비판을 받는 것은 충분한 각오가 필요하다.

공무원의 불법행위에 대해서는 구 헌법에서도 행정재판으로 손해배상의 요구가 가능하고, 어느 정도 사권을 옹호하는 방법도 없지는 않았다. 특히 신헌법 제17조에는 '어떤 사람도 공무원의 불법행위로 손해를 받았을 때는 법률이 정한 바에 의해 국가 또는 공공단체에 그 배상을 요구할 수 있다'라고 규정하고 있다. 이 규정의 성립에는 내가 당시 자유당 헌법개정위원회 위원장으로서 주장한 것이 원인이 된 것은 의회의 속기록을 보면 분명하다. 원래 내가 이 규정을 요구한 데에는 두 가지 이유가 있다. 그 하나는 내가 1918년 하버드대학에서 헌법을 연구하고 있었을 때 읽은 콜롬비아 대학의 정치학 교수 버제스John W. Burgess 씨의『정치학과 비교헌법론』1890을 읽었는데 그중에 시민의 자유가 어느 정도 보증되는지를 영국, 미국, 독일, 프랑스 헌법을 비교해보면 미국 헌법이 제일이다.

그 이유는 헌법에 개인의 자유를 어떻게 보증한다는 문구를 나열하고 있을지라도 자유가 침해되고 유린당했을 경우 어떻게 구체적으로 보장할지 규정되어 있지 않으면 명목상 자유의 보장은 무효라고 되어 있기 때문이다. 그런데 정부가 제출한 신헌법 초안에는 공무원의 불법행위에 대한 민권 보호의 규정이 없다. 두 번째 이유는 내가 위원장을 했던 때에 헌법의 개정에 대해 각 방면에서 의견서가 왔는데 그중에는 공무원의 불법행위에 대해 국가 또는 공공단체에 배상을 요구하는 투서가 있었다. 나의 헌법 고문이었던 아사이 기요시浅井淸와 요시다 히사시吉田久 두 박사는 이 항목의 추가에 찬성하였다. 나는 본회의와 소위원회에서 각각 이것을 주장하였고 채용되었다. 그런데 나는 공무원의 불법행위에 대해 법정에 제소하지 않으면 안 되는 사건이 발생했다. 그래서 현재 국가를 상대로 소송을 제기하고 있다.

해제내용

사권私權 옹호의 법정투쟁에 나서게 된 사건의 발단은 다음과 같다. 1947년 4월 종전終戰 후 2번째 선거 때 언론 관계의 사람들은 중앙공직적부위원회中央公職適否委員會의 의견이 좀처럼 통합되지 않는다는 이야기를 들었기 때문이다. 임시확인서로 입후보하는 것은 내키지 않을 뿐만 아니라 나처럼 가난한 후보가 없는 돈으로 입후보하여 당선 후 바로 추방되면 수지가 맞지 않으므로 승패를 단번에 결정할 생각으로 최근에 중앙공직적부위원을 그만둔 히가이 센조樋貝詮三에게 잡지 '조국' 외에 여러 팸플릿을 한데 합쳐서 총 18권을 위원회에 제출하고 판결을 요구했다. 4월 2일 위원회에서 나는 해당이 되지 않는다고 결정했다. 그래서 니가타현新潟県 제1구에 입후보하여 1위로 당선했다.

그런데 총사령부에서 나를 다시 조사할 필요가 있다고 하여 5월 2일 심사위원회는 나에 관한 서류 제출을 명령받았다. 그 후 총사령부에서 종전연락사무국을 통해 중앙위원회로 나를 추방하라는 악질투서가 있었다는 것을 어떤 사람으로부터 전해 들었다. 나에 대한 투서는 몇 사람이 참여했는지 모르나 매우 공들인 것이었다. 주요한 중상은 (1) 형 기타 잇키北一輝가 유존샤猶存社를 결성했을 때 레이키치가 중요 멤버로 활동했다고 적혀 있다. 나는 1918년에 미국으로 건너가 4년 반을 외국에서 지냈다. 유존샤는 1919년 창립되어 내가 돌아왔을 때는 이미 사라지고 없었다. (2) 기타는 '일본신문日本新聞'의 간부이지만 오카와 슈메이大川周明의 잡지『일본』과 형제뻘이라고 적혀 있다. 나는 오카와의 "일본"은 받은 적이 없고, 오카와와 오가와 헤이키치小川平吉는 정당 보스로서 상대하지 않았으며, 오가와도 오카와는 국가사회주의자로 싫어했을 것이다. (3) 나는 사사카와 료이치笹川良一, 가노코기 가즈노부鹿子木員信, 이다 이와쿠스井田磐楠, 기쿠치 다케오菊地武夫, 후루노 이노스케古野伊之助 등과 친교가 있고 동지라고 적혀 있다. 이들과 오카와는 당시 스가모 형무소에 있었다.

나는 즉시 논박하려고 했지만 이용할 수 있는 자료는 대부분 중앙위원회에 제출하여 어떻게 할 수가 없었다. 불완전하지만 여러 자료를 모아 몇만 엔을 들여서 영어로 번역하여 사령부에 보내려고 할 때 5월 하순 각서가 중앙위원회에서 왔다. 그래서 한번 추방된 이상은 어쩔 수 없다. 느긋이 자료를 모아 소원訴願하려고 생각하고 중앙위원회에 자주 가서 제출한 18권의 반환을 요구했다. 1947년 9월경에 중앙위원회로 재촉하러 갔더니 3권만 돌려주었다. 추방자는 법무청 등을 꺼리는 경향이 있지만 나는 상대가 법무청이든 무엇이든 내가 주장한 헌법 규정을 엄수할 것을 선언한다.

수록 지면 : 88~100면
키워드 : 공직추방, 각서, 포츠담선언, 대일점령정책

두 개의 바다 ふたつの海

아라 마사히토(荒 正人)
해제 : 임성숙

내용요약

2월 21일 저녁 나오에쓰直江津로 도착했다. 일본해 해안 지역裏日本에 있는 눈의 마을인 줄 알고 갔더니 길거리는 마르고 눈은 밭 구석에 약간 남아 있을 뿐이었다. 마중하러 나온 청년에게 물어보니 이렇게 따뜻한 겨울은 드물다고 했다. 인구 1만 5천이라는 쓸쓸한 작은 마을을 다니면서 바닷가에 있는 여관으로 왔다. 손님은 몇 명밖에 없는 것 같고 해수욕을 하러 오는 사람들, 나가노長野에서 소학교를 졸업하기 전에 찾아오는 사람들이 바다를 보러 숙박한다고 한다. 여관에서 일하는 여성이 신슈信州 사람들은 그런 특별한 일이 없으면 바다를 보지 못한다고 말했다. 바다를 보러 온다는 표현은 약간 의외였다. 나는 어제 밤 우에노上野에서 나가노를 경유하는 요네하라米原행 열차를 탔다. 보통 도쿄에서는 보지 못하지만, 시나가와品川의 바다나 사가미난相模難, 보소반도房総半島, 이즈반도伊豆半島에서 보이는 넓은 태평양이 가깝게 느껴진다. 산악 지역에서 사는 사람들은 바다를 봐야 한다고 느끼지만 나에게는 그런 소망은 없다. 바다는 보고 싶으면 언제든지 볼 수 있다.

심야 12시 10분 전에 도쿄를 출발하고 잠깐 눈을 붙이다가 덜 깼을 때 우수이고개碓氷峠에 있었다. 여기에서 관동평야는 끝나고 혼슈本州 지붕이라고 불리는 신슈信州로 들어간다. 아침 7시 나는 도구라戶倉역에서 기차를 기다리는 사람을 만났다. 치쿠마가와千曲川 강을 사이에 끼고 겹겹이 산맥은 눈에 쌓이고, 눈에 덮여, 눈을 군데군데 남기는 2월의 겨울 산이다. 나는 그날 나가노에 도착했지만 고원 위로 내

1951년 4월 387

렸던 느낌이 들었다. 주변에 서 있는 눈이 내린 산은 햇빛으로 빛나고 있었다.

나는 도쿄에서 멀리 떠나 왔다고 거듭 느끼면서 혼슈의 지형 위가 아니라 어제부터 오늘에 이르기까지의 기억을 평판平板 위에서 떠올렸다. 우수이 고개 저편에 펼쳐진 관동평야關東平野 모습이 또렷하게 눈에 비치는 것 같았다. 신슈에 있는 넓은 고원도 시각을 통해 측정할 수 있는 듯하였다. 물론 아직 동해日本海까지 나가지 못했기에 혼슈 넓이도 절반밖에 알지 못한다. 그러나 나머지 절반은 짐작할 수 있었다. 21일 오후 나가노에서 다카다高田를 지나서 에치고로 들어왔다. 동해가 보인다. 나는 눈보라가 저무는 북쪽 바다 대신 봄의 으스름 달로 어렴풋이 보이는, 파도소리가 고요한 나오에쓰直江津 바다로 나왔다. 그러자 남쪽 바다에 대한 기억이 선명하게 떠올랐다. 혼슈가 하나의 섬이라는 것을 정확히 알았다. 어느 날 홋카이도의 떨어진 섬에서 온 사람이 이렇게 말했다. 그 사람이 사는 집의 2층으로 올라가면 사방에서 바다가 보인다고. 길게 뻗은 혼슈 섬에서는 그런 광경을 볼 수 없다. 그러나 두 개의 바다를 의식하는 일은 왠지 모르게 신선하고 약간 쓸쓸한 느낌이 든다.

해제내용

필자는 도쿄에서 우에노上野에서 기차를 타고 나가노현長野縣을 지나 혼슈本州를 횡단하고 니이가타현新潟縣으로 도착한 후 동해日本海를 볼 때까지의 여정에 대하여 서술하였다. 필자는 도쿄에서 기차를 타고 하루 밤을 지냈던 여정을 떠올리면서 변화하는 자연광경과 웅장한 경치를 보고 일본영토가 넓음을 느꼈다. 처음에는 내륙지역인 나가노에서 사람들을 만났을 때 그들에게 바다를 보는 일이 왜 특별한지 생각하지 못했다. 그러나 필자가 육지를 횡단하고 니이가타에 도착했을 때 보았던 동해 광경은 그에게 강한 인상을 주었다. 바다를 본다는 것은 결국 육지의 끝을 보는 것을 의미한다고 볼 때, 평소 바다를 그다지 인식하지 못했던 필자는 실제 일본 혼슈를 횡단하고 바다를 봄으로써 상상하던 일본이 끝없이 펼쳐지는 대륙과 같은 영토가 아니라 (좁은) '섬'인 사실을 재확인한 복잡한 감정을 표현하였다. 이러한 감정은 필자가 과거 지녔던 일본영토＝제국 일본에 대한 인식과 패전 후 눈에 비친 '작은 나라 일본' 사이의 괴리를 반영하고 있다고 추정할 수 있다.

수록 지면 : 101면
키워드 : 나오에츠(直江津), 나가노(長野), 혼슈(本州), 태평양, 일본해, 섬

추억 수첩 (2)思い出帳 その二

사토 하치로(サトウハチロー)

해제 : 김웅기

내용요약

묘가다니茗荷谷라는 곳은 묘한 동네다.

늘 적막했다.

전철을 타기 위해서는 오츠카고등사범앞大塚高等師範前, 지금의 교대나 에도가와의 이시키리바시石切橋로 나가야 하는 묘가다니는 이들 중간에 있다.

교통편이 매우 나쁘다. 그래서 인력거가 번창했다. 야나기야柳屋라는 인력거 집합소가 있어, 동네 어르신이나 부인이 외출할 때면, 되게 야나기야의 인력거를 이용했다. 스기우라 선생님께서도 자주 인력거를 타셨다. 학교에서 돌아오는 길에 인력거를 타신 스기우라 선생님 모습을 뵈면 그때까지 어깨동무를 하며 이야기를 나누던 나는 친구를 내치듯 뛰어나가 뒤를 따랐다.

인력거 앞 7, 8미터 거리에서 멈춰 서서 고개를 숙인다. 인력거 위에 계시는 선생님의 수염이 흔들린다. 인사를 받아주신 증거다. 인력거가 지나간다. 친구가 나를 붙잡는다. 그리고,

"누구야, 저 사람."

이라고 꼭 물었다. 그래서 내가 아버지, 어머니께서 말씀해 주신 이야기나 (스기우라의 아들) 시게오군이 들려 준 이야기들 그리고 언뜻 들은 선생님 이야기를 친구에게 들려주었다. 내 이야기가 재미없어서 그런지 친구가 멍청해서 그런지 별 반응이 없다. 짜증나기는 하지만 열이면 열이 모두 멍한 표정을 짓기 때문에 어쩔

수 없다.

그런데 어느 날,

"사자나미小波 아저씨의 선생님이란 말이야. 사자나미 아저씨는 수염 선생님의 제자란 말이야"라고 말했더니

"어, 정말?"

이라며 주위에 있던 모든 친구들이 눈을 동그랗게 떴다.

이렇게 힘을 입어 오시카와 슌로押川春浪씨까지 스기우라 선생님 제자로 포함시키고 말았다.

슌로통쾌거사는 당시 묘가다니 옆 산겐쵸三軒町에 살았다. 산겐쵸란 묘가다니에서 오쓰카의 전철길로 나가려는 길목 오른 편에 있는 작은 동네다. 몇 집도 되지 않을 것이다. 거기에 덴구클럽이 있었다. (라쿠고가인) 교쿠테이 바킨曲亭馬琴의 묘가 있는 절 뒤편이다.

슌로통쾌거사의 「해적군함」은 뭐니 해도 당시 소년들의 피를 들끓게 했던 책이다. 사자나미 어른으로 관심을 끄는 데 성공한 나는 슌로거사를 스기우라 선생님 문하에 넣어 다시 성공했다. 그때부터 인력거에 앉아 계시는 선생님께 고개를 숙이는 반 친구들이 늘었다. 지금 기억을 떠올려봐도 유쾌하다.

내용요약

2화의 전반부는 1화에 이어 소년 사토 하치로의 뒷집에 살던 일본 유수의 국수주의자이자 『일본급일본인』 발간에 힘쓴 스기우라 주고杉浦重剛를 둘러싼 일화다. 사토는 스기우라에게 진지하게 경의를 표하면서도 어린 마음에 이를 놀이로 또래 친구들 사이에서 유행시키려 했다. 스기우라가 얼마나 대단한 인물인지 사토가 전해 들은 이야기를 아무리 해도 반응이 없었던 친구들이 1화에서 언급된 것처럼 당시 아이들 사이에서 영웅시됐던 모험소설가 에미 수이인江見水蔭이나 동화

작가 이와야 사자나미巖谷小波가 스기우라의 제자라고 사토가 알려 주자 갑자기 관심을 나타냈다. 사토가 다음으로 생각해낸 것은 역시 당시 아이들이면 누구나가 아는 모험작가 오사카와 순로押川春浪, 1876~1914가 스기우라의 제자라고 소개하는 것이었다. 그러자 사토로부터 이 이야기를 들은 또래 친구들은 스기우라에게 고개를 숙여 경의를 표하기 시작한 것이다. 오시카와는 사자나미가 주최한 '목요회'라는 문예서클에 참가하여 나가이 가후永井荷風를 비롯한 소설가들과 친교를 맺었고, 사자나미의 소개로 메이지 후기 일본 최대의 출판사이던 하쿠분칸博文館에 취업하기도 했다. 하쿠분칸은 당시 『태양太陽』, 『소년세계少年世界』, 『문예클럽文藝倶楽部』과 같은 대중을 대상으로 하는 국수주의적 잡지를 펴내고 있었다.

후반부에서는 사토 집안과 스기우라 집안 간의 관계성과 야구를 둘러싼 일화가 소개되어 있다. 스기우라의 사남 데쓰자쿠鐵若, 척무성 근무는 사토의 누나와 약혼자 사이였지만 누나가 요절함으로 인해 사토와 친척관계가 되지 않았다. 그럼에도 불구하고 누나의 사망 후에도 사토를 예뻐해 주었다고 한다. 이 데쓰자쿠의 친구가 일본 유수의 서양화 화가이자 최고 권위를 자랑하는 미술인서클 니카카이二科会의 '두목'으로 불린 도고 세이지東郷青児다.

수록 지면 : 102~103면
키워드 : 스기우라 주고(杉浦重剛), 쇼코주쿠(称好塾)

일본인의 사대주의 日本人の事大主義

이와부치 다쓰오(岩淵辰雄)
해제 : 임성숙

내용요약

'정어리 머리도 믿기 나름 鰯の頭も信神から'이라는 말이 있는데, 일본인은 대체로 사대주의事大主義, 우상숭배偶像崇拜 태도를 취한다. 총리대신 요시다 시게루吉田茂는 과거 당 내에서 제기된 질문, "이누카이 다케루犬養健는 어떠한 부분이 좋은가"에 "핏줄血筋이 좋아서"라고 답했다는데, 집안家柄이 좋다든가, 핏줄이 좋다는 생각에는 낡은 우상숭배의 잔재가 달라붙어 있다.

인간은 만물의 영장靈長이지만 그 세계는 동물의 세계와 다르다. 인재人材는 예로부터 필부匹夫로부터 나왔고 명문이나 좋은 집안에서 나와 본 적이 없다. 이것을 동물에 비유하면, 명문이나 집안이란 길들여진 가축과 같은 것인데 동물이 본래 가지고 있는 성질이 퇴화된 것이다. 셰퍼드처럼 가끔 야생 늑대의 피를 가져오지 않으면 똥개가 되고 만다. 인간세계는 인재가 명문에서 나오지 않고 필부 속에서 나온다. 즉 퇴화한 가축은 쓸모없으며 퇴화하기 때문에 야생의 피를 가지고 이를 보충하는 것과 같다. 따라서 인간세계에서는 요시다 시게루처럼 집안이나 핏줄을 존중하는 경향이 있다. 일종의 사대주의이며 우상숭배다.

필자는 근대 정치인 중에서도 고노에 후미마로近衛文麿가 우수한 소질을 가지고 있었다고 본다. 그러나 고노에가 가졌던 우수한 소질도 결국 야생에서 연마된 것이 아니라 집안이나 환경 속에서 길들여지고 키워졌다. 메이지유신 때 인물과 비교하면, 「안세이 5개조약安政の条約」을 체결한 이와세 히고노카미岩瀬肥後守나 가와지

사에몬川路左衛門과 같다. 이와세나 가와지는 막부에서 그 당초 가장 진보적인 정치가였다고 한다. 해리스Harris와 교섭할 때도 외교 수완은 결코 시데하라幣原나 요시다와 같은 오늘날의 인간보다 우수했다. 그러나 아깝게도 그들은 막부 3백 년 치정治政 속에서 온실처럼 자란 다이묘大名였다. 한 번 유신의 폭풍이 휩쓸면 그 폭풍과 파도에 저항하지 못하고 삿쵸薩長 필부들에게 그 지위를 빼앗기고 몰락하지 않을 수밖에 없었다.

역사는 이렇게 가끔 인간의 혈액마저 야생적인 것으로 갱신한다. 세계역사를 보더라도 로마제국에 반항한 자는 지상의 권력을 무시한 기독교였다. 기독교가 권력화 되었을 때 법왕의 권력을 파괴시키려고 했던 것은 루터 등의 종교개혁이었다. 근대 역사에 새 시대를 만들었던 프랑스혁명은 단지 프랑스 정치에서 루이 왕국을 없앤 것만은 아니었다. 일본은 지금 패전의 재灰 속에서 일어나려고 한다. 역사의 흔적을 보면 알겠지만, 일본인이 언제까지나 사대주의나 우상숭배의 틀 속에서 가문이 어떻다 거나 핏줄이 어떻다고 말하면 도무지 어찌할 수 없다.

재무장과 자위문제와 관련하여 다시 한 번 국민의 정신적 기반을 천황으로 돌아가게 해야 한다는 사람들도 있지만, 그들은 왜 일본인의 정신적 기반을 국민 각자의 양식良識과 자각, 일본민족의 정열에 요구하지 못하는가. 우상숭배의 틀과 사대주의 꿈에서 깨어나지 못하는 한, 일본은 세계 역사로부터 방치될 것이다.

해제내용

필자는 일본이 패전하고 새로운 국가를 건설하는 시기에 일본정치인들 가운데 훌륭한 인재가 등장하지 않는 이유를, 핏줄이나 전통적인 가문 속에서 살아 온 사람들이 권력을 지니고 그들의 계보가 유지되는 사대주의, 우상숭배에 있다고 비판한다. 이와 같은 맥락에서 필자는 당시 정치인들을 1910년~1930년대 정치인이었던 고노에 후미마로, 그리고 에도시대1603~1867 말기 막부 관료였던 이와세히고노카미, 가와지 사에몬과 비교하면서 이들 역시 훌륭한 정치적 소질을 가지고 있었으나 결국은 가문과 상류층 환경 속에서 길러진 인물이었다고 평가한다. 필자는 위에 언급한 정치인들이 '낡은' 혈통주의를 기반으로 하는 가문 출신이라는 점을 비판하는데, 일견 진보적인 견해를 제시하는 것처럼 보인다. 그러나 그가 '정치인'으로서의 능력을 높게 평가했던 고노에는 일본파시즘 체제 수립에 핵심적인 역할을 했으며 패전 후에는 GHQ가 전범으로 지정한 자였다. 이와세, 가와지는 일본과 미국, 러시아 사이의 외교관계를 수립한 인물이지만 그들은 결국 일본이 서구 제국주의 국가와 동등한 지위를 가진 근대 국가로 나아가는 과정에 힘을 썼다고도 볼 수 있다. 따라서 필자는 사대주의와 우상숭배의 상징인 천황(제)을 비판하지만 그렇다고 그가 평가하는 유능한 정치인이란 결국 제국주의 지배와 침략의 발판을 깔았던 자라고 볼 때 필자는 '강한 일본'을 이끌어가는 정치인의 모습을 상상하고 있음을 알 수 있다.

수록 지면 : 104~105면
키워드 : 사대주의, 우상숭배, 요시다 시게루(吉田茂), 고노에 후미마로(近衛文麿), 이와세 다다나리(岩瀬忠震), 가와지 도시아키라(川路聖謨)

재군비론자의 책임 再軍備論者の責任

나카지마 켄조(中島健藏)
해제 : 석주희

내용요약

평화냐 전쟁이냐 하는 문제가 아니다. 일본인으로서 생존이냐 파멸이냐 하는 경계에 서서 태평하게 생각하는 사람이 많다는 것은 이상한 일이다. 얼마 전 나는 몇몇 젊은 사람들과 하룻밤 이야기를 했다. 특별한 그룹이 아닌 그저 동창이라는 관계였다. 그러나 이야기는 자연스럽게 현재 세계의 위기라는 방향으로 흘러갔다. 당연한 일이다.

나는 시험삼아 청년들의 솔직한 심경을 들어보았다. 그들 중 세 명은 짧은 기간이긴 했으나 전쟁 말기에 소집되어 군복을 입었다. 유감스럽게도 일본은 이전 전쟁에서 완전히 무명의 사람들로 군대를 일으킨 것이다. 여러 가지 구실이 있었으나 사실상 무엇을 위한 전쟁인지 누구도 알지 못했다. "천황을 위해"라는 구호가 없었다면 전혀 성립될 수 없는 전쟁이었다. 게다가 개전할 당시 칙어에서 개전은 천황의 뜻이 아니라는 점까지 더해져서 그저 피상적인 명령이 아니었다는 것인지 도무지 알 수가 없었다. 당시의 사정을 아는 사람들은 만약 그때 천황이 끝까지 거절했다면 오히려 군의 일부에서 천황을 폐했을지도 모른다고 보았다.

군복을 입어 본 적이 있는 청년들은 두 번 다시는 전쟁에 가담하고 싶어 하지 않았다. 그들은 이른바 평화운동이나 반전운동의 투사는 아니었다. 다른 점이라면 광기어린 탄압의 시대에 등산을 사랑하며 여유가 있을 때면 산에 올라갔다는 것이다.

과연 일본인 가운데 전쟁을 원하는 자가 있는가 하는 나의 물음에 대해 그들은 처음에는 웃었지만 이내 "그런 자들이 있습니다"라고 대답했다. 나는 그들이 어떤 사람들인지 따져 물었다. 그들의 대답은 생각보다 구체적이었다. 나는 가볍게 이전 전쟁 이야기를 하면서 별다른 고통없이 전쟁을 겪은 청년들이 전쟁 이후 생활고로 인해 다시금 군대에서 생활하는 것을 동경하는 경우가 있을 것이라고 생각했다. 도쿄 중심의 어느 곳에서 병역이 해제되어 귀향한 것으로 보이는 청년들이 '재무장 절대 중립'이라는 슬로건을 내걸고 군중에게 호소한 것을 알고 있기 때문이다. 재무장 절대 중립은 일견 납득이 가는 슬로건이다. 그러나 현실적으로 보면 청년들이 끔찍한 전투에 가담하는 것은 피하면서 게다가 군인으로 취직할 수 있다면 매우 합리적으로 실업 문제를 해결할 수 있을 것이다. 누가 그들의 생활비를 부담할 것인가, 재편성한 신 군대는 어떻게 신뢰를 얻을 수 있는가 하는 문제를 떠나서 생각하면 매우 합리적으로 보인다. 절대 중립을 주장한다면 반드시 모든 것을 자주적으로 마련해야 한다. 설마 죽창이나 엽총으로 무장한 군대를 만들지는 않을 것이다. 나도 두 명의 조종병과 함께 권총 1개, 기관총 1개를 가지고 정글 가운데를 이륜차로 달린 적이 있다. 전투가 끝나고 나서야 허술한 무장으로 위험한 장소를 지나는 것이 얼마나 섬뜩한 일이었는지를 생각하니 이내 쓴웃음이 떠오른다. 실제로 내가 아는 어떤 장교는 정글에서 총을 맞고 소형 기관총을 메고 나온 것까지는 다행이었지만 그 무게를 못 이겨 골짜기로 굴러서 다쳤다는 사례가 있다. 지금이야 재미있는 이야기이지만 빈약하게 무장한 채로 용감함을 자랑하는 것은 정말로 이전 세대의 허풍에 불과하다. 나는 경험하지 않았지만 진정으로 전투를 경험한 사람들은 뼈아픈 추억을 가지고 있을 것이다. 전쟁을 바라지 않은 청년들도 전쟁 말기에는 중장비는 고사하고 총검조차 건네받지 못하고 불안해했던 경험을 가지고 있다.

　　그렇다면 어떤 청년이 군대를 원하는가라고 묻자 뜻밖의 사실을 알게 되었다.

물론 생활이 어려워져서 군대에서 생활하기를 희망하는 사람도 있을 것이다. 그러나 그런 사람들은 군대 생활을 원하더라도 전쟁은 바라지 않는다. 그런데 반대로 전쟁을 바라면서 군대 생활은 원하지 않는 청년들이 있다고 말하여 나는 잠시 동안 무슨 말인지 갈피를 잡지 못했다.

그들의 설명에 따르면 이공계 계열의 청년 실업자 가운데에는 진심으로 전쟁을 원하는 자가 있다고 한다. 물론 공공연하게 입 밖으로 꺼내지는 않지만 그들의 속마음은 전쟁이 시작되면 반드시 취직할 수 있다는 것이 첫 번째 이유이다. 두 번째는 이전 전쟁의 경험에 비추어 볼 때 자신들은 특수한 기능인으로서 군대에 가지 않는다는 자신이 있다는 것이다.

그러고 보니 대학에서 문학부 학생은 점차 전선으로 향했으나 공학부에는 많은 학생들이 남아 군의 위탁 학생이 되어서 무사히 졸업을 했다. 그러나 이러한 경험이 있었더라도 그런 사고방식은 헌법으로 비군사적인 무장포기를 서약한 우리들에게 비위가 상하는 일이다. 과연 대 전쟁을 무사히 피할 수 있는지 이것은 전 세계의 의문이다. 세계는 어떻게 해서든 전쟁만큼은 피하고자 하며 이를 위해서 필사적으로 노력한다. 전쟁을 바라는 이기적이고 이상한 청년들이 많다면 전쟁을 하는 것이 무색해져서 오히려 무사할 수도 있다. 전쟁은 스포츠가 아니다. 조직적인 살인이다. 누가 죽이는 쪽으로 돌아설지 어떨지 알 수 없는 것이 전쟁이다. 그런 안이한 마음으로 생각했다는 것은 참을 수가 없다.

아무리 호전적인 사람들이더라도 무의미한 전쟁을 기뻐할 리는 없다. 적의 부정을 믿고 아군의 정의를 믿을 수 없다면 전쟁은 생각할 수 없다. 군비조차 정의를 떠나서는 성립할 수 없다. 전쟁 가운데 진두지휘라는 말이 유행했다. 젊은 병사만을 싸우게 할 수는 없다. 지휘관이 스스로 위험한 곳으로 가서 함께 싸우지 않는다면 승리할 수 없다는 것을 의미한다. 나도 이러한 원칙이 올바른 것이라고 본다.

대 전쟁은 아마도 피할 수 있을 것이다. 생존이냐 파멸이냐 하는 갈림길에서 온갖 무기를 사용하는 전쟁을 피하지 않을 이유가 없기 때문이다. 각국이 단단히 무장을 하는 이유는 어디까지나 안전보장을 위한 것이어야 한다. 일본에서는 자위권이라고 말하는 전쟁을 생각하기 전에 군대의 부흥에 대한 조건을 분명히 하길 바란다. 안타깝게도 일본에는 아직 관념적인 군국주의자들이 많이 남아 있다. 그 가운데에는 우직한 구 군인으로서 노년의 나이에도 불구하고 혹시 재군비를 한다면 늙은 몸에 채찍질을 하여 최후의 봉공奉公을 한다는 기특한 자도 있을 것이다. 그러나 공공연한 재군비론자 가운데에는 의외로 그런 사람들은 참가하지 않은 것 같다. 구 군인이 추방된 몸으로 재군비를 주장한다면 그야말로 재군비에 대한 영원한 감시를 면하지 못하게 된다. 즉, 공공연한 재군비론자나 무장자위론자들의 대부분은 자기 자신이 군대 생활을 할 것이라는 우려가 없는 인간들이 아닌가 하는 의문이 든다. 현재 내 주변에도 강경하게 재무장을 주장하는 노인이 있다. 군대는 노인으로 구성할 수 없다. 사이토 사네모리斎藤実盛의「백발 염색 모노카타리白髪ぞめ物語り」에서 나오는 사무라이는 그야말로 화려한 시기의 꿈같은 이야기이다. 만일 내가 지휘관이었다면 그 노인이 아무리 훌륭한 재군비론자라고 하더라도 입영하는 것은 거절할 수밖에 없다. 이것은 우스운 이야기가 아닌 나 자신이 체험한 중대한 사유이다. 내가 징용되었을 때 동료 중에는 40세 이상이면서 군대 생활을 경험해본 적이 없는 사람들이 꽤 있었다. 그중에는 50세 이상인 노인도 섞여 있었다. 나도 40살이 지났기 때문에 운송지휘관으로부터 얼마간은 보살핌을 받는 편이었으나 중년 이상으로 급작스럽게 군대에 들어온 사람들의 노고는 차마 볼 수 없을 정도였다.

　우선 군기 교련이라는 것을 하게 된다. 군기라는 것은 무엇보다 경례가 우선이라고 들었기에 다소 의외였다. 노인들이 젊은 하사관 주변에서 배운대로 보조를 맞추어 경례를 연습할 때에는 웃겨도 웃지 못 할 풍경이었다. 오른쪽 발과 오른

손, 왼쪽 발과 왼손이 함께 나오는 사람조차 있었다. 평소에는 자연스럽게 걸었으나 딱딱하게 보조를 맞추어 걸으면 어떻게 해도 이상해서 경례할 정도가 아니었다.

재무장을 주장하는 것도 좋다. 그러나 본인은 군대 생활을 하지 않을 것이라고 생각하는 패거리의 논의는 그다지 신뢰하지 않는다. 젊은이라도 훈련이 쉬운 것은 아니다. 일본의 구 군대는 테러리즘에 대한 훈련을 해왔다. 이제 와서 군대 생활을 되풀이할 수는 없는 노릇이다. 그런데 규율을 지키는 단체생활이 익숙하지 않은 일본인에게 제 구실을 하도록 가르치는 것은 힘든 일이다. 만약 사람 수가 적고 충분한 시간을 할애할 수 있다면 좋겠지만 모집을 통해 대량으로 군대를 생산한 경우에는 상당한 노력 없이는 군대다운 군대를 만들 수 없다.

이러한 상황을 볼 때 일본인으로서 재군비를 주장하는 사람들에게 본인이 군대 생활과 어떤 관련이 있는지 물어보아야 한다. 그렇지 않으면 말도 안 되는 일이 생길 위험이 있다. 나는 비무장을 한 결과 자존심에 상처를 입거나 침략자에게 유린되는 것도 바람직하지 않다고 생각한다. 그러나 겉모습은 그럴싸하지만 실제로는 별 쓸모없는 군대를 떠안을 우려가 있다. 실제로 군대는 확고한 조직이 필요하다. 무너지면 끝도 없이 위험하다. 패전 당시 불현 듯 나타났던 엉망이었던 그 시기를 떠올려 보자. 적어도 이러한 경험은 세대가 변하지 않는다면 건전한 군대를 구성하는데 큰 장애가 된다. 강제로 징병을 하지 않는다면 재능을 가진 좋은 청년들이 군대에 모인다는 것을 어떻게 보증할 수 있는가? 나는 그것이 궁금하다. 그리고 일단 완전히 무장해제로 끝난 오늘날 강제로 징병을 모집하는 것이 가능한지 여부는 생각할 것도 없이 어렵다.

나는 감성적인 정치운동을 매우 싫어한다. 재군비 반대운동이나 평화운동에 대해서도 마찬가지이다. 한편 상상력을 빠뜨린 채, 항상 자기 자신은 현실의 바깥에 두고 마음대로 말하는 인간도 매우 싫어한다. 물론 병사가 되는 것도 불가능하지만 진두지휘를 할 만한 자격이나 각오도 없이 결과적으로 자신의 자녀까지 고

통스럽게 하는 언동은 매우 무책임하고 어리석은 행동이다.

파시즘이 횡행한 시대에 내가 무엇보다 증오한 것은 비인간적인 강제였다. 영국에서 만든 반 나치스 영화 가운데 이러한 내용이 있다. 나치스가 단파방송 청취를 엄격하게 금지하기 전의 이야기이다. 한가한 노부인이 무료해서 친척 청년에게 전파 수신기를 만들어 주었다. 이 때 청년이 청취를 금지한 것을 모르고 전파 수신기의 스위치를 눌렀더니 눈 깜짝할 사이에 돌격대가 청년을 기습하여 강제 수용소에 가게 되었다. 비참하고 불행한 이야기이다. 놀란 청년은 백방으로 구조를 요청했으나 성공하지 못했다. 그러던 중 나치의 유대인에 대한 박해, 자유주의자에 대한 박해가 점차 가혹해졌다. 박해를 견딜 수 없었던 한 노학자가 비장한 결심으로 '자유 도이치'라는 지하운동에 가담하여 비밀 방송국을 만들었다. 반 나치를 호소하는 노학자의 부인은 가수였다. 노학자의 부인은 처음에는 나치 측에서 유명한 가수였으나 점차 남편의 운동에 남몰래 참가하였다. 앞의 청년도 여기에 참가했다. 비밀 방송국은 실은 보트에 있었다. 이들은 강을 항해하면서 방송을 했다. 점차 추격이 심해져서 노학자도 의심을 받았게 되었다. 이 때문에 노학자는 자신의 육성 레코드를 틀어 방송을 하면서 동시에 그를 의심하는 패거리의 모임에 나타나서 알리바이를 만들었다. 노학자는 괴로운 마음으로 근심과 걱정을 거듭했다.

위험한 상황이 계속되는 가운데 노학자의 아들이 공격대원이 되어 집념이 강한 부모의 뒤를 열심히 쫓았다. 실은 공격대 가운데에도 자유 도이치의 동지가 있어 노학자 부부를 비호했다. 여느 때처럼 보트의 사진이 책상 위에 있었던 것을 보고 동지가 그것을 숨기려고 하자 오히려 비밀이 폭로되어 그 장소에서 바로 사살되었다. 노학자는 자동차에 송신기를 쌓아 부인과 둘이 최후의 방송을 하면서 도망갔다. 쫓아오는 공격대 중에는 그들의 아들이 있었다. 마침내 강가의 막다른 곳으로 몰아넣었을 때 아들은 자신의 부모를 확인하고 보고했다. 이때 바로 앞에서 있던 아들의 눈앞에서 기관총에 불을 뿜으며 노부부는 사살되었다. 노부부는 자동차 앞에서 마이크에 최후의 목소리를 전달하였다. 아들은 이를 보고 기절했다. 한편, 앞의 청년은 문제의 보트를 먼 곳으로 꺼내서 다른 송신기를 쌓고 참담한 기분으로 노학자 부부의 최후의 방송을 듣고 있었다. "이것이 최후의 방송입니다. 모두 안녕히, 자유 독일을 위하여"라는 말이 끝나기도 전에 수신기를 통해 과격한 총소리가 울리면서 그대로 방송이 끊어졌다. 보트 안의 청년은 가만히 이를 악물고 있다가 총성을 듣자 조용히 송신기 스위치를 누르고 "지금 막 총성을 들으셨습니까. 제1 자유 도이치 스테이션은 파괴되었습니다. 그러나 여러분 이쪽은 제2 자유 도이치 스테이션입니다"라며 침통한 목소리로 방송을 시작했다.

멜로드라마이다. 우리들은 전쟁터에서 한정된 인원을 통해 이러한 장면을 보면서 적군과 아군의 관계는 완전히 잊어버리고 나치를 증오한다. 반 나치 선전으로는 완전한 성공이다. 그러나 전쟁 이후 이 같은 사실이 꾸며낸 것이 아니라는 것을 확실히 알게 되었다.

전쟁은 이제 막 끝났다. 무장이 없는 중립은 자살과 같다고 말하는 사람이 있다. 그러나 나는 재무장을 생각하기 전에 나 자신의 생생한 체험을 통해 간절히 대전쟁을 회피하는 쪽을 택하고자 한다. 평화운동을 통해 시간을 버는 사이 군비를 충실히 갖춘다는 것은 우리에게 참을 수 없는 일이다. 새로운 휴머니즘은 전혀 음모가 없는 단순하면서 평화를 갈망하는 마음으로부터 나와야한다. 정치적인 성향을 갖지 않는 휴머니즘은 무의미하다고 판단하는 것은 무책임할 따름이다.

해제내용

이제 막 전쟁이 끝난 일본에서 다시금 전쟁을 원하는 자는 누구이며 무엇을 주장하는가. 이 같은 물음에 대하여 필자는 몇몇 청년들과의 대화를 통해 답을 구하고자 했다. 이 과정에서 필자는 두 번 충격을 받는다. 첫째는 이제 막 전쟁이 끝나고 비참한 상황이 이어지는 가운데 일본에서 다시금 전쟁을 원하는 자가 있다는 점이다. 이들은 이른바 전쟁에서 살아남은 젊은 군국주의자들로 '재무장 절대 중립'을 통해 일자리는 얻고 전쟁의 위험은 회피할 수 있다고 보았다. 필자 역시 자주적으로 경제와 안보 문제를 해결할 수 있다면 합리적인 생각이라고 보았다. 둘째는 젊은 군국주의자들은 전쟁은 하더라도 군대에서 생활하는 것에는 반대한다는 점이다. 이는 군대에 취업하여 생활고를 극복하더라도 전쟁은 회피한다는 기존의 인식과도 상충한다. 필자는 의아함을 가지면서도 이들의 이야기에 귀를 기울인다. 뿐만 아니라 군국주의자들이 재무장을 주장하는 것에 대하여 동의한다. 그러나 이를 위해서는 "상당한 노력을 통해 군대다운 군대를 갖추어야 한다"고 보았다. 여기에는 재능있는 젊은이들의 자발적 참여도 포함된다. 이처럼 필자가 말하는 재무장은 당시 일본에서 거의 이룰 수 없는 이상적인 형태에 가깝다. 필자는 본인의 경험을 통해 젊은 군국주의자들의 무장에 대한 안이한 인식이 얼마나 무모하고 어리석은지 우회적으로 비판했다. 무책임하고 이기적인 행동은 그들의 자녀까지도 피해를 줄 수 있다고 보았다.

전쟁을 원하는 자들은 젊은 군국주의자들로 이들은 재무장과 절대 중립을 주장했다. 군국주의자들의 주장은 이기적이고 안이한 반면, 필자는 지극히 현실주의적인 시각에서 이들을 비판적으로 바라보았다. 필자는 한 발 더 나아가 휴머니즘에 대해 이야기한다. 이는 전쟁과 평화라는 이분법적 사고를 넘어 생존과 파멸 가운데 상실한 인간에 대한 존중과 도덕심을 강조하는 것으로 보인다. 당시 전쟁에서 우연히 살아남은 청년들의 생존에 대한 왜곡된 경험은 인간성이 극도로 파괴된 상황에서 끈끈한 인간애나 동지애보다는 홀로 생존해야 한다는 감각을 길러냈을 것이다. 아군과 적군의 구분도 없다. 그저 자신의 희생은 최소화하길 바란다. 무력행사를 영구히 포기한 일본 헌법을 굳이 언급하지 않더라도 이 같은 전쟁관은 어디에서도 받아들이기 어렵다. 나치와 같이 전쟁의 광기를 향한 집단의 무모한 충성심과 과도한 애국심은 비판을 받아 마땅하다. 그러나 개인의 안위와 경제적 이익을 위해 타인의 희생을 대수롭지 않게 생각하는 군국주의자는 인간성의 상실, 그 자체이다. 생존이냐 파멸이냐 하는 갈림길에서 비롯된 필자의 물음은 무모한 전쟁을 원하는 젊은 군국주의자들이 향하는 길은 결국 파멸이라는 점을 암시한다.

수록 지면 : 106~111면
키워드 : 재군비론자, 군국주의자, 청년, 군대

시암의 일본인가 シャムの日本人町

미상(樂木莊)
해제 : 김웅기

내용요약

아시카가 시대足利時代, 무로마치 시대 말기부터 일본인의 해외 진출이 눈부시게 늘었다. 왜구는 잠시 제쳐두기로 하고 도요토미 시대와 도쿠가와 초기 일본인은 남해로 진출하여 활발하게 활동을 펼쳤다. 또한, 겐나·간에이元和·寬永, 1615~1644시기에는 태국 시암Siam국에 일본인가日本人町가 생겨, 특히 야마다 나가마사山田長政가 그 나라에서 무공을 세워 예빌六毘 후작侯爵으로 책봉된 것이 큰 화제가 되었다. 하여, 이 편에서는 일본인가가 어떻게 되었는지에 대해 말해 보기로 한다.

당시 시암국 수도는 방콕이 아니라 아유타야라는 곳이었다. 일본인가는 그 일부였으며 호구 수 100가구, 장기 거주하는 이들에게는 처자식도 있어 인구가 8,000명이었던 것으로 여겨진다. 나가마사가 처음으로 다이묘大名 격으로 출세했을 당시, 일본인가에서 신하를 모집했더니 바로 용사 40여 명, 잡병 100여 명, 아시가루足軽, 하급무사와 백성의 중간 신분 200여 명을 구할 수 있었다. 이뿐만 아니라 나가마사가 최대의 무공을 세운 에빌 후작 토벌 당시, 그에게는 500명의 수병手兵이 있었다. 이들도 당연히 일본인이었으며 일본인가에서 모집되었다.

일본인가에는 오사카성의 낙인落人이나 여타 낭인들이 다수 들어와 있어 나가마사를 따르는 이들도 많았는데, 대다수는 장사를 생업으로 하며, 이곳을 근거지로 근린국가와 통상을 했다. 이들이 소유하는 배는 300척이었다고 한다.

한편, 나가마사와 같은 영웅도 나타나 당당한 대국大國이던 에빌의 대명大名이 되는 사례도 있었기에 일본인가 사람들 또한 융성해졌다. 그러나 그 후 나가마사와 그 아들 오인阿因으로 인해 일본인가는 철거되고 말았다.

당시 시암 조정에서 여러 흉변凶變이 일어났다. 왕이 병사한 후 13세짜리 왕자가 즉위했고, 태후와 대신大臣 가우함이 사통私通하여 끝내 이 어린 군주를 독살하고 말았다. 나가마사는 에빌국말레이반도에서 이 소식을 들었다. 최소한 선왕의 은혜에 보답하기 위해 병사들을 이끌고 수도로 올라가 규탄하려고 준비하는 찰나에 태후의 사신 찬트호라라는 자가 찾아와 궤변을 늘어놓았다. 그는 세간의 소문을 부정하고, 최대한 나가마사를 위로하며 달랬다. 나가마사는 다소 마음이 누그러졌고, 찬트호라가 마련한 연회에 응할 정도였는데, 성으로 돌아갔더니 발병하여 그대로 죽고 말았다. 독살이었다. 간에이寬政 10년1633의 일이다.

나가마사의 아들 아인阿因은 단단히 화가 나 에빌에서 병사를 모집하여 아버지의 원수를 갚으려 준비했다. 그러다가 독살의 장본인 찬트호라가 시암 병사를 이끌고 에빌로 몰려와 에빌을 비롯한 나가마사 부자의 영토를 접수하려고 했다. 아인은 사신을 보내어 찬트호라를 속여 성하城下로 유인하여 처단했다. 이로써 일단 복수는 완수했지만, 더 진격하여 아버지의 뜻을 이어받아 대신 가우함 일파를 징벌하려고 병사들을 이끌었다.

해제내용

1467년 오닌의 난應仁の乱으로 시작되며 1590년대 초까지 100년 이상 지속된 일본 전국시대는 도요토미 히데요시, 도쿠가와 이에야스로 이어지는 천하통일로 마무리된다. 이에야스는 해외와의 왕래를 제한하는 쇄국을 단행했으며, 이에야스의 손자 3대 장군 이에미쓰 때 네덜란드와 중국을 제외한 쇄국체제가 완성된다.

무로마치室町시대 아시카가足利 막부 공인의 주인장朱印狀에 의한 무역은 송宋과 시암 등 동남아지역과 활발하게 펼쳐진 상거래의 공식적 통로였다. 전국시대로 접어들자 일부 대명들이 개별적으로 무역을 하여 부를 증식해 나갔다. 히데요시의 주군 오다 노부나가는 경제적 부와 선진기술을 도입하기 위한 수단으로 무역을 적극적으로 활용하여 천하통일의 길을 열었다.

활발한 무역은 동시에 활발한 인적교류를 의미하기도 한다. 특히 태국 시암왕조에서는 일본인가日本人町가 형성되는 등 일본인 해외진출이 가장 활발하게 이루어진 사례다. 「시암의 일본인가」에 등장하는 야마다 나가마사山田長政 부자는 그 상징적 인물이며 일본에서는 교과서에도 등장한다.

나가마사 독살전사라는 설도 있음의 원수를 아들 아인이 갚고 수도 아유타야로 병사를 이끌고 올라가려 하자 나가마사 반대파가 주도하는 시암 조정은 일본인들이 아인에게 가세할 것을 우려하여 선제적으로 일본인가를 불태워 버렸다. 아인이 조정과 싸웠지만 결국 패주하여 캄보디아에 정착하다가 거기서 생을 마감한 것으로 전해지고 있다. 그 후 일본인들이 서서히 아유타야로 되돌아와 일본인가가 재건되기도 했지만 나가마사 시절만큼의 번영을 되찾을 수 없었다. 결국 아유타야의 일본인가는 일본의 쇄국체제가 왕성됨에 따라 자연스럽게 소멸하고 말았다.

수록 지면 : 127~133면
키워드 : 야마다 나가마사, 야마다 오인, 시암, 일본인가

1951년 5월

현행민법과 '이에家'

이理는 법法에 이기지 못한다는 말은 상당히 오래전부터 있다. 일단 국법으로 정해진 이상, 이러쿵저러쿵 논의해도 의미는 없지만, 그러함에도 법은 권權에 이기지 못한다는 말도 있고 해서, 권은 법도 바꿀 수 있기에 우리가 일개 민간인으로서 법률에 대해서 논평을 가해보는 것도 무익하지만은 않을 것으로 생각한다.

첫째, 오늘날 민법에서는 '이에'라는 것을 경시하거나 혹은 무시하게 되었다. 가족제도를 폐기한 결과이니 당연하다고 할 수 있다. 물론 가족제도에는 몇 가지 폐해도 있었다. 그러나 우리 일본은 수천년 동안 '이에'라는 것을 근거로 발달한 사회이다. 국법도 이에 의해서 지켜졌고, 도의道義도 이에 의해서 지켜진 것이다. 예를 들면 '명문'이나 '문벌門閥'이 아니어도, 가문家門을 더럽히거나 '이에'의 명예를 욕보이게 한다는 행위는 그런 일이 없도록 '이에'에 태어난 모든 자녀가 지켜야 할 책임이었다.

어떤 곳에 있든, 어떤 일을 하든, 지금까지 사람들 마음속에는 '이에'라는 관념이 잠재하고 있었다. '이에'의 명예가 되기도 하고 오욕이 되기도 하는 것이기에 도의적 제약으로서 사회에 존재했던 것이다. 그렇기에 개개인은 따로 깊은 도의적 교양이 없더라도, 각자 이미 만들어진 궤도에 따라서 나아갈 수 있었다. 그러나 지금은 이 중요한 토대 하나가 제거되고 말았다.

다음은 '이에'와 관련된 상속법에 관해서인데, 부모 유산을 형제에게 동등하게 나누게 되었기에 '이에'를 잇는 것도 부모를 부양하는 것도 명확하지 않게 되고 말았다. 그 결과는 그저 1초町,0.9917ha 또는 2초의 땅을 소유했던 농가들이 이 땅을 3등분 또는 4등분을 해서 나누어야 하니, 자연스럽게 '이에'는 해체될 수밖에 없는 지경에 이르자, 정부는 이에 대한 구제책으로서 금전에 따라서 분배하는 고소쿠법始惑法을 만들었다. 그렇게 해도 '이에'를 상속하는 자의 고통은 힘든 것이었다.

게다가 부모를 봉양하는 자식이 없다는 것은 또 무슨 말인가? 자식이 있으나 지낼 곳을 정하지 못하는 노인이 양산될 것이 아닌가. 가정재판소도 모두 처리하지 못하고 요양원도 수용할 수 없는 상태이다. 이를 단순히 과도기의 한때 고민거리로 여기고 넘어갈 수는 없다.

원래 동양에서는 효孝로 인도人道의 출발점으로 삼았다. 일본에서는 이 점은 나라가 세워졌을 때부터 이어온 것이라 해도 될 것이다. 부모에게 효를 할 수 없는 그런 자는 형제간의 정도 사회인으로서의 신의도 있을 리 없다는 식이다.

한편, 부모로서는 자비慈悲로서 자녀의 양육을 수행하나, 노후에는 자식 신세를 지지 않도록 하는 마음가짐이 중요하다. 이러한 부모가 먼저 있어야 효심이 가득한 자녀가 있는 것이며, 예로부터 이상으로 삼는 가족이라는 것이 만들어지는 것이다. 이런 가족을 모아서 조직된 사회도 또한 건전하다고 할 수 있다.

엄밀한 의미에서 말하면, 사회의 한 분자는 개인이다. 그러나 개인이 개인으로 세상에 나올 때까지는 반은 개인이지만 반은 부모 형제라 할 수 있다. 사회인으로서 세상을 위해 사람을 위해 훌륭한 일을 할 수 있는 개인의 품성은 반 개인인 시기에 '이에'에서 깊이 있게 키워지는 부분이 있어야만 가능하다. 그러나 현재 민법은 이러한 전통적인 미풍을 뿌리부터 파괴해서 흔들게 되기에 본인은 깊은 우려를 금하지 않을 수 없다.

모름지기 사회는 진보하는 법이다. 인류 전체는 진보한다. 진보하기 위해서는 먼저 폐해를 없애고 장점을 더욱 발휘할 수 있도록 해야 한다. 장점을 발휘하는 길은 인지人智를 정치精緻하게 발전시켜야 하고 동시에 인도人道를 정확하게 행할 수 있도록 해야 한다. 이것은 이미 다 알고 있는 일이며, 틀림이 없는 일이라고 믿는다.

일본은 메이지유신 때부터 서양 열강과 교류하며 적극적으로 서양의 문화를 받아들였다. 그리고 이번 패전의 결과, 다시 적극적으로 서양−미국 문화를 받아들이게 되었다. 그러나 이들 서양의 것들을 받아들일 때 심오한 주의를 기울여야 함은 서양의 장점을 취해서 우리 단점을 보완하는 것이어야 할 것이다.

장長을 취取하고 단短을 보補한다는 취장보단取長補短이라는 말은 옛날 오진応神 천황 때 한적漢籍이 전해지고, 긴메이欽明 천황 때 불교가 전래한 이래로, 쇼토쿠聖德 태자나 스가와라 미치자네菅原道真 등의 선현에 의해서 전해 내려오는 역사적인 하나의 법칙과도 같은 것이다. 비록 시대가 많이 바뀐 오늘날에 이르러서도 우리는 이것을 지켜야 한다고 믿는다. 만약에 잘못해서 일본이 서양의 단점을 취하고 일본의 장점을 버리게 된다면 어떻게 할 것인가? 오오, 위정자들이 반드시 마음에 새겨야 할 것이다.

공산주의의 정치적 세계관共産主義の政治的世界観

스즈키 야스조(鈴木安蔵)
해제 : 석주희

내용요약

1. 일본학계의 후진성

다나베 하지메田辺元 박사는 나와 직접 교제는 없으나 35년 전 철학을 배우기 위해 교토대학 문학부에 입학했을 때 유학에서 이제 막 돌아온 박사는 칸트의 [판단력 비판] 세미나를 개최했고 나도 그 말단에 있었다. 철학은 우리 인간의 존재의 근본적인 조건에 관한 사색으로 세계인식의 기본 카테고리, 방법론에 대해서 논하거나 이론적인 탐구와 연결한다.

다나베 박사의 『철학입문』을 읽고 박사의 사색과 철학을 배우기 위한 필독서의 하나로 마르크스의 『자본론』을 들고 있다. "실제 나도 학교에서 마르크스 이론이라는 것을 들어본 적이 없다. 일반 학교의 교과에서 마르크스 이론은 포함되어 있지 않다. 오늘날은 물론 제한이 있지만 선생 가운데 급진적인 사상을 갖는 사람이 있으므로 그런 사람들은 자신의 생각으로 마르크스 이론을 가르치고 있다. 그러나 국가에서 지정한 학교 교과의 내용으로는 마르크스 이론은 채용되지 않는다. 그 밖에 여러 사상에 대해서도 학교에서 후생대사로서 가르치고 있으나 마르크스는 가르치고 있지 않다. 우리가 여기서 인정할 수밖에 없는 것은 우리 자신은 마르크스주의에 대해 공부하지 않았다는 것이다. 우리도 과거 십년전후 구일본의 사상적인 정치적 암흑시대의 영향으로 마르크스주의에 대해서 본격적인 연구는 이루어지지 않았다. 전후 자기의 법학과 정치학의 기초이론연구에서도 이러한 점은 태만했다. 작년 봄부터 가을에 걸쳐 종래 이른바 정치학을 제공하는 모든 개념, 방법론을 두고 새롭게 마르크스주의 연구를 시작했다.

그러나 외국학자의 연구를 보면 우리는 일본의 법학계, 정치학계의 일반적인 학문적 후진성을 통감할 수밖에 없다. 예를 들어 일본에서 소개된『볼셰비즘 정치학 비판』,『현대혁명 고찰』,『공산당선언의 역사적 서설』등을 읽으면 정면으로부터 반대하거나 비판적으로 보더라도 어디든 마르크스주의의 원저를 연구하고 있다. 기본명제, 방법론 자체에 대해서 학문적으로 충분히 연구하는 것은 마르크스주의 뿐 아니라 학문 연구의 가장 중요한 조건이다. 그럼에도 불구하고 우리 자신이 학자로서 일반 국민의 한 사람으로서 일정한 학설에 대하여 찬성 또는 반대하는 태도가 늘 옳은 것은 아니다.

2. 근대정치사상사 상에서 공산주의의 특징과 기여

널리 알려져 있는 마르크스 편지는 마르크스주의 정치사상의 특질, 근대정치사상에 대한 마르크스주의의 기여를 밝히는 데 가장 좋은 자료이다. 즉 마르크스는 다음과 같이 썼다. "나에 대해 말하면 근대사회에서 계급의 존재를 발견한 공적도 그들의 상호 투쟁을 발견한 공헌은 나보다 훨씬 이전에 모든 계급의 투쟁의 역사적 발전을 계승한 것으로 시민 경제학자들은 모든 계급의 경제적 해부를 서술하고 있다. 내가 새롭게 한 것은 이러한 것을 연결한 것에 지나지 않는다. 둘째, 계급투쟁은 프롤레타리아 독재에 필연적으로 서 있는 것이다. 셋째, 이러한 독재 자신은 이른바 계급의 지양 및 무계급 사회의 과도기를 지난 것에 불과하다는 사실을 입증한 것이다."

레닌도 지적하듯 마르크스주의 정치사상의 본질은 계급투쟁을 프롤레타리아트의 독재의 승인까지 확대하는 것에 있다. 따라서 "단순히 계급투쟁을 승인하는 것이라는 자는 아직도 마르크스주의자가 아닌 부르주아적 사유와 부르주아적 정

치학과의 한계에 머물 수 있다「国家と革命」, 森宏一 訳, p.42"고 보았다. 그러나 그것도 마르크스주의가 형성된 이래 백년 이후인 현대에서 국제적으로 비교하여 계급적인 모순의 심화와 계급투쟁의 전개를 보는 오늘날 계급 대립은 불가역의 불가역의 결과이다. 정치학은 계급투쟁 화해가 어려운 현실을 인식하는 것조차 하지 않았다. 그러나 자본주의 제국에서 학계에서, 이단에서도 지배한 사실이 있다는 것을 보더라도 계급에 대한 존재 인식, 계급투쟁이 역사 발전의 결정적인 계기였다는 인식, 계급투쟁이야말로 정치의 본질이라는 인식 자체는 모두 마르크스주의가 근대 정치사상에 기여한 이론적 특질이라고 말할 수 있다.

『공산당선언』에서 엥겔스의 정치사상은 가장 특질적이고 근본적인 명제를 완성하여 선명하게 제시하였다. 노동자 계급의 해방은 노동자 계급 자신의 과업사업을 이어야 한다는 것으로 자본주의 생산 관계의 지위로부터 필연적으로 결속되어 계급의 자각을 높인다. 자본가 계급으로부터 계급적인 권력을 지닌 시민사회는 국가를 향한 혁명적인 투쟁에 도달한다. 그 필연성을 인식하고 필연성에 적응하면서 적극적으로 공산주의적인 의식을 형성하여 노동자 계급을 계급투쟁으로 이끄는 것이 공산주의자의 책무이다. 공산주의 운동은 자본주의적 생산관계의 모순과 붕괴의 필연성을 인식하고 노동계급의 계급투쟁 자체를 촉진하고 조직을 지도한다.

루소, 로크 등 근대의 정치사상가의 정치적 입장은 시민을 인간의 일반적인 것으로 하였다. 부르주아적 권리를 인권의 일반으로 그것도 자연권을 주장했다. 이에 봉건적 절대주의 지배에 대한 근대 자본주의 사회의 정치적 조건을 도입하는데 기여했다. 루소의 『사회계약』과 로크의 『정부론』은 군주의 절대적 지배에 대하여 인민주의를 주장하고 인민의 대표기관으로서 의회, 군주의 자의적 통치를 제재하는 권력분립 등의 제도를 이론적으로 제시했다. 이와 관련하여 근대 정치원리가 자본주의 사회에서 계급 대립 가운데 있어 시민 지배 외에는 없었다는 것, 일반인이 아닌 부르주아지의 주권과 권리가 선언되어 보장된 것, 국가 권력의 계급에 대해서는 인식하지 않았다.

　시민혁명, 시민 근대국가, 시민 정치사상에 대한 계급적 비판이 체계적으로 발전하여 역사적으로 현실 사회에서 그 변혁의 모든 계급세력이 발견되었다. 그러나 마르크스주의 정치사상의 위상은 근대 정치사상사나 다른 사상가에게 찾아볼 수 없는 역사적 과제를 수행하기 위한 프롤레타리아의 구체적인 방책에 대해서 명확하게 기본 명제를 정립한 것에서 비롯된다.

3. 공산주의 정치이론의 성립 —『독일 이데올로기』 외

　마르크스 및 엥겔스가 '과학적 공산주의 대표자로서 혁명적 프롤레타리아 지도자 및 이론가로서 등장한 시대' 즉 1845년 여름부터 1846년 가을까지 쓴 노작인『독일 이데올로기』에서 모든 마르크스주의 정치사상은 그 본질적인 완성을 하고 있음을 알 수 있다. 정치는 일종의 사회현상이자 인간의 사회적 행동이다. 따라서 사회와 인간은 얼마든지 본질의 실재로서 생성, 발전한다.

　마르크스는 "인간적 본질은 그 현실에서 사회적 관계의 총합이다"라며 인간의 의식의 산물로서 "인간의 모든 관계, 인간의 모든 행동, 인간의 다양한 속박과 제한'을 고찰하는 관념론과는 반대로 "현실적인 모든 개인, 그들의 행동, 그리고 그들의 물질적인 생활조건"을 고찰하여 출발점으로 한 것으로 이들의 전제는 경험적인 방식으로 확인할 수 있다"고 인식하였다.

　사회적 물질적 생산관계 가운데 인간사회의 기초가 있고, 인간의 사회적 인식의 발달은 관련된 물질적 생산관계의 결과이다. 동물의 군집의식에서 인간의 사회적 인식을 구분하는 것은 관련된 사회적 생산관계 자체 가운데 발달해 온 인간의 사유능력에 의한 사회적 의식으로 계량적인 목적·의식적 정신이나 관련된 정신적 생산자체가 물질적인 생산관계에 규정될 수밖에 없다. "의식이란 의식된 존재 이외의 무엇으로 있을 수 없다." 따라서 마르크스주의는 관념, 정신, 의식 등으로부터 출발하여 실재, 외계, 사회 모든 관계를 비판하여 인식하는 것이 아니라 현실에서 활동하는 인간으로부터 출발하여 현실적인 생활과정으로 시작, 생활과정의 이데올로기적인 각종 반영과 반향의 발전을 서술하고 있다.

물론 이데올로기만이 물질적 생산관계의 산물인 것은 아니다. 인간사회의 일반적 사회생활과정, 법적 정치적 과정, 제도 등 물질적 생산관계를 기초로 하는 사회의 상층건축, 상부구조이다. 일정한 양식으로 생산적으로 활동하는 일정의 개개인은 일정한 사회적, 정치적 관계를 연결한다.

4. 혁명과 권력

혁명, 프롤레타리아 독재 및 특히 일본에서 그 정도로 맞는 의미를 이해하지 않는 개념은 적으며 그것도 그 정도 전 세계에 걸쳐서 현대의 정치 근본과제인 문제도 적다. 양심적인 정치학자는 그 입장이 사회민주주의든 무엇이든 현재정치가 당면한 최대 과제가 혁명이라는 것을 인식하고 있다. 혁명은 "일정한 계급지배를 밀어내고 다른 계급지배가 그것을 대신하는 것에 지나지 않는다. 혁명의 원인은 계급사회가 존재하는 한 필연적으로 발생한다. 계급 및 그 적대적 관계가 이미 존재하지 않는 사태만은 사회적 진화는 정치혁명이라는 것을 그만두었다". 즉 한편으로 사회화된 생산, 사회의 전원에 공급하여 남는 생산품을 생산하는 생산력이 발달되었음에도 불구하고 다른 자본주의적 사유제, 자본가적 이윤본위의 생산관계를 위해 대중의 빈궁, 구매력 부족 따라서 이른바 '풍요 가운데 빈곤', 궁핍이 발생하고 관련된 모순을 반영하여 궁핍하여 괴로운 대중의 비판, 투쟁이 격화될 수밖에 없다. 그러나 자본주의적 사유제야말로 그것을 기초로 하여 자본주의 사회가 존립하므로 그 유지를 강화하기 위한 법률, 국가권력이 존재한다. 근본적인 조건으로 관련된 대중의 반항, 투쟁이 근본적인 조건의 폐지를 향해갈 때 지배적 권력이 강력한 강제를 할 것은 우리들 눈앞에 현실적으로 나타나는 문제이다.

따라서 마르크스, 엥겔스는 정치투쟁에서 지도체인 프롤레타리아당의 중요성을 역설하고 사회혁명 과정에서 권력착취와 새로운 권력을 통한 반혁명 억지, 건설적인 방책의 달성의 필요성을 주장했다. 『공산당 선언』에서는 "노동자혁명의 제1보는 프롤레타리아를 지배계급으로 높이고 민주주의를 투쟁하는 것이다"라고 말하고 있다.

계급과 계급대립을 갖는 구 부르주아 사회에 대신하여 개인의 자유로운 발전이 모든 사람의 자유로운 발전의 조건이 되는 공산사회가 나타났다. 관련된 『공산사회』를 매개로 하는 권력은 반혁명을 억지한다. 사회주의 국가 권력은 사회주의 건설을 방위하여 지도하며, 반혁명 세력, 부활을 기도하는 자본가, 지주, 구 관료 등에 대하여 강력하게 행사한다. 이에 대해 자본주의 국가는 부르주아에 대한 프로레타리아 독재라고 칭한다. "자본주의 사회와 공산주의 사회 사이에는 전자에서 후자로 혁명적 전화의 시기가 놓여있다. 그것에 조응하는 것은 또 정치상 과도기로서 국가는 프롤레타리아 혁명적 독재와 다름없다."

해제내용

스즈키 야스조는 학생시절 좌익운동을 하였으나 전후에는 헌법연구회를 발족하여 헌법초안요강을 작성하였다. 헌법연구회는 전쟁 직후인 1945년 11월에 결성된 단체로 모리토 다쓰오森戸達夫, 전 도쿄대 조교수, 가타야마 아시다 내각 문부대신, 무로부세 코신室伏高信, 평론가, 이와부치 다쓰오岩淵辰雄정치평론가, 전 요미우리신문 정치기자 등 당시 일본을 대표하는 언론인들이 참여한 민간헌법제정 연구단체다. 1951년 1월호에 그가 작성한 "전쟁포기와 자위권戦争放棄と自衛権"이라는 제목의 글에서는 헌법 제9조를 수호해야 하며 영구중립 국가를 이루어야 한다고 주장했다.

본격적인 논의에 앞서 스즈키는 독일 및 유럽과 비교하여 일본 학계의 후진성을 비판하였다. 그가 언급한 다나베 하지메田辺元는 당시 일본을 대표하는 철학자로 1922년 문부성 재외연구원으로 독일에 유학하여 독일 철학자인 마르틴 하이데거Martin Heidegger, 에드문트 후설Edmund Husserl 등과 교류하였다. 다나베는 독일 유학 후 칸트의 목적론을 통해 변증법 연구를 실시하였으며 그의 철학 중심으로 삼았다. 스즈키 야스조가 다나베를 조우한 것은 다나베가 독일 유학에서 돌아온 후 칸트의 '판단력 비판' 세미나였다. 그가 "철학은 우리 인간의 존재의 근본적인 조건에 관한 사색으로 세계인식의 기본 카테고리, 방법론에 대해서 사색하거나 이론적인 탐구와 연결한다"고 밝히듯 다나베 박사로부터 영향을 받은 것으로 보인다. 그는 마르크스의『자본론』을 비롯하여 서구 유럽의 철학과 사상, 이론에 대한 관심을 두었다. 스즈키는 "외국학자의 연구를 보면 우리 자신의 일본의 법학계, 정치학계의 일반 학문적 후진성을 통감할 수밖에 없다"고 말하며 일본 학계에 대하여 비판적으로 성찰하였다.

이 글에서 스즈키는 마르크스와 엥겔스에 대한 고찰을 통해 자본가계급과 프롤레타리아, 노동자 계급에 대한 이해를 제시하고 있다. 우선 스즈키는 마르크스주의에 대하여 지대한 관심을 나타냈다. 공산주의와 민주주의가 극단으로 대립하는 가운데 공산주의와 계급투쟁에 대하여 학문적인 관심을 갖는 것은 타당해 보인다. 스즈키는 근대정치사상사로부터 계급투쟁과 프롤레타리아트의 독재를 바라보았으며 "계급투쟁이 역사발전의 결정적인 계기였다"고 말한다. 뿐만 아니라 엥겔스의『공산당 선언』을 통해 "정치사상의 근본적인 명제를 완성하여 선명하게 제시했다"고 평가했다. 이 글에서는 마르크스와 엥겔스의 논쟁을 노동자계급과 계급투쟁에 대하여 루소와 로크 등 정치사상가의 논의로 확장하였다. 그가 바라보는 공산주의 운동은 "자본주의적 생산관계의 모순과 붕괴의 필연성을 인식하고 그 필연성 자체의 내용을 노동계급의 계급투쟁 자체를 촉진하고 조직을 지도"함으로써 이루어졌다. 그의 논의에 따르면 노동자를 시민으로, 인간의 자연권을 주장하는 행위자로 볼 때 능동적인 주체로서 혁명이나 투쟁의 당위성을 부여받을 수 있다.

다음으로 스즈키는 마르크스와 엥겔스의 저작을 통해 공산주의 정치이론에 대한 몇 가지 인식을 나타낸다. 그는 "마르크스는 '인간적 본질은 그 현실에서 사회적 관계의 총계이다'라며 인간의 의식의 산물로서 인간의 모든 관계, 인간의 모든 행동, 인간의 다양한 속박과 제한을 고찰하는 관념론과는 반대로 현실적인 모든 개인, 그들의 행동, 그리고 그들의 물질적인 생활조건을 고찰하여 출발점으로 한 것으로 이들의 전제는 경험적인 방식으로 확인할 수 있다"고 밝혔다. 또한 인간의 사유 능력을 높이 평가하였으며 마르크스주의는 인간의 의식과 관념이라는 측면에서 이데올로기의 발전이 이루어졌다고 보았다. 이 같은 고찰을 통해 스즈키는 이데올로기를 단순히 물질적 경제적 구조 내에서 파생된 산물로 이해해서는 안되며 인간의 사회적, 정치적 관계를 고려해야 한다고 말한다.

그렇다면 유럽에서 발생한 혁명은 일본의 맥락에서 어떻게 이해할 수 있는가. 스즈키는 "혁명은 일정한 계급지배를 밀어내고 다른 계급지배가 그것을 대신하는 것에 지나지 않는다. 혁명의 원인은 계급사회가 존재하는 한 필연적으로 발생한다. 계급 및 그 적대적 관계가 이미 존재하지 않는 사태만은 사회적 진화는 정치혁명이라는 것을 그만두었다"고 보았다. 혁명은 자본주의의 심화와 자본가 계급의 부의 축적, 노동자 대중의 결핍의 지속이라는 모순 속에서 발생하는 것이라고 할 때 스즈키는 "우리들 눈 앞에 현실적으로 나타나는 문제"라고 보았다. 『공산당 선언』을 인용하면서 "노동자혁명의 제1보는 프롤레타리아를 지배계급으로 높이고 민주주의를 투쟁하는 것이다"라고 말했다. 스즈키의 글은 노동자의 계급과 투쟁에 대한 심도있는 고찰을 제시하고 있다. 이 같은 논의는 노동자 투쟁이라는 관점에서 1950년대 총평의 등장과 미야케 탄광, 파업과 관련하여 이론적 단초를 제시한다.

수록 지면 : 8~21면
키워드 : 마르크스주의, 공산주의, 마르크스, 엥겔스, 계급, 투쟁, 사회

1951년 5월　421

좀바르트와 자본주의의 장래 ゾムバルトと資本主義の将来

기무라 모토가즈(木村元一)
해제 : 송석원

내용요약

자본주의의 한계가 지적된 지 100년 이상의 세월이 경과하고 있다. 영국의 사회주의자 로버트 오웬이 처음에는 자본가적 동정자로 출발했지만 점차 동정으로는 문제를 해결할 수 없다는 것을 알고 확실히 노동계급 편에 서서 자본주의를 극복하려 한 것이 1820년대였다. 푸리에가 자본주의 사회 뒤에 협동조합적 공산사회가 올 것이라고 예언하고 그를 위해 노력한 것이 1829년이다. 이들은 마르크스에 의해 공상적 사회주의자로 이름 붙여졌지만, 마르크스가 '공산당선언'을 발표하여 자본주의가 필연적으로 붕괴하고 계급 없는 사회주의 사회로 전화한다고 설파한 것이 1848년이다. 그런데 1848년은 영국이 오랜 고경苦境을 벗어나 세계시장 제패에 나선 해로 자본주의가 참된 의미에서 확립된 해이다. 독일에서 자본주의가 확립된 것은 훨씬 뒤였다.

두 차례의 세계대전을 거치면서 자본주의의 위험은 한층 깊어졌다. 자본주의의 장래에 대해 깊은 통찰을 제공해주는 사람은 마르크스이다. 마르크스와 관련된 학자로는 막스 베버, 베르너 좀바르트, 슘페터 등이 있다. 본 글은 좀바르트가 자본주의의 장래에 대해 논한 것을 고찰하면서 최근의 움직임과 대비해서 문제의 소재를 얼마만이라도 밝혀보고자 한다. 좀바르트는 1941년 5월 18일 78세로 세상을 떠나 1951년은 사후 10년에 해당한다. 자신은 큰 업적을 남긴 거장에 대한 기념을 계획하고는 있지만, 현재 독일의 동정이 그것을 허용할지, 또한 생전 사상적으로 훼예포폄毁譽褒貶이 일정하지 않은 부분이 있고 여러 사정으로 학벌을 만들지 않은 점을 고려할 때 어느 정도의 추모가 이루어질지 흥미를 끈다. 훼예포폄이 일정하지 않다고 말한 것은 그가 한 때 마르크스주의자였으나 후에 마르크스주의의 극단적인 비방자가 되었다고 믿는 경향도 있기 때문이다. 좌익이 외경畏敬할 때는 우익이 위험시하고, 우익이 갈채할 때는 좌익이 배반자라고 매도한다. 이것은 일면에서는 좀바르트를 어떤 진영이 우군이 될 것인가가 큰 문제였다는 증거로 학계에서의 높은 지위를 보여주는 것이지만, 다른 면에서 보면 좀바르트가 양 진영 모두에서 본질을 잘못 알고 있다는 것을 보여주는 것이기도 하다.

좀바르트가 '자본주의의 문제'에 대해서는 마르크스에게 배운 것은 틀림없다. 주저의 하나인 『근대 자본주의』는 1902년에 초판을 냈고, 제3권에 해당하는 『고도자본주의』는 1927에 완결했다. 따라서 사이의 전후 25년 가까운 세월을 들여 마르크스에게 이어받은 자본주의 성립과 발전 문제를 연구했다고 할 수 있다. 이 책은 '자본주의'라는 개념을 그때까지의 불명확함에서 구출하여 경제 체제로 확실히 했다는 점에서도, 풍부한 자료로 이를 활사活寫한 점에서도 획기적인 노작이라고 할 수 있는데, 결론적으로 마르크스의 자본주의가 필연적으로 붕괴한다는 이론과는 반대의 결론에 도달했다. 또한 마르크스처럼 과학 속에 혁명과 실천을 들여놓는 변증법적 방법론에도 반대였다. 과학과 세계관의 분리는 막스 베버만큼 결벽潔癖은 아니었지만, 사회정책학회에서 가치판단으로부터의 자유를 설파한 것은 유명하다.

장래를 예상하는 것은 늘 불확실하다. '그래야만 하는 것'으로 희망하는 것과 '돼가는' 모습을 혼동하기 쉽다. 토크빌은 1840년에 장래 혁명과 전쟁은 소멸할 것이라고 예언했지만 단순한 희망에 지나지 않았다. 독일 학자 슈몰라는 자유주의에 대한 사회주의의 우월을 예언했지만, 이 역시 사회정책을 추진하고자 하는 희망의 표백에 지나지 않았다. 마르크스는 노동자 빈곤의 증대, 수공업과 농민 몰락, 일반적인 자본의 '집중', 자본주의의 파국적 붕괴를 예언했지만, 어느 것 하나 적중하지 않았다. '그래야만 하는 것'과 '돼가는' 모습의 구별만으로 정확한 판단은 할 수 없다.

좀바르트는 자본주의가 외면적으로도 내면적으로도 변모를 이루는 것은 확실하다고 본다. "자본주의는 점차 지배적 지위를 잃고 점점 공공권력의 간섭하에 놓여 어떤 무한을 추급하는 파우스트적 충동이 소멸하고 점차 안정화된다. 자본주의에 견줘 '계획경제'에 기초를 둔 경제 체제는 점차 넓은 영역을 점해 필요 충족과 합리주의 원리가 경영원칙과 개인주의에 대신해 나타나게 될 것이다. 그러나 계획경제 체제는 욕구가 안정되고 생산과 판매가 일상적인 일이 되지 않으면 완전하게는 성공하지 않는다. 이와 같이 장래 경제생활을 나는 잡색雜色적이라고 본다."

1932년 '자본주의의 장래'라는 제목의 팸플릿이 발표되는데, 당시는 전 세계적인 공황의 시기로 여기저기서 블록경제와 계획경제가 현실의 일정에 등장한 해이며 재군비경쟁이 격화하기 시작한 해였다. 여기서 좀바르트는 선명한 위기감 속에 자본주의의 변질을 설명하며 계획경제의 내용에 대해서도 후에 1934년의 '독일사회주의'에서 전개되는 사상이 꽤 명료하게 나타났다. 장래의 경제생활이 어떻게 될지는 지식의 문제가 아니라 결국은 의지의 작용 문제인데, 과학자로서 할 수 있는 것은 어떤 목적이 선택될 가능성이 있는지, 선택된 목적을 실현하는데 필요한 수단은 무엇인지, 목적과 수단이 어느 정도의 확실성을 갖고 나타나는지 하는 세 가지에 지나지 않는다. 더욱이 이러한 판단은 현상의 본질적 특징 파악을 바탕으로 이루어지지 않으면 안 된다.

마르크스에게 형이상학적 '협잡물挾雜物'을 제거하고 현실주의적인 과학적 '진수眞髓'를 끄집어내는 데에 노력한 좀바르트는 실천적 의욕에서 장래 역사를 예상하는 것을 피하고 있을 수 있는 가능성을 현상의 본질적 특징으로부터 설명하는 데서 멈췄다. 좀바르트는 내면적 변모에도 불구하고 낡은 경제 체제에 새로운 경제 체제가 쌓여 신구新舊가 함께 병존해가는 것을 반복해서 강조한다.

한 시대의 경제 체제는 전체적으로 하나의 색조를 나타낸다. 중요한 것은 자본주의 경제 체제의 변모로 좀바르트가 말하는 후기자본주의 시대가 고도자본주의 시대와는 다른 하나의 색조를 갖는 것이어야 한다. 좀바르트의 설명 속에서 이점을 끄집어내면, 종래의 자본주의 체제가 정신의 면에서는 완전히 합리화되어 영리적 모험심을 상실하고, 질서의 면에서는 관료화·카르텔화하고, 기술의 면에서는 가격 탄력성을 상실한다는 것이 중요한 요점이라고 할 수 있다.

좀바르트는 자본주의의 발달을 전통적 정신으로부터의 합리성의 해방이라는 윤곽으로 설명하고 있는데, 합리성이 궁극에까지 도달해서 경영이 경영 자체로 객관화되면 인간의 의지는 뭉개지고 조직이 인격을 대신하게 된다. 여기서 인간성의 몰각沒却이 생긴다. 고도자본주의는 그야말로 이러한 인간의 기계화를 완성했다. 합리적 정신이 그것을 낳은 인간 정신을 탐식하는 것은 큰 비극이다. 마르크스는 이러한 물신숭배로부터 인간성의 해방을 자유의 왕국에서 찾았다. 이에 대해 막스 베버는 이것을 근대인의 숙명이라며 이를 악물고 지켜보았다. 좀바르트는 이 모순으로부터의 탈피 장소로 자본주의적인 것도 사회주의적인 것도 아닌, 즉 물격화되지 않는 경제 체제, 예컨대 가계적 자급경제, 수리업이나 지방적 상공업에서의 수공업 체제, 농민경제에서 찾았다. 장래 경제생활을 잡색적이라고 본 것의 하나는 이 모순으로부터의 피난 장소를 준비하기 위함이었다고 할 수 있다.

좀바르트 사후 10년이 지났지만, 만약 지금 그가 있다면 그는 어떠한 자본주의론을 쓰고, 어떠한 장래관을 제시할 것인가. 여전히 전원적인 것에서 모순 해결의 길을 찾으려 할 것인가.

20세기 초까지의 자본주의 비판은 계급의 입장을 철저히 함으로써 만국의 노동자를 단결시켜 세계 인류의 입장에까지 도달할 수도 있었을 것이다. 사회주의 사회는 착취가 없고 사유재산이 부정된 공동사회이지만, 구체적으로 어떠한 운영기구를 갖고, 어떠한 생산과 분배를 행하는지와 같은 세목은 규정되지 않았다. 세목을 규정하는 것은 공상적 사회주의자가 선호하는 일이지 과학적 사회주의자가 할만한 일은 아니라고 여겨졌다. 이런 의미에서 자본주의의 모든 폐해를 제거한 아름다운 사회가 사회주의 사회였다. 그러나 마르크스와 레닌을 거쳐 스탈린의 일국사회주의에 이르면 사정은 변화했다. 권력 기구로서의 소비에트는 자본주의에 대한 비판을 자본주의 국가의 권력 기구에 대한 공격 또는 방어의 무기로 대외적으로도 대내적으로도 이용하게 된다. 여기서 자본주의론은 정치적 고려로 방향이 결정되게 된다. 다른 한편으로 자본주의 국가의 권력 기구도 소비에트연방에서의 미완성의 '사회주의'를 사회주의 일반으로 바꿔치기함으로써 특수한 사정 아래 생긴 '사회주의의 폐해'와 러시아의 국가 기구에 대한 증오를 무비판적으로 경제 체제로서의 사회주의와 결부시키려 한다. 상대를 공격함으로써 자기 측의 결함을 감추는 상투 수단의 횡행에 끊임없이 주의해야 한다.

해제내용

베르너 좀바르트Werner Sombart, 1863~1941는 독일의 경제학자이자 사회학자로 1904년부터 베버와 함께 『사회 과학 및 사회 정책』을 편집하였고, 경제 이론과 역사의 종합을 꾀해 마르크스의 영향 아래 '경제 체제'의 개념을 확립하였다. 저자도 언급하고 있는 바와 같이, 좀바르트는 마르크스, 베버와 함께 자본주의 문제 규명에 천착했다. 마르크스의 영향을 많이 받았음에도 불구하고, 마르크스와는 다른 그만의 독특한 자본주의 해석을 내놓은 이론가라고 할 수 있다. 좀바르트가 마르크스와 다른 점은 무엇보다도 과학과 혁명·실천과의 분리를 강조했다는 점이다. 가치판단으로부터의 자유의 중요성을 언급한 것은 이러한 좀바르트의 입장을 잘 대변하는 것이라고 할 수 있다. 또한, 마르크스 및 마르크스주의자들이 실천적 의욕이 앞서서 이론에 맞추는 형태로 장래 역사를 예상하려 한 것과는 달리 좀바르트는 현상의 본질적 특성 분석을 바탕으로 장래의 가능성에 대해 언급하는 데서 멈춘 점 역시 좀바르트와 마르크스 및 마르크스주의자와의 차이점이라고 할 수 있다. 자본주의의 고도화로 합리화가 진행될수록 인간성은 몰각하게 되는데, 이러한 문제에 대한 좀바르트의 해결 방안 역시 마르크스와 구별된다. 즉, 좀바르트의 해결책은 가계※적 자급경제, 수리업이나 지방적 상공업에서의 수공업 체제, 농민경제였다. 자본주의라고도 사회주의라고도 할 수 없는 경제 체제였다. 이와 같이 좀바르트의 자본주의 문제에 대한 견해가 마르크스의 영향을 많이 받으면서도 마르크스와는 다른 내용, 방향을 향하고 있음은 분명해 보인다. 그러나 저자도 지적하고 있는 것처럼, 예컨대 '농민경제'가 자본주의 성립 이후에도 중세에 그것이 지배적이었던 경우와 같은 의미를 갖고, 같은 경제 체제로 이해될 수 있는지는 의문이고 그만큼 좀바르트의 해결책은 미흡한 것도 사실이다.

저자는 글의 마지막 부분에서 적어도 20세기 초의 사회주의는 자본주의의 모든 폐해를 제거한 아름다운 사회주의 사회였고, 소비에트 사회주의에서 사정이 변했음을 언급하면서, 소비에트 체제에서 말하는 사회주의 체제라는 용어와 자본주의 국가에서 말하는 사회주의라는 용어에 내포된 각각 상대 진영에 대한 증오가 감춰진 점에 주의를 환기하고 있다.

수록 지면 : 23~31면
키워드 : 좀바르트, 자본주의

사회당과 공산당社会党と共産党

단 도쿠사부로(淡 德三郎)
해제 : 권연이

내용요약

　제1차 대전과 제2차 대전을 통해 자본주의 제도는 생산력이나 국민의 물질적
및 문화적 생활의 향상에 있어서 무능력하다는 것이 확실해졌다. 이제 모든 나라
들의 자본주의 체제는 타국의 시장을 침범하든가 혹은 비생산적인 군비확장 경
쟁에 참가하여 간신히 유지되고 있다. 항상 전쟁의 위협이 무겁게 억누르고 있고,
끊임없는 생활 불안 속에서 행복한 내일에 대한 희망이 전혀 없다. 노동자 계급이
나 농민 뿐만 아니라 대독점 자본가도 국제적 경쟁과 폭력에 노출되어 있다. 이러
한 불안 속에서 사람들은 니힐리즘nihilism과 신비주의에 마음을 빼앗겨 현실에서
도피함으로써 불안한 현실에 대해 과학적으로 분석하고 합리적으로 해결하는 것
을 회피하려고 한다.

　그러나 노동자 계급을 주체로 하는 사회주의 변혁은 불안한 현실에 대해 사람들
에게 확신과 용기를 주는 사상으로서 일체의 불행과 부정에서 인간을 해방하는 사
상이다. 마르크스 및 엥겔스가 입증한 사회주의 사상의 발생은 자본주의 발전의
필연의 귀결이고 자본주의 체제 내부에서 성장한 노동자 계급에 의해 실현될 것이
다. 사회 변혁의 주체는 노동자 계급이지만, 노동자 계급 이외에도 현실을 이해하
고 미래에 확신을 갖는 소수자들의 결성에서 사회주의 정당이 생겨났다.

　19세기 말 서구 자본주의 국가들에서 성립한 사회주의 정당은 사회주의 사상의
보급, 노동자 지위 개선의 입법화를 그 주요 임무로 한다. 그러나 노동자 정권의

수립이야 말로 사회주의 정당의 본래적 임무이다. 레닌의 볼셰비키 당은 이러한 원칙에 입각해서 조직되었고 1919년 11월 러시아에서 처음 수립된 사회주의 정권과 더불어 세계 각국에는 정권 수립을 목표로 한 새로운 형태의 사회주의 정권이 생겼다. 이를 종래의 사회주의 정당과 구분하기 위해 공산당이라고 이름을 붙였다.

낡은 형태의 사회주의 정당은 19세기 말부터 20세기 초에 걸쳐서 사회주의 사상의 확립과 보급, 노동자 계급의 지위 향상에 있어서 역사적 역할을 이루어냈지만, 그 이상의 것은 이루지 못했다. 20세기 초 서구 자본주의는 제국주의라는 새로운 단계로 들어갔고, 변혁을 위한 실천적 객관적 근거로서 새로운 형태의 사회주의 정당이 태어나야 하는 것이다.

낡은 형태의 사회주의 정당사회당과 새로운 형태의 사회주의 정당공산당의 관계는 어떠해야 하는가. 사회변혁을 위해 사회당은 확신과 용기를 결여한 광범한 대중을 흡인하고 변혁 사업의 전위와 지도 부대가 되려는 변혁적 노동자와 농민을 결집해서 서로 돕고 투쟁해서 자본주의 체제의 위협이 되어야 한다.

그러나 구 자본주의 체제를 호지하려는 사람들은 사회주의 세력의 결집을 환영하지 않는다. 세계 곳곳에서 사회주의의 성장에 의한 변혁의 기운을 탄압하려고 한다. 특히 자본주의적 특권자는 사회당 혹은 사회민주당의 지도자를 유혹 혹은 매수하여 사회주의 세력에 쐐기를 박으려는 정책을 취해왔다. 변혁의 주체가 될 정도로 확신과 용기를 갖지 않는 노동자 및 근로 대중 조직을 적대시하는 것은 이러한 쐐기 정책의 성공을 의미할 뿐이다. 양자 사이에 박힌 쐐기를 빼내어 사회주의 세력의 행동의 통일을 요망하는 목소리가 높아지고 있다. 이탈리아 통일사회당, 일본의 노농당, 사회당 재건 동맹은 사공 제휴 알선을 위해 노력하고 있다. 일본에서 노농당이나 사회재건동맹은 미미한 세력이지만 사회당 내부에서도 이들에 공명하는 자가 적지 않다.

사회주의 세력의 행동의 통일은 '아래로부터의 통일'이 기초가 되어야 한다.

대중 스스로 지도자의 배신성을 자각해야 한다. 자본가 세력에 의해 쐐기가 박힌 사회주의 세력의 재결속은 이렇게 회복되어야 한다. 전쟁의 위기가 닥치고 있는 오늘날 사회주의 세력의 행동의 통일이 요구된다. 사회주의 세력이야말로 평화 옹호의 큰 기둥이다. 사회당과 공산당의 세계관은 반드시 같지 않으나 평화와 자유를 위해 거대한 평화 세력을 결성해야 한다.

해제내용

저자는 이 글을 통해서 두 개의 사회주의 정당이 결집해서 평화 세력을 결성할 것을 촉구하고 있다. 조금 미묘한 뉘앙스의 차이를 반영하자면, 신 사회주의 정당인 공산당에게 구 사회주의 정당인 사회당과의 제휴를 제안하고 있다. 강화조약과 안보조약의 체결을 앞두고 사회주의 세력 간에 의견 대립이 있었다. 패전 초기에는 잠시 사회당 내에서 우파 우위의 상황이 있었으나, 강화 조약과 안보 조약의 체결을 즈음해서 좌파 우위의 사회당이 되어 일미 동맹 거부, 전면 강화를 요구하게 된다. 이 시기가 지나면 1951년 10월 24일 사회당은 우파 사회당과 좌파 사회당으로 이분된다. 당시 사회당 좌파는 '일본의 혁명'을 위해서 '사공통일전선'을 요구하고 있었다. 1951년 3월 총평이 자유 진영에 대해 적대적인 자세를 보이기 시작하였고 미국과 요시다 내각이 추진하던 단독강화에 대해 '전면강화'를 주장하며 맞서기 시작했다. 강화, 안보 문제와 관련해서 민동民主化同盟 우파 세력이 미국 등의 서측 진영에 기울고 있을 때, 민동 좌파 세력은 좌경화하여 사회당, 좌파와 연계를 강화하였다. 저자는 사회주의 세력의 분열 상황을 수습하고 거대한 평화 세력을 결성해서 강화와 안보조약에 임해야 한다는 견해를 피력하고 있다.

수록 지면 : 32~39면
키워드 : 사회당, 공산당, 변혁, 재결속, 사공 제휴 알선

일본열도와 적군 日本列島と赤軍

사이토 타다시(齋藤忠)

해제 : 김현아

내용요약

극동의 해상에서 일어나고 있는 놀라운 대변화는 새롭게 강력한 적색해군이 태평양에 등장했다는 것이다. 그것은 일본열도의 운명과 매우 상관이 크다고 말할 수 있다. 태평양은 슬라브 민족의 오랜 열정의 대상이었다. 하지만 1905년 초여름 5월 쓰시마對馬 해협의 해전에서 발틱함대의 동쪽 항해로의 거대한 계획은 일본 함대에 패함으로써 허무하게 물거품이 되었다. 이후 이 몽상을 실현하는 길은 완전히 끊긴 채 반세기 가까운 세월이 지났다.

그런데 제2차 대전의 귀결은 모든 사정을 바꾸었다. 20세기 초이래 오랫동안 극동해에서 왕자의 위력을 보이며 군림하였던 일본해군은 하루아침에 붕괴했다. 소련은 그 일부를 흡수할 수 있었다. 일본이 대전 중에 건조한 2,701톤, 33노트의 향도구축함嚮導驅逐艦을 비롯하여 구축함 32척의 일본함정은 한발의 포화를 사용하지 않고 한 명의 병사도 피를 흘리지 않은 채 소련해군의 함적艦籍에 수록되었다. 제2차 대전 후의 적색해군은 급속하게 잠수함 중심으로 변화하고 있다. 이것은 멸망한 독일해군의 의발衣鉢을 받아 그들이 제2차 대전에서 완수하지 못했던 것을 적색해군에 의해 실현하려는 것이었다. 다시 말하면 적색해군은 오늘날까지의 연안 방어해군의 구태에서 벗어나 통상通商 파괴전의 무기로서 적극적인 공격성을 획득하려고 하는 것이다.

독일해군의 항복 직후 소련은 잿더미가 된 슈테텐Stötten, 단치히Danzig 제련소에서 신식 잠수함 미조립 재료 37척분을 입수했다. 이것은 독일이 대전 말기에 승패의 운명을 모두 걸고 건조에 착수했는데 아직 예기의 성과를 거두지 못하고 붕괴의 비운을 맞이한 XXI형이었다. 이것은 소위 스노클Schnorchel — 환기통을 갖추고 디젤 기간으로 해저를 달리는 고속 고성능의 혁명적 잠수 병기였다. 그 신 잠수함은 조선소와 함께 체포된 독일해군 기술관의 협력으로 잇따라 건조되어 소련해군의 군함기를 휘날리며 곳곳의 바다에 떠오르고 있다. 1949년판 제인 해 군함정 연감Jane's Fighting Ships은 소련에 1950~51년간에 이런 종류의 신 잠수함 1천 척의 건조를 완성할 계획이 있다는 것을 보도했다. 그리고 그 천 척 중 3백 척은 발트해에, 3백 척은 흑해에, 극동해에는 무려 4백 척을 배치한다고 한다.

오늘날의 잠수함은 잠항의 자세로 로켓을 발사하고 유도 포탄을 발사하는 것 도 가능하다. 그러한 공격에 대해 오늘날의 상태에서는 유효하게 방어할 방법이 없다. 1949년 가을 미국잠수함 '카보나이즈carboniz'가 발사한 유도 포탄은 8천 마일 대거리를 비행하여 목표에 명중했다. 그 거대한 포탄은 해상에 활약하는 30 척의 함정 위를 날아갔는데 모든 함정이 비처럼 쏘아대는 고각高角 포탄도 그것을 격추할 수 없었다. 과달카날Guadalcanal의 처참한 경험 또한 잠수함의 보급 방법에 도 새로운 진보를 가져왔다. 이 임무를 위한 특수한 잠수정도 만들어지고 있다. 이상과 같은 잠수함의 성능과 사용법의 혁명적 진보는 일본열도에 대한 공격, 보 급, 교란, 위협 — 모든 위험 가능성을 현저하게 증대시켰다.

해제내용

러시아는 러일전쟁까지 풍부한 국력으로 10척을 넘는 전함을 갖는 대규모 해 군을 갖게 되었다. 하지만 러시아해군은 치명적인 결함을 갖고 있었는데 그것은 러시아에는 부동항이 없었기 때문이다. 러시아는 부동을 찾아 아시아로 세력을 확장하려는 남하 정책을 취하였고 러일전쟁이 발발하였다. 러일전쟁에서 일본해군에게 패함으로써 주력 함대를 잃게 되고 해군은 괴멸 상태가 되었다. 1917년 러시아혁명에 방호순양함 아브로라호 승조원 일부가 참여하였다. 혁명 후 구 러시아제국 해군의 함선 중에는 우크라이나 인민공화국·우크라이나 국가에 접수된 흑해함대의 함선 등도 있었지만 소련해군은 최종적으로 적색 함대로 재결집되었다.

대륙 국가인 소련은 지리적 조건으로 공군전력에 중점을 두었기 때문에 해군은 자국 영토 근해의 방위에 철저한 연안해군으로 정비되었다. 그래서 소련은 연안경비용으로 유효한 잠수함의 건조에 힘을 쏟아 제2차 세계대전 시에는 세계 최대의 잠수함대를 보유하게 되었다. 그러나 주요 교전국이었던 독일도 해군력이 부족한 육군 중심국이기 때문에 대전 중에 소련해군이 대규모 해전을 경험하는 일은 없었다.

적군은 구제국에서 접수한 함정들을 적색해군으로 편성했다. 그 규모는 작고 해군은 적군의 일부분에 불과했다. 스탈린 정권하에서는 대규모의 해군 건설이 추진되고 1936년 7월에 '해군함정대건함海軍艦艇大建艦' 프로그램이 승인되었다. 이 프로그램으로 1937년부터 1941년에 걸쳐 'A'형 전함 8척, 'B'형 전함 16척, 경순양함輕巡洋艦 20척, 향도함嚮導艦 17척, 구축함 128척, 잠수함 344척 총 533척의 대 해군이 건설되는 것이 예정되었다. 1939년 4월에는 니콜라이 쿠즈네코프가 해군 인민위원에 임명되고 같은 해 8월에 스탈린 등의 정부 수뇌에게 '노농해군건함勞農海軍建艦 10개년계획'을 제출했다. 이 계획으로 총 699척의 함정이 구성되는 해군 건설이 추진되었다.

적색해군은 어디까지나 적군의 일부분에 불과했는데 1946년에는 적군이 소비에트연방군으로 개칭함에 따라 소련해군으로 독립하게 되었다. 제2차 대전 후 잠수함대의 증강은 특히 탄도미사일탑재 잠수함으로 골프급과 호텔급 등의 건조는 서방측 진영보다도 선행하는 것이었다. 한편 스탈린은 대규모 수상함대의 건설도 착수했다. 그러나 스탈린의 사후에 수상함대의 건조계획은 일시적으로 중지된다.

이와 관련하여 저자는 극동해의 대변화는 그 실체가 수상함정의 세력이 아닌 그 주체는 잠수함이라고 지적한다. 현재 이미 백 척 이상으로 추정되며 1, 2년 후에는 4백 척의 위용을 완성하게 될 잠수함세력이라고 말한다. '제2차 대전의 적색해군은 급속하게 잠수함 중심으로 변화하고 있다'고 앞에서 언급한 것을 증명하듯이 '2차 대전 후 소련해군은 잠수함대를 증감'했다고 할 수 있다.

그러나 1962년에 쿠바가 위기를 맞이하자 상황은 급변하게 된다. 미국의 압도적인 해군전력에 소련은 불리한 상황으로 내몰리고 결국 쿠바의 IRBM 기지를 철거하지 않을 수 없게 됨으로써 흐루쇼프 서기장의 실각을 초래하게 되었다. 이리하여 소련은 해군전력 특히 수상함정 전력을 증강하게 되었다.

수록 지면 : 53~61면
키워드 : 적색해군, 잠수함, 일본열도, 공격, 방위

크렘린의 태도 クレムリンの出方

모리시마 고로(守島伍郎)
해제 : 김현아

내용요약

한국전쟁에서 크렘린은 외교상 큰 실수를 두 가지 범했다. 첫 번째 실수는 미국은 나서지 않을 거라는 예측을 하고 북한군의 남한 침입을 감행하게 한 것이다. 작년 1월 5일의 트루만 대통령의 성명, 그리고 15일에 내셔널 프레스 클럽National Press Club에서 조지 애치슨George Atcheson 국무장관의 연설에 대해 북한군이 남한을 침략해도 미국은 개입하지 않을 것이라는 추측이 세계적으로 일반적인 시각이었다. 크렘린도 이 통속적 관측을 취하였으나 작년 1월부터 한국전쟁 발발까지 6개월 사이에 세계의 객관적인 정세가 상당히 변하였다. 또한 미국 측의 군사적 준비가 더욱 한 단계 진전되었다. 그것을 소련의 지도자는 예측하지 못했다.

종전 후 1년 반 사이에 미국은 전시 중 1,200만 명을 거느린 육해공군을 약 10분의 1까지 감원했다. 그런데 소련은 약 3분의 2를 복원했다. 그리하여 철의 장막인 내측과 외측 사이에 군비의 균형이 크게 깨진 것이 종전 후 국제적 불안의 근본이 되었다. 그래서 미국을 수반으로 하는 민주주의 국가는 1947년 가을에 열린 런던 4개국 외무장관회의가 결렬된 후 철의 장막 외측의 급속한 경제회복을 병행하면서 재군비에 착수했다.

종전 후 국제공산당의 군사적 압력은 주로 서구로 향해졌는데 1948년에 베를린 봉쇄가 실패로 끝나자 일거에 동방으로 향해졌다. 종전 후 4년 사이에 만주 및 북지北支의 일부밖에 확보할 수 없었던 중공은 1949년에 들어서자 겨우 반년 사이에 대만을 제외하고 중국 전체를 석권하고, 10월에 북경 정부를 수립하였다. 이 놀라운 중공의 진출 배후에 소련의 거대한 원조가 있었다는 것은 논할 필요가 없다.

작년 가을 크렘린은 북한군이 파멸의 형세가 되자 중공을 억지로 개입시켰다. 그리고 개입의 결과는 오늘날 이미 뚜렷이 나타나 있다. 지나사변 및 태평양전쟁의 만 8년, 그리고 4년 남짓의 내전으로 극히 쇠약해진 중국은 다시 중공의 무모한 한국전쟁의 개입으로 지금 죽음의 위기에 처해 있다. 중공은 스스로 무덤을 파는 형국으로 중국 민중을 정말로 동정하지 않을 수 없다. 나는 한국전쟁은 38도선 내외로 일단 어느 정도 결말이 날 것으로 생각하지만 결국은 미국의 힘과 국제연합의 노력으로 조만간 조선반도에 해방의 날이 오리라 생각한다.

중국을 한국전쟁에 개입시킨 것은 크렘린의 두 번째 과실이었다. 중공군의 조선개입과 동시에 영국의 애틀리Clement Attlee 수상은 재빨리 워싱턴으로 갔다. 그곳에서 미국과 영국의 최고 권력자 즉 트루먼과 애틀리 두 사람은 5일 동안 7회에 걸친 최중요상의最重要商議를 하였다. 이 상의의 결과 미국과 영국 양국의 의견은 사소한 것을 제외하고 완전히 일치했다. 즉 크렘린의 끝없는 세계평화 교란책에 양국은 마지막 결심을 하고 국제공산주의의 세계평화 교란에 절대로 융화정책을 취하지 않을 것, 극동에서도 서구에서도 급속하게 군비를 확충할 것, 이를 위해 미국과 영국은 조속히 준전시체제를 취할 것, 미국에서는 1952년 6월 말까지 육해공군 합하여 6백만 명의 군비를 정비할 것, 또한 서구에서는 1953년 6월 말까지 육군 70개 혹은 80개 사단을 정비할 것 등등을 약속했다. 그리고 미국과 영국뿐만 아니라 프랑스 외의 많은 민주국가는 미국과 영국의 결정에 동조하고 이를 실현하기 위해 착수하고 있는 상황이다.

해제내용

트루먼 정권은 중국대륙이 공산화되어도 대만에 개입하지 않겠다는 성명을 발표했다. 이러한 미국의 대중정책을 한반도에도 적용되는 것으로 생각한 김일성은 1949년 3월에 소련을 방문하여 스탈린에게 남한 침략의 원조를 요청했다. 스탈린은 원조는 가능하나 조심할 필요가 있다며 신중한 태도를 보였다. 스탈린은 당시 유일한 핵보유국인 미국과의 전면 전쟁을 두려워하고 있었다.

그런데 김일성의 요구에 응하지 않았던 스탈린은 1년 후 태도를 바꾸어 전쟁을 지원하겠다는 쪽으로 기울게 된다. 스탈린이 이러한 결정을 한 배경에는 첫째, 1949년 8월에 원자폭탄 개발에 성공하여 핵보유국이 됨으로써 미국에 대항할 자신이 생겼기 때문이다. 둘째, 1950년 1월 12일 미국 국무장관 딘 애치슨이 미국의 극동지역 방위라인을 필리핀, 오키나와, 일본, 알류산열도까지 한정하고 대만과 한국, 인도차이나반도와 인도네시아 등 그 이외의 지역은 책임을 지지 않겠다는 발표가 있었기 때문이다.

그리고 크렘린은 중공과 1950년 2월 14일에 중소우호동맹 상호원조조약을 체결한다. 이 조약에는 양국이 전쟁에 연루될 경우 소비에트는 계속 뤼순항을 사용한다는 조항이 포함되었다. 중국 동북부에 위치하는 동양 굴지의 군항인 뤼순항은 태평양으로 연결되는 전략상의 요충지인데 소련은 제2차 세계대전 후 뤼순항을 지배하고 있고 중공은 반환요구를 스탈린에게 했지만 강하게 저항하고 있었다. 이 조약이 중·소간에 체결되고 크렘린은 중공을 한국전쟁에 개입시켰고 뤼순항을 계속 사용하는 구실을 만들었다.

앞으로 2년의 시일이 지나면 철의 장막 내외의 군사적 세력은 차차 역전하여 2년 후에는 장막의 외측 세력이 내측 세력을 상회하게 된다. 이에 대해 크렘린은 어떻게 나올 것인가. 만약 소련이 이에 대항하여 군비의 확충을 도모하게 되면 민주주의 국가 측은 더욱 군비확충에 박차를 가하게 되고 그 장래는 제3차 세계대전으로 발전할 것이다. 크렘린은 제1차 세계전쟁 직후 먼저 서유럽의 무력적화를 시도했고, 이어서 중국의 무력적화를 시도했다. 그것이 실패하자 일국 사회주의화에 전념했다. 그로부터 제2차 세계대전 종말까지 그들은 자유주의 국가들과 전쟁하면서도 여하튼 동조해왔다. 그런데 그들은 제2차 세계전쟁 직후 혼란기를 틈타 두 번째 세계 무력적화에 나섰다. 그리고 한국전쟁을 계기로 다시 정체 상태에 빠졌다. 억지로 밀고 나가면 세계 공산주의 몰락의 위험성이 있다. 정말로 그렇게 되면 크렘린은 진퇴양난에 빠질 것이다.

수록 지면 : 62~65면
키워드 : 한국전쟁, 크렘린, 중국공산당, 미군, 재군비

붉은 아시아 혁명赤色アジア革命

오자키 호쓰미와 알쟈 히스尾崎秀實とアルジャー・ヒス

미타무라 다케오(三田村武夫)
해제 : 권연이

내용요약

소련은 지난 25년 동안 공산주의 승리의 길, 즉 아시아 혁명 프로그램을 추진해왔다. 공산주의란 자본주의제도와 그 권력 구조에 대한 반역의 테제이다. 공산주의자는 이것을 인류 해방을 위한 정치 영역이라 확신한다. 그 반대는 자유와 평화를 파괴하는 병균이라 주장한다. 제2차 세계전쟁의 배후에 이 반역의 테제는 교묘하게 조직적으로 실천되어왔다. 1920년 11월 레닌은 모스크바 공산당 세포 서기장 회의에서 다음과 같이 발언하였다. "전 세계 사회주의의 기본 원칙은 자본주의 국가 간의 모순 대립을 이용해서, 이들이 서로 간에 물어뜯게 하는 것이다. 우리가 열세할 때는 제국주의 국가들간의 모순 대립을 교묘하게 이용하는 것이다." 그리고 1928년 코민테른 제6회 대회의 결의 「제국주의전쟁과 각국 공산당의 임무에 관한 테제」에서는 다음과 같이 명시하고 있다. "일어나게 될 세계대전은 국제 프롤레타리아의 강력한 혁명 투쟁을 유발하고 전진하게 할 것이다. 따라서 각국 공산당의 주요 임무는 이 새로운 세계관을 통해서 부르조아 정부를 전복하고 프롤레타리아 독재 정권을 수립하는 방향으로 대중을 지도하고 조직하는 것이다"라고 말하였다. 이 전략 강령에 의하면 아시아 혁명 프로그램은 일본과 영미에 의존하는 중국 국민당 정부를 이간질하여 서로 다투게 하는 것, 그리고 일본, 중국 간의 전쟁을 전면적으로 확대해서 미영 자본주의 국가들을 이간질하여

1951년 5월　439

전쟁으로 발전시켜, 이 제국주의 전쟁으로 자본주의 국가가 스스로 붕괴하게 하여, 결국 일본, 중국 등 아시아 전역의 혁명전쟁으로 유도한다는 전략 코스이다.

만주사변으로 시작된 일본의 전쟁 정책은 중일전쟁이 되어 태평양전쟁으로 발전하였고 일본과 장개석 정권은 결국 자기 붕괴하게 되었다. 코민테른의 프로그램 대로이다. 아시아의 비극을 낳은 주동력은 만주사변 전후부터 강력하게 추진되어 온 일본 군부 그중에서 특히 육군 내부의 혁명 사상에 있었다. 오카와 슈메이大川周明와 기타 잇키北一輝는 1920년 결성한 유존사猶存社기관지 『오타케비雄叫び』에서 "우리 일본 민족은 인류 해방의 선풍적 핵심이지 않으면 안된다. 일본 국가는 우리들의 세계혁명사상을 성립시키는 절대자이다. 눈앞에 쫓기는 내외 험난 위급은 국가 사상의 근본적 개조와 국민 정신의 창조적 혁명을 피하는 것을 허락하지 않는다"라고 썼다. 그리고 이 사상에 배양된 2·26 사건 주모자의 한 사람인 구리하리栗原安秀 중위는 옥중 수기에서 "많은 동지에 있어 불행한 2·26 사건은 사실은 대국민운동의 전초전이 되었다는 것을 자부하며…, 다수의 희생을 낸 것은 국가 중흥의 대위업을 위해 피해서는 안 될 희생이었다. 앞으로 청년 장교의 운동보다 하사관, 병사를 하나로 만드는 일대 국민운동으로 발전되어야 한다"라고 썼다. 같은 2·26 사건의 관계자의 한명이었던 아라이新井勳 중사는 "정당 정치가 붕괴해도 그것만으로 청년 장교의 국가 개조 운동은 수습될리가 없었다. 1928년이래 전국을 덮친 심각한 불경기, 특히 중소상공업자나 농산 농촌의 곤궁을 가장 민감하게 느낀 것은 병사와 직접 접촉하는 청년 장교이다. 부패한 정당과 탐욕스런 재벌을 타도하여 고민하는 하층 계급을 구하려고 하는 것이 그들을 관통하는 사상이었다".

이 일본 군대의 구성과 성격은 코민테른의 결의에서 말하는 프롤레타리아적이며, 부르주아의 군대를 내부에서 붕괴하게 하는 요소를 가지고 있었다. 역사적 정치적 사회적 의의에 있어서 혁명전쟁의 방향으로 유도할 수 있는 조건을 갖추고 있었다.

고노에近衛 공은 1945년 2월 14일 천황에게 제출한 상소문에서 "돌이켜 국내를 보면, 공산혁명 달성의 여러 조건이 구비되어 가는 것을 보면 생활의 궁핍, 노동자 발언도의 증대, 영미에 대한 적개심의 앙양으로 친소련 의식, 군부내 동지의 혁신 운동, 이에 편승하는 신 관료의 운동 등 이것을 배후에서 조종하는 좌익 분자의 암약에 있습니다. (…중략…) 그들은 군대 교육에 있어서 국체 관념만은 철저하게 주입함으로써 공산 분자는 국체와 공산주의의 양립론으로써 그들을 이끌려고 하는 것에 있습니다. 원래 만주사변, 중일전쟁을 일으켜, 이것을 확대해서 결국에는 태평양전쟁으로까지 이끌어가는 것은 이들 군부내의 의식적 계획으로 이제야 명료해졌다고 생각합니다. (…중략…) 군부 내의 동지의 혁명론의 목표가 반드시 공산혁명이 아니라고 해도 이를 둘러싼 일부 관료 및 민간 유지는 의식적으로 공산혁명으로까지 끌고 가려고 하는 의도를 포장하고 있습니다."

위의 글에서처럼, 만주사변에서 중일전쟁으로 중일전쟁에서 태평양 전쟁으로 그리고 패전으로의 코스는 25년 전 이미 스탈린이 언명한 동방에 있어서의 혁명 계획의 프로그램에 의한 것이라 할 수 있다.

1941년 10월 15일 경시청에 의해 검거된 오자키 호쓰미는 일중 사변 발발 전후부터 '가장 진보적 애국자', '지나支那 문제의 권위자', '훌륭한 정치평론가'로서 정계, 언론계에 중요한 지위를 차지하고 제1차 고노에 내각 이래 고노에의 정치 막료로서 군부와도 밀접한 관계를 가지고 전쟁 정치의 최상층부를 종횡으로 활약하고 있었다. 그러나 그는 1925년 동경대 재학 중부터 이미 공산주의를 신봉하고 있었고, 1928년 『아사히 신문』의 상해 지국 특파원으로 3년간 상해에서 근무 중 코민테른 국제기관 및 중국 공산당의 상부 조직과 관련을 맺고, 검거될 때까지 충실한 실천적 공산주의자로 활약해왔다.

오자키 호쓰미는 고노에 막료의 중심인물이었고, 육군 무토 군무국장의 참모로서 전쟁 정치의 추진에 중요한 역할을 해왔다. 동아 공동체론, 동아 신질서론을 끌어들여 로우야마 마사미치細山政道, 다이라 데이조平貞藏, 호소카와 가로쿠細川嘉六, 미키 기요시三木清, 호리에 무라이치堀江邑一, 나카니시 쓰토무中西功 등과 함께 일본의 저널리즘을 장기 전면 전쟁의 방향으로 지도해왔다. 오자키는 잡지『개조改造』 1941년 11월호에서「대전을 마지막까지 싸워내기 위해서」라고 제목을 붙인 논문 속에서 "구세계가 완전히 막혀서, 미-영적인 지배 방식이 힘을 잃은 때부터 일어난 세계자본주의 체제의 불균형의 폭발에 다름 없는 그 전쟁이 미-영적 구질서로 회귀할 가능성은 존재하지 않는다. 전쟁은 군사적 단계에서 사회경제적 단계로 이행할 것이다. 당국은 일본 국민을 이끌고 제2차 세계대전을 끝까지 싸운다. 마지막까지 싸운다고 하는 큰 목표에 따라 동요하는 일은 없다, (…중략…) 이 최종전을 싸워내기 위해서 국민을 영도하는 것이야말로 오늘날 이후 전국 정치가의 임무여야 한다"고 주장했다. 이것은 오자키의 표면적인 주장이다.

그러나 그가 가슴속에 숨겨놓고 있던 사상과 구상은 "제국주의 정책의 한없는 악순환을 끊는 길은 (…중략…) 새로운 세계적인 체계를 확립하는 것 이외에는 없습니다. 즉 세계자본주의를 대신할 공산주의적 세계신질서가 유일의 귀결로서 요구됩니다". "일본에 있어서 사회체제의 전환에 있어서 취해야할 수단은 일본사회의 구 지배체제의 급격한 붕괴에 즈음하여 급격하게 프롤레타리아를 기초로 한 당을 정비 강화하고, 단독 혹은 그 밖에 연결할 수 있는 당파와의 연결 하에 프롤레타리아트의 독재를 목표로 하여 투쟁을 전개해 가야 하는 것이라고 생각합니다"「검사정에서의 수기」로부터라는 일본, 중국 및 전 아시아의 공산주의 혁명이었다.

오자키는 실은 제2차 세계전쟁의 결론은 세계 공산주의 혁명이고 일본은 남방의 진격에 있어서 일단 영-미의 군사 세력을 타파할 수 있으나 결국에는 반드시 지므로, 일본이 가야할 유일한 방향은 소련과 제휴하고 그 원조를 받아 공산주의 혁명을 단행하는 것에 있다고 주장한다. 중국 공산당이 지배권을 쥔 중국과 사회주의국이 된 일본과 소련의 3자가 핵이 되어 동아민족 공동체 즉 동아 소비에트연방을 확립하는 것이었다.

오자키 사건과 마찬가지로 미국 정부 부내를 관통한 코민테른의 프로그램이 알쟈 히스 사건이다. 알쟈 히스 사건은 소련에 직결된 스파이 사건으로 하버드 대학을 수석으로 졸업한 그가 1936년 국무성에서 일하고 그 민완을 인정받아 1937년, 38년에 세이야 국무차관의 오른팔로 활약하고 극동국 차장을 역임, 기타 국제 회의에 출석하여 중요한 역할 담당하였다. 1945년 2월 얄타 회담에서는 루즈벨트 대통령의 막료로 임명받아 대통령 정치 고문으로 이 협정 체결에 참석하여 중요한 역할을 하였다. 그는 얄타 협정의 기초에 참여하였고, 대통령 막료로서 육, 해군 대장 등의 인물들 속에서 독보적인 지위를 차지하였다. 그러나 히스는 공산주의자이고 코민테른에 직속한 비밀 기관의 주요 멤버였으며 미국 정부의 중요한 기밀을 소련측에 제공하고 있었다. 그는 이 사건으로 금고 10년 형에 처해졌다. 그는 단순한 스파이는 아니고 아시아 혁명 모략의 중요한 일익을 담당하고 있었다.

전게한 잡지 『개조改造』에서 오자키는 영-미를 대상으로 한 전쟁은 반드시 온다는 것을 강조하고, 일미 외교 교섭도 관련 목적을 위해서 하나의 경과로서 도움이 되는 경우에만 의미가 있다고 말하였다. 오자키와 같이 고노에 정치 막료의 한 명인 다이라 데이조平貞藏는 1940년 9월호 『중앙공론』에서 "소련, 영국과 함께 일본에 압력을 가하는 북미는 큰 경제력과 군비를 가지고 전쟁의 권외에 있다. 북미가 일본과의 경제 관계를 끊으면 의존 관계가 깊은 만큼, 북미의 기대를 배신하고 일본은 엄연히 일어날 것이다"라고 썼다. 이외에도 로우야마 마사미치鑡山政道는 1941년 9월호 중앙공론에서 다이라 데이조平貞藏는 1941년 10월호 개조에서 각각 영미 등의 구 질서 국가들에 대해 동아의 신질서 이상 실현을 위해 일본을 영구적으로 살리는 길을 파악해서 추진해야 한다고 주장하고 있다.

일미 관계는 미국이 일본의 기본 국책 즉 대륙에 있어서 군사 행동과 동아 신질서의 건설 방책을 인정하는가 아닌가에 의해 결정되어, 만약 미국이 일본과 경제 관계를 끊는다면 일본은 엄연히 들고 일어나야 할 것이라고 주장한다. 한편 미국의 국무성에는 히스가 있어서 극동 정책의 중요한 발언권을 가지고 있었고, 일본 정부, 군부의 상층에 오자키 호쓰미가 있어서 정부와 군부의 중추부에 중요한 발언권을 가지고 있었다. 이들이 모스크바에 직결되는 비밀기관의 멤버로 가장 훌륭한 공산주의자였다고 볼 수 있다면, 레닌이 가르친 "자본주의 국가와 자본주의 국가는 서로 물어뜯는다"는 모략의 수가 역력히 떠오른다. 일본이 힘이 빠졌을 때 일거에 멱살을 잡고 누르는 종전 형식이 그려진다. 이러한 견해에서 볼 때 히스가 대통령 막료로서 활약한 얄타 협정의 의의가 잘 이해된다. 소련과 중공이 얄타 협정, 연합국 선언, 포츠담 선언의 조항을 충실하게 견지하는 입장을 취한 이유도 잘 이해된다.

그리고 중국이 전면적인 항일전쟁에 궐기하게 된 '국공합작'도 오자키 호쓰미가 비밀리에 구상한 대로 중국공산당의 완전한 헤게모니의 확립이었다고 볼 수 있다. 중국공산당은 1935년 코민테른 제7회 대회에서 인민전선 전술을 결정하고 일본제국주의 타도, 민족혁명투쟁을 슬로건으로 한 항일인민전선운동을 제창하여 1936년 8월 「항일구국선언」을 발표하고, 전 중국에 「통일국방정부 및 항일연합군」의 창설을 제창하였다. 항일 전선 통일에의 여론이 높아지고 있을 때 1936년 12월 서안 사건장개석 감금사건이 일어났고, 이 사건을 계기로 장개석은 북벌전대중공전을 정지하고, 국공합작이 실현되었다. 이후 「용공 항일 정책」이 채택되었고, 항일 즉시 개전론이 나와, 항일인민전선이 결성되었고, 중일 전면전쟁에의 구실을 일본 군부에게 제공하는 결과가 되었다.

해제내용

이 글에서 미타무라 다케오는 소련의 '공산주의 승리의 길', '아시아 혁명 프로그램'의 내용을 소개하며 아시아 지역에서 일어난 전쟁의 배후에 소련 공산주의 스파이의 암약이 있었음을 주장한다. 코민테른의 테제를 인용하여 자본주의 국가들간에 전쟁을 일으키게 하여 전쟁으로 이들의 세력이 쇠잔해지면, 부르주아 정부를 전복하고 현재는 세력이 열세한 프롤레타리아 세력을 결집해서 독재 정부를 수립할 수 있다는 전략을 소개하고 있다. 만주사변 – 중일전쟁지나사변 – 태평양전쟁 – 패전으로 이어지는 일본의 전쟁 전략의 흐름이 사실은 고노에 내각의 막료였던 소련 스파이인 오자키 호쓰미의 계획대로 진행되었음을 주장한다. 한편 미국의 국무성에서 일하고 루즈벨트 대통령의 막료로서 국제회의에 참가하여 영향력을 행사한 알쟈 히스 역시 소련의 스파이였다는 것을 소개하면서, 이들 두 명의 스파이가 공산주의자였다는 사실은 소련이 코민테른의 테제를 충실하게 수행했다는 증거라고 주장한다. 또한 중국에서 국공합작이 일어나 용공 항일 정책이 채택되어 가는 과정도 중국 공산당의 헤게모니 확립의 한 과정이었음을 지적한다.

미타무라 다케오는 그의 저서 『大東亜戦争とスターリンの謀略』1987으로 유명하다. 자본주의 국가끼리 전쟁을 하게 해서 그 틈을 타서 공산주의 혁명을 완수한다는 소련 공산주의의 아시아 혁명 프로그램에 대한 그의 해석은 일본의 역사학계에서는 정통 사관으로서는 받아들여지지 않았다.

수록 지면 : 66~73면
키워드 : 공산주의, 아시아 혁명, 스파이, 오자키 호쓰미, 알쟈 히스

애국심愛國心

다카세 소타로(高瀨莊太郎)
해제 : 서정완

내용요약

요사이 애국심에 관한 이야기를 자주 듣는데, 여기에는 패전과 함께 일본 국민 마음속에서 그 자취를 감춘 '국가'라는 상像이 다시 부상되었기 때문이고, 또한 '국가'에 대한 관심이 높아졌기 때문이라고 생각한다. 패전이 준 '국가생활'에 대한 심대한 타격이 국가를 중심으로 하는 국민의 집단생활을 해체하는 방향으로 이끌게 된 것도 자연스러운 흐름이었다고 할 수 있으며, 이러한 결과 '국민생활'을 위한 통일체로서의 국가의 존재가 약해지는 것도 어쩔 수 없는 일이었을 것이다. 또한 패전에 의한 아픔과 고뇌 속에 하루하루 생활의 궁핍함에 쫓기는 국민의 마음에 국가라는 존재가 어딘지 자기들과는 상관없는 것처럼 느껴지고, 조국이라든지 모국이라는 형태의 국가라는 것이 국민 마음에서 사라지는 상황이 된 것도 어쩔 수 없는 일이다. 게다가 GHQ 점령으로 주권이 제약되고 완전한 독립을 상실한 '패전국가'의 비참한 모습이 국민에게서 그 권위를 잃게 하고 국가라는 존재가 사라지는 것도 자연스러운 일이다. 뿐만이 아니라, '국가'라는 이름으로 최대의 불행, 비참한 운명을 받아들일 수밖에 없었던 국민의 마음에서 말하자면, 국가를 사랑하기보다는 오히려 저주하고 싶은 마음이 드는 것도 어쩔 수 없다. 이러한 상황에서 국가의 권위를 주장하고 국가에 대한 애정을 말한다는 것은 바로 초국가주의의 재현으로 받아들여지고 비난과 배척의 대상이 되는 것도 어쩔 수 없는 일이다. 이런 식으로 일본 국민 마음에서 일본이라는 국가에 대한 올바르고 당연한 모습이 거의 사라지게 된 것이다.

실제로 패전 후에 민주국가, 문화국가 혹은 평화국가로서의 일본국가의 재건이 널리 확산하고 강조되고 있지만, 이들 주장은 주로 국민 개개인의 마음가짐, 교양 문제로 다루거나 제도의 문제로 논의되고 있다. 즉 전체로서의 하나의 국가의 독자적 존재와 그 권위에 대해서는 오히려 이를 부정하는 듯한 논조가 많다. 민주주의국가 형성에 국민 각자의 정신이 민주화되고, 국민 각자가 서로 인격 및 자유를 존중할 필요가 있다는 것은 자명한 일이나, 민주주의국가는 결코 이런 개개인의 기계적 결합으로 달성되는 것이 아니라, 하나의 조직화된 집단으로서 개개의 국민개인과는 별개의 독자적 인격을 가진다는 점을 간과해서는 아니 된다. 이러한 국가의 집단적 인격이 인정될 때 비로소 국가의 독립, 국가의 자주성이 가능해지는 것이다.

최근 들어서 국제정세가 긴박해짐에 따라서 집단적 인격으로서의 국가의 존재가 점차 분명해져서 다시 국가의 모습이 발견되는 정세로 향하고 있는 것은 당연한 추세이다. 특히 강화 문제가 현실 문제로 거론되어 국가의 독립 및 안전이라는 문제를 진지하게 논의하기 시작함으로써 국가에 대한 국민의 인식이 한층 명확해지고 있다. 이에 병행하는 형태로 국가에 대한 국민의 애정이라는 문제가 요즘 뜨거운 감자로 부각된 것이다. 개개의 국민 외에 국가가 존재한다는 것은 초국가주의적인 비민주적 사상이라는 지적이 많지만, 비록 일본이 전쟁에서 패했지만 일본국가라는 존재가 사라진 것은 아니며, 국민의 생활은 국가에 의해서 조직화되고 규정規整된다는 점에는 변함이 없다. 초국가주의 국가관에 의하면 국가는 개개의 국민과는 전혀 이질적인 일종의 신성성神聖性을 지닌 초개인적 존재이며, 국가의 의사는 이러한 초개인적인 절대적 의사로 이해된다. 민주주의국가에서 이런 신비적인 초국가주의 사상은 배척되는 것이 맞으나 그렇다고 이를 위해서 국민 각자의 인격과는 별개로 국가라는 집단적 인격의 존재를 부정해야 하는 것은 아니다. 국가의 독립을 희망하고 국가의 명예를 존중한다는 것은 국가의 독립적 존재를 인정할 때 비로소 가능한 것이며, 또한 이러한 독립적 존재에 대한 희망은 국가에 대한 애착 없이는 생각할 수 없다.

물론 민주주의국가에서 애국심은 바깥으로부터 강요되는 것이 아니라 국민 마음에 자발적으로 우러나는 것이어야 한다. 오늘날 우리 생활은 국가를 단위로 조직화되어 생명과 재산에 대한 보장도 경제생활의 운영도 국가를 단위로 집단생활질서로서 형성되고, 언어도 습관도 국가를 단위로 집단생활제도가 실재하고 있다. 따라서 우리가 가지는 문화도 교양도 국가를 단위로 하는 집단생활이라는 개성을 지닌다. 따라서 국가라는 집단생활 없이는 우리는 생활도 문화도 존재하지 않는다. 그런데 이런 집단적 감정이야말로 국민 도의道義의 기초이고 애국심의 근원이다.

국민적 감정이라고 하면 바로 초국가주의적인 것, 또는 봉건적인 감정을 연상하는 경우가 많지만, 국민적 감정이라는 것도 그 질과 내용에 따라 달라서, 초국가주의적인 것, 봉건적인 국민감정도 있는가 하면, 민주적인 국민감정도 있다. 애국심에도 초국가적인, 봉건적인 국민 도의가 있는가 하면, 민주적인 국민 도의가 있다. 오늘날 강조되는 애국심의 고양과 강화는 집단적 감정의 강화에 의해서 실현되며, 집단생활이 결합밀도에 따라서 좌우된다.

이러한 국민적 감정은 국제적 관계를 배경으로 할 때 가장 잘 발현되는데, 이 국민적 감정은 국가를 단위로 하는 집단생활의 소산이기에 당연한 일이며, 전쟁과 같은 국제적 이상 현상 앞에 가장 강도 높게 나타난다는 점은 이미 많은 경험으로 확인된 바이다. 그러나 국제적 분쟁과 같은 이상 현상에서뿐 아니라, 평화적인 상태에서도 발현을 보인다는 것을 노벨상 수상이나 스포츠를 통해서 일본국민의 국민적 감정이 강하게 솟아날 때도 일어난다는 경우를 통해서 알 수 있다. 유카와 히데키湯川秀樹 박사의 노벨상 수상을 일본국민이 국가적 영예로 여기고 감격하고, 이에 의해서 높은 국민적 자긍심을 느끼는 것은 일본국민이 국민적 집단생활 즉 국가생활로 긴밀하게 연결되어 그 집단생활에 기초한 집단적 감정에 강하게 지배되고 있다는 증거이다.

애국심을 논의할 때 바로 봉건적 감정 또는 초국가주의적 감정이라고 부정하면, 이는 결국에는 모든 국민적 감정을 부정하고 곧 국민의 집단생활 자체까지도 부정하는 결과가 된다. 동시에 국민의 집단생활에 대한 민주화를 부정하는 애국심을 주장한다면 그것은 결국은 초국가주의의 부활을 요구하는 결과가 될 것이다. 따라서 국민의 집단생활의 민주화를 철저하게 하면서 동시에 민주적 집단생활의 결합밀도를 강화해서 민주적 집단감정의 형성과 강화를 꾀하는 일이야말로 작금의 주요 과제인 애국심의 민주화와 강화를 촉진하는 가장 기본적인 방책이 될 것이다.

(1951년 3월 21일) 히토쓰바시대학 명예교수

해제내용

필자 다카세는 '애국심'이라는 것을 논하면서, 일본 국민의 마음에서 일본이라는 국가에 대한 올바른 모습이 사라질 수밖에 없는 상황에 대해서 먼저 인정하고 있다. ① 전체주의에 의한 강권사회에서 집단생활을 강요하는 국민생활이 패전 후에 해체된 점, ② GHQ에 의해 민주주의가 이식되어 개인과 사회, 국가라는 관계가 요구되는 상황, ③ GHQ에 의해서 주권행사도 안 되는 나약한 패전국가, ④ 패전 후의 궁핍한 생활 속에서 생기는 국가에 대한 불신, ⑤ '국가' 또는 '국체'라는 명분하에 모든 것을 포기하고 또한 강요받아야 했던 제국일본 시절의 악몽에 반발하는 마음에서 생기는 거부감 등이 있을 수밖에 없다는 현실적인 상황에 대해서 인정하면서, 이런 상황에서 '애국심'이라는 이야기를 꺼내면 '초국가주의'적인 발상으로 인식되어 지탄받을 수밖에 없다고 인정한다.

그러나 한국전쟁 발발은 전쟁에 대한 공포와 공산주의에 대한 경각심을 불러일으키면서 '우리'라는 집단성 즉 '국가'와 '민족'이라는 문제를 부각하게 되었고, 곧 있을 샌프란시스코강화조약에 따른 국권 회복에 대한 희망은 '일본'이라는 국가를 중심으로 '우리'의 미래를 생각하게 되어, 국가, 민족, 일본이라는 집단성으로 회귀하게 된다. 대일본제국의 패전을 계기로 필자 다카세가 말하는 '초국가주의'에 대한 거부감이 팽배한 상황에서 다시 '국가', '민족'이라는 가치와 의미에 입각한 '애국심'이라는 화두가 대두된 것이다.

이러한 상황인식 아래에 필자 다카세는 일본은 전쟁에서 패했으나 그렇다고 일본이라는 국가가 사라진 것은 아니라고 지적하고, 그래서 일본 국민의 생활은 국가에 의해서 조직되고 규정規整된다는 점을 강조하고 있다. 민주주의국가에서 신비주의적인 초국가주의 사상은 배척되어야 하지만 국민 각자의 인격과는 별개로 국가라는 집단적 인격의 존재를 부정해서는 안 된다는 것이다.

여기서 다와라 소이치로田原総一朗, 니시베 스스무西部邁, 강상중姜尙中 세 명의 논객이 펴낸 『애국심愛國心』講談社, 2005을 살펴보지 않을 수 없다. 이 책 문고판 후기에서 다와라 소이치로는 다음과 같이 말하고 있다.

이 책을 기획한 2003년 6월 시점에서는 '애국심'이라는 표제를 다는 것은 상당한 위험을 감수해야 하는, 즉 비판과 비난의 집중포화를 당할 것을 각오해야만 하는 일이었다. (…중략…) 이 나라일본에서는 패전 후, 오랫동안 애국심에 관한 논의는 터부taboo였으며, 국가에 대해서 생각하는 것도 터부였다. 그러했던 것이 문고판이 간행되는 2005년 7월에는 모든 일본인이 일본이라는 나라가 어떠해야 하는지에 대해서 생각하지 않으면 안 되는 상황이 되었다. 이라크전쟁과 중국과 한국이 애국심으로 강하게 비판하는 일본 총리의 야스쿠니신사 참배가 문제의 불씨가 되었기 때문이다.p.382

이 지적은 다카세가 초국가주의를 거론하면서 설명한 1951년 당시 일본의 상황과도 매우 흡사하다. 한국전쟁을 비롯한 주변 정세의 영향, 즉 전쟁에 대한 공포화 새로 시작되는 동서냉전 체제하에서 그리고 일본이 주권을 회복할 수 있는 기회인 샌프란시스코강화조약을 앞두고 일본이라는 나라가 어떠해야 하는지에 대한 논의는 패전 후의 혼돈에서 새로 건국을 꾀하는 궤와 중첩되는 형태로 진행되는데, 이때 '국가'와 '애국심'이라는 것에 대한 논의가 필요해진 것이다. 다카세와 다와라의 두 글을 놓고 보면, 결국 일본은 패전 이후 2005년경까지 궁극적으로는 '국가'와 '애국심'이라는 것에 대해서 정면으로 대하는 것을 피해왔다고 볼 수 있다.

니시베 스스무의 말을 빌리자면 "대동아전쟁大東亞戰爭에서의 자위自衛와 침략의 갈등, 도쿄재판이라는 복수復讐의 의식儀式이 갖는 의미와 여기에 법률이라는 걸로 위장한 정치적인 효과, 영령英靈을 국가의식國家儀式을 통해서 모시는 의의와 그곳에 참배하는 것의 공식적인 평가, 도덕적이고 법률적인 그리고 정치적인 차원에서의 '사죄'의 가치적인 차이, 이러한 사항에 대해서 지난 60년 동안 전후 일본인은 기회주의opportunism로 일관해서 즉 상황에 적응하기 위한 눈치로 그 순간 그 순간만 넘기려는 (무의미한) 잡담chat만 되풀이하고 있었다"pp.387~388라고 할 수 있다. 일본은 이러한 문제에 대해서 정면으로 대할 용기가 없었다고 할 수 있다. 용기가 없던 배경에는 대일본제국의 침략과 대일본제국이 말하는 대동아전쟁이 가져온 일본 내는 물론이고 아시아 전체에 입힌 회복불가능한 상처와 피해에 대한 인식을 어느 정도는 가지고 있었기에 그 죄 앞에 나서기를 두려워한 결과 뒤에 숨으며 금기시해온 것으로 해제자는 본다.

그러했던 일본이 오히려 근래에 들어서는 그들이 주체가 되어 일으킨 역사문제를 놓고 '역사전歷史戰'이라는 용어까지 사용하면서 역사수정주의에 정당성을 부여하고, 한국 등 피해국에서 주장하는 내용을 부정하려는 움직임을 당당하게 보이는 점을 볼 때, 포괄적으로 말하면 작금의 일본의 우경화는 '국가'와 '애국심'에 대한 논의를 부분적으로나마 시작했다고 볼 수 있다. 다만 이 논의가 역사수정주의를 정당화하기 위해서 역사적 사실, 진실을 부정하고 그들이 만들어낸 그들을 위한 거짓을 역사로 꾸며내는 방향으로 가고 있다는 점은 일본은 물론이고 동아시아의 평화와 공존을 생각할 때 결코 간과할 수 없다. 일부 우익세력의 주장이 아니라 일본 정부가 국책으로서 역사교육과 정치적 홍보를 정당화하고 있기 때문이며, 이는 바로 다카세가 피해야 한다고 말한 '초국가주의'로의 회귀를 뜻한다.

애국이란 무엇이고 애국심이란 무엇인가?

러시아가 우크라이나를 침공해서 유럽에서 전쟁이 벌어지고 있는 지금 상황 또한 우크라이나 국민은 나라와 가족과 고향을 지키기 위해서 자원해서 입대하고, 입대하기 위해서 자진해서 귀국해서 러시아의 침략행위와 비인도적인 살상행위에 저항하고 있다. 볼로디미르 젤렌스키 우크라이나 대통령은 도망가지 않고 끝까지 싸우겠다며 서방세계에 무기를 달라고 했다. 이런 행동에 대해서 가령 일본의 사회관계망에는 "젤렌스키 대통령이 잘못하고 있다, 저항을 이어가면 무고한 피해자만 생기니 항복해서 국민의 생명을 지키는 것이 옳다"는 식의 주장도 쉽게 찾아볼 수 있다. 침략에 대항해서 목숨을 바쳐서 싸우는 애국, 인명을 희생하면서까지 나라를 지킬 필요가 없다는 인류애(?)를 어떻게 보아야 하나? 2022년 3월 1일 드미트로 포노마렌코Dmytro Ponomarenko 주대한민국 우크라이나 대사는 트위터에 "We honor the strength and national spirit of the Korean people who courageously stood for their independence on March 1, 1919. Ukraine knows very well what it means to fight for freedom"라는 글을 트윗했다. 이 글에 대해서 일본 우익은 "한국은 일본과 싸우지 않았다. 한국은 일본의 식민지였고, 일본은 침략하지 않았으며, 한국민이 병합을 희망해서 병합했을 뿐이다"라든지 "역사를 마음대로 고쳐서 거짓을 말하지 말라, 온 세계에 알려진다는 점을 잘 생각해서 발언하기 바란다"는 등의 반응을 보인다. 한국은 전쟁의 당사자가 아니라는 지적을 하면서 freedom을 박탈한 일본이라는 부분에 대해 반응을 보이는 것인데, 'national spirit'보다는 일본이 침략의 주제가 되고 있다는 사실에 대한 (역사적 사실 여부가 중요한 것이 아니라) 그들 방식의 일종의 '애국'일 것이다. 적어도 그들은 그렇게 주장하고 있다.

한편 우리 현대사에서도 "'애국'이라는 슬로건 아래에서 "반공 독재에 의한 폭력이 난무했다".p.385 즉 군사독재정권은 국민에게 애국을 요구하면서 통합과 정당성을 꾀하였으며, 이에 대항하는 민주화운동에서 "'애국무죄'도 '애국유죄'도 아닌 또 다른 '애국심'이 민주화 투쟁의 역사 속에서 형성되었다"강상중, p.385는 지적이다. 다양한 입장과 특성과 평가가 혼재하는 '애국'이다.

동아시아를 둘러싼 역사문제, 외교문제 등 제반 문제의 근저에는 국민국가에 입각한 애국심이라는 것에 뒷받침된 내셔널리즘이 깊게 자리하고 있는데, 이 해제를 마무리하면서 이 난제를 생각하는 데 하나의 입구가 될 수 있는 故 니시베 스스무의 주장을 두 개 제시하고자 한다.

애국심도 내셔널리즘도 실체가 없는 관념의 형식.p.208

나는 애국심이라는 것에 대해서는 바로 인정하지만, 그러나 애국심에 자긍심을 가지려 하면, 상대방에게 상처를 주거나 상대방 허점을 공격하게 되므로 그런 애국심은 아무리 생각해도 자랑스럽지 않기에 이런 것은 나에게는 애국심처럼 보이지만 실은 애국심이 아닌 배외주의排外主義에 불과하다.p.366

내가 말하는 국가는 국민을 위해서 통치하는 기관을 말하지 않는다. '국민nation과 국민 스스로가 형성한 정부state' 이것이 바로 국가이다. 또한 국가는 결코 폐쇄적인 것이 아니다. 국가는 외적으로는 국제성國際性을 띠며, 내적으로는 국수성國粹性을 띤다. 즉 국가의 본질은 국제성과 국수성 사이에서 균형을 취하려 한 역사의 영지英智 속에서 찾을 수 있다.p.389

수록 지면 : 74~78면
키워드 : 애국심, 국가, 민주국가, 문화국가, 평화국가, 민주화

하버드대학 시절 ハーバード大學時代

기타 레이키치(北昤吉)
해제 : 김현아

내용요약

내가 와세다대학 교수를 그만두고 미국으로 간 것은 1918년 9월 초순이었다. 제1차 세계대전 종말 무렵 일본은 전쟁으로 경기가 좋았고 엔화 시세가 세계에서 가장 높았으므로 각 관청 및 민간회사 등은 관리와 사원을 활발히 해외로 파견하였다. 나는 평론가로 대성할 목적으로 장기체재의 유학길에 올랐다. 학비는 문부성 유학생 장학금을 받았고 부족한 생활비는 자비로 충당하였다.

미국에 와서 먼저 하버드를 선택한 것은 일반적으로 일본인이 제일 선호하기 때문이다. 뉴잉글랜드의 자연과 전통도 매력이 있었다. 세계적 수준의 미국인 철학자 조시아 로이스Josiah Loyce와 윌리엄 제임스William James가 교편을 잡고 있었던 점 또한 큰 매력이었다. 그리고 스페인계의 특색 있는 철학자 조지 산타야나George Santayana도 있었다. 그의 햄릿과 메피스토페레스에 관한 이론도 『독일철학과 그 자본주의German philosophy and its Egoism』도 이미 일본에서 읽었다. "New Realism신사실주의"의 6명의 실재론자도 다소 새로운 개척을 하였다. 그러나 실재론자로서 영국의 버트란드 럿셀Bertrand Russell에게 훨씬 뒤떨어지고 존 알렉산더 스미스John Alexander Smith에 필적할 자는 없다. 미국의 대표적인 철학자로 존 듀이John Dewey가 있는데 논리이론에 관한 연구Studies in Logical Theory는 이미 일본에서 읽었다. 그리고 제임스가 마음 챙김Tough Mindfulness의 사상가인 것은 의심의 여지가 없다. 하지만 세계관을 찾는 나에게는 이미 다른 세계의 사람이었다.

당시 철학과 학과장이었던 알프레드 헨리Alfred Henley 교수의 버나드 보전켓 Bernard Bosanquet 이론 강의를 들었다. 헨리 교수는 독일계로 옥스퍼드대학에서 공부한 보전켓 계통에 속하는 학자이다. 칸트, 헤겔 등 독일철학의 거장에 정통하고 영국의 에드워드 케어드Edward Caird, 제임스 브래들리James Bradley, 존 리차드 그린John Richard Green, 버나드 보전켓 등의 영국의 이상주의idealism의 본류에 정통하였고 근대 독일철학에서는 신 칸트파, 에드문트 후설Edmund Husserl 특히 알렉시우스 마이농Alexius Meinong에 정통했다. 그리고 프랑스어 강좌와 경제학의 조지 워싱턴 카버George Washington Carver 교수의 마르크스의『자본론資本論』강좌를 신청하였으며『주권론主權論』을 읽고 감탄하여 헤럴드 라스키Harold Laski의 정치학 강의를 들었다.

입학하여 바로 헨리 부부의 만찬에 초대받아 여러 이야기를 나누었다. 나는 중국과 일본에서는 '고도古道' "ancient way"가 존중되고 전통을 중요시하여 안정과 질서가 있다. 청조淸朝나 도쿠가와 시대처럼 3백 년 가까이 평화로운 시대는 서양에는 없다. 서양에는 안정과 질서는 없지만 그 대신 자유와 진보가 있다. 나는 동양의 전통 속에서 자랐지만, 서양 생활의 근저를 이루는 자유와 자율에 대해서 연구를 계속하고 싶다. 자유의 개념은 기독교 특히 세인트 어거스틴St. Augustine에게 인정받는데 그리스에는 없다. 이 개념의 발전은 스토아철학, 스피노자, 로크, 칸트에 의해 발전되어 프랑스혁명, 미국독립으로 구현되었다. 내가 칸트와 베르그송에 열중하여 청년 시절에 피터, 크로폿킨에 심취한 것도 자유를 동경했기 때문이다. 자유야말로 서양문화의 최고의 유산이므로 나는 3년 예정의 구미유학 중에 '자유 개념의 발전 역사'를 연구하고 싶다고 말했다.

헨리 교수는 나에게 자유를 애호하는 이상 단순한 데모크라시에 만족하지 않을 것이다. 소수자의 권리를 주장하겠지. 나는 그렇다고 대답했다. 로크의 '반항권' '혁명권' '신에게 호소하는 권', 밀의 '소수대표' '비례대표' 등은 이미 모두 자세히 알고 있다. 교수는 다시 물었다. 잭슨 민주주의Jacksonian democracy를 어떻게 생각하는가. 나는 잭슨 민주주의는 민주주의 하에서 최대한의 자유주의를 옹호하려 했다고 말했다. 그때 교수는 자유주의를 정의했다. '자유주의는 정치적, 사회적으로 개인의 주도권을 가능한 최대량 보장하는 원리이다'고 말했다. 이 정의는 훌륭해서 지금도 나의 머리에 새겨져 있다.

헨리 교수는 나에게 서적만을 읽고 있는지 미국인을 만나서 그 생활도 관찰하는지 물었다. 나는 "미국에는 단순한 생활은 있는데 생활에 대한 반성과 이론이 부족하다. 이것은 미국에 고유한 철학이 없는 까닭이다. 따라서 미국에서 생활 그 자체를 접하고 싶다. 또한 미국의 데모크라시 이론도 이미 터득하고 있으므로 그 메커니즘을 연구하여 그 실제적 적용을 파악할 필요가 있다. 그래서 미국의 헌법과 행정법도 대략 연구하려고 생각하고 있다"고 말했다. 교수는 충심으로 동감하고 저녁 식사 후 Twentieth Club 모임이 있으니 함께 가자고 했다. 특히 Miss Nichols는 매우 진보적이고 사교적인 부인이니 소개해준다고 하였다. 이 회합에서 나는 Miss Rose Standish Nichols를 소개받았다. 부인은 소르본대학 출신이며 Architect Gardener로 『영국정원론英國庭園論』을 비롯해 많은 저서가 있다. 유럽을 20회 이상 방문한 국제적인 사교 부인이다. 헨리 교수가 이 부인을 만나게 해준 인연으로 20여 년이 지난 지금까지 교제를 계속하고 있다.

내가 하버드대학을 다닌 것은 1918년 9월부터 다음 해 7월까지이다. 니콜스 부인을 한번 만나고 각 방면에 소개되었는데 일주일에 2회 정도 만찬 연미복을 입었다. 헨리 교수가 미국 생활을 알려준다고 했던 말이 지금까지 영향을 주고 있다. 1922년에 두 번째 미국 보스턴에 갔을 때 신설된 교수 클럽에 일본인으로는 처음 임시회원이 되었던 것도 내가 보스턴에 많은 지인이 있었기 때문이다. 내가 1939년에 세 번째 외국에 나가 노르웨이의 오슬로 만국의원회의에 참석하여 연설을 마친 후에 보스턴에 들러 보스턴에서 제일 부호인 앤더슨 부인전 중국대사 미망인에게 초대받고 뉴욕의 와카쓰키若槻 총영사가 나의 소개로 니콜스 부인과 친해져 미일 친선, 미일 양해 운동을 시작한 것도 나의 첫 미국유학에서 미국인 생활에 접촉한 선물이다.

해제내용

기타 레이키치는 하버드대학 유학 시절 경험했던 두 가지 큰 실수를 이야기한다. 첫째는 매일 같이 식사를 하는 한 사람 중에 콜린스라는 이름의 인디언혈통의 초등학교 여자 선생님이 있었다. 풍채는 그렇게 좋지 않았는데 성품이 매우 좋았다. 식탁의 모든 사람은 그녀에게 친근감을 가지고 있었다. 하루는 이 부인이 포근한 털실로 양말을 뜨고 있었다. 나는 가벼운 마음으로 털실을 사가지고 올테니까 한 켤레 떠달라고 부탁했다. 코린스Collins 양은 얼굴이 빨개졌다. 무언가 이상하다고 생각하고 하숙집 여주인에게 물었더니 여자에게 몸에 걸치는 물건을 해달라고 해서는 안 된다는 말을 들었다. 아무리 만권의 책을 독파해도 그 나라에 가지 않으면 알 수 없다는 것이 있음을 반성했다.

두 번째는 대학생 플랫Platt 군, 멕시코에서 온 유학생 피네다Pineda 군, 맥아들 McArdle 부부, 코린스 양, 후지타藤田 군 등이 함께 식사하고 잡담하는 중에 나는 배꼽臍 : 헤소 이야기를 꺼냈다. 일본에서는 익살스러운 존재로 헤소쿠리가네臍繰り金 : 여자가 절약하여 몰래 모아 둔 돈, 헤소데 차오 와카스臍で茶を沸かす : 배꼽을 쥐다=우스워 견딜 수 없음의 비유, 헤소오 마게루루臍を曲げる : 토라지다, 헤소노 오오 킷테이라이臍の緒を切って以来 : 태어나서 지금까지, 헤소오 카무모 오요바즈臍を噛むも及ばず : 돌이킬 수 없는 일을 후회하다 등등 배꼽 이야기를 심하게 했다. 모두 이상한 얼굴을 하고 듣고 있었는데 부잣집 아들로 잘난 체하는 플랫 군이 갑자기 일어나 가버렸다. 잠시 후에 하숙집 여주인이 와서 배꼽 이야기를 하지 말라고 주의하면서 이유는 나중에 말한다고 했다. 나는 왠지 기분이 좋지 않았는데 여자 앞에서 배꼽 이야기는 큰 실례라는 것은 알고 엄청난 실수를 저질

러서 매우 부끄러웠다. 그래서 내가 말할 수 없으니 여주인이 해명해 주기로 했다. 익살스러운 이야기가 우습게 통하지 않는 것을 보여준 실례實例였다.

기타 레이키치는 이 두 가지 큰 실수를 경험하고 역시 배우는 것 만이 아닌 익히는 것이 중요하다고 말한다. 미국의 데모크라시도 배우는 것만으로는 안 되고 철저하게 익히는 것이 중요하다. 공자는 '배우고 때로 익히면 즐겁지 아니한가'라고 말했다.

수록 지면 : 79~90면
키워드 : 하버드대학, 데모크라시, 민주주의, 자유주의

독립을 위한 강화조약独立のための講話条約

가이바라 데루오(海原照男)
해제 : 전성곤

내용요약

일본이 진정으로 현시점에서 원하는 방향은 '일본의 독립'을 위한 강화조약이라고 주장한다. 독립 민족국가로서 다시 발족하는데 도움이 되는 강화조약은 적어도 국민의 대다수를 차지하는 노동 근로자 인민 대중이 진실로 조국으로서 사랑하고 옹호하며 열정을 가질 수 있는 국가 및 사회가 되는 일이며 그 조건을 보장하지 않으면 안 된다고 보았다. 동시에 이 강화조약을 체결하는 데 일본국민이 당연히 지키지 않으면 안 되는 국제법상의 의무, 당연히 기대할 수 있는 국제법상의 보장이 있다. 의무를 지키지 않으면 안 된다는 것은 패전국으로서의 일본에 대해 국제법상 부과된 의무라는 소극적 의미만을 가리키는 것이 아니다. 국제법을 이유로 '무법자'로 행동하던 과거를 되돌아보고(이에 대해서는 통절한 비판에 의해 일본국 헌법은 특히 조약이나 기타 국제법규의 성실한 준수를 최고법규로 규정했다) 또한 국제법규는 근대적 헌법이 국내적으로 그렇게 할 수 있듯이 현대 국제사회에서 보편적인 공동 규범의 최대공약수적인 표현이며, 특히 약국 일본이 그것을 준수함으로써 자국의 국가적 지위 보장을 기대할 수 있기 때문에 국제법상의 여러 규정에 따라 강화조약을 체결할 노력을 다하는 것은 우리들의 당연한 요구이다.

그리고 이러한 태도는 아직 국제사회가 적나라한 권력정치에 지배되는 단계에 있다고는 하지만, 점차 국제적 법치주의로 향하고 있는 상황인데 이를 한층 더 촉진하는데 기여하는 것은 단순히 일본 일국의 이익에 전념하는 태도와는 다른 것이다. 우리들은 포츠담 선언, 얄타협정, 카이로선언을 연합국 간 상호가 국제법상 구속하는 조약이라고 생각한다. 이들에 근거하는 항복문서에 의해 일본이 전체 연합국에 규정의 의무를 지고 있는 것을 인정하지 않으면 안 된다. 그리고 동시에 우리들은 이상의 제문서 규정, 그리고 그 규정에 포함된 제조건 하에 항복한 것으로, 그 제조건 하에 독립국가로서의 부활을 보장받는다는 것을 주장할 수 있다고 여겨진다. 물론 전승국으로서 전연합국이 그 공동일치로서 동의에 의해 전기前記 제문서 규정을 다시 수정하여 패전국 일본에 대한 강화조약에 새로운 조건을 부과하는 것은 실력적으로 가능한 일이다. 그러나 국제법상 법치주의 이념을 파괴한다면 그 변경, 수정은 일본 자신에 대해 상술한 문서에 규정한 제조건 이상으로 일본국가의 제권리를 보장하는 방향에서만 이루어질 것이다. 여하튼 이것을 이룰 수 있는 것은 전연합국 공동일치의 새로운 협정이거나 조약에 의해서만 가능하다. 이 중의 몇몇 국가들만으로 이룰 수 있는 것은 아니다. 만약 그러한 일이 국제법상의 통념에 반하고 감행된다면 우리들은 국제법상 법치주의가 파괴되었다는 것을 인정하지 않을 수 없다.

상기의 제문서에 규정된 일본 주권회복의 구체적 내용은 여기서 다시 반복할 필요도 없이 명백하다. 즉 전면강화, 일본의 군비 철폐, 군사공업 폐지, 외국군대의 철수, 평화산업의 회복에 의한 경제적 자립, 그리고 이러한 논리들에 기초한 평화적 책임 정부의 확립이다. 그리고 그것이 앞에 서술한 제1의 조건인 일본국민의 대다수 이익을 보장하는 사회·정치 체제의 확립을 의미한다. 뿐만 아니라 이러한 내용의 강화조약에 의한 것이야말로 일본이라는 전략적 지위를 차지할 수 있는 국가, 또는 공업 그리고 기타 능력에서, 특히 아시아에서 훌륭한 역할을 담당할 수 있는 국가가 미소 양대 세력 어느 쪽에 동맹을 맺는 것이 아니라 양자의 불침, 완충지대로서 양자의 충돌을 예방할 수 있는 국가일 수 있다.

전략적으로 중요한 지점에 있는 만큼, 양자 어느 쪽과 동맹을 맺어도 필연적으로 타자에 대한 커다란 자극 혹은 위협이 되고, 양자의 대립을 일촉즉발의 위기로 나아가게 할 위험성을 내포한다. 게다가 일본의 현상을 본다면 강국과의 동맹은 일본 자신의 실질적인 종속화를 가져오게 된다. (법적으로 주권국가의 상호협정 형식을 취한 것에 이 실질적 종속화는 도저히 피할 수 없다) 더 나아가 모든 내용에서 일본이 독립국가로서 발족하는 것은 아시아 제국에 어떠한 불안도 제공하지 않을 뿐만 아니라, 그들과의 경제적·문화적 우호관계가 회복되는 것에 의해 상호 이익을 주고받을 수 있는 것은 셀 수 없을 정도이다. 일본은 모든 형태로 아시아 전민족의 향상, 그 오랜 예속적 상태로부터 완전한 해방에 기여할 수가 있다.

자위自衛란 모든 것의, 만일 일어날지 모르는 침략에 대해 자위라고 한다면, 이를 위한 군비는 강국의 어느 쪽에 대해서도 독립적인 군비이지 않으면 안 된다. 타국의 경제적 군사적 원조와 지도 아래에서 만들어지는 군비는 결코 독립 자위를 위한 군비가 아니다. 또한 아무리 자유로운 국가에 대해서도 국가 내외에 군대의 주둔을 인정하고 군사기지를 제고하는 것은 실질적인 주권 제한을 가져오는 것으로 일본의 독립이라고 할 경우 처음부터 배리적背理的이다. 이상과 같이 근본 견지에 서서 나는 사회당의 삼원칙을 지지한다. 그것에 더 추가할 것은 한 두 가지가 있는데 성명에는 찬성을 아끼지 않는다. 영세永世 중립의 보장이라는 것은 전 연합국이 일본을 침략하지 않는다는 것, 완충지대, 무방비지대로서 인정하는 것, 만약 어느 한 나라가 이것을 어겼을 경우에는 다른 여러 나라들이 협력하여 그것을 징벌하는 일이다. 당연히 전면강화를 필요로 한다. 미소 어느 쪽도 상호 간에 그것을 위해 노력해줄 것을 바라마지 않는다. 양진영의 일국과 동맹관계에 들어간다는 것은 정반대로 이 일본의 중립화야말로 전쟁의 위험을 완화하고 보다 많은 전쟁 발발을 방지하는 것에 도움이 된다. 일본 한 나라만의 주문이 아니라 국제 평화에의 적극적인 기여인 것이다.

해제내용

샌프란시스코 강화조약을 둘러싸고 일본의 독립을 보장하고 일본의 독립을 위한 강화조약을 국제법상 보장해야 한다고 주장한다. 일본이 독립 민족 국가로 국제적 위상을 확보하는 일이 일본 내에서 일본인들도 조국을 사랑하고 열정을 가지질 수 있는 국가가 될 수 있다는 점을 연결시키고 있다. 그 근거로서는 일본이 '근로자인 인민들이 다수인 국가'라는 점에서, 제국주의적 부르주아 사회와 다르다는 점도 강조했다. 그렇기 때문에 일본은 '민족국가'로서 재발족할 수 있으며 이는 강화조약을 통해 실현가능하다고 예견하고 있었다. 일본은 또한 국제법적으로 보장을 받는 평화적 책임 정부를 확립해야 하는데, 이는 일본 대다수 국민들의 이익을 보장하는 사회적 정치 체제의 확립이 동반되어야 할 필요가 있었다. 이러한 주장은 사실 특이할 만한 점이 없지만, 이를 바탕으로 일본이 아시아에서 전략적인 위치를 차지한다는 논점은 매우 독특하다. 즉 전전의 노골적인 제국주의가 아니라 일본이 공업이나 다른 능력을 활용하여 아시아에 기여할 수 있는 일을 진행해야 한다고 주장한다.

이를 위해서는 미소 양대 세력의 어느 한쪽과 동맹을 맺는 것이 아니라 미국과 소련의 불침 방지와 완충지대로서 미소의 충돌을 예방할 수 있는 국가로 자리매김하는 방법을 구축하려고 한 점이다. 이 시기에는 일본이 만약 미소 중 어느 한쪽과 동맹을 맺게 되면, 미소의 틈새에서 압박을 받을 수 있다는 일본이 처한 입장을 숙고하고 있었음이 드러난다. 또한 강국과의 동맹은 일본 자신의 실질적인 종속화를 의미하기도 했고, 일본이 강대국에 종속된다는 것은 아시아의 전민족이 그러했듯이 예속적인 상태를 극복하는 데 기여하지 못하는 입장이 된다고 보았다.

이를 위해서는 일본 내에 군비에 대해 배려하지 않을 수 없음을 강조한다. 이때의 군비는 독립국으로서의 군비이며 강대국의 군사적 원조나 지도하에서는 독립적 지위를 확보하는 정책이 아니라고 보았다. 그렇기 때문에 일본입장에서는 첫째 연합국이 일본을 침략하지 않는다는 것, 완충지대를 가진다는 것, 무방비지대로서 인정할 것이라는 삼원칙을 주장했다. 이를 위해서는 전면강화가 필요하다는 입장이 설파되는 이유를 잘 설명해주고 있다.

　이러한 논리들은 일본의 정치학자 이오키베 마코토五百旗頭眞 편저의 『전후 일본 외교사』1999나 기타오카 신이치北岡伸一 편저의 『전후 일본 외교 논집』1995, 나가이 요노스케永井陽之助의 『냉전의 기원』1978 등은 국제사회에서 일본의 국가 지위 보장이 이루어지는 논리를 잘 설명해 준다. 경찰예비대를 설치하고 강화성립 이후에도 일본에 미군 기지 사용을 담보하는 내용을 협의함에 따라 일본은 일본 측의 논리에 동의해갔다. 이는 일본의 중립화를 주장하는 논점을 제시했는데, 이 중립이야말로 일본이 전쟁의 위험을 완화하고 전쟁을 방지할 수 있다고 보았다. 이것은 바로 일본이 전후에 주장한 국가적 자위를 보장하는 일은 자국의 국가적 지위 보장으로 이어져 갔다. 이를 통해 전후 새로운 시대의 기로에 놓인 일본이 그 선택지들 중에서 무엇을 마주했는지 그 내용을 잘 알 수 있다.

수록 지면 : 92∼93면
키워드 : 강화조약, 독립 민족국가, 국제법, 법치주의, 전면강화

일본의 빈곤가족의 한 양상 日本における貧困家族の一様相

다마키 하지메(玉城 肇)

해제 : 임성숙

내용요약

'위기'와 상대적 과잉인구

자본의 축적으로 인한 실업이 상대적 과잉인구라는 형태로 나타나는 것은 잘 알려진 바와 같다. 또한 그 상대적 과잉인구는 (1) 유동적 형태, (2) 정체적 형태, (3) 잠재적 형태의 3가지로 분류되는데, 자본주의의 '일반적 위기' 단계가 되면 이 3가지 형태가 복잡하게 교착하고 특수한 양상을 띠는 사실도 무시할 수 없다. 유동적 형태의 상대적 과잉인구란 자본축적으로 인해 일시적으로 과잉되고 재생산 과정에서 배제되면서도 다시 특정한 시기에는 재생산 과정에 고용되는 과잉인구 부분을 말하며 항상 유동적 형태를 형성한다. 정체적 형태에는 (가) 노동능력을 상실하지 않고 또한 불규칙적인 노동(인부, 일용, 운반 등)에만 종사할 수 있는 자, (나) 미래에 노동력을 가질 수 있는 자(소년, 고아), (다) 노동 능력이 파괴된 자(공장재해 및 직업병에 의한 불구, 폐질자廢疾者), (라) 노동능력도 의사도 상실한 자(룸펜, 프롤레타리아)로 구성된 4개의 층이 있다. 모두 재생산 과정에서 완전히 탈락된 자들이다.

잠재적 형태란 과잉인구, 즉 실업자가 은폐된 형태이며 주로 농촌에 체재하지만, 도시에 존재하지 않는 것도 아니다. 이러한 일반적 경향 외 상대적 과잉인구에 일본이 가진 특성이 더해진다. 그것은 가족제도에 의한 부양의 문제, 가내공업 비중의 크기, 위계적親分·子分 연대 및 착취 등에 의해 특수한 요소가 추가되기 때문이다. 그러나 여기에서는 이러한 문제를 다 설명할 수 없기 때문에 농촌의 잠재적 과잉인구가 도시에 유입되고 어떻게 정체되고 있는지 — 즉 잠재적 형태와 정체적 형태가 어떻게 현재 일본에서 어떻게 교착하고 있는지를 설명한다.

2. 하타가야 지구幡ヶ谷地區의 피보호자

쇼와 25년1950 8월 사회사업 단기대학 학생이 하타가야幡ヶ谷 지구의 피보호자를 실태 조사한 보고는 내가 의도한 점을 밝히는 데 중요한 자료가 된다. 이 보고를 잡지『사회사업』에 게재할 예정인데, 내 관점에서 재정리하고 약간 분석해본다. 이 조사는 시부야구澁谷區 하타가야 혼쵸幡ヶ谷本町 1쵸메, 2쵸메, 3쵸메, 하라마치原町, 나카마치仲町, 사사즈카쵸笹塚町의 피보호자(정체적 과잉인구)를 대상으로 한 것이며, 다음과 같은 특징을 가진다.

(1) 피보호자 중 출생지가 농촌지대인 사람들이 많다. 남녀 피보호자 129명 중 도쿄都 출신자가 33명25.6%이고 나머지 96명은 타 지역 사람들이다. 그중에서도 니이가타현新潟縣(10명), 지바현千葉縣(8명), 나가노현長野縣(7명)의 출생자자 가장 많고 이이서 시즈오카현静岡縣, 야마나시현山梨縣, 사이타다현埼玉縣, 이바라기현茨城縣, 군마현群馬縣, 도야먀현富山縣, 후쿠시마현福島縣(각각 3명)의 출신자들이다.

(2) 이와 같은 농촌지역 출신자들은 농가출신인 자가 절대적 다수를 차지하고 있으며, 이것은 농촌에 잠재하는 과잉인구가 도시에 이주하고, 그것이 더욱 정체화되었다는 점을 의미한다. 피보호자 생가의 직종을 보면 114명 중 68명 (59.6%)이 농업이고 그 다음에 장인職人 11명, 상업 7명의 순이다. 이상의 두 가지 사실만 봐도 대부분 농업출신자가 도시에 유입되고 결국 정체되었던 점은 분명하다. 그러나 도시에 이주해 온 당초부터 정체된 과잉인구가 되었던 것은 아니었다. 처음은 도시에서 특정 직업에 종사하고, 혹은 종사하려고 도시 내에서 옮겨 다녔을 것이다. 그러나 도저히 노동 혹은 직업에 종사할 수 없어 결국 정체층停滯層으로 되었다.

(3) 위의 사실은 피보호자의 과거 거주지를 조사하면 분명해진다. 도쿄도東京都 출생이 비교적 적었던 것과 반대로 전 거주지가 도쿄도였던 사람들이 비교적 많다. 즉 농촌지대에서 도쿄로 옮기다가 도쿄 내에서 여기저기 옮겨 다닌 후 — 하타가야지구에서 침전되었다고 말할 수 있다.

(4) 피보호자가 상경한 직후 종사한 직업을 봐도 처음에는 기술을 익히려고 했으나 그것도 불가능해지고 전락한 사람들이 매우 많다. 남자 19명 가운데 상경 직후 가장 많았던 직업은 직공(4명), 직업보도소職業補導所의 학생 및 기술 습득(3명), 운반, 운송 등이 2명의 순이다. 그 외 수습생見習奉公, 외교원, 목수, 타비足袋 생산, 사무원 등이 각 1명씩(불분명한 자 3명) 있다. 여자 가운데 '없다'고 기입한 자는 결혼으로 마을을 떠난 사람들이다. 몇 살 즈음에 상경했는지를 보면, 남자는 14~29살 사이가 63.1%(12명)로 과반수를 차지한다. 특히 15~18살 사이가 가장 많다. 남자는 소학교 혹은 고등소학교의 졸업과 동시에 구직이나 계약 노역年期奉公 으로 상경한 차남, 삼남이 많다는 사실을 암시한다. 여자의 경우 결혼 후 떠나는 사례가 많아 당연히 20살 정도로 상경한 자가 가장 많다고 할 수 있다.

(5) 피보호자의 현재 직업 : 직업이 있는 자 중 가장 많았던 남성의 직업은 일용직 5명, 부업內職(가사도우미, 양복 양재, 목수 보조 등) 3명, 뺑끼·양복 재봉 각 2명 이다. 다수를 차지하는 여자의 직업은 가사도우미 4명, 그 외 부업(풀 뽑기, 봉투만들기, 재봉, 기모노 재봉, 멘코メンコ의 하청, 타비의 제작 등) 계 6명, 과자가게 및 백화점의 잡일 각 2명이다. 즉 모두 정기적인 직업을 가진 자는 없으며 소위 불규칙적 노동 에 종사하고 있다. 요약하면, 취업이 불규칙적이며 점차 그 일도 없어지고 불안에 시달리는 것을 알 수 있다.

(6) 여자 세대世帶 빈곤의 이유 : 피보호자 40세대 중 남편(내연관계도 포함)이 사망한 사람들은 21세대이며, 남편이 특정 이유로 없는 자는 9세대다. 남편 부재의 원인 중 가장 많은 것은 복역 중인 자 4명(내연관계인 남편 1명을 포함), 미 귀환자 2

명, 그 외 소행불량으로 가출·가정불화·첩이랑 사는 자가 각각 1명 씩 있다. 장남 및 장녀가 부재한 이유로 보호를 받아야 했던 세대도 비교적 많고 합계 8세대가 된다. 일본에서는 장남 및 장녀에게 경제적으로 의존하는 경우가 지극히 많고, 장남·장녀의 부양부담이 지극히 큰 것을 의미한다.

(7) 여자 세대는 방계친족傍系親族과 관계를 유지한다 : 이 점에 대해서는 숫자로 정확하게 밝혀져 있지 않지만, 일반적으로 '피보호자는 그 가족 중에 많은 방계친족을 포함'하는 점, 그리고 그 중에서도 여자 세대는 남자세대에 비해 '그 가족 중 방계친족이 더 많이 포함되는 사실'이 보고되었다. 특히 조카, 형제, 자매 등이 많다. 이는 일본 가족제도의 특징이며 생활이 궁핍한 자는 친족과 서로 기대며 기생하는 점, 그리고 여자 세대의 경우 더더욱 타자에 의존해야 한다는 점을 나타낸다. 이것은 '일본 가족제도의 미풍日本家族制度の美風'이라고 불리는, 친족 및 가족의 상호 부양관계가 역으로 작용하고, 극도로 불행한 결과에 이르는 경우가 있다. 이 점을 문제로서 취급해야 한다.

(8) 상경한 시대 : 피보호자가 언제 상경했는지를 조사하는 작업은 일본의 자본주의 발달 및 호/불황, 그리고 그 정돈과 관련되기 때문에 중요하다. 그러나 하타가야지구의 조사만으로는 그것을 충분히 밝히지 못한다. 시사점을 주는 의미로 요점만 적는다. 메이지시대에 상경하고 죽었던 자도 있지만 다이쇼시대1921~1926 이후 상경한 사람이 대부분을 차지하는 점에 주목해야 한다. 남녀 공통적으로 가장 많은 시기는 다이쇼 13년1924 전후와 쇼와 4, 5년1930·1931 내지 10년1921 즈음이다. 제1차 세계대전 직후부터 관동대지진 때까지의 농촌불황, 그리고 쇼와 5~10년1930~1935 즈음의 세계적 농촌공황으로 인한 마을주민의 생활 궁핍과 조응한다. 그 이후에도 농촌으로 돌아가지 않고 도시에 남아서 직업을 옮긴 후 보호가 필요한 자로 되었던 것을 의미한다.

3. 농업 내 정체적 과잉인구

이상은 도시 측에서 바라본 정체적 형태의 과잉인구이며, 그것이 농촌의 상대적 과잉인구와 어떻게 밀접하게 연관되는지 밝혔다. 이것을 거꾸로 농촌 측에서 보면, 도시의 실업자農村出身가 고향인 농촌으로 돌아가 정체적 형태로 되어 잠재하는 사실을 알 수 있다.

사이타마현埼玉縣 지치부秩父에 있는 직업안정소는 관할지역인 1개의 시, 25 정촌町村에서 실업 후 귀촌한 인원을 조사한 것을 재정리, 분석한 결과를 1951년 1월 정치경제연구소의 '도시와 농촌 간의 인구이동에 관한 조사'라는 제목으로 발표했다. 이 조사에 의하면, 쇼와 24년도1949년도에 670명, 쇼와 25년1950 1월 1일부터 4월 1일까지 261명이 직업을 잃고 농촌으로 돌아갔다. 실업인구의 대부분은 농촌에 머무르면서 취업할 기회가 없는 채로 남아 있다.

보고서에서 조사대상이 된 사람은 18명(여 6, 남 12)이다. 그 가운데 5명(27.7%)은 겨우 완전 취업자로서 일단은 실업군에서 빠져 있는 상태로 있을 뿐이고, 7명(38.8%)은 불규칙적인 노동에 종사하고 있으며 남은 6명(33.5%)은 가사 담당자가 되거나 재봉을 배우고 있는데, 실업이 은폐되었다. 여기서 위의 숫자 가운데 불규칙적 노동에 종사하는 7명이 정체적 형태의 상대적 과잉인구의 범주에 속한다. 그러나 실업이 은폐된 6명 또한 정체적 형태에 들어가면서도 그것이 감추어진 형태로 있을 뿐이다.

그 외에도 농촌에서는 질병 및 노년 등으로 취업이 불가능한 노동자가 있으며 이들은 완전히 재생산과정에서 제외된 정체적 형태의 상대적 과잉인구라고 할 수 있다. 다만 농촌의 경우 그 침체성이 은폐되고 있을 뿐이다. 현재 농촌에서는 병에 걸린 자나 노년층을 부양하는 여력도 급속이 줄고 있으며, 이는 노년층의 자살이나 병자의 살해라는 불행한 사건으로서 나타난다.

즉 실상을 보면 농촌출신 노동자가 한 번 실업을 겪은 후 농촌에 돌아가도 결코 농촌의 잠재실업자로서 흡수되지 않고 그 대부분은 정체적 형태의 과잉인구로서 존재한다. 농촌에서는 이들을 흡수하고 잠재화시킬 정도의 여력이 극도로 부족하다. 만약 농촌에 잠재적 과잉인구가 있다면, 가사 담당자, 혹은 새로운 노동능력을 획득하는 소년들 중에 취직을 희망하는 자를 그 형태로 계산할 수 있을지 모른다. 그러나 현 단계에서 그들에게 취직 기회는 거의 없으며 오히려 정체된 형태로 잠재하는 사람들이라고 보는 것이 적절하다.

해제내용

필자는 전쟁에서 패망한 직후 일본사회의 빈곤문제에 관한 통계 분석이 농촌인구, 그리고 도시와 농촌 사이에서 이동하는 인구를 간과하고 있는 점을 지적하고 자료를 재해석한다. 아울러 사회경제학적 관점에서 기존 사회보장의 사각지대에 놓인 빈곤세대의 실태와 일본사회 특유의 특징에 대해서 설명한다.

필자는 도시와 농촌에서 유동적 인구가 살며 그들의 고용과 실업문제가 상호 연결되는 사실을 밝힘으로써, 도시와 농촌을 따로 분리된 공간이 아닌 하나의 사회 시스템 속의 공간으로 파악한다. 또한 농촌에서 잠재적으로 보이는 과잉인구도 점차 정체적인 과잉인구가 되고 있는 사실에 주목한다. 그 외에도 필자는 빈곤문제를 '전후 경제혼란'으로는 파악하지 못하며 제1차 세계대전, 관동대지진, 세계경제공황에 그 원인이 있었던 사실을 조명한다. 이와 같은 데이터의 재해석을 바탕으로 필자는 정부가 도시 중심의 지원과 제도에서 벗어나 농촌을 포함하는 전국적인 의미를 지닌 사회보험과 보장 제도를 실시해야 한다는 결론을 제창한다.

1950년 중반 일본이 고도 경제성장기에 들어서면서 경제계에서는 일본이 더 이상 '전후'가 아니며 경제적으로 전쟁 전 상태로 '회복'되었다는 평가가 있었다. 반면 복지의 영역에서는 그 전부터 빈곤(그리고 과잉인구)을 심각한 사회문제로 간주하고 어떻게 해결할 것인가를 모색하고 있었다. 이러한 현실과 우려 속에서 전후 빈곤문제는 정치적 과제로서 취급되기 시작하였다. 특히 빈곤문제 가운데 임금격차, 생산성의 안전과 같은 측면에서 농촌과 도시의 격차가 심했다. 과잉인구를 수익성이 낮은 산업에 대거 투입한 결과 생활보호를 받지 않지만 최저생활을 사는 저소득층이 잠재적으로 존재했다. 이러한 저소득층에는 영세농업인 저임금 노동자뿐만 아니라 한부모(모자) 가정, 고령자, 장애인 등이 포함된다. 필자는 후자를 일본가족 문화 특성과 연결시켜 일본의 가부장적 젠더규범을 비판적으로 검토하였으며, 젠더와 지역(농촌)이 교착하는 계층화 양상에 주목하여 빈곤문제를 다각도로 접근하여 실태를 파악하였다.

수록 지면 : 94~101면
키워드 : 도시, 농촌, 인구이동, 빈곤, 가족, 실업

20세기 후반의 사명 廿世紀後半の使命

민주주의와 공산주의의 투쟁 民主主義と共産主義との闘争

이베 마사이치(伊部政一)

해제 : 송석원

내용요약

20세기 전반기 세계 정치경제 동향은 세계자본주의 고민苦悶의 역사였다고 할 수 있다. 19세기는 자본주의의 흥륭기였으나, 20세기에 들자 이른바 독점자본주의 단계가 되어 전반기 일찍이 금융자본의 독점화가 현저해지고 계급투쟁은 격화했다. 제1차 세계대전, 러시아혁명이 일어나고 전후는 경제대공황에 이어 파시즘 국가가 대두했다. 그 사이에 19세기에 뿌리 내린 유물론, 공산주의 사상이 확대되어 극좌와 극우의 대립이 심해져 세계인심은 사상적 혼미기가 계속됐다.

20세기 후반기를 맞아 전반기부터 계승해서 해결해야 할 과제는 첫째, 전반기에 고민에 고민을 거듭한 자본주의 경제 체제를 여하한 방향으로 유도할 것인가 하는 것이며, 둘째 사상적으로 민주주의와 공산주의의 투쟁을 여하히 해결하여 현대의 사상적 혼미를 타개할 것인가 하는 것이고, 셋째 미국과 소련의 양대 진영의 세력 대립을 여하한 방향으로 진행시킬 것인가 하는 점이다. 첫째로 세계 자본주의 체제는 20세기 전반기 중에 상당한 질적 변화가 있었는데, 자본주의를 부정하는 이론은 모두 19세기에 발생한 것이므로 그 비판은 고전적 자본주의 체제였다. 오늘날의 자본주의는 다분히 계획적 자본주의이며 앞으로도 점점 계획성은 증대될 것이다. 과거의 자유방임주의는 허용되기 어렵다. 기업의 자주성·영리성·기업 간 경쟁은 필요하지만, 동시에 국가의 계획성이 조건이 된다. 국가의 통화, 금융정책의 중요성과 기업의 공익성이 현저해지는 오늘날 자본과 경영의 분리는 명백한 경향이라고 할 수 있다. 완전고용 문제든 사회보장제도 문제든, 과거의 자본주의 생활 질서에 질적 전기가 이루어지고 있다. 사회 자본주의social capitalism라 할 수 있는데, 20세기 후반기 과제의 하나가 사회 자본주의를 완성하는 것이 아닐까.

둘째, 세계관의 다원성을 인정해야 한다고 생각하는데, 민주주의는 세계관의 다원성을 승인하고 개인의 자유를 보장하는 것이 아니면 안 된다. 그러나 현대 공산주의는 세계에서의 공산주의의 사상적 독점을 예상하고, 일국 일당제를 원칙으로 하고 있다. 여기에 공산주의와 민주주의의 대립이 인류적 사상 생활에 얼마나 중요한가를 알 수 있을 것이다. 체이스Chase가 '빵과 자유를 달라'고 말했다고 하는데, 어느 하나가 있고 다른 하나는 보장되지 않는 사회는 옳지 않고, 특히 자유가 없는 사회는 빵이 많더라도 노예사회임에 틀림이 없다. 모든 사상의 백화난만百花爛漫한 자유 사회 실현을 기대한다.

셋째, 필자는 미국과 소련 양대 진영의 세력 대립이 이 반세기 가까운 장래에 어떤 형태로든 해결될 것으로 예상하지만, 두 세계가 언젠가는 하나의 세계가 될 수밖에 없다고 생각하는 것은 시기상조일 것이다.

일본을 생각하면, 20세기 전반기 일본 역사는 청일전쟁이 끝나고 러일전쟁에의 중간기에 시작되어 태평양전쟁으로 일단락되었다고 할 수 있는데, 그야말로 일본제국주의 흥망사였다고도 할 수 있다. 패전 후 약체화된 일본에 앞으로의 반세기는 국력 충실과 새로운 질서를 확립하기 위해 혜택받은 시대가 될 수 있게 해야 한다. 전후 일본이 제2 바이마르 독일이 되지 않기 위해서는 일본 국민이 진정으로 민주주의에 철저해져야 한다. 그러기 위해서는 자력으로 민주주의를 실현하는 것이 필요하다. 지금까지의 민주주의는 타력본원他力本願의 민주주의, 즉 기성품ready-made 민주주의였다. 일본 국민의 마음속에서 솟아난, 일본에 특수한 자주적 민주주의를 완성해야 한다. 국내적으로 일본적 민주주의 체제 확립에 노력함과 동시에 국제적으로는 세계 민주주의 실현에 매진해야 한다. 적어도 아시아에서 일본은 국제적 민주주의의 지도국가가 되어야 한다. 세계, 아시아, 일본의 어떤 곳에서도 20세기 후반기에 우리에게 부여된 과제는 민주주의의 관철이다.

경제활동의 자유방임이 민주주의라고 생각하는 시대는 이미 지났고 그런 의미에서 자유민주주의 시대는 지나갔다. 논자에 따라서는 자유민주주의에 대신해서 사회민주주의가 될 것이라고 설명하기도 한다. 이 경우 사회민주주의의 의미가 문제가 되는데, 만약 민주주의적인 방법에 의한 사회주의의 실현이라는 의미로 이해하면, 사회민주주의는 분명 자본주의를 부정하는 입장에 있다고 하지 않을 수 없다. 그러나 우리는 현 단계에서 과거의 자유방임을 부정하는 것, 즉 고전적 자본주의를 부정하는 것이지 처음부터 자본주의를 전면적으로 부정하려는 것은 아니다. 국민 전체의 공익적 견지에서 자본주의에 대한 민주주의적 개혁을 의도하는 것으로, 이른바 국민적 민주주의라고도 할 수 있을 것이다. 여하튼 앞으로의 세계는 공공적, 국민 이익의 관점에서 새로운 경제조직을 추진해가는 것이 필요하다.

'눈을 떼지 말고 손을 떼라'는 말은 현 단계에서의 국가의 역할에 관한 원칙이기도 하고 민주주의적 정신에 기초한 것이라고 할 수 있다. 경제에 대한 국가의 입장에 관해 이와 같이 말할 수 있다. 고전적 자본주의 시대에는 원칙적으로 경제에 대한 국가의 간섭은 배격되었고, 국가의 기본적 임무는 개별 경제가 각각 자유분방한 활동을 할 수 있는 환경을 보전하고 방어하는 야경국가적인 것이었지만, 지금은 사정이 크게 변해 국가는 공정한 경쟁이 이루어지지 않고 부정한 경쟁이 이루어지는 조건을 배제하지 않으면 안 되며 부당하게 고도의 경제력 집중이 실현될 수 없는 조건을 만들고, 가능한 한 모든 국민이 최저생활의 위협에 노출되지 않도록 환경을 만들어 낼 필요가 있다. 이러한 사회적, 경제적 조건이 구비된 가운데 경쟁이 이루어지면 안심하고 손을 뗄 수 있다.

고전적 자본주의에 대해 지금부터의 자본주의는 계획적 자본주의 혹은 자본주의적 계획경제라고 할 수 있다. 현대에는 개별 경제활동을 국가가 계획적으로 지도하고 이들의 능률을 계획적으로 높이는 것이 앞으로의 중대 과제가 되었다. 종래부터 마르크스주의자는 참된 계획경제는 사회주의적 계획경제뿐이라고 했다. 그러나 자본주의적 계획경제도 가능한데, 자본주의적 계획경제는 두 개의 범주, 즉 계급적 범주와 초계급적 범주로 나눌 수 있다. 계급적 범주는 사회적 총자본으로서의 입장에서 국가가 행하는 계급적인 계획이며, 초계급적 범주는 완전히 국가의 초계급성의 관점에서 노동과 자본의 어디에도 편들지 않고 국가 전체의 이익을 목표로 하는 계획이다. 계획이 계급적 편견을 벗어나 국민 전체의 관점에 서야 하고, 자유를 위한 계획이어야 하는데, 같은 것이 통제경제에 관해서도 말할 수 있다. 통제경제는 물자 결핍 시기에 하는 것으로 사회 전체의 공익의 관점에서 절대로 필요한 것이다. 그럼에도 일본에서 통제경제를 또 하는 것에 부정적인 것은 통제 방법이 현저히 관료적, 권력적이고, 절차는 번거롭고 탄력성이 없으며, 불공평과 암거래의 횡행을 부추긴 면도 있었기 때문이다. 정부의 경제정책을 제외하고 통제경제는 있을 수 없다. 통제경제는 어디까지나 정부를 주체로 한 행위이다. 계획경제도 정부의 주체적인 계획 활동이 중심이다. 계획은 주로 미래 예상적인 의사 작용이지만, 통제는 주로 현재 실행적인 권력 작용이며 양자 모두 정부가 주체적이다. 진정으로 국민 전체를 위해 공평하게 통제를 할 수 있는 것은 국민 전체를 위한 공복으로서의 성격을 갖는 정부를 제외하고는 아무것도 없다. 따라서 문제는 정치기구의 민주화에 귀착한다. 계획경제 내지 통제경제는 현대 세계 경제에서는 필연적인 경향이고, 고전적 자유방임 경제의 기본적 수정이라고 생각된다. 여기서 볼 수 있는 계획도 통제도 개별 경제의 자유 활동을 직접 구속하는 것은 아니다. 오히려 자유를 위한 계획이고 통제이다. 민주주의적인 계획 및 통제는 자유를 위한 계획이고 통제여야 한다.

해제내용

저자는 20세기 전반기의 세계 정치경제의 동향과 일본의 동향을 일별한 후에 후반기 세계 정치경제와 일본의 동향을 설명한다. 20세기 후반기의 과제는 글의 부제가 시사하는 바와 같이, 민주주의와 공산주의의 투쟁이라고 할 수 있는데, 궁극적으로 민주주의의 철저화를 강조한다.

일본의 상황에 국한해서 말하면, 20세기 전반기는 일본제국주의 흥망사라고도 할 수 있고, 따라서 앞으로의 후반기는 국력 충실과 새로운 질서 확립이 주요 과제가 될 것이라고 본다. 저자가 말하는 새로운 질서는 민주주의의 충실이라고 할 수 있다. 부제목에서는 민주주의와 공산주의를 병립시켜 양자의 투쟁을 다루는 듯이 보이지만, 저자는 글의 여러 곳에서 민주주의의 충실을 강조하고 있다. 따라서 원래의 제목이 마치 '20세기 후반기의 과제로서의 민주주의 충실'이 되어야 했을지도 모른다.

경제학자답게 일본 자본주의에 대해서 언급하고 있는바, 그의 주장의 핵심은 글에서 자신이 언급한 바와 같이 '눈을 떼지 말고 손을 떼라'로 집약할 수 있을 것 같다. 이것은 곧 고전적 자본주의가 더 이상 일본 자본주의의 모델이 될 수 없고, 어느 정도 국가의 계획이 가미된 경제 운용이어야 한다는 점을 의미한다. 다만, 국가의 계획이라 하더라도, 저자가 반복해서 강조하는 것처럼, 민주주의적 계획경제여야 한다는 점은 명백하다.

흥미로운 점은 저자가 세계 정치경제의 동향 중 자본주의와 공산주의의 대립에 대해 20세기 후반기의 가까운 장래에 어떠한 형태로든 해결될 것이라고 예상한다고 언급했는데, 실제로 글이 발표된 약 40여 년 후에 그의 예상은 적중했다는 점이다. 냉전 질서가 무너진 것을 목격한 후인 1992년 프랜시스 후쿠야마가 앞으로 자본주의에 도전할 수 있는 이념은 존재하지 않으며, 따라서 역사는 끝났다고 선언한 『역사의 종언 *The End of History and the Last Man*』을 펴낸 것을 고려하면,

저자의 예측은 대단히 놀랄만한 측면이 있다고 하겠다. 다만, 소비에트 체제의 붕괴는 공산주의 붕괴라기보다 스탈린주의의 붕괴라고 볼 수 있다는 점, 여전히 많은 문제를 노정하고 있는 오늘날의 자본주의에 대한 비판 이론으로서의 사회주의의 생명력은 사회민주주의의 형태로 지속되는 측면이 있다는 점 등을 생각하면, 민주주의 정치경제 체제 아래서의 자본주의와 사회주의의 대결은 계속되고 있다고 볼 수 있을 것이다.

수록 지면 : 102~110면
키워드 : 20세기 후반

추억 수첩 (3)思い出帳 その三

사토 하치로(サトウハチロー)
해제 : 김웅기

내용요약

'당신도 역시 혼고本郷인가요'라고 나에게 물었다. 그 사람이 말하는 혼고란 제국대학의 뜻이다. 나는 교묘하게도 '그렇다'고 답한다. 학교가 아니라 거기에 집이 있다는 뜻이다. 조금 유쾌하다. 다쓰노辰野 문하의 일재逸才라고 큰소리치면 곧바로 "우와~"하며 감탄하기 때문에 묘한 기분이 들기도 하다.

미즈하라 슈오시水原秋桜子 선생님을 데쓰도가하라鐵道が原로 데려오신 것은 다쓰노 다모쓰辰野保 선생님이셨던 것 같다.

그 시절 미즈하라 선생님께서는 부드러운 느낌이 드는 대학생이셨다.

일고一高류가 아닌 멋진 폼으로 삼루수나 포수를 맡으셨다.

아세비馬酔木는 슈오시 선생님께서 주재하신 하이쿠俳句 잡지였는데 나에게도 매호 꼬박꼬박 보내 주셨다. 그래서 나는 빠짐없이 아세비를 읽는다. 그때마다 대학생 시절의 선생님 얼굴을 떠올리며 그리워한다.

한 가지 더 묘한 이야기를 해보고자 한다.

나는 오른쪽 눈가에 상처가 있다. 칼자국도 창 자국도 파칭코 자국도 아니다. 팽이 때문에 생긴 자국이다. 가해자農담입니다는 이웃에 살던 고마쓰자키 세이쇼쿠小松崎清職이라는, 옛 간인노미야閑院宮와 비슷한 수염을 길은 육군대신의 아들이다. 나이는 나보다 두 살 위고 사다오貞雄라는 이름이다.

어느 날 그와 함께 팽이를 돌렸다. 사다오 씨의 팽이가 돌 때문에 튕겨 온 바람에 팽이 심지가 내 눈가를 찔렀다.

상처를 입은 지 2년 정도 지나고 나니, 사다오 씨는 (육군)유년학교에 입학했다. 그가 월등한 성적으로 사관학교로 진학했다는 소식을 들었을 때, 나는 밤마다 거리를 배회하는 일종의 무뢰한이었다. 그래서인지 사다오씨는 내 아버지에게는 편지를 보내왔지만 나에게는 한 통도 보내 주지 않았다. (물론 받는다고 해서 답장을 쓰지도 않겠지만) 이 사다오씨가 도조 히데키東条英機 대장의 비서를 지낸 아카마쓰 사다오赤松貞雄다.

지금 어디에 있는지, 어떻게 지내고 있는지 찾아본 적도 없고 들어본 적도 없지만 얼마 전 (프로야구) 파시픽리그 커미셔너 후쿠시마씨를 만났더니 "나는 아카마쓰 사다오의 친구고 당신에 대해 아카마쓰군으로부터 자주 들었습니다"라고 들었다.

아카마쓰 사다오, 어린 날 친구야.

한번 만나자. 그리고 둘이서 다시 팽이나 돌려보자.

　　　─팽이 심지에

봄 햇살이 돈다

　　　어린 날이 돈다

　　　추억이 돈다─

해제내용

사토 하치로의 연재 수필 「추억 수첩」의 세 번째 이야기. 이번에도 어린 시절 동네야구를 했던 묘가다니茗荷谷 근처의 데쓰도가하라鉄道ガ原의 회상으로 시작한다. 도쿄제국대학이 있는 혼고本郷도 그리 멀지 않은 곳에 있다. 어린 사토가 존경했던 다쓰노 유타카辰野隆, 1888~1964 도쿄제국대학 불문과 교수의 동생 다쓰노 다모쓰辰野保도 도쿄제국대학 학생이었다. 포환던지기 선수이기도 했던 다모쓰는 야구에

도 능숙하여 사토의 아버지 코로쿠가 주최했던 야구 클럽팀의 주전투수가 되었다는 일화가 소개되고 있다. 다쓰노 형제와의 관계는 사토가 성인이 된 이후에도 이어져 1949년 2월 사토는 다모쓰의 형 유타카의 추천으로 쇼와 천황을 만나기도 했다. 유타카는 이때의 회견록「天皇陛下大いに笑う」을 남기기도 했다.

이 수필에서 다쓰노 다모쓰가 동네야구로 데려온 것으로 언급된 일본 유수의 하이쿠俳句 작가 미즈하라 슈오시水原秋桜子, 1892~1981는 문하에 다수의 제자를 둔 것으로 유명하다. 사토 하치로 또한 그의 영향을 받았다. 사토에게 창작 활동의 계기를 마련한 사람 중 한 명이라고 할 수 있다. 사토와 미즈하라의 관계는 미즈하라가 자신이 주최하는 하이쿠 잡지를 사토에게 꾸준히 보내준 일화로 알 수 있다.

이 호에서 마지막으로 등장하는 인물은 사토의 두 살 위 친구 아카마쓰 사다오赤松貞雄, 1900~1982다. 당시 고마쓰바라小松原성이던 그가 아카마쓰 집안으로 양자로 감으로써 성이 바뀌었고, 육군대학을 우등생으로 졸업한 엘리트 중 엘리트였다. 임관 후, 만주사변을 주도한 이타가키 세이시로板垣征四郎와 제2차 세계대전 당시 총리를 지낸 도조 히데키東条英機의 비서관을 지내다가 1944년 군무국 군무과장에 취임하는 등 육군 운영의 중심에 있었다. 이로 인해 아카마쓰는 일본 패전 후 공직추방 대상자가 되기도 했다.

수록 지면 : 116~117면
키워드 : 다쓰노 다카시(辰野隆), 다쓰노 다모쓰(辰野保), 미즈하라 슈오시(水原秋桜子), 아카마쓰 사다오(赤松貞雄)

1951년 6월

주장_1951.6

문화국가의 골자

기다리고 기다렸던 강화조약도 올해 안에 성립할 전망이 보이는 것 같다. 드디어 강화가 성립하면 일본도 오랜만에 열강과 어깨를 나란히 할 수 있게 된다. 그때 일본은 전전戰前의 모습과는 완전히 바뀐 민주적, 자유적 그리고 문화적 국가로서 어깨를 견주고자 하는 것은 새 헌법의 정신으로서 이미 결정된 사항이다. 따라서 민주주의란 무엇인가, 자유주의란 무엇인가, 이에 대해서는 적절한 해석과 지도가 이루어지고 있으며, 일반인도 이에 대해 이해를 하고 실행에 매진하고 있다. 그러나 문화주의, 문화국가라는 것은 무슨 뜻인가? 이는 매우 애매한 것이 아닌가?

문화, 문명이라는 말은 누구나 알고 있는 듯하지만 실은 모르는 그런 것이다. 영국식으로 하면 문명이고, 독일식으로 말하면 문화라는 말을 사용하는 걸로 아는데, 그 의미는 양쪽 모두 복잡하다. 아마도 간단하게 이를 정의하는 것은 어려울 것이다.

과거의 일본은 군국주의였다. 오늘날 패전의 고통을 감내하기에 이르자 국민은 이제는 지긋지긋하고 넌더리가 난다. 앞으로는 평화를 주의로 삼고 문화 방면을 개발해서 발휘하는 것으로 국시로 삼고자 한다. 먼저 이 점이 이른바 문화주의, 문명국가라 일컬어지는 모습일 것이다.

그래서 문화운동이라 불리는 것이 전국적으로 전개되었다. 어떤 운동인지 살펴봤더니 대부분은 영화나 연극 등을 일으켜 세우는 것을 주안점으로 하고 있었다. 물론 영화도 연극도 문화의 한 부분인 것은 틀림없다. 삶을 즐겁게 만들어주는 것이다. 그러나 여기서 한 발짝도 더 나가지 못하는 모양이다.

도쿄와 같은 대도시에서도 청년들에게 문화라는 것은, 비록 각 지방에서처럼 협애狹隘한 것은 아닐지 몰라도, 역시 쾌락적인 세계에서 벗어나지 못하는 것 같다. 한 발짝 밖으로 내디뎠다고 하더라도 막연해서 안개 속에 파묻히고 마는 것처럼 되는 모양이다.

진정한 문화국가가 되기 위해서는 이런 막연한 노력으로는 안 된다고 생각한다. 우리는 더 명확한 생각을 가질 필요가 있다. 본인이 생각하기에는 진선미라는 것은 철학자만이 쓸 수 있는 말이 아니다. 이 진·선·미 세 가지는 문화국가를 구축하기 위한 세 개의 기둥이다. 그 기둥을 지탱하는 수많은 지주支柱는 이 굵은 기둥에 기대는 것이어야 한다.

과학과 철학 또는 우주 만물의 진실을 연구하고, 지금까지 알지 못했던 것도 충분히 밝히고 인간의 정확한 지식을 한 발, 한 발 앞으로 나아가게 하는 것이어야 한다. 즉 '진眞' 방면 연구에 노력해야 한다.

그리고 종교나 도덕의 문제, 즉 인간의 덕의심德義心을 더덕 훌륭하게 만들기 위해 노력해야 한다. 즉 '선善' 영역의 힘이다. 오늘날 문화의 세상이라고 하지만, 사실 가장 지체되고 있는 것은 이 분야이다. 어느 시대에도 악인은 없어지지 않는다고 하나, 오늘날처럼 범죄자가 많고 게다가 악질인 경우는 흔하지 않다. 이런 상태에서 문명국가가 만들어질까? 아니다. 불가능한 것은 너무나 자명하다. 그렇다면 이 세상의 종교가나 교육자는 정말로 일대 분발을 해야 할 때이다. 그리고 세상 모든 사람도, 남자도 여자도 청년도 자기 본분에 맞게 분기해야 한다.

다음은 '미美'의 세계인데, 이것은 아주 범위가 넓다. 시기詩歌, 음악, 연극, 회회繪畵, 조각 등, 이 모든 것이 여기에 속한다. 아름다움을 추구한다는 점에서는 같다.

이 방면에서, 그중에서도 특히 연극, 영화, 소설 등은 시대의 풍조에 따라서 자칫 잘못하면 미풍양속을 해칠 위험성이 높은 것들이다. 예를 들면 오늘날처럼 혼란한 시대에서는 연극이나 소설에 에로틱한 내용을 담은 것들이 유행하는 것은 자연스러운 흐름이라고 할 수 있다. 그러나 이는 사회가 건전해지면 이러한 폐해도 자정自淨이 되리라 생각한다. 즉 미와 선이 교착하는 부분은 언제나 논의의 초점이 되곤 한다.

이상, 매우 간략하지만 이른바 문화의 각 방면에 대해서 명확하게 밝혔다. 사람들은 각자 재능과 취미에 따라서 각 방면의 연구나 개척에 매진해야만 한다. 그리고 여기에 종사하는 사람은 모두 전문가이다. 일반인이 굳이 전문가가 될 필요는 없다. 그저 전문가가 연구한 내용을 되도록 깊고 넓게 이해해야 한다. 이것이 개개인의 교양인 것이다. 이렇게 해서 훌륭한 문화국가를 만들어야 하고, 개인적으로는 교양이 풍부한 진정한 문화인이 만들어진다고 믿는다.

레닌 전쟁론レーニン戦争論

사노 마나부(佐野学)

해제 : 송석원

내용요약

혁명가는 군사학을 모르면 안 된다. 마르크스의 전쟁이론은 대단한 것이었고, 레닌의 전쟁론은 그의 사상체계에서 중요한 위치를 차지하고 있었으며, 트로츠키도 스탈린도 혁명과 함께 뛰어난 실전가實戰家가 되었다. 공산주의자는 계급투쟁 지상주의여서 투쟁에 혼을 넣는 이상 힘의 애호자가 되지 않을 수 없다. 혁명이 평화 속에 이루어질 수 있다고는 생각하지 않는다. 레닌은 부르주아 평화주의를 조소하여, 그것은 노동계급을 기만하는 형태의 하나이며 자본주의, 특히 제국주의 아래 전쟁은 불가피한 것이므로, 평화주의 선전은 환상을 퍼트려 프롤레타리아트 사이에 부르주아 인도주의에 대한 거세적 신앙을 불러일으켜 프롤레타리아트를 비밀외교의 손바닥 안 장난감이게 하는 것이라고 말했다. 부르주아는 힘으로 프롤레타리아트를 억압하고 있다. 이 억압을 타파하기 위해서는 힘으로 할 수밖에 없다. 프롤레타리아트 국가는 강력한 군사력을 준비해서 부르주아의 반혁명을 진압하고 다른 부르주아 국가에 대항해야 한다는 것이 레닌에게서 스탈린에 전해진 공산주의자의 철칙이자, 오늘날 소련의 국가원리이다.

신간 『마르크스, 엥겔스, 레닌, 스탈린 유격전론マルクス, エンゲルス, レーニン, スターリン遊撃戦論』에 1950년 말 스탈린의 연설이 소개되어 있는데, 연설에서 그는 "무기 없이 어떤 혁명이 이길 수 있나? 어떤 혁명이 '무기를 버리라'고 말했나, 그런 말을 한 자는 아마도 톨스토이주의자로 혁명가가 아니다. 그런 말을 하는 사람은 누구든 혁명의 적이요 인민의 자유의 적이다", "진정으로 이기기 위해 무엇이 필요한가? 그것은 다음 세 가지이다. 첫째도 무장, 둘째도 무장, 셋째도 무장이다". 첫째도 무장, 둘째도 무장, 셋째도 무장이라는 말은 프랑스혁명의 지도자 당통(마르크스는 당통을 혁명 전술의 최고 교사라고 칭했다)의 '혁명의 조건은 첫째도 용기, 둘째도 용기, 셋째도 용기다'는 말을 흉내낸 말이다. 스탈린은 무장을 혁명의 혼이라고 생각해, 오히려 '유무주의唯武主義'라 해도 좋다. 제1차 세계대전 중에 카우츠키 등 중앙파 사회주의자와 독일의 좌익적 청년 공산 분자가 '군비 철폐'를 슬로건으로 내세운 적이 있는데, 레닌은 '군비 철폐 슬로건에 대해軍備撤廃のスローガンについて'에서 이 슬로건은 비역사적 견해로 국가와 군비가 분리될 수 없다는 것은 역사상의 사실이며, 이 슬로건이 모든 전쟁을 부정하는 사상을 포함하고 있으나 오늘날의 프롤레타리아트의 부르주아에 대한 내란이나 식민지와 반식민지의 민족해방투쟁이나 프롤레타리아 국가의 부르주아 국가에 대한 전쟁 같은 진보 전쟁이 있으며, 공산주의자는 오히려 앞장서서 그에 동참해야 하고, 이 슬로건이 힘을 부정하는 사상을 포함하고 있으나 현대와 같은 문명시대에도 단순한 힘으로 해결하지 않으면 안 되는 일이 너무도 많다는 점 등을 들어 맹렬히 공격했다. 프롤레타리아트의 군비 문제에 대한 구체적인 요구란 노동자의 무장, 곧 '적군赤軍 건설'이다. 힘의 신앙과 결합된 사회주의가 전쟁 애호자가 되어 역사상 드물지 않게 무력주의로 될 수 있는 불행한 표본을 소련이 제공하고 있다.

레닌은 제1차 세계대전 발발과 함께 유럽 사회주의자 대부분이 모국 방위를 주창한 데 반대하며 '제국주의 전쟁을 내란으로', '자국 정부를 패배시켜라'는 슬로건을 주창했다. 레닌 사후 그가 1922년 12월에 쓴 '헤이그에서의 우리 대표의 임무ハーグにおけるわが代表の任務'가 발표되었는데, 여기서 레닌은 "전쟁 위험을 타파하는 문제에 대한 최대 난제는 마치 이 문제가 단순 명백한 비교적 가벼운輕易 문제인 것 같은 편견을 타파하는 데 있다"고 말하고 있다. 레닌은 클라우제비츠의 전쟁

은 폭력을 가지고 하는 정치의 계속이라는 말을 애용한다. 레닌의 독점자본주의나 그에 기초한 제국주의 이론은 오스트리아 사회주의자 힐퍼딩 등의 연구에서 출발한 것이지만, 레닌의 본뜻은 서재書齋적인 이론연구가 아니라 전쟁과 혁명을 어떻게 연결할 것인가에 있었다.

마르크스는 전쟁을 진보 전쟁과 반동 전쟁으로 나눴다. 진보 전쟁은 사회적 모순을 급격히 해소하여 사회 발전을 비약적으로 실현하는 것으로 이러한 전쟁에는 앞장서서 참가하라고 했다. 레닌은 현대 제국주의 전쟁은 강도가 서로 전리품의 다과를 다투는 반동 전쟁이지만, 이 시대에도 진보 전쟁은 있는데, 프롤레타리아트의 부르주아 지배를 뒤엎는 내란, 식민지와 반식민지의 민족해방전쟁, 프롤레타리아 국가의 부르주아 국가에 대한 전쟁 등이 그것이다.

해제내용

저자는 1951년 본 잡지에서 스탈린과 레닌에 대한 비판을 계속해서 전개하고 있다. 1월호에서는 스탈린의 제국주의론을 다룬 바 있고, 본 6월호에서는 레닌의 전쟁론을, 8월에는 스탈린의 전쟁론을 각각 다루고 있다. 따라서 본 글은 우선 이와 같은 저자의 레닌과 스탈린 비판 연작 중 일부의 성격을 갖는다고 할 수 있다. 다만, 제목은 '레닌의 전쟁론'으로 되어 있지만, 레닌의 전쟁 관련 발언을 1차 자료를 중심으로 시종일관 쫓으며 논의를 전개하기보다는 공산주의자가 혁명의 이론에 바탕을 두는 이상 불가피하게 전쟁 애호자가 될 수밖에 없다는 일반론, 전쟁에 대한 사회주의자의 생각, 현대에서의 세 종류의 진보 전쟁에 대해 언급하는 형태를 취하고 있다.

사회주의자가 평화를 옹호하는 것 같지만, 실제로는 그 이론 자체가 혁명과 전쟁을 내포한 것으로 전략가적인 면모를 갖추지 않으면 안 된다는 점, 실제 스탈린은 "첫째도 무장, 둘째도 무장, 셋째도 무장"이라고 강조한 바 있으며, 스탈린의 위 언급의 지적재산권 소유자라고 할 수 있는 프랑스혁명 지도자 당통을 마르크스가 최고의 혁명 전술가로 극찬했다거나, 레닌이 클라우제비츠의 전쟁론 내용을 애용했다는 점 등은 사회주의와 전쟁의 떼려야 뗄 수 없는 관계를 보여준다고 하겠다. 레닌의 여러 문장을 인용하면서 그의 전쟁론을 논하고 있다는 점에서 레닌의 전쟁론이 생생하게 전달되는 느낌이며, 레닌을 비롯한 사회주의자가 전쟁에 큰 방점을 두는 것은 혁명과의 연계 때문이며, 따라서 사회주의자가 유물론^{唯物論}의 입장이라고 하지만, 그것은 또한 '유무주의^{唯武主義}'이기도 하다는 정리가 흥미롭다.

수록 지면 : 8~14면
키워드 : 레닌, 전쟁론, 계급투쟁, 진보전쟁, 공산주의

선거와 정치의 합리화 選擧と政治の合理化

하라다 코우(原田鋼)

해제 : 석주희

내용요약

1.

지금 지방선거전이 한창 때이다. 시정촌 선거의 투표율은 전국 평균 91.1%라는 신기록을 세우고 있다. 민주주의를 내세우는 한 이러한 투표업적은 분명 기뻐할만한 현상이다. 그러나 이것이 정치의 합리화를 높인다는 것은 옳지 않다. 여기서 가장 중요한 것은 물론 유권자 가운데 몇 퍼센트가 투표했는가가 아니라 그 투표자가 현실에 어떤 정치적 동기로 행동했는가 하는 것이다. 이러한 문제를 검토하지 않으면 정치의 기본적인 성격을 명확히 하고 그것을 전제로 보다 나은 정치를 만들기 위해 현실적인 기여를 할 수 없다.

지방선거의 전반을 종료한 직후 매수나 선거방해 등 위법이 나타나고 있다. 이러한 것은 정치를 둘러싼 비합리성을 단편으로 시사한다. 이러한 위법행위뿐 아니라 어떤 의미에서 심층적인 곳에서 비합리성은 가장 장하게 자리하고 있다. 이번 선거가 우리들의 일상생활에 직결한다는 점에서 일상생활의 정치의식이 발전함에 따라 특히 주부의 투표수를 늘려야 한다고 말할 수 있다. 투표행동을 결정하는 정치적 동향에는 명확히 반지성적으로 보이는 다양한 비합리적 요소가 있는 경우가 많다. 이례적인 사례이나 어느 미국의 사회학자가 지적한 바와 같이 히틀러가 단기간에 독재 정치를 성립할 수 있던 원인 가운데에는 정치의 비합리성이 큰 위치를 차지하고 있다.

2.

정치에서 비합리성은 단순히 투표행동만을 말하는 것은 아니다. 행정활동에서도 다양한 방면에서 나타난다. 예를 들어 필자가 어느 신문기자로부터 구체적으로 들은 것인데, 도쿄에 가까운 도시의 한 시장은 객관적으로 정치적으로 볼 때 상당히 정치적 실천력을 가지고 있음에도 불구하고 그가 대학출신이 아니라는 이유로 실력을 제대로 발휘하지 못하는 경우가 많다고 한다. 그가 스스로 정치적 대면을 위해 중앙관청에 들어가는 것보다 그 아래 있는 젊은 행정사무담당자가 한층 효율적으로 정치목적을 달성하고 있는 것이 사실이다. 젊은 행정 담당자는 마침 대학 출신자로 동료, 선배, 후배를 스스로 직접 필요할 때 관청의 요소요소에 대하여 '잘 부탁한다'라는 전화 한 통으로 정치적 목적을 효과적으로 달성할 수 있다. 이러한 행정부분에 대해 현실의 전개과정에는 다양한 비합리성이 포함되어 있다.

3.

이처럼 행정을 포함한 정치는 엄밀하게 말하면 어떤 시대에도 어떤 곳에서도 순수하고 투명한 것은 없다. 민주주의가 이러한 어둠을 정치형식으로 발달해온 것은 있지만 그렇다고 해도 현실에서는 상기와 같은 사례와 같이 목적을 완전히 달성할 수 없는 곳에서 이러한 문제가 있다. 이것은 대체 왜 그런 것인가? 간단히 말하면 정치는 복잡한 인간에 의해 맡겨지며 인간의 본질적인 마성으로서 권력욕이나 명예욕에 의해 규정된 측면을 갖기 때문이다. 어느 의미에서 상식적인 생각을 하더라도 정치적인 상대로서 인간은 존재성격에 대해 이원적이다. 영과 육체, 이성과 본능, 로고스와 바토스 등의 대립은 이 사실을 보여준다.

정치적 존재성격, 즉 우리들의 눈앞에 전개하는 현실정치의 모습이 상당히 복잡한 것이다. 인간과 그것에 의해 맡아지는 정치가 단순히 이원적인 것이라면 그것이 바른가 바르지 않는가는 간단한 고찰과 분석으로 가능하다. 그러나 그 비판도 간단명료하다. 그러나 인간이 이러한 이원적 대립을 부단히 극복하려는 것으로부터 정치도 비합리, 합리성, 그것을 합리화하려는 것이 정치가 맡은 임무로서 인간인 것이다. 이러한 합리화나 윤리화가 아직 정치의 현실적인 전개과정에 포함되어 있기 때문이다.

4.

구체적으로 말하면, 예를 들어 우리들이 현재 체험하는 선거전을 보도록 하자. 회장에서 또는 거리에서 후보자의 선거연설을 듣고 완전히 논리적이지 않더라도 비합리적인 것은 대부분 느낄 것이다. 왜냐하면 후보자군 일인으로서 공공을 위해 나를 희생한다고 하더라도 입후보의 동기가 순전히 공적인 것으로 거기에는 사심도, 사욕도 없다는 것을 반복적으로 역설한다. 그러나 합리적인 입장에서 보면 어느 후보자도 당선된 뒤에 자기를 희생해서 정치활동에 몰입할 수는 없다. 후보자도 국회나 지방회의에서 난투를 하거나 사적인 이해관계에 의해 정치적 다툼을 하거나 등의 행위를 하는 경우에 대해 어떻게든 설명하면 좋은 것이다.

정당국가가 대외적인 위기에는 정당 간 대립이 있는 경우가 있다. 이 경우에도 정당도 국가라는 전체의 개념을 가지고 자신의 정당이 대승적 입장에서 행동하는 것을 성명하지 않을 수 없다. 그러나 문제는 그뿐이 아니다. 이러한 객관적인 조건을 이용함에 따라 단독으로는 도저히 정권을 가질 수 없는 정당이 일견 합리적인 슬로건을 바탕으로 정권을 잡는 비합리적인 행정행동이 존재한다.

5.

정치적 합리화를 철저히하기 위해서는 시민사회를 경유할 뿐 아니라 근대의식이 확립되어야 한다. 전근대적인 정신구조를 바탕으로 정치는 점차 비합리적인 지점을 굳히고 여기에 반이성적인 권력욕을 위장하는 정도를 높인다. 이러한 점에서 철저히 해야 한다.

6.

봉건주의나 근대주의 등이 발생했던 곳은 일반적으로 정치가 근대적인 요소를 가지고 있는 것으로 기본적으로 과거성이나 초월성, 절대성이 포함되어 있다. 정치가 비합리성으로부터 해방되지 않는다는 점을 명확히 인식해야 한다. 반대로 냉엄한 현실을 전제로 하여 정치를 해방하기 위해서 어떤 것을 해야 하는가 모색할 수 있는 여지가 생긴다.

해제내용

하라다 코우는 1951년 지방선거를 통해 일본의 민주주의에 대한 견해를 제시하였다. 당시 "시정촌 선거의 투표율은 전국 평균 91.1%"는 국민들의 정치에 대한 높은 관심을 반영하고 있다. 그러나 필자가 말하듯 "가장 중요한 것은 물론 유권자 가운데 몇 퍼센트가 투표했는가가 아니라 그 투표자가 현실에 어떤 정치적 동기로 행동하는가" 하는 문제이다. 정치는 선거뿐 아니라 일상속에서 비조직적으로 이루어지는 인간 생활양식의 일부이기도 하기 때문이다. 하라다 코우는 지방선거에 영향을 미치는 '비합리적 요소'에 대하여 관심을 보인다. 이는 히틀러 독재가 대중의 지지로부터 등장했다는 점을 상기할 때 매우 타당한 지적이다.

그가 제시하는 '정치적 비합리성'은 선거에서 종종 등장하는 주제 중 하나이다. 본문에서 "투표행동을 결정하는 정치적 동향에는 명확히 반지성적으로 보이는 다양한 비합리적 요소가 있는 경우가 많다"고 밝히듯 유권자가 투표할 때 의외로 감정적인 부분, 이미지에 좌우된다는 것은 선거와 관련한 기존 연구에서 증명된 사실이다. 그 원인은 정치적 비합리성 이전에 인간의 합리성에 대한 의구심으로 돌아가야 한다. 인간이 절대적으로 이성적 판단과 합리적 행동을 한다는 잘못된 신화는 일본의 작은 지방 선거를 통해서도 그 오류를 지적하는 것은 어렵지 않다. 그는 "정치에서 비합리성은 단순히 투표행동만을 말하는 것은 아니다. 행정활동에서도 다양한 방면에서 나타난다"고 말하며 지방 관청의 젊은 행정 담당자의 사례를 제시한다.

그럼에도 우리는 정치는 합리적인 인간의 사유의 결과물처럼 종종 오인된다. 이는 민주주의는 국가에서 도달해야 할 완전한 정치적 가치이며 그 근본 원리는 시민으로서 개인의 이성적 판단과 합리성이 자리하기 때문이다. 기존 연구자들은 발전한 민주주의 국가일수록 이성적이고 교양 있는 시민들이 등장한다고 보았다. 예컨데 테다 스카치폴, 로버트 퍼트남, 알렉시스 드 토크빌 등 서구 학자들은 미국과 이탈리아 등의 사례를 통해 민주주의 발전을 위한 조건으로 윤리적 연대의 강화와 국민의 지혜, 인간의 평등을 향한 상부상조, 상호신뢰 등을 제시하였다. 그러나 민주주의는 도달하기 어려운 이상적인 체제이며 특히 자본주의 등은 교육과 기회의 불평등을 초래하므로 경계해야 할 것으로 보았다. 토크빌은 평등과 민주국가를 불가분의 관계로 보았다. 그는 "민주주의 국가는 평등을 전제로 해야 한다. 현대인들은 자유보다 평등을 요구하며 그것을 획득할 수 없던 노예의 상태에서도 평등을 요구했다. 우리가 사는 이 시대는 평등 없이 자유가 확립될 수 없다"고 단언했다Tocqueville, 2013.

하라다 코우는 본문에서 현실정치에 대한 탐구를 이어간다. 그는 "우리들 눈 앞에 전개하는 현실정치의 모습이 상당히 복잡한 것이다. 인간과 그것에 의해 맡아지는 정치가 단순히 이원적인 것이라면 그것이 바른가 바르지 않는가는 간단한 고찰과 분석으로 가능하다. 그러나 그 비판도 간단명료하다. 그러나 인간이 이러한 이원적 대립을 부단히 극복하려는 것으로부터 정치도 비합리, 합리성, 그것을 합리화하려는 것이 정치가 맡은 임무로서 인간인 것이다. 이러한 합리화나 윤리화가 아직 정치의 현실적인 전개과정에 포함되어 있기 때문이다"라고 제시하며 현실정치와 이상적인 정치를 분리하여 인식한다. 필자는 시민사회뿐 아니라 근대적인 의식이 확립되어야 한다고 강조하면서 봉건주의나 근대주의에 대한 위험성을 제시하며 정치적 합리화와 개인의 정신구조를 연결한다. 이 글은 민주주의에 대한 맹목적인 합리성에 대한 지식인의 비판적 의식을 드러낸다는 점에서 주목할 만하다. 그러나 전후 일본은 봉건주의가 아닌 제국주의 또는 전체주의로부터 민주주의로 급격한 이행이 이루어졌다. 이 같은 관점에서 일본의 전후 민주주의는 인간의 합리성과 정치적 행동에 대한 이론적 고찰 뿐 아니라 일본의 역사적 맥락에서 천황과 신민, 국가와 국민의 등장, 노동자 계급과 군부세력과의 관계 등 신민과 국민, 시민으로부터 재조명이 이루어져야 할 것이다.

수록 지면 : 22~27면
키워드 : 정치적 합리화, 권력, 비합리성, 국가, 선거

헌법의 운명憲法の運命

스즈키 야스조(鈴木安蔵)
해제 : 권연이

내용요약

일국의 헌법은 국가 최고의 법규이고, 법치국가가 민주주의 국가의 가장 근본적인 모습이므로 헌법 존수의 이념은 전 국민의 일상을 지배하는 관념이 되어야 한다. 그러나 일본의 현실은 이에 반하고 있다. 일본의 강화문제에 대한 논의에서도 헌법에 관심과 주의를 기울이지 않고 있는 것이 실정이다.

일본의 구군사체제가 붕괴된 패전 직후의 시기에 군비 전폐·전쟁 방기의 규정을 헌법전에 실었으나, 전쟁 방기의 규정, 절대 평화옹호권의 규정이 현실의 국정을 규정하는 근본 기준으로서 존재하는가. 이것이 없다면 헌법 규정은 무가치하다. 일본 자신이 전쟁의 당사자로서 현실적으로 문제시되는 가능성이 있을 때 진정한 시련에 당면했을 때 헌법 규정의 진가는 분명해진다. 전쟁 포기의 규정에 대한 정부, 국민 일반의 동향이나 신문 방송, 나아가 정부도 이 문제에 대해 헌법을 사수하려는 결의가 존재하지 않는다. 역으로 객관 정세가 변화한 이상, 당연히 개정해야 하는 것이라고 선전하는데 급급한 상황이다. 헌법 조규条規를 개정하는데 망설이지 않는 태도가 지배적이지 않은가.

헌법은 인민 대중을 위해서 존재하고 기본적 인권을 위해서 제정되고 옹호되는 것이지, 헌법 자체를 위해서 인민이 존재하는 것은 아니다. 헌법 개정은 피해야 할 일은 아니지만, 개정은 궁극적으로 인민의 기본적 인권의 보다 나은 보장을 위해야 한다. 헌법 규정의 개정이 타당한가의 기준은 기본적 인권 보장의 실행에 있다. 헌법의 근본정신에 근거한 국정 운용이 불가능하다는 것이 충분히 입증되어야 한다. 이것 없이 어쩔 수 없이 기본적 인권보장이라고 해서 개정하는 쪽이 바람직하다는 생각만으로 개정을 시도해서는 안된다. 만약 그렇다면 헌법을 최고 법규로 하는 민주주의 정치의 근본 원리 자체가 동요한다. 법치주의는 붕괴되고 자의적 통치가 대신하게 된다.

그럼에도 전쟁 방기의 규정을 개정할 경우, 그것이 일본 국민의 기본적 인권보장을 한층 더 완전하게 하기 위해서 유익하면서 필요한가, 제9조에 의해 오늘날의 국제 정세에 따라 행동할 방법이 있는가 없는가에 대해서 얼마만큼의 연구·조사가 이루어져 있는 것인가.

헌법 개정은 일부의 권력 정치가에 의해 일부 지배자에 의해 그 좁은 특권적 이익에 근거하여 제정 내지 개정되어야 하는 것은 아니다. 일본국 헌법의 중심 근본 원리인 절대 평화주의의 규정에 대해서 마침 그러한 정책 개정의 동향이 존재하는데, 만일 그렇다면 헌법은 그 권위를 잃을 것이다.

과거의 여러 국가들의 헌법사의 흐름을 개괄하여 볼 때, 헌법상 근본적 차이는 사회적 사정의 차이에 의해서 발생한다는 것을 알 수 있다. 헌법의 내용은 정치적 제 사정, 정치 변혁 주체의 성격, 역사적 사정, 역사적 과제에 의해서 결정된다. 영국은 두 번의 혁명을 거쳐 군주제가 남고, 모범적 의회제가 확립되었다. 프랑스는 프랑스 혁명이 발발하고 몇 번의 혁명 과정을 거쳐 공화국 수립, 제2차 대전 후에는 제4공화국 헌법1946이 성립되는 등 격렬한 변전을 거쳐 왔다. 두 나라와 비교하면 프로이센의 경우, 외견적 입헌제는 명백히 뒤쳐져있었고, 구제도의 극복은 완성되지 않았다. 독일의 부르주아지는 구 사회에 속해 있어 인권을 배신하고, 구 권력의 대표자와 타협하는 경향을 가지고 있었다. 1848년 정부는 무너지지 않았다. 혁명은 부르조아지, 부유한 인텔리겐치아 등 유산 계급에 대해서 정치에 참여하는 권한을 정부가 일부 나눠주는 것으로 끝났다. 프로이센의 의회는 무력했다.

어떠한 헌법 제도도 항상 어떠한 정치투쟁·계급투쟁의 소산이고, 그 투쟁의 일정 귀결의 법적 요약이다. 헌법 제정 내지 개정은, 항상 현실에 필연이 된 정치 세력의 재편성에 조응하고, 그 기저에 발생한 사회경제적 변화의 법적 반영인 것이다. 헌법은 정치 투쟁의 일정점에 있어서 종결이며, 투쟁하는 모든 정치 세력의 일정의 균형의 요약이다. 따라서 헌법이 반영하고 있는 정치적 상황, 정치적 균형이 변화하고 동요, 와해될 때, 헌법규범과 헌법의 관계는 모순에 빠지게 되고 세력 간 대립하는 정치적 요구가 병존하다가, 현실의 헌법적 관계, 정치적 상황의 변화가 결국에는 헌법규범, 조규 자체의 변화로 요약된다.

헌법은 그 성격에 있어서 정치적인 것이다. 그렇다면 어떤 정치세력이 어떤 정치원리에 의해 일정 국가의 헌법을 제정하여 운용하는가는 그 아래에서 생활하는 국민의 운명을 결정하는 것으로 귀결된다. 헌법은 국가 최고 법규로서 존중되고 존수되어야 한다. 인민 대중이 충분히 정치적 자각을 가지고 자기 의지를 조직적으로 총합하고 국정 시에 실현하는 노력을 해야 한다. 우리들은 헌법을 옹호해야 한다. 헌법을 결정하는 정치세력을 우리들 자신의 것으로 하는 운동에 정신挺身해야 한다.

해제내용

일본국헌법은 1946년 11월 3일에 공포되어, 1947년 5월 3일 시행되었다. 당시 미 점령하에서 공포, 시행되었기 때문에 헌법으로서 완전히 효력을 갖게 된 것은 1952년 4월 28일 샌프란시스코 평화조약의 발효에 의해서 일본에 대한 미국의 점령이 종료한 때라 할 수 있다. 1948년부터 GHQ의 대일점령정책의 전환이 시작되었고, 역코스로서 정책 체계가 잡힌 것은 1951년 제3차 요시다 내각 때부터이다. '일본의 민주화', '비군사화'로부터 역행하는 흐름이 본격화되던 시기였고 당시 일본의 재군비, 재무장에 대한 논의가 나오던 시기였다. 1951년 9월 8일

샌프란시스코 강화(평화)조약 서명 시, 미-일간 안전보장조약도 서명되었다.

강화조약은 헌법 제9조의 개정 문제와 관련하여 이후 일본 사회의 균열에 중요한 영향을 미친 분기점이 되었다고 볼 수 있다. 이 글에서는 강화조약이 체결되기 직전의 상황에서 호헌파였던 재야의 지식인이 전쟁포기 등의 헌법 조항을 개정하기 위해 정치권에서 논의가 이루어지는 상황에 대해 일본 사회 내에서 진지한 논의가 형성되고 있지 않음을 비판하고 있다. 정치적 자각을 가지고 정치세력을 형성하여 헌법 옹호 운동에 정신挺身하는 자신들이 헌법의 운명을 결정할 것이라고 역설하고 있다. 전후 '헌법개악저지 각계연락회'의 결성에 참가하는 등 호헌 운동에 영향을 미쳐온 그의 이력에서 볼 때 이 글은 정치학자이자 헌법학자로서 호헌운동이 입각해야 할 논리적 근거를 제시하고 있다.

수록 지면 : 28~47면
키워드 : 강화, 헌법 개정, 전쟁 포기, 절대평화주의

중공의 대일정책 中共の對日方針

중소동맹조약의 의도 中ソ同盟條約の意圖

가미벳푸 치카시(上別府親志)

해제 : 엄태봉

내용요약

1951년 3월 말, 미국은 대일강화 관련 국가들이 제안한 초안을 발표했다. 이후 관련 국가들 간에 강화조약 내용에 관한 논의가 이루어지고 있으며, 미국은 2~3개월 안에 강화조약이 체결되기를 희망한다고 밝혔다. 미국을 중심으로 한 민주주의 국가들이 대일강화를 촉진하는 것에 대해 소련은 미국과 어떠한 논의도 하지 않겠다면서 미국에게 동조하지 않는다는 의견을 유엔에서 제시했다. 이에 대해 미국은 소련의 그러한 자세는 자유 진영에 대한 불안을 양성하려는 목적이며 아시아의 반평화적 정책에 해당한다고 비난했다. 이와 같이 대일강화조약은 소련 진영의 방해에 대항하면서 추진되고 있는 것이며, 대일강화 자체가 그 투쟁의 일환이 되고 있다. 이와 같은 상황 속에서 일본 국민들이 열망하고 있는 전면적인 강화는 실현이 가능하지 않다는 것이 명백해지고 있다. 또한 일본 국내에서도 전면강화, 단독강화 논쟁이 이어지고 있지만, 위와 같은 국제적인 대립상태는 전면강화를 저지하고 있으며 이러한 현실을 무시해서는 안 된다.

패전 이후, 일본은 서구 민주주의 진영에 속하게 되었으며 일본의 목표도 민주주의를 관철시키는 것이다. 미소 양국의 대립 구도 속에서 일본은 소련과 대립하고 미국의 전초선前哨線이 일본을 포함하고 있는 한 소련의 일본에 대한 적시적인 태도는 불식되지 않는다. 따라서 소련은 어떠한 기회나 방법을 통해 일본에게 소런적인 체제로 굴종할 것을 강요할 수 있다. 이를 거부하기 위해서는 스스로 대항할 수 있는 방법을 강구해야 한다.

　무력행사를 폐기하고 평화국가를 희망하는 일본이 다시 자위 문제를 고려하게 된 원인은 한국, 동남아시아에서 보는 바와 같이 국제공산주의 세력의 아시아 침공이 심화되고 있다는 점이다. 국제공산주의 세력의 아시아 침공은 조선, 인도차이나 방면에서 알 수 있듯이 무력을 통해 소련 체제를 강제하는 형태를 취하고 있다. 여기에서 중요한 지위를 차지하고 있는 것은 바로 중공이다. 중공은 1950년 2월, 소련과 「중소 우호동맹 상호원조조약」을 체결했는데 이는 중국과 소련의 군사동맹일 뿐만이 아니라 일본을 직접적인 대상으로 하고 있기 때문에 간과해서는 안 되는 조약이다. 일본과 연결된 다른 국가의 침략과 관련된 동 조약의 내용은 미국을 그 대상으로 하고 있는 것은 명백하며, 일본이 민주주의 체제를 취하고 미국과 우호적인 관계를 맺고 있는 한 일본은 미국적 체제의 아시아 전진 거점으로 간주되어 중공은 일본을 적시할 것이다.

　동 조약은 중소 양국의 대외정책이 일체적인 관계에 있다는 것을 밝히고 있으며, 동 조약에는 소련의 아시아 정책=중공의 아시아 정책이라는 관계가 존재한다. 대일강화에 대한 중공의 입장도 동 조약을 따르고 있는데, 중공의 주은래周恩來 외교부장은 1950년 11월에 대일강화에 대한 미국의 제안을 비난하는 성명을 발표했다. 이는 대일강화를 구체적으로 촉진하기 위한 주장이 아니라 대일강화문제를 역전시키는 효과를 노린 것이며, 만일 미소 대립이 강화될 경우 이를 해결하지 않는 한 전면적인 대일강화는 불가능해진다.

　대일강화 촉진을 저해하고 일본의 무력화를 꾀하고 있는 것은 중국과 소련이다. 아시아에서 소련적 체제를 확대하기 위해서 일본이 서구 민주주의권에서 떨어지고 고립화되는 것을 이익이라고 생각하기 때문이다. 중공은 미국의 극동 진출을 비난하고 일본에게 깊은 불신과 적의를 나타내고 있다. 그러나 중국이 아시아에서 국제공산주의 세력과 관련하여 그 역할이 커짐에 따라 중국 국내의 탄압 정책은 점점 강화되고 있다. 이러한 일련의 국내 탄압 정책은 중국 국민들의 의지를 일방적으로 굴복시켜 서구와 일본에 대한 대립 의식을 강제하고 전쟁 위기를 확대시킬 것이다. 또한 아시아 국가들의 협조와 공존을 저해하고 무력항쟁을 심화시켜 혼란을 초래할 것이다.

해제내용

이 글은 미국을 중심으로 진행되고 있었던 샌프란시스코 강화 조약을 둘러싼 미소 양국의 대립이 발생하고 있는 상황 속에서, 당시 중국이 일본을 어떻게 인식하고 있는지를 논하고 있다.

1950년 전후 중공은 소련을 중심으로 한 공산 진영에 가담하고 소련 일변도 노선을 견지하면서 미국을 중심으로 한 자유 진영에 대항했다. 당시 중공은 공산 진영이 소련을 중심으로 이루어진 만큼 소련의 영향력이 상당히 컸다는 점, 중공 정권의 기반이 취약했다는 점을 만회하기 위해 소련 일변도 노선을 채택하게 되었다. 마오쩌둥은 모스크바를 방문하여 중소 동맹을 체결하고 항미원조를 내걸고 한국전쟁에도 참가했다. 당시 미국은 중공을 승인하고 있지 않았으며 한국전쟁 발발 이후 대만 해협의 중립화를 선언하고 대만에 대한 중국의 군사적 행위를 저지하려고 했다. 한국전쟁으로 인해 미국과 중공이 직접 충돌하자 미국을 중심으로 한 유엔 참여국들은 중국을 침략자로 규정하는 결의안을 채택했으며, 대중금수조치로 이어지면서 중공과 미국의 관계를 더욱 악화되었다. 이러한 상황 속에서 중공은 소련과 함께 전면적인 대일강화를 주장하면서 미국이 실시하려고 했던 대일강화에 저항하면서 미국의 일본 통치 및 중국 봉쇄 정책에 반대했던 것이다.

이와 같이 1950년을 전후 한 시기의 중국을 둘러싼 국제 정세 속에서 필자는 일본이 희망하는 전면적인 강화와 평화국가 지향을 곤란하게 하고 일본의 자위

문제를 부상시킨 것은, 당시 공산주의 세력이 아시아로 침투하고 있었다는 점을 들었고 거기에는 중공이 중요한 위치에 있다고 지적했다. 한편 중공과 소련이 체결한 조약은 일본이 재차 제국주의로 등장하는 것과 일본과 밀접한 관계인 미국을 견제하는 것이며, 일본이 민주주의를 견지하는 한 중공과 소련은 일본을 적대시할 것이라고 설명한다. 중국과 소련의 동맹이 일본을 적국으로 상정하고 일본과 미국의 중국 침략을 방지하는 것이 목적이었다는 것을 볼 때 필자의 위와 같은 지적은 타당하고 볼 수 있다. 한편 중공은 중화인민공화국의 참가 없는 대일강화조약은 비합법적이라는 내용의 성명을 발표하면서 미국 중심의 대일 강화 조약에 대해 비난을 했는데, 필자는 이러한 중공의 태도 및 소련의 태도가 일본이 전면적인 강화의 실현을 저지할 것이라고 지적한다.

수록 지면 : 40~47면
키워드 : 대일강화조약, 중공, 대일 정책, 중소동맹

사령관 경질과 강화문제 司令官更迭と講和問題

해제 : 권연이

내용요약

1950년 여름부터 미국의 극동 정책에 대해 영국의 신문·잡지는 끊임없이 비판하고 있었다. 미국의 국무성과 국방성이 정책상 대립하거나 유럽 제일주의와 아시아 존중주의가 대립하는 근원에는 맥아더 원사와 그 막료의 일군의 주장이 어느 정도 역할을 했다는 점이다.

요시다 내각이나 자유당은 미국의 무력에 의존하고 있으며, 요시다 수상은 덜레스 특사에게 '일본은 미국의 주병을 희망한다'는 성명을 제출하였다. 문제는 국회의 공적 심의나 각 방면의 전문가의 공청회를 개최하고 결정해야 하는데 일부 정치가가 마음대로 결정한 것이다.

한반도문제는 두 개의 세력이 대립하고 있다는 불행에서 생겨난 것이지만, 일본에 미국의 무력이 주재하게 된다면 일본은 반대 진영으로부터 미움을 받게 되어 결코 일본의 평화는 확립되지 않는다. 미국이 언제까지고 일본의 국방을 책임져주지 않을 것이고, 일본의 국방은 자신이 생각해야 한다. 일본의 국방에 대한 미국 의존주의는 일본을 한반도와 같은 운명에 빠지게 할 것이다. 일본 전토를 기지로 하게 되면 8천만 인구를 부양할 준비가 없어서는 안되고, 이 경제적 부담을 지는 것은 일찍부터 미국에서 반대가 많았던 것이다. 준비도 없이 기지를 갖는 것은 일본에 있어서 불행한 일인데 내각이나 자유당의 정치가는 그렇게 생각하지 않는다. 민주당은 자주적인 입장에서 일본 고유의 군비를 가질 것을 주장하지만,

군비가 어느 정도 규모인지에 대해서는 논의되지 않고 있다.

　민주당 정치가들은 서유럽의 군사 동맹처럼 반공무력의 일익을 담당할 것으로서 재군비를 생각하고 있을 것이다. 그렇다고 한다면 자유당의 기지 제공론과 동일한 것이고, 재군비가 오히려 일본 국방의 위기의 원천이 될 가능성이 있다. 한국의 군대와 마찬가지로, 군비가 국방의 위력을 확립하지 않을 뿐만 아니라 오히려 국토 황폐의 원인이 될 것이다.

　국방이 군비에 의해서 보장되는 것은 결코 아니라는 것은 벨기에의 사례를 보면 알 수 있다. 독일과 프랑스의 대립 사이에서 그 전화에 휩싸여 황폐화되었다. 벨기에에는 훌륭한 군비가 있어서 두 번의 대전에서 분투하였다. 벨기에의 국방은 벨기에의 군대가 아닌 영불미의 무력, 특히 영국의 군대에 의해서 유지되었다.

　재군비에는 군사 생산이 동반되어야 하는데, 일본이 군사 생산을 시작하면 이미 기반이 갖춰진 상태에서 점차로 일본의 군국주의에 박차를 가하는 꼴이 되어 민수 생산을 압박하게 될 것이다. 영세중립국인 스위스도 제2차 대전 중에는 40만 군대를 동원했으나 이는 인구의 거의 전부에 가까운 숫자이다. 종전과 동시에 복원되었다. 참전하지 않았던 스위스의 경제적 수입은 높게 평가되었다.

　민주당 정치가들은 재군비와 재정 부담을 문제로 하고 있지만, 재군비 반대의 문제는 결코 재정의 문제는 아니다. 재군비의 중심 문제는 국방에 도움이 되지 않는다는 것과 역으로 전쟁 유발의 위험을 내포하고 있다는 점에 관한 것이다.

　그래서 국가의 방위는 어떠한 힘에 의존하고 있는가 하는 문제를 더 생각해야 한다. 열강의 국제적인 '힘의 균형'에 의존해야 한다고 주장한다. 무력 없는 정치력과 외교 기술이다. 히틀러나 무솔리니가 실패한 것은 너무 무력에 의존해서이고, 연합국의 승리는 정치력의 승리라 할 수 있다. 이탈리아는 제1차 대전에서도 제2차 대전에서도 정세를 파악해서 정세에 따라 행동했다. 이것이 이탈리아의 국제적 입장의 고유의 특성이다.

일본의 입장은 두 개의 국제적 대립의 전초선에 세워져있으므로 국제정세의 관계를 중시할 필요가 있다. 여기에서 일본의 중립 정책이 나오게 된다. 유럽의 중립 국가들이 전시 중에 중립을 유지하려고 노력한 과정을 일본은 배워야 한다. 중립정책의 근거는 국제 열강의 '힘의 균형'이다.

사회당의 3원칙은 이 점에 대한 음미가 부족하다. 3원칙에 의하면 결국 일본 국방의 위기 시에 유엔의 보장을 요구한다. 즉 일본의 국제적 자립은 유엔의 지지를 기다리는 것에 있다. 그러나 무력을 갖는 유엔은 이미 중립을 잃었다. 중립을 잃은 유엔은 오히려 전쟁의 위험을 방지하지 못한다. 우리들이 요구하는 것은 전쟁의 불길에 휩쓸리지 않는 것이다. 그래서 전면강화가 필요하다. 자유주의 국가와 공산주의 국가의 대립이 극복되지 않는다. 원래부터 위기는 해소되지 않는다. 일본은 이 두 개의 진영에서 중립이어야 전화를 피하게 된다. 사회당이 전면강화를 주장하는 것은 옳지만, 일본의 중립이 유엔 참가에 의해서 유지되는 것은 아니다.

소비에트와 그 진영의 국가도 유엔에 대표자를 보내고 있지만, 한국전쟁에서 볼 수 있듯이 두 개의 진영의 대립은 유엔에서 해결되지 않았고 유엔 자체가 반공세력을 운용하는 주체가 되어 버렸다. 중립을 잃은 유엔에 참가하여 일본의 중립이 유지된다고 생각하는 것은 너무나 안일한 것이다. 일본에서 필요한 것은 소비에트, 중공 정부 및 남한으로부터 승인을 받아 강화를 획득하는 것이다. 이런 의미에서 전면강화야 말로 필요하고, 유엔 참가는 그 다음의 일이다.

일본의 평화적 독립에 있어서 일본의 중립과 전면강화는 최선의 방식이고, 극동 정국의 안정을 이루는 방법이 될 것이다. 이 두 개의 대립 세력이 승인하면 전면강화는 쉽게 가능해진다. 그러나 요시다 내각에는 그러한 방향으로 나아갈 전망이 없다. 처음부터 두 진영의 타협이 불가능하다고 전제하고 있다.

맥아더 원사의 해임을 둘러싼 사실은 두 진영의 타협의 공작이 진전된 것을 의미한다. 지금까지 해온대로 진행하면 한국전쟁은 끝없는 전쟁으로 이어질 우려가 있다. 조-일 교섭이 시작된 이래로 일본은 이 극동 정세의 곤란을 충분히 경험해왔다. 맥아더 원사는 그러한 위험으로 발전하고 있었던 것이다. 트루만과 미국의 정치가들은 소극 정책으로 전환하려고 노력한 것이다.

미국은 중국 본토에서 반공군을 일으키지 않고 철수했다. 미국은 영국처럼 경제적 이유가 없기 때문에 중공정부에 방관 정책을 취하는 것이 가능하다. 중공정부나 소비에트와의 타협 공작이 가능하다면 미국이 남한으로부터 철병하는 것은 가능하다. 그것이 미국에 있어서 이익이라고 우리는 주장해왔다. 이 철병의 장애 요인이 맥아더 원사였다는 것이 이번 트루만의 결정에 의해서 뒷받침되었다. 이 것 이외에는 트루만이 열망하는 제3차 세계 전쟁의 회피는 불가능하다.

문제는 앞으로 남한을 어떻게 부흥시킬 것인가 하는 점이다. 트루만도 공산주의 진영이 취하는 방식에 따라서 한반도의 통일을 인정하고 싶다는 성명을 발표하였다. 한반도 통일의 방식은 앞으로 중요한 문제가 될 것이다. 대만 문제는 중국 본토에 대한 미국의 방관 정책으로 이미 원리적으로 해결되고 있다. 중공정부와 국민정부의 실력 관계도 이미 명백해지고 있다.

한반도의 통일을 어떤 방식으로 인정할 것인가는 난문제이다. 북한 정부가 조선민족 대다수의 지지를 받고 있는 것은 통계적으로 명백한 사실이다. 문제는 미국이 이 민족적 요구를 어떻게 거론하는가 하는 점에 어려움이 있다. 공산주의 측은 미국에게 강경한 입장이다. 트루만이 이 상대의 강경함을 어떻게 다룰 것인가가 문제의 핵심이다.

이 공산주의 진영의 한반도 문제에 대한 강경한 태도는 일본의 강화 문제와 관계된다. 두 진영이 승인하는 전면강화가 달성되는가 아닌가 하는 문제에 관계된 것이지만, 맥아더 원사의 경질은 전면강화의 가능성에 한발 더 다가간 것이라고 보는 것이 타당하다.

만약 미국이 극동에서 전초선을 남한에서 일본으로 후퇴시켜서 무력적 소모를 피하려고 한다면, 일본의 재군비나 군수 생산의 촉진이 예상되고 일본 전 국토가 미국 및 자유주의 진영의 전초 기지화하게 된다. 이런 사태가 일어난다면 일본에게는 불행한 일이라고 할 수 있다. 두 진영의 완전한 타협을 희망하며 제2의 한반도가 되지 않기 위해 노력해야 한다. 전면강화가 일본이 희망해야 하는 올바른 코스이다.

해제내용

저자는 맥아더 원사의 해임을 미국의 극동 정책에 변화가 일어나고 있는 사인으로 해석한다. 미국의 극동 정책에 변화가 일어나, 이를 계기로 일본이 강화문제를 해결하는 방식에 있어 전면강화로 한걸음 더 다가갈 수 있게 되었다고 평가하고 있다. 그는 한반도 문제에서 미국이 철수하길 바라고 있다. 그러나 전초선이 일본으로 후퇴하는 상황이 발생할 경우 일본이 전초 기지화될 우려를 표명하면서 불행한 일이 될 것이라고 주장한다. 제2의 한반도가 되지 않기 위해서라도 한쪽 진영과의 강화가 아닌 전면강화만이 일본이 온전히 자주 독립국가로 회복하는 길이라고 주장하고 있다.

한국전쟁 발발 이후 맥아더는 중공을 공격할 준비를 하고 있었고 강경한 반공주의적 입장을 취하고 있었다. 그러나 미국의 극동정책의 방침이 변경됨에 따라 맥아더가 경질됨으로써 중공 등의 공산세력에 대한 입장이 바뀌고 있는 것으로 해석되었다. 저자는 전면강화를 주장하는 입장에서 맥아더 경질을 환영하였으며 두 세력이 타협적인 자세를 취해가고 있는 사인으로 해석한 것이다.

한국전쟁과 관련해서 저자가 언급한 내용도 눈에 띈다. "북한 정부가 조선 민족 대다수의 지지를 받고 있는 것이 통계적으로 명백하다"고 언급한 부분은 다분히 당파적인 입장을 반영한 것으로 보인다. 또한 재군비가 일본을 국제사회에서 더 위태롭게 만들 것이라는 좌파 진영의 재군비 반대 논리도 눈에 띈다.

수록 지면 : 48~54면
키워드 : 맥아더 원사 해임, 일본 중립론, 재군비, 전면강화

학생론学生論

애국적 학생에게 호소한다愛国的学生に訴う

단 도쿠사부로(淡 德三郎)

해제 : 권연이

내용요약

　학생이라는 지위는 여러 가지 직업에 비하여, 독특한 성질을 가지고 있다고 할 수 있다. 학생은 고도의 교양의 획득 및 학문의 습득과 연구를 다하기 위해서 일심불란하게 면학하는 것이 그 본분이다. 모든 성인에 도달한 국민은 사회생활상 무엇인가의 기능을 해야 하는 권리와 의무를 가지고 있다. 학생에 한정해서 4년간 이 의무가 면제되는 것은 장래 한층 유효하게 사회적 기능을 할 것으로 기대되기 때문이다. 중요한 것은 어떠한 직업에 종사하든지, 자기가 선택한 직업 속에서 어떠한 방법으로 국민의 행복과 진보에 공헌하는가 하는 점에 있다. 올바른 면학만이 무엇이 국민 행복과 진보를 의미하는가를 가르쳐준다. 일체의 행복이나 진보가 실현되기 위해서는 2개의 조건이 있는데 첫째로 평화의 옹호이고, 둘째로는 국민 독립의 회복이다.

　전쟁은 파괴의 아버지이고, 평화야말로 창조의 어머니이다. 우리들은 여러 방법으로 전쟁을 방지해야 한다. 학교에서 받는 교양, 학과에 관해서도, 우선은 그것이 평화를 위해 도움이 되는 것이라고 하는 것이 절대적 조건이다. 자유와 평화의 이름으로 행하여지고 있는 전쟁 선전을 엄중하게 경계해야 한다. 단독 강화론은 침략 방지를 위해 군사 동맹이나 재군비를 주창하고 침략을 방지하기 위해 전쟁도 어쩔 수 없다고 하는 사상이다. 평화 보장을 위해 대국간 회담을 요구해야 하며 군사적 수단에 호소하는 것은 사태를 한층 악화시킬 뿐이다. 전면강화를 요구하는 것이 오늘날의 평화 유지에 있어 불가결한 조건이라 할 수 있다. 전 일본 국민의 요구이지만, 학생도 또한 교양의 향상과 학문의 습득이라는 그 본분을 다하기 위한 불가결한 조건의 하나로서, 이 목소리를 전 학내에 침투시키지 않으면 안된다.

또한 학생의 본분을 다하기 위해서는 국민적 독립을 달성해야 한다. 국민적 독립을 하루라도 빨리 회복하는 것은 전 일본 국민이 열망하는 바이고, 학생이라 해도 그 예외는 될 수 없다. 자신의 나라의 운명을 자신이 처리할 수 없다는 것은 세계의 모든 국민에 대해서 진실로 부끄러운 것일 뿐만 아니라, 일본 국운의 발전이 그것에 의해서 크게 저해될 우려가 있다. 자유권의 필요는 교육계에 있어서도 통감되는 것이고, 어떠한 학제 하에서 어떠한 학과를 어떠한 방법으로 가르치는가 일본 문화의 진전에 유효한가는 일본 국민만이 가장 적절하게 결정할 수 있는 문제이다. 이 의미에서 학생 그리고 자주권을 요구하는 모든 계층의 국민과 목소리를 합쳐서 일본의 완전한 독립 회복을 보증할 강화의 체결을 하루라도 빨리 희구해야 한다.

학생 본분에 대한 잘못된 생각이 있다. 첫째, 학교의 잘못된 교육 방침을 비판하는 것은 학생의 본분에 어긋나는 것이라는 생각이다. 둘째, 타인과 상관없이 면학만 하면 된다는 생각이다. 셋째, 면학 이외에는 시간 낭비를 해서는 안 된다는 생각이다. 넷째, 평화 옹호라든가 전면강화라든가 독립 회복 등의 정치 문제에 관심을 갖고 태도를 표명하는 것이 학생의 본분에 어긋나는 것이라는 의견이다.

그러나 신 선거법에서는 20세 이상의 남녀에게는 학생이라고 해도 선거권이 주어져 있고, 25세 이상의 남녀에게는 피선거권이 주어져 있다. 학생에게도 선거권이나 피선거권이 주어져 있다는 것은 학생이 정치에 관심을 갖는 것을 자명한 것으로 승인하고 있다고 봐도 좋다. 교양의 향상과 학문 습득이라는 본래 임무를 충실히 하면서 정치 활동에 참가하는 것은 직무의 여가를 이용해서 하는 것이라면 학생에게도 인정되고 있다.

1951년 6월   511

진정으로 국민의 이익을 대표하는 정당을 학생이 지지하고, 공부의 방해가 되지 않는 한도 내에서 적극적으로 그 활동에 참가하는 것은 조금도 지장이 없다. 평화와 독립에 관해서는 그리고 그것을 확보하는 유일의 길인 전면강화의 요구에 관해서는 모두가 손을 잡고 단호하게 공연히 의사 표시를 해야 한다. 학생 본분인 면학의 노력은 그것에 의해서만 의미있는 일이 될 것이다.

　　오늘날 학생은 그 전공 학과의 여하를 불문하고, 많든 적든 사회과학에 관심을 가지고, 이것을 연구하는 것을 요청받고 있다. 왜냐하면, 진정한 국민의 이익, 행복, 진보가 무엇을 의미하는가를 가르치는 것은 진실로 사회과학이기 때문이다. 4년간의 학원 생활은 결코 국민 생활에서 독립된 상아탑의 생활이여서는 안된다. 학생 자신이 국민의 일부이고, 졸업 후에는 국민 기간부대여야 하는 임무를 지고 있는 사람이다. 오늘날 국민이 사느냐 죽느냐의 근본 문제인 평화와 독립의 문제는 학생에 있어서도 또한 우선되는 근본문제이다. 평화와 독립의 국민운동에 참가하라! 사회과학의 연구에 의해 국민의 행복과 진보를 실현하는 바른 길을 발견하라! 이것이 오늘날 모든 학생에게 부과된 공통의 임무이고, 애국적 학생이 그 면학의 본분을 다하기 위한 공통의 토대이다.

해제내용

　　강화 조약의 체결을 앞둔 시점에서 단독 강화론이 대세가 되고 있는 상황에 대해 전면강화를 요구하는 운동에 학생들도 동참할 것을 권유하고 있다. 학생의 본분이 상아탑에 갇혀서 세상과 격리된 채 단순 지식만을 암기하는 것이 아니라, 일본이 당면한 현실에서 잘못된 것에 대해 항의하는 것도 학생의 권리라고 주장하고 있다. 국민의 행복과 진보, 평화의 옹호, 독립의 회복을 위해 항의 활동에 동참할 것을 호소하고 있다.

　　단독 강화를 외치는 세력을 전전에 전쟁을 수행한 세력들에 비유하며 비판하는 표현들이 눈에 띤다. '도쿄 내각', '전쟁 준비', '국민 이익의 배신자', '아시아 침략 전쟁', '반국민적' 교양이나 학과, 일본의 '군벌', '전쟁은 파괴의 아버지', '일본 군부'의 전쟁 선전, 그리고 소련이나 중국을 가상 적국으로 하여 재군비를 주창하는 자를 전전의 '일본 군부'에 비유하고 있다. 전전의 전쟁에 대해서도 '군벌'이 저지른 침략 전쟁, '군벌'의 범죄적 전쟁 계획, '군부 파시즘' 등으로 표현한다. '도쿄 내각'과 같은 정부가 출현한 이유가 상사의 명령을 그저 충실하게 이행하는 것을 직업 정신으로 삼아온 결과라고 비판한다. 전전의 상황은 아시아 침략 전쟁 개시 전이나 전쟁 중에 정부의 전쟁 정책에 대해 비판하고 항의할 수 있는 권리가 인정되지 않았다고 강조한다. 그러면서 "전전에 일본 국민이 군벌의 범죄적 전쟁 계획에 유순했다고 하는 비판이 있는데, 만약 우리들에게 완전한 자유가 있었다면, 이러한 오류를 범하지 않았을 것이라는 결심과 자신이 있다"고 항변하고 있다. 이것은 전전의 군부에 대한 비판이면서 당시에는 일본 국민도 자유가 없었기 때문에 어쩔 수 없이 군부의 지시에 따랐다는 변명이기도 하다. 만일 강화를 앞둔 현재의 시점에서 단독 강화, 재무장을 하게 내버려둔다면 전전에 군부의 지시에 따랐던 것과 같다는 주장을 함으로써, 전면강화를 지지하는 목소리를 높일 것을 당부하고 있다.

수록 지면 : 55~61면
키워드 : 학생의 권리, 항의, 국민 행복과 진보, 평화 옹호, 독립 회복,
　　　　 전면강화

1951년 6월　513

모략적 평화옹론을 배격한다謀略的平和擁護論を排す

가자마 죠키치(風間丈吉)
해제 : 송석원

내용요약

전쟁은 싫다, 평화를 바란다는 말만큼 매력적인 말은 없다. 그러나 신문은 연일 일본과 독일처럼 모든 군비 시설과 무기를 파괴해버린 나라를 제외한 거의 모든 나라에서 다음의 대전에 대비해서 국방력 강화에 노력한다고 보도하고 있다. 모순된 듯하지만 이것이 현실의 모습이다. 마음속으로 평화를 애호한다고 해도 그것만으로 현실의 양상을 변화시킬 수는 없다. 일부 인사는 전쟁 위험성 운운하는 것은 일본 재군비나 군사기지화를 쉽게 하기 위한 여론 준비라고 주장한다. 이처럼 어처구니없는 논의도 없다. 일본 재군비가 왜 논의의 대상이 되는지는 점차 긴박해지는 전쟁 위험성에 대해 일본의 독립과 안전을 지키기 위한 해답으로 제기된 것은 명백하다. 경종¾鐘이 있어서 화재가 일어나는 것이 아니다. 화재를 대비해서 경종이 있는 것이다. 일본이라는 배가 큰 폭풍우가 휘몰아치는 거센 바다에 표류할 때, 난파는 싫다고 외치는 것만으로 아무것도 되지 않는다. 개인이든 국가든, 독립 인격으로서의 존재를 주장하는 한, 자위권이 있는 것은 당연하다. 이것은 이른바 천부天賦의 권리이다. 이를 부정하는 것은 인간적 존재를 부정하는 것이라고 할 수 있다.

공산당이 하는 운동 중 하나로 평화옹호운동이 있다. 공산당은 평화를 위해 싸운다는 것이다. 그러나 민주주의 사회에서 이해되는 평화와 공산주의자가 주창하는 평화 사이에 큰 차이가 있다. 공산주의자는 민주주의 세계를 모두 공산주의 지배하에 두지 않는 한 참된 평화는 없다. 소련의 대외팽창정책이 어떤 방식인지는 세계가 다 알고 있는 바이다. 공산주의자나 그 사상적 동조자는 이 사실을 미화하거나 눈을 감는 것이다. 소련과 동유럽 국가가 평화옹호법을 설정해서 전쟁 운운하는 자를 중형에 처하고 있는 바, 이야말로 평화를 위한 최고의 노력이라고 주장하기도 한다. 그러나 그것은 소련이 평화애호국가라는 증거라기보다 오히려 반대를 의미하는 것이다. 즉, 이러한 법률을 만들어 실시하지 않으면 안 될 정도로 소련 및 동유럽 국가에서는 평화가 위험하고 전쟁 준비가 강행되고 있다는 증거이다. 과거 일본에 있었던 군기보호법이요, 치안유지법과 같은 것이다.

전쟁 위험을 내포한 현재 국제정세에서 소련이 노리는 것은 독일과 일본이다. 두 나라의 공업력은 소련이 손에 넣으려고 바라는 목적이며, 그것이 없이 종합 전력에서 미국과의 비교에서 열세를 극복하는 것은 곤란하고, 한국 침공은 일본 침공의 교두보로 확보하기 위함이라는 점은 조금이라도 정치 상식, 군사 지식을 갖는 자의 공통 인식이다.

현대를 사는 일본인은 일본의 독립을 염원하고, 이를 위해 노력할 의무를 지고 있다. 우리는 평화를 애호하고 그를 위해 최고의 적극성을 발휘해야 한다. 일본인이 호전好戰 국민이라는 오해를 세계로부터 일소해야 한다. 전체주의적 독재정치 아래 인간적 자유는 없다. 독재정치 아래 인격적 존엄은 존재하지 않는다. 인간적 자유 없이 무슨 평화인가. 자위권 없이 무슨 독립이 있을 수 있나. 일본 국민의 행복과 안전을 확보하고 이 국토를 침략자로부터 방위하기 위해 최소한의 군비는 절대로 필요하다. 군비 없는 독립국은 역사상 유례가 없다. 군비가 곧 침략이라는 것은 웃기는 우론愚論으로 모략적 선전이라고 하지 않을 수 없다. 일본 국민은 민주주의의 길을 갈 것을 굳게 결의하고 그 방향으로 힘차게 걷고 있다. 독재주의와 민주주의 사이의 중립은 없다. 우리는 참된 평화애호자가 돼야 한다. 일본의 독립과 번영을 위해 헌신적으로 노력해야 하며, 이 노력에 의해 세계평화 확립 사업에 기여할 수 있다.

해제내용

저자는 일본공산당과 사회당에서 주장하는 평화론이 궁극적으로는 일본의 독립, 일본인의 번영과 행복을 보장하지 못한다고 하면서, 그들의 평화론이 지극히 '모략적'으로 준비된 것이라는 점을 들어 맹렬하게 비판한다. 저자는 화재와 난파선의 사례를 들어 그러한 위험을 사전에 대비하는 준비가 필요다는 점을 강조하며 재군비의 당위성을 역설한다. 저자가 언급하고 있는 바와 같이, 공산당과 사회당의 평화옹호운동이 갖는 한계는 자명하고, 국가가 독립을 지키기 위해 필요 최소한의 자위력 확보가 불가결하다는 지적 역시 틀린 말은 아니다. 그러나 일본이 자위력을 갖춰야 하는 논리는 일반론으로 이해되는 측면이 있지만, 그러한 재군비에 반대하며 오로지 말로만 평화옹호를 외치는 공산당이나 사회당을 비판하기 위해 전개되는 논리 가운데 사실에 부합하지 않는 것이 있다는 점도 지적하지 않을 수 없다.

저자는 일본인이 평화를 애호하며, 호전적이라는 세계의 오해를 불식시켜야 한다는 점을 언급하고 있으나, 일본제국주의 시기의 침략전쟁에 대해서는 아무런 언급도 하지 않는다. 제국 일본의 침략전쟁이 지도층만의 문제일 뿐 일반 일본인과는 무관한 문제일 수는 있다. 그렇더라도 제국 일본의 침략전쟁에 대한 반성이 전혀 표출되지 않은 채 일본인이 평화를 애호하며, 이러한 평화를 지키기 위해서 자위력을 갖출 필요가 있다고 주장하는 것 자체가 일본인이 호전적이라는 세계의 '오해'를 불러일으키는 원인일 수 있다는 점을 고려하면, 지극히 자의적인 해석이라고 할 수 있을 것이다. 화재 예방을 위한 경종을 평화를 위한 자위력 보유의 정당성 근거로 언급하고 있으나, 경종은 전적으로 예방 수단일 수밖에 없지만, 자위력은 독립을 유지하고 침략을 예방하는 수단인 동시에 스스로가 주체가 되어 전쟁을 감행하는 도구도 될 수 있다는 점에서 너무도 안일한 사례를 들어 설명하는 느낌이 있다. 뿐만 아니라 국가가 자위권을 갖는 것을 천부의 권리라고 말하고 있으나, 인간의 존엄성과 권리가 그야말로 태어나면서부터 갖는 천부의 권리인 것과는 달리, 국가는 인간이 모여 만든 일종의 결사적 조직이라는 점에서 과연 '천부'라는 표현이 타당한지는 의문이다. 결국, 저자의 입장은 공산당이나 사회당의 평화애호론이 '모략적'이며, 진정한 의미의 평화를 위해서는 그러한 평화를 지켜낼 정도의 자위력 확보가 필요하다는 점으로 정리할 수 있는바, 저자 주장의 논리적 취약성을 고려하면 자위권과 재군비를 '모략적'으로 주장하는 것으로 볼 수 있을 것이다.

수록 지면 : 62~67면
키워드 : 평화옹호론, 평화옹호운동, 공산주의

인구문제와 가족생활人口問題と家族生活

시노자키 노부오(篠崎信男)
해제 : 임성숙

내용요약

1. 서론

인구문제는 가정생활과 직접 관계가 없는 듯한 인상을 준다. 그러나 인구문제를 분석하면, 밀접한 관계가 있음을 알 수 있다. 예를 들어 가정문제, 결혼문제, 식생활, 성생활 등은 모두 인구문제의 소인素因으로서의 과제가 된다. 그러나 이러한 사항이 인구문제에서 다루어져 논의된 시점은 전쟁 이후이며, 전쟁 전은 오히려 민족문제나 정책문제의 각도에서 논의되었다. 이 점은 일본이 4개의 섬 안에 가두어져 왔기 때문에 필연적으로 인구의 상대적 과잉문제가 생기고, 과거 인구 증가 경향을 개선하여 장래 출생과 사망의 비율을 합리화해야할 운명에 직면했기 때문이다. 인구문제는 현재 일본이 직면하는 가장 기본적 문제이며 이에 대한 깊은 인식과 판단이 없으면 어떤 국정의 운영도 만족스럽게 추진할 수 없다 말해도 과언이 아니다. 이하 인구조정에 대하여 가정생활이 가지는 의의가 중대함을 자료를 통해 분석한다. 더불어 인구 일반이 증가와 감소를 통계로 표시하고 인구현상이 나타내는 형태적 균형성을 문제로 삼는다.

2. 인구현상의 시대적 추이와 3가지 해결책에 대하여

메이지 33년1900 이후 인구 총수의 변화를 살펴보면, 해마다 증가하며 그 상승은 곡선으로 약 45도에 가깝다. 메이지 33년의 총인구 4,360만 명에 비해 현재는

8,300만 명을 돌파하여 약 1.8배에 달한다. 이를 출생과 사망의 측면에서 보면 출생은 약간 기복을 보이며 점차 증가하고 특히 전쟁 후 뛰어 오르는 양상은 해외로부터 들어오는 복원復員, '귀국자引揚者'의 증가와 함께 여전히 현저한 실수實数를 나타냈다. 그러나 사망 실수 상태는 다이쇼 8년1919을 정점으로 하여 그 후로부터 거의 일정한 수치로 쇼와 14년1939까지 지속되다가 쇼와 18년1943을 기점으로 차츰 하강하여, 전후는 출생과 반대로 과거에는 없었던 낮은 비율로 감소되어 왔다.

현재 일본 국토나 자원의 측면에서 볼 때 증가된 인구는 안정적으로 부양할 수 있는 숫자보다 훨씬 많다고 할 수 있다. 이대로 가면 일본인 스스로 이 인구를 부양하는 부담을 견디지 못해 산아조절이 아닌 사망조절처럼, 누군가 희생되어 죽는 일이 생긴다. 현재 8,300만 명이 있는데, 향후 다시 급속하게 인구증가 속도가 둔해질 수 있다고는 생각할 수 없다. 그리하여 인구동태가 바람직한 비율로 안정될 때까지 인구 자체는 쇼와 29년1954에는 최소 8,600만 명에 닿을 것으로 추정되며, 쇼와 40년1965즈음에는 1억을 능가할지도 모른다. 이에 인구문제 해결이 강하게 요구될 근거가 있음으로 현재 일반적으로 생각되는 3가지 대책에 대하여 말하자면, 그중 하나는 이민이다. 우리 일본인이 취할 수 있는 가장 편한 해결책이다. 그러나 이민을 허락하는 수용국 측의 문제도 있어 일본만으로 실행할 수 없다.

다음으로 인구수용력의 문제이다. 일본인이 낮은 생활수준으로 살아 있기만 한다고 생각한다면, 1억이든 2억이든지 간에 영양실조 상태를 받아들이면 된다. 그러나 이것은 인간으로서 누릴 생활이 아닐 것이다. 따라서 현재 생활수준을 낮추고 싶지 않으면 인구증가에 비례되는 생활물자 생산을 증강시켜야 한다.

인구의 기본선에서 해결하려면 일본이 스스로 실시하는 자주적인 인구통제에 기대해야 한다는 의의가 생긴다. 더불어 강화문제를 앞두고 세계 여론輿論에 대일호전対日好轉을 크게 호소할 수 있다. 왜냐하면 여전히 과거 일본의 군국조軍国調를 경계하는 나라들도 있다. 방치된 상태로 인구가 팽창되는 것은 타국에 오해를 주는 요인이 되기 쉽다. 따라서 이 문제의 해결을 신중하게 생각한다면 일본인의 기존 성생활을 지도하면서 변화시켜야 하며, 기존 성도덕 개념도 바꾸지 않으면 어려울 것이다.

3. 남녀상호관계를 통해서 본 인구문제

이상 논의한 바, 산아제한 구체성이 부부생활에 있으며 또한 그 속에 문제점도 있다면, 남녀 결합結びつき라는 넓은 관점에서 인구현상을 바라볼 필요도 있다. 이른바 인구 증가와 밀접한 결혼문제인데, 약 반세기 동안 혼인율을 보면 인구 1,000명에 대해 7 내지 9가 일반적이며 10을 넘었던 연도는 쇼와 16년1941뿐이다. 그러나 전쟁 후에는 어느 연도를 보아도 10을 돌파했다. 실수實數를 보면 모두 80만을 돌파하고 있으며, 쇼와 23년1948에는 96만으로 특별이 많았다. 이에 반해 이혼은 인구 1,000에 대해 1 내외었으며, 전쟁 전 시기에도 1을 넘었던 연도는 다이쇼 5년1916 이전이었다. 따라서 사회현상 측면에서 말하면 '결혼유행병結婚流行病'이 일어났다고 할 수 있으며 조혼경향을 발생시켰다. 즉 쇼와 10년1935과 비교하면, 쇼와 22년1947 평균 혼인연령은 남자 1.7세, 여자 0.9세 젊어졌다. 이는 남녀 결합이 지극히 임신하기 쉬운 시기라는 점도 나타내고 있다. 왜냐하면 젊은 연령층이 산아제한 조절을 실행하지 않고 자연스럽게 지내다 보면 인생 동안에 평균 5명 이상의 아이를 가지는 것이 통계로 밝혀졌기 때문이다.

실제 평균보다 많이 아이를 낳는 부부는 20세부터 40세까지의 처妻들이다. 이 숫자는 약 950만 쌍이라고 추측할 수 있지만 그 중 약 20%는 자식 없는 부부라고 볼 수 있다. 따라서 남은 88%, 즉 836만의 부부가 그 [산아제한의] 대상이 되어야 한다. 이 부부들이 의욕적, 자주적으로 산아조절을 실행하고 이른바 계획산아를 실현한다면, 4년 내지 5년 동안에 한 번 출산을 계획하는 일이 가장 타당한 출생선出生線으로서 나타나게 될 것이다. 이 내용을 더 구체적으로 분석하면 초혼연령

별로 일생동안 몇 명의 아이를 가지는지에 대한 통계표에 의하면, 만 30세 이후 결혼한 자는 평균 3명 이하였다. 그러나 만 20세보다 25세까지 결혼한 처는 평균 4명부터 5명 이상의 아이를 가진다. 따라서 현재 생각할 수 있는 산아조절 주요 대상인 부부는 전쟁 후 결혼한 사람들인 것이다. 이렇게 추론하면 전쟁 후 결혼한 자는 약 400만 명으로 추정되며 이 부부들이 산아조절 기술을 완전히 익히고 4년 내지 5년의 출산간격 연장에 성공하면, 매년 출생실수가 100만 내외로 될것이라는 추론은 결코 무모하지 않다.

현재 실시하고 있는 우생보호법優生保護法에 의한 인공 임신중절의 실상은 증가하고 있으며 쇼와 25년도1950에는 전년도 대비 약 2배인 48만을 웃돈다. 이와 같은 숫자를 볼 때 1950년도의 자연증가가 140만이고 쇼와 24년도1949와 비교하면 감소했다고 안심하기에는 빠르다. 즉 감소를 초래한 것은 우리가 생각하는 수태조절受胎調節에 의거하여 성공한 것이 아니라 낙태墮胎로 감소했던 듯하다. 산아조절이 보급되면 그 만큼 낙태도 유행하겠지만 모체의 건강과 그 외 관점에서 봐도 사전에 건전한 수태조절을 보급시켜 동시에 효과가 있도록 해야 한다.

4. 자주적 임신통제

우리는 단지 경제정책의 실패를 산아제한 정책으로 호도할 의도는 없다. 그러나 좋아하든, 싫어하든지 간에 자주적인 산아제한은 일본이 직면하는 인구문제 운명이다. 따라서 도시생활자나 농촌에서도 시대의 변화에 눈을 뜬 사람들이 스스로 실행하는 일은 결코 상상만의 일이 아니다. 실행조건이 구비되면 일반적인 계몽선전을 통해서 상당한 보급도 기대할 수 있지만, 여기에서 중요한 사회적 조건은 국민생활 수준의 상승이라고 할 수 있다.

그러나 이것도 일본 농촌에 대해서는 약간의 분석이 필요하다. 일반적으로 도시생활자에 대해서는 구미 사례를 검토할 필요 없이 이 조건은 맞는다. 그러나 농촌에 대해서는 구미처럼 보리농업 경영의 대규모 기계도입이 허락되지 않는다. 한마디로 말하면 일본의 농업경영은 수전 쌀농사 경영에 의한 아시아 구조의 성격이 지리적 조건과 맞물려 전통적으로 발전되었으며 손노동을 배경으로 한다. 따라서 대대적인 기계도입 활용률을 감쇄시키고 있으며 생활수준 상승이 기계적 고능률로 초래되는 가능성을 약화시키고 있다.

따라서 농촌에서는 자주적인 산아조절이 필요하다. 즉 구미와 그 외 지역에서는 그다지 사례가 없는 수전농업이기 때문에 일본인이 스스로 고생하고 보급방법을 창조하고 이를 실현함으로써 아시아에서 훌륭한 선례를 제시할 것이다. 일본이 인구문제를 자주적으로 해결하는 것에 세계가 주목하는 사실을 우리로서는 깊이 반성하면서 볼 필요가 있다. 더불어 이러한 자주적 인구통제의 성공 여부는 일본인으로서 생존적응 할 수 있을지, 없을지에 대한 문제이기도 하다. 세계문화에 적응하지 못하는 민족이 그 민족자체, 출산력이 높아도 결코 생존을 확보하지 못하는 사실은 남양의 피그미나 그 외 인종을 보더라도 알 수 있다. 즉 현재로서는 사람들에게 제공할 수태조절이라는 기술 수련은 문명민족의 교양이기도 하다. 각자가 동양적으로 반성, 내성, 자각을 정신기술을 통해 국민도덕의 하나로 발전시켜, 그런고로 사회공동생활에서 신뢰 받는 일원으로서 인정받아 번영하는 것처럼, 일본인 전체로서 인구의 자주적 통제는 소위 일본인 자체를 국제사회에서 성장시켜 인정하게 하는 요인일 것이다.

5. 총괄과 결론

인구문제에서 인구 증가와 감소의 문제만을 파악하거나, 그 외 여러 조건 즉 노동, 우생 등과 함께 균형을 이루는 문제로 파악하더라도 기본적으로 선천적인 남녀 두 요소의 관계 원리가 야기하는 다양한 인구현상을 고려해야 한다. 특히 산아조절 실행은 중요하며, 그 외 문제들도 포함된다. 앞서 성 도덕이라고 말했지만 애정의 사회적 확대, 바꿔 말하면 애정의 윤리성은 산아제한 행위를 강하게 몸에 익히도록 하고 심어 넣지 않은 한, 시민적 교육의 소질로서 확보할 수 없다. 산아조절에 협력한 부부가 그 실패로 인해 임신하고 아이를 가지면 인간애, 즉 부성애와 모성애가 동시에 생겨나는 일도 부정할 수 없다. 이때 부부 의견이 충돌하고 소위 낙태선墮胎線에서 부부애가 파탄되는 일은 본 문제의 이면성을 보여준다. 이와 같은 이유로 산아조절 운동과 평행하여 애정의 윤리성을 강하게 주장해야 한다.

전후 객관적 정세아래 산아조절운동을 목적으로 하는 단체가 발족되었으나 아쉽게도 사라진 단체가 많고 일관성 있는 협조아래 본 운동을 만족스럽게 추진할 수 없었다. 이와 같은 경향은 자주적 산아제한의 방향에 오히려 어두운 그늘을 씌웠다. 그러나 그나마 역사가 있는 재단법인, 인구문제연구 모임이 본 문제를 다루고 진용陣容을 바로 세워 재발족하였다. 또한 일본방빈협회日本防貧協會가 이미 우수하고 저렴한 콘돔을 수요자에게 제공하는 활동은 미래를 조명하고 있다고 말할 수 있다. 지금 여기서 일본인이 스스로 이 큰 문제를 진지하게 다루고 과거 100년간 선진 구미문명을 따라잡는 것과 동시에 양약조정과 질적 향상을 가능하게 하는 산아조절의 이중효과를, 인구문제로서 해결해야 할 아시아적 임무가 눈앞에 있다고 봐야 한다.

물론 이러한 문제에 여러 가지 반대의견도 있고, 참고해야 할 비판이 있는 것도 인정해야 한다. 그러나 민주적이며 평화적인 일본의 앞날을 생각한다면, 그저 전면적인 반대론에 의해 운동이 말살될 일은 생각할 수 없다. 강화문제를 앞두고 일본이 직면하고 있음에도 불구하고 그 어떤 방향도 제시되어 있지 않는 인구문제에 대하여 국회의 권위에 따라 일본국민이 취해야 할 태도를 결정하는 일이 필요하고, 이는 가장 중요한 사항이며 또한 현재 실행해야 할 시기라고 생각한다.

1951년 6월   523

해제내용

이 글을 집필했던 당시 후생성 인구문제연구소 후생기관^{厚生技官}이었던 필자는 향후 추정 가능한 인구증가에 대비하여 산아출산의 필요성을 주장하고, 산아제한을 실행함으로써 강화문제 해결을 앞둔 일본이 선진국가인 서구 문명을 따라가고 아시아의 선례가 될 것을 재창한다. 필자의 주장은 국가가 여성의 재생산을 적극적으로 관리, 통제해야 한다는 근대 가부장제 논리를 반영하고 있다.

에도시대까지는 출산이 그다지 정치적 관심의 대상이 아니었으나 근대화를 추진함에 따라 1920~1930년대에는 서구 문명을 따라잡고 국가번영을 위해 인구의 증가를 억제하여 생명과 신체를 효율적으로 관리하려는 변화가 일어났다. 그러나 이러한 현상은 1930년대 이후 전시체제로 들어서면서 출산장려 이데올로기로 탈바꿈되었다. 전쟁수행을 위한 국민동원이라는 목적 아래 국가는 인구의 재생산(여성의 몸과 섹슈얼리티의 통제)에 더욱 적극적으로 관여하여 가족은 인적 자원을 공급하는 장이 되었다. 이와 같은 맥락에서 국가동원을 위해 여성에게 교육의 기회가 주어졌으며 여성을 국민을 생산하는 어머니로 만들기 위해 제국 일본은 현모양처 이데올로기를 강화하였다. 바로 이때, 1938년 후생성이 설립되었으며 국가는 성과 가족을 제도적으로 지배하는 것이 가능해졌다.

그러나 이와 같은 통치방식은 전쟁 후 변화한다. 패망 후 해외에서 '귀국^{引揚げ}'으로 들어오는 대규모 인구의 유입과 불안정한 경제상황 속에서 일본 정부는 인구증가를 정치적, 경제적, 사회적 문제로 여겨졌다. 그 결과 국가가 피임을 관리하기 시작하였고 피임을 '계몽'적 가치관과 연결시켜 여성들을 교육하였다. 이렇게 볼 때 시대에 따른 정부의 태도와 이데올로기 내용 사이에 차이는 있으나 국가의 발전을 위해 생명, 여성의 신체를 관리의 대상으로 한 점은 동일하다. 필자는 정부의 인구정책 기관의 주요인사로서 근대 가부장적 국민국가 재편에 기여했다고 할 수 있다.

수록 지면 : 68~76면
키워드 : 인구문제, 전후, 출생률, 인구증가, 산아제한, 혼인

전환기의 절조転換期における節操

카이슈 · 오구리 · 가와지를 기연으로海舟 · 小栗 · 川路を機縁に

다나카 소고로(田中惣五郎)
해제 : 송석원

내용요약

전환기의 출처出處와 진퇴進退만큼 어려운 일도 없는데, 대체로 세 가지 태도를 생각할 수 있다. 첫째, 구시대에 화려하게 몸을 내던져 죽는 것이다. 사상적, 행동적으로는 가장 안이한 방법인 대신 몸을 내던진다고 하는 인간적으로도 동물적으로도 쉽지 않은 각오가 필요하다. 새로운 시대에 대한 이해가 옅을수록 이 방법은 안이하다. 둘째, 여기서 눈을 감고 대세에 따라 무언가에서 단서를 얻던가, 그것을 거점으로 구태를 회복시키는 것이다. 이것은 모험이고 상당히 정확한 전망과 실력을 겸비하지 않으면 실패로 끝날 가능성이 크다. 셋째, 신시대로 전환하는데 전 생명을 거는 사람들이고, 이것이 가장 곤란한 길이다. 신시대적 지도자를 어렵게 하는 세 가지가 있는데, 첫째 미래의 설계도가 필요하지만 어렴풋한 것이 대부분이고, 둘째 구 기구 파괴와 설계도에 의한 건설, 셋째 가장 어려운 지도자 자신의 전환이다. 이러한 관점에서 막부 말기 유신운동에서의 세 가지 형태, 특히 막부 내부의 세 가지 형태로 자살한 가와지 도시아키라川路聖謨, 재거再擧를 꾀한 것으로 여겨진 오구리 타다마사小栗忠順, 신시대와 타협해 일단 성공한 가쓰 카이슈勝海舟의 각각의 행동을 통해 그들의 막부적 입장, 성격, 사상, 연령 등을 논해 전환기에서의 그들의 출처와 진퇴를 비판해보고자 한다.

가와지는 1868년 3월 15일 유서를 남기고 자결했다. 유서서 가와지는 '천신에

등 돌리는 것도 좋을 듯天ツ神にそむくもよかり'이라는 반도쿠가와적 천황 정치에 반대한다는 입장을 표명하고 있다. 가와지는 1866년 뇌졸중으로 쓰러져 상반신을 일으키지 못하고 대소변도 타인의 힘을 빌려 겨우 하는 정도인데, 1867년 대정봉환大政奉還, 1868년 후시미·도바전투伏見·鳥羽の戰를 탄식하며 지내고 있었다. 항전이냐 공순이냐를 둘러싼 에도성 대회의 때, 강경 항전파인 오구리가 쇼군의 사직 명령을 받은 사정에 대해서도 잘 모르고 있었다. 1868년 정월 26일 일기에 죽음에의 결의를 망설이는듯한 내용이 보인다. '군욕즉신사君辱卽臣死', 즉 군주가 치욕을 당하면 신하는 죽어야 한다는 것은 성인의 가르침이며, 이것을 기초로 하면 대사의 결단은 빨라야 하지만 별도로 기초가 될만한 가르침이 있는지 손자인 타로太郎에게 묻고 싶다고 기록하고 있다. 또한, 2월 1일에는 '오늘부터 도쿠가와가 후다이譜代의 가신陪臣 가와지'라고 해서 어디까지나 도쿠가와와 생사를 함께 하고, 함께 망할 각오가 선 듯하다. 3월 7일 일기에서는 교토 세력의 승리는 '순順으로 역逆을 토벌한 것'으로 '2천 년 끝에 어린 군주이면서 이러한 위력을 갖춘 것은 5세계 22사 중 없었던 것으로 일본이 고마운 나라라는 것을 알아야 한다'고 천황을 찬미하고 있다. 일기는 이날로 끝나는데, 대세를 바꿀 수 없음을 알고 천황 정치의 영광을 인정하면서도 어디까지나 도쿠가와 후다이의 가신임을 완고하게 고집하는 입장을 굽히지 않고, 에도성 개성開城 소식을 들은 3월 15일 죽음을 결심했다. 둘 사이에 끼여 꼼짝도 못하는 딜레마 상태의 사상으로 죽기 좋은 시기를 기다렸다고도 할 수 있다. 그야말로 첫 번째 형태일 것이다. 가쓰 카이슈는 가와지가 죽기 전날, 유명한 에도성 개성 논의를 위해 전 쇼군 요시노부慶喜의 명을 받아 사이고 다카모리西鄕隆盛와 회견했다. 가와지가 죽음의 도약대가 된 것이 바로 이 사건이다. 또한 20일 후 오구리 타다마사는 관군을 위해 영지 고우즈케上野의 곤다와라權田原의 우거寓居 도젠지東善寺에서 연행돼 다음 날 카라스가와烏川에서 참수되었다. 가와지 도시아키라 72세, 오구리 타다마사 42세, 가쓰 카이슈 46세였다.

1951년 6월   527

가쓰 카이슈가 오구리와 처음으로 함께 행동한 것은 1860년 미국에 안세이조약의 비준교환을 위해 갈 때이다. 정사正使가 신미 히젠노카미新見肥前守, 부사가 무라가키 아와지노카미村垣淡路守, 메쓰케目付가 오구리였다. 이들은 미국함정 포화탄Pawhatan에 탔는데, 이를 호송하는 명목으로 원양항해 연습을 겸해 일본 최초의 태평양 횡단을 시도하게 된 것이 칸린마루咸臨丸 선장 가쓰 카이슈로 후쿠자와 유키치福沢諭吉도 기무라 셋츠노카미木村摂津守의 복종僕従격으로 첫 양행洋行을 했다. 당시 가쓰의 직책은 군함조련소 교수장, 녹禄은 200표俵 15인 후치扶持로 2,500석의 미카와三河 이래의 하타모토旗本 출신의 오구리와는 현격한 신분적 차이가 있었다. 포화탄에 탄 사람들은 순봉건적인 위인들이었으나 그 후 모두 사라지고 오구리만이 막부 말기 막부 강화에 노력했다. 칸린마루에 탄 사람은 모두 신시대로의 중개에 공헌하고, 특히 후쿠자와는 다음 시대에 관통하는 선각자로 이 두 배는 흥미로운 대조를 이룬다고 할 수 있다. 당시 가와지의 입장은 2년 전 노중老中 홋다 마사요시堀田正睦와 함께 조약조인의 칙허를 얻기 위해 교토에 파견되었으나 실패하고, 그 후 대로大老 이이 나오스케井伊直弼 때문에 반기슈反紀州적인 히토츠바시 요시노부一橋慶喜를 쇼군 후사로 앉히려는 운동에 참가한 죄로 간죠부교勘定奉行, 카이보가카리海防掛직에서 물러나 '은거隱居, 칩거蟄居'하는 불운한 시대였다. 역할이 끝난 가와지, 지금부터 활약하는 오구리, 아직 어떻게 될지 모르는 가쓰. 이것이 1860년 봄의 세 사람의 입장이었다.

도쿠가와가와 세 사람의 관련성에 대해 살펴보면, 세 사람 모두 시대의 파고를 넘어 출두한 사람들로 어떤 종류의 재능을 가진 사람들이었다. 그러나 각각의 가격家格, 즉 도쿠가와 가신으로서의 입장은 각각 다르다. 가와지의 부친은 유랑해서 분고豊後의 히타日田에 토착한 후 말단관리를 하다 에도로 나와, 카치徒士라는 하급무사가 되어 장남을 가와지가에 양자로 보내는데, 그가 가와지 도시아키라이다. 당시 13세였는데, 부친의 권유로 열심히 공부해 52세에 구지가타 간죠부교公事方勘

定奉行가 되어 지행知行소 500석, 봉록 3천석으로 하타모토로 최고위자가 차지하는 지위를 맡는 데까지 입신했다. 전환기이기 때문에 가능한 출세였다. 그러나 가와지 52세는 1852년에 해당하여 페리의 도래 직전이라는 점을 보면, 아직 막부는 진정한 격동기에 들기 이전으로 전환 제1기에 출두한 막부 말기 신관료의 한 사람이었다고 할 수 있다. 가쓰의 경우도 마찬가지이다. 가쓰의 증조부는 에치고越後 오지야小千谷에서 에도로 흘러들어간 맹인안마사였다. 도박의 밑천을 대주는 것으로 거부를 쌓아 그 중 3만 량을 들여 천석의 하타모토로 검호劍豪 오타니男谷가에 아들을 양자로 보냈다. 오타니는 7남 고키치를 가쓰가에 양자로 보냈는데 가쓰 카이슈는 고키치의 아들이다. 가쓰는 사쿠마 쇼잔佐久間象山을 알게 된 후 양학을 배워 28세에 난학蘭学의 사숙을 열었다. 가와지가 막말의 경제적 궁핍과 해변의 불안에 의해 출세했다면, 가쓰는 페리 도래라는 훨씬 생생한 단계에 인정받기 시작했다고 할 수 있다. 반면, 오구리는 무구無垢한 도쿠가와가 하타모토 출신이다. 세이와 겐지淸和源氏의 방계로, 본성은 마쓰타이라松平로 도쿠가와 일문一門이며 먼 조상 요시노부吉信는 이에야스家康의 부친 히로타다広忠를 섬겨 마쓰타이라를 사양하고 모친의 성인 오구리를 쓰기 시작했다. 히데타다秀忠의 타다忠을 받아 요시타다吉忠가 되었다.

　가와지는 말부 말기 혼란기에 출두해 그 시대다운 좋은 관리로 그 사명을 잘 수행한 데 대해 가쓰는 존왕양이의 격동기에 출두해 변혁자처럼 움직이기 시작했고, 오구리는 격동기를 어떻게 하면 변혁에까지 들어가지 않도록 뒷받침할 수 있을까에 노력했다고 할 수 있다. 가와지는 폭 넓은 상식인이었다고 할 수 있다. 사람과의 교제가 넓어 미토水戸의 양이파와도 교류하는가 하면 개국파인 와타나베 카잔渡辺華山과도 친할 수 있었다. 반면, 오구리의 사상적 입장은 간단명료하다. 후쿠치 겐이치로福地源一郎는『막말 정치가幕末政治家』에서 오구리에 대해 "굳이 불가능한 말을 내뱉지 않고, 병이 낫지 않는 것을 알면서 약을 주는 것은 효자가 할 바가 아니다. 나라가 망하고 몸이 죽을 때까지 공사公事에 분주하는 것이 진정한 무사라고 하며 굴복하지 않고, 휘지 않고, 막부 유지를 앞장서 자신이 짊어졌다"고 평했다. 오구리는 벚꽃, 술, 여자도 안중에 없이 온통 이야기는 정치, 경제뿐이었다고 전해진다. 따라서 오구리는 여러 현인이나 다른 번 사람들과 교류하지 않고 막부 안에 오구리파 같은 그룹을 만들어 이 그룹과 합쳐 실제 정치 수행을 도모하려 했다. 이른바 프랑스파가 그것인데, 비교적 진보적인 하타모토 그룹을 결집해 막부 부내를 이끌고, 힘이 모자라는 부분은 프랑스의 선진적 실력으로 커버하려 한다. 프랑스에서 자금을 빌려 선함船艦, 무기를 구매하고, 프랑스 지도로 반막부적인 사쓰마薩摩와 죠슈長州, 기타 웅번을 토벌한다는 것이다. 그리고 이런 파격적인 작업 후의 건설 방법으로는 프랑스 공사 로슈Michel Jules Marie Léon Roches의 안인 도쿠가와 중심의 군현제도郡縣制度를 채용해서 신시대적으로 일본을 재편성하고자 한다. 이러한 오구리의 안의 전도에는 국제적으로는 충실히 막부를 위해 일하는 프랑스의 의도가 어떤 것인지를 생각한 적이 없었고, 국내적으로는 군현론이 불가능에 가깝다는 장벽에 놓이게 된다. 가쓰의 경우는 복잡하다. 검객, 양학자, 신시대 해군 형성자이기 때문이다. 오구리도 군사적 개혁을 불가피한 범위에서 한 것은 사실이지만, 어디까지나 하타모토 고케닌을 중심으로 하고 거리의 부랑자를 참가시킨 정도에 지나지 않았다. 그러나 가쓰의 나가사키 전습소, 고베 해군조련소에 모인 사람들은 각 번에 걸쳐 현상 불만인 유위有爲의 무리였다. 난학으로 단련되어 막부를 초월한 이 집단 안에 성장해간 가쓰는 안목이 넓어져 막부를 초월한 전 일본적인 움직임에 기울어져 갔다. 가쓰는 사쓰마의 사이고, 토사土佐의 사카모토 료마坂本竜馬, 죠슈의 기도 다카요시木戸孝允 등과 교류했다. 가쓰의 입장은 어느 단계에서는 불온 무리로 면책되기도 했지만, 단계가 반막反幕이 되고 토막討幕이 됨에 따라 이들 각 번의 지도자와 교섭할 유일한 인간으로 존중돼 간다. 마침내 가쓰는 요시노부에게 공순恭順을 권해 에도성을 비워주면서도, 요시노부의 조명助命

과 도쿠가와 영토가 보다 많아지도록 노력했다. 가쓰는 막부를 떠나 토막군과 행동을 같이 하거나 전적으로 주군 요시노부 측에 서서 요시노부가 몰락할 때까지 움직이는 것이 가능했지만, 가쓰는 중간적인 입장을 취했다. 대정봉환이 요시노부의 본심인 것은 사실이다. 따라서 가쓰는 요시노부를 위해 적과 우군 양 진영 사이에 서지 않을 수 없었다.

가와지와 오구리에 비해 가쓰는 널리 알려져 있다. 이는 인물 자체의 경중보다 신시대에 따랐는지 등 돌렸는지에 의한 바가 크다. 그러나 가쓰와 같은 태도는 적과 우군 모두에게 백안시될 수 있다. 후쿠자와의 야세가만瘦我慢, 즉 무리하게 참아 태연함을 가장하는 설이 대표적이다. 그러나 가쓰의 태도를 야세가만이 부족한, 즉 의기 없다고 논평하는 것은 뭔가 막부의 밥을 먹은 분노가 엿보인다. 후쿠자와가 출두한 것은 난학에 의한 실력에 있다는 점은 인정해도 막부의 비호에 의한 바가 크고 한때는 출사하기도 했다. 이 점은 가쓰도 마찬가지이다. 그런데도 자신은 초연히 강학을 하며 막부가 무너지는 것을 보면서 가쓰가 가쓰 나름으로 두 투쟁의 어느 쪽에도 가담하지 않고, 더욱이 두 적과 우군의 어느 쪽도 잘되라고 하는 고통스러운 중립적 입장을 단숨에 매도하는 것은 자기의 중립적 초연주의를 매도하는 결과가 될 것이다.

이상 논한 사람들은 '유신되는 쪽'의 범위에 머물러 있고 '유신하는 쪽' 사람은 전혀 포함하지 않았다. 참된 혁명은 후쿠자와가 말하는 바와 같이 되는 쪽의 옥쇄玉碎로 비로소 신시대가 건전하게 성장할 수 있는 것도 사실이다. 이상한 것이 남으면, 신시대는 석연치 못한다. 그러나 혁명에서의 희생을 가능한 한 적게 하고 싶다.

해제내용

저자는 막부 말기에 활동한 가와지 도시아키라, 오구리 타다마사, 가쓰 카이슈의 세 사람을 들어 각각의 행동을 통해 전환기에서의 절조의 문제를 논하고 있다.

세 사람의 가계도에서 볼 수 있는 성장 배경과 과정, 그러한 것이 그들의 사고와 행동에 미친 영향 등을 알기 쉬운 문체로 정리하고 있다. 세 사람을 비교하는 데 있어 연령차도 중요한 변수가 된다. 그것은 그들이 본격적으로 활동하는 시기와 일본의 상황이 연동되기 때문이다. 연령순으로는 가와지, 가쓰, 오구리의 순이 되는데, 이는 이들이 역사 무대에 등장한 시기와 겹쳐지고, 그 결과 세 사람의 사상적 입장의 차이를 낳게 된다. 가와지와 가쓰는 신분이 그다지 높지는 않았지만, 오구리는 태생적으로 금수저와 같은 존재였다. 이점은 변혁기에 즈음해서 세 사람 중 가장 나이가 많은 가와지와 가쓰(두 사람 사이에도 26년 정도의 차이가 있지만)가 다양한 입장의 사람들과 교제를 하며 일본의 새로운 길을 모색하려 하였으나, 오히려 가장 나이가 어린 오구리는 태생적인 신분적 요인의 작용으로 교제의 폭을 넓히지 않고, 자기 주변의 하타모토 고케닌을 중심으로 한 대응으로 일관한 점은 시사하는 바가 적지 않다고 할 수 있다.

가와지와 오구리가 막부를 위해 자결하거나 참수되는 길을 걸은 것과는 대조적으로 가쓰는 구세대 막부와 신세대 유신 세력의 중개자로서, 나아가 도쿠가와가 멸망 이후에는 일본 해군의 기초를 형성하는 역할을 했다. 검객, 양학자, 신시대 해군 형성자로서의 가쓰의 활동이 변혁기에 의미를 갖는 점은 그의 눈이 막부를 초월한 전 일본적인 것으로 향했다는 점이다. 저자는 글의 마지막 부분에 후쿠자와 유키치의 야세가만의 설을 들어 후쿠자와의 가쓰 비판을 소개한 후, 이는 후쿠자와 정도의 선각자에게서도 발견되는 모순이라고 지적한다. 후쿠자와는 가쓰와 함께 칸린마루를 타고 양행洋行을 했으나, 야세가만에서 가쓰가 에도성을 베고 누워 죽음을 맞이했어야 하는데도 에도성을 넘겨주고 살아남았음을 비판한다. 이에 대해 저자는 가쓰도 후쿠자와도 중립주의적인 입장이었음을 언급하면서 후쿠자와의 가쓰 매도는 공평하지 않다고 지적한다. 변혁기 주군을 위해 순사를 하거나 적에게 사로잡혀 참수당하는 것만이 절조는 아닐 것이며, 적과 우군의 중간에 서서 새로운 시대로의 원만한 이행을 조력한 가쓰의 절조 역시 높게 평가할 만하다는 것이 저자의 주장이다.

수록 지면 : 77~87면
키워드 : 절조, 가쓰 카이슈, 오구리 타다마사, 가와지 도시아키라

전시의회戰時議會

만주사변과 국제연맹탈퇴 (1)滿州事變と國際連盟脫退ー其の一

기타 레이키치(北呤吉)
해제 : 송석원

내용요약

자신의 관점에서 전시의회를 서술하고자 하는데, 중일전쟁과 태평양전쟁이 하루아침에 갑자기 발생한 것이 아니라 오래 준비된 것이므로 그에 이르는 전주곡을 먼저 이해해야 하는데, 전주곡으로 주목해야 하는 것은 만주사변滿洲事變, 노몬한사건百露廟事件, 시안사건西安事件, 2·26 사건 등이다. 노몬한사건은 현재 일본 방문 중인 중국인에게 이 사건에 대한 자세한 보고를 듣고 있으므로 여기서는 생략한다. 시안사건도 에드거 스노Edgar Snow의 『중국의 붉은 별Red Star Over China』, 존 건더John Gunther의 『아시아 내막Inside Asia』, 페어뱅크John King Fairbank의 『미국과 중국The United States and China』 등을 통해 대략을 알 수 있고, 장쉐량張學良의 전 참모장으로 장제스蔣介石 감금을 헌책한 먀오지안추苗劍秋가 현재 내일 중인 그와 회담할 예정이어서 좀 더 사건의 진상을 연구하고나서 발표하고자 한다. 따라서 중일전쟁의 전주곡은 만주사변과 2·26 사건으로 한정하고자 한다. 만주사변에 대해서도 많은 저서와 논문이 있으므로 여기서는 자신이 직접 견문한 국제적 분위기, 특히 1932년 가을부터 연맹탈퇴까지의 광경을 간단히 묘사하기로 한다.

만몽滿蒙에서의 일본의 권익은 중국에서 취한 것이 아니라, 중국이 러시아에 뺏긴 것을 러일전쟁의 결과 일본이 러시아에서 취한 것이므로 이는 일본의 생명선으로 사수할 필요가 있으며, 일본이 여기서 물러서면 러시아가 진출할 것임은 필정必定이라고 보았다. 그러나 만몽을 독립시켜 지도를 바꿔 일본의 괴뢰국으로 하는 것은 생각하지 못했다. 사변은 1931년 9월 18일에 일어났다. 그 후 전 아사히 기자로 조선문제 연구가 호소이 하지메細井肇 주선으로 조선의 전선全鮮시국대회를 대표하는 와타나베와 이와나가, 안동현 상공회의소의 아라카와, 상애회相愛會 이사 박춘금朴春琴이 조선 재주의 내선인 의견을 말하는 모임에 참가했다. 조선인학살의 만보산사건, 나카무라 대위 학살사건이 화제가 되었고, 특히 장쉐량이 중앙의 장제스 정권의 청천백일기를 내세워 화외化外의 땅인 동삼성東三省을 명실공히 중앙정권으로 귀속시킬 위험이 있다는 이야기가 있었다. 만몽 권익옹호와 재만 조선인 보호를 위한 연설회를 도쿄에서 열기로 하고 나 역시 한, 두 곳에서 연설했다. 더욱이 만주시찰에서 돌아온 전 참모총장 스즈키 쇼로쿠鈴木莊六 대장의 권유로 만몽 시찰을 하게 되었다. 현재의 만철滿鐵 협화회, 여순旅順공과대학, 봉천奉天의 전만일본인대회에서 연설하였고, 봉천에서는 알고 지내던 총영사 외에 모리 독립수비대 사령관, 동 히구치 참모, 관동군 미야게 참모장의 참모 이시하라 간지 등과 만났다. 시찰의 결론으로 일본의 만몽 권익을 사수하는 것은 대찬성이었으나, 이것을 독립국가로 하는 것은 생각하지 못했다. 당시 일본 군부도 이런 생각은 없었던 것 같다. 나는 당시 만주의 중공업과 철도 및 여순과 대련大連 항만만 장악하여 국방의 제1선을 헤이룽장黑龍江으로 정하면 일본 본토는 물론 조선의 국방도 이루어져 만주국은 중국의 지방정권으로 그만이라고 생각했다. 육군이 중국과 러시아 양국을 가상적국으로 대륙정책을 행하고, 해군이 영미를 가상적국으로 남진南進정책을 취하면 자원이 빈약한 국가는 꽉 막혀버린다고 생각했다. 호주와 미국의 책동으로 1922년 워싱턴회의華府會議의 결과 영일동맹이 해소된 후, 일본 외교는 북진인지 남진인지, 대륙정책인지 해양정책인지 모를 상태가 되고, 우왕좌왕 비틀대는 외교가 될 우려가 있었는데 중일전쟁 이후 그렇게 되었다.

　3국방공협정은 대소정책이라고 생각하고 있었는데, 어느새 일소중립조약이 체결되어 이 협정을 대영미정책에 이용하는 불철저함이 있었다. 일본은 소련을 모범으로 국방국가 건설에 나섰다. 만주에 자본가가 들어가는 것을 막고, 중세重稅와 공채로, 환언하면 국고 비용으로 만주를 경영하게 되었다. 이로써 만주는 관동군의 천령天領처럼 정부의 간섭을 수용하지 않고 국민의 목소리를 듣지 않았다. 나는 이미 만주시찰 때 이시하라 참모 등의 말에 국가사회주의적 언론을 접하고는 장래를 염려했었다. 일본을 안전하게 해야 할 만주가 일본을 망하게 하는 원인이 되었다. 더욱이 국방국가 건설을 위해 소련의 국가 제도에 가깝게 이른바 계획경제, 통제경제를 강화하면, 일본은 결국 소련을 연구하면서 소련화했다고 할 수 있다. 기획원에 적색분자가 다수 있었다는 것은 오늘날 공산주의자로 이름을 내세운 자들이 한때 기획원에서 근무한 전력이 있다는 데서 명백하다. 오자키 호쓰미尾崎秀実가 고노에近衛의 내부분열자였던 것은 현저한 실례이다. 국방국가를 무리하게 건설하려 하면 공산주의나 파쇼나 나치의 어느 것인가의 전체주의로 나아가는 것은 필연적이다. 민주주의, 자유주의는 국방 편중의 국가나 극단적인 빈국에서는 절대로 발달하지 않는다. 만주사변 이후 일본은 너무 많은 가상적국을 만들어 민간 생활을 억압하고, 국방국가를 만들어 이 국방국가가 전쟁을 유발하였으며, 이 전쟁이 장기화함과 동시에 거의 공산주의 체제로까지 진전했다. 나는 잡지 『조국祖國』에서 군인과 관료의 국가사회주의적 경향을 부단히 공격했는데, 실은 사회주의는커녕 군인과 관료의 일부가 국방국가라는 미명하에 공산주의로 깊이 들어가 있었다.

5·15사건 당시 나는 두 번째 외유를 준비 중이었다. 제국미술학교와 제국음악학교 교장으로서 유럽의 예술교육을 연구하는 것과 만주사변 후의 국제정세를 시찰할 예정이었다. 로스앤젤레스에서 올림픽대회를 보며 지내면서 미국에서도 만주사변에 대한 관심이 높았기 때문에 연설회에서 오야마 이쿠오大山郁夫와 함께 연설했다. 연설회에서 나는 만주에서 군인이 하는 일 모두를 긍정하는 것은 아니

지만, 영일동맹이 없는 오늘날 일본 단독으로 자국의 안전을 기하기 위해서는 만주의 교통기관, 항만, 중공업지대는 러일전쟁의 전리품이므로 이들은 어디까지나 확보할 필요가 있고, 장쒀린張作霖 시대 만주는 특수지역이었으므로 여기에 어디까지나 친일정권을 존립시켜 일본의 권익을 옹호할 필요가 있으며, 만약 여순과 대련 회수라는 부당한 요구를 들이대 일본의 권익을 침해한다면 조약상의 권리로써 자위를 위해 출병할 수밖에 없다는 취지를 주장했다.

이어 시카고로 이동하는 차 안에서 만난 변호사와도 만주사변에 대해 논의하였으며, 뉴욕에서는 니토베新渡戶와 회식했다. 니토베는 미국인의 반일감정에 대해 설명하며, 배일의 중심이 이상주의자가 많은 보스턴으로 로웰Lowell 총장이 라디오방송에서 일본 보이콧의 시작으로 전미 부인이 일본 수입에 관련한 명주 양말을 사용하면 안 된다고까지 말했다는 것을 이야기했다. 이어 보스턴을 다시 방문했다. 자신이 유학 중일 당시에는 제1차 대전 말기로 일본은 미국의 동맹국興國이었다. 만주사변 후의 미일 간은 크게 달랐다. 학생 시대에 도움을 받은 니콜스 부인과 만나 그의 권유로 보스턴에 있는 동양에 있었던 적이 있는 전 외교관 10명 가까이를 초대해 환담했는데, 잡담에서도 일본은 군부의 압제에서 해방돼야 한다는데 의견이 일치했다. 이들은 개인으로서의 일본인은 미국인에게 호감을 사고 있지만, 일본의 국책은 세계의 트러블 메이커라고 말했다. 보스턴에서 2개월 체류 후 유럽으로 가는데 제네바 국제연맹 회의에서 일본이 고경苦境에 빠질 것이라는 예감을 누르기 어려웠다. 캐나다에서 재류 일본인 사이에 연설하면 좋은 기분이 되는데, 동부로 와보면 배일 공기가 강했다.

해제내용

저자의 연속 회고담 중 만주사변과 국제연맹 탈퇴를 중심으로 한 내용의 일부이다. 저자는 중일전쟁에서 태평양전쟁까지 시기의 전주곡으로 만주사변, 노몬한사건, 시안사건, 2·26 사건 등 네 가지를 든다. 그러면서 노몬한사건과 시안사건은 집필 당시 일본에 와 있는 중국인에게 좀 더 진상을 들은 후에 정리하겠다며 만주사변과 2·26 사건에 집중해서 설명하고 있다. 다만, 본 글은 전반부의 글로 2·26 사건은 전혀 언급되지 않고 있다.

저자의 만주사변에 대한 이해는 만주시찰을 통해 정리된 것으로 보인다. 만주에서의 군부의 활동을 모두 긍정하지는 못하지만, 일본의 권익옹호를 위해 만주에서의 일본의 국익 확보는 불가결하다는 점, 만주에서의 일본의 권익은 일본이 중국에서 획득한 것이 아니라 러일전쟁을 계기로 러시아가 중국에서 빼앗은 것을 일본이 러시아에서 획득한 것이라는 점, 따라서 만몽에서의 일본의 권익옹호가 중국과는 무관하다는 점, 일본이 만몽에서 차지해야 할 중요한 권익은 여순과 대련의 항구, 만철을 중심으로 형성한 철도 등 교통기관, 중공업지대 등이라는 점을 주장한다.

만몽에서의 일본의 권익에 대한 저자의 이해는 이어지는 캐나다, 미국 체재를 통해서도 그대로 이어진다. 외유지 여러 곳에서 개최되는 연설회에 연사로 나서 만주사변에 대한 자기 생각, 곧 앞에서 언급한 내용을 피력하며 돌았다. 언론사가 주최하는 연설회뿐만 아니라 이동하는 차 안에서 만난 미국인, 동양에서 외교관 생활 경험이 있는 미국인들과의 만남에서도 만주사변과 관련한 일본의 입장을 설명했다. 이런 측면에서 보면, 상당히 국가주의자적인 면모가 엿보이기도 한다. 실제, 그가 외유를 전후해서 여러 곳에서 만난 주요 인사에 우익적 인사 혹은 현역 군인이 다수 포함되어 있음은 주목된다.

수록 지면 : 77~87면
키워드 : 만주사변, 노몬한사건, 시안사건, 2·26 사건, 국방국가

일본 운명의 계시 日本運命の啓示

마스다 사카에(増田榮)

해제 : 김웅기

내용요약

트루먼 대통령의 (맥아더 해임) 성명은 정치가도의 조수揆守를 논의할만한 당당한 내용이었다. 아마도 이 성명보다 나은 것은 나오기가 어려울 것이다. 첫째, 원수가 대통령의 명령을 받들지 않는다. 둘째, 원수의 중공에 대한 적극적 태도가 세계 제3차 전쟁을 불러일으킬 위험성이 있다고 단언했고, 셋째, 서구제일주의며 극동은 그 다음이라는 점이다. 중공에 대한 경제봉쇄, 해군에 의한 연안봉쇄에서 더 나아가 중국 연안부 및 만주에 대한 새중탐색塞中探索 제한 철폐, 대만 국민당 정부군에 대한 제한 철폐와 이에 대한 보급원조가 그 내용이며, 게다가 이 같은 요청은 워싱턴이나 영불 측이 받아들일 수 없을 것으로 여겨졌다. 이는 결국 소련의 개입을 불러일으켜 세계대전으로 몰고 간다는 것이다.

이에 반해 맥아더 원수나 원수를 지지하는 사람들은 "공산주의의 철학"이라며 자유주의 국가들과의 화해나 평화 따위는 있을 수 없다고 단정 짓는다. 공산주의는 고무풍선 안에서 열기로 팽창하는 공기와 같은 것으로 피막이 얇아져서 약해진 저항선을 찾기만 한다면 바로 거기에 몰려들어 돌파하려 한다. 조선, 인도네시아, 버마, 말레이 어디든 상관없다. 모두 힘겨루기다. 따라서 이에 맞서기 위해서는 어디든 튀어나온 곳부터 철저하게 때려 부숴야 한다. 그들은 한 곳에서 성공하면 반드시 다른 지역에도 나타날 것이다. 만일 아시아에서 공산주의의 침략에 타협하거나 굴복한다면 기필코 유럽에 진출해 나갈 것이다. 적은 세계적 기초 위에 독뱀처럼 군사적 혹은 기타 견지에서 볼 때 유리하다고 본다면 어디든 물어뜯을 것이다. 지금 중공에 대해 유화정책을 펼친다는 것은 새롭고 더욱 비린내 나는 전쟁을 유발한 거라고 역사가 가르쳐준다. (맥아더 원수 귀국후 상하원 합동회의 연설=3월 19일) 이 같은 단정은 원수가 일본점령 임무를 맡은 시점이었다면 하지 않았을지도 모른다. 그의 인식은 2·1 총파업이 분기점이 되었다. 결정적인 문제는 작년 6월 25일 북선北鮮군에 의한 한국 침입이다. 만일 그가 침략적 공산주의의 성격에 대한 경험과 지식이 불충분했다면 이 중대한 시기에 트루먼 대통령이라 하더라도 혹은 맥아더 총사령관이라 하더라도 곧바로 남선南鮮을 구조하는 일에 나서기란 어려웠을 것이다. "힘을 격퇴하기 위해 힘을 쓰겠다to mount force to repel force(설날 메시지)"라는 원칙은 이때 이미 마련된 것으로 여겨진다.

그럼에도 이들은 북선에 대한 인식만큼은 철저하지 못했다. 이들은 북선이라는 적색국가가 남선으로 침입해 온 것이며, 세계적 규모와 계획에 입각한 공산 진영이 북선을 이용하며 침입케 했다고 생각하지는 않았다. 이 같은 인식은 중공이 개입하지 않을 거라고 웨이크섬 회담에서 맥아더 원수가 트루먼 대통령에게 장담했던 것으로도 알 수 있듯이 분명했다.

해제내용

미국의 극동정책에 있어 필자 마스다 사카에는 철저히 맥아더 원수 편이다. 마스다가 트루먼 대통령에 의한 맥아더 장군의 연합군 총사령관 해임을 비극이라고 평했던 것처럼 일본인, 특히 보수 인사들 사이에서 맥아더의 평가란 매우 긍정적이었다. 가장 큰 이유는 맥아더가 천황제 유지를 허락하고 쇼와 천황에 대해 경의를 표했기 때문이다.

일본 보수계 인사들이 맥아더를 지지한 또 하나의 이유는 그가 철저한 반공주의자며 무력충돌을 불사하는 등 타협할 여지를 보여주지 않았던 점이다. 만주 폭격이나 북한 지역에 대해 원폭을 사용하는 등을 구상했던 맥아더는 미국 내에서도 지대한 지지를 얻게 됨에 따라 트루먼 등 문민정부의 위협이 됐던 것이 해임의 원인이 되었다는 인식을 마스다도 공유한다.

한국전쟁은 마스다를 비롯한 일본 보수 인사들에게 공산주의자의 본질적 위협을 여실히 보여주는 계기가 되었다. 단순히 남북간의 내전이 아니라 공산진영이 북한으로 하여금 침략케 했다는 진영 간 투쟁이라는 것이다. 북한군이 대구까지 들어온 일이나 중공군이 참전하자마자 38선이 붕괴한 사실을 감안해 볼 때, 자유진영 또한 힘으로 맞설 수밖에 없다는 인식을 강화했다. 마스다는 공산진영과는 타협의 여지가 존재하지 않기 때문에 유화적 태도를 보여서는 안 된다고 역설한다. 그러면서 맥아더가 남긴 유산을 미일 간의 신뢰관계 구축에 국한되지 않은 개인과 민족의 존엄성과 '홀로서기'에 있다고 평가한다. 미국이나 UN에 의존하는 것이 아니라 쇼와 천황을 살려 주고 천황제를 온존해 줌으로써 황실을 중심에 두고 민족 자립을 모색할 수 있게 해 주었기 때문이다. 일본 보수 인사들 사이에서 맥아더에 대한 평가가 높은 것은 이처럼 구체제 온전을 통해 일제 시절부터 이어져 온 국체國體를 훼손하지 않았기 때문이다. 일본 보수의 미국 지지는 이렇게 형성되었는데, 그 대신 과거 제국 일본이 저지른 아시아침략을 성찰하고 반성할 기회를 잃게 된 것도 사실이다.

수록 지면 : 98~105면

키워드 : 더글러스 맥아더(ダクラス · マッカーサー), 천황, 도조 히데키(東条英機), 노기마레스케(乃木希典), 도고 헤이하치로(東郷平八郎)

추억 수첩 (4)思い出帳 その四

사토 하치로(サトウハチロー)
해제 : 김웅기

내용요약

야구장은 구제야마久世山에 있었다.

후에 주택지가 되어 하마구치 오키치濱口雄吉씨나 호리구치 구마이치堀口九万一[1]씨 등이 살았던 곳이다.

우리는 거기서 매일 연습했다.

동료 중에는 현재 아사히신문 운동부의 장로 격인 구보타 다카유키久保田高行, 수학자 나가사와 가메노스케長澤亀之助의 아들 후지오不二男, 시다 고타로志田コ一太郎 박사의 아들 사부로三郎, 사부로는 後에 이도류(二刀流) 선수가 되어 쇼와의 어전 경기 등에서 활약했다 등이 있었다. 스가타 산시로姿三四郎를 펴낸 후 문단계에서 명성을 날린 도미타 쓰네오富田常雄도 동급생이기는 하지만, 그의 집이 오쓰카구보마치大塚窪町에 있었던 관계로 구제야마 그룹에 들어오지는 않았다.

어느 날 그제야마 그룹에 홀연 코치가 나타났다. 코치란 선생님이다. 가르치는 사람 말이다. 코치를 부탁할 때는 되게 "우리 팀의 코치를 맡아 주셨으면 합니다"라며 누군가의 소개장이라도 들고 사정하러 가야 한다. 소학교 팀이기 때문에 지도비 같은 것은 엄두도 나지 않았다. 그래서 사정하러 간다고 해도 쉽사리 받아들여질 리가 없었다. 그래서 우리는 야구 책자 등을 읽어가면서 코치 없이 연습을 했다.

---

1 호리구치 구마이치(1865~1945)는 외교관이자 한시인, 수필가로 활동했으며 시인 호리구치 다이가쿠 (堀口大學)의 아버지로 알려진 인물이다.

"내가 코치해 줄게"

라고 나타났으니 기뻐하며 "잘 부탁합니다"라고 인사를 하며 달려들 법도 하지만 그렇게 할 수 없었다. 안경을 쓰며 비백 무늬의 기모노를 입으며 제국대학 모자를 쓴 이 분은 아무리 봐도 야구를 잘할 것 같이 보이지 않았다.

우리가 서로 얼굴을 찾아보며 주저하더니

"자, 자, 시트노크를 해줄테니 각자 위치로"

라고 코치답게 명령하며 노크베트를 쥐었다.

"아무튼 받아보자"

자진해서 들어온 이 코치로부터 노크를 받기로 했다.

그런데 말이다.

아이들의 육감은 예리하다. 우리가 의문스럽게 생각했던 대로 이 코치는 제대로 노크를 하지 못한다. 이렇게 2시간가량 노크를 받다 보니 일몰이 되었다.

"오늘은 저 코치님이 안 나타나겠지"

이튿날, 우리는 마음속으로 이렇게 빌면서 구제야마를 향했다. 그랬더니 네트가 펼쳐져 있었다. 유니폼을 입은 사람의 그림자가 보이지는 않았지만 장소를 점령당한 것만큼은 확실했다.

"알았어. 어떤 놈인지 모르지만 애들이면 싸워서 저 네트를 쓰러뜨릴 테야."

라며 방망이를 다시 잡고 네트 쪽으로 나섰다.

네트 뒤편에는 4, 5자 높이의 둑이 있었고 그 뒤에 조릿대나무 숲이 있었다. 네트 앞까지 우리가 가보니

"오, 왔구나. 늦었네"

목소리와 함께 조릿대나무 숲속에서 뾰로통 사람이 일어났다.

"아"

우리는 무심코 외쳤다. 오오, 뭐야, 오지 말기를 바랬던 어제 코치님이 일찍 와

있었던 것이다.

"아니, 뭐야 뭐야…"라고 하지 않을 수 없었다. 그는 호시노 나오키星野直樹였다.

(계속)

해제내용

사토 하치로의 소년 시절 추억을 다룬 연재 수필 마지막 회다. (수필 말미에 '계속' 이라고 적혀 있지만) 여기서 소개된 제국대학 모자를 쓴 야구 코치 호시노 나오키星野 直樹란 후에 만주국 총무장관을 지낸 후 총력전체제의 두뇌 역할을 담당했던 기획 원 총재를 지낸 인물이며, 도조 히데키東条英機, 기시 노부스케岸信介, 마츠오카 요스 케松岡洋右, 아유카와 기스케鮎川義介 등과 함께 만주의 실세를 가리킨 '2기 3스케弐基キ参 スケ' 중 한 사람이다. 이로 인해 패전 후 A급전범으로 도쿄재판에서 종신형 판결 을 받기도 했다.

소년 사토 하치로가 만난 호시노는 도쿄제국대학의 학생이었다. 소년들이 동 네야구를 즐기던 구제야마久比山는 근처에 도쿄제국대학이 위치하는 등 여러 개 대 학이 밀집하여 지식인들이 모여 살았던 곳이다.

구제야마에서 함께 야구를 즐기던 또래 친구들이 성장하여 일본 주류사회에 진출한 것이 사토의 인맥형성에 크게 도움을 준 사실이 이 수필에서 확인된다. 동 네야구는 소년과 어른이 함께 즐기며 어울릴 수 있는 만남의 기회를 마련하는 교 류의 장을 마련했던 것을 알 수 있다.

수록 지면 : 106~107면
키워드 : 호시노 나오키(星野直樹), 구보타 다카유키(久保田高行), 호리
구치 구마이치(堀口九万一)

1951년 7월

조선에 대한 장기적 전망

한반도는 동양의 발칸이라고도 했다. 이 말은 완전히 틀린 것 같지는 않다. 현재 전 세계의 시선은 이 반도와 그 주변에 쏠리고 있다. 특히 초점이 38도선에 가 있는 것은 말할 것도 없다. 이 38도선은 현재 불가사의한 양상을 보인다. 처음에는 북조선 공산군이 갑자기 이 38도선을 넘었고, 그다음에는 유엔군이 넘었고, 그다음에는 중공군이 다시 이 선을 넘었다. 넘고 넘어가고, 적군도 아군도 언제 어떻게 될지 모르는 그런 긴박한 상황이다.

그래서 맥아더 원수는 공산군의 근거지인 만주에 폭격을 가하고, 중공 연안을 봉쇄하고 나아가서 대만에 장제스蔣介石 군대를 동원할 것을 제안했다. 이 방법 외에 한반도 문제를 군사적으로 처리할 방법은 없다는 것이다. 물론 이 계획을 실행하더라도, 소련은 쉽게 움직이지 않을 것이라고 예상하고 있다.

그런데 이 맥아더 원수 안의 실행에 대해서는 영국도 프랑스도 반대했으며, 미국 대통령 이하 국무장관, 국방장관 등 정부 주요 인사들도 마찬가지로 반대했다. 여기에는 동양에 있는 일개 반도에서 일어난 전쟁을 확대하면 제3차 세계대전을 일으킬 위험이 있다는 데에 귀착한다.

이 두 의견은 어느 쪽이 맞는지는 알 수 없으나, 맥아더 원수 해임으로 정리되고 말았다. 좋든 나쁘든 대통령 이하, 정부 주요 인사의 의견이 채택되어 실행의 단계로 접어든 것이다.

그런데 이 비非 확대주의가 실행되면 앞으로 한반도 문제는 어떻게 되는 것일까? 이 판단은 쉽지 않다.

먼저 유엔군으로서는 38도선 부근에 견고한 진지를 구축해서 중공군이 공격을 가해오면 몇 번이고, 몇 개월이고 이를 격파해서 그들에게 인적 손실을 최대한 많이 나게 하는 것, 이를 첫 번째 수단으로 삼는 것 말고는 따로 방법이 없을 것이다. 그리고 그사이에 기회를 봐서 평화공작을 전개하는 것은 당연하다. 이 작전이 성공할지 어떨지. 매우 어려울 것으로 예상된다. 그 이유는 무엇인가?

중공으로서는 소련에서 무기 등을 빌린다고 해서 특별히 배 아파할 일은 없다. 그렇다면 많은 병사의 살상을 감내해야 하는 문제는 어떠한가? 보통 나라라면 가장 곤란한 일이겠으나, 중공에서는 그토록 아픔을 느끼지 않을 것이다. 그 이유는 무엇인가? 한마디로 말하면 세상에서 낙오되어 쓸모없거나 무법자를 대거 동원할 수 있기 때문이다. 그들이 어떻게 되든 그리 마음 아파할 일이 아닌 것이다. 적어도 영국, 미국, 프랑스가 병사를 잃는 아픔하고는 비교할 수 없을 정도로 가벼운 마음이라 생각된다. 게다가 한반도에서 벌어진 전쟁이 어떻게 되든 중공 본토나 만주 요지를 폭격당할 걱정도 없다. 당연히 베이징이나 난징 등은 아주 평온함을 유지할 수 있다. 이러한 상태임을 볼 때, 중공으로서는 전쟁이 앞으로 장기간에 걸쳐서 계속되어도 필사적인 고통을 받을 거라고는 생각하지 않는 것이다.

여기에 소련을 보자. 소련은 흑막黑幕과 같은 존재로서 무대 위 연기는 모두 꼭두각시 인형에 맡기고 있다. 그렇기에 인형의 손이나 발이 아무리 망가져도 본인은 아픔을 느끼는 일이 없다. 즉 소련은 오랜 시간을 견뎌내며 상대방이 지치는 것을 기다릴 수 있다.

이러한 나라를 상대로 미국은 비확산정책을 택하기로 결정했는데, 앞날이 걱정된다. 특히 제3자 입장에서 볼 때, 유엔군이 불리하게 보이는 것은 영국·미국·프랑스의 이해가 반드시 일치하는 것은 아니기 때문이다. 미국은 이 부분에 대한 조정을 위해 고생을 좀 해야 할 것으로 본다. 이렇게 본다면, 공산주의국가에 비해서 연합국, 특히 미국의 입장은 훨씬 고생이 많을 것으로 예상된다. 다만 이를 극복하기 위해서는 미국 국민의 기력과 물자가 풍부해야 할 것이다.

보통 사람이 소매치기나 강도와 대적할 때, 그들은 비열, 기만, 음모, 식언食言 등 뭐든지 한다. 이 문제를 이솝에게 물어보자. 바로 '쐐기풀'을 다루는 방법이다. 부드럽게 만지면 반드시 해를 입는다. 그러나 단호하게 이를 쥐면 손안에 있는 면과 같다고 한다. 공산주의 국가는 '쐐기풀'과도 같다.

일본의 안전보장 日本の安全保障

미국의 강화조약안에 의거하여 アメリカの講話條約にそくして

요코타 기사부로(橫田喜三郎)

해제 : 석주희

내용요약

강화와 안전보장

일본의 강화도 점점 구체화되고 있다. 미국 원안의 요지가 발표되었으며 관계 국가들 간에 모든 교섭이 이루어지고 있다. 어느 정도 시일은 걸리겠으나 그다지 길지는 않을 것이다. 항복한 지 6년간 일본은 연합국의 점령과 지배에서 벗어났으나 독립과 주권을 회복하여 독립국이 되는 날이 가까워지고 있다. 강화에서 더욱 중요한 것은 안전보장이다. 강화 이후 어떻게 일본의 안전을 확보하고 보장할 것인가. 실제 강화를 하면 이내 안전보장이 문제가 되며 이를 둘러싸고 여러 논의가 있다. 이른바 전면강화인지 다수강화인지 하는 것은 안전보장 방식과 밀접한 관계가 있다. 이처럼 중요한 안전보장에 대하여 미국의 강화조약안은 어떤 방식을 채용하고 있는가. 그리고 그 방식은 우리들이 볼 때 적당한가. 일본의 강화조약으로 미국이 제시한 강화조약안을 거의 그대로 채용할 가능성이 높다. 이러한 측면에서 일본에서 실현해야 할 안전보장의 방식을 고찰하고자 한다.

미국의 강화조약안

우선, 안전보장에 대해 미국의 강화조약이 어떤 규정을 제시했는가를 보도록 하자. 제4장이 안전보장에 관한 부분으로 일본측의 의무와 연합국 측의 약속이 규정되어 있다. 일본 측의 의무는 국제연합헌장 제2조에서 서술한 의무를 수탁하는 것이다. 첫째로 국제 간 분쟁은 평화적인 방법으로 해결해야 한다. 둘째로 어떤 국가이든 영토와 정치적 독립에 대하여 무력에 의한 위협, 무력의 행사, 그 밖의 국제연합의 목적과 합치하지 않는 행위를 행사하지 않는다. 셋째로 국제연합에 대해서는 협조하거나 원조를 하고 국제연합이 예방 또는 강제 조치를 한 국가에 대해서는 원조를 수여하지 않는다. 연합국 약속으로는 첫째, 일본에 대한 관계에서 국제연합헌장의 제2조 원칙을 따를 것 둘째, 일본이 주권국가로서 국제연합헌장에 서술하고 있는 '개별적 또는 주권국가로서 국제연합헌장에서 서술하고 있는 개별적 또는 집단적 안전보장 협정이나 연합국의 한 국가 또는 복수 국가가 참가하는 협정에 일본이 자발적으로 참가하도록 인정할 것, 일본 측의 의무는 일본에 관한 것보다는 세계의 일반적인 안전보장에 관한 것이다. 연합국은 일반적인 세계의 평화를 확보하고 안전을 보장하기 위해 채택한 의무를 수락해야 하며, 일본도 여지없이 이를 받아들여야 한다. 예를 들면 일본이 다시 군국주의 국가가 되어 다른 국가의 영토나 독립에 대해 무력을 행사해서는 안 된다. 그렇게 때문에 일본은 의무를 수락해야 한다.

달레스 특사의 구상

미국이 제시한 강화조약안에서 일본의 안전보장에 관하여 중요한 참고가 되는 것은 달레스 특사의 구상이다. 달레스 특사는 일본의 강화에 대해 연설이나 성명을 제시해왔다. 지난 4월 23일 도쿄에서 실시한 연설에서는 좀 더 구체적이고 솔직하게 일본의 안전보장 방식에 대해 구상을 말했다. 미국은 유럽에 무게를 두고 그 힘을 북대서양조약에 가입한 국가들의 안전 보장에 집중하고 아시아는 방치한다고 말한다. 그러나 이는 근거가 없다. 일본의 안전보장 방식으로 '중립'을 주장하는 자도 있으나 달레스 특사는 강력하게 반대하고 있다. 평화를 확보하고 안전을 보장하는 방식은 집단적인 안전보장이어야 한다. 집단적 안전보장은 침략을 당하는 경우 다른 국가들이 침략자에 대하여 공동으로 집단적으로 저항하여 방위하는 방법이다. 국제연합헌장에서는 이러한 집단적 안전보장 방식을 채용한 것으로 각국에 '개별적 또는 집단적인 고유권'을 인정함과 동시에 평화에 대한 위협을 방지하기 위해서 '효과적인 집단적 조치'를 취하도록 하고 있다. 이런 점에서 달래스 특사가 특히 주의하고 있는 것은 '국제연합헌장은 무력 공격에 저항하기 위해서 군대를 가질 필요를 인정함과 동시에 공공의 이익을 위한 것 이외에 군사력을 사용하지 않는다'는 원칙을 확립하는 것이다.

달래스 특사는 일본의 중립을 강하게 반대하며 집단적 안전보장에 의존해야 한다고 역설하였다. 이를 위해 각국의 집단자위권과 지역협정에 무게를 두었다.

안전보장과 중립

이상으로 미국의 강화조약에서 일본의 안전보장이 어떻게 구상되고 있는지 명확해졌다고 생각한다. 우리들이 볼 때 이 구상이 적당한지 고찰하고자 한다. 안전보장의 방식에 대하여 미국은 일본의 중립을 반대한다. 일본의 일부에서는 안전보장 방식으로서 중립을 주장하고 있는 자가 있다. 여기서 중립이 과연 적당한 것인지 어떤지 고찰할 필요가 있다. 중립을 주장하는 자는 일본이 미국과 소련 어디에도 편을 들지 않고 중립적인 태도를 취한다면 공격을 받지 않는다고 생각한다. 이러한 생각을 하는 사람들은 일본이 스스로 군대를 갖는 것에 반대하는 것 뿐만 아니라 외국의 군대가 일본에 주재하여 외국에 군사기지를 제공하는 것에도 반대한다. 이는 일본이 평화국가가 되기 위한 근본적인 방침과도 관련된다. 일방적으로 한쪽 세계와만 밀접한 관계를 맺게 되면 다른 한 쪽 세계로부터 공격을 받을 위험이 있다.

그러나 현재와 같이 자유로운 민주주의 국가들과 다른 한편에서 독재 공산주의 국가들로 나누어 대립할 때 중립적인 지위는 있을 수 없다. 이는 제2차 세계대전 사례만 보더라도 명백하다. 제2차 세계대전에서 대국 사이에 둘러싸인 소국의 중립이 무너지고 전쟁에 휘말리게 될 것이다. 게다가 세계의 일반적인 입장에서 볼 때 중립이라는 것은 결코 안전보장의 적당한 방식이 아니다. 만약 어느 국가가 침략을 받았을 때 모든 국가가 중립적인 정책을 취하여 간섭하지 않고 방관한다면 어떻게 되겠는가.

안전보장과 자위권

미국의 구상은 일본의 안전보장에 대하여 자위권을 고려하고 있다. 이 자위권은 유엔연합헌장에서 규정하는 것으로 '개별적 또는 집단적인 고유의 자위권'으로 하고 있다. '개별적인 자위권'은 국제법상 인정된 것으로 일본은 지금까지 보통의 자위권으로 불린 것이다. 국가라면 국제법상에서 당연히 이를 가지도록 하고 있다. 그러므로 '고유의' 자위권으로 불린다. 일본으로서 강화가 성립되어 독립국가로서 지위를 인정받는다면 당연이 이러한 자위권을 갖게 된다. 다만, 지금까지 연합국에 점령되어 그 지배를 받고 있으므로 국제법상 권리에 중요한 제한이 있기 때문에 일본은 강화조약에 의해 자위권을 인정받는다. 그다음 일본의 헌법상에서 자위권을 제한할 것인가 하는 것이 문제가 되었다. 전쟁을 포기하고 군비를 폐지한 결과로서 자위권도 포기 또는 금지된 것은 아닌가 하는 논의가 있었다. 그러나 헌법은 어디에도 자위권을 포기한다든지, 금지한다는 것은 없다. 따라서 국제법상에서 특히 자위권을 제한하고 있지 않는다면 일본은 자위권을 가질 수 있다. 강화 이후 일본은 국제적으로도 자위권을 인정받아 이를 행사할 수 있게 된다.

이런 점에서 주의해야 할 것은 자위권과 군비와의 관계이다. 현재 국제관계 아래에서 자위권은 군비와 밀접한 관련을 갖지만 불가분의 관계가 아니다. 자위권 그중에 당연히 군비를 갖는 것이 포함되어 있지 않다. 현재 국제관계에서 외국에 대한 공격이나 침략은 대부분 상시로 군대에 의해 이루어지고 있다. 이를 유효하게 방지하고 자기를 방위하게 위해서는 자국도 군대에 의존할 수밖에 없다. 그런 의미에서 자위권과 군비의 사이에는 밀접한 관계가 있다. 그러나 수단으로 방위하는 것은 별개의 문제이다. 무언가 특별한 사정으로 경찰력에 의해 방위하는 것, 또는 임시로 인민을 집결하여 방위하도록 하는 것 등 다른 수단이 없는 것은 아니다. 그러나 유력한 외국의 군대에 대항할 수 없으며 유효하게 방위할 수 없다. 즉 자위권일 필요는 없다. 자위권이 아닌 국제법상으로 허가되지 않은 실력의 행사라고 할 수 없다. 이런 의미에서 자위권과 군비 사이에는 불가분의 필연적인 관계가 있는 것은 아니다. 실제 일본 헌법에서는 자위권 그것은 인정하고 있으나 군비는 금지하고 있다.

지금까지 이른바 '개별적인' 자위권에 대한 논의를 했다. 국제연합헌장은 그 외에 '집단적' 자위권을 인정하고 있다. 미국의 강화조약 등에서는 이를 일본에 대해서도 인정하려고 하고 있다. 미국의 강화조약안은 일본의 안전보장에 관하여 자위권을 하나의 중요한 요소로 보나 그것은 이유가 있다. 외국으로부터 침략을 받아 공격을 할 때에는 스스로 이에 저항하고 방위하는 것은 이론상 당연한 것으로 실제 자국의 안전과 독립을 보장하는 방법이어야 한다. 적어도 한 가지 방법이다. 강화 이후에 일본에게 자위권을 인정하는 것은 일본의 안전보장의 하나의 방법을 제공하는 것이다. 그다음 이른바 '집단적인'자위권도 인정하는 것은 결국 제국의 원조가 부여되는 길을 열어주는 것으로 일본의 안전보장의 하나의 유력한 방법을 제공하는 것이다.

안전보장과 국제적보장

미국의 강화조약안에서 일본의 안전보장에 관하여 하나의 중요한 요소는 국제적인 보장이다. 국제적인 보장이라는 것은 국가 간 보장으로 어느 국가의 안전이 위협이 된 경우에 다른 국가가 이에 원조하여 안전을 확보하는 데 협력하는 것이다. 국제적 보장은 일반적인 집단적인 것이라면 개별적인 것도 있다. 현재 국제관계에서 안전보장 방식으로서 국제적인 보장을 가지는 것은 유력하며 적당하다. 외국으로부터 침략을 받은 경우 어느 국가라도 우선 자위권에 의해 스스로 자기를 방위할 수 있는 것이나, 스스로 방위하는 실력을 갖는 국가는 상당히 적다. 대국으로부터 침략을 받은 경우에는 더욱 그러하다. 그뿐 아니라 현재와 같이 제국이 밀접한 연대관계를 갖는 세계에서는 국제의 평화와 안전은 모두 국가의 중요한 관계가 있어 크게 영향을 받는다. 일본도 그러하다. 오히려 일본에 대해서 현재 일본은 철저한 평화주의를 가지며 군비를 폐지하고 있다. 따라서 외국으로부터 침략을 받은 경우에 자국의 힘으로 유효한 방위를 하는 것은 불가능하다. 자위권은 군비가 없으므로 유력하게 방위하는 것은 할 수 없다.

그렇다면 국제적 보장은 구체적으로 어떤 것인가. 미국의 강화조약안에서는 제1로 일반적인 국제적인 보장으로서 국제연합헌장에 기반하여 보장하고 있다. 연합국 측으로서 헌장의 제2조 원칙을 따르도록 약속하고 있다. 제2조 원칙은 여러 가지가 있으나 그중에 어느 국가의 영토나 독립에 대해서도 무력행사나 무력에 의한 위협을 행사하지 않는 것, 국제 연합의 행동에 대해서 원조를 받는 것 등이 포함되어 있다. 이런 행동 중에는 침략이나 평화의 파괴가 있는 경우 해당 국가에 대하여 원조를 하고 이에 의해 침략이나 평화의 파괴를 제지할 수 있는 것이 포함되어 있다. 일본에 대해 연합국 측이 이를 약속하고 실행하는 것은 유력하게 일본의 안전을 보장하는 것이다. 이뿐 아니라 일반적인 세계적인 안전보장으로 현재 국제관계에서 갖는 적당한 미래의 안전보장 방식이다.

안전보장과 재군비

이상에서 서술한 바와 같이 미국의 강화조약안에서 일본의 안전보장에 대하여 어떤 방식을 고려하는가를 제시하였다. 중립은 안전보장이 될 수 없으므로 배제함과 동시에 자위권을 일본에도 인정하여 국제적 보장을 부여하고 있다. 이는 일본의 안전보장으로서 적당한 것으로 생각된다. 국제적인 보장을 하려면 적당한 유력한 본래의 안전보장 방식으로 일본의 안전보장은 이를 중심으로 이루어져야 한다. 다만 자위권에 관해서는 주의할 필요가 있다. 일본에게 자위권을 인정하면 그 중 당연히 재군비를 인정하는 것이 포함된다고 생각하는 사람이 적지 않다. 일본에 자위권을 인정하는 것은 일본에 재군비를 부여하는 것으로 이를 예상하고 기대하는 사람이 있다. 그러나 자위권과 군비의 관계는 밀접한 관련은 있으나 필연 불가분의 관계는 아니다. 주권을 갖는 국가는 즉 독립국은 이러한 군대를 설치하거나 경찰을 설치할 자유를 가진다. 다만 국제법상으로 특별한 제한을 갖는 경우는 한계가 있다. 제2차 세계대전의 결과로서 일본은 무조건 항복을 하여 국제법상 상당히 큰 제한을 받게 되었다. 주권은 대부분 전면 제한되어 정지된 정도이다. 그 중 하나의 결과로 군비는 모두 폐지된 것이다. 그러나 강화가 성립되어 일본이 주권을 회복하여 독립국이 된다면 강화조약이나 그 외 조약에서 어딘가 군비를 제한하지 않는 한 다시 군비를 갖출 수 있게 된다. 일본이 군비를 갖추게 된다면 그것을 방해할 것은 아무것도 없다. 그렇다면 일본은 전혀 가질 수 없는가 하면 그것도 적당하지 않다. 일본과 미국 사이에 특별한 안전보장 협정을 체결하는 것을 제의하고 있다. 그 구체적인 내용은 아직 명확하지 않으나 미국은 군대를 일본에 두고 일본은 군사기지를 제공하여 일본의 방위를 하는 것이 중요하다. 그렇게 볼 때 일본이 스스로 재군비하는 것이 아닌 우호적인 외국의 군대가 일본에 있어 일본의 방위를 할 수 있다. 이것이 적당한 방식이다.

일본의 안전보장

미국의 강화조약안을 중심으로 일본의 안전보장에 대해 여러 측면을 고찰했다. 필요한 점은 설명하도록 한다. 결론으로 일본의 안전보장의 적당한 방식을 생각해보면 대개 다음과 같다. 중립은 적당한 것은 아니다. 일본이 군비를 갖는 것은 적당하지 않다. 다만 자위권과 관련하여 생각하여 재군비를 보면 이론적으로도 사실상 필연의 관계가 없다. 실제 일본의 특수한 역사적 사상적 사정을 볼 때 위험한 가능성이 있으므로 가능한 피하길 바란다. 이를 보완하기 위하여 외국군대가 주재하여 군사기지를 설정하는 것이 적당하다.

해제내용

요코타 기사부로는 이 글에서 일본의 샌프란시스코 강화조약과 이를 둘러싼 미국의 입장과 국내 논의, 국제사회의 인식, 중립국의 모색을 제시하였다. 일본은 샌프란시스코 강화조약에서 안전보장과 재군비 문제를 두고 지식인 간 논의가 이어졌다. 일본의 재군비문제는 1951년 샌프란시스코 강화조약과 함께 일본의 안전보장의 방식을 논의하면서 주요한 쟁점으로 떠올랐다. 당시 지식인들의 기본적인 인식은 재군비와 자위권은 밀접한 관련은 있으나 불가분의 관계는 아니라는 입장을 가진다. 즉 강화가 성립되어 일본이 주권을 회복하면 자위권에 제한을 가질 수는 있으나 군비는 가질 수도 있다는 것이다. 그러나 일본이 재무장하는 것보다는 미국과 같은 외국군대가 주둔하는 길을 모색하는 것이 일본의 방위를 위하여 적절하다는 결론을 내린다.

필자는 강화와 안전보장이라는 글에서 미국의 강화조약안과 일본의 안전보장의 형태에 대하여 제시하였다. 미국은 강화조약에서 일본 측의 의무와 연합국 측의 책무를 규정했다. 이는 연합국으로서 책무를 이행함으로서 일본이 국제사회 질서에 편입할 수 있다는 점을 나타낸다. 요코타는 달레스 특사의 발언을 통해 일본의 중립은 성립하기 어려운 한계가 있음을 밝힌다. 그는 "일본의 안전보장 방식으로서 '중립'을 주장하는 것이 있으나 달레스 특사는 이에 강하게 반대하고 있다"고 말했다. 대신 평화의 방식은 집단적 안전보장이어야 한다고 주장한다. 집단적 안전보장은 국제연합과 관련한 것으로 "각국에 '개별적 또는 집단적인 고유권'을 인정함과 동시에 평화에 대한 위협을 방지하기 위해서"서 필요한 조치라는 것이다.

일본의 중립은『일본급일본인』에서 지속적으로 나타나는 중요한 쟁점 가운데 하나이다. 그러나 샌프란시스코 강화조약을 앞둔 시점에 중립국으로서 일본의 지위는 거의 불가한 것으로 나타난다. 안보의 공백 상태로부터 중립국의 지위를 주장하였으나 일본은 군사적, 경제적, 정치적으로 스위스와 같은 중립국의 지위를 갖는데 한계를 가졌다. 다른 측면에서 군사적 중립과 정치적 독립은 도달하고자 하는 이상향으로 보인다. 1951년 샌프란시스코 강화조약을 앞두고 군비와 안전보장, 미소 갈등과 냉전이라는 현실적인 문제에서 일본은 집단적 안전보장을 위한 최소한의 군사력이 필요한 것은 자명한 사실이다. 미국도 이러한 일본의 입장을 이해하고 있으며 "공공의 이익을 위한 것 이외에 군사력을 사용하지 않는다는 원칙을 확립"함으로서 일본의 군사적 한계를 명확히 제시하였다. 이러한 달레스 특사의 구상은 중립보다는 지역협력이 일본에게 적절한 방식이라는 점을 나타낸다.

필자는 "미국과의 강화조약으로부터 일본의 안전보장이 명확해졌다"고 보았다. 완전한 중립국가로서의 지위를 갖기는 어려우나 외국에 군사기지를 제공함으로서 군사적 의무에서 제외되거나 전쟁을 유발할 수 있다는 주변국의 우려나 비난을 회피할 수 있게 되었다. 필자는 이 같은 전략이 일본을 '평화국가 일본'으로 정체성을 확립하는 데 불완전하지만 도움이 될 것으로 보았다. 현재 세계는 자유민주주의와 독재공산주의로 이분화 되어 있으며 미국과 안보를 연계한다는 것은 공산주의 국가군으로부터의 군사적 위협에 노출된다는 점을 항시 전제하기 때문이다. 모든 국가가 중립의 지위를 가질 수 없다는 점을 인식하면서 미국과 일본의 군사적 협력과 안전보장은 1951년을 기점으로 강력한 연계를 가진다.

주목해야 할 점은 일본의 자위권과 군비와의 관계이다. 요코타는 자위권과 군비를 분리하여 인식하였다. "자기를 방위하게 위해서는 자국도 군대에 의존할 수밖에 없다. 그런 의미에서 자위권과 군비의 사이에는 밀접한 관계가 있다. 그러나 수단으로 방위하는 것은 별개의 문제이며 (…중략…) 이는 반드시 자위권일 필요는 없다"는 것이다. 또한 요코타는 "강화 이후에 일본에게 자위권을 인정하는 것은 일본의 안전보장의 하나의 방법을 제공하는 것이다"라고 보았다. 그러나 일본이 집단적 자위권을 갖는 것에 대해서 주변국가에서는 유보적인 입장을 가진다고 볼 때 자위권이나 군비 문제는 여전히 논란의 여지가 있다. 요코타는 "이른바 '집단적인' 자위권을 인정하는 것은 결국 제국의 원조가 부여되는 길을 열어주는 것으로 일본의 안전보장의 하나의 유력한 방법을 제공하는 것이다"라고 지적하며 집단적 자위권 문제에 대한 심각성을 인식하였다.

이상에서 논의한 바와 같이 요코타는 샌프란시스코 강화조약을 앞두고 일본의 군비와 안전보장 문제를 심도있게 다루었다. 그러나 근본적인 문제는 일본이 과거 제국으로부터 전쟁 이후 세계의 평화와 안전에 어떻게 연결할 것인가에 있다. 요코타는 "현재 일본은 철저한 평화주의를 가지며 군비를 폐지하고 있다"고 보았으나 일본의 안전보장과 재군비는 현대일본 국가에서 지속되는 논쟁 가운데 하나로 끊임없는 정치적 해석과 군비확장을 요구받는다. 필자는 절충안으로 "일본이 스스로 재군비하는 것이 아닌 우호적인 외국의 군대가 일본에 있어 일본의 방위를 할 수 있다. 이것이 적당한 방식이다"라고 제시한다. 또한 "중립은 적당한 것은 아니다. 일본이 군비를 갖는 것은 적당하지 않다. 다만 자위권과 관련하여 생각하여 재군비를 보면 이론적으로도 사실상 필연의 관계가 없다. 실제 일본의 특수한 역사적 사상적 사정에 조명하여 위험한 가능성이 있으므로 가능한 피하길 바란다. 그것을 보완하여 외국군대가 주재하여 군사기지를 설정하는 것이 적당하다"고 말하며 일본의 재군비 가능성에 대한 우려를 종식시킨다. 이러한 논의는 미국에 대한 안보 협력을 강화하고 일본 내부의 밀리터리즘에 대한 논의를 비판하며, '평화국가 일본'이라는 정체성을 확립하는데 기여할 것으로 보인다.

수록 지면 : 8~23면
키워드 : 강화조약, 안전보장, 연합국, 중립국, 자위권, 재군비

헌법 개정과 강화 憲法改正と講和

다이라 데이죠(平貞蔵)

해제 : 엄태봉

내용요약

평화헌법을 둘러싸고 이것이 진정으로 평화를 지키지 못하며 평화를 지킬 수 있는 규정으로 개정해야 한다는 사람들이 많다. 개정이 아니라 헌법의 해석을 통하는 것이 더 바람직할 것이며 자위를 위해서는 군비를 해야 한다고 생각한다. 평화헌법에 대해 맥아더 원수가 조언을 했다거나 직접 전쟁폐기에 관한 문구를 작성했다거나 하지만, 자위를 위한 재군비 여부와 관련하여 전쟁폐기에 관해 누가 발안했는지는 명확하지 않다.

평화헌법을 그대로 존속시켜야 하는가에 대해서 다음의 두 가지 문제를 제기할 수 있다. 첫째, 헌법 개정 당시 일본국민들의 정신적인 문제이다. 당시 일본국민은 정신적인 허탈에서 벗어나지 못하고 있었으며 냉전에 몰두하여 자주적으로 판단할 능력을 잃어버리고 있었다. 둘째, 헌법 개정 당시와 현재의 국제적인 환경이 너무 다르다. 세계도 일본도 그리고 헌법 개정에 관여한 자들도 지금과 같은 국제 정세는 생각할 수 없었다. 미소 대립이 심각해지고 있는 것이나 중국 공산당의 중국 통일 등 양대 세력의 대립 속에서 일본이 어떠한 지위를 차지하고 있는지, 어떠한 제약을 받을 것인지, 대립과 안전을 위해서 양대 세력과 어떠한 관계를 맺어야 하는지 현재의 국제문제는 헌법 개정 당시에는 고려되지 않았다. 이와 같이 헌법 개정 당시의 일본의 정신 상태와 능력, 국제정세의 변화를 고려하면 강화 이후의 헌법의 재개정은 피할 수 없다고 생각한다.

강화가 의외로 멀어질 수도 있고 우여곡절을 겪게 될 가능성도 있겠지만 단독강화는 적어도 가까운 시일 내에 이루어질 것 같은데, 국제 정세가 험악하기 때문에 단독 강화의 형태로 조기에 체결될 것 같다. 원래 강화는 평화와 같은 의미로 해석되었지만, 작금의 냉전이 격화되고 있는 상황 속에서는 강화가 반드시 평화를 의미한다고 할 수는 없다. 일본은 모든 교전국들과 동시에 강회를 맺어 중립의 유지하고, 어떠한 국가들과도 자유롭게 무역을 하고 싶지만 이를 가능하게 할 조건이 보이지 않는다. 일본 국내에서 한쪽은 공산주의 세력의 확대를 막기 위해 강화를 서둘러야 한다고 하는 한편, 다른 한쪽은 자본주의를 타도하기 위해 강화를 이용하려고 한다. 또한 소련과 중공은 공산주의 세력 편에 서는 여부가 문제이며 중립은 있을 수 없다고 말하고 있으며, 일본은 자본주의 세력과 공산주의 세력 중 하나를 선택해야 하는 상황이다.

현재 정권을 잡고 있는 자유당은 강화와 관련하여 야당이나 국민 전체의 입장을 중시해야 하지만 그러한 모습은 보이지 않고 있다. 한편 올해 6월, 소련이 대일강화와 관련한 각서를 미국에게 보냈는데, 여기에는 미국의 그것보다 일본에게 유리한 조건도 불리한 조건도 있다. 미국은 이를 수락하지 않을 것으로 생각되며 만약 아시아, 아랍 국가들이 여기에 찬성한다면 이 지역과 깊은 관계를 가진 일본도 동요할 가능성이 있다. 일본은 이러한 상황에 대해 다각적으로 생각해야 하지만, 이러한 노력을 게을리하고 있다. 공산주의 진영과 자유주의 진영 중 한쪽만을 택해야 하는 일본이 중국, 소련과 같은 대륙 국가들과 정상적인 관계를 회복하기에는 긴 시간이 필요할 것이며, 그럴수록 일본은 아시아와 아랍 국가들과의 무역을 중시할 필요가 있다.

해제내용

이 글은 샌프란시스코 강화 조약이 얼마 남지 않은 1951년 7월에 작성된 글로 일본의 패전 이후 제정된 일본국 헌법1946년 11월의 개정과 강화에 대해 필자의 견해를 제시하고 있다. 필자의 기본적인 입장은 헌법을 재개정해야 한다는 것인데, 그 이유로 헌법 개정 당시, 일본인들의 정신적인 상태와 판단 능력이 좋지 않았던 점과 현재의 국제 정세가 당시와는 근본적으로 변화되었다는 점을 들고 있다. 일본의 패전 이후 GHQ가 일본을 통치하면서 대일본제국 헌법을 대신하여 일본국 헌법 개정을 실시했는데, GHQ는 일본국 헌법의 입안 및 제정 과정에 깊게 관여를 했다. 새로운 헌법 제정과 관련하여 강요를 통한 제정이기 때문에 국제법상 무효이지 않은가, 일본의 독립 후 그 효력을 상실하지 않는가라는 등의 비판도 있었지만, 1947년에 일본국 헌법이 시행되었다.

필자는 일본국 헌법을 제정할 때 일본인들이 정신적인 상태와 판단 능력이 좋지 않았다는 점을 들고 있는데, 당시 일본의 내각 등에서는 헌법문제조사위원회를 설치하고 헌법 개정과 관련한 조사를 실시했다. 또한 헌법연구회, 헌법간담회 및 일본자유당 등의 정당들도 헌법개정안을 작성하는 등 일본 국내에서 헌법 개정과 관련한 논의는 활발하게 이루어졌다. 이러한 점을 봤을 때 필자가 주장하는 당시의 일본인의 비정상적인 상태는 비판의 여지가 있다. 필자의 헌법 개정과 관련한 주장은 당시 헌법 개정을 둘러싼 논의, 그리고 일본의 강화 전후의 헌법 해석 및 개정에 관한 논의, 더 나아가 현재의 헌법 개정 논의의 큰 흐름 속에서 어떻게 평가할지를 고려하면서 파악할 필요가 있을 것이다.

수록 지면 : 24~28면
키워드 : 헌법 개정, 대일 강화, 자본주의, 공산주의

강화와 노동문제講和と労働問題

기타자와 신지로(北澤新次郎)
해제 : 권연이

내용요약

　강화의 일정이 현실화되면서 문제의 중심이 어떤 형태로 강화를 맺을 것인가에서 강화 후의 일본은 어떻게 될 것인가로 옮겨지고 있다. 점령군이 실시한 민주적 제도의 일환으로 노동자의 권리 확장 등의 진보적 노동입법이 이루어져, 그 결과 민주적인 노동조합이 육성되었으나, 노동문제는 강화라는 문제에 직면하여 난관에 봉착한 듯이 보인다. 국제 관계의 추이, 일본 경제의 자립이라는 과제 등을 생각할 때 강화문제는 노동문제의 시금석이라하지 않을 수 없다. 강화에 임하여서 노동문제가 전면에서 후퇴하는 경향이 있는데 이것이 과연 올바른가.

　우리나라는 관료, 재벌 권력이 강대했기 때문에 노동문제의 전개는 매우 미약했다. 만주사변 이래 군벌 권력이 강대해지자, 노동문제는 단순히 기술적, 기계적 양상으로 나타났고, 노동문제는 완전히 숨을 죽였다. 이제 일본에서 노동문제는 대두하는 사회현상으로서 강화 문제에도 중대한 영향을 주고 있다.

　근대 노동문제의 본질은 생활 상태를 개선하려는 이기적, 물질적 동기에 근거하는 것이라고 볼 것이 아니라 국내·국제적으로 사회적 정의를 요구하는 윤리적 운동으로 봐야 한다.

　노동문제는 단순한 '위장胃腸'의 문제가 아니고, '문화'의 문제이다. 자본주의 경제조직의 진전, 경제적 번영의 때라도 노동자의 윤리적 운동 및 사회 정의의 욕구가 고조된다. 노동문제의 역사와 필연성이 문화적 본질이라 할 때 노동문제는 강화 문제와 직결된다.

전후 노동문제는 인플레, 의식주 부족, 노동쟁의의 격증으로 한때 극좌적 편향성을 가진 생디칼리즘syndicalisme적 운동으로 나타났으나, 이후 총평이 주도하는 노동운동으로 민주적이면서 합법적인 운동이 중핵이 될 것으로 기대되었다. 그러나 올해 개최된 메이데이1951년 5월 1일 행사의 장소 문제와 헌법기념식전1951년 5월 3일에서의 사태를 볼 때 정부와 노동조합 측이 민주적인 방식으로 대응했는지 의심스럽다. 총평이 합법적인 일선을 지키는 노력을 하고 있는가, 그리고 정부가 경관을 동원해서 총평의 움직임에 대비하는 등의 움직임을 보면 다시 파시즘에의 길을 걷는 것은 아닌가 하는 위험성을 느끼게 한다.

점령군 최고사령관리지웨이 헌법 기념일에 정령 등의 심사 수정권을 일본 측에 준다는 취지의 성명을 발표했다. 이것은 일본 문제를 일본인 자신이 처리할 권능과 책임을 일본에게 부과한 것이다. 사실상 강화가 일정에 오르면서, 우리들의 결의와 노력이 요구된다. 사회당 간부는 이러한 진전으로 인해 반동 진영이 강화되어, 점령군이 육성한 민주적 모든 제도가 위험에 처하는 것이 아닐까 하고 의문을 제기한다. 민주주의를 철저하게 하기 위해서 지나칠 정도의 강한 힘을 이용하지 않으면 안된다. 민주주의 입법, 그 밖의 정령 등에 대해 당초의 목적을 달성한 후에는 실정에 입각하여 시정, 수정이 이루어지는 것이 당연하다. 종전 직후 만들어진 법령 속에는 일본의 실정에 맞지 않는 규정도 적지 않다. 노동입법과 관련하여 노동조합법, 노조법労働関係調整法, 노동기준법 등은 일본의 실정에 입각해 고쳐야 한다.

강화에 임하여서 노동문제에 대한 우리들의 태도는 민주적 제 제도의 일본적 개변이라는 시점에서 논해져야 한다. 패전 직후 노동운동이 고조된 것은 점령군의 후원 때문이기도 하지만, 현실 생활 조건이 노동자 생존을 위태롭게 했고 인플레와 물자 결핍 속에서 생명 유지에 중점이 두어진 투쟁 때문이었다. 한때 극좌적 지배를 받아 정치적 요구에 치우쳐 비합법적 투쟁에 종시하였으나, 노동운동 자체 내부의 조합 민주화를 목표로 하는 움직임이 대두되었고 드디어 노동문제가 확산되었다. 기본적인 노동조건을 획득하고, 합법의 선 안에서 운동이 계속되어 왔다. 노동운동의 내부는 착실한 진척을 이루어왔다.

우리는 강화라는 새로운 사태에 임하여, 노동문제의 방향을 특별히 변경해야 한다는 점에 대해서는 반대한다. 오히려 지금 이상으로 활발해져야 한다. 노동문제는 단순한 분배의 문제가 아닌 사회 정의의 요구이다. 강화를 맞이하여 노동문제의 재인식을 위해 아군을 늘려야 한다. 노동문제에 주목하게 해야 한다.

그리고 강화를 둘러싼 국제적인 상황과 태세를 파악하여 국제적인 경쟁 구도에서 일본의 수출 활동의 제약 등에 대응해야 한다. 선진 공업국과 비교해 저임금인 일본의 노동자 시간당 수입은 국제적인 규모에서 문제가 될 수 있다. 노동자의 국제적 연대를 통해 고도의 사회주의 문제로서 납득시킬 방법을 찾아야 한다. 그리고 국내적으로는 일본 기업 경영 내부에 존재하는 봉건적 공기를 직장 민주화를 통해 일소하고 과거에 비해 높아진 노동자의 지위에 맞게 노동자를 상대할 수 있도록 사업을 경영해야 한다.

강화 문제를 둘러싸고 더 이상 종래대로 봉건적 지배를 부활시키거나 노동자의 힘에 저항할 수 없을 것이고, 노동자는 극좌적 방법에 의한 지배를 노릴 수 없다. 노동문제의 본질은 위장의 문제가 아니라 문화의 문제이다. 강화에 임하여서 노동문제를 재인식해야 한다. 일본이 민주주의 국가로서 번영하고 세계 평화에 공헌하기 위해 역사적 책무를 다해야 한다.

해제내용

1951년 6~7월 강화가 현실로 다가오기 시작한 시점에서 사회운동가로서 강화에 즈음하여 당면한 노동문제를 열거하고 있다. 저자는 강화를 앞둔 상황에서 노동문제가 전면에서 후퇴하는 듯한 인상을 받고, 노동운동을 자제해야 한다는 사회적 분위기에 대해서 오히려 강화와 더불어서 노동운동이 더 활성화되어야 한다는 취지로 논설하고 있다. 노동문제는 단지 '위장'의 문제가 아니라 '문화'의 문제임을 강조하고, 단순히 물질적 동기만 충족되면 해결되는 문제가 아닌, 자본주의가 고도화되고 경제적으로 번영할수록 노동문제에 대한 고도의 대응이 필요하다고 주장한다. 한편 노동운동이 정치문화로서 성숙되지 못하고 있는 상황을 우려하고 있다. 저자는 노동운동이 극좌적 방향으로 가는 것을 우려하고 있으며, 정부가 이를 통제해서 다시 파시즘으로 기울어지는 것이 아닌가 하는 우려를 표명하고 있다.

강화를 앞둔 시점에서 저자는 GHQ에 의한 지금까지의 민주화 개혁이 다시 원점으로 돌아갈까 우려스럽다는 입장과 아직도 민주화되어야 하고 개혁되어야 하는 부분이 많은데, 그러한 것들이 강화 이후에 이루어질 수 있겠는가에 대한 의구심을 표명하고 있다.

본문 가운데 흥미로운 것은 당시 강화와 더불어 17만 명의 추방 해제가 예상되는 상황에서 당시 신문 등의 언론이 전반적으로 전면적인 추방 해제가 마치 "일본인 전체의 요망 사항이었던 것처럼" 다루고 있는 것을 지적하면서 반대의사를 표명하고 있는 점이다.

수록 지면 : 29~37면
키워드 : 강화, 노동문제, 민주화, 문화

마오쩌둥의 전쟁론 憲法改正と講和

사노 마나부(佐野学)

해제 : 엄태봉

내용요약

전쟁과 정치에 관한 마오쩌둥 이론은 그가 공산주의자이니 만큼 '전쟁은 정치의 연장'이라는 마르크스와 레닌의 전통적인 이론 위에서 만들어졌고, 정치에 대해 '정치는 피를 흘리지 않는 전쟁이며 전쟁은 피를 흘리는 정치이다'라고 말하는 한편, 전쟁은 정치와 구별되는 특수성이 있다고 한다. 그리고 진보적인 전쟁에는 반대하지 않고 오히려 적극적으로 참가하는데, 이는 계급적인 시점뿐만이 아니라 반식민지로부터의 민족해방이라는 동기에서 나온 것이다. 한편 전쟁에 있어서 군사력이나 경제력과 같은 객관적인 조건도 중요하지만, 전쟁에 대한 지도와 실행, 전쟁의 자각적 능동성이라는 주관적 노력이 더해져야 하고, 최후의 전쟁에 대해서는 제2차 세계대전에 이어 혁명전쟁이 나타나며, 반혁명전쟁을 극복함으로써 영구평화를 가져오게 된다고 말한다. 전쟁 위력의 원천에 대해서는 민중이 그 원천이며, 중국 군대의 특수성이나 민중 무장의 전통과 민중에 대한 정치동원이라는 요소가 결합되어야 한다고 주장한다. 또한 전쟁의 목적은 자기 보전과 함께 적의 무장을 해제시키고 저항을 불가능하게 한다는 적을 소멸시키는 것인데 적을 소멸시키기 위한 주요 수단은 진공(進攻)이라고 말한다. 그 외에 그는 현대전쟁을 자본주의 모순에서 생긴 제국주의 전쟁이라고 규정하는 한편, 공산자의자는 제국주의 전쟁의 각 교전국에서 자국 정부를 패배시켜 전쟁을 내란으로 이끌 것, 중립국에서는 부르주아 정부의 제국주의 전쟁원조 정책 및 사회주의자의 배신행위를 폭로할 것, 식민지 및 반식민지 국가에서는 침략자에 대한 저항을 통해 민족독립을 획득할 수 있는 기회로 삼을 것 등을 논했다.

항일전쟁에 대한 마오쩌둥의 신론新論에는 그의 전쟁론이 실제적으로 적용된 것을 볼 수 있으며, 항일전쟁의 본질로 반식민지적·반봉건적 중국과 제국주의적 일본과의 전쟁이자, 중국에게는 진보적 혁명적인 민족해방 전쟁이며 일본에게는 야만적이며 퇴보적인 침략전쟁으로 규정했다. 그리고 항일전쟁 승리의 세 가지 요소로서 국민적 통일전선, 반파시스트적 국제전선, 일본 인민의 혁명을 드는 한편, 항일전쟁의 전략적 3단계론으로서 1단계 : 일본군의 전략적 진공과 중공군의 전략적 방어 단계, 2단계 : 일본군의 전략적 보수保守와 중공군의 반항 준비反抗準備 단계, 3단계 : 중공군의 전략적 반항과 일본군의 전략적 퇴각 시기를 들고 있다.

마오쩌둥의 전쟁관에서 여덟 개의 중국적인 것을 파악할 수가 있다. 첫째, 중국 경제가 통일되지 않은 것은 오히려 전쟁에 유리하다. 둘째, 반봉건적·근대화되지 않은 경제력을 가진 국가에서 침략자들을 몰아내기 위해서는 장기전·지구전이 필요하다. 셋째, 중국 전법의 주요한 특징으로 유격전이 있다. 넷째, 군대가 없이는 자유가 없다는 중국 특유의 전통이 있다. 다섯째, 투항하는 포로를 살해하거나 학대하는 것을 허용하지 않는다. 여섯째, 군대는 인민군대여야 하며 전쟁은 인민전쟁이어야 한다는 특유의 민병주의가 있다. 일곱째, 군대도 생산에 종사하여 군대의 자급자족 및 일반적 생산에 공헌한다는 사상이 있다. 여덟째, 군은 인민의 이익을 위해 봉사하고 당의 지도를 따라야 하는 독립성을 가지지 않아야 한다는 사상이 있다.

해제내용

이 글은 마오쩌둥의 전쟁론, 항일전쟁에 관한 논의, 전쟁관에서 보이는 여덟 가지 중국적인 특징을 설명하면서 그가 정치적 혁명가라는 성격뿐만이 아니라 뛰어난 전략가, 전술가이기도 하며, 대일 항전에서 발표한 그의 글들은 중국 공산당의 방침으로서 중공군 행동의 원천이 된 실천적인 것이라는 것을 논하고 있다.

전쟁론과 관련해서는 진보적인 전쟁에 대한 참가, 전쟁에는 지도·실행·자각적 능동성 등의 주관적 노력의 중요성, 전쟁 위력의 원천은 민중, 적을 소멸시키기 위한 진공의 중요성, 현대 전쟁은 제국주의 전쟁이며 이 전쟁에서 공산주의자가 취해야 할 태도를 설명하고 있다. 항일전쟁과 관련해서는 항일전쟁의 성격과 항일전의 전략적 3단계론을 설명하고 있다. 전쟁관에 대해서는 통일되지 않은 중국 경제의 전쟁에서의 유리함, 장기전 및 유격전 필요성, 군대가 없이는 자유가 없다는 사상, 투항하는 자를 학대하지 않는 사상, 민병주의, 생활력을 갖춘 군대, 독립성을 가지지 않는 군 등의 중국적인 특징을 논하고 있다.

수록 지면 : 38~51면
키워드 : 마오쩌둥, 전쟁론, 항일전쟁

정계 회고 20년政界回顧二十年

−만주사변과 국제연맹탈퇴 (2)満州事変と国際連盟脱退−其の二

기타 레이키치(北昤吉)

해제 : 송석원

내용요약

미국에서 대일감정의 움직임을 본 후 1932년 12월 초에 유럽으로 향했다. 큐나드회사 모리타니아호를 타고 갔는데, 제1차 대전 때 미국 참전의 구실이 된 루시타니아호 자매선이다. 영국에는 상륙하지 않은 채 곧바로 프랑스 파리로 갔다. 파리에 반 년 정도 체류하는 것을 계기로 가정교사를 두고 프랑스어를 배우기 시작했다. 나는 영어와 독일어는 어느 정도 자신이 있었지만, 프랑스어는 배웠다 중단했다를 반복해 자유롭지 못했다. 프랑스어를 처음 배울 때, 부근에 고도쿠 슈스이幸德秋水가 있어 그에게 불어 교사를 부탁했으나 외국어대를 졸업한 오스기 사카에大杉栄를 소개해주어 그에게 배웠다. 오스기는 실로 불어가 유창하고 발음을 중시했다. 결국 견디지 못하고 중단했다. 따라서 이번만은 제대로 배우려 했으나, 마쓰오카 요스케松岡洋右가 국제연맹 이사회에 전권으로 제네바로 가는 도중에 파리에 왔기 때문에 그곳으로 가게 되어 다시 중단했다. 파리 체재 중에 가정교사와 함께 매일 '탄', '마탄' 등이 논설을 읽었으나, 미국에서 큰 소동이 일 정도였지만 프랑스인은 만주문제에 관심이 없었다.

마쓰오카와 처음 만난 것은 다나카 내각 말기였다. 일본신문에 논설을 쓸 때, 부전조약의 '인민의 이름'의 문제에 대해 크게 다뤄, 특히 '인민의 이름'의 오역을 지적했다. 부전조약 자체에는 반대하지 않았지만, 조약문은 맹렬히 공격했다.

1951년 7월   571

미노베, 다카키, 로야마 등에게 크게 대들었다. 오자키 유키오가 의회에서 내 글을 바탕으로 질문해 다나카가 답변에 고심하게 되어 사람을 통해 만나자고 연락해왔다. 약속 장소에서 마쓰오카와도 만났다. 학문이 없다고 생각했는데 의기가 넘쳐 마음에 들어 이후 친교를 계속하게 되었다. 미국에서의 인상을 들었기 때문에 미국인의 질문을 여섯 종류로 분류하고 하나하나에 대한 해답을 전달했다. 관동군의 출병은 조약상의 권리이며, 만주사변은 분리운동이고 자치운동이며, 만주국은 중국 본토보다 안정되고 인민은 번영하고 있으므로 중앙정부의 세력이 미치는 것은 만주의 안정을 해치는 것이며, 일본의 실력은 동양 전체의 안정과 번영에 빼놓을 수 없다고 변호할 수밖에 없다고 지적했다. 또한 영국은 부전조약에 보류를 붙여 자위권 발동에는 무력행사도 필요하다고 하며 어떤 지역에 보류를 요구한 데 대해 일본이 아무런 보류를 하지 않고 조약을 그대로 비준한 것은 실태失態로 제네바에서 상당히 고통스러울 것이라고 부연했다. 마쓰오카는 연맹 이사회에서 13대1, 총회에서 43대1로 일본은 배격排擊됐지만, 연맹 규약에 반한다는 비난은 그렇다 치더라도 세계 여론에 반대한다는 공격에는 어떻게 답할까를 물었기 때문에 "세계 여론은 변할 때가 있다The world opinion may change"고 답할 수밖에 없다고 말했다.

제네바에 도착했을 때, 일본인은 해군, 육군, 외교관 등 대규모 진용이었다. 중국은 리튼조사단Lytton Commission의 보고서를 배포하고, 구웨이쥔顧維鈞은 이른바 다나카 메모 문제를 끄집어내며 다나카 내각 때의 동방회의 당시 일본의 세계정복 계획을 만들어 이를 천황에게 상주했으나 만주사변은 이 원대遠大한 계획의 1단계라고 주장했다. 일본에서는 다나카 메모는 다나카를 계략에 빠뜨리기 위해 정적이 위조僞造했거나 중국 측이 일본을 공격하기 위해 날조捏造했다고 단정되어 아무도 이를 믿지 않는 형편이었으나, 구 대표가 이를 제기함으로써 리튼보고서를 읽고 중국 동조자가 많아진 상태에서 일본에 대한 반감을 자아내는 데는 도움이 되었다. 이에 마쓰오카 대표는 "2,500년 전 역사를 통해 영토적 욕망으로 중국 정복을 기도한 자는 토요토미 히데요시의 조선정벌뿐으로 시암Siam. 태국에 이주한 야마다 나가마사山田長政조차 현지에서 상당한 세력을 얻었지만 본국과 맺어 남방계략을 기도하지 않았다. 일본 이민은 이민지의 관헌이나 국민에 공헌했다. 따라서 세계정복을 기도했다는 다나카 메모가 위작僞作이라는 것은 세계 식자가 일치해서 인정하는 바"라고 말했다. 마쓰오카도 구도 영어는 유창했으나 기품이 있는 것은 아니었다. 후일의 얀후이칭顔惠慶의 연설은 장중하고 박력이 있었다. 연설이 끝난 후 마쓰오카는 자신의 연설에 대해 물어, 나는 "낙제점은 아니지만 60점 정도다. 도대체 이런 회의에서 토요토미 히데요시나 야마다 나가마사를 끄집어내도 구미인들은 아무도 모르는데 마치 빈 골짜기의 발소리이다. 나라면, 재미 일본 동포는 이민 중에도 평화롭고 범죄도 거의 없고 남방 네덜란드 식민지도 일본의 무력에 대해 일본을 침략자라고 부르지 않는다. 특히 일본은 도쿠가와 시대 이래 청일전쟁까지 300년간 국내적 평화는 물론 외국과도 전쟁하지 않았다. 이러한 예는 세계에 없다. 일본인의 본질은 평화와 질서를 사랑하는 데 있다. 중국만 떠드는 것은 이해하기 어렵다. 침략이라면 러시아가 훨씬 침략하고 있다. 일본의 만주 권익은 러시아에서 물려받은 것으로 중국과는 관계가 없다. 그런데도 중국이 여순과 대련 회수를 떠들어내니 만주 질서가 흔들린다. 중국 본토에 비해 만주가 훨씬 안정과 번영이 있지 않은가. 일본의 실력을 벗어나 안정과 번영은 있을 수 없다고 답변하겠다"고 말했다.

제네바에서 육군의 다테가와建川와 이시하라를 만났다. 다테가와는 전권 마쓰오카를 "마쓰오카를 불러"라고 아무렇지도 않게 말하며 거만하게 굴었고, 이시하라는 형이 쓴 '일불동맹日佛同盟'이라는 팸플릿을 일부러 제네바까지 가지고 와서는 내게 이대로 돼야 한다고 말했다. 나는 그것이 형이 쓴 가장 나쁜 것이라고 하면서, 프랑스에는 세계적 규모의 대산업, 큰 무역회사도 없고, 약간의 돈이 있어 금융업을 경영하는 정도다. 특히 석유가 부족하고 대규모 해군도 없다. 육군이 충실하고 재정 상태가 좋아서 유럽 강국인 것은 사실이지만, 세계정책이 없고 세계제국은 꿈도 꾸지 않는다. 이런 나라와 동맹을 해도 일본에 아무런 도움이 되지 않고, 상대도 응할 리 없다. 단지 일본과 이해관계가 없어서 우호는 가능하다고 말했다. 형이 쓴 것에 대해 내가 찬성할 줄 알았는데, 의외의 답을 듣고 이시하라는 놀란 것 같다. 육군의 일재逸才라는 이시하라가 이 정도임을 알아야 한다.

국제연맹에서 미국은 옵저버 국가였고 영국과 프랑스도 정면으로 일본을 공격하지 않았는데, 오히려 스페인, 체코 같은 소국 대표가 일본을 정면으로 공격했다. 신문기자는 국제연맹 규약이 없어지면 소국은 침략 위험이 크기 때문에 연맹 규약 옹호에 열심인 것 같다고 해석했지만, 나는 그것도 일리는 있지만, 영국과 프랑스 같은 대국이 소국을 사주한 결과라고 해석했다.

제네바회의 도중에 나는 미술을 보고, 무솔리니를 만나고, 크로체에 이어 세계적 철학자의 명성이 있었던 젠틸레이와 만나기 위해 이탈리아를 여행했다. 무솔리니를 만난 것은 이미 다른 곳에서 밝혔으므로 상세한 설명은 생략하지만, 동양의 안정과 번영에 일본의 실력은 항상 고려해 두어야 한다고 말했는데, 일본에는 대단히 호의적이었다.

다시 제네바로 돌아왔다. 12월 10일 마쓰오카 전권의 제네바에서의 최대의 연설이 있었다. 전날 밤 나는 마쓰오카에게 "'세계의 여론은 변할 것'의 구체적 사례로는 첫째, 국제연맹 성립은 윌슨 미 대통령 주장과 조인에 의한 것이었지만 미국 상원이 반대해서 미국이 연맹이 가입하지 않았다는 점, 둘째 터키는 세브르조약Treaty of Sèvres을 조인하면서 케말 파샤Mustafa Kemal Atatürk가 앙카라에서 병력을 일으켜 스미르나Smyrna의 일전에서 그리스 병사 6만 명을 살상해 한때 유럽은 터키를 악마처럼 생각했지만 로잔회의에서 터키가 관대한 조약체결에 찬성해서 평화의 천사처럼 칭송된 것"을 지적하도록 진언했다. 그러나 다음날 마쓰오카가

"세계 여론은 변할 수도 있다"고 한 것까지는 좋았으나, 증거로 "세계 여론은 나자레의 예수를 책형磔刑했지만, 오늘날의 세계 여론은 그를 숭배하고 있다. 일본은 책형을 각오하고 의연하게 서겠다"고 대단히 난폭한 인용을 했다. 세계 언론은 일제히 모독이라고 비난하며 그를 '일본 호랑이tiger in Japan'라고 불렀다.

이시하라는 매일 마쓰오카에게 가서는 얼른 연맹을 탈퇴하고 귀국하자고 재촉했는데, 나는 연말에 탈퇴하면 세계 열국이 경제봉쇄를 해 일본 경제가 어려워지므로 내년 봄까지 미뤄야 한다고 진언, 마쓰오카도 이에 동의했다. 전시 중 '국가보안법'이 의회에 상정되었을 때 병무국장 다나카 류키치田中隆吉가 언급한 바에 따르면, 마쓰오카는 일본 출발 당시에는 연맹을 탈퇴하지 않겠다고 했지만 결국 연맹을 탈퇴한 것인데, 이것은 일본 상층부가 영국에 대해 일본은 연맹을 탈퇴하지 않는다고 했기 때문에 마쓰오카가 제네바에서 강한 척했지만 영국이 양보하지 않아 연맹을 탈퇴하게 된 것이다. 더욱이 마쓰오카가 연단에 섰을 때, 왕태후에게 받은 커프스단추cuffs buttons를 착용하고, 이시하라가 메이지 대제가 착용한 '엣추훈도시越中褌'라며 마쓰오카에게 준 것을 마쓰오카가 착용하고 연설을 했기 때문에 일본은 예수와 같은 책형을 받을 뜻이 있다는 폭언이 되었다. 마쓰오카도 이시하라도 상당한 신국극新國劇적 인물이다. 일본의 파탄이 이러한 기이하고 미치광이奇狂 같은 등장인물에 의해 이루어졌다.

해제내용

6월호에 이은 후속 내용을 담고 있다. 다만, 6월호는 '전시의회'라는 제목 속에 만주사변과 국제연맹탈퇴(1)'의 부제목을 붙였으나, 7월호에서는 '정계 20년 회고'라는 제목에 같은 부제목을 붙이고 있다. 저자는 계속해서 본지에 '정계 20년 회고'를 게재하고 있는데, 7월호부터 본 제목으로 변경되었음을 알 수 있다. 6월호에서는 만주 시찰 및 캐나다와 미국 방문을 주로 다루고 있으나, 7월호에서는 프랑스, 제네바(스위스), 이탈리아, 독일 등 주로 국제연맹 탈퇴를 전후한 시기 저자의 유럽 방문 일정에 맞춰 서술하고 있다.

만주사변 직후 외유에 나선 저자는 미국에서 만주사변에 대한 비판이 높아진 것을 확인하고 국제연맹에서의 일본 입장이 꽤 곤혹스러울 것으로 예측하며, 유럽으로 건너가 국제연맹이 열리는 제네바에서 전권 마쓰오카와 상담하며 회의에서의 일본의 입장을 명확하게 제시하도록 조언한다. 그러나 마쓰오카는 저자 이야기의 일부는 들으면서도 중요한 부분에서는 전혀 엉뚱한 의미로 받아들여 연맹 연설에서 큰 실태를 보이게 된다. 예컨대, 저자는 마쓰오카에게 연설에서 여론이 얼마든지 변할 수 있다는 점을 두 사례를 들어 설명할 것을 조언하고 있고, 그것은 나름대로 의미 있는 것이라고 할 수 있으나, 마쓰오카는 실제 연설에서 예수의 수난을 언급한 것 등이 대표적이다.

주지하는 바와 같이, 일본은 국제연맹을 탈퇴함으로써 국제적으로 고립돼갔는데, 이러한 과정의 잘 알려지지 않은 부분을 생생하게 전하는 점이 이 글의 매력이라고 할 수 있다. 다만, 저자의 일본 변호에는 너무도 일본적인 발상, 따라서 주변국의 입장은 고려하지 않는 측면도 엿보인다. 만주에서의 일본의 권익이 중국이 아닌 러시아에서 획득한 것이어서 중국과는 무관하다는 주장이 대표적이다. 마치 강도가 다른 강도에게 빼앗은 것에 대해 원래 주인은 아무 말도 해서는 안 된다고 말하는 것과 같은 논리구조이기 때문이다. 동시에 일본이 평화를 사랑하는 반증으로 도쿠가와 시대부터 청일선생까지의 300년 사이에 일본이 국내적으로도 국제적으로도 전쟁을 일으킨 바가 없다는 점을 강조하도록 조언하고 있는 대목은 실소를 자아내게 한다. 전쟁이 없었던 시기를 도쿠가와 이후부터로 함으로써 이전의 전국시대를, 청일전쟁까지로 한정함으로써 국제연맹이 열리고 있는 시기 사이의 청일, 러일전쟁을 각각 의도적으로 빼고 있기 때문이다. 메이지유신 과정에서의 세이난전쟁西南戦争, 대만과 조선을 식민지화한 침략전쟁을 교묘히 빼면서 평화 운운하는 것은 언어도단이라고 할 수밖에 없다. 저자의 이러한 인식도 문제이지만, 전권 마쓰오카의 몰역사적, 반지성적 연설은 놀라운 일이다. 일본의 고립과 파탄이 고도의 이성적, 합리적 판단의 결과가 아니라 오히려 마쓰오카나 이시하라와 같은 기이하고 미치광이肺표 같은 등장인물에 의해 이루어졌다는 점은 흥미롭다. 나아가 나름 객관적으로 국제정세를 보고 있다며 자임하는 듯한 저자의 인식 역시 기이하고 미치광이 같은 등장인물 못지않게 편협한 일본주의를 표출하고 있는 것에 지나지 않는다는 점도 명확하다.

수록 지면 : 52~64면
키워드 : 만주사변, 국제연맹, 마쓰오카 요스케, 리튼조사단

1951년 8월

의념疑念과 신념信念

이번에 추방 해제가 대거 있었기에 차제에 감상을 하나 말해보고자 한다.

전쟁이란 개인적인 일이 아니라, 국가의 의지이다. 그렇기에 되도록 많은 적을 죽이는 것도 적국의 도시나 성곽을 크게 파괴하는 것도 모두 허용된다. 이런 경우 보통은 인도人道로서 이를 통제할 수 없다.

모든 사람에게는 개인으로서 취할 수 있는 입장이라는 것이 있으며, 사람은 누구나 사회인으로서, 국민으로서 취할 수 있는 다양한 면모를 가진다. 종교적으로 말하자면, 하느님 아들이라든지, 불자라든지 하는 면도 여기에 추가해야 할 것이다.

옛날에는 알렉산더대왕이라든지 칭기즈칸이라는 영웅의 야심 때문에 전쟁이 시작되었다. 그런데 근대가 되자 전쟁도 진화했다. 크게 말하자면 권력의 균형이 깨질 염려가 있는 곳에서 일어난다. 여기에는 다양하고 복잡한 원인이 존재한다. 한 나라의 경제가 무너졌다던가, 영토 보존이 어려워졌다는 식이 바로 그것이다. 여기에 인구문제도 관계가 있다. 옛날에 그리스가 일찍이 식민지를 개척한 것도 협소한 도시국가에 사람이 넘쳐났기 때문이며, 영국 본토는 좁지만 광대한 영토를 외지에 획득한 것도 인구문제 때문이다. 『영국팽창론』의 저자인 존 실리John Robert Seeley 교수는 이들 문제에 대해서 명쾌한 의견을 내놓고 있다.

이번에 일본이 일으킨 전쟁의 경우도 군부의 전횡專橫으로 일어난 것은 의심할 여지가 없으나, 그러나 다른 한편으로는 인구문제에 기인한 자연스러운 전개였다고도 할 수 있을 것이다. 그 원인이 무엇이든, 전쟁은 국가의 의지이다. 이때, 국민 중 어느 일부 사람들이 우리는 전쟁에 찬성하지 않고 반대하므로 국가에 협력할 수 없다고 했다. 이런 태도를 보인 사람을 제1종이라고 하자.

전쟁이 일어난 원인에 대해서는 의문인 부분도 있으며, 불복하고 싶은 부분도 있지만 이미 전쟁이 일어난 이상, 국민으로서는 개인적 감정이나 이해를 도외시하고 국가에 협력하지 않으면 안 된다는 사람들, 이들을 제2종이라고 하자.

세상에서는 군국주의자라는 명칭이 여기저기에 붙여지고 있는데, 본인이 생각하는 바로는 군부 이외에 군국주의자는 존재하지 않는다. 하나의 국가가 다른 국가로부터 압박을 당해서 항복 또는 전쟁이라는 딜레마에 내몰렸을 때, 당당하게 맞서며 일어나 싸우자는 사람은 절대로 군국주의자가 아니다. 물론 침략주의자라고도 할 수 없다. 전쟁을 이용해서 자기 이익을 추구하기 위해 꾀를 부리는 이른바 편승자便乘者 따위는 아예 언급할 필요도 없다.

결국 우리는 제1종, 제2종의 태도를 보인 사람을 음미하면 된다.

제1종인 사람 중에 극단적인 실례를 들면, 노자카 산조野坂參三, 가지 와타루鹿地亘처럼, 적국에 들어가서 적국을 도와서 조국을 타도하는 모의에 참여한 자들을 들 수 있다. 게다가 이들은 일본이 패전한 다음에 귀국할 때 마치 개선장군인 것처럼 사회가 이들을 환영했다. 과연 이것이 올바른 사회도덕이라고 할 수 있는가?

제2종의 태도를 보인 사람은, 국민의 대다수였다. 그리고 어떤 방면에서 요직에 있었던 사람들은 모두 추방처분을 받았다. 비록 그 처분이 점령군에 의한 것이었더라도 성의誠意로서 국가에 봉사한 사람을 국가가 처벌한 것이다. 게다가 일반 국민도 그들을 차가운 눈초리로 바라보았다. 과연 이것을 정도正道라고 말할 수 있는가?

어제는 그르다고 한 것이 오늘은 옳다는 작비금시昨非今是라는 상투적인 말로 이를 설명하기에는 너무나도 아프고 슬프지 않은가! 그저 패전의 비국으로서 모든 것을 씻어내는 수밖에 없지 않는가.

일본의 새 헌법은 완전한 평화주의를 채택했고 군비도 철폐해버렸다. 만약에 지금의 세계 — 질시嫉視와 증오가 쌓여가는 세계, 공산주의, 민주주의의 대립이 격화되는 세계에서 일본만이 혼자 풍파도 일지 않는 평화를 지켜낼 수 있는가? 아마도 불가능한 일일 것이다.

만약에 장래에 전쟁에 휩싸이는 일이 벌어졌을 경우를 생각해보자. 먼저 국민으로서, 그리고 개인으로서 어떤 태도를 취할 것인가? 어떻게 하는 것이 옳은 순서이며, 어떻게 하는 것이 거꾸로 된 순서인가? 이를 바르게 잡는 길은 어떻게 정할 수 있는가? 도저히 정할 수 없는 것인가? 근본정신에서 암운저미暗雲低迷 즉 불안한 상태가 계속되고 있다면, 국민도덕이 자리를 잡을 곳이 없다. 가령 군대를 창설하더라도 지난날처럼 정예군을 가질 수는 없다.

그렇다면 일본의 재흥再興은 불가능한가? 아니다. 요는 일본민족이 지니는 전통의 정신을 떨쳐 일어나면 된다. 어진 마음으로 사랑하는 인애仁愛든 공정함이든 용맹함이든 상관없다. 이 전통의 정신을 기초로 민주적이고, 문화적인 새 일본을 구성해야 한다고 믿는다.

우리 의회제도의 성격 わが議会制度の性格

스즈키 야스조(鈴木安蔵)

해제 : 권연이

내용요약

패전국으로서 점령군의 지배하에 있다는 현실적 제약으로 일본의 국권이 연합국 최고 사령관의 권력에 종속되어 있는 상황이지만, 연합국 승인하에서 현 헌법이 제정되고 국가 최고의 법규가 된 것은 중요한 의미가 있다. 점령 행정은 간접 관리의 방식을 원칙으로 하고, 그 한도 내에서 헌법적 자치가 이루어지고 있다. 일본 국회는 이러한 틀 내에서 자주성과 최고 기관성을 가지고 있는가. 우리 국회는 헌법상의 지위와 동떨어진, 관료적 권력의 보족적 기관이라는 실태를 노정하고 있다. 법안의 대부분은 정부가 제출하는 것이고, 그 대부분은 하급 관료가 기초하여 근본 방침, 주요 부분 등은 점령군의 시사, 권고, 명령에 근거한 것이다. 점령군의 지배, 감독하에 있는 것이 문제가 아니라, 관료가 실질상 국회에 우월하여, 국회가 필요 이상으로 자주성을 포기하는 사태를 지적하는 것이다. 의회는 국정상의 방침의 주도적 결정에 있어서 아직 제대로 된 성적을 올리지 못하고 있는 것이다.

국회 내부의 운영도 구태의연하다. 의회 주도의 원칙은 대표와 심의, 혹은 토론과 설득에 의한 통치라고 한다. 국민의 의지가 통합되어 대표되기 위해서는 선거권의 철저, 언론 등의 자유 확립, 소수파의 권리 존중에 입각한 다수결의 원칙 등을 들 수 있다. 그리고 의회에서의 자유로운 토론, 서로 대립되는 견해 간에 화해, 일부 수용, 타협으로 이어지는 토론이 요청된다. 그러나 현실은 국민에게 영향을 미치는 신문, 방송 등이 모든 뉴스를 공정하게 제공하고 있다고 판단되지 않는다.

정부가 정한 주장의 끊임없는 반복, 선전에 지나지 않고, 불관용성, 무비판성을 노정하고 있다. 이러한 상태에서 소수 의견이나 이질적인 견해를 형성하는 것은 불가능하다. 의회에서는 자유로운 토론도 볼 수 없다. 지배적인 주장은 국민의 승인을 통해 합리화되나 근본적인 비판이 국가 의지에 흡수되는 일이 없다.

강화 조약의 성립으로 일본국 주권에 대한 제한은 철폐될 것이나 현재의 의회 제도와 관련된 문제는 간단히 해결될 것으로 보이지 않는다. 첫째, 어떠한 내용의 강화 조약이 체결될 것인가. 주권은 실질적으로 회복될 것인가. 둘째, 강화 조약 이후의 일본국의 양상에 대해서, 국민 일반이 어떤 정신 상태로 정치 행동을 하게 될 것인가. 셋째, 관료와 정당은 어떠한 관계를 갖게 될 것인가. 지배적인 정치 세력이 국민 대중의 이익, 권리의 옹호자가 될 수 있는가. 국민 대중은 자기의 이익, 권리를 옹호하는 정치적 대표자를 배출할 수 있는가. 그리고 국회는 국민의 이익, 권리 대표 기관으로서 신뢰받을 수 있는가.

그러나 국민의식의 기반으로서 당면한 문제에 대해 상황의 근원을 극복하기 위한 정치행동, 정치의식이 대중 속에 쉽게 형성·조직되지 않는 것이 현실이다. 관존민비 의식이 존재하고 현 헌법 하에서도 구태의연한 관료층의 실권이 존재하고 있다.

일본의 근로대중의 운동에는 영국과 같은 의회주의의 전통이 결여되어 있다. 일본사회운동은 가혹한 탄압과 전위적 분자의 격렬한 투쟁과 직접 행동을 특징으로 한다. 근로 대중의 운동이 테러리즘의 양상을 띠며 격화되는 것이나 이들의 단체 행동을 테러리즘시 하여 탄압하는 보수 정부나 자본가들의 편견은 모두 일본에 의회주의가 성장하지 못했음을 말해준다.

국민의 정치의식 향상, 자주적 판단력의 육성을 위해서는 신문, 잡지, 라디오 등 매스커뮤니케이션을 통한 방법, 기회가 필요하다. 전시와 비교도 되지 않을 정도로 자유와 기회가 주어지고 있다. 그러나 가장 큰 영향력을 가진 매스 커뮤니케이션은 대립하는 주장, 견해에 동등한 발언권을 부여하고 있지 않다. 전면강화, 군사 기지화 반대, 재군비 반대 등의 주장은 대부분의 매스 커뮤니케이션에서 제외되고 있다. 자본주의적 데모크라시의 주장, 반공 이론은 많이 발표되나 공산주의자의 언론은 미미하다.

올바른 정치 교육이 이루어지기 위해서 정치 세력 자체의 근본적 재편성이 불가결하다. 정치 세력 관계에서 진보적 세력 — 인민민주주의 — 의 우위가 확립되지 않으면, 현 헌법의 모든 규정, 구상은 거의 무의미하다. 국회, 정당의 관료에의 종속, 국민 일반 의식에 있어서의 후진성, 근로자 대중의 정치적 미조직 등에 대해 하나의 근거를 찾을 수 있다. 보수 정당에 있어서 관료는 결코 적수가 아니다. 관료에 대해 국회가 우위를 확립하기 위해서는 근로자 대중을 대표하는 정당, 민주 전선의 발전을 기다려야 한다.

이상과 같은 조건이 달성되지 않는 한, 국회는 현재처럼 집행 권력의 보조 기관적 성격을 탈피하지 못한다.

해제내용

강화를 앞두고 당대의 진보지식인으로서 일본 의회제도에 대해서 일본국헌법에 명시된 의회의 지위와 비교하여 실제 운영되고 있는 현 실태의 문제점을 지적하고 있다. 특히 강화로 인해 주권 회복을 앞둔 상황에서 일본 의회제도, 국민의식 기반에 대해 평가하고 있다. 점령군 지배하에서 일본 국회는 자주성이 없으며, 관료 권력이 막강한 상황에서 의회는 관료 권력의 보조적 기관에 지나지 않는다고 비판한다. 사실 일본 정치의 가장 큰 약점이면서 일본 정치를 이끌어온 제도적 기반이라고 한다면 관료주의가 강했다는 것이다. 즉 정책 입안이 국회의원이 아닌 관료 주도로 이루어져왔다는 점이다. 이것은 일본 정치에 있어서 극복해야 하는 과제로서 1990년대 정치 개혁, 행정 개혁이 일어나게 되는 원인이 되기도 했다. 또한 당시 매스미디어의 주된 논조를 형성하는 것이 일본 정부의 입장이라는 것도 예리하게 지적하고 있다. 사회운동, 노동운동 등 소수의 입장이 언론을 통해 보도되지 못하고 있는 상황에 대해서도 비판하고 있다.

저자는 패전 이후 1951년 당시의 시점에서 6년간을 총결산하면서, 일본 국민의 대다수의 생활 상태는 그 생존권, 노동권의 보장, 헌법 규정과 자유권의 실정법적인 질서, 운용의 실제에 있어서 도저히 만족할 수 없다고 적고 있다. 그리고 구 일본에서의 상황과 비슷한 부의 계급적 편재나 정치 세력의 편성이 재현되고 있다고 보고 있다. 구 일본과 다른 것은 군부지배형태가 소멸된 것이지만, 이것도 만약 재군비에 이르면 양상은 더욱 흡사해질 것으로 보고 있다. 강화로 인해 곧바로 일본이 독립 주권 국가로 이어진다는 생각은 잘못이며, 일본의 국정에 각인되어 있는 현재의 비민주성은 어떠한 형태로든 존속할 우려가 있다고 지적하고 있다.

강화를 앞두고 일본 의회제도 운영에 있어서 관료의 영향력이 지대하다는 점, 노동운동, 사회운동의 양상이 폭력적 성격을 지니는 것을 비판하고, 의회를 통해 합법적으로 이익을 대표하려는 국민의 정치의식이 부족하다고 지적하고 있다. 신문, 잡지, 텔레비전이 정부 추종적인 견해를 지속적으로 발표하면서 소수의 견해는 주목되지 못하고 있다고 지적한다. 대중적 비판, 토의 과정을 통해서 대중의 정치의식이 성장할 것이라는 지적은 현재 일본 정치, 사회에도 똑같이 지적할 수 있는 내용이다.

수록 지면 : 8~19면
키워드 : 국회, 강화, 관료 우월, 근로자 대중, 사회운동, 테러리즘

사회보장을 결의社会保障への決意

스에다카 마코토 (末高 信)

해제 : 임성숙

내용요약

우리 일본인의 생활은 여러 원인으로 소득 중단의 위험에 노출되고 있으며 이러한 원인은 개인의 힘으로 사전에 방지할 수 없으며, 한번 그런 일이 발생하면 생활이 저하되거나 파멸로 이르게 된다. 게다가 개인의 힘으로 대처하기 위해 준비하는 것은 도저히 불가능하다. 이러한 사태에 입각하여 사람들의 생활을 지키기 위해서는 국가로서, 사회로서 소득이 중단되는 기간 개인의 생활을 보장하는 일이 필요하다. 이를 충족하기 위해서 국가 제도로서 국민의 생활을 지키기 위해 제시한 것이 사회보장이다.

나는 사회보장의 본질이 국민생활을 국가가 관리하는 것으로 본다. 이는 생산, 분배, 교환, 소비까지 경제 전반에 걸쳐 국가관리를 실시할 것을 원칙으로 하는 공산주의사회에서 가장 철저하게, 그리고 이상적으로 실현하는 일은 앞서 본 바와 같다. 국민생활의 국가관리는 결코 상술한 전제를 필연적으로 예상하는 것이 아니라 자본의 축척과 투하가 개인의 자유에 맡겨져 있는 사회에서도 실현할 수 있다. 이미 영국, 미국에서 사회보장이 실시되고 있는 사실로부터 보아 의심할 여지가 없다. 그러나 이론적으로 보더라도 이와 같은 자유사회에서 국민생활의 최저수준을 국가 관리로 옮겨 생활유지에 대한 자기책임이라는 자유사회의 일반원리로부터 거리를 두고, 사회보장이라는 특별한 제도아래 국민의 총소득 가운데 일부를, 혹은 세금이나 보험료의 형태로 징수하고 각 종 원인으로 생활이 저하되는 사람들을 대상으로 그 소득 중단기간의 생활을 국가가 책임을 지고 보장하는 것에 의미가 있다.

따라서 나는 사회보장은 자유주의 사회에서 특히 의의를 가지는 제도라고 본다. 아니, 생산과 소비에 대한 자유가 이론적으로, 원칙적으로 확보되는 사회에서 그 원칙에 대한 예외로서 국민의 최저생활 보장만을 위하여 국가관리를 실시하는 제도야말로 사회보장제도라고 명명되어야 한다.

나는 앞서 무엇이 사회보장제도로서 표준형인지는 단정할 수 없다고 말했다. 영국의 사회보장제도는 영국의 역사와 사회를 배경으로 하여 의미를 지니며, 미국 사회보장 제도 역시 미국의 역사와 사회를 기반으로 생겼다. 우리 국가가 이를 단순히 모방, 도입하더라도 결코 같은 효과를 낳을 수 없음은 분명하다. 따라서 우리 국가 사회보장은 우리 국가의 역사와 사회를 기초로 하여 파악해야 하며 국민경제 실상을 분석하는 작업으로부터 시작해야 한다.

작년 사회보장제도 심의회가 내각에 권고한 사회보장 제도안은 심의회가 우리 국민경제의 역사와 특히 전쟁 후 현실 모습을 분석한 다음에 만들어진 것이며, 이 권고의 본문과 부속서는 전쟁 후 등장한 경제에 관한 문헌 가운데 가장 우수했다. 그리고 우리 국가 사회보장제가 사회주의 원리를 기초로 하지 않은 점은 분명하기 때문에 이 사회에서 실시되는 제로도서 구상된 사회보장제도가 결코 사회주의 원리를 그대로 채용하지 않았다는 점도 분명하다. 이 사회보장제도와 관련하여 사람들의 경제생활을 일정수준에서 국가가 보장하고 그 선에서 국민의 최저생활에 관한 국가관리를 실행하려는 점에 대하여 말했다. 그러나 자유주의국가가 진행하는 한, 사람들의 경제생활에 대한 전면적인 국각관리, 즉 사회주의를 지향하고 있다고 이해할 수 없다. 그러나 이 사회보장제도를 통해 국민생활의 최저수준을 국가가 관리한다는 점만을 볼 때 경제생활의 전면적 국가관리를 주장하는 사회주의와 공통되는 부분이 있다고 보는 자가 있다.

우리 국가의 사회보장제도 권고안을 둘러싸고 여러 비판이 있었다. 대부분은 자유주의 입장에서 발표되었는데, 그 논의는 애덤 스미스Adam Smith의 입장에서 보는 시각이다. 이 논의에 대한 전면적인 평론은 본론의 목적이 아니므로 이하 몇 가지 단편적으로 감상을 논하겠다.

1. 사회보장제도 수립이라기보다 생산력 충실이 더 근본적인 문제라는 주장은 맞는다. 그러나 생산력도 결국은 사람들의 생활을 풍요롭게 하는 데에 기여하기 때문에 의미가 있다. 따라서 생산력을 발전시키기 위해 현재 가난해서 사망할 수 있는 사람들을 방치하도 된다고 말할 수 없다. 종전 직후 물질의 절대적 부족이라는 예외적 시기를 제외하면 자유주의사회에서 일어나는 궁핍은 말하자면 풍요로움 속의 빈곤이며 사회의 한편에서는 생산과잉이 존재하면서 그 생산물을 구매하지 못하는 빈곤한 사람들이 존재한다. 유효수요가 없다는 점이 생산과잉 원인이며 이로 인해 생산 발전이 저지된다. 따라서 사회보장이라는 국가제도를 통해 사람들에게 생활유지를 위한 자금을 주는 일은 곧 사회에 유효수요를 환기시킨다. 그리하여 사회보장제도는 자유주의경제를 뒷받침한다.

2. 현재 세금 및 보험료로 인한 국민부담은 이미 그 한도를 넘어서기 때문에 사회보장처럼 돈이 드는 제도를 새로 수립하는 것은 상상도 못한다는 논의도 일견 맞는다. 그렇다면 사회보장이라는 제도가 없으면 어떻게 되는가? 질병, 장애로 궁박한 가족이 억지로 대응하면 적절한 치료를 받지 못해 고칠 수 있는 병도 고칠 수 없어 죽어야만 하거나 빚을 내어 결국 딸을 팔게 된다. 실제로 수입이 있는 사람들의 생활도 결코 쉽지 않다고 하여 앞서 언급한 사태에 대처하기 위해서 이제는 1엔도 부담하지 못하는 건가. 우리도 언제 이런 사태에 빠질지 모른다. 문화국가의 의미란 이 사회악을 막기 위해 합리적 제도를 고안하고 수립하는 일이 가 아닌가. 사회보장제도는 국민전체로서 새롭게 부담을 늘리는 일이 아니라 질병과 같은 사고 외에 대한 비용이며 생활비를 부담하는 능력이 없는 사람이 부담하

고 있는 것을 사회전체로서 합리적으로 분담하고자 하는 일이다.

3. 인구과잉이 우리 국민생활을 궁박하게 하는 원인이기 때문에 현시점에서 이를 억제하는 것이 시급하다. 따라서 일반국민을 위한 아동수당 지급은 인구증가 원인이 될 수 있어 영국식 아동수당의 창설이 권고에서 제외된 것은 마땅하다. 그러나 실제로 아이들이 많아 생활에 어려움을 겪고 있는 집에 대해서는 사회보장제도의 한 부분으로서 공적 부조를 검토해야 한다.

우리 국가는 세계 문화국가군文化國家群에 속한다. 따라서 이 국가에 맞는 사회보장제도가 있어야 한다. 권고받은 사회보장제도는 결코 완전하지 않지만 현재 최선의 안이라고 생각한다. 이에 대한 비판을 많이 듣고 개선해야 한다.

해제내용

필자는 자신이 주장하는 사회보장제도의 필요성과 그 방식의 타당성에 대하여 설명한다. 이 글을 통해 필자가 자신의 주장이 타당함을 설득하려는 의도를 읽어낼 수 있다. 필자의 경력과 당시 일본사회의 사회보장에 대한 공적 논의는 그 실마리가 된다. 패망 후 일본에서는 인구와 빈곤이 심각한 정치, 경제, 사회문제로 대두되었다. 이때 영국에서는 제2차 대전 후 모든 국민을 대상으로 하는 사회보험제도가 제창되어 국민의 지지를 받고 있었다. 필자는 영국에서 자극을 받아 사회학, 경제학자들과 함께 1947년「사회보장제도요강」을 작성하였고, 이 내용은 1950년 사회보장제도 심의회의「사회보장제도에 관한 권고」로 계승되었다. 그러나 영국과 달리 일본 정부는 재군비를 위한 경제적 부담을 우려하여, 권고 내용 가운데 특히 국가가 국민의 최저 생활을 보장한다는 부분을 거부하였고 결국 채용되지 않았다. 이와 같은 맥락에서 필자는 국가가 국민의 소득을 관리하고 국가가 개인의 생활을 보장하는 제도를 주장하는 데 여러 설득력 있는 논리를 전개한다.

필자는 무엇보다도 그가 제안한 권고는 결코 국민을 전면적으로 관리하는 공산주의가 아님을 강조한다. 국민의 최저수준 생활을 관리하는 제도를 통해 경제적으로는 자본주의체제를 선택하면서도 국가가 소득을 관리할 수 있다고 한다. 그래야 사람들의 생활이 풍요로워지고 생산성과 국가 발전이 가능하며, 나아가 이러한 발전이 '세계 문화국가'가 될 수 있다는 논리다. 따라서 영국, 미국, 독일과 달리 일본에 맞는 방식으로 사회보장제도를 확립하는 일이 자본주의 경제구조와 국가의 발전 유지에 필수적임을 주장한다.

차별 없이 전 국민의 최저생활을 보장하고자 하는 필자의 태도는 1952년 제기된 군인 및 전몰자유족에 관한 원호법안에 대한 비판적인 입장에서도 드러났다. 필자는 전몰자와 유족에 제한하여 생활보장을 제공하는 법안에 반대하여 전쟁으로 희생된 모든 사람들이 공적 지원으로 최소한의 생활을 할 수 있도록 할 것을 제창하였다.

수록 지면 : 20~29면
키워드 : 사회보장, 제도, 복지, 국가관리, 자본주의

스탈린 전쟁론スターリンの戦争論

사노 마나부(佐野学)

해제 : 송석원

내용요약

스탈린은 행동하는 사람이다. 레닌처럼 이론가 출신도 아니어서 새로운 이론을 창조할 재능은 부족하다. 그러나 그는 본능적으로 튼튼한 조직력을 갖고 있고, 청년 시대부터의 혁명운동과 1917년의 러시아혁명 이후 레닌 밑에서의 활동과 경쟁자를 무너트려 엄청난 독재자가 되어 현재의 소련 국가를 만든 경험 등에서 볼 때, 철저한 현실주의 정치인이 되었다. 그의 독창적 이론이라면 트로츠키와의 투쟁에서 내세운 일국사회주의를 들 수 있는데, 이것도 레닌이 이미 말했던 것이었다. 그의 사상 대부분은 레닌의 틀 속에 있다.

전쟁에 대한 스탈린 사상도 마르크스나 레닌 같은 독창성은 없다. 레닌 전쟁론이 그의 공식 이론이 되어 있다. 그러나 그에게는 레닌적이지 않은 것, 따라서 비마르크스적인 사고 태도가 있으며, 그것이 러시아에서의 그의 정치를 성공시킨 것이기도 하다. 스탈린의 전쟁에 대한 사고나 태도는 3기 혹은 4기로 나눌 수 있다. 1기는 청년 시대부터 1917년 혁명까지, 2기는 혁명부터 제2차 대전 발발까지, 3기는 2차 대전부터 최고사령관이 될 때까지, 4기는 대전 이후이다. 그는 2기에는 적군赤軍 건설에 노력했고, 3기에는 거대한 조직력을 발휘하여 독일과는 거꾸로 무력을 끊임없이 증강하는 동시에 군제에서는 젊어진 인사를 단행해 소위 '스탈린스키 마셜Stalinsky Marshal. 스탈린 막하의 원수들'을 형성해 자기의 절대적 군사지휘권을 확립했으며, 4기에는 세계 최강의 육군을 거느리며 미국과 세계 패권을 경쟁하고 동구 여러 나라를 위성국으로 만들고 동독을 수중에 넣었으며 중공을 산하에 두어 공산주의 원칙과는 질적으로 다른 강국 정책을 펼쳤다.

스탈린은 청년 시대에 난폭한 열광적 무력주의자로 등장했다. 혁명의 근본 수단은 무장봉기에 있다고 했다. 그는 멘셰비키의 서구 사회민주주의적인 운동방식을 경멸하고 볼셰비키의 폭력혁명 원칙을 쥐고 놓지 않았다. 1905년 혁명 당시 그는 바쿠Baku에서 운동을 지휘하고 있었는데, 같은해 말 입헌주의를 인정하겠다는 황제의 언급이 있었던 날, 그는 티프리스Tiflis. 현재의 트빌리시의 노동자집회에서 "무기 없이 어떤 혁명이 이길 수 있나"라고 절규하며 무기를 버리자는 자는 톨스토이주의자로 혁명과 인민의 적이며, "진정으로 이기기 위해 무엇이 필요한가? 그것은 다음 세 가지이다. 첫째도 무장, 둘째도 무장, 셋째도 무장이다"라고 외쳤다. 스탈린의 무력주의 신앙은 청년 시대 이후에도 변하지 않았다. 그는 볼셰비키의 정권 획득 직전의 노동자나 병사의 반란 지도에 뛰어난 수완을 보였고, 그 후의 내란 시대에도 작전과 전투 지도에서 활약하고, 적군赤軍의 시설과 강화에도 활동했다. 소련 적군은 1917년 혁명 후에 주로 외국의 간섭에 대항하는 직접 목적을 위해 만들어졌다. 당시 우크라이나, 코카서스, 중앙아시아, 우랄, 시베리아, 극동지방 등 소련 영토의 3/4이 14개 국가 간섭군의 수중에 있었다. 볼셰비키는 곡물, 무기, 피복 부족에 시달리면서도 전화戰火 속에 적군을 건설했다. 적군 건설의 최대 공로자는 스탈린 일생의 최대 정적 트로츠키였지만, 스탈린 역시 중요한 건설자 중 한 사람이다. 적군 건설의 제1 목적은 침입군 격퇴였지만, 성공 후에도 확대 강화되면서 성격도 단순한 국토방위만을 위한 것이 아니었다. 1938년 제10회 적군 기념일 연설에서 스탈린은 적군의 주요 특질로 첫째 해방된 노동자와 농민의 군대, 10월 혁명의 군대, 프롤레타리아독재의 군대, 둘째 우리나라 내부의 다양한 민족 간 우의의 군대, 우리나라의 피압박 민족해방의 군대, 우리나라 내여러 민족의 자유와 독립을 보호하는 군대, 셋째 국제주의의 정신에 입각한 세계

혁명의 군대, 만국 노동자의 군대라는 점을 강조했다. 마르크스와 레닌의 국제주의는 스탈린 체제하에 국외 침입도 기도할 수 있는 국제적 간섭주의로 변했다. 동유럽이나 조선에서 볼 수 있는 바와 같이, 군사력으로 타국에 소련형 혁명을 강제하는 것이 되어 버렸다. '해방'이라는 것은 타국의 내정에 간섭해서 소련의 정치적 팽창을 위해 그들 나라를 위성국으로 만드는 것이다.

스탈린이 군사력에 절대적인 신뢰를 하게 되고, 자신이 그 권화權化가 된 것은 독소전쟁부터다. 그는 독소전쟁을 '대조국전쟁'이라 명명했다. 대조국전쟁은 러시아에 침입한 나폴레옹에 저항할 당시 러시아인의 슬로건이다. 독소전쟁 개시를 알리는 그의 라디오 연설 및 그 후의 전쟁 중의 연설이나 포고에 공산주의 특유의 계급적 말은 하나도 없고, 조국을 위한 국민 전쟁이라는 주장으로 일관돼 있다. 조국, 애국, 방위 전쟁 따위의 말이 빈번히 사용됐다. 이런 말이 전쟁에서 이기는 데 유리했겠지만, 스탈린 자신은 계급적인 것을 버리고 열광적인 국민주의자가 되었다. 만약 레닌이라면 제1차 대전 당시 그랬던 것처럼, 반드시 계급적 견지에서 넓은 국제적 시야가 들어간 흥미로운 사상과 전술이 창조되었을 것이다. 스탈린은 레닌 같은 이상주의나 국제적 지식이 아니고 국민적 열정을 이용해 단지 이기는 데만 급급한 현실주의만이 있었다. 전쟁에서 승리한 후 그는 거듭해서 대러시아인을 칭찬하는 연설을 했는데, 여기서는 순수한 민족주의자는 있지만, 마르크스적 계급주의는 한 조각도 보이지 않는다.

독소전쟁은 소련 공산주의나 스탈린 모두에게 생사가 걸린 투쟁이었고, 그의 지도력이 최대한 발휘되었다. 그는 첫째, 히틀러에 대한 열렬한 국민적 증오를 도발해 복수심에 불타게 하는 정신적 선동에서 승리했고, 둘째 나폴레옹전쟁 당시의 지혜叡智를 배워 초토전술을 썼다. 히틀러는 풍부한 자원을 활용해 전력을 증대하고자 우크라이나를 점령했을 때는 파괴된 도시와 공장, 가축과 농기구가 반출된 농촌만이 있을 뿐이었다. 셋째, 독일군을 스탈린그라드에서 참패시켰다. 독일

공군력도 미칠 수 없는 우랄과 서시베리아 공업력 개발에 전력을 기울인 결과이다. 넷째, 적의 약점과 자국의 유리한 점, 즉 넓은 영토, 긴 보급선, 교통 미발달, 레닌그라드의 습지 지대, 동장군의 위력 등을 이용했다. 다섯째, 교량과 도로 파괴, 전신전화 파괴, 창고와 군수품 방화, 수송 방해 등 빨치산 전쟁을 널리 이용했다. 여섯째, 미국과 영국을 완전히 조종했다. 일곱째, 그의 조직력에 의해 2차 대전 중에 소련의 전력, 예컨대 수백의 새로운 공장, 탄광, 수천의 발전소, 철도선로, 새로운 교량 등은 점차 증대했다. 여덟째, 독소전쟁 1년째의 겨울에 적군 수뇌부의 젊어진 인사를 단행했다.

스탈린은 1941년 24회 혁명기념일 연설에서 "우리는 타국 영토 침략, 타민족 정복이라는 전쟁목적은 없다", "우리는 타민족에게 자신의 의지와 자신의 체제를 강제하는 것을 전쟁목적으로 갖고 있지 않다. 히틀러의 압제에 대한 여러 민족의 해방투쟁에 그들을 원조하고, 그 후 그들이 바라는 완전히 자유롭게 자국 땅에서 생활하는 것은 그들에게 맡길 것이다. 다른 국민의 내부문제에 대해 어떤 간섭도 하지 않을 것이다"고 말했다. 훌륭한 선언이었지만, 휴지가 되고 말았다. 동구를 위성국으로 만들고, 일본에서 남사할린과 치시마를 뺐고, 한반도의 38선 이북을 위성국으로 만들었기 때문이다. 스탈린이 말하는 '해방'은 적군의 위력을 배경으로 타국에 소비에트형 혁명을 강제하는 것이다. 그 나라 동포 사이의 골육상쟁을 일으키거나 위성국을 대리전쟁에 내몰고, 적군은 대전에 대비해 온존케 하는 마키아벨리즘적인 방식이다. 소련 적군은 세계 제일의 정병精兵일 것이다. 기계력뿐만 아니라 서구 문명인이라면 상상도 할 수 없는 인해전술을 펴기도 한다. 아이젠하워와 적군의 베를린 첫 입성자인 즈다노프Andrei Alexandrovich Zhdanov 사이의 대화에서 독일 지뢰에도 불구하고 베를린에 가장 먼저 입성한 이유를 묻는 아이젠하워에 대해 "지뢰가 있건 말건, 전차로 계속 밀어붙일 뿐이다. 앞 전차가 폭발되면 다음 전차가 나가면 된다"는 즈다노프의 답변이 대표적이다. 지독한 인명 경시라 할 수 있다.

　일본이 1945년 8월 15일 무조건항복을 하고 9월 2일 미주리함대에서 항복문서에 조인했다. 같은 9월 2일 스탈린은 소련 국민에게 고하는 연설에서 러일전쟁 복수를 했다고 말했다. 레닌이 러일전쟁을 '러시아 전제 정치가 인문을 내던진 치욕스러운 침략전쟁'이라고 한 것과 비교해 봐도, 스탈린은 마르크스주의자다운 원칙적 태도가 전혀 없다. 차르가 한 러일전쟁 패배에 복수한다는 심리가 있었다고 생각하기는 어렵다. 복수한 후에 다시 복수를 당하는 것의 두려움의 표현일 것이다. 소련은 독소전쟁에서 히틀러를 격멸했다. 이것은 스탈린의 위대한 공적이기는 하다. 그러나 정신적 동력은 마르크스적 이론보다 민족주의의 격정이었다. 그것이 대규모 군사력과 동반하면 영토확장의 충동이 된다.

해제내용

　본지에 레닌과 마오쩌둥毛澤東의 전쟁론을 쓴 바 있는 저자는 여기서는 스탈린의 전쟁론을 논한다. 마르크스나 레닌과는 달리, 스탈린은 이론가적인 면모가 없다는 점, 그 결과 마르크스나 레닌이라면 전쟁을 논할 때도 사회주의 혁명이나 계급투쟁과 연계해서 논하는 것과는 대조적으로, 스탈린은 지극히 현실주의적인 입장에서 계급투쟁 따위의 말조차 사용하지 않으면서 철저히 국가주의적인 측면에서 논하고 있다는 점, 그의 무력주의가 청년 시대부터 형성되어 러시아혁명과 독소전쟁을 거치며 강화되어 갔다는 점이 주로 논해지고 있다. 특히 독소전쟁에서의 스탈린의 전쟁 지도 원칙에 대해 상세히 설명하면서, 소련 적군의 인해전술이 심각한 인명 경시를 바탕으로 하고 있다는 점을 강조한다. 저자는 본지 앞의 호에 게재한 레닌의 전쟁론에 대한 글에서 그의 전쟁론을 높게 평가하지 않았지만, 스탈린의 전쟁론은 레닌과 비교할 수 있을 정도의 사상적, 이론적 내용이 없지만, 막강한 군사력을 보유, 강화에 전력을 기울였다는 점은 중요한 의미가 있다고 본다. 즉, 스탈린은 무력에 의해 통치를 했을 뿐만 아니라, 바로 이 무력을 통해 주변 국가를 '해방'하려 했다. 그에게 '해방'은 주변 국가를 소련의 간섭하에 두는 것을 의미하는 것이었다.

수록 지면 : 30~37면
키워드 : 스탈린, 전쟁론, 일국사회주의, 레닌

민주사회주의와 공산주의民主社会主義と共産主義

야마다 후미오(山田文雄)

해제 : 석주희

내용요약

대다수 영국 사람은 영국이 미국과 우호관계를 가짐으로서 구주에서 소련을 압박하여 영국을 지킨다고 한다. 불가피한 전쟁을 회피하고 전 세계가 일치하여 위기를 완화하는 것이 급선무이다. 이는 세계혁명과 세계자본주의 중간에 있는 민주사회주의자의 사명이자 의무이다. 제3세력은 무장 세력이 아닌 명철한 사고와 양식을 갖추도록 노력해야 한다.

그렇다면 민주사회주의란 무엇인가. 이는 민주주의 원칙에 선 사회주의이다. 사회주의는 사유재산의 원칙을 폐기하고 적어도 생산수단의 공유를 주장하고 실현하기 위한 수단으로 민주적인 방법을 차용하고 있다. 민주사회주의는 영국의 노동당 정책, 독일 사회민주당이 주장하는 사회주의 등으로 볼 수 있으나 현재까지 가장 전형적인 사례로 영국의 노동당을 들 수 있다. 따라서 우선 영국 노동당에 의해 대표되는 사회주의를 검토해야 한다.

영국의 사회주의는 어떤 특징을 갖는가. 첫째, 자유주의와 내면의 형태를 갖는 것, 자유주의 환경을 축적하고 전달해야 한다. 둘째, 이상주의적인 의미가 있다. 마르크스주의와 같이 사회의 발전의 필연적인 결과로서 사회주의가 실현되는 것이 아니라 우리들이 인간으로서 도달해야 할 이상적인 사회를 상정하고 실현하기 위해 노력해야 한다. 셋째로 사회주의 실현의 방법으로 언론의 자유와 의회주의를 모색해야 한다. 민중 다수를 사회주의로 개종시키고 투표를 통해 의회를 따라 사회주의 정당이 다수가 될 때 사회주의 법안을 제출하여 통과하고 사회주의 사회를 실현할 수 있다. 이상의 특질을 가진 사회주의가 특히 영국에서 발달한 것으로 사상적인 사회적 배경에 의한 것이 많다.

공산주의는 소련의 토지에서 모태로 발생했다. 러시아 사회는 원래 대지주의 귀족과 농민 두 계급으로 나뉘어 그 사이에 중산계층이 없이 양자 간 간격이 뚜렷했다. 이 사이에 지식계급은 자기의 문화에 자신이 없다. 이들은 인민의 편에 서지 않으며 인민의 희생으로 체득한 것에 죄의식을 가진다. 그들은 허무주의자 니힐리스트가 되어 인민 혁명의 희생자로서 의무감을 느낀다. 그들로부터 인민 해방을 목적으로 하는 테러 혁명가가 나온 것은 당연하다. 러시아 자본주의는 서구의 각 국가와 비교하여 뒤쳐져 있으나 19세기 말 논리를 따른 나로드니키[1]는 시종 러시아 자본주의의 시대에서 일약 사회주의로 이행하도록 했다.

소련의 혁명이 러시아로 전하는 국토와 러시아인으로 전하는 국민의 배경으로 생각해야 하나 결국 목적은 세계혁명이다. 스탈린에 의해 일국사회주의 이론은 얻을 수 있는 전략적 후퇴이다. 이는 세계혁명의 이상을 포기하는 것이 아닌 올 수밖에 없는 세계혁명을 준비하는 것으로 볼 수 있다. 세계혁명을 위한 준비 단계로서 국내의 정세가 성숙해지면 혁명에 이를 수 있다. 그러나 지금은 세계 전쟁을 통해 혁명을 실현하도록 계획하고 있다.

민주사회주의와 공산주의는 사회주의를 사회의 목적으로 한다는 점에서 공통되지만 본질은 목적 달성의 수단에서 근본적인 대립을 하고 있다. 전자는 민주주의 원칙에 서서 민주적인 방법에 의해 사회주의를 실현한다. 후자는 비민주적이다. 민주주의의 지주는 결국 인간에 대한 신앙이다. 개인의 존엄과 가치를 인정하고 인간 그 자체를 목적으로 믿는 것이다. 특정한 개인이나 계급의 이익에 봉사하

1　19세기 후반부터 20세기 초반에 걸쳐 러시아 자본주의를 비판하고 혁명적인 정치, 문학 운동에 참여한 급진적 지식계급이다. 농민 사회주의를 주장하여 농민의 계몽에 힘썼으나, 테러행위 등을 자행하여 탄압받았으며 레닌 등의 비판도 받아 영향력을 잃었다.

는 것보다 사람들의 후생과 복지에 봉사하는 것을 중시한다. 이것이 민주주의 정신이다.

민주사회주의에 대해서 다음과 같은 비판이 가능하다. 우선 의회주의에 대한 것이다. 의회주의는 결국 부르주아 데모크라시와 다르지 않으며 여기에는 노동자의 이익은 무시되고 자본가는 뒤편에서 거래하여 자신의 이익을 도모한다. 이는 현재 각국의 의회정치에서 나타나는 결점이지만 이는 의회의 운영이 좋지 않거나 의회정치가 나쁘다는 뜻은 아니다.

문제는 민주사회주의는 영국과 같은 기반 상에서 가능한 것으로 다른 국가에서는 불가능한 것으로 보인다. 세계에 눈을 돌렸을 때 자본주의와 공산주의 대립은 심각하다. 그 사이에 민주적 사회주의가 제2 세력으로서 전쟁의 위기를 회피하고 평화의 도래를 위한 원동력이 될 지는 커다란 문제이다. 제3세력은 무장 세력이 아닌 명철한 사고와 양식을 갖춘 사람의 집단이어야 한다. 일본은 군비를 포기하고 무장 없는 국가로서 출발했다. 그렇기 때문에 제3세력의 일원이 되어 세계평화에 기여할 수 있는 유일한 길인 것은 아닌가.

해제내용

1951년 시점에서 공산주의와 민주주의에 대한 이론적 고찰은 당시 지식인들의 중요한 논쟁 중 하나이다. 이 글에서 야마다 후미오는 경제학의 관점에서 공산주의와 민주주의에 대한 나름의 시각을 제시한다. 야마다 후미오는 전후 도쿄 부지사를 역임하는 등 학자로서뿐 아니라 정치가이자 행정가로서도 일본의 경제상황을 인식했다. 대개 경제학자들의 접근이 그러하듯 이 글에서도 공산주의에 대한 이해를 위하여 사회주의, 사회민주주의 등 이론적 검토를 시도했다. 우선 민주사회주의에 관한 부분에서 사회주의의 원칙과 대안으로서 민주사회주의의 원리를 제시했다. 민주사회주의에 대하여 "민주주의 원칙에 선 사회주의이다. 사회주

의에 인한 사유재산의 원칙을 폐기하고 적어도 생산수단의 공유를 주장하는 유
생산수단의 공유를 실현하기 위한 수단으로 민주적인 방법을 채용하고 있다"로
말하며 영국의 민주사회주의의 사상적 배경을 제시했다.

이와 대비하는 방식으로 소련의 공산주의에 대해서도 면밀히 분석했다. 그에
따르면 공산주의는 소련의 농지와 귀족, 농민 계급문제로부터 발생했다. 러시아
사회에서 인민해방은 사회주의에서 핵심적인 가치였다. 그러나 결국 스탈린의 일
국사회주의 이론은 실패하였으며 이제 민주주의는 도달해야 할 이상적인 가치라
고 제시했다. 야마다는 민주주의와 공산주의의 대립을 통해 개인의 존엄과 가치를
중시하는 민주주의의 당위성을 제시했다. 이 글의 마지막 부분에서 민주주의와 평
화의 연계함으로서 민주주의는 평화를 위한 도덕적 가치로 나타났다. 야마다가 언
급한 바와 같이 기존 연구에서는 국제정치 질서 속에서 민주주의 체제 국가 간 전
쟁은 불가하다. 이 글에서는 일본의 입장에서 미국의 안전보장 아래 민주주의 질
서를 유지하는 것이 동아시아 평화에 중요한 요소였음을 밝히고 있다.

수록 지면 : 38~44면
키워드 : 사회주의, 공산주의, 민주사회주의, 영국, 제3세력

신중국의 동향新中国の動向

아사카와 겐지(浅川謙次)
해제 : 엄태봉

내용요약

중국이 한국전쟁에 개입하면서 곤란한 상황에 처하게 되었는데, 이에 대해 다음의 세 가지 들 수가 있다. 첫째, 중국은 한국전쟁에 의용군을 파견했는데, 이에 대한 정확한 재정지출은 불분명하지만 이것이 중국경제에 큰 부담이 되고 있는 것 같다. 한국전쟁 참전비용이 51년도에도 매월 3천5백 달러 전후라고 한다면 연도경상예산이 5억 달러로 예상되는 중국 재정에 있어서 상당한 부담이 된다.

둘째, 미국을 중심으로 한 자본주의 국가들의 경제봉쇄이다. 미국은 1950년 7월 이후 중국에 대한 수출 통제를 강화해 왔는데, 중국의 한국전쟁 개입을 계기로 12월 3일에 중국, 홍콩, 마카오 등을 포함한 지역에 대해 전면적인 금수 조치에 해당하는 통제령을 공표했고, 12월 16일에는 미국 내 중국 자산의 동결을 실시했다. 또한 미국 경제에 의존하는 일본, 필리핀, 캐나다 등의 국가들도 미국의 이와 같은 조치에 동참했고, 마샬 플랜에 참가하고 있는 유럽 국가들도 중국에 대한 수출 제한을 실시하게 되었다. 이러한 대중국 수출 제한 강화는 중국 경제 건설에 큰 장애가 되었다.

셋째, 대만의 국민정부가 파견한 혹은 이와 긴밀하게 연결된 특무特務의 경제파괴활동 강화와 일부 자본가들의 동요이다. 특무는 한국전쟁 개입 이전에도 있었지만, 한국전쟁 개입 이후 더욱 활발해졌고, 거액의 외화를 들여 건설한 공장이 특무의 방화로 잿더미가 되는 등 중국 경제에 미치는 영향이 크다. 한편 이전에도 상업자본가나 고리대금업자에 대해 철저한 억압정책을 취함으로써 그들 사이에서 상당한 불만과 동요가 있었는데, 중국의 한국전쟁 개입에 의해 그러한 동요가 다시 나타났고 대부분이 특무와 연결되어 있었기 때문에 중국 경제 건설에 큰 장애가 되었다.

중국은 한국전쟁 개입 후의 위와 같은 문제에 대해 재정 조치, 무역 조치를 취하고 있다. 먼저 재정 조치로는 첫째, 중앙정부 재정부에 각급 정부의 재정을 검사하기 위한 검사 기구를 확립하는 것이다. 둘째, 정부 각 기관, 국영기업, 군대, 학교, 단체, 합작회사에 이르는 사업체의 여러 수입은 인민은행으로 납입하는 것, 그리고 각 사업체가 인민은행에 상세한 자금의 수지계획을 제출하여 허가를 받은 후 자금을 운용하는 것이다. 셋째, 국가의 재정수지 계통을 중앙급 재정, 대행정구大行政區급 재정, 성省·시市급 재정이라는 3개 급으로 나누고, 이를 통해 지방 재정으로 이관시킬 것을 확실히 하여, 지방의 책임을 지게 하는 것이다. 넷째, 동북 및 내몽고 지방에서 사용되었던 통화東北券, 內蒙古券를 모두 회수하여 인민권으로 통일하는 것이다. 무역 조치로는 첫째, 종래의 수출 장려에서 수입 장려로 방침을 변경함과 동시에 외환 결제 방식을 바터 무역barter trade 방식으로 전환하는 것이다. 둘째, 국내의 수출입 물자에 대한 통제를 강화하면서, 동시에 외화 관리를 더 강화하는 것이다. 셋째, 유럽 시장이나 인도, 말레이시아 등에서 물건을 대량 구매하는 것이다. 넷째, 소련, 동독 등 소련권 국가들과의 무역을 더 확대한 것이다.

중국이 한국전쟁에 개입한 후, 전국적인 애국운동의 전개와 반정부 인사나 국민당의 특무 등에 대한 탄압의 강화가 국내정치에서 특히 눈에 띄고 있다. 애국운동은 집회, 전람회 개최, 서명, 투표 등을 통해 거리에서 이루어지는 방식과 노동자 및 농민들의 자발적인 참여로 생산을 증강하는 생산경쟁운동이 있는데, 이와 같은 애국운동의 전개는 정권 강화에 이용하고 있다고 할 수 있다. 한편 애국운동의 이면에는 타이완의 국민당 정부가 중국으로 보낸 특무 및 소위 반공 게릴라라고 불리는 토지개혁에 반대하는 지주 등과 연결된 종교 결사, 국민당의 패잔병에 대한 탄압이 강화되고 있다. 중국이 한국전쟁에 개입함으로써 정치적·경제적 위기에 봉착한 것이 아니라, 오히려 역으로 정권 강화를 도모하고 있는 것이다.

중국은 미국과 일본의 단독강화 및 일본의 재무장에 반대하고 있는 입장이다. 중국에서는 미국이 일본과 단독으로 강화하려는 목적에 대해 일본을 재무장하여 군국주의를 부활시키고, 이를 통해 아시아에서의 제국주의 침략의 도구로 삼으려고 한다고 생각하고 있다. 또한 일본의 유일한 살 길은 일본이 전면적인 강화를 체결하고 평화국가·민주화되는 것이며, 이는 오랜 기간 전쟁으로 고통 받은 중국 인민의 희망이라고 생각하고 있다.

해제내용

이 글은 중국이 한국전쟁에 개입하게 되면서 겪게 된 국내외의 정치·경제 상황 등에 대해 논하고 있다. 먼저 필자는 중국이 한국전쟁에 참전함으로서 재정적으로 큰 부담을 지게 되었다는 점, 자본주의 국가들이 중국에 대한 수출 제한을 강화했다는 점, 중화민국에서 파견된 특무特務의 중국 경제 교란과 일부 자본가들의 동요하고 있다는 점들이 중국의 경제 발전에 장해가 되고 있으며, 중국이 이와 같은 문제들을 해결하기 위해서 재정 조치와 무역 조치를 취하고 있다고 설명한다. 그리고 중국은 국내정치에 있어서 전국적인 애국운동을 전개하거나 중화민국이 파견한 특무 및 반정부 인사에 대한 탄압을 강화하고 있는데, 한국전쟁의 개입이 중국의 정치적·경제적 위기를 초래한 것이 아니라, 오히려 이를 공산당 정권을 강화시키는 데에 이용하고 있다고 지적하고 있다.

수록 지면 : 45~55면
키워드 : 중국 경제, 한국전쟁, 무역 조치, 재정 조치

1951년 8월   605

정계 회고 20년 (3) 政界回顧二十年(3)

2 · 26 사건 선후(1) 二 · 二六事件前後一其の一

기타 레이키치(北昤吉)
해제 : 송석원

내용요약

만주사변이 일단락되었을 때, 의회의 압도적 다수를 배경으로 성립한 이누카이 쓰요시犬養毅 내각이 5 · 15 사건으로 무너지고 이후 패전 때까지 15년간 13개의 초연내각이 이어졌다. 그중 도조 히데키東条英機 내각은 현역 육군 대장이 수상, 육상, 내상이라는 메이지유신 이후 없었던 초超초연내각, 군 독재 내각이었다. 하라 다카시原敬 대 가토 다카아키加藤高明, 하마구치 오사치浜口雄幸 대 다나카 기이치田中義一, 하마구치 대 이누카이, 이누카이 대 와카쓰키 레이지로若槻礼次郎 같이 다이쇼大正 후기부터 쇼와昭和 초기에 이르는 정당내각의 화려한 시대는 과거가 되었다. 만주사변 이후, 군부, 특히 소장 군인의 발언권이 커져 정당 정치인은 이 위력에 굴복하게 되었으나, 관료는 정치의 주체가 아니라 수단으로 의존 계급이기 때문에 자주성이 없이 군부 전횡 시기에 편의대便衣隊 같은 역할을 했다. 따라서 만주사변을 계기로 군부와 이에 추수하는 관료가 정치, 경제의 지배를 독점해 국민대표 집단인 제국의회는 무시되었다.

정당정치의 몰락은 1차 대전 후의 세계경제 불황에 의한 일반 민중의 궁핍, 특히 농촌의 피폐, 만주사변 후의 국제적 위기, 영국 제국을 중심으로 한 경제 블록의 대립, 독일과 이탈리아 및 소련에서의 일국일당의 전체주의 체제 우세, 장 정권의 국민당 중심의 당국黨國주의, 영국과 미국의 앵글로색슨 이외의 민주주의 국가의 실패 등은 일본의 정당정치를 불신하게 하는 요인이었다. 어떤 나라건, 국제적 위기에 처하게 되면 정부 통제를 강화하여 전체주의적 경향이 강해진다. 어떤 자유주의적 헌법도 개인의 자유와 공공의 복지를 내세우지만, 위기 때는 공공복지라는 이름에 전체주의적 색채가 농후해진다. 일본의 정당정치는 만주사변 후의 국제적 고립과 1935~1936년의 군축회의의 위기에 의해 약화했다. 마쓰오카 요스케의 정당 해소 운동, 관념 우익의 헌정상도憲政常道론 배제, 전체주의적 원리로서의 황도皇道 정치 고양, 천황기관설 배격 등은 일본적 전체주의의 대두를 의미했다. 이누카이 수상의 횡사 이후 정당정치를 몰락시키는 데는 마쓰오카 요스케의 정당 해소 운동과 미노다 무네키蓑田胸喜 · 미쓰이 코시三井甲之의 천황기관설 배격을 무시할 수 없다.

정당 해소 운동은 마쓰오카에 의해 주창되었는데, 이 운동은 이미 만주사변 당시 세력을 얻고 있었던 '쇼와유신'의 고창에 앞장섰다. 정민정우회와 민정당 두 기성 정당의 부패, 직역直譯된 사회주의, 공산주의를 신봉하는 무산당의 과격한 언동矯激에 의해 촉진되었다. 당시는 오늘날과 같은 중도정치, 자본주의당 좌파, 사회주의당 우파와 같은 슬로건이 없고, 파쇼적 · 나치적 전체주의나 천황 중심의 황도 정치 고무의 형태로 기성 정당을 배격하는 동시에 무산정당을 박멸하려는 운동이 있었다. 뭔가 구체적 경륜經綸이 없이 공허한 쇼와유신의 절규가 있었을 뿐이다. 나는 사상가로서 부르주아 민주주의에도 프롤레타리아독재에도 반대해, 잡지 『조국祖國』에 쓴 '부패와 과격한 언동의 피안腐敗と矯激の彼岸', 저서 『쇼와유신昭和維新』에서 구체적으로 서술했다. 만주사변 이후 비록 낙선했지만, 도쿄시 제5선거구에 무소속으로 입후보한 것도 정당 불신 때문이었다. 기성 정당에도 무산정당에도 불만을 느꼈기 때문이기도 하지만 청중을 모은 것은 노농당의 오야마 이쿠오大山郁夫, 사민당의 마쓰오카 요스케, 일노당日労党의 가토 간주加藤勘十 등과 비교가 되지 않았다. 당시 내 선거 슬로건은 니치렌상인日蓮上人의 '염불무문선천마, 진언

망국율국적念仏無問善天魔, 真言亡国律国賊'을 흉내 낸 '정우무문민정천마, 사민망국공산국
직政友無間民政天魔, 社民亡国共産国賊'이었다.

마쓰오카, 나가이 류타로永井柳太郎, 나카노 세이고中野正剛는 기성 정당이나 무산정
당이 일본의 국정에 맞지 않기 때문에 뭔가 국면 전환이 필요하다고 생각했다. 전
후, 하토야마 이치로鳩山一郎, 아시다 히토시芦田均, 호시시마 니로星島二郎, 우에하라
에쓰지로植原悦二郎 등 도코카이同交会 사람들과 일본자유당을 창당하기도 했지만, 나
자신은 원래 정당을 싫어했다. 자유당은 30여 명의 의원단으로 청결하고 아늑했
으나 지금은 270명의 절대다수가 되었지만 옥석이 뒤섞인玉石同架 상태가 되어 방
값만 많이 지불하면, 어떤 좋은 방도 점유할 수 있어 인품이 좋고 나쁘고는 두 번
째가 되어 강화회의 후 청소 운동이 필요하게 되었다. 여하튼 당시에는 나 자신도
정당을 몹시 불신했지만, 일반 국민감정도 마찬가지였다. 이러한 때에 국제연맹
탈퇴 후 귀국한 마쓰오카는 정우회政友会를 탈당하고 정당 해소 운동을 전개했다.
나는 그의 운동에 동조해 지인을 소개했고, 2년 전 폐간한 잡지『조국』을 재간하
면서 그를 초대해 정당 해소의 포부를 듣는 기회를 마련했다. 이때 마쓰오카는
"정당 해소에 대해서는 오래전부터 생각해왔다. 나는 결코 청년에게 가르치려 드
는 것이 아니다. 혼에 호소하고자 하는 것이다. 혁명 말고는 길이 없다는 사람도
있지만, 나는 개혁을 생각했다. 야마토大和 민족만이 피를 흘리지 않는 혁명, 곧 개
혁은 가능하다. 이번의 일신一新은 피를 흘리지 않고 야마토 민족만이 가능한 혁명
을 해서 멸망해가는 구미인에게 보여주고 싶다. 이것을 보여주는 것은 세계를 구
하는 첫걸음이다. 서양인은 패도밖에 모른다. 다수 정치, 힘의 정치, 금력金力의 정
치이다. 일본에도 이러한 정치를 당연한 것으로 생각하는 사람들이 있지만, 정말
바보 같은 사람들이다. 일본 고래의 신도神ながらの道 일본 정신을 묻는 사람이 있는
데, 나는 '네 피에 물어봐'라고 말한다. 우리의 피에 물으면 스스로 일본 정신은
알게 될 것이다"고 말했다. 마쓰오카가 말하는 바는 알겠지만, 정당 해소 후에 무

엇을 할 것인지 구체적으로 아무것도 없다. 그는 고노에 1차 내각에서 정당 해소가 실현되자 선견지명이 있었지 않느냐고 말했지만, 정당 해소 후에 무엇이 되었느냐면 의회를 정부의 하부조직으로 하는 것과 같은 익찬회翼贊会가 형성됐다. 더욱이 그가 외상으로 소련, 독일, 이탈리아를 방문하고 일소중립조약을 체결하고 돌아와서는 익찬회를 공격하기도 했다.

마쓰오카는 정당 해소 운동을 할 때, 마키노 노부아키牧野伸顯의 양해를 받았다고 말했다. 오가와 슈메이大川周明가 긴키錦旗혁명론을 할 때 마키노가 사회문제연구소를 만들어 그를 지원하는 자세를 취했으나, 사실은 만주사변부터 군부독재가 쿠데타에 의해 실현될 가능성이 있었기 때문에 마카노가 군인이 아닌 오가와와 마쓰오카를 내세워 시국을 수습하려 한 것이 아닌가 생각했다. 이후 마쓰오카는 "자신은 히틀러의 역할을 하는데, 괴링Hermann Wilhelm Göring이 없다. 자네가 도와주겠나"고 해서 테라다 이네지로寺田稲次郞를 소개하는 등 정당 해소 운동에 다소의 지원을 했다. 그러나 마쓰오카는 제네바 출장 때의 기밀비를 다소 남겼다가 운동자금으로 쓴다는 소문이 돌기도 했지만, 돈은 정당 해소 기관지 이외에 전혀 지출하지 않아 지명도가 있는 인사는 거의 모으지 못했고 오합지졸의 청년만이 모여있었다. 나는 청년의 공부 자료로 다소의 서적을 보내기도 했으나, 제대로 공부하는 사람도 없고 운동의 정신도 불순했다. 마쓰오카의 무책임한 운동을 보고 나는 정치혁신 운동은 혼자 할 수 없고, 돈 없이는 단체 활동을 할 수 없으므로 다소 불만이 있더라도 어딘가 정당에 들어가 내부로부터 자신의 정견을 실현할 수밖에 없다고 생각했다. 마쓰오카의 정당 해소 운동은 해소되었으나, 정당 불신의 목소리를 높이는 데는 상당한 역할을 했다. 그러나 정당 부인은 파쇼나 나치스 정도의 주의나 강령도 내놓지 못했고, 익찬회를 낳아 군부에 정당과 의회를 굴복시키는 폐해를 낳았다.

정당정치가 불신을 받을 때, 국체명징國體明徵 운동이 활발해졌다. 천황기관설 배격, 천황친정, 생명재산봉환 등 기괴하기 짝이 없는 주장이 나왔다. 막부 말기의 대정봉환은 정권을 막부에서 천황에게 양도하는 운동인데, 쇼와유신론은 민권을 천황에게 봉헌한다는 명목하에 민권을 군부에 봉환하게 되었다. 기관설 배격을 쇼와유신의 안목인 듯이 생각한 사상의 발흥은 원리일본사原理日本社의 미노다 무네키, 미쓰이 코시를 중심으로 했다. 도쿄제국대학의 가와이 에이지로河合榮治郎가 첫 희생이 되고, 마키노 에이이치牧野榮一, 수에히로 이즈타로末広厳太郎, 요코다 키사부로橫田喜三郎, 교토제국대학의 가와카미 하지메河上肇, 다키가와 유키토키瀧川幸辰, 와세다대학의 쓰다 소기치津田左右吉, 귀족원의 미노베 다쓰키치美濃部達吉, 추밀원의 이치키 키도쿠로一木喜徳郎 등이 공격의 표적이 되었다. 기관설 배격이 정치적으로 큰 문제가 된 것은 귀족원 미노베 박사를 표적으로 한 공격이었다. 귀족원에서의 기쿠치 다케오菊地武夫 중장, 중의원에서의 에토 겐쿠로江藤源九郎 소장의 질문으로 오카다岡田啓介 내각은 궁지에 내몰렸다.

미노다가 기관설 배격의 민간 운동을 전개하면서 협력을 요청했을 때, "당신이 학설로 기관설을 배격하는 것은 상관없지만, 정치운동으로 발전해서 이치키 추밀원장까지 사직시키는 것은 안 된다"고 했지만, 그는 받아들이지 않았다. 내가 『조국』에 미노다는 히라타 아쓰다네平田篤胤와 다카야마 히코구로高山彦九郎를 합해서 둘로 나눈 듯한 남자라고 조롱의 의미로 썼더니, 미노다는 "기타 씨가 자신을 학자와 지사를 겸비하고 있다"고 칭찬했다고 좋아했다. 종전의 조칙을 듣고 자살한 미노다에게 세간에서는 그의 이름 무네키가 가슴의 기쁨胸喜이 아니라 미친 기쁨狂喜이라고 했는데 어느 정도 그런 면이 있었다. 그러나 미망인이 된 형수를 집에서 정중히 보살피는 등 개인으로서는 훌륭한 인격자였다고 할 수 있다.

미노베를 습격한 두 명의 범인은 습격 전에 나를 찾아와 미노베를 습격하려 하니 자동차 비용을 좀 대달라고 요청해서 나는 기관설을 세간에서 잘 못 이해하고 있다며 습격 따위는 하지 말라고 말려 돌려보냈는데, 며칠 후 진짜 습격이 이루어져 놀란 적이 있다. 또한 애국단체 30여 개 대표자가 모여 다나카 치가쿠田中智学의 아들 사토미 키시오里美岸雄를 힐문하러 갔는데, 그중 나를 찾아온 한 명에게 사토미는 내 제자이기도 하고 익찬회 비평은 실로 당당한 면이 있다고 말해줬다. 사토미 힐문자 중에 형 기타 잇키北一輝에게 출입한 지 20여 년이 지난 사람도 있었다. 형이 유명한 천황기관론자라는 점은 『국체론 및 순정 사회주의国体論及び純正社会主義』에서 명백하다. 아난존자阿難尊者는 '다문제일多聞第一'이라고 했지만, 아무리 많이 들어도 중요한 것을 이해하지 못한 자가 많다. 2·26 사건을 일으킨 사람들도 천황관에 대해서는 형의 사상을 이해하지 못했음은 중심 인물 무라나카 다카지村中孝次 대위가 와타나베 죠타로渡辺錠太郎 대장이 기관설을 변호했다고 2·26 사건 전에 이를 배격하는 문서를 발송한 데서도 알 수 있다. 기관설과 관련한 형의 사상을 이해하고 있었던 것은 스가나미 사부로菅波三郎 뿐이었다.

천황기관설은 메이지헌법 제1조 '대일본제국은 만세일계의 천황이 이를 통치한다'는 절대군주주의를 의미하는 것이 아닌데도 호즈미 야쓰카穂積八束, 우에스기 신키치上杉慎吉 등은 일본헌법은 흠정헌법欽定憲法, 즉 군주가 자발적으로 국민에게 준 것이므로 군주는 헌법 규정을 초월한다고 주장했다. 그러나 이들의 주장은 제4조 '천황은 국가의 원수로 통치권을 총람하며 이 헌법의 조규에 의해 이를 행한다'는 규정과 조화되지 않는다. 총람한다는 것이 통치권의 독점을 의미하는 것은 아니다. 따라서 제1조도 천황의 통치도 독점적, 배타적 통치로 해석해서는 안 되며, 국민의 대표를 통치에 참여시킬 수 있으며, 실제 '천황은 제국의회의 협찬을 얻어 입법권을 행한다'는 제5조를 보더라도 군민동치君民同治, 군민공치君民共治이다. 주권의 내용은 사법, 행정, 입법, 과세, 외교 및 병마兵馬의 6권이 있는데, 메이지헌법은 아무리 보수적, 시대착오적이라 해도 입법권과 과세권은 의회가 참여하여 천황과 의회가 상대相待해서 행사된다. 따라서 제4조는 천황의 총람권을 인정하는 것으로, 소에지마 기이치副島義一는 제1조의 애매함을 버리고 제4조로부터 천황을 총람 기관으로 단정해서 그의 기관설을 수립해 수차례 고문高文 시험에 떨어져도 자신의 주장을 굽히지 않았다. 만주시변 후의 비상시기에 어리서은 이른바 애국자들이 천황기관설 배격을 떠들어댄 것은 기관이라는 말이 뭔가의 도구처럼 생각되어 수단으로 여겨졌기 때문에 분개한 것이다. 그러나 기관은 보통의 의미로 모두 기능을 영위하는 것을 기관이라 해도 아무런 문제가 없다. 따라서 제4조에 따라 '천황은 국가의 원수元首인 이상' 머리首는 사고하고 명령하는 기능을 영위하는 기관이라 해도 될 것이다. 미노베는 천황이 총람 기관이므로 최고기관이라고 경의를 표한 것뿐이다. 형은『국체론 및 순정 사회주의』에서 입법과 과세의 두 권력에 대해서는 천황과 의회가 상대相待하여 한 기관으로 작용함으로 이것을 최고나 최저라고 분리할 수 없는, 즉 하나의 유기체에는 상관관계는 있어도 상하관계가 아니라면서 미노베의 최고기관이라는 말은 잘못되었다고 한 바 있다.

헌법 개정 당시 귀족원 학자들이 메이지헌법 제1조를 들어 국체 변화라며 주장했는데, 이는 치안유지법 범인을 처벌할 때의 대심원 판결이 국체 변화를 해석하는데 제1조에 의했기 때문이다. 그러나 새 헌법 아래서의 천황의 지위, 권력은 도쿠가와 막부 아래서의 천황의 지위, 권력 이상이다. 만약 국체 변화 운운하면 일본의 국체는 역사상 몇 차례 변화해왔다. 국체는 고체처럼 고정된 것이 아니라 액체처럼 유동하는 것이다. 메이지헌법의 천황을 절대군주로 해석했기 때문에 생명재산은 천황의 것이니 이를 봉환해야 한다는 극단론까지 나왔다. 프루동 Pierre-Joseph Proudhon은 '재산은 장물盜品'이라고 했는데, 일본의 산업봉환론자, 생명재산봉환론자도 프루동 학도라고 할만하다. 다만, 프루동은 자본가의 재산은 사회의 것, 프롤레타리아의 것을 훔친 것이라고 보았는데, 일본의 애국자는 일본의 전 국민이 천황의 것을 훔쳤다고 말한다. 전시 중에 사회주의를 주창하며 재산봉환론을 말했다. 전시 중에 천황을 신화神化하는데 다양한 맹설盲說이 유행했다. 천황현신설天皇現神說이다. 일본의 가미神. カミ는 윗사람目上. お上의 의미로 서양의 신神.

god과는 다르다. 일본의 망국은 외적外敵과 마찬가지로 미신에서 오는 내적內敵 때문이기도 하다. 미신迷信의 폐해는 무신無信보다 심하다. 오늘날 천황은 신성神性을 스스로 부정하고 인간성을 회복했다. 소위 폐하의 적자赤子가 금수禽獸로 전락해야 균형이 맞는다고 할 수 있다. 일본은 가족주의의 나라다. 가장은 신인데 가족은 인간일 리가 없다. 전 일본의 가장이 신이고 전 국민은 보통의 사람이라고 하면 몰라도 천황의 재산을 훔친 도둑이라니 뭔 말인가.

전후 두 차례 일본을 방문한 존 건더John Gunther가 첫 번째 왔을 때, 일본 국민의 천황 신성설을 야유하며 "일본 천황은 신으로 추앙되지만, 일본은행日本銀行, 일본우선日本郵船의 주식을 갖고 있으며 이자를 받고 있다. 세계에 신에 대한 개념이 많다고 해도 이자를 받는 신은 처음이다"라고 한 발언을 그의 저서 『일본의 내막』에서 쓴 바 있다. 전후에 왔을 때는 천황 히로히토를 친근감이 넘친다며 칭찬했다. 천황기관설 배격, 생명재산봉환론은 다수 테러 사건의 원인이 되기도 했으며 대동아전쟁大東亞戰爭의 복선이 되기도 했다.

해제내용

만주사변 후 2·26 사건까지의 일본정치의 동향을 마쓰오카 요스케가 주도한 정당 해소 운동과 미노다 무네키와 미쓰이 코시 등이 주도한 천황기관설 배격을 중심으로 회고하고 있다. 정당정치인의 부패와 이로 인한 정당정치에 대한 국민적 불신이 정당 해소 운동을 낳게 되었고, 전후에는 정당 활동을 한 저자 자신도 당시에는 정당에 대해 부정적인 입장이어서 마쓰오카를 측면에서 지원하는 역할을 하기도 했음을 밝히고 있다. 정당 해소 운동을 전개한 마쓰오카가 마키노 노부아키의 지원에 크게 기대하고 있었지만, 저자는 노회한 마키노가 마쓰오카를 이용하는 것으로 이해한다. 다만, 이러한 이해가 정당 해소 운동 당시의 이해인지, 전후에 돌이켜 보면서 그렇게 이해하게 된 것인지는 분명하지 않다. 마쓰오카에게 마키노의 이해를 얻었다는 말을 들은 이후에도 운동에의 조력을 계속했다는 점에서 후지기 이닌가 생각된다. 여하튼, 마쓰오카의 정당 해소 운동은 그가 거의 돈을 쓰지 않은 탓에 유능한 사람들을 모으지 못했고, 정당 해소 후에 구체적으로 무엇을 어떻게 할 것인지에 대한 명확한 비전을 제시하지 못했기 때문에 결국 실패로 끝났다. 후에 익찬회가 성립했을 때, 마쓰오카는 자신이 선견지명이 있었다고 정당 해소 운동에 의미를 부여했지만, 정당 해소 운동이 결과적으로 의회를 정부 밑에 둔 결과에 대해 저자는 마쓰오카의 무책임을 비판한다.

국체명징 운동의 하나로 전개된 천황기관설 배격은 다수의 테러까지를 동반하며 전개되었는데, 기본적으로 메이지헌법 해석을 둘러싼 학설적 논쟁을 넘어 정쟁과 테러로 이어진 데에 문제가 있다고 저자는 해석한다. 더욱이 기관설 배격의 입장에서 실제 테러 활동에 나서는 것도 불사한 사람 가운데 형의 가르침을 받은 사람들도 포함되어 있으나, 이들이 실제로는 형의 국체론에 대해 제대로 이해하지 못하고 있다는 점을 비판한다. 글의 마지막 부분에서 천황기관설에 대한 저자 자신의 소견管見을 밝히고 있는데, 무엇보다도 풍자적인 문체가 흥미롭다. 기관설 배격이 심화되면서 국체명징의 표식으로 산업봉환론, 생명재산봉환론이 등장한 것에 대해 그러한 주장의 무논리성을 신랄하게 비판한다. 저자의 말을 빌려 정리하면, 천황기관설 배격이나 생명재산봉환론 따위가 이어지는 테러의 원인이자 태평양전쟁의 복선이었다는 점에서 결과적으로 일본의 패전은 외적뿐만 아니라 미신에서 오는 내적 때문에 예견된 일이었다고 할 수 있겠다.

수록 지면 : 56~66면
키워드 : 2 · 26 사건, 쇼와유신, 정당 해소, 천황기관설, 정당내각

차타레사건의 핵심 チャタレ事件の核心

마사키 히로시(正木ひろし)
해제 : 김현아

내용요약

차타레사건의 재판은 올봄 신문과 잡지를 떠들썩하게 한 별난 사건이다. 살인 사건과 관리의 독직瀆職 사건이 크게 지면을 차지하고 있던 때 차타레사건은 마치 분홍색 기구가 5월의 하늘에 떠오르듯이 일본 전국의 주목을 받았다. 나는 차타레 재판의 주임 변호인으로 본 사건에 관한 자료를 거의 전부 읽었다. 특히 사건 발생 이후 신문, 잡지는 변호자료로 도움이 되므로 자세히 읽었다. 나는 이들 자료를 전부 읽은 후 두 가지 사실을 발견했다. 하나는 본 사건의 문제가 된 『차타레부인의 사랑』 상하 2권은 외설 문서는 아니지만, 청소년에게는 보여주고 싶지 않다는 의견이 압도적이었다. 또 하나는 본 사건의 기소와 헌법상 언론출판의 자유를 관련시켜 논한 것이 전혀 없다는 사실이다.

차타레 사건의 재판은 뜻밖에도 여기에 전후 일본의 문화 수준뿐만 아니라 일본문화를 이 정도까지 하락시킨 그 원인까지도 보여주는 민족적인 생체실험이 된 감이 있다. 나는 본 사건을 5월의 하늘에 떠오른 기구라고 말했는데 이 기구는 어떤 사람에게는 작가나 출판사를 옹호하는 애드벌룬같이 보였을 것이다. 또는 어느 소수의 사람에게는 잠시 참고 기다리고 있던 전후 관료가 겨우 기운을 회복하고 강화조약의 성립을 앞두고 자기 진영의 권위를 강화하는 목적을 가지고 일본의 문단과 평론계에 대해 도전하는 것으로 이 기구는 마치 자기 진영 위로 띄운 방해물로 생각되었음에 틀림이 없다. 그러나 우리 5명의 변호인과 2명의 피고인에게는 애드벌룬도 방해물도 아닌 마치 기상관측용 기구에 실린 것처럼 각 방면의 반향과 비난을 허나하나 느낌으로써 일본문화의 현 상황을 관측할 수가 있었다.

『차타레부인의 사랑』은 저자 D. H. 로렌스David H. Lawrence가 죽은 후 16년간 영국은 물론 세계 각국의 국민 사이에서 비판되고 문학적 가치와 성격, 각국에서의 취급방법까지 거의 판명되었다. 그래서 각국 관민의 반응은 그대로 그 국민의 문화적 성격과 정도를 측정하는 시안과 같은 작용을 하고 있다. 영국에서는 출판서점이 자발적으로 삭제판을 출판하였다. 프랑스의 경우는 영어의 완역본 외에 붙어 번역서를 출판하였다. 독일과 중국에서도 번역서를 출판하였다. 미국에서는 우편법으로 우송하는 것은 금하고 있는 주가 있는데 한정판이 출판되어 도서관에서 볼 수 있다. 전 세계에서『차타레부인의 사랑』을 외설 문서죄로 문제가 된 자는 한 사람도 없다. 즉 전 세계에서 본 서적을 형벌로 금지하고 있는 것은 일본뿐이다. 세계 문명국에서 형벌의 대상이 되지 않은 문서가 왜 일본에서는 기소되었는가.

만약『차타레부인의 사랑』이 순수한 외설 서적이었다면 세계 문명국에서 허용될 리가 없다. 소련을 제외한 각 국가에는 모두 외설 문서 유포죄가 있어 순수한 음서나 춘화는 단속하고 있다. 그런데 본 서적이 형벌의 대상이 되지 않은 것은 소위 음란서적과는 다르기 때문이다. 오히려 세계 각국에서 본 서적을 일반 대상의 서적이라고 주장하고 있는 사람은 거의 없고, 싫어하는 사람들도 영국 이외에도 상당수 있는 것은 분명하다. 그런데 관료의 힘으로 금지하지 않는 것은 세계 문명국에는 언론출판의 자유를 극도로 존중하기 때문이다.

차타레 사건의 재판이 현재 일본에서 중대한 의미를 갖는다면 그것은 신헌법 하에서 언론출판의 자유가 어느 정도 존중되고 있는지, 억압되고 있는지 사실을 세계 공통의 척도를 가지고 측정하여 일본에서 어째서『차타레부인의 사랑』이 기소되었는지 그 원인은 과연 어디에 존재하고 있는지를 확실하게 하는 점에 있다고 생각한다.

맥아더 원수는 귀국 후 의회에서 보고 연설 중에 일본인의 문화적 나이를 12세로 말했다고 하는데 차타레 재판에 입회해 본 결과 유감스럽게도 나도 그렇게 인정하지 않을 수 없었다. 그 이유는 본 사건에 관한 여론을 비롯하여 검찰관의 기소이유, 그에 대한 설명, 검찰 측 신청 증인의 증언 등을 분석하면 모두 소년기의 심리에서 한발도 나아가지 않고 또한 소년기의 심리를 가정하지 않으면 이해할 수 없었기 때문이다.

해제내용

차타레사건은 영국의 작가 D. H. 로렌스의 작품 『차타레부인의 사랑』을 일본어로 번역한 작가 이토 세이伊藤整와 출판사 오야마서점小山書店 사장 오야마 히사지로小山久二郎 두 사람에게 형법 제175조 외설물 배포죄를 물은 사건이다. 일본 정부와 연합국군 최고사령관 총사령부에 의한 검열이 행해지고 있었던 1951년에 시작되고 1957년 상고 기각으로 종결되었다. 외설과 표현의 자유에 대한 관계가 쟁점이 되었다.

『차타레부인의 사랑』에는 노골적인 성적 묘사가 있었는데 출판사 사장 오야마 히사지로는 출판했다. 6월 25일에 해당 작품은 압수되고, 7월 8일에 발매금지 처분을 받았다. 번역자 이토 세이와 출판사 사장은 작품에 외설적인 묘사가 있는 것을 알면서도 공모하여 발매했다고 하여 9월 13일에 형법 제175조 위반으로 기소되었다. 1952년 1월 18일 도쿄지방재판소 제1심판결에서는 출판사 사장 오야마 히사지로는 벌금 25만 엔에 처하는 유죄판결, 이토 세이는 무죄판결을 받았다. 그러나 12월 10일 제2심판결에서는 피고인 오야마 히사지로에게는 벌금 25만 엔, 이토 세이에게는 벌금 10만 엔에 처하는 유죄판결이 내려졌다. 두 피고는 상고했는데 최고재판소는 1957년 3월 13일에 상고를 기각하고 유죄판결을 확정했다.

본 사건의 변호사인 마사키 히로시를 비롯하여 나중에 최고재판소 재판관인 다마키 쇼이지環昌一, 득별변호인으로 나가지미 겐조中島健蔵, 후쿠다 쓰네아리福田恆存 등이 법원에 출두하여 논점에 대한 무죄를 주장했다. 문제의 논점은 첫째, 외설문서에 대한 규제형법175조는 일본국헌법 제21조에서 보장하는 표현의 자유를 위반하지 않는지, 둘째, 표현의 자유는 공공의 복지에 의해 제한할 수 있는지 등이었다. 이에 대해 1957년 3월 13일 최고재판소판결은 '외설 3요소' ① 공연히 성욕을 흥분 또는 자극하여 ② 일반인의 정상적인 성적 수치심을 해치고 ③ 선량한 성적 도의 관념에 반하는 것을 말한다고 제시하면서 '공공의 복지'론을 이용하여 상고를 기각했다.

저자는 '공공의 복지'에 대해 다음과 같이 설명한다. 헌법 12조, 13조에 의하면 '공공의 복지'는 기본적 인권과 불가분의 것이고, 헌법 11조, 97조에 의하면 기본적 인권은 최고의 인권이라는 것을 분명히 하고 있다. 그러므로 이 최고의 권리에 의해 보호되고 실현되는 '공공의 복지'가 되는 것은 기본적 인권 그 자체보다도 한층 기본적이고 고차원적인 것이라는 결론에 달하지 않을 수 없다고 말한다. 저자는 그것을 휴머니티humanity와 같은 뜻이라고 이해하고 논증했다고 한다. 즉 기본적 인권은 휴머니티를 실현하는 수단으로서만 기본적 인권이 될 수 있고, 만약 휴머니티에 저촉되는 경우에는 기본적 인권이 될 수 없다고 보고 있다.

저자는 '차타레부인의 사랑'이 휴머니티의 존립에 위협이 있다고 인정되는 경우에는 이것을 처벌하는 것이 가능하다. 하지만 휴머니티에 공헌하는 의도를 가지고 소설을 썼고 출판되었을 때에는 무죄로 해야 한다고 말한다.

수록 지면 : 72~79면
키워드 : 차타레부인의 사랑, 외설문서죄, 신헌법, 언론출판의 자유

1951년 9월

교육의 현대상現代相 주로 윤리과倫理科 문제를 중심으로

최근에 일본이 채택한 교육6·3제는 말할 것도 없이 미국 교육사절단이 고안한 것을 그대로 실행에 옮긴 것이다. 게다가 이 제도를 시행함에 있어서 중앙, 지방할 것 없이 재정 상태, 교사의 수급 상황 등 다양한 필요조건을 논의할 여유도 없이 한 마디로 말하면 아무런 준비도 없이 갑작스럽게 일반에게 시행한 것이다. 그래서 아주 다양한 불합리가 발생하였다. 교실조차 없는 경우, 창고에서 교육하는 경우, 교수용 기자재가 전무하거나 부족하거나, 게다가 교과서까지도 마찬가지 상황이라는 사태가 발생했으며, 교원 부족도 단순 인원 부족도 있었지만 자질 부족이라는 문제도 있다. 도저히 셀 수 없을 정도의 결함이 발생한 것이다. 그 결과 세상일반에게 커다란 걱정을 끼치고 신랄한 비난도 야기하게 되었다.

드디어 조만간에 강화가 성립될 것이기에 개선해야 할 제도는 사전에 개선해두고 싶다는 것이 정부가 지향하는 바라고 한다. 그렇다면 이 6·3제는 어떻게 할 것인가? 그래서 근래에 갑자기 교육문제에 관한 논의가 활발해졌던 것이다.

6·3제도 자체는 나쁘다고만 할 수는 없다. 소학교─중학교 9년을 통틀어서 의무교육으로 한 것은 무엇보다도 평가할 만한 발전이다. 하물며 문화국가라는 말을 입 밖으로 내는 이상, 아무리 재정적 또는 기타 어려움이 있더라도 결코 후퇴해서는 안 된다. 그리고 패전 후 5년이라는 고난의 길을 걸어서 이제 겨우 궤도에 오르기 시작한 시기이다. 그래서 우리는 6·3제도는 그대로 유지하되, 그 내용을 과감하게 개선해야 한다고 생각한다.

먼저 첫째로 윤리 교과목을 만드는 일에 대해서 더 진지하게 연구해주기 바란다. 윤리 교과목 신설에 반대하는 사람 의견은 도의적인 내용은 강요하듯이 가르칠 것이 아니라, 오히려 자발적으로 기다려야 한다는 것이다. 언뜻 들기에 도리에 맞아 보이지만, 우리 생각은 계발啓發과 자발自發을 병행해서 신행해야 한다는 것이다. 계발은 열어주는 것이고, 자발은 스스로 여는 것으로 해석한다. 공자는 『논어論語』에서 "擧一隅不以三隅反 則不復也" 즉 "한 귀퉁이를 들어 보였을 때 배우는 자가 이것으로 남은 세 귀퉁이를 반증하지 못하면 더 이상 가르쳐주지 않는다"고 교육했다. 또한 선승禪僧이 침식寢食을 잊고 진리를 깨닫기 위한 오도悟道에 매진할 때도 역시 스승의 제창을 청문하는 것을 게을리 하지 않는다. 물론 이 경우는 어른의 경우지만, 더더욱 소년소녀에게는 계발해주어서 자발을 촉진해야 한다고 생각한다. 소년소녀에게 자발만을 기다린다면 그것은 위험할 수 있다.

또한 다른 반대론자는 사회과에서 충분히 윤리적 교육을 할 수 있다든지, 혹은 학교 전체가 윤리교육을 하는 것이니 새삼스럽게 특정 과목을 만들어서 특정 교원을 임명할 필요는 없다고 주장한다. 물어보겠다. 사회과 교사 중에 이런 각성을 제대로 하고 있는 사람이 얼마나 있는가? 아마도 전혀 없다는 것이 현실이 아닐까 생각한다. 학교 전체라고 하면 더더욱 책임감이 희박해진다는 점을 부정할 수 없을 것이다. 즉 이런 의견은 모두가 입만으로 떠드는 탁상공론이며 실제 현장을 무시한 것이다.

소년이나 청년은 나쁜 길에 빠지기 쉽다. 자발이 작동하기 전에 불량해지고 나쁜 길에 빠진 후에 새삼스럽게 옳은 길을 설명한들 효과는 미약할 것이다. 윤리수신倫理修身을 가르쳐주면 적어도 이들 청소년의 일부분이라도 구할 수 있을 것으로 생각되는데, 그러함에도 불구하고 가르치지 않고 나쁜 길에 빠지게 둘 것인가? 그렇게 한다면 이는 교육상의 죄과罪過라고 해야 할 것이다.

근래 들어서 소년과 청년의 범죄가 급증하고 있다. 통계가 보여주는 대로이다. 물론 이런 현상은 시세時勢와 관계가 있을 것이다. 그런데 이제 학교에는 교육칙어도 없고 수신修身이라는 교과목도 없다. 이런데도 '百年河淸을 기다린다俟' 즉 황하가 맑아질 때까지 100년을 기다리는 우愚를 범하려는 것인가?

어떤 사람이 말하기를, 서양열강에는 윤리라는 과목이 없지만 이 방면 교육은 아주 훌륭하게 잘 되고 있다고 한다. 정말로 그런 것 같다. 서양에는 교회가 있고, 성경이 있다. 성경은 교육칙어 이상의 권위를 지니며, 교회는 소년, 청년을 교화할 힘을 가지고 있다. 그러나 일본에는 성경에 해당하는 것도 없고 교회 역할을 하는 사원寺院도 없다. 도덕도 지식도 모두 학교교육에서 맡아야 한다. 그러함에도 불구하고 오늘날 학교교육이 도덕교육을 경시하고 있다. 아니, 굳이 경시하는 것은 아닐지 모르나, 결과는 경시하는 것과 마찬가지이다. 이대로 두어도 좋은가!

학부형 입장에서 보자면, 요사이 마이니치신문사每日新聞社에서 실시한 여론조사에 의하면, 수신과修身科에 대한 요망은 67.3%라는 지지를 받고 있다. 문무성도 교육위원도 이 현상을 등한시할 수는 없을 것이다.

이 외에도 여러 가지 문제가 있으나 지금 여기서는 생략하겠다. 다만 한마디 첨언하자면, 새 교육의 경향은 어른스러운 어린이를 육성하는 거라고 한다. 우리가 오랜 동안 보아온 경험에 의하면, 어린이답게 자란 어린이는 무럭무럭 자라서 나중에 유용한 인재가 되는 경우가 많지만, 어른스러운 어린이는 성장 후에 도리어 어린애 같은 어른이 되어버리는 경우가 적지 않다. 참고해야 한다.

우리 애국의 신조 我が愛国の信條

쓰쿠이 다쓰오(津久井龍雄)

해제 : 김현아

내용요약

현재 일본인에게 가장 관심의 대상은 아마 평화유지 문제일 것이다. 비참한 전쟁 체험을 다시 경험하고 싶다고 생각하는 사람은 일본인 중에 전혀 없다고 해도 틀린 것이 아니다. 사회당의 강화 3원칙이 현실 무시의 공론으로 사회에서 배척당하고 있는데 사회당도 국민의 마음속에 없는 요구를 대변하는 우둔한 생각을 하지 않을 것이다. 국민의 마음속에 내재하는 절실한 평화의 바람을 사회당은 임시로 강화 3원칙의 형태로 대변한 것이다.

내외의 정세와 종전 이후의 경위를 헤아려 일본이 미국을 중심으로 하는 연합국가와 동조를 추진해야 하는 것은 아마 하나의 필연성에 가까운 것으로 잘못이 아니다. 세계가 2대 대립으로 분할되어 그 대립이 시시각각으로 급박해서 중립적인 입장이 허용되기 어려운 오늘날 일본이 가는 길은 누구의 눈에도 거의 분명하다고 해도 지장은 없을 것이다. 그것은 또한 단순한 정세론情勢論에서 오는 것이 아니라 세계문화의 대국적 진운進運 상에서 볼 때, 공산주의로 세계가 통일되는 것보다는 미영의 데모크라시에 의한 세계의 자유로운 공존이 바람직하다고 판단되었기 때문이다.

오늘날까지 일본인은 패전의 허탈로 무슨 일에 본격적이지 않고 또한 예상치 못한 미국의 관용에 압도되어 모든 일도 남의 힘으로 되는 경향이었는데 지금은 강화와 함께 자립의 기회를 눈앞에 두고 있는 이상 자주 자력으로 일어서지 않으면 안 된다는 것을 각오해야 한다. 강화로 문제를 해결한다는 생각은 큰 무분별함을 면하지 못할 것이고 그것은 오히려 문제의 출발점이 되는 것이다.

그래서 일본인이 크게 재군비하여 일단 유사시에는 미국과 함께 전쟁에 참여해야 한다는 주장이 일어나는 것은 당연하다. 그것이야말로 미국의 은의恩義에 보답하는 도리이자 또한 조국의 안전을 보호하는 것이 가능하다. 오직 평화를 끝까지 희구하고 헌법에까지 전쟁포기를 대서특필하여 내외에 과시해온 일본인으로서는 이 비약에 대해 왠지 모르게 충분히 이해하기 어려운 마음의 응어리가 남는 것은 부정할 수 없다.

여기서 일본인은 자주 자립의 진짜 의미를 신중히 생각해 볼 필요가 있다. 자립경제가 계속해서 문제가 되지만 이 경우의 자립이란 봉쇄경제의 의미가 아니라 크게 미국의 경제의존 상태에서 서서히 일본경제를 구축해 가려는 생각처럼 보인다. 봉쇄경제라든가 아우타르키autarky, 자급 자족경제라는 것은 우리도 갑자기 찬성하기 어려운데 그러나 자립이라고 하는 이상 가능한 한 타국의 도움을 빌리지 않는 결의가 필요하다. 경제를 타국의 비호를 받으면서 정치적으로만 완전히 독립한다는 것은 바랄 수 없는 것이며 그것은 일찍이 맥아더 원수도 강하게 지적했던 바이다. 그러므로 일본인이 진정으로 독립을 바라고 정치적으로도 간섭을 벗어나려 한다면 공사 모두 가능한 한 절약하는 생활을 하고 타국의 원조를 받지 않고 자급자족한다는 결의가 수반되지 않으면 안 된다.

해제내용

현재 일본 국가를 보면 크게 부족한 부분이 있다. 그것은 공산주의의 유물적 편향을 비난하면서 유물주의에 대한 편향을 보여주고 있는 점이다. 예를 들면 일본 국가는 재정난을 이유로 도박 유사 행위를 장려하여 인심을 추락 부패시키고 있는데 이렇게 하면 도의道義 국가를 과시할 수 없다. 종전 후 국민정신의 퇴폐를 통탄하지 않을 수 없는데 그 근원은 국가 스스로 그것을 배양하고 있다고 해도 과언이 아니다. 그리고 은닉물자를 적발하기 위해 인민에게 밀고를 장려하고 있는 점이다. 그렇지 않아도 인심은 한층 음험해지고 동포가 서로 시의猜疑하여 증오하는 경향이 강해지고 있는데 국민정신의 퇴폐와 분열에 박차를 가하고 있다. 사람들은 이 사실을 가볍게 간과하는데 이것은 결코 하찮은 일로 보아서는 안 된다. 저자는 설령 이와 같은 방법으로 일시적으로 당국이 무언가 편익을 얻을 수 있다고 해도 그것은 훨씬 상상을 초월한 일반 인심을 황폐시키고 험악하게 할 것이라고 지적한다.

종전 후 일본에서 실시된 다양한 개혁은 사회주의나 공산주의가 아닌 민주주의 자유주의 원리에 따라 이루어진 것이다. 그러나 충분히 일본의 전통에 대해 돌아보지 않았고 일본의 국력과 국정國情에 적절하게 부응한 것이라고 말하기 어려우므로 지금 벌써 재검토의 목소리가 높아지고 있다. 헌법의 개정은 오로지 재군비의 필요성에 의해서만 이야기되고 있다. 군민 일체의 일본 특이 풍습이 신헌법에 충분히 이상적으로 선명宣明되지 않았다. 민법의 집과 재산에 관한 직역直譯 변경도 심각한 파문을 사회에 던지고 있다. 저자는 다음과 같은 예를 들어 축제일의 개악, 우측통행, 썸머 타임, 나이를 만으로 세는 것 등 전통에 대한 난폭한 도전은 사회에 공연히 혼란을 초래한 것 외에 어떠한 이점이 있는지 문제를 제기한다. 저자는 이들 개혁의 내용이 도리에 맞지 않는 이상 개혁을 실행하는 태도의 경박함이 한층 문제가 되어야 하는데 그런 점에서 자주적인 사려와 판단은 전혀 찾아볼 수 없다고 언급한다.

그리고 저자는 국민생활면에서 볼 때 현재 문제가 되는 점은 일반 국민의 생활 수준을 올린다고 보는 것보다 오히려 일부 사람들의 생활을 검소화 하려고 하는 것은 아닌지 또 다른 문제를 제기한다. 전후의 자유주의가 개인주의에 역점을 두면서 사회적 정의와 공정을 등한시한 결과 국민 생활의 불균형은 전전보다 한층 심해지고 있다. 배급 쌀조차 받을 수 없는 자가 있는데도 매일 요정에서 술잔치 벌이는 것을 볼 수 있다는 사실 또한 패전국의 처지에서 불근신不謹愼의 비난을 면하기 어렵다. 작은 집을 구하려다 몇만 엔의 권리금을 착취당하고 힘들어하는 자가 있는데도 호화로운 저택에 작은 수의 가족이 사치스러운 생활을 하는 것도 결코 이치에 맞는다고 할 수 없다. 이런 사실을 먼저 개선할 필요가 있으며 그것이 고쳐질 때 일반 인민의 생활고에 대한 불만도 크게 완화될 것이다. 이것은 사회주의와 공산주의의 관점에서 말하는 것이 아니라 일본전통의 윤리와 정의情誼에서 하는 말이라고 강조한다.

수록 지면 : 8~18면
키워드 : 평화유지, 독립, 자립경제, 자급자족

교우냐 복수냐交友か復讐か

사노 마나부(佐野学)

해제 : 송석원

내용요약

덜레스는 대일강화조약 초안은 관계 각국에 100% 만족을 줄 수 없을지 모르지만, 95% 정도의 만족은 줄 수 있을 것이라고 말했다고 한다. 그가 대일강화에 동분서주하는 것은 잘 알고 있고 고마운 일이지만, 연합국 측에서도 필리핀은 조약 거부를 결정했고, 미얀마는 이 조약은 마치 미일동맹 같다고 말하고, 영국은 미국의 압력으로 동조하지만 내심은 편치 않으며, 프랑스는 라오스·베트남·캄보디아 등 인도차이나 3국을 조인국에 포함하지 않은 것에 불만을 표명하고 있다. 여하튼 연합국은 수습되더라도, 소련과 중공이 참가하지 않는 것은 골칫거리다. 소련과 중공이 이대로 물러날 것 같지는 않으며, 따라서 강화 후의 일본 대외정책의 중점은 중국과 소련에 둘 수밖에 없다. 한편, 일본은 95% 만족해도 좋을까. 신문이나 외무성은 우호 관계友交 회복 조약이라고 선전하고, 영화회사도 강화를 축하하는 영화를 제작하는 상업 기획을 한다는 보도도 있었다. 1947년 이탈리아의 강화조약이 체결 당시 꽤 관대한 조약이었지만, 이탈리아 사원寺院은 조종弔鐘을 울리고 각 집은 조기弔旗를 내걸었으며 교통기관은 10분간 멈춰 국민은 비장한 묵도默禱를 했다고 한다. 패전국에서는 어떤 강화조약이어도 민족적 굴욕의 의미가 있다. 이번 대일강화조약은 확실히 우호 관계 회복 요소를 포함하고는 있으나, 하나에서 열까지 즐거운 선물을 받은 어린아이처럼 좋아하는 것은 잘못이다.

강화조약은 이긴 나라와 진 나라 사이에 맺는 것이므로 대등한 지위에서 이루어지는 것은 아니다. 원래 징벌, 복수, 착취가 원칙이었다. 그것이 구체적으로는 전비 배상 및 영토할양의 두 형식으로 표현되었다. 근대에서의 보불전쟁, 러일전쟁, 제1차 대전이 그러한 좋은 사례適例이다. 강화조약은 새로운 국제균형을 창출해 장래 세계평화를 보장하기 위한 것이어야 한다. 나폴레옹전쟁 후의 빈회의는 유럽의 반동反動 정치 재편성회의였으나, 지나친 불균형 배상과 영토병합을 하지 않아 그 후 수십 년의 평화가 이어졌다. 그러나 보불전쟁에서는 탐욕과 복수의 원칙이 다시 머리를 들어, 제1차 대전 후에는 독일에 천문학적인 대상을 물리는 것을 결정했다. 이처럼 과거의 강화에서는 보통 승전국은 패전국의 생존권을 해치는 듯한, 아니 해치는 것 자체를 목적으로 한 조약을 맺었다. 이러한 것을 반복하면, 평화는 요원하다. 복수한 자가 다시 복수를 당하는 악순환이 계속된다. 제2차 대전 후에는 양대 패전국인 일본과 독일에 대해 6년간이나 강화가 맺어지지 않았는데, 이는 미국과 소련 사이에 격한 대립이 시작되어 냉전이 한반도에서는 열전熱戰이 벌어지고 더욱이 일본과 독일은 미국과 소련에 경제적, 전략적으로 중요한 지점이라는 정세로 인해 미국과 소련이 일치해서 일본 및 독일과 강화조약을 맺을 가능성이 없어졌기 때문이다.

1870~1871년의 보불전쟁의 종말에 비스마르크는 프랑스에 30억 프랑의 배상금을 과하고, 알자스·로렌을 탈취했다. 마르크스는 이 전쟁이 발발했을 때 독일 측의 방어 전쟁이라고 지지했었지만, 점차 공격 전쟁이 된 것에 분노했다. 비스마르크의 배상과 영토할양의 태도를 공격하며 비스마르크를 독일의 샤일록이라고 매도하며 무배상無賠償, 무병합無倂合 원칙을 주장했다. 레닌도 제1차 대전 후의 종말에 교전국 민간의 무배상無賠償, 무병합無倂合 민주적 평화라는 원칙을 창조해 러시아에 관한 한 그것을 실행했다. 나는 마르크스나 레닌의 정치이론 전부를 긍정하지는 않지만, 어떤 전쟁이든, 그 종말에 무배상無賠償, 무병합無倂合이어야 한다는 원칙 (이 기품 있는 원칙을 짓밟고 있는 것이 스탈린이다)에는 현명한 정치적 고려와 아름다운

인도적 감각이 있다고 생각한다. 대일강화에 그치지 않고 어떤 강화든, 올바른 강화는 패전자의 생존권을 뺏지 않고, 따라서 배상이나 영토할양을 과하지 않으며 세계평화를 위해 새로운 국제적 균형을 목적으로 한 것이어야 한다.

대일강화조약문에는 우호와 화해의 정신이 있다. 이것은 100% 복수復讐주의였던 과거의 여러 강화조약과 비교해 확실히 큰 진보이다. 이것은 단지 일본이 감사할 뿐만 아니라 세계의 진보에 대한 미국의 큰 공헌의 하나이다. 조약에는 일본의 전쟁책임을 특별히 서술하지 않는다. 일본을 평등한 주권국가답게 하는 규정이 있다. 유엔의 정신에 따라 일본에 개별적 및 집단적 자위권을 부여하고 있다. 개별적 자위라는 것은 일본이 자위 군대를 갖는 것이지만, 이탈리아의 강화조약에는 병사를 30만 명으로 한정하고 있는 것과는 대조적으로 일본의 재군비에는 특별한 제한을 붙이지 않는다. 또한 크게 우려한 경제상의 제한도 없다.

그러나 강화조약은 100% 우호 회복주의가 아니다. 과거의 여러 강화조약에서의 복수주의의 양대 표현물인 영토할양과 배상 규정 역시 대일강화조약에 있기 때문이다. 특히 영토할양은 일본인에게 육체 일부를 도려내는 고통과 민족적 비애悲哀를 초래한다. 일본이 조선이나 대만을 포기할 수밖에 없다는 것은 당연하다고 해도, 치시마 열도와 남사할린에 대한 일본의 권리 포기를 명하는 것은 불가사의한 일이다. 이 두 지역을 소련에 준다고 정한 것이 얄타협정으로, 루스벨트의 독단 전횡의 행위를 미국 의회는 승인하지 않았다. 일본은 포츠담선언을 승인해 항복한 것으로, 동 선언에 얄타협정의 결정이 포함되지 않은 것은 주지의 사실이다. 또한 북위 29도 이남의 일본영토가 미국의 신탁통치 아래 두게 되었다. 아마미 오시마奄美大島, 류큐琉球 열도, 야에야마八重山 군도는 나라奈良 시대부터의 일본영토이다. 미국이 소련처럼 영토확장주의자가 아님은 주지하는 바와 같다. 북위 29도 이남의 일본령 여러 섬처럼 아주 작은 토지를 영토적으로 탐할 이유는 없다. 이것은 소련에 대한 전략상의 기지로 보유하고자 하기 때문일 텐데, 그렇다면 이들 섬이 일본의 영토라는 점을 인정한 뒤에 미일 군사협정에 의해 그곳에 군사적 시설을 건설해도 될 것이다. 이들 남방의 여러 섬은 일본영토라는 것을 명기하고 적당한 시기에 반환한다는 것을 강화조약에서 약속해 주기 바란다.

배상과 관련해서는 강화조약이 일본에 배상 능력이 없다고 규정하면서 기술배상을 취한다고 규정하고 있는 것은 논리적 모순이다. 일본은 전전에 조선, 대만, 중국, 남사할린, 기타에 수십억 달러의 자본을 투하했으나, 종전의 혼란을 틈타 주로 소련, 중국, 조선인에게 선점자 우선으로 빼앗겼다.

사회당 좌파의 전면강화론을 철저화하면, 조인을 거부하고 국회에서 비준을 거부하지 않으면 안 된다. 그러나 그러한 태도는 국민적 이익보다 오히려 소련에 봉사하는 결과를 낳을 것이다. 첫째, 강화조약 조인일이 민족적 굴욕일이라는 점을 각성하면서도 일단 조인하는 것이 좋다고 생각한다. 조인하지 않는 불이익이 크기 때문이다. 강화조약에 우호 회복 요소가 있는 것은 분명하므로 일단 조인한 뒤에 우리 국민은 불완전하지만 그렇게 얻은 독립과 자유를 바탕으로 새로운 운명 개척에 나서야 한다. 둘째, 영토 및 배상에 관한 개정 요구는 조인 회의 석상에서도 명언해야 하며, 조인 후에도 국민운동으로 발전시켜 가야 한다. 치시마와 남사할린에 대한 실지失地 회복 운동과 남방 섬들에 대한 일본영토 확인 운동을 펼쳐 가야 한다. 셋째, 강화 후의 국제적 및 국내적 정세이다. 중국과 소련이 언제까지 대일강화를 방치할 리 없다. 강화조약은 3년 후가 되면 치시마, 남사할린에 대한 결정은 무효이며 강화 성립 후에 강화하는 나라는 이 조약의 범위를 넘을 수 없다고 못 박았다. 소련은 독일에 백억 달러를 완고하게 요구하는 태도를 보이고 있었기 때문에 뉴욕주 듀이 지사가 일본을 방문했을 당시 사회당의 미즈타니 초자부로水谷長三郎가 전면강화론을 주장하자 듀이 지사는 "그렇게 전면강화를 하고 싶으면 소련에 백억 달러를 줄 각오로 해라"고 말한 바 있다. 중공은 소련의 위성국 같으므로 강화에 관해 소련과 같은 태도를 보일 것이다. 강화조약의 중국 조인자에 대해 국민당 정부를 택할지 중공을 택할지는 영국의 제안으로 일본에 맡기게 될 것 같은데, 굳이 택한다면 중공을 택해야 한다. 강화조약을 맺지 않은 나라와 통상조약을 맺으면 안 된다는 규정은 현 강화조약 속에는 없으므로 강화조약을 맺지 않아도 중공과 국민당 정부와는 통상조약을 맺을 수 있다. 일본은 중일 경제관계에서 볼 때 통상조약을 맺는 것이 필요하다. 일본은 아시아 국가와의 결합을 긴밀히 해야 한다. 동남아시아 개발계획 참가는 일본 경제의 희망이지만, 이것도 돈 계산으로 해서는 안 된다. 아시아 문제는 본질적으로 정치문제이다. 대외적인 민족 독립과 대내적인 사회혁명이 아시아 국가의 공통 문제이다. 좁은 국가주의의 틀을 벗어나 아시아가 협력하는 데 일본은 성의를 다해야 할 도덕적 의무가 있다. 국내에서는 점령 아래 억눌려 있던 요소들이 분출하여 정치력 재편성이 일어나 자본주의, 파시즘, 공산주의, 민주적 사회주의의 네 정치적 조류가 대립하게 될 것이다. 나 자신은 민주적 사회주의가 이길 것을 기대하지만, 그것은 탄탄한 길을 가는 것은 아닐 것이다.

해제내용

강화조약의 대략적인 내용이 알려지면서 강화조약에 대한 저자의 소감을 피력한 글이다. 과거의 강화조약은 징벌, 복수, 착취가 원칙으로 막대한 배상금과 영토할양을 요구했다. 저자는 복수 입장에서의 강화조약의 좋은 사례適例로 근대 보불전쟁, 러일전쟁, 제1차 대전을 든다. 이와는 달리 나폴레옹전쟁 후의 빈회의는 불균형적인 배상이나 영토병합을 하지 않아 그 후의 장기 평화가 이루어질 수 있었다. 저자는 마르크스와 레닌의 이론에 전부 동의하는 것은 아니지만, 그들이 전쟁 후의 강화에 대해 무배상無賠償, 무병합無倂合 원칙을 강조한 점은 크게 평가할만하다고 말한다. 동시에 대일강화는 그러한 원칙을 명확히 한 것이어야 한다는 점을 주장한다. 그러나 대일강화가 우호 관계를 회복하는 내용을 일부 담고 있기는 하지만, 소련에 치시마와 남사할린을 넘기고 있으며, 미국 역시 북위 29도 이남의 섬을 신탁통치하는 등 복수적인 내용도 있다고 비판한다. 소련과는 달리 영토획득에 큰 관심이 없는 미국이 북위 29도 이남의 섬을 차지하려는 것은 전략상의 필요 때문일 것이지만, 만약 그렇다면 이 지역이 일본 영토라는 점을 인정하고 군사협정을 통해 군 시설을 건설하는 것이 좋겠다는 견해를 표명한다.

이와 같은 저자의 주장은 지극히 일본적 입장을 반영한 것이라고 할 수 있다. 자신의 주장을 내세우기 위해 부분적으로 역사적인 사실을 왜곡하거나 설명을 생략하는 교지狡智를 보이기도 한다. 복수 입장에서의 강화조약 사례로 보불전쟁, 러일전쟁, 제1차 대전을 들면서, 보불전쟁과 제1차 전쟁이 구체적으로 어떠한 복수 내용을 담고 있는지에 대해서는 상술하고 있으면서도, 정작 일본이 승전국으로 패전국 러시아에 복수를 내용으로 한 강화조약을 강제한 러일전쟁 후의 강화조약, 즉 포츠머스조약Treaty of Portsmouth의 구체적 내용에 대해서는 아무런 설명도 하지 않고 넘어가고 있다. 설명이 생략된 것이다. 또한 대일강화 내용에 포함된 영토할양과 관련해 미국의 신탁통치 지역으로 언급된 북위 29도 이남의 여러 섬, 즉 "아마미 오시마, 류큐 열도, 야에야마 군도는 나라奈良 시대부터의 일본영토"라고 주장하는 것은 류큐가 도쿠가와 막부 시기에도 독립된 왕조 국가를 유지하고 있었다는 점에서 역사 왜곡이라고 할 수 있다. 더욱이 강화 후의 일본인의 각오를 정리하면서, "좁은 국가주의의 틀을 벗어나 아시아가 협력하는 데 일본은 성의를 다해야 할 도덕적 의무가 있다"고 언급하고 있으나, 왜 일본이 그러한 도덕적 의무를 짊어져야 하는지, 그들이 앞으로 짊어지고자 하는 도덕적 의무의 구체상은 무엇인지 등에 대해서는 전혀 언급이 없다. 보다 근본적인 문제로는 복수적 강화 내용이 아닌 우호적 강화 내용이 되어야 한다고 주장하고 있으나, 그것이 국제 평화에 기여한다는 논리 이외에 일본과의 문맥에서의 다른 근거를 전혀 제시하지 않고 있다. 적어도 대일강화가 우호적 강화 내용이어야 한다면, 일본 군국

주의의 폐해, 특히 아시아 국가에 미친 피해에 대한 반성이 전제되어야 그나마 정
당성을 인정받을 수 있을 것이지만, 반성이라는 말은 없이 '도덕적 의무'라는 얼
토당토않은 말로 도주하고 있다. 따라서 강화를 앞둔 패전국이 이와 같은 저자의
입장이라면, 승전국이 아무리 우호적 강화 내용을 담고 있더라도 패전국은 또 다
른 복수를 예비하는 것일 수도 있다는 우려가 있다.

수록 지면 : 19~25면
키워드 : 교우, 복수, 강화조약, 영토할양

전체주의의 새로운 희생全体主義の新犧牲

아라하타 칸손(荒畑寒村)

해제 : 전성곤

내용요약

　파리에 본부를 둔 국제문화자유회의 사무국 기관지인 『프르브Prove』 최신호에는 전前 헝가리 사회민주당 서기장이었던 안나 케스리Anna Kesri 여사가 전체주의 국가의 희생양이 되었다는 비보를 전했다. 안나 케스리 여사는 작년 6월 14일 수도 부다페스트Budapest의 경찰에 체포되었는데, 그녀는 당시 이미 62세의 고령으로 이미 정치생활에서도 은퇴하여 여동생과 함께 살고 있었다. 그녀와 함께 사회주의자가 동일한 운명을 만나고 헝가리 인민민주당공산당의 당수 스코지Skodje는 이것으로 '사회민주주의자의 잔존 분자는 전멸했다'는 성명을 냈다. 안나 케스리의 친척이나 친구들은 그녀의 행적을 알려고 노력했지만 헛고생이었고 신문 보도는 이미 그녀의 체포기사 발표를 금지하고 있었다.

　안나 케스리는 부다페스트에서 노동자의 딸로 태어나 중학교 과정을 마치고 고등학교에 진학하려고 했지만, 가난한 프롤레타리아의 딸이 고등교육을 받는 것은 특히 당시 헝가리에서는 도저히 불가능한 일이었다. 그리하여 그녀는 자신의 희망과 재능에 반하여 관청에 근무하지 않을 수 없었다. 그때 노동자나 농민운동에 흥미를 갖게 되고, 당시로서는 파괴적인 조직을 인정하고 있던 노동조합이나 사회당에 가입하고 투쟁에 가담했다. 1917년 11월 러시아 혁명 이후, 헝가리에도 쿤 벨러Kun Béla, 1886~1939, 헝가리의 공산주의자이며 정치가의 프롤레타리아 혁명이 발발했다가 그 패배의 반동기에 들어갔는데, 1922년에는 한정된 지역에서는 사회당이 선거에 입후보자를 내세우게 되자 그녀는 헝가리 의회에 최초로 사회당 의원으로 선출된다. 그리고 그 이후 나치의 군대에 점령된 1944년을 제외하고 전후 25년간 국회의원에 당선되었다. 당시 반동적인 호르티 미콜로시Horthy Miklós정부는 정적을 매장하기 위해 강제수용소를 만들었는데, 이것이 유럽에서의 강제수용소 제도의 효시였다. 안나 케스리는 이에 대한 반대운동을 일으키고 수용소를 방문하여 방대한 자료를 수집하여 의회에서 정부의 반동정책을 규탄하고 공격했다. 그녀는 수백 회에 걸친 공사 집회에서 사회당이나 공산당 망명 정객에 대해 면죄 귀국을 요구하고 호르티 정부가 유대인 제외법除外法을 발표했을 때 이것을 나치즘의 전조로 보고 의연하게 반대했다. 이후 헝가리와 히틀러 독일과의 동맹을 공격했는데 이 때문에 점점 더 정부로부터 미움을 샀다.

인도 봄베이Bombay에서 열린 인도문화자유회의에 참석한 이스라엘의 줄리아스 마골린Julius Margolin 교수는 그가 살아 남은 소련 및 나치독일의 강제수용소 체험을 말하여 전체주의 국가의 새로운 전체 폭정despotism을 통렬하게 규탄했다. 마찬가지의 체험과 동일한 비판은 독일의 부버 노이만Buber Neumann 부인이나 오스트리아의 물리학자 와이즈버그Weissberg 씨도 증언했다. 그들은 단순하게 의견의 자유를 주장한 것 때문에 투옥을 당했고, 게다가 독소 조약에 의해 소련과 독일의 게슈타포Gestapo에 인도되어 두 전체주의 국가의 강제수용소를 전전하게 되었다. 그들은 불행 중 다행으로 현세의 지옥에서 살아나올 수 있었지만, 고통에 견디면서 비참한 최후를 맞이하거나 혹은 신음하고 있는 자들의 숫자는 셀 수 없을 정도이다. 안나 케스리도 또한 모든 많은 희생자 중 한 사람이다. 그녀는 사회주의 신념 때문에 수십 년간 일신의 행복과 안일을 희생으로써 투쟁해왔다. 그녀의 전생애는 단지 헝가리 노동자 계급을 위해 받쳐졌다. 그리고 그녀는 스스로 정의라고 믿는 사상과 의견의 자유를 지키고 소련 점령군이 강요하는 공산당과의 합동에 동의하지 않았다. 게다가 그녀는 그 의견이 받아들여지지 않았을 때 정치운동으로부터 퇴장했음에도 불구하고 전체주의 국가의 전제정치는 그 노부인이 평온한 말년을 보내려는 자유도 빼앗은 것이다. 앞뒤 아무것도 묻지 않고 전체주의 국가는 사상 및 표현의 자유와 같은 인간이 갖는 타인에게 양도할 수 없는 권리의 부정 증거에 새로운 한 줄을 보탠 것이 안나 케스리였다.

해제내용

1951년 1월에 헝가리 사회민주당의 안나 케스리 서기장이 서방 국가의 스파이 활동을 했다는 이유로 비밀군사재판에서 15년의 강제노동형에 처해졌다는 소식이 전세계에 전해졌다. 문화자유회의The Congress for Cultural Freedom, CCF사무국 기관지에서 이 기사가 발표되었는데, 이 문화자유회는 냉전 하 1950년대에 창설된 반공주의적 문화인의 제언提言 단체이다. 1967년에 이 단체는 중앙정보국CIA에 의해 창설 자금을 받았다는 것이 폭로되어 이후 국제문화자유협회the International Association for Cultural Freedom, IACF로 개칭했다. 최전성기에는 CCF·IACF에 일본을 포함해 35개국이 활동에 참가했고 포드재단Ford Foundation으로부터도 자금을 제공받았다. 이 기사는 당시 세계적 반향을 일으켰고 많은 사람들이 헝가리 실권 독재자인 라코시Rakosi의 성명을 기대했다. 그렇지만 결과는 헛수고로 끝나고 말았다. 헝가리 사회민주당의 안나 케스리의 체포는 사실 헝가리의 역사를 단편적으로 보여주는 사례이다.

글 속에서 나타난 것처럼 이러한 헝가리의 노동자 민족주의 운동은 제1차 세계대전 이전부터 존재했고, 이미 안나 케스리는 이러한 역사의 현장에 있었다. 1917년 11월 러시아 혁명 이후, 헝가리에도 쿤 벨러의 프롤레타리아 혁명이 발발했다가 그 패배의 반동기에 들어갔는데, 1922년에 한정된 지역에서는 사회당이 선거에 입후보자를 내세우게 되자 그녀는 헝가리 의회에 최초로 사회당 의원으로서 선출된다. 그리고 그 이후 나치의 군대에 점령된 1944년을 제외하고 전후

25년간 국회의원에 당선되었다. 당시 반동적인 호르티 미클로시 정부는 정적을 매장하기 위해 강제수용소를 만들었는데, 이것이 유럽에서의 강제수용소 제도의 효시였다.

안나 케스리는 이에 대한 반대 운동을 일으키고 수용소를 방문하여 방대한 자료를 수집하여 의회에서 정부의 반동정책을 규탄하고 공격했다. 이것은 전후 1945년 2차대전 종식 이후 자유의 시대를 맞이할 것을 기대했지만, 소련의 영향력이 커지면서 다시 점령과 억압과도 연결된다. 소련이 연합국으로 참여하면서 전후 동유럽에서의 영향력이 강대해지고 주변 동유럽 국가들을 위성국가화했다. 1945년 얄타회담에서는 동유럽이 완충지역으로 확정되었다. 그것은 사회주의 체제를 수용하고 공산당 지도부의 탄생을 의미했다. 사회주의라는 국제체제를 건설하면서 통지 요소로 내건 것은 민족국가의 정통성이었다.

일반 대중들에게 익숙한 민족 개념을 선전하는 것은 새로운 사회주의 국가건설의 추진에 박차를 가했다. 소련은 민족주의에 대해 두 가지 노선을 병행했다. 즉 헝가리의 민족 정체성을 인정하면서도 노골적인 민족주의 조직화에 대해서는 금지하는 이중적 정책을 시행했다. 소련의 위성국가의 하나인 헝가리도 소련의 지배를 받아들이는데 동시에 민족주의 발현이라는 위치 사이에서 긴장감이 생겨났다. 1951년 헝가리의 산 혁명가인 안나 케스리의 체포에 대해 사회당 국제정보국의 비서인 모르간 필립스는 안나 케스리에게 뒤집어 씌운 죄에 대해 반대의 공개장을 발표하고, 헝가리 정부의 폭정을 규탄하는 행동에 나섰다. 이 문제는 전세계 사회민주주의자들의 연합을 추동했고, 사회주의 인터내셔널리즘의 부활과도 궤를 함께했다. 안나 케스리를 구원하기 위해 외국노동자 사이에 의연금 모집 운동이 전개되고 영국노동당 의원인 청년변호사가 헝가리 정부에 대해 정식으로 항의문을 발표하기도 했다. 그리고 프랑스에서는 안나 케스리의 석방요구 위원회가 만들어지고, 법정 변론을 공개하고 자유 세계의 신문기자의 재판 참여를 주장했다. 노르웨이에서는 노동당 의원들이 위원회를 만들어 헝가리에 대해 자유 공개 재판을 요구했으며 위원회에서 라코시 앞으로 보내는 요청서에는 전체 의원들이 서명하는 등, 이것은 당시 새로운 사회적 담론인 '인간의 권리와 정의'가 제창되기도 했다.

전후 독재정권에 대한 동유럽의 사회민주주의의 문제점을 보여주는 사례이며 일본 사회의 방향성을 고민하게 하는 글이다. 『동유럽 근현대사』한국어, 2018, 『합스부르크 제국사 연구』1977, 『합스부르크 제국 1809~1918』2021은 동유럽 역사를 이해하는데 도움이 되는 저서들이라 하겠다.

수록 지면 : 26~29면
키워드 : 국제문화자유회의, 안나 케스리, 전체주의, 사회민주주의

위험한 일본민주주의危ない日本民主主義

미야케 세이키(三宅晴輝)
해제 : 권연이

내용요약

강화를 앞두고 우리나라의 민주주의 사상 및 점령 중의 모든 제도가 어떻게 될 것인가 혹은 무엇을 해야 할 것인가가 문제시되고 있다. 메이지 이래 우리나라의 사상계에서는 다양한 것이 난잡하게 파고들었다. 지도적 지위에 있었던 관료는 명백하게 독일적 사상의 추종자였다. 자유민권운동 등의 자유사상은 민간의 처사횡의処土横議로서 유산流産되었다. 메이지 10년대에 있어서 독일화는 현저했고, 가토 히로유키加藤弘之는 자유민권론에서 전향해서 절대주의적 독일 사상으로 갈아탔다. 메이지 정부의 중추가 그렇게 되었기 때문에 여기에 굴복한 것이다. 프랑스형 육군이 독일형 육군으로 바뀐 것은 가와카미 소우로쿠川上操六나 가쓰라 타로桂太郎가 독일에서 유학해서 돌아온 후에 이것을 시작으로 지배계급이 독일화되었기 때문이다. 관료 제조소인 제국대학, 그 학장인 가토 히로유키加藤弘之의 전향은 제2차 대전까지 일본 사상계의 대세를 결정한 것이다.

독일형의 절대주의가 일본 번벌의 일당에게 받아들여진 것은 이것이 일본 통치에 편리하다고 생각된 측면이 있다. 개인의 존엄, 상대주의의 이해라는 민주주의의 근간을 이루는 사고방식이 조금도 고려되지 않고, 무언가의 권위를 세우든 선험성a priori을 세워서 절대주의를 내세우는 유의방식가 주류를 차지한 것이었다. 제2차 세계대전으로 일본을 파멸에 몰아넣은 것은 독일 사상의 흉내였다.

민주주의의 기본적인 것이 이 나라에는 아직 희박하였다. 도죠 히데키가 깃발을 흔들어도, 도쿠타 규이치得田球一, 전전에서 전후 초기 일본공산당 활동가가 깃발을 흔들어도, 맹목적으로 따르는 자가 많았던 것은 이것을 증명한다. 전후의 민주주의 교육은 표면상으로는 왕성하였으나, 아직 흡수되지 못했다고 생각한다.

　민주주의의 방향 그 자체는 결코 잘못되지 않았고 평가할 만하지만, 단기간에 소화하는 것은 어려운 일이다. 일본 민주주의가 시작부터 위험에 처해있기 때문에 우선 '사고방법'의 변혁이 일어나야 하고, 그 중에서도 특히 독일 철학자를 교단에서 일소하지 않으면 민주화는 달성되지 않을 것이다.

　5년이나 6년의 단기간의 민주주의 교육으로 절대주의 철학으로 굳어진 일행일단이 그것도 입으로만 설파한다고 해서 서양에서 수백 년 걸려서 완성된 민주주의의 기본이 침투할 리가 없다. 점령군이 실시한 모든 민주주의 제도를 검토하라고 하면, 국정에 맞지 않는다는 이유로 모든 민주주의 제도를 폐지하려고 할 것이다. 국민이 위원이 되어서 스스로 행정을 하거나, 관료나 정당의 막대한 편향을 방지하기 위해 설치한 제도에 대해 이것들을 폐지하고 원래대로 복구하자고 하는 것이다.

　그리하여 일본 민주주의 절망론에 근거한 관료 정치 복원론이 나오는 것이다. 정당의 보스도 찬성하는 점은 간과할 수 없다. 왜냐하면, 정당 보스는 대신이 되어도 행정이 위원회 행정에서 멀어져 버리면, 권력을 좌우하는 것에 의해 돈벌이가 안 되므로 위원회 행정을 싫어하고, 원래대로 돌아가는 것에 찬성하는 것이다. 이리하여 관료와 정당의 보스와 그들의 시녀에 지나지 않는 정령政令자문위원회가 기맥을 통해서 일본민주주의를 학살하고 있는 것이다.

　일본 민주주의의 기반이 위험한 것은 인정하나, 절망하여 원래대로 돌려놓으라고 하는 주장에는 찬성할 수 없다. 민주주의적 제도의 운영이 서툴고 보기 좋지 않아도, 제도 그 자체를 폐지할 생각은 없다. 제도 운영을 보다 좋게 하려고 하는 것이라도 근본적으로 폐지를 기획하는 등은 전형적인 반동이라고 단언한다.

1951년 9월　641

강화를 앞두고, 여러 가지 반동은 왕성하게 나타날 것이고 현재 그것이 보이고 있다. 일본은 강화 후에 국제적으로 난관에 부딪칠 것이나, 국내적으로도 또한 곤란한 상황에 직면할 것이다. 대도를 못 보는 일이 없기를 절실히 희망한다.

해제내용

절대주의 철학, 독일 사상을 수용했던 전전의 관료주의가 전후 강화 이후 관료정치로서 복원되는 것은 일본 민주주의에 있어서 절망적이라는 주장이다. GHQ에 의해서 이루어진 민주주의적 제도 개혁이 아직 일본 국민 대중의 의식 저변에 뿌리내리지 못한 상황에서 이러한 제도들을 폐지하고 일본에 맞는 제도로 변경하려는 움직임에 대해 비판하고 있는 글이다. 당시 1951년 5월 내각에 설치된 「정령개정자문위원회」가 점령하에서 이루어진 민주적 교육제도가 일본의 실정에 맞지 않는 점이 있으므로, 교육위원회제도와 교과서제도, 학교제도에 대해서 재개혁하려는 안을 제시한 상태였다. 저자는 이러한 움직임들에 대해서 강력하게 항의를 표하며, 교육제도 이외에도 강화가 이루어져 일본이 주권을 회복하면 개혁을 원래대로 돌려놓으려는 반동이 일어날 것에 우려를 표명하고 있다.

독일 철학자를 '교단에서 일소하지 않으면 민주화는 달성되지 않는다'는 등 전후가 되었어도 전전의 방식으로 학생들을 교육하는 교수가 교단에 남아있는 상태에서는 전후 민주주의가 뿌리내리는데 방해가 된다고 강하게 주장하고 있다.

GHQ개혁에 의한 제도가 일본의 현실에 맞지 않더라도 그것을 폐지하지 말고 지속적으로 유지하면 거기에 맞는 민주주의가 뿌리내릴 것이라고 주장한다. GHQ가 보급한 '민주주의'를 '어른용 기모노'로 비유하고 일본을 '어린이'로 비유하여, GHQ에 의한 민주화가 어린아이에게 어른용 기모노를 입힌 것과 같다고 표현한 것 등은 흥미롭다. 어른용 기모노를 아이에게 준 것이긴 하지만, 그렇다고 그것을 아이 몸에 맞게 잘라낼 것이 아니라, 아이는 어느새 성장해서 어른이 될테니, 어른용 기모노가 몸에 맞는 상태가 될 때까지 기다리자는 비유이다. 강화가 이루어져도 GHQ에 의해 도입된 민주주의 제도를 폐지하지 말고 일본이 거기에 맞춰 성숙해져야 한다고 주장한다.

수록 지면 : 30~31면
키워드 : 강화, 일본 민주주의, 절대주의적 독일 사상, 관료 정치 복원론

노포는 사랑 받는다 등老舗は愛せられる等々

가나모리 도쿠지로(金森德次郞)

해제 : 임성숙

내용요약

도쿄에는 여기저기 식품 노포老鋪가 있다. 어떤 가게는 양갱을 판지 몇 백년 되었다든가 어떤 가게의 장어가 본래 에도의 격식 있는 것이라고 말한다. 그러나 세월이 흘러 덴푸라, 소바, 스시집도 변했다. 하지만 최근 다시 많은 노포가 부흥하여 순위를 매긴다番付하고 들었다. 참으로 기쁜 일이다. 들은 바로는 노포에서 파는 물건은 품질과 가격을 대조하면, 값이 싸고 품질이 절대적으로 좋은 경우가 많다. 지방의 오래 된 도시에도 볼 수 있지만 도쿄는 옛 에도江戶의 흔적 때문에 대표적인 노포의 수가 꽤 많은 것 같다. 특히 오래 된 가게에서 물건을 사는 일은 점포를 공평하게 이용한다는 점에서 썩 좋지 않지만 실제로 좋은 상품을 싸게 팔기 때문에 어쩔 수 없다.

왜 좋은 상품을 팔 수 있을까. 전통에 대한 긍지와 직업에 대한 성의, 기업조직의 충실성 때문이다. 장어 한 마리를 태워도 찌는 방법, 양념을 만드는 방법을 고안하는 데 이만저만한 노력이 아닌 고심이 많고, 쇼츠르나베ショッツル鍋전골의 국물의 투명도나 소금 간에는 깊은 연구가 따르며, 모나카最中 겉을 굽는 정도에 제작자의 개성이 나타난다. 그리고 어느 찻집에서 파는 375그램百目 80엔 차는 다른 가게에서 200엔으로 파는 차보다 뛰어난 향이 난다. 공업적, 기계적인 대량생산에는 분명히 장점이 있지만, 개인적인 작품에는 인격적인 매력人格の味이 있다. 취미 상품의 대량생산은 인생을 물건처럼モノトナス 만들어버린다. 즐거운 생활을 회

색으로 만들어버린다. 보다 좋은 물건을 만드는 사람의 노력에는 소중한 그 무언가가 있다. 노포예찬이다.

여행을 다니며 명소를 돌아다니는 일은 유쾌하고, 명소라고 불리는 곳이 아니지만 오래 된 도시나 문화 연고지를 보는 일은 재미있다. 무심결에 아이들, 친구에게 선물을 사고 싶다. 그러나 선물, 기념품에 대하여 할 말이 있다. 돈을 들여 사는 경우 좋은 물건을 선택하는 데 어려움이 없다. 하지만 상품 교류가 활발한 오늘날 일일이 귀찮게 먼 곳에서 사지 않아도 근처 백화점에서 일류 품질의 상품을 구할 수 있다. 아키타 춤秋田音頭은 외우기만 하면 짐이 되지 않지만, 꽃병이나 장식물처럼 부피가 큰 기념품을 사고 가는 것은 성가시다. 꽃병이라든가 장식물처럼 부피가 커지는 것을 받으면 성가시다. 여러 견지에서 볼 때, 가볍고 짐이 되지 않으면서도 일반적인 수요가 있고, 지역과 밀접한 물건이 바람직하다. 지역 산업과 연관이 있으면 더더욱 좋다. 그러나 이러한 조건에 맞는 경우는 많지 않다. 그리하여 허위, 쓸데없는 것, 낭비, 어리석음이 있다. 항상 아쉬운 점은 양심적인 장인들의 기술職人芸에 탁월한 예술가의 원조가 있었으면 한다. 원래 여행자의 품질은 천차만별이기 때문에 상품의 선택도 한 가지가 아니지만 여행객의 불만과 유감을 들으면 아쉬움이 남는다.

인간에 정의正義를 부여하는 길은 여러 가지가 있겠지만 '인간이란 좋은 물건을 파괴한다'고 말하면 화를 내는 사람이 있을 것이다. 메이지 초기 불교배척운동廢佛毀釈運動이 전개되었던 나라奈良에 있었던 훌륭한 고 건축물도 싸게 팔렸다. 지방에 가면 경륜장과 같은 건물로 압박을 받기도 하지만, 낡은 정원이나 옛날 차 공간茶席이 꺼림칙하게 남아 있다. 만물은 냉엄하게 유전流転하기 때문에 고물을 보존하는 일은 불가능하지만, 거기에는 어떤 합리적 경계선이 있을 것이다. 갑은 보존하여 을은 파괴하고, 그 상극相剋에 의해 반파되는 일이 있다. 민족애나 애국심까지는 말하지 않겠지만 '나라가 망하니 산과 강만이 남아 있다國破れて山河あり'라고 조차

말하지 못하며, 오히려 '산과 강이 없다'라고 말해야 하는 상황이 슬프다. 진보는 과거를 파괴하고 나아갈 것인가, 과거를 포용하고 번영을 이룰 것인가를 생각하고, 석양 아래에서 과거를 공경하고 사랑할 정도의 국민적 여유를 가지고 싶다. 미국에서 록펠러Rockefeller가 출자하고 옛 도시의 일부를 원형대로 보존하는 것을 보니 부럽다. 문화사적文化史蹟이 한 장의 삼나무 팻말로 변해버리고 마는, 민족을 한심하게 느낀다.

다소 회고적인 취미에 빠졌을지도 모른다. 그러나 적절한 범위 내에서 우리 선인先人과 함께 물건을 생각하는 일은 세계 진보적 국민에게 창피한 일이 아니다. 인간의 장기적인 일체성一體性을 이해하지 못하는 자들 속에서 진정한 인간애는 생겨나지 않는다.

해제내용

이 글에서 필자는 전쟁 전 도쿄와 지방에서 볼 수 있었던 노포老舗에서 장인들이 만들고 팔았던 상품이 전후 사라져 가는 모습을 안타깝게 생각한다. 그러면서 질 좋고 낡은 물질(문화)을 보존하고 포용하는 사회야말로 진정한 진보적 사회이며 그러한 사회에서 진보적 인간성이 만들어진다고 한다. 필자가 오래된 노포의 상품에 '질이 좋다'는 의미를 부여하는데, '낡은 것'을 버리고 새로운 것을 긍정적으로 바라보는 근대적 가치관에 다소 반항하는 태도가 엿보인다. 또한 '낡고 좋은 문화'를 남김으로써 '과거'와 완전히 결별하지 않고자 하는 의지도 볼 수 있다.

수록 지면 : 43~45면
키워드 : 노포(老舗), 품질, 인간애, 전통, 소비, 진보

마르크시즘과 인간성 マルクシズムと人間性

히지카타 세이비(土方成美)

해제 : 김웅기

내용요약

다소 건방진 어법이 되기는 하지만 경제학에서는 대체로 인간성 연구가 충분치 못하는 것 같다. 인간성이란 말할 것도 없이 대단히 복잡한 것이다. 이를 자본주의 경제학에서는 인간이란 주로 이기심에 의거하여 활동한다고 전제한다. 경제학의 시조로 불리는 아담 스미스는『도덕적 감정』의 저자며, 결코 인간을 이기심이 가득한 존재로 간주하지는 않았다. 그가 자유경쟁 제도를 주창했던 데 대해서는 잘 알려진 일이기는 하지만, 이와 동시에 인간이 정의의 법칙, 도덕율에 따라 행동할 것을 전제했다. 과연 모든 인간은 샤이록이 아니다. 이기심과 이타심을 비교해 볼 때, 이기심이 더 강한 것이 일반인의 평균적 모습이기는 하지만 무엇을 자기 범위 안으로 받아들일지, 자신의 처 자식이나 친족, 더 나아가서는 지인 등 그 범위 또한 때와 경우에 따라 시시각각 변화한다. 인간성이란 선이냐 악이냐 하는 예로부터 이어져 온 대문제이기는 하지만 타고난 선인도 악인도 존재하지 않으며, 나쓰메 소세키夏目漱石가 쓴『마음心』의 주인공이 말하는대로 인간은 선한 일도 악한 일도 할 수 있는 존재로 간주할 수 있다. '극악비도極惡非道한 대악인이 한 번 마음을 잡기만 한다면 오히려 누구와도 비교할 수 없는 선량한 사람이 된다'고 허세를 부린 고치야마 소슌河内山宗俊은 공갈협박을 일삼기도 했지만 '부모의 한탄에 안쓰러움을 느껴' 불쌍한 한 여인의 생명을 구하느라 이즈모노카미出雲守의 에도 저택에 사승使僧으로 변신하여 들어가곤 했다. 경제학자가 아무리 경제인이 이기심으로 물리적으로 최대한 바램과 만족을 충족하기 위해 행동한다 할지라도 세상의 도덕율에 따라 행동하는 것이 전제된다. 적어도 상품의 품질을 속이거나 폭력 기타 부정한 수단으로 상대방을 겁박하는 일은 용납되지 않는다. 무엇이 부정한 수단인지는 경제사회의 사정 변화, 인간의 견해에 따라 변화한다. 이를테면 자유주의—자유경제 조직이라 할지라도 타고나게 절대적인 자유주의란 있을 수 없다. 다만 사람들로 하여금 되도록 자발적으로 도덕율에 따르도록 하는 것이 좋을지, 법적 권력에 복종하도록 할 지에 대해 의견이 갈리는 것이다.

근대에 있어서는 자유주의 경제조직의 폐해를 시정하기 위한 목적 아래 사회적 통제를 주장할 수 있다. 이는 또한 통제하는 지위에 있는 사람을 과도하게 현자, 인자로 인식하는 경향이 있다. 인간은 될 수만 있다면 타인을 지배하고자 하는 욕구를 지니고 있다. 동시에 타인의 지배로부터 자유로워지려고 하는 반항심 또한 지니고 있다. 자본가들에 의한 압정의 강도가 지나치게 세지면 이에 반항하려고 하는데, 그렇다고 피압박자가 한번 권좌에 오르게 되면 타인의 자유를 억압하고 싶어하는 것도 사람의 마음이다. 또한, "선에 몰두하는 사람은 한번 악을 향하게 되면 악을 행하는데도 열중한다"는 반즈이인 초베이幡隨院長兵衛, 에도시대 협객(侠客)의 원조)까지는 아니더라도 반항심이란 크든 작든 모든 인간이 지니고 있다. 따라서 자본주의 대신 사회적 통제의 세상이 되더라도 권력에 대한 반항심은 좀처럼 사라지지 않을 것이다.

해제내용

전반부에서 인간의 본능인 소유욕과 반항심에 대해 논의한 통제주의자 히지카타는 후반부에서 시드F. J. Sheed, 1897-1981의 저작 「공산주의와 인간Communism and Man」을 들면서 마르크스의 인간에 대한 인식에 대해 비판한다. 그가 신봉한 통제경제는 개인의 소유를 인정하면서도 경제운영에 있어서는 소수의 엘리트들이 방향성을 정하는 데 특징이 있다. 정책결정과정에서 개인의 자유를 억누르는 데 긍정적인데도 불구하고 개인의 자유 즉 인간성는 끝까지 억압할 수 없을 것이며, 완벽한 체제 또한 존재할 수 없다는 통제주의자 히지카타의 인식은 마르크시즘으로 뒷받침된 완벽한 제도 논의와 대치되는 것으로 이해할 수 있다.

히지카타의 마르키시즘 비판은 "인간성 연구의 결여"에 있다. 개인의 권리와 욕구를 무시하며 제도에 치중된 논의를 펼친다는 것이 그 핵심이라고 할 수 있다. 히지카타는 '사회의 완전화'가 전제인 무계급국가는 결국 모든 사람의 노예화를 의미한다고 비판한다. 프롤레타리아트가 한번 부르주아지의 지위에 앉게 되는 순간 이들 또한 착취하기 시작한다는 것은 인간의 본능이라는 점을 마르크스가 경시했다는 것이다. 착취해온 이들이나 당해온 이들이나 같은 성질과 열정 그리고 이기심을 지니고 있다는 것이 히지카타의 주장이다.

수록 지면 : 46~53면
키워드 : 마르크시즘, 무계급국가, 제도, 인간성, 자유주의

일본 해양방위의 이념 日本海洋防衛の理念

오쿠보 다케오(大久保武雄)

해제 : 석주희

내용요약

강화조약 체결은 일본에게 제2의 개국이다. 전쟁 4년간 전쟁 종결 후 6년이 지나 일본은 10년 쇄국시대를 경과했다. 전시 중에는 맹목적인 국가관으로 자기를 희생하여 세계의 동향을 보지 못했다. 종전 후에는 인플레이션으로 일본인은 자신의 삶을 쫓느라고 스스로 민족을 위탁하여 국가는 잊어버리고 말았다. 강화조약 체결은 시대의 풍조에 대한 하나의 경종을 울린다. 일본 개국의 열쇠를 가지고 있는 국가는 언제나 미국이다. "일본의 국경은 어디인가"라고 물으면 당황한다. 주위에 바다로 둘러싸인 것이 일본인의 국경관을 모호하게 하며 마음대로 쉽게 결정한 것이다. 이는 극히 위험하다.

강화조약에서 정한 바와 같이 일본의 영토는 네 개의 섬과 부속하는 도서지역으로 일본의 국경은 섬을 둘러싼 해안선이다. 따라서 국토방위는 해양방위이다. 이론에 인구가 많기 때문에 육상경비를 불균형하게 강화하여도 일본의 안전은 보장하기 어렵다. 미일안전보장협정과 관련하여 최근 워싱턴 전보는 미국 외교사절단과 담화하여 "요코스카 기지를 지키는 미군은 동 지역에서 압도적으로 해군력을 보유하고, 오키나와와 그 외 섬의 미항공군기지는 미군의 지배에도 도움이 된다"고 하였다. 그러나 일본의 해안선은 1만 리에 달한다. 현재 해양은 다수의 연안경비의 소잠수함을 필요로 하고 있다. 해상방위를 주력하기 위해서는 무엇보다 급격히 일본의 국력을 정비해야 한다. 일본 자신은 당연히 책무까지 포기하여 타인의 도움을 받는 것은 있을 수 없다.

8천만 명의 일본 인구를 늘리고 산업을 유지하기 위해서는 연간 3백만 톤의 식량과 다량의 공업원료가 필요하다. 아시아 제국은 민생을 유지하기 위해서는 많은 생활필수품을 일본에서 수출해야 한다. 일본은 전쟁 도중까지 '1척의 상선을 잃으면 2척의 배를 조달하면 된다'고 생각했다. 해외의 자원에 대한 계획은 적중했으나 그렇게 할 수는 없다. 배를 만들기 위해서는 철이 필요하다. 철을 만들기 위해서는 배가 필요하기 때문에 닭이나 달걀인가 하는 순환론이 있다. 세계정세를 지리적으로 비판하면 공산주의 진영은 대륙권으로 민주주의 진영은 해양국이다. 소련은 주위에 방위국을 두고 대륙권을 중심으로 위치하며 강력한 육군을 가지고 내선작전을 차지하고 있다. 민주주의 진영은 미국과 영국의 해군 공군을 주력으로 현성되어있는 해양 국가이다. 민주주의 진영은 바다에 의해 번성했으며 해양에 의해 보급하기 때문에 이를 절단하면 각국은 파괴될 수 있다.

이상에서 서술한 바와 같이 이념에 의한 것이 아닌 해양방위의 수단은 어디까지나 방위를 위한 것이다. 이는 일절 공격적인 성질을 갖지 않는다. 해양방위는 일본에게 사활이 걸린 중요한 것으로 아시아 국가들과의 상호협력을 위해 불가결하다. 나는 일본의 해상보안청의 선박이 법률에 의해 제한을 가지므로 일종의 '쇠붙임' 상태에 놓인 것이 불가해하다. 일본의 정당한 국권을 행사하는 것이 불법이 되며 법을 위반한다고 보는 것은 모순이라고 생각한다. 일본인이 자신의 가정을 지키기 위해 자연히 책임감을 가지는 것은 공정하다. 배를 보유하는 것에 대하여 국제사회가 상식적으로 이해하길 바란다. 강화 조약에는 군비에 관해 제한하는 조항은 없었다. 나는 군비가 간단히 이루어지는 것은 아니라고 생각한다. 가장 먼저 군비가 일본의 국력에 부담을 주어서는 안 된다. 군사전문가를 통해 일본이 자위력을 갖추도록 사고해야 한다. 일본인의 감정을 쉽게 보아서는 안 된다. 일본인의 생존에 불가결한 해양자위력을 증대시키기 위하여 지금 한 걸음을 내딛어야 한다.

해제내용

오쿠보는 정치가이자 해상보안청 장관으로 전후 일본의 해양 전략에 관하여 논의를 전개했다. 그는 "강화조약에서 정한바와 같이 일본의 영토는 네 개의 섬과 부속하는 도서지역으로 일본의 국경은 섬을 둘러싼 해안선이다"라고 명시하고 "일본의 국토방위는 해양방위"라고 강조한다. 해양을 국경선으로 보는 시각은 해양안보 강화로 이어진다. 제국주의의 확장이 해양에서 해군을 통해 이루어졌다고 할 때 이 같은 인식은 제국주의를 상기시킨다고 해도 지나치지 않는다.

오쿠보는 요코즈카 기지와 오키나와의 미항공군기지를 언급하며 미국의 압도적인 해군병력을 언급한다. 반면 일본 해상보안청의 법률적 제한에 대하여 불만을 제기하며 지정학적으로 해양의 중요성을 강조한다. 이 같은 해양 전략의 부재와 군비에 대한 제한은 과거 일본의 해군으로 제국주의를 향한 사실로부터 기인한다. 일본의 해군은 전후 해체되었으며 해양 전력은 미일안보조약에 의해 미국에 의존하게 되었다. 그러나 여전히 국경으로서 해양영토는 중요한 전략적 지위를 가지며 1970년 센카쿠 열도를 둘러싸고 중국과 경쟁하는 가운데 일본의 해양영토에 관한 관심이 본격화되었다. 일본은 2007년 7월 해양기본법을 제정하고 2008년 해양기본계획을 책정하는 등 종합적이고 체계적인 해양 정책을 내세웠다. 일본은 기존의 '자유로운 공해'에서 '관리하는 영해'로 해양 정책의 인식을 전환했으며 이는 동아시아 해역 내에서의 해양권익을 둘러싼 경쟁을 가속화 할 수 있다. 해양기본법 성립 이후 일본은 동일본대지진의 방재, 에너지 정책의 수정이 요구되었으며 해양자원과 에너지개발에 대한 기대가 상승하고 있다. 해양권익안전을 둘러싼 국제정세의 변화와 지구환경의 변화, 북극해 항로 활용 가능성의 상승 등 국내외 정세의 변화는 일본의 해양 전략을 요구했다.

끝으로 오쿠보는 "일본인의 생존에 불가결한 해양자위력의 배양은 지금부터 일보 발을 내딛어야 한다"고 말하며 해양의 중요성을 정책적 과제로 제시하였다.

현대 일본에서 해양 정책의 기본적인 방향은 '새로운 해양입국에 도전'으로 제시되며 안정된 해양안보로 국가와 국민을 지키며 풍부한 바다자원을 활용할 것을 제시한다. 해양을 둘러싼 안전보장을 바탕으로 종합적인 해양 정책을 추진하고자 하는 것이다. 샌프란시스코 강화조약으로 국경선이 정해지는 가운데 일본의 주요 도서의 경계도 명확해졌다. 그 이후 동아시아 국가들과 센카쿠 열도, 독도, 북방영토를 둘러싼 해양영토 갈등이 이어지는 가운데 일본의 해양 정책과 전략에 대하여 종합적인 검토와 접근이 이루어져야 할 것이다.

수록 지면 : 54~57면
키워드 : 해양안보, 일본, 강화조약, 군비, 국경

결핵의 선례 3結核の先禮

사무카와 소코쓰(寒川鼠骨)

해제 : 임성숙

내용요약

독일의 유스트Just라는 사람이 『자연으로 돌아가라』는 책을 저술했다. 미국에서 번역되고 유행했는데, 이 가설은 모든 인간은 자연으로 돌아가야 하며 자연스럽지 못한 생활 때문에 병에 걸리고, 또 병에 걸린 경우 좀처럼 나아지지 않기 때문에 자연에 돌아가기만 하면 일체 병은 사라진다는 극단적인 자연주의다. 신발 따위 신지 말고 맨발로 걸어가면 좋다, 평소에도 되도록 맨발로 다녀라, 음식도 돼지고기 같은 것을 먹으면 안 좋다고 한다. 쌀, 보리도 날로 잘 씹어 먹고 씹어 먹으면 100% 소화한다고 한다. 나는 예전에 『천연생활법天然生活法』이라는 제목으로 이 책을 번역했다. 우리가 볼 때 극단적인 내용도 있지만 자연에 돌아가라는 유스트의 설은 참고할 만하다.

유스트의 저서에는 한기寒氣를 조금도 두려워 할 필요 없다는 말이 있었던 것을 기억하는데 나 자신도 이러한 체험을 했다. 예전에 요코하마에 있는 배에서 사람들과 회견하는 약속이 있었다. 그런데 운이 안 좋게 발열하여 어찌할 건지 주저했지만 그날 회견하지 않으면 나중에 중요한 영향을 미치는 사람이었기에 크게 마음을 먹고 겨우 나갔다. 배 위는 아주 추웠는데 집으로 돌아왔더니 열은 없었다. 한기, 한풍은 그다지 결핵에 영향을 미치지 않는다. 다소 열이 있어도 어슬렁어슬렁 나가서 한풍을 맞으면 괜찮을 때가 있다. 열이 있으면 안정을 취해야 한다는 것이 의사의 설이고, 조금이라도 열이 있으면 들어박혀야 하는 것이 병자의 상시

일인데, 정반대 작용이 있는 점에 주의해야 한다.

내 경험에 의하면, 결핵과 관련한 병에 걸린 자가 무엇보다 근신謹慎을 중요시하며 약간의 열을 무서워하고 쉬는 일은 과연 옳은지 의문이 든다. 오히려 전신 활동을 통해 영양을 충분히 섭취하고 정신이 유쾌해지는 방법을 선택해야 하지 않을까. '정신이 죽은 상태에서 몸은 존재하지 않는다'는 말이 있는데, 정신이 죽으면 어찌 할 수 없다. 의사가 말하는 대로 바닥에서 누워 있으면 정신이 먼저 죽는다. 정신이 죽으면 죽을 수밖에 없다.

스스로 기분을 꿀꿀하게 하고 침울해지는 일은 금물이다. 나는 병자다, 언제 나아질지 모르겠다는 생각을 가진 사람들 중에서 좋은 결과가 따른 사례를 본 적이 없다. 물론 아주 확고한 신념, 규율적인 생활은 필요하지만 그 외에도 취미를 가진 자의 성적이 좋은 것 같다. 내가 친하게 지내는 친구 가운데 간노 긴이치菅能近一라는 의사가 있다. 결핵에 걸려 쇼난湘南요양소에 있었을 때 내가 문병을 갔다. 나는 그냥 누워 있어도 소용없어, 일어나서 낚시질이나 하시라고 낚시도구를 두고 귀가하였다. 근처에 작은 강이 흐르고 있었는데 작은 망둥어나 장어를 잡을 수 있다. 간노군은 제대로 잡히는 게 없다고 불평을 말했지만, 그 목적이 다르다, 태공망太公望은 주 문왕文王를 잡는 목적으로 낚싯줄을 늘어뜨렸다, 자네는 자네 건강을 낚아 올리기만 하면 되지 않느냐고 말하면서 웃었는데 그렇게 지내다가 한 달 후에는 나아지고 있었다.

시키 거사子規居士의 경우 하이쿠, 시, 문장으로 영년 병상생활을 지내고 마지막에는 그림까지 그렸다. 「어린 소나무의 푸른 맹아가 길게 자란 날 해질녘에 열이 나다若松の芽立のみどり長き日を夕かたまけて熱でりけり」에서는 39도까지 열이 올랐지만 이에 항복하지 않고 오히려 열을 즐겨 이용하고 하이쿠를 만들어 시를 짓고 문장을 쓰는 일을 게을리 하지 않았다. 나는 그 기백気魄에도 놀랐지만 그 인생을 통해서 취미를 살았던 점을 존경하지 않을 수 없다. 시키 거사는 만년에 병상에서 움직이지

못했기 때문에 거의 야외에 나가지 못했다. 실내에서 할 수 있는 취미보다 야외에서 하는 취미가 좋은 점은 말할 필요도 없다.

우리가 태어난 메이지시대를 되돌아보면 결핵에 걸린 사람들이 많았던 사실은 놀랄만하다. 결핵환자를 제외하면 젊은 메이지 문학계文芸界는 아주 쓸쓸한 곳이 되겠다. 결핵에 걸리면서 일했던 자는 일반적으로 봐도 아주 소중한 사람들이며, 이러한 사람들이 일할 수 있도록 앞서 말한 조건에서 양생하면 매우 고맙다. 스기무라 소진칸杉村楚人冠은 젊을 때 피를 토해 몸이 쇠약해졌지만 회복하고 오랫동안 신문 언론계에서 활동하였고 『폐의 요양법肺の療養法』라는 책까지 저술하였다. 소진칸의 경우 이즈 산伊豆山의 천인목욕탕千人風呂 집안의 딸과 결혼하여 얻은 경제적인 안정이 병을 낫게 한 요인으로 볼 수 있지만, 여하튼 70세 이상까지 아비코我孫子에서 생활하면서 끊임없이 신문에 글을 썼다. 내 백부인 미토 마사토라三戸正虎도 젊을 때 결핵에 걸려 올해 83세인데 아직 여행을 다닐 수 있을 정도 힘이 있다. 그래서 결코 스스로 포기하지 말아야 한다. 병에 걸리면 열이 난다. 열이 났다고 당황하지 말고, 아 오셨네요, 잘 오셨어요라는 식으로 마치 형제를 다룰 정도의 마음으로 차분하게 대처하여 궁리하는 것이 중요하다. 한토漢土에서는 왕양명王陽明이 결핵에 걸렸다. 그는 무인이었기 때문에 생활에 무리가 있었을 것이다. 일본에서는 타이라노 시게모리平重盛가 결핵이었다고 하지만 옛날 일이라 잘 알지 못한다.

해제내용

이 글은 필자가 집필한 '결핵의 선례'의 세 번째 연재 글이다. 첫 번째 연재에서는 결핵에 걸린 환자들이 너무 많고 국가가 더 이상 대처하지 못하는 모습을 보면서 치료하고 완치하는 대신 '결핵의 선례'를 받는 게 낫다고 하였다. 이와 약간 달리 이번 글은 치료에 대한 이야기다. 필자는 의학지식과 기술에 의한 서양식 과학적 치료방법보다 일상의 즐거운 활발한 활동을 통해 치유가능하다는 점을 강조한다. 병 든 몸으로 누워 있으면 정신이 쇠퇴되어 결국 몸까지 나빠진다고 하는 말로부터 필자는 '몸-정신'의 이분법적인 사고가 아닌, 몸과 정신이 유기적으로 연결되고 있다는 믿음을 가지고 있었다고 추정된다. 실제로 일상의 취미, 여가활동을 통해 나아진 지인들의 사례를 상세히 기술하여 필자의 믿음은 더 굳건해졌다. 첫 연재가 비관적인 표현으로 가득 차 있었다면, 세 번째 연재에서는 치유나 회복에 관한 내용이 주를 이루었다는 점에서 필자의 의지나 태도가 긍정적으로 변화하는 모습을 읽어낼 수 있다.

수록 지면 : 58~61면
키워드 : 결핵, 요법, 자연치유, 정신, 몸, 취미

가라코からこ

다마키 하지메(玉城肇)
해제 : 임성숙

내용요약

　내 고향은 미야기현宮城縣 안쪽으로 들어간 곳인데, 누구나가 아는 이와데야마岩出山라는 읍町이다. 나는 신궁 집안의 손자로서 태어났다. 손자라고 말하기에는 이상하지만, 내 아버지는 신관神官을 싫어해서 집을 나갔기 때문에 신관의 손자라고 말하는 게 적절하다. 지방의 신관이란 절반은 백성이고 가까운 촌에도 백성인 친척들이 많이 있었다. 옆에는 유명한 오사키 경토大崎耕土의 중간에 있는 히가시오사키東大崎, 니시오사키西大崎와 같은 촌이 있는데 거기에도 친척들이 많아 자주 할머니를 따라 '연회お振舞い'에 가 본적이 있다. 니시오사키 촌에 '가라코'라고 불리는 백성 집이 있었다. 그 집 아저씨는 마을에 오면 종종 우리 집에도 들렀는데 그 집을 다른 백성과 다르게 비하했던 우리 할머니도 "저것은 가라코라고 해"등 왠지 경멸하듯이 불렀던 기억이 난다. 그리고 '가라코'라는 이름이 어린 나한테도 왠지 특이하게 들렸다.

　나는 6살 때부터 고향을 떠나 아버지가 부임한 지역을 떠돌아 다녔기에 '가라코'를 완전히 잊고 있었다. 그러나 전쟁 시기 할머니를 먼저 고향에 피난시켜, 그 다음 가족 전체가 피난한 후 나 혼자 도쿄에 남았기 때문에 가끔 고향을 방문하는 기회가 있었다. 식량이 부족했던 시기였기에 내가 찾아가면 옛날부터 아는 백성 집에 부탁하여 조금씩 쌀이나 야채를 받았다. 어느 날 처가 "오늘은 가라코 씨 집으로 가보자"고 했는데, 뜻밖에도 '가라코'에 대한 생각이 났다. 나도 함께 갔다. 어렴풋이 기억에 남아 있는 작은 집에 15, 6명의 형제자매가 있었고 초라해 보였다. 그 집에서도 출정出征한 자가 있었고 어린 동생들이 집을 지키고 있었다. 그리고 여전히 '가라코'로 불린다. 이제는 옛날처럼 스스로 비하한 느낌은 없었으나 부락사람들은 지금도 뒤에서는 그렇게 부르고 있는 것 같았다.

그때 "아, 아직 가라코가 있었다"고 어릴 때 기억이 되살아났다. 그 집 아이들은 신기하게도 머리카락이 매우 곱슬곱슬했다. 어릴 때를 생각하니, 자주 우리 집에 찾아온 그 아이의 할아버지나 아버지인 '가라코'의 머리카락도 곱슬곱슬했다. 나는 일본인답지 않고 머리카락이 곱슬곱슬하기에 '가라코'라고 불리게 되지 않았을까 라는 엉뚱한 상상을 했지만, 그래도 해석의 실마리는 찾지 못했다. 머리카락이 곱슬 곱슬해도 굳이 비하할 필요는 없고 일반인들한테도 경멸의 대상이 될 이유가 없다.

하여간 '가라코'라는 특이한 명칭은 전쟁 중 다시 나에게 강한 인상을 주었기 때문에 언젠가는 그 명칭의 유래를 확인해야 한다는 생각이 들었다. 이를 확인하는 일은 결코 단순한 학문적 관심이 아니라 오랫동안 부당하게 멸시를 받았던 사람들에 대한 우리 의무라고 느끼지 않을 수 없다. '가라코'라는 이름은 대체 어떻게 지어졌을까 하고 가끔 생각했지만 도무지 해결의 실마리를 잡을 수 없었다. 물론 마을 사람들도 왜 그 집안만을 '가라코'라고 부르는지 아는 자는 없었다.

내 상상은 끝이 없다. 그렇다 치더라도 민속학자 중 내 상상이 맞는지 가르쳐주는 사람도 있을 것 같아 이 글을 쓰게 되었다. 그리고 우리 마을뿐만 아니라 아마 다른 마을에도 비슷하게 '가라코' 씨가 있을 것은 틀림없기에 사례를 알려주면 고맙다.

그러나 이 명칭의 문제를 해결하더라도 나에게는 더 중대한 문제가 남아 있다. 왜 메이지, 다이쇼, 쇼와에 걸쳐 그러한 모멸적인 명칭이 남았는가, 왜 일반인이 사용하고 그러한 명칭으로 불린 사람들도 받아들였는가라는 문제다. 이 문제는 '에타えた'라는 명칭으로 불린 집단의 존재와 연결된다. 메이지 초기 4민평등四民平等을 주장하며 '등외等外' 국민이 사라졌을 텐데 지금도 '에타'라든가 '신평민新平民' 이라고 불리면서 모욕을 받는 사람들이 남아 있는 것은 신기하다.

'가라코'라는 명칭은 '에타'만큼 모멸적이지 않지만 그럼에도 불구하고 경멸적인 명칭인 점은 틀림없다. '가라코' 사람들은 다른 마을사람들과 교제하지 못한다든가, 축제에 함께 참여하지 못한다든가, 그런 일은 없을 듯하다. 이에 대해서는 더 깊이 조사하지 않으면 확실하게 말할 수 없지만 혼인이나 양자 선택에는 제한이 있지 않을까. 즉 보통 백성 집안과 '가라코' 집 사람과는 혼인하지 않거나 입양하지 않는다는 제한이 있는 것 같다.

만약에 그렇다면, '에타히닌えたひにん' 다음에 경멸받은 지위에 있었던 사람들이다. 왜 그러한 집단이 오랫동안 남았을까. 이 문제의 해결은 앞으로 일본의 민주화를 수행할 때 아주 중대한 사항이다. 누가 이 문제에 대해서 해결을 위한 시사를 제시해주면 고맙다.

해제내용

필자는 전쟁 시 어린 시절 고향에서 자주 들었던 '가라코からこ'라고 불리는 집단과 개인의 존재를 상기한다. 호칭이 어디서 어떻게 등장했는지 상상해보지만 정답을 찾지 못해 이 글을 통해서 민속학자에게 질문해본다. 필자는 또한 '가라코'라는 모멸적 명칭이 그토록 오랫동안 사용된 사실을 피차별 부락문제와 연결시켜 '가라코'의 문제를 해결하는 일이 일본 민주화과정에 필요하다는 점을 강조한다. 가라唐와 비슷한 단어로 게토우毛唐라는 표현이 있었는데, 털 색깔이 다른 집단, 즉 '외국인'을 의미했으며 차별적 용어로 쓰였다. 일본사회에서 시대가 변화하더라도 이질적 집단을, 그 어떠한 근거가 있는지 불분명함에도 불구하고 일상에서 사회적으로 소외하는 현상이 있었음을 알 수 있다.

수록 지면 : 63~65면
키워드 : 「가라코(からこ)」, 명칭, 피차별 부락, 차별

추억 여행思い出の旅

사이토 타다시(齋藤忠)
해제 : 김웅기

내용요약

　중간에 어디에도 들리지 않고 단 하루의 강연을 위해 경성까지 여행했다. 적어도 하루 이틀 경성에서 느긋하게 지내보고 싶다는 소원도 있었고, 사람들이 권유해 주기도 했지만 나에게는 그럴 시간이 없었다. 숙소는 총독부 측에서 조선호텔을 잡아주었다. 나는 이 조용한 호텔이 되게 마음에 들었다. 당시 일본에 별로 없었던 서양식 호텔들 가운데 나는 나라호텔과 이 조선호텔을 가장 좋아한다. 원래 러시아인클럽이었던 빨간 벽돌로 지어진 굴직한 건물이었다. 어딘가 대륙적인 웅대함이 느껴져 내지內地의 호텔처럼 옹졸한 느낌이 들지 않았고 천정이 매우 높은 것도 마음에 들었다. 시끄러운 손님도 없고 언제나 한적했다.

　이 호텔에 올 때마다 나는 자기 서제로 돌아온 것과도 같은 안심되는 기분이 든다. 보이가 가져온 홍차 따위를 느긋하게 마시고 난 후, 인적이 없는 쓸쓸한 정원의 덩굴이 감긴 서양식 정자에서 한가롭게 뿜어 오르는 물소리를 듣고 있더니 전화가 왔다며 까만 양장차림의 소녀가 나를 찾으러 왔다. 서둘러 방으로 들어와 수화기를 귀에 대보니 마부치馬淵速雄 씨 목소리였다.

　마부치 씨가 아직 스마토라군 참모장으로 가기 전 조선군 부대장을 지내던 시절이었다. 이름을 잊어버리기는 했지만 어떤 요정에서 기다리겠다며 올 수 있으면 와 달라고 했다. 총독부 한 관리의 안내를 받아 찾아간 탓에 거기까지 어떻게 갔는지 기억이 나지 않는다. 차는 해질녘 을씨년스러운 뒷골목을 달리다가 곧바로 깨끗하게 물을 뿌린 불빛이 밝은 집 문 안으로 들어갔다. 안내를 받아 2층으로 올라 가봤더니 마부치 씨는 옅은 색의 양복 차림으로 나를 반겼다. 도쿄에서 만난 지가 오랜만이라며 그리운 마음으로 잔에 술을 따랐다. 술을 끊었던 나는 사이다 잔을 들어 장군의 건강과 이 날 재회의 기쁨을 위해 건배했다. 무장 중에 이처럼 단정한 용모를 갖춘 사람도 드물다. 이제 적지 않게 새까맣게 타서 귀밑머리에 하얀 것이 눈에 띄게 되었지만 그럼에도 마부치 씨는 예처럼 단정했다.

마부치 씨는 자꾸 잔을 기울였다. 나도 그에 못지않게 마부치 씨가 따라준 잔을 잇달아 비웠다. 취하고 나니 마부치 씨는 쾌활하게 〈보리와 병정麦と兵隊〉 노래를 불렀다. 어느 새 상의를 벗어 던져 나도 함께 미음微吟했다.

담장 밖에서는 아름다운 별밤 하늘이 보였다. 불과 한 줄기의 해협을 넘어왔음에 지나지 않는다고 해도 이는 이국의 별하늘이다. 건조한 하늘의 별들은 보석처럼 빛난 채 멀리 있었다.

마부치 씨는 다소 많이 취하여 무릎 한쪽을 세워 구석에 기대고 있었다. 나도 상좌의 한층 높은 곳에 팔꿈치를 올려 다리를 벋었다. 우리는 소년처럼 지치지 않고 노래를 불렀다.

'친구를 업어 길이 없는 길을, 가보니 전야戦夜는 밤 비…'라고 마부치 씨는 한 손으로 무릎을 두드리며 박자를 맞추어 녹슬지 않은 바리톤으로 절절하게 부른다. 목소리를 맞추어 미음하다 보니 가슴이 뜨거워졌다. 목소리가 잠겨 휘파람을 불었다. 휘파람은 28숙 이국 고도古都에 난무하는 별하늘에 흘렀다.

해제내용

사이토 타다시는 언론인이자 국제정치평론가로 전전 시기부터 각지를 돌아다니며 시국강연 활동을 펼친 인물이다. 1942년 언론통제를 담당하던 정보국 지도로 설립된 어용단체 대일본언론보국회大日本言論報国会 상임이사로 취임한 것으로도 알 수 있듯이 보수 언론인 중 한 명이다.

「추억 여행思い出の旅」은 센다이, 경성, 미야자키, 구마모토를 방문했을 때 사이토의 추억을 모은 수필이다. 사이토가 강연여행을 하는 과정에서 각지에서 느낀 자잘한 감정과 더불어 그곳에서 만난 사람들과의 대화 등이 담겨 있다. 이를 통해 군인, 외교관 등 일본 보수 엘리트들의 일상적인 모습을 엿볼 수 있다.

이 수필에는 일독이삼국동맹日独伊三國同盟 성립의 주역 중 한 명인 외교관 시라토리 도시오白鳥敏夫, 1887~1949도 등장한다. 시라토리와 센다이 마쓰시마松島, 일본 3대 명승지 중 하나를 함께 여행했던 회상도 포함된다.

한편, 경성 편에서는 사이토가 그곳을 여행했을 때 만난 마부치 하야오馬淵速雄 장군이 조선군에서 인도네시아 스마토라로 전출한 후, 소식이 끊어졌다는 내용을 확인할 수 있다. 사이토는 패전 후 마부치의 도쿄 집을 찾아가는 등 소식을 알아내려 했지만 결국 찾을 수 없었다. 사이토는 한국전쟁으로 폐허가 된 서울에 대해 다시 찾을 일도 없을 거라면서 마부치를 떠올리며 그리워했다.

수록 지면 : 66~74면
키워드 : 시라토리 도시오, 마부치 하야오, 경성, 마쓰시마, 미야자키, 구마모토

정계 회고 20년(4) 政界回顧二十年(4)

2 · 26 사건 전후(2) 二·二六事件前後―其の二

기타 레이키치(北昤吉)

해제 : 송석원

내용요약

오카다 내각은 자유주의 배격, 천황기관설 배격, 국체명징론의 고조 등에 의해 괴롭힘을 당했을 뿐만 아니라 절대다수인 정우회가 사이토 초연내각과 그 연장인 오카다 내각에 반감을 느껴 내각을 무너뜨리기倒壞 위해 당시 우후죽순처럼 생긴 다수의 우익단체를 조종해서 국내 사상을 혼란케 한 적본주의敵本主義, 즉 목적이 다른 데 있는 것처럼 가장하다가 갑자기 본래의 목적을 향해 행동하는 방식에도 괴롭힘을 당했다. 나아가 육군 내부에서도 우가키 가즈시게宇垣一成의 계통을 잇는 영관급을 중심으로 한 사쿠라 카이桜会의 통제파統制派와 마사키 진자부로真崎甚三郎 · 아라키 사다오荒木貞夫의 계통을 잇는 위관급을 중심으로 한 황도파皇道派의 파벌투쟁에도 괴롭힘을 당했다. 오카다 내각은 당시 민정당을 여당으로 해서 정우회 일부의 원조를 얻고 있었을 뿐, 의회 다수는 정우회가 잡고 있어서 오카다는 정책 수행을 위해 의회를 해산했다.

나도 고향 니가타현 제1구에서 민정계 중립으로 출마해 2등으로 당선했다. 선거를 마치고 귀경해 선거로 인해 수일 휴강했던 다이쇼大正대학에 26일 출강했는데, 바로 그날 2 · 26 사건이 발생했다. 모某 통신사로부터 소식을 들으며 1934년 11월 사건으로 해직된 무라나카 다카지村中孝次 대위, 이소베 아사이치磯部浅一 대위 일파가 일으켰고, 따라서 형도 혐의를 받을 것이라고 직감했다. 실제, 27일에 계엄령이 선포되고 28일에는 형 기타 잇키가 체포되었으며, 29일에는 도쿄 시내 교통기관이 정지됐다. 이번 사건으로 시민은 태연자약했다. 군 일부가 국가 개조를 위해 분기했으나 시민에게는 혁명 기분이 없었다. 특히 혈맹단血盟団, 5·15 사건, 신병대神兵隊, 아이자와相沢 사건 등 연이어 피비린내 나는 사건이 빈발한 후였기 때문에 시민은 아사마浅間산의 연속 폭파가 대폭파를 했다는 정도로밖에 생각하지 않았다. 재계 거두 등은 경제계의 변동을 염려했겠지만, 일반 샐러리맨이나 소시민은 직접 아무런 영향을 받지 않기 때문에 1923년의 대진재大震災 등의 1/10도 생각하지 않았다.

2월 26일 미명, 일부 청년 장교가 궐기해 중신을 습격했다고 전해지자 유언비어가 난무했다. 오후 8시 15분 육군성이 수상, 내대신内大臣, 교육총감教育総監이 즉사했으며, 취의서에 의하면, 청년 장교가 궐기한 목적은 내외 중대 위기 때 원로, 중신, 재벌, 군벌, 관료, 정당 등 국체 파괴의 원흉을 일소芟除해 대의大義를 바로 하여 국체를 옹호, 드러내려開顯는 데 있다고 발표했다. 이에 따라 도쿄시에 계엄령을 내리면서, 이는 제국의 수도 전반의 치안을 유지하고 긴요한 물건을 원호함과 동시에 적색분자赤色分子 등의 망동을 미연未然에 막기 위해서라고 했다. 계엄사령관은 27일부터 매일 상황을 발표했다. 도쿄에 있는 부대뿐만 아니라 근처에 있는 부대가 도쿄로 이동해 궐기한 부대를 포위하며 설득했지만 들으려 하지 않았다. 카시이 코헤이香椎浩平 사령관 이름으로 "칙령이 발표되었다. 이미 천황폐하의 명령이 발표되었다. 너희들은 상관의 명령을 옳다고 믿고 성심성의 활동해왔을 터인데, 이미 천황폐하는 너희에게 모두 원대 복귀하라고 명령하셨다. 이 이상 너희가 어디까지나 저항한다면, 이것은 칙령에 반하는 것으로 역적이 될 수밖에 없다. (…중략…) 지금도 늦지 않았다. 즉시 저항을 멈추고 군기軍旗 아래 복귀토록 하라. 속히 현재의 위치를 버리고 돌아오라"며 소요 부대 병사에 대해 원대 복귀를 권고하는 「병사에 고함兵士に告ぐ」을 발표했다. 29일 오후 3시, 계엄사령관은 소요 부대를 진압했다고 발표했다. 3월 2일, 88세의 사이온지 킨모치西園寺公望가 후계 내각에 대한 천황의 하문에 답하기 위해 입궁參內했다.

2·26 사건은 어떻게 일어났나. 만주사변 후의 국제 환경의 중압도 있었겠지만, 그것이 주요인은 아니다. 만주사변 다음 해 제네바에서 마쓰오카가 폭언을 했음에도 불구하고 세계의 여론은 미국을 제외하고는 대단히 관대했다. 런던군축회의의 결과 일부 해군 군인 사이에 불만이 있었을 뿐이다. 그러나 다나카 기이치田中義一 내각이 동방회의 이후 대륙정책을 적극화하는 데 군부의 방침이 정해져 마침내 만주사변이 되었다. 만주 경륜經綸의 목적은 일본의 국방을 강화하는 한 가지로 집중되었다. 국방국가 건설이 유일한 목적이기도 했다. 이를 위해 통제경제를 강행해 종래의 자유주의경제를 방지하고 자유주의경제와 결탁한 정당을 타도하지 않으면 안 된다. 쇼와유신은 이렇게 해서 세력을 얻었다. 쇼와유신은 아무런 구체적 경륜을 낳지는 않았지만, 국방 강화, 민생안정 특히 빈농정책, 정당정치 타파, 통수 독립 강화를 위한 국체명징 운동 등의 막연한 국민적 요구로 나타났다. 3월 사건, 5·15 사건, 혈맹단 사건, 신병대 사건 등 하나같이 국가개조죄라고도 할만한 국사범이었다. 2·26 사건도 이런 큰 움직임의 하나였다.

2·26 사건은 3월 사건으로 거슬러 올라가지 않으면 이해하기 어렵다. 3월 사건은 우가키의 야심에서 출발한 것으로 참모차장 니노미야 하루시게二宮治重, 고이소 쿠니아키小磯國昭 군무국장, 다테카와 요시쓰구建川美次, 나가타 데쓰잔永田鉄山을 중심으로 오가와 슈메이가 무산당으로 하여금 개회 중인 의회 주변에서 소동을 일으키게 하고 이를 진압한다는 명목으로 계엄령을 내려 니노미야가 계엄사령관으로 쿠데타를 한다는 것이었는데, 우가키의 변심, 나가타의 주저로 중지된 사건이다. 히로다 내각이 무너진 후 우가키가 육군의 반대로 조각할 수 없었던 것도 세간에는 그가 하마구치 내각 육상 당시 2개 사단 감축을 했기 때문으로 알려져 있으나, 이것은 새빨간 거짓말이다. 사실은 3월 사건의 배신자로 영관급 막료들이 만든 사쿠라카이桜会 구성원이 반대했기 때문이다.

    10월 사건은 긴키錦旗혁명 사건이라고도 해 하시모토 긴고로橋本欣五郎 중령, 네모토 히로시根本博 중령, 가게사 사다아키影佐禎昭 소령, 시게토 치아키重藤千秋 대령 등을 중심으로 한 막료 파쇼로 장군 중에서는 다테카와 소장 1명이 관계했다. 아라키 사다오荒木貞夫 대장을 총리로 하고 하시모토가 내상, 다테카와가 외상, 오가와가 장상, 초 이사오長勇가 경시총감이라는 포진이었다. 히로후지廣藤 대령이 도고 헤이하치로東郷平八郎 원수를 방문해 원수가 직접 천황에게 상주한다는 계획이었다. 아라키는 교육총감 본부장으로 인기가 정점에 있었던 인물이었으나, 하시모토 중령의 간청을 고사, 스스로 하시모토가 본거지로 삼고 있던 곳까지 가서 진무했다. 무라나카 다카지村中孝次 대위는 '숙군에 관한 의견서肅軍に関する意見書'에서 "아라키, 마사키는 황도파 중심인데, 통제파 막료 파쇼들이 아라키를 추대한 것은 아라키가 청년 장교에게 인기가 있었기 때문이기도 하고, 당시 통제파 대 황도파 대립이 아직 심각하지 않았기 때문이기도 하다. 양파의 대립이 심각해진 것은 하야시 센주로林銑十郎 육상이 와타나베 죠타로渡辺錠太郎 대장이나 나가타 데쓰잔에 조종당해 마사키 진자부로 교육총감을 강제로 잘랐기馘首 때문이다"고 기술하고 있다.

    2·26 사건의 중심인물은 한결같이 위관급 인물이었다. 안도 테루조安藤輝三 대위를 비롯해 중대장으로 수하에 병사手兵를 거느리고 있었다. 3월 사건, 10월 사건 중심인물은 장관將官급, 특히 영관급이었다. 머리는 있어도 다리가 없어서 뭔가를 기도해도 불발탄으로 끝난다. 이를 청년 장교는 바보 취급했을 뿐만 아니라, 무라나카, 이소베 아사이치礒部浅一 등은 영관급의 사쿠라카이 구성원을 심각하게 원망하고 있었다. 일이 일어난 것은 무라나카 보병 대위, 이소베 주계主計 대위, 가타오카 타로片岡太郎 보병 중위가 중심이 되어 청년 장교와 사관 후보생 다수를 포함해 1934년 11월 20일 폭동을 일으킨 이른바 11월 사건이었다. 오카다 게이스케岡田啓介, 기요우라 게이고清浦圭吾, 사이토 마코토斎藤実, 와카쓰키 레이지로, 이와사키 고야타岩崎小弥太 등의 살해를 도모했으나 실현하지 못한 채 3명은 군법회의에 회부된

사건이다. 군 중앙부는 사건 공포를 꺼려 3명을 정직처분했다. 그러나 3명은 '숙군에 관한 의견서'를 발표해 사건은 통제파의 가타쿠라 타다시片倉衷, 쓰지 마사노부辻政信, 헌병 대위 쓰카모토 마코토塚本誠가 사관후보생을 스파이로 사용해 날조한 사건이라고 단언했고, 오카다 게이스케 회고록에도 이 사건은 좀 의심스럽다고 기술하고 있다.

따라서 2·26 사건은 무라나카, 이소베가 지도한 이상 앞의 3월 사건, 10월 사건과는 크게 달라 위관급과 영관급의 사쿠라구미櫻組라 칭하는 막료파와의 대립 색채가 농후했다. 막료파는 대학을 나온 텐뽀센구미天保錢組. 구 일본 육군의 육군대학 출신 장교로 독일이나 소련의 통제경제를 금과옥조로 여겨 이를 그대로 받아들이는 국가 사회주의를 믿었다. 제국대학 경제과 강의를 청강, 소위 혁신관료와도 연결되었다. 나카노 세이고中野正剛는 이들 통제경제 이론을 주장하는 군인을 '관료군인官僚軍人'이라며 경멸했다. 2·26 사건의 궐기 이유로 원로, 중신, 재벌, 관료, 정당 등을 일소一掃할 뿐만 아니라 군벌軍閥 일소도 명기하고 있었다. 군벌이란 군 전체와는 달리 이데올로기 군인으로 정치, 경제의 기구를 지배하고 국정을 좌우하려 하는 참모본부, 육군성의 막료들과 그 로봇인 군의 세 거두를 의미한다. 육군은 신참으로 호인인 데라우치 히사이치寺内寿一를 육상으로 임명해 2·26 사건의 뒷수습을 하게 했으나, 숙군에 대해 반란부대의 군벌 타도는 한마디도 하지 않고, 정당, 재벌의 부패만을 역설해 반란을 군부독재 방향으로 유리하게 이용했다. 이는 히로다 내각의 서정일신론庶政一新論으로 나타났다.

이어 2·26 사건에서의 기타 잇키와 니시다 미쓰기西田税의 역할에 대해 고찰한다. 니시다가 기타 잇키의『일본개조법안대강日本改造法案大綱』축쇄판을 만들어 청년 장교에게 읽게 한 것은 사실이지만, 이 사건과 직접 관계가 없다는 점은 경시청이나 헌병대 조서, 공판 기록 및 공판 판사의 일기 등에서 명확하다. 니시다는 청년 장교에게 만주 파견에 앞서 궐기할 것을 듣고 시기상조라며 반대했다. 청년 장교는 "이제와서 반대라니 무슨 소리인가, 5·15 사건 때도 주저해서 실패하지 않았나"라며 밀어붙여 니시다는 어쩔 수 없이 찬성하고는 기타에게 이러한 내용을 알렸다. 따라서 형도 궐기는 수일 전부터 알고 있었지만, 막을 수 있는 형세가 아니었다. 2·26 사건에 관계한 청년 장교가 기타와 니시다에게 지도받았다는 말은 이들을 모욕하는 것이라고 분개하는 사람도 있을 정도이다. 형은 『중국혁명 외사支那革命外史』에서 혁명은 군인이라면 대위 이하를 주체로 해야 하고 소령 이상은 이미 출세가 눈앞에 보이기 때문에 현상유지파가 되므로 이들에 의존해서는 안 된다고 말한 바 있다. 청년 장교가 형의 혁명 전술에서 배운 것은 사실이지만, 혁명 후 무엇을 할 것인가 하는 구체안은 없었다. 사변 중에 무라나카가 형에게 와 상의하거나 "봉칙奉勅 명령이 나온 것 같은데, 어떻게 하면 좋겠느냐"는 반란부대의 질문에 대해 "봉칙 명령은 거짓일 것이다, 어디까지나 현 지위를 물러나지 말아야 한다"고 격려한 것은 사실이다. 그러나 사변이 일어난 후의 지휘는 방조죄는 될 수 있어도 사변의 원흉이 아닌 것은 명백하다. 물론, 사변 전의 상담에서 청년 장교의 살생 리스트 가운데 사이온지 킨모치, 미쓰이三井의 이케다 시게아키池田成彬, 미쓰비시의 이와사키 등이 포함돼있어서 사이온지는 후계 내각 주청奏請 때 필요하고, 제군들이 천하를 잡았을 때 재계인은 뜻하는 바대로 될 텐데 2, 3명 죽여도 무의미하다고 말할 정도로 오히려 죽일 사람 수를 제한하고 있다. 형의 개조법안은 법안 내용을 청년 장교에게 보급을 철저히 해 개조의 요구를 전 일본적으로 해서 천황의 명령으로 평온리에 실행한다는 것이 본의本意인데 오가와와 같이 쿠데타로 피를 흘릴 의도는 없었다.

형은 처형 2일 전에 만났을 때, "이 사건은 결코 내가 일으킨 것이 아니다. 그러나 내가 쓴 책을 읽고 내가 가르친 사람들이 한 것이므로 무죄 판결을 받아도 그들과 함께 할 생각이므로 판결은 무효가 된다. 그들과 운명을 함께 하겠다고 거듭 말했다. 너희는 여러 정보로 내가 이 사건에 직접 관계가 없다는 것을 알고 사형은 너무 심하다고 생각해 군을 원망하면 안 된다. 특히 레이키치에 주의한다. 군에서 사건이 일어난 것이기 때문에 군 스스로를 벌하는 의미에서 엄중한 처벌을 하는 것뿐"이라고 말했다.

해제내용

글은 2 · 26 사건의 배경으로서의 3월 사건, 10월 사건 등을 정리한 후 2 · 26 사건을 시시각각으로 구체적으로 서술하고 있다. 본 회고의 앞부분, 즉 만주사변과 국제연맹 탈퇴 등에 대해서도 자신의 당시 체험과 그 후의 자료를 바탕으로 나름대로 소상히 기술하고는 있으나, 2 · 26 사건에 대해서는 날짜와 시간대별로 소상한 기록을 함께 전하고 있다. 형 기타 잇키가 사건 수모자 혐의로 체포, 처형되어서 관련된 많은 기록을 인용하여 회고했기 때문으로 여겨진다. 2 · 26 사건의 배경이 된 3월 사건으로 거슬러 올라가 이 당시부터 육군 내부에서의 황도파와 통제파 대립의 씨앗이 뿌려지고, 10월 사건까지도 통제파의 막료들이 황도파의 아라키를 총리로 추대하려 하는 등 대립은 결정적인 상태는 아니었다고 할 수 있다. 그러나 수면 아래 잠복해 있던 두 파의 대립이 2 · 26 사건에서 결정적으로 표출된다. 2 · 26 사건이 일어나는 과정에서의 육군 청년 장교, 즉 위관급 장교와 영관급 장교들 사이의 사상적, 인간적 관계의 균열, 정당정치의 부패에 대한 응징으로서의 군의 정치 전면으로의 부상, 궁극적으로 군이 주도하는 국방국가 건설이라는 군이 목표로 하는 정치를 실현하고자 하는 욕망, 내외의 위기를 이용해 원로, 중신, 재벌, 군벌, 관료, 정당을 일소하는 것으로 그러한 욕망을 달성하고자 하는 군의 의도를 명확히 보여주고 있다. 2 · 26 사건의 전모에 대한 일반적인 이해에 더해 저자 자신의 체험이 부가됨으로써 사건을 넓은 관점에서 바라볼 수 있게 하는 장점이 있다고 하겠다. 특히 기타 잇키 처형 전에 면회했을 때의 기타 잇키의 발언이나, 처형 후의 장례를 아직 살아 있는 형과 상의하는 묘한 상황, 형을 면회한 후의 모친의 모습 등은 단순한 가족사의 기억을 넘어 당대와 오늘날 일본사의 기억과도 중첩되는 측면이 있는 것으로 보인다. 기타 잇키의 최후는 가족사인 동시에 일본사의 중요한 단면이기 때문이다.

수록 지면 : 75~86면
키워드 : 오카다내각, 2·26 사건, 천황기관설, 국체명징운동

1951년 10월

입국立國의 정신적 초석

이번 전쟁은 물적인 면에서는 다년간 축적한 것을 탕진하고, 정신적인 면에서는 2,000년 전통의 아름다운 것까지 소멸시켜버린 것 같다. 바야흐로 강화의 성립, 완전한 독립을 얻는 날이 가까이 다가오고 있지만 국가 재건은 어떻게 할 것인가? 이 중차대한 문제에 대해서 팔방으로 논의가 벌어지고 있다. 극히 당연한 일이다. 물자 생산을 어떻게 할 것인가? 외국무역을 어떻게 할 것인가? 즉 경제적 방면의 재건을 어떻게 할 것인가에 대해서 연구가 집중되고 있다. 물론 이 부문은 이대로 진행하면 되겠지만, 일단 붕괴된 정신을 어떻게 재건할 것인가에 대해서는 의외로 뛰어난 주장도 탁상공론도 들리오는 이야기가 적다. 작금의 상황을 볼 때 이대로는 안 된다고 생각한다.

국가도 개인도 물심양면 모두 상당히 완비하지 않으면 한 나라로서, 한 사람으로서 통용되지 않는 법이다. 만약에 물심양면 중 어느 쪽에 무게를 두어야 하냐고 물으면 논의는 늘 두 개로 갈린다. 유물파唯物派와 유심파唯心派이다. 다만 여기서는 두 파의 득실을 논하려는 것이 아니라, 본인은 오로지 정신적 방면에 대해서 논하고자 한다.

오늘날 세계에서 훌륭한 독립국은 각각 특색이 있는 문화를 지니고 있다. 여기에는 물론 그 나라의 국민성, 혹은 민족성에서 발하는 것이라는 점은 굳이 말할 필요도 없을 것이다. 예를 들면, 영국 문화가 견실함을 자랑하는 데에는 존·불 John Bull이라는 별명으로 불리는 것처럼 영국 국민은 민敏보다는 확確을 택하는 성격, 즉 민족성에 유래한다. 프랑스는 매사에 경쾌하고 풍류가 있다. 특히 예술의 나라다운 이유가 여기에 있다. 그리고 러시아인은 우둔하고 심각하다. 늘 서양문화에 뒤처지면서도 집권자가 때때로 예상치 못한 개혁을 단행해서 서구를 뒤좇아 가거나 앞서려고 한다. 예전 피터대제, 후의 레닌 등이 이 부류에 속한다.

이들 이야기는 모두 각 나라의 역사를 구성하는 소재이다. 그리고 서로 특색이 있는 역사를 배경으로 오늘날 세계에 군림하고 있는 것이다. 이들 열국에는 각각 장단점이 있다. 부정할 수 없는 부분이다.

그래서 우리는 일본은 어떠한가에 대해서 반성을 해본다. 우리 일본은 세계열강에 어깨를 나란히 하는 데는 늦었지만, 메이지 천황 때 과감하게 서양문화를 받아들여서 성실하게 이를 배워서 오늘날에 이른 것이다. 원래부터 모방하는 것을 좋아하고 재주가 많은 민족성은 바로 서양문화를 소화해서 우리 것으로 만들었다고 생각한다. 그러나 영국을 배우고 미국을 배운들, 야마토大和민족은 결국에는 앵글로색슨Anglo-Saxon민족이 될 수는 없다. 아니, 되지 않아도 된다. 문화의 여러 방면 중 특히 기계적 문화에서는 아무래도 구미식 문화가 주류이지만, 우리는 따로 민족성에서 우러나온 일본문화를 가지고 있지 않은가! 즉 우리 일본의 특색을 형성해서 다른 나라하고 어깨를 견줄 수 있는 것은 역시 우리 민족정신의 발로에서 온 것들이다.

물론 문화라는 것은 모방하는 것이 결코 나쁜 것은 아니다. 서구문화의 원천을 이루는 그리스인도 이집트 문화를 모방한 것인데, 이집트문화를 잘 그리스화해서 자기 문화로 만든 것이다. 그렇다면 서구문화를 잘 모방해서 이를 일본화할 수 있는가, 없는가, 이것이 중요한 것이다. 즉 민족적 정신, 민족적 생명, 사상을 모방한 서양문화에 충분히 불어넣을 수 있으면 되는 것이다. 예를 들면 불상 조각이라든지 남화, 북화와 같이, 혹은 인도, 혹은 중국에서 가지고 와서 그것을 잘 일본화한 것이면 되는 것이다. 결국, 민족성의 동화력이 중요한 것이다.

그렇다면 우리 일본의 민족성, 민족정신이란 어떤 것인가? 이것을 설명하는 것은 결코 쉬운 일이 아니다. 선학도 많이 연구했다. 아마도 앞으로 후학들이 더 연구를 해야 할 부분이 많을 것이다. 그러나 경신敬神, 숭조崇祖, 인애仁愛, 용무勇武, 우미優美와 같은 정신은 좋든 나쁘든 역시 우리 일본민족의 혈액 속에 자리한 붉은 마음일 것이다. 즉 입국의 초석은 바로 여기에 있는 것이다. 오늘날 서구문화를 배우기에 바쁜 자들은 봉건적, 반동적이라는 말을 무기로 삼아서 과거 일본이 가진 모든 것을 말살하려고 한다. 그러나 이것은 역사적 법칙을 무시하는 처사라 생각한다.

우리는 민족적 정치, 자유주의가 실행되는 것을 기쁘게 생각한다. 다만 불필요하게 외존外尊, 내비內卑에 빠지는 것을 우려한다. 그리고 무엇보다도 소중한 국가의 정신적 초석이 하나하나 배제되어 가는 것을 보고 침묵할 수가 없다.

전후 헌법론 비판戰後憲法論の批判

오구시 토요오(大串兎代夫)
해제 : 송석원

내용요약

재군비가 당면 문제가 되면서 헌법에 대한 의문이 일고 있는 듯이 보인다. 신헌법 성립에 즈음해서 '전쟁 포기'가 큰 목소리로 주창되었다. 이전에도 군비의 '제한'이나 '부전'조약 같은 것은 있었어도, 전쟁을 '포기'한다는 강한 사상은 없었다. 이것은 말 그대로 전쟁을 포기하는 것으로 신헌법에 특히 이를 위한 1장이 설정되어 '전쟁의 포기'라는 제목을 붙인 뒤에 구체적 내용 역시 철저한 것으로 제9조 제2항에는 '육해공군 기타 전력'은 이것을 보유하지 않는다고 하면서, '국가의 교전권은 이를 인정하지 아니한다'고 명기돼있다. 종래 세계의 어떤 헌법에서도 그 예를 찾아볼 수 없는 것이다. 2차 대전 후의 이탈리아 헌법에서도 육군은 얼마, 해군은 얼마, 비행기는 몇 대까지 이를 인정한다고 하는 군비를 제한하는 규정은 있어도, '육해공군 기타 전력' 일체를 인정하지 않는다는 철저한 규정은 없다. 일본 신헌법은 이러한 '포기' 규정을 설정함과 동시에 이것을 그렇게 만드는 사상적 근거까지 제창하고 있다. 전문의 '정부의 행위로 다시금 전쟁의 참화가 일어나는 일이 없도록 결의'한다는 것이 그것이다.

전쟁 혐오의 생각은 헌법 전문을 읽지 않은 사람도 철저히 침투해 있고 사태도 그렇게 되어 있었음은 물론이며 전후의 사상 지도 역시 여기에 기점을 두고 있었다고 할 수 있다. 그러나 전후 불과 6년, 헌법 성립 후 4년 반 정도가 지나서 이미 재군비가 필요하다는 공기가 당연한 것처럼 되어 인심이 갈피를 잡지 못하는 것도 무리가 아닐 것이다. '자위권'에 관한 법률적 논의가 일어나고 있다. 일부 논자는 헌법을 개정하지 않아도 자위권에 기초해 방위 체제를 취할 수 있다고 주장한다. 그러나 국민 일반은 이에 납득하지 못한다. 헌법 제9조는 '육해공군 기타 전력'은 이를 보유하지 않는다고 명기하고 있다. 이것은 애매한 해석을 허용하지 않는 규정이다. 특히 '기타 전력'이라고 밝히고 있다는 점에서 멋대로의 해석을 허용하지 않는 어세가 넘쳐난다.

법리상 일국에 자위권이 있는 것은 헌법 규정을 기다릴 필요 없이 자명한 것이다. 헌법 제9조에는 자위권의 존재 자체를 부인하는 의미는 없다. 법리상 내지 법률해석상 자위권이 있다 해도 전력을 두어 보유하는 것은 헌법 위반이다. '전력戰力, war potential'은 상식적으로 무장하는 것을 의미하지만, 미발의 잠재력조차 금한다는 어조를 띠고 있다. 헌법의 취지에 맞는다면 일부에서 주장하는 '절대평화론'의 입장에 서는 것은 당연하다. 군대는 안 된다는 생각이 헌법 취지에 맞고, 헌법 제9조 제2항이 요구하는 바이다. 따라서 군대를 가지려면 헌법 개정은 필지라고 할 수밖에 없다. '명목상 군대는 아니다'라는 입장이라면, 그것이 '전력'인 이상 육군도, 해군도, 공군도 아니어도 역시 그것을 '보유'하는 것은 헌법 위반이라고 할 수 있다. 이 문제에 대해 인민은 정부를 감시할 입장이다. 따라서 전력 보유가 도모될 듯한 징후가 있으면, 국민은 정부를 감시해 그것이 헌법 규정에 위반되며 제정된 근본 동기에 반한다는 것을 분명히 할 뿐만 아니라 이에 반하는 정부를 교체하는 당연한 주권을 갖는다. 이에 반해 국민 스스로가 납득해 헌법을 개정해 재군비하려는 것이라면, 당연히 헌법 개정 절차가 필요하다. 헌법 개정에는 국회 양원의 총의석 2/3 이상의 찬성으로 '발의'되고 국민에 '제안'해 '국민의 승인'을 얻어야 한다. 앞에서도 말한 바와 같이, 전쟁의 포기는 헌법 제9조에서 규정하고 있지만, 그 규정을 개정하는 것만으로 안 된다. 그것은 '전문'에 기초한 것이어서 '전쟁 포기'라는 헌법 전체의 원칙이 개정되는 것이다. 헌법 전체의 생각을 바꾸지 않으면 안

되는 것이다. 헌법을 개정하더라도 개정 범위는 최소한에 멈추도록 노력해야 한다. 또한 '군대' 자체를 죄악시하는 생각도 바꿀 필요가 있다.

신헌법 성립에 대해 일어난 문제는 대단히 많으나, 헌법 성립과정 문제와 헌법 내용 문제가 가장 기본적인 문제이다. 재군비가 문제시되는 것은 내용의 면에서 대對 공산주의 문제와 관련된다. 공산주의 문제를 헌법과의 관계에서 말하면 기본권에 근본이 있다고 생각된다. 나는 가까운 장래에 기본권이 문제가 될 때가 올 것이고, 그래야 한다고 생각한다. 이는 곧 권력 구성 문제이다. 현대 세계의 근본 문제는 전체와 개체를 어떠한 관계로 연결할 것인가 하는 점에 있다고 할 수 있다. 전전과 전시 중의 언론은 전체를 강조해 개체를 경시했으나, 전후 언론은 확실히 개체 강조에 편중돼 전체를 경시한다고 할 수 있다. 취직 등에 사용되는 이력서를 보면, 종래 '호주戶主'라고 썼던 곳에 '호적필두인戶籍筆頭人'이라고 표기돼 있다. 1947년 제정된 '호적법'에 '호적에 필두筆頭로 기재된 자'라고 되어 있기 때문이다. 법률상 '이에家'가 없어졌는데 호적법이 있다. '호주'라는 표현이 민주주의에 반해 자유로운 개인의 기본권을 압박한다고 생각했기 때문일 것이다. 이렇게까지 해서 민주주의적 분식을 보유해야 하나. 최근 러시아는 가족제도를 중시해 이혼 규정을 엄중히 하고 있고, 이탈리아 헌법 등에서는 가족제도 옹호가 헌법의 기본정신이라고 선언하고 있다. 신헌법 아래서의 일본만 '법률상' 이에를 없애는 것을 민주주의의 요청이라 했다. 나는 신헌법에서도 이에를 법률상 인정하는 것이 헌법 정신에 반하지 않을 뿐 아니라 오히려 취지에 맞는다고 생각한다. 헌법에서는 전체성을 표현하는 '국가國'를 사회사실로서는 인정하지만, 법률상으로는 인정하지 않는다고는 말하지 않았다. 헌법 제1조를 비롯해 전체성을 나타내는 '국가'의 존재를 인정했다. 민법에서는 단지 국가를 이루는 각 개인 사이의 권리의무 관계만을 규정하고, 국가의 전체성을 표현하는 관계는 모두 이 개인 간 관계로 환원시켜 버렸다. 국가에 대해서는 '국적법'만이 전체성을 나타내는 것으로 잔존殘存해 국적國籍은 단지 국민적국民籍으로서의 기재에 지나지 않는다. 국민의 존재는 인정하지만, 국가의 존재는 인정하는 의미가 아니라고 강변된 것일까. 헌법 제24조에 '가족'에 관한 사항은 법률로 규정한다고 되어 있다. 이는 가족 성원에 관한 것만 아니라 전체성과의 관계를 법률로 정해도 전혀 헌법에 위반되지 않고, 오히려 그렇게 되는 것이 당연하다고 생각한다. 법률상 전체성의 존재를 인정하는 것은 각각의 개체를 위해 필요한 일이다. 민법 제정 당시 관청 측의 한 명이 "세계 최고의 헌법이 만들어진 것처럼 세계 최고의 민법이 만들어졌다. 이로써 종래 난문으로 여겼던 모든 문제를 결론지었다"고 말했다는데, 나는 이 말을 듣고 이 사람의 인간지사問知는 적어도 1세기 반 이전의 것이라는 점, 지금 세계의 움직임에 무지하다는 점 등이 놀랍다고 생각했다.

사비니Friedrich Karl von Savigny는 19세기 당초에 당시의 세계시민적 풍조 속에 독일을 통일하는 민법전을 편찬하려 할 때, 독일 국민의 법 기술技術 능력이 낮다는 점을 경계해 반대했다. 아무리 법전이 세계적이어도 국민의 법률을 편찬하는 능력과 이를 운용할 힘이 수반되지 않으면 세계적 법전은 도리어 국민에게 불행과 혼란을 초래한다. 나는 한심스러운 점을 참기 어려워 당시 추방된 상태였지만 사비니의 책을 번역해 각 학자에게 보내 돌이켜보기를 바랐지만 말 그대로 일고一顧도 되지 못했다. 다만, 로야마 마사미치蝋山政道가 사비니에 언급해 사비니의 생각처럼 일국의 법전은 국민이 만든 것이어야 한다는 생각은 잘못으로, 외국에서 주어진 법전이라도 그 나라의 법률이 될 수 있다고 신문에 쓴 것이 눈에 띨 뿐이다. 나는 이 역시 강변이라고 생각한다. 첫째, 일국의 국민이 따르는 법률이 외국에서 주어져도 된다는 생각은 민주주의 원칙에 반한다. 법률은 하늘에서 오는天來 것이 아니라, 사람이 만드는人爲 것이다. 둘째, 사비니 학설은 법률은 민족법民族法적인 것에서 기술법技術法적인 것으로 나아가는 것을 인정한 것으로, 사비니 자신 법전 편찬 자체를 반대한 것이 아니라, 당시 독일의 실정에서 보아 독일 법학의 실력이 떨어져 그것이 비실제적이고 따라서 당시의 법전 편찬에 반대한 것에 지나지 않는다. 이처럼 이미 1세기 반 이전에 국민을 위한 법을 생각해 국민의 성격과 실력에 대한 냉정한 판단을 바탕으로 너무도 국민의 실제에서 먼 법전 편찬에는 반대한 그 인간지와 애국의 지성에는 경의를 표할 뿐이다.

사회적 사실로서의 이에의 존재를 인정하지만, 법률상으로는 인정하지 않는 생각은 사회과학의 일익으로서의 법률학에서는 허용돼서는 안 된다고 생각한다. 인간의 법적 생활은 연속하는 것인 이상 이를 대상으로 하는 법률이 사회적 사실과 전혀 다른 도덕성과 다른 관념의 세계로 격리되는 것은 허용되지 않는다. 일견 이론적으로 보이는 관념법학의 생각이 실은 시대착오적이고 비민주적이라는 점에 주목해야 한다. 민주적이라는 것의 중요한 요청의 하나는 구체적이라는 점이다. 전후 헌법론의 하나의 특징은 반동적으로 자유주의적인 관념론에 빠져 국민의 구체적 생활에서 벗어나 있는 점에 있다. 재군비론을 계기로 헌법에 대한 의혹과 불신이 보이는데, 그것은 지나치게 나가면 이른바 헌법정치결정론으로 갈 위험이 있다. 헌법은 지배자의 약자를 지배하는 날카로운 칼劍에 지나지 않는다는 라살Ferdinand Lassalle의 고전적 학설은 물론이고 가까이는 칼 슈미트Carl Schmitt가 헌법은 주권자의 정치적 결정이라고 주장하고 있다. 향후의 헌법론이 자유주의적 관념론으로도 정리되지 않고, 정치적 결정론으로도 건설적 해결에 도달하지 않는다는 점을 생각해두어야 한다.

해제내용

강화조약을 앞둔 일본에서는 점령을 끝내고 독립을 회복했을 때, 헌법 제9조의 규정에서 '전쟁 포기'를 선언하고 있어서 당연히 독립 국가로서의 안전보장 문제가 초미의 관심사로 부상하는 가운데 전후 불과 6년, 헌법 성립 후 4년 반 정도가 지나서 이미 재군비가 필요하다는 공기가 당연한 것으로 주장되고 있다. 재군비를 주장하는 사람들은 재군비 자체가 헌법 위반이라면 헌법 개정도 불사해야 한다는 사람, 헌법 제9조가 자위권 자체를 부인하는 것은 아니라는 사람이 있다. 저자는 '전력戰力, war potential'이 무장뿐 아니라 미발의 잠재력조차 금한다는 어조를 띠고 있는 이상 법리상 자위권이 있다 해도 전력을 두어 보유하는 것은 헌법 위반이라고 주장한다. 따라서 재군비를 현실화하기 위해서는 헌법 개정이 필요하다고 하면서, 개정하더라도 최소한의 범위로 해야 하는데, 사실 제9조뿐 아니라 전문에 '정부의 행위로 다시금 전쟁의 참화가 일어나는 일이 없도록 결의'한다는 내용이 있는 이상, 헌법 전체의 원칙을 개정하는 작업이라는 점, '군대' 자체를 죄악시하는 생각을 바꿀 필요가 있다는 점을 특히 강조한다.

재군비 문제를 중심으로 헌법 제9조의 규정과 관련하여 개헌 혹은 헌법상의 해석 변경을 둘러싸고 치열한 논의가 전개되는 가운데 저자의 전후 헌법론 비판의 초점은 당대 헌법론이 국가의 전체성을 어떻게 헌법 및 법률에 담을 것인가 하는 문제가 빠져 있다는 점을 비판하는 데 있다. 재군비 문제의 본질도 기본권에 있다고 할 수 있는바, 세계의 근본 문제는 전체와 개체를 어떠한 관계로 연결할 것인가 하는 점에 있다고 주장한다. 이러한 문제를 민법을 들어 비판한다. 일본의 전통적인 '이에家'가 갖는 전체성을 부정하고 가족 구성원 개인의 개체성에 기초한 민법 개정은 개인을 존중하는 듯이 보이지만, 실제로는 대단히 비민주적이고 불충분한 것이라는 점을 사비니의 학설을 원용하며 국민을 위한 법은 국민의 실제 생활에 기초해 그곳에서 우러나온 것이어야 한다는 점을 강조한다. 다만, 이에를 중심으로 한 일본의 전근대적, 봉건주의적 잔재물에 대해 마루야마 마사오丸山眞男, 가와시마 다케요시川島武宜 등 이른바 '전후 민주주의론'자들이 전후 일본의 새로운 국가상으로 이러한 낡은 관습과 관행을 벗어던지고 개인의 자유와 행복을 기초로 한 근대적 가치를 존중하는 국가를 제시하고 있는 것과 대조적이다.

수록 지면 : 8~18면
키워드 : 신헌법, 국체, 자위권, 헌법정치결정론

자본주의의 운명資本主義の運命

치구사 요신도(千種義人)
해제 : 석주희

내용요약

이 정도로 일반인의 관심을 끄는 문제는 없을 것이다. 나 자신도 이 문제에 대해서는 흥미를 가지고 있으나 결코 이 문제를 풀었다고 생각하지는 않는다. 자연현상에는 사과가 나무에서 떨어지는 필연성이 있으나 물리적인 세계나 유기적인 세계에는 절대적인 필연성은 존재하지 않는 것인가. 나는 사회주의자가 확신을 가지고 자본주의 경제는 혁명에 의해 사회주의 경제가 이루어진다는 필연성을 주장하는 것을 신용할 수 없다. 인간은 다른 동물과 달리 이성을 가지고 행동하기 때문이다. 자본주의의 운명은 국민의 판단에 따라 이성에 의해 결정된다는 생각은 여러 사람들에 의해 시인되었다. 적어도 막시즘의 입장에서는 용인되기 어려울 것이다. 혁명의 비참함을 상상하는 사람은 적지는 않다. 사람들의 대부분은 막시즘에 대처하는 방법과 신념을 가지고 있지 않다. 나는 혁명을 일으키지 않는 것과 자본주의 사회는 스스로의 힘으로 그 폐해를 제거할 수 있는 가능성이 있다는 것을 명확히 하고 싶다.

자본주의경제의 최대 폐해는 자본가가 생산의 실제 권한을 가지고 자본가의 이자라는 불로소득을 되돌려줌으로서 발생한다. 자본주의 자체의 발전에 의해 자본주의가 소멸한다고 하면 혁명을 정당화하는 근거의 대부분은 성립하기 어렵다. 혁명이 전제정치를 민주정치로 하거나 또는 반대로 하더라도 경제적 수준을 비약적으로 상승시키는 것은 아니라면 혁명은 무용지물이나 유해한 것이 된다.

그렇다면 자본가의 권력이 쇠퇴하고 금리생활자가 없어지는 사회가 자본주의경제 가운데 발생할 수 있는가. 오늘날 자본가의 권력이 절대화되어 자본에 대한 이자의 축적이 수요에 대하여 불충분하여 자본에 대한 이자가 지급되어 그 자본을 소유하는 사람이 권력을 갖게 된다. 자본주의경제는 자본축적을 촉진하는 체제가 아니다. 자본주의 아래 있는 것이 자본의 축적을 증대시킬 수 있으며 자본의 희소성으로부터 파생하는 폐해보다 빨리 제거될 수 있다.

리카도David Ricardo는 그의 저서『제학 및 과세의 원리經済学及び課税の原理』제6장 이윤편에서 다음과 같은 이론을 전개했다. 리카도에 의하면 자본이 증대함에 따라 노동에 대한 수요가 증대한다. 자본은 일국의 부 가운데 사용되는 부분으로 그것은 노동으로 효과를 부여하기 위해 필요한 식품, 의복, 도구, 원료 및 기계 등으로 되기 때문이다. 노동에 대한 수요가 증대하면 시장가격, 임금이 상승한다. 임금이 상승하면 노동자의 생활은 개선되어 노동자는 보다 많은 인구를 갖게 되면서 노동인구는 스스로 증대한다. 노동인구가 증대하면 곡물수요가 증대한다. 곡물수요가 증대하면 소작지를 경작하지 않으면 안 된다. 이를 경작하게 되면 곡물의 생산에 의해 많은 노동을 투입해야 하며 곡물의 가격은 상승한다. 리카도 이론에 의하면 자본의 축적이 증가함에 따라 임금은 상승하고 이윤은 하락하게 된다. 리카도 이론의 골자는 대체적으로 용인된다. 그 결과 자본의 축적이 진행됨에 따라 이윤이 낮아지는 극한의 상상을 할 수 있다. 이윤율은 극단적으로 낮은 것이 일단 축적을 정지하고 국가의 생산물은 노동자에게 지급된 후에는 지주와 조세가 될 것이다. 축적이 행해지는 것은 이윤을 획득한다는 것과 같기 때문이다.

마르크스Karl Heinrich Marx도 이윤율 감소 사실을 인정한다. 자본의 축적이 증대함에 따라 자본의 유기적구성은 고도화된다. 이윤율은 잉여가치를 자본총액에 의해 제한되며 잉여가치는 불변자본으로부터 발생하기 때문에 불변하는 자본이 불변하는 자본에 대하여 보다 작은 경우를 점하며 이윤율은 감소한다고 답한다.

만약 마르크스나 로비 그로스만이 생각한 바와 같이 이윤율이 떨어짐에 따라 자본주의가 붕괴한다는 것은 사회주의 혁명을 위한 자본의 축적량이 적고 따라서 이윤율이 높은 단계에서 발생하는 것은 경제적으로는 무의미한 것이다. 오히려 자본주의경제를 발전시켜서 자본을 축적하여 증대시키고 이윤율을 떨어뜨리고 저하시키는 것이 자본주의 경제를 붕괴시키기 위한 빠른 길이다.

자본주의 경제의 극한에 오는 가장 구체적인 묘사는 케인즈John Maynard Keynes 의『일반이론一般理論』제24장이다. 케인즈가 자본주의경제의 극한으로 그리는 사회는 다음과 같다. 자본의 축적이 한계효율을 낮출 정도로 충분한 정도로 커지고 부의 양도 장래를 위해 준비하도록 공중의 욕망총체를 완전히 충족시키는 정도로 커졌을 때 완전고용도 실현된 사회이다. 인구 및 제도의 변화로부터 소비재의 가격을 지배하는 원리와 원리에 기반한 구체화된 노동과 기타 비례한 가격으로 판매 되는 것은 준 정태적인 사회이다. 이처럼 사회에서 특색 중 하나는 자본의 한계효율이 낮아지는 정도에 자본의 축적량이 낮아진다는 것이다. 두 번째 특색은 이자율이 낮아지는 것이다. 이는 순 이자율에 관한 것으로 위기와 그 외를 위한 특별 이자가 존재한다.

완전투자의 사회는 실현될 수 있는가. 케인즈는 이를 긍정적으로 보고 있다. 수년간 영국이나 미국과 같은 부유한 국가에게 완전히 고용되는 상태에 이르고 있으며 큰 투자가 이루어진다면 가능성이 극히 높아 질 것이다. 그렇다면 이러한 상태를 어떻게 실현시킬 수 있는가. 케인즈는 국가의 힘에 기대를 건다. 국가는 완전고용을 실현하고 이어서 자본의 한계효율과 화폐이자율 교섭을 통해 하락하는 대책을 준비해야 한다. 자본주의 국가에게 이러한 것이 가능한가 의문을 갖는 사람도 있다. 사회주의 사회에서는 한층 쉽다고 생각하는 사람도 있다. 생산력이 증대하고 완전한 고용을 실현시키기를 바라기 때문이다. 현재 자본주의 경제체제 아래 자본을 축적하고 이를 투자하여 축적을 증대시키고 투자라는 방법으로 자본 축적량을 극대화한다. 자본주의 경제는 인간의 생활에 공헌한다. 자본주의 경제도 충분한 자본을 축적해야 하며 그렇지 않으면 인간생활에 행복을 가져다 주는 사회를 형성하기 어렵다. 축적은 불가결하며 향상시켜야 한다. 자본주의 경제를 발전시키고 자본주의 경제의 폐해를 제거하는 것이 궁극의 행복으로 향하는 길이다. 자본주의 경제로 목적을 달성하여 안락한 생활을 하도록 하자.

해제내용

치구사 요신도의 글은 경제학자로서 일본의 자본주의에 대한 이론적 모색과 발전 가능성을 검토했다는 점에서 중요한 관점을 제시한다. 치구사는 전후 시기 사회주의에 대한 비판과 마르크스주의의 위험성을 검토하면서 자본주의 경제로 향해야 하는 당위성을 강조한다. 치구사의 자본주의경제에 대한 입장을 이해하기 위해서는 1933년부터 1937년까지 일본에서 제기된 자본주의를 둘러싼 논쟁을 이해할 필요가 있다. 이른바 일본 자본주의논쟁日本資本主義은 일본 공산당과 노농파 사이에 나타난 일본 민주혁명1927~1932와도 관련된다. 또한 전후 재벌해체와 대기업 지배구조를 비판한 사회당 좌파의 맥락에서도 검토할 수 있다. 일본자본주의논쟁은 일본 제국을 근대자본주의 국가로 규정하고 지주와 지대를 둘러싼 크고 작은 농민 봉기가 발생한 것과 관련된다. 노농파가 검거되면서 더 이상 대규모 저항으로 이어지지는 않았으나 전쟁 이후에도 이들이 제기한 문제의식은 계승되었다. 그러나 일본 사회에서 레닌주의 모델은 추방의 대상이었으므로 마르크스주의에 대한 경계와 함께 공산주의는 더이상 사회적으로 중요한 논의를 갖기 어렵게 된다.

이 같은 관점에서 치구사의 자본주의는 60년대 이후 일본이 고도경제성장이 자본주의의 맹아로서 미국에 이어 제2의 경제대국으로 성장하기까지 이론적 토대를 제공한다. 게다가 경제성장기 중산층의 확장은 전후 초기 사회주의자 또는

1920년대 농민들의 대지주에 대한 계급투쟁을 종식시키는데 기여한다. 의도한 것은 아니나 대기업 중심의 경제산업구조는 중산층의 확장으로 용인되며 1990년 버블경기 이전까지 일본의 경제성장을 주도한다.

이 글에서는 자본주의에 대한 적극적인 옹호의 입장을 보인다. 치구사는 결론에서 "현재 자본주의경제 아래 자본을 축적하고 이를 투자하여 축적을 증대시키고 투자라는 방법으로 자본 축적량을 극대화한다. 자본주의경제는 인간의 생활에 공헌한다. (…중략…) 자본주의경제를 발전시키고 자본주의 경제의 폐해를 제거하는 것이 궁극의 행복으로 향하는 길이다. 자본주의경제로 목적을 달성하여 안락한 생활을 하도록 하자"고 말한다.

물론 자본주의의 한계와 폐해에 대해서도 언급하고 있다. 필자는 "자본주의경제 폐해의 최대는 자본가가 생산의 실권을 가지고 자본가의 이자라는 불로소득을 돌려주는 것으로 생겨난다"고 보았다. 이 같은 시각은 1980년대 후반부터 나타난 급격한 부동산 지대 상승과 과도한 금융투자로 인한 일본 경제의 장기침체를 예견하는 것처럼 보인다. 그러나 이 시기 자본주의는 노동자의 붕괴와 그로인한 계급투쟁을 상정했다면 1980년대 이후 나타난 자본주의 붕괴는 중산층의 경제적 위기라는 점에서 다른 맥락을 가진다.

필자는 자본과 노동으로 자본주의에 대한 논의를 전개하고자 한다. 필자는 "리카도 이론에 의하면 자본의 축적이 증가함에 따라 임금은 상승하고 이윤은 하락하게 된다. 리카도 이론의 골자는 대체적으로 용인된다. 그 결과 자본의 축적이 진행됨에 따라 이윤이 낮아지는 극한의 상상을 할 수 있다. 이윤율은 극단적으로 낮은 것이 일단 축적을 정지시키고 한 국가의 생산물은 노동자에게 지급된 후에는 지주와 조세가 될 것이다. 축적이 행해지는 것은 이윤을 획득한다는 것과 같기 때문이다"라고 본인의 견해를 대신하여 자본과 이윤, 임금에 관한 문제를 제시하였다. 이 글은 경제이론의 측면에서 논의가 전개되므로 민주주의에 관한 언급은 하지 않았다. 그러나 필자가 도달 하고자 하는 일본의 자본주의는 전근대성을 제외한 것으로 이를 위해서는 무엇보다 제국주의가 아닌 민주주의가 전제되어야 할 것이다.

수록 지면 : 19~27면
키워드 : 자본주의경제, 사회주의, 자본, 이윤, 노동, 축적, 행복한 사회

아시아의 내셔널리즘アジアのナショナリズム

이치노세 마사유키(市瀬正幸)
해제 : 엄태봉

내용요약

　현재 아시아 정세가 세계의 관심을 이끌고 있는데, 냉전의 격화뿐만이 아니라 내셔널리즘이 발흥하고 있다는 점도 있다. 제2차 세계대전을 통해 서구 지배가 무너지고 내셔널리즘이 나타나면서 아시아의 많은 민족들이 독립을 했다.

　민족은 단순한 의식이나 감정뿐만이 아니라 정치/경제적인 단위로서 자립성을 주요한 속성으로 가지고 있으며, 자주성을 침해당하고 자유에 대한 제약이 있을 경우, 그 민족은 불행하다고 할 수 있다. 식민지/반식민지 노예상태인 민족들이 자유와 독립을 원하는 것도 바로 이러한 이유에 있으며, 이러한 움직임은 식민지/반식민지라는 봉건적인 구조를 해체하고 세계적인 민주화 추진이라는 역할도 한다는 의의가 있다. 아시아의 내셔널리즘은 이러한 의의를 체현하는 것이며 따라서 이는 국제성과 세계사적인 의의를 동시에 지니고 있다.

　아시아의 내셔널리즘은 식민지 제국주의에 의해 싹튼 것이며 외국인에 대한 원시적/본능적인 적의나 반항을 기초로 하고 있다. 전민족적인 근대적 의미의 내셔널리즘이 아시아에서 발생한 것은 약 50년간의 일이며 외부적인 자극과 내부적인 요인에 의한 것이었다.

　외부적인 요인의 첫 번째는 1905년에 발생한 러일전쟁에서 일본이 승리한 것이다. 같은 아시아 민족인 일본이 당시 강국이었던 러시아에게 승리한 것은 아시아 민족들에게 큰 감명을 주는 한편, 백인 우월주의, 아시아 민족의 열등감 타파 등에도 영향을 미쳤다. 두 번째는 제1차 세계대전이다. 독일 군국주의 타파를 통한 자유 인도주의의 고양, 1917년의 러시아 혁명을 통한 민족자결원칙의 전개, 미국 윌슨 대통령의 민족자결주의 제창 등이 아시아 민족을 자극했고 이러한 의식을 주체적으로 받아들인 세력이 생겨났다. 세 번째는 제2차 세계대전이다. 이 전쟁으로 인해 아시아도 전쟁터가 되었고 아시아의 민족공업이 황폐화되었는데, 이 상황 속에서 부르주아를 대체할 노동자, 농민, 진보적 인텔리가 등장하게 되면서 내셔널리즘은 단순한 대외적인 독립 운동뿐만이 아니라 대내적인 사회 개혁과도 연결되었다.

내부적인 요인은 정신적/문화적 기초와 경제적/사회적 기초가 있다. 정신적/문화적 요인은 유식자 계층의 계몽운동과 민족문화의 재인식으로 나눌 수 있다. 유럽인들은 서구의 행정, 교육, 통신, 위생 제도 등을 식민지에 도입했고 서구의 지식과 훈련을 받은 관리, 기술자, 변호사 등의 유식자 계급이 발생했다. 이들은 인도주의, 개인주의, 자유주의, 내셔널리즘, 민주주의 등에 자극을 받았고, 아시아의 내셔널리즘은 이러한 자각과 계몽운동에 의해 시작되었다. 한편 민족문화의 재인식으로는 자국의 문화적 전통에 대한 민족적인 각성운동을 통해 나타난 민족문화 고양, 민족 언어 사용, 종교를 들 수가 있다.

경제적/사회적 요인으로는 아시아 민족이 느낀 식민지 경제에 대한 궁핍과 빈곤의 원인이 서구 자본주의의 식민지 착취에 있었으며, 이것이 개선되지 않은 것은 민족의 통치 권력을 빼앗겼기 때문이라고 생각했기 때문이다. 한편 아시아의 사회 구조를 상층부인 백인, 하층부인 토착원주민, 그리고 그 사이의 유색인 노동자와교 등의 동양외국인로 구성되어 있다고 한다면, 동양외국인들은 토착원주민 사회를 잠식하면서 소매업, 중개업, 금융업 등으로 지방경제를 장악했는데, 토착원주민들의 내셔널리즘은 그들의 생활과 밀접한 동양외국인에 대한 배척운동으로 발생했다. 그리고 이것이 반정부적, 반서구적 운동으로 성장한 것이다.

아시아는 유럽과 비교하여 넓은 지역이며 많은 인구가 살고 있었지만 식민지/

반식민지 상태로 반세기를 보냈는데, 이는 국제정치에서 유럽에 편중되는 일이었고 정치적인 공백지대였다. 아시아의 내셔널리즘은 이러한 정치적인 공백지대를 메울 수 있는 것이며, 동양과 서양이 균형적인 상태가 되는 것은 세계평화를 위해서도 세계사의 진보를 위해서도 필요한 일이다. 그러나 아시아의 내셔널리즘이 결실을 맺기 위해서는 내셔널리즘의 건전한 발전을 위한 유럽과 같이 시민적 중산계급의 성장, 아시아 사회 내부의 근대화, 미소 대립에 대한 적응이 필요하다.

해제내용

이 글은 제2차 세계대전 전후에 아시아에서 내셔널리즘이 발생한 이유가 무엇인지에 대해서 논하고 있다. 필자는 아시아에서 내셔널리즘이 처음 발생한 기원으로 17세기 초의 서구제국주의의 군사적·경제적 침입을 들 수 있지만, 이는 민족적인 자각을 통한 조직적인 운동은 아니었고 최근의 50년 사이에 전반적이고 전민족적인 규모의 근대적인 내셔널리즘이 발생했다고 논한다. 이와 같은 근대적인 내셔널리즘은 외부적인 요인과 내부적인 요인으로 인해 발생을 했는데, 일본의 러일전쟁에서의 승리, 제1차 세계대전, 제2차 세계대전을 외부적인 요인으로 설명하는 한편, 유식자들의 계몽운동과 민족문화의 재인식, 서구 자본주의의 경제적 착취, 지방 경제를 장악한 동양외국인 배척이 반서구적 운동으로 변화한 것을 내부적인 요인으로 설명하고 있다. 그리고 아시아 지역이 식민지/반식민지 상태였기 때문에 국제정치가 유럽에 편중되어 있었다고 지적하면서, 이를 개선함과 동시에 세계평화를 위해서도 아시아의 내셔널리즘이 건전하게 발전할 필요가 있다고 지적한다.

수록 지면 : 38~45면
키워드 : 아시아, 내셔널리즘, 내부 요인, 외부 요인

국제정세와 일본의 나아갈 길国際情勢と日本の針路

일본정치경제연구소(日本政治経済研究所)

해제 : 석주희

내용요약

동남아시아와 일본

조선에서 정전 교섭과 대일 강화 회의를 둘러싸고 커다란 전환을 하기 시작한 국제정세는 이후 조선의 휴전회담이 결렬되지 않았음에도 불구하고 새롭게 긴박한 움직임을 보이고 있다. 독립하여 회복한 일본은 이러한 국제정세에 스스로 판단하여 대처해야 한다. 이를 위해서는 일본이 추진해야 할 국제노선을 정하고 용감하게 국제관계의 파고를 넘어야 한다. 이하 일본의 이후 진로에 관한 국제정세를 분석하면서 고찰하고자 한다.

1. 극동대륙인가, 동남아시아인가

조선에서 교섭을 개시하는 것은 일본에도 영향을 미친다. 이 가운데 주목해야 할 것은 동남아시아 개발계획에 일본의 공업을 이용하는 것에 관한 미국의 태도이다. 미국은 조선동란이 한층 심화되면 일본의 산업을 이용에 대하여 장기적인 방책을 고려하기 시작했다. 그러나 여기서 주의할 점은 미국의 동남아시아 개발 의향이 단순한 수출증가만을 의미하지 않는다는 것이다. 동남아시아와의 경제결합의 강화를 추진하는 것은 동시에 미국과의 경제통합을 고려해야 한다. 일본은 명백하게 정치적은 물론 경제적으로 미국을 중심으로 하는 자유국가의 위치를 차지하며 중국, 만주, 북조선 등의 극동대륙으로부터 일본 경제가 분리된다는 것을 의미한다.

일본은 정치적이나 사상적인 입장에서 선택하고는 있으나 경제적인 입장은 중공과의 관계에 여지를 가지고 있다. 극동대륙이나 동남아시아 문제는 신속하게 답하기 어렵다. 이 문제를 일본의 경제의 기본구조부터 중일무역 및 동남아시아 무역의 실태로부터 파악하고자 한다. 일본은 동남아시아를 단순히 시장 이상의 대상으로 인식해야 한다. 이는 독립에 기초하여 경제자립과 개발에 의한 동남아시아 빈곤 소멸에 의한 공산주의 침입을 예방하고 자유롭게 번영한 아시아 건설에 일조할 수 있다. 동남아시아는 독립 후 일본의 기본적인 국제노선 중 하나가 될 것이다.

2. 안전보장과 미국

조선동란의 최대 교훈은 군사적인 진공상태의 위기에 관한 것이다. 일본의 안전보장은 미일안전보장협정에 의해 미군의 주둔으로 보호받고 있다. 동 협정의 전문에는 "일본이 외부로부터 공격에 대한 방위수단으로서 일본이 효과적이고 자동적으로 상호원조 능력을 갖도록 이르기까지 일본에 미국군대가 주둔하는 것을 희망한다"고 되어 있다. 일본이 미군의 주둔을 의망하므로 미국은 일본에 주둔한다는 형식이다. 이는 표현방식에 불만이 없는 것은 아니나 사실상 일본이 군사적인 진공 상태로 방치되어 있어 일본은 비용전부 이쪽에서 미국의 주둔을 원하는 것으로 한가. 따라서 미일안전보장협정의 사고방식에 대해서는 반대할 이유는 없다. 일본과 미국 그 외 자유국가는 큰 협력으로서 소련과 그 외 공산국가에 침입에 준비해야 한다.

3. 독립 후 당면한 제 운동

제1은 실지회복을 위한 운동이 필요하다. 강화조약이 효력을 발위하면 쿠릴열도 및 남사군도는 일본이 구속될 하등의 이유가 없는 얄타밀약에 의해 일본의 주권에서 벗어나며 광대한 자원지대는 일본에서 소실하게 된다. 제2는 정당한 배상액을 위한 노력이 필요하다. 제1차 대전의 경험을 가진 연합국에서 모든 피해를 배상하도록 하였다. 배상을 일본에 요구하고 있는 국가는 필리핀, 버마, 인도네시아 등 신생국가로 공업화와 사회개혁을 조력하여 아시아 발전의 형태로 하길 바란다. 제3은 중소 강화교섭에서 소련이 강화조약에 조인하지 않은 경우, 소련에 대하여 이후 강화는 부여하지 않거나 부여할 필요는 더욱 없다. 제4는 유엔가입을 희망하는 것이다. 국제연합의 의의를 높게 평가하며 일본의 유엔가입이 소련의 거부권 등으로 허가되지 않으면 유엔가입을 향한 국민운동을 전개하여 국제여론을 환기시켜야 한다.

4. 독립 일본의 기본적인 국제질서

이상을 통해 일본이 추진해야 할 기본적인 노선을 다음과 같다. 첫째, 소련을 중심으로 하는 적색제국주의의 공세애 대항하기 위해 자유주의 국가와 연대하는 것이다. '집단안전보장'의 이념은 존중해야 한다. 일본의 안전도 자유민주주의 국가와의 협력관계에 따라 이루어진다. 둘째, 자유제국과 연대에 이르도록 협력하면서 '동등한 권리'와 '국력에 따른 희생의 평등'이 일본 독립의 관점에서 강하게 주장해야 한다. 셋째, 노선은 자유주의 국가에 기반하면서 아시아의 일국으로 일본은 아시아의 빈곤과 궁핍 그리고 추진성에서 특수성을 주장해야 한다. 넷째, 동남아시아 중시이다. 극동대륙 공산권과의 이탈은 동남아시아를 일본의 경제자립의 사활의 무대로 해야하는 것을 깊이 인식해야 한다.

소련의 평화공세가 겨냥하는 바

1. 조선정전의 소련 배경

조선의 휴전을 교섭한지 1개월이 지나가지만 진전되지 않으며 혼란한 상황이다. 이러한 정세 가운데 소련은 갑자기 슈베르코프 소련 최고회의 의장 이름으로 5대국 평화회의를 개최하여 평화공세에 새로운 진흥을 나타냈으나 이러한 움직임은 소련의 조선동란에서 겨냥하는 바로부터 검토할 필요가 있다. 조선동란에 대한 소련이 겨냥하는 바는 크게 두 가지이다. 첫째는 이른바 자본주의 사회의 안정을 교란시키려는 것이다. 둘째는 지역적으로 볼 때 대일강화를 방해하는 것이다.

2. 휴전의 실효성과 결부한 5대국 평화조약체결 제창

소련의 세계적화방책에는 군사적 공격과 외교적 공격 두 가지 측면이 있다. 지금까지 군사적인 공격저긴 면이 강하게 나타났다. 한편 외교적인 측면에서 평화수호운동, 평화공세라는 측면이 상당히 강해지고 있다.

3. 견지하는 평화공세와 무력투쟁의 동시진행

소련이 평화공세에 힘을 다하여 전개하는 것은 소련의 세계적화에 대한 근본적인 방책 때문이다. 소련은 스스로 세계전쟁에 대한 결의를 내려놓고 있지 않는다. 당분간 상대를 붕괴시키고 대중 가운데 패배주의적인 평화사상을 침습을 시키도록 하는 정책에 지나지 않는다.

4. 소련에 호응하는 일본 공산당

소련의 대일공작을 일본공산당의 측면에서 보면 어떠한가. 일본공산당도 무력투쟁주의와 평화운동주의로 나누어 견지하고 있다. 사실상 주류파이나 제1회 전국협의회의 결정에서 종전 후 2·1 파업까지 일본 공산당은 도시의 대기업 노동자를 중심으로 파업을 실시해왔다. 그러나 이는 실패했다. 홋카이도나 기타규슈지대의 중요한 산업 가운데 장래 공산 혁명의 거점을 만들기 위한 공작을 해야 한다.

5. 문제가 되는 좌파세력과 치안관계

이 문제는 일본 공산당의 움직임과 중소 대일 공작으로 볼 때 지금까지 기성사실과 강화가 나온 후에 일본의 국내에 어떤 영향과 정치적 사회적 움직임이 있는 것과 관련된다. 일본공산당의 최근 지령도 주목해야 한다. 이들은 민주진영의 방위강화에 반대하며 전면적인 이용을 조선동란의 원인을 북조선에 대한 침략이라고 생각하며 5대국 평화조약의 체결에는 찬성하고 있다. 일본사회당의 좌파는 말할 것도 없이 다소 관념적으로 관련되어 있다. 국내적으로 정령개혁을 둘러싼 문제에서 이른바 좌우가 대립하는 것과 치안문제가 크게 부상하는 것도 유사한 맥락이다.

정전을 둘러싼 미국의 움직임

1. 정전교섭의 행방

정전회의는 예상대로 난항을 겪으며 8월 23일 공산 측으로부터 통보를 받아 세계는 암흑으로 들어가게 되었다. 그러나 정전회담을 다시 실행할 가능성도 크다. 왜냐하면 한국전쟁은 미소 양국에게 이익보다는 오히려 해가 된다고 판단할 수도 있기 때문이다.

2. 정전과 미국의 이익

정전이 성공하면 미국은 일체 이익을 갖게 되는 것인가. 조선에서 막대한 소모에 따라 결정적인 승리를 할 수 없는 '제한전쟁'으로 해방되는 것이 가장 첫 번째이다. 미국정부에 의해 전쟁을 수행하는 부담으로부터 해방되는 것은 확실히 이익이다.

3. 미국의 손실

그러나 다른 한편으로 미국의 손실도 적지 않다. 미국 국민의 긴장의 이완에 관한 것이다. 1952년의 예산 막대한 군사지출과 대외군사경제 원조비를 포함한 국방생산법의 중요사항이 미국 의회에 있었다. 민주주의 국가에서 미국에서 이러한 평화공세로 국민을 긴장시키도록 정부가 강권하기는 어려울 것이다.

4. 재군비의 영향

미국 국민의 긴장의 이완은 다음과 같은 결과를 야기한다. 우선 재군비를 포함하여 미국의 자유세계 방위계획의 실행이 연장된다.

5. 극동정책 역행의 위기

미국의 대중소 강경 정책은 실질적인 실패로 명백하게 압력을 가하게 되며 미국은 중소 타협정책을 방향으로 설정할 위험이 있다. 극동정책 가운데 대만의 확보, 국부의 지지, 중공에 대한 부인, 중공국의 유엔 가입 반대 등은 정전이 실현되면 다시금 부상하는 문제이다.

6. 맺으며—미국의 극동정책에 대한 바람

이상으로 우리는 정전의 성공이 미국에 야기하는 마이너스 측면을 보았다. 전후 미국의 극동정책은 동요와 과오의 길, 실패의 연속이었다고 바라보아도 좋다. 그 원인은 첫째, 미국의 극동정책자신에 있다. 미국은 루즈벨트 이래 제국주의반대, 피압박민족해방, 건전한 내셔널리즘의 존중을 아시아 정책의 슬로건으로 하였다. 그러나 실제로 미국이 극동에서 행한 것은 그 반대로 원조한 것은 바오다이나 장개석 등 반동 정권뿐 아니라 대다수 민중을 공산주의나 반미민족주의자로 몰았다. 두 번째 요인은 아시아 자신 가운데 있다. 현재 아시아는 맹렬한 내셔널리즘으로 공산주의와 결부하여 나타난다. 미국의 극동정책에 바라는 것은 다음과 같다. 첫째, 구주 제일주의를 붙잡는 것이 아니라 극동정책을 보다 중시하는 관점에서 유럽의 정책과 극동정책의 균형을 맞추는 것, 둘째, 아시아에서 공산주의 방위는 무기와 동아시아 대중의 생활수준의 향상, 자원의 개발, 사회구조의 근대화, 합리화가 필요하다는 것을 인식하고 포인트포어point four program 정책에 보다 많은 지출을 할 것, 셋째, 아시아 자주성을 인정하는 것이다.

해제내용

일본정치경제연구소는 1946년 8월에 설립되어 일본의 정치, 경제, 사회, 문화에 관한 조사연구와 자료수집을 실시해왔으며 간행물과 미디어를 통해 연구성과를 발표해왔다. 현재는 기업경영 분석이나 국가, 지방자치체, 의회, 행정재정 분석, 시민센터 위탁 등 정책제언과 공익적 목적의 정치경제 사업을 수행하고 있다. 이 글은 샌프란시스코 강화조약과 한국전쟁 시점에서 미국을 대상으로 일본의 입장을 발신한 것으로 볼 수 있다. 필자는 미국의 극동정책에 대하여 유럽과 균형을 맞추어 일본의 중요성을 재고할 것, 동아시아의 생활 향상에 기여할 것, 아시아의 자주성을 인정할 것을 제시하였다. 미국은 1950년대 미국의 외교정책은 제2차 세계대전 이후 공산주의를 저지하고 자유민주주의를 확산하기 위해 적극적으로 국제문제에 개입하는 이른바 자유주의적 국제주의liberal internationalism을 추진하였다. 미국은 1947년 그리스와 터키를 지원하고 1948년 유럽을 위한 마샬플랜, 1949년 나토 군을 창설하는 등 유럽과 미국은 자유와 민주주의 가치를 공유하며 국제적인 공조를 추진했다.

반면 동아시아의 경우 1950년 한국전쟁, 1970년대 베트남 전쟁 등 공산주의와 민주주의의 대립 가운데 극심한 군비경쟁을 해야 했다. 일본은 미국으로부터 중요한 지리적 정치적 위치를 차지하며 협력과 협조를 모색했다. 냉전 종식 후 미국은 유일한 강대국으로 남았으나 1990년대 중국의 부상으로 현재 미중 간 경쟁 구도가 강화되고 있다. 일본은 미국과의 관계에서 양자간 협력뿐 아니라 동아시아 국가로부터 다자주의적 협력관계를 구축하고자 하였다. 이 글을 통해 제시하는 국가전략은 제국주의를 향한 오인을 불식시키고 도덕적 위상을 되찾으며 민주적 평화와 전쟁을 회피하는 것은 매우 중요한 전략으로 보인다. 이 글에서 필자가 제시하는 다자주의는 힘에 의한 안보와 일방주의를 경계하고 국제사회의 신뢰를 회복하기 위한 것으로 나타난다. 당시 일본은 미국의 힘의 지배 아래 패권에 종속되어있으나 아시아의 자주성을 요청하는 것은 일본과 미국의 대등한 관계와 독립적인 지위에 대한 요청과 다름없다.

수록 지면 : 55~67면
키워드 : 미국, 극동정책, 민주주의, 공산주의, 소련, 한국전쟁

정계 회고 20년 (5) 政界回顧二十年(5)

2 · 26 사건 전후 (3) 二 · 二六事件前後—其の三

기타 레이키치(北昤吉)
해제 : 송석원

내용요약

오카다 게이스케岡田啓介 내각은 2 · 26 사건에 책임을 지는 형태로 사직을 표명
했다. 88세의 사이온지 킨모치西園寺公望는 마키노 노부아키牧野伸顯, 기요우라 게이고
清浦圭吾 등 중진과 협의한 후 고노에 후미마로近衛文麿를 후계 내각 수반으로 추천했
으나, 고노에는 건강상의 문제로 사퇴, 결국 히로타 고키広田弘毅가 내각을 구성하
게 되었다. 히로타는 즉시 조각 작업에 들어가 3월 6일 친임식親任式을 거행했다.
그러나 각료 명단은 크게 변경되었다. 2 · 26 사건에 책임을 져야 마땅한 육군이
오히려 이 사건을 이용해 점차 정치에 간섭, 정국을 지배하려 했기 때문이다. 히
로타는 조각 인사와 소속 의원의 입각을 요청하기 위해 정우회와 민정당을 방문
했다. 히로타가 마치다 추지町田忠治 민정당 총재 저택 현관에 도착했을 때, 그를 뒤
따라온 육상 비서관에게 국체명징 철저, 국민 생활 안정, 외교 쇄신, 국방 충실 등
네 항목으로 이루어진 군의 요망서를 전달받고 깜짝 놀랐다. 육상으로 내정된 데
라우치 히사이치寺内寿―는 입각이 곤란할 수 있다고 협박하기도 하고, 육군은 육군
대로 '시국의 중대성을 인식하는 내각 출현을 요망한다'는 성명서를 내기도 했다.
각료 후보 교체交迭는 데라우치가 꾸민 것 같지만, 그의 배경을 이루는 막료들의
조종일뿐이다. 그는 데라우치 마사다케寺内正毅의 아들로 육군 본성 · 참모본부에
들어간 적이 없고, 고 · 스톱 사건을 일으켰고, 2 · 26 사건 직전에 조선사령관에

서 군 참의관이 되었다. 사건의 책임을 지고 군 거물들이 사직해 혼자 남은 참의관으로 육상에까지 올랐을 뿐이다. 마치 전후 미국의 명령으로 정계, 재계, 관계에서 지도자층이 일소되어 샐러리맨 중역이 생기거나 현 의원이나 국장 정도가 장관이 된 것처럼 퇴직 직전의 신 참의관이 시국의 중심인물이 된 것이지만, 중앙의 공기를 전혀 모르기 때문에 일체를 막료의 지령에 따랐다. 막료 정치는 마사키 진자부로真崎甚三郎·아라키 사다오荒木貞夫 등 군 거물을 구축함으로써 고조에 달해 군의 하극상은 더욱 격화했다. 모두가 알고 있듯이, 데라우치는 히로타 내각 말기 하마다 쿠니마쓰浜田国松에게 할복 문답에 밀려 마침내 내각을 무너지게 했다. '부자도 3대까지売家と唐様で書く三代目, 매가(賣家)라고 중국 서체로 쓰는 삼대째, 즉 초대가 모은 재산도 사치해진 3대째에는 다 써버리고 글씨만 잘 쓰는 손자가 '매가'라고 쓰는 것'라는 센류川柳는 러시아 니콜라스, 독일 카이저만이 아니라 일본의 고노에와 사이온지도 그러했지만, 기도 고이치木戸幸一와 데라우치는 2대째에 나라를 망하게 했다. 히로타 내각 초기 각료 명단에서 군의 반대로 사퇴한 외상 요시다 시게루吉田茂는 자유주의자라서, 법상 오하라 나오시小原直는 미노베의 천황기관설 처치가 미온적이어서, 내상 가와사키 타쿠키치川崎卓吉는 정당인이어서, 나카지마 치쿠헤이中島知久平는 군수공업 벼락 부자여서, 시모무라 히로시下村宏는 자유주의의 아사히朝日신문 중역이어서 각각 군의 반대에 직면한 것이었다. 또한 이 내각에서 군부대신, 즉 육상과 해상은 육해군 현역의 대장이나 중장이어야 한다는 규정 개정이 이루어졌다. 이에 대해 추밀원에서 데라우치는 아라키나 마사키가 부활하면 숙군의 목적을 다할 수 없다고 변명했다.

1936년 5월 1일 제60 의회가 개원하기 때문에 4월 30일 기차편으로 니가타에서 도쿄로 돌아왔다. 기차에서는 마쓰키 히로무松木弘, 사토 요이치佐藤与一, 마쓰이 군지松井郡治 등이 동석해 오월동주吳越同舟아닌 오월동차吳越同車였다. 개원식에 연미복을 입었으나, 이러한 복장령服装令은 개정할 필요가 있다. 프로그frog는 장례식이나 참배할 때 착용하는 것이고, 연미복은 야회복으로 정식 만찬, 일등석에서의 연

극 관람, 댄스 등에서 입는 것이다. 따라서 의원이 백주에 연미복을 입고, 마치 박
쥐蝙蝠가 낮에 잘못 나온 것처럼 행동하며 문명국이라고 뽐낸다. 일본의 궁중 복장
령은 유럽에서 가장 유서 깊은 합스부르크가를 배운 것이다.

개원식에 천황이 참석해 "도쿄의 사건은 짐이 근심하는 바이다"라고 말했다.
혈기왕성한 정우회의 소장 의원은 우는 자도 있었다. 끝나고 '조국회'의 가쓰마
타 하루이치勝又春一가 와서는 "기타군, 울었나"라고 물어 엄숙한 기분이었을 뿐이
라고 답하자 그는 "울지 않은 놈이 있었네"라며 분개했다. 기성 정당이 나쁘다고
하지만, 존왕심이 이상異常 발달한 자가 있음도 잊어서는 안 된다.

나는 오자키 유키오尾崎行雄와는 친하게懇意 지냈다. 1933년 두 번째 외유를 마치
고 귀국할 당시 그와 같은 배를 탔는데, 그가 미국 체류 당시『중앙공론』에 쓴 '묘
표墓標에 대신해서'라는 글이 우익의 감정을 해쳐 배가 세토瀬戸 내해에 들어오지 않
았을 때부터 "살아서는 상륙시키지 않겠다"는 전보가 전해져, 나는 국수대중당 사
사가와 료이치笹川良一에게 "곧 고베를 통해 귀국, 환영 부탁"이라는 전보를 보내 그
들이 수하를 보냄으로써 무사히 오자키 상륙을 도운 적이 있다. 익찬회 반대 연설
등 그의 자유로운 논의를 의회에서 할 수 있게 하기 위해서도 진력했다.

제69 의회는 2·26 사건 후에 열린 의회로 긴장하고 성실하게 임했다. 5월 6일
은 비밀회에서 데라우치 육상이 2·26 사건의 진상을 보고했다. 설명은 불충분했
고 질문자도 충분한 재료를 갖고 있지 못해 깊이 파고들지 못했지만, 스기우라 다
케오杉浦武雄의 질문만은 빛났다. 그는 "제군의 행동은 국체의 참모습真姿을 발현한
것"이라거나 "제군의 정신은 천청天聽에 달했다"고 추켜세운 뒤, 황군의 일부로 미
야케 언덕三宅坂 일대 경비에 임하게 하고, 식량까지 공급하더니 이제 와 반군이라
고 하는 것은 당치도 않다고 외쳐 군 당국을 곤혹스럽게 했다. 데라우치는 사건이
외부의 선동에 의한 것으로, 그 사상은 우리 국체와는 모순된 과격한 언동矯激이고
공산주의적인 미증유의 불상사라고 흥분昻奮하며 말했다. 이에 대해 나는 군인이

외부 사상의 영향을 받는 것은 있지만, 국체와 절대로 일치하지 않는 사상에 침범당할 정도로 군대 교육이 되어 있지 않을 리가 없지 않은가, 또한 국방 강화를 고무한 신문반의 '육군 팸플릿'이야말로 소련식 국방 강화론으로 2・26 사건뿐 아니라 5・15 사건에서도 '육군 팸플릿'에 의한 점이 많지 않았나 하는 질문을 했다. 데라우치는 확실히 명언하지는 않았지만, 형의 『국체론』에 천황기관설을 기술한 부분을 국체와 모순된 사상이라고 생각하고, 『일본개조법안대강』에서의 주장을 공산주의라고 허둥댄 것은 분명하다. 개조법안에는 황실 재산의 국가 하부下附, 지주 토지를 10정보町步로 제한, 사유재산을 백만 엔 한도로 제한, 사적 기업을 천만 엔 단위로 할 것, 도회지 토지를 시유市有로 할 것, 화족제 폐지, 귀족원・추밀원 폐지 등을 요구했다. 황실 재산을 폐지하지만, 황실비는 연 3천만 엔현재 30억 엔 이상으로 하도록 주장했다. 맥아더 농지개혁은 토지 1정보, 부재지주는 1반보反步도 소유할 수 없게 되어 있다. 외교는 미국과 경제동맹을 맺고 중국과는 군사동맹을 결성해 영국과 소련의 침략을 막고 미국과 일본이 공동으로 중국을 개발해야 한다고 주장했다. 어디에도 공산주의는 없다. 육군이 서정일신庶政一新, 현상타파를 외치며 기타 잇키의 개조법안의 대강을 실행하면 미일전쟁의 어리석음을 범하지 않고 소련도 동양에 진출하지 못했으며, 일본은 현재 미국에 이은 번영국가가 되어 있을 것이 아닌가 하는 점을 지적하고 싶었지만, 의회의 공기가 살벌한 데다 형의 사상을 변호하는 것은 개인적 감정私情에 이끌린 것이라고 여겨지는 것도 좋지 않다고 생각해 진상이 규명된 후에 질문하기로 하고 그만두었다.

　나는 2・26 사건의 중심인물로 여겨져 사형선고를 받은 이소베 아사이치磯部淺一 대위가 부인에게 보낸 수기를 전달받았다. 그가 나에게 보여주라고 했기 때문이다. 수기에는 비밀재판에 대해 천하에 공표해서 군법회의의 속임을 밝혀 재판장인 데라우치 육상을 매장하고 내각을 무너트려 군법회의를 파괴해달라고 요망했다. 나는 이 수기를 장래에 남길 필요가 있다고 생각해 야마토やまと신문사를 방문

해 이와타 후미오岩田富美夫 사장과 상담, 사진으로 찍어두었다. 사진을 찍을 때는 무라타 요시타로村田芳太郎, 아사오카 노부오浅岡信夫, 후지와라 시게타로藤原繁太郎를 입회시켜 67매씩 찍었다. 수기의 내용은 대체로 내가 생각한 것과 같았다. 나는 이 수기를 사장시켜서는 안 된다고 생각해 에토 겐쿠로江藤源九郎 등에게 보여줬는데, 이와타 밑의 모씨某氏가 이것을 헌병대 소령에게 보여줘, 촬영에 입회한 세명이 헌병대에 검거되었다. 헌병은 우리 집에도 왔다. 아내가 남편은 에토 겐쿠로에게 갔으니 그곳으로 가보라, 남편은 도망가거나 숨거나 하지 않는 성격이라고 태연했다. 아내는 몸은 허약했지만 기가 강했다. 내가 당신은 모모타로桃太郎와 반대로군, '기는 온순하지만, 힘은 장사'가 아니라 '기는 강하지만, 힘은 없네'라고 말해 아내가 화를 낸 적도 있다. 나는 헌병대에 출두했다.

헌병 소령	"기타 씨, 이소베 옥중 수기를 사진으로 찍어 여러 사람에게 배포했지요."
나	"그런 기억이 없다."
헌병 소령	"감춰도 소용없어요. 확실한 증거가 있어요."
나	"증거가 있으면 보여주시오."
헌병 소령	"거짓말하면 군법교란죄라는 중죄가 됩니다."
나	"비밀군법회의를 밖에서 교란攪乱할 수는 없는 노릇 아니오."

헌병 소령은 책상 위에 사진 몇 장을 내놓았다. 나는 하는 수 없이 "거짓말해서 미안합니다. 사진을 찍은 사람들과 사실을 불지 않겠다고 약속했기 때문에 당신에게 사실을 말하면 상대에게 거짓말한 것이 되고 상대에게 충실하면 당신에게 거짓말을 할 수밖에 없었소"라고 말했다. "어떠한 처분도 달게 받겠다"고 하자, 소령은 당신 전화를 수일 전부터 도청했으나 사진을 찍은 것도 타인에게 보인 것도 당신 책임은 아니니 이후 근신하면 된다며 돌아가도 좋다고 했다. 그러면서 아

사오카에게 군법 교란죄로 걸어 8년은 감옥에 처넣겠다고 위협해도, 그가 머리를 들이대며 내게 죄가 있으면 총으로 쏴도 좋다고 했다며 대단한 사람이라고 소령은 말했다. 나는 이것을 계기로 아사오카가 뭔가 큰일을 하기에 충분한 사람이라고 확신하게 되었다.

히로타 내각은 민정당과 정우회에서 각 2명씩 각료로 임명해 거국일치내각을 표명했으나 군부의 국방 강화 추진력에 눌려 군과 정당의 중간에 끼어 이러지도 저러지도 못했다. 히로타 내각은 한편에서는 부전주의不戰主義를 표방해 동양 평화를 확립한다면서, 다른 한편에서는 준전시 예산을 수립하려 했다. 한쪽에서는 국방 강화를 주장하고 다른 쪽에서는 민생안정을 주장하는 두 머리兩頭의 괴물은 방공협정까지 해서 국교 조정이 아닌 국교단절의 자세를 정비하는 모순에 빠졌다. 제70 의회에서 하마다 쿠니마쓰는 데라우치의 정당 배격, 군부 만능 연설에 대해 "일찍이 몽골 백만 군이 일본 서쪽 변두리西陲를 습격했지만 일본 남자는 이를 물리쳤다. 그런데 만몽滿蒙에서 폭위暴威를 휘두르는 우리 육군의 폭풍은 먼저 규슈九州 서안을 습격하고 동진해 제국의 수도帝都를 위협하기 시작하고 있다. 우리는 결단코 이를 저지해야만 한다"며 눈에 보이는 듯한 묘사법으로 육군의 정치 관여, 정당 배격을 역습하는 날카로운 독설을 퍼부었다. 이에 대해 데라우치는 육군에 대한 모욕이라며 반발했다. 나도 "데라우치, 뭘 모욕한 거야"라고 야유했다. 하마다에게 다시 연단에 서라는 말이 나오는 가운데 "데라우치 바보 같은 놈"이라는 말까지 나왔다. 데라우치를 이름만 부르며 야유한 것은 내가 원조인 것 같다. 다시 연단에 선 하마다는 "육상이 거짓말했나, 내가 거짓말했나. 내가 거짓말했다면 할복이라도 하겠다. 육상도 거짓말했으면 할복하라"고 말해 유명한 할복 문제가 되었다. 결국 히로타 내각은 총사직했다. 의원 생활 중 이때가 가장 기뻤다. 도각倒閣이 내 공은 아니었지만, 이소베 대위의 염원은 데라우치 타도로 일단 이뤄졌다. 그러나 이어 탄생한 하야시 센주로林銑十郎 내각은 정당에서 각료를 취하지 않고 정당을 적으로 해서 무모한 해산을 해 육군의 정당 정벌은 점점 노골화되고 마침내 중일전쟁을 일으키는 세력을 만들었다.

해제내용

2·26 사건 이후의 히로타 내각 성립과정에서의 각료 인선을 둘러싼 군부와 정당의 확집確執 양상부터 총사직에 이르기까지를 회고하고 있다. 각료 인선 과정에서 군부는 요시다 시게루, 오하라 나오시, 가와사키 타쿠키치, 나카지마 치쿠헤이, 시모무라 히로시 등의 입각을 저마다의 이유를 들어 반대해서 목적을 달성했는데, 결국은 군부에 호의적이지 않다는 점이 주요 반대 이유였다. 2·26 사건과 관련에 자중해야 할 형편의 군이 자중은커녕 오히려 향후의 정국을 장악해가는 과정에서 내세운 논리와 행동이 흥미롭다. 동시에 마사키 진자부로나 아라키 사다오 등 군의 거물을 몰아낸 것을 계기로 이들이 다시 복귀하면 숙군肅軍의 의미가 없다는 변명을 토대로 육상과 해상에 현역 육군 대장이나 중장을 임명하도록 규정을 개정하기도 했다. 이로써 군부의 정치 간섭은 더욱 노골화되어 갔다.

저자는 히로타 내각 당시 의원 선거에 당선되어 의회에서 활동하게 되는데, 2·26 사건의 중심인물로 사형선고를 받은 이소베 아사이치의 수기를 전달받아 이를 사진으로 찍어 보관하면서 주변 인물에게 보여주었고, 그 과정에 헌병대에 발각되어 헌병대에 출두해 심문을 받기도 했다. 수기의 주요 내용이 군법회의가 엉터리로 진행되고 있다는 점에서 이를 세상에 알려 군법회의 재판장인 데라우치 타도, 히로타 내각 도각 실현을 요망하는 것이었는데, 결과적으로는 이러한 이소베의 요망은 실현되었다. 오자키 유키오를 우익의 공격으로부터 지킨 내용이나 헌병대 출두 당시 헌병 소령과의 문답, 제70회 의회에서의 하마다 쿠니마쓰 연설을 둘러싼 상황 묘사 등은 마치 활극을 보는 듯한 느낌을 준다. 여하튼 이번 호 저자 회상의 중심은 데라우치와 그를 통한 군부 비판이라고 할 수 있다. 데라우치에 대한 저자의 입장은 그가 육상이 된 것 자체가 자신의 능력에 의한 것이기보다 2·26 사건으로 상급자가 물러났기 때문에 벼락출세한 것이며, '부자도 3대까지'라는 센류川柳를 들어 러시아 니콜라스, 독일 카이저, 일본 고노에와 사이온지도 그러했다고 하면서 '기도 고이치와 데라우치는 2대째에 나라를 망하게 했다'는 품평에서도 잘 나타나 있듯이 상당히 부정적이다. 데라우치가 막료들에게 조종을 당했을 뿐이라는 견해 역시 그의 무능, 무정견에 대한 저자의 비판이 드러난다.

저자가 이번 호 글에서 사건 회고와는 다소 벗어나 연미복 착용으로 대표되는 복장령 개정 필요성을 언급하거나 헌병대가 집에 들이닥쳤을 당시 아내의 대응을 소개한 부분도 흥미롭다. 전자는 상식이고 관례가 되어 있는 복장령이 사실은 외국의 사례를 오역한 결과라는 점을 지적하고 있고, 후자는 군부의 정치 개입이 노골화되는 시기에 남편을 찾아온 헌병대에 대해 당당하게 말하는 여성의 모습에서 일반적으로 순종적일 것이라는 이미지를 벗어난 강한 면모를 전해주기 때문이다. 한편, 1936년 니가타발 도쿄행 기차에 오월동차吳越同車한 사람으로 마쓰모토松木, 사토 신이치佐藤真一를 언급하고 있는데, 각각 마쓰키 히로무松木弘, 사토 요이치佐藤与一의 오기誤記이다.

수록 지면 : 120~132면
키워드 : 히로타 내각, 2·26 사건, 제69 의회

1951년 11월

먼저 윤도倫道를 바로 잡아라

샌프란시스코에서 열린 강화회의도 예정대로 진행되어 9월 8일에는 조인식도 진행되어 이제는 각국의 비준을 기다리기만 하는 단계가 되었다. 드디어 우리 일본도 독립국으로서 열국과 함께 어깨를 나란히 할 날이 가까워지고 있다.

되돌아보면 패전 후 6년 남짓 일본은 물질적인 결핍도 있지만 일반인 마음이 공허해져서 마치 영혼을 빼앗긴 것처럼 평소에는 상상도 할 수 없었던 이상한 일, 추태가 속출에서 날을 거듭할수록 도의道義가 퇴폐한 것은 세상 사람들이 모두 아는 사실이다.

무슨 까닭으로 이토록 퇴폐 분위기가 전국을 뒤덮게 되었는가를 생각해보면, 물자 결핍, 생활고 등 원인은 많이 있을 것이다. 특히 새로운 것을 추구하는 경박한 자들이 예로부터 내려오는 도덕을 모두 봉건적이라고 냉소, 매도하고, 은사를 독살한 치과의사, 금각사를 태워버린 대학생, 친구에 상해를 입히고 등록금을 빼앗아서 애인과 줄행랑을 친 청년, 부모를 독살하는 자식 등 이러한 사건이 지난 6년 동안 매일매일 신문을 장식한 것이다. 이렇다 보니 배신행위나 사기 등은 일상적인 일이 되어 횡행하였다. 이를 지금 사회의 한 면으로 볼 것인가? 면은 얼굴이다. 이런 얼굴로 뻔뻔하게도 문화국가를 논하면서 열국 사이에 끼려고 하는가? 부끄러워해야 할 일이다.

개인에게 인상人相이 있듯이 사회에도 사회상社會相이라는 것이 있다고 생각한다. 고결하고 자애慈愛가 있는 인상을 한 사람에게는 덕망도 모이고 신용도 쌓이지만 추악한 상을 한 사람에게는 그저 불쾌한 감정을 줄 뿐일 것이다. 그러나 타고난 인상도 수양으로 개선할 수 있다. 사회상도 물론 풍교風敎 여하에 따라서 개선할 수 있다. 어떻게 해서 이 퇴폐적인 추악한 상을 개선할 것인가?

본인은 먼저 윤도倫道를 바로 잡는 일부터 출발해야 한다고 생각한다. 부모로서는 자慈, 자식으로서는 효孝, 부부 사이는 화和이다. 이들은 정말로 평범한 상식이지만 이들을 실행함을 시작으로 도의를 되돌려놓고 싶다.

초목의 뿌리가 땅속에 있듯이, 인생의 뿌리는 가정에 있다. 근친 사이에 윤도가 올바르게 행하여진다면 그 바탕은 건전하고 가지와 잎도 무성하게 자랄 것이다. 그런데 요즘 말하는 이른바 신인新人은 이런 것을 아주 고지식한 것으로 볼 것이다. 그들은 진리를 비근卑近에서 찾을 수 있다는 사실을 모르는 것이다.

원래 '자'나 '효'라는 것은 사람의 천성에서 시작되는 지정至情 즉 지극히 두터운 정분이다. 누구든 부모가 되면 '자', 자식으로서는 '효'가 자연스러운 것이나, 이를 왜곡해서 새로운 길로 가려는 것은 부자연스러운 일이라는 것을 깨닫지 못한 것이다. 옛 현철賢哲이 가르침을 세운다는 것은 이 순하고 선한 천성을 왜곡하고 꺾지 않고 마음의 중심을 잡고 정진하라는 뜻이다.

부부의 화합도 마찬가지이다. 애당초 남녀가 서로 사랑해서 하나가 되어 남편이 되고 아내가 되는 것이다. 서로 이 사람과 일생의 고락苦樂을 함께 나눈다는 뜻이다. 그랬던 것이 처음에는 서로 사랑하며 하나였으나 얼마 가지 않아서 서로 증오하며 헤어지게 되면 어떤가? 어느 남녀든 그것이 옳은 길이라고 생각지는 않을 것이다. 본인은 자유결혼을 결코 나쁘다고 생각하지도 않을 뿐더러, 진정으로 서로 사랑하고 결합하는 것을 자연스러운 일로 생각한다. 다만, 청춘의 들뜬 기분으로 경솔하게 합치고 경솔하게 헤어지는 것을 우려하는 것이다. 헤어진 다음에 서로 다른 상대를 찾는다. 따라서 남자도 여자도 정조 관념이라는 것은 상실할 뿐아니라, 이를 구식 도덕으로 보고 냉소하게 된다. 정조 관념이 없는 부부가 만든 가정은 건전하다고는 할 수 없을 것이다. 그러나 부득이한 사정에 의한 재혼은 물론 비난할 일은 아니다.

부모와 자식, 남편과 아내의 관계는 인륜의 2대 근본이다. 이것이 어지러워져서는 건전한 가정이 될 수는 없고 건전한 사회도 존재할 수 없다.

근친에 이어 중요한 것은 붕우朋友 즉 친구이다. 친구에 의해서 사람은 사회에 진출하게 된다. 친구 사이를 잇는 것은 '신信' 즉 믿음이다. 친구 사이에 나누는 신의信義를 아는 사람, 모르는 사람에게 널리 공유할 수 있다면 그 사람은 분명 훌륭한 사회인이다. 예를 들면 외국에 수출하는 상품의 경우, 자칫 잘못하면 가짜상품으로 외국인의 경멸을 받게 된다. 이런 일이 발생하면 크게는 한 나라의 신용을 떨어뜨리는 일이며, 이는 실로 유감이다. 요건대 이런 혼란스럽고 퇴폐한 사회를 구하기 위해서는 가까운 곳부터 견실한 첫걸음을 내딛는 것 말고는 방법이 없다. 첫걸음이란 바로 윤도를 바로 잡는 일이다.

동양에의 회귀 東洋への回帰

아카마쓰 가쓰마로(赤松克麿)

해제 : 전성곤

내용요약

현대 젊은이들의 미국 동경憧憬의 풍조에 대해 일종의 위기감을 느낀다. 내 의견의 결론이기도 한데, 미국 문명은 부분적으로 배울 점이 있지만, 그 통일적 전체로서 그 근본적 성격으로서 오늘날 젊은이들의 동경의 대상이 될 정도로 인류의 최고점일까. 나는 이에 대해 큰 의문을 갖게 된다. 물론 미국 문명 중에는 일본인이 배울 만한 것이 많다. 예를 들면 과학기술, 능률주의, 편리한 생활양식 등 우리들이 받아들일 만한 것이 적지 않다. 좋은 의미에서의 개인주의, 즉 강한 독립자영의 정신도 배울 만하다고 생각한다. 다른 한편으로 생각하면 금후 일본으로서 미국과의 우애 관계를 심화해 가는데 미국의 국민성, 미국의 정치, 경제, 문화상태를 충분하게 알아 두는 것도 지극히 필요하기도 하다. 따라서 일본의 청년들이 미국에 유학하는 것은 지금 논한 관점에 근거하듯이 좋은 일이라고 생각한다. 널리 지식을 세계에서 찾는 것은 메이지유신의 위대한 정신의 하나였는데 이 정신이 필요한 것은 금후 일본에서 변함없는 일이다. 청년은 언제나 시대 감각의 선단先端을 가는 것이다. 이전 막부幕府 말기시대에 일본에 흘러온 서양문명에 경이로운 눈을 갖게 된 청년들은 서로 경쟁하듯이 나가사키로 가서 난학을 수학했다. 후쿠자와 유키치福澤諭吉와 오쿠마 시게노부大隈重信도 그중 한 사람이다. 메이지기에 들어와 문명개화의 파도가 높아지자 다수 청년들이 청운의 뜻을 품고 해외로 유학을 떠난 것이다.

현대를 제2의 문명개화의 시대라고 생각한다. 첫 번째, 문명개화 시대는 메이지기이고 두 번째 문명개화 시대는 패전 이후의 민주주의 시대이다. 메이지기의 문명개화는 외형적으로는 놀랄만한 변화를 일본에 가져왔지만, 내면적으로는 그다지 강한 영향을 주지 못했다. 메이지기의 지도자들은 어릴때부터 동양적 교양을 쌓고 그 동양적 성격을 바꾸지 않고 서양문명을 흡수한 것이다. 즉 화혼양재和魂洋才의 세기였다. 기술로서 제도로서 서양문명을 흡수한 것이다. 이점이 현대 제2의 문명개화와 근본적으로 다른 것이다. 현대는 미국식의 신제도를 받아들임과 동시에 정신을 받아들이고 있다. 일본인의 사상의 중핵에 민주주의를 받아들였다. 제1의 문명개화를 화혼양재라고 한다면 제2의 문명개화는 양혼양재洋魂洋才이다. 메이지기의 지도자들의 태도에는 서양문명의 섭취방식에서 자주적인 측면이 있었다. 그들은 강요받아 어쩔 수 없이 받아들인 것이 아니다. 조국의 독립을 유지하기 위해 스스로 자진해서 받아들인 것이다.

'일본의 민주화'는 일본 국민에 대해 지상 명령이었다. 이것은 지금까지 국민이 갖고 있던 내면적인 것, 외면적인 것에 대한 전면적 변혁의 명령이었다. 국민은 아무 말 없이 이것을 수락하지 않을 수 없었다. 그런데 이 명령을 받고 일어난 정치가, 경제인, 문화인들은 일제히 '민주일본 건설'을 슬로건으로 국가건설에 착수했다. 민주주의라는 말은 이전에는 지배계급에 의해 금지단어로 지정된 말이었는데, 지금은 전국 방방곡곡에 보급되어 연설에도, 인사말에도, 라쿠고 만자이落語万才에도 등장한다. 일상회화 중에도 나온다. 이미 민주주의는 새로운 일본의 지도원리가 된 것이다. 도덕도 정치도 경제도 교육도 더 나아가 친자관계도 남녀관계도, 사제관계도 모두가 민주주의 일색으로 물들게 되었다.

미국의 지도자들도 일본의 민주화가 이렇게 쉽게 진행된 것에 대해 의외의 감정을 가졌을 것이다. 일본국민은 완고한 개성을 가진 국민이라고 생각하고 있었는데 의외로 흔쾌히 민주주의를 받아들였기 때문이다. 군국주의 시대에는 군국주의에 열광하고 민주주의 시대에는 민주주의를 예찬한다. 이 국민성은 종순從順하다고 생각하며 다루기 쉬운 국민이라고 그들은 생각했을 것이다. 일본의 민주혁명은 실로 역사가 시작된 이래 최대의 혁명이었다. 메이지유신도 커다란 혁명이었지만 이번 혁명은 메이지유신과는 비교도 안 된다. 나는 이 민주혁명에 대해 전면적으로 반대지는 않는다. 군국 일본에서 평화일본의 성격적 변혁, 의회정치의 확립, 인권 존중, 경제 민주화, 토지개혁, 노동조합의 공인, 부인의 존중 등 모든 것이 아주 좋은 일이다. 고루한 보수적 구습이 일소된 것은 환영할 만하다. 내가 문제시하는 것은 개개의 민주주의 정책이 아니라 문명의 본질이다. 나는 미국의 문명만을 문제로 하는 것은 아니다. 미국 문명이나 러시아 문명을 포함해서 그리고 이들 양 문명의 원류를 이루는 유럽 문명의 본질을 문제시하는 것이다. 즉 서양문명이 본질적으로 금후 세계를 지도하는데 충분하고 올바른 근거를 갖는가 라는 점에 커다란 문제가 있다.

현대의 일본인은 전쟁의 참해慘害를 몸소 체험했기 때문에 전쟁반대 감정이 강하지만, 만약 공리적 국가주의를 개선하지 않는다면 전쟁의 참해를 체험하지 않은 장래의 일본인이 인구과잉과 자원 결핍을 타개하기 위해 다시 제국주의 방향으로 전환하지 않는다고 단언할 수 없다. 따라서 봉건일본에서 민주일본으로 전향하는 것으로 문제는 해결되지 않는다. 요는 공리功利 일본에서 도의道義 일본으로 전향하지 않으면 안 된다. 그리하여 비로소 평화 일본이 생겨나는 것이다. 요즘 평화를 외치는 목소리가 높지만, 진정한 평화 확립은 결코 쉬운 것이 아니다. 진정한 평화 일본을 건설하려면, 국민적 성격의 혁명을 필요로 한다. 자기혁명에서 출발한 것이 아니면 진정한 평화주의가 아니다. 일본의 자기혁명은 제국주의를 낳은 서양 민주주의에 선 혁명이 아니라 그것을 넘는 한 단 더 높은 정신에 서는 혁명이어야 한다. 이 높은 정신을 파악하기 위해 우리들은 조상의 혼의 고향인 고대 동양의 위대한 정신을 되돌아볼 시기가 온 것이다.

해제내용

아카마쓰 가쓰마로는 전전에 우파적인 국가사회주의에 관심을 갖고 활동한 인물로, 전후에도 역시 혁명에 대한 논점을 이어간 평론가이다. 전전에 교류하던 쓰쿠이 다쓰오 역시 일본 국가사회주의자로 알려진 인물로 다카바타케 모토유키高畠素之와 관계성도 깊었다. 쇼와昭和 초기 건국회建国会, 애국근로당愛国勤労党, 급진애국당 등을 조직하고, 대중운동을 전개했다. 그 핵심은 천황 중심주의를 긍정하는 논점에 서 있었다는 점이다. 아카마쓰 가쓰마로 역시 일본 사회운동사 사상의 주축을 이루며 전후 신국민운동을 이끌었다. 아카마쓰 가쓰마로는 세계의 역사 속에서 현재의 역사를 논술하고, 미래를 향한 혁명 사상을 논술했다.

예를 들면 아카마쓰는 당시 1951년을 미국이 지도하는 세계만들기와 소련이 만드는 세계의 대립이라고 파악했다. 일본이 미국권 내에 들어가 미국 문명의 영향 아래에 속해 있는 현실에 대해 재고하는 시점을 제시한다. 즉 미국이 20세기를 지배하고 있지만, 사실 백 년 전에는 영국의 시대였듯이, 세계는 시대마다 지배의 논리가 바뀔 수 있다는 점을 강조한다. 이처럼 역사의 순환을 객관적으로 파악하는 자세를 주창하게 된다. 왜냐하면 일본인의 자주성을 획득하기 위한 방법론 모색이었기 때문이다.

아카마쓰는 전후 일본이 미국의 문명권으로 들어간 현실을 수용하면서도, 이로부터 주체적으로 탈피하는 논리를 찾아내고자 했다. 그것은 19세기 서양세력이 동아시아로 진출해 온 것을 상기하면서부터 시작하고자 한다. 베트남이 프랑스에 지배를 받고 홍콩이 영국에 지배를 받게 되자 일본 내부에서는 가쓰 가이슈勝海舟와 사이고 다카모리西郷隆盛가 평화회담을 시도했고, 국가통일을 이루어, 서양세력으로부터 일본을 구하고, 일본의 독립을 유지하는 역할을 했다고 보았다.

메이지 정부가 서양적 군비나 제도, 기술을 받아들이면서 서구화 정책을 취했던 것이, 바로 국가통일과 자주적이고 정신적 독립을 통해 실현했다고 논한다. 그런데 전후 민주주의는 '일본 민주화'라는 미국식 민주주의에 종속을 의미했고, 메이지기처럼 자주적 민주화를 이루지 못하고 있음을 지적한다. 아카마쓰 가쓰마로는 이 점에 초점을 맞추어, 서구인이 인정한 동양문명의 우월성을 재고한다.

즉 일본인이 무비판적으로 서양문명을 받아들이는 '순수성'을 문제 제기하면서, 카를 뢰비트Karl Lowith가 지적하듯이 전후 일본의 젊은이들이 무비판적으로 미국 문명을 받아들이는 점에 대해 비판했다. 새로운 일본이란 자기를 상실한 미국의 문화적 식민지국가라고 표현한다. 이전에 서양인이 자긍심과 자신을 갖고 세계를 지도해 온 문명에 대해 그들은 이미 자신과 신뢰를 갖지 못하게 되었다. 서양문명이 민주주의의 정치, 자본주의의 경제, 제국주의, 공산주의, 과학기술의 진보 등 세계의 변모를 가져왔지만, 문명의 뒤편에 인간성이 위축된 휴머니즘의 상실을 동반했음을 비판하고, 일본은 새로운 인간의 내면생활에 대한 자주성을 통한 '인간성'의 실존적 철학에 대한 중요성을 각성시키고자 했다. 아카마쓰 가쓰마로의 저서 중『일본사회운동의 역사적 연구』1948나『일본사회운동사』1952는 '동양 대한 향수'를 어떻게 형성했는지를 보여주는 중요 저서라고 여겨지는데, 이것 또한 검토할 필요가 있을 듯하다.

수록 지면 : 8~16면
키워드 : 미국 문명, 후쿠자와 유키치, 오쿠마 시게노부, 양혼양재, 자기혁명

일본재무장과 헌법과 간련 日本再武装と憲法との干聯

미노베 설명의 해명 美濃部説の解明

고가 다케시 (古賀斌)
해제 : 석주희

내용요약

최근 미소대립의 급박한 상황은 일본의 재무장에 대한 불가피함을 보이는 것인가하는 것과 각 방면에서 전쟁포기의 조항을 만드는 신헌법에 관한 논의가 매우 활발하게 이루어져왔다. 형식적인 것으로는 구헌법 제73조를 따라 구헌법 개정안으로서 정부가 의회에서 부의한 의결을 따라 구헌법의 연장, 문자 그대로 개정안에 지나지 않는다. 신헌법은 개정수속을 제7조 그 외에 명백하게 소위 민정헌법주의를 채용하고 있는 것은 요원하다. 미노베 다쓰키치 美濃部達吉 박사는 '신헌법은 종래의 헌법과 비교하여 근본적으로 주의를 일변한 것'으로 '진정한 무혈혁명으로 말할 수 있는 변혁을 실현한 것이다'라고 서술하기에 이르렀다. 미노베 박사의 언사는 무엇보다 이를 표상하고 있다. 일본의 전후 헌법은 천황과 대의정치와의 단절을 했다. 영국의 헌정사를 보면 19세기 초반에 일어난 국가의 정치적 사회적 혼란 가운데 영국왕위의 최근 위기로 불리는 에드워드 8세 퇴위를 거쳐 한층 견고하게 완전히 구축한 영국왕의 현재에 따라 일본천황제의 미래를 생각할 수 있다. 미노베 씨는 '국순 또는 국풍으로 말하는 우리나라의 고유한 국가에 가장 중요한 역사적 윤리적 특질'을 나타내는 국체는—치안유지법과 그 법률적인 의의에 대한 '국체'로 분리하여 해설한다.

요시다 수상에 이어서 소위 '새로운 애국심' 등의 문제나 '기미가요'를 대신할 국가에 대하여 논의되고 있다. 학교에서 수신과修身科의 부활, 또는 교육칙어를 대신할 새로운 도덕원리의 필요성이 나타나고 있다. 미노베 씨의 일본천황제에 대한 견해는 물론 엥겔스, 또는 마르크스주의의 해석이 정통 한가의 여부는 알 수 없다. 알지 못했다고 하더라도 마르크스주의자들의 오용을 기반으로 하고 있다. 헌법 그 자체는 절대군주제에 있음에도 불구하고 일본 자본주의의 비약적인 발전단계로 인하여 절대 군주제의 부르주아지에 대한 수호를 야기하였다. 일정한 계급 관계를 유지하기 위해서 일본에서는 특히 쁘띠 부르주아지의 정치적인 대표적 의견이 필요하게 되었다는 것이 미노베설이다.

헌법개혁이라는 것은 단순한 정치혁명이 아니다. 이는 학자의 소위 사회혁명에 대한 의의를 포함한다. 자본주의적 조직을 근본적으로 변혁하는 사회혁명을 의미하는 것이다. 일부 논자가 주장하는 것과 같이 전쟁은 포기했으나 자위권까지 반납한 것은 아니다. 자위를 완전히 시행할 수 있다고 가정하는 것은 심각한 오류이다.

근대 민주주의의 정치이론에 따르면 피선거권자의 정치적 생각과 선악의 양심에 따라 또는 선호하는 자와 선호하지 않는 자 사이에 차이를 둔다. 선거의 자유를 보증하고 있으나 해석 헌법에 따라 제44조에서 양원 의원 및 선거인의 자격은 '인종, 신념, 사회적 신분, 가문, 교육, 재산 또는 수입에 의해 차별하지 않는다'고 규정했다. 여기에 즉시 해산, 총선거, 헌법 개정 등의 쟁점이 있다. 내가 말하는 해산 및 헌법 개정에 대한 의의는 단순히 재군비를 위한 것만은 아니다.

해제내용

『일본급일본인』 11월호는 헌법과 관련한 문제를 심도있게 다루었다. 고가 다케시는 일본국헌법을 신헌법으로, 메이지헌법은 구 헌법으로 대비하고 천황과 헌법, 자위권, 선거권 등을 검토하였다. 1946년 쇼와 천황은 "제국헌법을 전면 개정한 것으로 국가 재건의 기초를 인류 보편의 원리에 따라 자유롭게 표명된 국민의 총의에 따라 확정하였다"고 선언했다. 또한 천황 자신에 대해서는 "짐은 국민과 함께 전력을 다하여 서로 화합하여 이 헌법을 바르게 운용하고 절도 및 책임을 존중하며, 자유와 평화를 사랑하는 문화 국가를 건설하도록 노력하고자 한다"며 일본국 헌법을 공포하였다. 이로서 일본에서 주권은 천황에 종속된 것이 아니라 국민 스스로 주권을 행사하며 국민에 의해 선출하는 국회로 대표되게 되었다. 필자는 이 같은 헌법의 권리와 국민 주권은 단순히 재군비 승인이나 천황제를 위한 것이 아니며 헌법을 통한 일본 국민의 정의와 질서는 무엇인지에 대한 근본적인 물음을 제기한다. 이 글에서 필자는 미노베 천황설이나 기미가요를 대신할 애국가의 부재 등은 신헌법에서 재고해야 할 대상으로 인식한다. 일본 국민은 헌법과 정치제도를 통해 천황과 분리되어 국가의 지배로부터 벗어나 자율적이고 기본적인 인권을 가지게 되었음을 과거의 논의로부터 명확히 제시하고 있다.

수록 지면 : 17~25면
키워드 : 신헌법, 미노베 다쓰키치, 신헌법, 재무장

재군비를 위해 헌법 개정이 필요 再軍備に憲法改正の要あり

전후 헌법론의 비판 戰後憲法論の批判

오구시 도요오 (大串兎代夫)

해제 : 석주희

내용요약

미국이 신헌법의 초안을 작성했다는 것은 뉴스위크지에서 인정하고 있다. 이러한 사실을 솔직하게 인정하는 것이 헌법의 성립과정과 이후의 헌법 해석상에 관한 문제를 명확하고 공정하게 할 수 있다고 생각한다. 일본의 재군비에서 모든 문제가 되는 제9조의 전쟁포기 규정 등으로 다음과 같이 게재하고 있다. "일본 국민은 정의와 질서를 기조로 하는 국제평화를 충실하게 희망하고 국권이 발동되는 전쟁과 무력행사는 국제분쟁을 해결하기 위한 수단으로는 영구히 포기한다. 전항의 목적을 달성하기 위해 육해공군 그 외 전력은 갖지 않는다. 국가의 교전권은 이것을 인정하지 않는다." 전항의 문장은 보통의 일본인에게는 한 번에 알기 어렵다. 문장의 구성이 영문으로 일본어 문장으로 되어 있지 않기 때문이다. 그러나 영어로 된 문장은 더 좋지 않다. 제9조 제2문에서는 제1문에는 없는 '전항의 목적'이라는 단어가 갑자기 나타난다. 목적이라는 단어는 제1항에는 없었기 때문에 이것은 우리가 영어를 읽는 경우 그것it 무엇을 나타내는지 의구심이 드는 것과 같다.

일본어 문장이 영문보다 난해할 뿐 아니라 그 의미도 다르다. 제1항에서 일본국민이 영구히 포기한다고 선언하는 것은 국민의 주권적 권리로서의 전쟁, 국제분쟁의 해결수단으로서 무력 위협, 국제분쟁의 해결수단으로서 무력행사 이 세 가지이다. 제1로 전쟁의 영구포기라는 것은 명료하다. 교전권을 인정하지 않는 것은 자위전쟁도 성립할 수 없다. 제2로 국제분쟁해결의 수단으로서 전쟁은 포기하지만 그 외 수단으로서 전쟁은 포기하지 않으므로 방위 수단으로서 전쟁은 헌법에서 위반하지 않는다는 것은 일본문의 문장과 문맥만으로는 '수단'으로서 방위전쟁등라는 것은 방위가 전쟁인 것에 위반하기 때문이다. 자위전쟁의 경우에는 방위행위가 즉 전쟁으로 목적도 수단도 동일하다. 방위를 분리해서 전쟁이 있는 것은 아니다. 제3으로 일본국민은 교전권의 포기를 선언했다. 이것은 용이하다. 따라서 제1항에서 선언한 것을 실행하고 이행하기 위해서는 제2항에서 '전항의 목적을 달성하기 위해 육해공군 그 외 전력은 그것을 갖지 않는다'로 나타낸다.

8월 혁명설

일본의 법학자인 미야자와 토시요시宮沢俊義는 포츠담선언 수락을 '혁명'으로 스스로 이를 '8월 혁명'이라고 부른다. 그는 "포츠담 선언 및 작년 8월 11일 연합국의 일본에 대한 회신이 일본의 최종 정치형태가 자유롭게 표명한 의지에 따라 결정된 것은 사람들이 알고 있다. 이 조항에 대해서는 여러 해석이 있으나 나는 이를 국민주권주의의 확립을 요청하는 것으로 해석하고 싶다. 일본은 헌법의 근본으로서 국민주권주의를 승인한 것으로 생각해야 한다"고 보았다. 그러나 미야자와가 해석하고 있는 '국민 주권주의의 확립을 요청'하는 것처럼 확실한 것은 아니다. 포츠담 선언과 나란히 국체에 관한 일본 측의 양해에 대한 연합국의 회답은 명확하게 국민주권주의를 확립하도록 요청하고 있지 않다. 다만 최종적인 정치형태를 일본국민의 자유로 표명하도록 의사에 의해 정한다고 쓰여 있다. 따라서 포츠담 선언에는 국민주권주의의 확립이 요청되어 있지 않으며 국민 주권주의적인 방식에 의해 최종적인 정치형태가 결정되는 것이 요청되는 것에 지나지 않는다.

둘째로 일본은 지금까지 신칙주권주의였다고 말한다. 이는 메이지헌법에 있어서 '주권을 갖는 천황은 현재의 천황이 아닌 그 선조였다. 천황의 선조는 신격을 갖는다고 생각되므로 천황주권은 신의주권으로 신칙주권이었다고 보았다. 주권의 주체로서 천황은 현재 천황이 아닌 선조로서 그 선조는 신격을 갖는다고 생각하므로 신의 내지는 신칙이 주권의 주체였다고 미야자와는 말하고 있다. 또 천황은 1인이 아닌 만세일계의 천황이라는 점을 말하고 있다. 그러나 이는 현재 천황이 주권자가 아니라는 것은 아니다. 현재 천황이 주권자이나 일계로서 일체를 가진 천황이 주권의 주체가 된다는 것을 의미한다.

미야자와는 포츠담 선언의 수락은 '불법'이라고 말한다. 통치권을 갖는 천황이 국가국민의 존립을 구하기 위해서 비상조치로서 포츠담 선언을 수락하는 행위는 메이지헌법의 정신, 규정에서 볼 때 위법은 아니다. 미야자와는 포츠담 선언의 수락은 일본이 신칙주권주의로부터 국민주권주의로 합법적인 것이 아닌 변혁된 '혁명'이라고 말한다. 나는 포츠담 선언의 수락은 메이지헌법에 합치하는 행위라고 생각한다. 신헌법은 명확히 국민주권주의를 채용하고 있으나 이는 천황제와 그것을 폐지한 것은 아니다. 이후 헌법학자의 문제는 국민주권주의와 천황제와의 관련을 어떻게 설명하는가 하는 것이다.

해제내용

이 글은 일본국 헌법에 대한 헌법학자의 견해를 소개하고 메이지헌법과의 비교를 제시하였다. 필자는 일본국 헌법을 신헌법으로 명명하면서 이는 미국에 의해 작성되었음을 강조한다. 필자는 일본국 헌법 제9조에 대하여 미국이 작성한 헌법의 전문이라는 설명을 한다. 본문에서 "일본 국민은 정의와 질서를 기조로 하는 국제평화를 충실하게 희망하고 국권이 발동되는 전쟁과 무력행사는 국제분쟁을 해결하기 위한 수단으로는 영구히 포기한다. 전항의 목적을 달성하기 위해 육해공군 그 외 전력은 갖지 않는다. 국가의 교전권은 이것을 인정하지 않는다"

고 제시하며 이는 일반인들이 이해하기 어려운 문장이라고 말한다.

헌법학자로서 문장의 난해함은 비단 영문에서 일문으로 번역한 문제만은 아닐 것이다. 1945년 9월 2일 포츠담 선언으로 일본 제국은 주권을 박탈 당했다. 이어 맥아더는 일본 제국의 헌법 개정을 요구하였으며 정부는 마쓰모토를 위원장으로 하는 헌법문제조사위원회를 구성하여 헌법 개정을 논의했다. 그러나 총사령부는 마쓰모토 안을 전면 거부하고 맥아더 초안을 작성하여 이를 기초로 헌법개정초안이 공표되었다. 1946년 11월 3일 제국 헌법 개정안은 일본국 헌법으로 명명되어 공포되었으며 1947년 5월 3일 시행되었다. 필자의 헌법 전문에 대한 불만은 일본국 헌법이 작성된 배경에 대한 견해를 간접적으로 시사한다.

필자는 헌법학자로서 천황과 메이지헌법의 관계를 제시한다. 필자는 "메이지 헌법에 있어서 '주권을 갖는 천황은 현재의 천황이 아닌 그 선조였다. 천황의 선조는 신격을 갖는다고 생각되므로 천황주권은 신의주권으로 신칙주권이었다고 보았다. 주권의 주체로서 천황은 현재 천황이 아닌 선조로서 그 선조는 신격을 갖는다고 생각하므로 신의 내지는 신칙이 주권의 주체였다"며 헌법학자인 미야자와의 글을 인용한다. 그에 따르면 포츠담 선언 수락은 '불법'이다. 그러나 필자는 포츠담선언 수락은 합법적인 행위라고 말한다. 이는 국민주권주의와 천황제를 어떻게 인식하고 설명하는가에 관한 것으로 일본국헌법의 법적 당위성을 제시한다. 천황제는 메이지헌법에서 제도적으로 완전한 통치자로 법적 타당성을 부여받았다. 반면 일본국 헌법에서 상징천황과 헌법 9조는 국민주권주의와 권력분립, 국민의 기본적 인권 존중을 기반으로 민주주의의 근본적인 원리를 제시한다. 헌법학자로서 필자는 메이지헌법과 신헌법을 천황제의 변용을 통해 설명하였다. 필자는 "법학자의 문제는 국민주권주의와 천황제와의 관련을 어떻게 설명하는가 하는 것이다"라고 말하며 천황과 상징천황제의 간극을 설명하는 데 어려움을 시사한다. 필자가 지적하듯 일본국 헌법은 상징천황제와 평화헌법은 전쟁과 제국

의 유산으로서 법적 해석 이외의 역사적·문화적·정치적 맥락에서 고려되어야
할 것이다.

수록 지면 : 26~36면
키워드 : 재군비, 구헌법, 신헌법, 천황, 헌법 제9조

미일안전보장조약의 의의 日米安全保障条約の意義

스기하라 아라타(杉原荒太)

해제 : 석주희

내용요약

미일안전보장 조약의 주요 내용은 미국군대의 주둔에 관한 것과 일본의 방위력에 관한 것 두 가지 축으로 볼 수 있다. 우선 미군 주둔에 대해서는 다음과 같다. 미군 주둔은 일본 측의 희망에 따라 이루어졌다. 즉 일본 측이 희망하기 때문에 미국 측이 동정적으로 고려하여 이른바 사혜적인 조치로서 주둔하게 된 것이다. 두 번째는 주둔군의 사용목적이나 이것은 일본에 대한 외부로부터의 무력공격 즉 직접침략에 대한 것에 한정하지 않는다. 내부가 혼란한 경우에도 간접적으로 침략한 경우에도 일본 정부의 요청이 있는 경우에는 주둔군의 출동이 가능하다.

이 조약으로 미국은 일본을 보호하는 법률상 의무를 부담하고 있는 것은 아니다. 본 조약의 기본이 되는 미군에 의한 일본의 안전 보호는 사실상 '법률상 보증'하고 있는 것은 아니다. 미군의 주둔에 관한 조건은 양국 정부 간 행정으로 이루어진 것이다. 일본의 방위력에 관해서는 조약의 전문에서 나타나지만 직접침략 및 간접침략에 대하여 일본이 자국의 방위에 책임을 맡기는 것과 일본의 군비는 타국에 대하여 공격적인 위협이 되거나 유엔헌장으로부터 볼 때 부정한 목적을 가질 수 없다고 명시하였다. 이는 미일안보조약 체결의 전제로서 일본은 이를 승인한 다음 조약을 체결하고 있다. 따라서 일본은 자국의 방위력을 만들어가는 책임을 인정함과 동시에 군비에 대한 제한의 원칙을 인정하게 되었다.

미일안보조약 체결에 의해 새로운 양국 관계를 볼 때 법률상의 측면에서 다음과 같이 주의를 해야 한다. 즉 제3국으로부터 공격을 받았을 때에는 공동으로 투쟁할 의무가 있는 것은 아니나 공동으로 방위하는 권리 즉 집단적자위권을 발동하는 지위를 확립하는 것이다. 그리고 집단적 자위권의 발동은 유엔헌장의 규정상 소련 등의 거부권의 간섭을 받지 않도록 한다. 정치적인 면에서는 일본은 세계정치의 분야에서 미국을 중심으로 세력을 갖는 자유세계의 일원으로서 스스로 결정하도록 하고 있다. 평화조약은 '연합국 및 일본국은 양자의 관계를 이후 주권을 갖는 평등자로서 공통의 복지를 증진시키고 국제의 평화 및 안전을 유지하기 위해 우호적인 연대를 바탕으로 협력하는 국가 간 관계가 되는 것을 결의한다'고 선언하고 있다. 안보조약에 의해 체결된 미일양국의 관계가 이 선언을 바탕으로 실행으로 이행되기를 바란다.

해제내용

이 글에서는 미일안보조약 체결에 따른 양국의 관계를 정립하고 일본의 자유민주주의 국가로서의 책무를 다루고 있다. 필자인 스기하라는 정치가이자 외교관으로 미일관계를 구축하는데 핵심적인 정책가로 활동하였다. 미일안전보장의 공식 명칭은 일본과 미국 간의 안전 보장 조약Security Treaty Between the United States and Japan, 日本国とアメリカ合衆国との間の安全保障条約이다. 미국이 일본의 안전보장을 위해 미군을 일본에 주둔시키도록 정한 조약이다. 1951년 8월에 서명되었으며 1960년 신 미일안보조약으로 이어졌다. 필자가 밝히듯 미일안전보장 조약의 주요 내용은 "미국군대의 주둔에 관한 것과 일본의 방위력에 관한 것"이다. 미군의 주둔은 일본의 요청에 의한 것으로 일본을 외부로부터 보호하고 침략으로부터 방어한다는 내용을 담는다. 일본은 패전 이후 미군을 중심으로 한 연합군으로부터 점령되었으며 일본군은 전면 해체되었다. 1950년 한국전쟁으로 일본에 주둔한 미군이 한국으로 이동하면서 일본의 방위와 안보 환경에 대한 불안과 위기가 증대되었

고 따라서 미일 양국은 조약을 체결하기에 이른다.

　미일안전보장의 전문에 의하면 "미국은 일본이 자체 방어 능력을 향상시킬 것을 고대한다고 명시하면서 잠정 조치로서 일본의 요구에 의해 미군이 주둔하기를 희망한다"로 되어 있다. 일본은 국내에 미군 주둔의 권리를 줌으로서 일본의 안전을 보장받는 것은 불가피한 선택으로 보인다. 1950년 이후 일본의 안보환경의 안정화와 급격한 경제성장은 미일관계의 중요한 기틀이 되었다. 이 글에서 제시하는 바와 같이 스기하라를 비롯하여 외교정책가는 미일관계에 대하여 장기적인 신뢰관계를 구축하는 데 관심을 둔 것으로 보인다.

수록 지면 : 37~39면
키워드 : 미일안전보장조약, 미군 주둔, 재군비, 방위력

마르크스주의에 결별 マルクス主義の袂別

하타노 가나에(波多野鼎)
해제 : 전성곤

내용요약

'민주적 사회주의의 원리'가 사회주의 인터내셔널의 강령으로 선언되었다. 이것은 제4차 개정안으로 채택되었는데, 그 기본적 성격이 어떠한지를 기술하고 동시에 이론적인 토대가 되어 소개한다. 우선 고려할 것은 그 사적史的 의의와 발전상의 문제들이다. 일반적으로 사회민주주의라는 말이 관용어가 되어 있어 일본 사회당도 외국어로 번역되는 경우에 일본 사회민주당으로 번역된다. 그 사회민주주의라는 익숙한 일반적 용어를 버리고 민주적 사회주의라는 말을 이번 인터내셔널이 취했다는 것에서 이 사회민주주의라는 말은 10세기 중엽에 독일 및 영국에서 생겨난 말로서 하나의 사회운동의 방법, 사회주의 실현을 위한 사회운동의 방법으로 명명된 말로 운동이론을 나타내는 것이다. 이것이 기초이론은 아니다. 당시 19세기 중엽에 한쪽에서는 직접행동주의, 사회주의를 실현하기 위해서는 대중의 직접행동으로 실행하지 않으면 안 되었다. 흔히 말하는 생디칼리즘 syndicalisme이라 불리는 운동이 유럽에서 당시 크게 성행했던 시기이다. 이 직접행동주의에 대해 의회를 활용하고 사회주의의 실현을 꾀해야 한다는 주장이 한편에서 생겨났고 의회를 활용한 사회주의를 실현한다는 운동방침을 사회민주주의라고 칭하게 되었다. 그렇기 때문에 사회민주주의라는 말은 생디칼리즘, 직접행동주의, 이것에 대한 의미를 갖는다.

처음에 사회주의라는 말은 공산주의라는 말과 병렬적으로 또한 동의어로 사용되고 있었다. 즉 생산수단, 기계라던가 공장이라던가, 토지와 같은 그 생산수단의 공유국유公有國有, 이것을 기초로 조직된 사회가 사회주의로 공유해야 할 생산수단만이 차이를 갖는다. 그러나 사회주의 기초이론에는 두 흐름이 있었다. 하나는 이상주의적인 사회주의라 칭하는 것으로 주로 영국에서 일어난 이론으로, 대표적인 것은 로버트 오엔Robert Owen이다. 독일에도 버트런드 러셀Bertrand Arthur William Russell이 나왔다. 그 외에는 이 이상주의적인 것에 대립하는 유물적인 사회주의라는 이론이 일어났는데, 그것이 바로 마르크스주의이다. 오엔적인 이상주의와 마르크스주의적인 유물주의, 이러한 다른 두 개의 세계관에 선 두 개의 사회주의 혹은 공산주의 이론이 있었다. 게다가 이러한 기초이론에는 두 개의 흐름이 있었는데 이것을 실현한다는 운동방법에 되면 의회를 활용하는 입장에서 생디칼리즘에 대립하는 뜻으로 사회민주주의라는 명칭을 사용했다. 그 이유는 의회를 중심으로 한 사회주의 운동을 전개한다는 점에서는 공통적이었기 때문에 생디칼리즘에 대립하는 의미에서 사회민주주의라 칭했다.

제1차 세계대전 이후에 한쪽은 사회민주주의의회주의 다른 한쪽은 공산주의직접 행동주의가 되어 전자의 기초이론은 이상주의, 후자는 유물주의로서 이론과 운동이 정리되었다. 그렇기 때문에 여기에 애매한 것이 하나 남았다. 그것은 유물적 마르크스주의를 믿으면서 평화적인 방법으로도 사회주의는 실현 가능하다는 마르크스 사상을 추출한 일파이다. 그들은 공산주의 운동방침을 취하지 않고 여전히 사회민주주의 운동방침을 취한 것이다. 거기에 사회민주주의라는 사고에는 러시아 혁명에 의해 전선이 정리된 이후에도 이상주의적인 사회주의자가 취할 뿐만 아니라 동시에 흔히 말하는 마르크스 정통파라 불리는 카우츠키 등도 변함없이 이 운동방침에 집착했다. 여기에는 사회민주주의라는 운동방침의 기초가 되는 이론에도 여러 가지가 있다는 제1차세계대전 이전의 상태가 변함없이 지속되고 있기 때문에 사회민주주의 운동은 강력하게 되지 못했다. 제1차 세계대전 이후도 사회민주주의라는 운동방침을 취한 이론으로서 한편에는 이상주의의 흐름이 있으면서 다른 한편에는 마르크스 정통파반공 마르크스주의도 들어있는 것으로, 이론적 통일이 없었다. 공산주의 쪽은 마르크스·레닌주의로 이론적 통일이 확실하게 나오는 사회민주주의의 약점이 있었다.

이번 사회주의 인터내셔널이 결성되어 그것이 채용한 원리는 민주적 사회주의라고 말해지는데, 이 원리의 전문을 통독하면 역시 유물적 사회주의 흔히 말하는 마르크스 정통파적 사상이 혼입되어 있음을 알 수 있다. 즉 민주적 사회주의라는 이상주의의 유대를 일관적으로 갖고 있는 것이 아니라, 그 속에 마르크스적 병합 공산주의에는 들어가지 못하는 '반공마르크스주의'라고 할 수 있는 사상도 다소 보인다. 이 선언의 90%까지는 민주적 사회주의 이론에서 받고 있는데, 10%는 마르크스주의가 있다. 이 10%의 마르크스주의를 정산하지 않고 불통일인 기초이론에 의거해서는 사회민주주의 운동은 세력을 이룰 수 없고 여하튼 기회주의로 빠지기 쉽다고 생각된다. 이상 사회민주주의라는 말에 관련된 문제에 대해 살펴보았는데, 그것은 기초이론이 아니고 운동이론, 민주적인 의회제도를 활용한다는 운동이론을 칭하는 것으로 현재에서는 이상주의적인 민주적 사회주의라는 기초이론에 입각하는 사회민주주의 운동이 공산주의 운동에 대항하는 본류라는 것을 의미한다.

해제내용

이 글은 사회민주주의라는 말의 의미를 역사적 변화 속에서 어떻게 형성되고 어떻게 분화되었는지를 기술하고 있다. 사실 마르크스조차도 1848년 「공산당선언」을 집필하고 공산주의라는 말을 사용했지만, 동시에 사회적 과학주의라는 용어도 함께 사용했다. 마르크스조차도 이 둘을 동의어로 사용하고 있었다. 그렇기 때문에 마르크스 이후의 마르크스주의자들은 각각의 입장에서 마르크스의 이 논리를 재해석하고, 새로운 이론들을 주창해 갔다. 그중에서 이상주의자도 파생되고 사회민주주의 운동방침과 사회주의를 실현에 대한 반대의견도 나타났다. 러시아혁명이 그 대표적인 것으로 사회민주주의에 대한 방법론의 차이가 주장되었다. 이러한 방식들의 차이에도 불구하고 '사회주의'를 실현하는 공통점이 대중운동 혹은 직접행동으로 수렴되었다.

노동자의 스트라이크 뿐만 아니라 무력행사까지도 공인하게 되면서 '사회주의를 실현=공산주의'라는 등식이 성립하게 되었다. 이러한 공산주의 논리는 생디칼리즘을 내포하고 사회민주주와 대립하는 이론으로 나아가게 된다. 이것은 레닌이 내세운 공산주의 이론으로, 이 또한 마르크스의 이론에서 도출해 온 것이다. 마르크스의 이론 중에는 평화적인 의회적인 방법으로 사회주의를 실현할 수 있다는 생각과 동시에 이 대중의 직접행동, 폭력적인 행동이 없으면 사회주의는 실현할 수 없다는 생각이 병존했기 때문이다. 여기서 공산주의와 사회주의는 운동방침상 명확하게 대립하게 된다. 그런데 제2차 세계대전 이후 공산주의 운동이 변주하여 커다란 세력을 만들었다. 그것에 대립하는 이상주의적인 사회주의 이론을 취한 일파가 이번 사회주의 인터내셔널로 결집한 것으로, 그 이론적 입장을 민주적 사회주의라고 칭하게 되었다. 이것은 19세기부터 있었던 이상주의의 흐름 속에서의 자기 확립이며 재생이었다.

이러한 단계를 통해 사회민주주의 운동의 기초이론은 민주적 사회주의와 마르크스 정통파의 흐름을 잇는 유물적 사회주의의 두 개의 흐름으로 갈라지게 되었다. 마르크스의 이론에 따르면 말할 것도 없이 유물사관은 자본주의의 발전 →계급투쟁의 격화→ 생산력과 구매력의 불균형에서 생기는 경제 공황→그 필연의 결과로서 사회혁명, 사회주의사회의 실현이라는 인과관계가 확립되어 사회주의는 자본주의 발전의 결과로서 필연적으로 도래한다는 것이다. 이를 근거로 '인간 본위'의 사회구축이라는 도의적 정신을 주장하는 사회주의 운동가들도 나타난다. 그것은 노동자계급만이 사회주의운동의 담당자가 아니며 사회주의의 이상이 확대됨에 따라 노동자계급 이외의 사람들도 함께 연대하고 국가를 넘기도 했다. 특히 다수의 시민, 직업적 노동자도, 사무원도, 농민도, 어민도 소매상인도, 예술가도 과학자도 모두가 연대하는 것이라고 주장하기에 이른다.

사회주의 논리는 '인간에 의한 인간의 착취는 폐지'로 나타났고 모든 사람이 참여하는 운동으로 확대되었다. 바로 이러한 역사적 변용 과정을 설명하고 고찰한 것이 이 글이다. 이 글은 사회주의나 민주주의의 혁명운동이 '외세'의 공격과 민중의 노예화를 동시에 극복하는 길을 모색하는 논리인데, 이는 자본주의적 노예로부터의 탈피로서 민중 해방을 주창한다. 그와 동시에 제국주의의 압박으로부터 식민지 및 종속국가를 해방하는 논리이다. 그렇기 때문에 타국가, 타민족의 침략 및 노예화의 해방을 위한 전쟁이 긍정되는 모순을 갖게 된다. '올바른 해방적 전쟁'이 긍정되는 이율배반적 모순을 내포하게 된 것이다.

이러한 논설 속에서도 나타나듯이 일본은 전후 내셔널리즘과 마르크스주의에 대해 새로운 논리를 전개하면서 일본의 국민성 재고와 민족주의의 재생에 매진하게 된다. 이때 가장 중요한 자료로 활용되는 것이 소련의 혁명 논리와 프롤레타리아적 민족주의에 대한 재해석이었다. 이것은 전후 일본에서 나타나는 일련의 저서들을 보면 그 흐름을 읽어낼 수 있다. 주요 참고문헌으로는『마르크스 엥겔스와 혁명 러시아』1975, 『마르크스를 읽다』2001, 『내셔널리즘론－사회구성주의적 재고再考』2011, 『내셔널리즘과 사회주의』1969, 『역사와 민족의 발견』2003 등이 눈에 들어온다.

수록 지면 : 40~49면
키워드 : 사회민주주의, 민주적 사회주의, 공산주의, 이상주의, 시민, 대중

일본 사회주의의 여러 전제 日本社会主義の諸前提

사노 마나부(佐野学)

해제 : 송석원

내용요약

강화조약이 체결됐다. 49개국 찬성이므로 압도적 다수라 할 수 있다. 그러나 이 조약을 선전대로 꽤 괜찮은 것이라고는 도저히 받아들이기 어렵다. 영토와 배상 대목은 상당한 무리가 있다. 강화조약으로 여하튼 일본의 자주성을 회복한 점은 기쁜 일이지만, 전면강화가 아니어서 그만큼 모순이 남는다. 소련은 샌프란시스코桑港회의에서는 패했지만, 중공과 한패가 되어 일본에 귀찮은 문제를 꺼낼 것이다. 연합국 중에도 일본에 호의적이지 않은 나라가 적지 않다. 제1차 대전 후 프랑스와 기타 연합국이 독일에 천문학적인 배상금을 부과한 것처럼 아시아 여러 나라가 일본에 80억 달러, 혹은 70억 달러라며 과대한 배상을 요구하는 것은 어째서일까. 일본을 파멸시켜서는 아시아 전체를 위해 불행한 일이 될 것이다. 이러한 국제적 문제 이외에 국내적으로는 강화조약 비준, 미일안전보장조약, 재군비, 헌법개정 문제, 경제자립 문제 등을 둘러싸고 진지한 경쟁이 일어날 것이다. 강화조약에 무리가 많을수록 그만큼 국내 동요도 격해질 것이다.

국내에서 무엇보다 중요한 문제는 정당 재편성일 것이다. 현재의 정당은 포츠담 정당이라는 기묘한 범주에 들어 있는 것으로, 외부의 힘으로 허용된 정당, 더욱이 자력自力에 의한 존재라고 자신을 기만해온 정당으로, 진정으로 국민의 지지를 얻거나 국민의 정치적 에너지를 결집한 것은 아니다. 이러한 재래인 채의 정당에 앞으로의 일본의 곤란한 여러 문제를 자주적, 국민적으로 처리해갈 힘은 없다.

그 가운데서도 특히 중요한 것은 사회주의 정당 재편성이다. 일본에는 사회당, 사회민주당, 노농당, 공산당 등의 당이 있다. 공산당은 소련의 일본 기관이지 일본의 정당이 아니어서 소련의 독재주의는 사회주의를 엉망으로 만들었기 때문에 일본공산당 역시 사회주의 정당이 아니다. 일본공산당의 강령을 보면 온통 모략 투성이로, 어떻게 소련을 일본에 끌어들일 것인가에 급급해해 성실한 정당이라고도 혁명 정당이라고도 할 수 없다. 노농당은 공산당에 들어갈 정도의 만용을 갖지 못한 자들의 소그룹으로 공산당의 심부름꾼을 감수하는 정당이다. 사회민주당은 진지한 면이 있고 농민 사이에 조직적 기반이 있지만, 노동자 사이에는 그것이 없다. 가장 문제인 것은 사회당인데, 당내 투쟁에 에너지를 소모해 곤란을 잠시 미루는 우유부단, 그런 주제에 당적 이기주의는 부르주아 정당과 다르지 않아 동조자에게도 썩은 나무에 조각하면 안 된다는 느낌이 들게 한다. 간부들 사이의 다양한 사상의 동상이몽 같은 잡거雜居, 당원 속의 비사회주의 분자의 혼입, 사회 운동에 오랜 경력을 갖는 지도자의 노쇠현상, 사회주의자도 아무것도 아니었던 관료가 날아와서의 지도권 장악, 헤어질 마음도 없이 내부 싸움을 연중행사처럼 하는 갱년기 부부 같은 슬럼프 상태 등에 국민은 이미 질려 있다. 사회당 좌파는 일본식 마르크스주의에 서 용공容共적이다. 우파와 중간파는 민주적 사회주의 깃발을 든 반공적이다. 함께 할 수 있는 사람들이 아니다. 깨끗이 갈라져 각각의 소신대로 나아가는 것이 필요하다. 1년 지나 양쪽에 양보해서 접근할 수 있다는 확신이 생기면 그때 합동대회를 열면 된다.

사회당 좌우 항쟁과 분열 위기는 결국 이대로는 국민의 지지를 받을 수 있는 사회주의 정당이 아니라는 것을 의미하는 현상이다. 새 술은 새 부대에 담아야 한다. 국민의 자립적 활동이 불타오르는 강화 후의 정세 아래 지금까지의 연장이 아니라 질적으로 신선하고 활동적인 사회주의 정당이 요구되고 있다. 사회주의라는 말은 왠지 옹색한 느낌이 든다. 그것은 사회주의라는 말이 지금까지 너무 계급적 입장에 갇힌 의미를 갖거나 개혁 목적이 너무 경제 본위였다는 점에 기인하는 것일 것이다. 그렇다고 사회주의라는 말을 폐지할 필요는 없다. 다른 말을 찾으려 해도 이만큼 보편성을 가진 말은 쉽게 찾기 어렵다. 자본주의를 꿋꿋하게 살아온 서구 여러 나라에서는 적어도 사회구조 면에서는 사회주의 조건이 성숙해 있다. 정치, 경제적으로 뒤떨어진 아시아 여러 나라에서도 발전은 자본주의 방식이 아닌 사회주의 방식에 의하지 않으면 안 되게 되었다. 일본은 서구적인 근대적 생산력을 가짐과 동시에 아직 많은 아시아적인 봉건적 관계를 갖는 나라이다. 따라서 일본 사회주의는 순수한 서구형도, 순수한 아시아형도 아닌 특징을 갖는다. 새로운 것을 독창獨創해야 하는 이유이다. 일본 사회주의는 아시아적 특색이 강해 그만큼 아시아 여러 민족에게 강한 영향을 미칠 가능성이 있고, 이것을 통해 아시아 민족과의 결합이 한층 촉진되는 관계에 있다. 일본 재건 형식으로서의 사회주의의 양태를 자주적 태도로 독창적으로 생각해야 한다. 이를 위해서는 독특한 세계관, 역사관, 경제학, 국가론 등이 필요한데, 여기서는 사회주의의 직접 과제인 정치경제만을 다루고자 한다.

일본 사회주의를 가능케 하는 적극적 조건은 근대적 대산업 존재, 국가 생활 훈련과 국민 심리의 플러스 면, 노동계급 및 신중산계급 존재, 유리한 지리적 지위, 아시아 일부라는 점 등을 들 수 있다. 그러나 산업 부문 간 불균형, 정치·경제·사회구조에서의 봉건적 잔존물, 경제의 높은 대외의존도, 인구 과다夥多, 국민 심리의 네거티브 면, 정당 미성숙 등은 일본 사회주의를 방해하는 소극적 조건이라고 할 수 있다. 이번 호에서는 사회주의의 전제조건을 관찰했으나, 다음 호에서는 그것이 어떠한 원리에 서야 하는지를 서술하기로 한다. 나는 그것을 '집산주의적 방식을 수반한 민주적 사회주의'라고 규정하고 있다. 다른 각도에서 보면, '민족적 사회주의'라고도 표현할 수 있다. 서구와 소련의 모방품이 아닌 동시에 순수한 아시아형도 아닌, 우리의 역사적 요구에 부응한 독특한 사회주의를 구상하는 것은 일본인의 의무이고, 세계와 아시아의 진보에 도움이 된다고 확신한다.

해제내용

저자는 강화 체결 이후의 일본 사회주의를 전제와 기본 성격으로 나누어 1951년 11월호와 12월호에 각각 발표하고 있다. 따라서 이번 호의 내용은 일본 사회주의에 대한 저자 연작의 앞부분에 해당한다. 저자는 강화 체결 후 일본은 강화조약 비준, 미일안전보장조약, 재군비, 헌법개정 문제, 경제자립 문제 등을 둘러싼 경쟁이 일어날 것을 예측하면서, 국내에서 무엇보다 중요한 문제는 정당 재편성일 것이라고 말한다. 특히 저자의 관심은 사회주의 정당을 향해 있다. 일본에 사회주의를 내세운 공산당, 노농당, 사회민주당, 사회당 등 네 정당에 대해 각각의 한계를 지적하며, 사회주의 정당 중에서도 사회당에 초점을 맞춰 분석을 전개한다. 그리고 이를 바탕으로 하면서 일본 사회주의를 가능케 하는 조건 다섯 가지와 방해하는 조건 여섯 가지를 들어 설명하고 있다. 근대적 대산업이 있기는 하지만 산업 간 불균형이 남아 있고, 국가 생활의 훈련은 되어 있으나 여전히 봉건적 잔재가 남아 있으며, 지리적인 이점이 있는 반면에 인구 과다의 약점이 있고, 국민 심리 면에서는 노동 애호와 기술적 감각 및 조직적 능력 등의 플러스 면과 함께 개성이 약하고 권위에 맹종해 부화뇌동附和雷同하는 등의 네거티브 면이 동시에 존재한다는 점을 밝히고 있다.

일본 사회주의 조건에 대한 저자의 생각을 정리하는 형태로 서술하고 있어서 독자가 이해하기는 매우 쉽다고 생각한다. 다만, 아시아 여러 나라가 일본에 요구하는 배상금 규모가 너무 과대하다는 점을 들어 비판하면서, 일본에 막대한 배상금을 요구해 일본을 파멸시키면 아시아 전체도 불행해진다고 주장하는 부분은 첫째, 아시아 국가들의 배상금 요구가 어떤 배경에서 나온 것인지, 즉 일본 제국주의의 폐해에 대해 애써 외면하려 한다는 점, 둘째 일본에 부과하는 배상금이 일본을 파멸로 이끌 정도인가에 대한 구체적 실상을 제시하지 않고 있는 점, 셋째 일본 파멸이 아시아에 불행을 불러온다는 주장의 논리적 근거 제시가 없다는 점은 아쉽다. 일본 사회주의 분석에 급급해 논리를 전개하는 과정에서의 주변적인 사안 서술은 다소 불친절한 느낌이다.

수록 지면 : 50~56면
키워드 : 일본 사회주의, 사회당, 사회민주당, 노농당, 공산당

아름다움을 되찾자 美を取り戻そう

이하라 우사부로(伊原 宇三郎)

해제 : 서정완

내용요약

비준을 기다릴 필요도 없이 강화조약을 맺은 그날부터 이제 평화다. 아니, 성격이 더 급한 사람은 패전과 동시에 무기를 버린 순간부터 평화라고 하는 사람이 있는데, 도대체 일본인은 언제부터 이토록 경박해졌는가? 패전 전까지 우리 일본은 확고한 자신감이 있었고, 당시에는 유서 바른 자국 문화를 갖지 못하고 미국화되어가는 필리핀 사람들을 보고 동양에서 가장 경박한 국민이라고 생각했었다. 그런데 실제는 훌륭한 사람도 있고 한 나라의 국민으로서 강한 신념을 가지고 있다는 사실을 알게 되었다. 이러한 이해와 반비례해서 일본인이야말로 어쩌면 세계에서 가장 경박하지 않나 하는 걱정을 하게 되는 일을 요 몇 년 사이에 수도 없이 접했다.

그렇다고 나는 절망하지는 않으며, 민족으로서 젊음을 아직 잃지 않는 일본인은 언젠가 다시 일어설 것으로 믿기 때문이다. 맥아더가 일본을 '12살'이라고 말했을 때는 솔직히 화가 났으나, 당시를 되돌아보면 그런 말을 들어서 어쩔 수 없는 부분이 많았기 때문에 어쩔 수 없다. 강화조약 맺으면 일본이 평화국가가 된다고는 하지만, 몇 년 동안 자리를 잡을 때까지 많은 고통이 수반될 것이고, 그렇다고 아무리 평화국가라고 한들, 일본이 1920년대의 스위스나 스웨덴 레벨이 되는 데는 앞으로 100년은 걸린다는 본다. 즉 12살짜리 문화 중에서 이것만큼은 '40세다'라고 말할 수 있는 자부심을 세계에 대해서 가질 수 있는 유일한 미술에서조차도 지금 이상으로 빠른 발전을 급하게 바란다면, 일본 고유의 완고한 장애를 맞이해서 쉽게 바라는 대로 되지는 않을 것이다.

최근 일본의 미술이 갖는 세계성에 주목하는 움직임이 일부 있지만, 이는 국내 현상에 불과하며, 강화를 맺었다 일본미술이 새롭게 조명되는 일도 없을 것이다. 오히려 일본미술에 대한 존경과 이해는 19세기 이후 이루어졌으며, 예를 들어 프랑스는 십 몇 년 전에 파리 세느강 강변의 일등지이자 에펠탑 건너편을 '도쿄 거리'라 명명해주는 등 일본 우키요에浮世絵에 대한 사의를 이미 표했다. 그러나 이 명칭도 세계대전 중에 '루즈벨트 거리'로 바뀌었고, 우키요에 중 일등품은 대부분 미국으로 건너간 지 오래다. 이런 예는 많은데, 그저 일본인이 이런 사실을 모르다가 전쟁으로 모든 것을 잃고 궁핍한 속에서 미술의 존재에 대해서 알게 된 것뿐이다.

필자는 미술에 대해 전문적인 이야기를 하려는 것이 아니라, 이 혼돈의 시대에 『일본급일본인』독자 분들하고 함께 나눌 수 있는 이야기를 하고 싶은데, 필자는 프랑스에 5년 체재하는 동안, 공평하게 바라볼 때 프랑스인이야말로 진정한 문명인이라는 사실을 깨닫고 완전히 두 손을 들었다고 할 수 있다. 바로 직업의 고하를 막론하고 사람으로서 훌륭하고, 아무리 씹어도 씹어도 맛이 변하지 않는 넓이와 깊이를 가진 프랑스인은 도대체 무엇이 그들을 이렇게 만들었는가? 그들 모두가 넓은 의미의 아름다움을 몸에 지니고 있다는 결론에 이르렀다.

반대로 일본인을 바라보면, 지위가 높은 사람, 부를 가진 사람, 전문지식에 박식한 사람은 많아도 사람으로서의 맛이 깊이가 있는 사람이 놀랄 정도로 적다. 바꾸어 말하면 정치가한테 정치를, 실업가에게 부를, 변호사에서 법률을, 주부에서 가사를, 학생에서 시험공부를 빼면 사람으로서 가진 것이 거의 아무것도 없다는 비참한 현실이 보인다.

세간에서 "직업에는 귀천이 없다"라든지 "노동은 신성하다"는 말이 회자되지만, 나는 일본에서는 이런 말은 통용되지 않는다고 본다. 이유는 프랑스인은 소중한 인간생활을 영위하기 위한 필요와 목적에 의해서 직업을 선택하기 때문에 직업이나 노동으로 얻은 것 중 잉여분은 모두 사람으로서 살아갈 가치나 의미에 돌린다. 이러한 의식을 모두가 가지고 있기 때문에 직업상의 질서에서 벗어나면 사환하고 중역이 대등한 관계에서 서로 농담을 주고받거나 한다. 인간성, 사람됨을 제외한 지위나 부에 경의를 표하는 것이 무의미한 것이다.

그런데 일본처럼 목적이 사회적 지위이거나, 별장이나 2호, 3호 등의 첩이나 술, 도박이 되면 귀천이나 신성함 등은 애초에 존재하지는 않는다.

엄연한 사실을 말하자면, 한심스러운 현실이지만, 오늘날 그 많은 일본의 정치가 중에 서민을 대상으로 하는 나니와부시浪花節보다 격조 있는 아름다움을 이해하는 사람은 새벽하늘에서 별을 찾은 정도로 적지만, 반대로 옛날 위정자나 무사 중에 시문詩文에 대한 교양까지 겸해한 문무양도文武兩道에 도달하지 않는 사람은 거의 없었다.

이런 귀족계급이 아니라 서민층인 죠닌町人을 보더라도, 스이粹, 다테伊達, 야보野暮를 구별할 줄 알며, 일상생활은 우아한 수제품으로 둘러싸여 생활하며, 중간층이상의 사람들은 밝는 유머를 이해했으며, 함축여운을 즐기며 고도의 와비侘び와 사비寂び를 즐겼다. 요즘 연극이나 영화에서 보는 싸구려 농담, 끈적끈적한 연애, 아슬아슬하게 노출한 허벅지로 만족하는 것이 아니라, 보다 본질적인 아름다움을 맛볼 수 있는 능력을 지니고 있었다.

우리 조상이 유구한 역사를 거쳐서 쌓아올리고 닦아온 아름다움이나 아름다움에 대한 신경이 급속도로 일본인에게서 사라지기 시작한 것은 메이지 이후부터이다. 메이지유신의 대업은 찬양할 만하나, 동시에 나쁜 부산물도 만들어냈다. 즉 '입신출세'주의 풍조가 만연했으며, 교육이라는 것이 이를 조장하였다. 그 다음이 '부국강병'을 국시로 앞세운 결과 배금주의, 물질만능주의가 팽배해져서 일본인의 좋은 점은 모두 없어지고 말았다. 그래서 우리는 잃어버린 아름다움을 다시 되찾아야만 하는데, 대규모 운동을 일으키면 슬프게도 일본 고유의 뿌리 깊은 장애가 방해를 해서 제대로 되지 않는다. 그래서 미술이라는 세계를 통해서 이를 구현하고자 한다. 아름다움이 민중의 생활에서 유리된 것이 가장 안 좋은 일이기에 먼저 아름다움에 친숙해지는 것이 중요하다. 아름다움을 즐긴다는 것은 고가의 미술품을 구입하는 것이 아니다. 가령 여행이라고 하면, 일본인은 바로 온천에 간다. 온천지에서 술을 마시고 여자와 놀다가 흐무러져서 돌아가는 일본인하고, 방문한 곳곳마다 미술관을 찾아서 여행을 아름다움을 즐기는 유럽 여행자의 차이를 우리는 자각해야 한다.

우리 일본인이 어딘가에 두고 온 우리 주변의 아름다움을 되찾자. 패전으로 국가가 잃은 것에 대해서는 모두가 의식하고 있지만, 그보다 훨씬 전부터 상실하고 있는 것에 대해서는 잘 모르고 있다. 그런 것도 되찾고자 한다. 지금이 가장 좋은 시기라 생각한다.

(서양화가, 일본미술가연맹 위원장)

해제내용

이 글은 서양화가이면서 일본미술가연맹 위원장이라는 직함을 가진 이하라 우사부로가 일본이라는 민족, 일본이라는 국가의 국민들이 가지고 있었던 아름다움이라는 것이 있었는데, 이 일본인다운 아름다움이 메이지유신 이후에 잃어버렸다고 지적하면서, 이를 되찾아야 한다고 주장하고 있다. 이 책 서문에서도 어느 정도는 서술했지만, 대일본헌법 발포와 함께 시작된 국수주의, 일본주의, 물질만능주의의 어쩌면 핵심적인 움직임이라 할 수 있다. 이 글에서도 지적하듯이 입신출세, 배금주의 등, 부와 명예를 추구하는 어쩌면 실리적인 사회, 국가가 된 것에 대한 비판적 입장을 피력하면서, 반대로 보다 추상적일 수도 있지만 미술이나 음

악 등의 아름다움을 즐기는 함축여운의 미학을 주장하고 있는 것이다. 국수주의나 일본주의의 주장이 이데올로기나 정치적, 사상적 투쟁으로 기울기 쉽다고 한다면, 이런 미술, 음악, 문학 등을 대상으로 하는 실천은 대중의 일상생활을 지배한다는 점에서 영향력을 발휘하기까지 시간은 더 걸릴 수 있으나, 그 영향은 훨씬 강력한 것이다. 여기에 근대 이후, 또는 패전 이후에 일본정부가 문학, 예술, 전통을 어떻게 다루고, 어떻게 조성하고 만들어내고 의미부여를 하고 있는가를 보는 연구의 필요성이 뒷받침된다고 할 수 있을 것이다. 실제로 위에 나오는 스이粋, 다테伊達, 야보野暮, 와비侘び, 사비寂び 등은 모두 문학개론 등에서 다루는 문학이념으로 설명되고 있다. 그런 의미에서는 『일본급일본인』이 와카和歌, 하이쿠俳句, 센류川柳 등의 코너를 마련하고, 마사오카 시키 특집을 여러 번 구성하는 것도 같은 취지임과 동시에 국수주의 · 일본주의의 출발점이 여기에 있기 때문이라고도 할 수 있을 것이다.

여기서 흥미로운 것은 노벨문학상을 수상한 가와바타 야스나리川端康成가 노벨상 수상식에서 이야기한 "아름다운 일본의 나美しい日本の私"와 그에 대응하는 입장인 오에 켄자부로大江健三郎의 "애매한 일본의 나あいまいな日本の私"를 연상시키며, 아베 신조安倍晋三 전 총리의 『아름다운 나라로美しい国へ』와 그가 선거 때 내건 "일본을 되찾자日本を取り戻そう"까지 생각나게 한다. 가와바타의 "아름다운 일본의 나"는 기본적으로 이하라의 주장과 매우 가까우며, 오에의 "애매한 일본의 나"는 '아름다운 일본'이라는 만들어진 추상적 이데올로기를 비판한 내용이다. 아베의 『아름다운 나라로』와 그가 선거 때 내건 "일본을 되찾자"는 이하라, 가와바타의 주장을 정치적으로 실천하려는 의도의 산물로 보면 될 것이다. 이렇듯 『일본인』, 『일본급일본인』으로 이어지는 흐름이 시대를 거치면서 변용을 보이고 있겠지만, 문학과 정치를 오가면서 현재까지 맥을 이어오고 있다는 점에 주목할 필요가 있다. 일본인은 아름다운 정신세계를 가지고 있으며, 그 역사는 고대까지 거슬러 올라간다, 또는

몇 천 년 이어온 전통이라는 식의 인식 자체가 근대에 형성된 이데올로기라는 점을 고려할 때, 근대 이후에 국민국가 생존의, 또는 국민국가 팽창의 정당성을 담보하고 국민을 통합해서 이른바 국력을 집중하기 위한 방편으로 문학, 예술이 어떻게 동원되고 있으며, 이에 대해 정치가 어떤 힘을 가하며 움직이고 있는가를 탐구하는 것이 본 일본학연구소 인문한국플러스 사업 아젠다인 '문화권력' 연구의 본질이자 출발점이라고 할 수 있다. 이하라가 말하는 사람으로서 완벽한 프랑스인이라는 서술 자체가 평가나 판단을 넘어선 '믿음'처럼 되어 있다는 것이 바로 서양 중심적인 사고에 전염된 결과라는 점을 굳이 지적하지 않더라도, 이러한 이하라를 포함해서 근대의 권력과 문화가 엮어낸 동태를 파악하는 과정이 되리라 본다.

수록 지면 : 57~61면
키워드 : 일본미술, 미(美), 아름다움, 직업생활

인도 외교의 근저에 있는 것 インド外交の底にあるもの

대일강화문제를 둘러싸고 対日講和問題をめぐって

이치노세 마사유키(市瀬正幸)
해제 : 엄태봉

내용요약

9월에 체결된 대일강화조약은 58개국이 참가했지만, 아시아에서는 인도네시아, 파키스탄, 필리핀, 스리랑카, 캄보디아, 라오스, 베트남만 참가했고 인도, 미얀마, 중국, 태국, 북한, 북베트남은 참가하지 않았다. 세계 인구의 절반에 달하는 아시아인의 대부분이 대일강화조약에 참가하지 못한 점은 아쉬운 일이다.

대일강화조약 참가 여부는 해당 정부가 민중의 여론을 얼마나 반영하고 있는 정도에 따라 달랐는데, 이를 가장 강하게 반영한 인도가 대일강화조약에 불참한 것은 아시아 민중의 기분과 감정을 대표하는 것이라고 말할 수 있다.

인도의 대일 강화에 대한 태도는 ① 강화조약이 일본에 대해서 자유국가로서의 명예로운 지위, 그리고 평등으로 만족해야 할 지위를 부여할 것, ② 조약이 특히 극동의 안정된 평화 유지에 관심을 가지는 국가에 대해 늦던 빠르던 간에 조인할 것을 허용해야 할 것이라는 두 가지 원칙을 골자로 하고 있었다. 인도는 이 원칙을 바탕으로 대만 문제, 미군의 일본 주둔 문제, 일본의 영토 문제와 관련한 반대 제안을 미국에게 제출했지만 거부되었고, 결국 대일강화에 참가하지 않았다.

첫 번째 원칙과 관련하여 인도의 민족주의적인 배경을 볼 수가 있다. 인도를 포함한 아시아인들은 대일강화조약이 서구적인 것西歐製이라는 점에 대해 불만을 가지고 있다. 네루는 서양 국가들이 아시아 국가와 논의 없이 아시아의 운명을 결정하려는 것에 대해 지적했는데, 아시아의 문제는 아시아인들이 해결해야 한다는 생각은 제2차 세계대전 이후의 인도를 비롯한 아시아의 신생국가에서 공통된 점이었으며, 인도의 첫 번째 원칙에도 이러한 생각이 작용했던 것이다. 인도가 가장 강하게 자각하고 있는 것은 아시아인의 아시아, 즉 아시아의 국가와 민족들이 자신의 일은 자신이 처리한다는 자결의 원칙인데, 아시아의 내셔널리즘은 이러한 원칙으로 바뀌고 있다.

두 번째 원칙은 인도의 외교가 힘에 의한 국제정치Power Politics에 개입하지 않는다는 국제평화주의 원칙에서 나온 것이다. 인도가 미국의 대일강화조약 관련 초안에 불만을 나타내고 대일강화회의에 참가하지 않은 것, 그리고 이것은 소련에게 이용당했다는 비판, 제3세력이 되려는 것이 아니냐는 비판이 있다. 하지만 네루는 '자유를 지키기 위해서는 무력 양성이 필요하고 그 침해에 맞선다. 방관하는 중립정책은 도움이 되지 않으며, 현 시대는 분립적인 평화도 전쟁도 존재할 수 없기 때문에 중립은 있을 수 없다'라고 주장했다.

인도는 영국 지배하에 서구민주주의의 자극을 통해 독립운동을 전개했는데, 네루는 서구민주주의의 인권 사상 및 국가의 자유는 배워야하는 것이며 서구의 힘에 의한 국제정치나 제국주의, 인종차별은 배척해야 한다고 주장했다. 또한 서구의 전통이며 국제적인 불안을 일으키기 쉬운 힘에 의한 국제정치는 바람직하지 않고, 개인의 자유와 마찬가지로 국가의 자유가 존중되어야 한다는 의미에서도 힘에 의한 국제정치에 개입하여 타국의 정책에 지배당하는 것도 바람직하지 않다고 주장했다. 인도가 한국전쟁에서 한국 원조를 결의한 유엔을 지원한 것도 이러한 원칙에서 나온 것이며, 대일강화 태도 또한 이와 일맥상통하는 것이다.

해제내용

이 글은 1951년 9월에 체결된 샌프란시스코 강화조약과 관련하여 당시 인도가 이를 어떻게 인식하고 있었는지를 논하고 있다.

당시 인도는 영국의 식민지 지배에서 독립한 후 냉전이 격화되는 상황 속에서 비동맹 노선을 견지하는 한편 대일강화조약에 반대하는 입장을 취하기도 했다. 대일강화조약은 미국을 중심으로 진행이 되고 있었는데, 미국을 반대하고 소련을 지지하기 위한 정치적인 고려가 아니며, 인도가 일본과 단독으로 강화조약을 체결하려는 것은 중공에 대한 배려가 아니라고 그 입장을 밝혔다. 이러한 인도의 대일강화조약에 대한 입장 속에서 필자는 인도의 대일 정책의 성격을 찾고 있는 것이다.

필자는 인도는 동 조약이 자유국가에서의 명예롭고 평등할 만한 지위를 일본에게 부여하며, 극동의 평화를 위해 조인되어야 한다는 것을 큰 원칙으로 삼았다고 설명하면서, 첫 번째 원칙에는 아시아인들이 자신의 문제를 직접 해결해야 한다는 민족주의가, 그리고 두 번째 원칙에는 힘에 의한 국제정치에 개입하지 않는다는 인도 외교의 국제평화주의 원칙이 그 배경에 있었다고 논하고 있다. 한편 필자는 평화 추구, 유엔 지지, 식민주의와 제국주의의 종결 등을 중심으로 한 인도의 주요 외교 정책은 인도가 아직 충분한 실력을 갖지 못한 것에서 나온 것이며, 안정된 정치와 경제, 이를 통한 안정된 사회를 만드는 것이 인도의 국제 외교에서 선행되어야 할 중요한 문제라고 지적한다. 대일강화조약과 관련한 다양한 논의를 위해서 이와 같은 인도의 대일강화조약에 대한 입장을 논한 필자의 글을 참고할 만하다.

수록 지면 : 3~85면
키워드 : 인도, 대일 정책, 대일강화조약, 민족주의, 국제평화주의

일본 및 세계의 장래 日本及世界の将来

스기모리 고지로(杉森孝次郎)
해제 : 전성곤

내용요약

먼저 말초예末梢藝가 세계사적 흐름 속에서 임계점에 도달한 내용과 그 막다른 길을 타개하기 위한 방안을 고찰한다. 먼저 피티림 알렉산드로비치 소로킨Pitirim Aleksandrovich Sorokin이 말초예의 세계사적 임계에 초점을 맞추어 경고의 목소리를 보여준 가장 눈에 띄는 사람으로 간주하고 이 소로킨의 논리를 상세하게 소개한다. 소로킨의 저서 중 『현대의 위기』는 1914년에 초판으로 간행되었는데, 이는 원자력이 실현되기 이전의 저서였다. 이 저서는 이미 심각한 단계에 온 세계사의 현단계의 도래에 대해 새로움을 느끼게 해 준다. 내용을 보면, 1918년 세계대전쟁이 끝나자마자 이러한 비참한 만행은 두 번 다시 오지 않아야 하며, 결코 오게 해서는 안 된다는 목소리가 높아졌다. 그러한 의미에서 조직적 활동 및 행동도 여러 종류가 생겨났다. 국제연맹 이후에는 부전不戰조약 등이다. 그러나 역사의 발전은 불행하게도 전쟁을 치렀다. 현대인의 추리나 감각 혹은 판단, 의지로서 이해가 안 되는 일이었다고 소로킨은 설파했다.

소로킨은 직접적인 관찰의 대상인 사회에 대한 세계의 최대 부강국으로서 천하 공식 지식으로서 전승 경험이기 때문에 패전이나 또는 자국의 전장화 등의 전승국 영국과 프랑스와 같은 나라들이 최근 사상 절무絶無의 국가 속 유명한 한 사회학자의 말이라는 점에서 스기모리 고지로는 이 책을 소개하게 되었다고 한다. 소로킨은 공산주의 사상도 새로운 시대적 정신으로서 원자력에 대한 비판을 가하는 유력한 논리도 펼칠 수 있는 '현대문화의 면'도 존재하지만, 오랫동안 건설성이 없었음을 지적했다. 왜냐하면 공산주의도 자본주의도 마찬가지로 인생에 경제 이외의 일에 대해 심대한 관심을 끄는 내용이 충분하거나 적극적으로 개안開眼한 것이 아니기 때문이었다. 인간성의 전면적 파악 그것은 즉 결여되어 있다. 공산주의와 자본주의의 차이는 자본주의가 일부 소수자의 손에 독점되어 지속되는 부富, 경제적 가치를 공산주의는 모든 사람의 손에 취하고자 한다고 보았다. 양자는 충분하게 볼 수 없는 편협물이다. 바로 이 점에서 소로킨의 문장에 주목할 필요가 있으며 이것을 첫머리에 가져온 이유가 현대는 세계문화사의 대국적 관점에서 보아 하나의 근본적 개혁의 필요하고, 진화적인 내용의 필요성을 강하게 갖는 점에 초점을 두고자 했기 때문이다.

많은 사람들은 말할지도 모른다. 필요한 통일의 힘, 구심주의는 기성 종교 형태에서 부족함 없이 존재하고 사람들이 취하는 것에 맡겨 취하는 것을 기다리고 있다는 말이 오래된 일이라고 말이다. 혹은 그 이상의 사실로서 많은 사람 혹은 '가장' 많은 사람은 그러한 것을 흥미를 갖지 않고 관심의 '관'도 갖지 않아 불안도 느끼지 않는다. 그러나 그 최후의 경우는 무자각의 무불안이다. 또한 기성종교나 기성 철학이 개점하고 있다. 이것에 수요의 손을 뻗치지 않을 수 없는 대중 현대인이 나쁜 것이라는 관점은 잘못되었다. 라스키Harold Joseph Laski가 그의『현대혁명의 성찰』1943, 런던에서 현대의 위국적 성격도 상당히 인정하고, 그러나 그것의 해결을 종교에서 찾는 우렬성 또는 무가치를 충분하게 보여주고 있는 것은 특히 그의 견식으로서 추상推賞할 정도의 일은 물론 아니다. 너무나도 명백한 최저한의 양식에 적어도 속하는 일이기 때문이다. 그가 종교라는 말의 정의를 단연 혁신한다면 그것은 버릴 것은 아니다. 그것은 유자격물有資格物일 수 있다는 의미의 말을 한 곳이 있지만, 이것도 물론 재능으로서 인정할만한 것이다.

그리고 '완전한 자각의 필요'라고 소제목을 달고, 현대의 모든 군비문제, 정전문제 등도 그 범주 내에 엄연히 그 위치를 차지한다고 기술한다. 일본의 평화, 군비, 비군비의 문제에 대해서도 기술상, 사회 기술상의 일은 오로지 최고의 능률을 올릴 의지를 조건으로 하는 것일 뿐 근본적으로는 전세계 전인류사회의 각국 각 민족의 진정한 행복 및 이익을 직접적 목적으로 하고, 의지의 대상으로서 진퇴, 거취, 취사, 선택, 창조는 무한해야 한다. 일본 일국의 이해나 사정을 중시해야 하는 것은 물론인데, 현재 소여의 과제의 경우에 이 한정된 목적의 달성을 위해서조차 전국全局 이익, 행복을 진정으로 정직하게 직접으로 의지의 대상으로 삼는 것이 절대적으로 필요하다. 이 입장을 취하면 기운은 자연스럽게 행운 쪽으로 전개될 것이다. 그 반대의 마음가짐과 태도를 실행하는 것은 재앙禍과 조우하게 된다. 여기에도 원심주의의 부분적 일시적 이익의 추구에 몰두하는 방법이 구심주의의 부재 이유로 막히게 되고 파산을 초래하는 객관적 논리작용이 있는 것이다.

해제내용

스기모리 고지로는 저자 소개에서도 적었듯이 다나카 오도의 영향을 받았는데, 이 다나가 오도가 일본의 철학자·평론가로 유명하다. 오도王堂는 와세다대학 문학부 교수를 역임했고 시카고대학에서 존 듀이John Dewey의 가르침을 받고, 윌리엄 제임스William James나 조지 산타야나George Santayana의 영향을 받았다. 프래그머티즘을 근거에 두고 평론활동을 전개했다. 이 오도의 영향을 받은 스기모리 고지로 역시 글 속에 철학자적인 색채와 사회학적인 실용주의 인식을 갖고 있음이 드러난다. 이 글은 첫머리에 피티림 알렉산드로비치 소로킨의 저서를 소개하면서 시작하는데, 이 소로킨은 러시아 출신이면서 미국에서 활약한 사회학자이다. 하버드대학 사회학부 창설자이기도 하며, 도시·문화·사회학 이론의 저술을 남겼다.

스기모리 고지로는 소로킨의 용어를 빌려 사회의 문화적 방향성이 하나로 균질화되어 버리는 것을 문자 그대로 문화가 하나의 방향으로만 달려가는 현상이 중첩된 결과라고 평가했다. 소로킨은 현대문화는 감각문화인데, 바로 이 감각문화가 몇 백 년을 거쳐 오늘날에 이르게 되었고, 지금은 위기 상황이라고 보았다. 물론 그것이 문화의 수명이 종료되었다거나 소진되었다는 의미가 아니다. 오히려 신문화 발생 및 창조가 필요하다고 논했다. 스기모리 고지로가 사용한 이러한 단언들에 대해 가치를 인정하면서도 과학적 완전성에 대해서는 의문이 남고 보충 설명이 필요하다고 지적하고, 이 글을 집필했다.

스기모리 고지로는 소로킨의 용어가 실은 현실에서는 훨씬 절대적이며 무한적으로 감각문화로서 과학기술 문화의 발달을 희구하는 입장임을 재확인했다. 그러나 소로킨은 과학기술 방면에는 자신은 관심이 없다고도 표현하는 부분이 있었는데, 이에 대해서 스기모리 고지로는 소로킨이 이를 인정하지 않을 뿐만 아니라 의지적으로 이것을 부정하는 것이 아닌가라고 논하면서, 이 부분에 대한 시점을 새롭게 부연하고자 했다. 스기모리 고지로의 의도는, 감각문화의 그 자체에 존재한다는 점이 아니라 문제는 '인세^{人世} 통일'이나 '인생과 세계'의 관계를 어떻게 풀어낼 것인가에서 출발한다. 즉 인생 자체에 포함되어 있는 감각문화라는 것을 반대로 인생으로 통일하는 것을 부정하고자 하는 것으로, 오히려 분열 혹은 분화적 발달로 나아가면서 그것들이 타극^{他極}으로 절대적 필요를 구성하는 통일성이 결과적으로 현실을 무력화시킨 것이라고 해석한다.

이를 구체적으로 논하자면, 정전^{停戰} 문제도 그 배경을 보면 원칙적으로 국민주의, 계급주의, 가치의 논리, 가치관 등 통일이 만들어진다는 것을 어떻게 생각해야 하는가에 있다. 군비, 비군비에 대해서 전세계의 각 나라, 각 민족이 본질적인 목적을 위해 재군비한다던가 군비 확장을 주장하기도 하며 반대로 그것은 비군비나 군비철폐 근저로 작동하고 있다. 그렇기 때문에 스기모리 고지로는 '비군비가 필요 혹은 바람직한 것'이라는 것만 선택할 것이 아니라고 논한다. 전세계, 각 민족, 각국의 입장에서 보아 보편적으로 그것을 고려해볼 필요가 있다고 보고, 그 한 예로서 일본에 대해 논한다. 일본은 무無군비이기 때문에 이후에도 이 입장을 견지해서는 안 된다고 보고, 일본의 재군비는 혹은 무군비는 단순하게 일본을 위한 안전 보장이라는 점이 아니라고 한다. 아니 일본의 안전이라고 해서 안 된다는 점을 강조한다. 오히려 전세계 각 나라와 각 민족들이 평화를 위한 것이며, 그를 위해서 전세계의 각 나라나 민족마다 철저한 비군비가 필요하고, 그렇기 때문에 일본은 이에 참가하는 것이라고 하지 않으면 안 된다는 논리를 내세운다.

그렇기 때문에 일본의 입장에서 국제관계를 논하거나 일본의 국내 사정 혹은 정세를 논하기 위해 고려되어야 하기도 하다. 그러나 이것들이 결론적이거나 대표적인 것이 되어서는 안 된다는 점이다. 그것보다도 강하게 전체 포용적인 이유로서 세계를 위한 평화가 바람직하다는 의견으로 수렴된다. 물론 평화는 가장 올바른 좋은 민주주의라는 것도 아니다. 물론 전자와 후자의 연결성은 구심점과 원심적이라는 관계를 재고하여 역사상 커다란 세계사상을 구상해야 함을 제언한 것이다.

수록 지면 : 86~93면
키워드 : 소로킨, 현대의 위기, 현대혁명의 성찰, 군비문제, 정전문제

1951년 11월   753

30년 전의 일기三十年前の日記

마사키 히로시(正木ひろし)
해제 : 임성숙

내용요약

30년 전이라고 하면 다이쇼 10년[1921]이다. 나는 도쿄제국대학東京帝國大學 독법과獨法科에 입학했는데, 부모가 바라는 출세의 길을 따르지 못할 거라고 느끼고 있었다. 가능한 부모에게 신세를 끼치지 않도록, 또 부모가 기대하지 않기를 바라는 마음이 있어, 일하면서 학비와 생활비를 벌고 공부하는 학생苦學生을 지망하고 첫 번째 수업요금 100엔을 받은 것을 마지막으로 그 뒤로는 고용주 집에 살면서 가정교사 등 하면서 통학했다. 그 때 어느 사람이 집 주인에게 내가 위험사상가라고 말한 탓에 집주인이 두려워하고 (거주를) 거부당했기 때문에 갑자기 살 곳을 잃어 곤란했다. 그리하여 더 이상 도시에서 살지 못해 지방으로 내려갔을 때 일기를 썼다. 당시 제1차 세계대전 후 호경기 시대였기 때문에 중학교 교사는 전국적으로 부족했지만 역시 도쿄에서는 암만 찾아봐도 일자리가 없었다. 어느 날 아무런 소개 없이 도쿄부립 제1중학교東京府立第一中學校의 가와다 세이쵸川田正澄 교장 선생님을 찾아가서 영어교사로서 취직하고 싶다고 말했더니, 바로 수락을 받아 다음 날 지바현립 사쿠라중학교千葉縣立佐倉中學校의 교장과 가와다 씨와 만나고 사쿠라에서 부임할 것이 결정되었다. 월급은 금 100엔, 다만 대학의 학기시업을 보기 위해 1년에 1개월은 결석할 수 있는 좋은 조건이었다.

이 일기는 당시 중학 세계에서도 투고할 목적으로 쓰기 시작했는데, 문장에 자신이 없어 중간에 그만두고 반고지 속에 두었다. 그 후 30년이 지나 우연히 세상으로 내 놓는 일은 마치 화석의 단편이 발굴된 것과 같다. 문장을 수식하거나 기억에 따라 실제 이야기를 과장해서 쓸지 생각해봤지만 현재 나에게는 그런 여유가 없고, 화석은 건드리지 않는 게 가치가 있다고 생각하여 그대로 공개하기로 했다. 원문에서 고유명사는 익명이었지만 화석의 진실성을 증명하기 위해 기억이 허락하는 한 실명으로 고쳤다. ( ) 안의 문장은 새롭게 추가한 것이다. 이를 발표하게 된 이유는 윤리학자 고하라 가즈나리香原一勢 씨의 추천 때문이다.

5월 21일

오늘 처음으로 수업을 했다. 교단에 설 때마다 떨린다. 교단에 서면 갑자기 힘이 난다. 일종의 긴장 때문일 것이다. 수업에서는 간단한 서론 후 바로 책을 읽었다. 걱정했던 질문으로 곤란해진 일은 없었고 무사히 수업을 끝냈다. 오늘은 월급을 받았다. 태어나서 처음 받는 큰돈이기 때문에 무겁게 느껴졌다.

6월 26일

공부를 못하는 학생에 기가 막혔다. 특히 3학년은 비참하다. 3학년인데 절반이상이 is의 과거형을 모르고, 더 심각한 경우 is의 과거형은 it라고 하는 자도 있다. 이 말을 듣고 웃지 않는 자가 3분의 1 있다. 나는 내가 학력이 부족했던 점만을 두려워하고 있었지만, 더 이상 무서운 것은 없다. 4학년, 5학년도 전혀 문제를 풀지 못한다. 내가 중학생 시기에는 이렇게 못한 놈은 없었다. 발음을 못할 정도의 문제가 아니다. 문법을 초보부터 익힐 일이 우선이다.

7월 11일

오늘 방과 후에 45년 조행회의操行會議가 있었다. 처음에 도화図画를 담당하는 이토 사다오伊藤貞夫 씨가 서서 조행에 점수를 매기는 것에 반대했다. '조행 같은 건

쉽게 알 수가 없고 조용하고 피부색이 하얗고 학과에서 잘하는 아이가 항상 우優 성적을 받는데, 학교를 졸업하면 재미없는 아이가 된다. 반대로 얼굴표정이 안 좋고 성깔 있는 아이는 가可 혹은 불가不可로 판단되는데, 그런 아이들이 오히려 사회에서 재미있는 인물이 된다. 무엇보다 인간이 인간을 판단하는 것은 재미없다'는 논지였다. 학생들은 이토 씨를 '주의자主義者'라는 별명으로 불렀고 그는 화끈한 남자였다. 이에 교장은 단지 싫은 표정을 지어 웃으면서 사람들의 표정을 살피기만 했다. 다른 사람들도 침묵하였다.

두 번째로 눈에 띈 사람은 교감인 이토 후미오伊藤文雄 씨인데, 그는 우優, 양良, 가可, 불가不可로 평가하지 말고 학과에서 하는 것처럼 갑을로 구분하자고 말하였다. 그 설명에 따르면, 우, 양, 가는 우와 양의 차별이 갑을처럼 매길 수 없다는 이유 때문이다. 우, 양은 양쪽 문자가 좋기 때문에 양이 우보다 나쁜 느낌이 들지 않아 우 다름으로 바로 가로 평가한다는 것이다. 이 때 나는 내 원래 성격인 조롱하는 기질이 드러나 입을 잘못 놀려 '실제로 구별되지 않는 것이 정확한 거 아닙니까' 고 야유했다. 그랬더니 교장이 '역시 우, 양, 가, 불가로 합시다'고 말하면서 그냥 회의를 진행했다. 의도하지 않았던 방식으로 교감을 난처하게 하여 미안하게 생각했지만 교감은 딱히 싫은 얼굴을 하지 않았다.

7월 14일

어제 인쇄한 3학년 시험문제를 교감에게 제출하기 위해 시험용지를 첨삭하는 와 중에 틀린 부분 세 군데를 찾았다. 그래서 서둘러서 미리 용지를 넘겨준 선생님들한테 가다가 정정하려고 했는데 모리야守谷 씨와 마쓰시마松島 씨를 이제까지 거꾸로 기억하고 있어 모리야 씨로 알고 용건을 말했더니, 그는 내 얼굴을 유심히 보고 '나는 모리야 씨가 아니고 마쓰시마다'라고 약간 화를 내면서 경멸적으로 말했는데, 내가 민망했다. 둘은 몸이 크고 같은 연배이며 수염을 기르고 목 부분이 닫힌 옷깃이 있는 검은 옷을 입었기 때문에 모르는 사이에 거꾸로 기억하고 있었다. 한쪽은 체육, 한 쪽은 역사지리歷담당이었다. 시험 후 갑자기 회의가 있다고 들어 교장실에 모였더니, 5학년 남학생이 부정행위 때문에 퇴학 명령을 받았기 때문에 그것을 알린다는 내용이었다. 즉시 결단을 내리는 일은 지독하다고 생각했다. (여기까지 읽고 느낀 건데) 다음부터 일기 내용도 심각해지는데 당시 내 표현력으로는 힘이 달려 그만 썼던 것 같다.

1951.9.13

해제내용

이 글에서 필자는 30년 전 중학교 영어교사로 일했던 시기에 썼던 일기를 우연히 찾아서 소개한다. 일기에는 교사생활을 하면서 겪었던 일상(취임 첫날, 수업, 학생과의 의사소통, 학생의 영어능력, 동료 교사, 사랑)의 경험이 적혀있다. 필자가 대학을 입학한 후는 제1차 세계대전 직후 경기가 좋은 시기였고 교사라는 직업으로 먹고 살수 있었다. 그러나 수도 도쿄에서는 일자리를 찾기가 어려워 지인의 소개로 지바현에 있는 중학교로 옮겨 교사로서 근무하게 된다. 일기의 첫 부분에서는 혼자 도쿄를 떠나는 슬픔과 도쿄에서 멀리 떨어진 사쿠라 지역의 '불편한' 환경에 대하여 불만을 이야기한다. 그러나 글의 내용은 점차 사쿠라 현지의 사람들과 만나면서 새로운 환경에서 적응하고, 학생들 앞에서 열심히 수업을 하면서 자립적으로 살고자 하는 필자의 긍정적인 모습으로 변화한다. 다만 필자는 항상 사람들을 냉소적으로 바라보면서도 일정한 거리를 두고 판단하는 경향이 있는데 이러한 성격, 태도가 일기에 드러난다. 필자가 가르치는 학생들의 영어 수준이 낮은 점, 근처에 사는 사람들의 사생활에 대한 오지랖, 교사들이 학생을 평가하는 방식을 냉소적으로 비판하고 제도화되고 경직된 교육제도에 반감, 불만을 토로한다.

수록 지면 : 94~103면
키워드 : 일기, 1921년(大正3年), (중)학교, 교사, 교육

정계 회고 20년 (6) 政界回顧二十年(6)

2 · 26 사건 전후 (4) 二 · 二六事件前後一其の四

기타 레이키치(北昤吉)

해제 : 송석원

내용요약

히로타 고키広田弘毅가 의회해산을 주청奏請하지 않고 내각총사직을 결정한 것은 해산해도 결국 나오는 것은 정우회, 민정당 의원으로 그다지 바뀐 보람이 없을 것이고, 이를 둘러싸고 해산을 주장하는 데라우치 히사이치寺内寿一 육상과 무모한 해산은 부당하다며 반대하는 나가노 오사미永野修身 해상이 대립하고 있어서 이 문제를 육상과 해상의 대립을 천하에 공표할 수 없었기 때문이다. 히로타는 데라우치와 나가노를 별실로 불러 총사직 결의를 전해 육상과 해상의 대립을 막고, 동시에 각료의 분규를 막기 위해 각 각료를 개별적으로 불러 총사직 결의를 전했다. 이러한 주도면밀한 준비는 각 방면의 동정을 얻어 동일 총사직하게 되었다. 내가 전전, 전후를 통해 본 총리 중 인간으로서 가장 훌륭하다고 생각한 한 사람이 히로타이다. 요나이 미쓰마사米内光政와 종전 당시의 스즈키 칸타로鈴木貫太郎도 훌륭했지만, 군인이 아닌 사람 중에는 히로타가 가장 빛났다고 생각된다. 그가 A급 전범으로 스가모巣鴨에 유치되고 이치가야市ヶ谷 국제재판 법정에 섰을 때, 변호사의 증인신청에 대해 증인이 국가를 위해 천황을 위해 도움이 되면 신청에 응하지만, 자신의 변호를 위해서는 증인을 신청하지 않았고, 사세辭世의 노래나 유언다운 것은 남기지 않은 채 묵묵히 죽음에 이른 태도는 옛 무사 같은 면이 있고, 나카노 세이고中野正剛의 자살自刃과 함께 규슈 남자의 의기意氣를 후세에 남기는 바가 있다. 나는 이치가야 재판에 의한 사형수 중 가장 동양인과 일본인다운 풍격 있는 인물로 히로타를 들지 않을 수 없다. 비군인 지도자 중 오직 그만이 불과 1표 차이로 사형에 처해 진 것은 불가사의한 일이다.

히로타 내각총사직에 대해 여론은 육군의 횡포에 대한 반감과 정당을 지지하지는 않았지만 의회를 군부의 공세로부터 옹호하려 했기 때문에 이를 지지했다. 후계 내각과 관련해 원로 사이온지 킨모치西園寺公望는 병으로 상경하지 못해 유아사 구라헤이湯浅倉平 내대신이 사이온지 자택을 방문해 의견을 듣고 그 내용을 천황에게 주청했다. 당시 하마평에 오른 후계 내각 수반의 면면은 고노에 후미마로近衛文麿, 우가키 가즈시게宇垣一成, 수에쓰구 노부마사末次証 해군대장, 하야시 센주로林銑十郎 육군대장 등이었다. 사이온지가 시국 수습의 가장 적임자로 추천한 사람은 우가키였다. 우가키는 조각의 대명을 받고 조각 작업에 착수했다. 그러나 육군에서는 우가키에 대한 반대론을 강하게 표명했다. 즉, 육상 관저에서 니시오 토시조西尾寿造 참모차장, 우메즈 요시지로梅津美治郎 차관, 나카무라 고타로中村孝太郎 교육총감 본부장 등이 참가한 3차장 회의에서 우가키를 수반으로 하는 내각 성립은 숙군 달성과 부내 통제상 반대한다는 데 의견일치를 보았다. 해군은 백지상태로 사태 추이를 주시했다. 정당은 지지 분위기가 강했다. 우가키는 스기야마 겐杉山元 교육총감, 나카무라 고타로 교육총감 본부장, 카쓰키 기요시香月清司 고노에사단장 등 세 명을 육상 후보자로 하여 육군과 교섭했다. 육군은 강경 입장을 변경하지 않았고, 결국 우가키는 조각을 단념했다. 세간에서는 우가키가 조각에 실패한 것은 하마구치 오사치濱口雄幸 내각 육상이었을 당시 해군군축회의에 찬성하고 육군의 군축을 단행했기 때문이라고 알고 있지만, 이것은 육군이 우가키 배제의 구실로 삼은 것일 뿐이다. 육군 막료들이 우가키를 배격한 근본 이유는 우가키가 민정당 내각 육상이었을 당시 니노미야 하루시게二宮治重 참모차장과 고이소 쿠니아키小磯國昭 군무국장 등과 함께 3월 사건을 기도했으나, 도중에 우가키가 변심해 이 계획이 불발로 끝남으로써 막료들이 우가키를 변절자로 인정했고, 더욱이 우가키는 우가키파와 마사키 진자부로眞崎甚三郎 · 아라키 사다오荒木貞夫파 대립의 한쪽 당사자이므로 막료 중 통제파의 지지를 받아도 소 사쿠라카이櫻會를 중심으로 한 황도파가 어디까지나 배격할 것이기 때문에 군 상층부는 모처럼 데라우치가 숙군에 노력한 것을 우가키의 출마로 다시 혼란이 일어날 것이라고 생각했기 때문이다. 여하튼 우가키는 육군 내 거물이기 때문에 육상이 우가키 명령으로 움직이게 되면 우가키의 육군 부내에서의 압력은 증대해 막료의 육군 부내에서의 세력은 떨어질 것이라는 위험 신호도 있었다. 근래 군인 중 거물이라면 다나카 기이치田中義一와 우가키 가즈시게로 이 두 사람은 군을 누르는 관록이 있어서 하극상 풍조가 왕성한 막료 횡포 시대에 우가키는 피해야 할 거물이었다. 관념 혁신의 소아병에 걸린 막료들은 우가키는 기성 정당, 재벌, 중신과 타협으로 시종해서 현상유지를 중시한다고 본 것이 틀림없다.

우가키의 사퇴로 내각 수반 문제는 원점으로 돌아갔다. 여전히 병으로 상경하지 못하는 사이온지에게 유아사 내대신이 방문해 의견을 들었다. 사이온지는 먼저 추밀원 의장 히라누마 키이치로平沼騏一郎를, 그가 의사가 없으면 다음으로 예비역 육군대장 하야시 센주로林銑十郎로 하여금 시국을 수습하게 하라는 뜻을 주청했고, 히라누마가 고사해 결국 하야시에게 조각의 대명을 내리게 되었다. 육군은 군의 의향에 대한 소문이 분분한 점을 고려해 오해 해소를 위해 담화 형식으로 의견을 발표했다. 담화에서는 "오늘날 육군이 정치에 관해 희망하는 바는 첫째, 우리 국체의 본의에 기초해 어디까지나 제국헌법의 진수를 발휘하듯 우리나라에 독특한 입헌정치 발달에 매진할 것, 둘째 제국헌법이 정한 의회의 권한에 삼가 따라恪遵 그 운용을 적정하게 할 것, 셋째 올바로 민의를 창달하고 공정한 여론과 국민의 지능을 충분히 국정에 반영함으로써 우리나라에 독특한 헌정 발달과 올바른 민의 창달은 가장 열망하는 바이다(이하 생략)"라고 했다. 그럴듯한 표현이지만, 큰 속임수가 감춰져 있었다. '우리나라에 독특한 입헌정치'라는 점이다. 메이지헌법에는 결사의 자유를 인정하고 있으나 이른바 정당정치는 예상하지 않았다. 내각은 천황의 대명에 의해 구성되고 의회에는 불신임결의, 탄핵권을 인정하지 않았다. 따라서 천황의 대권으로 초연내각, 정당원은 한 명도 입각시키지 않고, 의회에서 각 정당의 협력을 요구해 수용되지 않으면 언제든 징벌적 해산으로 위협할수 있으며, 정당 내각이 성립하려 해도 육군과 해군 장관의 현역 대장이나 중장이라는 규정으로 이를 거부할 수 있다. 우가키 내각을 유산시킨 곡예는 언제든지 가능하다. 이것을 우리나라에 독특한 입헌정치라는 것으로, 군은 정당을 맹종시키고 위협할 수가 있다. 군이 일본 독특의 입헌정치라고 말하는 것은 통수권을 독립시켜 정부에 비협력적 태도를 보여 정부와 의회를 군부가 맘대로 끌고 다니는 것이다. 막료들의 로봇으로서의 하야시 대장은 막료의 재촉을 받아 정당원은 당적을 이탈하고 입각하라며 민정당의 나가이 류타로永井柳太郎와 정우회의 나카지마 치쿠헤이中島知久平에 요청했으나 거절당하고, 오직 장관병에 걸린 야마자키 다쓰노스케山崎達之輔 1명만이 농상이 되었다. 막료의 로봇 수상 하야시도 육상 선정에서는 군 당국과 다소의 분규를 낳았다. 하야시는 육상에 이타가키 세이시로板垣征四郎 중장을 생각했지만, 군 측은 나카무라 고타로를 추천해 대립했기 때문인데, 결국 나카무라로 결정되었다. 여하튼 하야시 내각은 히로타 내각총사직 후 10일 만에 성립했다. 각료 8명, 그중 6명은 첫 입각이었다. 비상시의 초약체超弱體 내각이었다.

　하야시는 신내각 성립을 고하기 위해 이세伊勢신궁으로 가면서 기자단에게 "우리나라는 제정일치 나라이다. 경신敬神과 존황尊皇의 대의는 실로 우리나라 국체의진수로 국민 도덕의 근본 또한 여기에 있다고 생각한다. 하루라도 빨리 신궁에 참배하려 했는데 여러 사정이 있어 연기되어 오늘에야 참배할 수 있게 되었다. 신전에 엎드려 취임 보고를 하고 전력을 다해 어려운 시기時艱 극복의 중책을 다하고자한다. 신내각은 소위 여당을 갖고 있지 않고 각료에도 의회에 적을 둔 자가 적다.

이렇게 의회에 임하는 것이 어떨까 싶기도 하지만, 의회가 정부 제안에 대해 정말로 국가적 견지에서 검토해줄 것을 믿는다. 내각은 폐하의 친정을 익찬翼贊해서 어심御心을 받들어 시세에 적합한 정치를 행하는 것이다. 따라서 내각이 다르다고 해서 정책이 달라져야 하는 것은 아니다"라는 첫 시국담을 발표했다. 하야시 내각의 전모를 알 수 있는 시국담이다. 당시 육군은 삼권분립을 고집해 의회인 중에서 장관이나 차관을 내서는 안 되고 입법부는 입법에 전념해야 하며 정부는 대정익찬 기관이고, 의회는 단지 정부에 협찬해야 하는 것이어서 그렇게 함으로써 간접적으로 대정에 익찬할 수 있다고 생각하고 있었다. 천황친정에는 일정 부동한 방침이 있어서 함부로 변경할 수 없다는 점은 군에게는 대륙정책이 있는바, 이는 군의 기정 방침이라는 것이었다. 즉, 국방 강화, 민생안정이 이것이다. 하야시 내각 당시 정당 배격에서 정당 해소로 나아간 군의 움직임이 극히 명료해졌다. 제정일치의 기치를 내걸고 천황친정을 고무한 하야시 내각은 일본 붕괴까지 성전을 외치는 군벌의 완전한 개막 출연을 했다고 할 수 있다.

해제내용

히로타 내각이 총사직한 후의 후계 내각 성립과정과 하야시 내각의 성립과 동 내각의 성격 등에 대해 회고한 글이다. 주지하듯이, 히로타 내각총사직 후 후계 수상으로 우가키가 천거되었으나, 육군의 반발로 무산되고 말았다. 저자는 우가키 내각이 불발로 끝난 이유가 세간에 알려진 내용과는 달리 3월 사건 당시 우가키의 변심에 대한 막료들의 불만이 저변에 있었다고 분석한다. 더욱이 우가키가 육군 내에서 상당한 관록의 소유자여서 우가키 내각이 성립되면 육군이 자신들의 정책을 원하는 대로 추진하기 어려울 것이라는 계산도 작용한 것으로 추론한다. 저자의 이러한 분석은 당시의 저자 자신의 감상일 뿐 아니라 다양한 자료에 의해서도 입증되는 사실이다.

육군의 끈질긴 반대로 우가키 내각이 불발로 끝나고 나서 하야시 내각이 성립하는데, 이 과정에서도 군, 특히 육군은 정당원 입각은 당적 이탈 후라야 가능하다거나 육상 후보를 둘러싸고 하야시 수상과의 교섭에서 수상을 밀어붙여 자신들이 추천한 사람을 앉히는 등 원하는 모든 것을 이루게 되고, 따라서 하야시 내각은 마치 막료들의 로봇과도 같은 양상을 보이게 되었다고 저자는 지적한다. 실제로, 실권이 없는 하야시 내각에서 정당 배격은 정당 해소로 확대되어 갔으며, 그 결과는 일본 붕괴였다. 하야시 수상 개인의 무력한 정치적 역량과 함께 군부가 정치의 전면에 부상하는 과정이 겹치게 됨으로써, 그야말로 군과 정치, 군의 민간 통제를 둘러싼 논의의 유력한 참고 사례를 만들었다고 하겠다.

수록 지면 : 141~148면
키워드 : 2·26 사건, 사이온지 킨모치, 우가키, 하야시내각

1951년 12월

태평양전쟁의 의의를 회고하며

강화조약도 지금으로서는 각국의 비준을 기다리는 일만 남은 상황에서 이제 쇼와 26년 즉 1951년도 저물려 한다. 해가 저무는 지금 조용히 지난 전쟁의 의의를 추상하는 것도 자연스러운 인지상정이 아닌가 한다.

태평양전쟁은 완전히 일본의 패배였다. 왜 이토록 바보스러운 전쟁을 감행한 것일까? 물론 일본 군부의 오만방자함도 있었다. 그러나 한편으로는 그렇게 할 수밖에 없는 상황으로 몰린 것이기에 어쩔 수 없이 결기한 것이라고도 볼 수 있다. 그러나 잘 생각해보면 더 큰 역사적 흐름에 의한 것이었다고도 생각할 수 있다.

생각해보면 포르투갈인 바스코 다 가마Vasco da Gama가 맨 처음 인도항로를 발견한 것은 1498년 즉 아시카가足利 시대인 메이오明應 7년이었다. 이후 포르투갈인을 선두로 네덜란드인, 프랑스인, 그리고 영국인이 동양에 와서는 그들은 동양에 있는 나라를 하나씩 정복했다. 인도를 시작해서 버마미얀마도 독립을 잃었고 샴태국은 간신히 독립이라는 형식을 유지했지만 안남安南. 베트남은 이미 프랑스인 손으로 넘어갔다.

이 외에 필리핀은 스페인에, 남인도 제도는 네덜란드에 넘어가는 등, 모두 백인이 점령하였다. 이들 세력은 계속 확장해서 태평양 동남쪽에 있는 제도를 모두 장악하기에 이르렀다.

15세기 말에 인도항로가 발견된 후 16~19세기까지 4세기하고 20세기 전반까지 450년이 지나서 동아시아 지도를 펼쳐보면 중국, 일본, 샴 등, 몇 나라만이 간산히 독립을 유지하는 상태가 되어 있다.

백인이 동으로 진출하는 파도는 하늘을 가르고 밀려드는 '팽배澎湃'한 것이었다. 결국에는 망망대해인 태평양에 있는 무수의 섬들이 산재함에도 단 한 곳도 백인의 손이 가지 않는 곳은 없었다.

이상은 남쪽에서 바다를 통해서 동진한 것이었으나, 이번에는 북방의 육상을 보거라. 카자크 추장 예르마크Ермáк Тимофéевич가 약간의 병사를 이끌고 우랄산맥을 넘은 것은 1581년 즉 일본이 덴쇼天正 9년 때였다. 이후, 그들은 표범 모피를 획득하면서 동으로, 동으로 진출했다. 그리고 방향을 남쪽으로 틀어서 중국 영토를 침범해서 결국은 네르친스크조약1689으로 스타노보이산맥[1]을 양국의 경계로 삼았고, 아이훈조약1858 체결로 헤이룽강黑龍江 이북의 땅을 빼앗고, 다시 베이징조약1860 체결로 연해주 땅을 취해서 블라디보스톡을 손에 넣어 극동의 땅을 제압하는 위세를 떨쳤다.

이것만이 아니다. 이들 러시아인의 끝이 없는 침략은 중앙아시아에서도 1865년 타슈켄트를 함락하고 같은 해에 부하라 칸국汗國을 점령하고 동 73년에는 히바 칸국을 멸망시키고, 동 76년에는 코칸드 칸국을 병합해서 페르시아, 아프가니스탄과 국경을 접하게 되었다. 이처럼 아시아 북부와 중부에서 러시아인이 행한 침략은 마치 굶주린 호랑이와 같았다.

북아시아 각 지역에 살던 민족이 이처럼 백인에 의해 유린당한 것은 문화의 발달이 늦었기 때문이다. 물론 인도나 중국에는 독특한 문화가 발전했었지만 이른바 문명의 이기라 일컬어지는 것에 대해서는 대개 무지했다. 그러나 몇백 년의 세월이 흐르면서 북아시아 백성들은 몰라도, 남아시아 및 태평양 지역에 있는 민족은 차차 문화의 공기를 들이마시기 시작해서 자유와 독립이라는 것이 갖는 가치에 대해 알기 시작했다. 그래서 언제까지나 다른 나라의 부속품으로 취급받는 것을 견딜 수 없게 되었다.

독립운동은 인도가 가장 빨랐으며, 또한 가장 열렬했다. 성웅聖雄이라 불리는

---

1 아무르주와 사하공화국 경계이며, 만주와 시베리아의 경계. 중국명 外興安嶺.

간디나 지금 잘 나가는 네루 수상 등 모두 독립운동에서 영웅이었던 사람들이다. 그런데 중요한 시기에 운이라는 것이 중요한 관계를 만드는 법이다. 때를 만나지 못하면 과일도 열매를 맺지 못한다.

이러한 시기에 일어난 태평양전쟁은 무엇을 의미하는가? 일본은 이미 지나사변滿洲事變으로 지쳐있었다. 그런 궁지에 있었음에도 일어섰다. 이는 어떤 의미에서는 오랫동안 백인에 의해 침략을 당한 동아시아 민족을 대표한 결정이었다고 말할 수 있을 것이다. 준비가 덜 된 전쟁은 지는 법이다. 그러나 이 전쟁이 동아시아 각 민족을 각성하게 된 포호嚆矢 즉 신호탄이 된 것은 틀림없는 사실이다. 인도, 파키스탄, 버마미얀마, 인도네시아, 필리핀 각국은 잇따라 독립을 했다. 여기에 이 전쟁의 의미의 한 면이 있다고 할 수 있다.

밀려온 파도는 다시 빠져나가는 것이 천칙天則이다. 앞으로 백인은 많은 어려움에 봉착할 것이다. 한편 패전국인 우리 일본 국민은 어디까지나 평화주의에 입각해서 국제간의 신의를 중시해야 한다.

현대의 위기

계약적 (가족, 정부, 경제조직, 자유, 국제관계) 위기

P.A 소로킨(Pitrim Alexandrowitsch Sorokin),
기타 레이키치 · 와타나베 유스케 역
해제 : 권연이

내용요약

사회관계는 가족 관계, 계약 관계, 강제 관계의 세 가지 유형으로 분류할 수 있다. 가족 관계는 상호간의 사랑, 헌신, 희생으로 이루어진 관계이고 계약 관계는 상호의 이익을 목적으로 하여 양자에게 유리하게, 자유로운 협정에 의한 관계이다. 그리고 강제 관계는 희망이나 이익에 반하여 한쪽이 다른 한쪽에게 강제하는 관계이다. 이 세 가지 관계 형식은 언제나 동일 비율이 아니며 시대와 함께 변화한다. 8세기에서 12세기까지 유럽 중세 사회에서는 주로 가족적이었으며, 약한 정도로 강제적이었고, 아주 적은 정도만 계약적이었다. 16세기에서 18세기 사이에는 강제 관계의 상대적 비율이 크게 증가했다. 19세기와 20세기 초기에는 계약적 사회의 황금시대를 이루었다. 근대 유럽 사회는 한마디로 '계약주의' 사회였다. 이 기간 중 서양 사회는 구성원, 공민과 그 정부, 고용주, 고용인, 특수한 단체의 성원 등 상호적 이익을 위한 규약, 계약 혹은 협정을 기초로 하여 쾌적한 감각 본위의 사회 건설을 기획했고 그 목적은 상당히 잘 달성되었다고 생각되었다. 자본주의적 계약 제도는 다수의 현저한 대성공을 거두었다. 노동력 및 기계의 능률의 증가, 물질생활 표준의 근본적 개량, 강제적 봉건제를 계약적 협정으로 치환하였다.

정치 분야에서도 19세기의 계약 관계의 발흥은 독재적 강제적 정부가 감소하고, 계약적 선거에 의한 정부의 민주주의 제도가 독재적 강제적 정부를 대신하게 되었다. 헌법에 의한 인권 선언 등 특별 수단에 의해 특권이 보증되었다. 신교의 자유, 언론 출판의 자유, 결사의 자유, 직업 선택의 자유 등이다. 사회 조직체에 있어서도 계약적 원리가 적용되어 종교 조직의 자유로운 선택, 당사자간의 희망에 의한 결혼 등이 이루어졌다. 또한 임의에 의한 이혼의 길이 널리 열리게 되었다. 개인주의와 함께 이념 본위적 자유와 더불어 감각 본위적 자유의 시대가 되었다. 19세기는 더 나은 진보에 관한 서양 사회의 일반적 낙관주의를 증명하였다. 자신의 권리와 노력에 의해서 보다 나은, 자유로운 사회를 건설하는 인간의 능력을 증명하였다.

그러나 계약주의는 당사자가 동등하게 자유롭고 독립적이어야 하고, 상대에게 손실을 주어서는 안 되며, 계약된 의무는 충실히 이행되어야 하며, 계약을 왜곡해서는 안 된다. 이러한 불가결한 조건들이 19세기 말부터 20세기 초에 이르러 서양 사회의 계약 조직 속에서 소실되기 시작했다. 이러한 계약 주의의 위기는 최소한의 것에서부터 최대의 것에 이르기까지 서양의 사회적 기구와 제도의 근본적 위기를 의미하게 된다.

계약적 관계의 쇠퇴는 정치제도, 경제제도, 가족 조직체, 그리고 국제관계의 분야에 걸쳐서 나타나고 있다. 정치제도에서는 계약적 정부의 지위는 비계약적 전체주의적 정체로서 공산주의, 나치, 파쇼 등에 의해서 대체되었다. 전체주의 정부는 선거에 의하지 않고 계약적이지 않으며 강권적이고 독재적이다. 정치의 순수한 계약적 형식이 남아있는 나라는 앵글로 색슨 국가들 및 소수의 국가들뿐이다. 모든 사안이 개인과 단체의 자유재량에 맡겨져 있었으나 오늘날은 이들 대신 정부가 제반의 관계를 결정하고 관리 규정하고 있다. 전제 국가에서는 정부의 통제와 관리가 완전히 이루어지고 있다. 경제 관계에 있어서 영국 제국, 북미 합중국 등의 나라들도 1929년 이후에는 정부의 통제와 관리의 확장이 가속적으로 진전되었다. 19세기에는 사적 단체에 의해 결정되던 것이 지금은 정부에 의해서 운영되고 있다.

19세기 독재 국가들에서 사유재산과 계약적 자본주의 조직을 기초로 하는 경제 제도가 쇠퇴하고 있다. 사유재산제는 점차적으로 붕괴되고 분할되고 있으며, 계약적 자본주의 경제는 강제적 경제로 치환되고 있다. 독재 국가에서 사적 단체들은 자유롭게 생산, 분배, 소비를 결정하지 못하고 중앙집권적 정부가 모든 것의 대강을 결정한다. 노동조합은 통제되었고 세습적이 되었다. 강제적 전체주의의 경제적 특징은 서양 대부분의 나라들에도 부합된다. 미국도 1929년 대충격 이후 정부의 통제 조치로 계약 경제는 축소되었고, 전쟁 발발 이래 영국에서도 계약 경제가 사라지고 강제적 전시 경제가 대신하게 되었다.

가족 조직체에 있어서도 부부의 결합, 부모 자식의 결합, 친척 관계의 결합에 있어서 계약적 가족은 점차 붕괴되고 있다. 이혼이나 분리가 급속도로 증가하고 있고, 최근 수십년 간 현저해지고 있다. 자녀 없는 결혼 생활이 증가하고 있으며, 과거에 비해 자녀가 부모로부터 일찍 독립하고 있다. 자녀의 첫번째 교육기관으로서 가정의 기능은 위축되었다. 태어난 아이가 사회생활에 적합하도록 교육하는 사회화의 주요 기능을 담당하던 가정은 이제 그것을 하지 않는다. 어린이들은 매우 어릴 때부터 사회의 탁아소, 유치원 등에 양도된다. 그리고 이제 제사를 지내는 사람으로서 가장의 역할은 없어졌다. 사람의 심리적 사회적 고독을 완화하는 기능으로서의 가정도 이제는 없어졌다.

국제 관계에 있어서도 계약주의는 쇠퇴하고 있다. 국가간의 관계가 계약적으로 연결되어 있어서 국제 계약의 회관會館을 만들고, 자유로운 국제 계약을 통해서, 국제법의 발전과 성문화를 통해서, 헤이그 법정과 같은 국제 재판소를 통해서, 그리고 국제 연맹을 통해서 질서와 자유와 평화를 달성하려고 노력하였다. 그러나 국제법도 국제 재판소도 국제 연맹도 모두 무산되어 버렸다. 폭력만이 유일의 심판자가 되고 전쟁이라는 강제가 최고의 통치를 한다.

이러한 계약적 위기의 근원은 사회 내부의 요인의 자연적 결과로서 계약적 감능感能적 사회 그 자체 내부에서 발전한 것이다. 윤리적 원자설과 허무설의 조건하에서 감능적 가치에 대한 증대하는 욕망의 확장과 함께 계약적 관계는 파국적 결과를 동반하는 유사 계약적 관계로 추락해갔다. 계약적 관계의 숭고한 이상과 실제 사이에는 왜곡이 있어 계약적 과정이 진행될수록 계약의 추락과 계약에 의해 상정되었던 일반 이익을 수취하지 못하는 사람들의 수가 증대해갔다. 그 피해자는 계약적 충성에서 점차 이탈해갔다.

계약 사회의 위기는 퇴폐적 감능적 사회 속에서가 아니라 이념 본위, 혹은 이상주의적인 새로운 문화 체계의 분위기 속에서 회복될 것이다. 감능적 인간은 합리성과 도덕적 책임감을 버렸다. 확장만을 원하는 욕망 속에 내적 억제심을 잃고 자신의 자유도 버렸다. 자유는 내적인 것이며 유력한 가치, 도덕적 규범, 자제와 자기 의무의 성실한 이행을 필요로 한다.

해제내용

이 글은 소로킨이 1941년에 발표한 논문을 기타 레이키치와 와타나베 유스케가 번역해서1951년에 『일본급일본인』에 게재한 것이다. 사회학자인 소로킨에 대해 일본사회학계에서는 일찍부터 그의 연구에 관심을 가지고 일본에 소개해왔다. 1920년대부터 그의 연구를 소개하는 논문들이 존재한다. 소로킨의 「현대의 위기」는 이미 1948년에 다이도 야스지로大道安次郎가 연구논문을 통해서 소개한 적이 있다. 『일본급일본인』에서는 연구 논문이 아니라 그의 글을 완역해서 게재했다. 1941년에 내놓은 사회학자의 글을 1951년에 완역해서 잡지에 게재한 이유가 무엇일까. 1950년, 1951년 당시 일본 사회가 직면한 새로운 국제적, 국내적 상황 하에서 여전히 혼란스럽고 정돈되지 않은 사회 분위기를 계몽하기 위한 것은 아니었을까 한다. 근대 사회가 이룩한 계약적 관계의 모든 전제와 관행들이 두 번의 전쟁을 겪으면서 강제적 관계, 유사 계약적 관계로 변질되고 퇴락하게 된 상황이 패전 이후의 일본의 상황에도 적용 가능했기 때문일 것이다. 전쟁으로 인해 폐허가 되어 혼란해지고 퇴폐해진, 민주적 가치, 시장 경제적 질서가 무너진 상황에 대한 소로킨의 처방은 간단명료하다. 이념적 이상주의적, 혹은 합리적 도덕적 책임감을 갖춘 인간상을 다시 회복하는 것이다. 1951년 당시 일본의 상황에 이러한 요소들이 필요했을 것이다.

수록 지면 : 8~28면
키워드 : 가족 관계, 계약 관계, 강제 관계, 유사 계약관계, 감능적 사회,
　　　　감능적 인간

민주사회주의와 시국 民主社会主義と時局

나카무라 기쿠오(中村菊男)

해제 : 석주희

내용요약

1.

이와나미 서점岩波書店에서 발행한 『세카이世界』의 강화 문제 특집호가 반향을 불러일으켰다. 이것이 마치 일본 지식 계급의 대표적인 의견처럼 세상에서 떠들썩하게 이야기되고 있다. 그러나 이는 일본 인텔리겐치아intelligentia 일부의 의견으로 전부 그러한 것은 아니다. 또는 이와나미 서점을 중심으로 하는 집필자 그룹의 의견이라고 말할 수 있다. 우리들은 이러한 의견이 현재 일본의 언론기관의 지배적인 논조에 대한 안티테제로서 이후에도 이러한 글이 나와도 좋다고 생각한다.

세카이 대부분의 집필자가 공통으로 나타내는 견해는 대체적으로 사회당 좌파가 주장하는 전면강화, 중립, 군사기지화 반대, 재군비 반대 등 평화 4원칙에 일치하는 것으로 생각할 수 있다. 그 가운데에는 이 견해에 정면으로 반대하는 집필자도 보이지만 극소수이다. 내심 중립에 반대하면서 반미친소의 관념을 가지는 사람도 많다고 생각할 수 있으나 노골적으로 드러낼 수는 없으므로 추상적인 언어로서 표현된다고 생각한다. 세상에서 말하는 것처럼 평화 4원칙을 호소하므로 용공파容共派라고 일방적으로 단정하는 것은 옳지 않다.

우선 일본의 지식계급의 사고과정을 심리적인 각도에서 말하고자 한다. 인간은 정신분석은 많든 적든 사디즘sadism적인 경향과 마조히즘masochism적인 경향을 가진다. 일본의 인텔리겐치아intelligentia 가운데에는 이러한 사디즘적형과 마조히즘형이 존재한다. 물론 양자는 음양의 법칙과 같이 불가분의 것이다. 전시 중에는 사디즘형이 폭을 넓힌다. '국체현현国体顯現'이라는 고정화된 관념으로 자기의 사고에 근거한 것을 추구하고 그 사물의 준칙에 맞지 않는 것을 '반국체反国体', '자유주의적', '붉은 온상', '비국민' 등으로 하며 거부하고 있다. 오늘날 돌이켜 볼 때 극히 온건하고 충실한 실증적인 학자들이 이러한 규격에 맞지 않는다는 이유로 광신적 우익과 그에 동조하는 사디스트sadist적인 학자의 공격을 받아서 침묵을 지키는 가운데 표면상으로는 '시국'에 동조하게 되었다. 또한 일본의 경제는 극히 취약하고 일본인은 세계 열등 민족이 되는가와 같이 내용이 언론에 횡행하고 있다. 하지만 결국 파국 다운 파국은 오지 않고 일본 경제는 지속하고 있다. 여기서 이들의 지적인 마조히즘이 잠재의식에 나타나서 스스로 사고하는 방법이 수세적으로 되거나 소극적이 되거나 추상적이 되었다. 필자에게 이러한 사고 과정의 특징이 보였던 것이다. 여기에서 전면 강화론으로부터 분석하고자 한다.

전면강화를 희망하는 것은 말할 것도 없다. 그러나 이것이 가능한가 하는 것은 몇 가지 문제가 있다. 우선 전면강화의 문제는 어디까지나 연합국 상호간의 문제로 일본의 입장은 수동적일 수밖에 없다. 샌프란시스코 회의는 48대 3이라는 다수결로 영미 제안으로 강화조약을 승인한다. 국제연맹에서 일본은 42대 1이라는 결정을 받으면서 세계의 여론에 등을 돌리고 '영광 있는 독립'으로서 돌진한다. 강화조약 반대론자는 조약의 발효가 아시아에 등을 돌리고 있으나 인도, 미얀마, 중국, 각각 일본에 대한 입장이 다르며 인도나 버마가 반일적인 것은 아니라는 입장이다. 특히 인도는 일본에 호의를 가지고 있으며 이러한 조정은 불가능한 것은 아니다. 아시아에 등을 돌린다는 것은 서구와 아시아라는 것을 기계적으로 분리하여 사고하는 견해로 이는 올바른 것은 아니다. 아시아도 내면으로는 복잡한 구조를 가지며 그 상호연관성은 미래를 향하여 충분히 열려있다고 믿는다. 과거 전쟁의 원인이 자본주의의 대외 발전이라는 것은 긍정하지만 전쟁이 자본주의에 의해서만 발생했다는 것은 판단하기 어렵다. 전쟁의 원인은 복잡하면서 상대적인 것이다. 사회주의 국가는 절대로 전쟁의 원인을 만들어내지 않는 것인가는 검토가 필요한 문제이다.

2.

사회주의로서 생산수단이 사회화 된 상태로 보면 오늘날 사유재산 제도를 부정하고 생산 수단을 국유화하고 있는 소련에 대해서 사회주의 국가로 인식할 수 있다. 19세기 사회주의자가 구상한 것은 생산수단을 사회화하면 자본주의 제도에서 나타나는 모든 해악과 결함이 제거된다는 이론이었다. 사회주의 정권 아래에서 구체적인 구상에 관해서 특히 마르크스도 엥겔스도 말하고 있지 않다. 미래사회에 대해서는 극히 낙천적이다. 그러나 생산수단을 국유화하여 문제가 해결되었는가. 생산수단이 근로자의 손에 의해 노동자를 위해 민주적으로 운영된다면 논리대로 사회주의라고 말하기 어렵다. '노동자 계급에 의한 혁명의 제1단계는 프롤레타리아트를 지배 계급의 위치로 높이고' 라는 민주주의라는 언어를 사용하고 있으나 구체적으로 이러한 민주주의가 어떤 내용인지는 나타내고 있지 않다. 그런데 프롤레타리아트의 전위로 불리는 공산당볼셰비키이 정권을 획득한 러시아에서는 집중화된 생산수단이 프롤레타리아트의 손에서 해방되지 않고 이러한 '전위 귀족'의 손에 독점되는 결과가 되고 말았다.

마르크스주의자는 "소련은 1917년 건국 된 이래 자본주의 제국이 하나의 동맹을 맺어 소련을 공격하는 것을 시종일관 두려워했다. 내란과 외국의 간섭이 실행된 수 년 간의 가혹한 체험이란 말할 것도 없이 소련과 관련된 공포를 안기에는 충분한 근거를 제공했다. 따라서 소련 정책은 "적 동맹국의 이간질을 모색하고 그 자국의 안전을 지키는 길'라는 가정을 기초로 수립되었다笠原美子 訳,『現代革命の考察』(上)巻, 二九項"라고 보았다. 이러한 자본주의 국가에 의해 포위된다는 의식이야말로 소련의 성격을 규제하고 있는 문제이다. 레닌의 생전 중에 비교적 '민주주의'적인 중앙집권제를 지킬 수 있다는 것을 생각한다면 외국 간섭만이 이러한 국가의 '민주주의'를 눌러버린 것은 아니다. 오히려 스탈린 이후가 문제가 된다. 마르크스주의자는 파시즘의 위협을 강조하지만 결국 소련은 히틀러와 결합하여 무력으로 폴란드를 분열시키고 세계의 '신질서'를 생각한 것이다. 이것을 생각하면 파시즘이 위협이라는 마르크스주의자들의 말은 궤변에 지나지 않는다. 1930년대 후반부터 소련의 '국가이성'이 표면으로 나타나고 있으나 이는 마르크스주의와는 관련이 없다. 예를 들어 에스토니아, 라트비아, 리투아니아 등 소위 발트해 3국으로 좁혀서 이것을 무리하게 억압하여 합병한 것과 같이 루마니아에 의해 베사라비아를 빼앗고 핀란드에게 적극적으로 공격하여 일소 중립조약을 파기하였다. 소련이 간도와 남사할린을 손에 넣고 러일전쟁의 '오욕'을 설욕하고 제제 러시아의 제국주의적인 동방정책을 계승한 것은 명백하다.

마르크스주의가 가진 프롤레타리아 메시아 사상, 그리스도 정교의 전통적인 사고방식, 차르 제국주의 사상, 소련 지배자의 지배욕 등이 일체가 되어 오늘날 소련의 국가정책을 규정하고 있으므로 19세기 마르크스주의의 오래된 불만은 통용되지 않는다. 이번 여름 코미스코COMISCO대회사회주의 인터내셔널에서 채택한 선언은 그 전문 제8항에서 "사실 공산주의는 사회주의의 전통을 분간하지 않을 정도로 왜곡되어 있다. 이것은 마르크스주의의 비판적인 정신과 양립하지 않는 경직된 신학을 수립하고 있다"고 기술하고 있다. 이것이 서구 사회 민주주의자의 오늘날 소련관으로 일본의 마르크스주의에 입각한 사회민주주의자와 같은 단순히 자본주의와 사회주의화의 생산수단 운운하는 차이에 의한 것이 아니다. 이것은 공산주의자가 공격하는 것과 같이 사회민주주의자가 제국주의의 하인이 된 것과 같은 간단한 것이 아니다. 소련이 근래에 온 대외 팽창 정책에 대한 인식으로부터의 판단으로 이러한 결정은 잘못이 아니다.

사회주의 인터내셔널은 '평화를 위한 투쟁에서 사회주의자의 세계 활동'이라는 결의의 제6항에서 '과거는 자유로운 민주주의가 무장 없이 전체주의의 위협에 대하여 자기를 방위할 수 없었다는 점을 시사하고 있다'고 말하고 제7항에서는 '사회주의 인터내셔널은 코민포름 정책이 자유로운 민주주의 국가들을 군사적 방우에 높이 우선성을 부여하도록 하는 것은 유감이라고 생각한다. 사회주의 인터내셔널은 전쟁 방지를 위해 국제연합을 통하여 자기의 역할을 하도록 무장을 강화해야 한다는 필요성을 인식한다'라고 되어 있다.

이것이 평화에 관한 서구 사회 민주주의의 기본적인 태도로 이 반대로 가는 것이 평화 4원칙 지지자의 태도이다. 일본 사회당의 스즈키 시게사부로鈴木茂三郎 대표는 이러한 결의에 기권했으나 그 이유는 ① 사회주의자로서 군비 우선이라는 인상을 부여하는 결의에는 찬성할 수 없다, ② 방위를 위해 희생에 의해 대중의 생활수준의 향상을 방해한다는 점 등을 들었다. 이에 대하여 스즈키 위원장 등은 귀국 후 당 중앙 집행위원회에서 "① 사회주의자로서 대중의 생활 향상을 모색하는 것은 말할 것도 없으나 민주적 사회주의자를 하고 군비에 의해 공산주의에 대항할 수밖에 없는 현재의 국제 정세를 인식해야 한다. ② 결의는 반드시 평등한 희생을 요구하고 있지 않다는 점을 이유로 스즈키씨 등 대표의 태도는 승인할 수 없으며 어디까지나 사회주의 인터내셔널의 노선을 지지할 수밖에 없다는 의견으로 아직 문제를 남기고 있다民主社会協会発行, 『東京通信』第十二号"고 보았다.

이러한 결의를 심의하기 위한 소위원회에서는 스즈키 위원장은 찬성했으나 와다 외교위원장의 반대로 총회에서는 반대하면서 영국 대표의 중재로 기권으로 결정했다는 이야기가 있다. 이 때문에 프랑스 대표인 글룸바흐S. grumbach를 격노시켰다고 들었다. 이러한 국제적 관계를 무시하고 고립화하는 태도야말로 일본 군벌이 하는 것이 아닐까.

3.

다시금 중립에 대해서 말하면 일체 중립론자는 전쟁을 미소 간 전면 전쟁으로 한정하고 있지만 이러한 방식은 현 단계에서 올바른 것은 아니다. 왜냐하면 조선에서 모든 전쟁이 행해지고 있으며 그것은 단순히 조선내부의 민족문제가 아닌 세계적인 관련에서 행해진 것이기 때문이다. 미국은 '유엔'이라는 대의명분을 들어 이에 대응하지만 이에 대하여 공산주의 진영은 제국주의적 침략으로 하고 있다. 그러나 전쟁이 행해진 것은 사실로서 공산당 및 그 동조자를 제외한 각 당에서는 유엔협력을 성명으로 발표하여 일본 국민 누구나 직간접적으로 관련되게 되었다. 재군비 반대론자 가운데 저항을 해야 한다는 사람도 있으나 결국 누가 저항을 조직화하는 것인가. 근대적인 장치를 가진 군대의 군사적 점령이 행해져서 보도기관과 경찰 제도를 억눌러버린 경우에 저항은 절대 불가능하다. 하물며 군사 점령이 민주적인 군대가 아닌 비판과 반대의 자유를 허가하지 않고 이것을 말살 하려고 하는 군대에서는 더욱 그러하다. 이것이 마르크스의 대의명분을 말하는 군대라고 한다면 '저항'하는 마르크스주의자가 가장 앞에서 있는 것은 틀림없다.

중소 동맹 조약은 누구를 가상적국으로 하고 있는 것인가. 도쿠가와 요시노부德川慶喜와 같이 오직 명령에 따르는 의미를 나타내면 그리고 침묵을 해도 좋은 상대라면 그러한 태도도 좋다. 그러나 상대는 가치 기준이 다른 친구이다. 가치기준이 다른 까닭에 이 방향의 가치기준을 지속하는 것은 역시 이 방향은 힘을 가져야 한다는 것이 된다. 국제관계를 조율하는 '현대에서' 법칙은 상대적인 힘의 모든 관계이다. 군사적인 힘의 약점과 강점의 접촉이 가장 위험한 것이다. 조선이 그러한 사례이다.

헌법이라는 것은 법문을 추상적으로 해석하는 것보다는 그 배후에 있는 정치세력과의 관련 상에서 해석하는 것이 본질이다. 개념법학의 입장에서 해석만으로는 무리가 발생한다. 특히 신헌법의 해석에서 그러하다. 헌법의 법률적인 해석

보다도 정치적인 해석을 요구하는 것은 이 때문이다. 그러나 개념법학에 지배받는 일본의 헌법학자는 이러한 점을 매우 불충분하게 설명한다. 당연히 주권은 국민에게 있으며 국민 가운데 천황을 포함한다는 해석은 헌법학을 수양하면 바로 의문이 나온다. 따라서 이러한 헌법이 정치적으로 해석되어 나타난 것이라면 미국과의 관련 없이는 생각할 수 없고ジョン・ガンサー, 木下・安保長春両氏 共訳, 『マッカーサーの謎』이와 같은 해석이 싫다면 헌법 개정 없이는 발전을 요구해서는 안 된다. 그러나 이러한 헌법 개정을 요구하지 않고 일부에서 미국에 대항하여 '저항'하고 있는 것이다. 이것은 이상하다. 추상적으로 떠오른 헌법이라는 것은 존재하지 않으며 이는 몇몇 정치 세력과 관련한 것이다. 이러한 점을 계급과의 관련으로 강조한 것은 마르크스주의적 학자나 그러한 마르크스주의적인 경향을 가진 사람들이 신헌법 옹호론을 주창하므로 상당히 이상한 이야기이다. 따라서 이러한 헌법의 정통적인 해석을 말한다면 일본의 국방은 미국을 주체로 하는 국제연합의 지역 안전보장의 일환으로 생각해야 한다. 그런데 한 가지 당시의 객관적인 상황이라는 것을 생각할 수 있다. 일본은 연합국에 반항한 국가로 연합국의 입장으로는 점령초기에 일본에 대하여 증오의 뜻을 가지고 있는 것은 당연하다. 특히 군국주의적인 세력을 증오하는 것은 괴로운 일이라고 생각한다.

헌법에서 군국주의의 부활의 우려가 있는 것은 모두 제거해 버린다는 것으로 이는 사실상 '전쟁 포기의 이상'에 의해 달성할 수 있다. 여기에 헌법 제9조의 기반이 있다. 그러나 상황은 크게 변화하여 과거의 적국으로서가 아닌 자유세계의 우호국으로서 대우하게 되었다. 이는 국제상황의 객관적인 움직이지만 우리들의 방향의 주체적인 조건은 어떤가하면 큰 문제가 있다. 이는 추상적인 평화론이나 헌법론이 아닌 보다 구체적인 문제이다. 일본의 재군비가 국제관계를 한층 악화시킬 경우 미소 간 결정적인 대립을 유지하는 하는 것과 전면전쟁이 발생하는 경우 어떠한가에 관한 것이다. 다시금 군비에 대한 부담을 갖는 경제력과 방법 등이 문제가 된다. 가장 중요한 것은 군대를 재건하는 건군의 정신이다.

4.

일본의 재군비에 의해 국제관계가 보다 악화될 것이라는 논자가 있는가 하면 오히려 자유국가군의 전력을 증대시키고 공산주의 진영에서 전쟁은 무의미한 것이라는 깨닫도록 한다는 논의도 있다. 공산주의 진영이라는 평화는 어디까지나 상대적인 전략적 평화론이므로 상대적 입장에서는 어디까지나 가정의 문제이다. 일본의 군비가 반동 세력에 맡겨져서는 안 된다는 생각이다. 단순히 '반공'을 위해서 국민의 자유를 억압하고 탐구와 창의를 덮고 비판과 반대의 자유를 거부하는 것이라면 이를 반대해야 한다. 또 국민은 그 개폐를 요구하는 권리와 의무를 가진다. 전시 지도에 실패한 패전 '기술가', 정치가, 언론인을 포함하여 편승은 엄격하게 거부해야 한다. 민주주의적인 의도를 가지고 재군비를 한 경우 이것은 반드시 제국주의적인 군대가 될 수밖에 없다는 주장이 있다. 일본인의 민족적인 것과 국제적인 것의 관련성을 신뢰할 수 있는가, 다시금 군벌 재흥의 움직임이 있더라도 제압하는 힘도 없이 무슨 '저항'을 말하는가라고 말하고 싶다. 필자의 지적과 같이 이러한 세력에 반대하여 투쟁하는 것이야말로 혼신의 힘을 기울어야 하는 문제이다.

일국의 국방이 독립적일 수 없다는 생각은 제2차 세계대전의 경험으로 철저히 명확해졌다. 종전 이래 나타난 안도감과 죄악감, 불안감은 반동세력에게 좋은 먹잇감이다. 모든 것은 소극적인 '부정'과 '반대'로 해결되지 않는다. 문제의 해결은 적극적인 '행동'과 지성에 의해 이루어진다. 연약하고 확신이 결여된 것이 현 정계의 특징이 연약하고 확실성이 결여된 점이라면 그러한 것을 신속하게 고치는 것은 매우 시급한 문제이다.

해제내용

나카무라 기쿠오는 샌프란시스코 강화를 둘러싼 일본 국내 지식인 논쟁에 대하여 심리학적 관점에서 논의를 제시하였다. 우선『세카이世界』를 비롯한 좌파 지식인의 주장에 대한 것이다. 나카무라는 좌파 지식인이 주장하는 전면강화, 중립, 군사기지화 반대, 재군비 반대에 대하여 이것이 일본 현재 언론기관의 지배적인 논조인 것은 분명하지만 대다수 지식인의 의견은 아니라고 말한다. 이에 대하여 일본 지식 계급에 대하여 어떤 태도를 취하는가를 사디즘과 마조히즘이라는 심리학적 용어를 사용하여 설명하였다. 사디즘은 전시 중에 나타나는 것으로 광신적 우익과 이에 동조하는 학자들을 말한다. 마조히즘은 '파국다운 파국은 오지 않고 일본 경제가 지속'하는 상태에서 비롯되는 것으로 잠재의식 속에 스스로 수세적이고 소극적이 되는 상태를 말한다. 이러한 시각에서 강화에 대한 몇 가지 논의를 제시하였다.

우선 일본이 수동적인 태도로 강화를 한다는 부분에 대한 우려이다. 필자는 사회주의에 대하여 공산당 정권을 수립한 소련의 사례를 들어 비판적인 시각을 제기한다. 다시 말해 러시아에서 혁명이 실패한 것은 프롤레타리아트가 아닌 '전위귀족'에 의해 생산수단이 독점되었기 때문이라고 보았다. 진정한 서구식 사회민주주의는 전쟁 방지를 위해 무장을 강화한다는 것을 말한다. 그러나 일본 사회당 대표는 사회주의자로서 군비 우선주의와 방위에 대하여 반대하였고 이는 민주사회주의자의 입장을 대변한다고 보았다. 그러나 필자는 사회주의 인터내셔널은 오히려 무장을 강화해야 한다는 입장을 가지며 이것이 서구 사회 민주주의의 기본적인 태도라고 보았다. 그런데 일본의 사회주의자들은 이와 반대 입장을 가진다는 점을 지적한다.

이와 관련하여 필자는 중립을 주장하는 것에 대하여 올바르지 않다는 견해를 밝힌다. 일본 국민이라면 누구나 전쟁에 대하여 직간접적인 관련을 가지고 있으

며 전쟁은 세계적인 문제로 대응을 해야 한다고 강조한다. 여기에서도 사회주의
자들의 재군비반대론에 대하여 비판한다. 필자는 미국 중심의 국제연합의 지역
안전보장으로서 일본의 안보를 고려해야 한다고 말한다. 물론 군국주의에 대한
우려가 있으나 헌법 9조로 인하여 일본은 자유주의 국제질서에 편입하게 되었다
고 보았다. 그럼에도 전면 전쟁이 발생할 경우 군비는 불가피하지만 이는 반동세
력에 두어서는 안 된다고 보았다. 마지막으로 재군비할 경우 제국주의적인 군대
가 출현할 가능성에 대한 우려이다. 과거 전쟁의 주역인 군벌이 다시금 결합할 수
있으며 이를 방지하기 위해서는 적극적이고 능동적인 지식인의 역할이 필요하다
고 보았다.

　이 글에서 필자는 1951년 샌프란시스코 강화조약을 앞두고 일본의 사회주의
또는 좌파 계열의 지식인들의 평화주의, 재무장반대, 중립국에 대한 논의를 비판
적으로 문제를 제시하였다. 강화조약을 앞두고 지식인 뿐 아니라 사회당 내부에
서도 전면 강화를 둘러싸고 치열한 논쟁이 나타났다. 사회당은 소련과 중국을 포
함한 전면 강화를 요구했으며 강화 조약을 반대하는 좌파와 찬성하는 우파로 대
립했다. 당시 사회당 위원장은 스즈키 시게사부로鈴木茂三郎였다. 그는 사회장 좌파
로 전면강화, 중립견지, 군사기지 반대 등 강화 3원칙을 주장했다. 반면 우파는
강화에 찬성하였으나 안보조약에는 반대했다. 따라서 사회당 내에서도 합의를
도출하는 것은 쉽지 않았으며 이를 직간접적으로 주도한 것은 지식인 계열의 사
회주의자였다. 이러한 맥락에서 필자의 견해를 비롯하여 샌프란시스코 강화조약
은 미일관계, 미일안전보장, 정부 여당 내 논의뿐 아니라 사회당과 이와 관련한
지식인들의 논쟁을 포함하여 포괄적으로 논의되어야 할 것이다.

수록 지면 : 40~49면
키워드 : 민주사회주의, 국제관계, 평화, 헌법, 재군비

회교 제민족의 반발回教諸民族の反発

아카마쓰 가쓰마로(赤松克麿)

해제 : 전성곤

내용요약

　최근 서아시아에서 북아프리카에 걸친 광대한 지역에 사는 회교 제諸민족들 사이에 불안한 기운이 작동하고 있는 것은 명백한 사실이다. 지금 세계적으로 문제가 되는 것은 이란과 이집트인데, 실제 이 양국만이 아니라 서아시아의 요르단, 레바논, 이라크, 북아프리카의 리비아, 튜니지아, 모르코 등에도 소요의 분위기가 느껴진다. 왜 이들 회교 민족의 동요가 세계적인 중대 문제가 되었는가 하면 그들이 사는 지역의 정치 지리학적 가치가 매우 높기 때문이다. 바꾸어 말하자면 이들 지역은 민주진영에 있어서 매우 중요한 전략적 가치를 갖고 있으며 만일 이 지역에 소련 세력이 침입하면 곧바로 동서 양진영의 밸런스가 붕괴되기 때문이다.

　근동近東 여러나라의 석유창고는 미국에 비해 매우 적지만 저축량은 매우 풍부하다. 미국의 석유창고는 하나로 연결되어 있으며 하루 산출량이 12배럴인 것에 대해 근동 여러나라의 석유는 하나당 1일 산출량이 500배럴에 달하고 있다. 현재 근동의 전 산출량은 전세계의 17%인데, 그 저축량은 매우 풍부하며 전세계의 46%를 차지하고 있다. 이란의 석유업은 종래 앵글로 이라니언 회사라는 영국·이란 합병의 회사에 의해 경영되었는데 실권은 영국이 쥐고 있었다. 이 석유 산액의 3분의 2는 영국으로 보내지고 영국은 이것에 의해 전체 소비량의 9할을 활용하고 있다. 따라서 만약 영국이 이란 석유를 잃으면 그 전쟁 능력에 치명적인 타격을 입게 되며 이것은 민주주의 진영에서는 커다란 사건이 된다. 만약 이란이 영국으로부터 석유권을 몰수한다면 그 영향은 외부에도 파급되어 사우디 아라비아, 쿠웨이트, 이라크, 바레인 등에 있는 영국이나 미국의 석유권에 대해 중대한 파문이 일 것이다.

공산주의 진영의 본영인 크레믈린이 동요하는 회교국 민족에 대해 호시탐탐 노리는 것은 분명하다. 그들 민주주의 진영의 약점을 파고들려고 하고 있다. 이것은 회교 여러민족뿐만 아니라 타 아시아 여러 민족에게 공통된 것인데, 공산주의에 유리한 조건이 두 개 있다. 하나는 이들 민족이 오랫동안 서구제국주의 특히 영국의 제국주의 지배를 받은 결과 반서구주의적 민족주의적 감정이 선명하다는 것이며, 다른 하나는 국민생활이 빈곤상태에 있다는 점이다. 크레믈린이 피압박민족 편으로서 민족독립을 지원하는 것은 그들의 득책적 전술이다. 아시아와 아프리카에 식민지를 갖지 않는 것은 러시아와 미국뿐이기 때문에 이 점에서 그들에게 유리하다. 또한 피압박민족이 빈곤한 것은 서구제국주의의 착취 결과이기 때문에 제국주의를 타도하고 공산주의를 채용하면 빈곤으로부터 구제된다고 주장하는 공산당의 선전도 침투하기 쉬운 조건을 갖추고 있다.

신문은 영국과 이집트의 군사적 충돌을 보도하고 있다. 이집트 정부는 영국과의 협력을 끊어버리고 단호한 행동을 하겠다고 언명했다. 만약 두 나라가 전쟁을 벌이면 영국이 승리하는 것이 맞다. 그러나 군사적 승리한다는 것은 진정한 승리가 아니다. 오히려 심대한 화근을 남기게 된다. 민주주의 진영과 공산주의 진영이 첨예하게 대립하고 있는 세계상황하에서 민주주의 진영의 내부적 분쟁을 해결하려고 생각한다면 결국 어느 정도는 회교 민족의 요구를 받아들이고 그들의 인심을 파악하지 않으면 안 된다. 이것은 영국의 양보를 의미한다. 영국의 제국주의가 한발 한발 후퇴하고 있는 것은 역사의 필연이라고 말할 수 있다. 씨를 뿌린 자가 스스로 거두지 않으면 안 되는 것이다.

해제내용

아카마쓰 가쓰마로가 당시 중동에서 회교 민족들의 움직임이 세계적인 문제로 관심을 끌게 된 점을 제시하면서, 그 배경에 대한 해독을 기술해 준다. 중동 지역은 풍부한 석유자원이 존재하는 곳이며, 지리적으로는 동양과 서양을 연결하는 스에즈 운하Suez Canal가 통과하고 있는 특성도 있어 매우 중요한 지역이라는 점을 상기시킨다. 그리하여 미국과 영국의 중요한 군사기지의 역할을 담당하고 있었다. 따라서 중동의 회교 민족들의 움직임은 세계적 관심사가 된다. 정치 지정학적 가치로 인해 이들 지역은 민주주의 진영이나 소련의 공산주의 진영 모두에게 중요한 전략적 중심지이다. 이 지역을 소련 세력이 점령한다면, 군사적인 문제뿐만 아니라 세력권 재편에 문제가 발생하게 된다.

홍미로운 점은, 공산주의 진영이 회교 민족에 주목하면서, 민주주의 입장을 혼들려는 의도가 드러났고, 회교 민족뿐만 아니라 아시아의 여러 민족에게도 이를 대입시키고 있었다. 이러한 틈새 파고들기는 공산주의에 그 가능성을 열어주는 조건이 있었다. 첫째 이들 민족들이 서구 제국주의 지배를 받아 반서구주의 사상이 존재하고 민족주의적 성격이 강하다는 것이었다. 공산주의 진영이 강조하는 서구 제국주의로부터 약소민족의 해방을 부르짖는 반서구주의적 입장과 각 약소민족의 민족 감정을 존중한다는 민족주의 긍정을 동시에 활용하고 있었다. 서구 제국주의에 부정된 약소민족의 자국 존중을 내걸고 피압박민족의 편에서 민족독립을 지원한다는 논리를 표방했다. 아시아와 아프리카에 식민지를 갖지 않는 것은 러시아와 미국뿐이었는데 이 점을 이용하면서 양국이 등장했다.

그럼에도 불구하고 소련의 입장에서는 피압박 민족이 서구 선진국에 비해 빈곤을 극복하지 못한 것은 서구의 착취 역사가 가져온 결과로서, 서구를 타도하여 공산주의 사회의 보급을 제창함으로써 미국을 배제할 수 있었다. 서구의 배제를 통해 빈곤 사회의 구제를 주장하는 공산당의 선전이 논리성을 갖고 침투할 수 있는 여지를 만들었다.

이 글은, 석유 산유국의 수출입 문제에 내재된 동서 두 진영의 〈세력〉 경쟁이 구체적으로 기술된 내용이다. 미국과 영국, 프랑스가 지원하는 국가들과 소련이 지원하는 무기를 통해 새롭게 대두하면서 이 지역은 이후 서방과 소련의 대리전쟁터로 변모했다. 그 배경에 존재하는 이데올로기의 첨예한 긴장은 이데올로기를 넘어 지역 정치의 권리가 부딪치면서 무기 제공이 평화를 주장하는 논리로 변용되고 있다. 또한 중동 지역의 국가 간 문제로 부상되기도 한다. 지리적 개념과 이데올로기의 접속이 현실로 체현되는 지정학적 정치학이 착종되는 사례를 보여준다.

소련과 미국이 주장하는 제 민족의 평화는 같은 말이지만 그것은 결국 자국의 내셔널리즘을 뒤집은 자본의 경쟁과 이데올로기의 확대 운동이라는 점이다. 특히 수에즈 운하의 국유화 등의 문제도 이러한 문맥에서 등장하는 것이며 영국과 프랑스의 반발도 그러한 것이었다. 이러한 상황들은 전쟁 선동과 중재의 뒷면에 존재하는 국제 관계의 정치성을 중동의 분쟁과 관련하여 기술해 주었다. 중동의 국제적 문제에 대해서는『국제분쟁의 이해, 이론과 역사』2018 등을 참고할 만하다.

그리고 이러한 국제분쟁을 문명과 문화의 입장에서 새로운 패턴을 제시하여 잇슈화 되었던 새뮤얼 헌팅턴의『문명의 충돌』1997은 냉전 구조 속 이데올로기의 문제와 함께 문명의 시각에서 미소의 중동문제를 재고하는 데 도움을 준다. 그리고『냉전시기 소련의 중동전략』2001은 미국의 중동전략과 함께 소련의 전략을 이해하는 데 참고가 될 만한 저서이다.

수록 지면 : 50~59면
키워드 : 회교민족, 석유, 지리, 공산주의, 제국주의, 피압박민족

철학과 이데올로기 哲学とイデオロギー

사이토 쇼(斎藤晌)

해제 : 전성곤

내용요약

우리는 생각하는 힘을 갖고 있다. 그 힘은 완전한 것이 아니다. 또한 그 힘은 사람에 따라 다르며 동일한 사람이라 하더라도 그것을 연마하는가 그렇지 않은가에 따라 또 다르다. 사람들은 대부분 관습적으로 타성적으로 사물을 생각하고 있다. 거의 생각하고 있다고는 말할 수 없을 정도로 밖에 생각하고 있는 경우가 대부분이다. 이와 같이 생각하고 있다는 것만으로는 충분하게 생각하고 있다고는 말할 수 없다. 습관적인 타성적으로 사물을 생각하는 것은 일상생활에서는 당연한 것인데, 그것을 한층 더 파고 들어가 자신의 이성에 호소하고 근저에서부터 재음미하지 않으면 진리를 찾는 데는 한층 요원하다. 우리들은 생각하는 시대를 살고 있다. 습관적 타성적인 것이 아니라 우리들 자신의 이성에 의해 확실하게 사태의 진상을 파악하는 것이 요구된다. 자의식이 강한 자에게 그것은 싫더라도 좋더라도 절실한 내심內心의 요구이다.

자의식이 강한 것은 천성적인 것도 있지만, 시대가 그렇게 만드는 경우도 많다. 거기서 자신 스스로 생각해 보려고 하면 여러 가지 문제가 나타난다. 자기 자신이 문제를 생각한다는 것의 시작이기도 하다. 타인의 생각이나 기성품과 같은 개념을 그대로 받아들이는 것은 엄밀한 의미에서 생각하고 있다고는 말할 수 없다. 물론 자신이 충분하게 생각해서 그것이 타인의 생각과 합치한다고 한다면 그것은 그대로 '아무 비판없이 받아들인 것'이 아니기 때문에 생각한 것이라고 볼 수 있다. 모든 사람들이 그렇게 믿고 있으니까, 누군가 세력자가 그렇게 말했으니까, 어떤 사람이 그렇게 요설饒舌을 말하고 있어서라는 이유로, 무비판적으로 그것을 믿는다면 한편으로 편리한 것은 틀림없지만 전혀 생각한 것이라고 할 수는 없다.

무비판적으로 기성 개념을 받아들이는 것에 대해 반항이 성행하게 되면 그것에 대해서도 비판적인 태도가 취하고 싶어진다. 나는 그것을 그대로 받아들이지 않는다. 나는 내 스스로가 생각한다라는 태도는 분명히 맹목적으로 기성 개념에 따르는 자각하지 못한 태도보다는 전진적이라고 보여진다. 그러나 그것이 감정적으로 반항하는 것에 그치는 것은 비판적이라고 할 수 없다. 비판하는 근거를 겸비하고 있지 않기 때문이다. 또한 무턱대고 비판하는 사람이 반드시 자신이 생각하고 있다고는 말할 수 없다. 왜냐하면 눈앞에 나온 것 혹은 생각에 대해 그것을 부인하기 위해 한층 더 타성적 습관적인 것이 되어 있는 진부한 고정관점에 근거한 경우도 있으며, 또한 그러한 확실한 것이 아니라 혼란을 일으키기 위해 선입관을 무비판적으로 위에서부터 뒤집어 씌우는 경우도 있다. 타인의 생각 또는 주의의 생각을 그대로 받아들이는 것이 맹목적일 뿐만 아니라 그것을 일마다 반항하는 것도 마찬가지로 맹목적이다. 양쪽 모두 충분하게 사물을 생각하고 있다고는 말할 수 없다.

가장 주의해야 하는 것은 그것이 실존하는 객관적 사상事象에 즉응하여 어떻게 반영하고 있는가, 그리고 다른 진정한 지식과 어떻게 연결되는가를 갖고 있는가라는 점이다. 우리들은 시대를 초월하여 진실하게 사물을 생각하는 것에 노력하지 않으면 '미친 군중'과 함께 아비규환의 세상에서 방황할 수밖에 없게 된다. 오늘날 기성 철학이 세력을 잃고 있는 것처럼 그것이 단지 교단의 직업조합의 간판 이상의 의미를 갖지 않게 되었기 때문으로, 이 풍조는 시대의 전환기에 반복해서 나타나는 역사적 현상에 지나지 않는다. 기성철학의 권위를 실추하면 할수록 우리들은 각자가 자신의 이성에 호소하여 진실에 사유하는 요구가 높아져 간다. 그러나 앞서 언급한 것처럼 우리들 각자에게는 그것의 준비도 훈련도 없는 것이 태반인데, 따라서 잘못하면 자신의 사유가 뒤틀려서 기성품의 염가물이 배급된다.

누구누구 정치가에게는 철학이 있다는 등의 통속적으로 말해지는 경우 철학이란 신념 정도의 의미로 여기서 말하는 학문으로서의 철학은 아니다. 또한 자주 이데올로기를 철학이라고 부르는 경우도 있다. 이데올로기가 철학상 한 학설을 무기로 채용하여 그것에 의해 엄중한 체계를 꾸미는 경우도 있다. 개개의 논의는 철학상 개개의 논의와 상이한 것이 없는 경우가 있다. 그러나 엄밀하게 말하면 이데올로기는 철학이 아니다. 그것은 신학이 철학을 이용해도 철학이 아니라는 것과 유사하다. 이데올로기는 정치상의 일정한 주의를 지탱하는 이론 구성을 가리키는 것이다. 철학이라는 학문을 다루는 직업에 종사하는 것은 반드시 철학하는 인간이라는 것은 아니다. 가령 누군가가 지식이 풍부하고 어떤 것들을 파악하는데 정확하고 조금도 틀림이 없다고 해도 그것만으로 철학하는 인간이라고는 말할 수 없다. 칸트는 모든 인간이 갖는 인식이 이성적인 것이 아니라 단순하게 역사적인 것이라고 지적하고 있다. 어떤 인식이 본래 어디에서 부여된 것이든지, 즉 그것이 직접의 경험인가 이야기인가, 혹은 보통 지식의 교시인가 어떤 것에 의해 부여된 것이든 인식의 소유자가 다른 것으로부터 부여받은 정도에 따라 그것만을 인식하는 경우에 그 인식은 역사적인 것이다.

해제내용

사이토 쇼는 저자 소개에서 제시한 것처럼 철학연구자로 소개된다. 인간의 기본적 특징을 '생각하는 힘'에 두면서도 그 힘이 완전체가 아니라는 점을 과제로 제시했다. 바로 이 후자 쪽 '불완전체로서의 생각하는 힘'의 개념을 문제시한다. 사람마다 생각하는 힘이 보편적으로 동일하지만, 그것은 생각하는 힘을 연마하는가라는 점도 중요하다. 그렇지만 결국 관습적이라거나 타성적인 입장에서 사물을 생각한다는 점을 어떻게 볼 것인가를 다루고 있다. 습관적이거나 타성적인 사고는 일상생활에서 당연한 것으로 인지되는 것을 넘어 내면을 파고 들어가면서 이성으로 재음미하는 노력을 필요로 한다고 논한다.

이러한 점을 생각한다면 형식상이라던가 명목상이라는 점이 강조되어 그것이 생각하는 힘의 전부인 것으로 간주하는 것은 오류인 점을 각성하게 해준다. 사이토 쇼는 구체적으로 철학체계조차도 어떤 '형식'이나 '철학의 체계'일 수 있다고 논한다. 즉 철학 체계 예를 들면 철학가들이 인용하는 볼프Christian Wolff 철학을 배웠다는 것은 그 체계를 배움으로써 그것을 통해 세상의 모든 원칙을 설명하고, 증명하게 되는데, 이 또한 그러한 구성 전체를 머리에 넣은 지식이라고 보았다. 결론은 볼프 철학의 완전한 역사적 인식이라는 점을 잊지 말아야 한다고 보았다.

그렇기 때문에 자기 자신을 찾는 객관적 자각이란 자신에게 부여된 것을 알고 그것을 비판하는 것에 그쳐서는 안 된다는 점이다. 매우 철학적 세계관의 표현일 수 있지만, 사이토 쇼에 의하면 모든 인간이 갖는 인식은 이성에 유래하는 것이 아니라 이성 인식의 하나라는 점이며 객관적이라 하더라도 그것은 동시에 주관적으로는 단지 역사적인 것임을 각성해야 한다고 논한다. 단순하게 철학자를 잘 학습하여 그것을 완벽하게 파악했다는 지식은 바꾸어 말하자면 잘 학습한 것에 불과했다는 점을 간과해서는 안 된다는 주장이다.

인간의 인식은 석고형일 수 없으며, 관념적으로 이성적이라는 문제, 인간이 자기자신의 이성에만 이성이 유래할 수 있다는 이성 인식은 이성의 일반적 원천에서 즉 원리에서 걸리는 경우에만 주관적으로도 그 이름에 해당하게 된다. 바로 이러한 점을 사이토 쇼는 생각하는 힘의 의미에 대해 해답을 제시한 것이 아니라, 인간의 인식은 역사적인 것에 의해 형성되었다는 점을 제시하면서 근본적으로 생각의 문제를 재고하게 해준다. 그리고 사이토 쇼가 스피노자의 『윤리학Ethica』1948을 번역한 것은 했는데, 전후에도 이 윤리학의 문제는 계속 다루어지고 있다. 예를들면 고야스 노부쿠니子安邦는『일본 내셔널리즘의 해독』2007에서 윤리학이 어떻게 국민도덕과 만나게 되는지를 비판적으로 고찰했다. 아카사와 시로赤澤史朗는 일본주의의 특성과 연결하는 논점으로『도쿠토미 소호와 대일본언론 보국회』2017를 저술했다. 양분되는 가능성 즉 윤리학이 일본도덕과 만나는 방향으로서 비판적 입장인가 아니면 윤리학의 정립을 기반으로 한 일본주의가 세계화로 기능할 수 있었는가의 방향성이다. 이를 다시 이론적으로 고찰할 수 있는 것이 에가와 다카오江川隆男의『스피노자『에티카』강의 – 비판과 창조 사고를 위해』2019가 있다. 이것은 사이토 쇼가 제시한 인식론의 주체성이 어떻게 전후 일본에서 논의되는지도 살펴볼 수 있는 자료들이 될 것이다.

수록 지면 : 60~70면
키워드 : 생각하는 힘, 타성, 진리, 이데올로기, 철학, 역사

1951년 12월　793

일본 사회주의의 기본 성격 日本社會主義の基本性格

집산적인 민주적 사회주의 集産的な民主的社会主義

사노 마나부(佐野学)

해제 : 송석원

내용요약

일반적으로 세계사의 동향은 사회주의를 향하고 있다. 일본 재건도 사회주의 코스를 가는 것이 가장 진보적이다. 주체적인 사회주의 정당이 먼저 확립되어야 한다. 지금의 사회당은 너무 변변치 못하다. 조직만이 아니다. 일본에 가장 적당한 사회주의 이데올로기가 무엇인지조차 확립되어 있지 않다. 공산당처럼 소련의 의지대로 용수철처럼 움직이는 것은 말할 거리도 안 된다. 서구 사회민주주의의 모방도 일본 대중의 의지와 감정과 행동을 동요시킬 수 없다. 일본은 아시아의 일국이므로 아시아 사회에 공통된通有 특징을 갖고 있지만, 서구적 조건도 꽤 있으므로 근대적 공업화 과정을 충분히 혹은 거의 경험하지 못한 아시아 농업적 여러 민족의 민족주의 외곬 운동만으로도 안 된다. 우리 민족은 모방이 뛰어나다고 일컬어지지만, 그것도 경우에 의한다. 민족의 생사에 관련된 사회혁명은 자주적 사고와 행동이 무엇보다 중요하다. 세계 사회주의운동의 가장 진보적인 형태로 여겨지는 신사회주의 인터내셔널 사상을 참고로 생각해보면, 일본 사회주의의 양태는 '집산주의적 방법을 수반한 민주적 사회주의'라고 규정하는 것이 타당하다고 생각한다.

사회주의는 민주주의를 기초로 하는 것이어야 한다.

첫째, 민주적 사회주의는 공산주의의 독재주의에 반대한다. 민주주의는 이념적으로 개인의 자유와 평등, 사회적 책임, 휴머니즘 등을, 제도적으로는 대표제, 다수결, 법률 생활, 정당의 공정경쟁 등을 내용으로 한다. 이 근대문명의 거대한 획득물을 부정하고 중세적 자의恣意로 돌아가는 독재정치는 역사를 역전시키는 것이다. 마르크스의 프롤레타리아독재설은 그것을 민주주의의 일시적 응급처치라고 주장한 것으로 소련 공산주의처럼 독재를 위한 독재라 할 만한 비민주적인 것이 아니었다.

둘째, 민주적 사회주의는 전후 활발하게 기계적으로 도입된 부르주아 민주주의에 대한 예리한 비판이다. 부르주아 민주주의에서의 개인 존중의 이기적 개인주의로의 타락, 법 앞의 형식적 평등, 의제擬制화된 삼권분립, 의회의 공허한 요설饒舌, 금력金力 지배 등을 극복하고 정치와 사회를 아래로부터 결합하는 새로운 형식의 창조가 사회주의의 임무이다. 개인의 자유는 인간성 해방과 정신적 자유와 사회적 의무 등 휴머니즘 이념으로 재구성되어야 한다.

셋째, 위로부터의 명령적인 소비재 강압과 직업의 할당 등을 배격하고 각자가 소비 선택의 자유와 직업 선택의 자유를 갖는 사회여야 한다. 이 두 자유는 인격 발전을 경제 측면에서 촉진하는 중요한 조건이다.

넷째, 민주적 사회주의 아래서의 사회화 경제는 경제 계산이 성립하는 것이어야 한다. 생산력 발전을 위해서는 생산재 생산이 활발해야 하는데, 그것은 생산을 위한 생산이라는 한쪽에 치우친 것이 아니라 생산은 국민의 소비 욕망이나 소비력과 균형을 이뤄야 한다. 국가 중앙계획경제 기관이 생산과 소비의 균형, 수급의 적합을 관장하는 시장의 역할을 해야 한다. 소련의 계획경제는 오로지 군사력 강화를 목적으로 해 소비자로서의 국민의 입장을 무시하고 버터를 대포로 바꾸는 방식을 강행하고 있다. 그곳에서는 합리적인 경제 계산은 성립하지 않고, 따라서 생산력의 진정한 진보는 아니다.

다섯째, 민주적 사회주의의 정치 형식은 의회의 틀에만 제한되어서는 안 된다.

오늘날의 정치의 실제는 의회에 의해서보다는 오히려 행정 기구를 통해서 움직이고 있다. 당연히 막대한 관료 집단이 생긴다. 국민 대중 사이에는 다수의 대중단체가 생겨 정치적 기능도 할 수 있다. 민주정치의 기본 형식으로서의 의회를 부정할 수는 없지만, 사회주의 정당이 여전히 19세기적인 의회당으로 시종일관한 결과 의원이 되고자 하는 자만 모여들어 사회주의에서 멀어져 버린다. 한편에서는 의회가 생산자 본위의 선거 방식으로 직능대표적인 성격을 띠고, 다른 한편으로는 국민에서 유리遊離할 위험을 갖는 관료의 증대를 막고 중앙 및 지방 정치의 일정 부분에 국민 사이의 여러 단체를 참가시키는 것이 필요하다. 국민투표제도 광범위하게 이용되어야 한다.

여섯째, 민주적 사회주의는 독재주의나 전체주의와 기본적으로 대립하고 세계 평화를 기본 목적의 하나로 하는 것이지만, 자국의 자위까지 부정하는 것은 아니다. 평화의 본질은 자유이다. 자유를 지키기 위해서는 폭력을 막을 정도의 자위 의지와 조직이 필요하다. 사회주의 사회의 개인은 독립불패獨立不覇의 인격을 갖는 동시에 사회적 책임을 중시해야 한다. 가축의 평화, 노예의 평화는 사회주의와 인연이 없다.

일본의 민주적 사회주의에서는 서구와는 달리 민족주의 문제가 높은 비중을 차지한다. 이 점에서 일본과 아시아 국가는 공통과제를 갖는다. 근대 서구문화의 물질적 기초는 아시아 부의 착취이다. 과거 3, 4백 년간 아시아인에게는 비참, 궁핍, 오욕의 역사였다. 일본은 다른 아시아 국가와 함께 아시아 부흥이라는 과제를 공통으로 한다. 아시아 세계가 유럽 세계와 대등해지기 위해서는 먼저 개별 민족이 자주와 독립을 회복해야 한다. 패전으로 쇠약한 일본은 먼저 국가의 독립 회복이라는 민족주의의 기초부터 다시 해야 했다. 그러나 아시아 민족주의에 심각하게 각인돼있는 배외주의적 분위기는 서구 세계의 식민 정책이 너무도 참혹했기 때문에 발생한 것이라 해도 앞으로는 반성해야 한다. 일본 민족주의도 국가 독립 회복을 최우선 과제로 하지만, 아시아와 유럽의 문화적 종합, 세계평화, 인류의 행복 등의 이념에 기초해야 한다. 단, 세계평화와 같은 이념만을 강조해 일본의 국가적 독립 과제를 부차적이라는 인간은 관념론자이다. 세계사에서의 일본의 개체성을 확보하는 것은 일본을 위해서만 아니라 세계 진보에 공헌하기 때문이다. 오늘날의 아시아 민족주의는 대외적 독립에만 열중했던 제2차 대전 이전의 과거와는 다르다. 그 열정은 외부뿐 아니라 내부로도 향하고 있다. 아시아 사회의 후진성과 빈곤 극복, 즉 사회혁명 없이 아시아의 진정한 근대화나 자주성 회복은 있을 수 없다. 그 기본 문제는 농업혁명과 공업화이다. 현재 미국의 동남아시아 개발계획과 영연방의 콜롬보계획이 우리의 눈앞에 있다. 아시아의 농업혁명과 공업화에 일본이 진력할 수 있는 것은 기술 측면에서의 원조이다. 일본 기술의 근저에 아시아적 감각이 작동하고 있어서 다른 아시아 사이에 곧바로 도움이 될 것이다. 그런데 아시아 몇 나라가 일본을 향해 절대 불가능한 과대한 배상을 요구하는 태도는 아시아 민족의 결합이라는 대의명분에서 유감스러운 일이지만, 이른바 기술배상 과정에서 아시아 국가의 공업화에 일본이 어느 정도 공헌하는 등의 합리적 방법이 발견되기를 바란다.

경제가 모든 것을 결정한다는 것은 독단론이자 실은 부르주아적 사고방식이지만, 공업화가 아시아 사회 근대화의 기본조건이라는 점은 의심의 여지가 없다. 오늘날 세계의 진보는 이미 낡은 자본주의 방식을 넘어 계획경제, 완전고용, 사회보장제 같은 새로운 형태로 표현되고 있다. 민족은 아직 세계사의 능동적 단위이다. 우리는 유럽 민족주의에서의 이익주의적 권력주의 전통을 배워서는 안 된다. 또한 아시아인의 민족주의에서의 배외주의적 복수復讐주의 기분에도 익숙해져서는 안 된다. 사회주의와 손잡고 그것을 근저根柢로 한 새로운 민족주의를 패전의 심각한 체험을 한 일본인은 창조해야 한다. 아시아 사회의 중요 특색의 하나인 협동사회의 이념과 전통을 충분히 살려야 한다. 요컨대 일본 사회주의는 민족주의를 뺀 것일 수 없고, 그래서도 안 된다.

민주적 사회주의는 올해 초여름 신사회주의 인터내셔널 결성에 즈음해 강령적으로 내건 원칙적 용어이다. 영국 노동당의 이데올로기 승리라는 측면도 있지만, 과거 1세기 반에 걸친 서구적 사회주의운동을 어느 정도 총결산하는 의미가 있다. 자본주의를 꿋꿋하게 살아온 사회주의에의 경제적, 정치적 조건을 다량으로 창출하고 있는 서구적 특색이 깊다. 그러나 서구 사회와 일본 사회는 구조, 역사적 전통, 발전 정도, 세계 정치에서 차지하는 위상이 다른 특색을 갖고 있어서 서구의 민주적 사회주의 원리가 그대로 들어맞지 않는다. 첫째, 일본에는 서구 사회에 이미 불식된 봉건적 잔재가 꽤 남아 있다. 둘째, 일본이 아시아 사회와 공통으로 갖는 민족적 과제, 즉 아시아 부흥이나 국가적 독립 주제가 서구에는 없다. 셋째, 서구 사회에서는 발전보다 균형을 문제 삼고 있으나, 일본에서는 그 반대이다.

서구의 순순한 민주적 방식만으로 일본 사회주의의 진로를 열 수는 없다. 어느 정도 힘 작용을 수반한 집산주의적 방법이 필요하다. 집산주의는 강한 집중조직과 위로부터의 지도를 전제하지만, 독재주의가 아닌 위로부터의 지도라고는 해도 아래로부터의 대중의 창의와 행동력에 기초를 둔 것이다. 소수의 관료화된 전제적 지도자의 자의恣意에 의한 것은 아니다. 비근대적 분열 상태에 있는 일본 사회의 여러 힘은 일정한 강제력 없이는 집중될 수 없다. 사회주의 경제는 계획화를 예상하는 경제로 중요 생산수단의 국유화가 필요하다. 일본 사회주의가 집산주의 방식을 수반해야 하는 이유는 다음과 같다.

첫째, 정치에서의 아시아적 관료, 경제에서의 농업상의 영세 경영과 공업화의 과소 경영 등 봉건적 잔존물 제거는 일정한 힘 작용 없이는 실행할 수 없다.

둘째, 일본의 각 산업상호간 및 산업 내부에서의 불균형은 서구 사회에서 볼 수 없을 정도로 심해 이를 제거하지 않으면 일본 경제 근대화는 어려운데, 이 역시 힘 작용이 필요하다.

셋째, 일본의 경제적 자립은 대외적 수지의 균형 문제에만 신경을 써서는 안 되며 자원을 합리적으로 배분해 확대재생산에 의해 생산력을 증강하는 것이 근본 문제이다.

넷째, 일본은 현재의 위험한 국제정세 속에 있어서 국가 독립이 불확실한 상태이며, 강화조약과 미일안보조약에 의해 객관적으로 서구 진영의 일원이 되어 소련과 중공이 서쪽의 독일처럼 동쪽의 일본을 전쟁 목표로 하는 것은 변함이 없다. 일본은 미소 충돌의 중요 무대이다. 따라서 국민이 일치해서 독립 국가를 조속히 회복할 뿐 아니라 국제적 압력에 견딜 정도의 강인彊靭한 국가를 갖는 것이 필요하다.

해제내용

1951년 11월호에 게재된 「일본 사회주의의 여러 전제」에 이은 저자의 일본 사회주의 연작 뒷부분에 해당한다. 1951년 초여름 신사회주의 인터내셔널 결성 당시 강령적으로 내건 원칙이 민주적 사회주의이다. 다분히 영국 노동당의 이데올로기를 바탕으로 한 것이지만, 앞으로의 사회주의운동이 민주적 사회주의의 방향으로 전개될 것이며, 이 점은 일본에서의 사회주의운동도 마찬가지일 것이다. 따라서 저자는 민주적 사회주의의 일반적 특성에 대해 정리한 후, 일본 사회주의운동의 기본 성격으로 집산주의를 들면서 그 이유를 설명하고 있다.

저자는 먼저, 민주적 사회주의의 일반적 특성으로 공산주의의 독재주의에 반대, 부르주아 민주주의에 대한 비판, 개인의 소비 및 직업 선택의 자유, 합리적 경제 계산에 의한 경제 운용, 의회를 넘어선 대중단체의 정치적 기능, 자유를 지키기 위해 폭력을 막을 정도의 자위 의지와 조직의 필요 등으로 요약한다. 자유주의 경제가 시장 만능을 전제로 한 경제 운용을 하는 데 반해, 사회주의 경제 운용의 원칙은 계획성을 기본 전제로 하고 있다는 점에서 비록 '합리적'이라는 단서가 붙기는 하지만 경제 계산에 의한 경제 운용을 강조하는 점 등은 사실 기존의 사회주의 주장과 큰 차이는 없다고 할 수 있다. 따라서 중앙의 계획에 의한 경제 운용이라는 측면에서 소련식 계획경제나 전시체제하에서의 일본의 통제경제와 구별되는 '경제 계산'의 구체적인 모습을 지적해야 할 필요가 있다고 생각하지만, 저자는 이 부분에 대한 설명은 별도로 하고 있지 않다. 나아가 역시 '자유를 지키기 위해서'라는 전제 하의 폭력에 저항할 정도의 자위력의 필요성을 역설하고 있으나, 이 힘의 유지와 발동 과정에서의 계급의 문제 및 과다한 힘의 보유 결과로서 폭력에 저항하는 범위를 넘어 힘 자체가 새로운 폭력이 될 가능성 등에 대해서도 보다 면밀한 분석이 필요하다고 생각하지만, 이 문제 역시 저자는 특별한 언급을 하지 않고 있다.

저자는 일본 사회주의가 집산주의 방식을 수반해야 하는 이유로 봉건적 잔존물 제거, 각 산업상호간 산업 내부에서의 불균형 해소, 자원의 합리적 배분과 확대재생산에 의해 생산력 증강, 국민 일치로 독립 국가의 조속한 회복과 국제적 압력에 견딜 정도의 강인強靭한 국가 건설 등을 위해 어느 정도의 힘이 필요하다는 점을 든다. 저자의 사회주의 연작 앞부분1951년 11월호「해제 내용」에서도 밝혔지만, 저자는 아시아 부흥에 대한 일본의 도덕적 책무를 전후 배경 설명 없이 주어進所與 사실로 전제하고 발언을 이어가고 있다. 일본이 왜 그러한 '도덕적' 책무를 가져야 하는지를 구체적으로 설명하지 않은 채, 이번 호에서는 책무의 내용을 '금전배상'보다 '기술배상'에 초점을 맞춰 역설하고 있다. 이를 강조하기 위해 '일본 기술의 근저에 아시아적 감각이 작동'한다고 지적하기도 하는데, 기술의 근저에 있는 '아시아적 감각'이 구체적으로 무엇인지도 불분명하다. 더욱이 저자는 사회주의, 특히 민주적 사회주의를 강조하면서 일본 사회 내부의 사회혁명을 위해 일정한 강제력이 뒷받침된 집산주의가, 외부로부터의 압력에 대항해 국가 독립을 지키기 위한 힘이 각각 필요하다고 역설하면서 동시에 외부에 대항하는 데서는 민족주의가 불가결하다고 주장한다. 이익주의적 권력주의의 서구 민족주의와 배외주의적 복수復讐주의의 아시아 민족주의를 부정하면서도 민족주의 그 자체는 부정하지 않을 뿐 아니라, 적극적으로 일본 사회주의는 민족주의를 뺀 것일 수 없고, 그래서도 안 된다고 강조한다. 사회주의자의 논의에 흔히 나오는 '계급'을 기초로 한 분석이기보다 일본이라는 '국가', 혹은 일본인이라는 '민족'을 분석의 기초 단위로 삼고 있는 느낌이다.

수록 지면 : 71~77면
키워드 : 일본 사회주의, 사회주의운동, 민주적 사회주의

재군비와 통수권 문제再軍備と統帥権の問題

고가 다케시(古賀斌)

해제 : 석주희

내용요약

1.

나는 요즘 소논문을 써내려가면서 사사롭긴 하지만 나 자신의 입장에 대하여 한 마디 하고자 한다. 나 자신은 지금까지의 입장과 나란히 현재에도 재군비를 주장하지 않으며 물론 그 반대도 아니다. 본지의 이전 호에서 상세히 서술한 헌법문제에서 이미 말한 바와 같이 나의 입장은 같다. 나는 재군비를 해야한다는 하나의 가정을 전제로 통수권 문제를 다루고자 한다. 그런데 재군비를 주장하는 자 또는 긍정하는 자는 정부가 발표하는 애매모호한 언설을 제외하면 거의 대부분 헌법을 개정해야 한다는 의견에 일치하는 것과 같이 재군비를 위하여 극히 중요하고 불가결한 문제를 형성하는 통수권에 대해서는 권위 있는 의견을 듣지 않으며 언급하는 자도 극히 드물다. 재군비를 주장하는 자로 최근에 주목을 받는 사노 마나부의 저작『국가와 무장國家と武裝』에는 통수권에 대한 논거가 다소 나타난다. 실은 나는 사노 마나부와는 뜻을 같이 하며 같은 길의 종사자로서 동지의 의견을 논박하는 것은 기본적으로 괴로운 일이다. 그의 요지는 통수권이 정치보다 독립한 것, 다시 말하면 소위 장막상주권이 존재하는 한 군사는 정치에 종속하지 않는다. 그는 "물리적 군사력 압박에 의해 정치를 지배하는 것과 같은 불합리가 생긴다"고 말했다. 다시 말해 통수권이 독립되지 않는 것 자체가 군벌 전제의 기초를 구축하는 것이다. 과거 일본이 가장 전형적이라는 것이 그의 의견이다.

통수권의 독립이라는 개념은 대체로 봉건적인 것은 아니다. 근대적인 것의 하나이다. 군사 정치가 같은 방침이라는 것은 구시대를 표상하며 군정 분리라는 것은 근대적인 것으로 구체화 되었음에도 불구하고 지금이나 봉건적인 것으로서 배척하여 거부된다. 따라서 문제의 대상인 통수권이 민감한 사항을 포함하고 있는 것인지 지금까지 간행된 헌법에 관한 저자의 대부분이 말했다고 해도 과언이 아닐 정도로 통수권에 대하여 본질적인 설명을 결여하고 있다. 따라서 지금이야말로 통수권의 본질을 규명해야 한다고 생각하며 이를 논하고자 한다.

2.

원래 통수권의 독립은 정치적인 사유와 군사적인 사고로부터 발생하여 자리매김하여 성립된 것이다. 그러나 그 두 가지가 독립되어 있는 것이 타당하다고 보거나 아니라는 평가 또는 판정은 군사학적인 사유의 변화에 따라 중대한 차이를 보인다. 예를 들어 예전부터 내려오는 서구의 군사학에 관한 통념, 특히 용병시대의 대표적인 저작인 클라우제비츠Carl von Clausewitz의 『전쟁론』에 따르면 군대는 전쟁을 수행하는 유일한 기관이나 기관보다는 기계로서 수단 외에는 아무것도 아닌 것으로 나타난다. 물론, 군사가 정치에 의해 지도되어 조작되는 것에 지나지 않는다. 그러나 군사가 순 기술적인 것으로 정략 또는 정치와 관련되지 않는 독립 부문이 확보되어야 한다는 것이 당시의 정치적 통설이다. 통수권의 독립은 군사학 이론으로 구축된 구 독일 제국이 제1차 대전에서 군사적으로 협공을 취했음에도 불구하고 전면 패배의 막을 내릴 수 밖에 없었다는 사실에 직면했다. 이에 유럽, 특히 독일의 군사학계는 처음으로 클라우제비츠의 군사학에 대한 재검토가 나타났으며 정치가에게 "군사는 군인에게"라는 프로이센 이후의 전통에 대하여 크게 반성이 일어났다.

에리히 루덴도르프Erich Ludendorff는 세계 대전 중에는 리에주Liege 요새전 최전선에서 활약하였으며 대본영 참모차장으로서 직접 군사 및 정치에 접한 방대한 경험을 가지고 전후 독일에서 패전에 관한 연구 조사를 새롭게 체계화하여 신군사학을 전개하기에 이르렀다. 그들은 전쟁은 단순히 군대 간의 투쟁이 아닌 국민과 국민의 투쟁이라는 것을 간파했다. 전쟁은 전선에서만 일어나는 것이 아니라 후방에서도 존재한다는 것, 다시 말해 정치와 경제 등 모든 영역과 일상생활에서 이루어진다고 보았다. 따라서 전쟁은 사상 선전과 간첩을 동원하여 아침부터 밤까지 일상적으로 해야 한다고 지적했다. 이로써 평시전이라는 구분이 해소되었으며 정치의 임무도 범위가 확대되고 정치와 전략의 관계도 필연적으로 크게 변화했다. 클라우제비츠의 '군사는 정치에 지도되어 조작된다'는 대 이념은 총력전 시대에는 통용되지 않았다. 전쟁도 정치도 국민의 생존을 위해 존재하는 한 국민 생존 의사의 최고 표현인 전쟁을 지도하기 위해 정치는 봉사dienen하는 것이 당연하다는 획기적인 주장을 나타났다. 요약하면 군정 일치의 시스템을 요구하는 것으로 볼 수 있다. 군사학의 이데올로기가 이와 같이 전환된 이상 군사학에는 통수권 독립이 가치가 없다고 말하는 것은 극히 위험하다.

3.

정치적인 입장에서 보면 원래 국가는 어떤 종류라도 지배 및 피지배의 관계를 가진 권력 관계 이외에 아무것도 아니다. 국가의 본질은 군사 조직에 있다고 말하는 것은 레닌을 기대하지 않더라도 명확하지만 군사 조직은 마르크스가 말하는 것과 같이 '자기규정이 없는 자의적인 존재'이다. 그러나 근대 헌법사에서 명시하는 바와 같이 군주는 수많은 권한을 국민에게 할양했다. 그러나 병사의 권한만큼은 한 번도 떨어져서 양도 한 적이 없다. 사람이 사람에게 복종하는 인간이 인간을 지배하는 정치적 관계에서 최후의 환경을 형성하는 것은 물리적인 압력, 무력이다. 미노베 박사에 의하면 통수권 확립 및 이념과 그 실제는 주로 독일의 제도를 모방한 것으로 군사와 말의 권한은 군주의 한 몸에 종속되어야 한다. 그 이유에 대해서는 예로부터 누구나 전승해야 하는 것이었다는— 일본이라면 메이지 5년 11월 전국 징병 시기의 조칙(천황의 의사를 표하는 문서) 또는 헌법 양해에 나타난 것과 유사한 관습적인 사정을 열거했다. 그러나 군주는 군사적 기술을 배워서 능숙하다는 기존의 설명 이외에 한 발도 앞으로 나오지 않았다. 그러나 'Militiaris'라는 개념에는 클라우제비츠가 상술한 바와 같이 순전히 기술적인 의미가 포함되어 있다. 통수권 독립의 전제가 되는 군정 분리에 대해서는 미노베 박사의 설명이 매우 명료하다. 그에 따르면 "군인 이외의 자(정치가)에게 군사에 참견하도록 하는 것은 군의 전투력을 약화시킬 우려가 있다" 또 "군인을 정치에 관여시키는 것은 군사를 위해서 정치를 좌우할 위험을 지닌다"고 말했다.『憲法精義』 참조

4.

전술한 바와 같이 통수권의 독립은 전쟁이 단순히 기술로서 취급된 클라우제비츠 시대의 산물로 전선과 후방의 차이가 사라진 현대에는 전혀 가치가 없다. 이는 라스키Harold Joseph Laski가 주권론에서 "주권이라는 개념은 16세기의 종교 논쟁에 의해 일어난 것으로 절대적인 논리는 아니다. 일종의 역사적 논리에 지나지 않는다"고 지적한 것과 유사하다.

사노 마나부와 같이 '군사가 정치에 종속되지 않는다'고 하거나 '물리적 군사력의 압박이 정치를 지배하는 불합리가 생긴다'는 언설로 군사권의 독립을 거부하려는 것은 통수권을 비정상적인 것으로 하기위한 그릇된 생각에 불과하다. 이렇게 전개된 배경에는 상당히 복잡한 사정이 있다. 우선 각국 헌법의 통념으로서는 군정 분리를 전제로 일국의 원수가 통수권을 갖도록 규정하였다. 일본과 같이 내각관제 제7조로 참모총장, 군사령부장 및 육해군 대신 등 내각을 경유 할 수 밖에 없는 소위 참모 상태인 형태는 이를 모방한 구 독일 이외에는 존재하지 않았

다. 독일에서조차 신헌법바이마르 헌법 제50조에서 대통령의 군사행동도 국가의 제상총리 또는 주무 대신의 부서를 필요로 했다. 둘째로 통수권 문제를 다루는 것은 통수권 또는 참모 상주권의 본질에 맞닿는 것이다. 재군비 논의에 따라 무조건 통수권을 확립해야 한다고 생각한다면 상기의 결점을 수정 보완하고 참모 상주에 관한 항간의 터무니없는 속설에 귀를 기울일 필요가 있다.

5.

통수권 확립과 확보라는 것은 기존에 말한 것과 같이 용병 시대의 유산에 지나지 않는다. 현대는 말할 것도 없이 전면 총력의 시대이다. 1864년 적십자조약 또는 1856년 파리선언 이래 전시국의 국제법규 조차 대부분 허위가 된 야만시대이다. 바바리안Barbarians이 문명을 지배하는 시대이다. 따라서 현 시대가 요청하는 것은 봉건주의의 절멸을 전제로 발생한 보나파르티즘Bonapartism도 아니며 소위 사이비 입헌적인 형태도 아니다. 하켄크로이츠의 깃발과 갈고리 십자가 모양으로 표상된 국가나치스에서 발견되기도 하였다. 그러나 지금은 전술한 바와 같이 소련에 동구권 내 위성제국 국가와 전혀 다른 종류의 미국 전시체제 가운데에서 발견해야 하는 상황이다. 따라서 현재의 아메리카는 민주적인 삼권 균형의 헌법으로 포섭되어 있다. 여기서 발견하는 것은 완전히 군사적인 개념으로 일본의 전쟁 시기는 무엇인가 하는 것이다. 초안자가 기대했던 주도면밀한 분비를 무시하고 군정 일치를 함으로서 비참한 패배를 맞이했다. 통수권의 본질은 상술한 바와 같으며 총리 대신을 내세워 이를 총 감독하려는 것만은 결단코 거부해야 한다는 것이다. 그 이유는 매우 간단하다. 명백히 라틴어 "Militiaris"는 최후의 것이다. 병사는 흉기이다. 이것이 붕당의 투쟁에 이용될 것이며 어떠한 연유가 있더라도 총리 대신 즉 일당의 총재 총리에게 맡겨서는 안된다는 것이야말로 거듭 주장하며 글을 마친다.

해제내용

이 글에서 필자는 전쟁 후 일본의 재군비 논쟁이 등장가운데 통수권에 대하여 고찰했다. 통수권에 대하여 당대 지식인들의 논쟁이 결핍되어 있다는 점을 지적하며 필자는 개념적, 역사적, 비교적 관점에서 통수권 문제를 상세히 다루었다. 1951년에 실린 안보와 군사에 관한 대부분의 글이 '재군비'와 헌법에 관한 것이었다면 통수권을 본격적으로 다룬 거의 유일한 글이라고 할 수 있다. 이 글에서 제시하는 바는 우선 통수권을 정치적 사유와 군사적 고려로 인식해야 한다는 것이다. 직접적인 언급은 피하고 있으나 전쟁 시기 일본에서 천황과 군정일치에 관한 문제는 일본이 패배하는 데 결정적인 요인이라고 보았다. 필자가 밝힌 바와 같이 일본에서 통수권은 독일 헌법으로부터 차용하였다. 제국 헌법 제11조에서 "천황은 육해군을 통수한다"고 명시하였으며 "천황은 육해군의 편제 및 상비군의 숫자를 결정한다"고 명시하였다. 이 글에서 보다 중요한 맥락은 통수권을 둘러싼 권력과 견제에 관한 것으로 보인다. 견제되지 않은 권력이 통수권을 가질 경우 극단적 파시즘이 나타날 가능성을 배재할 수 없으며 필자 역시 이에 대한 우려를 제기한다. 이 글을 통해 필자는 절대적인 권력을 가진 리더가 군사력을 통제할 경우 발생하는 모든 피해와 책임은 국민의 것이라는 점을 암시한다.

1951년 샌프란시스코 강화조약과 미일안보조약이 체결되면서 일본은 자위대를 창설하고 최고 지휘감독권은 실질적으로 수상이 가지게 되었다. 재군비 문제는 현대 일본에서 여전히 논쟁 중의 하나이며 보수 정당에서도 일부 극우적인 성향을 지닌 의원들은 재군비와 무장을 주장하고 있다. 이처럼 의원내각제이면서 자국의 군대를 갖지 못한 일본에게 통수권은 자국의 군사 안보와 더불어 지속적인 정치적 논쟁 가운데 하나이다. 그러나 피해자로서의 기억과 경험을 가진 주변국의 입장에서 일본의 통수권은 전쟁에 대한 책임을 당시 통수권자인 천황에게 다시금 묻고자 하는 미완의 질문으로 회귀할 수밖에 없다.

수록 지면 : 78~88면
키워드 : 일본 재군비, 통수권, 천황, 미군, 병사

재군비의 현단계 再軍備論の現段階

일본정치경제연구소(日本政治経済研究所)

해제 : 석주희

내용요약

1. 대세가 정해진 재군비론

일본의 재군비 찬반을 둘러싼 논쟁은 국내는 물론 해외에서도 최대의 관심사이다. 일본 재군비의 필요성이 현실적인 문제로 논의되기 시작한 것은 작년 6월 한반도 전쟁 개시 이후이다. 일본 내에서는 올해 1월 각 당 대회와 2월 초순 델러스 미 국무성 고문의 방일 전후에 논쟁이 최고조에 달했다. 달래스의 방일 이후 반 년 정도 경과하여 강화 조약 조인도 끝난 오늘날 재군비론은 새로운 단계에 접어들었다. 일본의 재군비는 불가피하다는 것이 국제 정세이며 국민 여론에서도 명백하게 확인되었다. 이제 재군비론은 옳고 그름을 둘러싼 원칙론으로부터 어떠한 식으로 어떤 수준의 재군비를 할 것인가 하는 논의로 바뀌었다. 이하에서 말하는 모든 사실은 일본의 재군비의 원칙이 이미 결정된 것임을 시사한다.

우선 국제 정세에서 일본의 재군비를 엄격한 태도로 부정했던 타 국가들의 입장은 1년 남짓 사이에 현저히 변화했다. 적극적으로 일본의 재군비를 요청하거나 일본의 재군비를 용인하는 태도가 압도적이며, 일본의 재군비를 절대 거부한다는 태도는 거의 보이지 않게 되었다. 자유 국가들은 일본 재군비에 대하여 강화조약 및 미일안전보장조약에 의해 확정되었다고 말할 수 있다. 즉 강화 조약 제3장 제5조는 일본이 주권국으로서 국제연합 헌장 제51조에서 개별적 또는 집단적으로 자위의 고유한 권리를 갖는 다는 점을 인정했다. 미일 안전보장조약 전문에서 미국은 일본이 직접 또는 간접 침략에 대하여 자국의 방위를 위해 점증적으로 스스로 책임을 갖는 것을 기대한다고 했다. 물론 이 경우에도 일본의 군대의 규모 및 성격에 대해서는 제한이 있다. 그러나 근본적으로는 자위군 창설을 용인 또는 요청하는 원칙이 확정된 것이다. 자유주의 국가 의지가 분명해지자 공산주의 진영의 국가들도 긴 시간 동안 일본의 재군비를 절대적으로 부정하는 태도가 변하였다. 소련은 미국에 보낸 대일강화초안에 관한 각서 이후 엄중하게 제한하는 가운데 일본의 재군비를 인정하는 방향을 향했다. 이후 샌프란시스코 강화 회의에서 소련의 제안으로 구체적인 구상을 명확히 정하였다. 자유주의 국가와 달리 공산주의 국가에서는 소련이 공산주의 국가 전체의 견해를 대표하는 것이므로 공산주의 제국의 일본 재군비에 관한 태도는 이렇게 보아도 좋다.

이처럼 국제 정세가 전개되는 가운데 국내 여론도 국민의 대다수는 자위군의 건설을 지지하고 있다. 국민의 70~80%가 재군비를 지지하며 사회당 좌파 및 총평을 중심으로 하는 노동조합의 거센 선전에도 불구하고 재군비에 대한 국민의 지지는 절대적이다. 일본의 재군비의 대세는 정해졌으며 국내에서는 일본 재군비에 대한 구체적인 구상이 적극적으로 제출되고 있다.

2. 제안된 재군비의 구체적인 상상

작년에 최초로 주창한 재군비론은 국가와 자위권, 절박한 침략 위기, 전쟁의 참화를 피하는 재군비의 필요성, 사회주의자와 군비 등에 대한 윤리적인 주장을 주요한 내용으로 다루었다. 이하 각각의 단계에서 재군비론이 무엇을 기준으로 신 군대의 병력 배치 및 규모를 결정하려는 것인가, 그것이 나타내는 구체적인 숫자와 구성 내용은 다음과 같다. 현재 제안하는 재군비 구상은 ① 미 국무성의 구상을 기초로 구성하는 것 ② 군사적인 관점에서 전문가들의 제안 ③ 재군비 비용의 측면에서 재정적인 검토 ④ 민병론자 측에서 구체적인 구상 등이 있다.

①은 사카이 다다노리酒井忠紀, 군사평론가의 안이 대표적이다. 이 시안은 '21개 사단 재군비'라는 표제로 미국 측의 보도를 기초로 국방군의 조직 및 병력, 장비편성, 수량, 경비 등을 나타낸다. ②의 분류는 일본 방위조사회가 일본 주보日本週報에 발표한 '독립 일본 방위 구상'이 있다. 이는 섬 국가인 일본의 방위력은 공군을 주체로 하며 이를 배치하는 데 적당한 군사적인 입장에서 일본의 독립적인 군사 전략의 방식을 서술한다. 미군과의 협동 아래 구체적인 작전 담당의 범위나 군비의 규모에 대해서도 상정하고 있다. 이 안은 비용이나 군대 설립에 관한 부분도 있으나 장래에 실현가능한 일본 방위군에 대한 구상이라는 특징이 있다. ③에 대해서는 적절한 사례는 아니지만 『시의 법령時の法令』9월 13일호에서 발표된 이나바 히데조 "재군비는 가능한가再軍備は可能か"라는 논문이 있다. 이 논문은 재군비 구상의 비용을 계산하여 총액과 경비를 어떻게 하면 일본 경제에서 조달할 수 있을지 검토했다. 이나바는 미국의 구상을 기초로 재군비 경비 총액을 3천7백5십억 엔으로 계산했다. 총액은 10년간 계획하면 조달이 가능하지만 급격하게 군비를 만드는 것은 증세나 적자 공채 발행을 통해 인플레이션 정책을 해야 한다고 논했다. ④는 사회주의 입장에서 민병론자의 주장이다. 최근에 발표된 구체적인 민병 구상으로 고보리 진지小堀甚二의 재군비론을 들 수 있다. 고보리의 민병론은 '한정된 숫자의 상비군을 기간부대로 하는 민병제'로 상비군과 민병의 훈련 장교 모집을 통한 기간 부대와 20세부터 46세에 해당하는 국민 모두에게 해당하는 민병이라는 두 가지로 확립된다. 이러한 민병제 재군비론은 그 자체로 비판받을 점이나 부족한 부분도 있다. 그러나 민병제를 주장하는 사회주의자가 어설픈 평화론자로 비판받을 때 이를 차용한 고보리 등의 그룹은 주목되고 있다. 오늘날 민주적인 향토방위를 주된 목표로 하는 민병제의 구상은 다시금 전진할 필요가 있다.

1951년 12월   811

3. 현 재군비론이 반성할 점

이상으로 현 단계에서 각종 재군비론을 분류하여 설명했다. 앞선 내용을 통해 말하고 싶은 것은 우선 미일안보조약 조인으로 일본의 재군비는 시간문제가 되었다는 것이다. 신 군대는 이에 대하여 연구나 의견 발표, 재군비의 구체적인 숫자를 열거하는 것이 매우 중요하다. 재군비론은 일부의 관계자나 군사 전문가의 의견 교환에 끝나는 것이 아니라 어디까지나 국민의 군비에 대한 판단의 자료로서 제공해야 한다.

군비의 규모를 결정하는 기준이 어디에 있는가 하는 문제에 대해서는 좀 더 구체적인 해명이 바람직하다. 군비 구상의 기준이 불명확하게 제시되면 국민에게 부당한 비관이나 낙관을 제시하기 때문이다. 병사력이나 규모는 정치적 군사적 재정적인 조건이나 관점으로 정한다. 단, 자국의 방위에 임할 때 군비의 규모를 상정하는 것이 아니라 자위군 창설 시의 군비라는 점을 분명히 해두어야 한다. 그리고 병력의 규모를 산정하는 기준으로서 가장 우선 현재 국제정세를 감안해서 하루라도 빨리 자위군을 건설해야 한다는 것과 제2로 일본의 재정이 허용하는 범위여야 한다는 점을 생각해야 한다. 제3의 기준으로는 자위군의 병력량은 국토를 지키기 위한 규모와 내용을 갖도록 해야 한다. 적국이 해협을 넘어 침입해 오는 경우, 주둔 미군이 본격적으로 전력을 갖추는 약 3개월에서 6개월 사이의 기간 동안 공격을 방지하기 위한 병력 수를 유지해야 한다.

그러나 이 세 가지 기준이 있더라도 이것만으로는 현실의 병력 규모의 산출을 할 수 없다. 아직 일본에 대한 미국의 군사적 원조의 방법이나 규모가 정해지지 않았으며 미일 양 군대의 작전을 담당하는 영역이 결정되지 않았기 때문이다. 미국은 올해 7월부터 내년 6월에 이르는 대외원조비 총액은 63억 달러, 경제원조비는 22억 달러에 이른다. 1952년도 예산 가운데 대만의 군사원조비가 3억 7백 만 달러를 상회한다고 볼 때 이 같은 약간의 부분이 일본 재군비를 위해 사용되는 것은 확실하다. 그러나 원조액의 구체적인 숫자는 정해져 있지 않다. 아직 그 원조 방식에 대하여 무기대여를 주안으로 완성된 군수품의 공여를 주로 하는 것인지, 군수품 생산에 필요한 공작기나 원료 구입자금의 공여를 주로 하는 군사적 성격이 짙은 경제원조방식인지 명확하지 않다. 기술 원조도 정부를 통한 것인지, 외국의 기술제유 회사로부터 기술도입인 것인지도 문제이다. 이처럼 구체화된 것처럼 보이는 재군비 구상도 병력 규모를 산정할 때 많은 부분이 불확실하기 때문이다. 일본 국민이 그 숫자에 현혹되어 극단적으로 비관적이 되거나 낙관적이 될 위험이 있다. 메이지 초기 건군은 육지에서 양복을 입고 총을 가진 것에서 시작하여 바다에서 목조선으로부터 철제 군함으로 바뀌면서 시작되었다. 일본 재군비를 비관하는 자는 메이지 건군 초기의 사정으로부터 배워야 하며 낙관하는 자는 소련 및 중공의 거대한 무력에 눈을 돌릴 필요가 있다. 중요한 점은 한시라도 빨리 강하게 그것도 가능한 한 저렴한 비용으로 민주적인 방위군을 만드는 것이 기본이라는 점을 잊어서는 안 된다.

해제내용

　일본정치경제연구소『일본급일본인』10월호에 이어 일본의 국제질서 소개서 군비론의 구상과 논의를 정리하였다. 필자가 언급하듯 일본의 재군비 문제는 1951년 최대 쟁점 가운데 하나였다. 전체적인 맥락을 볼 때 일본이 재군비를 전면 포기하는 경우와 일정 정도 수준에서 재군비해야 한다는 원칙이 대립하는 것으로 보인다. 국제적으로도 일본의 재군비를 지지하는 세력과 거부하는 세력으로 나뉜다. 국민은 대부분 자위군의 건설을 지지한다는 여론조사도 나타난다. 일본정치경제연구소의 재군비에 관한 입장은 본문에서 명확히 드러난다. 본문에서는 국민여론조사를 바탕으로 "일본의 재군비의 대세는 정해졌으며 국내에서 일본재군비의 구체적인 구상이 적극적으로 제출되고 있다"고 밝혔다. 그러나 미국과의 관계를 고려할 때 일본의 재군비 문제는 간단하지 않은 것으로 보인다. "아직 미국의 일본 재군비에 대한 원조의 방법이나 규모가 정해지지 않았으며 미일 양 군사의 작전담당영역이 결정되어 있지 않기 때문이다"라고 언급한 것은 이 같은 분위기를 전하며 일본에서 재군비 논의를 재촉한다.

일본의 재무장과 군비에 관한 문제는 평화헌법과 관련하여 현대 일본에서도 중요한 쟁점이다. 1957년 기시 내각에서 핵무장 합헌을 제기한 이래 전후 일본에서 재무장 논의는 꾸준히 이어지고 있다. 1991년 걸프전에서 일본의 군사적 개입에 대한 국제사회의 논쟁은 일본이 자국 군대를 가질 수 있는 보통국가론을 뒷받침하였다. 아베 전 수상이 일본의 주장하는 적극적 평화주의는 일본이 집단자위권 행사를 통해 지역 안보질서의 안정과 평화에 기여할 수 있다는 논리를 펼친다. 그러나 역사적 인식의 부재와 주변국가의 경계, 미국과의 관계와 국제질서의 안정을 고려할 때 일본의 '적극적 평화주의'는 여전히 모호하다. 일본이 주장하는 '적극적 평화주의'는 일본의 군비 확충과 평화헌법이 양립할 수 없는 절대적 모순 속에 재고되어야 할 것이다.

수록 지면 : 89~94면

키워드 : 재군비, 미군, 방위력, 여론조사, 낙관론, 비관론

훌륭한 세 분의 선생님三人のえらい先生

구루시마 히데자부로(久留島秀三郎)
해제 : 임성숙

내용요약

중학교 시절 나는 아주 다루기 어려운, 문제가 있는 아이였다고 한다. 14살 때 나카야마中山선생님이 계시는 교토 제2중학교에 입학했다. 5년 반 재학했지만 졸업하지 못했다. 2학기가 시작할 때 교장선생님이 나를 부르고 "너는 한 번 밖으로 나가서 단련하고 오라무사수행/武者修行, 이것은 너를 위해서다". 나는 "네" 하고 물러섰다. 퇴학 명령을 받을 정도 나쁜 학생은 아니었다고 지금도 생각한다. 변명할 정도로 투미한 자도 아니었다. 무사수행, 이 말만은 40년이 지나도 잊을 수 없다. 어쩔 수 없이 도쿄로 왔고 도쿄를 매일 걸어서 다녔다. 입학할 수 있는 중학교가 없는지 찾으면서 중학교처럼 보이는 건물에는 다 들어가 봤다. 그러나 안 됐다. 4년이면 편입시켜준다고 한다. 시험을 치고 4년제로 입학시켜준다고 하는 곳도 있었다. 시험을 볼 자신이 없다. 5학년인데 말이다. 이제 와서 4학년은 곤란하다. 구단九段쪽으로 걸어갔더니 교세이曉星중학교라는 곳이 있었다. 프랑스어를 배워야 한다고 했다. 영어도 제대로 못하는데 프랑스어를 할 수 있을 리가 없다. 어쩔 수 없이 오호리바타御堀端를 걸어갔더니 한조몬半蔵門으로 오는데, 더러운 까만 페인트가 벗겨진 학교와 같은 건물이 있었다. 일본 중학교라는 간판이 있었기에 들어가서 입학을 부탁해봤다.

구원해주는 신이 있었다. "내일부터 나오라"고 들었을 때 정말 기뻤다. 돌아가는 길에서 이런 불량학생을 수용해주는 일본중학교 교장선생님이 스기우라 주코

杉浦重剛 선생님인 것을 알았다. 너무도 유명한 선생님이기 때문에 더 이상 설명할 필요도 없다.

나는 제3고등학교三高로 입학했다. 그 당시 교장선생님은 석사Master of Arts 직함이 있는 오리타 히코이치折田彦市선생님이었다. 그때 한 친구가 있었다. 나보다 1년 선배였는데, 내가 2학년이 되었을 때 동급생이었다. 친구는 학교에 나오지 않고 기온祇園 유흥가에 있었다. 순수한 청년이 교토에 오면 이렇게 되기 마련이다. 오늘날 학생들은 상상할 수 없을 것이다. 나는 3학년이 되었는데, 그는 3번 째 2학년생이었다. 2년 이상 같은 급에 있지 못하는 내규가 있었다. 그는 더 이상 제3고등학교에 있을 수 없었다. 마음이 여린 그는 "아버지의 얼굴을 못 보겠다"고 수로疏水에 뛰어 들 정도 비관하고 있었다. 나는 "다시 한번 봐주세요"라고 오리타 선생님한테 부탁하러 갔다. 선생님은 이렇게 물었다. "그를 학교에서 쫓아내고 고생시키거나 아니면 더 일년 두는 게 좋은가, 너는 어떻게 생각해." 나는 무사수행을 상기했다. 나에게 약이었지만 그에게는 그 약은 너무도 독하다. 그래서 나는 이렇게 대답했다. "쫓겨나면 그는 더 나쁜 학생이 된다." 그러자 선생님은 "그러면 1년 더 두고 봅시다"라고 하셨다.

나를 무사수행으로 보내준 나카야마 선생님께 감사한다. 그 후로부터 60여 년간 나를 아껴주신다. 그러한 나를 수용해주었던 스기우라 선생님. 진심으로 학생을 생각해주신 오리타 선생님. 이러한 선생님들과 만날 수 있어 행복했다. 젊을 때 순간 잘못을 저지른 학생을 쫓아내고 학교 명예를 유지하기 위해 교육을 하면, 앞으로 살아가야 할 청소년을 죽이는 셈이 된다. 당시 일본 중학교와 같은 중학교가 과연 필요한지 생각할지 모른다. 그러나 지금 중학교는 너무 똑똑한 게 아닌가. 인간이 너무 똑똑해진 것처럼.

해제내용

이 글에서 필자는 중학교를 다닐 때 무렵(1902년 필자가 14살 때즈음) 교토에서, 그리고 도쿄로 전학 했을 때 만났던 교사 3명을 회고한다. 첫 번째 교사 나카야마 中山는 착한 학생이 아니었던 필자를 퇴학 시키지 않고 대신 교토 밖으로 나갈 것을 권유하였다. 이 교사 덕분에 필자는 수도 도쿄에서 혼자서 학교를 찾아 새로운 삶의 길로 나아갈 수 있는 용기와 힘을 얻을 수 있었다. 두 번째 교사 스기우라 주코 杉浦重剛는 교육자이자 사상가, 정치인으로 1888년『일본인』발간에 참가한 주요인물이다. 스기우라는 1876년 화학물리 연구를 위해 영국에 유학하고 일본으로 돌아온 뒤 문무성文部省에서 근무하면서 1885년 일본에서 도쿄영어학교東京英語學校를 설립하였다. 1890년에는 중의원 선거에서 당선하지만 다음 해 그만두고 교육관련 기관에서 의장, 간사장, 원장 등의 직위를 역임하였다. 필자는 스기우라가 가정 배경도 모르고 학벌도 없는, 도쿄에서 혼자 떠돌아 다녔던 필자를 입학시켜주었던 점에 감사한다. 마지막으로 오리타 히코이치折田正市는 1860년대부터 1910년대에 활동한 교육자이자 관료이다. 오리타는 이와쿠라 도모미岩倉具視의 신뢰를 받아 젊을 때 영어를 배우고 메이지 정부의 지원을 받아 미국 대학으로 유학했다. 이때 경험한 '자유로운' 교육 분위기의 영향을 받아 일본으로 돌아온 후 1870년대부터 교육 관련 국가기관에서 다양한 교육 커리큘럼의 제도화에 힘을 썼다. 아울러 현재 교토대학교 종합인문학부의 전신인 제3고등학교第三高等中學校의 교장을 역임하고, 교토제국대학의 설립 위원으로 임명되었다. 필자는 오리타가 학교를 제대로 다니지 않는 학생을 너그럽게 받아주는 모습을 보고 진심으로 학생을 생각해주는 교사를 만날 수 있었던 것을 행복했다고 회고한다. 더불어 과거 경험과 비교하여 이 글을 썼던 당시 제도화된 교육이 이른바 '착한 학생'만을 양성하는 현실을 비판한다.

수록 지면 : 95~97면

키워드 : 중학교, 선생님, 교토(京都), 도쿄(東京), 나카야마 사이지로(中山
再次郎), 스기우라 주코(杉浦重剛), 오리타 히코이치(折田彦市)

필자 소개

가나모리 도쿠지로(金森德次郎)

1886~1959. 관료이자 정치인이다. 아이치현(愛知縣) 나고야시(名古屋市)에서 출생하여 도쿄제국대학(東京帝國大學) 법학부를 졸업하고 고등문관 시험 행정과에 합격하여 대장성(大蔵省)에 근무한다. 1914년에는 법제국(法制局)으로 옮기고 참사관, 제1부장 등을 역임했다. 대학에서는 법학, 헌법학을 강의했는데 이후『제국헌법요설(帝国憲法要説)』등을 저술한다. 그러나 이 저서가 천황기관설(天皇機関説)과 관련된다는 이유로 우익세력으로부터 공격을 받아 1936년 곤경에 빠지기도 했다. 이후 요시다 시게루(吉田茂) 내각에서 헌법을 담당하는 국무대신(國務大臣)에 취임했다. 1948년에는 국립국회도서관 신설에 참여하고 초대 관장으로 취임했다. 주요 저서로는『헌법이야기(憲法のはなし)』(1949), 『신헌법(新憲法)』(1949), 『공공무원 윤리에 대해(公務員の倫理ついて)』(1956), 『헌법 유언(憲法遺言)』(1959), 『사람을 사랑하고 국가를 사랑하는 마음(人を愛し國を愛する心)』(1960) 등이 있다.

가네코 타케조(金子武蔵)

1905~1987. 도쿄제국(東京帝國)대학 문학과를 졸업하고 도쿄(東京)대학 윤리학과 교수와 문학부장을 역임했으며 국제기독교(国際基督教)대학, 홋카이도(北海道)대학, 세이케이(成蹊)대학에서도 교수직을 수행했다. 일본 윤리학회 회장과 국어 심의회 위원으로 활동했으며 1957년 2월 2일 실존주의 협회를 설립하였다.

가메이 가쓰이치로(亀井勝一郎)

1907~1966. 일본의 문예평론가이다. 홋카이도(北海道) 오토마치(元町)에서 태어나 1926년 도쿄대학(東京大学) 문학부에 입학한다. '신인회(新人会)'에 가입하여 마르크스, 레닌을 배우고 오모리 요시타로(大森義太郎)의 지도를 받게 된다. 이후 공산주의청년동맹에 가입하였다가 1928년에 도쿄대학을 퇴학한다. 같은 해 치안유지법 위반으로 체포되었다가 형무소에 투옥되기도 한다. 이후 동인잡지『현실(現実)』(1934), 『일본낭만파(日本浪曼派)』(1935)를 창간하고 평론을 발표한다. 그리고 일본 불교를 공부하여 쇼토쿠태자(聖徳太子), 신란(親鸞)의 교의를 근간으로 인간원리에 뿌리를 둔 종교론, 미술론, 문명론, 역사론 등에 관련한 저서를 간행한다. 1965년에『일본인의 정신사연구』가 기쿠치칸상(菊池寛賞)을 수상했다. 1969년에는 문학상으로서 가메이가쓰이치로상(亀井勝一郎賞)이 설치되고 14회까지 수상자를 선정해왔다.

가미벳푸 치카시(上別府親志)

1911~?. 1931년 만철교습소 졸업했고, 일본의 패전 이후『中共の全貌－最新中共研究(중공의 전모－최신 중공 연구)』(1951, 공저), 『毛沢東主義(마오쩌둥주의)』(1958), 『プロレタリアート独裁論(프롤레타리아 독재론)』(1958), 『第2次大戦中の中ソ関係(제2차 대전 중의 중소 관계)』(1962), 『中国伝統社会と毛沢東革命(중국 전통사회와 마오쩌둥 혁명)』(1968, 공저), 『中国文化革命の論理(중국 문화혁명의 논리)』(1971) 등 중국의 공산당 및 공산주의에 관한 다수의 저서를 집필했다.

가이바라 데루오(海原照男)

1904~1990. 필자에 대한 내용을 찾지 못하여 소개하지 못함.

가자마 조키치(風間丈吉)

1902~1968. 일본의 사회운동가로 일본공산당 중앙위원장을 역임했으나 후에 전향했으며, 전후 세계민주연구소(世界民主研究所) 사무국장을 맡아 반공(反共)활동을 했다. 『모스크바공산대학의 추억(モスコー共産大学の思ひ出)』(三元社, 1949), 『모스크바와 연계된 일본공산당 역사 상권(モスコウとつながる日本共産党の歴史 上卷)』(天滿社, 1951), 『잡초처럼(雑草の如く)』(經濟往来社, 1968), 『'비상시' 공산당(「非常時」共産党)』(三一書房, 1976) 등의 저서가 있다.

가타야나기 신기치(片柳真吉)

1905~1988. 도쿄 출신으로 관료이자 정치인. 도쿄제국대학 법학부 졸업 후 1928년에 농림성에 들어갔으며, 이후 무역청 수입국장, 식량관리국장을 거쳐 1948년에 농림차관에 취임했다. 1950년에 농림성을 퇴임한 후 같은 해에 열린 제2회 참의원 선거에서 당선. 이후의 선거에서 낙선하고, 농림중앙금고이사장, 전국어업협동조합장 등을 지냈다.

고가 다케시(古賀斌)

1905~1954. 『武士道論攷』(1952), 『興亜原理としての王道』(1941), 『社会学上より観たる武士道の本質』(1940) 등의 저서를 출판했다.

고바야시 요시오(小林珍雄)

1902~1980. 고바야시 요시오(小林珍雄)는 가나가와현(神奈川懸) 출신이고 가톨릭 경제학자이다. 도쿄제국대학 법학부 정치학과, 대학원에서 법학을 전공하였고 난바라 시게루(南原繁)에게 가르침을 받았다. 1931년에 세례를 받아 1931년부터 1933년까지 스위스와 프랑스에서 유학했으며 그리스도교의 조합운동을 연구하였다. 1935년부터 1936년까지 독일에서 유학하고 귀국 후 『가톨릭대사전(カトリック大辞典)』 편집위원이 되었다. 1938년에 장인이 되는 나카무라 사부로(中村三郎)가 교장으로 있는 나카무라고등여학교(中村高等女學校)에서 강사를 역임하고 1947년에 교장이 되어 1955년까지 나카무라고등학교(中村高等學校) 이사장을 겸임했다. 조치대학(上智大學) 경제학부 교수로 1944년부터 1965년까지 경제학부장, 1961년부터 1965년까지 이사를 역임하고 1972년에 퇴직했다. 그리고 1952년부터 1958년까지 문화방송 초대 편성국장을 지냈다. 고바야시는 『기독교 용어사전(キリスト教用語辞典)』(1954)을 편찬하였고 종교론, 신앙, 기독교 교육, 카톨릭 관련 주요 인물에 관한 책을 번역하였다. 주요 저서로는 『불안과 재건ー카톨리시즘의 입장(不安と再建ーカトリシズムの立場)』(1948), 『법왕청과 국제정치(法王廳と國際政治)』(1949), 『법왕청(法王廳)』(1966) 등이 있다.

구루시마 히데자부로(久留島秀三郎)

1888~1970. 여러 기업에서 임원을 역임한 재계 인사다. 1888년 교토(京都)에서 출생하고 1914년 규슈제국대학(九州帝國大學) 채광학과(採鑛學科)를 졸업하였다. 1914년부터 1916년까지 군복무를 수행하고, 이때 남만주철도주식회사에 입사했다. 1936년에는 만주연광주식회사(滿洲鉛鑛株式會社) 이사를, 1940년부터는 쇼와광업주식회사(昭和鑛業株式會社) 이사를 역임하였다. 1946년에는 후지타 재벌(藤田

財閥) 기업인 동화광업주식회사(同和鑛業株式會社) 사장으로 취임하면서 유엔(UN) 기술지도원으로서 유고슬라비아에 있는 광산개발을 지도하는 역할도 맡았다. 1954년에는 재단법인 보이스카우트 일본연맹(財團法人ボーイスカウト日本聯盟) 이사장을, 1959년에는 후생성(厚生省) 중앙아동복지 심의회(中央兒童福祉 審議會) 위원도 역임했다. 구루시마는 광업, 과학기술 관련 분야와 아동, 복지 분야 정부기관에서 임원직을 맡아 활동하였다.

기무라 모토가즈(木村元一)
1912~1987. 독일식 재정학을 일본에 도입한 재정경제학자로 히토쓰바시(一橋)대학 교수를 지냈다. 『좀바르트 '근대자본주의'(ゾムバルト「近代資本主義」)』(春秋社, 1949), 『재정학－그 문제 영역의 발전(財政学－その問題領域の発展)』(春秋社, 1949), 『근대재정학 총론(近代財政学総論)』(春秋社, 1958) 등의 저서가 있다.

기쿠치 겐조(菊地謙讓)
1870~1953. 구마모토현 출신. 『국민신문』 특파원으로 조선으로 건너와 청일전쟁 종군기자로 활동했으며, 명성왕후 시해 사건에 관여되어 일본으로 돌아갔으나 1895년에 다시 조선으로 돌아와 서울에서 『한성신보』 간행에 관여했다. 『한성신보』가 통감부 매수공작으로 『경성일보』가 되자 『대한일보』를 발행했다. 『고종실록』, 『순종실록』 편찬에도 종사했으며 대구거류민단장을 맡는 등 조선에서 계속 살았고 패전 후 일본으로 귀환했다. 저작으로 『朝鮮雜記(조선잡기)』, 『大院君·閔妃(대원군·민비)』, 『朝鮮王國(조선 왕군)』, 『近代朝鮮史(근대 조선사)』, 『近代朝鮮裏面史(근대 조선 이면사)』 등 조선과 관련한 다수의 책을 집필했다.

기타 레이키치(北昤吉)
1885~1961. 정치가, 교육자, 철학자이다. 1885년 7월 21일에 니이가타현(新潟県) 사도(佐渡)에서 태어났다. 형은 기타 잇키(北一輝)이다. 1908년 와세다(早稲田)대학 철학과를 졸업하고 중학교 교사, 와세다대학 강사를 거쳐 하버드대학과 베를린대학, 하이델베르크대학 등에서 수학했다. 귀국 후는 대동문화학원(大東文化學院) 등에서 교편을 잡고 『일본신문(日本新聞)』과 자신이 주간으로 있는 잡지 『조국(祖國)』에서 동서문화의 융합과 일본주의를 주창했다. 1932년부터 구미를 여행하며 파시즘 대두에 영향을 받아 『재혁명의 독일(再革命の独逸)』(1933)을 저술했다. 1936년에 제19회 중의원 의원선거에 당선하여 민정당(民政党)에 입당했다. 익찬정치(翼贊政治)에 반발하여 하토야마 이치로(鳩山一郎) 등과 동교회(同交會)를 결성, 익찬선거에 비추천으로 당선했다. 전쟁 중에도 조국회(祖國會)를 기반으로 잡지 『조국』에서 활발히 시국을 논하고 복고적인 국가주의에 대한 비판과 헌정(憲政)의 옹호를 설명하는 한편 전쟁의 의의에 관해서 일본주의의 입장에서 해석을 시도했다. 전후에 자유당의 발족에 가담하지만 『조국』에 국가주의적 및 군국주의적 기사를 다수 게재했다고 하여 1947년 6월에 공직추방되었다. 1951년에는 공직추방에서 해제되고 자민당 중의원 의원으로 내각위원회 이사장을 역임했다. 이후 1958년 선거에 낙선하고 1959년에 정계 은퇴했다. 저서에는 『사상과 생활(思想と生活)』(1937), 『전쟁의 철학(戦争の哲学)』(1943), 『세계 현상과 신일본건설의 급무(世界の現状と新日本建設の急務)』(1933) 등이 있다.

기타자와 신지로(北澤新次郎)
1887~1980. 도쿄 출신으로 와세다대학에서 수학하고 미국으로 유학 가서 1911년 노스 캐롤라이나대학에서 석사, 1914년 존스홉킨스대학에서 박사학위를 취득했다. 1915년 상학부 강사로 교직을 시작하여

1916년 교수가 되어 사회정책, 경제 등의 과목을 담당했다. 노동문제에 대한 연구교육을 실시하였다. 1919년에는 와세다대학의 학생운동단체인 건설자 동맹의 고문이 되었다. 1930년 와세다대학에서 상학 박사학위를 취득하고 1938~1945년에는 상학부장을 지냈다. 1947년 중앙노동위원회 위원을 역임하고, 1949년 일본학사원 회원으로 선정되었다. 1951년에는 공정거래위원회 위원, 우정심의회 회장을 역임했다. 1957~1967년 도쿄경제대학 학장을 역임했다. 일본의 경제학자, 사회운동가로서 노동문제, 사회정책을 전문으로 하였다. 와세다대학 명예교수.

ㄴ

나카가와 슌이치로(中川俊一郎)
1898~1980. 1950년 당시 미쓰비시전기(三菱電機) 근로부장으로 1956년『賃金基本調査 − その構造・形態および体制』(1956)를 집필하였다.

나카무라 기쿠오(中村菊男)
1919~1977. 일본의 정치학자이자 정치가로 활동했다. 1943년 게이오대학 법학부를 졸업했다. 졸업 후에 게이오대학 법학부에서 1946년 조교수, 1952년 교수를 역임했다. 나카무라는 민주사회주의를 주창하며 1952년 '민주사회주의연맹(民主社会主義連盟)' 결성에 참여했다. 1955년 좌우사회당을 통합할 때 우파 사회당의 대표로서 통일강령을 작성하였으며, 사회당 우파가 탈당하여 민주사회당을 결성할 때 기여했다. 1958년에는 워싱턴대학의 재팬 세미나에서 강사로 근무했다. 저서로는『民主社会主義の理論 政治心理学的考察』(靑山書院 , 1952),『入門政治学』(東洋経済新報社, 1965),『政治文化論 政治的個性の探究』(東洋経済新報社, 1976) 등이 있다.

나카지마 켄조(中島健蔵)
1903~1979. 프랑스문학자이자 문예평론가로 반전평화운동에 참여하였으며 중일문화교류 관련하여 활동했다.『現代文芸論』(1936),『現代作家論』(1941),『青年の文化』(1942) 등을 발표했다.

ㄷ

다나베 타다오(田辺忠男)
1891~1949. 다나베 타다오는『日本経済再建の構想』(1948),『労働組合運動の理論』(1948),『共産主義理論の批判』(1949) 등 일본의 경제, 노동, 공산주의 등과 관련한 저서를 집필했다.

다나카 소고로(田中惣五郎)
1894~1961. 역사가로 사회운동에 헌신하면서 저술 활동을 펼쳐『일본 반역자 열전(日本叛逆家列伝)』으로 데뷔했다. 그 후 요시노 사쿠조(吉野作造)의 권유로 메이지문화연구회(明治文化研究会)에 참가했다. 여기서 보고한 것을 토대로 1930년에『동양사회당고(東洋社会党考)』를 간행한 것을 계기로 좌파적 입장에 선 재야의 근대사가로 활약했다. 대체로 전전에는 메이지유신사를 중심으로 유신 3걸을 비롯한 정치인 (혹은 정부 측 인물)의 전기를 썼으며, 전후에는 반정부적 인물이나 자유민권운동가, 사회주의자 등의 전기를 썼다.

다마키 하지메(玉城肇)

1902~1980. 경제학자다. 미야기현(宮城縣) 출신. 도호쿠제국대학(東北帝國大學) 경제학과를 졸업하고 도호쿠학원대학(東北学院大學)교수와 아이치대학(愛知大學) 제6대 학장, 동 대학 법경학부 교수를 역임하였다. 1957년 간세이가쿠인대학(関西学院大學)에서『근대일본의 가족구조』라는 연구로 문학박사를 취득하였고 1960년에는 중일문화상을 수상하였다. 연구분야는 가족사, 경제사. 주요 저서로는『세계여성사(世界女性史)』(1951),『일본가족제도론－일본사회와 아시아적 가족제도(日本家族制度論－日本社会とアジア的の家族制度)』(1953),『일본재벌사(日本財閥史)』(1976),『일본교육발달사(日本教育発達史)』(1980) 등이 있다.

다이라 데이죠(平貞蔵)

1894~1978. 야마가타현 출신으로 사상가이다. 도쿄제국대학 법학부 정치학과 졸업했다. 신진까이(新人會), 쇼와연구회(昭和研究会)에 참가했으며, 쇼와주쿠(昭和塾)를 설립했다. 저서로는『商業史槪論(상업사 개론)』(1933),『滿蒙移民問題(만몽 이민 문제)』(1933),『事変処理の理念(사변 처리의 이념)』(1940),『共栄圏の北と南－論文と随筆(공영권의 북과 남－논문과 수필)』(1941),『東南アジアの資源構造(동남아시아의 자원 구조)』(1962, 공저) 등이 있다.

다치바나 요시모리(橘善守)

1907~1997. 미상. 대만의 조간 종합지『연합보(聯合報)』에 번역 게재된 1952년 9월 9일자 기사「일본천황제 제도와 관련하여 장지에스 총통이 천황제 보존에 큰 힘을 보냈다－다치바나 요시모리는 카이로 회의에서 장총통이 위대한 구원자였다고 보도했다(日本天皇制度蒋總統曾力主保持橘善守報導開羅會議稱譽總統為大救星)」가 확인되며, 이 기사는 일본『마이니치신문(毎日新聞)』석간 제2면 전면 기사의 재인용이라고 한다. 저서에『초대되어 본 중공(招かれて見た中共)』(1956) 등 중국 관련 간행물 외에『한국의 정치 위기－이승만 정권의 재인식(韓国の政治危機－李承晩政権の再認識)』(1952),『중공은 조선에서 무엇을 하나(中共は朝鮮で何をするか)』(1951),『동란 조선, 소련은 어떻게 나오나?(動乱朝鮮ソ連はどう出る?)』(1950),『유엔군의 반격작전(国連軍の反攻作戦)』(1951),『조선 휴전 후에 오는 것(朝鮮休戦後に来るもの)』(1953) 등 한국전쟁과 한반도를 둘러싼 국제정치의 판도에 대한 것도 많다.

다카세 소타로(高瀬荘太郎)

1892~1966. 회계학 연구자이자 정치가. 시즈오카(静岡)현 출신이며, 와세다실업학교, 도쿄고등상업학교(지금의 히토쓰바시대학)를 거쳐 도쿄상과대학(東京商科大學)에서 박사학위 취득. 도쿄고등상과학교 강사, 조교수를 거쳐 현재 히토쓰바시대학 교수, 도쿄상과대학 교수 역임. 패전 후 1947년에 경제안정본부 총무장관 겸 물가청(物價廳) 장관 취임. 1947년 제1회 참의원의원 선거에 당선, 참의원의원으로 초대 국무대신 취임. 1949년 문부대신, 1950년 통산대신 등을 역임함.

다카시마 젠야(高島善哉)

1904~1990. 다카시마 젠야는 히토쓰바시대학(一橋大學)을 졸업했다. 대학에서는 후쿠다 도쿠조(福田德三)의 수업에 참여했는데, 후쿠다 도쿠조가 유학을 떠났기 때문에 오쓰카 긴노스케(大塚金之助)의 지도를 받았다. (강좌파에 속함) 주로 마르크스와 아담 스미스(Adam Smith)를 연구했다. 1927년 조교가 되었고 오쓰카(大塚)가 소장으로 근무하던 도쿄사회과학연구소의 연구원으로 근무했다. 1933년 오쓰카가 검거

되어 같은 해 다카시마 젠야도 마르크스의『잉여가치 학설사(學說史)』를 번역하고 일본 공산당 기관지를 읽었다는 이유로 검거되었다. 전후 히토쓰바시대학 법학사회학과 교수로서 학과장을 맡았고, 학부장을 역임 1968년 정년을 맞았다. 저서로는『아담 스미스의 시민사회 체계』(1947),『새로운 애국심』(1950),『원전 스미스「국부론」해설』(1953),『스미스의 국부론 강의』(전5권)(1950~51),『청년과 사상 혁명』(1957),『현대 일본 고찰-민족·풍토·계급』(1966),『아담 스미스』(1968),『시민사회론의 구상』(1991) 등이 있다.

다케노 야스타치(竹野安立)
미상.

다케무라 다쓰오(竹村辰男)
미상.

다테야마 도시타다(堅山利忠)
1907~1993. 가고시마현 출신으로 노동운동가이자 사회학자. 도쿄제국대학 재학 당시 동 대학을 중심으로 한 학생운동단체인 신지카이(新人会, 1918~1929)에 가입하고, 1929년 3월 대학 중퇴 후 일본공산청년동맹위원장에 취임했다. 이듬해 2월 치안유지법 위반으로 검거되었고, 이후 사회주의로 전향했다. 1937년 2월부터 1945년 3월까지 야마자키경제연구소(山崎経済研究所)에서 중국, 동남아시아의 경제조사를 담당함. 일본 패전 이후 우파노동운동가의 이론가, 노동관리·사회정책 연구로 활동하면서 다쿠쇼쿠대학(拓殖大学) 교수, 소카대학(創価大学) 교수 등을 역임했다. 저서로는『국제노동운동사-독본 1864년~1950년(國際勞働運動史-讀本 1864年~1950年)』(1951),『총평의 조직 동요와 그 원인-조합 민주화운동의 새로운 대두(総評の組織動揺とその原因-組合民主化運動の新たな抬頭)』(1960),『일본노동운동사(日本労働運動史)』(1972),『세계경제와 주요 국가의 노동운동 동향(世界経済と主要諸国における労働運動の動向)』(1975),『전후 민주적 노동운동사(戦後民主的労働運動史)』(1976) 등이 있다.

단 도쿠사부로(淡徳三郎)
1901~1977. 일본의 사회평론가이다. 필명으로 마고메 겐노스케(馬込健之助)를 사용했다. 오사카부(大阪府) 태생이며, 교토제국대학(京都帝国大学) 문학부 철학과를 졸업했다. 대학 재학 중 학생운동의 리더가 되었으며, 1925년 12월의 교토학연사건(京都学連事件), 1928년의 3·15사건으로 검거된 바 있다. 교토학연사건은 일본 내지에서 시행된 지 8개월 만에 최초로 치안유지법(1925년 4월 시행)이 적용된 사건이다. 1935년 프랑스로 건너가서 일본 항복 후에 소련에 억류되었다가 1948년에 일본으로 귀국하였으며 평화옹호일본위원회 이사를 역임하며 사회평론가로 활동했다.『독재정치론』(上野書店, 1929),『전쟁과 자유』(改造社, 1941),『세 개의 패전』(時事通信社, 1948),『평화의 이론』(青木文庫, 1953) 등의 저서와 마르크스, 크로포트킨, 에렌부르그, 라파르크, 가로티, 아라곤, 사르트르 등의 저서 번역을 남겼다.

ㄹ ————————————————————————————————————

로야마 마사미치(蝋山政道)
1895~1980. 니가타(新潟)현 출신으로 도쿄제국대학 법학부 정치학과에서 요시노 사쿠조(吉野作造)의 영향을 받아 도쿄대 신인회(新人会)에 참가하였으며, 영국 사회주의 연구를 바탕으로 한 민주사회주의

이론가로 활약한 정치학자, 행정학자이다. 2·26 사건 당시 군부 비판 논설을 펼치는 한편, 고노에 후미마로(近衛文麿)의 브레인 조직인 쇼와연구회(昭和研究会) 설립에도 참가했다. 전후 1947년 공직 추방되었다가 다음 해 해제되었으며, 전후 1951년부터 민주사회주의연맹 이사장으로 사회당 우파의 정책 노선을 학문적·이론적으로 뒷받침했으며, 민사당 결성 이후에는 미일안보 긍정론 등 민사당의 외교·방위 정책을 이론화했다.

□ ─────────────────────────────────────

마사키 히로시(正木ひろし)

1896~1975. 도쿄 출신이며 변호사이다. 도쿄제국대학을 졸업하고 1925년에 도쿄에서 변호사사무소를 개업하여 주로 민사사건을 취급하였고 경제적으로 부유했다고 한다. 제2차 세계대전 전부터 군국주의 비판을 전개하고 전시 중에는 관헌에 의한 고문을 고발한 사건으로 유명해졌다. 1939년 4월에 1개월 동안 여행한 전쟁터 중국에서 일본군 장병이 중국인을 억압하는 모습을 목격하고 저술한 여행기록「가까운 곳에서(近きより)」는 검열, 발매금지의 대상이 되었다. 이후에도 이 잡지를 거점으로 당시의 수상 도조 히데키(東條英機)에 대한 혹독한 비판 등 일본의 장래를 우려하는 언설을 펼쳤다. 엄중한 폐간 요청을 무시하고「가까운 곳에서」는 월간을 유지, 패전 후 1949년까지 발행되었다. 패전 후에도 반천황제주의를 명확히 하고 공화주의 입장에서 첨예한 언론을 전개하였으며 많은 반권력재판, 원죄재판에 관여했다. 1951년에는『차타레부인의 사랑』외설물 출판사건의 변호를 맡았다. 1953년에 발생한 야카이사건(八海事件)의 변호를 맡아 그 사건에 대한 저서『재판관(裁判官)』(1955)은 베스트셀러가 되었고〈한낮의 암흑(真昼の暗黒)〉(1956)이라는 제목으로 영화가 제작되었다. 1979년에 오분샤문고(旺文社文庫)에서 간행된 완전판『가까운 곳에서(近きより)』5권(1979)이 마이니치(毎日)출판문화상 특별상을 받았다. 저서에는『재판과 악마(裁判と悪魔)』(1971),『변호사(弁護士)』(1980),『마사키 히로시 저작집(正木ひろし著作集)』6권 (1987) 등이 있다.

마스다 사카에(増田栄)

미상. 다이쇼, 쇼와에 걸쳐 일본 민족과 민생사상과 관련된 저술을 남긴 철학가다.『일보급일본인』편자 중 한 사람이기도 하다. 일본에 가장 먼저 나치즘을 소개한 이시카와 준주로(石川準十郎, 1899~1980)나 사회주의에서 전향하여 일본 패전 후에 노농파, 우파사회당 등에서 활동하면서 반공적 평론활동을 펼친 사노 히로시(佐野博, 1905~1989) 등과 함께 저작을 펴내기도 했다. 신역사파사상연구회(新歴史派思想研究會) 대표를 지냈으며, 공산주의를 비판하는 많은 저작을 펴내기도 했다.「일본 운명의 계시(日本運命の啓示)」에서 밝힌 경력은 전 국대(國大) 철학과 교수다.

모리시마 고로(守島伍郎)

1891~1970. 후쿠오카시(福岡市) 출신, 외교관, 정치가, 중의원 의원이다. 1917년 도쿄제국대학 법과대학을 졸업했다. 1916년 고등문관시험 행정과 합격. 1918년 고등문관 시험 외교과 합격. 1919년 외무성 입성. 상해 일본국영사관 근무. 미합중국 일본국대사관 근무. 1930년 6월 중국에서 근무. 1931년 만주사변의 선후 처리 담당. 1941년 외무성 외곽단체인 세계경제조사회의 상무 이사에 취임. 1942년 주소련특명전권공사 역임. 주소련대사 사토 나오타케(佐藤尚武)를 보좌하여 제2차 세계대전에서 대소련 외교에서 양국 간 관계 절충에 종사하고 패전 후 귀국함. 1946년 퇴임 후 변호사. 1949년 1월 제24회 중의원 의원 총선거에서 민주자유당 후보로 출마 중의원 의원 당선. 1950년 5월 중의원 외무위원장 선출됨. 1951년 9월 샌프란시

스코강화 회의에 시라스 지로(白洲次郞－GHQ점령기 요시다 시게루의 측근으로서 상공성의 외국으로서 신설된 무역청의 장관을 역임)와 함께 전권단 특별고문으로서 수행함. 이후 선린학생관(현 일중우호회관 전신)이사장. 일본유엔협회 전무이사 역임. 주요 저서는『고뇌하는 주소련 대사관(苦悩する駐ソ大使館)』(1952).

미야케 세이키(三宅晴輝)

1896~1966. 효고(兵庫)현 출신으로 1919년 와세다대학 상과를 졸업했다. 미쓰비시(三菱) 상사를 거쳐 1924년 동양경제신보사 기자를 역임했다. 전시중 불경죄로 징역 1년 반 판결을 받은 적이 있다. 전후에는 NHK이사, 도호(東宝) 이사,『산케이신문』논설위원 등을 역임했다. 실업가이자 경제평론가이다. 주요 저서는 주로 경제 관련해서『電力コンツェルン』(1937),『財界太平記』(1952),『日本銀行』(1953) 등이 있다.

미타무라 엔교(三田村鳶魚)

1870~1952. 에도시대 문화와 풍속 연구가이며, 이 분야에 관한 방대한 업적으로 에도학(江戸學)의 원조라고 불리기도 한다. 도쿄 하치오지(八王子)에서 치안을 맡은 하급무사 계급인 센닌도신(千人同心) 집안에서 태어난 엔교는 '거리의 학자'로 알려진 인물로 30세가 되면서 집필 활동을 시작했고『일본급일본인』창간 이후 줄곧 에도시대의 풍속이나 문학 등에 관한 논고를 발표했다. 엔교는 청일전쟁에 종군한 경력이 있으며, 제대 후 득도수계(得度受戒)하기도 했다. 또한 신문기자로 일한 경력이 있으며 자유민권운동에도 참여하기도 했다. 엔교는『일본급일본인』을 간행한 세이쿄사(政敎社)에 동참한 것으로도 알 수 있듯이 국수주의자와 가깝게 지냈다.

미타무라 다케오(三田村武夫)

1899~1964. 기후현(岐阜県) 출신으로 경찰강습소(현, 경찰대학교)를 졸업했다. 내무 관료, 정치가이다. 전전에는 내무성 경보국과 탁무성(拓務省) 관리국에서 근무했다. 1937년 중의원 의원에 당선되어 의원활동을 개시했다. 1943년 9월 언론, 출판, 집회, 결사 등 임시 단속법 위반으로 경시청에 체포되었다. 1946년 2월 공직 추방되었고 1951년에 추방 해제되었다. 1955년 2월 일본민주당 소속으로 중의원 선거 당선, 1958년 5월 자유민주당 소속으로 중의원 선거 당선, 1963년 11월 자유민주당 소속으로 중의원 선거에서 당선되었다. 주요 저서에는『警察強制の研究－実務と理論』(1930),『大東亜戦争とスターリンの謀略』(1987) 등이 있다.

ㅅ

사노 마나부(佐野学)

1892~1953. 오이타현(大分県) 출신으로 도쿄제국대학(東京帝國大學) 법학부를 졸업하고 대학원에서 야하기 에이조(矢作栄蔵)로부터 농정학을 배웠다. 1918년 도쿄제국대학을 중심으로 한 학생운동조직 신인회(新人会) 창립에 참가하는 등 일본의 사회주의 운동가로 활동했다. 졸업 후 1919년 형의 장인 고토 신페이(後藤新平)의 도움으로 만철동아경제조사국(滿鉄東亜経済調査局)의 촉탁으로 근무한다. 1920년 4월부터는 와세다대학(早稲田大學) 상학부에서 경제학과 경제사를 강의했다. 1921년에「특수부락민해방론」논문을『해방』에 게재했다. 1922년 아라하타 간손(荒畑寒村)의 권유로 일본공산당에 입당하였으나, 1923년 2월 당대회에서 집행위원·국제 간사로 선출되었으나, 같은 해 5월에 제1차 공산당 사건에 의한 검거를 피해 소련으로 망명했다. 1925년에 귀국해 공산당 재건에 힘썼다. 1927년에 중앙위원장에 취임하

고, 노동운동 출신인 나베야마 사다치카(鍋山貞親)와 함께 당을 이끌었다. 1932년 치안유지법 위반으로 무기징역을 선고받고 형을 살다가 1933년 나베야마와 함께 옥중에서 전향성명인「공동 피고동지에 고하는 글(共同被告同志に告ぐる書)」을 제출한다. 소련의 지도를 받아서 공산주의 운동을 시행하는 것은 잘못된 일이며, 만주사변을 긍정하고, 천황제의 수용 등을 포함하는 내용이다. 이른바 '사상의 전향'이론의 최전선에 서게 된다. 1943년 출옥했으며, 패전 후에는 가자마 조키치(風間丈吉)와 함께 전향자들이 모여 노농전위당(勞農前衛党)을 결성했다. 나베야마와 민사당(民社党)의 모체인 민주사회주의 연맹 창설에 참여하였다. 와세다대학 상학부 교수를 역임하고 반공적인 입장에서『유물사관비판』(1948),『민족과 민주주의』(1947),『노동자와 정당』(1948),『민족과 계급』(1949) 등을 저술했다.

사무카와 소코쓰(寒川鼠骨)
1874~1954. 마쓰오카 시키 문하의 하이쿠 작가. 본명 아키미쓰(明光, 秋光). 교토의 구・제3고등학교 재학 중 게이한 만월회(京阪滿月會)에 참가해 하이쿠 만들기를 시작했지만 중퇴하고『교토신문』,『오사카아사히신문』을 거쳐 신문『일본』에 입사해서 구가 가쓰난 밑에 들어갔다. 이후 사생문, 기행, 수필에 전념하였으며, 저서로『한천서골집(寒川鼠骨集)』(1930),『마사오카 시키의 세계(正岡子規の世界)』(1956) 등이 있다.

사이토 쇼(斎藤晌)
1898~1989. 일본의 철학연구자이며 도요대학(東洋大学) 교수, 메이지대학(明治大学) 교수를 역임했다. 에히메현(愛媛県) 출생으로, 유학자 집안에서 태어났다. 1924년 도쿄대학(東京大学) 문학부 철학과를 졸업했다. 도요대학 교수가 되고 대동문화학원 교수를 거쳐 1943년에는 일본출판회 상무이사를 맡았다.『스피노자 전집』(제1권, 제2권, 1932~1933)의 번역을 담당했고 유물론연구회의 발기인 중 한 사람이었다. 중일전쟁 이후부터는 일본주의를 주창했고 태평양전쟁기에는 대일본언론보국회 이사로 취임했다. 전후에는 논설 등이 전쟁협력에 해당된다고 하여 공직을 추방당하기도 했다. 1956년 일본 최초로 본격적인 SF시리즈『최신과학소설전집』을 간행할 때 그 중추적 역할을 담당했다. 주요 저서로는『일본사상의 장래성』(1939),『일본문화의 제문제』(1941),『철학독본』(1952),『악의 연구』(1959) 등이 있다.

사이토 타다시(齋藤忠)
1902~1994. 니가타(新潟)에서 태어난 사이토 타다시는 국제정치와 군사문제의 평론가이자 언론인이며 번역가로서 오바마 소이치(尾浜惣一) 명의로 과학소설을 번역하기도 했다. 도쿄제국대학 문학부 영문과와 동 대학원을 졸업한 그는 영국, 독일, 북구 등에 유학한 후 1933년 국제문화진흥회 영문백과사전 편찬소장을 맡았으며, 이후 국방, 군사, 외국정세에 관한 평론활동을 시작했다. 도쿄제국대학 도서관을 거점으로 일본 문화 자료를 조사하는 연구회를 주최하는 한편, 1947년까지『요미우리신문』논설위원으로 일하다가 공직추방이 되어 그 기간 동안 도쿄재판에서 도고 시게노리(東郷茂徳), 히로타 고키(広田弘毅)의 변호를 맡기도 했다. 공직추방이 해제된 1952년에 고쿠시칸대학 교수, 1957년 방위협회 상임이사와 *Japan Times* 논설주간에 취임했으며, 일본 보수논객으로 국민신문사 최고고문, 문부성 교과서용 도서검정심의회 위원, 안전보장국민회의 의장, 야스쿠니 국방연구회 최고고문, 야스쿠니충령제 총재 등 다수의 직책을 역임했다.

사이토 토키치(斎藤東吉)
1919~1977.

사토 케이지(佐藤慶二)

1903~1998. 와세다대학 철학과 졸업 후 그곳에서 교수로 일했다. 자료가 충분치 않아 그의 활동 경력을 추적할 방법이 없으나 하이데거 관련 저작이 많은 것을 미루어 볼 때, 하이데거 연구자인 것으로 보인다.

사토 하치로(サトウハチロー)

1903~1973. 일본의 시인이자 동요작사가, 소설가, 수필가 등 다양한 얼굴을 가지고 있다. 본명은 사토 하치로(佐藤八郎). 아오모리현 히로사키(弘前) 출신의 인기 작가 사토 고로쿠(佐藤紅緑)의 장남으로 도쿄에서 태어났다. 어린 시절 망나니였던 그는 오가사와라(小笠原島)에서 지내기도 했으며, 시인이자 작사가인 사이조 야소(西條八十)의 가르침을 받으면서 동요나 동화를 발표하기 시작한다. 패전 후 일본 최초의 유행가 〈사과 노래(リンゴの唄)〉(1946)를 작사하는 등 수많은 가요곡, 동요를 작사했다. 야구선수로 뛴 경력도 있어 야구와 관련된 수필도 많다. 사토의 어린 시절을 다룬 이 연재 수필에는 당시 그가 만난 여러 저명인사를 둘러싼 추억이 등장한다.

P.A. 소로킨(Pitrim Alexandrowitsch Sorokin)

1889~1968. 러시아 출신으로 미국에서 활동한 사회학자이다. 상트페테르부르크대학에서 사회학을 전공했고, 동 대학의 사회학 교수가 되었다. 러시아 황제를 지지하는 보수파에 의해 2번 투옥되고, 그때의 경험으로 범죄학, 형벌학을 전공하였다. 러시아 혁명에 참가하였고, 알렉산더 케렌스키 정권에서 대신이 되었다. 그러나 볼셰비키 정권 비판으로 위험을 감지하고 1922년에 미국으로 망명했다. 1924년부터 1930년까지 미네소타대학 교수, 1930년부터 하버드대학 사회학부 초대 교수가 되었다. 하버드대학의 사회학부를 창설하였다. 저작은 도시, 문화, 사회학 이론 등 전반에 이른다. 일본어 번역서로『사회학의 기초이론 – 사회, 문화, 퍼스낼리티』(1961), 『도시와 농촌』(1940), 『휴머니티의 재건』(1951) 등이 있다.

스기모리 고지로(杉森孝次郎)

1896~1976. 평론가이며 정치가 혹은 사회학자로 일컬어진다. 호는 남산(南山)이다. 1906년 와세다대학(早稲田大学)을 졸업했고 다나카 오도(田中王堂)의 영향을 받았다. 와세다대학 문학과 강사가 되었고, 이후 1913년부터 1919년까지 문부성 특별유학생으로 독일과 영국에 유학하고, 영국의 윤리사상을 공부한다. 귀국 후 와세다대학 문학부 및 정경학부 교수로 취임한다. 「후진에게 길을 양보한다」는 말로 유명하다는 에피소드가 있다. 전후에는 고마자와대학(駒澤大学) 교수가 되었고, 「헌법초안요강(憲法草案要綱)」을 작성한 민간 그룹에 참여하고 헌법연구회 7인 멤버 중의 한 사람이 된다. 영어에 능숙했기 때문에 헌법초안요강을 GHQ에 지참(持參)하게 되었다. 상징천황제를 고안했다고 일컬어진다. 주요 저서로는『국제일본의 자각』(1937),『신세계질서에의 거화(炬火)』(1941), 『세계정치학의 필연』(1943),『건설 윤리학』(1943), 『세계인권의 원칙』(1947), 『인간의 자유』(1948) 등이 있다.

스기하라 아라타(杉原荒太)

1899~1982. 일본의 정치가, 외교관으로 참의원의원과 외무성조약국장을 역임했다. 1922년 오사카시립 고등상업학교를 졸업하고 외무성에 들어갔다. 미국 버몬트대학교에 유학하여 귀국 후 난징 총영사, 대동아성 총무국장, 외무성 조사국장을 역임했다. 1950년 제2회 참의원 의원 통상선거에서 자유당 소속으로 사가 선거구에 입후보하여 당선했다. 참의원 외무위원장, 자민당 참의원 정책심의회장, 당 기위원장을 역임하고 1974년 정계를 은퇴했다.

스에다카 마코토(末高 信)

1894~1989. 경제학자다. 도쿄에서 출생하여 큐세이중학교(旧制中学)를 졸업하고 1915년 와세다대학(早稻田大学) 상학과(商学科)를 졸업하였다. 1921년에는 미국 펜실베니아대 대학원으로, 1929년에는 베를린 상과대학에 유학했으며 보건경영학, 보험학, 사회정책으로서의 보험을 연구하게 되었다. 1933년 상학(商学)으로 학사학위를 취득한 후 사회보험법규 연구회를 창립하고 회장을 역임했다. 1946년 전쟁 후 사회보장에 대한 필요성을 주장하여 사회학, 경제학 연구자와 사회보장연구회를 설립하였으며 사회보장 정비를 위한 조사를 토대로 전 일본국민을 대상으로 한 혁신적인 사회보장제도 요강을 작성하였다. 1950년부터 1960년대 까지 국민건강보험, 고용정책과 관련한 여러 기관에 설치된 심의회 의원과 회장을 역임하였고 1974년에는 도쿄에 생명보험 영업의 전문직을 양성하는 민간교육기관, 생명보험 언더라이팅학원(生命保險アンダーライティング学院)을 창설하고 초대 학원장을 맡았다. 주요 저서로는 『생명보험론(生命保險論)』(1937), 『보험경제의 이론(保健経済の理論)』(1941), 『사회보장(社会保障)』(1956) 등이 있다.

스즈키 야스조(鈴木安蔵)

1904~1983. 일본의 법학자(헌법), 재야의 연구자로서 마르크스주의자의 입장에서 대일본제국헌법을 비롯한 헌법사·정치사를 연구하고, 특히 일본제국헌법의 성립과정의 실증연구를 실시하였다. 좌익 학생운동으로 검거되고 저서가 판매금지를 당하는 어려운 시기가 있었으며, 1925년에 교토제국대학(京都帝國大學)과 도지샤대학(同志社大學)에서 마르크스주의 연구모임이 탄압을 받는 이른바 '교토학련(京都學連) 사건으로 1926년에 검거되어, 대학을 퇴학하고 2년 동안 형무소에 복역하였다. 1930년대에 메이지문화 연구회에 합류해서 활동했으며, 1937년에는 중의원 헌정사편집위원으로 취임하게 된다. 패전 후에는 헌법연구회 결성에 동참하였다. 헌법연구회는 1945년 10월에 결성된 당시 일본을 대표하는 언론인이 참여한 민간 헌법제정연구단체였다. 자신의 헌법사 연구를 베이스로 하여 모임에 의한 헌법사안『헌법초안요강(憲法草案要綱)』(1946, 1945년 12월 26일 수상관저 제출)을 정리하였다. 패전 후 1952년에는 시즈오카대학(靜岡大學) 교수, 아이치대학(愛知大學) 교수를 겸임했으며, 정년퇴임 후인 1967년부터는 릿쇼대학(立正大學) 교수를 역임하였다. 헌법개악저지각계연락회의(憲法改惡阻止各界連絡會議) 결성에도 동참하는 등 호헌파의 인물로 알려져 있다.

쓰루미 유스케(鶴見祐輔)

1885~1973. 일본의 정치가. 중의원 국회의원 4회, 참의원 국회의원 3회 당선. 군마(群馬)현 출신이며, 1895년 도쿄, 1896년 부친의 고향인 오카야마(岡山)에 이사함. 1903년 오카야마 중학교를 수석으로 졸업 후, 구제 제일고등학교 법과(현 도쿄대학 교양학부, 치바대학 의학부의 전신)에 차석으로 입학하여, 당시 영어 교사였던 나쓰메 소세키(夏目漱石)에게 사사하였으며, 제일고등학교 영법과(英法科)를 수석으로 졸업하고 도쿄제국대학 정치학과에 입학. 재학 중에 니토베 이나조(新渡戸稻造)에 심취하여 사사. 니토베는 일본 국내정치에 대해서는 민주주의를 주창하였으나, 식민정책에 관여한 경력으로 제국주의적인 대외발전에 동정적인 태도를 보였는데, 사사한 쓰루미도 그 영향으로 제국주의에 경도되어 갔다. 1910년 도쿄제국대학을 졸업 후, 고등문관시험에 합격해서 니토베의 소개로 내각척식국(內閣拓殖局)에 취직. 1911년에는 니토베와 친교가 있는 고토 신페이(後藤新平)가 초대 총재를 한 철도원에 옮겼으며, 1911년 11월에는 니토베의 비서로서 미국에 수행하는 등 해외 경험을 쌓아갔다. 1928년 제16회 중의원 선거에서 당선해서 정계 입문을 이루었으며, 외국어가 유창한 쓰루미는 장쭤린(張作霖) 폭살사건, 1931년 만주사변 등에 관한 일본의 입장을 펼치고 옹호하기 위해서 국제회의에 참석하는 등의 활동을 전개하였다. 1940년에는

대정익찬회(大政翼賛会)에 합류했으며, 1944년 9월에는 익찬정치회 총무를 맡았으며, 같은 해 12월 고이소(小磯) 내각이 설치한 조선급대만재주동포정치처우조사회(朝鮮及台湾在住同胞政治処遇調査会) 중의원 대표위원을 역임하였다. 일본 패전 후에는 1946년 1월에 공직추방 조치를 당하나, 1950년 10월에 공직추방이 해제되어 활동을 재개한다. 1951년 1월에는 시데하라 기쥬로(幣原喜重郎) 등과 함께 국토방위민주주의연맹(国土防衛民主主義聯盟)을 결성하고, 1951년 9월에 결성된 신정클럽(新政クラブ)에도 참가하였다.

쓰지 젠노스케(辻善之助)

1877~1955. 효고현(兵庫縣) 출신이며 역사학자이다. 제일(第一)고등학교, 제국대학 문과대학 국사과를 졸업했다. 제국대학 사료편찬원과 사료편찬관을 지냈으며 1911년에 도쿄제국대학 문과대학 조교수, 1920년에 사료편찬 담당 사무 주임, 1923년에 도쿄제국대학 교수를 역임했다. 사료를 수집하기 위해 전국으로 출장을 다녔으며 후진을 지도하여 오늘날의 사료편찬소의 기초를 구축했다. 문화사 및 불교사에 큰 업적을 남기고 사료의 보존과 출판 등에 활약했다. 1952년에 문화훈장을 받았다. 주요 저서에『황실과 일본정신(皇室と日本精神)』(1936), 『에도시대사론(江戸時代史論)』(1991), 『일본불교사(日本仏教史)』 10권(1944~1953), 『일본문화사(日本文化史)』 7권과 별책 부록 4권(1948~1956) 등이 있다.

쓰치야 다카오(土屋喬雄)

1896~1988. 도쿄(東京)제국대학 경제학부에서 일본경제사를 전공하고 동 대학 경제학부 교수를 역임했다. 일본자본주의논쟁에서는 노농(労農)파 논객으로 활약한 바 있고, 인민전선(人民戦線)사건에 연루되어 대학에서 추방되었다가 패전 후에 복직했다. 1954년에『봉건사회 붕괴과정 연구(封建社会崩壊過程の研究)』로 도쿄대학에서 경제학박사 학위를 취득했고, 1974년에는 일본학사원(日本学士院) 회원이 되었다.

쓰쿠이 다쓰오(津久井龍雄)

1901~1989. 도치기현(栃木縣)에서 출생했으며 국가사회주의자, 정치평론가이다. 와세다대학(早稲田大学)을 중퇴하고 국가사회주의를 주창한 다카바타케 모토유키(高畠素之)에 입문했다. 1926년에 아카오 빈(赤尾敏) 등과 건국회를 창립, 1930년에는 아마노 다쓰오(天野辰夫) 등과 애국근로당, 고다마 요시오(児玉誉士夫) 등과 급진애국당을 조직하였다. 1931년 전일본애국자 공동투쟁협의회를 결성, 1933년에는 아카마쓰 가쓰마로(赤松克磨) 등과 국민협회를 설립하고 출판부장을 맡았으며 1937년부터『야마토신문(やまと新聞)』등에 집필을 했다. 전시 중에는 정당을 떠나 신문·잡지에서 활동했다. 패전 후에는 공직추방을 겪었고 1952년에 아카오 빈과 동방회(東方會)를 조직했다. 저서에는『일본 국가주의 운동사론(日本国家主義運動史論)』(1942), 『일본적 사회주의의 제창(日本的社会主義の提唱)』(1932), 『우익(右翼)』(1952), 『나의 쇼와사(私の昭和史)』(1958), 『증언·쇼와유신(証言·昭和維新)』(1973) 등이 있다.

시노자키 노부오(篠崎信男)

1914~1998. 인구학자이며 평론가다. 도쿄제국대학 이학부 수학과에서 1939년 인류학과로 전과하여 제1기생으로 졸업하였다. 1943년 후생성(厚生省) 산하 연구소 인구민족부(人口民族部) 연구원으로 재직하였다. 1976년부터 인구문제연구소 소장을 역임하면서 인구문제심의회, 통계심의회, 의료심의회, 영양심의회, 해외이주심의회 등에서 위원직을 수행하였다. 시노자키는 1940년대부터 1980년대까지 인구학, 우생학, 생체인류학을 토대로 가족, 인간발달, 임신, 출산, 성/섹슈얼리티, 공공 위생, 노동, 농촌연구 등 폭 넓은 주제를 다루고 활발한 연구활동을 진행하였다. 1984년에는 일본인구학회 회장을 역임하였고 일본

정부의 인구정책수립에도 기여했다. 주요저서로는 『산아조절과 부부 성생활의 실태(産児調節と夫婦性生活の実態)』(1949), 『일본인의 성생활(日本人の性生活)』(1953), 『성의 위기(性の危機)』(1970), 『인류동태학 입문(人類動態学入門)』(1972), 『성교육의 지혜』(1984) 등이 있다.

○ ──────────────────────────────────────

아라 마사히토(荒 正人)

1913~1979. 문예 평론가. 1913년 후쿠시마현(福島県)에서 출생하여 야마구치현(山口縣)에서 고등학교를 다녔다. 고등학교 시절 마르크스주의를 접하고 학생운동에 참여하게 되었고 도쿄제국대학 영문과에서 수학하였다. 마르크스주의운동의 좌절과 전향을 보고 전쟁 시기의 어두운 현실에 직면한 경험을 토대로 1946년 혼다 슈고(本田秋五), 히라노 겐(平野謙), 야마무로 시즈카(山室静) 등과 함께 『근대문학(近代文學)』을 창간하였고, 이는 이른바 '전후파 문학(戰後派文學)'의 최대 동인잡지가 되었다. 아라는 정치에 대한 문학의 자율성과 주체의 확립을 주장하고 전후 논단에서 활약하였다. 그 외 나쓰메 소세키(夏目漱石)를 연구하고 여러 저서를 집필했으며 해외 문학작품도 번역하였다.
저서는 『제2의 청춘(第二の青春)』(1947), 『負け犬』(1947), 『전후근대문학사(戰後近代文學史)』(1949), 『시민문학론(市民文學論)』(1955), 『전후 문학의 전망(戰後文學の展望)』(1956), 『현대작가론 전집 나쓰메 소세키(現代作家論全集 夏目漱石)』(1957), 『평전 나쓰메소세키(評伝夏目漱石)』(1960), 『나쓰메 소세키 입문(夏目漱石入門)』(1967) 등이 있다.

아라하타 칸손(荒畑寒村)

1887~1981. 본명은 아라하타 가쓰조(荒畑勝三)였다. 일본 요코스가(横須賀) 해군 공창(工廠)에서 근무하던 중 『만조보(萬朝報)』에 사카이 도시히코(堺利彦)와 고토쿠 슈스이(幸徳秋水)가 공동으로 발표한 반전 시(詩)에 감동하여 노동운동에 참가하게 된다. 또한 사카이와 고토쿠가 발행하던 주간 『평민신문』의 비전론에 공명하여 사회주의에 가담한다. 1912년에는 오스기 사카에(大杉栄)와 『근대사상』을 창간하고 월간 『평민신문』을 간행했다. 그러나 생디칼리즘을 주창하는 오스기와 마르크스주의에 입각한 칸손의 대립은 시간이 지나면서 표면화되어 오스기와 결별하게 된다. 제1차 공산당 해산에 찬성했던 사노 마나부(佐野学)나 도쿠다 규이치(徳田球一)가 재건의 중심이 되자 이에 분노하고, 제자인 나베야마 사다치카(鍋山貞親)의 설득에도 거부하고 당 재건에는 참가하지 않았다. 그리고 야마카와(山川)·이노마타 쓰나오(猪俣津南雄) 등과 1927년에 『노농』을 창간했고 노농파의 중심 멤버로서 비공산당 마르크스주의 이론을 만들어갔다. 전후에는 평론 활동에 전념했는데 1950년 12월 소련 평가를 둘러싸고 고보리 진지(小堀甚二)와 야마카와, 사키사카 이쓰로(向坂逸郎) 사이에 대립이 일어나자, 고보리의 주장에 찬성하지는 않았지만, 고보리가 야마카와 신당(山川新党) 실무를 담당했던 것도 있고, 고보리에 동정(同情)하여 1951년 결성된 사회주의협회에는 참가하지 않았다. 1960년대 이후에는 소련파 경향을 선명하게 보인 사키사카(向坂)·사회주의 협회를 강렬하게 비판했다. 저서에는 『평민시 시대-일본사회주의 운동의 요람』(1973), 『아라하타 칸손 저작집』(전체 10권, 1976~1977) 등이 있다.

아베 켄이치(阿部賢一)

1890~1983. 일본의 경제학자이자 저널리스트로 제8대 와세다대학 총장을 역임했다. 도쿠시마현 출신으로 1908년 도시샤를 나온 후 와세다대학부 정치경제학과에 진학했다. 1912년 동 학과를 수석으로 졸업하고 같은 해 도시샤대학에 강사로 부임하였다. 1916년부터 2년간 미국에 유학했다. 1922년 와세다대학으

로 이적하여 1935년까지 정치경제학부에서 강의했다. 언론계에서는 『마이니치신문(每日新聞)』 논설위원, 주필 등을 역임했다. 전후에 공직추방 되었으나 추방이 해제된 이 후에 와세다대학에 복귀했다. 1966년 9월 와세다대학 총장으로 취임했다.

아사카와 겐지(浅川謙次)

1909~1975. 북경동학회(北京同學會) 학교 졸업. 중국연구소 이사. 주요 역서로 마오쩌둥의 『文芸論(문예론)』(1967, 공역), 『老三篇 新五篇(노삼편 신오편)』(1967, 공역), 『毛沢東(마오쩌둥)』(1967, 공역) 등이 있다.

아카마쓰 가쓰마로(赤松克麿)

1894~1955. 다이쇼(大正)・쇼와(昭和)시대 사회주의 운동가의 대표적 인물이다. 좌익활동가, 국가사회주의 운동가로 전환했다. 제3고등학교를 졸업하고 1915년에 도쿄대학 법과대학 정치과에 진학한다. 대학 재학 중에 러시아에서 러시아혁명이 일어났는데, 이에 영향을 받아 1918년 12월에 신인회를 결성한다. 지도교관인 요시노 사쿠조(吉野作造) 교수의 협력을 받았다고 한다. 1919년 도쿄대학을 졸업하고, 동양경제신보사(東洋経済新報社)에 근무하면서 잡지 『해방(解放)』의 편집을 담당하게 된다. 1931년에 이시카와 준주로(石川準十郎), 쓰쿠이 다쓰오(津久井龍雄) 등의 우익활동가들과 함께 일본사회주의 연구소를 창설하고, 3월사건과 10월사건에 관여한다. 1937년 선거에 출마하여 당선되었고 우익단체를 묶는 시국협의회 내에서 의회진출과 신당결성을 내건 아카마쓰는, 같은 해 7월에 에토 겐쿠로(江藤源九郎), 쓰쿠이 다쓰오, 고이케 시로(小池四郎) 등 우익 활동가들과 함께 일본혁신당을 결당(結党)한다. 신체제운동에는 적극적인 협력 자세를 보인 대정익찬회(大政翼賛会)가 결성되자 초대 기획부장으로 취임했다. 전후에는 전쟁 협력죄에 의해 공직을 추방당하고, 추방 해제 후 1953년에는 일본산업협력동맹(日本産業協力連盟)을 설립하고 이사장으로 취임했다가 2년 후 62세의 나이로 세상을 떠났다. 주요 저서로는 『신국민운동의 기조』(1932), 『인민전선 타도론』(1936), 『일본인의 신교양』(1942), 『일본사회운동의 역사적 연구』(1948), 『일본사회운동사』(1952), 『동양에의 향수(郷愁)』(1953), 『동양과 청년』(1954) 등이 있다.

야마다 후미오(山田文雄)

1898~1978. 해군 병학교(兵學校), 제일고등학교를 거쳐서 도쿄제국대학 경학부 입학. 졸업 후 대학원에 진학해서 가와이 에이지로(河合栄治郎)에 사사. 경성제국대학 예과 강사, 동 대학 법문학부 조교수를 거쳐서 1930년에 도쿄제국대학 경제학부 조교수로 부임. 1947년에는 도쿄도 부지사를 역임하고 1950년 아이치대학 법경학부 교수와 대학 총장을 역임했다.

야베 테이지(矢部貞治)

1902~1967. 일본의 정치학자이자 평론가로 도쿄제국대학 법학부 교수, 다쿠쇼쿠대학(拓殖大學) 총장 등을 역임했다. 제2차 세계대전 이전・전후를 막론하고 현실정치에 관여하였으며, 전쟁 전에는 고노에 후미마로의 브레인 트러스트 '쇼와연구회'에 참가하여 외교부 회장을 지냈다. 전후에는 도쿄대학 시대에 지도한 나카소네 야스히로의 상담역이었던 것으로 알려졌다. 나카소네는 종종 스승이었다고 공언하고 있다. 자신의 내력과 관련지어서 고노에 후미마로(近衛文麿)에 관한 전기 연구를 다수 편찬 집필하였다. 정치사 연구에 관한 1차 사료로서 『야베 일기(矢部日記)』가 사망 후에 간행되었다. 야베의 개인소장 문서류는 헌정기념관이 소장하고 있었으나 일부가 정책연구대학원대학(GRIPS)에 이양되었다.

엔교(鳶魚)

미타무라 엔교(三田村鳶魚) 참조.

오구시 토요오(大串兎代夫)

1903~1967. 법학자이자 국가학(国家学)자로 국민정신문화연구소(国民精神文化研究所)에 재직하기도 했다. 패전 후 공직추방을 당하기도 했다. 변호사, 메이조(名城)대학 총장, 쓰쿠지 전송 사장 등을 역임했다.『천황기관설을 논함(天皇機関説を論ず)』(邦人社, 1935),『신민의 길 정강 전진훈 정강(臣民の道精講 戦陣訓精講)』(欧文社, 1941),『일본적 세계관(日本的世界観)』(同盟通信社, 1942),『대동아전쟁 의의(大東亜戦争の意義)』(教学部, 1942) 등의 저서가 있다.

오노 신조(大野信三)

1900~1997. 일본의 저명한 국제경제학자이다. 1922년 일본 릿쿄대학(立教大學)을 졸업했으며 주오대학(中央大學) 경제학부 교수를 역임했다. 저서로는『현대경제학사(現代経済学史)』(1964),『경제학원리(経済学原理)』(1965),『경제철학(経済哲学)』(1972),『사회경제학(社会経済学)』(1994) 등이 있다.

오다카 도시로(小高熹郎)

1902~1997. 전전(戦前)에는 치바(千葉)현의회 의원, 전후에는 자유당 소속 의원으로 하토야마 이치로(鳩山一郎)내각의 문부 정무차관(文部政務次官)을 역임했다. 정계 은퇴 후에는 문학이나 사회교육에 공헌하였고,『사토미부시(里見節)』,『다테야마온도(館山音頭)』등 다수의 작사를 남겼다. 다이쇼기에 지어진 구 후루카와(古川)은행 가모카와(鴨川)지점을 쇼와 초기에 이축(移築)한 봇케다이 산기슭(北下台ふもと) 근대화 유산을 활용한 지역문화 진흥을 목표로 오다카자료관(小高資料館)을 개관하였다. 2006년 NPO법인 아와문화유산포럼(安房文化遺産フォーラム)이 오다카의 유지를 이어 동 건물을 지역문화 발신과 커뮤니티 교류거점으로 소생시켜 오다카기념관－다테야마 해변 길모퉁이 박물관(小高記念館－たてやま海辺のまちかど博物館)을 개관했다.

오카자키 아야노리(岡崎文規)

1895~1979. 오사카(大阪) 출신이며, 1921년 교토제국대학을 졸업하고 1922년에 조수(助手), 1923년에 경제학부 강사를 거쳐 1926년에 히코네(彦根)고등상업학교 교수를 역임. 1936년에 교토대학에서 경제학 박사 학위 취득. 1939년 8월 25일에 설립된 후생성(厚生省) 인구문제연구소(1996년 12월에 1965년에 설립된 특수법인 사회보장연구소와 통합되어 현재의 국립사회보장·인구문제연구소가 됨) 연구관으로 부임, 1941년 조사부장, 1942년 기획부장, 1943년 인구민족부장을 거쳐서 1946년에 소장 취임. 이후, 일본사회사업대학 교수, 류코쿠(龍谷)대학 경제학부 교수 역임.『전쟁과 생활(戦争と生活)』(1938),『국민생활과 국민체위(国民生活と国民体位)』(1938),『신동아 확립과 인구대책(新東亜確立と人口対策)』(1941),『결혼과 인구(結婚と人口)』(1941),『민족의 유구성(民族の悠久性)』(1943),『국제조사론(国勢調査論)』(1948),『국제이주문제(国際移住問題)』(1955) 등 많은 저작과 논문이 있다.

오쿠보 다케오(大久保武雄)

1903~1996. 구마모토현 출신으로 도쿄제국대학법학부 정치학과를 졸업했다. 전 해상보안청장관이자 일본해양소년단연맹회장을 역임했으며 중의원의원을 지낸 정치가이다.

요코타 기사부로(橫田喜三郎)

1896~1993. 일본의 국제법학자와 최고재판소 장관을 역임했다. 도쿄대 법학박사로 제마르크스주의 독서회에 참여하는 등 친사회주의 법학자로 알려졌다. 1931년 만주사변은 자위권 범위의 일탈이라고 군부를 비판하였다. 도쿄재판에서 재판의 번역 책임자를 맡았으며 이후 도쿄대 법대학장, 국제법학회에서 활동했다. 1949년 저서『天皇制』에서 적극적인 천황제 부정론을 제창하였다. 1960년 최고재판소 장관에 취임하였다.

우에하라 센로쿠(上原專祿)

1899~1975. 역사학자로 전공은 중세 유럽사이다. 도쿄 상과대학 경제학과를 졸업하고 빈대학에서 유럽 중세사를 연구했다. 1928년부터 도쿄 상과대학 교수를 역임했으며 이후 히토츠바시(一橋)대학의 핵심인 "사회과학의 종합대학화 구상(우에하라 구상)"을 주도했다. 1951년 초대 히토츠바시대학 사회학부장을 역임했다. 1959년 미일안전보장조약 개정에 반대했으며 시미즈 이쿠타로(清水幾太郎), 이에나가 사부로(家永三郎)와 함께 안보문제 연구회를 결성했다.

이마나카 쓰기마로(今中次麿)

1893~1980. 히로시마현(広島県) 출신으로 도쿄제국대학 법학부 정치학과를 졸업했다. 도쿄대학 정치학과의 요시노 사쿠조(吉野作造)에게 사사받았다. 1919년 도시샤대학에 강사로 시작해 이후 법학부장이 되었다. 1928년 규슈제국대학(九州帝国大学)으로 옮겨 이후 명예교수직을 수여받았다. 1953년 히로시마대학(広島大学) 정경학부, 1957년부터 1963년까지 사가대학(佐賀大学), 1965년부터 1971년까지 기타큐슈대학(北九州大学)에서 학장을 역임했다. 일본의 정치학자이며 일본정치학회 이사장을 역임했다. 저서에는『政治学における方法二元論』(1928),『独裁政治論』(1935),『西洋政治思想史』全2卷(1951),『今中次麿政治学論集』(1978) 등이 있다.

이베 마사이치(伊部政一)

1914~?. 타쿠쇼쿠(拓殖)대학 경제학부 교수이다. 글의 마지막에 소속을 고류(紅陵)대학으로 밝히고 있는데, 타쿠쇼쿠대학이 1946년 고류대학으로 개명했다가 1952년에 다시 타쿠쇼쿠으로 개명되었다.『통제경제학(統制經濟學)』(千倉書房, 1942),『일본경제 재건의 이론(日本経済再建の理論)』(経済社, 1948),『독점자본과 자본주의(独占資本と資本主義)』(自由文教人連盟, 1963),『현대경제의 이론과 정책(現代経済の理論と政策)』(開成館, 1970) 등의 저서가 있다.

이시가미 료헤이(石上良平)

1913~1982. 도쿄제국대학 경제학부를 졸업하고 세이케이(成蹊)대학 정경학부 교수를 역임한 정치학자이다.『사회과학 용어사전(社会科学用語辞典)』(弘文堂アテネ文庫, 1952),『영국 사회사상사연구(英国社会思想史研究)』(創文社, 1958),『정당사론 하라 다카시 몰후(政党史論原敬歿後)』(中央公論社, 1960),『마키아벨리(マキアヴェリ)』(牧書店, 1967) 등의 저서가 있다.

이시야마 켄키치(石山賢吉)

1882~1964. 니가타현(新潟県)에서 태어나 22세 때 상경하여 법률가를 목표로 일본(日本)대 별과(別科)에 입학했으나, "앞으로는 법률보다는 경제"라는 친구 형의 충고를 듣고 곧바로 게이오(慶應)대 상학부로

전교했다. 『실업지세계(実業之世界)』편집에 종사하면서 저널리스트의 길을 걷기 시작해 『일본신문(日本新聞)』에서 주식 기자를 지냈으며 1913년 잡지 『다이아몬드(ダイヤモンド)』를 창간하는 등 경제 저널리스트의 선구적 역할을 담당했다. 도쿄시 의원, 중의원 의원 등을 역임했으며, 『잡지경영 50년(雑誌経営五十年)』(ダイヤモンド社, 1963) 등의 저서를 남겼다.

이와부치 다쓰오(岩淵辰雄)
1892~1975. 정치기자이며 평론가다. 와세다대학교를 중퇴하고 1928년부터 자유통신사(自由通信社), 『국민신문(国民新聞)』, 『요미우리신문(読売新聞)』, 『도쿄니치니치신문(東京日々新聞)』에서 정치기자로 활동하였다. 전쟁 시기는 『중앙공론(中央公論)』등에 정치평론을 기고하였다. 1936년 3월부터는 반 통제파(統制派)기자로 알려졌다. 전쟁 말기인 1945년 초, 고노에 후미마로(近衛文麿)와 요시다 시게루(吉田茂)를 중심으로 하는 반전그룹에 의한 조기 종전 공작에 관여하고 '고노에 상주문(近衛上奏文)' 초고작성에 참여하여 검거되었다. 전쟁 후에는 정치의 뒷무대에서 영향력을 발휘했다. 신헌법 제정에 관여하고 일본인에 의한 자주적 헌법개정을 지향했다. 11월에는 헌법연구회(憲法研究会)에 참가하고 민간 개정안 작성에 종사하였다. 이와부치의 개헌구상은 국민주권을 실현하고 천황은 상징적 존재로 유지한다는 내용이었다. 헌법연구회는 이 안을 포함한 '헌법초안요강(憲法草案要綱)'을 발표했으며, 그 뒤에 GHQ는 이 요강을 입수, 검토하고 '맥아더 초안'에 영향을 미쳤다. 더불어 행정기구에 민간인을 채용할 것을 주장하였다. 1946년에는 귀족원 칙선의원으로 당선되고 요미우리신문사에 복귀하여 주필을 역임하였다. 그 후 하토야마 이치로(鳩山一郎)의 참모역할을 수행하고 제1차 하토야마(鳩山)내각의 실현에 힘을 썼다. 원자력기본법에도 관여하고 과학기술청(科学技術庁) 고문을 맡았다. 1962년에는 국철(国鉄) 이사를 역임했다.

이치노세 마사유키(市瀬正幸)
1927~?. 1969년에 다카사키 경제대학(高崎経済大学) 산업연구소 3대 소장으로 취임했으며, 일본의 사회주의와 공산주의를 주제로 『사회주의 사상사 제1권(社会主義思想史 第1巻)』(1950), 『일본공산당(日本共産党)』(1955), 『노동조합과 제2산업혁명(労働組合と第二産業革命)』(1957), 『혁명과 학생-폭발하는 전학련의 에너지(革命と学生-爆発する全学連のエネルギー)』(1968, 공저) 등의 저서를 집필했다.

이카리 로시(猪狩老史)
미상. '이카리 로시'는 필명이다. 『일본급일본인(日本及日本人)』에 「우리가 취해야 할 자유주의(我等の取るべき自由主義)」(1950), 「우리가 취해야 할 평등주의(我等の取るべき平等主義)」(1950), 「일본 본래의 신은 무엇인가(日本本来の神とは何ぞ)」(1950년 9월), 「우리가 취해야 할 평화주의(我等の取るべき平和主義)」(1951년 1월), 「일본 황실의 성립과 민족의 신념(日本皇室の成立と民族の信念)」(1951년 2월) 등 다수의 글을 싣고 있다.

이하라 우사부로(伊原宇三郎)
1894~1976. 일본의 미술가, 서양화가. 도쿠시마(徳島) 출신이며, 피카소에 경도하여 일본에 피카소 붐을 일으켰다. 1916년 도쿄미술학교 서양과에 입학했으며, 1920년 만주 여행에서 취재한 '명장(明装)'이 일본 최대의 미술전람회인 제2회 일본미술전람회(帝展이라 불림)에 입선했으며, 1921년 동 학교를 수석으로 졸업. 1925년 농상무성 해외실습연습생 자격으로 프랑스로 건너가서 피카소에 경도하면서 루브르 미술관에 다니면서 작풍을 형성하였으나, 결정적인 이유로 1929년에 귀국함. 1932년 도쿄미술학교 강사

를 역임하였으며, 전시하에서는 일본 육군 촉탁화가로서 대만, 홍콩, 버마(지금의 미얀마), 중국, 태국 등에 파견되어 전쟁기록화 제작에 참여함. 일본 패전 후에는 日展 심사원, 1949년 일본미술가연맹 위원장을 역임함.

일본정치경제연구소(日本政治経済研究所)

일본정치경제연구소는 1946년 8월 14일에 설립되었으며 정치, 경제, 사회, 문화에 관한 조사 연구와 자료 수집을 실시하고 그 성과를 간행물로 미디어에 발신한다. 연구회, 강연회, 전시회 등 사회 각 방면에 정책제언을 실시하며 관계전문 연구자를 육성하고 일본의 정치, 사회, 경제, 문화 향상과 발전에 기여하는 것을 목적으로 한다.

ㅈ ───────────────────────────────

진노 마사오(神野正雄)

미상. 일본 무역에 대한 실무전문가로 도쿄은행 조사부장, 상무취체역(乗務取締役)을 역임하였으며, 패전 직후인 1946년부터 활동을 시작했으며, 오늘날 공익사단법인인 경제동우회(経済同友会)에서 1959년부터 1962년까지 조사연구기구 산하 통상정책위원회를 맡았다. 주요 저서로는『자본주의화 이야기(資本自由化の話)』(1967),『자본주의화와 국제경쟁력(資本自由化と国際競争力)』(1968) 등이 있다.

ㅊ ───────────────────────────────

치구사 요신도(千種義人)

1911~2000. 1937년 게이오기주쿠(慶應義塾)대학 경제학부를 졸업하고 독일 유학 후 게이오기주쿠(慶應義塾)대학 경제학부 교수를 역임했다. 1960년『資本主義計画 経済の研究(자본주의계획 경제의 연구)』로 게이오기주쿠(慶應義塾)대학에서 경제학 박사를 취득했다. 1980년 히로시마 수도대학 학장과 1986년 간토가쿠엔(関東学園)대학 학장을 역임하였다.

ㅎ ───────────────────────────────

하라다 코우(原田鋼)

1909~1992. 일본의 정치학자로 1936년 와세다(早稲田)대학 정치 경제학부를 졸업했다. 도쿄 제국대학 법학부 조수와 와세다대학 정치경제학부 비상근 강사를 역임했다. 1949년부터 츄오(中央)대학 법학부 교수였으며 1980년 퇴직했다.

하타노 가나에(波多野鼎)

1896~1976. 일본의 경제학자, 정치가로 알려져 있다. 아이치현(愛知県) 출신으로 1917년에 제8고등학교를 졸업하고, 이후 도쿄대학(東京大学)에 입학하여 신인회(新人会) 회원으로 활동한다. 1920년 법학부 영법과(英法科)를 졸업했다. 졸업 후 남만주철도주식회사(南満州鉄道株式会社) 동아경제조사국에 취직했으며 사회사상사(社会思想社)에 가입했다. 1922년에 도시샤대학(同志社大学) 교수를 역임하고 규슈대학(九州大学) 교수를 지냈다. 1947년에는 후쿠오카현(福岡県) 선거구에서 참의원으로 당선되고 가타야마 내각(片山内閣)에서는 농림장관(農林大臣)을 지냈다. 주요 저서로는『가치학설사』(총3권)(1929),『경기학설비판』(1942),『경기변동론』(1937),『절충학파의 가치학설』(1941) 등이 있다.

호리 마코토(堀真琴)

1898~1980. 미야기현(宮城県) 센다이시(仙台市) 출신으로 도쿄대학(東京大学) 법학부를 졸업했다. 이후 호세이대학(法政大学)에서 강사로 지내다가 교수가 되었다. 전쟁기에는 '천황은 국민을 적자(赤子)로 생각하고, 국민은 천황을 현인신(現人神)으로 존숭(尊崇)하고 받드는 것, 즉 일군만민(一君万民), 군민일체(君民一体)의 국가생활을 영위해온 것이 일본 국체의 실현이다'라고 국체 찬미의 논리를 주장했다. 1947년에 제1회 참의원 의원 선거에서 일본사회당의 참의원의원에 당선되었다. 그 후 노동자농민당 결성에 참가하여 당중앙집행위원으로 취임했다. 그리고 민주주의 과학자 협회 이사로 학술문화의 민주화운동에 관여했다. 1956년 정계를 은퇴하고 아이치가쿠인대학(愛知学院大学) 교수를 역임했다. 주요 저서로는 『사회주의 국가론』(1949), 『기지-세계와 일본』(1957) 등이 있다.

호소야 마쓰타(細谷松太)

1900~1990. 야마가타현(山形県)출신으로 다이쇼 10년 일본해원조합(日本海員組合)에 참여하였으며 13년에는 일본노동총동맹(日本労働総同盟)에 참가했다. 일본공산당에 입당하였으며 1949년에는 전일본산업별노동조합회(全日本産業別労働組合會議) 사무국 차장을 역임하나, 당과 대립한 결과 탈당하여 1949년 전국산업별노동조합연합을 결성했다. 저서로는 『일본노동운동사(日本労働運動史)』(1981) 등이 있다.

후루야 쓰나타케(古谷綱武)

1908~1984. 문예평론가다. 1908년 외교관이었던 부친이 당시 부임 지역이었던 벨기에 브뤼셀에서 태어나고 초등학교를 입학할 때까지 런던에서 자랐다. 1922년 부친의 고향인 애히메현(愛媛県) 우와지마중학교(宇和島中学)에 입학하고 1924년 도쿄 아오야마학원(青山学院) 중등부, 1929년에는 세이죠중학교(成城中学校)에 전입했다. 1929년 세이죠고교 재학시기부터 외국문학에 관심을 가졌고, 학교를 중퇴한 후 본격적으로 작가활동을 시작하였다. 1929년 동창생들과 함께 문예잡지『하쿠치군(白痴群)』을 창간하고 나카하라 주야(中原中也), 고바야시 히데오(小林英雄)와 만난다. 1933년 오시카 다쿠(大鹿卓) 등과 함께 『가이효(海豹)』를 창간하고 여기서 다자이 오사무(太宰治) 등이 문단에 등장했다. 1934년에는 문예 계간지『반(鸛)』을 창간하였다. 1936년부터 평론가로서 활동하면서 작가론을 중심으로『요코미츠 리이치(横光利一)』(1936), 『가와바타 야스나리(川端康成)』(1936)와 같은 문예평론을 집필했다. 전쟁 후에는 평론활동뿐만 아니라 아동문학, 교육, 여성문제, 농촌문제, 인생론에 관하여 저서를 발표하고 활약했다. 대표 저서로는『일본의 문학자(日本の文学者)』(1946), 『여성을 위하여(女性のために)』(1946), 『인생수필(人生随筆)』(1946) 등이 있다.

히라노 요시타로(平野義太郎)

1897~1980. 마르크스주의 법학자, 평화운동가이다. 옥중 전향자로 유명한 전 일본공산당 위원장 사노 마나부(佐野学), 쓰루미 가즈코(鶴見和子)·슌스케(俊輔)와 인척관계이다. 전쟁 중의 대동아전쟁 찬양으로 전후 교직을 추방당했으나 그 후 복귀하였고, 1956년부터 20년간 일본평화위원회 회장을 역임하는 등 평화운동가가 되었다. 『민법에서서의 로마사상과 게르만 사상(民法に於けるローマ思想とゲルマン思想)』(有斐閣, 1924), 『법률에서의 계급투쟁(法律における階級闘争)』(改造社, 1925), 『대아시아주의의 역사적 기초(大アジア主義の歴史的基礎)』(河出書房, 1945), 『히라노 요시타로 신저작집(平野義太郎新著作集)』(理論社, 1954~56) 등의 저서가 있다.

히야곤 안테이(比屋根安定)

1892~1970. 일본 기독교 신학자이자 종교학자이다. 도쿄에서 출생했으나 아버지는 오키나와 수리시 출신이다. 1917년 아오야마가쿠인(靑山學院) 대학 신학부를 졸업하고 아오야마가쿠인대학, 도쿄신학대학 교수를 역임했다. 「日本宗教史」(1925), 「世界宗教史」(1926), 「日本近世基督敎人物史」(1935) 등 종교 관련한 저서를 다수 집필했다.

히지카타 세이비(土方成美)

1890~1975. 도쿄제국대학 법과대학 경제학과를 수석으로 졸업한 경제학자이며, 1921년에는 그 학교 교수가 되었다. 이론경제학과 재정학을 전공했으며, 자본주의 체제에서 시장 논리가 아니라 관료가 경제운영을 주도하는 '통제경제'라는 개념을 일본에서 최초로 제창했다. 또한, 일본경제에 대한 실증연구를 최초로 추진한 인물이기도 하다. 히지카타가 다작했던 이면에는 제자들이 그의 저택에서 대필가로 일하고 있었다는 폭로 기사가 1929년『문예춘추(文藝春秋)』에서 나왔다고 하는 일화가 있다. 도쿄제국대학 경제학부 내부의 파벌 투쟁에서 국가주의파(혁신파)를 대표했으며, 자유주의론자, 좌파와 갈등 관계에 있었다. 1938년 이른바 히라가숙학(平賀肅學)으로 인해 도쿄제국대학에서 면관된 후, 츄오대학(中央大學) 등에서 교편을 잡았다. 한편, 히지카타는 1937년 이른바 야나이하라사건(矢內原事件)을 일으킨 인물이기도 하다. 히지카타는 지한파 지식인으로도 널리 알려진 야나이하라 다다오(矢內原忠雄)의 남경학살 비판 등을 거론하며, 야나이하라를 도쿄제국대학에서 추방하는 데 선봉에 선 인물이기도 하다.

기타

樂木莊

'樂木莊'은 필명. '樂木'는 '樂木'라 적고 '라쿠기'라 발음하는 성씨가 일본에 있기에 '莊'의 일본 음 '소'를 그대로 붙이면 '라쿠기소'라 읽는 가능성도 있다. 즉 이 경우 글쓴이의 성씨가 '라쿠기(樂木)'인 셈이다. 그러나 '樂木'라 적고 '럇키'(Lucky의 뜻)라고도 읽었기 때문에 우리말로 '러키장'이라는 뜻으로 '럇키소'라 읽었을 가능성도 배제할 수 없다. 이 두 가능성이 존재하나, 어느 쪽인지 확인이 되지 않으므로 '음 미상'. 같은 책『일본급일본인(日本及日本人)』1951년 1~3월호에 「백거이 이야기」(白楽天の話)와 「서도문외담」(書道門外談) 정속(正, 續)편을 게재하였다.

해제자 소개

권연이 權妍李, KWON Yeoni
쓰쿠바대학(筑波大学) 국제일본연구박사. 일본정치 전공. 서울시립대 국제관계학과 강사를 거쳐 현재 한림대 일본학연구소 HK연구교수로 재직 중이다. 주요 연구로는 「제2기 아베 정권의 장기 집권 요인」 (2021), 「일본의 NPO세제우대제도의 제정·개정 과정」(2021), 「市民社会ガバナンスに関する市民意識の日韓比較」(2020), 「NPO政策と政策ネットワーク」(2017) 등이 있다.

김웅기 金雄基, KIM Woonki
한국학중앙연구원 한국학대학원 정치학박사. 국민국가 대한민국의 재외동포인 재일코리안을 연구한다. 홍익대 상경대학 글로벌경영전공 조교수를 거쳐 현재 한림대 일본학연구소 HK교수로 재직 중이다. 주요 논문으로 「『계간 삼천리』에 나타난 재일코리안 교육에 대한 일본인 교사의 인식과 실천」(2020), 「재일코리안 민족교육운동에 출현한 '통일' 공간−1980~2000년대 민족협동운동을 중심으로」(2019), 공저로『朝鮮籍とは何か−トランスナショナルの視点から』(2021), 『문화권력−제국과 포스트제국의 연속과 비연속』 (2019) 등이 있다.

김현아 金炫我, KIM Hyun-Ah
쓰쿠바대학(筑波大学) 문학박사. 역사학 전공. 일본학술진흥회 특별연구원을 거쳐 현재 한림대 일본학연구소 HK연구교수로 재직 중이다. 주요 논문으로는 「전시기 경성호국신사의 건립과 전몰자 위령·현창」 (2018), 「총력전체제기 육군특별지원병제의 실상과 군사원호」(2018), 「전시체제기 식민지조선의 군사원호와 전몰자유가족」(2020), 「패전 후 전쟁미망인의 실상과 유족운동 그리고 국가」(2020), 「식민지 가라후토(樺太)의 신사 창건과 신사정책」(2021) 등이 있다.

서정완 徐禎完, SUH Johng-Wan
쓰쿠바대학(筑波大學) 박사(일본중세문학), 도호쿠대학(東北大學) 박사(일본근대사). 문학과 역사가 교차하는 영역을 能樂(Noh)를 중심으로 연구하고 있으며, 能樂의 변천사, 그리고 변천사를 통한 국민국가와 전통과 고전이라는 문화권력으로서의 상호관계성에 주목한다. 한림대학교 일본학연구소 소장을 2007년부터 맡고 있으며, 일본학과 교수로 재직 중. 주요 논문으로는 「植民地台湾謡曲界の研究−その胎動と展開」 (『日本言語文化』, 2021), 「近代日本と能樂−近代の到来と秩序の再編」(『日本言語文化』, 2020), 「帝國日本の能の展開と連鎖−[日本精神の國粹]とその擔い手」(『歷史』, 2017), 『植民地朝鮮と京城謡曲界−1910年代の能·謠の実態とその位相』(『비교일본학』, 2016) 등이 있으며, 주요 저작으로는 能樂研究叢書 6『近代日本と能樂』(공저, 일본 法政大學能樂研究所, 2017), 『일본식민지연구의 논점』(일본식민지연구회편 공역, 2020) 등이 있다.

석주희 石珠熙, SUK Ju-Hee

이화여대 정치학박사. 국제정치 전공. 도쿄대 특별연구생, 게이오대 객원연구원을 지냈으며, 한림대 일본학연구소 HK연구교수, 대전대 글로벌문화콘텐츠학 조교수를 거쳐 현재 동북아역사재단 연구위원으로 재직 중이다. 주요 논문으로는 「전후 일본 우익의 복원과 정치사회적 배경－60년 안보투쟁과 사회운동」 (『국제정치연구』 23, 2020), 「신우익의 등장과 '일상적 내셔널리즘'의 탄생」(『민족연구』 75, 2020), 「일본의 국경낙도 제도와 대응－정부·지자체·민간단체를 중심으로」(『일본공간』 29, 2021) 등이 있다.

송석원 宋錫源, SONG Seok-Won

교토대학(京都大学) 법학박사(정치학). 일본정치 전공. 일본학술진흥회 특별연구원, 교토대학 법학부 조수, 오사카오타니대학 강사를 거쳐 현재 경희대학교 정치외교학과 교수로 재직 중이며, 2020~2021년 재외한인학회 회장을 역임했다. 주요 연구로는 「사쿠마 쇼잔(佐久間象山)의 해방론(海防論)과 대 서양관－막말에 있어서의 〈양이를 위한 개국〉의 정치사상」(2003), *The Japanese Imperial Mentality : Cultural Imperialism as Colonial Control-Chosun as Exemplar*(2018), 『제국과 포스트제국을 넘어서』(2020, 공저) 등이 있다.

엄태봉 嚴泰奉, UM Tae-Bong

도호쿠대학(東北大学) 법학박사(정치학). 한일관계사·일본정치외교사 전공. 국민대, 고려대 강사, 국민대 일본학연구소 연구원, 한림대 일본학연구소 HK연구교수를 거쳐 현재 대진대 강의교수이다. 주요 연구로는 「북일회담과 문화재 반환 문제－한일회담의 경험과 그 함의를 중심으로」(2019), 「간담화, 한일 도서협정과 일본 정부의 식민지 지배 인식의 연속성」(2019), 『日韓会談研究のフロンティアー「1965年体制」への多角的アプローチ』(2021, 공저) 등이 있다.

양태근 梁台根, YANG Tae-Keun

대만 중산대학(中山大學) 중문과 박사, 대만 중앙연구원 근대사연구소 포스트닥터 연구원, 중국근현대 정치학술 사상사 전공, University of Washington, The Henry M. Jackson School of International Studies 방문 교수 등을 거쳐 현재 한림대학교 중국학과 교수 재직 중이다. 주요 연구 분야로는 중국 근현대 문화사, 정치 학술 사상사, 그리고 대만 현대 문학사 관련 연구이며 최근 「1970년대 대만 '향토문학(鄉土文學)'의 중층적 의의 구조를 통해 본 포스트 현대(後現代)와 포스트 식민(後殖民)」(2021), 「百年五四－5·4운동 백 년의 회고와 현장」(2020), 「경전(經典)의 탄생(誕生)－호적(胡適)의 『선진명학사(先秦名學史)』와 『중국철학사대강(中國哲學史大綱)』 상권(卷上)(2019) 등의 연구가 있다.

임성숙 林聖淑, LIM Sung-sook

캐나다 브리티쉬 컬럼비아대학 인류학박사. 문화인류학 전공. 현재 한양대 문화인류학과 강사이며 한림대 HK연구교수로 재직 중이다. 주요 논문으로 「사할린 한인의 영주귀국과 새로운 경계의 형성과정」(2021)이 있다.

전성곤 全成坤, JUN Sung-Kon

오사카대학(大阪大学) 문학박사. 일본학 전공. 오사카대학 외국인초빙연구원, 고려대 일본학연구소 HK연구교수, 중국 북화대학 외국인 교수를 지냈고 현재 한림대 일본학연구소 HK교수로 재직 중이다. 주요 저서로는 『Doing 자이니치』(2021), 『일본탈국가론』(공저, 2018), 『제국에의 길』(공저, 2015), 『트랜스로컬리즘과 재해사상학』(2014) 등이 있으며, 역서로는 『국민국가의 지식장과 문화정치학』(공역, 2015), 『고류큐(古琉球)의 정치』(2010), 『근대일본의 젠더 이데올로기』(2009)가 있다.

조정래 趙正來, JO Jeong-Rae

중국사회과학원(中國社會科學院) 철학박사, 미학전공. 대만 난타이과기대학 객좌교수를 역임했으며 현재 한림대학교 중국학과 교수로 재직 중이다. 주요 연구로는 「동북아지역의 일본 제국문화에 대한 인식과 수용」(2019) 등이 있다.